The ICS Ancient Chinese Texts Concordance Series
Collected works No.1 · Philosophical works No.36

先秦兩漢古籍逐字索引叢刊
集部第一種 · 子部第三十六種

蔡中郎集逐字索引
忠經逐字索引

CONCORDANCES TO THE
CAIZHONGLANGJI
ZHONGJING

CUHK ICS THE ANCIENT CHINESE TEXTS CONCORDANCE SERIES

Collected works No. 1		**Philosophical works No. 36**
A Concordance to the Caizhonglangji		**A Concordance to the Zhongjing**

Series editors:	D.C. Lau Chen Fong Ching	D.C. Lau Chen Fong Ching
Publication editor:	Chan Man Hung	Chan Man Hung
Executive editor:	Ho Che Wah	Ho Che Wah
Publisher:	THE COMMERCIAL PRESS (HONG KONG) LTD. 8/F Eastern Central Plaza, No.3. Yiu Hing Road, Shau Kei Wan, Hong Kong.	
Printer:	ELEGANCE PRINTING & BOOK BINDING CO., LTD. Block B1 4/F., Hoi Bun Industrial Building, 6 Wing Yip St., Kwun Tong, Kln.	
Edition/Impression:	1st Edition / 1st Impression Feb. 1998 © 1998 by The Commercial Press (H.K.) Ltd.	

ISBN 962 07 4334 2

Printed in Hong Kong

香港中文大學中國文化研究所
先秦兩漢古籍逐字索引叢刊

集部第一種	子部第三十六種
蔡中郎集逐字索引	忠經逐字索引

叢刊主編：劉殿爵　陳方正	劉殿爵　陳方正
出版策劃：陳萬雄	陳萬雄
執行編輯：何志華	何志華

出 版 者：商務印書館（香港）有限公司
　　　　　香港筲箕灣耀興道3號東滙廣場8樓
印 刷 者：美雅印刷製本有限公司
　　　　　九龍官塘榮業街6號海濱工業大廈4樓B1室
版　　次：1998年2月第1版第1次印刷
　　　　　© 1998 商務印書館（香港）有限公司

ISBN 962 07 4334 2

Printed in Hong Kong

香港中文大學中國文化研究所

The Chinese University of Hong Kong
Institute of Chinese Studies

The ICS Ancient Chinese Texts Concordance Series
Collected works No.1 · Philosophical works No.36

先秦兩漢古籍逐字索引叢刊
集部第一種 · 子部第三十六種

蔡中郎集逐字索引
忠經逐字索引

CONCORDANCES TO THE
CAIZHONGLANGJI
ZHONGJING

商務印書館
The Commercial Press

香港中文大學中國文化研究所
先秦兩漢古籍逐字索引叢刊

叢刊主編：劉殿爵　　　　陳方正
計劃主任：何志華
顧　　問：張雙慶　　　黃坤堯　　　　朱國藩
版本顧問：沈　津
程式統籌：何玉成
系統主任：何國杰
程式顧問：梁光漢
研究助理：陳麗珠
程式助理：梁偉明
資料處理：黃祿添　　　洪瑞強

本《逐字索引》乃據「先秦兩漢一切傳世文獻電腦化資料庫」編纂而成，而資料庫之建立，有賴香港大學及理工撥款委員會資助，謹此致謝。

CUHK.ICS.
The Ancient Chinese Texts Concordance Series

SERIES EDITORS	D.C. Lau	Chen Fong Ching	
PROJECT DIRECTOR	Ho Che Wah		
CONSULTANTS	Chang Song Hing	Wong Kuan Io	Chu Kwok Fan
TEXT CONSULTANT	Shum Chun		
COMPUTER PROJECT MANAGER	Ho Yuk Shing		
COMPUTER PROJECT OFFICER	Ho Kwok Kit		
PROGRAMMING CONSULTANT	Leung Kwong Han		
RESEARCH ASSISTANT	Uppathamchat Nimitra		
PROGRAMMING ASSISTANT	Leung Wai Ming		
DATA PROCESSING	Wong Luk Tim	Hung Sui Keung	

THIS CONCORDANCE IS COMPILED FROM THE ANCIENT CHINESE TEXTS DATABASE, WHICH IS ESTABLISHED WITH A RESEARCH AWARD FROM THE UNIVERSITY AND POLYTECHNIC GRANTS COMMITTEE OF HONG KONG, FOR WHICH WE WISH TO ACKNOWLEDGE OUR GRATITUDE.

集部：一
蔡中郎集逐字索引

執行編輯 ： 何志華
研究助理 ： 陳麗珠
校　　對 ： 何志華　　陳麗珠

系統設計 ： 何國杰
程式助理 ： 梁偉明

Collected works No. 1
A Concordance to the Caizhonglangji

EXECUTIVE EDITOR   Ho Che Wah
RESEARCH ASSISTANT   Uppathamchat Nimitra
PROOF-READERS   Ho Che Wah   Uppathamchat Nimitra

SYSTEM DESIGN   Ho Kwok Kit
PROGRAMMING ASSISTANT   Leung Wai Ming

子部：三十六
忠經逐字索引

執行編輯 ： 何志華
研究助理 ： 陳麗珠
校　　對 ： 何志華　　　陳麗珠

系統設計 ： 何國杰
程式助理 ： 梁偉明

Philosophical works No. 36
A Concordance to the Zhongjing

EXECUTIVE EDITOR   Ho Che Wah
RESEARCH ASSISTANT   Uppathamchat Nimitra
PROOF-READERS   Ho Che Wah   Uppathamchat Nimitra

SYSTEM DESIGN   Ho Kwok Kit
PROGRAMMING ASSISTANT   Leung Wai Ming

主編者簡介

劉殿爵教授（Prof. D. C. Lau）早歲肄業於香港大學中文系，嗣赴蘇格蘭格拉斯哥大學攻讀西洋哲學，畢業後執教於倫敦大學達二十八年之久，一九七八年應邀回港出任香港中文大學中文系講座教授。劉教授於一九八九年榮休，隨即出任中國文化研究所榮譽教授至今。劉教授興趣在哲學及語言學，以準確嚴謹的態度翻譯古代典籍，其中《論語》、《孟子》、《老子》三書之英譯，已成海外研究中國哲學必讀之書。

陳方正博士（Dr. Chen Fong Ching），一九六二年哈佛（Harvard）大學物理學學士，一九六四年拔蘭（Brandeis）大學理學碩士，一九六六年獲理學博士，隨後執教於香港中文大學物理系，一九八六年任中國文化研究所所長至今。陳博士一九九零年創辦學術文化雙月刊《二十一世紀》，致力探討中國文化之建設。

執行編輯簡介

何志華博士（Dr. Ho Che Wah），一九八六年香港中文大學中國語言及文學系文學士，一九八八年哲學碩士，一九九五年哲學博士；自一九八九年起，出任香港中文大學中國文化研究所古文獻資料庫研究計劃主任及執行編輯，現任中國語言及文學系助理教授；何博士興趣在古籍校讎學，已發表之著作包括有關《淮南子》、《呂氏春秋》、《戰國策》三書高誘《注》之論文多篇。

總　目

出 版 說 明

　　一九八八年，香港中文大學中國文化研究所獲香港「大學及理工撥款委員會」撥款資助，並得香港中文大學電算機服務中心提供技術支援，建立「漢及以前全部傳世文獻電腦化資料庫」，決定以三年時間，將漢及以前全部傳世文獻共約八百萬字輸入電腦。資料庫建立後， 將陸續編印 《香港中文大學中國文化研究所先秦兩漢古籍逐字索引叢刊》，以便利語言學、文學，及古史學之研究。

　　《香港中文大學先秦兩漢古籍逐字索引叢刊》之編輯工作，將分兩階段進行，首階段先行處理未有「逐字索引」之古籍，至於已有「逐字索引」者，將於次一階段重新編輯出版，以求達致更高之準確度，與及提供更為詳審之異文校勘紀錄。

　　「逐字索引」作為學術研究工具書，對治學幫助極大。西方出版界、學術界均極重視索引之編輯工作，早於十三世紀，聖丘休（ Hugh of St. Cher）已編成《拉丁文聖經通檢》。

　　我國蔡耀堂（ 廷幹 ）於民國十一年(1922)編刊《老解老》一書，以武英殿聚珍版《道德經》全文為底本，先正文，後逐字索引，以原書之每字為目，下列所有出現該字之句子，並標出句子所出現之章次，此種表示原句位置之方法，雖未詳細至表示原句之頁次 、行次，然已具備逐字索引之功能。《老解老》 一書為非賣品，今日坊間已不常見，然而蔡氏草創引得之編纂，其功實不可泯滅。 我國大規模編輯引得， 須至一九三零年，美國資助之哈佛燕京學社引得編纂處之成立然後開始。此引得編纂處，由洪業先生主持，費時多年，為中國六十多種傳統文獻，編輯引得，功績斐然。然而漢學資料卷帙浩繁，未編成引得之古籍仍遠較已編成者為多。本計劃希望能利用今日科技之先進產品 —— 電腦，重新整理古代傳世文獻；利用電腦程式，將先秦兩漢近八百萬字傳世文獻，悉數編為「逐字索引」。俾使學者能據以掌握文獻資料，進行更高層次及更具創意之研究工作。

　　一九三二年，洪業先生著《引得說》，以「引得」對譯 Index，音義兼顧，巧妙工整。Index 原意謂「指點」，引伸而為一種學術工具，日本人譯為「索引」。而洪先生又將西方另一種逐字索引之學術工具 Concordance 譯為「堪靠燈」。Index 與 Concordance 截然不同；前者所重視者乃原書之意義名物，只收重要之字、詞，不收虛字及連繫詞等，故用處有限；後者則就文獻中所見之字，全部收納，大小不遺，故有助於文辭訓詁，語法句式之研究及字書之編纂。洪先生將選索性之 Index 譯作「引得」，將字字可索的 Concordance 譯作「堪靠燈」，足見卓識，然其後於一九三零年間，主持哈佛燕京學社編纂工作，所編成之大部分《引得》，反屬全索之「堪靠燈」，以致名實混淆，實為可惜。今為別於選索之引得(Index)，本計劃將全索之 Concordance 稱為「逐字索引」。

　　利用電腦編纂古籍逐字索引，本計劃經驗尚淺，是書倘有失誤之處，尚望學者方家不吝指正。

PREFACE

In 1988, the Institute of Chinese Studies of The Chinese University of Hong Kong put forward a proposal for the establishment of a computerized database of the entire body of extant Han and pre-Han traditional Chinese texts. This project received a grant from the UPGC and was given technical support by the Computer Services Centre of The Chinese University of Hong Kong. The project was to be completed in three years.

From such a database, a series of concordances to individual ancient Chinese texts will be compiled and published in printed form. Scholars whether they are interested in Chinese literature, history, philosophy, linguistics, or lexicography, will find in this series of concordances a valuable tool for their research.

The *ICS Ancient Chinese Texts Concordance Series* is planned in two stages. In the first stage, texts without existing concordances will be dealt with. In the second stage, texts with existing concordances will be redone with a view to greater accuracy and more adequate textual notes.

In the Western tradition, the concordance was looked upon as one of the most useful tools for research. As early as c. 1230, appeared the concordance to the *Vulgate*, compiled by Hugh of St. Cher.

In China, the first concordance to appear was *Laozi Laojielao* in the early nineteen twenties. Cai Yaotang who produced it was in all probability unaware of the Western tradition of concordances.

As the *Laojielao* was not for sale, it had probably a very limited circulation. However, Cai Yaotang's contribution to the compilation of concordances to Chinese texts should not go unmentioned.

The *Harvard-Yenching Sinological Concordance Series* was begun in the 1930s under the direction of Dr. William Hung. Unfortunately, work on this series was cut short by the Second World War. Although some sixty concordances were published, a far greater number of texts remains to be done. However, with the advent of the computer the establishment of a database of all extant ancient works become a distinct possibility. Once such a database is established, a series of concordances can be compiled to cover the entire field of ancient Chinese studies.

Back in 1932, William Hung in his "*What is Index ?*" used the term 引得 for "Index" in preference to the Japanese 索引, and the term 堪靠燈 for concordance. However, when he came to compile the *Harvard Yenching Sinological Concordance Series*, he abandoned the term 堪靠燈 and used the term 引得 for both index and concordance. This was unfortunate as this blurs the difference between a concordance and an index. The former, because of its exhaustive listing of the occurrence of every word, is a far more powerful tool for research than the latter. To underline this difference we decided to use 逐字索引 for concordance.

The *ICS Ancient Chinese Texts Concordance Series* is compiled from the computerized database. As we intend to extend our work to cover subsequent ages, any ideas and suggestions which may be of help to us in our future work are welcome.

The ICS Ancient Chinese Texts Concordance Series

Collected works No.1

先秦兩漢古籍逐字索引叢刊集部第一種

蔡中郎集逐字索引

A CONCORDANCE TO THE CAIZHONGLANGJI

目　次

凡　　例

一．《蔡中郎集》正文：

1．本《逐字索引》所附正文據光緒庚寅番禺陶氏愛廬校刊海原閣仿宋本。由於傳世刊本，均甚殘闕，今除別本、類書外，並據其他文獻所見之重文，加以校改。校改只供讀者參考，故不論在「正文」或在「逐字索引」，均加上校改符號，以便恢復底本原來面貌。

2．（　）表示刪字；〔　〕表示增字。除用以表示增刪字外，凡誤字之改正，例如 a 字改正爲 b 字，亦以（ a ）〔 b 〕方式表示。

　　　例如：朝廷所〔以〕弔贈 1.1/1/12

　　　　　　表示海原閣仿宋本脫「以」字。讀者翻檢《增字、刪字、誤字改正說明表》，即知增字之依據爲《重雕蘭雪堂本》頁1。

　　　例如：凶人（人）惡言當道 1.1/2/8

　　　　　　表示海原閣仿宋本衍「人」字。讀者翻檢《增字、刪字、誤字改正說明表》，即知刪字之依據爲《重雕蘭雪堂本》頁2。

　　　例如：（尤）〔允〕執丕貞 3.3/17/23

　　　　　　表示海原閣仿宋本作「尤」，乃誤字，今改正爲「允」。讀者翻檢《增字、刪字、誤字改正說明表》，即知改字之依據爲孫詒讓《札迻》頁404。

3．本《逐字索引》據別本，及其他文獻對校原底本，或改正底本原文，或只標注異文。有關此等文獻之版本名稱，以及本《逐字索引》標注其出處之方法，均列《徵引書目》中。

4．本《逐字索引》所收之字一律劃一用正體，以昭和四十九年大修館書店發行之《大漢和辭典》，及一九八六至一九九零年湖北辭書出版社、四川辭書出版社出版之《漢語大字典》所收之正體爲準，遇有異體或譌體，一律代以正體。

例如：無言不讎 1.1/1/25

　　海原閣仿宋本原作「無言不讐」，據《大漢和辭典》，「讎」、「讐」乃異體字，音義無別，今代以正體「讎」字。爲便讀者了解底本原貌，凡異體之改正，均列《通用字表》中。

5．異文校勘主要參考許瀚《楊刻蔡中郎集校勘記》（一九八五年濟南齊魯書社）。

　5.1.異文紀錄欄

　　a．凡正文文字右上方標有數碼者，表示當頁下端有注文。

　　　　例如：五典¹攸通 1.1/1/6

　　　　　　當頁注 1 注出「典」字有異文「教」。

　　b．數碼前加‧‧，表示範圍。

　　　　例如：特進‧潁陽侯‧⁹梁不疑爲河南尹 1.1/1/21

　　　　　　當頁注 9 注出「潁王」爲「潁陽侯」三字之異文。

　　c．異文多於一種者：加 A．B．C．以區別之。

　　　　例如：載‧鶴軒‧⁶ 1.10/8/15

　　　　　　當頁注 6 下注出異文及出處：

　　　　　　　　A.鵒軒 B.鵒軒《重雕蘭雪堂本》頁8

　　　　　　表示兩種不同異文分見不同別本。

　　d．異文後所加按語，外括〈　〉號。

　　　　例如：鼎于誠⁵ 1.2/3/6

　　　　　　當頁注 5 注出異文及出處後，再加按語：

　　　　　　　　誠《重雕蘭雪堂本》頁3〈陶校云：「誠」字是韻，姑從之。〉

5.2.校勘除選錄不同版本所見異文之外，亦選錄其他文獻、類書等引錄所見異文。

5.3.讀者欲知異文詳細情況，可參看許瀚《楊刻蔡中郎集校勘記》。凡據別本，及其他文獻所紀錄之異文，於標注異文後，均列明出處，包括書名、篇名、頁次，有關所據文獻之版本名稱，及標注其出處之方法，請參《徵引書目》。

6 ．■表示底本原有墨釘。□表示底本原有空格。

二．逐字索引編排：

1 ．以單字為綱，旁列該字在全文出現之頻數（書末另附《全書用字頻數表》〔附錄〕，按頻數次序列出全書單字），下按原文先後列明該字出現之全部例句，句中遇該字則代以「○」號。

2 ．全部《逐字索引》按漢語拼音排列；一字多音者，只於最常用讀音下，列出全部例句，異讀請參《漢語拼音檢字表》。

3 ．每一例句後加上編號 a/b/c 表明於原文中位置，例如 1.1/2/3，「1.1」表示原文的篇章次、「2」表示頁次、「3」表示行次。

三．檢字表：

備有《漢語拼音檢字表》、《筆畫檢字表》兩種：

1 ．漢語拼音據《辭源》修訂本（一九七九年至一九八三年北京商務印書館）及《漢語大字典》。一字多音者，按不同讀音在音序中分別列出；例如「說」字有 shuō, shuì, yuè, tuō 四讀，分列四處。聲母、韻母相同之字，按陰平、陽平、上、去四聲先後排列。讀音未詳者，一律置於表末。

2 ．《逐字索引》中某字所出現之頁數，在《漢語拼音檢字表》中所列該字任一讀音下皆可檢得。

3 ．筆畫數目、部首歸類均據《康熙字典》。畫數相同之字，其先後次序依部首排列。

4 ．另附《威妥碼 – 漢語拼音對照表》，以方便使用威妥碼拼音之讀者。

Guide to the use of the Concordance

1. Text

1.1 The text printed with the concordance is based on the *Haiyuange fangsong* (*HYG*) edition. As all extant editions are marred by serious corruptions, besides other editions, parallel texts in other works have been used for collation purposes. As emendations of the text have been incorporated for the reference of the reader, care has been taken to have them clearly marked as such, both in the case of the full text as well as in the concordance, so that the original text can be recovered by ignoring the emendations.

1.2 Round brackets signify deletions while square brackets signify additions. This device is also used for emendations. An emendation of character a to character b is indicated by (a) [b], e.g.,

朝廷所〔以〕弔贈 1.1/1/12

The character 以 missing in the *HYG* edition, is added on the authority of the *Chongdiao lanxuetang* edition (p.1).

凶人（人）惡言當道 1.1/2/8

The character 人 in the *HYG* edition, being an interpolation, is deleted on the authority of the *Chongdiao lanxuetang* edition (p.2).

（尤）〔允〕執丕貞 3.3/17/23

The character 尤 in the *HYG* edition has been emended to 允 on the authority of Sun yirang's *Zhayi* (p.404).

A list of all additions, deletions and emendations is appended on p.49 where the authority for each is given.

1.3 Where the text has been emended on the authority of other editions or the parallel text found in other works, such emendations are either incorporated into the text or entered as footnotes. For explanations, the reader is referred to the Bibliography on p.48.

1.4   For all concordanced characters only the standard form is used. Variant or incorrect forms have been replaced by the standard forms as given in Morohashi Tetsuji's *Dai Kan-Wa jiten*, (Tokyo: Taishūkan shōten, 1974), and the *Hanyu da zidian* (Hubei cishu chubanshe and Sichuan cishu chubanshe 1986-1990), e.g.,

無言不讎 1.1/1/25

The *HYG* edition has 讐 which, being a variant form, has been replaced by the standard form 讎 as given in the Dai Kan-Wa jiten. A list of all variant forms that have been in this way replaced is appended on p.44.

1.5   The textual notes are mainly based on Xu han's *Yangke Caizhonglangji jiaokanji* (Jinan Qilu shushe, 1985).

1.5.1.a   A figure on the upper right hand corner of a character indicates that a collation note is to be found at the bottom of the page, e.g.,

五典¹攸通 1.1/1/6

the superscript ¹ refers to note 1 at the bottom of the page.

1.5.1.b   A range marker ˙ ˙ is added to the figure superscribed to indicate the total number of characters affected, e.g.,

特進˙穎陽侯˙⁹梁不疑爲河南尹 1.1/1/21

The range marker indicates that note 9 covers the three characters 穎陽侯.

1.5.1.c   Where there are more than one variant reading, these are indicated by A, B, C, e.g.,

載˙鶴軒˙⁶ 1.10/8/15

Note 6 reads A.鵢軒 B.鶬軒《重雕蘭雪堂本》頁8, showing that for

鶴軿 one edition reads 鳽軿, while another edition reads 鳱軒.

1.5.1.d A comment on a collation note is marked off by the sign 〈 〉, e.g.,

鼎于誠[5] 1.2/3/6

Note 5 reads: 誠《重雕蘭雪堂本》頁3〈陶校云：「誠」字是韻，姑從之。〉.

1.5.2 Besides readings from other editions, readings from quotations found in encyclopaedias and other works are also included.

1.5.3 For further information on variant readings given in the collation notes the reader is referred to Xu han's *Yangke Caizhonglangji jiaokanji*, and for further information on references to sources the reader is referred to Bibliography on p.48.

1.6 In the Concordance we have kept the sign ■ which seems to indicate missing character which may be restored in future from other sources. The sign □ which in the original text indicates a missing character.

2. Concordance

2.1 In the entries the concordanced character is replaced by the ○ sign. The entries are arranged according to the order of appearance in the text. The frequency of appearance of the character concerned in the whole text is shown, and a list of all the concordanced characters in frequency order is appended. (Appendix)

2.2 The entries are listed according to Hanyupinyin. In the body of the concordance only the most common pronunciation of a character is listed under which all occurrences of the character are located.

2.3 Figures in three columns show the chapter, page and line in which the first character in the text cited appears, e.g., 1.1/2/3,

1.1 denotes the chapter.
2 denotes the page.
3 denotes the line.

3. Index

A Stroke Index and an Index arranged according to Hanyupinyin are included.

3.1 The pronunciation given in the *Ciyuan* (The Commercial Press, Beijing, 1979-1983) and the *Hanyu da zidian* is used. Where a character has two or more pronunciations, it can be found under any of these in the Index. For example: 說 which has four pronunciations: shuō, shuì, yuè, tuō is to be found under any one of these four entries. Characters with the same pronunciation but different tones are listed according to tone order. Characters of which the pronunciation is unknown are relegated to the end of the Index.

3.2 In the body of the Concordance only the most common pronunciation of a character is listed, but in the Index all alternative pronunciations of the character are given.

3.3 In the stroke Index, characters with the same number of strokes appear under the radicals in the same order as given in the *Kangxi zidian*.

3.4 A correspondence table between the Hanyupinyin and the Wade-Giles systems is also provided.

漢 語 拼 音 檢 字 表

ā			嗷	101	班	104	**bào**		
阿(ē)	169		熬	101	頒(fén)	183	抱	105	
							豹	105
āi			**ǎo**		**bǎn**		裒	105
哀	99		夭(yāo)	495	反(fǎn)	178	報	105
埃	99				阪	104	暴	105
			ào		板	104		
ǎi			奧	101			**bēi**	
藹	99		傲	101	**bàn**		卑	105
			懊	101	半	104	波(bō)	113
ài			隩(yù)	547	辦	104	陂	105
乂(yì)	516				辨(biàn)	111	背(bèi)	106
艾	99		**ba**				悲	105
隘	99		罷(bà)	102	**bāng**		碑	106
愛	99				邦	104	鞞(bǐng)	113
嗌(yì)	520		**bā**		彭(péng)	329		
噫(yī)	505		八	101			**běi**	
曖	99		巴	101	**bǎng**		北	106
曖	99				榜	104		
礙	99		**bá**				**bèi**	
			拔	101	**bàng**		北(běi)	106
ān			跋	102	蚌	104	拔(bá)	101
安	100		弊(bì)	109	竝(bìng)	113	邶	106
陰(yīn)	522				旁(páng)	328	背	106
闇(àn)	100		**bà**		榜(bǎng)	104	勃(bó)	114
			伯(bó)	114	謗	104	悖	106
ǎn			罷	102			被	106
晻	100				**bāo**		備	106
			bái		包	104	輩	107
àn			白	102	苞	104	憊	107
按	100				葆(bǎo)	105		
案	100		**bǎi**		褒	104	**bēn**	
暗	100		百	102			奔	107
闇	100		柏(bó)	114	**báo**		賁(bì)	109
黯	100				雹	104	犇	107
			bài					
áng			拜	103	**bǎo**		**běn**	
卬	100		敗	103	保	104	本	107
昂	100		排(pái)	327	葆	105		
					飽	105	**bèn**	
áo			**bān**		褓	105	奔(bēn)	107
傲(ào)	101		般	104	寶	105		

bēng			
崩	107		
榜(bǎng)	104		
bèng			
蚌(bàng)	104		
迸	107		
bī		**bì**	
偪	107	必	108
逼	108	畀	108
		陂(bēi)	105
bǐ		拂(fú)	188
比	108	服(fú)	187
妣	108	泌(mì)	307
彼	108	披(pī)	329
卑(bēi)	105	毖	109
俾	108	陛	109
粊	108	被(bèi)	106
筆	108	畢	109
鄙	108	閉	109
		費(fèi)	182
		賁	109
		敝	109
		愎	109
		弼	109
		愊	109
		辟(pì)	329

碧	109	**bīn**		伯	114	**cái**		**cáo**
弊	109	彬	112	佛(fó)	185	才	122	曹	123
幣	109	斌	112	帛	114	材	122	螬	124
嬖	110	賓	112	泊	114	財	122		
蔽	109	頻(pín)	331	柏	114	裁	122	**cǎo**	
臂	110	濱	112	勃	114	纔	122	草	124
避	110	瀕	112	悖(bèi)	106			懆	124
斃	110	繽	112	剝(bō)	113	**cǎi**			
璧	110			渤	114	采	122	**cè**	
馥(fù)	192	**bìn**		博	114			冊	124
		儐(bīn)	112	踣	114	**cài**		側	124
biān		殯	112	暴(bào)	105	采(cǎi)	122	惻	124
編	110	鬢	112	魄(pò)	332	蔡	122	策	124
鞭	110			駁	115			測	124
邊	110	**bīng**		薄	115	**cān**			
		冰	112	鎛	115	參(shēn)	376	**cēn**	
biǎn		并(bìng)	113	薄(bù)	122	餐	123	參(shēn)	376
窆	110	兵	112			驂	123		
貶	110	屏(píng)	332	**bǒ**				**cén**	
褊	110			播(bō)	114	**cán**		岑	124
辨(biàn)	111	**bǐng**				殘	123		
		丙	113	**bò**		慚	123	**céng**	
biàn		秉	113	辟(pì)	329	蠶	123	曾(zēng)	565
弁	110	邴	113	薄(bó)	115			層	124
便	110	炳	113			**cǎn**		增(zēng)	565
徧	110	屏(píng)	332	**bū**		慘	123		
編(biān)	110	迸(bèng)	107	晡	115	憯	123	**chā**	
辨	111	稟	113	逋	115			差	124
辯	111	鞞	113			**càn**		捷(jié)	256
變	111			**bú**		參(shēn)	376	插	125
		bìng		樸(pǔ)	333	粲	123		
biāo		并	113			操(cāo)	123	**chá**	
彪	111	屏(píng)	332	**bǔ**				苴(jū)	267
摽(piāo)	330	垃	113	卜	115	**cāng**		鉏(chú)	139
瘭	111	病	113	捕	115	倉	123	察	125
飆	111			哺	115	滄	123		
		bō		補	115	蒼	123	**chà**	
biǎo		波	113					差(chā)	124
表	111	剝	113	**bù**		**cáng**			
		般(bān)	104	不	115	臧(zāng)	561	**chāi**	
biào		發(fā)	176	布	121	藏	123	拆	125
摽(piāo)	330	番(fān)	177	步	121			差(chā)	124
		播	114	怖	121	**cǎng**			
bié		嶓	114	部	122	蒼(cāng)	123	**chái**	
別	111			簿	122			柴	125
		bó				**cāo**			
		百(bǎi)	102			操	123		

chài		**chāo**		承	133	敕	136	**chú**	
差(chā)	124	紹(shào)	373	城	133	飭	136	助(zhù)	606
		鈔	127	乘	134	熾	136	除	139
chán		超	127	程	134			屠(tú)	433
單(dān)	151	綽(chuò)	142	盛	134	**chōng**		鉏	139
亶(dǎn)	151			誠	134	充	136	著(zhù)	607
漸(jiàn)	250	**cháo**		徵(zhēng)	576	沖	136	蒢	139
嶄(zhǎn)	566	巢	127	懲	135	珫	136	廚	139
澶	125	朝(zhāo)	569			舂	136	諸(zhū)	604
禪(shàn)	370			**chěng**		衝	136	鶵	139
瀍	125	**chē**		逞	135	橦(tóng)	432		
蟬	125	車	127	騁	135			**chǔ**	
纏	125					**chóng**		杵	139
躔	125	**chě**		**chèng**		种	136	處	139
讒	125	尺(chǐ)	135	稱(chēng)	131	重(zhòng)	601	楚	139
						崇	136	儲	140
chǎn		**chè**		**chī**		蟲	137		
剗	125	宅(zhái)	565	蚩	135			**chù**	
產	125	掣	128	笞	135	**chǒng**		忧	140
諂	125	徹	128	絺	135	龍(lóng)	297	畜	140
闡	125			摛	135	寵	137	絀	140
		chēn		螭	135			處(chǔ)	139
chàn		琛	128	離(lí)	283	**chōu**		詘(qū)	352
剗(chǎn)	125					抽	137	黜	140
		chén		**chí**		瘳	137	歜	140
chāng		臣	128	池	135			觸	140
昌	125	沈	130	弛	135	**chóu**			
閶	125	辰	130	坻	135	惆	137	**chuāi**	
		宸	131	治(zhì)	596	酬	137	揣(chuǎi)	140
cháng		晨	131	持	135	愁	137		
長	125	陳	131	馳	135	綢	137	**chuǎi**	
尚(shàng)	372	塵	131	墀	135	儔	137	揣	140
常	126	諶	131	遲	135	疇	137		
場	127					籌	137	**chuān**	
腸	127	**chèn**		**chǐ**		躊	137	川	140
嘗	127	稱(chēng)	131	尺	135				
裳	127	齔	131	斥(chì)	136	**chǒu**		**chuán**	
償	127	櫬	131	赤(chì)	136	丑	138	傳	140
		讖	131	侈	135	醜	138	遄	141
chǎng				恥	135				
敞	127	**chēng**		移(yí)	505	**chòu**		**chuǎn**	
		稱	131	齒	136	臭	138	舛	141
chàng								喘	141
悵	127	**chéng**		**chì**		**chū**		惴(zhuì)	608
暢	127	成	132	斥	136	出	138		
		丞	132	赤	136	初	138	**chuāng**	
		呈	133	翅	136			創	141

chuáng		差(chā)	124	殂	146	cùn		堪(kān)	273
床	141	疵	142			寸	147	儋	151
橦(tóng)	432	恣(zì)	614	cù				殫	151
		嵯(cuó)	147	取(qǔ)	352	cuō		簞	151
chuàng				卒(zú)	616	差(chā)	124		
刱	141	cí		促	146	蹉	147	dán	
倉(cāng)	123	子(zǐ)	610	倅(cuì)	146			但(dàn)	152
創(chuāng)	141	祠	142	戚(qī)	334	cuó			
愴	141	茲(zī)	609	踧	146	嵯	147	dǎn	
		詞	143	蔟	146	醝	147	單(dān)	151
chuī		粢(zī)	610	趣(qù)	353			亶	151
吹	141	雌	143	數(shù)	405	cuò		膽	151
		慈	143	趨(qū)	352	昔(xī)	461		
chuí		甆	143	蹙	146	挫	147	dàn	
垂	141	辭	143			措	147	旦	151
倕	141			cuán		摧(cuī)	146	但	152
椎	141	cǐ		攢	146	錯	147	淡	152
箠	141	此	143	鑽(zuān)	618			亶(dǎn)	151
						dá		誕	152
chuì		cì		cuàn		怛	148	彈	152
吹(chuī)	141	次	144	篡	146	荅	148	憚	152
		佽	145	竄	146	達	148	儋(dān)	151
chūn		刺	145			憚(dàn)	152	澹	152
春	141	恣(zì)	614	cuī		闥(xī)	463	澶(chán)	125
		賜	145	衰(shuāi)	405			壇(tán)	423
chún				崔	146	dà		贍(shàn)	370
純	142	cōng		催	146	大	148		
脣	142	從(cóng)	145	摧	146			dāng	
淳	142	蔥	145	碓	146	dài		當	152
醇	142	聰	145			大(dà)	148		
鶉	142	總(zǒng)	615	cuǐ		代	150	dǎng	
				洒(sǎ)	365	岱	151	黨	153
chǔn		cóng				毒(dú)	166	讜	153
春(chūn)	141	從	145	cuì		殆	151		
蠢	142			卒(zú)	616	怠	151	dàng	
		còu		倅	146	待	151	湯(tāng)	423
chuō		奏(zòu)	615	悴	147	帶	151	當(dāng)	152
踔	142	族(zú)	616	萃	147	棣(dì)	162	蕩	153
		湊	146	毳	147	逮	151	盪	153
chuò		蔟(cù)	146	瘁	147	貸	151		
淖(nào)	322	輳	146	翠	147	駘(tái)	421	dāo	
綽	142			粹	147	戴	151	刀	153
綴(zhuì)	608	cū		顇	147			忉	153
輟	142	粗	146			dān			
				cún		丹	151	dǎo	
cī		cú		存	147	耽	151	倒	153
柴(chái)	125	徂	146			單	151	道(dào)	154

導	153	鏑	158	diǎo		dòu		duì	
蹈	153	鑼	158	鳥(niǎo)	325	豆	166	兌	168
搗	153	覿	158			投(tóu)	432	隊	168
禱	153			diào		瀆(dú)	167	敦(dūn)	169
		dǐ		弔	164	竇	166	對	168
dào		底	158	趙(zhào)	570	讀(dú)	167	銳(ruì)	364
到	153	抵	158	調(tiáo)	429			懟	168
倒(dǎo)	153	坻(chí)	135			dū			
悼	154	柢	159	diē		都	166	dūn	
陶(táo)	425	砥	159	跌	164	督	166	純(chún)	142
盜	154							敦	169
敦(dūn)	169	dì		dié		dú		燉(tún)	435
道	154	弔(diào)	164	迭	164	毒	166		
稻	155	地	159	涉(shè)	374	頓(dùn)	169	dùn	
翿	155	弟	159	耋	164	獨	166	豚(tún)	435
纛	155	帝	160	絰	164	瀆	167	鈍	169
		第	162	渫(xiè)	476	櫝	167	敦(dūn)	169
dé		棣	162	牒	164	犢	167	遁	169
陟(zhì)	597	禘	162	蹀	164	讀	167	頓	169
得	155	蹢(cù)	146	疊	164			遯	169
德	155	甋	162			dǔ		燉(tún)	435
		諦	162	dīng		堵	167		
dēng		題(tí)	425	丁	164	睹	167	duō	
登	157					篤	167	多	169
燈	157	diān		dǐng		覩	167		
		顛	162	鼎	164			duó	
děng						dù		度(dù)	167
等	157	diǎn		dìng		土(tǔ)	433	奪	169
		典	163	定	164	杜	167		
dèng		點	163			度	167	duò	
鄧	158			dōng		渡	168	惰	169
		diàn		冬	165	塗(tú)	433	墮	169
dī		田(tián)	429	東	165	斁(yì)	521		
低	158	旬	163					ē	
隄	158	阽	163	dǒng		duān		阿	169
磾	158	奠	163	董	165	端	168	痾	170
		殿	163						
dí		電	163	dòng		duǎn		é	
狄	158	墊	163	洞	166	短	168	俄	170
迪	158			恫(tōng)	430			峨	170
笛	158	diāo		凍	166	duàn		蛾	170
條(tiáo)	429	凋	163	動	166	段	168	額	170
滌	158	彫	164	棟	166	斷	168		
翟	158	貂	164					ě	
嫡	158	敦(dūn)	169	dǒu		duī		猗(yī)	504
敵	158	雕	164	斗	166	追(zhuī)	608		
適(shì)	397			豆(dòu)	166	敦(dūn)	169		

è		藩	177	fàng		賁(bì)	109	fǒu	
厄	170			放	180	梵	183	不(bù)	115
曷(hé)	220	fán				頒	183	否	185
惡	170	凡	177	fēi		墳	183		
隘(ài)	99	番(fān)	177	妃	180			fū	
萼	170	煩	178	非	180	fěn		不(bù)	115
遏	170	樊	178	飛	181	粉	183	夫	185
餓	170	蕃	178	匪(fěi)	182			孚	187
		燔	178	菲(fěi)	182	fèn		傅(fù)	191
ēn		繁	178	扉	181	分(fēn)	182	鈇	187
恩	170	蟠	178	斐(fěi)	182	忿	183	溥(pǔ)	333
				騑	181	賁(bì)	109	敷	187
ér		fǎn				墳(fén)	183	膚	187
而	170	反	178	féi		憤	183		
兒	174	返	178	肥	181	奮	183	fú	
輭(ruǎn)	364			賁(bì)	109	糞	183	夫(fū)	185
		fàn		腓	182			弗	187
ěr		反(fǎn)	178			fēng		伏	187
耳	174	犯	178	fěi		風	184	佛(fó)	185
爾	175	汎	179	非(fēi)	180	封	183	扶	187
邇	175	范	179	匪	182	逢(féng)	184	孚(fū)	187
		飯	179	菲	182	烽	184	芾(fèi)	182
èr		範	179	棐	182	鳳(fèng)	185	服	187
二	175			斐	182	鋒	184	拂	188
貳	176	fāng		翡	182	豐	184	坿(fù)	191
		方	179	誹	182			彿	188
fā		坊	180	篚	182	féng		宓(mì)	307
發	176	妨(fáng)	180			汎(fàn)	179	俘	188
		芳	180	fèi		逢	184	浮	188
fá		放(fàng)	180	吠	182	馮	184	偪(bī)	107
乏	176	訪(fǎng)	180	沸	182			紱	188
汎(fàn)	179			芾	182	fěng		匐	188
伐	176	fáng		肺	182	諷	184	符	188
閥	177	方(fāng)	179	費	182			莩	188
罰	177	防	180	菲(fěi)	182	fèng		虙	188
		坊(fāng)	180	廢	182	奉	184	鳧	188
fǎ		妨	180	髴(fú)	189	風(fēng)	184	福	188
法	177	房	180			俸	185	髴	189
				fēn		鳳	185	輻	189
fà		fǎng		分	182				
髮	177	仿	180	芬	182	fó		fǔ	
		彷	180	紛	182	佛	185	父(fù)	190
fān		放(fàng)	180	匪(fěi)	182			甫	189
反(fǎn)	178	倣	180	棼(fén)	183	fōu		府	189
番	177	紡	180			不(bù)	115	斧	189
蕃(fán)	178	訪	180	fén				俛(miǎn)	307
翻	177	髣	180	芬(fēn)	182			俯	189

脯	189	乾(qián)	344	葛	197	躬	202	**gǔ**	
腑	190			閣	197	恭	202	古	204
輔	190	**gǎn**		閤	197	宮	202	谷	205
腐	190	扞(hàn)	216			訟(sòng)	413	角(jué)	269
撫	190	敢	194	**gě**				股	205
黼	190	感	194	合(hé)	218	**gǒng**		姑(gū)	204
				蓋(gài)	193	共(gòng)	203	苦(kǔ)	277
fù		**gàn**				拱	203	骨	205
父	190	旰	194	**gè**		鞏	203	鼓	205
付	191	幹	194	各	197			賈	205
伏(fú)	187	榦	194	浩(hào)	217	**gòng**		滑(huá)	228
孚(fū)	187					共	203	骰(jiǎ)	247
坿	191	**gāng**		**gēn**		供(gōng)	202	穀	205
服(fú)	187	亢(kàng)	273	根	197	貢	203	轂	205
阜	191	阬(kēng)	276			恐(kǒng)	276	瞽	205
赴	191	剛	194	**gèn**				鵠(hú)	227
負	191	崗	194	亙	198	**gōu**		鶻	205
祔	191	綱	194	艮	198	句	203	蠱	205
婦	191					拘(jū)	267		
副	191	**gāo**		**gēng**		區(qū)	352	**gù**	
報(bào)	105	咎(jiù)	265	更	198	溝	203	告(gào)	196
傅	191	皋	195	庚	198	鉤	203	固	205
復	192	高	195	耕	198	構(gòu)	204	故	206
富	191	羔	195	縆(huán)	230	購	203	錮	207
腹	192	膏	196	羹	198			顧	207
賦	192	橋(qiáo)	345			**gǒu**			
縛	192			**gěng**		耇	204	**guā**	
賻	192	**gǎo**		邢(xíng)	481	苟	203	瓜	207
馥	192	稾	196	耿	198				
覆	192			哽	198	**gòu**		**guǎ**	
		gào		梗	198	句(gōu)	203	寡	208
gāi		告	196	綆	198	垢	204		
該	192	郜	196			區(qū)	352	**guà**	
		膏(gāo)	196	**gèng**		搆	204	卦	208
gǎi		誥	196	更(gēng)	198	構	204		
改	192			恆(héng)	221	遘	204	**guāi**	
		gē				講(jiǎng)	253	乖	208
gài		戈	196	**gōng**				緺(guō)	213
蓋	193	格(gé)	197	工	198	**gū**			
溉	193	割	196	弓	198	姑	204	**guài**	
概	193	歌	196	公	198	孤	204	怪	208
				功	201	家(jiā)	246		
gān		**gé**		共(gòng)	203	皋(gāo)	195	**guān**	
干	193	革	197	攻	201	辜	204	官	208
甘	193	格	197	供	202	酤	204	矜(jīn)	259
奸(jiān)	247	假(jiǎ)	247	肱	202			冠	209
肝	193	隔	197	紅(hóng)	222			棺	209

綸(lún)	301	**guì**		**hǎn**		**hé**		**hèng**	
攌	210	貴	213	罕	216	禾	218	橫(héng)	221
關	210	跪	213			合	218		
觀	210	蹶(jué)	270	**hàn**		何	218	**hōng**	
				扞	216	劾	220	薨	221
guǎn		**gǔn**		汗	216	河	219	轟	221
管	210	卷(juàn)	269	旰(gàn)	194	和	219		
館	210	混(hùn)	235	旱	216	郃	220	**hóng**	
		袞	213	含(hán)	215	曷	220	弘	221
guàn				悍	216	洽(qià)	342	宏	221
冠(guān)	209	**guō**		感(gǎn)	194	核	220	降(jiàng)	253
貫	210	郭	213	漢	216	盍	220	洪	222
悺	210	過(guò)	215	翰	217	害(hài)	215	虹	222
棺(guān)	209	緺	213	瀚	217	荷	220	紅	222
盥	210					輅	220	紘	222
關(guān)	210	**guó**		**háng**		蓋(gài)	193	嶸	222
灌	210	國	213	行(xíng)	479	翮	220	鴻	222
懽(huān)	229	虢	214			轄(xiá)	465		
觀(guān)	210	馘	214	**hàng**		閡	220	**hòng**	
				行(xíng)	479	翯	220	虹(hóng)	222
guāng		**guǒ**						鴻(hóng)	222
光	210	果	214	**hāo**		**hè**			
		裹	214	蒿	217	何(hé)	218	**hóu**	
guǎng		槨	214			和(hé)	219	侯	222
廣	211			**háo**		荷(hé)	220	喉	223
		guò		皋(gāo)	195	賀	220		
guī		過	215	號	217	葛(gé)	197	**hòu**	
圭	212			嘷	217	褐	220	后	223
邽	212	**hái**		豪	217	赫	220	厚	225
珪	212	骸	215			壑	221	後	224
規	212			**hǎo**		鵠(hú)	227	候	225
嬀	212	**hǎi**		好	217	鶴	221		
寬(wéi)	445	海	215					**hū**	
閨	212			**hào**		**hēi**		乎	225
瑰	212	**hài**		好(hǎo)	217	黑	221	呼	226
鳺(jué)	270	亥	215	昊	217			昒	226
龜	212	害	215	浩	217	**hěn**		忽	226
歸	212	蓋(gài)	193	皓	217	狠	221	武(wǔ)	458
瓊	212	駭	215	號(háo)	217			惚	226
				鄗	218	**hèn**		滹	226
guǐ		**hán**		鎬	218	恨	221	惡(è)	170
宄	212	汗(hàn)	216	顥	218			戲(xì)	464
軌	212	含	215			**héng**			
癸	212	函	215	**hē**		恆	221	**hú**	
鬼	213	寒	215	何(hé)	218	衡	221	狐	226
詭	213	幹(gàn)	194	阿(ē)	169	橫	221	弧	226
		韓	215	苛(kē)	274			胡	226

斛	227
觚	227
壺	227
湖	227
號(háo)	217
穀	227
鵠	227
鶻(gǔ)	205

hǔ

虎	227
許(xǔ)	484

hù

互	227
戶	227
祜	227
瓠(hú)	227
扈	227
楛	228
濩(huò)	236
護	228

huā

華(huá)	228

huá

華	228
滑	228
猾	228
豁(huò)	236
驊	228

huà

化	228
華(huá)	228
畫	229

huái

徊(huí)	233
淮	229
裹	229
槐	229
褱	229
懷	229

huài

壞	229

huān

懽	229
歡	229

huán

桓	229
絙	230
圜(yuán)	549
環	230
還	230

huǎn

緩	230

huàn

奐	230
圂(hùn)	235
浣	230
眩(xuàn)	487
患	230
渙	230
換	230
煥	230
豢	230
攌(guān)	210

huāng

荒	230

huáng

皇	230
徨	232
黃	231
惶	232
隍	232
煌	232
蝗	232
璜	232
鍠	232

huǎng

芒(máng)	302
恍	232
晃	232

huàng

晃(huǎng)	232

huī

灰	232
咴(huǐ)	233
恢	232
悝(kuī)	278
揮	232
睢(suī)	414
墮(duò)	169
麾	233
輝	233
徽	233
戲(xì)	464

huí

回	233
徊	233
迴	233

huǐ

虺	233
悔	233
烜(xuǎn)	486
毀	233

huì

卉	233
晦	233
惠	233
稅(shuì)	406
彙	234
賄	234
會	234
誨	234
慧	234
諱	234
繢	234
穢	234
壞(huài)	229

hūn

昏	234
婚	234

hún

昆(kūn)	279
渾	234
魂	235

hùn

圂	235
混	235
渾(hún)	234
溷	235

huō

豁(huò)	236

huó

越(yuè)	556

huǒ

火	235
夥	235

huò

呼(hū)	226
或	235
瓠(hú)	227
貨	235
惑	235
禍	236
嚯	236
霍	236
豁	236
濩	236
獲	236
穫	236

jī

几	236
肌	236
居(jū)	266
其(qí)	334
奇(qí)	334
姬	236
剞	236
迹	236
笄	237
倚(yǐ)	516
基	237

掣(chè)	128
幾(jǐ)	241
期(qī)	334
其(qí)	339
萁(qí)	339
隔(gé)	197
資(zī)	610
箕	237
齊(qí)	339
稽	237
畿	237
緝(qì)	342
璣	237
激	237
機	237
積	237
隋	238
績	238
擊	238
雞	238
譏	238
饑	238
躋	238
齏	238

jí

及	238
即	239
汲	239
革(gé)	197
亟	239
急	239
疾	240
級	240
棘	240
集	240
揖(yī)	504
嫉	241
堲	241
戢	241
極	240
楫	241
瘠	241
踖	241
緝(qì)	342
輯	241
蹐	241

籍	241	**jiā**		艱	248	疆	252
		加	245	殲	248		
jǐ		夾	246	纖（xiān）	468	**jiǎng**	
几（jī）	236	俠（xiá）	464			講	253
己	241	浹	246	**jiǎn**			
紀（jì）	243	家	246	前（qián）	343	**jiàng**	
棘（jí）	240	挾（xié）	476	揀	248	匠	253
給	241	葭	246	減	248	降	253
幾	241	嘉	246	齊（qí）	339	虹（hóng）	222
戟	242			儉	249	將（jiāng）	251
濟（jì）	245	**jiá**		踐（jiàn）	251	強（qiáng）	345
		夾（jiā）	246	錢（qián）	344	絳	253
jì		頡（xié）	476	瞼（xiǎn）	469	壃（jiāng）	252
伎	242			檢	249	彊（qiáng）	345
吉	242	**jiǎ**		瞽	249	醬	253
技	242	甲	247	蹇	249	疆（jiāng）	252
忌	242	夏（xià）	466	簡	249		
近（jìn）	259	假	247	簡	249	**jiāo**	
季	242	賈（gǔ）	205	繭	249	交	253
其（qí）	334	暇（xià）	467			郊	253
紀	243	鰕	247	**jiàn**		教（jiào）	254
既	242			見	249	椒	254
洎	242	**jià**		建	250	蛟	254
計	242	假（jiǎ）	247	健	250	焦	254
記	243	賈（gǔ）	205	間（jiān）	248	喬（qiáo）	345
祭	244	嫁	247	閒（xián）	469	鄗（hào）	218
悸	244	駕	247	煎（jiān）	248	僬	254
寄	244	稼	247	監（jiān）	248	徼（jiào）	255
幾（jǐ）	241	價	247	漸	250	橋（qiáo）	345
結（jié）	256			僭	250	驕	254
棘（jí）	240	**jiān**		澗	250	鷦	254
跡	244	奸	247	踐	251		
資（zī）	610	姦	247	劍	250	**jiǎo**	
際	244	咸（xián）	468	賤	250	糾（jiū）	264
齊（qí）	339	兼	248	諫	251	狡	254
稷	244	堅	248	薦	251	校（jiào）	254
暨	244	淺（qiǎn）	344	濫（làn）	280	僥（yáo）	496
髻	244	間	248	檻	251	徼（jiào）	255
冀	244	閒（xián）	469	鑒	251	橋（qiáo）	345
濟	245	楗	248			矯	254
蹟	245	煎	248	**jiāng**		皦	254
騎（qí）	340	蒹	248	江	251		
繼	245	監	248	姜	251	**jiào**	
霽	245	漸（jiàn）	250	將	251	叫	254
驥	245	緘	248	僵	252	校	254
		熸	248	壃	252	教	254
		鰜	248	彊（qiáng）	345	斠（hú）	227

較	255		
僬（jiāo）	254		
噭	255		
徼	255		
覺（jué）	270		
jie			
家（jiā）	246		
jiē			
皆	255		
接	256		
街	256		
階	256		
楷	256		
價（jià）	247		
jié			
子	256		
劫	256		
拾（shí）	384		
桀	256		
訐	256		
捷	256		
接（jiē）	256		
傑	256		
結	256		
絜	257		
節	257		
詰	257		
截	257		
碣	257		
竭	257		
潔	257		
頡（xié）	476		
jiě			
解	257		
jiè			
介	257		
戒	257		
屆	258		
界	258		
借	258		
蚧	258		
解（jiě）	257		

耤(jí)	241	經	262	**jiù**		距	268	覺	270
誡	258	靖(jìng)	263	咎	265	渠(qú)	352	嚼	270
曁(jì)	244	粳	262	疚	265	鉅	268		
籍(jí)	241	兢	262	柩	265	聚	268	**jūn**	
		精	262	救	265	窶	268	旬(xún)	488
jīn		驚	263	就	266	劇	268	均	270
巾	258			舅	266	鋸	268	君	270
今	258	**jǐng**		舊	266	據	268	軍	271
斤	259	井	263			虡	268	袀	272
金	259	景	263	**jū**		鶵(chú)	139	鈞	272
矜	259	儆	263	且(qiě)	346	懼	268	龜(guī)	212
津	259	頸	263	車(chē)	127				
筋	259			拘	267	**juān**		**jùn**	
禁(jìn)	260	**jìng**		居	266	捐	269	俊	272
襟	259	勁	263	沮(jǔ)	267	悁	269	浚	273
		徑	263	苴	267	鐫	269	捃	273
jín		陘(xíng)	481	俱	267	蠲	269	峻	272
廑	259	竟	263	疽	267			郡	272
		敬	263	雎	267	**juǎn**		逡(qūn)	354
jǐn		靖	263	鞠	267	卷(juàn)	269	濬	273
僅	259	境	264	鞫	267				
盡(jìn)	261	靜	264			**juàn**		**kāi**	
錦	259	鏡	264	**jú**		卷	269	開	273
謹	259	競	264	局	267	悁(juān)	269		
覲(jìn)	261			告(gào)	196	倦	269	**kǎi**	
		jiōng		跼	267	睠	269	豈(qǐ)	340
jìn		坰	264	鴡(jué)	270			凱	273
吟(yín)	523			鞠(jū)	267	**juē**		楷(jiē)	256
近	259	**jiǒng**		鷯(chú)	139	祖(zǔ)	617	愷	273
浸	260	窘	264			嗟	269	闓	273
晉	260	潁	264	**jǔ**					
進	260			巨(jù)	268	**jué**		**kān**	
寢	261	**jiū**		去(qù)	353	決	269	刊	273
僅(jǐn)	259	究	264	拒(jù)	268	角	269	看(kàn)	273
禁	260	糺	264	沮	267	屈(qū)	352	堪	273
搢	261	糾	264	矩	267	崛	269		
盡	261	鳩	264	鉏(chú)	139	厥	269	**kǎn**	
縉	261	繆(móu)	317	舉	267	鈌	270	坎	273
薦(jiàn)	251					絕	270	檻(jiàn)	251
覲	261	**jiǔ**		**jù**		确(què)	354		
		九	264	巨	268	較(jiào)	255	**kàn**	
jīng		久	265	句(gōu)	203	刷	270	看	273
京	261	句(gōu)	203	足(zú)	616	鴡	270	瞰	273
涇	262	糺(jiū)	264	拒	268	爵	270		
荊	261	韭	265	沮(jǔ)	267	闋(què)	354	**kāng**	
莖	262	酒	265	具	268	譎	270	康	273
旌	262			俱(jū)	267	蹶	270	糠	273

kàng			kòng			顆(kě)	275	kǔn			lǎng	
亢	273		空(kōng)	276				悃	279		朗	281
抗	273		控	277		kuāng		閫	279			
康(kāng)	273					匡	278				làng	
			kōu			皇(huáng)	230	kùn			浪	281
kǎo			彄	277		筐	278	困	279			
考	273										láo	
			kǒu			kuáng		kuò			牢	281
kào			口	277		狂	278	括	279		勞	281
稿(gǎo)	196							會(huì)	234			
			kòu			kuàng		廓	279		lǎo	
kē			叩	277		兄(xiōng)	482	闊	279		老	281
苛	274		寇	277		況	278				潦	282
柯	274					皇(huáng)	230	là				
科	274		kū			貺	278	臘	279		lào	
荷(hé)	220		枯	277		曠	278				牢(láo)	281
疴(ē)	170		哭	277		纊	278	lái			絡(luò)	301
顆(kě)	275							來(lài)	279		勞(láo)	281
			kǔ			kuī		萊	279		潦(lǎo)	282
kě			苦	277		悝	278	鰲	283		樂(yuè)	556
可	274		楛(hù)	228		悝(kuī)	278					
顆	275					規(guī)	212	lài			lè	
			kù			虧	278	來	279		了(liǎo)	290
kè			庫	277				厲(lì)	287		勒	282
可(kě)	274		酷	277		kuí		賚	280		樂(yuè)	556
克	275		嚳	277		逵	278	賴	280			
刻	276					揆	278	瀨	280		léi	
客	276		kuā			葵	278				累(lěi)	282
恪	276		夸	277		隗(wěi)	446	lán			壘(lěi)	282
課	276		華(huá)	228				婪	280		羸	282
						kuǐ		蘭	280		蠹	282
kěn			kuà			頃(qǐng)	350					
肯	276		夸(kuā)	277				lǎn			lěi	
頎(qí)	339		跨	277		kuì		濫(làn)	280		耒	282
墾	276					臾(yú)	541	覽	280		累	282
懇	276		kuài			愧	278				誄	282
			凷	277		匱	278	làn			磊	282
kēng			快	277		歸(guī)	212	濫	280		壘	282
阬	276		會(huì)	234		饋	278	爛	280			
			澮	277							lèi	
kōng			噲	277		kūn		láng			累(lěi)	282
空	276					卵(luǎn)	300	郎	280		淚	282
			kuān			坤	278	浪(làng)	281		壘(lěi)	282
kǒng			寬	277		昆	279	狼	281		類	282
孔	276					髡	279	琅	281			
空(kōng)	276		kuǎn			鵾	279	羹(gēng)	198		lī	
恐	276		款	278							裏(lǐ)	284

虜	298	黸	300	**má**		茅	303	亹(wěi)	446
魯	298	鸞	300	麻	301	旄	303	蘴	305
		鷺	300	氂	303				
lù				**mǎ**		蟊	303	**mèn**	
六(liù)	296	**luǎn**		馬	301			悶	305
角(jué)	269	卵	300			**mǎo**		滿(mǎn)	302
谷(gǔ)	205			**mà**		卯	303	懣	305
陸	298	**luàn**		罵	302				
鹿	298	亂	300	禡	302	**mào**		**méng**	
輅(hé)	220					茂	303	氓	305
賂	298	**lūn**		**mái**		冒	303	茵	305
祿	298	輪(lún)	301	埋	302	旄(máo)	303	萌	305
路	298					耄	303	盟	305
綠(lǜ)	300	**lún**		**mǎi**		貌	303	夢(mèng)	306
戮	298	倫	300	買	302	懋	303	蒙	306
慮(lǜ)	300	淪	300					濛	306
錄	299	綸	301	**mài**		**méi**		矇	306
簏	299	論(lùn)	301	麥	302	枚	303		
麓	299	輪	301	邁	302	某(mǒu)	317	**měng**	
露	299					眉	304	猛	306
鷺	299	**lùn**		**mán**		梅	304		
		論	301	蠻	302	腜	304	**mèng**	
lú						郿	304	孟	306
婁(lóu)	297	**luó**		**mǎn**		禖	304	盟(méng)	305
閭	299	羅	301	滿	302	墨(mò)	316	夢	306
		蠡(lǐ)	285			糜(mí)	306		
lǔ				**màn**				**mí**	
呂	299	**luǒ**		曼	302	**měi**		迷	306
侶	299	果(guǒ)	214	幕(mù)	318	每	304	糜	306
旅	299	累(lěi)	282	幔	302	美	304	彌	306
婁(lóu)	297	蠡(lǐ)	285	漫	302			縻	306
僂	299			慢	302	**mèi**		靡(mǐ)	306
屢	299	**luò**				每(měi)	304		
膂	299	洛	301	**máng**		妹	304	**mǐ**	
履	299	格(gé)	197	芒	302	袂	304	米	306
縷	300	絡	301	茫	303	昧	304	弭	306
臚(lú)	297	路(lù)	298	萌(méng)	305	寐	304	辟(pì)	329
		落	301	龍(lóng)	297	媚	304	彌(mí)	306
lǜ		雒	301			寐	304	靡	306
律	300	樂(yuè)	556	**mǎng**		眜(mò)	316	禰(nǐ)	323
率(shuài)	405	爍(shuò)	407	莽	303				
綠	300	躒(lì)	288			**mēn**		**mì**	
慮	300			**māo**		悶(mèn)	305	幺(yāo)	495
壘(lěi)	282	**lüè**		貓	303			泌	307
		掠	301			**mén**		宓	307
luán		略	301	**máo**		門	304	祕	307
孌(liàn)	289			毛	303	懣(mèn)	305	密	307

蜜	307	泯	310	牟	317	**nán**		**nì**	
謐	307	敏	310	侔	317	男	320	泥(ní)	323
		閔	310	謀	317	南	321	逆	323
mián		愍	311	繆	317	難	321	匿	323
綿	307	憫	311					惄	323
				mǒu		**nàn**		溺	323
miǎn		**míng**		某	317	難(nán)	321	膩	323
沔	307	名	311					疑(yí)	507
免	307	明	312	**mòu**		**náng**			
俛	307	冥	313	戊(wù)	459	囊	321	**nián**	
勉	307	盟(méng)	305					年	323
娩	307	銘	313	**mǔ**		**nǎng**			
冕	307	鳴	313	母	317	曩	322	**niǎn**	
				牡	317			輦	325
miàn		**mìng**		畝	318	**náo**			
面	308	命	314			撓	322	**niàn**	
				mù				念	325
miáo		**miù**		木	318	**nǎo**			
苗	308	繆(móu)	317	目	318	腦	322	**niàng**	
		謬	315	牟(móu)	317			釀	325
miǎo				沐	318	**nào**			
妙(miào)	308	**mó**		牧	318	淖	322	**niǎo**	
杪	308	莫(mò)	316	莫(mò)	316			鳥	325
眇	308	無(wú)	454	睦	318	**něi**		嬝	325
鈔(chāo)	127	模	315	幕	318	餒	322		
淼	308	謨	315	墓	318			**niào**	
邈	308	麾(mǐ)	306	慕	318	**nèi**		溺(nì)	323
藐(mò)	317			暮	319	內	322		
		mò		穆	319			**niè**	
miào		末	315	繆(móu)	317	**néng**		泥(ní)	323
妙	308	百(bǎi)	102	鶩(wù)	460	而(ér)	170	涅	325
眇(miǎo)	308	沒	315			能	322	孽	325
廟	308	歿	316	**ná**				糵	325
繆(móu)	317	歿	316	南(nán)	321	**ní**		攝(shè)	375
		陌	316			尼	323	躡	325
miè		冒(mào)	303	**nà**		兒(ér)	174		
滅	309	莫	316	內(nèi)	322	怩	323	**níng**	
蔑	309	幕(mù)	318	納	319	泥	323	冰(bīng)	112
		漠	316			蜺	323	甯	325
mín		眛	316	**nǎi**		霓	323	寧	325
民	309	墨	316	乃	319			疑(yí)	506
旻	310	默	316	迺	320	**nǐ**		凝	326
珉	310	瘼	316			尼(ní)	323	鸋	326
緡	310	藐	317	**nài**		泥(ní)	323		
				能(néng)	322	疑(yí)	506	**nìng**	
mǐn		**móu**				禰	323	甯(níng)	325
昏(hūn)	234	毋(wú)	454					寧(níng)	325

濘	326	**ōu**		畔	328	**pī**		駢	330
		區(qū)	352	頪	328	皮(pí)	329	辯(biàn)	111
niú		嘔	327			丕	329		
牛	326	歐(ǒu)	327	**páng**		邳	329	**piàn**	
		毆	327	方(fāng)	179	披	329	辨(biàn)	111
niǔ		甌(qū)	352	仿(fǎng)	180	被(bèi)	106		
忸	326	謳	327	彷(fǎng)	180	粃(bǐ)	108	**piāo**	
紐	326			房(fáng)	180			摽	330
		ǒu		旁	328	**pí**		漂	330
nóng		禺(yú)	541	逢(féng)	184	比(bǐ)	108	瀌	330
農	326	偶	327	彭(péng)	329	皮	329	縹(piǎo)	330
濃	326	嘔(ōu)	327	榜(bǎng)	104	陂(bēi)	105	飄	330
		歐 ·	327	龐	328	毗	329		
nòng		耦	327			疲	329	**piáo**	
弄	326			**páo**		辟(pì)	329	瓢	330
		òu		包(bāo)	104	罷(bà)	102		
nú		嘔(ōu)	327	庖	328	蕃(fán)	178	**piǎo**	
奴	327					鞞(bǐng)	113	莩(fú)	188
帑(tǎng)	424	**pā**		**péi**		羆	329	縹	330
駑	327	葩	327	陪	328				
				裒	328	**pǐ**		**piào**	
nǔ		**pái**				匹	329	慓	330
弩	327	俳	327	**pèi**		庀	329	漂(piāo)	330
		徘	327	妃(fēi)	180	疋(shū)	400	驃	330
nù		排	327	沛	328	圮	329		
怒	327			肺(fèi)	182	否(fǒu)	185	**piē**	
		pān		佩	328			蔽(bì)	109
nǚ		判(pàn)	328	珮	328	**pì**			
女	327	番(fān)	177	配	328	匹(pǐ)	329	**pín**	
				轡	328	疋(shū)	400	貧	331
nù		**pán**				俾(bǐ)	108	頻	331
女(nǚ)	327	弁(biàn)	110	**pén**		副(fù)	191	嬪	331
		般(bān)	104	盆	328	辟	329	瀕(bīn)	112
nuǎn		番(fān)	177			譬	330		
煖	327	樊(fán)	178	**pēng**		闢	330	**pǐn**	
		盤	328	烹	328	鷺	330	品	331
nuó		繁(fán)	178	彭(péng)	329				
難(nán)	321	蟠(fán)	178	軿(píng)	332	**piān**		**pìn**	
儺	327	磐	328			偏	330	牝	331
				péng		褊(biàn)	110	聘	331
nuò		**pàn**		朋	329	翩	330		
懦	327	反(fǎn)	178	逢(féng)	184	篇	330	**píng**	
		半(bàn)	104	彭	329			平	331
nüè		判	328	蓬	329	**pián**		枰	331
虐	327	泮	328			平(píng)	331	屏	332
		盼	328	**pěng**		便(biàn)	110	馮(féng)	184
		叛	328	奉(fèng)	184	徧(biàn)	110	軿	332

憑	332	濮	333	騏	340	**qián**		橋(qiáo)	345
				騎	340	前	343	
pō		**pǔ**		麒	340	虔	344	**qiáo**	
朴(pò)	332	朴(pò)	332	蠐	340	健(jiàn)	250	招(zhāo)	568
陂(bēi)	105	圃	333	齎(jī)	238	乾	344	焦(jiāo)	254
泊(bó)	114	普	333			犍(jiān)	248	喬	345
碑(bēi)	106	溥	333			鉗	344	樵	345
頗	332	樸	333	**qǐ**		漸(jiàn)	250	橋	345
		譜	333	乞	340	潛	344	翹	345
pó				企	340	黔	344		
番(fān)	177	**pù**		起	340	錢	344	**qiǎo**	
繁(fán)	178	暴(bào)	105	豈	340	鍼(zhēn)	575	巧	345
		鋪(pū)	332	跂(qí)	339			悄	346
pǒ				啓	341	**qiǎn**			
頗(pō)	332	**qī**		幾(jǐ)	241	淺	344	**qiào**	
		七	333	綺	341	遣	345	削(xuē)	487
pò		妻	333	稽(jī)	237	譴	345	峭	346
朴	332	栖	334					殼	346
柏(bó)	114	淒	334	**qì**		**qiàn**		誚	346
迫	332	戚	334	乞(qǐ)	340	倩	345	噭(jiào)	255
破	332	欺	334	切(qiē)	346	牽(qiān)	342		
魄	332	棲	334	迄	341	淒(qī)	334	**qiē**	
		期	334	妻(qī)	333	歉	345	切	346
pōu		漆	334	泣	341	謙(qiān)	343		
朴(pò)	332			亟(jí)	239			**qiě**	
剖	332	**qí**		契	341			且	346
		伎(jì)	242	訖	341	**qiāng**			
póu		圻	334	氣	341	羌	345	**qiè**	
褒(bāo)	104	岐	334	跂(qí)	339	將(jiāng)	251	切(qiē)	346
		祁	339	棄	342	控(kòng)	277	妾	346
pǒu		奇	334	緝	342	慶(qìng)	350	怯	346
部(bù)	122	其	334	器	342			契(qì)	341
踣	332	祇	339			**qiáng**		捷(jié)	256
		祈	339	**qià**		強	345	竊	346
pū		俟(sì)	412	洽	342	彊	345		
仆	332	耆	339			牆	345	**qīn**	
扑	332	跂	339	**qiān**				侵	346
朴(pò)	332	崎	339	千	342	**qiǎng**		浸(jìn)	260
剝(bō)	113	幾(jǐ)	241	允(yǔn)	557	強(qiáng)	345	衾	346
鋪	332	棊	339	牽	342	襁	345	欽	346
		琦	339	愆	342	彊(qiáng)	345	寖(jìn)	261
pú		其	339	僉	342			親	347
扶(fú)	187	頎	339	搴	343	**qiàng**			
匍	332	碁	339	遷	343	嗆	345	**qín**	
脯(fǔ)	189	旗	340	蹇(jiǎn)	249			秦	347
僕	332	齊	339	謙	343	**qiāo**		琴	347
璞	333	綦	340	纖(xiān)	468	虓(xiāo)	473	勤	347
						鄗(hào)	218		

禽	348	**qiú**		**quán**		**rǎn**		**rèn**	
擒	348	仇	351	全	353	冉	356	刃	359
		囚	351	卷(juàn)	269	染	356	仞	359
qǐn		求	351	泉	353			任	360
侵(qīn)	346	鰌	351	純(chún)	142	**ráng**		衽	360
寢	348			痊	353	攘	356		
		qū		權	353	壤(rǎng)	356	**réng**	
qìn		去(qù)	353			穰	356	仍	360
親(qīn)	347	曲	351	**quǎn**					
		屈	352	犬	354	**rǎng**		**rì**	
qīng		取(qǔ)	352	畎	354	壤	356	日	360
青	348	祛	352			攘(ráng)	356		
卿	348	區	352	**quàn**		穰(ráng)	356	**róng**	
清	349	詘	352	勸	354	讓(ràng)	356	戎	361
頃(qǐng)	350	嶇	352					茸	361
傾	349	歐(ǒu)	327	**quē**		**ràng**		容	361
輕	349	毆	352	屈(qū)	352	攘(ráng)	356	訟(sòng)	413
慶(qìng)	350	趣(qù)	353	缺	354	讓	356	隔(gé)	197
		趨	352	闕(què)	354			頌(sòng)	413
qíng		軀	352			**ráo**		榮	361
情	349	麴	352	**què**		嬈(niǎo)	325	融	361
請(qǐng)	350	騶(zōu)	615	卻	354	饒	356	嶸(hóng)	222
		驅	352	塙	354				
qǐng				雀	354	**rǎo**		**rǒng**	
苘(méng)	305	**qú**		確	354	嬈(niǎo)	325	宂	362
頃	350	句(gōu)	203	榷	354	繞	356	茸(róng)	361
請	350	劬	352	愨	354	擾	356		
		絇	352	踖(jí)	241			**róu**	
qìng		渠	352	碻	354	**rào**		柔	362
請(qǐng)	350	鉤(gōu)	203	闋	354	繞(rǎo)	356	揉	362
慶	350	懼(jù)	268	爵(jué)	270				
磬	350	蘧	352	闕	354	**rě**		**ròu**	
		衢	352	鵲	354	若(ruò)	364	肉	362
qiōng									
穹	350	**qǔ**		**qūn**		**rè**		**rú**	
		曲(qū)	351	逡	354	熱	356	如	362
qióng		取	352	遁(dùn)	169			茹	363
煢	350	娶	353			**rén**		儒	363
窮	350			**qún**		人	356	孺(rù)	364
瓊	350	**qù**		裙	354	壬	359	蠕	363
		去	353	群	354	仁	359		
qiū		蜡(zhà)	565			任(rèn)	360	**rǔ**	
丘	350	趣	353	**rán**				女(nǔ)	327
秋	351	闃	353	然	355	**rěn**		汝	363
區(qū)	352	趨(qū)	352	髯	356	忍	359	乳	363
龜(guī)	212	覷	353			稔	359	辱	363

rù	參(shēn) 376	**shà**	**sháo**	**shén**
入 363		沙(shā) 369	招(zhāo) 568	神 376
蓐 364	**sǎn**	舍(shè) 374	韶 373	
孺 364	參(shēn) 376			**shěn**
	散(sàn) 368	**shài**	**shǎo**	沈(chén) 130
ruǎn		殺(shā) 369	少 373	矤 377
需(xū) 484	**sàn**		搜(sōu) 413	審 377
輭 364	散 368	**shān**		瞫 377
		山 369	**shào**	
ruí	**sāng**	刪 369	少(shǎo) 373	**shèn**
緌 364	桑 368	芟 369	召(zhào) 569	甚 377
蕤 364	喪(sàng) 368	扇(shàn) 370	削(xuē) 487	脈 377
		跚 370	紹 373	慎 377
ruì	**sǎng**	纖(cái) 122	詔(zhào) 570	
兌(duì) 168	顙 368			**shēng**
汭 364		**shǎn**	**shē**	升 378
枘 364	**sàng**	陝 370	奢 373	生 378
瑞 364	喪 368			牲 379
睿 364		**shàn**	**shé**	勝(shèng) 379
銳 364	**sāo**	扇 370	它(tuō) 435	聲 379
叡 364	搔 368	訕 370	舌 374	
	艘 368	單(dān) 151	蛇 374	**shéng**
rùn	騷 368	善 370		繩 379
閏 364		僤(dān) 151	**shě**	
潤 364	**sǎo**	墠 370	舍(shè) 374	**shěng**
	埽 368	膳 370		省(xǐng) 481
ruò	嫂 368	壇(tán) 423	**shè**	眚 379
若 364	騷(sāo) 368	擅 370	舍 374	
弱 365		禪 370	社 374	**shèng**
	sào	贍 370	拾(shí) 384	甸(diàn) 163
sǎ	埽(sǎo) 368		涉 374	乘(chéng) 134
洒 365	燥(zào) 562	**shāng**	射 374	盛(chéng) 134
灑 365		商 370	設 374	勝 379
繼(shǐ) 389	**sè**	湯(tāng) 423	赦 374	聖 380
	色 368	傷 370	葉(yè) 501	
sà	嗇 369	殤 371	攝 375	**shī**
殺(shā) 369	瑟 368			尸 380
蔡(cài) 122	塞 369	**shǎng**	**shēn**	失 380
	穡 369	上(shàng) 371	申 375	施 381
sāi		賞 371	伸 376	師 381
思(sī) 408	**shā**		身 375	詩 382
	沙 369	**shàng**	信(xìn) 478	溼 382
sài	砂 369	上 371	紳 376	蓍 382
塞(sè) 369	殺 369	尚 372	莘 376	
		賞(shǎng) 371	深 376	**shí**
sān	**shá**		參 376	十 382
三 365	奢(shē) 373			石 384

汁（zhī）	591	誓	397	**shú**		**shuǐ**		泗	412
食	384	適	397	孰	403	水	406	思（sī）	408
拾	384	奭	397	熟	403			俟	412
時	384	滋	397	贖	403	**shuì**		食（shí）	384
寔	386	澤（zé）	564			稅	406	涘	412
碩	386	螫	397	**shǔ**		說（shuō）	407	耜	412
實	386	謚	397	黍	403			肆	412
蝕	386	識（shí）	386	鼠	403	**shǔn**		嗣	412
識	386	釋	397	暑	403	吮	406		
				蜀	403	楯	406	**sōng**	
shǐ		**shōu**		署	403			忪（zhōng）	600
矢	387	收	397	數（shù）	405	**shùn**		松	413
史	387			曙	403	舜	407	崧	413
弛（chí）	135	**shǒu**		屬	403	順	406	嵩	413
阤（zhì）	595	手	397			瞬	407		
豕	387	守	398	**shù**				**sǒng**	
始	387	首	398	戍	404	**shuō**		悚	413
使	388			束	404	說	407	從（cóng）	145
施（shī）	381	**shòu**		杼（zhù）	606			縱（zòng）	615
屍	389	受	399	述	404	**shuò**			
纚	389	狩	400	恕	404	朔	407	**sòng**	
		授	400	術	404	碩（shí）	386	宋	413
shì		綬	400	庶	404	數（shù）	405	送	413
士	389	壽	400	疏（shū）	402	爍	407	訟	413
氏	389	瘦	400	豎	405	鑠	407	頌	413
仕	390	獸	400	數	405			誦	413
市	390			樹	405	**sī**			
世	390	**shū**				司	407	**sōu**	
示	391	疋	400	**shuā**		私	408	叟（sǒu）	413
寺（sì）	411	抒	400	選（xuǎn）	486	思	408	搜	413
式	392	叔	401			絲	409	艘（sāo）	368
侍	393	杼（zhù）	606	**shuāi**		斯	409	藪（sǒu）	413
事	392	姝	401	衰	405	緦	410		
舍（shè）	374	洙（zhū）	604			嘶	410	**sǒu**	
拭	396	紓	402	**shuài**		廝	410	叟	413
室	394	殊	402	帥	405			藪	413
是	394	書	401	率	405	**sǐ**			
恃	396	倏	401			死	410	**sū**	
耆（qí）	339	疏	402	**shuāng**				蘇	413
眂	396	淑	402	霜	406	**sì**			
逝	396	荼（tú）	433	雙	406	巳	410	**sú**	
視	396	菽	403			司（sī）	407	俗	413
勢	396	舒	403	**shuǎng**		四	410		
筮	396	蔬	403	爽	406	寺	411	**sù**	
嗜	397	樞	403			似	411	夙	414
試	396	輸	403	**shuí**		姒	412	泝	414
飾	397	攄	403	誰	406	祀	412	素	414

速	414	**tā**		譚	423	**tè**	
宿	414	他	420			忒	425
粟	414			**tǎn**		特	425
肅	414	**tà**		袒	423	慝(nì)	323
數(shù)	405	拓(zhí)	592	菼	423	貸(dài)	151
謖	414	荅(dá)	148			貳(èr)	176
蘇(sū)	413	達(dá)	148	**tàn**		慝	425
		踏	420	炭	423		
suàn		蹋	420	貪(tān)	423	**téng**	
算	414	闥	420	探(tān)	423	騰	425
選(xuǎn)	486	鞜	420	嘆	423		
		闟(xī)	463	歎	423	**tí**	
suī		闒	420			折(zhé)	571
睢	414			**tāng**		緹	425
蓑(suō)	417	**tāi**		湯	423	諦(dì)	162
雖	414	台(tái)	420	閶(chāng)	125	題	425
		胎	420	薚(dàng)	153	鵜	425
suí							
綏	415	**tái**		**táng**		**tǐ**	
隨	415	台	420	唐	423	體	425
		能(néng)	322	堂	424		
suì		臺	420	棠	424	**tì**	
術(shù)	404	駘	421			狄(dí)	158
隊(duì)	168	鮐	421	**tǎng**		弟(dì)	159
碎	416			帑	424	涕	426
歲	415	**tài**		黨(dǎng)	153	悌	426
遂	416	大(dà)	148			惕	426
粹(cuì)	147	太	421	**tàng**		棣(dì)	162
穗	416	汰	423	湯(tāng)	423	替	426
燧	416	能(néng)	322			摘(zhāi)	565
邃	416	泰	423	**tāo**		適(shì)	397
		態	423	濤	424	錫(xī)	463
sūn				韜	424	躍(yuè)	557
孫	416	**tān**		饕	424		
		貪	423			**tiān**	
sǔn		探	423	**táo**		天	426
損	417			咷	424		
		tán		桃	424	**tián**	
suō		沈(chén)	130	逃	425	田	429
蓑	417	淡(dàn)	152	陶	425	甸(diàn)	163
獻(xiàn)	471	罩	423	綢(chóu)	137	恬	429
		彈(dàn)	152	韜(tāo)	424	寘(zhì)	597
suǒ		談	423			闐	429
所	417	潭	423	**tǎo**		鎮(zhèn)	576
索	420	澹(dàn)	152	討	425	顛(diān)	162
		壇	423				
		檀	423				

tiǎn		**tiǎo**	
忝	429	窕	429
殄	429		
		tiào	
tiāo		咷(táo)	424
桃	429	窕(tiǎo)	429
條(tiáo)	429	眺	429
tiáo		**tiě**	
條	429	鐵	429
脩(xiū)	483		
調	429	**tiè**	
齠	429	餮	429
		tīng	
		聽	429
		tíng	
		廷	430
		亭	430
		庭	430
		挺(tǐng)	430
		停	430
		奠(diàn)	163
		莛	430
		霆	430
		tǐng	
		挺	430
		珽	430
		脡	430

tìng		稱	433	豚	435	**wán**		**wēi**	
庭(tíng)	430	腯	433	敦(dūn)	169	丸	435	危	440
		塗	433	燉	435	完	435	委(wěi)	446
tōng		圖	433			玩	436	威	440
恫	430	斁(yì)	521	**tuō**		紈	436	畏(wèi)	448
桐(tóng)	431			它(tuō)	435	頑	436	猗(yī)	504
通	430	**tǔ**		他(tā)	420	翫	436	逶	440
		土	433	它	435			隈	440
tóng		吐	434	托	435	**wǎn**		萎	440
同	431			拖	435	宛	436	微	440
彤	431	**tù**		迤(yǐ)	516	娩(miǎn)	307	薇	440
洞(dòng)	166	吐(tǔ)	434	託	435	婉	436		
重(zhòng)	601	兔	434	脫	435	晚	436	**wéi**	
桐	431			稅(shuì)	406	琬	436	韋	444
童	431	**tuān**		說(shuō)	407	畹	436	爲	440
銅	432	湍	434			綰	436	僞(wěi)	446
橦	432			**tuó**				帷	444
瞳	432	**tuán**		它(tuō)	435	**wàn**		惟	444
		專(zhuān)	607	沱(chí)	135	萬	436	唯	445
tǒng		揣(chuǎi)	140	阤(zhì)	595			圍	445
統	432	敦(dūn)	169	跎	435	**wāng**		幃	445
筒	432	鶉(chún)	142			匡(kuāng)	278	違	445
				tuǒ		汪	436	嵬	445
tòng		**tuàn**		綏(suí)	415	尫	436	維	445
痛	432	稅(shuì)	406			尨	437	闈	446
慟	432	緣(yuán)	549	**tuò**				魏(wèi)	450
				拓(zhí)	592	**wáng**		巍	446
tōu		**tuī**		唾	435	亡	437		
婾(yú)	541	推	434	魄(pò)	332	王	437	**wěi**	
								尾	446
tóu		**tuí**		**wā**		**wǎng**		委	446
投	432	弟(dì)	159	污(wū)	454	方(fāng)	179	偉	446
頭	432	隤	434	窪(yǔ)	544	王(wáng)	437	僞	446
		頹	434			罔	439	唯(wéi)	445
tǒu				**wǎ**		枉	439	猥	446
黈	432	**tuì**		瓦	435	往	439	萎(wēi)	440
		退	434			網	439	隗	446
tū		脫(tuō)	435	**wà**		魍	439	瑋	446
吐(tǔ)	434	稅(shuì)	406	瓦(wǎ)	435			煒	446
禿	432					**wàng**		葦	446
突	432	**tūn**		**wài**		王(wáng)	437	緯	446
		吞	434	外	435	妄	439	鮪	446
tú		燉(tún)	435			忘	439	韙	446
徒	432			**wān**		往(wǎng)	439	韡	446
荼	433	**tún**		貫(guàn)	210	望	439	亹	446
途	433	屯(zhūn)	608	關(guān)	210			亹(mén)	305
屠	433	純(chún)	142						

wèi		**wū**		**xī**		**xǐ**		夏	466
未	447	污	454	夕	460	枲	463	假(jiǎ)	247
位	447	巫	454	兮	460	洒(sǎ)	365	暇	467
味	448	於(yú)	541	西	461	洗	463		
畏	448	屋	454	希	461	徙	463	**xiān**	
尉	448	烏	454	吸	461	喜	464	先	467
渭	449	惡(è)	170	昔	461	屣	464	僊	468
慰	449	嗚	454	肸	462	憙	464	鮮	468
蔚	449	誣	454	析	461	蟢	464	纖	468
衛	449			屎(shǐ)	389				
謂	449	**wú**		栖(qī)	334	**xì**		**xián**	
遺(yí)	506	亡(wáng)	437	息	462	系	464	弦	468
魏	450	毋	454	奚	462	夃	464	咸	468
		无	454	唏	462	卻(què)	354	絃	469
wēn		吳	454	悉	462	係	464	閑	469
溫	450	吾	454	晞	462	氣(qì)	341	閒	469
瘟	450	梧	454	惜	462	細	464	嫌	469
縕(yùn)	558	無	454	欷	462	鈃	464	銜	469
蘊(yùn)	558	廡(wǔ)	459	棲(qī)	334	舄	464	賢	469
		蕪	456	犀	462	隙	464	鹹	469
wén				稀	462	裕	464		
文	450	**wǔ**		翁	462	赩(hè)	220	**xiǎn**	
聞	452	午	456	喜(xǐ)	464	戲	464	洗(xǐ)	463
		五	456	熙	462	繫	464	洒(sǎ)	365
wěn		仵	458	僖	462			省(xǐng)	481
刎(mò)	316	迕	458	嬉	462	**xiā**		險	469
昧(mèi)	304	武	458	嘻	462	瑕(xiá)	465	獫	469
		侮	458	膝	462			鮮(xiān)	468
wèn		務(wù)	459	錫	463	**xiá**		獮	470
文(wén)	450	舞	458	熹	463	甲(jiǎ)	247	顯	470
免(miǎn)	307	廡	459	羲	463	夾(jiā)	246		
問	452	嫵	459	禧	463	狎	464	**xiàn**	
聞(wén)	452			谿	463	俠	464	見(jiàn)	249
		wù		戲(xì)	464	浹(jiā)	246	限	470
wō		勿	459	釐(lí)	283	狹	464	軒(xuān)	485
緺(guō)	213	戊	459	犧	463	假(jiǎ)	247	陷	470
		物	459	闌	463	袷	464	羨	470
wǒ		悟	459	饎	463	葭(jiā)	246	縣	470
我	453	晤	459	攜	463	瑕	465	憲	470
果(guǒ)	214	務	459			遐	465	鮮(xiān)	468
		梧(wú)	454	**xí**		暇(xià)	467	獻	471
wò		惡(è)	170	席	463	拿	465		
沃	453	誤	459	茵(méng)	305	轄	465	**xiāng**	
渥	454	寤	459	習	463	黠	465	相	471
握	454	霧	460	襲	463			香	471
幄	454	鶩	459			**xià**		湘	471
		騖	460			下	465	鄉	472

箱 472	**xiǎo**	**xīn**	**xióng**	許 484
蟓 472	小 473	心 476	雄 482	詡 484
襄 472	宵(xiāo) 473	辛 477	熊 482	
	曉 474	欣 477		**xù**
xiáng		昕 477	**xiòng**	旭 484
降(jiàng) 253	**xiào**	莘(shēn) 376	夐 482	序 484
庠 472	孝 474	歆 478		怵(chù) 140
祥 472	校(jiào) 254	新 477	**xiū**	卹 485
翔 472	笑 475	親(qīn) 347	休 482	恤 485
詳 472	效 475	薪 478	修 483	畜(chù) 140
	宵(xiāo) 473	馨 478	羞 483	勖 485
xiǎng			脩 483	敘 485
享 472	**xiē**	**xìn**		蓄 485
鄉(xiāng) 472	曷(hé) 220	信 478	**xiǔ**	緒 485
想 472		熏(xūn) 487	朽 483	馘(guó) 214
蟓(xiāng) 472	**xié**	釁 478		續 485
攘(ráng) 356	叶 475		**xiù**	
饗 472	汁(zhī) 591	**xīng**	秀 483	**xuān**
響 472	邪 475	星 478	臭(chòu) 138	昕(xīn) 477
饟(xiàng) 473	協 476	興 478	袖 483	宣 485
	挾 476		宿(sù) 414	烜(xuǎn) 486
xiàng	脅 476	**xíng**	繡 483	軒 485
向 472	絜(jié) 257	行 479		攇(guān) 210
相(xiāng) 471	頡 476	刑 480	**xū**	翾 486
巷 473	勰 476	形 480	于(yú) 536	
象 473	諧 476	邢 481	吁 483	**xuán**
項 473	攜(xī) 463	陘 481	戌 483	玄 486
鄉(xiāng) 472		滎 481	呼(hū) 226	旋 486
像 473	**xiě**	餳 481	胥 484	滋 486
饟 473	寫 476		盱 484	璇 486
		xǐng	虛 484	縣(xiàn) 470
xiāo	**xiè**	省 481	須 484	還(huán) 230
宵 473	泄 476		頊 484	懸 486
消 473	契(qì) 341	**xìng**	嘔(ōu) 327	
虓 473	洩 476	行(xíng) 479	需 484	**xuǎn**
銷 473	屑 476	幸 481	墟 484	烜 486
霄 473	械 476	姓 481	噓 484	撰(zhuàn) 608
蕭 473	渫 476	性 481	歔 484	選 486
騷(sāo) 368	解(jiě) 257	倖 482		
驕(jiāo) 254	榭 476	興(xīng) 478	**xú**	**xuàn**
驍 473	寫(xiě) 476		邪(xié) 475	眩 487
	豫(yù) 546	**xiōng**	余(yú) 540	衒 487
xiáo	獬 476	凶 482	徐 484	旋(xuán) 486
校(jiào) 254	懈 476	兄 482		鉉 487
崤 473	燮 476	匈 482	**xǔ**	選(xuǎn) 486
	謝 476	洶 482	休(xiū) 482	
		胸 482		

xuē		烏（wū）	454	羨（xiàn）	470	湯（tāng）	423	**yào**
削	487	雅（yǎ）	489	險（xiǎn）	469	揚	494	幼（yòu）	535
韡（wěi）	446	厭（yàn）	493	顏	492	陽	494	要（yāo）	496
				嚴	492	楊	495	樂（yuè）	556
xué		**yá**		巖	492	煬（yàng）	495	曜	496
穴	487	牙	489	鹽	492	詳（xiáng）	472	藥	496
學	487	芽	489			颺	495	耀	496
		崖	489	**yǎn**				
xuě				奄	492	**yǎng**		**yé**
雪	487	**yǎ**		衍	492	卬（áng）	100	邪（xié）	475
		疋（shū）	400	兗	492	仰	495	
xuè		雅	489	淡（dàn）	152	養	495	**yě**
血	487			偃	492			也	497
決（jué）	269	**yà**		掩	492	**yàng**		冶	501
閱（yuè）	557	亞	489	晻（ǎn）	100	恙	495	野	501
		迓	489	罩（tán）	423	煬	495	
xūn		御（yù）	545	琰	493	漾	495	**yè**
勛	487	輅（hé）	220	厭（yàn）	493			叶（xié）	475
熏	487			演	493	**yāo**		曳	501
勳	488	**yái**		闇（àn）	100	幺	495	夜	501
纁	488	崖（yá）	489			夭	495	咽（yān）	489
				yàn		妖	496	射（shè）	374
xún		**yān**		炎（yán）	492	要	496	液	501
旬	488	身（shēn）	375	彥	493	徼（jiào）	255	葉	501
巡	488	奄（yǎn）	492	研（yán）	492			業	501
徇（xùn）	488	咽	489	咽（yān）	489	**yáo**		鄴	502
恂	488	殷（yīn）	522	晏	493	窕（tiǎo）	429	燁	502
荀	488	焉	489	宴	493	陶（táo）	425	曄	502
循	488	淹	490	唁	493	堯	496	謁	502
尋	488	湮（yīn）	523	硯	493	軺	496	
遁（dùn）	169	煙	490	雁	493	猶（yóu）	530	**yī**
馴	488	厭（yàn）	493	厭	493	搖	496	一	502
詢	488	閹	490	餍	493	徭	496	衣	504
潯（tán）	423	燕（yàn）	493	燕	493	遙	496	伊	504
				嬿	493	僥	496	依	504
xùn		**yán**		鷃	493	嶢	496	挹（yì）	518
迅	488	延	491	驗	493	踰（yú）	542	猗	504
徇	488	言	490	鹽（yán）	492	謠	496	椅	505
孫（sūn）	416	巡（xún）	488	豔	493	繇	496	揖	504
訊	488	阽（diàn）	163			飆	496	意（yì）	520
訓	488	炎	492	**yāng**				噫	505
馴（xún）	488	狠（hěn）	221	央	493	**yǎo**		醫	505
遜	489	研	492	殃	493	杳	496	
選（xuǎn）	486	嵒	492			要（yāo）	496	**yí**
		筵	492	**yáng**		窈	496	台（tái）	420
yā		蜒	492	羊	493	嬈（niǎo）	325	夷	505
亞（yà）	489	擘	492	洋	494			沂	505

怡	505	食(shí)	384	殷	522	熒	526	**yōu**	
宜	505	施(shī)	381	陰	522	瑩	526	攸	529
怠(dài)	151	奕	518	婣	523	蠅	526	幽	529
施(shī)	381	疫	518	溼	523	縈	526	悠	529
迤(yǐ)	516	洩(xiè)	476	絪	523	營	526	憂	529
貤(yì)	518	射(shè)	374	煙(yān)	490	贏	526	優	530
蛇(shé)	374	悒	518	禋	523			繇(yáo)	496
焉(yān)	489	挹	518	駰	523	**yǐng**			
移	505	眙	518			景(jǐng)	263	**yóu**	
貽	506	益	518	**yín**		影	526	尤	530
羨(xiàn)	470	移(yí)	505	圻(qí)	334	穎	526	由	530
疑	506	翊	518	吟	523	穎	526	油	530
儀	506	異	518	沂(yí)	505	癭	526	斿	530
頤	506	逸	519	垠	523			郵	530
遺	506	肆(sì)	412	淫	523	**yìng**		猶	530
嶷	507	嗌	520	寅	523	迎(yíng)	525	游	531
彝	507	義	519	銀	523	媵	526	遊	531
		溢	519	闇	523	應(yīng)	525	猷	531
yǐ		肄	520			繩(shéng)	379	輶	531
乙	507	意	520	**yǐn**				繇(yáo)	496
已	507	詣	520	引	523	**yōng**			
以	507	裔	519	尹	524	邕	526	**yǒu**	
阤(zhì)	595	厭(yàn)	493	殷(yīn)	522	庸	527	又(yòu)	535
矣	516	億	520	飲	524	雍	527	友	531
依(yī)	504	熠	520	隱	524	墉	527	有	531
迤	516	誼	520			壅	527	酉	535
倚	516	毅	520	**yìn**		擁	527	幽(yōu)	529
猗(yī)	504	憶	520	印	524	臃	527	脩(xiū)	483
椅(yī)	505	曀	520	胤	524	雝	527	牖	535
蛾(é)	170	懌	520	陰(yīn)	522	饔	527		
螘	516	澤(zé)	564	飲(yǐn)	524			**yòu**	
蟻	516	噫(yī)	505	憖	524	**yóng**		又	535
		隸(lì)	288	隱(yǐn)	524	禺(yú)	541	幼	535
yì		翼	520			顒	527	右	535
乂	516	翳	520	**yīng**				有(yǒu)	531
刈	516	斁	521	央(yāng)	493	**yǒng**		佑	535
失(shī)	380	繹	521	英	524	永	527	宥	536
艾(ài)	99	藝	521	應	525	臾(yú)	541	祐	536
衣(yī)	504	釋(shì)	397	嬰	525	勇	528	誘	536
亦	516	議	521	膺	525	涌	528		
邑	517	譯	521	纓	525	詠	528	**yū**	
役	517	懿	521			蛹	528	污(wū)	454
抑	517	驛	522	**yíng**		踊	528	迂	536
泄(xiè)	476			迎	525	踴	528	紆	536
佾	518	**yīn**		盈	525				
易	517	因	522	楹	525	**yòng**		**yú**	
迭(dié)	164	音	522	塋	525	用	528	于	536

字	頁	字	頁	字	頁	字	頁	字	頁
予(yǔ)	542	或(huò)	235	原	548	**yún**		**zàn**	
污(wū)	454	雨(yǔ)	543	媛(yuàn)	550	云	557	暫	561
吾(wú)	454	郁	545	湲	549	均(jūn)	270	贊	561
邪(xié)	475	禹(yú)	541	援	549	芸	557	讚	561
余	540	浴	545	園	549	雲	557		
於	541	尉(wèi)	448	圓	549			**zāng**	
盂	541	欲	545	隕(yǔn)	558	**yǔn**		臧	561
禺	541	御	545	源	549	允	557	藏(cáng)	123
臾	541	圉(yǔ)	543	緣	549	狁	558	贓	561
俞	541	域	545	圜	549	苑(yuàn)	550		
娛	541	棫	546	轅	549	隕	558	**zàng**	
舁	541	裕	546			殞	558	葬	561
魚	541	喻	546	**yuǎn**				藏(zāng)	561
隅	541	奧(ào)	101	遠	549	**yùn**		藏(cáng)	123
渝	541	逾(yú)	542			孕	558		
婾	541	預	546	**yuàn**		均(jūn)	270	**zāo**	
喻(yù)	546	遇	546	苑	550	怨(yuàn)	550	遭	562
逾	542	愈	546	怨	550	溫(wēn)	450		
虞	541	語(yǔ)	543	原(yuán)	548	慍	558	**zǎo**	
愚	541	毓	546	掾	550	運	558	早	562
與(yǔ)	543	與(yǔ)	543	媛	550	縕	558	棗	562
窬	542	獄	546	瑗	550	韻	558	澡	562
漁	542	蔚(wèi)	449	愿	550	韞	558	藻	562
踰	542	慾	546	願	550	蘊	558		
餘	542	禦	546					**zào**	
輿	542	隩	547	**yuē**		**zá**		皂	562
歟	542	諭	546	曰	550	洒(sǎ)	365	造	562
		豫	546	約	554	雜	558	燥	562
yǔ		奧	547					躁	562
予	542	譽	547	**yuè**		**zāi**		竈	562
羽	542	鬻	547	月	554	災	558		
宇	543	鷸	547	兌(duì)	168	哉	558	**zé**	
雨	543	鬱	547	岳	555	栽	559	則	562
禹	543			悅	556			措(cuò)	147
臾(yú)	541	**yuān**		稅(shuì)	406	**zǎi**		責	564
圉	543	宛(wǎn)	436	粵	556	宰	559	賊	564
梧(wú)	454	咽(yān)	489	越	556	載(zài)	561	幘	564
圄	543	冤	547	鉞	556			嘖	564
與	543	淵	547	說(shuō)	407	**zài**		澤	564
語	543	蜿(wǎn)	436	樂	556	在	559	擇	565
齬	544			閱	557	再	559	賾	565
		yuán		嶽	557	栽(zāi)	559		
yù		元	547	躍	557	載	561	**zè**	
玉	544	沅	548	籥	557			側(cè)	124
聿	544	爰	548			**zǎn**			
谷(gǔ)	205	垣	548	**yūn**		攢(cuán)	146	**zéi**	
育	545	袁	549	縕(yùn)	558			賊	565

zēng
曾 565
增 565
憎 565

zèng
贈 565

zhā
苴(jū) 267

zhá
札 565

zhà
作(zuò) 620
詐 565
蜡 565

zhāi
齊(qí) 339
摘 565
齋 565

zhái
宅 565
翟(dí) 158

zhài
柴(chái) 125
祭(jì) 244
責(zé) 564
瘵 565

zhān
占 566
旃 566
澶(chán) 125
邅 566
瞻 566

zhǎn
展 566
斬 566
嶄 566

zhàn
占(zhān) 566
戰 566

zhāng
張 567
章 566
彰 567
璋 567

zhǎng
長(cháng) 125
掌 567
黨(dǎng) 153

zhàng
丈 567
仗 568
杖 568
長(cháng) 125
張(zhāng) 567
帳 568
障 568

zhāo
招 568
昭 568
朝 569
著(zhù) 607

zhǎo
爪 569
搔(sāo) 368

zhào
召 569
兆 570
詔 570
照 570
趙 570
肇 570
濯(zhuó) 609

zhé
折 571
哲 571
晢 571

輒 571
摘(zhāi) 565
適(shì) 397
蟄 571
攝(shè) 375

zhě
者 571
堵(dǔ) 167

zhēn
珍 575
貞 575
眞 575
振(zhèn) 575
楨 575
斟 575
溱 575
榛 575
甄 575
禎 575
箴 575
臻 575
鍼 575

zhěn
枕 575
胗 575
振(zhèn) 575
畛 575

zhèn
枕(zhěn) 575
振 575
陣 575
朕 576
陳(chén) 131
甄(zhēn) 575
震 576
鎮 576

zhēng
丁(dīng) 164
正(zhèng) 577
政(zhèng) 578
爭 576
伀 576

征 576
烝 576
崝 576
楨(zhēn) 575
鉦 576
蒸 576
徵 576

zhěng
承(chéng) 133
拯 577
整 577

zhèng
正 577
爭(zhēng) 576
政 578
怔(zhēng) 576
烝(zhēng) 576
鄭 578
靜(jìng) 264
證 579

zhī
氏(shì) 389
支 591
之 579
汁 591
枝 591
知 591
芝 592
祇 592
脂 592
智(zhì) 597
織 592

zhí
拓 592
直 592
值 593
埴 593
執 593
植 593
殖 593
摭 593
遲(chí) 135
縶 593

職 593

zhǐ
止 593
旨 594
阯 594
汦 594
坻(chí) 135
底(dǐ) 158
抵(dǐ) 158
祇(qí) 339
祉 594
指 594
砥(dǐ) 159
耆(qí) 339
趾 594
視(shì) 396
徵(zhēng) 576

zhì
伎(jì) 242
至 594
阤 595
志 595
豸 595
知(zhī) 591
制 595
治 596
峙 596
致 596
陟 597
秩 597
寔(shí) 386
智 597
彘 597
洷 597
實 597
置 597
稚 597
雉 597
滯 597
製 597
櫍 598
摯 597
質 597
遲(chí) 135
織(zhī) 592

職（zhí）	593	祝（zhù）	607	zhuǎn		淖（nào）	322	騣	615
贅	598	啄（zhuó）	609	轉	607	啄	609		
識（shí）	386	晝	604			琢	609	zǒng	
櫛	598	繇（yáo）	496	zhuàn		著（zhù）	607	從（cóng）	145
鷙	598	籀	604	傳（chuán）	140	濁	609	總	615
躓	598	騶（zōu）	615	撰	608	擢	609	縱（zòng）	615
				篆	608	濯	609		
zhōng		zhū		轉（zhuǎn）	607			zòng	
中	598	朱	604	譔	608	zī		從（cóng）	145
忪	600	侏	604			次（cì）	144	縱	615
忠	600	邾	604	zhuāng		孜	609	總（zǒng）	615
衷	600	洙	604	莊	608	姿	609		
眾（zhòng）	601	珠	604			咨	609	zōu	
終	600	誅	604	zhuàng		茲	609	陬	615
鍾	600	豬	604	壯	608	淄	610	騶	615
鐘	601	諸	604	狀	608	貲	610		
				戇	608	粢	610	zǒu	
zhǒng		zhú				資	610	走	615
冢	601	竹	605	zhuī		齊（qí）	339	奏（zòu）	615
種	601	逐	606	追	608	緇	610		
踵	601	軸（zhóu）	604	揣（chuǎi）	140	諮	610	zòu	
		燭	606			齋（zhāi）	565	奏	615
zhòng				zhuì		齎（jī）	238	族（zú）	616
中（zhōng）	598	zhǔ		隊（duì）	168				
仲	601	主	606	惴	608	zǐ		zū	
重	601	柱（zhù）	606	畷	608	子	610	苴（jū）	267
衷（zhōng）	600	渚	606	綴	608	姊	612	租	616
眾	601	屬（shǔ）	403	墜	608	紫	613	諸（zhū）	604
種（zhǒng）	601			贅	608	梓	613		
		zhù						zú	
zhōu		助	606	zhūn		zì		足	616
州	602	佇	606	屯	608	字	614	卒	616
舟	602	注	606	窀	608	自	613	倅（cuì）	146
周	602	杼	606	純（chún）	142	事（shì）	392	族	616
洲	603	柱	606	淳（chún）	142	柴（chái）	125	顇（cuì）	147
輈	604	除（chú）	139	頓（dùn）	169	恣	614		
調（tiáo）	429	祝	607	諄	608	戴	614	zǔ	
鬻（yù）	547	庶（shù）	404			瘠（jí）	241	作（zuò）	620
		著	607	zhǔn				阻	617
zhóu		翥	607	純（chún）	142	zōng		俎	617
軸	604	築	607			宗	614	祖	617
		鑄	607	zhuō		從（cóng）	145	組	618
zhòu				卓	609	綜	615		
注（zhù）	606	zhuān				縱（zòng）	615	zuān	
宙	604	專	607	zhuó		鏦	615	攢（cuán）	146
紂	604	顓	607	灼	609	總（zǒng）	615	鑽	618
胄	604			酌	609	蹤	615		

zuǎn 　纂　　618				
zuàn 　鑽 (zuān)　618				
zuì 　最　　618 　罪　　618 　醉　　618				
zūn 　尊　　618 　遵　　619				
zǔn 　尊 (zūn)　618 　僔　　619				
zuō 　作 (zuò)　620				
zuó 　作 (zuò)　620				
zuǒ 　左　　619 　佐　　619				
zuò 　左 (zuǒ)　619 　作　　620 　坐　　619 　阼　　621 　挫 (cuò)　147 　祚　　621 　座　　621 　鑿　　621				
(音未詳) 　瞢　　621 　蹴　　621				

威 妥 碼 — 漢 語 拼 音 對 照 表

A		**C**		**F**		**H**		**J**		**K**		**L**	
a	a	ch'ing	qing	fa	fa	hui	hui			k'ou	kou	la	la
ai	ai	chiu	jiu	fan	fan	hun	hun	jan	ran	ku	gu	lai	lai
an	an	ch'iu	qiu	fang	fang	hung	hong	jang	rang	k'u	ku	lan	lan
ang	ang	chiung	jiong	fei	fei	huo	huo	jao	rao	kua	gua	lang	lang
ao	ao	ch'iung	qiong	fen	fen			je	re	k'ua	kua	lao	lao
		cho	zhuo	feng	feng	**J**		jen	ren	kuai	guai	le	le
C		ch'o	chuo	fo	fo			jeng	reng	k'uai	kuai	lei	lei
cha	zha	chou	zhou	fou	fou	jan	ran	jih	ri	kuan	guan	leng	leng
ch'a	cha	ch'ou	chou	fu	fu	jang	rang	jo	ruo	k'uan	kuan	li	li
chai	zhai	chu	zhu			jao	rao	jou	rou	kuang	guang	lia	lia
ch'ai	chai	ch'u	chu	**H**		je	re	ju	ru	k'uang	kuang	liang	liang
chan	zhan	chua	zhua	ha	ha	jen	ren	juan	ruan	kuei	gui	liao	liao
ch'an	chan	ch'ua	chua	hai	hai	jeng	reng	jui	rui	k'uei	kui	lieh	lie
chang	zhang	chuai	zhuai	han	han	jih	ri	jun	run	kun	gun	lien	lian
ch'ang	chang	ch'uai	chuai	hang	hang	jo	ruo	jung	rong	k'un	kun	lin	lin
chao	zhao	chuan	zhuan	hao	hao	jou	rou			kung	gong	ling	ling
ch'ao	chao	ch'uan	chuan	he	he	ju	ru	**K**		k'ung	kong	liu	liu
che	zhe	chuang	zhuang	hei	hei	juan	ruan	ka	ga	kuo	guo	lo	le
ch'e	che	ch'uang	chuang	hen	hen	jui	rui	k'a	ka	k'uo	kuo	lou	lou
chei	zhei	chui	zhui	heng	heng	jun	run	kai	gai			lu	lu
chen	zhen	ch'ui	chui	ho	he	jung	rong	k'ai	kai	**L**		luan	luan
ch'en	chen	chun	zhun	hou	hou			kan	gan	la	la		
cheng	zheng	ch'un	chun	hsi	xi	**K**		k'an	kan	lai	lai		
ch'eng	cheng	chung	zhong	hsia	xia	ka	ga	kang	gang	lan	lan		
chi	ji	ch'ung	chong	hsiang	xiang	k'a	ka	k'ang	kang	lang	lang		
ch'i	qi	chü	ju	hsiao	xiao	kai	gai	kao	gao	lao	lao		
chia	jia	ch'ü	qu	hsieh	xie	k'ai	kai	k'ao	kao	le	le		
ch'ia	qia	chüan	juan	hsien	xian	kan	gan	ke	ge	lei	lei		
chiang	jiang	ch'üan	quan	hsin	xin	k'an	kan	k'e	ke	leng	leng		
ch'iang	qiang	chüeh	jue	hsing	xing	kang	gang	kei	gei	li	li		
chiao	jiao	ch'üeh	que	hsiu	xiu	k'ang	kang	ken	gen	lia	lia		
ch'iao	qiao	chün	jun	hsiung	xiong	kao	gao	k'en	ken	liang	liang		
chieh	jie	ch'ün	qun	hsü	xu	k'ao	kao	keng	geng	liao	liao		
ch'ieh	qie			hsüan	xuan	ke	ge	k'eng	keng	lieh	lie		
chien	jian	**E**		hsüeh	xue	k'e	ke	ko	ge	lien	lian		
ch'ien	qian	e	e	hsün	xun	kei	gei	k'o	ke	lin	lin		
chih	zhi	eh	ê	hu	hu	ken	gen	kou	gou	ling	ling		
ch'ih	chi	ei	ei	hua	hua	k'en	ken			liu	liu		
chin	jin	en	en	huai	huai	keng	geng			lo	le		
ch'in	qin	eng	eng	huan	huan	k'eng	keng			lou	lou		
ching	jing	erh	er	huang	huang	ko	ge			lu	lu		
								k'o	ke			luan	luan

lun	lun	nu	nu	sai	sai	t'e	te	tsung	zong
lung	long	nuan	nuan	san	san	teng	deng	ts'ung	cong
luo	luo	nung	nong	sang	sang	t'eng	teng	tu	du
lü	lü	nü	nü	sao	sao	ti	di	t'u	tu
lüeh	lüe	nüeh	nüe	se	se	t'i	ti	tuan	duan
				sen	sen	tiao	diao	t'uan	tuan
M		**O**		seng	seng	t'iao	tiao	tui	dui
ma	ma	o	o	sha	sha	tieh	die	t'ui	tui
mai	mai	ou	ou	shai	shai	t'ieh	tie	tun	dun
man	man			shan	shan	tien	dian	t'un	tun
mang	mang	**P**		shang	shang	t'ien	tian	tung	dong
mao	mao	pa	ba	shao	shao	ting	ding	t'ung	tong
me	me	p'a	pa	she	she	t'ing	ting	tzu	zi
mei	mei	pai	bai	shei	shei	tiu	diu	tz'u	ci
men	men	p'ai	pai	shen	shen	to	duo		
meng	meng	pan	ban	sheng	sheng	t'o	tuo	**W**	
mi	mi	p'an	pan	shih	shi	tou	dou	wa	wa
miao	miao	pang	bang	shou	shou	t'ou	tou	wai	wai
mieh	mie	p'ang	pang	shu	shu	tsa	za	wan	wan
mien	mian	pao	bao	shua	shua	ts'a	ca	wang	wang
min	min	p'ao	pao	shuai	shuai	tsai	zai	wei	wei
ming	ming	pei	bei	shuan	shuan	ts'ai	cai	wen	wen
miu	miu	p'ei	pei	shuang	shuang	tsan	zan	weng	weng
mo	mo	pen	ben	shui	shui	ts'an	can	wo	wo
mou	mou	p'en	pen	shun	shun	tsang	zang	wu	wu
mu	mu	peng	beng	shuo	shuo	ts'ang	cang		
		p'eng	peng	so	suo	tsao	zao	**Y**	
N		pi	bi	sou	sou	ts'ao	cao	ya	ya
na	na	p'i	pi	ssu	si	tse	ze	yang	yang
nai	nai	piao	biao	su	su	ts'e	ce	yao	yao
nan	nan	p'iao	piao	suan	suan	tsei	zei	yeh	ye
nang	nang	pieh	bie	sui	sui	tsen	zen	yen	yan
nao	nao	p'ieh	pie	sun	sun	ts'en	cen	yi	yi
ne	ne	pien	bian	sung	song	tseng	zeng	yin	yin
nei	nei	p'ien	pian			ts'eng	ceng	ying	ying
nen	nen	pin	bin	**T**		tso	zuo	yo	yo
neng	neng	p'in	pin	ta	da	ts'o	cuo	yu	you
ni	ni	ping	bing	t'a	ta	tsou	zou	yung	yong
niang	niang	p'ing	ping	tai	dai	ts'ou	cou	yü	yu
niao	niao	po	bo	t'ai	tai	tsu	zu	yüan	yuan
nieh	nie	p'o	po	tan	dan	ts'u	cu	yüeh	yue
nien	nian	p'ou	pou	t'an	tan	tsuan	zuan	yün	yun
nin	nin	pu	bu	tang	dang	ts'uan	cuan		
ning	ning	p'u	pu	t'ang	tang	tsui	zui		
niu	niu	**S**		tao	dao	ts'ui	cui		
no	nuo	sa	sa	t'ao	tao	tsun	zun		
nou	nou			te	de	ts'un	cun		

筆　畫　檢　字　表

一畫

部	字	頁
一	一	502
乙	乙	507

二畫

部	字	頁
一	丁	164
	七	333
丿	乃	319
	乂	516
乙	九	264
丨	了	290
二	二	175
人	人	356
入	入	363
八	八	101
几	几	236
刀	刀	153
力	力	285
十	十	382
卜	卜	115
又	又	535

三畫

部	字	頁
一	三	365
	上	371
	下	465
	丈	567
丶	丸	435
丿	久	265
乙	乞	340
	也	497
二	于	536
亠	亡	437
几	凡	177
刀	刃	359
十	千	342
口	口	277
土	土	433
士	士	389
夕	夕	460
大	大	148
女	女	327
子	子	256
	孑	610
寸	寸	147
小	小	473
尸	尸	380
山	山	369
巛	川	140
工	工	198
己	己	241
	已	507
	巳	410
巾	巾	258
干	干	193
幺	幺	495
弓	弓	198
手	才	122

四畫

部	字	頁
一	不	115
	丑	138
丨	中	598
丶	丹	151
丿	之	579
亅	予	542
二	互	227
	井	263
	五	456
	云	557
亠	亢	273
人	介	257
	今	258
	仍	360
	仇	351
	仆	332
	仁	359
儿	元	547
	允	557
入	內	322
八	公	198
	六	296
	兮	460
凵	凶	482
刀	分	182
	切	346
	刈	516
勹	勿	459
匕	化	228
匸	匹	329
十	升	378
	午	456
卩	卬	100
又	反	178
	及	238
	友	531
士	壬	359
大	夫	185
	夭	495
	天	426
	太	421
子	孔	276
小	少	373
尢	尤	530
尸	尺	135
	尹	524
屮	屯	608
己	巴	101
弓	弔	164
	引	523
心	心	476
戈	戈	196
戶	戶	227
手	手	397
支	支	591
文	文	450
斗	斗	166
斤	斤	259
方	方	179
无	无	454
日	日	360
曰	曰	550
月	月	554
木	木	318
止	止	593
毋	毋	454
比	比	108
毛	毛	303
氏	氏	389
水	水	406
火	火	235
爪	爪	569
父	父	190
牙	牙	489
牛	牛	326
犬	犬	354
玉	王	437

五畫

部	字	頁
一	丙	113
	世	390
	且	346
	丘	350
	丕	329
丶	主	606
丿	乏	176
	乎	225
人	付	191
	代	150
	令	293
	仕	390
	仞	359
	他	420
	以	507
	仗	568
儿	充	136
	兄	482
冂	冊	124
	冉	356
冫	多	165
凵	出	138
	凸	277
刀	刊	273
力	功	201
	加	245
勹	包	104
匕	北	106
十	半	104
卜	占	566
卩	卯	303
厶	去	353
口	句	203
	可	274
	古	204
	叫	254
	叩	277
	史	387
	叶	475
	台	420
	司	407
	召	569
	右	535
囗	囚	351
	四	410
夕	外	435
大	失	380
	央	493
女	奴	327
子	孕	558
宀	宄	212
	宂	362
	它	435
尸	尼	323
工	巨	268
	巧	345
	左	619
巾	布	121
	市	390
干	平	331
幺	幼	535
广	庀	329
廾	弁	110
弓	弗	187
	弘	221
心	必	108
	切	153
戈	戊	459
戶	戹	170
手	扑	332
斤	斥	136
日	旦	151
木	本	107
	末	315
	未	447
	札	565
止	正	577
毋	母	317
氏	民	309
水	汁	591
	永	527
犬	犯	178
玄	玄	486
玉	玉	544
瓜	瓜	207
瓦	瓦	435
甘	甘	193
生	生	378
用	用	528
田	甲	247
	申	375
	田	429
	由	530
疋	疋	400
白	白	102
皮	皮	329
目	目	318
矢	矢	387
石	石	384
示	示	391
禾	禾	218
穴	穴	487
立	立	285

六畫

部	字	頁
一	丞	132
二	亙	198
亠	亥	215
	交	253
	亦	516
人	仿	180
	伏	187
	伐	176
	伎	242
	任	360
	企	340
	伊	504
	仰	495
	休	482
	仲	601
儿	光	210
	先	467
	兆	570
入	全	353
八	共	203
冂	再	559
冫	冰	112
刀	列	290
	刑	480
力	劣	290
勹	匈	482
匚	匡	278
	匠	253
十	卉	233
卩	危	440
	印	524
口	各	197
	吏	286
	吉	242
	合	218
	后	223
	名	311
	同	431
	向	472
	吁	483
	吐	434
囗	回	233
	因	522
土	地	159
	圭	212
	圮	329
	在	559
夕	多	169
	夙	414
大	夸	277

	夷	505
女	妃	180
	好	217
	奸	247
	如	362
	妄	439
子	存	147
	字	614
宀	安	100
	守	398
	宇	543
	宅	565
寸	寺	411
巛	州	602
干	井	113
	年	323
弋	式	392
弓	弛	135
戈	成	132
	戍	361
	戌	404
	戎	483
手	扞	216
	托	435
攴	收	397
日	旬	488
	旭	484
	早	562
	旨	594
曰	曲	351
	曳	501
月	有	531
木	朴	332
	朽	483
	朱	604
欠	次	144
止	此	143
歹	死	410
水	汎	179
	池	135
	江	251
	汗	216
	汝	363
	污	454
火	灰	232
牛	牟	317
	牝	331

白	百	102
竹	竹	605
米	米	306
羊	羊	493
羽	羽	542
老	老	281
	考	273
而	而	170
耒	耒	282
耳	耳	174
聿	聿	544
肉	肌	236
	肉	362
臣	臣	128
自	自	613
至	至	594
舌	舌	374
舛	舛	141
舟	舟	602
艮	艮	198
色	色	368
艸	艾	99
血	血	487
行	行	479
衣	衣	504
西	西	461
阜	阤	595

七畫

人	伯	114
	低	158
	佛	185
	但	152
	何	218
	伸	376
	似	411
	位	447
	佑	535
	余	540
	佇	606
	佐	619
	作	620
儿	兌	168
	克	275
	免	307
八	兵	112
冫	冶	501

刀	初	138
	別	111
	利	286
	刪	369
	判	328
力	劫	256
	劬	352
	助	606
卩	即	239
	卯	300
口	吠	182
	否	185
	吹	141
	告	196
	呈	133
	吝	292
	君	270
	含	215
	吮	406
	呂	299
	呑	434
	吾	454
	吳	454
	吸	461
	吟	523
囗	困	279
土	坊	180
	坎	273
	均	270
	圻	334
	坐	619
士	壯	608
大	夾	246
女	姒	108
	妨	180
	妙	308
	妖	496
子	孚	187
	孝	474
	孜	609
宀	宏	221
	完	435
	宋	413
尢	尫	436
尸	局	267
	尾	446
山	岑	124

	岐	334
巛	巡	488
工	巫	454
巾	希	461
广	床	141
	序	484
廴	延	491
	廷	430
廾	弄	326
弓	弟	159
彡	形	431
	形	480
彳	彷	180
	役	517
心	忌	242
	快	277
	忍	359
	忸	326
	忘	439
	忭	458
	忒	425
	志	595
戈	戒	257
手	扶	187
	技	242
	抗	273
	抒	400
	投	432
	抑	517
	折	571
攴	改	192
	攻	201
	攸	529
日	旰	194
	旱	216
曰	更	198
木	杜	167
	材	122
	李	283
	束	404
	杖	568
止	步	121
毋	每	304
水	沈	130
	沖	136

	決	269
	汲	239
	沙	369
	求	351
	汭	364
	沒	315
	沐	318
	沛	328
	汧	307
	汰	423
	沂	505
	沃	453
	沉	548
	汦	594
火	灼	609
	災	558
牛	牢	281
	牡	317
犬	狄	158
	狂	278
	犿	558
用	甫	189
田	甸	163
	男	320
白	皁	562
矢	矣	516
禾	秃	432
	私	408
	秀	483
穴	究	264
糸	糺	264
	系	464
网	罕	216
肉	肝	193
	育	545
艮	良	289
艸	芒	302
見	見	249
角	角	269
言	言	490
谷	谷	205
豆	豆	166
豕	豕	387
豸	豸	595
赤	赤	136
走	走	615

足	足	616
身	身	375
車	車	127
辛	辛	477
辰	辰	130
辵	迄	341
	迅	488
	迂	536
邑	邦	104
	邢	481
	邑	517
	邪	475
酉	酉	535
里	里	283
阜	防	180
	阪	104
	阬	276
	阯	594

八畫

丿	乖	208
乙	乳	363
亅	事	392
二	亞	489
亠	京	261
	享	472
人	伙	145
	侈	135
	供	202
	例	287
	來	279
	侔	317
	侍	393
	使	388
	佩	328
	依	504
	侅	518
	侏	604
儿	兒	174
	兔	434
入	兩	289
八	典	163
	具	268
	其	334
凵	函	215
刀	到	153
	刺	145

	掤	141
	刻	276
	制	595
力	劾	220
十	卑	105
	協	476
	卓	609
	卒	616
卜	卦	208
卩	卷	269
	卹	485
又	叔	401
	取	352
	受	399
口	咎	265
	呼	226
	和	219
	命	314
	味	448
	周	602
囗	囷	292
	固	205
土	坿	191
	坻	135
	垂	141
	坤	278
	坰	264
夕	夜	501
大	奉	184
	奇	334
	奄	492
女	姑	204
	始	387
	妻	333
	姜	346
	妹	304
	委	446
	姓	481
	姒	412
	姊	612
子	季	242
	孤	204
	孟	306
宀	定	164
	官	208
	宓	307
	宛	436

宜 505	抱 105	水 泊 114	胗 462	俗 413	室 394	方 施 381
宙 604	拆 125	波 113	舌 舍 374	俠 464	宣 485	旂 530
宗 614	拔 101	沸 182	艸 芬 182	信 478	宥 536	无 既 242
小 尚 372	拘 267	法 177	芾 182	侮 458	寸 封 183	日 春 141
尢 尬 437	拒 268	沮 267	芳 180	俟 412	尸 屏 389	是 394
尸 居 266	披 329	沴 287	芰 369	係 464	屏 332	昧 304
屆 258	拖 435	河 219	芽 489	俎 617	屋 454	星 478
屈 352	拓 592	況 278	芝 592	儿 兗 492	山 峙 596	昭 568
山 岱 151	招 568	泮 328	芸 557	入 俞 541	己 巷 473	易 220
岳 555	攴 放 180	泌 307	虍 虎 227	冂 冒 303	巾 帝 160	木 柴 125
巾 帛 114	政 578	泥 323	衣 表 111	冑 604	帥 405	柏 114
帑 424	斤 斧 189	泣 341	辵 返 178	冖 冠 209	幺 幽 529	柢 159
干 幸 481	方 於 541	泯 310	近 259	刀 前 343	广 度 167	柯 274
广 底 158	日 昌 125	泗 412	迍 489	削 487	庠 472	枯 277
府 189	昂 100	泝 414	迕 458	則 562	廴 建 250	柩 265
庚 198	昏 234	泄 476	迎 525	力 勃 114	弓 弭 306	某 317
庖 328	昆 279	治 596	邑 邡 106	勁 263	彡 彥 493	柳 295
弓 弧 226	吻 226	油 530	邴 113	勉 307	彳 待 151	柔 362
弩 327	昊 217	注 606	邵 329	勇 528	徊 233	枰 331
弦 468	明 312	火 炎 492	采 采 122	勹 匍 332	後 224	染 356
彳 徂 146	旻 310	爪 爭 576	金 金 259	十 南 321	律 300	枲 463
彼 108	昕 477	牛 牧 318	長 長 125	卩 卻 354	徇 488	柱 606
彿 188	昔 461	物 459	門 門 304	厂 厚 225	心 怠 151	歹 殆 151
往 439	易 517	犬 狐 226	阜 阜 191	又 叛 328	恍 232	殂 146
征 576	月 服 187	狎 464	阽 163	口 哀 99	恢 232	殃 493
心 怖 121	朋 329	狀 608	阿 169	品 331	恪 276	殄 429
怛 148	木 板 104	玉 玩 436	陂 105	咽 489	急 239	殳 段 168
念 183	東 165	田 畀 108	阻 617	咷 424	恨 221	比 毖 109
怵 140	杵 139	疒 疚 265	阼 621	咸 468	恆 221	毗 329
怪 208	林 291	皿 盂 541	雨 雨 543	哉 558	恃 396	水 洞 166
忽 226	果 214	目 直 592	青 青 348	咨 609	怒 327	津 259
念 325	柄 364	示 祁 339	非 非 180	土 城 133	恤 485	洎 242
怯 346	杪 308	社 374		垢 204	恂 488	洪 222
怩 323	枚 303	祀 412	**九畫**	垠 523	恫 430	泉 353
性 481	枉 439	禾 秉 113	二 亟 239	垣 548	思 408	洒 365
怡 505	析 461	穴 空 276	亠 亮 290	大 奔 107	恬 429	洽 342
忝 429	杳 496	穹 350	亭 430	奐 230	怨 550	洛 301
忠 600	松 413	穼 464	人 促 146	契 341	手 拜 103	洶 482
怔 576	枕 575	糸 糾 264	俘 188	奕 518	拱 203	洗 463
戈 或 235	枝 591	网 罔 439	保 104	奏 615	持 135	洩 476
戶 房 180	杼 606	羊 羌 345	便 110	女 姬 236	按 100	洋 494
戾 287	欠 欣 477	肉 肥 181	俄 170	姦 247	括 279	洙 604
所 417	止 武 458	胘 202	侯 222	姜 251	拭 396	洲 603
手 抽 137	歹 歿 316	肺 182	俊 272	姝 401	拾 384	火 炳 113
承 133	歾 316	股 205	侵 346	威 440	拯 577	炭 423
拂 188	毋 毒 166	肯 276	俛 307	姿 609	指 594	爲 440
抵 158	氏 氓 305		侶 299	宀 客 276	攴 故 206	爪 爰 548

部	字	頁	部	字	頁	部	字	頁	部	字	頁	部	字	頁	部	字	頁	部	字	頁
牛	牲	379		胎	420		限	470	厂	原	548		恩	170		核	220		疽	267
犬	狡	254		胤	524	面	面	308	又	叟	413		悔	233		栖	334		疾	240
	狼	221		胥	484	革	革	197	口	哽	198		悃	279		桑	368		疲	329
	狩	400		胗	575	韋	韋	444		哺	115		悝	278		桐	431	白	皋	195
玉	珉	310	至	致	596	韭	韭	265		哭	277		恐	276		桃	424	皿	盍	220
	珍	575	臼	臾	541	音	音	522		唁	493		悍	216		栽	559		益	518
甘	甚	377	艸	苞	104	風	風	184		唏	462		悁	269	歹	殊	402	目	眛	304
田	界	258		范	179	飛	飛	181		唐	423		恕	404	殳	殷	522		眚	379
	畎	354		苴	267	食	食	384		哲	571		悄	346	气	氣	341		眹	396
	畏	448		苟	203	首	首	398	囗	圂	235		悒	518	水	浮	188		眩	487
广	疫	518		苛	274	香	香	471		圃	333		悚	413		流	294		眞	575
癶	癸	212		苦	277					圄	543		息	462		涒	287	矢	矩	267
白	皇	230		茂	303		**十 畫**		土	埃	99		悌	426		浪	281	石	砥	159
	皆	255		茅	303	丿	乘	134		埋	302		恙	495		海	215		破	332
皿	盆	328		苗	308	人	俾	108		埒	354		悟	459		浩	217	示	祔	191
	盈	525		若	364		倉	123	夊	夏	466		恣	614		浸	260		祠	142
目	看	273		英	524		倅	146	大	奚	462		悅	556		浚	273		祜	227
	眉	304		苑	550		做	180	女	娥	307	戶	扇	370		浣	230		神	376
	盼	328	虍	虐	327		倕	141		娛	541	手	捕	115		浹	246		祕	307
	眇	308	虫	虹	222		俯	189	子	孫	416		挫	147		涇	262		祛	352
	省	481		虺	233		倒	153	宀	宮	202		捐	269		涅	325		祗	592
	相	471	行	衍	492		俸	185		宸	131		捃	273		涉	374		祚	621
矛	矜	259	衣	衿	272		倦	269		家	246		挾	476		涕	426		祖	617
矢	矧	377		袂	304		俱	267		害	215		挹	518		浴	545		祝	607
石	砂	369		衽	360		借	258		容	361		挺	430		涌	528		祐	536
	研	492	襾	要	496		候	225		宴	493		振	575	火	烈	291	禾	秦	347
示	祈	339	言	計	242		倏	401		宵	473	支	效	475		烜	486		秩	597
	祇	339	貝	負	191		俳	327		宰	559	斗	料	290		烏	454		租	616
	祉	594		貞	575		倩	345	寸	射	374	方	旁	328		烝	576	穴	空	110
禸	禺	541	走	赴	191		倫	300	尸	屑	476		旅	299	牛	特	425		窈	496
	禹	543	車	軍	271		倖	482		展	566		旌	303	犬	狼	281	立	竝	113
禾	种	136		軌	212		修	483	山	峨	170		旃	566		狹	464	竹	笄	237
	科	274	辵	迭	164		倚	516		峻	272	日	晃	232	玉	珙	136		笑	475
	秋	351		迪	158		值	593		峭	346		晉	260		班	104	米	粉	183
穴	突	432		述	404	八	兼	248	工	差	124		時	384		珪	212		粃	108
	窀	608		迫	332	冂	冓	484	巾	師	381		晏	493		珮	328	糸	純	142
糸	紅	222		迤	516	冖	冥	313		席	463	曰	書	401		珠	604		紛	182
	紀	243	邑	部	220		冢	601	广	庫	277	月	朗	281	瓦	瓴	292		紡	180
	紈	436		郊	253		冤	547		庭	430		朔	407	田	畜	140		級	240
	紂	604		郎	280	冫	凋	163		座	621		朕	576		留	295		紘	222
	約	554		邽	212		凍	166	弓	弱	365	木	案	100		畔	328		紓	402
	紆	536		郁	545	刀	剛	194	彳	徑	263		格	197		畝	318		紐	326
羊	美	304		邾	604		剝	113		徒	432		根	197	广	疵	142		納	319
老	耇	204	里	重	601		剗	125		徐	484		桓	229		病	113		素	414
	者	571	阜	降	253		剞	236	心	悖	106		栗	287					索	420
肉	背	106		陌	316		剖	332		恭	202		桀	256				缶	缺	354
	胡	226		陋	297	匚	匭	182		恥	135		校	254				羊	羔	195

羽 翅 136	走 起 340	務 459	崤 473	敗 103	淫 523	組 618
老 耄 303	身 躬 202	勗 485	崝 576	救 265	淹 490	紫 613
耆 339	車 軒 485	勹 匐 188	巛 巢 127	教 254	淵 547	終 600
耒 耕 198	辰 辱 363	匸 匿 323	巾 帶 151	敏 310	淄 610	羊 羞 483
耳 耽 151	辵 进 107	區 352	常 126	敘 485	火 烽 184	羽 習 463
耿 198	迴 233	冂 卿 348	帷 444	斗 斜 227	烹 328	翊 518
肉 能 322	迹 236	厶 參 376	帳 568	斤 斬 566	焉 489	耒 耟 412
脅 476	迷 306	口 唳 345	广 康 273	方 旌 262	爻 爽 406	耳 聊 290
胸 482	酒 320	啓 341	庶 404	旋 486	牛 牽 342	聆 292
脂 592	逆 323	商 370	庸 527	族 616	犬 猛 306	肉 脯 189
自 臭 138	退 434	唾 435	弓 強 345	日 晡 115	猗 504	脣 142
臼 舁 541	逃 425	問 452	張 567	晨 131	玄 率 405	脈 377
舟 般 104	送 413	唯 445	彡 彫 164	晦 233	玉 理 284	脥 304
艸 荅 148	追 608	啄 609	彬 112	晚 436	琅 281	脩 483
草 124	邑 部 196	囗 國 213	彪 111	晞 462	班 430	脡 430
荊 261	郡 272	圉 543	彳 從 145	晤 459	瓜 瓠 227	脫 435
荒 230	邕 526	土 堅 248	得 155	晝 604	生 產 125	臼 舂 136
茫 303	酉 酒 265	基 237	徘 327	晢 571	田 畢 109	艸 莘 188
茸 361	配 328	埽 368	徙 463	曰 曹 123	略 301	荷 220
茹 363	酌 609	堂 424	御 545	曼 302	疋 疏 402	莅 287
荀 488	阜 陛 109	域 545	心 悴 147	月 望 439	广 痊 353	莖 262
茲 609	除 139	執 593	悼 154	木 梗 198	目 眷 269	莫 316
卢 虔 344	陝 370	埴 593	惆 137	梁 289	眺 429	莩 376
虓 473	陘 481	女 婦 191	悵 127	梅 304	眾 601	菌 305
虫 蚌 104	陟 597	婚 234	患 230	條 429	示 祭 244	荼 433
蚩 135	陣 575	婆 280	悖 244	械 476	袷 464	莊 608
蚧 258	馬 馬 301	婪 353	惚 226	梧 454	祥 472	卢 虛 188
衣 被 106	骨 骨 205	妻 297	悄 210	梓 613	祧 429	處 139
衰 405	高 高 195	嫺 523	情 349	欠 欷 462	禾 移 505	虫 蛇 374
衾 346	鬼 鬼 213	婉 436	惟 444	欲 545	穴 窒 429	行 術 404
袖 483		子 孰 403	惜 462	殳 殺 369	立 竟 263	衒 487
祖 423	十一畫	宀 寇 277	惕 426	水 淡 152	章 566	衣 裒 105
袁 549	乙 乾 344	寄 244	悉 462	淳 142	竹 笛 158	裊 213
衷 600	人 偪 107	密 307	悠 529	淞 226	第 162	見 規 212
言 許 256	側 124	寅 523	戈 戚 334	涼 289	答 135	言 訪 180
記 243	假 247	宿 414	戶 扈 227	混 235	符 188	設 374
訖 341	健 250	寸 將 251	手 措 147	淮 229	笠 287	許 484
訕 370	偏 330	尉 448	控 277	淚 282	米 粗 146	訟 413
討 425	偶 327	專 607	捷 256	淩 292	粒 287	豕 豚 435
託 435	偉 446	山 崩 107	接 256	淑 402	糸 絀 140	貝 貫 210
訓 488	偃 492	崇 136	排 327	清 349	紱 188	貨 235
訊 488	停 430	崗 194	掠 301	淺 344	累 282	貧 331
豆 豈 340	偽 446	崔 146	授 400	淪 300	紳 376	貪 423
豸 豹 105	冂 冕 307	崛 269	掩 492	淒 334	絢 352	責 564
貝 貢 203	刀 副 191	崎 339	推 434	深 376	紹 373	赤 赦 374
財 122	力 動 166	崧 413	探 423	淖 322	絃 469	足 跂 339
貤 518	勒 282	崖 489	攴 救 136	液 501	細 464	趾 594

辵 逢 184	口 單 151	惠 233	椇 339	琢 609	舛 舜 407	跚 370
逋 115	喘 141	惑 235	棄 342	用 甯 325	艸 萃 147	跎 435
逞 135	喉 223	愁 323	棠 424	田 番 177	菲 182	車 輪 292
連 288	喪 368	悶 305	椅 505	畫 229	萊 279	輅 496
逡 354	善 370	惴 608	棗 562	異 518	華 228	軸 604
逝 396	喬 345	戈 戟 242	械 546	广 痛 432	菽 403	軫 575
途 433	喜 464	戶 扉 181	植 593	癶 登 157	萌 305	辛 辜 204
速 414	喻 546	手 揣 140	欠 款 278	發 176	莽 303	辵 逮 151
通 430	囗 圍 445	掣 128	欺 334	白 皓 217	萁 339	進 260
逐 606	土 場 127	插 125	欽 346	皿 盜 154	茨 423	逵 278
造 562	報 105	換 230	歹 殘 123	盛 134	萎 440	逸 519
邑 部 122	堵 167	揮 232	殖 593	矢 短 168	虍 虜 298	逶 440
郭 213	堪 273	揀 248	殳 殼 346	石 确 354	虛 484	邑 都 166
郵 530	堯 496	揆 278	毛 毳 147	硯 493	虫 蛟 254	郿 304
里 野 501	士 壺 227	揉 362	水 渤 114	禾 程 134	行 街 256	酉 酤 204
金 釳 464	大 奠 163	揚 494	渡 168	稅 406	衣 補 115	里 量 290
門 閉 109	奢 373	揖 504	測 124	稌 433	裁 122	金 鈔 127
阜 陳 131	女 媧 212	握 454	湊 146	稀 462	裒 229	鈍 169
陵 292	媚 304	援 549	湖 227	穴 窨 264	裂 291	鈇 187
陸 298	婾 541	掌 567	渙 230	立 童 431	裙 354	鈇 270
陪 328	媛 550	掾 550	渾 234	竹 策 124	裕 546	鈞 272
陷 470	宀 富 191	攴 敢 194	減 248	等 157	襾 覃 423	門 開 273
陰 522	寒 215	敞 127	渠 352	筆 108	見 視 396	間 248
陶 425	寐 304	敝 109	森 308	筐 278	言 詞 143	閔 310
陬 615	寔 386	敦 169	渥 454	筋 259	詈 287	閏 364
隹 雀 354	寸 尋 488	散 368	湯 423	米 粟 414	詘 352	閑 469
雨 雪 487	尊 618	文 斐 182	渭 449	粢 610	詐 565	閒 469
頁 頃 350	尢 就 266	斌 112	渫 476	粵 556	詠 528	阜 隉 158
魚 魚 541	尸 屠 433	斤 斯 409	湮 523	糸 經 164	詔 570	隊 168
鳥 鳥 325	山 嵐 492	日 晻 100	湍 434	絕 270	豸 象 473	隍 232
鹵 鹵 298	巾 幄 454	景 263	湘 471	絮 257	貇 貂 164	階 256
鹿 鹿 298	幃 445	普 333	游 531	結 256	貝 貳 176	隆 296
麥 麥 302	幺 幾 241	智 597	渝 541	絙 230	貶 110	隈 440
麻 麻 301	弓 弼 109	曰 替 426	渚 606	給 241	貰 610	陽 494
	彐 彘 597	最 618	湲 549	絳 253	貴 213	隅 541
十二畫	彡 彭 329	曾 565	火 焦 254	絡 301	貺 278	隹 集 240
人 傅 191	彳 徧 110	月 期 334	然 355	絲 409	買 302	雄 482
備 106	復 192	朝 569	無 454	絪 523	貽 506	雅 489
傑 256	徨 232	木 棼 183	牛 犇 107	統 432	賁 610	雁 493
几 凱 273	循 488	棟 166	犀 462	羽 翕 462	走 超 127	雨 雲 557
刀 創 141	心 愊 109	棣 162	犬 猥 446	翔 472	越 556	頁 順 406
割 196	悲 105	棐 182	猶 530	老 耋 164	足 跋 102	須 484
力 勞 281	惡 170	椎 141	玉 琛 128	肉 腓 182	跌 164	項 473
勝 379	愎 109	棘 240	琴 347	腑 190	距 268	馬 馮 184
勛 487	惻 124	棺 209	琦 339	胾 614		黃 黃 231
十 博 114	惰 169	椒 254	琰 493	臼 舁 464		黍 黍 403
厂 厥 269	惶 232	樓 334	琬 436	舌 舒 403		黑 黑 221

十三畫

部	字	頁
乙	亂	300
亠	亶	151
人	傳	140
	催	146
	傲	101
	僅	259
	僂	299
	僉	342
	傾	349
	傷	370
	僇	468
力	勢	396
	勤	347
口	嗥	217
	嗟	269
	嗇	369
	嗜	397
	嗚	454
	嗌	520
	嗣	412
囗	園	549
	圓	549
土	塙	241
	塞	369
	塗	433
	塋	525
大	奧	101
女	嫁	247
	嫉	241
	嫂	368
	嫌	469
	媵	526
宀	寖	261
	寘	597
山	嵯	147
	嵩	413
	嵬	445
干	幹	194
广	廉	288
彐	彙	234
彳	微	440
	徭	496
心	愛	99
	愁	137
	感	194
	愴	141

部	字	頁
	愧	278
	慄	287
	愷	273
	愆	342
	慎	377
	愍	311
	想	472
	意	520
	愚	541
	愈	546
	慍	558
戈	戡	241
手	搢	261
	搆	204
	搔	368
	搖	496
	摯	492
	搜	413
	損	417
攴	敬	263
斗	斟	575
斤	新	477
方	旒	295
日	暗	100
	暑	403
	暇	467
曰	會	234
木	楚	139
	極	240
	楮	228
	楷	256
	楯	406
	楊	495
	業	501
	楹	525
	楨	575
欠	歆	478
止	歲	415
殳	殿	163
	毀	233
水	溝	203
	滄	123
	滑	228
	溷	235
	淫	382
	溺	323
	滅	309

部	字	頁
	溥	333
	滋	486
	溢	519
	溫	450
	溱	575
	源	549
	澄	597
火	煩	178
	煎	248
	煌	232
	煥	230
	煨	327
	煢	350
	煬	495
	煙	490
	煒	446
	照	570
片	牒	164
牛	犍	248
犬	猾	228
	獃	531
玉	瑞	364
	瑟	368
	瑕	465
	瑋	446
	瑗	550
田	當	152
	畷	608
疒	瘁	147
	痾	170
皿	盟	305
目	督	166
	睢	414
石	碑	106
	碁	339
	碎	416
示	禁	260
	祿	298
内	禽	348
禾	稟	113
	稔	359
	稚	597
竹	節	257
	筮	396
	筵	492
	筲	432

部	字	頁
米	粲	123
	粳	262
糸	絺	135
	綆	198
	經	262
	綏	415
	綌	464
	綎	430
网	置	597
	罪	618
羊	群	354
	羨	470
	義	519
耳	聘	331
	聖	380
聿	肅	414
	肆	412
	肄	520
肉	腹	192
	腸	127
	腦	322
	腤	433
臼	舅	266
舛	舜	465
艸	葆	105
	蓉	170
	董	165
	葛	197
	葭	246
	葵	278
	落	301
	葩	327
	萬	436
	葉	501
	葦	446
	著	607
	葬	561
虍	號	217
	虞	541
虫	蛾	170
	蜀	403
	蜓	492
	蛹	528
衣	裏	284
	裔	519
角	解	257
言	誠	134

部	字	頁
	該	192
	誅	282
	詭	213
	詰	257
	詩	382
	試	396
	詣	520
	詡	484
	詢	488
	詳	472
	誅	604
豸	貉	230
貝	買	205
	賄	234
	賂	298
	資	610
	賊	564
足	跡	244
	跨	277
	跪	213
	路	298
車	較	255
	輅	220
	輇	332
	載	561
	輈	604
辛	辟	329
辰	農	326
辵	逼	108
	達	148
	遁	169
	遄	141
	遐	170
	道	154
	過	215
	違	445
	遂	416
	退	465
	遇	546
	逾	542
	遊	531
	運	558
邑	鄗	218
	鄉	472
酉	酬	137
金	鉤	203
	鉏	139

部	字	頁
	鉅	268
	鈴	292
	鉗	344
	鉉	487
	鉞	556
	鉦	576
阜	隔	197
	隘	99
	隗	446
	隙	464
	隕	558
佳	雌	143
	雎	267
	雍	527
	雉	597
雨	電	163
	雹	104
	零	292
青	靖	263
頁	頓	169
	頒	183
	頑	436
	頊	484
	頌	413
	預	546
	頏	339
食	飴	136
	飯	179
	飲	524
馬	馳	135
	馴	488
髟	髡	279
鳥	鳧	188
	鳩	264
鼎	鼎	164
鼓	鼓	205
鼠	鼠	403

十四畫

部	字	頁
人	僚	290
	僭	250
	僬	254
	僕	332
	僥	496
	像	473
	僡	462
	僳	619

部	字	頁
儿	兢	262
刀	剸	270
匚	匱	278
厂	厭	493
口	嘗	127
	嗷	101
	嘉	246
	嘏	247
	嘔	327
	嘆	423
	嘖	564
囗	圖	433
土	塵	131
	墊	163
	境	264
	墓	318
	塿	527
士	壽	400
夕	夥	235
	夢	306
大	奪	169
	奮	289
女	嫡	158
	嫠	283
宀	察	125
	寡	208
	寥	290
	寨	268
	寧	325
	實	386
	寢	348
	寤	459
寸	對	168
尸	屢	299
	屣	464
山	嶇	352
	嶄	566
巾	幔	302
	幕	318
	幘	564
广	廓	279
弓	彄	277
彡	彰	567
心	慠	101
	慚	123
	慘	123
	慈	143

部	字	頁	部	字	頁	部	字	頁	部	字	頁	部	字	頁	部	字	頁	部	字	頁
	慄	330		熏	487		綴	608		誣	454		**十五畫**		彳	徹	128		潛	344
	慢	302	爻	爾	175	网	罰	177		誦	413	人	僭	151		德	155		潤	364
	愨	354	犬	獄	546		署	403		誘	536		俊	249		徵	576		潁	526
	懍	297	玉	瑰	212	羽	翡	182		語	543		僵	252	心	憚	152		潭	423
	慟	432	瓦	甄	575		翟	158	豕	豪	217		儆	263		憒	123	火	熬	101
	態	423	田	暢	127		翠	147	豸	貌	303		價	247		憤	183		熲	264
	愿	550	疋	疑	506	耒	耤	241	貝	賓	112		億	520		憐	289		熱	356
戈	截	257	皿	盡	261	耳	聚	268	赤	赫	220		儀	506		慧	234		熟	403
手	摛	135		監	248		聞	452	走	趙	570	刀	劇	268		憬	290		熠	520
	摧	146	目	睹	167	聿	肇	570	足	踉	267		劍	250		慶	350	片	牖	535
	搴	343		睿	364	肉	腐	190		踊	528		劉	295		慮	300	玉	瑩	526
	摽	330	石	碧	109		膏	196	車	輔	190	力	勰	476		憫	311		璇	486
	摘	565		碣	257		膂	299		輕	349	厂	厲	287		慕	318		璋	567
	撫	593		碩	386	臣	臧	561		輓	571	口	嘻	236		慼	425	田	畿	237
方	旗	340	示	禘	162	至	臺	420	辵	遘	204		嘻	462		慰	449	广	瘠	241
木	榜	104		福	188	臼	與	543		遣	345		嘶	410		憂	529		瘦	400
	榦	194		禍	236	舛	舞	458		遙	496		噓	484		憎	565		瘟	450
	槁	196		禎	304	艸	蒼	123		遜	489	土	墮	169		慾	546	皿	盤	328
	構	204		禋	523		蔡	139		遠	549		墳	183	戈	戮	298	石	磊	282
	槐	229		禎	575		蓋	193	邑	鄙	108		墀	135	手	撫	190		確	354
	榴	295	禾	稱	131		蒹	248	酉	酷	277		墨	316		播	114	示	禡	302
	榷	354		種	601		蒿	217	金	銘	313		墫	370		撓	322	禾	稻	155
	榮	361	穴	窬	542		蓍	382		銀	523		墟	484		撰	608		稷	244
	槲	476	立	端	168		蓐	364		銅	432		墜	608		摯	597		稽	237
	榛	575		竭	257		蒙	306	行	衛	469		增	565	支	敵	158		穀	205
欠	歌	196	竹	箎	141		蓑	417	門	閣	197	大	奭	397		敷	187		稼	247
	歉	345		管	210		蓄	485		閡	177	女	嬈	325		數	405		稗	598
歹	殞	558		箕	237		蒸	576		閣	197		嫵	459		毆	352	穴	窮	350
毋	毓	546		算	414	虫	蜜	307		閨	212		嬉	462		釁	482		窳	544
水	滌	158	米	粹	147		蜺	323	阜	際	244	宀	寮	290	日	暴	105	竹	範	179
	漑	193		精	262		蜿	436		障	568		寬	277		暮	319		篇	330
	漸	250	糸	綽	142		蠟	565	隹	雌	301		審	377		暫	561		箱	472
	漢	216		網	194	衣	裳	127	雨	需	484		寫	476	木	概	193		篆	608
	滿	302		綢	137		褊	110	韋	韍	316	尸	層	124		樊	178		箴	575
	漏	297		綬	287		裸	105	音	韶	373		履	299		樏	214	糸	編	110
	漠	316		綿	307		褐	220	頁	領	293	山	嶓	114		樞	403		緘	248
	漆	334		綾	364		裹	214		頗	328		嶢	496		模	315		緩	230
	漫	302		緌	400		褒	328		頜	332	巾	幣	109		樂	556		緉	213
	漂	330		綸	301		製	597	食	飽	105	广	廢	182	欠	歐	327		練	289
	漾	495		綠	300	言	誥	196		飾	397		廚	139		歎	423		緝	342
	滎	481		綦	340		誕	152	髟	髮	180		廣	211	歹	殤	371		緞	310
	演	493		綺	341		誠	258		髻	356		廟	308	殳	毆	327		總	410
	漁	542		縮	436		誨	234	鬼	魂	235		廡	459		毅	520		緯	446
	滯	597		網	439		誓	397	鳥	鳳	185		廝	410	毛	氂	303		緹	425
火	熙	462		維	445		說	407		鳴	313	廾	弊	109	水	潦	282		緒	485
	熒	526		綜	615		誚	346	齊	齊	339	弓	彈	152		澗	250		緣	549
	熊	482		緇	610		誤	459				彡	影	526		潔	257	网	罷	102

第一欄

	罵	302
羽	翮	330
	翫	436
	義	607
耒	耦	327
肉	膚	187
	膝	462
艸	蒽	145
	蕀	146
	蔡	122
	蓮	289
	蓬	329
	蔀	332
	蔆	309
	蔬	403
	蔚	449
虍	號	214
虫	蝗	232
	蝕	386
行	衝	136
衣	褠	203
言	誹	182
	諂	125
	課	276
	諒	290
	誰	406
	請	350
	論	301
	談	423
	誼	520
	聞	523
	調	429
	諄	608
豆	豎	405
貝	賜	145
	賦	192
	賤	250
	資	280
	賞	371
	賢	469
	質	597
走	趣	353
足	踔	142
	踏	114
	踘	146
	踐	251
	踏	241

第二欄

	踏	420
車	輟	142
	輦	107
	輝	233
	肇	325
	輪	301
辛	嬖	143
辵	遯	169
	遷	343
	適	397
	遭	562
邑	鄧	158
	鄰	291
	鄭	578
酉	醇	142
	醉	618
金	鋒	184
	銳	364
	鋪	332
	銷	473
門	閫	279
	閭	299
	閱	557
阜	隤	434
雨	霄	473
	霆	430
	震	576
革	鞏	203
頁	頤	506
	頡	476
食	養	495
馬	駕	247
	駕	327
	駘	421
髟	髭	189
	髮	177
鬼	魄	332
魚	魯	298
鳥	鳩	270
麻	麾	233
黍	黎	283
齒	齒	136

十六畫

人	儔	137
	儒	363
八	冀	244

第三欄

氵	凝	326
力	勱	488
又	叡	364
口	噭	255
	噲	277
	器	342
	憶	505
	圜	549
土	壇	252
	墾	276
	甕	527
	壇	423
大	奮	183
女	嬡	110
	嬴	526
子	學	487
寸	導	153
广	廩	292
弓	彊	345
彳	徼	255
心	憮	124
	憨	107
	懍	292
	憑	332
	懈	476
	憙	464
	憲	470
	愁	524
	懌	520
	憶	520
戈	戰	566
手	操	123
	擐	210
	據	268
	擅	370
	擒	348
	擁	527
	擇	565
攴	整	577
日	曌	244
	曆	287
	曇	520
	曄	502
	曉	474
木	機	237
	橫	221
	樹	405

第四欄

	樸	333
	樵	345
	橋	345
	橦	432
欠	歔	484
止	歷	287
歹	殫	151
水	澮	152
	潭	125
	澧	284
	澮	277
	激	237
	潕	330
	濃	326
	滋	397
	澡	562
	濁	609
	澤	564
火	燈	157
	燔	178
	熾	136
	燎	290
	熠	248
	燄	493
	燁	502
	熹	463
	燉	435
	燕	493
犬	獨	166
	獬	476
	獫	469
玉	璜	232
	璣	237
	璞	333
瓜	瓢	330
瓦	甌	162
广	廥	137
	療	111
	癖	316
	療	565
皿	盥	210
目	瞥	621
石	磴	146
	磬	350
示	禦	546
禾	積	237

第五欄

	穆	319
	穎	526
竹	篦	182
	篤	167
	篡	146
	築	607
糸	縛	192
	縑	248
	縠	227
	縉	261
	縈	526
	縕	558
网	罹	283
羽	翱	220
	翰	217
肉	膳	370
	膩	323
至	臻	575
臼	興	478
舟	艘	368
艸	蕃	178
	蔽	109
	蕩	153
	蕘	364
	蕪	456
	蕭	473
虫	融	361
	螣	516
行	衛	221
	衛	449
衣	褒	229
	褔	345
見	覯	167
	親	347
言	諦	162
	諶	131
	諷	184
	諫	251
	諼	234
	謀	317
	謂	449
	諸	476
	謁	502
	諧	610
	諸	604
	諭	546

第六欄

豕	豬	604
	豫	546
豸	貓	303
貝	賴	280
足	踱	164
	踴	528
	踰	542
	踵	601
車	輳	146
	輻	189
	輯	241
	輸	403
	輮	364
	輻	531
辛	辦	104
	辨	111
辵	遲	135
	遼	290
	遺	506
	選	486
	遵	619
邑	鄴	502
金	錯	147
	鋸	268
	錦	259
	錮	207
	錄	299
	錢	344
	錫	463
門	閶	125
	閻	490
阜	隨	415
	險	469
	陸	547
佳	雕	164
雨	霖	291
	霍	236
	霓	323
青	靜	264
頁	頸	263
	頻	331
	頰	434
	頭	432
食	餐	123
	餓	170
	餒	322
	餘	542

第七欄

馬	駮	115
	駭	215
	駰	523
骨	骸	215
髟	髻	244
魚	鮐	421
黑	黔	344
	默	316
龍	龍	297
龜	龜	212

十七畫

人	償	127
	優	530
力	勱	288
土	堅	221
女	嬪	331
	嬰	525
子	孺	364
山	嶸	222
	嶷	507
	嶽	557
弓	彌	306
彳	徽	233
心	懇	276
	懋	303
	懦	327
	應	525
戈	戲	464
手	擣	153
	擊	238
	擢	609
攴	斂	289
	斀	521
日	曖	99
木	檢	249
	檀	423
欠	歟	140
水	濱	112
	澹	273
	濟	245
	濩	236
	濫	280
	濮	333
	濘	326
	濛	306
	濤	424

灌 609	薪 478	闋 353	玉 璧 110	醫 505	廳 328	譔 608
火 爨 476	薇 440	闌 354	广 癘 288	里 釐 283	心 懲 135	證 579
燦 416	薊 472	闈 446	白 皦 254	金 鎛 115	懷 229	貝 贊 561
營 526	薁 547	阜 隋 238	目 瞹 99	鎬 218	日 曠 278	贈 565
燥 562	庐 廕 278	隱 524	瞽 205	鎮 576	木 櫝 167	足 蹶 270
燭 606	虫 螭 135	隶 隸 288	瞻 566	門 闔 220	櫛 598	蹴 621
爿 牆 345	螬 124	隹 雖 414	示 禮 284	闐 273	水 瀨 112	車 轔 292
犬 獲 236	螫 397	雨 霜 406	禾 穡 234	闕 354	瀝 288	辛 辭 143
玉 環 230	孟 303	革 鞞 113	穢 369	闌 420	瀨 280	辵 邊 110
皿 盪 153	螻 297	鞠 267	穴 竇 146	闖 429	瀚 217	金 鏑 158
目 瞰 273	蟄 571	韋 韓 215	竹 簞 151	隹 雞 238	火 爍 407	鏡 264
瞱 377	衣 褒 104	頁 頜 147	簠 249	雙 406	牛 犢 167	鏤 297
瞷 407	襄 472	顆 275	簡 249	離 527	犬 獸 400	門 關 210
瞳 432	言 謗 104	食 館 210	米 糧 289	雜 558	玉 瓊 350	阜 隴 297
矢 矯 254	譽 249	首 馘 214	糸 繢 234	雨 霤 296	璽 464	隹 離 283
石 磾 158	講 253	馬 騁 135	繞 356	革 鞭 110	田 疇 137	難 321
示 禪 370	謙 343	魚 鮪 446	繡 483	鞠 267	疆 252	雨 霧 460
禧 463	謚 307	鮮 468	織 592	韋 韙 446	目 矇 306	非 靡 306
禾 穗 416	謐 397	鳥 鴻 222	羽 翻 177	頁 額 170	石 礙 99	革 鞶 328
穴 隆 297	謝 476	鹿 麋 306	翹 345	顏 527	示 禱 153	鞴 420
竹 簏 299	謠 496	黃 黇 432	耳 職 593	題 425	禰 323	韋 韜 424
米 糞 183	謨 414	黑 點 163	臼 舊 266	顏 492	禾 穫 236	韞 558
糠 273	谷 豁 236	黜 140	艸 藏 123	顓 607	竹 簿 122	音 韻 558
糜 306	谿 463	齊 齋 565	藐 317	風 颺 495	籀 604	頁 顛 162
糸 繁 178	貝 賻 192	齒 齔 131	虍 虛 268	食 餳 481	糸 繭 249	類 282
績 238	賾 565		虫 蟲 137	餐 429	繩 379	顙 368
繆 317	走 趨 352	**十八畫**	蟠 178	香 馥 192	繹 521	願 550
縹 330	足 蹉 147	人 儲 140	蟬 125	馬 騑 181	繫 464	風 颿 496
縷 300	蹈 153	土 壘 282	衣 襟 259	騑 330	网 羆 329	馬 驚 459
繇 496	蹄 241	彐 彞 507	襾 覆 192	騏 340	羊 羹 198	駿 615
總 615	蹇 249	心 懟 168	見 觀 261	騎 340	贏 282	鳥 鵑 142
縱 615	蹋 420	懤 305	言 謹 259	鬼 魖 290	羽 翾 486	鵰 279
縶 593	車 轂 205	戈 戴 151	謳 327	魏 450	肉 臘 279	鵲 354
羊 羲 463	轄 465	手 擼 403	謬 315	魍 439	艸 藩 177	鹿 麗 288
羽 翳 520	輿 542	擾 356	謨 315	魚 鯉 285	藪 413	麓 299
翼 520	輾 549	支 斃 110	豆 豐 184	鳥 鵠 227	藥 496	麒 340
耳 聰 145	辵 避 110	斤 斷 168	貝 贅 608	鵝 425	藝 521	麥 麵 352
聲 379	還 230	日 曙 403	贄 598	黑 黠 465	虫 蟻 516	黹 黼 190
肉 臂 110	邁 302	曜 496	足 蹙 146	**十九畫**	豎 565	**二十畫**
膽 151	遺 566	木 檻 251	蹟 245	土 壞 229		力 勸 354
膺 525	酉 醜 138	欠 歟 542	蹤 615	壜 297		口 嚳 277
臣 臨 291	金 鍠 232	止 歸 212	身 軀 352	壚 297		嚴 492
臼 舉 267	鍾 600	歹 殯 112	車 轉 607	女 嬿 493		土 壤 356
艮 艱 248	鎂 615	水 瀆 167	辵 邇 175	子 孽 325		宀 寶 105
艸 薄 115	鍼 575	瀘 125	邀 308	宀 寵 137		心 懸 486
薨 221	門 闆 100	爪 爵 270	邃 416	广 廬 297		手 攘 356
薦 251	闊 279	犬 獵 291	酉 醬 253			

木	榭	131	魚	鰌	351		顥	218		饕	472	肉	臠	300
	檠	325	鳥	鶩	460	風	飆	111	馬	驊	228	虫	蠻	302
牛	犧	463	鹵	鹹	469	食	饋	278		驕	254	見	觀	210
犬	獻	471	黑	黨	153		饑	238		驍	473	足	躪	325
玉	環	212	齒	齡	292		饒	356	鬲	鬻	547	酉	釁	478
石	礫	288		韶	429		饘	463				髟	鬢	291
	礴	288				馬	駿	123	**廿三畫**			鳥	鸕	326
穴	竇	166	**廿一畫**				驅	352	山	巖	492			
立	競	264	人	儷	288		驃	330	犬	玁	470	**廿六畫**		
竹	簹	137		儺	327	鳥	鶺	139	竹	籥	557	言	讚	561
	籍	241	口	嚼	270		鶴	221	糸	纖	122	食	饞	473
糸	繾	112	尸	屬	403		鶻	205		纖	468			
	繼	245	山	巍	446		鶼	493		纓	525	**廿七畫**		
	繻	488	广	廱	527	鹵	鹺	147	艸	蓳	305	言	讞	153
	纂	618	心	懼	229	黑	黯	100	虫	蠱	205	金	鑾	300
羽	翻	155		懾	268	齊	齏	238		蠲	269		鑽	618
	耀	496	手	攝	375				言	變	111	馬	驥	245
肉	臚	297		攜	463	**廿二畫**				讎	137			
艸	藹	99	日	曩	322	亠	亹	446	辵	邐	285	**廿八畫**		
	蘆	298	歹	殲	248	口	囊	321	金	鑠	407	心	戀	608
	蘇	413	水	灌	210	女	孌	289	頁	顯	470	豆	豔	493
	蘊	558	火	爛	280	心	懿	521	馬	驚	263	金	鑿	621
	藻	562	穴	竈	562	手	攢	146		驛	522			
虫	蟜	340	米	糲	288	木	權	353		驗	493	**廿九畫**		
	蠕	363	糸	纏	125	欠	歡	229	骨	體	425	馬	驪	283
見	覺	270		纈	278	水	灑	365	魚	鱗	292	鬯	鬱	547
角	觸	140		續	485	田	疊	164	鳥	鷓	290			
言	譬	330	缶	罍	282	疒	癭	526		鷸	254	**三十畫**		
	譯	521	艸	蘭	280	禾	穰	356		鷺	299	鳥	鸞	300
	議	521		蘸	352	穴	竊	346		鷯	547			
貝	贍	370	虫	蠡	142	米	糴	158	鹿	麟	292			
	贏	526		蠢	285	耳	聽	429						
足	躁	562	見	覽	280	衣	襲	463	**廿四畫**					
酉	醴	285	言	護	228	見	覿	158	虫	蠹	123			
釆	釋	397		譴	345	言	讀	167	行	衢	352			
金	鐘	601		譽	547	貝	贖	403	言	讓	131			
門	闡	125	貝	贓	561	足	躔	125		讒	125			
	闢	463	足	躋	238		躐	291		讓	356			
雨	露	299		躍	557		躒	288	酉	釀	325			
風	飄	330	車	轟	221		躓	598	雨	靈	293			
食	饉	259	辛	辯	111	車	轡	328	髟	鬢	112			
香	馨	478	金	鐺	269	金	鑒	251	鳥	鷿	330			
馬	騷	368		鐵	429		鑄	607	鹵	鹽	492			
	騶	295	門	闥	330	雨	霽	245						
	騰	425		闡	420	音	響	472	**廿五畫**					
	驃	615	韋	韡	446	食	饔	527	糸	纛	155			
	鶩	598	頁	顧	207		饗	424		纜	389			

通　用　字　表

編號	本索引用字	原底本用字	章/頁/行	內文
1	讎	讐	1.1/1/25 1.9/7/18 7.4/43/5	無言不讎 斷剛若讎 無使盡忠之吏受怨姦讎
2	曹	曺	1.1/2/9 2.3/10/17 2.3/11/2 2.8/14/16 3.7/20/15 3.7/21/15 4.2/23/14 7.4/39/2 9.1/47/2 12.1/62/31	戶曹史張機有懲罰 四為郡功曹 太守南陽曹府君命官作誄曰 郡署五官掾功曹 為郡功曹 辭不逮官曹之文 鞠推息于官曹 中常侍育陽侯曹節、冠軍侯王甫 蕭曹、邴魏載于史籍 使者與郡縣戶曹掾吏登山升祠
3	窮	窮	1.7/5/10 2.1/9/6 2.7/14/4 2.8/14/12 2.9/15/1 3.1/16/2 3.2/17/3 3.7/20/25 3.7/20/25 4.1/22/16 4.2/23/11 4.2/24/1 4.6/27/6 5.1/28/24 6.5/34/26 6.5/35/1 7.3/37/21 7.4/42/1 9.6/49/24 11.1/57/12 11.2/58/1 11.3/59/15 13.2/71/24 13.7/73/24	傳于無窮 令問顯乎無窮 不吝窮迕 窮覽聖旨 守根據窮 窮達一致 億兆不窮 窮山幽谷 利民無窮 超無窮而垂則 窮理盡性 窮生人之光寵 惟子道之無窮兮 延于無窮 故能窮生人之光寵 哀窮念極 窮武事 誠當窮治 為無窮之常典 窮寵極貴 為無窮法 窮變巧于臺榭兮 可以易奪甘石、窮服諸術者 不為窮達易節

編號	本索引用字	原底本用字	章/頁/行	內文
			14.1/74/28	窮滄浪乎三澨
			14.6/76/8	心窮忽以鬱伊
4	概	槩	1.7/5/26	概謂之精麗者
5	胥	胃	1.7/6/2	一罹胥靡
			3.1/15/20	用嬰胥靡
6	亡	亾	1.7/6/15	亡之稱也
			1.8/6/25	獨念運際存亡之要
			2.4/11/17	季方盛年早亡
			3.2/17/4	奉亡如存
			3.4/18/18	存榮亡哀
			4.2/24/7	存榮亡顯
			4.7/28/6	依存意以奉亡兮
			5.2/30/3	人之云亡
			7.2/36/19	弓兵散亡幾盡
			7.2/36/28	張敞亡命
			7.4/39/23	遂亡去
			7.4/40/3	亡不伏誅
			7.4/41/17	皆亡國之怪也
			7.5/43/20	反陷破亡之禍
			8.3/45/22	舉張敞于亡命
			8.3/45/27	悅以亡死
			9.6/49/8	以為漢承亡秦滅學之後
			9.8/50/10	使參以亡為存
			9.8/50/10	衍以存為亡
			9.10/51/15	昔之范正不亡禮讓
			9.10/51/16	以詩人斯亡之戒
			10.2/54/19	死亡無日
			11.2/58/10	亡失文書
			12.1/63/2	諫國亡兮
			13.1/70/28	亡在孝中
			15.1/84/22	亡國之社
			15.1/84/22	古者天子亦取亡國之社以分諸侯
			15.1/84/23	示滅亡也
			15.1/86/8	生而亡去為〔疫〕鬼
7	肯	肎	1.8/6/28	罔肯阿順
			2.6/13/3	莫之肯就
			7.4/41/13	莫肯建忠規闕
			11.5/60/4	誰肯相為言
8	躬	躳	1.10/8/7	靜躬祈福即獲祚

編號	本索引 用字	原底本 用字	章/頁/行	內文
			3.2/16/19	貽于帝躬
			3.5/18/24	在于其躬
			3.5/19/4	帝躬以祗敬
			6.5/34/27	躬桑繭于蠶宮
			7.4/40/22	脩五事于聖躬
			7.4/42/17	畏災責躬念
			8.1/44/10	勞謙克躬
			8.2/45/11	躬秉萬幾
			9.4/48/24	敕躬不慎
			9.9/50/23	扶接聖躬
			13.1/69/7	天子聖躬
			13.3/72/19	則躬自厚而薄責于人
			13.3/72/20	咸在乎躬
9	略	畧	2.2/9/29	略舉首目
			4.1/22/14	智略周密
			5.1/28/20	牧兵略地
			10.2/54/14	而《記》家記之又略
			10.2/56/15	略舉其尤者也
			10.2/56/18	不已略乎
			10.2/56/26	故予略之
10	峨	峩	2.2/10/9	巍峨其高
			2.3/11/7	峨峨崇嶽
			12.4/63/30	峨峨雍宮
11	窎	窡	2.3/10/23	每在窎職
12	慚	慙	2.3/10/24	慚于文仲竊位之負
			9.8/50/12	臣邕怔營慚怖
			9.9/50/27	慚惶累息
13	棄	弃	2.4/11/21	棄予而邁
			3.7/22/3	孤棄萬民
			11.8/62/17	棄此焉如
14	鄰	隣	2.8/14/24	配黔作鄰
15	舄	舄	3.7/21/24	受輅車、乘馬、玄袞、赤舄之賜
16	胸	胷	5.5/32/9	胸肝摧碎
			7.3/38/3	胸背之癰疽也
17	災	灾	6.4/34/8	夙罹凶災

編號	本索引用字	原底本用字	章/頁/行	內文
			7.4/39/3	朝廷以災異憂懼
			7.4/39/7	問臣邕災異之意
			7.4/40/16	即爲患災
			7.4/40/20	災書屢見
			7.4/41/1	天降災厥咎
			7.4/41/13	聞災恐懼
			7.4/41/20	災書之發不于他所
			7.4/42/8	當以見災之故
			7.5/43/19	每有災異
			8.1/44/8	加以洪流爲災
			10.2/56/14	行季春令爲不致災異
			11.3/58/22	潦污滯而爲災
			11.8/61/25	盪四海之殘災
18	袵	袵	7.4/39/16	意者陛下（關）〔樞〕機之內、袵席之上
19	劍	劒	7.4/39/25	帶劍
20	奩	匲	9.3/48/9	賜石鏡奩
21	昏	昬	10.2/55/29	水昏正而栽水
			10.2/56/1	昏正者、昏中也
22	嶢	嶤	11.3/58/27	陟蔥山之嶢（崤）〔峭〕
23	飆	颷	11.3/59/4	山風泊以飆涌兮
			14.1/74/27	既乃風飆蕭瑟
24	虡	簴	11.7/60/24	若鐘虡設張
25	弛	弢	11.8/61/16	人絃弛
26	阤	陁	11.8/61/17	太極阤
27	嫵	斌	14.5/75/25	都冶嫵媚
28	床	牀	14.5/76/3	吹予床帷
29	鼓	皷	15.1/86/11	桃弧棘矢土鼓鼓
			15.1/91/6	隨鼓漏
			15.1/93/1	故寢兵鼓
			15.1/93/3	鼓以動衆
			15.1/93/4	鼓鳴則起
			15.1/94/4	後有金鉦黃鉞黃門鼓車

徵 引 書 目

編號	書名	標注出處方法	版本
1	重雕蘭雪堂本	頁數	國學基本叢書，臺北商務印書館1930年
2	四部叢刊本獨斷	卷/頁	四部叢刊影上海涵芬樓影印常熟瞿氏鐵琴銅劍樓藏明刊本
3	嚴可均全上古三代秦漢三國六朝文	卷/頁（a、b為頁之上下面）	北京中華書局1986年版
4	漢魏六朝百三家集	頁數	清刊本臺北新興書局1968年
5	增訂漢魏叢書	頁數	臺北大化書局1983年
6	盧文弨抱經堂校本獨斷	卷/頁	龍溪精舍叢書所收潮陽鄭氏刊本
7	許瀚楊刻蔡中郎集校勘記	頁數	濟南齊魯書社1985年
8	孫詒讓札迻	頁數	北京中華書局1989年版
9	歐陽詢藝文類聚	卷/頁	上海古籍出版社1965年版
10	禮記	篇/章/總頁	禮記注疏本，臺北藝文印書館1985年影印清嘉慶二十年南昌學府刊十三經注疏本
11	爾雅	篇/章/總頁	爾雅注疏本，臺北藝文印書館1985年影印清嘉慶二十年南昌學府刊十三經注疏本
12	周禮	篇/章/總頁	周禮注疏本，臺北藝文印書館1985年影印清嘉慶二十年南昌學府刊十三經注疏本
13	左傳	篇/章/總頁	左傳注疏本，臺北藝文印書館1985年影印清嘉慶二十年南昌學府刊十三經注疏本
14	國語	卷/頁（a、b為頁之上下面）	黃丕烈士禮居叢書重雕天聖明道本
15	司馬遷史記	頁數	北京：中華書局標點本，1982年版
16	班固漢書	頁數	北京：中華書局標點本，1962年版
17	范曄後漢書	頁數	北京：中華書局標點本，1965年版

增字、刪字、誤字改正說明表

編號	原句 / 位置（章/頁/行）	校改依據
1	朝廷所〔以〕弔贈 1.1/1/12	重雕蘭雪堂本頁1
2	舉高（弟）〔第〕 1.1/1/22	重雕蘭雪堂本頁1
3	又以高（弟）〔第〕補侍御史 1.1/1/25	重雕蘭雪堂本頁1
4	民有父（字）〔子〕俱行 1.1/2/7	重雕蘭雪堂本頁2
5	凶人（人）惡言當道 1.1/2/8	重雕蘭雪堂本頁2
6	（如前）〔數月〕遜位 1.1/2/18	孫詒讓札迻頁403
7	皆公府〔所〕特表送 1.1/2/21	重雕蘭雪堂本頁2
8	舉高（弟）〔第〕侍御史 1.6/4/17	重雕蘭雪堂本頁4
9	再拜博士高（弟）〔第〕 1.8/6/27	重雕蘭雪堂本頁6
10	（篤棐）〔謂督〕不忘 1.9/7/19	孫詒讓札迻頁403
11	降茲（殘）〔篤〕殃 1.9/7/20	孫詒讓札迻頁403
12	〔漂長風〕 1.10/8/14	重雕蘭雪堂本頁8
13	（收）〔救〕文武之將墜 2.1/8/29	重雕蘭雪堂本頁9
14	〔望〕形表而景坿 2.1/8/30	重雕蘭雪堂本頁9
15	中平三年〔秋〕八月丙子卒 2.2/9/30	許瀚楊刻蔡中郎集校勘記頁14
16	哀以送（以）〔之〕 2.3/11/4	嚴可均全上古三代秦漢三國六朝文卷78頁 　　1b總頁892
17	（疆）〔强〕禦不能奪其守 2.5/12/8	重雕蘭雪堂本頁12
18	乃鬻卦〔于〕梁宋之域 2.7/13/26	重雕蘭雪堂本頁14
19	幽暗（靡不）昭爛 2.8/14/14	重雕蘭雪堂本頁15
20	〔永〕有諷誦于先生之德 2.9/15/6	重雕蘭雪堂本頁15
21	舉高（弟）〔第〕 3.1/15/18	重雕蘭雪堂本頁17
22	左中郎將〔尚書〕 3.1/15/19	重雕蘭雪堂本頁17
23	赤泉（侯）（佐）〔佑〕高 3.3/17/8	孫詒讓札迻頁404
24	辟司空舉高（弟）〔第〕 3.3/17/12	重雕蘭雪堂本頁18
25	（尤）〔允〕執丕貞 3.3/17/23	孫詒讓札迻頁404
26	旁施（四方）惟明 3.5/18/30	孫詒讓札迻頁405
27	日（諫于）〔陳王〕庭 3.6/19/28	孫詒讓札迻頁405
28	遷河閒中尉、琅邪（王）傅 3.6/20/2	孫詒讓札迻頁405
29	俾相（大藩）〔二蕃〕 3.6/20/10	孫詒讓札迻頁405
30	（育）〔烏〕、賁之勇勢 3.7/20/19	孫詒讓札迻頁405
31	仁者（壽）宜享（胡考）〔鮐耉〕 3.7/21/19	孫詒讓札迻頁405
32	膺期挺（生）〔眞〕 3.7/21/27	孫詒讓札迻頁406
33	策賜就（弟）〔第〕 4.1/22/18	重雕蘭雪堂本頁25
34	疾病就（弟）〔第〕 4.1/22/22	重雕蘭雪堂本頁25
35	〔命〕內正機衡 4.2/23/12	重雕蘭雪堂本頁26
36	道靈和〔拂〕 4.2/23/13	重雕蘭雪堂本頁26
37	致位就（弟）〔第〕 4.2/23/18	重雕蘭雪堂本頁26
38	公旦納于（台）〔白〕屋 4.2/23/27	孫詒讓札迻頁406
39	嘉（丕）〔庶〕績于九有 4.2/23/29	孫詒讓札迻頁406

編號	原句 / 位置（章/頁/行）	校改依據
40	用補〔贅〕前臣之所闕 4.3/24/19	孫詒讓札迻頁406
41	周愼逸于博（士）〔陸〕 4.3/24/20	孫詒讓札迻頁406
42	在盈思（中）〔沖〕 4.3/25/2	孫詒讓札迻頁407
43	三邦（事）〔惟〕寧 4.4/25/14	孫詒讓札迻頁407
44	作（此）〔漢〕元輔 4.4/25/15	孫詒讓札迻頁407
45	季以高（弟）〔第〕爲侍御史諫議大夫侍中虎賁中郎將陳留太守 4.6/27/2	重雕蘭雪堂本頁29
46	氣微微以長（浮）（銷）〔消〕 4.6/27/11	孫詒讓札迻頁407
47	精魂〔飄〕以遐翔 4.6/27/11	孫詒讓札迻頁407
48	曾不可乎援（留）〔招〕 4.6/27/11	孫詒讓札迻頁407
49	同穴此（城）〔域〕 4.7/27/25	孫詒讓札迻頁407
50	升（于中）〔中于〕皇 5.1/29/3	孫詒讓札迻頁407
51	〔明略〕兼動 5.2/29/11	孫詒讓札迻頁408
52	（激）〔汰〕垢濁以揚清 5.2/29/17	孫詒讓札迻頁408
53	〔君〕幼有嘉表 5.4/30/25	重雕蘭雪堂本頁33
54	後以大將軍高（弟）〔第〕 5.4/31/4	重雕蘭雪堂本頁33
55	君以手自（繫）〔擊〕 5.4/31/7	孫詒讓札迻頁408
56	其（明）〔月〕二十一日 5.4/31/8	孫詒讓札迻頁408
57	遣（吏）〔生〕奉章（報謝） 5.4/31/8	孫詒讓札迻頁408
58	詔使〔謁〕者王謙〔弔〕 5.4/31/10	孫詒讓札迻頁409
59	〔且〕送葬 5.4/31/10	孫詒讓札迻頁409
60	敦（厚）〔率〕忠恕 5.4/31/14	孫詒讓札迻頁409
61	帝用悼（世）〔止〕 5.4/31/16	重雕蘭雪堂本頁33
62	泥（潦）〔埴〕浮游 6.1/32/27	孫詒讓札迻頁409
63	乃有（樊）〔惠〕君 6.1/33/3	孫詒讓札迻頁409
64	掾孫翻以（貞）〔頑〕固之質 6.2/33/13	孫詒讓札迻頁409
65	乃假碑〔石〕 6.3/34/2	據原底本校語引鈔本補
66	（傳）〔傅〕者太勤 6.4/34/12	許瀚楊刻蔡中郎集校勘記頁60
67	朝春（政）〔正〕于王室 6.5/34/27	孫詒讓札迻頁410
68	（推）〔敷〕恩中外 6.6/35/15	孫詒讓札迻頁409
69	（宰冢）〔冢宰〕喪儀 6.6/35/23	重雕蘭雪堂本頁56
70	〔既〕本無嫌閒 7.1/36/10	重雕蘭雪堂本頁35
71	伏見幽州（奕）〔突〕騎 7.2/36/16	許瀚楊刻蔡中郎集校勘記頁62
72	詔書遂用爲〔將〕 7.3/37/10	重雕蘭雪堂本頁36
73	（乃）〔及〕盜賊群起 7.3/37/19	重雕蘭雪堂本頁36
74	天設（山河）〔大幕〕 7.3/38/8	孫詒讓札迻頁410
75	所以別（內外）〔外內〕、異殊俗也 7.3/38/8	孫詒讓札迻頁410
76	乃欲越幕踰（域）〔城〕 7.3/38/10	孫詒讓札迻頁410
77	令諸〔營〕甲士循行塞垣 7.3/38/20	重雕蘭雪堂本頁37
78	（失）〔天〕度投蜺見 7.4/39/14	重雕蘭雪堂本頁38
79	（態）主惑于毀譽 7.4/39/14	重雕蘭雪堂本頁38
80	合（讖）〔誠〕圖曰 7.4/39/15	重雕蘭雪堂本頁38
81	（政）〔故〕變不虛生 7.4/39/15	重雕蘭雪堂本頁38
82	意者陛下（關）〔樞〕機之內、衽席之上 7.4/39/16	許瀚楊刻蔡中郎集校勘記頁71

編號	原句 / 位置（章/頁/行）	校改依據
83	以（主）〔玉〕氣勢 7.4/42/2	孫詒讓札迻頁410
84	（哉）〔裁〕取典計教者一人綴之 7.4/42/2	孫詒讓札迻頁410
85	如玉（渚）〔者〕 7.4/42/3	孫詒讓札迻頁410
86	所戒（成）〔誠〕不朝可知 7.4/42/3	孫詒讓札迻頁411
87	以（貴治賤）〔賤妨貴〕 7.4/42/14	孫詒讓札迻頁411
88	（引）〔列〕在六逆 7.4/42/15	孫詒讓札迻頁411
89	〔命臣下〕超取選舉 7.4/42/21	重雕蘭雪堂本頁40
90	臣〔安〕敢漏所問 7.4/43/5	重雕蘭雪堂本頁41
91	并內阮（陷）〔潰〕 7.5/43/25	孫詒讓札迻頁411
92	喘息（纔）〔裁〕屬 8.2/45/4	重雕蘭雪堂本頁44
93	戎狄猾（華）〔夏〕 8.3/45/26	孫詒讓札迻頁411
94	（進）〔追〕簡前勳 8.3/45/26	孫詒讓札迻頁411
95	（據）〔處〕狐疑之論 8.4/46/11	孫詒讓札迻頁412
96	久（佐）〔在〕煎熬懰裁之間 8.4/46/17	孫詒讓札迻頁412
97	上臣高（弟）〔第〕 9.2/47/18	重雕蘭雪堂本頁47
98	勿（普）〔替〕引之 9.5/49/4	嚴可均全上古三代秦漢三國六朝文卷79頁7b總頁899
99	至孝成帝〔時〕 9.6/49/10	嚴可均全上古三代秦漢三國六朝文卷73頁3a總頁871
100	古人考據（慎）〔順〕重 9.6/49/11	孫詒讓札迻頁412
101	今聖〔朝〕遵古復禮 9.6/49/15	重雕蘭雪堂本頁49
102	臣謹案禮制〔天子〕七廟、三昭、三穆、與太祖七 9.6/49/17	許瀚楊刻蔡中郎集校勘記頁93
103	孝元皇帝世在（弟）〔第〕八 9.6/49/18	重雕蘭雪堂本頁49
104	光武皇帝世在（弟）〔第〕九 9.6/49/18	重雕蘭雪堂本頁49
105	宜（數）〔毀〕 9.6/49/20	嚴可均全上古三代秦漢三國六朝文卷73頁3b總頁871
106	臣等〔不勝〕踊躍凫藻 9.7/50/1	重雕蘭雪堂本頁50
107	謹奉（生）〔牛一〕頭 9.7/50/1	嚴可均全上古三代秦漢三國六朝文卷71頁1a總頁861
108	（詔制）〔制詔〕左中郎將蔡邕 9.9/50/17	嚴可均全上古三代秦漢三國六朝文卷71頁1b總頁861
109	（退伏）〔思過〕畎畝 9.9/50/22	孫詒讓札迻頁412
110	復階（朝謁）〔宰朝〕 9.9/50/22	孫詒讓札迻頁412
111	非臣（容）〔庸〕體所當服佩 9.9/50/31	孫詒讓札迻頁413
112	元功翼德（者）與共天下〔者〕爵土 9.9/51/3	重雕蘭雪堂本頁51
113	國（之）〔以〕永存 9.9/51/4	嚴可均全上古三代秦漢三國六朝文卷71頁2b總頁861
114	《禮記·古（大）〔文〕明堂之禮》曰 10.1/52/19	許瀚楊刻蔡中郎集校勘記頁97
115	〔反〕釋奠于學 10.1/53/6	許瀚楊刻蔡中郎集校勘記頁99
116	孝悌之（道）〔至〕 10.1/53/10	許瀚楊刻蔡中郎集校勘記頁99
117	《顓頊曆（衡）〔術〕》曰 10.1/53/24	許瀚楊刻蔡中郎集校勘記頁103
118	《戴禮·夏小正傳》（曰） 10.1/53/29	許瀚楊刻蔡中郎集校勘記頁104
119	而《月令》（弟）〔第〕五十三 10.1/54/1	重雕蘭雪堂本頁59

編號	原句／位置（章/頁/行）	校改依據
120	淮南王安亦取以爲（弟）〔第〕四篇　10.1/54/7	重雕蘭雪堂本頁59
121	皆《三統》（法）〔說〕也　10.2/55/5	孫詒讓札迻頁413
122	問〔者曰〕　10.2/56/17	許瀚楊刻蔡中郎集校勘記頁105
123	聊以應（問）〔閒〕　10.2/56/27	孫詒讓札迻頁413
124	（亦）〔示〕有說而已　10.2/56/27	孫詒讓札迻頁413
125	而（止）世祖以來　11.2/57/27	孫詒讓札迻頁413
126	（雖）〔唯〕有紀傳　11.2/57/27	孫詒讓札迻頁413
127	（輒）〔謹〕先顛踣　11.2/58/7	孫詒讓札迻頁414
128	（謹）〔科〕條諸志　11.2/58/8	孫詒讓札迻頁414
129	白朝廷敕陳留太守〔發〕遣余到偃師　11.3/58/19	許瀚楊刻蔡中郎集校勘記頁109
130	陟蕙山之嶢（崝）〔崝〕　11.3/58/27	許瀚楊刻蔡中郎集校勘記頁109
131	後乘驅而（競）〔兢〕入　11.3/59/15	許瀚楊刻蔡中郎集校勘記頁112
132	〔出〕自外域　11.4/59/25	重雕蘭雪堂本頁3
133	（粲）粲彬彬其可觀　11.6/60/16	許瀚楊刻蔡中郎集校勘記頁116
134	夫世臣（閥）〔門〕子　11.8/61/30	孫詒讓札迻頁414
135	（祇）〔祇〕見其愚　11.8/62/16	許瀚楊刻蔡中郎集校勘記頁122
136	〔前漢戶五萬〕，〔口有十七萬〕。〔王莽後十不存一〕。〔永初元年〕，〔羌戎作虐〕，〔至光和〕，〔領戶不盈四千〕，〔園陵蕃衛〕，〔粢盛之供〕，〔百役出焉〕，〔民用匱乏〕，〔不堪其事〕　12.9/64/28	嚴可均全上古三代秦漢三國六朝文卷75頁3b總頁880
137	麒麟來（孚）〔乳〕　12.15/66/15	許瀚楊刻蔡中郎集校勘記頁129
138	具（干）〔于〕堯庭　12.17/66/26	許瀚楊刻蔡中郎集校勘記頁130
139	于盛化門差次錄（弟）〔第〕　13.1/70/14	據文義改
140	課在下（弟）〔第〕　13.2/71/8	漢魏六朝百三家集總頁555
141	殷湯有（甘誓）〔日新〕之勒　13.4/73/1	孫詒讓札迻頁414
142	雖得嬿（娩）〔婉〕　14.5/75/28	許瀚楊刻蔡中郎集校勘記頁144
143	（哓求）〔嗟懷〕煩以愁悲　14.6/76/8	許瀚楊刻蔡中郎集校勘記頁146
144	〔楚姬遺歎〕　14.12/77/16	漢魏六朝百三家集總頁533
145	〔雞鳴高桑〕　14.12/77/16	漢魏六朝百三家集總頁533
146	然後（我製）〔柢掣〕　14.13/77/22	漢魏六朝百三家集總頁533
147	（凝育）〔挺青〕槃之綠英　14.16/78/9	許瀚楊刻蔡中郎集校勘記頁154
148	及群臣士庶相與言曰殿下、閣下、〔足下〕、〔侍者〕、執事之屬皆此類也　15.1/80/7	盧文弨抱經堂校本卷上頁一下
149	〔天子〕車駕所至　15.1/80/28	史記孝文本紀集解頁425
150	刺史太守相劾奏申下（上）〔土〕遷書文亦如之　15.1/81/12	四部叢刊本卷上頁四上
151	天子之（紀）〔妃〕曰后　15.1/83/16	四部叢刊本卷上頁七上
152	曰考廟、〔王考廟〕、皇考廟、顯考廟、祖考廟　15.1/84/3	四部叢刊本卷上頁八上
153	先（帝）〔席〕于門奧西東　15.1/85/11	四部叢刊本卷上頁十上
154	生而亡去爲〔疫〕鬼　15.1/86/8	許瀚楊刻蔡中郎集校勘記頁160
155	赤帝以（戌）〔戊〕臘午祖　15.1/86/19	許瀚楊刻蔡中郎集校勘記頁161
156	〔候〕逆順也　15.1/88/15	四部叢刊本卷上頁十五上
157	世祖都（河）〔洛〕陽　15.1/88/19	四部叢刊本卷上頁十五上

編號	原句 / 位置（章/頁/行）	校改依據
158	故不爲惠帝後而爲（弟）〔第〕二　15.1/90/13	四部叢刊本卷下頁四上
159	多至陽氣始〔動〕　15.1/92/27	許瀚楊刻蔡中郎集校勘記頁167
160	〔夏至陰氣始〕起　15.1/93/1	許瀚楊刻蔡中郎集校勘記頁167
161	車駕次（弟）〔第〕謂之鹵簿　15.1/93/6	四部叢刊本卷下頁九上
162	（慢）〔幔〕輪有畫　15.1/93/16	增訂漢魏叢書本總頁726

正　文

1 蔡中郎集卷一

1.1 《故太尉橋公廟碑》

光光列考，伊漢元公，克明克哲，實叡實聰，如淵之浚，如嶽之嵩。威壯虩虎，文繁雕龍，撫柔疆垂，戎狄率從，敷教中夏，五典[1]攸通，帝謂我后，朕嘉君功。命君三事，時亮天功。公拜稽首，翼翼惟恭，左右天子，祗厥勳庸，庶績既熙，黎民時雍，上下謐寧，八方和同，丕顯伊德，作憲萬邦。

公諱玄，字公祖，少辟孝廉，辟司徒大將軍府，爲侍御史。牧一州，典五郡，出將邊營，入掌機密，歷三卿，同三司。享年七十五。光和七年夏五月甲寅，以太中大夫薨于京師。朝廷所〔以〕弔贈，如前傅之儀。九月乙卯[2]，葬于某所，三孤故臣門人，相與述公˙之行˙[3]。咨度禮則，文德銘于三鼎，武功勒于征鉞。官簿次弟，事之實錄，書于碑陰，˙以昭光懿˙[4]。

橋氏之先，出自黃帝。帝葬于橋山，子孫之在不[5]十二姓者，咸以爲氏。漢興，˙以˙[6]禮樂爲業。高祖諱仁，位至大鴻臚，列名于儒林。祖侍˙中廣˙[7]川相，考東萊太守。公稟性貞純，幼有弘姿；剛而不虐，威而不猛，聞仁必行，睹義斯居。文以典術，守以純[8]固。弱冠從政，當官而行。刺史周公辟舉從事，所部二千石受取有驗。公糾發贓罪，致之于理。時有椒房貴戚之託，周公累息。公不爲之動。史魚之勁直，山甫之不阿，于是始形。舉孝廉，除郎中洛陽左尉。特進˙潁陽侯˙[9]梁不疑爲河南尹，當以事對。是時畏其權寵，而爲之屈辱者多矣。公不折節，解印綬去。辟司徒，舉高（弟）〔第〕，補侍御史，以詔書考司隸校尉趙祁事，廷尉郭貞私與公書，非接使˙銜命˙[10]之儀。公封書以聞，貞以文章得用鬼薪，公離司寇[11]，辟大將軍梁公幕府，屢以˙救正˙[12]。干[13]其隆指，將軍嘉之，無言不讎。又以高（弟）〔第〕補侍御史，在職旬月，羌戎匪茹，震驚隴漢，四府舉公，拜涼州刺史，威名克宣，凶虜革心，清風席卷，至則無事。車師後部阿羅多、卑君相與爭國，興兵作亂。公遣從事牛稱何傳˙輕車騎˙[14]，奉辭[15]責罪，收阿羅多、卑君，繫燉煌正處以聞，阿羅多爲王，卑君侯，稱以

---

1. 教《重雕蘭雪堂本》頁1   2. 酉   3. 言行《重雕蘭雪堂本》頁1
4. 俾爾昆裔，永有仰于碑陰《重雕蘭雪堂本》頁1
5. 編者按：「在不」疑當作「不在」。   6. 世以《重雕蘭雪堂本》頁1
7. 郎廣《重雕蘭雪堂本》頁1   8. 繼《重雕蘭雪堂本》頁1
9. 潁王《重雕蘭雪堂本》頁1   10. 御命《重雕蘭雪堂本》頁1
11. 孫詒讓云：此言郭貞以文章得從輕比，罪止鬼薪，公則離刑司寇。
12. 據正《重雕蘭雪堂本》頁1   13. 于《重雕蘭雪堂本》頁1
14. A.輕舉騎《重雕蘭雪堂本》頁2 B.舉輕騎   15. 辭《重雕蘭雪堂本》頁2

奉使副指，除侯部候，不動干戈，揮鞭而定西域之事，人以爲美談。又值饉荒，諸郡饑餒，公開倉廩以貸救其命，主者以舊典宜先請。公曰：「若先請，民已[1]死。」廩訖乃上之，詔報曰：「邊穀不得妄動[2]。玄擅出，于是玄有汲黯憂民之心，後不以爲常。」公達于事情，剖斷不疑。皆此類也。

5

遷齊相，視民如保赤子，討惡如[3]赴水火。刑明賞遂，民知勸懼。臨淄令賂之[4]贓多，遂正其罪，受鞫就刑，沒齒無怨，竟以不先請免官。徵拜上谷太守。民有父（字）〔子〕俱行，凶人（人）惡言當道，曉之不止，其子殺之而捕得，公以其見侮辨直，不舉文書，以遇赦令。蕃縣有帝舜廟，以故事齋祠。戶曹史張機有懲罰，貨祠巫自託，以

10 舜命約公，云不得譴。公覺其姦態，收考首伏。即日伏辜，遷漢陽太守。上邽令皇甫禎[5]。贓罪明審，收考髠笞，死于冀市。後以病去，徵拜議郎司徒長史。循王悝，桓帝同產，以懷逆謀，黜封瘿陶王。以公長于襟帶，拜鉅鹿太守，悝畏怖明憲，檢于靜息，自將作大匠徵，未到而章謗先入，故轉拜議郎，遂用免官。徵度遼將軍，遷河南尹少府大鴻臚司徒司空，託病而去。悉引衆災，雖非己負，公皆以自克[6]遜位。歲餘拜尚書

15 令，時河間相蓋升，以朝廷在藩國時鄰近舊恩，歷河南太守太中大夫。在郡受取數億以上，創毒深刻，公表升會[7]放狼籍，不顧天網，損辱國家，爲上招怨，當肆市朝，以謝兆民。幸遇贖令，罪除惡在，可免升官，禁錮終身，沒入財賂非法之物，以充帑藏。懲戒群下，連表上不納，而升遷爲侍中。公稱病辭。徙拜光祿大夫，復拜太尉，（如前）〔數月〕[8]遜位，復拜少府，病不就職。拜太中大夫。

20

凡所獲祿，皆公府〔所〕特表送[9]，臨難受位，自九列之後，乃以丕眡，公紀綱張弛，勇決不回[10]，析見是非，明作[11]速于發[12]機，燕居從容，申申夭夭，和樂寬裕，愛士親仁，凡見公容貌，聞公聲音，莫不熙怡悅懌，思樂模則，來者忘歸，去者願還，雅性謙克，不吝于利欲，雖衆子群孫，竝在仕次，曾無順媚一言之求，身歾[13]之

25 日，無獲大位，在百里者，莫得好縣，比方公孫，未有若茲者也，初公爲舍于舊里，弟卒，推與其孤，至于即世，柩殯無所，清儉仁與之效，于斯爲著，巍巍乎若德，允世之表儀也已。

---

1. 以《重雕蘭雪堂本》頁2　　　2. 出《重雕蘭雪堂本》頁2　　　3. 若
4. 財　　　　5. 皇甫貞　　　　6. 自劾　　　　7. 貪
8. 高均儒校云：「『前』鈔本作『月』」。孫詒讓云：鈔本是也。此當作「數月遜位」。
　　本傳云：「光和元年，遷太尉。數月，復以疾罷。」是也。「數」與「如」，草書形近
　　而誤。　　　　9. 選《重雕蘭雪堂本》頁2　　　10. 氣決不于《重雕蘭雪堂本》頁2
11. 見是非而作《重雕蘭雪堂本》頁2　　　12. 登《重雕蘭雪堂本》頁2
13. 沒

1.2 《東鼎銘》

維建寧三年秋八月丁丑,延公于玉堂前廷,乃詔曰:「其以大鴻臚橋玄爲司空。」再拜稽首以讓。帝曰:「俞往哉!」三讓然後受命。公乃虔恭夙夜,帝采勤施八方,旁作穆穆,以對揚天子丕顯休命。曰[1]在先民,毗于天子[2],罔[3]不著其股肱。畢[4]其思心,式率天行,式昭德音,公亦克紹厥猷。鑒于法,罔敢不法;鼎于誠[5],罔敢不法;鼎于誠[6],用總是群后。保乂帝家[7],勛在方策,民咸曰休哉!惟帝念功,越若來二[8]月丁丑,遷于司徒。

1.3 《中鼎銘》

維建寧四年三月丁丑,延公登于玉堂前廷,乃制詔曰:「其以司空橋玄[9]爲司徒。」公拜稽首以讓。帝曰:「俞往哉!」三讓然後受命。公允迪厥德,宣力肆勤,戰戰兢兢,以役帝事,越其所以率夫百辟,媚于天子。天子曰:「都慎厥身脩[10]思永,同寅協恭,以和天夷,德則昭之,違則塞之。」回乃不敢不弼,枉乃不敢不匡,股肱之事既充,三事之緐允備。災眚作見,乃引其責。曰:「凡庶徵不若,彝倫不敘,是惟臣之職[11],祇以疾告[12]表。」越十月庚午記此。

1.4 《西鼎銘》

維光和元年冬十二月丁巳,延公入崇德殿前,乃制詔曰:「其以光祿大夫玄爲太尉。」公拜稽首曰:「臣聞之,三讓莫或克從,臣不敢辭。臣犬馬齒七十,可以生,可以死,其敫力閑私,悉心在公,以盡爲臣之節。」于時侍從陛階[13],與聞公之昌言者,莫不惕厲,如履薄冰,既乃碑表百代。

1.5 《黃鉞銘》

孝桓之季年,鮮卑入塞鈔,盜起匈奴左部,梁州叛羌逼迫兵誅,淫衍東夷。高句驪

1. 越　　　2. 天《重雕蘭雪堂本》頁3　　　3. 內《重雕蘭雪堂本》頁3
4. 必《重雕蘭雪堂本》頁3
5. 誠《重雕蘭雪堂本》頁3〈陶校云:「誠」字是韻,姑從之。〉
6. 誠《重雕蘭雪堂本》頁3　　　7. 室家　　　8. 三
9. 喬玄《重雕蘭雪堂本》頁3　　　10. 循《重雕蘭雪堂本》頁3
11. 收《重雕蘭雪堂本》頁3　　　12. 苦《重雕蘭雪堂本》頁3
13. 于時侍軒私階《重雕蘭雪堂本》頁3

嗣子伯固，逆謀竝發，三垂騷然，爲國憂念，四府表橋公。昔在▸涼州◂¹，柔遠能邇，不煩軍師，而車師克定。及在上谷漢陽，連在營郡，膂力方剛，明集御衆，徵拜度遼將軍，始受旄鉞鉦鼓之任，扞禦三垂。公以吏士▸頻年在外◂²，勤于奔命，人馬疲羸撓鈍。請且息州營橫發之役，以補▸困憊◂³。朝廷許之，于是儲廩豐饒，▸室罄◂⁴不懸，人逸馬畜，弓勁矢利，而經用省息，官有餘資。執事無放散之尤，簿書有進入之贏。治兵示威，戎士踴⁵躍，旌旗曜日，金鼓霆奮。守有山岳之固，攻有必克之勢。羌戎授首于西疆，百固冰散于東鄰。鮮卑收迹，烽燧不舉，晖事三年，馬不帶鈌。弓不受弪，是用▸鏤石假象◂⁶，作茲征鉞軍鼓，陳之東階，以昭公文武之勛焉。銘曰⁷：「帝命將軍，秉茲黃鉞，威靈振耀，如火之烈。公之▸在位◂⁸，群狄斯柔，齊斧⁹罔設，人士¹⁰斯休。」

1.6　《太尉▸橋公◂¹¹碑》

公諱玄，字公祖，梁國睢陽人也。大鴻臚之曾孫，廣川相之孫，東萊太守之元子也。膺受純性，誕有奇¹²表，岐嶷¹³而超等，總角而逸群。至于初紳，高明卓異，爲衆傑雄。其性疾華尚樸，▸有百折而不撓◂¹⁴，臨大節而不可奪之風。經藝傳記，周覽博涉，瓌¹⁵琦在前，靡所不識。當世是以服重器，歸高名，州郡交請，待以訪斷。歷端首則義可行，處爪牙而威以布。察孝廉，除郎中洛陽左尉，以公事去，辟司徒，舉高（弟）〔第〕侍御史，直道而往，用免¹⁶其任¹⁷。辟大將軍，四府表拜涼州刺史，遷齊相，以公事去，詔書印綬，即家拜上谷太守，遷漢陽太守，徵拜議郎，司徒長史，鉅鹿太守，被詔書爲將作大匠，爲受罰者所章，拜議郎，即徵拜度遼將軍，遷河南尹少府大鴻臚，遂陟司空、司徒，託痾遜位。起家拜尚書令，以疾篤稱，拜光祿大夫，後拜太尉，久病自替。復爲少府太中大夫。春秋七十五。光和七年五月甲寅薨。

公性質直，不憚彊禦。在憲臺則有盡規之忠，領州郡則有虎胗之威。其拔賢如旋流，討惡如霆擊。每所臨向，清風光翔，遠近豫震，茲可謂超越衆庶，彰于遠邇者已。于是故吏司徒博陵崔烈，廷尉河南吳整等，以爲至德在己，揚之由人。苟不▸皦述◂¹⁸，夫何考¹⁹焉！乃共勒嘉石，永昭芳烈，遂作頌曰：「赫矣▸橋父◂²⁰，秉文握武，內爲宗

---

1. 梁州《重雕蘭雪堂本》頁3　　　2. 年乃□□《重雕蘭雪堂本》頁4
3. 漸貌《重雕蘭雪堂本》頁4　　　4. 奉使　　　5. 角《重雕蘭雪堂本》頁4
6. 鏤石《重雕蘭雪堂本》頁4　　　7.《重雕蘭雪堂本》頁4無「銘曰」二字。
8. A.茲止 B.位　　9. 聲　　　10. 介　　　11. 喬公《重雕蘭雪堂本》頁4
12. 特　　　13. 嶷《重雕蘭雪堂本》頁4　　　14. 有折而不撓　15. 瑰
16. A.光 B.已《重雕蘭雪堂本》頁4　　　17. 茲《重雕蘭雪堂本》頁4
18. A.皦迹 B.矯述　　　19. 舍《重雕蘭雪堂本》頁4
20. 喬父《重雕蘭雪堂本》頁4

榦，出爲藩輔，在憲彈枉，竟由厥矩，允牧于涼。劉彼裔土，爰將度遼，亦用齊斧。敷教四畿，旋統京宇，敦茲五服，衆庶是與。膺踐七命，翼我哲聖，登空補袞，陟徒訓敬。尹尉清宸，熙帝之政，終始爲貞，典章以定。遺愛在民，皇哀其命，立石刊銘，莫逸[1]斯聽。魂而有靈，萬億其盛。」

5

1.7 《朱公叔謚議》

漢益州刺史南陽朱公叔卒，門人陳季珪等議所謚，云宜曰忠文子，陳留蔡邕議曰：昔在聖人之制謚也，將以勸善彰惡，俾民興行，賢愚臧否，依事從實。雖文武之美，幽厲之穢，罔不具存。自王公以降，至于列國大夫，皆用配號，傳于無窮。秦以世言[2]謚而黜其事，漢興以來，惟天子與二等之爵，然後有之。公卿大臣，其禮闕焉。歷世彌久，莫之或修[3]。益州府君貫綜典術，率由舊章，始與諸儒考禮定議。加陳留府君以益州之謚。是後覽之者，亦無閒焉。今子宣纂襲前業，不忘遺則，孝既至矣，禮則[4]宜之。謹覽陳生之議，思忠文之意，參之群學，稽之謚法。夫萬類莫貴乎人，百行莫美乎忠。故夏后氏正以人統，教以忠德，然則忠也者、人德之至也。而猶有三焉。孔子曰：「進思盡忠。」又曰：「臣事君以忠。」奉上之忠也。曰：「爲人謀而不忠乎！」又曰：「忠焉能勿誨乎！」謀誨之忠也。《春秋左氏傳》曰：「小大之獄必以[5]情。」情、「忠之屬也。」又曰：「上思利人曰忠[6]。」撫下之忠也。三者人之則，而忠行乎其中，益州府君自始事至沒身，忠言不輟乎口，忠謀不已乎心。其在帝室，正身危行，言如砥矢。策合神明，蹇蹇之諫，文章具存，奉上忠矣。其在部臣，匡救善導，出自一心疑不我聽者，果有躓覆不測之禍。謀誨忠矣。爰牧冀州，時值凶荒，勞心苦思，勤恤度事，誅黜貪暴，糾戢貴黨。雖則彊禦，當官能行。夫豈淫刑，將有利也。發墓盜柩，議而不罪。夫豈漏姦，察以情也，撫下忠矣。

15
20

位在牧伯，職據納言，秉權食祿，實有年數，而居無畜好。財貨不益，舊[7]糲食布衾，概謂之精麗者。昔魯季孫行父卒，宰庀家器，無衣帛之妾，無食粟之馬。君子曰：「相三君矣。而無私積，可不謂忠乎。」而謚曰文子。《春秋外傳》曰：「忠、文之實也。」然則文、忠之彰也。忠以爲實，文以彰之。事通議合，兩名一致。是貞[8]儉之稱文也。「邾子蘦蔯，卜遷于繹。史曰：『利于民不利于君。』公曰：『民苟利矣，孤亦與焉[9]。』」于是遷而遂卒。謚曰文公。是危身利民之稱文也。衛大夫孔圉謚曰文

25
30

---

1. A.遁 B.邇 C.迹　　　　　2. 秦祚一言《重雕蘭雪堂本》頁5
3. 循《重雕蘭雪堂本》頁5　　4. 實　　　　5. 有《重雕蘭雪堂本》頁5
6. 見《左傳・桓公六年》（頁110），今本《左傳》作「上思利民，忠也。」
7. 編者按：「舊」字疑衍。　　8. 忠貞
9. 編者按：引文見《左傳・文公十三年》（頁333），今本《左傳》作「邾文公卜遷于繹。史曰：『利於民而不利於君。』邾子曰：『苟利於民，孤之利也。天生民而樹之君以利之也。民既利矣，孤必與焉。』」

子。子貢疑焉。惟「敏而好學、不恥下問」，仲尼與之。是勤學好問之稱文也。府君所在，屢以忤違，阽以深患，苟除民害，死生以之，前後三黜，一罷胥靡。于身危矣。兼包六典，命世作師，猶復宗事趙叟，示有攸尊，能下問矣。有一于此，猶可以稱，況乃忠兼三義，文備三德，于古志不悖，而諡法亦曰宜矣。本議曰忠文子。按古之以子配諡者，魯之季文子、孟懿子，衛之孫文子、公叔文子，皆諸侯之臣也。至于王室之卿大夫，其尊與諸侯竝，故以公配。《春秋》曰：「劉卷卒。葬劉文公。」《公羊傳》曰：「劉卷者何？天子大夫也。」《經》又曰：「王子虎卒。」《左傳》曰：「王叔文公卒，‣而如同盟‣[1]，禮也。」此皆天子大夫得稱，其禮與同盟諸侯敵‣體故‣[2]也。

又禮緣臣子咸欲尊其君父，故雖侯伯子男之臣，自稱其君，咸得曰公。及其卒也，異國之人稱之皆然。是以邾子許男稱公以葬。《春秋》之正義也。以例言之，則府君，王室亞卿也。有王叔劉氏之比，以臣子之辭言之。則有邾許稱公之文，雖無土而其位是也。今曰公猶可，若稱子則降等多矣。懼禮廢日久，將詭時聽。周有仲山甫伯陽‣嘉父，優‣[3]老之稱也。宋有正考父，魯有尼父，配諡之稱也。《春秋》曰孔父，子曰伯某父。亡之稱也。父雖非爵，‣號與‣[4]天子諸侯咸[5]用優賢‣禮同‣[6]。順乎門人臣子所稱之宜。可于公父之中，擇一處焉。使不得稱子而已。

1.8 《鼎銘》

忠文朱公名穆，字公叔，有殷之冑。微子啟以帝乙元子，周武王封諸宋，以奉成湯之祀。至元子啟生公子朱，其孫氏焉。後自沛遷于南陽之宛，遂大于宋，爵位相襲。烈祖尚書令，肅宗之世，守于臨淮。考曰先生，實爲陳留太守。乃及忠文，‣克明慎德‣[7]，以‣紹服‣[8]祖禰之遺風，悉心臣事，用媚天子，顯允其勳蹟[9]。尋綜六藝，契闊馳思，所以啟前惑而覺後疑者。亹亹焉雖商優其猶病諸？初舉孝廉，除郎中‣尚書侍郎‣[10]，獨念運際存亡之要。乃陳五事，諫謀深切，退處畎畝，以察天象，驗[11]應著焉。孝順晏駕，賊發江淮。時辟大將軍府，實掌其事，用拜宛陵令，非其好也。遂以疾辭，復辟大將軍，再拜博士高（弟）〔第〕，作侍御史。明司國憲，以齊百僚，矯枉董直，罔肯阿順，以黜其位，潛于郎中，群公竝表。乃遷議郎，登于東觀。纂業前史。于

---

1. 而同盟　　2. 文明《重雕蘭雪堂本》頁6
3. 嘉父子賢老之福《重雕蘭雪堂本》頁6　　　　4. 號與同禮《重雕蘭雪堂本》頁6
5. 威《重雕蘭雪堂本》頁6　　　　6. 異亡《重雕蘭雪堂本》頁6
7. 克慎明德《重雕蘭雪堂本》頁6　　8. 服享《重雕蘭雪堂本》頁6
9. 續《重雕蘭雪堂本》頁6　　　　10. 尚書侍郎豐令《重雕蘭雪堂本》頁6
11. 享《重雕蘭雪堂本》頁6

是冀州凶荒，年饉民匱，而貪婪之徒，乘之爲虐。錫命作牧，靜其方隅，乃擴洪化。奮靈武，昭令德，塞群違。貞良者封植，殘戾者芟夷。去惡除盜，無俾比而作惡，用陷于非辜[1]。復徵拜議郎，病免官。徵拜尙書，清一以考其素，正直以醇其德。出納帝命，乃無不允。雖龍作納言[2]，山甫[3]喉舌，靡以尙之[4]。享年六十有四。漢皇二十一世延熹六年夏四月乙巳，卒于官。天子痛悼，詔曰：「制詔尙書朱穆，立節忠亮，世篤爾行，虔恪機任，守死善道，不幸而卒，朝廷閔焉。今使權謁者中郎楊賁贈穆益州刺史印綬。」魂而有靈，嘉其寵榮。嗚呼哀哉！肆其孤用作茲寶鼎，而銘載休功，俾後裔永用享祀，以知其先之德。

1.9 《墳前石碑》

維漢二十一世延熹六年，粵四月丁巳，文忠公益州太守朱君名穆字公叔，卒于京師，其五月丙申葬于宛邑北萬歲亭之陽[5]，舊兆域之南。其孤野受顧命曰：「古者不崇墳，不封墓，祭服雖三年，無不于寢。今則易之，吾不取也。爾其無拘于俗，無廢予誠。」野欽率遺意，不敢有違，封墳三板。不起棟宇，乃作祠堂于邑中南·舊陽里[6]，備器鑄鼎，銘功載德。懼墳封彌久，夷于平壤。于是依德像，緣雅則，設茲方石，鎭表靈域。用慰[7]其孤罔極之懷。乃申詞曰：「欽惟忠文，時惟朱父。實天生德，丕承洪緒，彌綸典術，允迪聖矩，好是貞厲，疾彼彊禦，斷剛若鈲。柔亦不茹，仍用明夷，遘難受侮。帝曰休哉！朕嘉乃功，命汝納言，胤汝祖蹤。父拜稽首，翼翼[8]惟恭。（篤棃）〔謂督〕[9]不忘，夙夜在公，昊天不弔，降茲（殘）〔篤〕[10]殃。不遺一父，俾屏我皇。我皇悼心，錫詔孔傷，位以益州，贈之服章，用刊彝器，宣昭遺光。子子孫孫，永載寶藏。」

1.10 《王子喬碑》

王孫子喬者、蓋上世之眞人也。聞其僊舊矣，不知興于何代，博問道家，或言潁

---

1. 去惡囚人獸，增主之盜，相與比而作匿，用陷我非辜《重雕蘭雪堂本》頁6〈顧千里云：「囚人」當作「网之」，「增」當作「憎」，「惡网之獸」、「憎主之盜」者，用獸惡其网，盜憎主人也。〉　　2. 雖龍作齋栗《重雕蘭雪堂本》頁6
3. 父　　　　4. 書《重雕蘭雪堂本》頁6　　　　5. 亭陽《重雕蘭雪堂本》頁7
6. 白陽里《重雕蘭雪堂本》頁7　　7. 尉　　　　8. 之《重雕蘭雪堂本》頁7
9. 高均儒校云：「『篤棃』，鈔本作『謂督』。」孫詒讓云：鈔本是也。此用《左氏》傳十二年《傳》文。《外集·京兆尹樊德雲銘》云：「膺帝休命，謂篤不忘。」「督」作「篤」者，聲同字通。
10. 高均儒校云：「『殘』，鈔本作『篤』。」孫詒讓云：《楚辭·大招》王《注》云：「篤，病也。」鈔本是。

川，或言彥蒙。初建斯域，則具斯丘。傳承先人曰王氏墓。紹胤不繼，荒而不嗣，歷載
彌年，莫之能紀。洎于永和元年十有二月，當臘之夜，上有哭聲，其音甚哀，坿[1]居者
往聞而怪之，明則登其墓察焉。＞洪雪下＜[2]，無人蹤。見一大鳥迹，有祭祀之處，左右
或[3]以爲神。其後有人著絳冠大衣，杖竹策立冢前，呼樵孺子尹禿謂曰：「我王子喬
也，爾勿復取吾先人墓前樹也。」須臾忽然不見，時令太山萬熙稽古老之言。感精瑞之
應，咨訪其驗，信而有徵。乃造靈廟，以休厥神。于是好道之儔，自遠來集，或絃歌以
詠太一，或談思以歷丹田。其疾病尫療者，靜躬祈福即獲祚。若不虔恪輒顚踣，故知至
德之宅兆、眞人之先祖也。

延熹八年秋八月，皇帝遣使者奉犧牲以致祀，祗懼之敬肅如也。相國東萊王章字伯
義，以爲神聖所興，必有銘表昭示後世，是以賴鄉仰[4]伯陽之蹤[5]，關民慕尹喜之風，乃
會長史邊乾，訪及士隸，遂樹玄石，紀遺烈。俾志道者有所覽焉。

伊王君，德通靈，含光耀，秉純貞，應大道，羨久榮。〔漂長風〕，棄世俗，飛神
形，翔雲霄，浮太清，乘螭龍，載＞鶴軒＜[6]，戴[7]華笠，奮金鈴，揮羽旗，曳霓旌，懽[8]
罔極，壽億齡，昭篤孝，念所生，歲終闋[9]，發丹情，存墓冢，舒哀聲，遺鳥迹，覺舊
城，被絳衣，垂紫纓，呼孺子，告姓名，由此悟，咸怖驚，修祠宇，反几筵，饋饎進，
甘香陳，時＞傾顧＜[10]，馨明禋[11]，匡流祉，熙帝庭，祐邦國，相黔民，光景福，耀無
垠。

2　蔡中郎集卷二

2.1　《郭有道林宗碑》

先生諱[12]泰，字林宗，太原界休人也。其先出自有周，王季之穆有虢叔者，實有懿
德，文王咨焉。建國命氏，或謂之郭，即其後也。先生誕膺天衷，聰叡明哲，孝友溫
恭，仁篤柔惠。夫其器量弘深，姿度廣大，浩浩焉，汪汪焉，奧乎不可測已。若乃砥節
礪行，直道正辭，貞固足以幹事，隱括足以矯時。遂考覽六籍，探綜群緯，周流華夏，
游集帝學，（收）〔救〕文武之將墜，拯微言之未絕。于時纓緌之徒、紳佩之士，
〔望〕形表而景坿，聆嘉聲而響和者，猶百川之歸巨海，鱗介之宗龜龍也。爾乃潛德[13]

---

1. 附《重雕蘭雪堂本》頁7　　2. 時洪雪下　　3. 咸
4. 魏《重雕蘭雪堂本》頁8　　5. 縱
6. A.鵝軒　B.鵠軒《重雕蘭雪堂本》頁8　　7. 載　　8. 驩
9. 闋　　10. 顧傾　　11. 煙　　12. 名《重雕蘭雪堂本》頁9
13. 隱

衡門，收朋勤誨，童蒙賴焉。用祛其蔽，州郡聞德，虛己備禮，莫之能致。群公休之，遂辟司徒掾，又舉有道，皆以疾辭。將蹈洪崖之遐迹，紹巢由之絕軌，翔區外以舒翼，超天衢而高峙，稟命不融。享年四十有三，以建寧二年正月乙亥卒。凡我四方同好之人，永懷哀悼，靡所寘[1]念，乃相與推先生之德，以圖不朽之事。僉以爲先民既殁[2]，而德音猶存者，亦賴之于見述也。今其如何而闕斯禮，于是建碑[3]表墓，昭銘景行，俾芳烈奮乎百世，令問顯乎無窮。其詞曰：「於休先生，明德通玄，純懿淑靈，受之自天。崇壯幽濬，如山如淵，禮樂是悅，《詩》《書》是敦，匪惟摭華，乃尋厥根。宮牆重仞，允得其門。懿乎其純，確乎其操，洋洋搢紳，言觀其高，棲遲泌丘，善誘能教，赫赫三事，幾行其招，委辭召貢，保此清妙，降年不永，民斯悲悼，爰勒茲銘，摛其光耀，嗟爾來世，是則是效。」

2.2 《文範先生陳仲弓銘》

君諱寔，字仲弓，穎川許人也。其先出自有虞氏。中葉當周之盛德有嬀滿者，武王配以太姬，而封諸太昊之墟，是爲陳胡公。春秋之末，失其爵土，遂以國氏焉。世篤懿德，令問不顯，君膺皇靈之清和，受明哲之上姿，憑[4]先民之遐迹，秉玄妙之淑行，投足而襲其軌，施舍而合其量。夫其仁愛溫柔，足以孕育群生；廣大寬裕，足以包覆無方；剛毅彊[5]固，足以威暴矯邪；正身體化，足以陶冶世心。先生有四德者，故言斯可象，靜斯可效。是以邦之子弟，遐方後生，莫不同情瞻仰，由其模範，從其趣向，戾狠斯和，爭訟化讓。雖嚴威猛政[6]，迫以刑戮，未若先生潛導之速也。其立朝事上也，恭順貞厲，含章直方，無顯諫以彰直，不割高而引長，常幹州郡腹心之任，義則進之以達道；否則退之以光操。然後德立名宣，蓋于當世。辟司徒府，納規建謀，匡弼三事，人用昭明，台階允寧，遷聞喜長。清風暢于所漸，儉節溢于監司。郡政有錯，爭之不從，即解綬去，復辟太尉府，遷太丘長，民之治情斂慾，反于端懿者，猶草木偃于翔風，百卉之挺于春陽也。以所執不協所屬，色斯舉矣[7]。不俟終日，辟大將軍府，道之行廢，有分于命，乃罹密罔，以就禁錮，潛伏不試。

十有八年，大忌蠲除，舉賢良方正，大將軍司徒竝辟。君曰：「七十有懸車之禮，況我過諸！」遂不應其命，容止法度。老而彌壯，凡所履行事類，博審不可勝數。略舉首目[8]，具[9]實錄之記[10]，在乎其傳。春秋八十有三，中平三年〔秋〕八月丙子

---

1. 置   2. 沒《重雕蘭雪堂本》頁9   3. 樹碑   4. 馮
5. 强   6. 嚴石猛正《重雕蘭雪堂本》頁10
7. 所以斯舉矣《重雕蘭雪堂本》頁10
8. 故略舉首目《重雕蘭雪堂本》頁10   9. 其《重雕蘭雪堂本》頁10
10. 記《重雕蘭雪堂本》頁10

卒。大將軍三公使御屬往弔祠，會葬誄行。告諡曰文範先生，刺史太守，樹碑頌德，許
令以下至于國人，立廟舊邑，四時烝嘗，歡哀承祀，其如祖禰。先生存獲[1]重稱，亡歆
血食，脩行于己，得斯于人。固上世之所罕有，前哲之所不過也。孤嗣紀衛恤在疚，敢
錄言行，終始所守，乃有二三友生，咨度禮則，咸曰：君化道‧神速，行于有國‧[2]，法
施于民，祀典所宗，鄉人之祠，非此遺孤‧所得專也‧[3]。

昔者先生甚樂茲土，築室講誨，精靈所寧，紀順奉雅意，遂定兆域，宜有銘勒表墳
墓。俾後世[4]之歌詠德音者，知丘封之存斯也。乃作銘曰：「於熙文考，天授弘造，淵
玄其深，巍峨其高，剛而無虐，柔而不撓，誕鋪模憲，示[5]世作教，君之誨矣，民胥效
矣。道行斯進，廢乃斯止，鮮我顯泰，既多幽否，舍榮取辱，涅而不緇，德之休明，賤
不爲恥，超邈其猶，莫與方軌。」

2.3　《陳太丘碑》

先生諱寔，字仲弓，潁川‧許人‧[6]也。含元精之和，膺[7]期運之數。兼資九德，總脩
百行。于鄉黨則恂恂焉、斌斌焉，善誘善導，仁而愛人。使夫少長咸安懷之，其爲道
也、用行舍藏，進退可度，不徼訐以干時，不遷怒以臨下，四爲郡功曹，五辟豫州，六
辟三府，再辟大將軍。宰聞喜半歲，太丘一年，德務中庸，教敦不肅，政以禮成，化行
有謐，會遭黨事，禁錮二十。樂天知命，澹然自逸，交不諂上，愛不瀆[8]下，見幾[9]而
作，不俟終日。及文書赦宥，時年已七十，遂隱丘山，懸車告老，四門備禮，閑心靜
居。大將軍何公、司徒袁公前後招辟，使人曉諭，云：欲特表。便可‧踐入‧[10]常伯，超
補三事，‧佩紱‧[11]金紫，光國垂勳。先生曰：「絕望已久，飾巾待期而已。」皆遂不
至，弘農楊公、東海陳公，每在袞職，群僚賀之，皆舉首[12]曰：「潁川陳君命世絕倫，
大位未躋，慚于文仲竊位之負。」故時人高其德，重于公相之位也。年八十有三。中平
三[13]年八月丙子[14]，遭疾而終，臨殞顧命，留葬所卒，時服素棺，槨財周櫬[15]，喪事唯
約，用過乎儉，群公百僚，莫不咨嗟，巖藪[16]知名，失聲揮涕，大將軍弔祠，錫以嘉諡
曰：徵士陳君，稟岳瀆之精，苞[17]靈曜[18]之純。天不憖遺一老，俾屏我王。梁崩哲萎，
于時靡憲，搢紳儒林，論德謀迹[19]。諡曰文範先生。《傳》曰：「郁郁乎文哉。」

---

1. 享　　　　　　 2. 神行，功有國《重雕蘭雪堂本》頁10
3. 不得專辭《重雕蘭雪堂本》頁10　 4. 生　　　　 5. 亦
6. 許昌人《重雕蘭雪堂本》頁11　　 7. 應　　　　 8. 黷
9. 機《重雕蘭雪堂本》頁11　　　　 10. 入踐　　　 11. 紱佩《重雕蘭雪堂本》頁11
12. 手　　　　 13. 四　　　　 14. 午　　　　 15. 襯《重雕蘭雪堂本》頁11
16. 叟《重雕蘭雪堂本》頁11　　　 17. 包　　　　 18. 輝《重雕蘭雪堂本》頁11
19. 績《重雕蘭雪堂本》頁11

《書》曰：「洪範九疇，彝倫攸敘。」文爲德表，範爲士則，存誨殁號，不兩[1]宜乎。三公遣令史祭以中牢，刺史敬弔，太守南陽曹府君命官作誄曰：赫矣陳君，命世是生；含光醇德，爲士作程，資始既正，守中有令，奉禮終沒，休矣清聲，遣官屬掾吏前後赴會，刊石作銘，府丞與比縣會葬。荀慈明，韓元長等五百餘人，緦麻設位，哀以送（以）〔之〕，遠近會葬，千人已上。河南尹种府君臨郡，追歎功德，述錄高行，以爲遠近鮮能及之。重部大掾，以成斯[2]銘，斯可謂存榮殁哀，死而不朽者也。乃作銘曰：「峨峨崇嶽，吐符降神，於皇先生，裒[3]寶懷珍，如何昊穹。既喪斯文，微言圯[4]絕。來者曷聞，交交黃鳥，爰集于棘，命不可贖，哀何可極。」

2.4 《陳太丘碑》

維中平五年春三月癸未，豫州刺史典，▸以◂[5]襃功述德，政之大經，是以作謚封墓，興于《周禮》，衛鼎晉銘[6]，其昭有實。故太丘長潁川▸許◂[7]陳寔，字仲弓[8]，含聖哲之清和，盡人才之上美，光明配于日月，廣大資[9]乎天地。辟四府，宰三城。神化著于民物，形表圖于丹青。巍巍焉其不可尚也；洋洋乎其不可測也。儉約違時，懸車致仕，徵辟交至，遂不屑就。春秋八十有三，寢疾而終。大將軍賜謚，群后建碑，國人立廟。先生有二子，季方、元方皆命世希有，繼期特立。季方盛年早亡，亦圖容加謚；元方在喪毀瘁，消形嘔血，純孝[10]過哀，率禮不越于時，嘉異畫像郡國，欽盛德之休明，懿鍾鼎之碩義。乃樹碑鐫石，垂世寵光。詞曰：「於皇先生，冠耀八荒，闡德之宇，探道之綱。繼期立表，以訓四方。惟亮天工，群生之望，高明允實，有馥其芳，載德奕[11]世。休有烈光，▸欽慕在人，舊有憲章◂[12]，過[13]牧斯州，庶奉清塵，棄予而邁[14]，靡瞻靡聞，嗟我懷矣。曷所咨詢，告哀金石，式昭其勤。」

2.5 《汝南周巨勝碑》

君諱勰，字巨勝，陳留太守之孫，光祿勳之子也。君應坤乾之淳靈，繼命世之期運。玄懿清朗，貞屬精粹。體仁足以長人，嘉德足以合禮。總六經之要，括河、洛之機。援天心以立鈞[15]，贊幽明以揆時。沈靜微密，淪于無內。寬裕弘博，含乎無外。巨

---

1. 亦《重雕蘭雪堂本》頁11　　2. 時《重雕蘭雪堂本》頁11

3. 抱《重雕蘭雪堂本》頁11　　4. 已《重雕蘭雪堂本》頁11　　5. 以爲

6. 律　　　7. 許昌《重雕蘭雪堂本》頁11　　8. 躬

9. 咨《重雕蘭雪堂本》頁11　　10. 禮《重雕蘭雪堂本》頁12　　11. 亦

12. 欽慕在舊，有憲有章　　13. 遇　　14. 逝

15. 均《重雕蘭雪堂本》頁12

細洪纖，罔不總也。是以實繁于華，德盈乎譽。初以父任拜郎中，疾去官。察孝廉。是時郡守梁氏，外戚貴寵，非其好也。遂以病辭。太守復察孝廉，乃俯而就之，以明可否。然猶私存衡門講誨之樂，不屑已也。又委之而旋。故大將軍梁冀，專國作威，海內從風，世之雄材、優逸之徒，莫不委質。從命而顛覆者，蓋亦[1]多矣。聞君洪名，前後三辟，而卒不降身，由是搢紳歸高。群公事德，太尉司徒再辟，司空三辟。察賢良方正，州[2]舉孝廉[3]，皆病不就。擾攘之際，災眚仍發，聖上詢諮師錫，策命公車特徵。君仰瞻天象，俯效人事。世路多險，進非其時，乃托疾杜門靜居，里巷無人迹，外庭生蓬蒿，如此者十餘年。（彊）〔強〕禦不能奪其守，王爵不能滑其慮。

至延熹二年，乃更闢門延賓，享宴娛[4]樂，及秋而梁氏誅滅。十二月，君卒。然則識幾[5]知命，可睹于斯矣。洋洋乎若德，雖崇山千仞，重淵百尺，曾[6]未足以喻其高、究其深也。夫三精垂耀，處者有表，爰在上世，作者七人焉。有該百行，備九德，齊光日月，洞靈神明，如君之至者與。寔所謂天民之秀也，享年五十，不登期考，遐邇歎悼，痛心失圖，乃相與建碑勒銘，以旌休美。其詞曰：「厥初生民，天賜之性。有龐有醇，有否有聖。伊維[7]周君，允丁其正。誕茲明德，自貽哲命[8]。煥乎其文，如星之布；確乎不拔，如山之固。追蹤先緒，應期作度。潛心大猷，覃思德謨。遯[9]世無悶，屢辭王寮。洋洋泌丘，于以消搖，蔑爾童蒙，是訓是教。瞻彼榮寵，譬諸雲霄。優哉游哉！侔此弘高。名振華夏，光耀昆苗。清風丕揚，德音孔昭。」

2.6 《彭城姜伯淮碑》

先生諱肱，字伯淮，彭城廣戚人也。其先出自帝胤，在皇唐蓋與四岳共葉，百夷能禮于神。舜命秩宗，爰封于呂，其裔呂望佐[10]周克殷，俾侯齊國，姓有姜氏，即其後也。高祖、祖父皆豫章太守潁陰令，先生既蹈先世之純德，體[11]英妙之高姿，立性純固，百行修[12]備，故[13]其平生所能，事親惟孝。如大舜五十而慕，友于兄弟，有棠棣之華、萼韡之度。體惠理和，有上德之素，安靜守約，恩[14]及嬰兒，恬蕩之固，至操動信，邑中化之，外戶不閉，冶藏無隱，及其學而知之者，《三墳》、《五典》、《八索》、《九丘》，俯仰占候，推步陰陽，有名物定事之能，獨見先睹之效。然猶學而不

---

1. 以《重雕蘭雪堂本》頁12　　　2. 明　　　　　3. 才襄貢令《重雕蘭雪堂本》頁12
4. 醇《重雕蘭雪堂本》頁12　　　5. 機《重雕蘭雪堂本》頁12
6. 《重雕蘭雪堂本》頁12無「曾」字。　　　　7. 茲《重雕蘭雪堂本》頁13
8. 自始哲今《重雕蘭雪堂本》頁13　　　　9. 遁〈孫詒讓云：「遁」「遯」字通。〉
10. 佑　　　11. 本　　　12. A.脩 B.循
13. 但《重雕蘭雪堂本》頁13　　　14. 有《重雕蘭雪堂本》頁13

厭，誨而不倦，童冠自遠方而集者，蓋千餘人。夫水盈而流，德交而形，是故德行外[1]著，洪聲遠[2]布，華夏同稱，名振當世。凡十辟公府，九舉賢良方正，公車特徵，玄纁禮聘，又家拜犍爲太守、太中大夫。先生盤桓育德，莫之肯就，不隕穫于貧賤，不充詘于富貴，拔乎其萃，出乎其類，生民之傑也。年七十有七，熹平[3]二年四月辛巳卒。于是從遊弟子陳留、申屠蟠等悲悼傷懷，懼[4]微言之欲絕，感[5]絕倫之盛事，乃建碑于墓。甄述景行。曰：「邈矣先生，應天淑靈，孝友是備，上德是經。弘此文藝，耽怡是寧。恂恂善誘，童冠來誠。有燁其譽，有煥其聲[6]。顯顯群公，竝加辟命，赫赫聖皇，仍獲其聘。委策避國，守此玄靜。綽乎其裕，確乎其操。疇昔洪崖，雙名竝高。嗟乎隕殞[7]，搢紳永悼。依依我徒，靡則靡效。勒銘金石，彌遠[8]益曜。」

2.7 《貞節先生陳留范史雲碑[9]》

先生諱丹，字史雲，陳留外黃人，陶唐氏之後也。其在周室，有士會者爲晉大夫，以受范邑，遂以爲氏。漢文景之際，爰自南陽，來家于成安，生惠及延二子[10]，官至司農廷尉，君則其後也。君受天正性，志高行潔，在乎幼弱，固已藐然，有烈節矣。時人未之或知，屈爲縣吏，亟從仕進，非其好也。退不可得，乃託死遁去，親戚莫知其謀，遂隱竄山中，涉五經，覽書傳，尤篤《易》《尙書》，學立道通，久而後歸。游集太學，知人審友，苟非其類，無所容納。介操所在，不顧貴賤。其在鄉黨也，事長惟敬，養穉[11]惟愛，言行舉動，斯爲楷式。郡縣請召，未嘗屈節，其有備禮招延，虛己迂[12]之者[13]，亦爲謀奏盡其忠直。以處士舉孝廉，除郎中[14]萊蕪長，未出京師。喪母行服，故事服闋後還郎中。君遂不從州郡之政，凡其事君，過則弼之，闕則補之。通清夷之路，塞邪枉之門。舉善不拘階次，黜惡不畏彊禦。其事繁博，不可詳載[15]。雅性謙儉，體勤能[16]苦，不樂假借，與從事荷負徒行，人不堪勞，君不勝其逸。辟太尉府，俄而冠帶士咸以群黨見嫉時政，用受禁錮，君罹[17]其罪。閉門靜居，九族中表，莫見其面，晚節禁寬，困于屢空，而性多檢括，不治產業。以爲卜筮之術，得因吉凶，道治民情，以受薄償[18]，且無咎累，乃鬻卦〔于〕梁宋之域。好事者覺之，應時輒去。禁既蠲除，太尉張公、司徒崔公，前後四辟皆不就。仕不爲祿，故不牽于位。謀不苟合，故特立于時。是則君之所以立節明行，亦其所以後時[19]失途也。年七十有四，中平二

---

1. 內《重雕蘭雪堂本》頁13　　　2. 外《重雕蘭雪堂本》頁13　　　3. 建安
4. 惟《重雕蘭雪堂本》頁13　　　5. 咸《重雕蘭雪堂本》頁13　　　6. 其奐有聲
7. 沒　　　　　8. 而《重雕蘭雪堂本》頁13　　　9. 銘
10. A.延熹二年 B.二年《重雕蘭雪堂本》頁14　　11. 稚《重雕蘭雪堂本》頁14
12. 訏　　　　13. 止《重雕蘭雪堂本》頁14　　14. 郎中君《重雕蘭雪堂本》頁14
15. 其事繁多，博不可詳載《重雕蘭雪堂本》頁14
16. 許瀚云：「能」當讀「耐」。　17. 離　　18. 賈《重雕蘭雪堂本》頁14
19. 後門《重雕蘭雪堂本》頁14

年四月卒。太尉張公、兗州劉君、陳留太守淳于君、外黃令劉君僉有休命，使諸儒參案典禮，作誄著謚，曰：貞節先生，昭其功行，錄記所履，著于耆舊，刊石樹銘，光示來世。於顯貞節，天授懿度，誕茲明哲，允迪德[1]譽。如淵之清，如玉之素，溷[2]之不濁，涅之不污。用行思[3]忠，舍藏思固。伯夷是師，史鰌是慕。榮貧安賤，不吝窮迍。甘死善道，遺名之故。身殞譽存，休聲載路。

2.8 《玄文先生李子材銘》

玄文先生名休，字子材，南陽宛人也。其祖李伯陽，周柱下史，覲衰世而遯焉。其後雄俊豪傑，往往崛出，自戰國及漢，名臣繼踵，支胄散逸，其遷于宛尚矣[4]。王莽竊位，漢祚中移，考翼佐世祖匡復郊廟，錫封茅土，卿相牧守，于時相逐。休少以好學，游心典謨，既綜七經，又精群緯，鉤深極奧，窮覽聖旨。居則玩其辭，動則察其變，雲物不顯，必考其占。故能獨見前識，以先神意，若古今常難，疑義錯繆，前人所希論，後學所不覽。休盡剖判剗散，幽暗（靡不）昭爛。猶發憤于目所不睹，體所不閑。遂登東嶽，觀百王遺風，習容闕里，以協禮中。退而講誨，童冠仰焉，傳傳如也。郡署五官掾功曹，司空胡公，顯以儒譽，特進大鴻臚，仍禮優請，固秉謙虛。辭此三命，不爲利回，不爲義疚。臨寵審己，不動其守，可謂純潔皓素，綽有餘裕者已。其于鄉黨細行，敦睦九族，篤信交友，不可得而詳也。初娶配出，後配未字[5]，年既五十，苗胤不嗣，以永壽二年夏五月乙未卒。凡其親昭朋徒，臭味相與，大會而葬之。鼎俎之禮，節文曲備，時令戴君臨喪命謚，郡遣丞掾，冠蓋咸屆，既定而後罷焉。于是因好友朋[6]，僉以爲仲尼既殞，文不在茲，韞櫝美玉，喪莫賈之，求而無[7]繼，懷而永思[8]。乃刊斯石，懿德是丕。吁[9]茲先生，秉德恭勤，天啓哲心，其學[10]孔純，經緯是綜，雅麗是分，行己守道，匪禮不遵，處約不戚，聞寵不欣，榮不能華，威不能震。天淑[11]厥命，以讓以仁。有惠云載，惟邦之珍[12]。按典考謚，謚以玄文。身殞名彰，配黔作鄰。遺譽罔極，丕昭億年，嗚呼哀哉！

2.9 《處士圂叔則銘》

伊漢二十有一世，處士有圂典，字叔則者，夫其生也。天真淑性，清理條暢，精微

---

1. 得《重雕蘭雪堂本》頁14   2. 圂   3. 斯
4. 枝胄散遷，其于宛尚矣《重雕蘭雪堂本》頁14   5. 初□妃出，後妃未字
6. 固好故舊《重雕蘭雪堂本》頁15   7. 後《重雕蘭雪堂本》頁15
8. 懷爾永恩《重雕蘭雪堂本》頁15   9. 于   10. 絲《重雕蘭雪堂本》頁15
11. 任《重雕蘭雪堂本》頁15   12. 禎

周密，包括道要，致思無形。˙深總曆部，纖入藝文˙1。藻分葩列，如春之榮。守根據窮，不虛其聲。偉德若茲，惟世之英，乃遂隱身高藪，稼穡孔勤，童蒙來求，彪之用文，不義富貴，譬諸浮雲，州郡禮招，休命交集，徒加名位而已。莫之能起也。博士徵舉至孝，恥已處而復出，若有初而無終。潔耿介于丘園，慕七人之遺風。年七十有五，建寧二年六月卒。臨殞顧命曰：「知我者其蔡邕。」乃爲銘載書休美，俾來世昆裔，〔永〕有諷誦于2先生之德，其辭曰：「民之齊敏，卓時挺生，思心精叡，綜物通靈，術有玄妙，于時游情，聞道睹異，惕然若驚，守死善操，與世無營，渾其若濁，徐然後清，綽其若煥，終其益貞，有恆實難，獨秉其經，嗟爾來世，是瞻是聽。」

3 蔡中郎集卷三

3.1 《˙太尉楊公碑˙3》

公諱秉，字叔節，弘農華陰人4。其先蓋周武王之穆，晉唐叔之后也。末葉以支子，食邑于楊，因氏焉。周家既微，裔胄無緒。曁漢興，烈祖楊喜5佐命征伐，封赤泉侯。嗣子業紱冕相承6，公之丕考以忠蹇亮弼輔孝安，登司徒太尉，公承丕緒，世篤儒教。˙以歐陽《尚書》、《京氏易》誨授˙7。四方學者自遠而至，蓋踰三千。初辟司空，舉高（弟）〔第〕，拜侍御史。遷豫州兗州刺史，任城相，徵入勸講，拜太中大夫，左中郎將〔尚書〕，出補右扶風，留拜光祿大夫，遭權嬖貴盛，六年守靜，外戚火燔。爾乃遷太僕大卿。公事絀位，浹辰之間，俾位河南，憤疾豪彊。見遵姦黨，用嬰胥靡，起家復拜太常。遂陟三司，沙汰˙虛穴˙8，料簡貞實，抽援表達，與之同蘭芳，任鼎重，從駕南巡。爲朝碩德，然知權過于寵，私富侔國，大臣苛察，望變復還，條表以聞，啓導上怒，其時所免州牧郡守五十餘人。饕戾是黜9，英才是列，善否有章，京夏清肅，在位七載。年七十有四，延熹八年五月丙戌薨。朝廷惜焉，寵錫有加。公自奉嚴飭10，動遵禮度，量材授任，當官而行，不爲義絀11，疾12是苛政，益固其守。廚無宿肉，器不˙雕鏤˙13。丮喪嬪儷，妾不變御，可謂立身無過之地，正直疾枉清儉該備者

---

1. 深總曆部，纖入寶文〈高均儒校云：「『入』字下，鈔本有『寶』字，『寶』字下空格，無『藝』字，作『纖入寶。』」羅以智《舉正》校云：「劉後村《詩話續集》作『探總厤數，剖纖入冥。』盧氏文弨校本同。空格當在『厤』字下，蓋脫數字。『深』爲『探』字，『部』爲『剖』字，『寶』爲『冥』字之誤文耳。且是文亦用韻。」孫詒讓云：盧、羅校是也。《薦邊文禮書》亦云：「心通性達，剖纖入冥。」與此可互證。〉
2. 以《重雕蘭雪堂本》頁15　　3. 司空楊秉碑《重雕蘭雪堂本》頁17
4. 《重雕蘭雪堂本》頁17此下有「也」字。　　5. 憙　　6. 繼
7. 以尚書歐陽、易京氏誨授　　8. 海內《重雕蘭雪堂本》頁17
9. 絀《重雕蘭雪堂本》頁17　　10. 勅　　11. 疾《重雕蘭雪堂本》頁17
12. 唯《重雕蘭雪堂本》頁17　　13. 縷雕

矣。昔仲尼嘗[1]垂三戒而公克焉。故能匡朝盡直，獻可去姦[2]。忠侔前後，聲塞宇宙，非黃中純白，窮達一致，其惡能立功立事，敷聞于下，昭升于上，若茲巍巍者乎？于是門人學徒，相與刊石樹碑，表勒鴻勳，讚懿德，傳億年。於戲，公惟岳靈。天挺德，翼至神[3]。氣絪縕，仁哲生。應台階[4]，作邦楨。帝欽亮，訪典刑。道不惑，迄有成。光遐邈，穆其清。

3.2　《司空臨晉侯楊公碑》

皇帝遣中謁者陳遂、侍御史馬助持節送柩。陳遵、桓典、蘭臺令史十人，將羽林騎，鉦車介士，前後鼓吹，以驃騎將軍官屬及司空法駕，與公卿尚書三臺以下，葬我文烈侯。三年九月甲申，小祥，會如初。四年九月戊申，大祥，公卿尚書三臺以下，會如小祥之禮，公之祖納忠于前朝，以罹[5]艱禍。父隱約蟄瘁[6]，治家師導，惟儉之尚。公生值歉[7]禍，資賄屢空，手執勤役，遠[8]涉道里以修經術，險阻艱難，曷所不嘗。特[9]以其靜則真[10]一審固，動則不違則度，含容覆載，無競伊人。謀無不忠，言無不信。自在弱冠布衣之中，固已流芳名，著茂實。公孫同倫莫能齊焉者矣。州郡禮招，莫之能屈，委百里位，避公車[11]令。自侍御史侍中已往，道爲帝師，德爲世表，體尊名重。階級彌崇，而公處以恭遜，行以固慎，德大而心小，居高而志降。夫驕吝之釁，周公其猶病諸，而公脫然以爲行首。不亦泰乎。及其所以匡輔本朝，忠言嘉謀，造膝危辭，當事而行，言從計納[12]，亦不敢宣，密誠潛功，貽于帝躬，家無遺草，論者不見。嗟乎！誠爲達事君之體，得人臣之上儀者已。

公素不貴歸非，不樂引美，故雖仿彿，猶不敢載，以順公之雅。初受封，自以功不副賞，前後固辭，章凡十上。憂慍悄悄，形于容色。雖不克從，情旨昭顯，晚節爲廷尉。公曰：「昔在三后成功，惟殷于民，而皋陶不與焉。蓋吝之也[13]。」及爲特進，又曰：「惟漢重臣，中興以來，克稱斯位者，其惟高密元侯乎。吾何德以堪諸。」寢疾顧命無辭，要言約戒忠儉而已。孤彪銜恤永思，綴輯所履。以贊銘之。

銘曰：赫赫烈侯，卓爾超倫，於惟楊公，乃華降神，故能明哲，德亞聖人。受茲介

---

1. 有　　　　2. 奸　　　　3. 翼赤精　　　4. 任　　　　5. 離
6. 父隱約蟄瘁卒蟄《重雕蘭雪堂本》頁18　　　7. 謙《重雕蘭雪堂本》頁18
8. 定《重雕蘭雪堂本》頁18　　　9. 侍《重雕蘭雪堂本》頁18
10. 貞《重雕蘭雪堂本》頁18　　　11. 事《重雕蘭雪堂本》頁18
12. 既不敢納《重雕蘭雪堂本》頁18　　　13. 吝君之也《重雕蘭雪堂本》頁18

福，位極人臣，包羅五典，本道根眞，爲國之師，誨尙經文。頻歷鄉校，五登鼎鉉，建
名著忠。碻越前賢[1]，攘災興化，孟[2]螽不臻。風雨以時，屢獲有年，三葉宰相，應祚
于天，臨晉是侯。子子孫孫，億兆不窮。如山之堅，四時潔祠，以承奉尊，祀事孔明，
奉亡如存，馥馥芬芬，以慰顯魂。

5

3.3　《漢太尉楊公碑》

　　公諱賜，字伯獻，弘農華陰人。姬姓之國有楊侯者，公其後也。其在漢室，赤泉
（侯）（佐）〔佑〕[3]高，丞相翼宣。咸以盛德，光于前朝。祖司徒，考太尉，繼迹宰
司，咸有勛烈[4]。公承家崇軌，受天醇素，欽承奉構。閑于伐柯，別風[5]淮雨，不易其
趣。文以[6]典籍，尋道入奧，操清行朗，潛晦幽閑，不荅州郡之命。辟大將軍府，不
得已而應之。遷陳倉令，公乃因是行退居廬。公車特徵，以病辭。辟司空舉高（弟）
〔第〕，拜侍中，越騎校尉。帝篤先業，將問故訓，公以群公之舉，進授《尙書》于禁
中。遷少府光祿勳，敬揆百事，莫不時序，庶尹知恤。閭閻推清，列作司空，地平天
成，陰陽不忒，公遂身避[7]，託疾告退。又以光祿大夫受[8]命司徒，敬敷五品。宣洽人
倫，變和化理，股肱耳目之任，靡不克明。及至太尉，四時順動，三光耀[9]潤。群生豐
遂，太和交薄，三作六卿，五蹈三階，受爵開國，應位特進，非盛德休功。假于天人，
孰能該備寵榮，兼包令錫，如公之至者乎。公體資明哲，長于知見，凡所辟選，升諸帝
朝者，莫非瓊[10]才逸秀。并參儲佐，惟我下流。二三小臣，穢損清風，愧于前人。乃糺
合同僚，各述所審，紀公勳績，刊石立銘，以慰永懷。

10

15

20

　　天降純嘏，篤生柔嘉，俾胤祖考，光輔國家，三業在服，帝載用和，粵曁我公。
（尤）〔允〕[11]執丕貞，在棟伊隆，于鼎斯寧，德被宇宙，華夏以清，受茲介福，履祚
孔成，爲邑河渭，袞冕紱珽，以佐天子，祗事三靈，丕顯伊德，萬邦作程，爰銘爰贊，
式昭懿聲。

25

---

1. 碻越前資《重雕蘭雪堂本》頁18　　　　　2. 蜂《重雕蘭雪堂本》頁18
3. 高均儒校云：「『侯』，鈔本作『祐』，無『佐』字。」孫詒讓云：鈔本是也。「祐」當作
　　「佑」。此本作「赤泉佑高」，與「丞相翼宣」，文正相儷。《彭城姜伯淮碑》云：「其裔
　　呂望，佑周克殷。」與此「佑高」義同。　　4. 力《重雕蘭雪堂本》頁18
5. 烈風　　　　6. 文藝《重雕蘭雪堂本》頁18　　7. 退《重雕蘭雪堂本》頁18
8. 爰《重雕蘭雪堂本》頁19　　9. 曜《重雕蘭雪堂本》頁19　　　　10. 瑰
11. 高均儒校云：「尤」，鈔本作「凡」。孫詒讓云：「凡」疑「允」之誤。

3.4　《文烈侯楊公碑》

公諱賜，字伯獻。兼通五典，周覽篇籍，以爲《尚書》帝王之政要、有國之大本也。是以三葉相承，挈其精義，五代之微言，王政之紘綱。罔不尋其端源，究其條貫，
[5] 懍乎其見聖人之情旨也。蓋以韜騰餘蹤[1]，思高游夏，以初潛山澤，授誨童冠，後生賴以發祛蒙蔽、文其材素者，蓋不可勝數。乃由宰府，遂作帝臣。于時聖幼將入學，群公以溫故知新，德宜師保，乃以越騎校尉·援侍華光之內·[2]。帝座己北面，以納大誨。其教[3]人善誘，則恂恂焉罔不伸也。引情致喻，則誾誾焉罔不釋也。迄用有成，緝熙光明，惟帝念功，六在九卿三事，勛假皇天，澤充[4]區域，疆土建封，申增戶邑，人臣之
[10] 極位，兼而有之。然處豐益約，九命滋恭，可謂高朗令終，有始有卒者已。于是門生大將軍何進等，瞻仰洙泗，公喪之禮。糺合朋徒，稽諸典則，僉以爲匡弼之功，政事之實，·詔策之文·[5]，則史臣志其詳。若夫道術之美，授之方策，則是門人二三小子，所特貫綜，敢竭不才，譔錄所審言于碑。

[15] 乃申頌曰：巍巍聖猷，匪師不昭，小子困蒙，匪師不教，於皇文父，邈哉伊超。如玉之固，如嶽之喬，鑽之斯堅，仰之彌高，示我顯德，授我無隱，正席傳道，承帝之問，誨茲一人，萬邦作順。微微我徒，實賴遺訓，文武作式，元勛既奮，光啓爵土，垂統末胤，存榮亡哀，殁而不泯。

[20] 3.5　《司空文烈侯楊公碑》

曰：漢有國師司空文烈侯楊公，公惟司徒之孫，太尉公之胤子。皇祖考以懿德，胥及聿[6]勤，式建丕休。勖啓《洪範》，公祗服弘業，克丕堂構，小乃不敢不慎，大亦不敢不戒，用罔有擇言失行，在于其躬，洎在辟舉，先志載言，罔不攸該，乃自宰臣以從
[25] 王事立功，不有用燮，其祿逮[7]作御史。允執國憲，納于侍中，在帝左右，爰董武事。王師孔閑，群公以舊德碩儒，道通術明，宜建師保，延入華光，侍宴露寢，敷典誥之精旨，達聖王之聰叡，帝以機密齋栗，常伯劇任。鮮克知臧，以鳌其采。命公再作少府，俾率其屬，以熙庶績，天地作險。國家丕承，軍門祛禁，式遏寇虐，命公再作光祿，亦總其熊羆之士，不二心之臣，保乂帝家，巖巖大理。惟制民命，命公作廷尉，惟刑之
[30] 恤，旁施（四方）[8]惟明，折獄蔽罪，于憲之中。亦惟三禮六樂。國之元幹，命公作太

---

1. 縱　　　　　　　2. 援于光光之內《重雕蘭雪堂本》頁19
3. 聞《重雕蘭雪堂本》頁19　　　4. 光
5. 則詔策諫諍《重雕蘭雪堂本》頁19　　　　　　6. 肆《重雕蘭雪堂本》頁20
7. 進《重雕蘭雪堂本》頁20
8. 高均儒校云：鈔本無「四方」二字。孫詒讓云：鈔本是也。此讀當以「旁施惟明」爲句，即用《書》「益、稷旁施，象刑惟明」也。此皆四字句，不當增「四方」二字。

常，明德惟馨，八音克諧，神人以和，永世豐年，溥天率土，而衆莫外。命公作司空，公惟戢之，翊明其政。時惟休哉，惟天陰騭下民，彝倫所由順序。命公作司徒而敬敷五教，以親百姓，父義、母慈、兄友、弟恭、子孝[1]。時惟休哉。昭孝于辟雍，命公作三老，帝躬以祗敬，遵有虞于上庠，茫茫大運，垂光烈曜。命公作太尉，璇璣運周，七精循軌，時惟休哉。

帝欲宣力于四方，公則翼之。辟道或回，公則弼之。虔恭夙夜，不敢荒寧，用對揚天子，丕顯休命。天子大簡其勳，用授爵賜，封侯于臨晉，功成化洽，景命有傾[2]。帝乃震慟，執書以泣，命于左中郎將郭儀作策，賜公驃騎將軍臨晉侯印綬，兼號特進，謚以文烈。寵命畢備，而後即世，肆其孤彪，敢儀古式，昭銘景烈。

銘曰[3]：天鑒有漢，誕生元輔，世作三事，勛在王府，乃及伊公，克光前矩，悉心畢力，胤其祖武，化洽群心[4]，澤漫綿宇[5]，帝曰文烈。朕嘉君功，爲邑河渭，建茲土封，申備九錫，以祚其庸，位此特進，于異群公。昔在申呂，匡佐周宣，嵩山作頌，《大雅》揚言。今我文烈，帝載用熙[6]，參光日月，比功四時，身殞名存，永世慕思。

3.6 《琅邪王傅蔡君[7]碑》

君諱朗，字仲明，蓋倉頡之精胤，姬稷之末冑也。昔叔度文王之昭，建侯于蔡，以國氏焉。迄于平襄，周祚微缺，王室遂卑，齊晉交爭，彊楚侵陵，昭侯徙于州來，公族分遷，氏家于圉，奕葉載德，常歷宮尹，以建于茲。君雅操明允，威厲不猛，履孝弟之性，懷文藝之才。包洞典籍，刊摘沈祕，知機達要，通含神契。既討[8]三五之術，又采《二南》之業。以《魯詩》教授，生徒雲集，莫不自遠竝至，栖遲不易其志。簞瓢曲肱，不改其樂。心棲清虛之域，行在玉石之閒。是以德行儒林，智周當代，四岳稱名，帝曰予[9]聞。元和元年，徵拜博士，舒演奧祕，贊理闕文，所立卓爾，度躡雲蹤[10]。其選士也，抑頑錯枉，進聖擢偉，極遺逸于九皋，揚明德于側陋。拔茅以彙，幽滯用濟，加以清敏廣深，好是正直，規誨之策，日（諫于）〔陳王〕[11]庭，忠讜著烈，令聞流

---

1. 公惟戢之，時惟休哉。親百姓，敷五教，命公作司徒，而敬敷父義、母慈、兄友、弟恭、子孝《重雕蘭雪堂本》頁20　　2. 傾《重雕蘭雪堂本》頁20
3. 《重雕蘭雪堂本》頁20無「銘曰」二字。　　　　　4. 群生
5. A.澤浹區宇　B.澤霑區宇　　　　　　6. 勛《重雕蘭雪堂本》頁20
7. 朗《重雕蘭雪堂本》頁20　　　　　　8. 該《重雕蘭雪堂本》頁21
9. 余《重雕蘭雪堂本》頁21　　　　　10. 縱
11. 高均儒校云：「于」，鈔本及他本皆作「王」。孫詒讓云：當作「日陳王廷」。

行，聖朝以藩國貴胄。先帝遺體，或以繼絕襲位，正于阿保，未洽雅訓，驕盈僭差。或蹈憲理，非弘直碩儒，莫能匡弼，▸察君◂[1]審行修德。進退可度，遷河閒中尉、琅邪（王）[2]傅。乃從經術之方，示以斧鉞之威，率禮莫違，其[3]國用靖。雖安國之輔梁孝，仲舒之相江都，靡以加焉。勳績既盛，帝簡其功，將授上位，遷于紫宮，賦壽不永，遘此疾凶，年五十八。永興六年夏卒。嗚呼哀哉！凡百君子，咨痛罔極，殷襃[4]傷悼，含涕流惻。如何昊天，喪我師則，爰勒斯銘，式昭其德。

銘曰[5]：天敏明哲，於赫我君，含弘光大，玄覽孔真，潛樂教思，韞玉衡門，雲龍感應，養徒三千，珠藏外耀。鶴鳴聞天，若時徵庸，登祚王臣，綜彼前疑。定此典文，參佐七德，俾相（大藩）〔二蕃〕[6]，身沒稱顯，永遺令勳，表行揚名，垂示後昆。

3.7　《劉鎮南碑》

君諱表，字景升，山陽高平人也。君膺期誕生，瑰瑋大度，黃中通理，博物多識，為郡功曹，千里稱平，上計吏辟大將軍府，遷北軍中候。在位十旬，以賢能特選拜刺史荊州。永漢元年十一月到官，清風先驅，莫不震肅，姦宄[7]改節，不仁引頸，君乃布愷悌，流惠和，慕▸唐叔◂[8]之野棠，▸思王遵之驅策◂[9]，賦政造次，德化宣行，俄而漢室大亂，禍起蕭牆，賊臣專政，豪雄虎爭，縣邑閭里，姦宄[10]煙發，州縣殘破，天下土崩，四海大壞，當是時也。▸雖◂[11]孔、翟之聖賢，（育）〔烏〕[12]、賁之勇勢，無所措其智力，君遇險而建略，遭難而發權，招命英俊，爰得驍雄，謀臣武將，合策明計，出次北境，遷屯漢陰，因滄浪以為隍，▸即春葉以為墉◂[13]。南撫衡陽，東綏淄沂，西靖巫山，保乂四疆。選才任良，式序賢能，簡將命卒，棊布星陳。備要塞之處，戍八方之邊。勸稽務農，以田以漁，秭粟紅腐，年穀豐歠。江湖之中，無劫掠之寇。沅湘之閒，無攘竊之民。郡守令長，冠帶章服，府寺亭鄉，崇棟高門，皆如其舊。當世知名，輻輳而至，四方襁負，自遠若歸，窮山幽谷，于是為邦，百工集趣，機巧萬端，器械▸通變◂[14]，利

1. 察君道《重雕蘭雪堂本》頁21
2. 孫詒讓云：「傅」上，高據俗本增「王」字，非，今從鈔本。
3. 乃《重雕蘭雪堂本》頁21　　　　4. 懷
5. 《重雕蘭雪堂本》頁21無「銘曰」二字。
6. 高均儒校云：「大藩」，鈔本作「二蕃」，非是。孫詒讓云：鈔本是也。碑云：「遷河間中尉、琅邪傅。」「二蕃」即指河間、琅邪二國而言也。
7. 軌《重雕蘭雪堂本》頁21　　　　8. 郡唐叔《重雕蘭雪堂本》頁21
9. 思王遵之驅印策《重雕蘭雪堂本》頁21　　　　10. 仇《重雕蘭雪堂本》頁21
11. 雖有
12. 高均儒校云：「育」，鈔本作「烏」。「烏」謂烏獲也。鈔本亦是。
13. 因春葉以為庸《重雕蘭雪堂本》頁22　　　　14. 變通《重雕蘭雪堂本》頁22

民無窮，鄰邦裛[1]慕，交揚益州，盡遣驛使，冠蓋相望。下民有康哉之歌，群后有歸功之緒，莫匪嘉績，克厭帝心，即遷州牧。又遷安南將軍，領州如故。

于時諸州，或失土流播，或水潦沒害。人民死喪，百遺二三，而君保完萬里，至于滄海，聖朝欽亮。析圭授土，俾揚武威[2]，遣御史中丞鍾繇即拜鎮南將軍，錫鼓吹大車，策命褒崇，謂之伯父。置長史司馬從事中郎，開府辟召，儀如三公，上[3]復遣左中郎將祝耽授節，以增威重。并督交揚二州，委以東南，惟君所裁。雖周、召授分陝之任，不遠過也。交州殊遠，王塗未夷，夷民歸坿，大小受命，其郡縣長吏有缺，皆來請之。君權為選置，以安荒裔，輒別上聞。齊桓遷邢封衛之義也。

武功既亢，廣開靡泮，設俎豆，陳罍彝，親行鄉射，躋彼公堂。篤志好學，吏民子弟，受學[4]之徒，蓋以千計。洪生巨儒，朝夕講誨，誾誾如也。雖洙泗之間，學者所集，方之蔑如也。深愍末學，遠本離質[5]，乃令諸儒，改定五經章句。刪剗浮辭，芟除煩重，贊之者用力少，而探微知機者多。又求遺書，寫還新者，留其故本。于是古典舊籍必[6]集州閭，及延見武將文吏，教令溫雅，禮接優隆，言不及軍旅之事，辭不逮官曹之文。上論《三墳》、《八索》之典，下陳輔世忠義之方。內剛如秋霜，外柔如春陽。不伐其善，不有其庸。如彼川流，每往滋通，可謂道理丕才，命世希有者已。

仁者（壽）宜享（胡考）〔鮐耇〕[7]，昊天不弔，年六十有七，建安十三年八月遘疾隕薨。耕夫罷耜，織女投杼，老幼哀號，若喪父母，時道路艱險，留墳州土，轉移歸葬[8]。父勉其子，妻勉其夫，欲共扶送，至于鄉里，南陽太守樂鄉亭侯旻思等言，及志在州里者。自各發卒，具送靈柩之資，子授徵拜五官中郎將，乃疏上請歸本縣葬。見聽許。太和二年，葬于先塋。于是故臣懼淪休伐[9]，以為申伯甫侯之翼周室，受輅[10]車、乘馬、玄袞、赤舃之賜。詩人詠功，列于《大雅》，至今不朽，況乎將軍牧二州歷二紀，功載王府，賜命優備。賴而生者，毓子孕孫，能不歌歡。

乃作頌曰：猗歟將軍，膺期挺（生）〔真〕[11]。桓桓其武，溫溫其仁，初翰千里，

---

1. 懷《重雕蘭雪堂本》頁22　　　2. 俾疾成武《重雕蘭雪堂本》頁22
3. 將《重雕蘭雪堂本》頁22　　　4. 祿《重雕蘭雪堂本》頁22
5. A.直 B.實　　　　　　　　　6. 畢
7. 高均儒校云：鈔本無「壽」字。「胡考」，鈔本作「昭者」。孫詒讓云：鈔本是也。此當作「仁者宜享鮐耇。」《詩·大雅》「黃耇台背」，《毛傳》云：「台背，大老也。」鄭《箋》云：「耇，凍棃。」「台之言鮐也，大老則背有鮐文。」《爾雅·釋詁》云：「鮐背、耇老，壽也。」　　8. 葬歸立墓《重雕蘭雪堂本》頁22
9. 臣故新淪休伐《重雕蘭雪堂本》頁22　　　　10. 路
11. 高均儒校云：「生」，鈔本作「直」。孫詒讓云：「生」依鈔本當作「真」，與下「仁」、「臣」、「軍」協韻。

允顯使臣，幕府禮命，集于北[1]軍，督齊禁旅，如羆如熊，眷然南顧，綏我荊衡。將軍之[2]來，民安物豐，江湖交壤，刑清國興，《蔽芾》《甘棠》，召伯聽訟，周人勿剗，我賴其禎。欲報之德，胡不億年，如何殂逝，孤棄萬民。鐫勒墓[3]石，以紀洪勳，昭示來世，垂芳後昆。

5

4　蔡中郎集卷四

4.1　《太傅安樂鄉文恭侯胡公碑》

10　　公諱廣，字伯始，交阯都尉之元子也。公應天淑靈，履性貞固，九德咸修，百行必[4]備。遭家不造，童而夙孤，上奉繼親，下慈弱弟，崎嶇儉約之中，以盡孝友之道。及至入學從訓，歷觀古今，生生而知之[5]。聞一睹十，是以周覽六經，博總群議，旁貫憲法，通識國典。年二十七，察孝廉，除郎中尚書侍郎、尚書左丞、尚書僕射。幹練機事，綢繆樞極，忠[6]亮惟允，簡于帝心，智略周密，冠于庶事，遷濟陰太守。其爲政15　也，寬裕足以容眾，和柔足以安物，剛毅足以威暴，體仁足以勸俗，故禁不用刑，勸不用賞。其下望之如日月，從之如影響。思不可忘，度不可革。遺愛結于人心，超無窮而垂則，徵拜大司農，遂作司徒[7]遷太尉，以援立之功。封安樂鄉侯，錄尚書事，稱疾屢辤。策賜就（弟）〔第〕，復拜司空，功成身退。俾位特進，又拜太尉，復以特進，致命休神，又拜太尉，遜位歸爵，旋于舊土，徵拜太中大夫、尚書令、太僕、太常、司20　徒。

　　永康之初，以定策元功，復封前邑，錄尚書事，疾病就（弟）〔第〕，又授太傅，入參機衡，五蹈九列，七統三事，諒闇之際，三據冢宰。和人事[8]于宗伯，理[9]水土于下台，訓五品于司徒。耀三辰于上階，光弼六世，歷載三十。自漢興以來，鼎臣元輔，25　耆耋老成，勳被萬方，與祿終始，未有若公者焉。春秋八十二，建寧五年三月壬戌，薨于位。天子悼惜，群后同懷，詔五官中郎將任崇奉冊，贈以太傅安樂鄉侯印綬，拜室家子弟一人郎中，賜東園祕器，賜絲帛含斂之備。中謁者董詡弔祠護喪，錢布賻賜，率禮有加，賜謚曰文恭。昭顯行迹。四月丁卯[10]，葬于洛陽塋，故吏濟陰池喜感公之義，率慕黃鳥之哀，推尋雅意，彷徨舊土。休績丕烈，宜宣于此，乃樹石作頌，用揚德音，詞30　曰：「於皇上德，懿鑠孔純，大孝昭備，思順履信，膺期命世。保茲舊門，淵泉休茂，

---

1. 此《重雕蘭雪堂本》頁22　　　　2. 徂《重雕蘭雪堂本》頁22
3. 之《重雕蘭雪堂本》頁22　　　　4. 畢
5. 自生而知之《重雕蘭雪堂本》頁25　　　　6. 中《重雕蘭雪堂本》頁25
7. 司農《重雕蘭雪堂本》頁25　　　　8. 神人　　9. 治　　　10. 酉

彪炳其文，爰尚天機，翼翼惟[1]恭，夙夜出納，紹迹虞龍，賦政于外，神化玄通，普被汝南，越用熙雍，帝曰休哉。命公三事，乃耀柔嘉，式是百司，股肱元首，庶績咸釐。二氣爕雍，五徵來備，勳格皇天，澤洽后土，封建南蕃，受茲介祜。玉藻在冕，黿服艾輔，路車雕驂，四牡修隱，贊事上帝，祗祠宗祖，陟降盈虧，與時消息，既明且哲，保身遺則，同軌旦奭，光充區域，生榮死哀，流統罔極。」

5

4.2　《胡公[2]碑》

公諱廣，字伯始，南郡華容人也。其先自嬀姓建國南土曰胡子，《春秋》書焉，列于諸侯，公其後也。考以德行純懿，官至交阯都尉。公寬裕仁愛，覆載博大，研道知機，窮理盡性。凡聖哲之遺教，文武之未墜，罔有不綜。年二十七，察孝廉，除郎中尚書侍郎，左丞，尚書僕射。〔命〕內正機衡，允釐其職。文敏暢乎庶事，密靜周乎樞機，帝用嘉之，遷濟陰太守。公乃布愷悌，宣柔嘉，通神化，道靈和〔拂〕，揚惠風以養貞[3]，激清流以盪邪。取忠肅于不言，消姦宄于爪牙。是以君子勤禮，小人知恥，鞠推息于官曹，刑戮廢于朝市，餘貨委于路衢，餘種棲于畎畝。遷汝南太守，增修前業，考績既明，入作司農。實掌金穀之淵藪，和均關石，王府以充，遂作司徒，昭敷五教，進作太尉，宣暢渾元。人倫輯睦，日月重光，遭國不造，帝祚無主，援立孝桓，以紹宗緒，用首謀定策，封安樂鄉侯，戶邑之數，加于群公，入錄機事，聽納總己。致位就（弟）〔第〕，復拜司空，敷土導川，俾順其性，功遂身退，告疾固辭，乃為特進，爰以休息。又拜太常，典司三禮，敬恭禋祀，神明嘉歆，永世豐年，聿懷多福。復拜太尉，尋申前業，又以特進，．消搖[4]致位。又拜太常，遘疾不夷，遜位歸爵，遷于舊都。徵拜太中大夫，延和末年，聖主革正，幸臣誅斃，引公為尚書令，以二千石居官，委以閫外之事，釐改度量，以新國家，弘綱既整，衺闕以補。乃拜太僕，車正馬閑，六騼習訓。遷太常司徒，威宗晏駕，推建聖嗣。復封故邑，與參機密，寢疾告退。復拜太傅錄尚書事，于時春秋高矣，繼親在堂，朝夕定省，不違子道，旁無几杖，言不稱老，居喪致哀，率禮不越。其接下苔賓，雖幼賤降等，禮從謙尊。尊而彌恭，勞思萬機，身勤心苦，雖老萊子嬰兒其服，方叔克壯其猷，公且納于（台）〔白〕[5]屋，正考父俯而循牆，曷以尚茲？夫烝烝至孝，德本也。體和履忠，行極也。博聞周覽，上通也。勤勞王家，茂功也。用能七登．三事[6]，篤受介祜。亮皇極[7]于六世，嘉（丕）〔庶〕[8]績于

10

15

20

25

---

1. 唯　　　　　　　2. 廣《重雕蘭雪堂本》頁26　　　3. 眞《重雕蘭雪堂本》頁26
4. 逍遙《重雕蘭雪堂本》頁26
5. 高均儒校云：鈔本「台」作「白」。孫詒讓云：「白」字是。《漢書・蕭望之傳》云：「非周公相成王，躬吐握之禮，致白屋之意。」　　6. 九命
7. 業《重雕蘭雪堂本》頁26
8. 高均儒校云：「丕」，鈔本作「無」。孫詒讓云：「無」蓋「庶」字之誤。《藝文類聚》四十六《職官部》引此碑正作「庶」。

九有，窮生人[1]之光寵，享黃耇之遐紀，蹈明德[2]以保身，與福祿乎終始。年八十二[3]，建寧五年春壬戌，薨于位。天子悼痛，贈策遂賜誄，謚曰文恭。如前傅之儀，而有加焉，禮也。故吏司徒許詡等，相與欽慕《崧高》《蒸民》之作，取言時計功之則，論集行迹，銘諸琬琰，其詞曰：「伊漢元輔，時惟文恭，聰明叡哲，思心瘁容。畢力天機，帝休其庸。賦政于外，有遹其蹤。進作卿士，粵登上公。百揆時敘，五典克從。萬邦黎獻，共惟時雍。勳烈既建，爵土乃封。七被三事，再作特進。弘惟幼沖，作傅以訓。赫赫猗公，邦家之鎮。澤被華夏，遺愛不淪。日與月與，齊光竝運。存榮亡顯，沒而不泯。」

4.3 《胡公碑》

維漢二十有一世，建寧五年春三月，既生魄八日壬戌，太傅安樂鄉侯胡公薨。越若來四月辛卯[4]，葬我君文恭侯。于是掾太原王允、雁門畢整，屬扶風魯宙、潁川敦歷[5]等，僉謂公之德也，柔而不犯，威而不猛，文而不華，實而不朴，靜而不滯，動而不躁。總天地之中和，覽生民之上操。聰明膚[6]敏，兼質先覺，涉觀憲法，契闊文學，睹皋陶之閫閾[7]，探[8]孔子[9]之房奧。然而約之以禮，守之以恭，寬之以納衆，汎愛多容。其誘人[10]也，恂恂焉，怡怡焉，使夫蒙惑開析[11]，愎戾優順逸惰[12]，能夫勤信。及其創基，即位發迹，機密聖朝，其知其能，夙夜惟寅，以允帝命，是以頻繁機極，三升而不出焉。乃還譚其舊章，彌綸古訓，貫萬品，擎精微，用補〔贅〕[13]前臣之所闕。十年而無愆，彊記同乎富平，周慎逸于博（士）〔陸〕[14]，偶山甫乎喉舌，匹虞龍而納言，唯帝命公以二[15]郡。其爲政也，導人以德，帥物以己[16]，敦以忠肅，屬以知恥，人悅其化，天樂其和。士相勉[17]于公朝，民勸行于私家，徽墨[18]縶而靡係，鞭扑棄而無加，洋洋乎若德宣治，嚴以爲威，寬以爲福而已哉。五作卿士，七蹈相位，太僕、司農、太傅、司空各一，司徒、特進各二，太常、太尉各三。光輔六世，歷載三十有餘。其致

---

1. 編者按：此文疑本作「生民」，今本作「生人」者蓋避唐諱改。　　2. 哲
3. 八十有二《重雕蘭雪堂本》頁26　　4. 酉《重雕蘭雪堂本》頁27　　5. 殷歷
6. 叡　　　　7. 壺　　　　8. 闡　　　　9. 氏
10. 仁《重雕蘭雪堂本》頁27　　11. 坼《重雕蘭雪堂本》頁27
12. 愎勞僞戾，優順逸惰者《重雕蘭雪堂本》頁27
13. 高均儒校云：「補」字下，鈔本有「贅」字。孫詒讓云：鈔本是也。「補贅」即「補綴」也。
14. 孫詒讓云：「逸」、「軼」通用。喬本、張本作「過」，義亦通。「博士」疑「博陸」之誤，此以張安世、霍光爲況也。《漢書·光傳》云：「小心謹慎，未嘗有過。」又云：「武帝遺詔，封光爲博陸侯。」「陸」，俗寫或省作「六」，校者不悟，復肒改爲「博士」，遂不可通。　　15. 三《重雕蘭雪堂本》頁27
16. 師不以己《重雕蘭雪堂本》頁27　　17. 兢《重雕蘭雪堂本》頁27
18. 纒

治[1]也，通水泉于潤下，蕃后土于稼穡，訓五品于群黎，‣參人物‣[2]于區域，‣耀三辰于渾元，協大中于皇極‣[3]，傅聖德于幼沖，率旦奭于[4]舊職。譬彼四時，功成則退，在盈思（中）〔沖〕[5]，升降以順。建封域于南土，踐殊號[6]于特進，榮祚統業，垂乎來胤。公自二郡，及登相位，凡所辟用，遂至大位者，故司徒中山祝括，其餘登堂閣，據賦政，‣輔世‣[7]樹功流化者，蓋不可勝載。惟我末臣，頑蔽無聞，仰慕群賢，惡乎可及。自公寢疾[8]，至于薨斃。參與嘗禱，列在喪位。雖庶物戮力，不愆于禮，進睹墳塋，几筵靈設。‣退顧堂廡，音儀永闕‣[9]，感悼傷懷，心肝若割，相與累次德行，撰舉功勳，刊之于碑，用慰哀思。煥文德，伊胡[10]后，應期運，作漢輔，喜中興，膏民庶，澤洪淳，宣攸序，亙地區，充天宇，轥高邃，踵遐武，揚景烈，垂不朽，仰邁古，耀昆後。

4.4　《太傅祠前銘》

天鑒有漢，山岳降靈，於肅文恭，應期誕生，好是懿德，柔惠且貞，爰在初服。皇嘉其聲，納于機密，機密惟清，守于三邦，三邦（事）〔惟〕[11]寧，越尹三卿，伯揆時序，七受帝命，作（此）〔漢〕[12]元輔，左右六世，靖綏土宇，蠢彼群生，保[13]賴宣敘，紹迹龍夷，繼軌山甫，遭國不造，仍世短祚，援立聖嗣。‣保公‣[14]之謨，帝曰文恭，朕嘉君功，爲邑安樂，以祐其庸，登位特進，于異群公，休命丕顯，光寵克章，公拜稽首。是對是揚，藹藹惟公，民斯攸望。春秋既暮，倏爾乃喪。不愆是遺，俾屏於皇，新廟奕奕，于以烝嘗，子子孫孫，承嗣無疆。

4.5　《漢交阯都尉胡府君夫人黃氏神誥》

夫人江陵黃氏之季女，字曰烈嬴，其先出自伯翳，別封于黃，以國氏焉。高祖父汝南太守，曾祖父延城大尹，祖父番禺令，父以主簿嘗證太守，事奉明君，以立臣節。漢南之士，以爲美談。初，都尉君娶于故豫州刺史，即黃君之姊，生太傅安樂鄉侯廣及卷令康而卒。繼室以夫人，‣二孤‣[15]童紀未齔‣育于夫人‣[16]，夫人懷聖善之姿，韶因母之

1. 之《重雕蘭雪堂本》頁27　　　　　2. 理人倫
3. 曜三辰于混元，協太和乎皇極　　　4. 之
5. 高均儒校云：「中」鈔本作「忡」，「忡」當作「沖」。「中」字誤。《外集・樽銘》
　云：「盈而不沖，古人所箴。」　　　6. 域《重雕蘭雪堂本》頁27
7. 策勳《重雕蘭雪堂本》頁27　　　　8. 室《重雕蘭雪堂本》頁27
9. 退顧俯廓然永闕《重雕蘭雪堂本》頁27　10. 朝《重雕蘭雪堂本》頁28
11. 高均儒校云：鈔本「事」作「惟」。「惟寧」與上「機密惟清」文正相儷，鈔本是也。
12. 高均儒校云：鈔本「此」作「漢」。孫詒讓云：「漢」字是。　　13. 伊
14. 伊公《重雕蘭雪堂本》頁28　　15. 生《重雕蘭雪堂本》頁28
16. 而夭《重雕蘭雪堂本》頁28

仁，撫育二孤，導以義方，思齊先姑，神罔時恫，致能迄用有成，誕膺繁祉，廣歷五卿七公再封之祿。康亦由孝廉宰牧二城，九鼎之義[1]，夫人是享。爰暨稺孫，更仕三官，或典百里，或作虎臣。銀艾貂蟬，近侍顯尊，受茲介福，于我夫人。自都尉仕[2]于京師，及廣兄弟式敘漢朝，夫人居京師六十有餘載。其乘輅執贄朝皇后，采柔桑于蠶宮，手三盆于繭館者，蓋三十年。上有帝室龍[3]光之休，下有堂宇斤斤之祚，心耽其榮，體安其玄，遠圖長[4]慮，用遺舊居，欲留此焉。

康寧之時，亟以爲言，太夫人年九十一，建寧二年薨于太傅府，是月辛卯[5]。公之季子陳留太守碩卒于洛陽左池里舍，公銜哀悼，祗愼其屬，遵奉遺意，不敢失墜。乃俾元孫顯咨度群儒，以考其衷。僉曰：昔帝舜殉于蒼梧，殯于虞郊，二妃薨于江湘，不即兆于九疑。延陵季子，實[6]惟吳人，長子道終，卜葬羸[7]博。夫遭時而制，不遠遷徙，魂氣所之，不繫丘壟，帝舜以之，神罔時怨，季札以之，仲尼嘉焉。鑒帝籍之高論，綜精靈之幽情。稽先人之遐迹[8]，順母氏之所寧，茲事體通而義同，允不可替。于是公乃爲辭昭告先考，然後卜定宅兆，龜筮悉[9]從，遂營窀穸之事，舉封樹之禮。十月既望，粵翼日己卯[10]，葬我夫人黃氏及陳留太守碩于此高原，雒陽東界關亭之阿，天子使中常侍謁者李納弔，且送葬，持賻錢二十萬，布二百疋，再以中牢祠，群后畢會，榮哀孔備。于時濟陽故吏舊民、中常侍句陽于肅等二十三人，思應慕化，推本議銘，著斯碑石，俾諸昆裔，瞻仰以知禮之用，是爲神誥。及申頌曰：「於穆夫人，家邦之媛。昔在羸代，黃國氏建，致于近祖，亦降于漢。天祚明德，福祚流衍，既作母儀，履[11]信思順。登壽耄耋，用永蕃孌。子孫以仁，追稽先典。度茲洛濱，齊迹湘靈。配名古人，休矣耀光。千[12]億斯年。」

4.6 《太傅安樂鄉侯胡公夫人靈表》

夫人編縣舊族章氏之長女也，字曰顯章。令儀小心，秉操塞淵，仁孝婉順，率禮無遺。體季蘭之姿，蹈思齊之迹。永初二年，年十有五，爰初來嫁，誕成家道，仰奉慈姑，竭歡致敬，俯誨膝下，化導周悉。至德脩于'幾微'[13]，徽音暢于神明。故能參任姒之功，兼生人之榮。朝春路寢，贊桑蠶宮。光寵有祭，祭服有珫[14]。前後奉斯禮者[15]三十餘載。夫人生五男，長曰整、伯齊，次曰千億、叔韡，次曰寧、稺威，次曰碩、季

1. A.養 B.儀　2. 任《重雕蘭雪堂本》頁28　3. 寵
4. 之《重雕蘭雪堂本》頁28　5. 酉《重雕蘭雪堂本》頁28　6. 寔
7. 嬴《重雕蘭雪堂本》頁28　8. A.逝 B.邇　9. 襲
10. 酉《重雕蘭雪堂本》頁29　11. 祖《重雕蘭雪堂本》頁29　12. 於
13. 機微《重雕蘭雪堂本》頁29　14. 旒　15. 有《重雕蘭雪堂本》頁29

叡，伯仲各未加冠，遭厲[1]氣同時夭折。叔讓郡孝廉，及季更歷州郡，寧舉茂才葉令、
京令爲議郎，季以高（弟）〔第〕爲侍御史諫議大夫侍中虎賁中郎將陳留太守，皆早即
世。夫人哀悼劬頓，由是被疾，遭太夫人憂篤，年七十七，建寧三年薨。夫人之存也，
契闊中饋，婉變供養，依生奉仁，紹述雅意，其閏月，祔于太夫人，窆穸于茲地。魂而
有靈，欽明定省，神心欣焉。其實寧之，元女金盈，追慕永思，慘怛罔極。遂及斯表，　　5
鐫著堅珉。頌曰：「悲母氏之不永兮，懷殷恤以摧傷。惟子道之無窮兮，惜聞誨之未
央。庶黃[2]耈以期頤，胡委我以夙喪。憂心怛[3]以激切，亦割肝而絕腸。昔先聖之遺
辭，言仁者其壽長。嗟母氏[4]之憂患，體愷悌以慈良。失延年之報祜，獨何棄[5]乎穹
蒼。日月忽以將暮，裏[6]長結以含愁。尋脩念于在昔，原疾病之所由。遭元子之[7]弱夭，
心傷頓以自憂。暨叔季之隕[8]終，哀情結以彌綱。皇姑歿而終感，遂大漸兮速流。疾懱　　10
懱而日邁，氣微微以長（浮）（銷）〔消〕，精魂〔飄〕以遐翔，曾不可乎援（留）
〔招〕[9]。爾乃順旨于冥冥，繼存意于不違。爰祔靈于皇姑，尚魂魄之有依。潛幽室之
黯漠，惜昭明之景輝。一往超以未[10]及，傾阻[11]邈其彌遲。顧新廟以累欷，伏几筵而
增悲。嗟既逝之益遠，眇悠悠而不追。」

　　15

4.7 《議郎胡公夫人哀讚》

　　議郎夫人趙氏，字曰永姜。允有令德，秉心塞淵，舒詳閒雅，儀節孔備。女師四
典，窈窕德象，罔不習熟。以供婦道，議郎早世，檢誨幼孤，義方以導其性，中禁以閑
其情。孤顯儉節，用免[12]咎悔。少辟侍中，襲先公之爵，以議郎出爲濟陰太守。是時夫　　20
人寢疾未薨，而國家方有滎陽寇賊，震驚帝師，簡選州辟，授任進衛，不得辭王命、親
醫藥，夫人乃自矜精稟氣，力俛[13]起若愈，以勸遣顯到官。月餘所疾暴盛，春秋五十
八，中平四年薨于京師。顯有剖符之寄，偪于國典，疾篤不得顧親，增感氣絕，不能自
存[14]。慎終[15]之事，闕焉永廢，雖不毀以隨沒，亦因悴而傷懷。知我如此，不如無
生。號咷告哀，以乞骸骨。踰年然後獲聽，追惟考君存時之命。迎棺[16]舊土，同穴此　　25
（城）〔域〕[17]。孤心摧割，靡所底念。仰瞻二親，或有神詒靈表之文。敢曰亮闇，敍
我憂痛，作哀讚書之于碑。

---

1. 離　　　　　2. 胡《重雕蘭雪堂本》頁29　　　　3. 思心恆《重雕蘭雪堂本》頁29
4. 嗟予姚《重雕蘭雪堂本》頁29　　5. 卒《重雕蘭雪堂本》頁29　　　　6. 抱
7. 若《重雕蘭雪堂本》頁30　　　8. 勛《重雕蘭雪堂本》頁30
9. 高均儒校云：鈔本作「氣微微以長沒消，精魂飄以遐翔。」「留」作「招」。孫詒讓云：
　　鈔本惟衍「沒」字耳，餘皆是，當從之。「消」與「招」爲韻。　　10. 末
11. A.頃徂　B.須且《重雕蘭雪堂本》頁30　　　12. 啓《重雕蘭雪堂本》頁30
13. 俛　　14. 察《重雕蘭雪堂本》頁30　　15. 輕俢爲《重雕蘭雪堂本》頁30
16. 格　　　17. 高均儒校云：鈔本「城」作「域」。孫詒讓云：「域」字是。

　　愍予小子，夙離凶艱。嚴考隕歿，我在齠年。母氏鞠育，載矜載憐。殷斯勤斯，慈愛備存。匪惟驕之，範我軌度。教誨嚴肅，昭示好惡。俾我克類，畏威忌怒。用免咎悔，踐繼先祖。即爵其土，二將是臨。與帝剖符，守于濟陰。夫人寢疾，榮此寵休。疾用歡痙，翼日斯瘳。將征將邁，從養陶丘。景命徂逝，不愁少留。疾大漸以危亟兮，精微微以浸衰。逼王職于憲典兮，子孫忽[1]以替違。目不臨此氣絕兮，手不親乎含飯。陳衣衾而不省兮，合梗棺而不見。昔予考之即世兮，安宅兆於舊邦。依存意以奉亡兮，遷靈柩而同來。考妣痛莫慘兮離乖，神柩集而移兮，孤情怛兮增哀，攝又以長兮，羡除點而永墳。黃壚密而無間兮，出入闚其無門。舁柩在茲兮，不知魂景之所存。悼孤夷之不遂兮，思情憭以傷肝。幽情淪于后坤兮，精哀達乎昊乾。

5 蔡中郎集卷五

5.1 《光武濟陽宮碑》

　　惟漢再受命，曰：世祖光武皇帝，考南頓君，初為濟陽令，濟陽有武帝行過宮，常封閉，帝將生，考以令舍‣下溼‣[2]。開宮後殿居之。建平元年十二月甲夜，帝生，時有赤光，室中皆明，使卜者王長卜之。長曰：「此善事，不可言。」歲有嘉禾，一莖‣九穗‣[3]，長于凡禾，因為尊諱。王室中微，哀平短祚。姦臣王莽媮有神器十有八年，罪成[4]惡熟，天人致誅‣。帝乃龍見白水，淵躍昆洰‣[5]。破前隊[6]之眾，殄[7]二公之師。牧[8]兵略地，經營河朔。戮力戎功，翼戴更始，義不即命，帝位闕焉。于是群公諸將據河、洛之文，協符瑞之珍[9]。僉曰：曆數在帝，踐祚允宜。乃以建武元年六月乙未，即位鄗縣之陽。‣五成‣[10]之陌，祀漢配天，不[11]失舊物，享國三十有六[12]年。方內乂安，蠻夷率服，巡狩泰[13]山，禪梁父、皇代之邅迹[14]，帝者之上儀，罔不畢舉。道德餘慶，延于無窮，先民有言：樂樂其所自生，而禮不忘其本，是以虞稱媯汭，姬美周原。皇天乃眷[15]，神宮實始于此。厥迹邈哉，所謂神麗顯融，越不可尚，小臣河南尹鞏瑋，先祖銀艾封侯，歷世卿尹，受漢厚恩，瑋以商箕[16]餘烈。郡舉孝廉，為大官丞，來在濟陽。願見神宮，追惟桑梓。襃述之義，用敢作頌。

---

1. 忍《重雕蘭雪堂本》頁30　　2. 不顯　　3. 生九穗《重雕蘭雪堂本》頁31
4. 盈　　　　　5. 帝乃龍見泉淵，躍洰上《重雕蘭雪堂本》頁31
6. 掾《重雕蘭雪堂本》頁31　　7. 彌《重雕蘭雪堂本》頁31　　　　8. 收
9. 徵　　　　10. 九域《重雕蘭雪堂本》頁31　　11. 罔　　　　12. 三
13. 太　　　　14. 邅《重雕蘭雪堂本》頁31　　15. 審《重雕蘭雪堂本》頁31
16. 其《重雕蘭雪堂本》頁31

〫赫矣炎光〫[1]，爰耀其輝，篤生聖皇，二[2]漢之微，稽度乾則，誕育[3]靈姿。黃孽〫作慝〫[4]，纂握天機。帝赫斯怒，爰整其師。應期潛見，扶陽而飛。禍亂克定，群凶殄[5]夷。匡復帝載，萬國以綏。巡于四岳，展義省[6]方。登封降禪，升（于中）〔中于〕[7]皇。爰茲初[8]基，天命孔彰。子子孫孫，保之無疆。

5.2 《太尉汝南李公碑》

公諱咸，字元卓，汝南西平人。蓋秦將李信之後，孝武大將軍廣之冑也。枝流葉布，家于茲土。文武繼踵，世為著姓。曾祖父江夏太守，伯父東郡太守。公受純懿之資，萃[9]忠清之節。夙夜嚴慄，孝配大舜。敦《詩》《書》而悅禮樂，觀天文而察地理。〔明略〕兼勳，與神合契，抗流行[10]。操邁伯夷，色過孔父。舉孝廉，除郎中光祿茂才，遷衛國公相，授高密令，勤恤民隱，政成功簡。遷徐州刺史，百司震肅，饕餮風靡，惡直醜正，公事去官。帝念〫其勤〫[11]，家被榮命，漁陽太守，還遷度遼將軍，協德魏絳。和戎[12]綏邊，徵河南尹。母憂，乞行服闋奔命。孝和皇帝時，機密久缺，百僚僉允，詔拜尚書。歷僕射令納言，危行不絀，以公事去，民神憤怒，群公薦之。帝曰：俞哉，〫徵拜〫[13]將作大匠、大司農、大鴻臚、大僕射。公所莅任[14]，憲天心以教育，（激）〔汰〕[15]垢濁以揚清，為國有賞。蓋有億兆之心，懿鑠之美，昭登于上，丕顯之化，宣聞于下，〫及遷台司〫[16]，位太尉，補袞闕，敘彝倫，天人交格，終始無疵。雖元凱翼虞，周召輔姬，未之或踰，功遂身退，以疾自遜，求歸田里，告老致仕，七十有六，熹平四年薨。海內咨嗟，莫不惻焉。〫故吏〫[17]潁[18]川太守張溫等，相與歎曰：「名莫隆于不朽，德莫盛于萬世。銘勒顯于鐘鼎，清烈光于來裔。刊石立碑，〫載德〫[19]不泯。」

---

1. 赫赫天光《重雕蘭雪堂本》頁31　　　2. 貳
3. 有《重雕蘭雪堂本》頁31　　　　　4. 定熄《重雕蘭雪堂本》頁31
5. 于《重雕蘭雪堂本》頁31　　　　　6. 有《重雕蘭雪堂本》頁31
7. 高均儒校云：「于中」，鈔本作「中于」。孫詒讓云：鈔本是也。《禮記·禮器》云：
　　「因名山，以升中於天。」「皇」、「天」義同。
8. 明《重雕蘭雪堂本》頁31　　　　　9. 粹《重雕蘭雪堂本》頁31
10. 勞格《讀書雜識》校云：「《文選·漢高祖功臣頌注》引作『明略兼洞，與神合契。』
　　孫詒讓云：《文選注》是也。此『抗流行』句不可通，『抗』上疑當有挩文五字。《外
　　集·翟先生碑》云：『明哲與聖合契，該通《五經》，兼洞墳籍。』與此文可互證。」
11. 具勳《重雕蘭雪堂本》頁32　　　12. 戎《重雕蘭雪堂本》頁32
13. 徵不拜《重雕蘭雪堂本》頁32　　14. 也《重雕蘭雪堂本》頁32
15. 高均儒校云：「激」，鈔本作「汰」。孫詒讓云：「汰」字是。
16. 及建上司《重雕蘭雪堂本》頁32　　17. 於故吏《重雕蘭雪堂本》頁32
18. 潁　　　　　19. 德載《重雕蘭雪堂本》頁32

詞曰[1]：「天垂三台，地建五岳。降生我哲，應鼎之足。奕世載德，名昭圖錄。既文且武，桓桓紹續。外[2]則折衝，內則大麓。惟清惟敏，品物以熙[3]。告老懸車，天人靡欺。曾不百齡，圮我國基。人之云亡，八極悼思。申德作頌，光寵宣流。鐫紀[4]斯石，鴻烈顯休。」

5.3 《陳留索[5]昏庫上里社銘》

曰：社祀之建尚矣。昔在聖帝有五行之官，而共工子句龍爲后土。及其殞也，遂爲社祀。故曰社者、土地之主也。《周禮》「建爲社位，左宗廟，右社稷[6]。」戎醜攸行，于是受脈。土膏恆動，于是祈農。又班之于兆民。春秋之中，命之供祠。故自有國至于黎庶，莫不祀[7]焉。惟斯庫里，古陽武之戶牖鄉也。春秋時有子華爲秦相。漢興，陳平由此社宰，遂佐高帝，克定天下，爲右丞相，封曲逆侯。永平之世，虞延爲太尉、司徒封公[8]，至延熹，延弟曾孫放字子仲，爲尚書。外戚梁冀乘寵作亂，首策誅之。王室以績，詔封都亭侯、太僕、太常、太常、司空。毗天子而維四方，克錯其功，往烈有常。于是司監[9]，爰暨邦人，僉[10]以宰相繼踵，咸出斯里，秦一漢三而虞氏世焉。雖有積善餘慶，終身之致，亦斯社之所相也。乃與樹碑作頌，以示後昆。

惟王建祀，明事百神，乃顧斯社，于我兆民。明德惟馨，其慶聿彰，自嬴及漢，四輔代昌。爰我虞宗，乃世重光。元勳既立，錫茲土疆，乃公乃侯，帝載用康。神人協祚，且巨且長，凡我里人，盡受嘉祥。刊銘金石，永世不忘。

5.4 《陳留太守胡公碑》

君諱碩，字季叡[11]，交阯都尉之孫，太傅安樂侯之[12]子也。其先與楚同姓，別封于胡，以國爲氏。臻乎漢，奕世載德，不替舊勳。〔君〕幼有嘉表，克岐克嶷，不見異物，習與性成。孝于二親，養色甯意，蒸蒸雍雍，曾閔顏萊，無以尚也。總角入學，治

---

1. 《重雕蘭雪堂本》頁32無「詞曰」二字。　　2. 列《重雕蘭雪堂本》頁32
3. 喜《重雕蘭雪堂本》頁32　　　4. 純《重雕蘭雪堂本》頁32
5. 東《全上古三代秦漢三國六朝文》卷75頁2a總頁879
6. 編者按：參《周禮・春官・小宗伯》「小宗伯之職，掌建國之神位，右社稷，左宗廟。」
7. 事《重雕蘭雪堂本》頁32
8. 高均儒校云：鈔本「封」下空一格。孫詒讓云：「封公」二字不可通，「公」字必明人肊補，當闕。似言「封侯」也。　　9. 于里同監《重雕蘭雪堂本》頁32
10. 令《重雕蘭雪堂本》頁32　　　11. 獻《重雕蘭雪堂本》頁33
12. 少《重雕蘭雪堂本》頁33

孟氏《易》、歐陽《尚書》、韓氏《詩》，博綜古文，周覽篇籍，言語造次必以經綸，加之行己忠儉，事施順恕。公體所安，與衆共之，驕吝不萌于內，喜慍不形于外。可謂無競[1]伊人，溫恭淑愼者也。初以公在司徒，除郎中，宿衞十年，遭[2]叔父憂，以疾自免，州郡交辟皆不就，後以大將軍高（弟）〔第〕，拜侍御史，遷諫議大夫，以將軍事免官，舉賢良方正，不詣公車。建寧元年，召拜議郎，納忠盡規，匪懈于位，遷侍中虎賁中郎將。是年遭疾，屢上印綬，詔書聽許，以侍中養疾。其年七月，被尚書召，不任應命，詔使謁者劉悝齎印綬，即拜陳留太守，君聞使者至，加朝服拖紳，使者致詔，君以手自（繫）〔擊〕[3]，陳辭謝恩，其（明）〔月〕[4]二十一日，遣（吏）〔生〕[5]奉章（報謝），食後還，與丞相荅，意氣精了。是日疾遂大漸，刻漏未分，奄忽而卒，時年四十一。天子憫悼，詔使〔謁〕[6]者王謙〔弔〕，〔且〕[7]送葬，以中牢具祠，賜錢五萬，布百疋，贈穀三千斛。同位畢至，赴弔雲集，生榮未艾[8]，歿有餘哀。于是遐邇搢紳，爰暨門人，相與嘆述君德，追痛不永，怛切情憭，無不永懷。行由己作，名自人成，先民既邁，賴[9]茲頌聲。嗟哉[10]明哲，如何勿銘。乃作辭曰：「猗歟懿德，令聞[11]有彰。祗服其訓，克構克堂。孝思維則，文藝丕光。敦（厚）〔率〕[12]忠恕，衆悅其良。綏弱以仁，不云我彊。爰自[13]登朝，進退以方。見機而作，如鴻之翔。乃位常伯，恪處左右，兼掌虎賁。禁戎允理，遭茲虐疴[14]。帝用悼（世）〔止〕，俾守陳留，庶篤其祉，王人既詔，景命不俟。嗚呼昊天，殲我英士，如可贖也，敦不百己。哀哉永傷，萬年是紀。」

5.5 《陳留太守胡公碑[15]》

君諱碩，字季叡，交阯都尉之孫，太傅安樂鄉侯[16]之子也。順帝時爲郎中，桓帝時遭叔父憂，以疾自免。荆州將軍比辟，輒辭疾。後以高等拜侍御史遷諫議大夫，舉賢良方正，病不詣公車。建寧元年七月，拜陳留太守，病加，不任應召。詔使謁者劉悝即授印綬，二十一日卒。詔出遣使者王謙以中牢具祠，特賜錢五萬，布一百疋，贈穀三

---

1. 兢《重雕蘭雪堂本》頁33　　　2. 以《重雕蘭雪堂本》頁33
3. 高均儒校云：「繫」，張本作「擊」。孫詒讓云：「擊」字是。
4. 孫詒讓云：「明」疑當爲「月」。
5. 高均儒校云：「吏」鈔本作「生」，無「報謝」二字。孫詒讓云：「生」即門生，鈔本是也。　　　6. 孫詒讓云：「謁」字各本缺，據羅引顧廣圻校補。
7. 高均儒校云：鈔本「謙」字下空格，空格下有「且」字，闕疑有闕文。孫詒讓云：此當作「弔且送葬」。《前漢交阯都尉胡府君夫人黃氏神誥》云：「天子使中常侍謁者李納弔且送葬。」　　　　　　　　　8. 容《重雕蘭雪堂本》頁33
9. 類《重雕蘭雪堂本》頁33　　10. 嗟我　　11. 問
12. 高均儒校云：「厚」，鈔本作「率」。孫詒讓云：「率」字是。
13. 具《重雕蘭雪堂本》頁33　　　14. 痾　　15. 胡碩碑　　16. 安樂侯

千斛，儔類赴送，遠近鱗集。于是陳留主簿高吉蔡軫等，咸以郡選，充備官屬，來迎者三十四人。奔驚跋涉，願承清化。逢天之戚，不獲延祚，痛心絕望，忉怛永慕。乃相與衰絰，庭位號咷。靈柩將窆，‧申敕‹¹脩儀，孳孳在疚。輿服寮御部引，各執其職。路人感愴，觀者嘆息。蓋三綱之序與竝育，以舊奉‧新‹²，嗟我行人，敢不自勖。遂樹碑
5　作銘，以表令德。

　　於藐下國，瞻仰俊乂。欽見我君，爰綏我惠。式昭績恩，有勞其頷。昊天不弔，景命顛墜。悠悠蒸黎，惆悵喪氣。政雖未宣，古之遺愛。祁祁我君，習習冠蓋。脩誠以迋，曾不東邁。靈魂‧裏裛‹³，靡所瞻逮。惟其傷矣，胸肝摧碎，勒銘告哀，傳于萬
10　代。

6　蔡中郎集卷六

6.1　《京兆樊惠渠頌》

15

　　《洪範》「八政」，一曰食。《周禮》「九職」，一曰農。有生之本，于是乎出；貨殖財用，于是乎在。九土上沃，爲大田多稌，然而地有堷埈，川有墊下，溉灌之便，行‹⁴趄‹⁵不至，明哲君子，捌業農事，因高卑之宜，驅自行之勢，以盡水利而富國饒人，自古有焉。若夫西門起鄴，鄭國行秦，‧李冰在蜀，信臣治穰‹⁶，皆此道也。陽陵縣
20　東，其地衍‹⁷陳，土氣辛螫，嘉穀不植，草萊焦枯。而涇水長流，溉灌‹⁸維首，編戶齊氓‹⁹，庸力不供，牧人之吏，謀不暇給，蓋常興役，猶不克成。

　　光和五年，京兆尹樊君諱陵，字得雲，勤恤人隱，悉心政事，苟有可以惠斯人者，無聞而不行焉。遂諮之郡吏，申于‧政府‹¹⁰，僉以爲因其所利之事者，不可已者也。乃
25　命方略大吏，麴遂令五‹¹¹瓊，揣度‧計慮‹¹²，揆程經用，以事上聞，副在三‹¹³府司農，遂取財于豪富，借力于黎元。樹柱累石，委薪積土，基跂功堅，體勢強壯，折湍流，款曠陂，會‹¹⁴之于新渠。流水門，通窬瀆，洒‹¹⁵之于畎畝。清流浸潤，泥（潦）〔埌〕‹¹⁶

---

1. 自申敕《重雕蘭雪堂本》頁34　　2. 新篤《重雕蘭雪堂本》頁34　　　3. 徘徊
4. 刑　　　　5. 趄《重雕蘭雪堂本》頁53
6. 信臣殷南陽，鄧臣汝南《重雕蘭雪堂本》頁53　　7. 行《重雕蘭雪堂本》頁53
8. 其《重雕蘭雪堂本》頁53　　　9. 萌《重雕蘭雪堂本》頁53
10. 故左《重雕蘭雪堂本》頁53　　11. 伍　　　　　12. 屯慮
13. 天《重雕蘭雪堂本》頁53　　14. 惠《重雕蘭雪堂本》頁53
15. 灑《重雕蘭雪堂本》頁53
16. 高均儒校云：「潦」，鈔本作「塡」。孫詒讓云：「塡」疑「埌」之誤。

浮游，昔日鹵田[1]，化爲甘壤，粳黍稼穡之所入，不可勝算。農民熙怡悅豫，相與謳談壇[2]畔。斐然成章，謂之樊惠渠云爾。其歌曰：「我有長流，莫或遏之；我有溝澮，莫或達之。田疇斥鹵，莫脩莫嫠。饑饉困悴，莫恤莫思，乃有（樊）〔惠〕[3]君。作人父母，立我畎[4]畝，黃潦膏凝，多稼茂止，惠乃無疆，如何勿喜。我壤既營，我疆斯成。泯泯我人，既富且盈。爲酒爲醴，烝畀祖靈。貽福惠君，壽考且寧。」

6.2 《郡掾吏張玄祠堂碑銘》

掾諱玄，字伯雅，河南偃師人也。其先張仲者，實以孝友爲名，左右周室。大漢初興，張蒼爲丞相，封北平侯。其後自河內遷于茲土，世爲顯姓。掾天姿恭恪，宣慈惠和，允恭博敏，惻隱仁恕。正身履道，以協閨庭，損用節財以贍疏族[5]。動中規矩，言合典式，不知名彰，不飾行著，可謂仁粹淑貞，自然之素者已。論者嘉之，州郡禮招。署致掾史，沈靜寡欲，不求榮祿，是以豐于天爵，薄于人位。某月日遭疾而卒。掾孫翻以（貞）〔頑〕[6]固之質，受過庭之訓，獲執戟出宰相邑，遷太守，得大夫之祿，奉烝嘗之祠。尋原祚之所由而至于此，先考積善之餘慶，陰德之陽報。乃于是立祠堂，假碑勒銘，式明令德，以示乎後。辭曰：「於惟我考，允迪懿德，治信斯順，其儀不忒。仁惠周洽，行惟模則，篤垂餘慶，貽此燕翼，邈矣遺孫，用懷多福，刊名金石，流于罔極。」

6.3 《袁滿來碑銘》

茂德休行，曰袁滿來，太尉公之孫，司徒公之子。逸才淑姿，實天所授。聰遠通敏，越韶齓在闈，明智易學[7]，從誨如流。百家衆氏，遇目能識[8]。事不再舉，問一及三。具始知終，情性周備，夙有奇節，孝智所生，順而不驕。篤友兄弟，和而無忿。無[9]決泉達，無所凝滯。雖冠帶之中士，校材考行，無以加焉。允公族之殊異，國家之

---

1. 曩之鹵田　　　　2. 彊
3. 孫詒讓云：當作「惠君」。後云：「貽福惠君，壽考且寧。」可證。
4. 東《重雕蘭雪堂本》頁53
5. 高均儒校云：鈔本無「用節財以」四字，作「損則贍遺，遊疏於族。」孫詒讓云：依鈔本，當作「損財贍遺，施於疏族。」《濟北相府君夫人誄》云：「敷恩中外，施浹疏族。」
6. 高均儒校云：「掾孫」二字，鈔本空格。「貞」，鈔本作「頑」。孫詒讓云：此文是中郎代翻作，於例不當自譽「貞固」，當從鈔本作「頑固」。「掾」字亦誤，當從鈔本缺。　　　　7. 越在韶齓，闕幘明易學
8. 智家治《易》孟氏，遇自能識《重雕蘭雪堂本》頁54
9. 氣《重雕蘭雪堂本》頁54

輔佐◂¹。眾律其器，士嘉其良，雖則童稺，令聞芬芳，降生不永，年十有五，四月壬寅，遭疾而卒。既苗而不²穗，凋殞華英，嗚呼悲夫！乃假碑〔石〕，旌于墓表，嗟其傷矣。惟以告哀。

5   6.4　《◂童幼◂³胡根碑銘》

故陳留太守胡君子曰根，字仲原，生有嘉表，幼而克才，角犀豐盈，光潤玉顏，聰明敏惠，好問早識，言語所及⁴，智思所生，雖成人之德，無以加⁵焉。稟命不長，夙罹凶災，年七歲，建寧二年，遭疾夭逝。慈母悼痛，昆姊孔懷，感襁褓之親愛，憐國城之
10   乖離。乃權宜就，封二祖墓側。親屬李陶等，相與追慕先君，悲悼遺嗣，樹碑刊辭，以慰哀思。辭曰：「於惟仲原，應氣淑靈，實有令儀，而氣如瑩。明之⁶之性，與體俱生。聞言斯識，覩物知名。（傳）〔傅〕者太勤，受誨則成，柔和順美，與人靡爭。忿不怨懟，喜不驕盈。當受◂永福◂⁷，爲光爲榮。◂如何昊天◂⁸，降此短齡。惜繁華之方曄兮，望嚴霜而凋零。嗟童孺之夭逝兮，傷慈母之肝情。從皇祖⁹乎靈兆兮，◂庶神魄◂¹⁰
15   之斯寧。哀慘戚以流涕兮，念污軫之¹¹不呈¹²。顧永襄于不朽兮，乃託辭于斯銘。」

6.5　《司徒袁公夫人馬氏碑銘》

維光和七年，司徒袁公夫人馬氏薨，其十一月葬。哀子懿達、仁達銜恤哀痛，靡所
20   寫裏，乃撰錄母氏之德◂履◂¹³，示公之門人。覩文感義，采石于南山，諮之群儒，假貞石以書焉。夫人、右扶風平陵人也，曾祖中水侯，祖將作大匠，考南郡太守，中水侯弟伏波將軍女，在淑媛作合孝明，誕生孝章，婚姻¹⁴帝室，世爲名族。夫人生應靈和，德精性妙，角犀豐盈，實有偉表，溫慈惠愛，慎而寡言，幼¹⁵從師氏，四禮之教，早達窈窕，德象之儀，及笄求匹明哲，供治婦業，孝敬婉孌，畢力中饋，後生仰則，以爲謀
25   憲。自公歷據王官至宰相，夫人營克家道，扶翼政事，聰明達乎中外，隱括及乎無方，不出其機，化導宣暢，童子無驕逸之尤，婦妾無舍力之怨，故能窮生人之光寵，獲福祿之豐報。朝春（政）〔正〕¹⁶于¹⁷王室，躬¹⁸桑繭于蠶宮。春秋六十有三，寢疾不永，

---

1. 理家之富佐《重雕蘭雪堂本》頁54　　　2. 石《重雕蘭雪堂本》頁54
3. 幼童《重雕蘭雪堂本》頁54　　　　　　4. 受《重雕蘭雪堂本》頁54
5. 嘉《重雕蘭雪堂本》頁54　　　　　　　6. 知
7. 福永《重雕蘭雪堂本》頁54　　　　　　8. 如昊天命《重雕蘭雪堂本》頁54
9. 始《重雕蘭雪堂本》頁55　　　　　　　10. 傷祚魄《重雕蘭雪堂本》頁55
11. 兮《重雕蘭雪堂本》頁55　　　　　　　12. 停
13. 所履《重雕蘭雪堂本》頁55　　　　　　14. 姻《重雕蘭雪堂本》頁55
15. 以《重雕蘭雪堂本》頁55
16. 高均儒校云：「政」，鈔本作「正」，「躬桑繭」作「窮霜肅」。孫詒讓云：「正」字
　　是。　　　　17. 之《重雕蘭雪堂本》頁55　　　18. 窮《重雕蘭雪堂本》頁55

懿等追想定省，尋思髣髴，哀窮念極，不知所裁，乃申辭曰：「於穆母氏，其德孔休，思齊先始，百行聿脩，宣慈惠和，恩澤竝周[1]，義方之訓，如川之流，俾我小子，蒙昧以彪，不享遐年，以永春秋，往而不返，潛淪大幽，嗚呼哀哉！几筵虛設，幃帳空陳，品物猶在，不見其人，魂氣飄飆，焉所安神。兄弟何依，姊妹何親。號咷切怛，曾不我聞。吁嗟上天，何辜而然。傷逝不續，近[2]者不旋。」

6.6 《濟北相崔君夫人誄》

維延熹四年，故濟北相夫人卒。嗚呼哀哉！世喪[3]母儀，宗殞憲師，哀哀孝子，靡所瞻依，凡百赴弔，至止增悲，投涕獻欷，共敘赫姿，乃作誄曰：「清和有鑠，時惟哲母，令儀令色，爰以資始，塞淵其心，淑慎其止。于母斯勤，在子斯敏。仰覽篇籍，俯釐絲枲。多才多藝，于何不有。休譽邈焉，允女之英。乃及崔君，惟德是行，其德伊何，實明實粹，虔恭事[4]機，契闊中饋，敦此婉順，疾彼攸遂，思齊徽音，晨興夜寢[5]，穆穆其猷，莫之與二。天祚明德，底之方穀，於赫崔君，膺茲祉祿。夫人有胤，翼此清淑，仁風溫潤，義惠優渥，（推）〔敷〕恩中外，施浹疏族。食不兼膳，服不纖縠，·以儉爲榮·[6]，以奢爲辱。堂堂其胤，惟世之良，于其令母，受茲義方，訓以·柔和·[7]，董以嚴剛，怒不傷愛，喜不亂莊。納之軌度，終然允藏，是用登隮[8]，享其寵光。雖則崇盛，猶匪寧息，同其婦[9]子，茂師其職，郡公□□，綢繆祭□，服貴無荒，尊不舍力。密勿不忘，惟德之極。昔在共姜，陪臣之母，勞謙紡績，仲尼是紀，矧茲夫人。帝室命婦，猶日孜孜，復禮克己，人亦有言，仁者壽長，宜登永年，黃耉無疆，昊天不弔，降此殘殃，寢疾彌留，粹爽悴傷，慘怛孝子，惴惴其惶，靡神不舉，無藥不將。嗚呼哀哉！于是孝子長叫，氣絕復蘇，號呼告哀，不知其辜。昊天上帝，忍弔遺孤，尋想遊靈，焉識所徂。嗚呼哀哉！既殯神柩，薄言其歸，（宰冢）〔冢辛〕喪儀，循[10]禮無遺。切切喪主，瘠羸哀哀，情兮長慕，涕兮無晞，行旅揮涕[11]，千里于咨，乃謀卜筮，言考其良，逝彼兆域，于時翳藏，冥冥窀穸，無時有陽，燈燭既滅，馬道納光，形影不見，定省何望，奠禮不虧，嗟其哀矣，不可彌忘。日月代序，古皆有喪，由斯夫人，榮烈有章，·配彼哲彥·[12]，既隆且昌，顧景赫奕，饋供孔將，惟以慰裹，庶無永傷，嗚呼哀哉！」

---

1. 同《重雕蘭雪堂本》頁55　　2. 往　　　　3. 表《重雕蘭雪堂本》頁56
4. 其《重雕蘭雪堂本》頁56　5. 寐　　　　6. 以榮儉齒《重雕蘭雪堂本》頁56
7. 和柔　　　　　8. 齊《重雕蘭雪堂本》頁56
9. 歸《重雕蘭雪堂本》頁56　10. 每《重雕蘭雪堂本》頁56
11. 淚《重雕蘭雪堂本》頁56　12. 配哲士彥《重雕蘭雪堂本》頁56

7 蔡中郎集卷七

7.1 《荅丞相可齋議》

‣月日‹1，詔召尚書問，立春當齋，迎氣東郊，尚書左丞馮方毆殺指揮使于尚書西祠，可齋不，得無不宜，具對。

議郎臣蔡邕，博士任敏，死罪對。案禮，上帝之祠，無所爲廢。齋者、所以致齊不敢渙散其意。宮室至大，指使至微。不在齋潔之處，元和詔禮無免齋，宜以潔靜交神明，〔既〕本無嫌閒，祠室又寬，可齋無疑。《詩》云：「惟此文王，小心翼翼。昭事上帝，聿懷多福。」夫齋以恭奉明祀，文王所以懷福，無有不宜。臣邕敏愚戇死罪。

7.2 《幽冀二州刺史久缺疏》

臣聞國家置官，以職建名。臣愚賤小才，竊假階級，官以議爲名，職以郎²爲貴。智淺謀漏，無所獻替，夙夜寤嘆，憂悸怛惕。臣邕頓首死罪，伏見幽州（奕）〔突〕騎，冀州強弩，爲天下精兵，國家瞻仗。四方有事，軍帥奮攻，未嘗不辨于二州也。頃者已來，連年饉荒，穀價一斛至六七百，故護烏桓校尉夏育出征鮮卑，無功而還，士馬死傷者萬數，弓兵散亡幾盡。生民之本，守禦之備，無一可恃³。百姓元元，流離溝壑，寇賊輩起，莫能禁討，長吏寒心，朝不守夕。卒有他方之急，則役⁴之不可驅使。自爲寇虜則誅之，不可擒制，豈非可憂之難？三府選幽、冀二州刺史，踰月不定。‣臣怪問其故，云‹5：「避三互。」十一州有禁，當取二州而已。二州之中，少素有威名之士，或拘限歲年，不⁶應選用，狐疑遲淹。兩州‣空懸‹7，萬里蕭條，無所管繫，每冀州長史初除，詔書治嚴，不過五日，今者刺史數旬不選，誠非其理。愚以爲三互之禁，禁之薄者，以陛下威靈，申明禁令。對相部主，尚生畏懼，不敢營辦，況乃三互，何足爲嫌。孝景時梁人韓安國坐事被刑，起徒中爲內史，武帝患東越數反，拜⁸故待詔會稽朱買臣。宣帝時患冀州有盜賊，故京兆尹張敞有罪逃命，上使使就家召張敞爲冀州刺史，安國徒隸，買臣郡民，皆還治其國。張敞亡命，擢授劇州，‣豈顧三互‹9，拘官簿，得救時之便也。卒獲其用，遺芳不滅，此先帝不誤已然之事。三公明知二州之要，尤宜揀

1. 日月《重雕蘭雪堂本》頁35　　　2. 身《重雕蘭雪堂本》頁35
3. 阻《重雕蘭雪堂本》頁35　　　　4. 民《重雕蘭雪堂本》頁35
5. 臣經怪其事，而論者云《後漢書・蔡邕列傳》頁1990
6. 示《重雕蘭雪堂本》頁35　　　　7. 懸空《重雕蘭雪堂本》頁35
8. 懼《重雕蘭雪堂本》頁35　　　　9. 豈復顧循三互《後漢書・蔡邕列傳》頁1991

選，當越境[1]取能，以救時弊，而乃持畏避自遂之嫌，不顧爭臣七人之貴[2]，苟避輕微之科禁，竊見日月拘忌，選既[3]稽滯，又未必審得其人[4]，則二部蠢蠢，將爲憂念。願陛下少蠲禁忌，上則先帝，用三臣之法，任職相□。故吏在家，若諸州刺史器用可換者，無拘時[5]月三互，以差厥中。臣懷懷發瞽言、幹非義，惟陛下留神，再省三省。

₅

7.3 《難夏育上言鮮卑仍犯諸郡》

　　熹平六年秋[6]，護烏桓校尉育上言，鮮卑仍犯諸郡，自春已來，三十餘發，請徵幽州諸郡兵出塞擊之，一冬春足以埽滅，時故護羌校尉田晏以他論刑，被原，私留京師，用[7]尚書行賄，通謀中常侍王甫求爲將，甫建議當出師與育并力，詔書遂用爲〔將〕，破鮮卑中郎將，使匈奴中郎將南單于以下，與育晏三道竝出。時朝廷大臣多以爲不便，召公卿百官會議，議郎蔡邕以爲書戒狎夏，易伐鬼方。周宣王命南仲吉甫攘獫狁、威蠻荊，漢有衛霍闞顏瀚海竇憲燕然之事，征討之作，由來[8]尚矣。然而時有同異，勢有可否。故謀有成敗，不可一也。

₁₀

₁₅

　　自漢興以來[9]，匈奴常爲邊害，而未聞鮮卑之事。昔謀臣竭精，武夫戮力，而所見常異，其設不戰之計、守禦之因者，皆社稷之臣，永久之策也。孝武皇帝因文景之蓄[10]，用度饒衍，南伐越，北伐胡，西征大宛，東并朝鮮。兵出數十年，帑藏空竭，官民俱匱，乃興鹽鐵酤[11]榷之利，設告緡重稅之令。民不堪命，（乃）〔及〕盜賊群起。關東紛然，道路不通，繡衣直指之使，奮鈇鉞而竝出。然後僅得寧息。既而覺悟，乃封丞相爲富民侯。故主父偃曰：「夫務戰勝，窮武事，未有不悔者也。」夫世宗神武，將卒[12]良猛，財賦充實，所拓廣遠[13]，而猶有悔。況無彼時、地利、人財之備，而欲以動，此其不可一也。鮮卑種衆新盛，自匈奴北遁[14]以來，據其故地，稱兵十萬，彌地千里，意智益生，才力勁健，加以禁網漏洩，善金良鐵，出者莫察，漢民逋逃，爲其謀主。兵利馬疾，過于匈奴。昔段熲良將，習兵善戰，經營西羌，猶十餘年。今育晏[15]以三年之期，專勝必克。育晏策慮，未能過熲。鮮卑種衆，又不弱于西羌[16]，乃欲張設近期，誘戲朝廷。三年不成，必迫于害。禍結兵連，不得中休。轉運糧饟，不

₂₀

₂₅

1. 禁《後漢書‧蔡邕列傳》頁1991　　2. 責
3. 用《後漢書‧蔡邕列傳》頁1991
4. 以失其人《後漢書‧蔡邕列傳》頁1991
5. 日《後漢書‧蔡邕列傳》頁1991　　6. 夏《重雕蘭雪堂本》頁36　　7. 因
8. 所由《重雕蘭雪堂本》頁36　　9. 而《重雕蘭雪堂本》頁36　　10. 畜
11. 沽《重雕蘭雪堂本》頁36　　12. A.將帥　B.將率
13. 所征招廣《重雕蘭雪堂本》頁36　　14. 道《重雕蘭雪堂本》頁36
15. 晏欲《重雕蘭雪堂本》頁36　　16. 西羌也

可勝給。天無豐歲，官見殫財。民人流移于四方，不能還其骸骨，以此時興議橫發，一發不已，必至再三。諸夏之內，弱者伏尸，彊者作寇。邊垂之患，手足之蚧[1]搔也。中國之困，胸背之瘭疽[2]也。其不可二也。

育曰：「自春以來三十餘發，方今郡縣盜賊，劫摽人財，攻犯官民，日月有之。冠帶之圻，吏調政密，猶不能絕，況此醜虜，群類抵冒。心不受仁，瞻不畏威，而可使斷無盜竊。昔者高祖乃忍平城之恥，呂后甘棄慢書之咎。于是何者爲甚，是其不可三也。天設（山河）〔大幕〕，秦築長城，漢起塞垣，所以別（內外）〔外內〕[3]、異殊俗也。其外則介之夷狄，其內則任之良吏，嗣後遵業[4]，慎奉所遺。苟無釁國內侮之患，豈與蟲螘之虜，校往來之數哉？乃欲越幕踰（域）〔城〕，度塞出攻，得地不可耕農，得民不可冠帶。破之不可殄盡，而本朝必爲之旰食，四海必爲之焦枯，其不可四也。夫煎盡府帑之蓄，以恣輕事之人，專勝者未必克，挾疑者未必敢[5]，衆所謂危，聖人不任，朝議有嫌，明主不行，是其不可五也。」案育一戰，所獲不如所失。昔淮南王安諫[6]伐越，曰：「天子之兵，有征無戰。」言其莫敢校也。使越人蒙死徼幸，以逆執事。廝輿之卒，有一不備而歸者。雖得越王之首，猶爲大漢之羞。威化不行則欲伐之，狐疑避難則守爲長。宜[7]通乎時變，且[8]憂萬人饑餓，與蠻夷之不討，何者爲大[9]？宗廟之祭，凶年不備，況避不遜[10]之辱哉！今關東大困，無以相贍。又議[11]動兵，非但勞人，凶年隨之，其罷弊有不可勝言者，此先帝所以發德音也。夫卹民救急，雖成郡列縣，尙猶棄之，況以障塞之外，未嘗爲民[12]居者乎？臣愚以爲宜止攻伐之計，令諸〔營〕甲士循行塞垣，屯守衝要以堅牢不動爲務。若乃守邊之術，李牧開其原；保塞之論，嚴尤申其要。遺業猶在，文章具存，循二子之策，守先帝之規。臣曰「可矣」。臣邕愚戆，議不足采。臣邕頓首。

7.4　《答詔問災異[13]》

光和元年七月十日，詔書尺一。召光祿大夫楊賜、諫議大夫馬日磾、議郎張華、蔡

---

1. 疥《重雕蘭雪堂本》頁36　　2. 熛灼《重雕蘭雪堂本》頁36
3. 高均儒校云：鈔本「河」作「幕」，活本作「幕」，竝非是。「內外」，鈔本作「外內」。孫詒讓云：活字本是也。「天設山河」當作「天設大幕」。「幕」謂沙漠也。下文云「乃欲越幕踰域，度塞出攻」，正承此文而言。「越幕」，即越大幕。「踰域」當作「踰城」，即踰長城。「度塞」，即度塞垣也。「內外」當從鈔本作「外內」，下文「其外」「其內」，亦即蒙此文。　　4. 後嗣遵業　　5. 敗
6. 諫以《重雕蘭雪堂本》頁37　　7. 由《重雕蘭雪堂本》頁37
8. 則《重雕蘭雪堂本》頁37　　9. 不討者，何爲大《重雕蘭雪堂本》頁37
10. 謙《重雕蘭雪堂本》頁37　　11. 以《重雕蘭雪堂本》頁37
12. 人《重雕蘭雪堂本》頁37　　13. 答詔問災異八事《重雕蘭雪堂本》頁37

邕、太史令單颺，詣金商門[1]，引入崇德殿署門內，南辟幃[2]中爲都座，漏未盡三刻，中常侍育陽侯曹節、冠軍侯王甫，從東省出就都座東面。十門劉寵龐訓北面，賜南面，曰碑、華邕、颺西面，受詔書各一通，尺一木板草書。兩常侍又諭旨，朝廷以災異憂懼，特旨密問[3]政事所變改施行，務令分明，賜等稱臣，再拜受詔書，起就坐。五人各一處，給財用筆硯爲對。

臣邕言，今月十日詔，召金商門。問臣邕災異之意，臣學識淺薄，心慮愚暗，不足以荅聖問，綜衆變，征營怖悸，謹別狀上，臣邕頓首頓首。

詔問曰：「去月二十九日，有黑氣墮溫德殿[4]東庭中，黑如車蓋，降氣奮勢[5]，五色有體，長十餘丈[6]，形狀似龍似虹蜺。」對：「虹著于天而降施于庭。以臣所聞，則所謂天投虹者也。不見尾足者，不得勝龍[7]。《易》曰：『蜺之比無德，以色親也[8]。』潛潭巴曰：『虹出，后妃陰脅主。』又曰：『五色蜺出，至昭于宮殿[9]。有兵革之事。』演孔圖曰：『蜺者、斗之精氣也。』（失）〔天〕度投蜺見，（態）主惑于毀譽。合（讖）〔誠〕圖曰：『天子外苦兵威，內奮臣無忠，（政）〔故〕變不虛生，占不虛言。』意者陛下（關）〔樞〕機之內、衽席之上，獨有以色見進，陵尊踰制，以招衆變[10]。若群臣有所毀譽，聖意低回，未知誰是，兵戎不[11]息，威權浸移[12]，忠言不聞，即[13]虹蜺所生也。抑內寵，任[14]忠言[15]，決毀譽，使貞雅各得其所。嚴守衛，整威權，機不假人，則其所救也[16]。《易傳》曰：『陽感天不旋日。』《書》曰：『惟辟作威，惟辟作福。』臣或爲之，謂之凶害，是以明主尤務焉。」

詔問曰：「五月三日[17]，有白衣入德陽殿門，辭稱伯夏教我上殿[18]，與中黃門桓賢晤言，相往來，不得入，遂亡去，不知姓名。」「臣聞凡人爲怪，皆皇極道失。下或謀上，故其《傳》曰：『皇之不極，是謂不建。』則有下謀上之病。孝成綏和二年八月，男子王褒衣小冠，帶劍，入北司馬殿東門，上殿入室，解幃組佩之，招前殿署王業等曰：『天帝命我居此，業收縛考問。』褒故公車卒，病狂不自知入宮，乃下獄死。是時王莽爲司馬，遂爲篡亂，亦卒誅。臣竊思之，與綏和時相似而有異，被服既不同，

---

1. 詣殿金商門《重雕蘭雪堂本》頁37　　　　2. 帷《重雕蘭雪堂本》頁37
3. 旨特密問及《重雕蘭雪堂本》頁37　　　　4. 溫殿　　　5. 隆起奮迅
6. 五色有頭，體長十餘丈　　　7. 不見足尾，不得稱龍
8. 虹之無比無德以已親也《重雕蘭雪堂本》頁38　　9. 五色迭至，照于宮殿
10. 變象《重雕蘭雪堂本》頁38　　11. 未　　12. 威浸推移《重雕蘭雪堂本》頁38
13. 則　　　　14. 正　　　15. A.政 B.賢
16. 飭守衛，整武備，威權之機，不以假人，則其救也　　　　17. 五月壬午
18. 何白衣入德陽殿問辭，我良伯夏教我上殿《重雕蘭雪堂本》頁38

‣來入雲龍門，而稱伯夏教入殿裏‣¹。與桓賢言，伯夏即故大將軍梁商，商子冀、冀子不疑等，皆以罪受戮。殘餘非天所祐，以往況今，將狂狡之人，爲王氏之禍，未至殿省而覺，亡不伏誅。夫誠仰見上帝之厚德也。潛潭巴曰：『有人走入宮，不知其名，大水爲戒，天子驚，群陰太隆，群下竝湊彊盛也。』建大中之道，舉賢良而寵祿之，則其救也。《經》曰：『皇建其有極，斂時五福，用敷錫厥庶民，惟時厥庶民于汝極，錫汝保極。』」

詔問曰：「南宮侍中寺，‣雌雞‣²欲化爲雄，尾身毛已似雄，頭尙未變。」「臣聞凡雞爲怪，皆貌之失也。其《傳》曰：『貌之不恭，是謂不肅，時則有雞禍。』孝宣黃龍元年，未央宮輅軨中，雌雞化爲雄，不鳴無距。是時³元帝初即位，將立妃王氏爲后。至初元元年，丞相史家雌雞化爲雄，距而鳴。是歲封后父禁爲平陽侯，而后正位。王氏之寵始盛。哀帝晏駕，后攝政，王莽以后兄子爲大司馬，由是爲亂。昔武王伐紂，曰：『牝雞之晨，惟家之索。』《易傳》曰：『婦人專政，國不靜；牝雞雄鳴，主不榮。』夫牝雞但雄鳴，尙有索家不榮之名。況乃陰陽易體，名實變改，此誠大異。臣竊以意推之。頭爲元首，人君之象。今雞身已變，未至于頭，而聖主知之，訪問其故，是將有其事，而遂不成之象也。若應之不精，‣誠無所及‣⁴，頭冠或成，即爲患災。敬愼威儀，動作之容。斷嬖御，改興政之原，則其救也。夫以匹夫顏氏之子，有過未嘗不知，知之未嘗復行。《易》曰：『不遠復，无祗悔，元吉。』」

詔問曰：「即祚以來，災眚屢見，頻歲月蝕地動，風雨不時，疾癘流行，迅風折樹，河洛盛溢。」「臣聞陽微則地震，陰勝則月蝕，恩亂則風，貌失則雨，視闇則疾癘流行，簡宗廟則水不潤下，河流滿溢。明君正上下，抑陰尊陽，脩五事于聖躬，致幾旬于供御，則其救也。」

詔問「星辰錯謬」。「臣竊見熒惑變色，入太微西門，太白正晝而見。臣聞熒惑示變，人主當精明其德，則有休慶之色。又以非其月令尊宿，法當君臣出端，謀戒不臣。太白當晝而見，是陰陽爭明，彊國弱，弱國彊，皆有失⁵政。又失道而見，是爲贏長。侯王不榮。熒惑主禮，太白主兵，謹禮事，治兵政，審察中外之言，申明門戶守禦之令，以杜漸防萌，則其救也。昔宋景公、小國諸侯，三有德言，而熒惑爲之退舍。」

詔問曰：「蝗蟲多出。」「臣聞見符致蝗以象其事，《易傳》曰：『大作不時。』」

---

1. 未入雲龍門而覺，稱梁伯夏皆輕於言   2. 聞雌雞《重雕蘭雪堂本》頁38
3. 歲   4. 政無所改   5. 女《重雕蘭雪堂本》頁39

天降災厥咎，蝗蟲來。《河圖祕徵篇》曰：「帝貪則政暴，吏酷則誅深。」而蝗蟲出[1]，息不急之作，省賦役[2]之費，進清仁，黜貪虐。介損永安[3]，鈎[4]省別藏，以贍國用，則其救也。《易》曰：「得臣無家。」言天下[5]何私家之有？」

詔問：「平城門及武庫屋各損壞。」「臣愚以爲平城門、向[6]陽之門，郊祀法駕，所從出門之正者也。武庫禁兵所藏，國家之本兵也。變此二處，異于凡屋。《易傳》曰：「小人在位，上下咸悖，其[7]妖城門內崩。」潛潭巴曰：「出宮瓦自墮[8]，諸侯彊陵主。」《易傳》曰：「昔一柱泥故法棄，其咎宮室傾圮。」小人在顯位者，黜之以尊上整下，去暴悖之愆，抑諸侯之彊。陵主之漸，正意請行，率由舊章，已變柱泥，棄法之咎，則其救也。《洪範傳》曰：「六沴作見，若時共禦，帝用不差，神則不怒。五福乃降[9]，用彰于下[10]。」」

又特詔問：「朝廷焦心，聞災恐懼，每訪群公卿士，皆各括囊迷國，莫肯建忠規闕。以邕博學深奧，退食在公，故特密問，宜披演所懷，指陳政要所先後，勿有依違顧忌，以經術分別卓囊封上，勿漏所聞。」「臣邕伏惟陛下聖德允明，深悼變異，德音墾誠，襃臣博學深奧，退食[11]在公，非臣螻蟻愚怯所能堪副，亦臣輸寫肝膽出命之秋，豈可以顧患避害，復使陛下不聞至戒哉。臣邕頓首死罪，伏思諸異各應，皆亡國之怪也。天于大漢，殷勤不已。赤帝之精，輔或未衰。故屢見妖變，以當責讓。因以感覺，則危可爲安，凶可作吉。假使大運以移[12]，豈有遣告哉。春秋魯定、哀公之時，周德已絕，故數[13]十年無有日蝕，此爲天所棄故也。至于今者，災書之發不于他所，遠則門垣，近在署寺，紛降目前，欲使陛下豁然大寤，可謂至切矣。幸陛下深問，臣敢不盡情以對？蜺及雞化，皆婦人干政之所致也。即祚以來，宮中無地逸竄，而乳母趙嬈貴重赫赫，生則貲富侔于帑藏，死則丘墓踰越園陵，兩子受封，兄弟典郡，續[14]以永樂門史霍玉依阻城社，大爲姦禍。盜寵竊權，藏晦惑之罪，晚發露，雖房獨治畏愼，疏賤妄乃得姿意。事必積浸，然後成形。虹蜺集庭，雌雞變化，豈不謂是？今者道路紛紛[15]。復云有程夫人[16]者，察其風聲，將爲國患。宜高其隄防，明其禁限[17]，深惟趙、霍以

---

1. 深而蝗蟲出《重雕蘭雪堂本》頁39　　　　2. 斂
3. A.介損求安 B.分損求安 C.分損承安　　　4. 屈　　　5. 言有天下者
6. 正　　　7. 厥　　　8. 驛《重雕蘭雪堂本》頁39
9. 隆《重雕蘭雪堂本》頁39　　10. 上下《重雕蘭雪堂本》頁39
11. 誣臣《重雕蘭雪堂本》頁39　　12. 後《重雕蘭雪堂本》頁39
13. 如《重雕蘭雪堂本》頁40　　14. 過事既以續《重雕蘭雪堂本》頁40
15. 所言紛紛《重雕蘭雪堂本》頁40
16. 程大人《後漢書·蔡邕列傳》頁1999
17. 令《後漢書·蔡邕列傳》頁1999

爲至戒。且侍御于百里之內而知外事，誠當窮治，何緣聞之？所以令安之也。又前詔書
實核，以（主）〔玉〕[1]氣勢，爲官者踰時不覺。司隸校尉岑初考彥[2]時，（哉）〔裁〕
取典計教者一人綴之，如玉（渚）〔者〕[3]，所戒（成）〔誠〕不朝可知[4]。而還移州，
釋本‧問末。論者‧[5]疑太尉張顥與交貫爲玉所進。暗昧已成，非外臣所能審處，如誠有
之，近者不治，無以正[6]遠。傾邪在官，當有所懲。光祿勳偉璋所在尤‧貪濁‧[7]，九列之
中，‧豈宜有此。牧守‧[8]數十選代，既不盡由本朝，反有異輩，無以示四方。聖意勤
勤，欲清流蕩濁，扶正黜邪，不得但以州郡無課而已。長水校尉趙玄、屯騎校尉蓋升，
其貴已足，其富已優，當以見災之故，爲陛下先，群臣早引退，以解《易傳》所載小人
在位之咎。伏見廷尉郭禧，敦耄純厚，國之老成。光祿大夫橋玄，聰達方直，有山甫之
姿，故太尉劉寵聞人襲寵，忠實守固[9]，襲恮幅剛直，竝宜爲謀主，數見訪聞[10]。夫宰
相大臣，君之四體，優劣是委，任用責成，納其英慮，優游訪求，以盡其情，三事者但
道先帝策護三公，有僅仆者不道。是時宰相待以禮，相引見論議，當因其言居位十數
年，當此之際，尙儉約崇經藝，浮輕之人不引在朝廷，淺短之書，不干于目。貴戚斂
手，中外悚慄，莫敢犯禁，不獨得之于迫沒之三公也。《春秋》之義：以（貴治賤）
〔賤妨貴〕，遠間親，小加大，（引）〔列〕在六逆，陛階增則堂高，輔位重則‧上
尊‧[11]。不宜復聽納小吏、雕琢大臣，取圖寫讚，屬以顛沛。群臣慘慘，憂懼自危，非
典衡之道。夫憂樂不竝，‧喜戚異方，畏災責躬念，當專一精意以思變‧[12]，則上方巧
技之作，洪都篇賦之文，‧宜且息心‧[13]。以示‧憂懼‧[14]。‧《詩》云‧[15]：『畏天之
怒，不敢戲豫。』天戒誠不可戲也。宰府孝廉，士之高選，‧不可求以虛名‧[16]，但當察
其眞僞以加黜陟，近者每以辟召不愼，切責三公，孝廉雜揉，試之以文，‧而‧[17]竝以書
疏小文一介之技，〔命臣下〕超取選舉，眾心不厭，莫之敢言。群公尙先意承旨以悅，
郎吏舍人，閒職長吏，便宜促行，誰敢違旨。至于宰府孝廉顛倒，下開託屬之門，上違

1. 王《重雕蘭雪堂本》頁40〈孫詒讓云：「王」當作「玉」，即指霍玉也。〉
2. 孫詒讓云：「考彥」，「彥」字疑當爲「讞」，聲之誤也。
3. 孫詒讓云：「渚」，當依鈔本作「者」。
4. 孫詒讓云：「朝」，鈔本作「明」，疑「問」之誤。此文雖有挩誤，大旨蓋言詔書命實
   核玉罪，而玉氣勢甚盛，司隸校尉岑初考問之時，裁取典計一人籍之，置玉不問，故云
   「釋本問末也」。「誠不朝可知」，疑當作「誠不問可知」。
5. 問本論者《重雕蘭雪堂本》頁40   6. 政《重雕蘭雪堂本》頁40
7. 清白《重雕蘭雪堂本》頁40   8. 有濁今苦。紀易牧守《重雕蘭雪堂本》頁40
9. 正《後漢書‧蔡邕列傳》頁1999   10. 問
11. 居上尊《重雕蘭雪堂本》頁40〈孫詒讓云：「居」蓋「君」字之誤。〉
12. 恐喜戚異，方有祗畏災畏責躬之念，專精一意以思變《重雕蘭雪堂本》頁40
13. 可且消息《後漢書‧蔡邕列傳》頁1999
14. 惟憂《後漢書‧蔡邕列傳》頁1999   15. 詩人《重雕蘭雪堂本》頁40
16. 自不來不受《重雕蘭雪堂本》頁40
17. 而今《後漢書‧蔡邕列傳》頁1999

明王舊典，無益于德矣。臣願陛下強納忠言，忍而絕之，側身踴躍，思惟萬幾[1]，以荅天望，以導嘉應。聖朝既自約厲，以身率人，左右近臣亦宜戮力從化，人自抑損，天道虧滿，鬼神福謙，久高不危，常滿不溢。群公之福，諸侯陵主之戒，不可不察也。臣邕愚戇，感激忘身，敢觸忌諱，手書具對。夫君臣不密，上有漏言之戒，下有失身之禍。臣〔安〕敢漏所問，願寢臣表，無使盡忠之吏受怨姦讎[2]。」

7.5 《被收時表》

議郎冀土臣邕，頓首再拜上書皇帝陛下。今月十三日，臣被尙書召，問臣以大鴻臚劉郃前爲濟陰太守，臣屬吏張宛長休百日，郃爲司隸，又託河內郡吏李奇爲州書佐，及營護故河南尹羊陟、侍御史胡母班，郃不爲用致怨之狀。臣征營怖悸，肝膽塗地，不知死命所在。臣邕死罪，臺所問臣三事，其遠者六年，近者三歲。竊自尋案，實屬宛、奇，不及陟、班。凡休假小吏，皆非結恨之本。其婚嫁爲黨。臣叔父衛尉質，及邕[3]，不敢屬郃，宜以[4]臣對，與郃參驗。臣父子誠有怨恨，故中傷郃，郃勢所當，因臺問具臣恨狀。不能受。臣爲覆蔽，臣得以學問，特蒙褒異，執事祕館，文學所著，列于目前。姓名圖象，簡乎聖心。今年七月，召詣金商門，問以變異，詔書褒諭，責臣喻旨，誘臣使言，臣愚戇，出命忘體，不顧後患，譏切公卿，內及寵近，區區欲荅上問，拯救怪異。爲陛下圖康寧之計而已。預知所言者當必怨臣，陛下不念忠言密對，多所指刺，誹謗卒至，便用疑怪，豈不負盡忠之吏哉。每有災異，輒令百官上封事，欲以除凶致吉，改政息譴，而言者不蒙延納之福，反陷破亡之禍。群臣杜口，以臣爲戒，誰敢復爲陛下盡忠者乎[5]。臣季父質，連見拔擢，位在上列，臣被蒙恩渥，數見訪問。言事者欲陷臣父子，破臣門戶，非復發糾姦伏、補益國家者也。反名仇怨奉公。臣年四十有六，孤特一身，前無立男，得以盡節王室，託名忠臣，死有餘榮。然恐陛下不復聞至言矣。臣愚以凡宂，招致禍患，自臣職耳。臣對問時，質爲下邳相，不聞臣謀。今者橫見逮及，使質恨以衰老白首，隨臣摧沒，并內阬（陷）〔潰〕，以快[6]言事，厭副其言。誠冤誠痛，陛下仁篤之心，必不忍此，思之未至耳。臣一入牢檻，當爲箠楚所迫，趨以飲章。情辭何緣復達，臣死期垂至。冒昧自陳，乞身當辜戮，免質并坐。臣死之日，則生之年也。唯陛下加餐，爲百姓自愛。臣邕死罪。

1. 機《重雕蘭雪堂本》頁40
2. 唯覽臣表御坐，無所不及，得求以紀陛下盡心之臣《重雕蘭雪堂本》頁41
3. 臣《重雕蘭雪堂本》頁41〈編者按：疑本作「及臣邕」，今兩本各脫一字。〉
4. 質及《重雕蘭雪堂本》頁41　　5. 盡忠孝者《重雕蘭雪堂本》頁41
6. 決《重雕蘭雪堂本》頁41

8 蔡中郎集卷八

8.1 《和熹鄧后諡議》

孝和鄧皇后崩，群臣謀諡，于是尚書陳忠上言，以爲鄉黨敍孔子威儀，俯仰無所遺，彤管記君王纖微，大小無不舉，是以德著圖籍，名垂于後。伏惟大行皇后規乾則坤，兼包日月；厥初作合，允有休烈；貫魚之次，加于小媵；中饋之敍，昭于帷幄；遭家不造，三元之厄。孝殤幼沖，國祚中絕，海內紛然，群臣累息。加以洪流爲災，札荒爲害。西戎蠢動武威，侵侮并涼，猾夏作寇，振驚渤[1]碣。家有采薇之思，人懷殿屎之聲。皇太后參圖考表，求人之瘼，度越平原，建立聖主，垂疇咨之問，遵六事之求，勞謙克躬，菲薄爲務。是以尚官損服，衣不粲英；饔人徹羞，膳不過擇；黃門闕樂，魚龍不作。織室絕伎，纂組不經。尚方抑巧，雕鏤不爲。離宮罕幸，儲峙不施。退方斷簾，侏離不貢。罷出宮妾免遣宗室沒入者六百餘人。以紓鬱滯，奉率舊禮，交饗祖廟，以展孝子承歡之敬。蠲正憲法六千餘事，以順漢氏三百之期。經藝乖舛，恐史闕文，命衆儒考校。東觀閣學，博士一缺，廣選十人。何有伐檀，茅茹不拔。屢舉方直，顯擢孝子，遵忠孝之紀，啓大臣喪親之哀。疾貪吏受取爲姦，糾增舊科之罰；惡長吏虛僞，▸進退◂[2]錮之十年。追崇世祖功臣，國土或有斷絕，封植[3]遺苗，以奉其祀，爵高蘭諸國胤子，以紹三王之後。事不稽古，不以爲政。政不惠和，不圖于策。猶不自專。傳謀遠曁。允求厥中；刑之所加，不阿近戚；賞之所及，不遺側陋；終朝反側，明發不寢。徒以百姓爲憂，不以天下爲樂。聖誠著于禁闈，而德教被于萬國，故自昏墊以迄康乂。耀入千石以至數十。叛虜降集，賊寧[4]邊垂，故輦去塞。永元之世，以爲遺誅。今畏服威靈，稽顙即斃。徼外絕國，慕義重譯，來獻其琛。史官咸賀，請作主頌，卻而不聽。郡國咸上瑞應，寢而不宣。允恭挹損，密勿在勤，遭疾不豫，垂念臣子，御輦在殿，顧命群司。流恩布澤，大赦天下。有始有卒，同符先聖。昔書契所載：虞帝二妃，夏后塗山，高陽有莘，姬氏任母，徒以正身率內，思媚周京爲高，未有如大行皇后勤精勞思，篤繼國之祚，正三元之衡，康百六之會，消無妄之運者也。功德巍巍，誠不可及。漢世后氏無諡，至于明帝，始建光烈之稱。是後轉因帝號，加之以德，高下優劣，混而爲一，違禮大行受大名、小行受小名之制。諡法有功安居曰熹。帝后諡禮亦宜同。大行皇太后宜諡爲和熹皇后。▸上稽典訓之正◂[5]，下協先帝之稱。

---

1. 勃   2. 進退傷流細《重雕蘭雪堂本》頁43
3. 爵《重雕蘭雪堂本》頁43   4. 害《重雕蘭雪堂本》頁43
5. 上稽之於典訓《重雕蘭雪堂本》頁44

8.2 《爲陳留太守上孝子狀》

臣前到官，博問掾史孝行卓異者，臣門下掾申屠蔇稱，孝子平丘▸程末◂[1]，年十四歲，時祖父叔病殞，未抱伏叔尸，號泣悲哀，口乾氣少，喘息（纔）〔裁〕屬。舅偃哀其羸劣，嚼棗肉以哺之，未見食，嘘唏不能吞咽，麥飯寒水閒[2]用之。舅偃誘勸，哽咽益甚。是後精美異味，遂不過口。常在柩旁，耳聞叔名，目應以淚，前太守文穆召署孝義童，云[3]：以叔未葬，不能至[4]府舍。臣輒核問掾史邑子殷盛宿彥等，辭驗皆合，臣即召來見，末年十四歲，顏色瘦小，應對甚詳，臣問樂爲吏否，垂泣求去，白歸喪所。臣爲設食，但用麥飯寒水，不食肥膩。舅本以田作爲事，家無典學者，其至[5]行發于自然，非耳目聞見所倣效也。雖成人之年，如禮識義之士，恐不能及。伏惟陛下體因心之德，當中興之運，躬秉萬幾，建用皇極，神紀騁于無方，淑暢洽于群生，故醇行感時而生，美義因政以出；清風奮揚，休徵誕漫；太平之萌，昭驗已著。臣誠伏見幸甚，臣聞魯侯能孝，命于▸夷官◂[6]，張仲孝友，侯在左右。周宣之興，實始于此。且烏以反哺，託體太陽；羔以跪乳，爲贄國卿。禽鳥之微，猶以孝寵。況未稟純粹之精爽，立百行之根原，其人殄瘁，而德曜彌光，其族益章。臣不勝願會，使末美昭顯本朝，謹陳狀，臣頓首。

8.3 《薦皇甫規表》

臣聞唐虞以師師咸熙，周文以濟濟爲寧；區區之楚，猶用賢臣爲寶；衛多君子，季札知其不危。由[7]此言之，忠臣賢士，國家之元龜，社稷之楨固也。昔孝文慍匈奴之生事，思李牧于前代。孝宣忿姦邪之不散，舉張敞于亡命。況在于當時，謙虛爲罪，而可遺棄？臣伏見護羌校尉皇甫規，少明經術，道爲儒宗，脩身力行，忠亮闓著，出處抱義，皦然不污，藏器林藪之中，以辭徵召之寵。先帝嘉之，群公歸德，盜發東嶽，莫能嬰討，即起家參拜爲泰山太守。屠斬桀黠，綏撫煢弱，青兗之郊，迄用康义。自是以來，方外有事，戎狄猾（華）〔夏〕，（進）〔追〕簡前勳，連見委任。仗節舉麾，威靈神行，演化凶悍，使爲愨愿，愛財省穡，每有餘貲[8]，養士御衆，悅以亡死。論其武勞，則漢室之干城。課其文德，則皇家之腹心。誠宜試用，以廣振鷺西靡之美。臣以頑愚，忝污顯列，輒流汗墨，不堪之責，不勝區區，執心所見，越職瞽言。罪當死。惟陛下留神▸省察◂[9]。臣邕頓首頓首。

---

1. 程末《全上古三代秦漢三國六朝文》卷71頁5a總頁863
2. 肯《重雕蘭雪堂本》頁44　　3. 未　　4. 止《重雕蘭雪堂本》頁44
5. 志　　　　6. 夷宮　　7. 猶　　8. 貲
9. 宥察《重雕蘭雪堂本》頁45

8.4　《薦邊文禮書》

　　明將軍以申甫之德，當中興之隆，建上將之任，應[1]秉國之權。妖寇作孽，震驚京師，運籌帷幄，定策屆勝。先擒[2]馬元，歸近之變。天兵致誅，兗豫以清。冀荊用次，雲消席卷。克厭眾心，王室以寧。萬國兆民，莫不賴祉。伏惟幕府初開，博選清英，華髮舊德，竝為元龜，成功立事，莫不畢舉。雖振鷺之集西離，濟濟之在周庭，無以或加。伏見陳留邊讓，字文禮，天授逸才，聰明賢智。纂成伐柯不遠之則，‣齓齔[3]凤孤，不墜[4]家訓，始任學問，便就大業，閑不遊戲。初覽諸經，見本知義，尋端極緒，受[5]者不能苔其問。章句不能遂[6]其意。《詩》《書》《易》《禮》，先通三業，以次大義略舉。眾傳篇章，無術不綜，心通性達，剖纖入冥。口辨[7]辭長，而節之以禮度。安詳審固，守持內定。非禮勿動，非法不言。（據）〔處〕[8]狐疑之論，定嫌審之分。經典交至，檢括竝合。眾夫嘉焉，莫之能奪。‣使讓生于先代‣[9]，在唐虞則元凱之比，當仲尼則顏冉之亞。豈徒世俗之凡偶兼渾[10]，是非講論而已哉。才藝言行，卓逸不群，階級名位，亦宜超然。不以常制為限、長幼為拘。若復輩從此郡選舉，非所以‣彰瓛瑋‣[11]之高價，‣昭大知之絕足也‣[12]。《傳》曰：「函牛之鼎以烹雞，多汁則淡而不可食，少汁則焦而不可熟。大器之于小用，固有所不宜也。」邕誠竊悁悒[13]，怪此寶鼎未受犧牛大羹之和，久（佐）〔在〕煎熬爋蕺之間。願明將軍回謀守[14]慮，思垂采納，就讓疾病‣當親察之‣[15]。更以屬缺招延，表貢行狀，列于王府。躋之‣宗伯‣[16]，納之機密，展其力用，副其器量。夫若以年齒為嫌，則顏淵不得冠德行之首，子奇不得紀治阿之功。‣苟能其事‣[17]，古今一也。密疏特表，及期而行，邦國其昌。邕寢疾羸，匍匐拜寄，不敢須通。

9　蔡中郎集卷九

9.1　《‣薦太尉董卓表‣[18]》

　　臣某等聞周有流彘之亂，而宣王以興；漢有昌邑之難，而中宗以昭。由此觀之，天

1. 膺　　　　　2. 禽《重雕蘭雪堂本》頁44　　　3. 亂齒《重雕蘭雪堂本》頁44
4. 盡　　　　　5. 授　　　　6. 逮　　　　7. 辯《重雕蘭雪堂本》頁45
8. 高均儒校云：「據」鈔本作「處」。孫詒讓云：「處」是也。處者，審察平議之謂。
　《國語・魯語》云：「夫仁者講功，而知者處物。」是也。
9. 使讓于先業《重雕蘭雪堂本》頁45　　　10. 混　　　11. 章瓛瑋
12. 昭知人之絕明也　　　　13. 邑　　　14. 移　　　15. 所親守
16. 常伯　　　17. A.苟能任其事　B.苟能甚其事
18. 表太尉董公可相國《重雕蘭雪堂本》頁47

生神聖特，以靖亂整殘，丕誕洪業，輔佐重臣，國之楨棟，生應期運，稟氣山嶽。是故申伯、山甫列于《大雅》，蕭曹、邴魏載于史籍。國遭姦臣孽妾，制弄主[1]權，累葉相繼六十餘載。火熾流沸，浸以不振。威移群下，福在弄臣。海內嗷嗷，被其傷毒。故大將軍慎侯何進，盡忠出身，圖議盪滌，以清季朝。群凶遘難，兵起亂作。元舅上卿，先寇受害。禍至執辱，社稷傾危。太尉郿侯卓起自東土封畿之外，義勇憤發，旋赴京師。先陳便宜，列表奸猾，群匿情狀，辭意激切，感物悟[2]靈，精兵虎臣，承持卓勢，奮擊醜類，漏刻之間，靡有子遺。卓聞乖輿已[3]趨河津，身率輕騎，長驅芒卓，上解國家播越之危，下救兆民塗炭之禍。然後黜廢凶頑[4]，爰立聖哲，天心聿得[5]。萬國賴祜[6]。及至差功行賞，辭多受少。近臣幸臣一人之封，戶至萬數，今者受爵十有一人，總合戶數千不當一。非所以襃功賞勳也。今月七日，卓又上書，辭疾讓位，乞就國土，上違聖主寵嘉之至，下乖群生瞻仰之望。臣等謹案《漢書》高祖受命如卓者，陛下當益隆委任，數加訪問，厚其爵賞，責以相業之成。臣等不勝大願，謹陳狀。臣邕等頓首頓首，死罪死罪。

9.2 《讓尚書乞在閒冗表》

臣流離藏竄十有二年。陛下應期中興，龍飛踐祚，姦臣變孽，一時殄盡，憎疾臣者隨流埋沒。太尉郿侯卓，收拾洗濯，上臣高（弟）〔第〕，補侍御史，轉治書御史，陛下天地之大德，聽納大臣，扶飾文舉。遂用臣邕充備機密，三月之中，充歷三臺，光榮昭顯。非臣愚蔽不才所當盜竊，非臣碎首糜軀所能補報。臣邕頓首頓首，死罪死罪。

臣聞世宗之時，田千秋有神明感動，貞[7]夢至言，以寤聖聽，昭發上心，故有一日九遷。臣邕草萊小臣，思謀愚淺，生非千秋，職不狃練，加以新來入朝，不更郎署，攝省文書，其猶面牆。陛下統繼大業，委政冢宰，太傅隗，以舊典入錄機密事；尚書令日磾，先輩舊齒，德更上公，僕射允、故司隸校尉河南尹某、尚書張熹，已歷九列；侍中魯旭，牧守宣藩，剖符數郡。唯臣官位[8]微賤，特單輕匹。此六臣，臣當自知。況于論者，將謂臣何足以任。夙夜[9]寤歎，寐息屏營，無顏以居，無心以寧，明時階級，人所勸慕。乞在他署，抱關執籥，以守刻漏，則臣之心厭抱釋，降榮于悴。退顯于進，不勝區區疑戒，不敢肅飾。

1. 國《重雕蘭雪堂本》頁47　　2. 寤
3. 高均儒校云：鈔本作「化」。孫詒讓云：「化」疑「北」之誤。
4. 頑凶《重雕蘭雪堂本》頁47　　5. 德《重雕蘭雪堂本》頁47
6. 祉《重雕蘭雪堂本》頁47　　7. 真《重雕蘭雪堂本》頁47　　8. 薄
9. 是以夙夜

9.3　《巴郡太守謝版》

　　臣尙書邕免冠頓首死罪。臣猥[1]以頑闇，連值盛時，超自群吏，入登機密，未及輸力，盡心日下。五府舉臣任巴郡太守，陛下不復參論，府舉入奏，驚惶失守，非所敢安，征營累息，不知所措。臣邕頓首死罪。知納言任重，非臣所得久忝。今月丁丑，一章自聞，·乞·[2]閒宂抱關執籥，不意錄符銀青，授任千里，求退得進。後上先遷，爲衆所怪，不合事宜，願乞還詔命。盡力他役，死而後已。臣猥[3]以愚闇[4]，盜竊明時，周旋三臺，充列機衡，出入省闥，登踏丹墀，承隨同位，與在行列，以受酒禮[5]嘉幣之賜，詔書前後，賜石鏡奩，禮經素字，《尙書》章句，《白虎》奏議，合成二百一十二卷，及·蓮香瓠子·[6]唾壺，彈棊[7]石枰，黎錫汁器，圍[8]盧諸物，誠念及下，惠錫周至，每敕勿謝，前後重疊。雖父母之于子孫，無以加此，未得因緣有事，苔稱所蒙，不意卒遷，荷受非任，臨時自陳，未蒙省許，慘結屏營，蹴踏受拜，命服銀青。光寵休顯，上耀祖先，下榮昆裔，誠非所望。臣邕頓首死罪。巴土長遠，江山修隔。頃來未悉輯睦，劉焉撫寧有方，柔遠功著。臣當以頑蒙，不閑職政，宣暢聖化，導遵和風，非臣才力所能供給，必以忝辱煩污。聖朝幸循舊職，當竭肝膽從事，筋絕骨破，以命繼之。

9.4　《宗廟祝嘏辭》

　　嗣曾孫皇帝某，敢昭告于皇祖高皇帝，各以后配。昔受命京師，都于長安，國享十有一世，歷年二百一十載。遭王莽之亂，宗廟墮[9]壞。世祖復帝祚，遷都洛陽，以服中土，享一十一世，歷年一百六十五載。予末小子遭家不造，早統洪業，奉嗣無疆，關東吏民敢行稱亂，總連州縣，擁兵聚衆以圖叛逆，震驚王師，命將征服，股肱大臣，推皇天之命以已行之事，遷都舊京。昔周德缺而斯干作，應運變通，自古有之。于是乃以三月丁亥來自雒，越三月丁巳至于長安，敕躬不愼，寢疾旬日，賴祖宗之靈以獲[10]有瘳，吉旦齋宿，敢用潔牲[11]，一元大武，柔毛剛鬣，商祭明眎，薌合嘉蔬薌萁，嘉薦普淖[12]，鹹鹺豐本，明粢醴酒，用告遷來，尙享。

---

1. 得《重雕蘭雪堂本》頁48　　　2. 乞在　　　3. 得《重雕蘭雪堂本》頁48
4. 得　　　　　　　5. 編者按：「禮」疑當作「醴」。
6. 薰鑪《重雕蘭雪堂本》頁48　　7. 棊《重雕蘭雪堂本》頁48
8. 圍《全上古三代秦漢三國六朝文》卷71頁6a總頁863
9. 隳《全上古三代秦漢三國六朝文》卷79頁7b總頁899
10. 護《重雕蘭雪堂本》頁49　　　11. 祀《重雕蘭雪堂本》頁49
12. 綽《重雕蘭雪堂本》頁49

9.5　《九祝辭》

　　高皇帝使工祝承致多福無疆，于爾嗣曾孫皇帝，使爾受祿于天，宜此舊都，萬國和
同，兆民康乂，眉壽萬年，子子孫孫，永守民庶，勿（普）〔替〕引之。

5

9.6　《宗廟迭毀議》

　　左中郎將臣邕議，以爲漢承亡秦滅學之後，宗廟之制，不用周禮，每帝即位，輒立
一廟，不止于七，不列昭穆，不定迭毀。孝元皇帝皆以功德茂盛，尊崇廟稱，孝文曰太
宗，孝武曰世宗，孝宣曰中宗，時中正大臣夏侯勝猶執議欲出世宗，至孝成帝〔時〕，　10
議猶不定，太僕王舜、中壘校尉劉歆據經傳義，謂[1]不可毀。上從其議。古人考據
（愼）〔順〕重，不敢私其君父，若此其至也。後遭王莽之亂，光武皇帝受命中興，廟
稱世祖。孝明皇帝聖德聰明，政參文宣，廟稱顯宗。孝章皇帝至孝烝烝，仁恩溥大，海
內賴祉，廟稱肅宗。比方前事，得禮之宜。自此以下，政事多釁，權移臣下。嗣帝殷
勤，各欲褒崇至親而已。臣下懦弱，莫能執夏侯之直，故遂衍溢。無有方限，今聖　15
〔朝〕遵古復禮，以求厥中，誠合事宜。禮傳封儀，自依家法。不知國家舊有宗儀，聖
主賢臣，所共劋定，欲就六廟，黜損所宗，違先帝舊章，未可施行。臣謹案禮制〔天
子〕七廟、三昭、三穆、與太祖七。孝元皇帝世在（弟）〔第〕八，光武皇帝世在
（弟）〔第〕九，故以元帝爲考廟，尊而奉之。孝明遵制[2]，亦不敢毀。元帝于今朝九
世，以七廟言之，則親盡，宜（數）〔毀〕，以宗廟言之，則非所宗。八月酬報，可出　20
元帝主，比惠、景、昭、成、哀、平帝，五年一致祭。孝章皇帝、孝桓皇帝，親在三
昭，孝和皇帝、孝順皇帝、孝靈皇帝，親在三穆，廟親未盡，四時常陳。孝明以下，穆
宗、敬宗、恭宗之號，皆宜省去，以遵先典。殊異祖宗不可參竝之義，今又總就一堂，
崇約尙省，不復改作。惟主及几筵應改[3]而已。正數世之所闕，爲無窮之常典，稽制禮
之舊則，合神明之歡心。臣愚戇，議不足采，臣邕頓首頓首。　　　　　　　　　　25

9.7　《上始加元服與群臣上壽表》

　　伏惟陛下應天淑靈，丁期中興，誕在幼齡，聖姿碩義，威儀孔備，俯仰龍光，顏如
日星，言稽典謨，動蹈規矩，緝熙光明，思齊周成，早智夙就，參美顯宗，令月吉日，　30
始加元服，進御幘結，以章天休。臣妾萬國，遐邇大小一心，同歡同喜逸豫，式歌且

---

1. 處《重雕蘭雪堂本》頁49　　2. A.述　B.修《重雕蘭雪堂本》頁49
3. 教《重雕蘭雪堂本》頁50

舞。臣等〔不勝〕踊躍鳧藻，謹奉（生）〔牛一〕頭，酒九鍾，稽首再拜，上千萬壽，陛下享茲吉福，永守皇極，通遵太和。靖綏六合，宜民宜人，受祿于天。《書》曰：「一人有慶，兆民賴之，其寧惟永。」《詩》曰：「顒顒卬卬，如珪如璋。」令聞不忘，萬壽無疆。

5

9.8　《表賀錄換誤上章謝罪》

今月十八日，臣以相國兵討逆賊故河內太守王臣等，屯陳破壞，斬獲首級，詣朝堂上賀，臣邕奉賀錄，故羽林郎將李參遷城門校尉，而署名羽林左監，右衛尉杜衍在朝堂而稱不在。錄咎在臣不詳省案。使參以亡為存，衍以存為亡。錯奏謬錄不可行。侍御史劾臣不敬，當賜刑書，懲戒不恪。陛下天地之德，不辱收數。丙辰詔書，以一月俸贖罪。臣邕怔營慚怖，屏氣累息，不知所自投處。臣邕頓首死罪。不惟石慶數馬之誤。簡忽校讎不謹之愆，雖見原宥，仰愧先臣，傷肌入骨，不勝忪蒙流汗。

15

9.9　《讓高陽侯印綬符策表》

（詔制）〔制詔〕左中郎將蔡邕，今封邕陳留雍丘高陽鄉侯，下印綬符策，假限食五百戶，歲五十萬穀各米。

20

臣稽首受詔，怔營喜懼，精魄[1]播超，恍惚如夢，不敢自信。臣伏惟糠粃小生，學術虛淺，少竊方正，長歷宰府，備數典城，著作東觀，無狀取罪，捐棄朔野，蒙恩徙還，（退伏）〔思過〕畎畝。復階（朝謁）〔宰朝〕，進察憲臺，遂充機密，令守已郡[2]，還備侍中，車駕西還，執鞭跨馬，及看輪轂，升輿下軫，扶接聖躬。既至舊京，出備郎將，中外所疑，對越省闥，群臣之中，特見褒異，訖無雞犬鳴吠之用，常以汗墨，愧負恩寵。誠不意竄，猥與公卿以下，錄功受賞，命服金紫，爵至通侯，非臣草萊功勞微薄所當被蒙。臣邕頓首死罪。臣十四世祖肥如侯，佐命高祖以受爵賞，統嗣曠絕，除在匹庶。臣子遺苗裔，復蒙顯封，前功輕重不侔，慚惶累息，無心怡甯。唐虞之朝，猶美三讓。臣者何人，受而不讓？臣不勝戰悼忪惕，詣闕拜章，上所假高陽侯[3]印綬符策，伏受罪誅。臣得微勞，被受爵邑，光寵榮華，耀燿祖禰。非臣小族陋宗器量褊狹所能堪勝，非臣力用勤勞有所當受，誠無安甯甘悅之情，拘迫國憲，上行下不敢逆，苟順恩旨，退省金龜紫紱[4]之飾，非臣（容）〔庸〕體所當服佩，中讀符策誥戒

1. 魂 《重雕蘭雪堂本》頁51　　2. 巴郡 《重雕蘭雪堂本》頁51
3. 高鄉侯 《重雕蘭雪堂本》頁51
4. 綬 《全上古三代秦漢三國六朝文》卷71頁2a總頁861

之詔，非臣才量所能祗奉。歷日彌久，震懼益甚。

　　臣聞高祖受命，元功翼德（者）與共天下〔者〕爵土。故曰：「使黃河若帶，太山若礪，國（之）〔以〕永存，爰及苗裔。」夫山河至大，猶謂之小，重功輕賞，如此其至也。是以戰攻之事，大有陷堅破敵、斬將搴旗之功，小有鹹截首級、履傷[1]涉血之難；勤苦軍旅，連年累歲，首如蓬葆，體如漆斡。勞瘁辛苦，如此其重也。以受爵土，誰曰不宜？今者聖朝遷都，應順天人，奔走之役，臣僕職分宜然。臣事輕葭莩，功薄蟬翼，恐史官[2]錄書臣等在功臣之列，陷恩澤之科，垂名後葉，作戒末嗣。非本朝之德政，御臣之長策。臣是以宵寢晨興，叩膺增歎，心煩慮亂，喘呼息吸。且鷦鷯巢林，不過一枝。偃鼠飲河，不過滿腹。小人之情，求足而已。不勝大願大乞，如前章云云。

9.10　《再讓高陽侯印綬符策表》

　　臣忝自參省，資非哲人藩屏之用，器非殿邦佐君之才，憂心灼烜，耳目昏冒，忪蒙蔽罔，累息屏氣。臣聞稷契之儔，以德受命，功德靡堪，讓所不如。昔之范正不亡禮讓，其下化之，春秋采焉。臣雖小醜，不足勗勵以躋[3]高蹤[4]，以詩人斯亡之戒，觀見符策，君國之誨，兩印雙綬，竝在鞶帶。至德元功，器量宏大，猶且踧踖，無心寧止。況臣螻蟻無功德，而散怠茸闒，何以居之？且晏嬰辭邶殿之邑，張良辭三萬之戶，書籍紀之，以為美談。夫人君無弄戲之言，憲法有誣枉之劾。臣不敢違戾飾虛，以距上旨，疑碻之誠，與神明通。謹奉章詣闕，頓首敢固以請息，伏惟留漏刻一省，僵沒之日，壽同[5]松喬。

10　蔡中郎集卷十

10.1　《明堂月令論》

　　明堂者、天子太廟，所以宗祀其祖、以配上帝者也。夏后氏曰世室，殷人曰重屋，周人曰明堂。東曰青陽，南曰明堂，西曰總章，北曰玄堂，中央曰太室。《易》曰：「離也者、明也。南方之卦也。」聖人南面而聽天下，鄉明而治。人君之位莫正于此焉。故雖有五名，而主以明堂也。其正中皆曰太廟，謹承天順時[6]之令，昭令德宗祀[7]之禮，明前功百辟之勞，起養老敬長之義，顯教幼誨穉之學，朝諸侯、選造士于其

---

1. 編者按：疑當作「履腸」。　　2. 臣恐史官　　3. 躋　　4. 縱
5. 同壽　　6. 順時人《重雕蘭雪堂本》頁57　　7. 廟《重雕蘭雪堂本》頁57

中，以明制度。生者乘其能而至，死者論其功而祭，故爲大教之宮，而四學具焉，官司備焉。譬如北辰，居其所而眾星拱之，萬象翼之，政教之所由生，變化之所由來，明一統也。故言明堂，事之大、義之深也。取其宗祀之貌，則曰清廟；取其正室之貌，則曰太廟；取其尊崇，則曰太室；取其鄉明，則曰明堂；取其四門之學，則曰太學；取其四面周水圜如璧，則曰辟雝。異名而同事，其實一也。春秋因魯取宋之姦賂，則顯之太廟，以明聖王建清廟、明堂之義。《經》曰：「取郜大鼎于宋，戊申納于太廟。」《傳》曰：「非禮也。」「君人者將昭德塞違，故昭令德以示子孫，是以清廟茅屋，昭其儉也。夫德、儉而有度，升降有數。文物以紀之，聲明以發之，以臨照百官。百官于是乎戒懼而不敢易紀律。」所以明大教也。以周清廟論之，魯太廟皆明堂也。魯禘祀周公于太廟明堂，猶周宗祀文王于清廟明堂也。《禮記·檀弓》曰：「王齊[1]禘于清廟明堂也。」《孝經》曰：「宗祀文王于明堂。」《禮記·明堂位》曰：「太廟、天子曰明堂。」又曰：「成王幼弱，周公踐天子位以治天下，朝諸侯于明堂，制禮作樂，頒度量而天下大服。」成王以周公爲有勳勞于天下，命魯公世世禘祀周公于太廟，以天子禮樂[2]，升歌清廟，下管象舞，所以廣魯于天下也。取周清廟之歌，歌于魯太廟，明魯之太廟，猶周之清廟也。皆所以昭文王、周公之德，以示子孫也[3]。《易傳·太初篇》曰：「天子[4]旦入東學，晝入南學，晡入西學，莫入北學[5]，太學在中央[6]，天子之所自學也。」《禮記·保傅篇》曰：「帝入東學，尚[7]親而貴仁；入西學，尚[8]賢而貴德；入南學，尚[9]齒而貴信；入北學，尚[10]貴而尊爵；入太學，承師而問道。」與《易傳》同。魏文侯《孝經傳》曰：「太學者、中學明堂之位也。」《禮記·古（大）〔文〕明堂之禮》曰：「日出居東門，膳夫是相；日中出南門，見九侯及門子；日側出西闈，視五國之事；日入[11]出北闈，視帝獸。」《爾雅》曰：「宮中之門謂之闈，王居明堂之禮，又別陰陽。門、東南稱門，西北稱闈[12]。」故《周官》有門闈之學，師氏教以三德守王門，保氏教以六藝守王闈。然則師氏居東門、南門，保氏居西門、北門也。知[13]掌教國子與《易傳》保傅，王居明堂之禮，參相[14]發明，爲學四焉。《文王世子篇》曰：「凡大合樂，則遂養老。天子至，乃命有司行事，興秩節，祭先師先聖[15]焉，始之養也。適東序，釋奠于先老，遂設三老五叟[16]之席位，言教學始于養老，由東方歲始也。又春夏學干戈，秋冬學羽籥，皆習于東序。凡祭養老乞言合語之禮，皆小樂正詔之于東序。」又曰：「大司成論說在東序。」然則詔學皆在東序。東序、東之堂也，學者詔焉。故稱太學。《令》曰：「仲夏之月，令祀百辟卿士之有德于民者。」

---

1. 齊《重雕蘭雪堂本》頁57　　2. 之禮《重雕蘭雪堂本》頁57　　3. 者也

4. 太子　　5. 暮入西學《重雕蘭雪堂本》頁57　　6. 在中央曰太學

7. 上　　8. 上　　9. 上　　10. 上　　11. 闈

12. 南門稱門，西門稱闈　　13. 督《重雕蘭雪堂本》頁58

14. 詳《重雕蘭雪堂本》頁58　　15. 先聖先師　　16. 更《重雕蘭雪堂本》頁58

《禮記・太學志》曰：「禮、士大夫學于聖人善人，祭于明堂。其無位者，祭于太學。」《禮記・昭穆篇》曰：「祀先賢于西學，所以教諸侯之德也，即所以顯行國禮之處也。太學、明堂之東序也，皆在明堂辟廱之內。」《月令》記曰：「明堂者、所以明天氣[1]、統萬物。明堂上通于天，象日辰，故下十二宮，象日辰也。水環四周，言王者動作法天地，德廣及四海，方此水也。」《禮記・盛德篇》曰：「明堂九室，以茅蓋屋，上圜下方，外水名曰辟廱。」《王制》曰：「天子出征，執有罪，〔反〕釋[2]奠于學，以訊馘告。」《樂記》曰：「武王伐殷，薦俘馘于京太室。」《詩・魯頌》云：「矯矯虎臣，在泮獻馘。」京、鎬京也。太室辟廱之中，明堂太室與[3]諸侯泮宮，俱獻馘焉[4]。即王制所謂以訊馘告者也。《禮記》曰：「祀乎明堂，所以教諸侯之孝也。」《孝經》曰：「孝悌之（道）〔至〕，通于神明，光于四海，無所不通。」《詩》云：「自西自東，自南自北，無思不服。」言行孝者，則曰明堂；行悌者，則曰太學。故《孝經》合以為一義，而稱鎬京之詩以明之。凡此皆明堂太室、辟廱太學事通文合之義也。其制度之數，各有所依[5]。堂方百[6]四十四尺，坤之策也。屋圜屋徑[7]二百一十六尺，乾之策也。太廟明堂方三十六丈，通天屋，徑九丈，陰陽九六之變也[8]。圜蓋方載，六九之道也。八闥以象八卦，九室以象九州，十二宮以應十二辰[9]。三十六戶，七十二牖，以四戶八牖乘九室之數也。戶皆外設而不閉，示天下不藏也。通天屋高八十一尺，黃鍾九九之實也。二十八柱列于四方，亦七宿之象也。堂高三丈，以[10]應三統。四鄉五色者，象其行[11]。外廣二十四丈，應一歲二十四氣也。四周以水，象四海，王者之大禮也。《月令篇名》曰：「因天時，制人事，天子發號施令，祀神受職，每月異禮，故謂之月令。」所以順陰陽、奉四時、效氣物、行王政也。成法具備，各從時月藏之明堂，所以示承祖、考神明，明不敢泄瀆之義，故以明堂冠月令以名其篇。自天地定位，有其象，聖帝明君世有紹襲。蓋以裁成大業，非一代之事也。《易》正月之卦曰「益」，其《經》曰：「王用享于帝、吉。」《孟春令》曰：「乃擇元日，祈穀于上帝。」《顓頊曆（衡）〔術〕》曰：「天元正月己巳朔旦立春。日月俱起于天廟營室[12]五度。」《月令》：「孟春之月，日在營室。」《堯典》曰：「乃命羲和欽若昊天，曆象日月星辰，敬授人時。」《令》曰：「乃命太史守典奉法，司天日月星辰之行。」《易》曰：「不利為寇，利用禦寇。」《令》曰：「兵戎不起，不可從我始。」《書》曰：「歲二月，同律度量衡。」《仲春令》曰：「日夜分則同度量，鈞衡石。」凡此皆合于大曆唐政，其類不可盡稱。《戴禮・夏小正傳》（曰）：「陰陽生物之候，王事之次，則夏之月令也。殷人無文，及周而備。」文義所說，博衍深遠，宜

---

1. 天地　　　　2. 舍　　　　　3. 也與　　　　4. 也
5. 其制度數，各有所法　　　6. 一百　　　7. 楣徑　　　8. 且
9. 日辰　　　10. 亦　　　　11. 四鄉五色，各象其行
12. 太廟宮室　《重雕蘭雪堂本》頁58

周公之所著也。官號職司與《周官》合。《周書》七十一篇，而《月令》（弟）〔第〕
五十三，古者諸侯朝正于天子。受《月令》以歸而藏諸廟中，天子藏之于明堂，每月告
朔朝廟，出而行之。周室既衰，諸侯怠于禮。魯文公廢告朔而朝，仲尼譏之。《經》
曰：「閏月不告朔，猶朝于廟，刺舍大禮而徇小儀也。」自是告朔遂闕而徒用其羊，子
貢非廢其令而請去之，仲尼曰：「賜也。爾愛其羊，我愛其禮。」庶明王復興君人者，
昭而明之，稽而用之，耳無逆聽，令無逆政，所以臻乎大順，陰陽和，年穀豐，太平
洽，符瑞由此而至矣。秦相呂不韋著書，取《月令》爲紀號。淮南王安亦取以爲（弟）
〔第〕四篇，改名曰《時則》，故偏見之徒。或云《月令》呂不韋作，或云《淮南》，
皆非也。

10.2　《月令問答》

問者曰：「子何爲著《月令說》也。」予幼讀《記》，以爲《月令》體大經同，不
宜與《記》書雜錄竝行，而《記》家記之又略，及前儒特爲章句者，皆用意傅，非其本
旨。又不知《月令》徵驗布在諸經，《周官》《左傳》皆實與《禮記》通等而不爲徵
驗，橫生他議，紛紛久矣。

光和元年，余被于章，罹重罪，徙朔方。內有獫狁敵衝之釁，外有寇虜鋒鏑之艱，
危險懍懍，死亡無日。過被學者聞家就而考之，亦自有所覺悟[1]。庶幾頗得事情，而訖
未有注記著于文字也。懼顛蹶隕墜，無以示後，同于朽腐。竊誠思之，書有陰陽升降，
天文曆數事物制度，可假以爲本，敦辭託說，審求曆象。其要者莫大于《月令》，故遂
于憂怖之中，晝夜密勿，昧死成之，旁貫五經，參以群書，至及國家律令制度，遂定曆
數。盡天地三光之情，辭繁多而曼衍，非所謂理約而達也。道長日短，與危殆競。取其
心盡而已。故不能復加刪省，蓋所以探賾辨物，庶幾多識前言往行之流。苟便學者以爲
可覽，則余死而不朽也。

問者曰：「子說《月令》多類以《周官》《左氏》，假無《周官》《左氏傳》，
《月令》爲無說乎？」曰：「夫根柢同，則枝葉必相從也。《月令》與《周官》竝爲時
王政令之記，異文而同體，官名、百職皆《周官》解，《月令》甲子、沈子所謂似《春
秋》也。若夫太昊蓐收句芒祝融之屬，《左傳》脩其世系，其官人皆有明文，不與世章
句傅文造義，彊說[2]生名者同，是以用之。」

---

1. 寤　　　　　2. 立說

　　問者曰：「既用古文，于曆數不用《三統》，用四分，何也？」曰：「《月令》所用，參諸曆象，非一家之事，傳之于世。求曉學者，宜以當時所施行度密近者。《三統》以疏闊廢弛，故不用也。」

　　問者曰：「既不用《三統》，以驚蟄爲孟春中，雨水爲二月節，皆《三統》（法）〔說〕也。獨用之何？」曰：「孟春《月令》曰：『蟄蟲始震。』在正月也。中春『始雨水』，則雨水、二月也。以其合，故用之。」

　　問者曰：「曆云：『小暑、季夏節也。』而《令》文見于五月，何也？」曰：「《令》不以曆節言，據時始暑而記也。曆于大雪、小雪、大寒、小寒，皆去十五日。然則小暑當去大暑十五日，不得及四十五日。不以節言，據時暑也。」

　　問者曰：「中春《令》[1]：『不用犧牲，以圭璧更皮幣。』今曰『祈不用犧牲』，何也？」曰：「是月獻羔以太牢祀高禖，宗廟之祭以中月，安得不用犧牲。祈者、求之祭也。著《月令》者，豫設水旱疫癘，當禱祈也。用犧牲者，是用之助生養，禱祈以幣代牲也。今章句因于高禖之事，乃造說曰：更者刻木代牲，如廟有桃梗。此說自欺極矣。經典傳記無刻木代牲之說，此故以爲問甚正，其祀之宗伯，似書有轉誤，三豕渡河之類也。」

　　問者曰：「中冬《令》曰：『閹尹[2]，申宮令，謹[3]門閭。』今曰謹門閹，何也？」曰：「閹尹者、內官也，主宮室，出入宮中。宮中之門曰閹，閹尹之職也。閭里門非閹尹所主，知當爲閹也。」

　　問者曰：「《令[4]》曰：『七騶咸駕』，今曰六騶，何也？」曰：「本官職者，莫正于《周官》。《周官》、天子馬六種，六種別有騶，故知六騶。《左氏傳》晉程鄭爲乘馬御，六騶屬焉，無言七者，知當爲六也。」

　　問者曰：「《令》以[5]中秋[6]『築城郭』，于經傳爲非其時□。」「《詩》曰：『定之方中，作于楚宮。』定、營室也。九月十月之交，西南方中，故《傳》曰：『水昏正

----

1. 編者按：準下文，「令」下脫「曰」字。
2. 編者按：今本《禮記‧月令》（頁345）作「命奄尹」。
3. 審《禮記‧月令》頁345　　　4. 編者按：當作「季秋《令》」。
5. 編者按：「以」上疑脫「可」字。
6. 編者按：「中秋」二字應在「令」字上。

而栽水」，即營室也。昏正者、昏中也。栽設板，栽木而始築也。今文在前一月，不合于經傳也。」

問者曰：「子說三難，皆以日行爲本。古《論》《周官》《禮記說》，以爲但逐[1]惡而已，獨安所取之？」曰：「取之于《月令》而已。四時通等而夏無難文，由日行也。春行少陰，秋行少陽，冬行太陰，陰陽皆使不干其類。故冬春難以助陽，秋難以達陰，至夏節太陽·行太陽[2]，自得其類，無所扶助。獨不難取之于是也。」

問者曰：「反令每行一時轉三句，以應行三月政也。『孟春行夏令，則風雨不時。』謂孟夏也。草木旱枯，中夏也。國乃有恐，季夏也。今總合爲一事，不分別施之于三月，何也？」曰：「說者見其三句，不得傳注而爲之說。有所滯礙不得通矣。孟夏反令『行冬令，則草木枯，後乃大水，敗其城郭。』即分爲三事。後乃大水，在誰後也？城郭爲獨自壞，非水所爲也。季冬反令『行春令，則胎夭多傷，民多蠱疾，命之曰逆。』即分爲三事。行季春令爲不致災異，但命之曰逆也。知不得斬絕，每應一月也，其類皆如此，今之所述，略舉其尤者也。」

問〔者曰〕：「春食麥羊，夏食菽雞，秋食麻犬，冬食黍豕之屬，但以爲時味之宜，不合之于五行。《月令》服食器械之制，皆順五行者也。說所食獨不以五行，不已略乎。」曰：「蓋亦思之矣。凡十二辰之禽，五[3]時所食者，必家人所畜，丑牛、未羊、戌犬、酉雞、亥豕而已，其餘虎以下非食也。春木王，木勝土，土王四季。四季之禽，牛屬季夏，犬屬季秋，故未羊可以爲春食也。夏火王，火勝金，故酉雞可以爲夏食也。季夏土王，土勝水，當食豕而食牛。土、五行之尊者，牛、五畜之大者，四行之牲，無足以配土德者，故以牛爲季夏食也。秋金王，金勝木，寅虎非可食者，犬牙而無角，虎屬也。故以犬爲秋食也。冬水王，水勝火，當食馬，而《禮》不以馬爲牲，故以其類而食豕也。然則麥爲木，菽爲金，麻爲火，黍爲水，各配其牲爲食也。雖有此說，而米鹽煩碎，不合于《易》卦所爲之禽，及《洪範》傳五事之畜，近似卜筮之術，故予略之，不以爲章句，聊以應（問）〔聞〕，（亦）〔示〕有說而已。」

問：「《記》曰：『養三老五更。』子獨曰五叟。《周禮》曰：『八十一御妻。』又曰：『御妾。』何也？」曰：「·字誤[4]也。叟、長老之稱也。其字與『更』相似，書者轉誤，遂以爲『更』，『嫂』字『女』旁『叟』，『瘦』字中從『叟』，今皆以爲

---

1. 遂《重雕蘭雪堂本》頁61　　2. 行太陰《重雕蘭雪堂本》頁61　　3. 四
4. 誤字《重雕蘭雪堂本》頁61

『更』矣。立字法者不以形聲，何得以爲字。以『嫂』『瘦』推之，知『更』爲『叟』也。妻者、齊也。惟一適人稱妻，其餘皆妾。御妾、﹑位最下也﹑[1]。是以不得言妻云也。」

11 蔡中郎集卷十一

11.1 《胡廣黃瓊頌》

巖巖山岳，配天作輔。降神有周，生申及甫。允茲漢室，誕育二后。曰胡曰黃，方軌齊武。惟道之淵，惟德之藪。股肱元首，代作心膂。天之烝人，有則有類。我胡我黃，鍾厥純懿。巍巍特進，仍踐其位。赫赫三事，七佩其紱。奕奕四牡，沃若六轡。袞職龍章，其文有蔚。參曜乾台，窮寵極貴。功加八荒，群生以遂。超哉邈乎，莫與爲二。

11.2 《上漢書十志疏》

朔方髡鉗徒臣邕，稽首再拜上書皇帝陛下。臣邕被受陛下寵異大恩，初由宰府，備數典城，以親父故，依叔父衛尉質。時以尚書召拜郎中，受詔詣東觀著作，遂與群儒竝拜議郎，沐浴恩澤，承荅聖問，前後六年，質奉機密，趨走陛下。遂由端右，出相外藩，還尹輦轂，旬日之中，登躡上列。父子一門，兼受恩寵，不能輸寫心力，以效絲髮之功，一旦被章，陷沒辜戮。陛下天地之德，不忍刀鋸，截臣首領，得就平罪，父子家屬，徙充邊方，完全軀命，喘息相隨。非臣無狀所敢復望，非臣罪惡所當復蒙，非臣辭筆所能復陳。臣初決罪，洛陽詔獄，生出牢戶，顧念元初中，故尚書郎張俊坐漏泄事，當服重刑。已出轂門，復聽續鞠，詔書馳救一等，輸作左校。俊上書謝恩，遂以轉徙。郡縣促遣，迫于吏手。不得頃息，含辭抱悲，無由上達。既到徙所，乘塞守烽，職在候望。憂怖焦灼，無心復能。操筆成草[2]，致章闕庭。誠知聖朝，不責臣過[3]。﹑但愚心﹑[4]有所不竟。臣自在布衣，常以爲《漢書》十志下盡王莽，而（止）世祖以來，（雖）〔唯〕有紀傳，無續志者。臣所師事故太傅胡廣，知臣頗識其門戶，略以所有舊事與臣。雖未備悉，粗見首尾，積累思惟二十餘年。不在其位，非外吏[5]庶人所得擅述，天誘其衷，得備著作郎，建言十志，皆當撰錄，遂與議郎張華等分受之，﹑其難者﹑[6]皆以付臣。先治律曆，以籌算爲本，天文爲驗，請太師田[7]注，考校連年，往往頗有差舛。

---

1. A.位最在下也　B.位最在下　　2. 章《重雕蘭雪堂本》頁1　　3. 謝
4. 但懷愚心　　5. 史　　6. 所使元順，難者《重雕蘭雪堂本》頁2
7. 舊《重雕蘭雪堂本》頁2

當有增損，乃可施行，爲無窮法，道至深微，不可獨議。郎中劉洪密于用算，故臣表上洪，與共參思圖牒，尋繹度數，適有頭緒，會臣被罪，逐放邊野。臣竊自痛，一爲不善，使史籍所闕、胡廣所校，二十年之思，中道廢絕，不得究竟。懍懍之情，猶以結心，不能〔自達〕[1]。臣初欲須刑，竟乃因縣道具以狀聞。今年七月九日，匈奴攻郡鹽池縣，其時鮮卑連犯雲中五原。一月之中，烽火不絕，不意〔西夷〕[2]相與合謀，所圖廣遠，恐遂爲變，不知所濟。〔郡縣咸悄悄不知所守〕[3]，且臣所在孤危，懸命鋒鏑，湮滅土灰，呼吸無期。誠恐〔所懷〕[4]，隨軀〔腐朽〕[5]，抱恨黃泉，遂不設施，（輒）〔謹〕先顛踣，（謹）〔科〕條諸志。臣欲刪定者一，所當接續者四。前志所無，臣欲著者三[6]，及經典群書所宜捃撫，本奏詔書所當依據，分別首目，并書章左。臣初考逮，妻子迸竄，亡失文書，無所案請，加以惶怖愁恐，思念荒散，十分不得識一，所識者又恐謬誤，觸冒死罪，披瀝愚情。願下東觀，推求諸奏，參以璽書，以補綴遺闕。昭明國體，章聞之後，雖肝腦流離，白骨剖破，無所復恨。惟陛下〔省察〕[7]，謹因臨戎長霍圉封上。臣頓首死罪，稽首再拜以聞。

11.3 《述行賦》

延熹二年秋，霖雨逾月。是時梁冀新誅，而徐璜左悺等五侯擅貴于其處。又起顯明[8]苑于城西，人徒凍餓，不得其命者甚眾。白馬令李雲以直言死，鴻臚陳君以救雲抵罪，璜以余能鼓琴，白朝廷敕陳留太守〔發〕遣余到偃師，病不前，得歸。心憤此事，遂託所過，述而成賦。

余有行于京洛兮，遭淫雨之經時。塗屯邅其蹇連兮，潦污滯而爲災。乘馬蟠而不進兮，心鬱伊而憤思。聊弘慮以存古兮，宣幽情而屬詞。久[9]余宿于大梁兮，誚無忌之稱神。哀晉鄙之無辜兮，忽朱亥之篡軍。歷中牟之舊城兮，憎佛肸之不臣。問甯越之裔胄兮，藐髣髴而無聞。經圃田而瞰北境兮，晤[10]衛康之封疆。迄管邑而增歎兮，慍叔氏之啓商。過漢祖之所隘兮，弔紀信于滎陽。降虎牢之曲陰兮，路丘墟以盤縈。勤諸侯之遠戍兮，侈申子之美城。稔濤塗之復惡兮，陷夫人以大名。登長阪以凌高兮，陟蔥山之嶢（嵧）〔嶈〕[11]。建撫體而立洪高兮，經萬世而不傾。迴岹峻以降阻兮，小阜寥其異

---

1. 違望《重雕蘭雪堂本》頁2 2. 四夷《重雕蘭雪堂本》頁2
3. 郡縣咸懼不守朝旦《重雕蘭雪堂本》頁2 4. 遂爲《重雕蘭雪堂本》頁2
5. 朽腐 6. 五 7. 留神省察 8. 陽 9. 夕
10. 悟《重雕蘭雪堂本》頁2
11. 許瀚云：「嵧」不得韻。「嶢嵧」二字連用，亦未前聞。「嵧」蓋「嶈」字之譌。《漢書·揚雄河東賦》：「陟西岳之嶢嶈。」《注》云：「嶢嶈，謂嶕嶢而嶈嵥也。」

形。崗岑紆以連屬兮，谿壑夐其杳冥。迫嵯峨以乖邪兮，廓巖壑以崝[1]嶸。攢棫樸而雜榛楛兮，被浣濯而羅布。藿菼薁與臺菌兮，緣增崖而結莖。行遊目以南望[2]兮，覽太室之威靈。顧大河于北垠兮，瞰洛汭之始并。追劉定之攸儀兮，美伯禹之所營。悼太康之失位兮，愍五子之歌聲。尋脩軌以增舉兮，邈悠悠之未央。山風泊[3]以飆涌兮，氣▸懆懆◂[4]而厲涼。雲鬱術而四塞兮，雨濛濛而漸唐。僕夫疲而劬瘁兮，我馬虺隤以玄黃。格莽丘而稅駕兮，陰曀曀而不陽。哀衰周之多故兮，眺瀕隈而增感。忿子帶之淫逸兮，唁襄王于壇坎。悲寵嬖之爲梗兮，心惻愴[5]而懷懆。操方舟而泝湍流兮，浮清波以橫厲。想宓妃之靈光兮，神幽隱以潛翳。實熊耳之泉液兮，總伊瀍與澗瀨。通渠源于京城兮，引職貢乎荒裔。操吳榜其萬艘兮，充王府而納最。濟西谿而容與兮，息鞏都而後逝。愍簡公之失師兮，疾子朝之爲害。玄雲黯以凝結兮，集零雨之溱溱。路阻敗而無軌兮，塗濘溺而難遵。率陵阿以登降兮，赴偃師而釋勤。壯田橫之奉首兮，義二士之俠墳。佇淹留以候霽兮，感憂心之殷殷。并日夜而遙思兮，宵不寐以極晨。候風雲之體勢兮，天牢湍而無文。彌信宿而後闋兮，思▸逶迤◂[6]以東運。見陽光之顥顥兮，懷少弭而有欣。命僕夫其就駕兮，吾將往乎京邑。皇家赫而天居兮，萬方徂而竝集。貴寵扇以彌熾兮，僉守利而不戢。前車覆而未遠兮，後乘驅而（競）〔兢〕入[7]。窮變巧于臺榭兮，民露處而寢溼。清[8]嘉穀于禽獸兮，下糠粃而無粒。弘寬裕于便辟兮，糾忠諫其侵急。懷伊呂而黜逐兮，道無因而獲入。唐虞眇其既遠兮，常俗生于積習。周道鞠爲茂草兮，哀正路之日淴[9]。觀風化之得失兮，猶紛掌[10]其多違。無亮采以匡世兮，亦何爲乎此畿。甘衡門以寧神兮，詠都人而思歸。爰結蹤而迴軌兮，復邦族以自綏。亂曰：「跋涉遐路，艱以阻兮。終其永懷，窘陰雨兮。歷觀群都，尋前緒兮。考之舊聞，厥事舉兮。登高斯賦，義有取兮。則善戒惡，豈云苟兮。翩翩獨征，無儔與兮。言旋言復，我心胥兮。」

11.4 《短人賦》

侏儒短人，僬僥之後。〔出〕自外域，戎狄別種，去俗歸義，慕化企踵，遂在中國，形貌有部，名之侏儒，生則象父，唯有晏子，在齊辨勇，匡景拒崔，加刃不恐，其餘尪幺，劣厥僂寠。嘖嘖怒語，與人相距。矇昧嗜酒，喜索罰舉。醉則揚聲，罵詈恣口。眾人患忌，難與竝侶。是以陳賦，引譬比偶。皆得形象，誠如所語。其詞曰：雄荊雞兮鶩鷺鶒，鶻鳩鶵兮鶉鷃雌。冠戴勝兮啄木兒，觀短人兮形若斯。熱地蝗兮蘆即且，繭中蛹兮蠶蠕須。視短人兮形若斯，木門閫兮梁上柱。敝鑿頭兮斷柯斧，鞞鞨鼓兮補履樸。脫椎枘兮擣衣杵，視短人兮形如許。

---

1. 崢　2. 遊《重雕蘭雪堂本》頁2　3. 汩　4. 慘慘
5. 慘　6. A.威遺 B.威遲　7. 及　8. 消
9. 澀　10. 拏

11.5 《飲馬長城窟行》

青青河邊草，綿綿思遠道。遠道不可思，宿昔夢見之。夢見在我旁，忽覺在他鄉。
他鄉各異縣，展轉不相見。枯桑知天風，海水知天寒。入門各自媚，誰肯相爲[1]言。客
從遠方來，遺我雙鯉魚。呼兒烹鯉魚，中有尺素書。長跪讀素書，書上竟何如？上有加
餐食，下有長相憶。

11.6 《篆勢》

字畫之始，因于鳥跡。蒼頡循聖，作則制文。體有六篆，巧妙入神。或象龜文，或
比龍鱗。紆[2]體放尾，長翅短身[3]。頡若黍稷之垂穎[4]，蘊若蟲[5]蛇之芬縕。揚波振
擊[6]，龍躍[7]鳥震。延頸脅翼，勢以[8]淩雲。或輕舉內投，微本濃末，若絕若連。似冰
露緣絲[9]，凝垂下端[10]。從者如懸，衡者如編，杪者邪趣，不方不圓。若行若飛，
岐岐[11]翾翾。遠而望之，若鴻鵠群遊，絡繹遷延。迫而視[12]之，湍[13]際不可得見，指
揮[14]不可勝原。研[15]桑不能數其詰屈，離婁不能覩其隙間。般倕[16]揖讓而辭巧，籀誦拱
手而韜翰。處篇籍之首目，（粲）粲彬彬其可觀。摛華豔于紈素，爲學藝之範閑[17]。嘉
文德之弘懿[18]，蘊[19]作者之莫刊。思字體[20]之俯[21]仰，舉大略[22]而論旃。

11.7 《隸勢》

鳥跡之變，乃惟佐隸。蠲彼繁文，崇此簡易。厥用既行[23]，體象有度。奐若星
陣[24]，鬱若雲布。其大徑尋，細不容髮。隨事從宜，靡有常制。或穹窿恢廓，或櫛比鍼
列，或砥繩平直[25]，或蜿蜒繆戾，或長邪角趣，或規旋矩折。脩短相副，異體同勢。
奮華輕舉，離而不絕。纖波濃點，錯落其間。若鐘虡設張，庭燎飛煙。嶄嵓崔嵯，高下
屬連。似崇臺重宇，層[26]雲冠山。遠而望之，若飛龍在天。近而察之，心亂目眩。奇姿
譎誕[27]，不可勝原。研桑所不能計，宰賜所不能言。何草篆之足算，而斯文之未宣。豈
體大之難覩，將祕奧之不傳。聊佇思而詳觀，舉大略而論旃。

---

1. 與	2. 紆	3. 長短副身	4. 穎	5. 虫
6. 激	7. 鷹跱	8. 似	9. A.似露緣絲 B.似水露緣絲	
10. A.垂凝下端 B.疑垂下端		11. A.蚑蚑 B.跂跂		12. 察
13. 端	14. 撝	15. 妍	16. 垂	17. 先
18. 蘊	19. 懿	20. 指	21. 頫	22. 體
23. 宏	24. 陳	25. 或砥平繩直	26. 增	27. 詭

11.8 《釋誨》

閑居翫古，不交當世。感東方《客難》，及揚雄、班固、崔駰之徒。設疑以自通，乃斟酌群言。韙其是而矯其非，作《釋誨》以戒厲云爾：「有務世公子誨于華顛胡老曰：『蓋聞聖人之大寶曰位，故以仁守位，以財聚人。然則有位斯貴，有財斯富，行義達道，士之司也。故伊摯有負鼎之衒，仲尼設執鞭之言，甯子有清商之歌，百里有豢牛之事。夫如是，則聖哲之通趣，古人之明志也。夫子生清穆之世，稟醇和之靈，覃思典籍，韞櫝六經，安貧樂賤，與世無營，沈精重淵，抗志高冥，包括無外，綜析無形，其已久矣。曾不能拔萃出群，揚芳飛文。登天庭，序[1]彝倫，埽六合之穢惡，清宇宙之埃塵，連光芒于白日，屬炎氣于景雲。時逝歲暮，默而無聞。小子惑焉，是以有云。方今聖上寬明，輔弼賢知，崇英逸偉，不墜于地。德弘者建宰相而裂土，才羨者荷榮祿而蒙賜。盍亦回塗要至，俛仰取容。輯當世之利，定不拔之功。榮家宗于此時，遺不滅之令蹤。夫獨未之思邪，何爲守彼而不通此？』胡老憮然而笑曰：『若公子所謂覘曖昧之利，而忘·昭晢·[2]之害。專必成之功，而忽蹉跌之敗者已。』公子謖爾斂袂而興曰：『胡爲其然也。』胡老曰：『居！吾將釋汝。昔自太極，君臣始基，有羲皇之洪寧。唐虞之至時，三代之隆，亦有緝熙。五伯扶微，勤而撫之，于斯已降。天綱縱，人紘弛。王塗壞，太極阤。君臣土崩，上下瓦解。于是智者騁詐，辯者馳說；武夫奮勇，戰士講銳；電駭風馳，霧散雲披。變詐乖詭，以合時宜。或畫一策而縮萬金，或談崇朝而錫瑞珪。連衡者六印磊落，合縱者駢組陸離。隆貴翕習，積富無崖。據巧蹈機，以忘其危。夫華離[3]帝[4]而萎，條去榦而枯。女冶容而淫，士背道而辜。人毀其滿，神疾其邪。利端始萌，害漸亦芽[5]。速速方穀[6]，夭夭是加。欲豐其屋，乃蔀其家。是故天地否閉，聖哲潛形。石門守晨，沮溺耦耕。顏歜抱璞，蘧瑗保生。齊人歸樂，孔子斯征。雍渠驂乘，逝而遺輕。夫豈傲主而背國乎，道不可以傾也。且我聞之日南至，則黃鍾應，融風動而魚上冰，葭賓統則微陰萌，蒹葭蒼而白露凝。寒暑相推，陰陽代興。運極則化，理亂相承。今大漢紹陶唐之洪烈，盪四海之殘災。隆隱天之高，拆絙地之基。皇道惟融，帝猷顯丕。泯泯庶類，含甘吮滋。檢六合之群品，躋[7]之乎雍熙。群僚恭己于職司，聖主垂拱乎兩楹。君臣穆穆，守之以平。濟濟多士，端委縉綎。鴻漸盈階，振鷺充庭。譬猶鍾山之玉，泗濱之石，累珪璧不爲之盈，采浮磬不爲之索。曩者洪源辟而四陝集，武功定而干戈戢，獫狁攘而吉甫宴，城濮捷而晉凱入。故當其有事也，則蓑笠竝載，攛甲揚鋒，不給于務。當其無事也。則舒紳緩佩，鳴玉以步，綽有餘裕。夫世臣（閥）〔門〕子，驇御之族。天隆其祐，主豐其祿。抱膺從容，爵位自從。攝須理髯，餘官委貴。其

---

1. 敘 2. 明哲《重雕蘭雪堂本》頁5 3. 离
4. A.蔕 B.蒂 5. 牙 6. 穀 7. 濟

進取也，順傾轉圓，不足以喻其便。逡巡放庨，不足以況其易。夫夫有逸群之才，人人有優贍之智。童子不問疑于老成，瞳矇不稽謀于先生。心恬澹于守高，意無爲于持盈。粲乎煌煌，莫非華榮。明哲泊焉，不失所寧。狂淫振蕩，乃亂其情。貪夫徇財，夸者死權。瞻仰此[1]事，體躁心煩。闇[2]謙盈之效，迷損益之數。騁駑駘于脩路，慕騏驥而增驅。卑俯乎外戚之門，乞助乎近貴之譽。榮顯[3]未副從而顛踣。下獲熏胥之辜，高受滅家之誅。前車已覆，襲軌而鶩。曾不鑒禍以知畏懼，予誰[4]悼哉，害其若是。天高地厚，跼而蹐之。怨豈在明，患生不思。戰戰兢兢，必慎厥尤。且用之則行，聖訓也；舍之則藏，至順也。夫九河盈溢，非一匜所防；帶甲百萬，非一勇所抗。今子責匹夫以清宇宙，庸可以水旱而累堯湯乎？懼煙炎之毀爓，何光芒之敢揚哉？且夫地將震而樞星直，井無景則日陰食。元首寬則望舒眺，侯王肅則月側匿。是以君子推微達著，尋端見緒，履霜知冰，踐露知暑。時行則行，時止則止。消息盈沖，取諸天紀。利用遭泰，可與處否。樂天知命，持神任己，群車方奔乎險路，安能與之齊軌。思危難而自豫，故在賤而不恥。方將騁馳乎典籍之崇塗，休息乎仁義之淵藪，盤[5]旋乎周孔之庭宇。揖儒墨而與爲友，舒之足以光四表，收之則莫能知其所有。若乃丁千載之運，應神靈之符，闔閭闔，乘天衢，擁華蓋，奉皇樞。納玄策于聖德，宣太平于中區，計合謀從，己之圖也。勳績不立，予之辜也。龜鳳山翳，霧露不除。踴躍草萊，（祗）〔祇〕見其愚。不知我者，將謂之迂。脩業思眞，棄此焉如。靜以俟命，不斁不渝，百歲之後，歸乎其居。幸其獲稱，天所誘也。罕漫而已，非己咎也。昔伯翳綜聲于鳥語，葛盧辨音于鳴牛。董父受氏于豢龍，奚仲供德于衡軛。倕氏興政于巧工，造父登御于驊騮。非子享土于善圉，狼瞫取右于禽囚，弓父畢精于筋角，伩非[6]明勇于赴流，壽王創基于格五，東方要幸于談優，上官效力于執蓋，弘羊據相于運籌。僕不能參迹于若人，故抱璞而優遊。」于是公子仰首降階，忸怩而避。胡老乃揚衡含笑，援琴而歌。歌曰：『練予[7]心兮浸太清，滌穢濁兮存正靈。和液暢兮神氣寧，情志泊兮心亭亭。嗜欲息兮無由生，踔宇宙而遺俗兮，眇翮翮而獨征。』」

12 蔡中郎外集卷一

12.1 《伯夷叔齊碑》

熹平五年，天下大旱，禱請名山，求獲苔應。時處士平陽蘇騰，字玄成，夢陟首陽，有神馬之使在道，明覺而思之，以其夢陟狀上聞天子，開三府請雨，使者與郡縣戶

---

1. 世　　　　2. 暝　　　　3. 顯榮　　　　4. 子惟　　　　5. 槃
6. 飛　　　　7. 子《重雕蘭雪堂本》頁7

曹掾吏登山升祠，手書要曰：「君況我聖主以洪澤之福，天尋興雲，即降甘雨。」因樹
碑爲銘曰：「惟君之質體清良兮，昔佐殷姬，忠孝彰兮，委國捐爵，諫國亡兮，譏武伐
紂，欲喻匡兮，時不可救，曆運蒼兮，追念先侯，受命皇兮，憂襄感兮，雖殁不朽，名
字芳兮。」

5

12.2　《司空房楨碑》

公言非法度，不出于口；行非至公，不萌于心。治身則伯夷之潔也，儉嗇則季文之
約也。盡忠則史魚之直也，剛平則山甫之勵也。總茲四德，式是百辟，夙夜匪懈，以事
一人，枉絲髮，樹私恩，不爲也；討無禮，當彊禦，弗避也。是以功隆名顯，在世孤
特，不獲愷悌寬厚之譽，享年垂老，至于積世。門無立車，堂無宴客，衣不變裁，食不
兼味。雖《易》之貞厲，《詩》之《羔羊》，無以加也。

10

明明在公，寔惟‧皇后‧[1]。誕應正德，式作漢輔。邪慝是仇，直亮[2]是與。剛則不
吐，柔則不茹。媚茲天子，以靖土宇。

15

12.3　《荆州刺史庾侯碑》

君資天地之正氣，含太極之純精。明潔鮮于白珪，貞操厲乎寒松，視鑒出于自然，
英風發乎天受。事親以孝，則行侔于曾閔；結交以信，則契明于黃石。溫溫然弘裕虛
引，落落然高風起世。信荆山之良寶、靈川之明珠也。爰在弱冠，英風固以揚于四海
矣。拜爲荆州刺史，仗沖靜以臨民，施仁義以接物。恩惠著于萬里，誠信暢于殊俗。由
是撫亂以治，綏擾以‧靜‧[3]。帝嘉其功，錫以車服。方將埽除寇逆，清一宇宙，廓天步
之艱難，寧陵夷之屯否[4]。

20

25

12.4　《司空袁逢碑》

凡所臨君，明而先覺，故能教不肅而化成，政不嚴而事治。其惠和也晏晏然，其博
大也洋洋焉。信可謂兼三才而該剛柔，無射于人斯矣。銘曰：「天鑒有漢，賜茲世輔。
顯允厥德，昭胤休序。峨峨雍宮，禮樂備舉。穆穆天子，孝敬允敘。降拜屏著，奉饋西
序。威儀聿脩，化溢區宇。乃尹京邑，總齊禁旅。」

30

---

1. 房后　　　2. 亭　　　3. 靜也　　　4. 高均儒云：以下疑有闕文。

12.5　《翟先生碑》

　　世以仁義爲質，學問爲業。爰暨先生，固天縱德。應運立言，繼期五百。實行形于
州里。明哲與聖合契。該通五經，兼¹洞墳籍，爲萬里之場圃，九隩之林澤。挹之若江
湖，仰之若華岳。玄玄焉測之則無源，汪汪焉酌之則不竭。可謂生民之英者已。國失元
傳，學失表式。凡百搢紳，哀矣泣血，人百其身，匪云來復。于是鄉黨乃相與登山伐石
而勒銘曰：「邈矣先生，厥德孔貞²。腹心弘道，深高入神。王錫三命，觀國之賓。其
視富貴，忽若浮雲。既不降志，亦不辱身。」

12.6　《眞定直父碑》

　　其接友也，審辨眞僞。明于知人，度終始而後交，情不疏而貌親。

12.7　《桓彬論》

　　彬有過人者四：夙智早成、岐嶷也，學優文麗、至通也，仕不苟祿、絕高也，辭隆
從窊³、絜操也。

12.8　《九疑山碑》

　　巖巖九疑，峻極于天。觸石膚合，興播連⁴雲。時風嘉雨，浸潤下民。芒芒南土，
實賴厥勛。逮于虞舜，聖德光明。克諧頑傲，以孝‣烝烝‹⁵。師錫帝世，堯乃⁶授徵。受
終文祖，璇⁷璣是承。泰階以平，人以有終。遂葬九疑，解體而升。登此崔嵬，託靈神
傿。

12.9　《‣京兆尹樊德雲銘‹⁸》

　　〔前漢戶五萬〕，〔口有十七萬〕。〔王莽後十不存一〕。〔永初元年〕，〔羌戎
作虐〕，〔至光和〕，〔領戶不盈四千〕，〔園陵蕃衛〕，〔粢盛之供〕，〔百役出
焉〕，〔民用匱乏〕，〔不堪其事〕⁹。

1.　洗　　　　　2.　眞　　　　　3.　窊　　　　　4.　建　　　　　5.　蒸蒸
6.　而　　　　　7.　琁　　　　　8.　京兆尹樊陵碑
9.　編者按：以上據嚴可均《全上古三代秦漢三國六朝文》卷75頁3b總頁880補。

於顯哲尹，誕德孔彰。膺帝休命，謂篤不忘。爰納忠式，規悟聖皇。欽崇園邑，大孝允光。九命車服，昭示采章。軒輅四牡，承祀烝[1]嘗。多士時貢，徭役永息。道路孔夷，民清險棘。同體諸舊，兆氓蒙福。惠垂無疆，守以罔極。

12.10　《東巡頌》

竊見巡狩岱宗，柴望山川。宗祀明堂，上稽帝堯，中述世宗。遵奉光武[2]，禮儀備具，動自聖心。是以神明[3]屢應，休徵乃[4]降。不勝狂簡之情，謹上《岱宗頌》一篇。

曰若稽古，在漢迪哲，聿修厥德，憲章丕烈。翹六龍，較五輅，齊百僚，陶質素，命南重以司曆，厥中月之六辰，備天官之列衛，盛輿服而東巡。

12.11　《南巡頌》

惟漢再受命，系葉十一[5]。協景和，則天經，郊高宗，光六幽，通神明。既禘祖于西都[6]，又將祫于南庭。是時聖上運天官之法駕，建日月之旂旌[7]。

12.12　《祖德頌》

昔文王始受命，武王定禍亂。至于成王，太平乃洽，祥瑞畢[8]降。夫豈后德熙隆漸浸之所通也。是以《易》嘉積善有餘慶，《詩》稱子孫保之[9]，非特王道然也。賢人君子，修仁履德者，亦其有焉。昔我烈祖，暨于予考，世載孝友，重以明德，率禮莫違。是以靈祇，降之休瑞，兔擾馴以昭其仁，木連理以象其義。斯乃祖禰之遺靈、盛德之所貺也。豈我童蒙孤稚所克任哉。乃爲頌曰：「穆穆我祖，世篤其仁。其德克明，惟懿惟醇。宣慈惠和，無競伊人。巖巖我考，涖[10]之以莊。增崇丕顯，克構其堂。是用祚之，休徵惟光。厥徵伊何，於昭于今。園有甘棠，別幹同心。墳有擾兔，宅我柏林。神不可誣，僞不可加。析薪之業，畏不克荷。矧貪靈貺，以爲己華。惟予小子，豈不是欲。干有先功，匪榮伊辱。」

---

1. 烝　　　　2. 世祖　　　　3. 明神　　　　4. 仍
5. A.系葉一十　B.系葉十一帝典　　6. 郊　　　7. 憑列宿而贊元
8. 必　　　　9. 其保之　　　10. 莅

12.13　《陳留太守行小黃縣頌》

　　大顯爲政，建時春陽。我君勤止，戾茲小黃。濟濟群吏，攝齊升堂，乃訓乃厲，示之憲方。原罪以心，察獄以情。欽于刑濫，惟務求輕。有辜小罪，放死從生。玄化洽矣，黔首用寧。惟以作頌，式昭德聲。

12.14　《考城縣頌》

　　曖曖玄路，北至考城。勸茲稽民，東作是營。農桑之業，爲國之經。我君勤心[1]，德音邈成。牽爾苗民，愼不敬聽。女執伊筐，男執其耕。申戒群僚，務在寬平。罪人赦宥，囹圄用清。

12.15　《麟頌》

　　皇矣大角，降生靈獸。視明禮脩，麒麟來（孚）〔乳〕。《春秋》既書，爾來告就。庶士‣予鉏‣[2]，獲諸西狩。

12.16　《五靈頌》

　　大梁乘精，白虎用生。思叡信立，繞于垣坰[3]。

12.17　《太尉陳公贊》

　　公在百里，有西產之惠，賜命方伯，分陝餘慶。餘慶伊何，兆民其觀。少者是懷，老者是安。綱紀文王，文王用平。東督京輦，京輦用清。乃登三事，三事攸寧。契稷之佐，具（干）〔于〕堯庭。今則由古，於穆誕成。

12.18　《焦君贊》

　　猗歟焦君，‣常比‣[4]玄墨。衡門之下，栖遲偃息。泌之洋洋，樂以忘食。鶴鳴九皋，音亮帝側。迺徵迺用，將受袞職。昊天不弔，賢人遘慝。‣不遺一老‣[5]，屏[6]此四

---

1. 止　　　2. 子鉏　　　3. 坰《漢魏六朝百三家集》總頁573
4. 常此　　5. A.不惟一志 B.不獲一老　　6. 并

國。如何穹蒼，不照斯域。惜哉朝廷，喪茲舊德。恨茲[1]學士，將何法則。

12.19　《琴贊》

　　惟彼雅器，載璞靈山。體其德眞，清和自然。澡以春雪，澹若洞泉。溫乎其仁，玉　　　5
潤外鮮。

12.20　《樽銘》

　　酒以成禮，‧弗愆‧[2]以淫。德將無醉，過則荒沈。盈而不沖，古人所箴。尙鑒茲　　　10
器，懋[3]勗厥心。

12.21　《盤銘》

　　華蓋就用，以享嘉賓。內納[4]其實，外若玄眞。　　　　　　　　　　　　　　　15

12.22　《驚枕銘》

　　應龍蟠蟄，潛德保靈。制器象物，示有其形。哲人降鑒，居安聞傾。
　　　　　　　　　　　　　　　　　　　　　　　　　　　　　　　　　　　　　20

12.23　《衣箴》

　　今人務在奢嚴，志好美飾。帛必薄細，衣必輕煖。或一朝之晏，再三易衣。私居移
坐，不因故服。
　　　　　　　　　　　　　　　　　　　　　　　　　　　　　　　　　　　　　25

12.24　《廣連珠》

　　臣聞目瞤耳鳴，近夫小戒也。狐鳴犬嗥，家人小妖也。猶忌慎動作，封鎮書符，以
防其禍。是故天地示異，災變橫起，則人主恆恐懼而修政。
　　　　　　　　　　　　　　　　　　　　　　　　　　　　　　　　　　　　　30

　　道爲知者設，馬爲御者良，賢爲聖者用，辨爲知者通。

---

　　1. A.以 B.伊　　2. 弗繼　　3. 茂　　　4. 丹

12.25   《祝社文》

元正令午，時惟嘉良，乾坤交泰，太蔟¹運陽。乃祀社靈，以祈福祥。

5   12.26   《祖餞祝文》

今歲淑月，日吉時良。爽應孔加，君當遷行。神龜吉兆，林氣煌煌。蓍卦利貞，天
見三光。鸞鳴雍雍，四牡彭彭。君既升輿，道路開張。風伯雨師，洒道中央。陽遂求
福，蚩尤辟兵。倉龍夾轂，白虎扶行。朱雀道引，玄武作侶。句陳居中，厭伏四方。往
10 臨邦國，長樂無疆。

12.27   《禊文》

洋洋暮春，厥日除巳。尊卑煙騖，惟女與士。自求百福，在洛之涘。
15

12.28   《弔屈原文》

�鴀軒鬐，鸞鳳挫翮。啄碎琬琰，寶其瓴甋。皇車犇²而失轄，執轡忽而不顧。卒
壞覆而不振，顧褰³石其何補。
20

12.29   《九惟文》

八⁴惟困乏，憂心殷殷。天之生我，星宿值貧。六極之厄，獨遭⁵斯勤。居處浮溺，
⸰無以自存⸰⁶。冬日栗栗，上下同雲。無衣無褐，何以自溫；六月徂暑，炎赫來臻；無
25 絺無綌，何以蔽身；無食⁷不飽，永離歡欣。

---

1. 蔟 《漢魏六朝百三家集》總頁611   2. 奔   3. 抱
4. 九 《漢魏六朝百三家集》總頁612   5. 我   6. 無以自□
7. 餉

13 蔡中郎外集卷二

13.1 《陳政要七事疏》

　　臣伏讀聖旨，雖周成遇風，訊諸執事，宣王遭旱，密勿祗畏，無以或加。臣聞天降 5
災異，緣象而至，辟歷[1]數發，殆刑誅繁多之所生也。風者、天之號令，所以教人
也。夫昭事上帝，則自襄多福；宗廟致敬，則鬼神以著。國之大事，實先祀典。天子聖
躬，所當恭事。臣自在宰府及備朱衣，迎氣五郊，而車駕稀出，四時致敬，屢委有司。
雖有解除，猶爲疏廢。故皇天不悅，顯此諸異。《洪範傳》曰：「政悖德隱，厥風發屋
折木。坤爲地道，《易》稱安貞，陰氣憤盛，則當靜反動，法爲下叛。」夫權不在上， 10
則雹傷物。政有苛暴，則虎狼食人。貪利傷民，則蝗蟲損稼。去六月二十八日，太白與
月相迫，兵事惡之。鮮卑犯塞，所從來遠。今之出師，未見其利。上違天文，下逆人
事。誠當博覽眾議，從其安者，臣不勝憤懣。謹條宜所施行七事表左：

　　一事：明堂月令，天子以四立及季夏之節迎五帝于郊，所以導致神氣。祈福豐年， 15
清廟祭祀，追往孝敬，養老辟雍，示人禮化，皆帝者之大業，祖宗所祗奉也，而有司數
以蕃國疏喪，宮內產生，及吏卒小污，屢生忌故。竊見南郊齋戒，未嘗有廢。至于它
祀，輒興異議，豈南郊卑而它祀尊哉。孝元皇帝策書曰：「禮之至敬，莫重于祭。所以
竭心親奉，以致肅祗者也。」又元和故事，復申先典，前後制書，推心懇惻。而近者以
來，更任太史，忘禮敬之大，任禁忌之書，拘信小故，以虧大典。禮、妻妾產者，齋則 20
不入側室之門。無廢祭之文也。所謂宮中有卒，三月不祭者，謂士庶人數堵之室，共處
其中耳。豈謂皇居之曠、臣妾之眾哉！自今齋制，宜如故典，庶荅風霆災妖之異。

　　二事：臣聞國之將興，至言數聞。內知己政，外見民情。是故先帝雖有聖明之資，
而猶廣求得失。又因災異，援引幽隱，重賢良方正、敦樸有道之選，危言極諫不絕于 25
朝。陛下親政以來，頻年災異，而未聞特舉博選之旨。誠當思省，述修舊事。使襃[2]忠
之臣展其狂直，以解《易傳》政悖德隱之言。

　　三事：夫求賢之道未必一塗，或以德顯，或以言揚。頃者立朝之士，曾不以忠信見
賞，恆被謗訕之誅，遂使群下結口，莫圖正辭。郎中張文前獨盡狂言，聖聽納受，以責 30
三司。臣子曠然，眾庶解悅。臣愚以爲宜擢文右職，以勸忠謇。宣聲海內，博開政路。

---

1. 霹靂　　　2. 抱《漢魏六朝百三家集》總頁535

　　四事：夫司隸校尉、諸州刺史所以督察姦枉、分別白黑者也，伏見幽州刺史楊憙、益州刺史龐芝、涼州刺史劉虔，各有奉公疾姦之心。憙等所糾，其效尤多，餘皆枉撓，不能稱職。或有褒¹罪襃瑕，與下同疾，綱網弛縱，莫相舉察，公府臺閣亦復默然。五年制書，議遣八使，又令三公謠言奏事。是時奉公者欣然得志，邪枉者憂悸失色，未詳斯議，所因寖息。昔劉向奏曰：「夫執狐疑之計者，開群枉之門。養不斷之慮者，來讒邪之口。」今始聞善政，旋復變易，足令海內測度朝政，宜追定八使，糾舉非法，更選忠清，平章賞罰，三公歲盡。差其殿最，使史知奉公之福，營私之禍，則眾災之原，庶可塞矣。

　　五事：臣聞古者取士，必使諸侯歲貢。孝武之世，郡舉孝廉，又有賢良文學之選。于是名臣輩出，文武竝興。漢之得人，數路而已。夫書畫辭賦、才之小者，匡國理政，未有其能。陛下即位之初，先涉經術。聽政餘日，觀省篇章，聊以游意。當代博奕，非以為教化、取士之本，而諸生競利，作者鼎沸，其高者頗引經訓風喻之言，下則連偶俗語，有類俳優。或竊成文，虛冒名氏。臣每受詔，于盛化門差次錄（弟）〔第〕。其未及者，亦復隨輩皆見拜擢。既加之恩，難復收改。但守奉祿，于義已弘，不可復使理人，及仕州郡。昔孝宣會諸儒于石渠，章帝集學士于白虎，通經釋義，其事優大，文武之道，所宜從之。若乃小能小善，雖有可觀，孔子以為致遠則泥。君子固當志其大者。

　　六事：墨綬長吏，職典理人，皆當以惠利為績，日月為勞。褒責之科，所宜分明。而今在任，無復能省。及其還者，多召拜議郎郎中。若器用優美，不宜處之冗散。如有釁故，自當極其刑誅。豈有伏罪懼考，反求遷轉，更相倣效，臧否無章。先帝舊典未嘗有此，可皆斷絕，以覈真偽。

　　七事：伏見前一切以宣陵孝子為太子舍人，臣聞孝文皇帝制喪服三十六日，雖繼體之君，父子至親，公卿列臣，受恩之重，皆屈情從制，不敢踰越。今虛偽小人，本非骨肉，既無幸私之恩，又無祿仕之實，惻隱思慕，情何緣生，而群聚山陵，假名稱孝，行不掩心，義無所依。至有姦軌之人，通容其中。桓思皇后祖載之時，東郡有盜人妻者，亡在孝中。本縣追捕，乃伏其辜，虛偽雜穢，難以²勝言。又前至得拜，後輩被遺，或經年陵次，以暫歸見漏，或以人自代，亦蒙寵榮，爭訟怨恨，洶洶道路。太子官屬，宜搜選令德。豈有但取丘墓凶醜之人。其為不祥，莫與大焉。宜遣歸田里以明詐偽。

---

1. 抱《漢魏六朝百三家集》總頁535　　　　　　　2. 得

13.2　《曆數議》

曆數精微，去聖久遠。得失更迭，術術[1]無常。是以承秦，曆用顓頊，元用乙卯，百有二歲。孝武皇帝始改正朔，曆用太初，元用丁丑，行之百八十九歲。孝章皇帝改從四分，元用庚申。今光、晃[2]各以庚申爲非，甲寅爲是。案曆法，黃帝、顓頊、夏、殷、周、魯凡六家，各自有元。光晃所據則殷曆元也，他元雖不明于圖讖，各家術[3]皆當有效于其當時，黃帝始用太初丁丑之元[4]，有六家[5]紛錯，爭訟是非。太史令張壽王挾甲寅元以非漢曆，雜候清臺，課在下（弟）〔第〕，卒以疏闊，連見劾奏，太初效驗，無所漏失，是則雖非圖讖之元，而有效于前者也。及用四分以來，考之行度，密于太初，是又新元效于今者也。延光元年中，謁者亶[6]誦，亦非四分庚申。上言當用命曆序甲寅元，公卿百寮，參議正處，竟不施行，且三光之行，遲速進退，不必若一，術家以算追而求之，取合于當時而已。故有古今之術[7]，今之不能上通于古，亦猶古術之不能下通于今也[8]。

《元命苞》、《乾鑿度》皆以爲開闢至獲麟二百七十六萬歲，及命曆序積獲麟至漢起庚子蔀之二十三歲，竟己酉、戊子及丁卯蔀六十九歲，合爲二百七十五歲。漢元年歲在乙未，上至獲麟，則歲在庚申，推此以上，上極開闢，則不在庚申。讖雖無文，其數見存。而光晃以爲開闢至獲麟二百七十五萬九千八百八十六歲，獲麟至漢百六十二歲，轉差少一百一十四歲。云當滿足，則上違《乾鑿度》、《元命苞》，中使獲麟不得在哀公十四年，下不及命曆序獲麟漢相去四蔀年數，與奏記譜注，不相應當。今曆正月癸亥朔，光晃以爲乙丑朔。乙丑之與癸亥，無題勒款識，可與衆共別者，須以弦望晦朔，光魄虧滿，可得而見者。考其符驗，而光晃曆以《考靈曜》二十八宿度數，及冬至日所在，與今史官甘石舊文錯異，不可考校。以今渾天圖儀檢天文亦不合于《考靈曜》，光晃誠能自依其術，更造望儀以追天度，遠有驗于《圖》《書》，近有效于三光，可以易奪甘石、窮服諸術者，實宜用之。難問光晃，但言《圖讖》，所言不服。元和二年二月甲寅制書曰：「朕聞古先聖王先天而天不違，後天而奉天時，史官用太初鄧平術，冬至之日，日在斗二十二度，而曆以爲牽牛中星。先立春一日，則四分數之立春也。而以折獄斷大刑，于氣已迋，用望平和，蓋亦遠矣。今改行四分，以遵于堯，以順孔聖。」奉天之文，是始用四分曆。庚申元之詔也，深引《河洛圖讖》以爲符驗，非史官私意，獨所興搆。而光晃以爲固意造妄說，違反經文，謬之甚者。昔堯命羲和曆象日月星辰，舜

---

1. 數　《全上古三代秦漢三國六朝文》卷72頁5b總頁868　　2. 今馮先、陳晃
3. 各自一家之術　　4. 昔太初始用丁丑之後　　5. 六家　　6. 擅
7. 異　　8. 而今術不能上通于古，猶古術不能下通于今也

叶時月正日，湯武革命，治曆明時，可謂正矣。且猶遇水遭旱，戒以蠻夷猾夏、寇賊姦
宄，而光晃以爲陰陽不和，姦臣盜賊皆元之咎，誠非其理。元和二年乃用庚申，至今九
十二歲。而光晃言秦所用代周之元，不知從秦來。漢三易元，不常庚申。光晃區區信用
所學，亦妄虛無造欺語之愆。至于改朔易元，往者壽王之術，已課不效，亶誦之議，不
5 用。元和詔書，文備義著，非群臣議者所能變易。

13.3　《正交論》

聞之前訓曰，君子以朋友講習而正人，無有淫朋。是以古之交者，其義敦以正，其
10 誓信以固。逮夫周德既[1]衰，頌聲既寢，《伐木》有鳥鳴之刺，《谷風》有棄予之怨。
自此以降，彌以陵遲。或闕其始終，或彊其比周。是以搢紳患其然，而論者諄諄如也。
疾淺薄而襄攜貳者有之，惡朋黨而絕交游者有之。其論交也，曰：「富貴則人爭趨之，
貧賤則人爭去之。是以君子慎人所以交己，審己所以交人。富貴則無暴集之客，貧賤則
無棄舊之賓矣。原其所以來，則知其所以去。見其所以始，則觀其所以終。彼貞士者，
15 貧賤不待夫富貴，富貴不驕乎貧賤，故可貴也。」

蓋朋友之道，有義則合，無義則離。善[2]則久要不忘平生之言，惡則忠告善誨之，
否則止，無自辱焉。故君子不爲可棄之行，不患人之遺己也；信有可歸之德，不病人之
遠己也。不幸或然，則躬自厚而薄責于人，怨其遠矣；求諸己而不求諸人，咎其稀矣。
20 夫遠怨稀咎之機，咸在乎躬，莫之致也。子夏之門人問交于子張，而二子各有聞乎夫
子，然則以交誨也，商也寬，故告之以拒人。師也褊，故訓[3]之以容眾，各從其行而矯
之，至于仲尼之正教，則汎愛眾而親仁。故非善不喜，非仁不親，交游以方，會友以
文，可無貶也。穀梁赤曰：「心志既通，名譽不聞，友之罪也。」今將患其流而塞其
源，病其末而刈其本。無乃未若擇其正而黜其邪與？與其彼農皆黍，而獨稷焉。夫黍亦
25 神農之嘉穀，與稷竝爲粢盛也。使交可廢則黍其愆矣。括二論而言之，則刺薄者博而
洽，斷交者貞而孤。孤有《羔羊》之節，與其不獲已而矯時也，走將從夫孤焉。

13.4　《銘論》

30 《春秋》之論銘也，曰「天子令德。諸侯言時計功，大夫稱伐。」昔肅慎納貢，銘

1.　始《漢魏六朝百三家集》總頁550
2.　義《漢魏六朝百三家集》總頁551
3.　誨《漢魏六朝百三家集》總頁551

之楛矢，所謂天子令德者也。若黃帝有巾几之法，孔甲有盤盂之誡，殷湯有（甘誓）〔日新〕[1]之勒，晁[2]鼎有丕顯之銘。武王踐阼，咨于太師，作席几、楹杖之銘[3]，十有八章。周廟金人，緘口以慎[4]，亦所以勸導人主，勗于令德者也。呂尚作周太師，封于齊，其功銘于昆吾之冶，獲寶鼎于美陽。仲山甫有補袞闕，誠[5]百辟之功，《周禮·司勳》「凡有大功者銘之太常」[6]，所謂諸侯言時計功者也。

有宋大夫正考父，三命滋益恭而莫侮[7]。衛孔悝之祖，莊叔隨難漢陽，左右獻公，衛國賴之，皆銘乎鼎。晉、魏顆獲杜回[8]于輔氏，銘功于景鐘，所謂大夫稱伐者也。鐘鼎、禮樂之器，昭德紀功，以示子孫。物不朽者，莫不朽于金石，故也[9]。近世以來，咸銘之于碑[10]。

13.5　《徙朔方報楊復書》

昔此徙者，故城門校尉梁伯喜、南郡太守馬季長，或至三歲，近者歲餘，多得旋返，自甘罪戾，不敢慕此。

13.6　《徙朔方報羊月書》

幸得無恙，遂至徙所。自城以西，惟青紫鹽也。

13.7　《辭郡辟讓申屠蟠書》

申屠蟠稟氣玄妙，性敏心通。喪親盡禮，幾于毀滅。至行美誼，人所鮮能。安貧樂潛，味道守真。不爲燥溼輕重，不爲窮達易節。方之于邑。以齒則長，以德則賢。

13.8　《與袁公書》

朝夕游談，從學宴飲。酌麥醴，燔乾魚，欣欣焉樂在其中矣。

---

1. 孫詒讓云：「甘誓」夏書，與湯不相涉。疑當作「日新」，即用《大學》盤銘文。
2. 甦　　　　　3. 楹杖器械之銘　　　4. 緘書背銘之以慎言　　　　　5. 誠
6. 編者按：今本《周禮·夏官司馬·司勳》作「凡有功者，銘書於王之大常。」
7. 三命茲益恭而莫侮其國　　　　　　8. 秦杜回《漢魏六朝百三家集》總頁551
9. 故碑在宗廟兩階之間《全上古三代秦漢三國六朝文》卷74頁5a總頁876
10. 嚴可均《全上古三代秦漢三國六朝文》卷74頁5a總頁876此下有「德非此族，不在銘典。」

13.9　《與人書》

家祖居常言客有三當死。夜半蠡時至人室家也。今者一行而犯其兩。

13.10　《與人書》

邕薄祜早喪二親，年踰三十，鬢髮二色。叔父親之，猶若幼童。ᐟ陸則對坐ᐟ[1]，食則比豆。

13.11　《女訓》

ᐟ心猶首面也ᐟ[2]，是以甚致飾焉。面ᐟ一日ᐟ[3]不ᐟ修ᐟ[4]，則塵垢穢之；心一朝不思善，則邪惡入之。ᐟ咸知飾其面ᐟ[5]，ᐟ不修其心ᐟ[6]，惑矣。夫面之不飾，愚者謂之醜；心之不修，賢者謂之惡。愚者謂之醜，猶可；賢者謂之惡，將何容焉。故覽照拭面，則思其心之潔也；傅脂，則思其心之和也；加粉，則思其心之鮮也；澤髮，則思其心之潤也；用櫛，則思其心之理也；立髻，則思其心之正也；攝鬢，則思其心之整也。

14　蔡中郎外集卷三

14.1　《漢津賦》

夫何大川之浩浩兮，洪流淼以玄清。配名位乎天漢，披厚土而載形。登[7]源自乎嶓冢，引漾灃而東征。納陽[8]谷之所吐兮，兼漢沔之殊名。總昳澮之群液兮，演西土之陰精。遇[9]萬[10]山以左迴兮，旋[11]襄陽而南縈。切大別之東山兮，與江湘乎通靈。嘉清源之體勢兮，澹潬湲以安流。鱗甲育其萬類兮，蛟龍[12]集以嬉遊。明珠胎于靈蚌兮，夜光潛乎玄洲。雜[13]神寶其充盈兮，豈魚龜之足收。于是遊目騁觀，南援三州，北集京都，上控隴坻，下接江湖。導財運貨，懋遷有無。既乃風飆蕭瑟，勃焉竝興，陽侯沛以奔鶩，洪濤涌而沸騰，願乘流以上下，窮滄浪乎三澨，覷朝宗之形兆，瞰洞庭之交會。

---

1. 居則侍坐《全上古三代秦漢三國六朝文》卷73頁5b總頁872　　　　　2. 夫心猶面首也
3. 一旦　　　　　4. 修飾《全上古三代秦漢三國六朝文》卷74頁9b總頁878
5. A.人盛飾其面　B.咸知飾其面《全上古三代秦漢三國六朝文》卷74頁9b總頁878
6. 而莫修其心　　7. 發　　　　　8. 湯　　　　　9. 過
10. 曼《漢魏六朝百三家集》總頁530
11. 遊《漢魏六朝百三家集》總頁530　　　　　12. 螭　　　　13. 維

14.2 《協和婚賦》

惟‧情性‧[1]之至好，歡莫偉[2]乎夫婦。受精靈之造化，固神明之所使。事深微以玄妙，實[3]人倫之肇[4]始。考遂初之原本，覽陰陽之綱紀。《乾》《坤》和其剛柔，《艮》《兌》感其‧胹胇‧[5]。《葛覃》恐其失時，《摽梅》求其庶士。唯休和之盛代，男女得乎年齒，婚姻[6]協而莫違，播欣欣之繁祉。良辰既至，婚禮已舉。二族崇飾，威儀有序。嘉賓僚黨，祁祁雲聚。車服照路，駖駍如舉[7]。既臻門屏，結軌下車。阿傅御堅[8]，雁行蹉跎。麗女盛飾，曄如春華。

5

14.3 《檢逸賦》

10

夫何姝妖之媛女，顏煒燁而含榮。普天壤其無儷，曠千載而特生。余心悅于淑麗，愛獨結而未并。情‧罔寫‧[9]而無主，意徒倚而左傾。晝騁情以舒愛，夜託夢以交靈。

14.4 《協初賦》

15

其在近也，若神龍采鱗翼將舉。其既遠也，若披雲緣漢見織女，立若碧山亭亭豎，動若翡翠奮其羽，采色燎照，眒[10]之無主。面若[11]明月，輝似朝日。色若蓮葩，肌如凝蜜。

20

14.5 《青衣賦》

金生砂[12]礫，珠出蚌泥。歎茲窈窕，產[13]于卑微。盼倩淑麗，皓齒蛾眉。玄髮[14]光潤，領如蟲蠐。縱橫接[15]髮，葉如低葵。脩長冉冉，碩人其頎。綺袖[16]丹裳，躡蹈絲扉[17]。盤跚蹴[18]蹀，坐起‧低昂‧[19]。和暢善笑，動揚朱脣。都冶嫵[20]媚，卓躒多姿。精慧[21]小心，趣[22]事如[23]飛。中饋裁割，莫能雙追。《關雎》之潔，不蹈邪非。察其所履，世之鮮希。宜作夫人，為眾女師。伊何爾命，在此賤微。代無樊姬，楚莊晉妃。感昔鄭季，平陽是私。故因錫[24]國，歷爾邦畿。雖得嬿（娔）〔婉〕，舒寫情衷[25]。寒雪

25

---

1. 性情《漢魏六朝百三家集》總頁531	2. 備	3. 寔
4. 端《漢魏六朝百三家集》總頁531	5. 胇胸	
6. 姻《漢魏六朝百三家集》總頁531	7. 舞	8. 豎
9. 罔象	10. 視	11. 如《漢魏六朝百三家集》總頁531
12. 沙	13. 生	14. 發 15. 結 16. 繡
17. A.扉 B.韋	18. 蹩	19. 昂低 20. 武 21. 惠
22. A.趨 B.趣	23. 若	24. A.揚 B.楊 25. 懷

‧繽紛‧[1]，充庭盈階。兼裳累鎮，展轉倒頹。昒昕將曙，雞鳴相催。飭駕趣嚴，將舍爾乖。曚冒曚冒，思不可排。停停溝側，嗷嗷青衣。我思遠逝，爾思來追。明月昭昭，‧當我戶扉。條風狎躐[2]，吹予床帷。河上‧消搖‧[3]，徙倚‧庭階‧[4]。南瞻井柳，仰察斗機。非彼牛女，隔于河維。思爾念爾，怒焉且饑[5]。

14.6　《瞽師賦》

夫何矇眛之瞽兮，心窮忽以鬱伊。目冥冥而無睹[6]兮，（哓求）〔嗟懷〕煩[7]以‧愁悲‧[8]。撫長笛以攄憤兮，氣轟鍠而橫飛。

14.7　《又瞽師賦》

何此聲之悲痛，愴然淚以隱惻。類離鷗之孤鳴，起嫠婦之哀泣。詠新詩之悲歌，舒滯積而宣鬱。

14.8　《筆賦》

惟其翰之所生，于季冬之狡兔。性精亟以慓[9]悍，體[10]遄迅以騁步。削文竹以爲管，加漆絲之纏束。形調博[11]以直端，染玄墨以定色。畫[12]乾坤之陰陽，讚虞皇之洪勳。敘[13]五帝之休德，揚蕩蕩之明[14]文。紀三王之功伐兮，表八百之‧肆覲‧[15]。博[16]六經而綴百氏兮，建皇極而序彝倫。綜人事于晻昧兮，贊幽冥于明神。象類多喻，靡施不協。上剛下柔，‧乾坤位‧[17]也。新故代謝，‧四時次‧[18]也。圓和正直，‧規矩極‧[19]也。玄首黃管，‧天地色‧[20]也。

14.9　《琴賦》

歷松[21]岑而將降，睹鴻梧于幽阻。高百仞而不枉，對修條而特處。蹈通崖[22]而往[23]遊，圖茲梧之所宜。信[24]雅琴之麗樸，乃弁[25]伐其孫枝。命離婁使布繩，施公輸之剞劂。遂雕琢而成器，揆神農之初制。盡聲變之奧妙，抒心志之鬱滯。

---

1. A.翩翩 B.翩翩	2. 獵	3. 逍遙	4. 庭隈
5. 飢	6. 瞭	7. 須	8. 張志	9. 摽
10. 氣	11. 摶《漢魏六朝百三家集》總頁532		12. 書
13. 盡	14. 典	15. 肆勤	16. 傳	17. 乾坤之位
18. 四時之次	19. 規矩之極	20. 天地之色	21. 嵩	22. 涯
23. 嬉	24. 蓋	25. 升		

14.10　《又琴賦》

閒關九絃，出入律呂。屈伸低昂，十指如雨。

14.11　《又琴賦》

于是歌人恍惚以失曲。舞者亂節而忘形，哀人寒耳以惆悵，轅馬蹀足以哀[1]鳴。

14.12　《˙彈琴賦[2]》

˙爾乃言求茂木[3]，周流四垂。觀彼椅桐，層山之陂。丹華˙煒煒[4]，綠葉參差。甘露潤其末，涼風扇其枝。鸑鳳翔其顛，玄鶴巢其岐。考之詩人，琴瑟是宜。爰制雅器，協之鍾律。通理治性，恬淡清溢。˙爾乃清聲發兮五音舉[5]，韻[6]宮商兮動徵[7]羽。曲引興兮繁絲[8]撫，然後哀聲既發，祕弄乃開。左手抑揚，右手˙徘徊[9]。抵[10]掌反覆[11]，抑按藏摧。于是繁絃既抑，雅韻乃揚。仲尼思歸，《鹿鳴》三章。梁甫悲吟，周公越裳。青雀西飛，別鶴東翔。飲馬長城，楚曲明光。〔楚姬遺歎〕，〔雞鳴高桑〕，走獸率舞，飛鳥下翔。感激絃[12]歌，一低一昂。

14.13　《彈碁賦》

榮華灼爍，蕚不韡韡。˙于是列象，雕華逞麗[13]。豐腹斂邊，中隱四企。輕利調博，易使˙馳騁[14]。然後（我製）〔柢掣〕，˙兵綦[15]夸驚。或風飄波動，若飛若浮。不遲不疾，如行如留。放一敝[16]六，功無與儔。

14.14　《又彈碁賦》

夫張局陳碁，取法武備。因嬉戲以肄業，託˙歡娛[17]以講事。設茲˙矢石[18]，其夷˙如破[19]。采若錦繢，平若停水。肌理光澤，滑不˙可屨[20]。乘色行巧，據險用智。

---

1. 悲 《漢魏六朝百三家集》總頁533　　　2. 琴賦　　　3. 言求茂木
4. 煒燁　　　5. 清聲發兮五音舉　　　6. 發　　　7. 角
8. 弦　　　9. A.襄個 B.襄回　　　10. 指　　　11. 復
12. 茲　　　13. 于是列象綦，雕華麗
14. 騁馳 《漢魏六朝百三家集》總頁533　　　15. 兵綦　　　16. 獘
17. 懽宴　　　18. 文石　　　19. 如砥　　　20. 可履

14.15　《團扇賦》

裁帛制扇，陳象應矩。輕徹妙好，其輴如羽。動角揚徵，清風逐暑。春夏用事，秋
冬潛處。

14.16　《胡栗賦》

樹遐[1]方之嘉木兮，于靈宇之前庭。通二門以征行兮，夾階除而列生。彌霜雪而[2]不
彫兮，當春夏而滋榮。因本心以誕節兮，（凝育）〔挺青〕欒之綠英。形猗猗以豔茂[3]
兮，似翠[4]玉之▸清明◂[5]。何根莖之豐美兮，將蕃熾以悠長。適[6]禍賊之災人兮，嗟夭折
以摧傷。

14.17　《蟬賦》

白露淒其夜[7]降，秋風肅以晨興。聲嘶嗌以沮敗，體枯燥以冰凝。雖期運之固然，
獨潛類乎大陰。要明年之中夏，復長鳴而揚音。

14.18　《▸苔元式詩◂[8]》

伊余有行，爰戾茲邦。先進博學，同類率從。濟濟群彥，如雲如龍。君子博文，貽
我德音。辭之輯[9]矣，穆如清風。

14.19　《翠鳥詩》

▸庭陬◂[10]有若榴，綠葉含丹榮。翠鳥時來集，振翼修▸形容◂[11]，迴顧生碧色。動搖
揚縹青，幸脫虞人機。得親君子庭，馴心托君素，雌雄保百齡。

---

1. 南《漢魏六朝百三家集》總頁533　　　　　　　　　2. 之　　　　　3. 懋
4. 碧　　　　　　　5. 精明《漢魏六朝百三家集》總頁533
6. 遇《漢魏六朝百三家集》總頁533
7. 下《漢魏六朝百三家集》總頁533　　　　　　8. 苔對元式詩　9. 集
10. 庭前　　　　11. 容形

14.20　《荅卜元嗣詩》

斌斌碩人，貽我以文。辱此休辭，非余所希。敢不酬荅，賦誦以歸。

15　蔡中郎外集卷四

15.1　《獨斷》

漢天子正號曰「皇帝」，自稱曰「朕」，臣民稱之曰「陛下」，其言曰「制詔」，史官記事曰「上」。車馬、衣服、器械百物曰「乘輿」，所在曰「行在所」，所居曰「禁中」，後曰「省中」。印曰「璽」，所至曰「幸」，所進曰「御」。其命令一曰「策書」，二曰「制書」，三曰「詔書」，四曰「戒書」。

皇帝、皇、王后、帝皆君也。上古天子庖犧氏、神農氏稱皇。堯、舜稱帝。夏、殷、周稱王。秦承周末爲漢驅除，自以德兼三皇[1]，功包五帝，故并[2]以爲號。漢高祖受命，功德宜之，因而不改也。

王者至尊，四號之別名。

王、畿內之所稱，王有天下，故稱王。

天王、諸夏之所稱，天下之所歸往，故稱天王。

天子、夷狄之所稱，父天、母地，故稱天子。

天家、百官小吏之所稱，天子無外，以天下爲家，故稱天家。

天子、正號之別名。

皇帝、至尊之稱。皇者、煌也，盛德煌煌，無所不照。帝者、諦也。能行天道，事天審諦，故稱皇帝。

---

1. 王《四部叢刊》本卷上頁一上　　2. 《四部叢刊》本卷上頁一上無「并」字。

朕、我也。古者尊卑共之，貴賤不嫌，則可同號之義也。堯曰朕，在位七十載。皋陶與帝舜言曰「朕言惠可底行」。屈原曰「朕皇考」，此其義也。至秦，天子獨以爲稱，漢因而不改也。

陛下者、陛階也，所由升堂也。天子必有近臣，執兵陳于陛側以戒不虞。謂之陛下者，群臣與天子言，不敢指斥天子，故呼在陛下者而告之。因卑達尊之意也。上書亦如之。及群臣士庶相與言曰殿下、閤[1]下、〔足下〕、〔侍者〕[2]、執事之屬皆此類也。

上者、尊位所在也。太史令司馬遷記事，當言帝則依違但言上，不敢渫瀆言尊號，尊王之義也。

乘輿出于律。律曰「敢盜乘輿、服御物。」謂天子所服食者也。天子至尊，不敢渫瀆言之，故託之于乘輿。乘、猶載也，輿、猶車也。天子以天下爲家，不以京師宮室爲常處，則當乘車輿以行天下，故群臣託乘輿以言之。或謂之車駕。

‧天子自謂曰行在所‧[3]，猶言今雖在京師、行所至耳。巡狩天下，所奏事處皆爲宮。在京師曰奏長安宮，在泰山則曰奏奉高宮。唯當時所在，或曰朝廷，亦依違尊者所都，連舉朝廷以言之也。親近侍從官稱曰大家；百官小吏[4]，稱曰天家。

禁中者、門戶有禁，非侍御者不得入，故曰禁中。孝元皇后父大司馬陽平侯名禁，當時避之，故曰省中。今宜改，後遂無言之者。

璽者、印也，印者、信也。天子璽[5]以玉螭虎紐。古者[6]尊卑共之。《月令》曰：「固封璽。」《春秋左氏傳》曰：「魯襄公在楚，季武子使公冶問，璽書追而與之[7]。」此諸侯大夫印稱璽者也。衛宏曰：「秦以前，民皆以金玉爲印，龍虎紐、唯其所好，然則秦以來天子獨以印稱璽，又獨以玉，群臣莫敢用也。」

幸者、宜幸也，世俗謂[8]幸爲僥倖。〔天子〕車駕所至，‧臣民‧[9]被其德澤以僥倖，

---

1. 閤《增訂漢魏叢書》本總頁713　　2. 盧文弨云：四字脫，俱據《文選注》引刪補。

3. 天子以四海爲家，故謂所居爲行在所

4. 史《四部叢刊》本卷上頁二下　　5. 《四部叢刊》本卷上頁三上無「璽」字。

6. 之《四部叢刊》本卷上頁三上

7. 編者按：今本《左傳‧襄公二十九年》作「公還，及方城。季武子取卞，使公冶問，璽書追而與之。」

8. 以《四部叢刊》本卷上頁三上

9. 民臣《史記‧孝文本紀集解》頁425

故曰幸也。先帝故事，所至見長吏三老官屬，親臨軒，作樂，賜食皁[1]帛越巾刀[2]珮帶，民爵有級數，或賜田租之半，是故謂之幸，皆非其所當得[3]而得之。王仲任曰：「君子無幸而有不幸，小人有幸而無不幸。」《春秋傳》曰：「民之多幸，國之不幸也。」言民之得所不當得，故謂之幸。然則人主必慎所幸也。御者、進也，凡衣服加于身、飲食入于口、妃妾接于寢，皆曰御。親愛者皆曰幸。

策書，策者、簡也。《禮》曰：「不滿百丈[4]，不書于策。」其制長二尺，短者半之，其次一長一短，兩編下坿[5]篆書，起年月日，稱皇帝曰，以命諸侯王三公，其諸侯王三公[6]之薨于位者，亦以策書誄諡其行而賜之，如[7]諸侯之策。三公以罪免，亦賜策文，體如上策，而隸書以尺，一木兩行，唯此為異者也。

制書、帝者制度之命也，其文曰制詔[8]。三公赦令、贖令之屬是也。刺史太守相劾奏申下（上）〔土〕遷書文亦如之，其徵為九卿，若遷京師，近臣[9]則言官具言姓名，其免若得罪無姓。凡制書有印使符下，遠近皆璽封，尚書令印重封，唯赦令、贖令召三公詣朝堂受制書，司徒印封露布下州郡。

詔書者、詔誥也，有三品。其文曰：告某官，官如故事，是為詔書。群臣有所奏請，尚書令奏之，下有制曰：天子荅之曰「可」。若下某官云云亦曰昭[10]書。群臣有所奏請，無尚書令奏制[11]字，則荅曰「已奏」，如書本官下所當至，亦曰詔。

戒書、戒敕刺史太守及三邊營官，被敕文曰有詔敕某官，是為戒敕也。世皆名此為策書，失之遠矣。

凡群臣上[12]書于天子者有四名：一曰章，二曰奏，三曰表，四曰駁議。

章者、需頭，稱稽首上書謝恩、陳事詣闕通者也。

奏者、亦需頭，其京師官但言稽首，下言稽首[13]以聞，其中有[14]所請若罪法劾案

---

1. 《史記·孝文本紀集解》頁425引文無「皁」字。
2. 加《四部叢刊》本卷上頁三下。　　3. 必　　　4. 文
5. 附《四部叢刊》本卷上頁三下。　　6. 《四部叢刊》本卷上頁三下無此三字。
7. 加《四部叢刊》本卷上頁四上　　8. 詔《四部叢刊》本卷上頁四上
9. 宮《四部叢刊》本卷上頁四上　　10. 詔《四部叢刊》本卷上頁四下
11. 《四部叢刊》本卷上頁四下「制」下有「之」字。
12. 尚《四部叢刊》本卷上頁四下　　13. 《四部叢刊》本卷上頁四下無此四字。
14. 者《四部叢刊》本卷上頁四下

公府，送御史臺；公卿校尉，送謁者臺也。

　　表者、不需頭，上言臣某言，下言臣某誠惶誠恐，頓[1]首頓首，死罪死罪。左方下坿[2]曰某官臣某甲上，文多用編兩行，文少以五行，詣尚書通者也。公卿校尉諸將不言姓，大夫以下有同姓官別者言姓，章曰報聞，公卿使謁者將大夫以下至吏民尚書左丞奏聞報可，表文報已奏如書。凡章表皆啓封，其言密事，得皁[3]囊盛。其有疑事，公卿百官會議，若臺閣有所正處而獨執異意者曰駁議。駁議曰某官某甲議以爲如是，下言臣愚戇議異，其非駁議，不言議異，其合于上意者，文報曰某官某甲議可。

　　漢承秦法，群臣上書皆言昧死言，王莽盜位，慕古法，去昧死，曰稽首。光武因而不改，朝臣曰稽首頓首，非朝臣曰稽首再拜，公卿、侍中、尚書衣帛[4]而朝曰朝臣，諸營校尉將大夫以下亦[5]爲朝臣。

　　王者臨撫之別名。天子曰兆民，諸侯曰萬民，百乘之家曰百姓。

　　天子所都曰京師，京、水也，地下之眾者莫過于水，地上之眾者莫過于人，京、大，師、眾也，故曰京師也。

　　京師、天子之畿內千里，象日月，日月躔次千里。

　　天子命令之別名，一曰命，二曰令，三曰政[6]。

　　天子父事天，母事地，兄事日，姊事月，常以春分朝日于東門之外，示有所尊，訓人民事君之道也[7]。秋夕朝月[8]于西門之外，別陰陽之義也。

　　天子父事三老者，適[9]成于天地人也。兄事五更者，訓于五品也。更者、長也，更相代至五也。能以善道改更己也。又三老，老謂久也、舊也、壽也，皆取首妻男女完具者，古者天子親袒割牲，執醬而饋，三公設几，九卿正履，使者安車輭輪送迎而至其家，天子獨拜于屏，其[10]明旦三老詣闕謝，以其禮過厚故也。又五更或爲叟，叟、老

---

1. 稽《四部叢刊》本卷上頁四下　　2. 附《四部叢刊》本卷上頁五上
3. 帛《四部叢刊》本卷上頁五上　　4. 皁　　　　5. 不
6. 命出君下臣名曰命，令奉而行之名曰令，政著之竹帛名曰政《四部叢刊》本卷上頁六上
7. 《四部叢刊》本卷上頁六上無以下十五字。　　　8. A.秋夕夕月 B.秋分夕月
9. 道　　　　10. 《四部叢刊》本卷上頁六下無「其」字。

稱，與三老同義也。

三代建正之別名：夏以十三月爲正，十寸爲尺。律中‧大蔟‧[1]，言萬物始蔟[2]而生，故以爲正也。

殷以十二月爲正，九寸爲尺，律中大呂，言陰氣大勝，助黃鍾宣氣而萬物生，故以爲正也。

周以十一月爲正，八寸爲尺，律中黃鍾，言陽氣踵黃泉而出，故以爲正也。

三代年歲之別名：唐虞曰載，載、歲也，言一歲莫不覆載，故曰載也。夏曰歲，一曰稔也。商曰祀，周曰年。

閏月者、所以補小月之減日，以正歲數，故三年一閏，五年再閏。

天子諸侯后妃夫人之別名：天子之（紀）〔妃〕曰后，后之言後也。諸侯之妃曰夫人，‧夫‧[3]之言扶也。大夫曰孺人，‧孺‧[4]之言屬也。士曰婦人，‧婦‧[5]之言服也。庶人曰妻，妻之言齊也。公侯有夫人、有世婦、有妻、有妾。皇后赤綬玉璽，貴人緺綟金印，緺綟色似綠。

天子后立六宮之別名：三夫人、帝嚳有四妃以象后妃四星，其一明者爲正妃，三者爲次妃也。九嬪、夏后氏增以三三而九，合十二人。春秋天子一取十二，夏制也。二十七世婦，殷人又增三九二十七，合三十九人。八十一御女，周人上法帝嚳正妃，又九九爲八十一，增之合百二十人也。天子一取十二女，象十二月，三夫人、九嬪。諸侯一取九女，象九州，一妻、八妾。卿大夫一妻、二妾，士一妻、一妾。

王者子女[6]封邑之差：帝之女曰公主，儀比諸侯；帝之姊妹曰長公主，儀比諸侯王；異姓婦女以恩澤封者曰君，比長公主。

天子諸侯宗廟之別名：左宗廟，東曰左，帝牲牢三月，在外牢一月，在中牢一月，

---

1. 太簇《四部叢刊》本卷上頁六下　　2. 簇《四部叢刊》本卷上頁六下
3. 夫人《四部叢刊》本卷上頁七上　　4. 孺人《四部叢刊》本卷上頁七上
5. 婦人《四部叢刊》本卷上頁七上　　6. 《四部叢刊》本卷上頁七下無「女」字。

在明牢一月，謂近明堂也。三月一時已足肥矣，徙之三月，示其潔也。右社稷，西曰右，宗廟、社稷皆在庫門之內、雉門之外，天子三昭三穆與太祖之廟七，七廟一壇一墠，曰考廟、〔王考廟〕、皇考廟、顯考廟、祖考廟，皆月祭之。諸侯二昭二穆與太祖之廟五。五廟一壇一墠，曰考廟、王考廟、皇考廟，皆月祭之。

5

　　大夫以下廟之別名：大夫一昭一穆與太祖之廟三，三廟一壇，考廟、王考[1]廟、四時祭之也。士一廟，降大夫二也。上士二廟一壇，考廟、王考廟，亦四時祭之而已。自立二祀曰門曰行。下士、一廟曰考廟，王考無廟而祭之，所謂祖稱曰廟者也，亦立二祀，與上士同。府史以下未有爵命，號爲庶人，及庶人‣皆無廟‣[2]，四時祭于寢也。

10

　　周祧文武爲祧，四時祭之而已。去祧爲壇，去壇爲墠，有禱焉，祭之；無禱乃止。去墠曰鬼，壇謂築土起堂，墠謂築土而無屋者[3]也。

　　薦考妣于適寢之所，祭春薦韭卵，夏薦麥魚，秋薦黍豚，冬薦稻雁[4]，制無常牲，
15　取與新物相宜而已。

　　天子之宗社曰泰社，天子所爲群姓立社也。天子之社曰王社，一曰帝社。古者有命將行師，必于此社授以政。《尙書》曰：「用命賞于祖，不用命戮于社。」

20　　諸侯爲百姓立社曰國社，諸侯之社曰侯社。

　　亡國之社：古者天子亦取亡國之社以分諸侯，使爲社以自儆戒，屋之掩[5]其上使不通天，柴其下使不通地，自[6]與天地絕也，‣面北‣[7]向陰，示滅亡也。

25　　大夫以下成群立社曰置社，大夫不得特立社，與民族居，百姓以[8]上則共一社，今之里社是也。天子社稷土壇方廣五丈，諸侯半之。

　　天子社稷皆太牢，諸侯社稷皆少牢。

1.《四部叢刊》本卷上頁八下無「考」字。
2. 皆寢無廟《四部叢刊》本卷上頁八下
3.《四部叢刊》本卷上頁八下無「者」字。
4. 鴈《四部叢刊》本卷上頁八下　　　5. 奄《四部叢刊》本卷上頁九上　　　6. 示
7. 北面　　　8. 已《四部叢刊》本卷上頁九上

天子爲群姓立七祀之別名：曰司命、曰中霤、曰國行、曰國門、曰泰厲、曰戶、曰竈。

諸侯爲國立五祀之別名：曰司命、曰中霤、曰國門、曰國行、曰公厲。

大夫以下自立三祀之別名：曰族厲、曰門、曰行。

五祀之別名：門秋爲少陰，其氣收成，祀之于門。祀門之禮，北面[1]設主于門左樞。戶春爲少陽，其氣始出生養，祀之于戶。祀戶之禮，南面設主于門內之西行。冬爲太陰，盛寒爲[2]水，祀之于行，在廟門外之西，拔壤厚二尺、廣五尺、輪四尺，北面設主于拔上[3]。竈夏爲太陽，其氣長養，祀之于竈。祀竈之禮，在廟門外之東，先（帝）〔席〕于門奧＞西東＜[4]，設主于竈陘也。中霤：季夏之月土氣始盛，其祀中霤，霤神在室，祀中霤，設主于牖下也。

五方正神之別名：東方之神，其帝太昊，其神句芒。南方之神，其帝神農，其神祝融。西方之神，其帝少昊，其神蓐收。北方之神，其帝顓頊，其神玄冥。中央之神，其帝黃帝，其神后土。

六神之別名：風伯神、箕星也，其象在天，能興風。雨師神、畢星也，其象在天，能興雨。明星神、一曰靈星，其象在天，舊說曰：靈星、火星也，一曰龍星。火爲天田，厲山氏之子柱及后稷能殖百穀以利天下，故[5]祀此三神以報其功也。《漢書》稱高帝五年，初置＞靈官祠＜[6]、后土祠，位在壬地。

社神蓋共工氏之子句龍也，能平水土，帝顓頊之世舉以爲土正，天下賴其功，堯祠以爲社。凡樹社者、欲令萬民加[7]肅敬也，各以其野所宜之木以名其社及[8]其野，位在未地。稷神、蓋厲山氏之子柱也，柱能殖百穀，帝顓頊之世舉以爲田正，天下賴其功。周棄亦播殖百穀，以稷五穀之長也，因以稷名其神也。社、稷二神功同，故同堂別壇，俱在未位，土地廣博，不可徧[9]覆，故封社稷。露之者、必受霜露以達天地之氣，樹之者、尊而表之，使人望見則加畏敬也。

---

1. 向《四部叢刊》本卷上頁九下　　2. 於《四部叢刊》本卷上頁十下
3. 《四部叢刊》本卷上頁十上「上」下有「一作載壤」四字。　　4. 面東
5. 總《四部叢刊》本卷上頁十下　　6. 靈星祠《四部叢刊》本卷上頁十下
7. 知《四部叢刊》本卷上頁十下　　8. 《四部叢刊》本卷上頁十下無「及」字。
9. 偏《四部叢刊》本卷上頁十一上

先農神、先農者蓋神農之神，神農作耒耜，教民耕農，至少昊之世，置九農之官如左。

春扈氏農正、趣民耕種，夏扈氏農正、趣民芸除，秋扈氏農正、趣民收斂，冬扈氏農正、趣民蓋藏，棘扈氏農正、常謂茅氏，一曰掌人百果。行扈氏農正、晝為民驅鳥，宵扈氏農正、夜為民驅獸。桑扈氏農正、趣民養蠶，老扈氏農正、趣民收麥[1]。

疫神：帝顓頊有三子，生而亡去為〔疫〕鬼，其一者居江水，是為瘟[2]鬼；其一者居若[3]水，是為魍魎；其一者居人宮室樞[4]隅處，善驚小兒。ʼ于是ʼ[5]命方相氏黃金四目，蒙以熊皮，玄衣朱裳，執戈揚楯，常以歲竟十二月從百隸及童兒，而時儺以索宮中，毆疫鬼也。桃弧棘矢土鼓鼓，且射之以赤丸，五穀播灑之以除疫[6]殃，已而立桃人葦索，儋牙虎神荼、鬱壘以執之，儋牙虎神荼、鬱壘二神海中有度朔之山，上有桃木蟠屈三千里卑枝，東北有鬼門，萬鬼所出入也。神荼與鬱壘二神居其門，主閱領諸鬼，其惡害之鬼，執以葦索食虎，故十二月歲竟，常以先臘之夜逐[7]除之也，乃畫荼壘并懸葦索于門戶以禦凶也。

四代稱臘之別名：夏曰嘉平，殷曰清祀，周曰大蜡，漢曰臘。

五帝臘祖之別名：青帝以未臘卯祖，赤帝以（戌）〔戍〕臘[8]午祖，白帝以丑臘卯[9]祖，黑帝以辰臘子祖，黃帝以辰臘未[10]祖。

天子大蜡八神之別名：蜡之言索也，祭日索此八神而祭之也。大同小異，為位相對向，祝曰，土反其宅，水歸其壑，昆蟲[11]毋作，豐年若上[12]，歲取千百。

先嗇、司嗇、農、郵表畷[13]、貓虎、坊、水庸、昆蟲。

---

1. 炙《四部叢刊》本卷上頁十一下　　　　2. 瘟
3. 《四部叢刊》本卷上頁十一下「若」字作「■」。　　　4. 區
5. 故《四部叢刊》本卷上頁十一下　　　　6. 疾《四部叢刊》本卷上頁十一下
7. 《四部叢刊》本卷上頁十二上無「逐」字。
8. 《四部叢刊》本卷上頁十二上無「臘」字。
9. 酉《四部叢刊》本卷上頁十二上　　　　10. 戍
11. 虫《四部叢刊》本卷上頁十二下
12. 土《四部叢刊》本卷上頁十二下
13. 綴《四部叢刊》本卷上頁十二下

五祀之別名：法施于民則祀，以死勤事則祀，以勞定國則祀，能禦大災則祀，能扞大患則祀。

六號之別名：神號、尊其名更[1]爲美稱，若曰皇天上帝也。鬼號、若曰皇祖伯某，祇[2]號若曰后土地祇[3]也。牲號、牛曰一元大武，羊曰柔毛之屬也[4]。齊號、黍曰薌合，　　　5
粱[5]曰香萁之屬也。幣號、玉曰嘉玉，幣曰量幣[6]之屬也。

凡祭宗廟禮牲之別名：牛曰一元大武，豕曰剛鬣，豚曰腯肥，羊曰柔毛，雞曰翰音，犬曰羹獻，雉曰疏趾，兔曰明視。
　　　　　　　　　　　　　　　　　　　　　　　　　　　　　　　　　　　　10

凡祭號牲物異于人者，所以尊鬼神也。脯曰尹祭，槀[7]魚曰商祭，鮮魚曰脡祭。水曰清滌，酒曰清酌，黍曰薌合，粱[8]曰香萁，稻曰嘉疏，鹽曰鹹鹺，玉曰嘉玉，幣[9]曰量幣。

太祝掌六祝之辭：順祝、願[10]豐年也，年祝、求永貞[11]也，告祝[12]、祈福祥也，　　　15
化祝、弭災兵也，瑞祝、逆時雨、寧風旱也，策祝、遠罪病也。

宗廟所歌詩之別名：《清廟》、一章八句，洛邑既成，諸侯朝見宗祀文王之所歌也。《維天之命》、一章八句，告太平于文王之所歌也。《維清》、一章五句，奏象武之所[13]歌也。《烈文》、一章十三句，成王即政，諸侯助祭之所歌也。《天作》、一章　　　20
七句，祝先王公[14]之所歌也。《昊天有成命》、一章七句，郊祀天地之所歌也。《我將》、一章十句，祀文王于明堂之所歌也。《時邁》、一章十五句，巡守告祭柴望之所歌也。《執競》、一章十四句，祀武王[15]之所歌也。《思文》、一章八句，祀后稷配天之所歌也[16]。《臣工》、一章十句[17]，諸侯助祭遣之于廟之所歌也。《噫嘻》、一章八句，春夏祈穀于上帝之所歌也。《振鷺》、一章八句，二王之後來助祭之所歌也。　　　25

---

1. 《四部叢刊》本卷上頁十二下無「更」字。
2. 祇《四部叢刊》本卷上頁十三上　　　3. 祇《四部叢刊》本卷上頁十三上
4. 《四部叢刊》本卷上頁十三上無「也」字。
5. 粱《四部叢刊》本卷上頁十三上　　　6. 弊《四部叢刊》本卷上頁十三上
7. 槀《四部叢刊》本卷上頁十三上　　　8. 粱《四部叢刊》本卷上頁十三上
9. 弊《四部叢刊》本卷上頁十三上
10. 順《四部叢刊》本卷上頁十三下
11. 貞《四部叢刊》本卷上頁十三下　　　12. 吉祝
13. 《四部叢刊》本卷上頁十三下無「所」字。　　14. 祀先王先公
15. 公《四部叢刊》本卷上頁十四上
16. 《四部叢刊》本卷上頁十四上無「也」字。　　17. 十五句

《豐年》、一章七句，烝[1]嘗秋冬之所歌也。《有瞽》、一章十三句，始作樂合諸樂而奏之所歌也。《潛》、一章六句，季冬薦魚、春獻鮪之所歌也。《雍》、一章十六句，禘太祖之所歌也。《載見》、一章十四句，諸侯始見于武王廟之所歌也。《有客》、一章·十三句·[2]，微子來見祖廟之所歌也。《武》、一章七句，奏大武周武所定一代之樂之[3]所歌也。《閔予小子》、一章十一句，成王除武王之喪，將始即政，朝于廟之所歌也。《訪落》、一章十二句，成王謀政于廟之所歌也。《敬之》、一章十二句，群臣進戒嗣王之所歌也。《小毖》、一章八句，嗣王求忠臣助己之所歌也。《載芟》、一章三十一句，春耤[4]田祈社稷之所歌也。《良耜》、一章二十三句，秋報社稷之所歌也。《·絲衣·[5]》、一章九句，繹賓尸之所歌也。《酌》、一章九句，告成大武，言能酌先祖之道以養天下之所歌也。《桓》、一章九句，師祭講武類禡之所歌也。《賚》、一章六句，大封于廟、賜有德之所歌也。《般》、一章七句，巡狩祀四嶽、河海之所歌也。右詩三十一章，皆天子之禮樂也。

五等爵之別名：三公者、天子之相，相、助也，助理天下，其地方[6]百里。侯者、候也，〔候〕逆順也，其地方百里。伯者、白也，明白于德，其地方七十里。子者、滋也，奉天王之恩德，其地方五十里。男者、任也，立功業以化民，其地方五十里。

守者、秦置也。秦兼天下，置三川守，伊、河、洛也。漢改曰河南守，武帝會[7]曰太守，世祖都（河）〔洛〕陽，改曰正。

諸侯大小之差：諸侯王、皇子封爲王者稱曰諸侯王。徹侯、群臣異姓有功封者稱曰徹侯。避[8]武帝諱改曰通侯，或曰列侯也。朝侯、諸侯有功德者，天子特命爲·朝侯·[9]，位次諸卿。

王者耕耤[10]田之別名：天子三推，三公五推，卿諸侯九推。

三代學校之別名：夏曰校，殷曰序[11]，周曰庠[12]，天子曰辟雍，謂流水四面如璧，

---

1. 蒸《四部叢刊》本卷上頁十四上　　　2. 十二句
3. 《四部叢刊》本卷上頁十四上無「之」字。
4. 耤《增訂漢魏叢書》本總頁720　　　5. 綠衣《四部叢刊》本卷上頁十四下
6. 封《四部叢刊》本卷上頁十五上　　　7. 命
8. 《四部叢刊》本卷上頁十五上無「避」字。
9. 諸侯《增訂漢魏叢書》本總頁720
10. 耤《四部叢刊》本卷上頁十五下
11. 庠《四部叢刊》本卷上頁十五下
12. 序《四部叢刊》本卷上頁十五下

以節觀者，諸侯曰頖宮，頖、言半也，義亦如上。

五帝三代樂之別名：黃帝曰《雲門》，顓頊曰《六莖》，帝嚳曰《五英》，堯曰《咸池》，舜曰《大韶》，一曰《大招》，夏曰《大夏》，殷曰《大濩》，周曰《大武》。天子八佾，八八六十四人，八者、象八風，所以風化天下也。公之樂《六佾》，象六律也。侯之樂《四佾》，象四時也。

朝士‧卿朝[1]之法：左九棘、孤卿大夫位也，‧群臣[2]在其後。右九棘、公侯伯子男位也，群吏在其後。三槐、三公之位也，州長眾庶在其後。

四代獄之別名：唐虞曰士官，《史記》曰皋陶爲理，《尚書》曰皋陶作士，夏曰均臺，周曰囹圄，漢曰獄。

四夷樂之別名：王者必作四夷之樂以定天下之歡心[3]，祭神明和而歌之，以管樂爲之聲。東方曰韎，南方曰任，西方曰侏[4]離，北方曰禁。

《易》曰：「帝出乎震。」震者、木也，言虑[5]犧氏始以木德王天下也。木生火，故虑[6]犧氏殂[7]，神農氏以火德繼之。火生土，故神農氏殂[8]，黃帝以土德繼之。土生金，故黃帝殂[9]，少昊氏以金德繼之。金生水，故少昊氏殂[10]，顓頊氏以水德繼之。水生木，故顓頊氏殂[11]，帝嚳氏以木德繼之。木生火，故帝嚳氏殂[12]，帝堯氏以火德繼之。火生土，故帝舜氏以土德繼之。土生金，故夏禹氏以金德繼之。金生水，故殷湯氏以水德繼之。水生木，故周武[13]以木德繼之。木生火，故高祖以火德繼之。

‧虑犧[14]爲太昊氏，炎帝爲神農氏，黃帝爲軒轅氏，少昊爲金天氏，顓頊爲高陽氏，帝嚳爲高辛氏，帝堯爲陶唐氏，帝舜爲有虞氏，夏禹爲夏后氏，湯爲殷商氏，武王爲周，高祖爲漢。高帝、惠帝、呂后[15]攝政、文帝、景帝、武帝、昭帝、宣帝、元帝、成帝、哀帝、平帝、王莽、聖公、光武、明帝、章帝、和帝、殤帝、安帝、順帝、沖

---

1. 外朝　　　　　2. 群士　　　　3. 《四部叢刊》本卷上頁十六上無「心」字。
4. 株《四部叢刊》本卷上頁十六下　5. 必《四部叢刊》本卷下頁一上
6. A.必《四部叢刊》本卷下頁一上　B.㣺
7. 歿《四部叢刊》本卷下頁一上　　8. 沒《四部叢刊》本卷下頁一上
9. 沒《四部叢刊》本卷下頁一上　　10. 沒《四部叢刊》本卷下頁一上
11. 沒《四部叢刊》本卷下頁一上　　12. 沒《四部叢刊》本卷下頁一上
13. 氏《四部叢刊》本卷下頁一上　　14. A.伏犧《四部叢刊》本卷下頁一下　B.伏羲
15. 氏《四部叢刊》本卷下頁一下

帝、質帝、桓帝、靈帝，從高帝至桓帝，三百八十六年，除王莽、劉聖公，三百六十六年，從高祖乙未至今壬子歲，四[1]百一十年，呂后、王莽不入數，高帝以甲午歲即位，以乙未爲元。

帝嫡妃曰皇后，帝母曰皇太后，帝祖母曰太皇太后，其衆號皆如帝之稱。秦漢以來，少帝即位，后代而攝政，稱皇太后，詔不言制。漢興，惠帝崩，少帝[2]弘立，太后攝政。哀帝崩，平帝幼，孝元王皇后以太皇太后攝政。和帝崩，殤帝崩，安帝幼，和熹[3]鄧皇后攝政。孝順崩，沖帝、質帝、桓帝皆幼，順烈梁后[4]攝政。桓帝崩，今上即位，桓思竇后攝政。后攝政則后臨前殿朝群臣，后東面，少帝西面，群臣奏事上書皆爲兩通，一詣太后，一詣少帝，一世、二世、三世、四世、五世、六世、七世、八世、九世、十世、十一世、十二世、十三世、十四世、十五世、十六世。

文帝、弟雖在三，禮、兄弟不相[5]爲後，文帝即高祖子，于惠帝、兄弟也，故不爲惠帝後而爲（弟）〔第〕二，宣帝弟次昭帝，史皇孫之子，于昭帝爲兄，孫以係祖，不得上與父齊，故爲七世。光武雖在十二，于父子之次，于成帝爲兄弟，爲[6]于哀帝爲諸父，于平帝爲父祖，皆不可爲之後。上至元帝于光武爲父，故上繼元帝而爲九世。故《河圖》曰赤，九世會昌，謂光武也。十世以光，謂孝明也；十一以興，謂孝章也。成雖在九，哀雖在十，平雖在十一，不稱次。

宗廟之制：古學[7]以爲人君之居，前有朝，後有寢，終[8]則前制廟以象朝，後制寢以象寢，廟以藏主，列昭穆；寢有衣冠几杖，象生之具，總謂之宮。《月令》曰：「先薦寢廟。」《詩》云：「公侯之宮。」《頌》曰：「寢廟奕奕。」言相連也，是皆其文也。古不墓祭，至秦始皇出寢起居[9]于墓側，漢因而不改，故今[10]陵上稱寢殿，有起居衣冠象生之備，皆古寢之意也。居西都時，高帝以下，每帝各別立廟，月備法駕遊衣冠，又未定迭毀之禮。元帝時[11]，丞相匡衡、御史大夫貢禹乃以經義處正，罷遊衣冠，毀先帝親盡之廟。高帝爲太祖，孝文爲太宗，孝武爲世宗，孝宣爲中宗，祖宗廟皆世世奉祠，其餘惠景以下皆毀，五年而稱[12]殷祭，猶古之禘祫也，殷祭則及諸毀廟，非殷祭則祖宗而已。光武中興，都洛陽，乃合高祖以下至平帝爲一廟，藏十一帝主于其中，元

---

1. 三　　　　　　2. 子《四部叢刊》本卷下頁三上
3. 熹《四部叢刊》本卷下頁三上　　4. 梁皇后《四部叢刊》本卷下頁三上
5. 能《四部叢刊》本卷下頁四上　　6. 《四部叢刊》本卷下頁四上無「爲」字。
7. 者《四部叢刊》本卷下頁四下　　8. 宮《四部叢刊》本卷下頁四下
9. 之《四部叢刊》本卷下頁四下　　10. 金《四部叢刊》本卷下頁四下
11. 《四部叢刊》本卷下頁五上無「時」字。　　12. 再

帝于光武爲禰，故雖非宗而不毀也。後嗣遵承，遂常奉祀光武舉天下以再受命[1]復漢
祚，更起廟稱世祖。孝明臨崩遺詔遵儉毋起寢廟，藏主于世祖廟。孝章不敢違，是後遵
承藏主于世祖廟，皆如孝明之禮，而園陵皆自起寢廟。孝明曰顯宗，孝章曰肅宗，是[2]
後踵前。孝和曰穆宗，孝安曰恭宗，孝順曰敬宗，孝桓曰威宗，唯殤、沖、質三少帝，
皆以未踰年而崩，不列于宗廟。四時就陵上祭寢而已。今洛陽諸陵，皆以晦望、二十四
氣伏、社臘及四時日上飯[3]。大[4]官送用，園令食監典省其親陵所宮人，隨鼓漏，理被
枕，具盥水，陳嚴具。天子以正月五日畢供[5]後上原陵，以次周徧，公卿百官皆從，
四姓小侯諸侯家婦，凡與先帝先后有瓜葛者，及諸侯王、大夫郡國計吏、匈奴朝者西國
侍子皆會，尚書官屬，陛西除下先帝神座，後大夫計吏皆當軒下，占其郡穀價，四方災
異，欲皆使先帝魂神具聞之，遂于親陵各賜計吏而遣之。正月上丁祠南郊，禮畢，次北
郊明堂，高祖廟、世祖廟謂之五供。五供畢，以次上陵也。四時宗廟用牲十八太[6]牢，
皆有副倅。西廟五主：高帝、文帝、武帝、宣帝、元帝也。高帝爲高祖，文帝爲太宗，
武帝爲世宗，宣帝爲中宗，其廟皆不毀。孝元功薄當毀，光武復天下，屬弟于元帝爲
子，以元帝爲禰廟，故列于祖宗，後嗣因承，遂不毀也。

　　東廟七主：光武、明帝、章帝、和帝、安帝、順帝、桓帝也。光武爲世祖，明帝爲
顯宗，章帝爲肅宗，和帝爲穆宗，安帝爲恭宗，順帝爲敬宗，桓帝爲威宗，廟皆不毀。
少帝未踰年而崩，皆不入廟，以陵寢爲廟者三：殤帝康陵、沖帝懷陵、質帝靜陵是也。
追號爲后者三：章帝[7]宋貴人曰敬隱后[8]，葬北陵[9]，安帝祖母也。清河孝德皇后、安
帝母也。章帝梁貴人曰恭懷后，葬西陵，和帝母也。安帝張貴人曰[10]恭敏后，葬北陵，
順帝母也。

　　兩廟十二主、三少帝、三后，故用十八太牢也。

　　漢家不言禘祫，五年而再殷祭，則西廟惠帝、景、昭[11]皆別祠，成、哀、平三帝
以非光武所後，藏主長安，故高廟四時祠于東廟，京兆尹侍祠衣冠車服，如太常祠行陵
廟之禮，順帝母故云[12]姓李，或姓張。高祖得天下，而父在，上尊號曰太上皇，不言
帝，非天子也。孝宣繼孝昭帝，其父曰史皇孫，祖父曰衛太子，太子以罪廢，及皇孫皆

---

1. 今《四部叢刊》本卷下頁五上　　　2. 及《四部叢刊》本卷下頁五下
3. A.祠廟日上飯　B.曰上飯《四部叢刊》本卷下頁五下
4. 太《四部叢刊》本卷下頁五下　　　5. 五供畢
6. 大《四部叢刊》本卷下頁六上　　　7. 《四部叢刊》本卷下頁六下無「帝」字。
8. 後　　　　　9. 敬北陵《四部叢刊》本卷下頁六下
10. 《四部叢刊》本卷下頁六下無「日」字。　　　11. 惠、景、昭三帝
12. 天《四部叢刊》本卷下頁七上

死。宣帝但起園陵長承奉守，不敢加尊號于‣祖父‣[1]也。光武繼孝元，亦不敢加尊號于‣父祖‣[2]也。世祖父南頓君[3]曰皇考，祖鉅鹿都尉曰皇祖，曾祖鬱林太守曰皇曾祖。高祖舂陵節侯曰皇高祖，起陵廟，置章陵以奉祠之而已。至殤帝崩，無子弟，安帝以和帝兄子從清河王子即尊號，依高帝尊父爲太上皇之義，追號父清河王曰孝德皇。順帝崩，沖帝無子弟，立樂安王子，是爲質帝。帝偪于順烈梁后父大將軍[4]梁冀未得尊其父而崩。桓帝以蠡吾侯子即尊位，追尊父蠡吾先[5]侯曰孝崇皇，母匡[6]太夫人曰孝崇后，祖父河間孝王曰孝穆皇，祖母妃曰孝穆后。桓帝崩，無子，今上即位，追尊父解瀆侯曰孝仁皇，母董夫人曰孝仁后，祖父河間敬王曰孝元皇，祖母夏妃曰孝元后。

天子大[7]社，以五色土爲壇，皇子封爲王者，受天子之社土以所封之方色，東方受青，南方受赤，他如其方色，苴以白茅授之，各以其所封‣方之色‣[8]。歸國以立社，故謂之受茅土。漢興以皇子封爲王者得茅土，其地[9]功臣及鄉亭他姓公侯，各以其戶數租入爲限，不受茅土，亦不立社也。

漢制：皇子封爲王者，其實古諸侯也。周末諸侯或稱王，而漢天子自以皇帝爲稱，故以王號加之，總名諸侯王子弟。封爲侯者，謂之諸侯。群臣異姓有功封者，謂之徹侯。後避武帝諱改曰通侯。法律家皆曰列侯。功德優盛朝廷所異者，賜位特進，位在三公下。其次朝侯，位次九卿下，皆平冕文衣，侍祠郊廟，稱侍祠侯。其次下士，但侍祠無朝位。次小國侯，以肺腑宿衛親公主子孫奉墳墓，在京者亦隨時見會，謂之猥朝侯也。

巡狩校獵還，公卿以下陳洛陽都亭前[10]街上，乘輿到，公卿下拜，天子下車。公卿親識[11]顏色，然後還宮。古語曰：「在車則下。」惟此時施行。

正月朝賀，三公奉璧上殿，向御座北面，太常贊曰：「皇帝爲君興，三公伏，皇帝坐，乃進璧。」古語曰：「御坐則起。」此之謂也。舊儀三公以下月朝，後省，常以六月朔、十月朔旦朝，後又以盛暑省六月朝，故今獨以爲正月、十月朔朝也。冬至陽氣始

---

1. 父祖《四部叢刊》本卷下頁七上
2. 祖父《增訂漢魏叢書》本總頁724
3. 令《增訂漢魏叢書》本總頁724　　4.《四部叢刊》本卷下頁七下無「軍」字。
5.《四部叢刊》本卷下頁七下無「先」字。
6. 匡《四部叢刊》本卷下頁七下　　7. 太《四部叢刊》本卷下頁七下
8. 之方色《增訂漢魏叢書》本總頁725　　　　9. 他
10.《四部叢刊》本卷下頁八上無「前」字。
11. 戚《四部叢刊》本卷下頁八下

〔動〕，〔夏至陰氣始〕起，麋鹿解角，故寢兵鼓，身欲寧，志欲靜，不聽事，送迎五日，臘者、歲終大祭，縱吏民宴飲，非迎氣，故但送不迎。正月歲首，亦如臘儀。冬至陽氣起，君道長，故賀。夏至陰氣起，君道衰，故不賀。鼓以動眾，鐘[1]以止眾。夜漏盡，鼓鳴則起。晝漏盡，鐘[2]鳴則息也。

天子出，車駕次（弟）〔第〕謂之鹵簿：有大駕、有小駕、有法駕。大駕、則[3]公卿奉引大將軍參乘太僕御，屬車八十一乘，備千乘萬騎。在長安時，出祠天于甘泉備之，百官有其儀注，名曰甘泉鹵簿。中興以來希用之。先帝時，時[4]備大駕上原陵，他不常用，唯遭大喪，乃施之法駕。公卿不在鹵簿中，唯河南尹執金吾洛陽令奉引侍中參乘奉車郎御屬車三十六乘，北郊明堂，則省諸副車。小駕、祠宗廟用之，每出，太僕奉駕上鹵簿于尙書，侍[5]中、中常侍、侍御史、主者郎令史[6]皆執注以督整諸軍車騎。春秋上陵令又省于小駕，直事尙書一人從令以下皆先行。

法駕、上所乘曰金根車，駕六馬，有五色，安車五色，立車各一，皆駕四馬，是為五時副車。俗人名之曰五帝車，非也。又有戎立車以征伐，三蓋車名‧耕根車‧[7]，一名芝車，親耕耤[8]田乘之。又有躪豬車，（慢）〔幔〕輪有畫，田獵乘之，綠車名曰皇孫車，天子孫乘之，以從。

凡乘輿車皆羽蓋金華爪，黃屋左纛，金鍐[9]方釳，繁纓重轂副牽[10]。

黃屋者、蓋以黃為裏也。

左纛者、以氂牛尾為之，大如斗。在最後左騑馬䯏上。金鍐[11]者、馬冠也。高廣各四[12]寸，如玉華形，在馬䯏[13]前。方釳者，鐵廣數寸，在䯏[14]後，有三孔，插翟尾其中，繁纓在馬膺前，如索裙者是也。

重轂者、轂外復有一轂，施牽[15]其外，乃復設牽[16]施銅，金鍐形如緹，亞飛軨[17]以

---

1. 鍾《四部叢刊》本卷下頁八下　　2. 鍾《四部叢刊》本卷下頁九上

3. 《四部叢刊》本卷下頁九上無「則」字。

4. 特《四部叢刊》本卷下頁九上　　5. 《四部叢刊》本卷下頁九上無「侍」字。

6. 吏《四部叢刊》本卷下頁九上　　7. 根耕車《四部叢刊》本卷下頁九下

8. 籍《增訂漢魏叢書》本總頁726　　9. 錣　　　　10. 牽　　　　11. 錣

12. 五　　　　13. A.髦 B.鍐《四部叢刊》本卷下頁九下

14. 鍐《四部叢刊》本卷下頁十上　　15. 牽《四部叢刊》本卷下頁十上　　16. 牽

17. 鈴《四部叢刊》本卷下頁十上

緹油，廣八寸[1]，長注地，左畫蒼龍，右白虎，繫軸頭，今二千石亦然，但無畫耳。

前驅有九斿雲罕闒[2]戴皮軒鸞旗，車皆大夫載鸞旗者，編羽毛引繫橦[3]旁，俗人名之曰雞翹車，非也。後有金鉦黃鉞[4]黃門鼓車。古者諸侯貳車九乘，秦滅九國兼其車服，故大駕屬車八十一乘也。尚書御史乘之，最後一車懸豹尾，以前皆皮軒虎皮爲之也。

永安七年，建金根、耕根諸御車，皆一轅，或四馬，或六馬。金根箱輪皆以金鏄正黃，兩臂前後刻金，以作龍虎鳥龜形，上但以青縑爲蓋，羽毛無後戶。

冕冠：周曰爵弁，殷曰冔，夏曰收，皆以三十升漆布爲殼，廣八寸，長尺二寸，加爵冕其上，周黑而赤，如爵頭之色，前小後大，殷黑而微白，前大後小，夏純黑而赤，前小後大，皆有收以持笄。《詩》曰：「常服黼冔，禮朱干玉，戚冕[5]而舞《大武》。」《周書》曰：「王與大夫盡弁，古皆以布，中古以絲。」孔子曰：「麻冕、禮也。今也純儉。」漢雲翹冠，樂祠天地五郊，舞者服之，冕冠垂旒，周禮、天子冕前後垂延朱綠藻有十二旒。公侯大夫各有差別。漢興至孝明帝永平二年，詔有司采[6]《尚書・皋陶篇》及《周官》《禮記》定而制焉，皆廣七寸，長尺二寸，前圓後方，朱綠裏[7]而玄上，前垂四寸，後垂三寸，繫[8]白玉珠于其端，是爲十二旒，組纓如其綬之色。三公及諸侯之祠者，朱綠九旒青玉珠。卿大夫七旒黑玉珠，皆有前無後，組纓[9]各視其綬之色，旁垂黈纊當耳，郊天地、祠宗廟、祀明堂則冠之，衣黼衣，佩玉佩，履絇履。孔子曰：「服周之冕。」鄙人不[10]識，謂之平天冠。

天子冠通天冠，諸侯王冠遠遊冠，公侯冠進賢冠，公王[11]三梁，卿大夫、尚書、二千石博士冠兩梁，千石、六百石以下至小吏冠一梁。天子、公卿、特進朝侯祀天地明堂皆冠平冕。

天子十二旒，三公九，諸侯卿七，其纓與組各如其綬之色，衣玄上纁[12]下，日月星辰，山龍華蟲，祠宗廟則長冠袀[13]玄。其武官太尉以下及侍中常侍皆冠惠文冠，侍中常

---

1. 尺　　　　　　　　2. 闒《四部叢刊》本卷下頁十上
3. 橦《四部叢刊》本卷下頁十上　　　4. 越《四部叢刊》本卷下頁十上
5. 冔《四部叢刊》本卷下頁十下　　　6. 採《四部叢刊》本卷下頁十一上
7. 裏《四部叢刊》本卷下頁十一上　　8. 係《四部叢刊》本卷下頁十一上
9. 緌《四部叢刊》本卷下頁十一上
10. 未《四部叢刊》本卷下頁十一上
11. 編者按：準文例，「王」字下疑當有「冠」字。
12. 壎《四部叢刊》本卷下頁十一下
13. 褐《四部叢刊》本卷下頁十一下

侍加貂蟬，御史冠法冠，謁者冠高山冠。其鄉射行禮，公卿冠委貌，衣玄端，執事者皮弁服，宮門僕射冠卻非，大樂郊社祝舞者冠建華，其狀如婦人縷簏，迎氣五郊舞者所冠，亦爲冕，車駕[1]出後有巧士冠，似高山冠而小[2]。

幘者、古之卑賤執事不冠者之所服也。孝武帝幸館陶公主家，召見董偃，偃傅青褠綠幘，主贊曰：主家庖人臣偃昧死再拜謁，上爲之起，乃賜衣冠，引上殿。董仲舒、武帝時人，其上兩書曰：執事者皆赤幘，知皆不冠者之所服也。元帝額有壯髮，不欲使人見，始進幘服之，群臣皆隨焉，然尙無巾。如今半幘而已。王莽無髮，乃施巾，故語曰：「王莽秃，幘施屋，冠進賢者宜長耳，冠惠文者宜短耳，各隨所宜。」

通天冠、天子常服，漢服受之秦，禮無文。遠遊冠、諸侯王所服，展筩無山，《禮》無文。高山冠、齊冠也，一曰側注，高九寸，鐵爲卷梁，不展筩無山，秦制：行人使官所冠。今謁者[3]服之，《禮》無文。太傅胡公說曰：「高山冠、蓋齊王冠也。秦滅齊，以其君冠賜謁者。」

進賢冠、文官服之，前高七寸，後三寸，長八寸。公侯三梁，卿大夫、尙書、博[4]士兩梁，千石、六[5]百石以下一梁。漢制：《禮》無文。

法冠、楚冠也。一曰柱後惠文冠，高五寸，以纚裹鐵柱卷。秦制執法服之。今御史廷尉監平服之，謂之獬豸冠[6]。獬豸、獸名，蓋一角。今冠兩角，以獬豸爲名，非也。太傅胡公說曰：「《左氏傳》有南冠而縶者。」《國語》曰：「南冠、以如夏姬。」是知南冠蓋楚之冠，秦滅楚，以其君冠賜御史。武冠或曰繁冠，今謂之大冠，武官服之。侍中、中常侍加黃金，坿[7]貂蟬鼠尾飾之。太傅胡公說曰：「趙武靈王效胡服，始施貂蟬之飾，秦滅趙，以其君冠賜侍中。齊冠或曰長冠，竹裹以纚，高七寸，廣三寸，形[8]如板。」

高祖冠、以竹皮爲之，謂之劉氏冠。楚[9]制：《禮》無文。鄙人不識，謂之鵲尾

1. 加《四部叢刊》本卷下頁十二上
2. 其冠似高山冠而小《增訂漢魏叢書》本總頁727
3. 《四部叢刊》本卷下頁十二上無「者」字。
4. 傅《四部叢刊》本卷下頁十二下　　　　5. 八《增訂漢魏叢書》本總頁728
6. 《四部叢刊》本卷下頁十二下無「冠」字。
7. 附《四部叢刊》本卷下頁十三上
8. 《四部叢刊》本卷下頁十三上「形」下有「制」字。
9. 漢《四部叢刊》本卷下頁十三上

冠。

建華冠、以鐵爲柱卷貫，大珠九枚，今以銅爲珠，形制似[1]縷簏。《記》曰：「知天文者服之。」《左傳》曰：「鄭子臧好聚鷸冠。」前圖以爲此制[2]是也。天地五郊、明堂月令舞者服之。

方山冠、以五采縠爲之，漢祀宗廟、大享[3]，《八佾》樂五行舞人[4]服之。衣冠各從其行之色，如其方色而舞焉。

術士冠、前圓，吳制邐迤四重，趙武靈王[5]好服之，今者不用，其說未聞。

巧士冠、高五寸，要後相通埽除，從官服之，《禮》無文。

卻非冠、宮門僕射者[6]服之，《禮》無文。

樊噲冠，漢將軍樊噲造次所冠，以入項籍營，廣七寸[7]，前出四寸[8]，司馬殿門大護[9]衛士服之。

卻敵冠、前高四寸，通長四寸，後高三寸，監門衛士服之，《禮》無文。

珠冕、爵弁收、通天冠、進賢冠、長冠、緇布冠、委貌冠、皮弁、惠文冠，古者天子冠[10]所加者，其次在漢禮。

帝謚：違拂不成曰隱，靖民則法曰黃，翼善傳聖曰堯，仁聖盛明曰舜，殘人多壘曰桀，殘義損善曰紂，慈惠愛親曰孝，愛民好與曰惠，聖善同文[11]曰宣，聲聞宣遠曰昭，克[12]定禍亂曰武，聰明睿智曰獻，溫柔聖善曰懿，布德執義曰穆，仁義說民曰元，安仁立政曰神，布綱治紀曰平，亂而不損曰靈，保民耆艾曰明[13]，辟土有德曰襄，貞心大度曰匡，大慮慈民曰定，知過能改曰恭，不生[14]其國曰聲，一德不懈曰簡，夙興夜

1. 以《四部叢刊》本卷下頁十三上　　2. 則《四部叢刊》本卷下頁十三上　　　3. 大予
4. 者《四部叢刊》本卷下頁十三下　　5.《四部叢刊》本卷下頁十三下無「王」字。
　　6. 等　　　　　　　7. 廣九寸，高七寸　　　　　　　8. 前後出，各四寸
　　9. 大誰　　　10.《四部叢刊》本卷下頁十四上無「冠」字。　　　　　11. 周聞
12. 尅《四部叢刊》本卷下頁十四上　　　　　　13. 胡
14. 丕匡《四部叢刊》本卷下頁十四下

寐[1]曰敬，清白自守曰貞，柔德好眾曰靖，安樂治民曰康，小心畏忌曰僖，中身早折曰悼，慈仁和民曰順，好勇致力曰莊，恭人[2]短折曰哀，在[3]國逢難曰愍，名實過爽曰繆，壅[4]遏不通曰幽，暴虐無親曰厲，致志大圖曰景，辟土兼國曰桓，經緯天地曰文，執義揚善曰懷，短折不成曰殤，去禮遠眾曰煬，怠政外交曰攜，治典不敷[5]曰祈。

5

1. 寢 《四部叢刊》本卷下頁十四下　　2. 仁 《四部叢刊》本卷下頁十四下
3. 佐 《四部叢刊》本卷下頁十四下　　4. 雍 《四部叢刊》本卷下頁十五上
5. 殺

逐字索引

哀 āi	69
皇〇其命	1.6/5/3
嗚呼〇哉	1.8/7/7,2.8/14/25
	3.6/20/5,6.5/35/3,6.6/35/9
	6.6/35/21,6.6/35/23
	6.6/35/27
其音甚〇	1.10/8/2
舒〇聲	1.10/8/16
永懷〇悼	2.1/9/4
歡〇承祀	2.2/10/2
〇以送（以）〔之〕	2.3/11/4
斯可謂存榮殁〇	2.3/11/6
〇何可極	2.3/11/8
純孝過〇	2.4/11/18
告〇金石	2.4/11/22
存榮亡〇	3.4/18/18
老幼〇號	3.7/21/20
率慕黃鳥之〇	4.1/22/28
生榮死〇	4.1/23/5
居喪致〇	4.2/23/26
用慰〇思	4.3/25/8
公卿〇悼	4.5/26/9
榮〇孔備	4.5/26/16
夫人〇悼劬頷	4.6/27/3
〇情結以彌綢	4.6/27/10
號咷告〇	4.7/27/25
作〇讚書之于碑	4.7/27/27
孤情怛兮增〇	4.7/28/7
精〇達乎昊乾	4.7/28/9
〇平短祚	5.1/28/18
殁有餘〇	5.4/31/11
〇哉永傷	5.4/31/17
勒銘告〇	5.5/32/9
惟以告〇	6.3/34/3
以慰〇思	6.4/34/10
〇慘戚以流涕兮	6.4/34/15
〇子懿達、仁達銜恤〇	
痛	6.5/34/19
〇窮念極	6.5/35/1
〇〇孝子	6.6/35/9
號呼告〇	6.6/35/22
瘠羸〇〇	6.6/35/24
嗟其〇矣	6.6/35/26
〇帝晏駕	7.4/40/12
春秋魯定、〇公之時	7.4/41/19
啓大臣喪親之〇	8.1/44/16

號泣悲〇	8.2/45/4
舅偃〇其羸劣	8.2/45/4
比惠、景、昭、成、〇	
、平帝	9.6/49/21
〇晉鄙之無辜兮	11.3/58/24
〇衰周之多故兮	11.3/59/6
〇正路之日澀	11.3/59/17
〇矣泣血	12.5/64/6
中使獲麟不得在〇公十	
四年	13.2/71/19
起縈婦之〇泣	14.7/76/13
〇人寒耳以惆悵	14.11/77/7
轅馬蹀足以〇鳴	14.11/77/7
然後〇聲既發	14.12/77/14
高帝、惠帝、呂后攝政	
、文帝、景帝、武帝	
、昭帝、宣帝、元帝	
、成帝、〇帝、平帝	
、王莽、聖公、光武	
、明帝、章帝、和帝	
、殤帝、安帝、順帝	
、沖帝、質帝、桓帝	
、靈帝	15.1/89/26
〇帝崩	15.1/90/7
爲于〇帝爲諸父	15.1/90/15
〇雖在十	15.1/90/18
成、〇、平三帝以非光	
武所後	15.1/91/25
恭人短折曰〇	15.1/97/2

埃 āi	1
清宇宙之〇塵	11.8/61/9

藹 ǎi	2
〇〇惟公	4.4/25/18

艾 ài	5
磊服〇輔	4.1/23/3
銀〇貂蟬	4.5/26/3
先祖銀〇封侯	5.1/28/25
生榮未〇	5.4/31/11
保民耆〇曰明	15.1/96/27

隘 ài	1
過漢祖之所〇兮	11.3/58/26

愛 ài	25
〇士親仁	1.1/2/23
遺〇在民	1.6/5/3
夫其仁〇溫柔	2.2/9/17
仁而〇人	2.3/10/16
〇不瀆下	2.3/10/19
養釋惟〇	2.7/13/19
遺〇結于人心	4.1/22/16
公寬裕仁〇	4.2/23/10
遺〇不淪	4.2/24/7
汎〇多容	4.3/24/16
慈〇備存	4.7/28/1
古之遺〇	5.5/32/8
感襁褓之親〇	6.4/34/9
溫慈惠〇	6.5/34/23
怒不傷〇	6.6/35/17
爲百姓自〇	7.5/43/28
〇財省稇	8.3/45/27
爾〇其羊	10.1/54/5
我〇其禮	10.1/54/5
則汎〇衆而親仁	13.3/72/22
〇獨結而未并	14.3/75/13
畫騁情以舒	14.3/75/13
親〇者皆曰幸	15.1/81/5
慈惠〇親曰孝	15.1/96/25
〇民好與曰惠	15.1/96/25

曖 ài	1
若公子所謂覩〇昧之利	
	11.8/61/13

曖 ài	2
〇〇玄路	12.14/66/9

礙 ài	1
有所滯〇不得通矣	10.2/56/11

安 ān	66	○能與之齊軌	11.8/62/12	抑○藏摧	14.12/77/14
		老者是○	12.17/66/25		
使夫少長咸○懷之	2.3/10/16	居○聞傾	12.22/67/19	案 àn	10
○靜守約	2.6/12/26	《易》稱○貞	13.1/69/10		
來家于成○	2.7/13/14	從其○者	13.1/69/13	使諸儒參○典禮	2.7/14/1
榮貧○賤	2.7/14/4	○貧樂潛	13.7/73/23	○禮	7.1/36/8
公之丕考以忠蹇亮弼輔		澹澶湲以○流	14.1/74/25	○有一戰	7.3/38/13
孝○	3.1/15/16	在京師曰奏長○宮	15.1/80/17	竊自尋○	7.5/43/12
雖○國之輔梁孝	3.6/20/3	使者○車輟輪送迎而至		臣等謹○《漢書》高祖	
又遷○南將軍	3.7/21/2	其家	15.1/82/28	受命如卓者	9.1/47/11
以○荒裔	3.7/21/9	高帝、惠帝、呂后攝政		臣謹○禮制〔天子〕七	
建○十三年八月遘疾隕		、文帝、景帝、武帝		廟、三昭、三穆、與	
薨	3.7/21/19	、昭帝、宣帝、元帝		太祖七	9.6/49/17
民○物豐	3.7/22/2	、成帝、哀帝、平帝		錄咎在臣不詳省○	9.8/50/10
和柔足以○物	4.1/22/15	、王莽、聖公、光武		無所○請	11.2/58/10
封○樂鄉侯 4.1/22/17,4.2/23/18		、明帝、章帝、和帝		○曆法	13.2/71/5
贈以太傅○樂鄉侯印綬 4.1/22/26		、殤帝、○帝、順帝		其中有所請若罪法劾○	
太傅○樂鄉侯胡公薨 4.3/24/12		、沖帝、質帝、桓帝		公府	15.1/81/28
爲邑○樂	4.4/25/17	、靈帝	15.1/89/26		
生太傅○樂鄉侯廣及卷		○帝幼	15.1/90/7	暗 àn	3
令康而卒	4.5/25/25	孝○曰恭宗	15.1/91/4		
體○其玄	4.5/26/5	光武、明帝、章帝、和		幽○（麋不）昭爛	2.8/14/14
○宅兆于舊邦	4.7/28/6	帝、○帝、順帝、桓		心慮愚○	7.4/39/7
方內乂○	5.1/28/22	帝也	15.1/91/16	○昧已成	7.4/42/4
太傅○樂侯之子也	5.4/30/24	○帝爲恭宗	15.1/91/17		
公體所○	5.4/31/2	○帝祖母也	15.1/91/19	闇 àn	6
太傅○樂鄉侯之子也	5.5/31/22	清河孝德皇后、○帝母			
焉所○神	6.5/35/4	也	15.1/91/19	諒○之際	4.1/22/23
孝景時梁人韓○國坐事		○帝張貴人曰恭敏后 15.1/91/20		敢曰亮○	4.7/27/26
被刑	7.2/36/26	藏主長○	15.1/91/26	視○則疾癘流行	7.4/40/21
○國徒隸	7.2/36/28	○帝以和帝兄子從清河		臣猥以頑○	9.3/48/3
昔淮南王○諫伐越	7.3/38/13	王子即尊號	15.1/92/3	臣猥以愚○	9.3/48/7
介損永○	7.4/41/2	立樂○王子	15.1/92/5	○謙盈之效	11.8/62/4
則危可爲○	7.4/41/19	在長○時	15.1/93/7		
所以令○之也	7.4/42/1	○車五色	15.1/93/14	黯 àn	3
臣〔○〕敢漏所問	7.4/43/5	永○七年	15.1/94/7		
謚法有功○居曰熹	8.1/44/28	○仁立政曰神	15.1/96/27	于是玄有汲○憂民之心	1.1/2/3
○詳審固	8.4/46/10	○樂治民曰康	15.1/97/1	潛幽室之○漠	4.6/27/12
非所敢○	9.3/48/4			玄雲○以凝結兮	11.3/59/10
都于長○	9.4/48/19	晻 ǎn	1		
越三月戊巳至于長○	9.4/48/24			卬 áng	2
誠無○甯甘悅之情	9.9/50/30	綜人事于○昧兮	14.8/76/21		
淮南王○亦取以爲（弟）				顒顒○○	9.7/50/3
〔第〕四篇	10.1/54/7	按 àn	3		
○得不用犧牲	10.2/55/14			昂 áng	3
獨○所取之	10.2/56/5	○古之以子配謚者	1.7/6/4		
○貧樂賤	11.8/61/8	○典考謚	2.8/14/24	坐起低○	14.5/75/25

皆以爲開闢至獲麟二	拜 bài　81	、太僕、太常、司徒　4.1/22/19
○七十六萬歲　13.2/71/15		○室家子弟一人郎中　4.1/22/26
合爲二○七十五歲　13.2/71/16	公○稽首　1.1/1/7,4.4/25/17	又○太常　4.2/23/20,4.2/23/21
而光晃以爲開闢至獲麟	○涼州刺史　1.1/1/26	徵○太中大夫　4.2/23/22
二○七十五萬九千八	徵○上谷太守　1.1/2/7	乃○太僕　4.2/23/23
○八十六歲　13.2/71/18	徵○議郎司徒長史　1.1/2/11	復○太傅錄尚書事　4.2/23/24
獲麟至漢○六十二歲　13.2/71/18	○鉅鹿太守　1.1/2/12	詔○尚書　5.2/29/15
轉差少一○一十四歲　13.2/71/19	故轉○議郎　1.1/2/13	徵○將作大匠、大司農
誠○辟之功　13.4/73/4	歲餘○尚書令　1.1/2/14	、大鴻臚、大僕射　5.2/29/16
表八○之肆觀　14.8/76/20	徙○光祿大夫　1.1/2/18	召○議郎　5.4/31/5
博六經而綴○氏兮　14.8/76/20	復○太尉　1.1/2/18,4.2/23/20	即○陳留太守　5.4/31/7
高○仞而不枉　14.9/76/27	復○少府　1.1/2/19	後以高等○侍御史遷諫
雌雄保○齡　14.19/78/26	○太中大夫　1.1/2/19,3.1/15/18	議大夫　5.5/31/23
車馬、衣服、器械○物	再○稽首以讓　1.2/3/4	○陳留太守　5.5/31/24
曰「乘輿」　15.1/79/10	公○稽首以讓　1.3/3/13	○故待詔會稽朱買臣　7.2/36/26
天家、○官小吏之所稱	公○稽首曰　1.4/3/22	再○受詔書　7.4/39/4
15.1/79/26	徵○度遼將軍　1.5/4/2	頓首再○上書皇帝陛下　7.5/43/9
○官小吏　15.1/80/18	四府表○涼州刺史　1.6/4/18	即起家參○爲泰山太守　8.3/45/25
不滿○丈　15.1/81/7	即家○上谷太守　1.6/4/19	匍匐○寄　8.4/46/20
公卿○官會議　15.1/82/6	徵○議郎　1.6/4/19	蹴踏受○　9.3/48/12
○乘之家曰○姓　15.1/82/14	○議郎　1.6/4/20	稽首再○　9.7/50/1
增之合○二十人也　15.1/83/24	即徵○度遼將軍　1.6/4/20	詣闕○章　9.9/50/28
諸侯爲○姓立社曰國社	起家○尚書令　1.6/4/21	稽首再○上書皇帝陛下
15.1/84/20	○光祿大夫　1.6/4/21	11.2/57/17
○姓以上則共一社　15.1/84/25	後○太尉　1.6/4/21	時以尚書召○郎中　11.2/57/18
厲山氏之子柱及后稷能	用○宛陵令　1.8/6/26	遂與群儒竝○議郎　11.2/57/18
殖○穀以利天下　15.1/85/21	再○博士高（弟）〔第〕	稽首再○以聞　11.2/58/13
柱能殖○穀　15.1/85/26	1.8/6/27	○爲荊州刺史　12.3/63/22
周棄亦播殖○穀　15.1/85/26	復徵○議郎　1.8/7/3	降○屏著　12.4/63/30
一曰掌人○果　15.1/86/5	徵○尚書　1.8/7/3	亦復隨輩皆見○擢　13.1/70/15
常以歲竟十二月從○隸	父○稽首　1.9/7/19	多召○議郎郎中　13.1/70/20
及童兒　15.1/86/10	初以父任○郎中　2.5/12/1	又前至得○　13.1/70/28
歲取千○　15.1/86/23	又家○犍爲太守、太中	非朝臣曰稽首再○　15.1/82/11
其地方○里　15.1/88/14	大夫　2.6/13/3	天子獨○于屏　15.1/82/29
15.1/88/15	○侍御史　3.1/15/18,5.4/31/4	公卿下○　15.1/92/22
三○八十六年　15.1/90/1	留○光祿大夫　3.1/15/19	主家庵人臣僄眜死再○
三○六十六年　15.1/90/1	起家復○太常　3.1/15/21	謁　15.1/95/6
四○一十年　15.1/90/2	○侍中　3.3/17/13	
公卿○官皆從　15.1/91/7	徵○博士　3.6/19/26	敗 bài　5
○官有其儀注　15.1/93/8	以賢能特選○刺史荊州　3.7/20/15	
千石、六○石以下至小	遣御史中丞鍾繇即○鎮	故謀有成○　7.3/37/14
吏冠一梁　15.1/94/23	南將軍　3.7/21/5	○其城郭　10.2/56/12
千石、六○石以下一梁	子授徵○五官中郎將　3.7/21/22	路阻○而無軌兮　11.3/59/10
15.1/95/17	徵○大司農　4.1/22/17	而忽蹉跌之○者已　11.8/61/14
	復○司空　4.1/22/18,4.2/23/19	聲嘶嗌以沮○　14.17/78/15
	又○太尉　4.1/22/18,4.1/22/19	
	徵○太中大夫、尚書令	

般 bān	2
○偄揖讓而辭巧	11.6/60/15
《○》、一章七句	15.1/88/11

班 bān	4
又○之于兆民	5.3/30/10
及營護故河南尹羊陟、	
侍御史胡母○	7.5/43/10
不及陟、○	7.5/43/13
及揚雄、○固、崔駰之	
徒	11.8/61/3

阪 bǎn	1
登長○以淩高兮	11.3/58/27

板 bǎn	4
封墳三○	1.9/7/15
尺一木○草書	7.4/39/3
栽設○	10.2/56/1
形如○	15.1/95/24

半 bàn	7
宰聞喜○歲	2.3/10/18
夜○竈時至人室家也	13.9/74/3
或賜田租之○	15.1/81/2
短者○之	15.1/81/7
諸侯○之	15.1/84/26
類、言○也	15.1/89/1
如今○幀而已	15.1/95/8

辦 bàn	1
不敢營○	7.2/36/25

邦 bāng	22
作憲萬○	1.1/1/8
祐○國	1.10/8/18
是以○之子弟	2.2/9/19
惟○之珍	2.8/14/24
作○楨	3.1/16/4
萬○作程	3.3/17/24

萬○作順	3.4/18/17
于是爲○	3.7/20/25
鄰○襄慕	3.7/21/1
萬○黎獻	4.2/24/5
○家之鎮	4.2/24/7
守于三○	4.4/25/14
三○〔事〕〔惟〕寧	4.4/25/14
家○之媛	4.5/26/18
安宅兆于舊○	4.7/28/6
爰暨○人	5.3/30/15
○國其昌	8.4/46/20
器非殿○佐君之才	9.10/51/14
復○族以自綏	11.3/59/19
往臨○國	12.26/68/9
歷爾○畿	14.5/75/28
爰戾茲○	14.18/78/20

榜 bǎng	1
操吳○其萬艘兮	11.3/59/9

蚌 bàng	2
明珠胎于靈○兮	14.1/74/25
珠出○泥	14.5/75/23

謗 bàng	3
未到而章○先入	1.1/2/13
誹○卒至	7.5/43/19
恆被○訕之誅	13.1/69/30

包 bāo	9
兼○六典	1.7/6/2
足以○覆無方	2.2/9/17
○括道要	2.9/15/1
○羅五典	3.2/17/1
兼○令錫	3.3/17/18
○洞典籍	3.6/19/23
兼○日月	8.1/44/7
○括無外	11.8/61/8
功○五帝	15.1/79/15

苞 bāo	3
○靈曜之純	2.3/10/27

《元命○》、《乾鑿度》	
皆以爲開闢至獲麟二	
百七十六萬歲	13.2/71/15
則上違《乾鑿度》、	
《元命○》	13.2/71/19

褒 bāo	12
以○述德	2.4/11/12
策命○崇	3.7/21/6
○述之義	5.1/28/27
男子王○衣小冠	7.4/39/25
○故公車卒	7.4/39/26
○臣博學深奧	7.4/41/16
特蒙○異	7.5/43/15
詔書○諭	7.5/43/16
非所以○功賞勳也	9.1/47/10
各欲以○崇至親而已	9.6/49/15
特見○異	9.9/50/24
○責之科	13.1/70/19

雹 báo	1
則○傷物	13.1/69/11

保 bǎo	26
視民如○赤子	1.1/2/6
○乂帝家	1.2/3/7, 3.5/18/29
○此清妙	2.1/9/9
德宜師○	3.4/18/7
宜建師○	3.5/18/26
正于阿○	3.6/20/1
○乂四疆	3.7/20/22
而君○完萬里	3.7/21/4
○茲舊門	4.1/22/30
○身遺則	4.1/23/4
蹈明德以○身	4.2/24/1
○賴亶敘	4.4/25/15
○公之謨	4.4/25/16
○之無疆	5.1/29/4
○塞之論	7.3/38/20
錫汝○極	7.4/40/5
《禮記・○傳篇》曰	10.1/52/17
○氏教以六藝守王闈	10.1/52/23
○氏居西門、北門也	10.1/52/23
知掌教國子與《易傳》	

○傳	10.1/52/24	**豹 bào**	1	**卑 bēi**	24
蓮瑗○生	11.8/61/22			車師後部阿羅多、○君	
《詩》稱子孫○之	12.12/65/22	最後一車懸○尾	15.1/94/5	相與爭國	1.1/1/27
潛德○靈	12.22/67/19			收阿羅多、○君	1.1/1/28
雌雄○百齡	14.19/78/26	**裒 bào**	5	○君侯	1.1/1/28
○民耆艾曰明	15.1/96/27			鮮○入塞鈔	1.5/3/28
		○寶懷珍	2.3/11/7	鮮○收迹	1.5/4/7
葆 bǎo	1	○長結以含愁	4.6/27/9	王室遂○	3.6/19/21
		顧○石其何補	12.28/68/19	因高○之宜	6.1/32/18
首如蓬○	9.9/51/6	使○忠之臣展其狂直	13.1/69/26	故護烏桓校尉夏育出征	
		或有○罪襃瑕	13.1/70/3	鮮○	7.2/36/18
飽 bǎo	1			鮮○仍犯諸郡	7.3/37/8
		報 bào	14	破鮮○中郎將	7.3/37/11
無食不○	12.29/68/25			而未聞鮮○之事	7.3/37/16
		詔○曰	1.1/2/3	鮮○種眾新盛	7.3/37/23
褓 bǎo	1	欲○之德	3.7/22/3	鮮○種眾	7.3/37/26
		失延年之○祜	4.6/27/8	其時鮮○連犯雲中五原	11.2/58/5
感褓○之親愛	6.4/34/9	遣（吏）〔生〕奉章		○俯乎外戚之門	11.8/62/5
		（○謝）	5.4/31/8	尊○煙驚	12.27/68/14
寶 bǎo	10	陰德之陽○	6.2/33/15	鮮○犯塞	13.1/69/12
		獲福祿之豐○	6.5/34/26	豈南郊○而它祀尊哉	13.1/69/18
肆其孤用作茲○鼎	1.8/7/7	非臣碎首麋軀所能補○	9.2/47/20	產于○微	14.5/75/23
永載○藏	1.9/7/22	八月酬○	9.6/49/20	古者尊○共之	15.1/80/1
裒○懷珍	2.3/11/7	章曰○聞	15.1/82/5		15.1/80/23
猶用賢臣為○	8.3/45/20	公卿使謁者將大夫以下		因○達尊之意也	15.1/80/6
怪此○鼎未受犧牛大羹		至吏民尚書左丞奏聞		上有桃木蟠屈三千里○	
之和	8.4/46/16	○可	15.1/82/5	枝	15.1/86/12
蓋聞聖人之大○曰位	11.8/61/5	表文○已奏如書	15.1/82/6	幘者、古之○賤執事不	
信荊山之良○、靈川之		文○曰某官某甲議可	15.1/82/8	冠者之所服也	15.1/95/5
明珠也	12.3/63/21	故祠此三神以○其功也			
○其瓴甋	12.28/68/18		15.1/85/21	**陂 bēi**	2
獲○鼎于美陽	13.4/73/4	秋○社稷之所歌也	15.1/88/8		
雜神○其充盈兮	14.1/74/26			款曠○	6.1/32/26
		暴 bào	9	層山之○	14.12/77/11
抱 bào	10				
		誅斃貪○	1.7/5/22	**悲 bēi**	14
未○伏叔尸	8.2/45/4	足以威○矯邪	2.2/9/18		
出處○義	8.3/45/23	剛毅足以威○	4.1/22/15	民斯○悼	2.1/9/9
○關執籥	9.2/47/28	月餘所疾○盛	4.7/27/22	于是從遊弟子陳留、申	
則臣之心厭○釋	9.2/47/28	帝貪則政○	7.4/41/1	屠蟠等○悼傷懷	2.6/13/5
乞開兗○關執籥	9.3/48/6	去○悖之怨	7.4/41/9	○母氏之不永兮	4.6/27/6
含辭○悲	11.2/57/25	政有苛○	13.1/69/11	伏几筵而增○	4.6/27/13
○恨黃泉	11.2/58/7	富貴則無○集之客	13.3/72/13	嗚呼○夫	6.3/34/2
顏歜○璞	11.8/61/22	○虐無親曰厲	15.1/97/3	○悼遺嗣	6.4/34/10
○膺從容	11.8/61/31			至止增○	6.6/35/10
故○璞而優遊	11.8/62/21			號泣○哀	8.2/45/4

含辭抱○	11.2/57/25
○寵嬰之爲梗兮	11.3/59/7
（哓求）〔嗟懷〕煩以	
愁○	14.6/76/8
何此聲之○痛	14.7/76/13
詠新詩之○歌	14.7/76/13
梁甫○吟	14.12/77/15

碑 bēi　　　　　21

書于○陰	1.1/1/13
既乃○表百代	1.4/3/24
于是建○表墓	2.1/9/5
樹○頌德	2.2/10/1
群后建○	2.4/11/16
乃樹○鐫石	2.4/11/19
乃相與建○勒銘	2.5/12/14
乃建○于墓	2.6/13/5
相與刊石樹○	3.1/16/3
譔錄所審言于○	3.4/18/13
刊之于○	4.3/25/8
著斯○石	4.5/26/17
作哀讚書之于○	4.7/27/27
刊石立○	5.2/29/21
乃與樹○作頌	5.3/30/16
遂樹○作銘	5.5/32/4
假○勒銘	6.2/33/15
乃假○〔石〕	6.3/34/2
樹○刊辭	6.4/34/10
因樹○爲銘曰	12.1/63/1
咸銘之于○	13.4/73/10

北 běi　　　　　34

其五月丙申葬于宛邑○	
萬歲亭之陽	1.9/7/13
帝座己○面	3.4/18/7
遷○軍中候	3.7/20/15
出次○境	3.7/20/20
集于○軍	3.7/22/1
封○平侯	6.2/33/10
故濟○相夫人卒	6.6/35/9
○伐胡	7.3/37/18
自匈奴○遁以來	7.3/37/23
十門劉寵龐訓○面	7.4/39/2
入○司馬殿東門	7.4/39/25
○曰玄堂	10.1/51/28

譬如○辰	10.1/52/2
莫入○學	10.1/52/16
入○學	10.1/52/18
日入出○闈	10.1/52/21
西○稱闈	10.1/52/22
保氏居西門、○門也	10.1/52/23
自南自○	10.1/53/11
經圍田而瞰○境兮	11.3/58/25
顧大河于○垠兮	11.3/59/3
○至考城	12.14/66/9
○集京都	14.1/74/26
面○向陰	15.1/84/23
○面設主于門左樞	15.1/85/8
○面設主于拔上	15.1/85/10
○方之神	15.1/85/16
東○有鬼門	15.1/86/13
○方曰禁	15.1/89/15
次○郊明堂	15.1/91/10
葬○陵　15.1/91/19, 15.1/91/20
向御座○面	15.1/92/25
○郊明堂	15.1/93/10

邶 bèi　　　　　1

且晏嬰辭○殿之邑	9.10/51/18

背 bèi　　　　　3

胸○之瘭疽也	7.3/38/3
士○道而走	11.8/61/20
夫豈傲主而○國乎	11.8/61/23

悖 bèi　　　　　5

于古志不○	1.7/6/4
上下咸○	7.4/41/7
去暴己之怨	7.4/41/9
政○德隱	13.1/69/9
以解《易傳》政○德隱	
之言	13.1/69/27

被 bèi　　　　　30

○詔書爲將作大匠	1.6/4/20
○絳衣	1.10/8/17
德○宇宙	3.3/17/23
勳○萬方	4.1/22/25

普○汝南	4.1/23/1
七○三事	4.2/24/6
澤○華夏	4.2/24/7
由是○疾	4.6/27/3
家○榮命	5.2/29/13
○尚書召	5.4/31/6
孝景時梁人韓安國坐事	
○刑	7.2/36/26
○原	7.3/37/9
○服既不同	7.4/39/27
臣○尚書召	7.5/43/9
臣○蒙恩渥	7.5/43/21
而德教○于萬國	8.1/44/20
○其傷毒	9.1/47/3
非臣草萊功勞微薄所當	
○蒙	9.9/50/25
○受爵邑	9.9/50/29
余○于章	10.2/54/18
過○學者聞家就而考之	
	10.2/54/19
臣邑○受陛下寵異大恩	
	11.2/57/17
一旦○章	11.2/57/21
會臣○罪	11.2/58/2
○浣濯而羅布	11.3/59/2
恆○謗訕之誅	13.1/69/30
後輦○遺	13.1/70/28
臣民○其德澤以儌倖	15.1/80/28
○敕文曰有詔敕某官	15.1/81/21
理○枕	15.1/91/6

備 bèi　　　　　51

三事之繇允○	1.3/3/16
文○三德	1.7/6/4
○器鑄鼎	1.9/7/16
虛己○禮	2.1/9/1
四門○禮	2.3/10/20
○九德	2.5/12/12
百行修○	2.6/12/25
孝友是○	2.6/13/6
其有○禮招延	2.7/13/19
節文曲○	2.8/14/20
正直疾枉清儉該○者矣	3.1/15/26
孰能該○寵榮	3.3/17/18
寵命畢○	3.5/19/10
申○九錫	3.5/19/14

逼 bī 2

梁州叛羌○迫兵誅 1.5/3/28
○王職于憲典兮 4.7/28/5

比 bǐ 19

○方公孫 1.1/2/25
有王叔劉氏之○ 1.7/6/12
無俾○而作慝 1.8/7/2
府丞與○縣會葬 2.3/11/4
○功四時 3.5/19/15
荆州將軍○辟 5.5/31/23
蜺之○無德 7.4/39/12
在唐虞則元凱之○ 8.4/46/12
○方前事 9.6/49/14
○惠、景、昭、成、哀、平帝 9.6/49/21
引譬○偶 11.4/59/28
或○龍鱗 11.6/60/10
或櫛○鍼列 11.7/60/22
常○玄墨 12.18/66/30
或彊其○周 13.3/72/11
食則○豆 13.10/74/7
儀○諸侯 15.1/83/27
儀○諸侯王 15.1/83/27
○長公主 15.1/83/28

妣 bǐ 2

考○痛莫慘兮離乖 4.7/28/7
薦考○于適寢之所 15.1/84/14

彼 bǐ 19

劉○裔土 1.6/5/1
疾○彊禦 1.9/7/18
瞻○榮寵 2.5/12/17
綜○前疑 3.6/20/9
躋○公堂 3.7/21/11
如○川流 3.7/21/17
譬○四時 4.3/25/2
蠢○群生 4.4/25/15
疾○攸遂 6.6/35/13
逝○兆域 6.6/35/25
配○哲彥 6.6/35/27
況無○時、地利、人財之備 7.3/37/22
躅○繁文 11.7/60/21
何爲守○而不通此 11.8/61/13
惟○雅器 12.19/67/5
○貞士者 13.3/72/14
與其○農皆黍 13.3/72/24
非○牛女 14.5/76/4
觀○椅桐 14.12/77/11

俾 bǐ 23

○民興行 1.7/5/9
無○比而作慝 1.8/7/2
○後裔永用享祀 1.8/7/7
○屏我皇 1.9/7/20
○志道者有所覽焉 1.10/8/12
○芳烈奮乎百世 2.1/9/5
○後世之歌詠德音者 2.2/10/8
○屏我王 2.3/10/27
○侯齊國 2.6/12/23
○來世昆裔 2.9/15/5
○位河南 3.1/15/20
○胤祖考 3.3/17/22
○率其屬 3.5/18/28
○相（大藩）〔二蕃〕 3.6/20/10
○揚武威 3.7/21/5
○位特進 4.1/22/18
○順其性 4.2/23/19
○屏於皇 4.4/25/18
乃○元孫顯咨度群儒 4.5/26/9
○諸昆裔 4.5/26/17
○我克類 4.7/28/2
○守陳留 5.4/31/16
○我小子 6.5/35/2

粃 bǐ 2

臣伏惟糠○小生 9.9/50/20
下糠○而無粒 11.3/59/16

筆 bǐ 3

給財用○硯爲對 7.4/39/5
非臣辭○所能復陳 11.2/57/22
操○成草 11.2/57/26

鄙 bǐ 3

哀晉○之無辜兮 11.3/58/24
○人不識 15.1/94/20,15.1/95/27

必 bì 34

聞仁○行 1.1/1/18
攻有○克之勢 1.5/4/6
小大之獄○以情 1.7/5/17
○有銘表昭示後世 1.10/8/11
○考其占 2.8/14/13
于是古典舊籍○集州閭 3.7/21/14
百行○備 4.1/22/10
言語造次○以經綸 5.4/31/1
又未○審得其人 7.2/37/2
專勝○克 7.3/37/26
○迫于害 7.3/37/27
○至再三 7.3/38/2
而本朝○爲之旰食 7.3/38/11
四海○爲之焦枯 7.3/38/11
專勝者未○克 7.3/38/12
挾疑者未○敢 7.3/38/12
事○積浸 7.4/41/25
預知所言者當○怨臣 7.5/43/18
○不忍此 7.5/43/26
○以忝辱煩污 9.3/48/15
則枝葉○相從也 10.2/54/28
○家人所畜 10.2/56/19
專○成之功 11.8/61/14
○愼厥尤 11.8/62/7
帛○薄細 12.23/67/23
衣○輕煖 12.23/67/23
夫求賢之道未○一塗 13.1/69/29
○使諸侯歲貢 13.1/70/10
不○若一 13.2/71/11
天子○有近臣 15.1/80/5
然則人主○愼所幸也 15.1/81/4
○于此社授以政 15.1/84/18
露之者、○受霜露以達天地之氣 15.1/85/28
王者○作四夷之樂以定天下之歡心 15.1/89/14

畀 bì 1

烝○祖靈 6.1/33/5

柲 bî   1

《小○》、一章八句   15.1/88/7

陛 bî   43

于時侍從○階   1.4/3/23
以○下威靈   7.2/36/25
願○下少躅禁忌   7.2/37/2
惟○下留神   7.2/37/4
意者○下（關）〔樞〕
　機之內、衽席之上   7.4/39/16
臣邕伏惟○下聖德允明   7.4/41/15
復使○下不聞至戒哉   7.4/41/17
欲使○下豁然大寤   7.4/41/21
幸○下深問   7.4/41/21
爲○下先   7.4/42/8
○階增則堂高   7.4/42/15
臣願○下強納忠言   7.4/43/1
頓首再拜上書皇帝○下   7.5/43/9
爲○下圖康寧之計而已   7.5/43/18
○下不念忠言密對   7.5/43/18
誰敢復爲○下盡忠者乎   7.5/43/20
然恐○下不復聞至言矣   7.5/43/23
○下仁篤之心   7.5/43/26
唯○下加餐   7.5/43/28
伏惟○下體因心之德   8.2/45/10
惟○下留神省察   8.3/45/29
○下當益隆委任   9.1/47/11
○下應期中興   9.2/47/17
○下天地之大德   9.2/47/18
○下統繼大業   9.2/47/24
○下不復參論   9.3/48/4
伏惟○下應天淑靈   9.7/49/29
○下享茲吉福   9.7/50/2
○下天地之德   9.8/50/11
    11.2/57/21
稽首再拜上書皇帝○下
    11.2/57/17
臣邕被受○下寵異大恩
    11.2/57/17
趨走○下   11.2/57/19
惟○下省察   11.2/58/12
○下親政以來   13.1/69/26
○下即位之初   13.1/70/12
臣民稱之曰「○下」   15.1/79/9
○下者、○階也   15.1/80/5

執兵陳于○側以戒不虞   15.1/80/5
謂之○下者   15.1/80/5
故呼在○下者而告之   15.1/80/6
○西除下先帝神座   15.1/91/9

閉 bî   5

外戶不○   2.6/12/27
○門靜居   2.7/13/24
常封○   5.1/28/15
戶皆外設而不○   10.1/53/16
是故天地否○   11.8/61/21

畢 bî   16

○其思心   1.2/3/5
寵命○備   3.5/19/10
悉心○力   3.5/19/12
○力天機   4.2/24/4
于是掾太原王允、雁門
　○整   4.3/24/13
群后○會   4.5/26/16
罔不○舉   5.1/28/23
同位○至   5.4/31/11
○力中饋   6.5/34/24
莫不○舉   8.4/46/6
弓父○精于筋角   11.8/62/20
祥瑞○降   12.12/65/21
雨師神、○星也   15.1/85/19
天子以正月五日○供後
　上原陵   15.1/91/7
禮○   15.1/91/10
五供○   15.1/91/11

敝 bî   2

○鬐兮斷柯斧   11.4/59/30
放一○六   14.13/77/23

賁 bî   5

今使權謁者中郎楊○贈
　穆益州刺史印綬   1.8/7/6
（育）〔烏〕、○之勇
　勢   3.7/20/19
季以高（弟）〔第〕爲
　侍御史諫議大夫侍中

虎○中郎將陳留太守   4.6/27/2
遷侍中虎○中郎將   5.4/31/5
兼掌虎○   5.4/31/16

愎 bî   1

○戾優順逸惰   4.3/24/17

弻 bî   9

回乃不敢不○   1.3/3/15
匡○三事   2.2/9/22
過則○之   2.7/13/21
公之玉考以忠蹇亮○輔
　孝安   3.1/15/16
僉以爲匡○之功   3.4/18/11
公則○之   3.5/19/7
莫能匡○   3.6/20/2
光○六世   4.1/22/24
輔○賢知   11.8/61/11

愊 bî   1

襲悃○剛直   7.4/42/10

碧 bî   2

立若○山亭亭豎   14.4/75/17
迴顧生○色   14.19/78/25

弊 bî   2

以救時○   7.2/37/1
其罷○有不可勝言者   7.3/38/18

幣 bî   8

以受酒禮嘉○之賜   9.3/48/8
以圭璧更皮   10.2/55/13
禱祈以○代牲也   10.2/55/15
○號、玉曰嘉玉   15.1/87/6
○曰量○之屬也   15.1/87/6
○曰量○   15.1/87/12

蔽 bî   9

用袚其○   2.1/9/1

辨 biàn	8
公以其見侮○直	1.1/2/8
未嘗不○于二州也	7.2/36/17
口○辭長	8.4/46/10
蓋所以探賾○物	10.2/54/24
在齊○勇	11.4/59/26
葛盧○音于鳴牛	11.8/62/18
審○眞僞	12.6/64/12
○爲知者通	12.24/67/31

辯 biàn	1
○者馳說	11.8/61/17

變 biàn	33
動則察其○	2.8/14/12
望○復還	3.1/15/22
器械通○	3.7/20/25
宜通乎時○	7.3/38/16
特旨密問政事所○改施	
行	7.4/39/4
綜衆○	7.4/39/8
（政）〔故〕○不虛生	7.4/39/15
以招衆○	7.4/39/17
頭尙未○	7.4/40/8
名實○改	7.4/40/14
今雞身已○	7.4/40/15
臣竊見熒惑○色	7.4/40/25
臣聞熒惑示○	7.4/40/25
○此二處	7.4/41/6
已○柱泥	7.4/41/9
深悼○異	7.4/41/15
故屢見妖○	7.4/41/18
雌雞○化	7.4/41/25
當專一精意以思○	7.4/42/17
問以○異	7.5/43/16
歸近之○	8.4/46/4
應運○通	9.4/48/23
○化之所由來	10.1/52/2
陰陽九六之○也	10.1/53/14
恐遂爲○	11.2/58/6
窮巧于臺榭兮	11.3/59/15
鳥跡之○	11.7/60/21
○詐乖詭	11.8/61/18
衣不○裁	12.2/63/11
災○橫起	12.24/67/29
旋復○易	13.1/70/6
非群臣議者所能○易	13.2/72/5
盡聲○之奧妙	14.9/76/29

彪 biāo	5
○之用文	2.9/15/2
孤○衡恤永思	3.2/16/26
肆其孤○	3.5/19/10
○炳其文	4.1/23/1
蒙昧以○	6.5/35/2

瘭 biāo	1
胸背之○疽也	7.3/38/3

飆 biāo	2
山風泊以○涌兮	11.3/59/4
既乃風○蕭瑟	14.1/74/27

表 biāo	50
公○升會放狼籍	1.1/2/16
連○上不納	1.1/2/18
皆公府〔所〕特○送	1.1/2/21
允世之○儀也已	1.1/2/26
祗以疾告○	1.3/3/17
既乃碑○百代	1.4/3/24
四府○橋公	1.5/4/1
誕有奇○	1.6/4/14
四府○拜涼州刺史	1.6/4/18
群公竝○	1.8/6/28
鎭○靈域	1.9/7/16
必有銘○昭示後世	1.10/8/11
〔望〕形○而景坿	2.1/8/30
于是建碑○墓	2.1/9/5
宜有銘勒○墳墓	2.2/10/7
欲特○	2.3/10/21
文爲德○	2.3/11/1
形○圖于丹青	2.4/11/15
繼期立○	2.4/11/20
處者有○	2.5/12/12
九族中○	2.7/13/24
抽援○達	3.1/15/21
條○以聞	3.1/15/22
○勒鴻勳	3.1/16/3
德爲世○	3.2/16/16
○行揚名	3.6/20/10
君諱○	3.7/20/14
遂及斯○	4.6/27/5
或有神詰靈○之文	4.7/27/26
〔君〕幼有嘉○	5.4/30/25
以○令德	5.5/32/5
旌于墓○	6.3/34/2
生有嘉○	6.4/34/7
實有偉○	6.5/34/23
願寢臣○	7.4/43/5
皇太后參圖考○	8.1/44/10
○貢行狀	8.4/46/18
密疏特○	8.4/46/20
列○奸猾	9.1/47/6
故臣○上洪	11.2/58/1
舒之足以光四○	11.8/62/14
學失○式	12.5/64/6
謹條宜所施行七事○左	
	13.1/69/13
○八百之肆觀	14.8/76/20
三曰○	15.1/81/24
○者、不需頭	15.1/82/3
○文報已奏如書	15.1/82/6
凡章○皆啓封	15.1/82/6
樹之者、尊而○之	15.1/85/28
先嗇、司嗇、農、郵○	
畷、貓虎、坊、水庸	
、昆蟲	15.1/86/25

別 bié	53
○風淮雨	3.3/17/10
輒○上聞	3.7/21/9
○封于黃	4.5/25/23
○封于胡	5.4/30/24
所以○（內外）〔外內〕	
、異殊俗也	7.3/38/8
謹○狀上	7.4/39/8
鉤省○藏	7.4/41/2
以經術分○皁囊封上	7.4/41/15
又○陰陽	10.1/52/22
六種○有驕	10.2/55/25
不分○施之于三月	10.2/56/10
分○首目	11.2/58/9
戎狄○種	11.4/59/25

○榦同心	12.12/65/27	**彬 bīn** 3	**冰 bīng** 7
夫司隸校尉、諸州刺史			
所以督察姦枉、分○		（粦）粦○○其可觀 11.6/60/16	如履薄○ 1.4/3/24
白黑者也	13.1/70/1	○有過人者四 12.7/64/16	百固○散在東鄰 1.5/4/7
可與衆共○者	13.2/71/21		李○在蜀 6.1/32/19
切大○之東山兮	14.1/74/24	**斌 bīn** 4	似○露緣絲 11.6/60/12
○鶴東翔	14.12/77/16		融風動而魚上○ 11.8/61/23
四號之○名	15.1/79/18	于鄉黨則恂恂焉、○○	履霜知○ 11.8/62/11
天子、正號之○名	15.1/79/28	焉 2.3/10/16	體枯燥以○凝 14.17/78/15
大夫以下有同姓官○者		○○碩人 14.20/79/3	
言姓	15.1/82/5		**兵 bīng** 33
王者臨撫之○名	15.1/82/14	**賓 bīn** 8	
天子命令之○名	15.1/82/21		興○作亂 1.1/1/27
○陰陽之義也	15.1/82/24	乃更闔門延○ 2.5/12/10	梁州叛羌逼迫○誅 1.5/3/28
三代建正之○名	15.1/83/3	其接下苔○ 4.2/23/26	治○示威 1.5/4/5
三代年歲之○名	15.1/83/11	蕤○統則微陰萌 11.8/61/24	牧○略地 5.1/28/20
天子諸侯后妃夫人之○		觀國之○ 12.5/64/7	爲天下精○ 7.2/36/17
名	15.1/83/16	以享嘉○ 12.21/67/15	弓○散亡幾盡 7.2/36/19
天子后立六宮之○名	15.1/83/21	貧賤則無棄舊之○矣 13.3/72/13	請徵幽州諸郡○出塞擊
天子諸侯宗廟之○名	15.1/83/30	嘉○僚黨 14.2/75/7	之 7.3/37/8
大夫以下廟之○名	15.1/84/6	繹○尸之所歌也 15.1/88/9	○出數十年 7.3/37/18
天子爲群姓立七祀之○			稱○十萬 7.3/37/23
名	15.1/85/1	**濱 bīn** 2	○利馬疾 7.3/37/25
諸侯爲國立五祀之○名	15.1/85/4		習○善戰 7.3/37/25
大夫以下自立三祀之○		度茲洛○ 4.5/26/20	禍結○連 7.3/37/27
名	15.1/85/6	泗○之石 11.8/61/28	天子之○ 7.3/38/14
五祀之○名 15.1/85/8,15.1/87/1			又議動○ 7.3/38/17
五方正神之○名	15.1/85/15	**瀕 bīn** 1	有○革之事 7.4/39/14
六神之○名	15.1/85/19		天子外苦○威 7.4/39/15
故同堂○壇	15.1/85/27	眺○隈而增感 11.3/59/6	○戎不息 7.4/39/17
四代稱臘之○名	15.1/86/17		太白主○ 7.4/40/28
五帝臘祖之○名	15.1/86/19	**繽 bīn** 1	治○政 7.4/40/28
天子大蜡八神之○名	15.1/86/22		武庫禁○所藏 7.4/41/6
六號之○名	15.1/87/4	寒雪○紛 14.5/75/28	國家之本○也 7.4/41/6
凡祭宗廟禮牲之○名	15.1/87/8		天○致誅 8.4/46/4
宗廟所歌詩之○名	15.1/87/18	**殯 bīn** 3	○起亂作 9.1/47/4
五等爵之○名	15.1/88/14		精○虎臣 9.1/47/6
王者耕耤田之○名	15.1/88/25	柩○無所 1.1/2/26	擁○聚衆以圖叛逆 9.4/48/22
三代學校之○名	15.1/88/27	○于虞郊 4.5/26/10	臣以相國○討逆賊故河
五帝三代樂之○名	15.1/89/3	既○神柩 6.6/35/23	內太守王臣等 9.8/50/8
四代獄之○名	15.1/89/11		○戎不起 10.1/53/27
四夷樂之○名	15.1/89/14	**鬢 bìn** 2	蚩尤辟○ 12.26/68/9
每帝各○立廟	15.1/90/24		○事惡之 13.1/69/12
則西廟惠帝、景、昭皆		○髮二色 13.10/74/7	○慕夸驚 14.13/77/22
○祠	15.1/91/25	攝○ 13.11/74/16	執○陳于陛側以戒不虞 15.1/80/5
公侯大夫各有差○	15.1/94/15		化祝、弭災○也 15.1/87/16
			故廞○鼓 15.1/93/1

丙 bǐng　5

其五月○申葬于宛邑北
　萬歲亭之陽　1.9/7/13
中平三年〔秋〕八月○
　子卒　2.2/9/30
中平三年八月○子　2.3/10/24
延熹八年五月○戌薨　3.1/15/24
○辰詔書　9.8/50/11

秉 bǐng　13

○茲黃鉞　1.5/4/8
○文握武　1.6/4/27
○權食祿　1.7/5/25
○純貞　1.10/8/14
○玄妙之淑行　2.2/9/16
固○謙虛　2.8/14/16
○德恭勤　2.8/14/22
獨○其經　2.9/15/8
公諱○　3.1/15/14
○操塞淵　4.6/26/25
○心塞淵　4.7/27/18
躬○萬幾　8.2/45/11
應○國之權　8.4/46/3

邴 bǐng　1

蕭曹、○魏載于史籍　9.1/47/2

炳 bǐng　1

彪○其文　4.1/23/1

稟 bǐng　9

公○性貞純　1.1/1/18
○命不融　2.1/9/3
○岳瀆之精　2.3/10/27
夫人乃自矜精○氣　4.7/27/22
○命不長　6.4/34/8
況未○純粹之精爽　8.2/45/14
○氣山嶽　9.1/47/1
○醇和之靈　11.8/61/7
申屠蟠○氣玄妙　13.7/73/23

鞞 bǐng　1

○鞈鼓兮補履樸　11.4/59/30

并 bǐng　13

○參儲佐　3.3/17/19
○督交揚二州　3.7/21/7
甫建議當出師與育○力　7.3/37/10
東○朝鮮　7.3/37/18
○內阮（陷）〔潰〕　7.5/43/25
免質○坐　7.5/43/27
侵侮○涼　8.1/44/9
○書章左　11.2/58/9
瞰洛汭之始○　11.3/59/3
○日夜而遙思兮　11.3/59/12
愛獨結而未○　14.3/75/13
故○以爲號　15.1/79/15
乃畫荼壘○懸葦索于門
　戶以禦凶也　15.1/86/14

病 bìng　24

後以○去　1.1/2/11
託○而去　1.1/2/14
公稱○辭　1.1/2/18
○不就職　1.1/2/19
久○自替　1.6/4/22
臺臺焉雖商偃其猶○諸　1.8/6/24
○免官　1.8/7/3
其疾○危療者　1.10/8/7
遂以○辭　2.5/12/2
皆○不就　2.5/12/6
周公其猶○諸　3.2/16/17
以○辭　3.3/17/12
疾○就（弟）〔第〕　4.1/22/22
原疾○之所由　4.6/27/9
○不詣公車　5.5/31/24
○加　5.5/31/24
則有下謀上之○　7.4/39/24
○狂不自知入宮　7.4/39/26
時祖父叔○殁　8.2/45/4
就讓疾○當親察之　8.4/46/17
○不前　11.3/58/19
不○人之遠己也　13.3/72/18
○其末而刈其本　13.3/72/24
策祝、遠罪○也　15.1/87/16

竝 bìng　30

○在仕次　1.1/2/24
逆謀○發　1.5/4/1
其尊與諸侯○　1.7/6/6
群公○表　1.8/6/28
大將軍司徒○辟　2.2/9/28
○加辟命　2.6/13/7
雙名○高　2.6/13/8
莫不自遠○至　3.6/19/24
齊光○運　4.2/24/7
蓋三綱之序與○育　5.5/32/4
恩澤○周　6.5/35/2
與育晏三道○出　7.3/37/11
奮鈇鉞而○出　7.3/37/20
群下○湊彊盛也　7.4/40/4
○宜爲謀主　7.4/42/10
夫憂樂不○　7.4/42/17
而○以書疏小文一介之
　技　7.4/42/20
○爲元龜　8.4/46/6
檢括○合　8.4/46/12
殊異祖宗不可參○之義　9.6/49/23
○在鞶帶　9.10/51/17
不宜與《記》書雜錄○
　行　10.2/54/13
《月令》與《周官》○
　爲時王政令之記　10.2/54/28
遂與群儒○拜議郎　11.2/57/18
萬方徂而○集　11.3/59/14
難與○侶　11.4/59/28
則蓑笠○載　11.8/61/29
文武○興　13.1/70/11
與稷○爲粢盛也　13.3/72/25
勃焉○興　14.1/74/27

波 bō　5

中水侯弟伏○將軍女　6.5/34/21
浮清○以橫厲　11.3/59/7
揚○振擊　11.6/60/11
纖○濃點　11.7/60/24
或風飄○動　14.13/77/22

剝 bō　1

休盡剖判○散　2.8/14/14

播 bō 7

或失土流○ 3.7/21/4
上解國家○越之危 9.1/47/7
精魄○超 9.9/50/20
興○連雲 12.8/64/21
○欣欣之繁祉 14.2/75/6
周棄亦○殖百穀 15.1/85/26
五穀○灑之以除疫殃 15.1/86/11

皤 bō 1

登源自乎○冢 14.1/74/22

伯 bó 45

高句驪嗣子○固 1.5/3/28
位在牧○ 1.7/5/25
故雖侯○子男之臣 1.7/6/10
周有仲山甫○陽嘉父 1.7/6/13
子曰○某父 1.7/6/14
相國東萊王章字○義 1.10/8/10
是以賴鄉仰○陽之蹤 1.10/8/11
便可踐入常○ 2.3/10/21
字○淮 2.6/12/22
○夷是師 2.7/14/4
其祖李○陽 2.8/14/9
字○獻 3.3/17/8,3.4/18/3
常○劇任 3.5/18/27
謂之○父 3.7/21/6
以爲申○甫侯之翼周室 3.7/21/23
召○聽訟 3.7/22/2
字○始 4.1/22/10,4.2/23/9
和人事于宗○ 4.1/22/23
○揆時序 4.4/25/14
其先出自○翳 4.5/25/23
長曰整、○齊 4.6/26/29
○仲各未加冠 4.6/27/1
○父東郡太守 5.2/29/9
操邁○夷 5.2/29/11
乃位常○ 5.4/31/15
字○雅 6.2/33/9
辭稱○夏教我上殿 7.4/39/22
而稱○夏教入殿裏 7.4/40/1
○夏即故大將軍梁商 7.4/40/1
躋之宗○ 8.4/46/18
是故申○、山甫列于
《大雅》 9.1/47/1
其祀之宗○ 10.2/55/17
美○禹之所營 11.3/59/3
五○扶微 11.8/61/16
昔○翳綜聲于鳥語 11.8/62/18
治身則○夷之潔也 12.2/63/8
賜命方○ 12.17/66/24
風○雨師 12.26/68/8
故城門校尉梁○喜、南
郡太守馬季長 13.5/73/14
風○神、箕星也 15.1/85/19
鬼號、若曰皇祖○某 15.1/87/4
○者、白也 15.1/88/15
右九棘、公侯○子男位
也 15.1/89/8

泊 bó 3

山風○以飄涌兮 11.3/59/4
明哲○焉 11.8/62/3
情志○兮心亭亭 11.8/62/23

帛 bó 6

無衣○之妾 1.7/5/26
賜絲○含斂之備 4.1/22/27
○必薄細 12.23/67/23
裁○制扇 14.15/78/3
賜食皁○越巾刀珮帶 15.1/81/1
公卿、侍中、尙書衣○
而朝曰朝臣 15.1/82/11

柏 bó 1

宅我○林 12.12/65/27

勃 bó 1

○焉竝興 14.1/74/27

博 bó 38

周覽○涉 1.6/4/15
于是故吏司徒○陵崔烈 1.6/4/26
再拜○士高（弟）〔第〕
1.8/6/27
○問道家 1.10/7/26
○審不可勝數 2.2/9/29
寬裕弘○ 2.5/11/28
其事繁○ 2.7/13/22
○士徵舉至孝 2.9/15/3
徵拜○士 3.6/19/26
○物多識 3.7/20/14
○總群議 4.1/22/12
覆載○大 4.2/23/10
○聞周覽 4.2/23/28
周愼逸于○（士）〔陸〕
4.3/24/20
卜葬贏○ 4.5/26/11
○綜古文 5.4/31/1
允恭○敏 6.2/33/11
○士任敏 7.1/36/8
以邕○學深奧 7.4/41/14
褒臣○學深奧 7.4/41/16
○士一缺 8.1/44/15
○問掾史孝行卓異者 8.2/45/3
○選清英 8.4/46/5
○衍深遠 10.1/53/30
其○大也洋洋焉 12.4/63/28
誠當○覽衆議 13.1/69/13
而未聞特舉○選之旨 13.1/69/26
○開政路 13.1/69/31
當代○奕 13.1/70/12
則刺薄者○而洽 13.3/72/25
形調○以直端 14.8/76/19
○六經而綴百氏兮 14.8/76/20
輕利調○ 14.13/77/21
先進○學 14.18/78/20
君子○文 14.18/78/20
土地廣○ 15.1/85/28
卿大夫、尙書、二千石
○士冠兩梁 15.1/94/22
卿大夫、尙書、○士兩
梁 15.1/95/16

渤 bó 1

振驚○碣 8.1/44/9

踣 bó 3

若不虔恪輒顚○ 1.10/8/7
（輒）〔謹〕先顚○ 11.2/58/7
榮顯未副從而顚○ 11.8/62/5

于古志○悖	1.7/6/4	死而○朽者也	2.3/11/6	苗胤○嗣	2.8/14/19
使○得稱子而已	1.7/6/16	命○可贖	2.3/11/8	文○在茲	2.8/14/21
乃無○允	1.8/7/4	巍巍焉其○可尙也	2.4/11/15	匪禮○遵	2.8/14/23
○幸而卒	1.8/7/6	洋洋乎其○可測也	2.4/11/15	處約○戚	2.8/14/23
古者○崇墳	1.9/7/13	遂○屑就	2.4/11/16	聞寵○欣	2.8/14/23
○封墓	1.9/7/14	牽禮○越于時	2.4/11/18	榮○能華	2.8/14/23
無○于寢	1.9/7/14	罔○總也	2.5/12/1	威○能震	2.8/14/23
吾○取也	1.9/7/14	○屑已也	2.5/12/3	○虛其聲	2.9/15/2
○敢有違	1.9/7/15	莫○委質	2.5/12/4	○義富貴	2.9/15/3
○起棟宇	1.9/7/15	而卒○降身	2.5/12/5	○爲義絀	3.1/15/25
柔亦○茹	1.9/7/18	皆病○就	2.5/12/6	器○雕鏤	3.1/15/26
（篤㮈）〔謂督〕○忘	1.9/7/19	（彊）〔强〕禦○能奪		妾○變御	3.1/15/26
昊天○弔	1.9/7/20,3.7/21/19	其守	2.5/12/8	道○惑	3.1/16/4
	5.5/32/7,6.6/35/20	王爵○能滑其慮	2.5/12/8	曷所○瞽	3.2/16/13
	12.18/66/31	○登期考	2.5/12/13	動則○違則度	3.2/16/14
○遺一父	1.9/7/20	碻乎○拔	2.5/12/15	謀無○忠	3.2/16/14
○知興于何代	1.10/7/26	外戶○閉	2.6/12/27	言無○信	3.2/16/14
紹胤○繼	1.10/8/1	然猶學而○厭	2.6/12/28	○亦泰乎	3.2/16/18
荒而○嗣	1.10/8/1	誨而○倦	2.6/13/1	亦○敢宣	3.2/16/19
須臾忽然○見	1.10/8/5	○隕穫于貧賤	2.6/13/3	論者○見	3.2/16/19
若○虔恪輒顚蹕	1.10/8/7	○充詘于富貴	2.6/13/3	公素○貴歸非	3.2/16/22
奧乎○可測已	2.1/8/27	退○可得	2.7/13/16	○樂引美	3.2/16/22
稟命○融	2.1/9/3	○顧貴賤	2.7/13/18	猶○敢載	3.2/16/22
以圖○朽之事	2.1/9/4	君遂○從州郡之政	2.7/13/21	自以功○副賞	3.2/16/22
降年○永	2.1/9/9	舉善○拘階次	2.7/13/22	雖○克從	3.2/16/23
令問○顯	2.2/9/16	黜惡○畏彊禦	2.7/13/22	而皋陶○與焉	3.2/16/24
莫○同情瞻仰	2.2/9/19	○可詳載	2.7/13/22	孟槃○臻	3.2/17/2
○割高而引長	2.2/9/21	○樂假借	2.7/13/23	億兆○窮	3.2/17/3
爭之○從	2.2/9/23	人○堪勞	2.7/13/23	○易其趣	3.3/17/10
以所執○協所屬	2.2/9/25	君○勝其逸	2.7/13/23	○苔州郡之命	3.3/17/11
○俟終日	2.2/9/25,2.3/10/20	○治產業	2.7/13/25	○得已而應之	3.3/17/11
潛伏○試	2.2/9/26	前後四辟皆○就	2.7/13/27	莫○時序	3.3/17/14
遂○應其命	2.2/9/29	仕○爲祿	2.7/13/27	陰陽○忒	3.3/17/15
博審○可勝數	2.2/9/29	故○牽于位	2.7/13/27	靡○克明	3.3/17/16
前哲之所○過也	2.2/10/3	謀○苟合	2.7/13/27	罔○尋其端源	3.4/18/4
柔而○撓	2.2/10/9	溷之○濁	2.7/14/3	蓋○可勝數	3.4/18/6
涅而○緇	2.2/10/10	涅之○污	2.7/14/4	則恂恂焉罔○伸也	3.4/18/8
賤○爲恥	2.2/10/10	○吝窮迍	2.7/14/4	則闇闇焉罔○釋也	3.4/18/8
○徼訐以干時	2.3/10/17	雲物○顯	2.8/14/13	敢竭○才	3.4/18/13
○遷怒以臨下	2.3/10/17	後學所○覽	2.8/14/14	匪師○昭	3.4/18/15
教敦○肅	2.3/10/18	幽暗（靡○）昭爛	2.8/14/14	匪師○教	3.4/18/15
交○諂上	2.3/10/19	猶發慎于目所○睹	2.8/14/14	殄而○泯	3.4/18/18
愛○瀆下	2.3/10/19	體所○閑	2.8/14/14	小乃○敢慎	3.5/18/23
皆遂○至	2.3/10/22	○爲利回	2.8/14/17	大亦○敢戒	3.5/18/23
莫○吝嗟	2.3/10/26	○爲義疚	2.8/14/17	罔○攸該	3.5/18/24
天○憖遺一老	2.3/10/27	○動其守	2.8/14/17	○有用舜	3.5/18/25
○兩宜乎	2.3/11/1	○可得而詳也	2.8/14/18	○二心之臣	3.5/18/29

○敢荒寧	3.5/19/7		4.6/27/11	嘉穀○植	6.1/32/20
威厲○猛	3.6/19/22	繼存意于○違	4.6/27/12	庸力○供	6.1/32/21
莫○自遠竝至	3.6/19/24	眇悠悠而○追	4.6/27/14	謀○暇給	6.1/32/21
栖遲○易其志	3.6/19/24	罔○習熟	4.7/27/19	猶○克成	6.1/32/21
○改其樂	3.6/19/25	○得辭王命、親醫藥	4.7/27/21	無聞而○行焉	6.1/32/24
賦壽○永	3.6/20/4	疾篤○得顧親	4.7/27/23	○可已者也	6.1/32/24
莫○震肅	3.7/20/16	○能自存	4.7/27/23	○可勝算	6.1/33/1
○仁引頸	3.7/20/16	雖○毀以隨沒	4.7/27/24	○知名彰	6.2/33/12
○遠過也	3.7/21/8	○如無生	4.7/27/24	○飾行者	6.2/33/12
言○及軍旅之事	3.7/21/15	○慼少留	4.7/28/4	○求榮祿	6.2/33/13
辭○逮官曹之文	3.7/21/15	目○臨此氣絕兮	4.7/28/5	其儀○忒	6.2/33/16
○伐其善	3.7/21/17	手○親乎含飯	4.7/28/5	事○再舉	6.3/33/23
○有其庸	3.7/21/17	陳衣衾而○省兮	4.7/28/5	順而○驕	6.3/33/24
至今○朽	3.7/21/24	合緪棺而○見	4.7/28/6	降生○永	6.3/34/1
能○歌歎	3.7/21/25	○知魂景之所存	4.7/28/8	既苗而○穗	6.3/34/2
胡○億年	3.7/22/3	悼孤夷之○遂兮	4.7/28/8	稟命○長	6.4/34/8
遭家○造	4.1/22/11,8.1/44/7	○可言	5.1/28/17	念○怨懟	6.4/34/12
故禁○用刑	4.1/22/15	義○即命	5.1/28/20	喜○驕盈	6.4/34/13
勸○用賞	4.1/22/15	○失舊物	5.1/28/22	念污軹之○呈	6.4/34/15
思○可忘	4.1/22/16	罔○畢舉	5.1/28/23	顧永褰于○朽兮	6.4/34/15
度○可革	4.1/22/16	而禮○忘其本	5.1/28/24	○出其機	6.5/34/26
罔有○綜	4.2/23/11	越○可尚	5.1/28/25	寢疾○永	6.5/34/27
取忠肅于○言	4.2/23/14	危行○紲	5.2/29/15	○知所裁	6.5/35/1
遭國○造	4.2/23/17,4.4/25/16	莫○惻焉	5.2/29/20	○享遐年	6.5/35/3
遭疾○夷	4.2/23/21	名莫隆于○朽	5.2/29/20	往而○返	6.5/35/3
○違子道	4.2/23/25	載德○泯	5.2/29/21	○見其人	6.5/35/4
言○稱老	4.2/23/25	曾○百齡	5.2/30/3	曾○我聞	6.5/35/4
率禮○越	4.2/23/26	莫○祀焉	5.3/30/11	傷逝○續	6.5/35/5
遺愛○淪	4.2/24/7	永世○忘	5.3/30/20	近者○旋	6.5/35/5
沒而○泯	4.2/24/7	○替舊勳	5.4/30/25	于何○有	6.6/35/12
柔而○犯	4.3/24/14	○見異物	5.4/30/25	食○兼膳	6.6/35/15
文而○華	4.3/24/14	驕吝○萌于內	5.4/31/2	服○纖縠	6.6/35/15
實而○朴	4.3/24/14	喜慍○形于外	5.4/31/2	怒○傷愛	6.6/35/17
靜而○滯	4.3/24/14	州郡交辟皆○就	5.4/31/4	喜○亂莊	6.6/35/17
動而○躁	4.3/24/14	○詣公車	5.4/31/5	尊○舍力	6.6/35/18
三升而○出焉	4.3/24/18	○任應命	5.4/31/6	密勿○忘	6.6/35/19
蓋○可勝載	4.3/25/5	追痛○永	5.4/31/12	靡神○舉	6.6/35/21
○愆于禮	4.3/25/6	無○永懷	5.4/31/12	無藥○將	6.6/35/21
垂○朽	4.3/25/9	○云我彊	5.4/31/15	○知其辜	6.6/35/22
○愬是遺	4.4/25/18	景命○俟	5.4/31/17	形影○見	6.6/35/25
○敢失墜	4.5/26/9	敦○百己	5.4/31/17	奠禮○虧	6.6/35/26
○即兆于九疑	4.5/26/10	病○詣公車	5.5/31/24	○可彌忘	6.6/35/26
○遠遷徙	4.5/26/11	○任應召	5.5/31/24	可齋○	7.1/36/6
○繄丘壟	4.5/26/12	○獲延祚	5.5/32/2	得無○宜	7.1/36/6
允○可替	4.5/26/13	敢○自勗	5.5/32/4	齋者、所以致齊○敢渙	
悲母氏之○永兮	4.6/27/6	曾○東邁	5.5/32/9	散其意	7.1/36/8
曾○可乎援（留）〔招〕		行趨○至	6.1/32/18	○在齋潔之處	7.1/36/9

無有○宜	7.1/36/11	務	7.3/38/20	既○盡由本朝	7.4/42/6
未嘗○辨于二州也	7.2/36/17	議○足釆	7.3/38/22, 9.6/49/25	○得但以州郡無課而已	7.4/42/7
朝○守夕	7.2/36/20	○足以荅聖問	7.4/39/7	有僵仆者○道	7.4/42/12
則役之○可驅使	7.2/36/20	○見尾足者	7.4/39/12	浮輕之人○引在朝廷	7.4/42/13
○可擒制	7.2/36/21	○得勝龍	7.4/39/12	○干于目	7.4/42/13
踰月○定	7.2/36/21	（政）〔故〕變○虛生	7.4/39/15	○獨得之于迫沒之三公	
○應選用	7.2/36/23	占○虛言	7.4/39/16	也	7.4/42/14
○過五日	7.2/36/24	兵戎○息	7.4/39/17	○宜復聽納小吏、雕琢	
今者刺史數旬○選	7.2/36/24	忠言○聞	7.4/39/18	大臣	7.4/42/16
○敢營辦	7.2/36/25	機○假人	7.4/39/19	夫憂樂○竝	7.4/42/17
遺芳○滅	7.2/36/29	陽感天○旋日	7.4/39/19	○敢戲豫	7.4/42/19
此先帝○誤已然之事	7.2/36/29	○得入	7.4/39/23	天戒誠○可戲也	7.4/42/19
○顧爭臣七人之貴	7.2/37/1	○知姓名	7.4/39/23	○可求以虛名	7.4/42/19
時朝廷大臣多以爲便	7.3/37/11	皇之○極	7.4/39/24	近者每以辟召○慎	7.4/42/20
○可一也	7.3/37/14	是謂○建	7.4/39/24	衆心○厭	7.4/42/21
其設○戰之計、守禦之		病狂○自知入宮	7.4/39/26	久高○危	7.4/43/3
因者	7.3/37/17	被服既○同	7.4/39/27	常滿○溢	7.4/43/3
民○堪命	7.3/37/19	商子冀、冀子○疑等	7.4/40/1	○可○察也	7.4/43/3
道路○通	7.3/37/20	亡○伏誅	7.4/40/3	夫君臣○密	7.4/43/4
未有○悔者也	7.3/37/21	○知其名	7.4/40/3	部○爲用致怨之狀	7.5/43/11
此其○可一也	7.3/37/23	貌之○恭	7.4/40/9	○知死命所在	7.5/43/11
又○弱于西羌	7.3/37/26	是謂○肅	7.4/40/9	○及陟、班	7.5/43/13
三年○成	7.3/37/27	○鳴無距	7.4/40/10	○敢屬部	7.5/43/14
○得中休	7.3/37/27	國○靜	7.4/40/13	○能受	7.5/43/15
○可勝給	7.3/37/27	主○榮	7.4/40/13	○顧後患	7.5/43/17
○能還其骸骨	7.3/38/1	尙有索家○榮之名	7.4/40/14	陛下○念忠言密對	7.5/43/18
一發○已	7.3/38/1	而遂○成之象也	7.4/40/16	豈○負盡忠之吏哉	7.5/43/19
其○可二也	7.3/38/3	若應之○精	7.4/40/16	而言者○蒙延納之福	7.5/43/20
猶○能絕	7.3/38/6	有過未嘗○知	7.4/40/17	然恐陛下○復聞至言矣	7.5/43/23
心○受仁	7.3/38/6	○遠復	7.4/40/18	○聞臣謀	7.5/43/24
瞻○畏威	7.3/38/6	風雨○時	7.4/40/20	必○忍此	7.5/43/26
是其○可三也	7.3/38/7	簡宗廟則水○潤下	7.4/40/22	大小無○舉	8.1/44/6
得地○可耕農	7.3/38/10	謀戒○臣	7.4/40/26	衣○粲英	8.1/44/11
得民○可冠帶	7.3/38/11	侯王○榮	7.4/40/28	膳○過擇	8.1/44/11
破之○可殄盡	7.3/38/11	大作○時	7.4/40/31	魚龍○作	8.1/44/11
其○可四也	7.3/38/11	息○急之作	7.4/41/2	纂組○經	8.1/44/12
聖人○任	7.3/38/12	帝用○羞	7.4/41/10	雕鏤○爲	8.1/44/12
明主○行	7.3/38/13	神則○怒	7.4/41/10	儲峙○施	8.1/44/12
是其○可五也	7.3/38/13	復使陛下○聞至戒哉	7.4/41/17	侏離○貢	8.1/44/13
所獲○如所失	7.3/38/13	殷勤○已	7.4/41/18	茅茹○拔	8.1/44/15
有一○備而歸者	7.3/38/15	災眚之發○于他所	7.4/41/20	事○稽古	8.1/44/18
威化○行則欲伐之	7.3/38/15	臣敢○盡情以對	7.4/41/21	○以爲政	8.1/44/18
與蠻夷之○討	7.3/38/16	豈○謂是	7.4/41/25	政○惠和	8.1/44/18
凶年○備	7.3/38/17	爲官者踰時○覺	7.4/42/2	○圖于策	8.1/44/18
況避○遜之辱哉	7.3/38/17	所戒（成）〔誠〕○朝		猶○自專	8.1/44/18
其罷弊有○可勝言者	7.3/38/18	可知	7.4/42/3	○阿近戚	8.1/44/19
屯守衝要以堅牢○動爲		近者○治	7.4/42/5	○遺側陋	8.1/44/19

明發○寢	8.1/44/19	○意卒遷	9.3/48/11	示天下○藏也	10.1/53/16
○以天下爲樂	8.1/44/20	○閑職政	9.3/48/14	明○敢泄瀆之義	10.1/53/21
卻而○聽	8.1/44/22	予末小子遭家○造	9.4/48/21	○利爲寇	10.1/53/27
寢而○宜	8.1/44/23	敕躬○慎	9.4/48/24	兵戎○起	10.1/53/27
遭疾○豫	8.1/44/23	○用周禮	9.6/49/8	○可從我始	10.1/53/27
誠○可及	8.1/44/26	○止于七	9.6/49/9	其類○可盡稱	10.1/53/29
嘘唏○能呑咽	8.2/45/5	○列昭穆	9.6/49/9	閏月○告朔	10.1/54/4
遂○過口	8.2/45/6	○定迭毀	9.6/49/9	秦相呂○韋著書	10.1/54/7
○能至府舍	8.2/45/7	議猶○定	9.6/49/11	或云《月令》呂○韋作	10.1/54/8
○食肥膩	8.2/45/9	謂○可毀	9.6/49/11	○宜與《記》書雜錄竝	
恐○能及	8.2/45/10	○敢私其君父	9.6/49/12	行	10.2/54/13
臣○勝願會	8.2/45/15	○知國家舊有宗儀	9.6/49/16	又○知《月令》徵驗布	
季札知其○危	8.3/45/20	亦○敢毀	9.6/49/19	在諸經	10.2/54/15
孝宣忿姦邪之○散	8.3/45/22	殊異祖宗○可參竝之義	9.6/49/23	《周官》《左傳》皆實	
皦然而○污	8.3/45/24	○復改作	9.6/49/24	與《禮記》通等而○	
○堪之責	8.3/45/29	臣等〔○勝〕踊躍凫藻	9.7/50/1	爲徵驗	10.2/54/15
○勝區區	8.3/45/29	令聞○忘	9.7/50/3	故○能復加刪省	10.2/54/24
莫○賴祉	8.4/46/5	右衛尉杜衍在朝堂而稱		則余死而○朽也	10.2/54/25
莫○畢舉	8.4/46/6	○在	9.8/50/9	○與世章句傳文義造	10.2/54/30
纂成伐柯○遠之則	8.4/46/7	錄咎在臣○詳省案	9.8/50/10	于曆數○用《三統》	10.2/55/1
○墜家訓	8.4/46/8	錯奏謬錄○可行	9.8/50/10	故○用也	10.2/55/3
閒○遊戲	8.4/46/8	侍御史劾臣○敬	9.8/50/10	既○用《三統》	10.2/55/5
受者○能荅其問	8.4/46/9	懲戒○恪	9.8/50/11	《令》○以曆節言	10.2/55/10
章句○能遂其意	8.4/46/9	○辱收斂	9.8/50/11	○得及四十五日	10.2/55/11
無術○綜	8.4/46/10	○知所自投處	9.8/50/12	○以節言	10.2/55/11
非法○言	8.4/46/11	○惟石慶數馬之誤	9.8/50/12	○用犧牲	10.2/55/13
卓逸○群	8.4/46/13	簡忽校讎○謹之愆	9.8/50/12	今日「祈○用犧牲」	10.2/55/13
○以常制爲限、長幼爲		○勝忪蒙流汗	9.8/50/13	安得○用犧牲	10.2/55/14
拘	8.4/46/14	○敢自信	9.9/50/20	○合于經傳也	10.2/56/1
多汁則淡而○可食	8.4/46/15	誠○意寤	9.9/50/25	陰陽皆使○干其類	10.2/56/6
少汁則焦而○可熟	8.4/46/15	前功輕重○侔	9.9/50/27	獨○難取之于是也	10.2/56/7
固有所○宜也	8.4/46/16	受而○讓	9.9/50/28	則風雨○時	10.2/56/9
則顏淵○得冠德行之首	8.4/46/19	臣○勝戰悼怵惕	9.9/50/28	○分別施之于三月	10.2/56/10
子奇○得紀治阿之功	8.4/46/19	上行下○敢逆	9.9/50/30	○得傳注而爲之說	10.2/56/11
○敢須通	8.4/46/20	誰曰○宜	9.9/51/7	有所滯礙○得通矣	10.2/56/11
浸以○振	9.1/47/3	○過一枝	9.9/51/9	行季春令爲○致災異	10.2/56/14
總合戶數千○當一	9.1/47/9	○過滿腹	9.9/51/10	知○得斬絕	10.2/56/14
臣等○勝大願	9.1/47/12	○勝大願大乞	9.9/51/10	○合之于五行	10.2/56/18
非臣愚蔽○才所當盜竊	9.2/47/20	讓所○如	9.10/51/15	說所食獨○以五行	10.2/56/18
職○狎練	9.2/47/23	昔之范正○亡禮讓	9.10/51/15	○已略乎	10.2/56/18
○更郎署	9.2/47/23	○足勗以躋高蹤	9.10/51/16	而《禮》○以馬爲牲	10.2/56/24
○勝區區疑戒	9.2/47/28	臣○敢違戾飾虛	9.10/51/19	○合于《易》卦所爲之	
○敢肅飾	9.2/47/29	百官于是乎戒懼而○敢		禽	10.2/56/26
陛下○復參論	9.3/48/4	易紀律	10.1/52/8	○以爲章句	10.2/56/27
○知所措	9.3/48/5	無所○通	10.1/53/10	立字法者○以形聲	10.2/57/1
○意錄符銀青	9.3/48/6	無思○服	10.1/53/11	是以○得言妻云也	10.2/57/2
○合事宜	9.3/48/7	戶皆外設而○閉	10.1/53/16	○能輸寫心力	11.2/57/20

○忍刀鋸	11.2/57/21	○足以喻其便	11.8/62/1	故皇天○悅	13.1/69/9
○得頃息	11.2/57/25	○足以況其易	11.8/62/1	夫權○在上	13.1/69/10
○責臣過	11.2/57/26	童子○問疑于老成	11.8/62/2	臣○勝憤懣	13.1/69/13
但愚心有所○竟	11.2/57/26	瞳朦○稽謀于先生	11.8/62/2	齋則○入側室之門	13.1/69/20
○在其位	11.2/57/29	○失所寧	11.8/62/3	三月○祭者	13.1/69/21
○可獨議	11.2/58/1	曾○鑒禍以知畏懼	11.8/62/6	危言極諫○絕于朝	13.1/69/25
一爲○善	11.2/58/2	患生○思	11.8/62/7	曾○以忠信見賞	13.1/69/29
○得究竟	11.2/58/3	故在賤而○恥	11.8/62/12	○能稱職	13.1/70/3
○能自達	11.2/58/4	勳績○立	11.8/62/16	養○斷之慮者	13.1/70/5
烽火○絕	11.2/58/5	霧露○除	11.8/62/16	○可復使理人	13.1/70/15
○意西夷相與合謀	11.2/58/5	○知我者	11.8/62/16	○宜處之宂散	13.1/70/20
○知所濟	11.2/58/6	○斁渝	11.8/62/17	○敢踰越	13.1/70/25
郡縣咸悄悄○知所守	11.2/58/6	僕○能參述于若人	11.8/62/21	行○掩心	13.1/70/26
遂○設施	11.2/58/7	時○可救	12.1/63/3	其爲○祥	13.1/70/30
十分○得識一	11.2/58/10	雖殁○朽	12.1/63/3	他元雖○明于圖讖	13.2/71/6
○得其命者甚衆	11.3/58/18	○出于口	12.2/63/8	竟○施行	13.2/71/11
病○前	11.3/58/19	○萌于心	12.2/63/8	○必若一	13.2/71/11
乘馬蟠而○進兮	11.3/58/22	○爲也	12.2/63/10	今之○能上通于古	13.2/71/12
憎佛肸之○臣	11.3/58/24	○獲愷悌寬厚之譽	12.2/63/11	亦猶古術之○能下通于	
經萬世而○傾	11.3/58/28	衣○變裁	12.2/63/11	今也	13.2/71/12
陰曀曀而○陽	11.3/59/6	食○兼味	12.2/63/11	則○在庚申	13.2/71/17
宵○寐以極晨	11.3/59/12	剛則○吐	12.2/63/14	中使獲麟○得在哀公十	
僉守利而○戢	11.3/59/14	柔則○茹	12.2/63/15	四年	13.2/71/19
加刃○恐	11.4/59/26	故能教○肅而化成	12.4/63/28	下○及命曆序獲麟漢相	
遠道○可思	11.5/60/3	政○嚴而事治	12.4/63/28	去四部年數	13.2/71/20
展轉○相見	11.5/60/4	汪汪焉酌之則○竭	12.5/64/5	○相應當	13.2/71/20
○方○圓	11.6/60/13	既○降志	12.5/64/8	○可考校	13.2/71/23
湍際○可得見	11.6/60/14	亦○辱身	12.5/64/8	以今渾天圖儀檢天文亦	
指揮○可勝原	11.6/60/14	情○疏而貌親	12.6/64/12	○合于《考靈曜》	13.2/71/23
研桑○能數其詰屈	11.6/60/15	仕○苟祿、絕高也	12.7/64/16	所言○服	13.2/71/25
離婁○能覩其隙間	11.6/60/15	〔王莽後十○存一〕	12.9/64/28	朕聞古先聖王先天而天	
細○容髮	11.7/60/22	〔領戶○盈四千〕	12.9/64/29	○違	13.2/71/26
離而○絕	11.7/60/24	〔○堪其事〕	12.9/64/30	而光晃以爲陰陽○和	13.2/72/2
○可勝原	11.7/60/26	謂篤○忘	12.9/65/1	○知從秦來	13.2/72/3
研桑所○能計	11.7/60/26	○勝狂簡之情	12.10/65/8	○常庚申	13.2/72/3
宰賜所○能言	11.7/60/26	神○可誣	12.12/65/27	已課○效	13.2/72/4
將祕奧之○傳	11.7/60/27	僞○可加	12.12/65/28	○用	13.2/72/4
○交當世	11.8/61/3	畏○克荷	12.12/65/28	貧賤○待夫富貴	13.3/72/15
曾○能拔萃出群	11.8/61/9	豈○是欲	12.12/65/28	富貴○驕乎貧賤	13.3/72/15
○墜于地	11.8/61/11	慎○敬聽	12.14/66/10	善則久要○忘平生之言	
定○拔之功	11.8/61/12	○遺一老	12.18/66/31		13.3/72/17
遺○滅之令蹤	11.8/61/12	○照斯域	12.18/67/1	故君子○爲可棄之行	13.3/72/18
何爲守彼而○通此	11.8/61/13	盈而○沖	12.20/67/10	○患人之遺己也	13.3/72/18
道○可以傾也	11.8/61/23	○因故服	12.23/67/24	○病人之遠己也	13.3/72/18
累珪璧○爲之盈	11.8/61/28	執轡忽而○顧	12.28/68/18	○幸或然	13.3/72/19
采浮磬○爲之索	11.8/61/28	卒壞覆而○振	12.28/68/18	求諸己而○求諸人	13.3/72/19
○給于務	11.8/61/30	無食○飽	12.29/68/25	故非善○喜	13.3/72/22

非仁〇親	13.3/72/22	〇可徧覆	15.1/85/28	舊糗食〇㸑	1.7/5/25
名譽〇聞	13.3/72/23	呂后、王莽〇入數	15.1/90/2	如星之〇	2.5/12/15
與其〇獲已而矯時也	13.3/72/26	詔〇言制	15.1/90/6	洪聲遠〇	2.6/13/2
物〇朽者	13.4/73/9	禮、兄弟〇相爲後	15.1/90/13	自在弱冠〇衣之中	3.2/16/14
莫〇朽于金石故也	13.4/73/9	故〇爲惠帝後而爲（弟）		君乃〇愷悌	3.7/20/16
〇敢慕此	13.5/73/15	〔第〕二	15.1/90/13	羣〇星陳	3.7/20/22
〇爲燥溼輕重	13.7/73/24	〇得上與父齊	15.1/90/14	錢〇賻賜	4.1/22/27
〇爲窮達易節	13.7/73/24	皆〇可爲之後	15.1/90/16	公乃〇愷悌	4.2/23/13
面一日〇修	13.11/74/12	〇稱次	15.1/90/18	〇二百疋	4.5/26/16
心一朝〇思善	13.11/74/12	古〇墓祭	15.1/90/23	枝流葉〇	5.2/29/8
〇修其心	13.11/74/13	漢因而〇改	15.1/90/23	〇百疋	5.4/31/11
夫面之〇飾	13.11/74/13	故雖非宗而〇毀也	15.1/91/1	〇一百疋	5.5/31/25
心之〇修	13.11/74/13	孝章〇敢違	15.1/91/2	流恩〇澤	8.1/44/24
〇蹈邪非	14.5/75/26	〇列于宗廟	15.1/91/5	又不知《月令》徵驗〇	
思〇可排	14.5/76/2	其廟皆〇毀	15.1/91/13	在諸經	10.2/54/15
靡施〇協	14.8/76/21	遂〇毀也	15.1/91/14	臣自在〇衣	11.2/57/27
高百仞而〇枉	14.9/76/27	廟皆〇毀	15.1/91/17	被浣濯而羅〇	11.3/59/2
蕚〇韡韡	14.13/77/21	皆〇入廟	15.1/91/18	鬱若雲〇	11.7/60/22
〇遲〇疾	14.13/77/23	漢家〇言禘祫	15.1/91/25	命離妻使〇繩	14.9/76/28
滑〇可屢	14.14/77/28	〇言帝	15.1/91/27	司徒印封露〇下州郡	15.1/81/15
彌霜雪而〇彫兮	14.16/78/8	〇敢加尊號于祖父也	15.1/92/1	皆以三十升漆〇爲殼	15.1/94/10
敢〇酬荅	14.20/79/3	亦〇敢加尊號于父祖也	15.1/92/1	古皆以〇	15.1/94/13
因而〇改也	15.1/79/16	〇受茅土	15.1/92/13	珠冕、爵弁收、通天冠	
無所〇照	15.1/79/30	亦〇立社也	15.1/92/13	、進賢冠、長冠、緇	
貴賤〇嫌	15.1/80/1	〇聽事	15.1/93/1	〇冠、委貌冠、皮弁	
漢因而〇改也	15.1/80/3	故但送〇迎	15.1/93/2	、惠文冠	15.1/96/21
執兵陳于陛側以戒〇虞	15.1/80/5	故〇賀	15.1/93/3	〇德執義曰穆	15.1/96/26
〇敢指斥天子	15.1/80/6	他〇常用	15.1/93/8	〇綱治紀曰平	15.1/96/27
〇敢漢瀆言尊號	15.1/80/9	公卿〇在鹵簿中	15.1/93/9		
〇敢漢瀆言之	15.1/80/12	鄙人〇識 15.1/94/20,15.1/95/27		**步** bù	4
〇以京師宮室爲常處	15.1/80/13	幘者、古之卑賤執事〇		推〇陰陽	2.6/12/28
非侍御者〇得入	15.1/80/20	冠者之所服也	15.1/95/5	鳴玉以〇	11.8/61/30
君子無幸而有〇幸	15.1/81/2	知皆〇冠者之所服也	15.1/95/7	廓天〇之艱難	12.3/63/23
小人有幸而無〇幸	15.1/81/3	〇欲使人見	15.1/95/7	體邁迅以騁〇	14.8/76/18
國之〇幸也	15.1/81/3	〇展筩無山	15.1/95/12		
言民之得所〇當得	15.1/81/3	今者〇用	15.1/96/10	**怖** bù	8
〇滿百丈	15.1/81/7	違拂〇成曰隱	15.1/96/24		
〇書于策	15.1/81/7	亂而〇損曰靈	15.1/96/27	悝畏〇明憲	1.1/2/12
表者、〇需頭	15.1/82/3	〇生其國曰聲	15.1/96/28	咸〇驚	1.10/8/17
公卿校尉諸將〇言姓	15.1/82/4	一德〇懈曰簡	15.1/96/28	征營〇悸	7.4/39/8
〇言議異	15.1/82/8	壅遏〇通曰幽	15.1/97/3	臣征營〇悸	7.5/43/11
光武因而〇改	15.1/82/10	短折〇成曰殤	15.1/97/4	臣邑怔營慚〇	9.8/50/12
言一歲莫〇覆載	15.1/83/11	治典〇敷曰祈	15.1/97/4	故遂于憂〇之中	10.2/54/21
〇用命戮于社	15.1/84/18			憂〇焦灼	11.2/57/26
屋之掩其上使〇通天	15.1/84/22	**布** bù	25	加以惶〇愁恐	11.2/58/10
柴其下使〇通地	15.1/84/23				
大夫〇得特立社	15.1/84/25	處爪牙而威以〇	1.6/4/17		

部 bù　　11

所○二千石受取有驗	1.1/1/19
車師後○阿羅多、卑君	
相與爭國	1.1/1/27
除侯○候	1.1/2/1
盜起匈奴左○	1.5/3/28
其在○臣	1.7/5/20
重○大掾	2.3/11/6
深總曆○	2.9/15/1
輿服寮御○引	5.5/32/3
對相○主	7.2/36/25
則二○蠡蠡	7.2/37/2
形貌有○	11.4/59/26

簿 bù　　9

官○次弟	1.1/1/13
○書有進入之贏	1.5/4/5
父以主○嘗證太守	4.5/25/24
于是陳留主○高吉蔡軫	
等	5.5/32/1
拘官○	7.2/36/28
車駕次（弟）〔第〕謂	
之鹵○	15.1/93/6
名曰甘泉鹵○	15.1/93/8
公卿不在鹵○中	15.1/93/9
太僕奉駕上鹵○于尙書	
	15.1/93/10

才 cái　　24

盡人○之上美	2.4/11/14
英○是列	3.1/15/23
莫非瓌○逸秀	3.3/17/19
敢竭不○	3.4/18/13
懷文藝之○	3.6/19/23
選○任良	3.7/20/22
可謂道理丕○	3.7/21/17
寧舉茂○葉令、京令爲	
議郞	4.6/27/1
除郞中光祿茂○	5.2/29/11
逸○淑姿	6.3/33/22
幼而克○	6.4/34/7
多○多藝	6.6/35/12
臣愚賤小○	7.2/36/15
○力勁健	7.3/37/24

天授逸○	8.4/46/7
○藝言行	8.4/46/13
非臣愚蔽不○所當盜竊	9.2/47/20
非臣○力所能供給	9.3/48/14
非臣○量所能祗奉	9.9/51/1
器非殿邦佐君之○	9.10/51/14
○羨者荷榮祿而蒙賜	11.8/61/11
夫夫有逸群之○	11.8/62/1
信可謂兼三○而該剛柔	
	12.4/63/29
夫書畫辭賦、○之小者	
	13.1/70/11

材 cái　　5

世之雄○、優逸之徒	2.5/12/4
字子○	2.8/14/9
量○授任	3.1/15/25
後生賴以發祛蒙蔽、文	
其○素者	3.4/18/5
校○考行	6.3/33/25

財 cái　　16

沒入○略非法之物	1.1/2/17
○貨不益	1.7/5/25
椑○周櫬	2.3/10/25
貨殖○用	6.1/32/17
遂取○于豪富	6.1/32/26
損用節○以贍疏族	6.2/33/11
○賦充實	7.3/37/22
況無彼時、地利、人○	
之備	7.3/37/22
官見彈○	7.3/38/1
劫摽人○	7.3/38/5
給○用筆硯爲對	7.4/39/5
愛○省稽	8.3/45/27
以○聚人	11.8/61/5
有○斯富	11.8/61/5
貪夫徇○	11.8/62/3
導○運貨	14.1/74/27

裁 cái　　8

惟君所○	3.7/21/7
不知所○	6.5/35/1
（哉）〔○〕取典計教	

者一人綴之	7.4/42/2
喘息（纔）〔○〕屬	8.2/45/4
蓋以○成大業	10.1/53/22
衣不變○	12.2/63/11
中饋○割	14.5/75/26
○帛制扇	14.15/78/3

纔 cái　　1

喘息（○）〔裁〕屬	8.2/45/4

采 cǎi　　17

帝○勤施八方	1.2/3/4
以釐其○	3.5/18/27
又○《二南》之業	3.6/19/23
○柔桑于疊宮	4.5/26/4
○石于南山	6.5/34/20
議不足○	7.3/38/22，9.6/49/25
家有○薇之思	8.1/44/9
思垂○納	8.4/46/17
春秋○焉	9.10/51/16
無亮○以匡世兮	11.3/59/18
○浮磬不爲之索	11.8/61/28
昭示○章	12.9/65/2
若神龍○鱗翼將舉	14.4/75/17
○若錦繢	14.14/77/28
詔有司○《尙書·皋陶	
篇》及《周官》《禮	
記》定而制焉	15.1/94/15
方山冠、以五○縠爲之	15.1/96/7

蔡 cài　　8

陳留○邕議曰	1.7/5/8
知我者其○邕	2.9/15/5
建侯于○	3.6/19/20
于是陳留主簿高吉○軫	
等	5.5/32/1
議郞臣○邕	7.1/36/8
議郞○邕以爲書戒猾夏	7.3/37/12
召光祿大夫楊賜、諫議	
大夫馬日磾、議郞張	
華、○邕、太史令單	
颺	7.4/38/26
（詔制）〔制詔〕左中	
郞將○邕	9.9/50/17

餐 cān　2

唯陛下加○	7.5/43/28
上有加○食	11.5/60/5

驂 cān　3

路車雕○	4.1/23/4
雍渠○乘	11.8/61/22
○騑如舞	14.2/75/7

殘 cán　9

○戾者芟夷	1.8/7/2
降茲（○）〔篤〕殃	1.9/7/20
州縣○破	3.7/20/18
降此○殃	6.6/35/21
○餘非天所祐	7.4/40/2
以靖亂整○	9.1/47/1
盪四海之○災	11.8/61/25
○人多壘曰桀	15.1/96/24
○義損善曰紂	15.1/96/25

慚 cán　3

○于文仲竊位之負	2.3/10/24
臣邑佂營○怖	9.8/50/12
○惶累息	9.9/50/27

蠶 cán　6

采柔桑于○宮	4.5/26/4
贊桑○宮	4.6/26/28
躬桑繭于○宮	6.5/34/27
繭中蛹兮○蠕須	11.4/59/30
夜半○時至人室家也	13.9/74/3
桑扈氏農正、趣民養○	15.1/86/6

慘 cǎn　6

考妣痛莫○兮離乖	4.7/28/7
哀○戚以流涕兮	6.4/34/15
○怛孝子	6.6/35/21
群臣○○	7.4/42/16
○結屏營	9.3/48/12

憯 cǎn　1

○怛罔極	4.6/27/5

粲 càn　4

衣不○英	8.1/44/11
（○）○彬彬其可觀	11.6/60/16
○乎煌煌	11.8/62/3

倉 cāng　4

公開○廩以貸救其命	1.1/2/2
遷陳○令	3.3/17/12
蓋○頡之精胤	3.6/19/20
○龍夾轂	12.26/68/9

滄 cāng　3

因○浪以爲隍	3.7/20/21
至于○海	3.7/21/4
窮○浪乎三澨	14.1/74/28

蒼 cāng　8

昔帝舜殂于○梧	4.5/26/10
獨何棄乎穹○	4.6/27/8
張○爲丞相	6.2/33/10
○頡循聖	11.6/60/10
兼葭○而白露凝	11.8/61/24
曆運○兮	12.1/63/3
如何穹○	12.18/67/1
左畫○龍	15.1/94/1

藏 cáng　27

以充帑○	1.1/2/17
永載寶○	1.9/7/22
其爲道也、用行舍○	2.3/10/16
冶○無隱	2.6/12/27
舍○思固	2.7/14/4
珠○外耀	3.6/20/9
終然允○	6.6/35/17
于時翳○	6.6/35/25
帑○空竭	7.3/37/18
鉤省別○	7.4/41/2
武庫禁兵所○	7.4/41/6

操 cāo　16

生則貴富侔于帑○	7.4/41/23
○晦惑之罪	7.4/41/24
○器林藪之中	8.3/45/24
臣流離○竄十有二年	9.2/47/17
示天下不○也	10.1/53/16
各從時月○之明堂	10.1/53/21
受《月令》以歸而○諸	
廟中	10.1/54/2
天子○之于明堂	10.1/54/2
舍之則○	11.8/62/8
抑按○摧	14.12/77/14
冬扈氏農正、趣民蓋○	15.1/86/4
廟以○主	15.1/90/21
○十一帝主于其中	15.1/90/28
○主于世祖廟	15.1/91/2
是後遵承○主于世祖廟	15.1/91/2
○主長安	15.1/91/26

確乎其○	2.1/9/8,2.6/13/8
否則退之以光○	2.2/9/22
至○動信	2.6/12/26
介○所在	2.7/13/18
守死善○	2.9/15/7
○清行朗	3.3/17/11
君雅○明允	3.6/19/22
覽生民之上○	4.3/24/15
秉○塞淵	4.6/26/25
○邁伯夷	5.2/29/11
○筆成草	11.2/57/26
○方舟而泝湍流兮	11.3/59/7
○吳榜其萬艘兮	11.3/59/9
貞○屬乎寒松	12.3/63/19
辭隆從窊、絫○也	12.7/64/16

曹 cáo　10

戶○史張機有戇罰	1.1/2/9
四爲郡功○	2.3/10/17
太守南陽○府君命官作	
誄曰	2.3/11/2
郡署五官掾功○	2.8/14/16
爲郡功○	3.7/20/15
辭不逮官○之文	3.7/21/15
鞠推息于官○	4.2/23/14
中常侍育陽侯○節、冠	

軍侯王甫	7.4/39/2
蕭〇、邴魏載于史籍	9.1/47/2
使者與郡縣戶〇掾吏登	
山升祠	12.1/62/31

蟶 cáo　　1

領如〇蟶	14.5/75/24

草 cǎo　　13

猶〇木偃于翔風	2.2/9/24
家無遺〇	3.2/16/19
〇萊焦枯	6.1/32/20
尺一木板〇書	7.4/39/3
臣邑〇萊小臣	9.2/47/23
非臣〇萊功勞微薄所當	
被蒙	9.9/50/25
〇木旱枯	10.2/56/10
則〇木枯	10.2/56/12
操筆成〇	11.2/57/26
周道鞠爲茂〇兮	11.3/59/17
青青河邊〇	11.5/60/3
何〇篆之足算	11.7/60/26
踊躍〇萊	11.8/62/16

懆 cǎo　　3

氣〇〇而屬涼	11.3/59/4
心惻愴而懷〇	11.3/59/7

冊 cè　　1

詔五官中郎將任崇奉〇	4.1/22/26

側 cè　　13

揚明德于〇陋	3.6/19/27
封二祖墓〇	6.4/34/10
〇身踊躍	7.4/43/1
不遺〇陋	8.1/44/19
終朝反〇	8.1/44/19
日〇出西閣	10.1/52/20
侯王肅則月〇匿	11.8/62/10
音亮帝〇	12.18/66/31
齋則不入〇室之門	13.1/69/20
停停溝〇	14.5/76/2

執兵陳于陛〇以戒不虞	15.1/80/5
至秦始皇出寢起居于墓	
〇	15.1/90/23
一曰〇注	15.1/95/12

策 cè　　43

勛在方〇	1.2/3/7
〇合神明	1.7/5/20
杖竹〇立冢前	1.10/8/4
〇命公車特徵	2.5/12/6
委〇避國	2.6/13/8
詔〇之文	3.4/18/12
授之方〇	3.4/18/12
命于左中郎將郭儀作〇	3.5/19/9
規海之〇	3.6/19/28
思王尊之軀〇	3.7/20/17
合〇明計	3.7/20/20
〇命襃崇	3.7/21/6
〇賜就（弟）〔第〕	4.1/22/18
以定〇元功	4.1/22/22
用首謀定〇	4.2/23/18
贈〇遂賜誄	4.2/24/2
首〇誅之	5.3/30/13
永久之〇也	7.3/37/17
育晏〇慮	7.3/37/26
循二子之〇	7.3/38/21
三事者但道先帝〇護三	
公	7.4/42/11
不圖于〇	8.1/44/18
定〇屈勝	8.4/46/4
下印綬符〇	9.9/50/17
上所假高陽侯印綬符〇	9.9/50/28
中讀符〇誥戒之詔	9.9/50/31
御臣之長〇	9.9/51/9
觀見符〇	9.10/51/16
坤之〇也	10.1/53/13
乾之〇也	10.1/53/14
或畫一〇而縮萬金	11.8/61/18
納玄〇于聖德	11.8/62/15
孝元皇帝〇書曰	13.1/69/18
其命令一曰「〇書」	15.1/79/11
〇書	15.1/81/7
〇者、簡也	15.1/81/7
不書于〇	15.1/81/7
亦以〇書誄諡其行而賜	
之	15.1/81/9

如諸侯之〇	15.1/81/9
亦賜〇文	15.1/81/9
體如上〇	15.1/81/10
世皆名此爲〇書	15.1/81/21
〇祝、遠罪病也	15.1/87/16

測 cè　　5

果有躓覆不〇之禍	1.7/5/21
奧乎不可〇已	2.1/8/27
洋洋乎其不可〇也	2.4/11/15
玄玄焉〇之則無源	12.5/64/5
足令海內〇度朝政	13.1/70/6

惻 cè　　7

含涕流〇	3.6/20/5
莫不〇焉	5.2/29/20
〇隱仁恕	6.2/33/11
心〇愴而懷懆	11.3/59/7
推心懇〇	13.1/69/19
〇隱思慕	13.1/70/26
愴然淚以隱〇	14.7/76/13

岑 cén　　3

司隸校尉〇初考彥時	7.4/42/2
崗〇紆以連屬兮	11.3/59/1
歷松〇而將降	14.9/76/27

層 céng　　2

〇雲冠山	11.7/60/25
〇山之陂	14.12/77/11

差 chā　　11

驕盈僭〇	3.6/20/1
以〇厥中	7.2/37/4
及至〇功行賞	9.1/47/9
往往頗有〇舛	11.2/57/31
〇其殿最	13.1/70/7
于盛化門〇次錄（弟）	
〔第〕	13.1/70/14
轉〇少一百一十四歲	13.2/71/19
綠葉參〇	14.12/77/11
王者子女封邑之〇	15.1/83/27

諸侯大小之○　15.1/88/21
公侯大夫各有○別　15.1/94/15

插 chā　1

○翟尾其中　15.1/93/24

察 chá　28

○孝廉　1.6/4/17
　2.5/12/1,4.1/22/13,4.2/23/11
○以情也　1.7/5/23
以○天象　1.8/6/25
明則登其墓○焉　1.10/8/3
太守復○孝廉　2.5/12/2
○賢良方正　2.5/12/5
動則○其變　2.8/14/12
大臣苟○　3.1/15/22
○君審行修德　3.6/20/2
觀天文而○地理　5.2/29/10
出者莫○　7.3/37/24
審○中外之言　7.4/40/28
○其風聲　7.4/41/26
但當○其真偽以加黜陟　7.4/42/19
不可不○也　7.4/43/3
惟陛下留神省○　8.3/45/29
就讓疾病當親○之　8.4/46/17
進○憲臺　9.9/50/22
惟陛下省○　11.2/58/12
近而○之　11.7/60/25
○獄以情　12.13/66/4
夫司隸校尉、諸州刺史
　所以督○姦枉、分別
　白黑者也　13.1/70/1
莫相舉○　13.1/70/3
○其所履　14.5/75/26
仰○斗機　14.5/76/3

拆 chāi　1

○絙地之基　11.8/61/25

柴 chái　3

○望山川　12.10/65/7
○其下使不通地　15.1/84/23
巡守告祭○望之所歌也

15.1/87/22

澶 chán　1

滄○湲以安流　14.1/74/25

蟬 chán　5

銀艾貂○　4.5/26/3
功薄○翼　9.9/51/7
侍中常侍加貂○　15.1/94/27
坩貂○鼠尾飾之　15.1/95/23
始施貂○之飾　15.1/95/23

瀺 chán　1

總伊○與澗瀨　11.3/59/8

纏 chán　1

加漆絲之○束　14.8/76/19

躔 chán　1

日月○次千里　15.1/82/19

讒 chán　1

來○邪之口　13.1/70/5

剗 chǎn　2

刪○浮辭　3.7/21/13
周人勿○　3.7/22/2

產 chǎn　6

桓帝同○　1.1/2/11
不治○業　2.7/13/25
有西○之惠　12.17/66/24
宮內○生　13.1/69/17
禮、妻妾○者　13.1/69/20
○于卑微　14.5/75/23

諂 chǎn　1

交不○上　2.3/10/19

闡 chǎn　2

○德之宇　2.4/11/19
忠亮○著　8.3/45/23

昌 chāng　6

與聞公之○言者　1.4/3/23
四輔代○　5.3/30/18
既隆且○　6.6/35/27
邦國其○　8.4/46/20
漢有○邑之難　9.1/46/27
九世會○　15.1/90/17

閶 chāng　2

○閶推清　3.3/17/14
閶○闔　11.8/62/14

長 cháng　95

徵拜議郎司徒○史　1.1/2/11
以公○于襟帶　1.1/2/12
司徒○史　1.6/4/19
乃會○史邊乾　1.10/8/11
〔漂○風〕　1.10/8/14
不割高而引○　2.2/9/21
遷聞喜○　2.2/9/23
遷太丘○　2.2/9/24
使夫少○咸安懷之　2.3/10/16
韓元○等五百餘人　2.3/11/4
故太丘○潁川許陳寔　2.4/11/13
體仁足以○人　2.5/11/27
事○惟敬　2.7/13/18
除郎中萊蕪○　2.7/13/20
○于知見　3.3/17/18
郡守令○　3.7/20/24
置○史司馬從事中郎　3.7/21/6
其郡縣○吏有缺　3.7/21/8
遠圖○慮　4.5/26/6
○子道終　4.5/26/11
夫人編縣舊族章氏之○
　女也　4.6/26/25
○曰整、伯齊　4.6/26/29
言仁者其壽○　4.6/27/8
裒○結以含愁　4.6/27/9
氣微微以○（浮）（銷）

〔消〕	4.6/27/11	撫○笛以攄憤兮	14.6/76/9	于時濟陽故吏舊民、中	
攝又以○兮	4.7/28/7	飲馬○城	14.12/77/16	○侍句陽于肅等二十	
使卜者王○卜之	5.1/28/17	將蕃燧以悠○	14.16/78/10	三人	4.5/26/17
○曰	5.1/28/17	復○鳴而揚音	14.17/78/16	○封閉	5.1/28/15
○于凡禾	5.1/28/18	在京師曰奏○安宮	15.1/80/17	詔封都亭侯、太僕、太	
且巨且○	5.3/30/20	所至見○吏三老官屬	15.1/81/1	○、司空	5.3/30/14
而涇水○流	6.1/32/20	其制○二尺	15.1/81/7	往烈有○	5.3/30/14
我有○流	6.1/33/2	其次一○一短	15.1/81/8	乃位○伯	5.4/31/15
稟命不○	6.4/34/8	更者、○也	15.1/82/26	蓋○興役	6.1/32/21
仁者壽○	6.6/35/20	帝之姊妹曰○公主	15.1/83/27	通謀中○侍王甫求爲將	7.3/37/10
于是孝子○叫	6.6/35/22	比○公主	15.1/83/28	匈奴○爲邊害	7.3/37/16
情兮○慕	6.6/35/24	其氣○養	15.1/85/11	而所見○異	7.3/37/16
○吏寒心	7.2/36/20	以稯五穀之○也	15.1/85/27	中○侍育陽侯曹節、冠	
每冀州○史初除	7.2/36/23	州○衆庶在其後	15.1/89/9	軍侯王甫	7.4/39/2
秦築○城	7.3/38/8	藏主○安	15.1/91/26	兩○侍又諭旨	7.4/39/3
狐疑避難則守爲○	7.3/38/16	宣帝但起園陵○承奉守	15.1/92/1	○滿不溢	7.4/43/3
○十餘丈	7.4/39/11	君道○	15.1/93/3	○在樞旁	8.2/45/6
是爲贏○	7.4/40/27	在○安時	15.1/93/7	不以○制爲限、長幼爲	
○水校尉趙玄、屯騎校		○注地	15.1/94/1	拘	8.4/46/14
尉蓋升	7.4/42/7	○尺二寸 15.1/94/10, 15.1/94/16		四時○陳	9.6/49/22
閒職○吏	7.4/42/22	祠宗廟則○冠袀玄	15.1/94/27	爲無窮之○典	9.6/49/24
臣屬吏張宛○休百日	7.5/43/10	冠進賢者宜○耳	15.1/95/9	○以汗墨	9.9/50/24
惡○吏虛僞	8.1/44/16	○八寸	15.1/95/16	○以爲《漢書》十志下	
口辨辭○	8.4/46/10	齊冠或曰○冠	15.1/95/24	盡王莽	11.2/57/27
不以常制爲限、○幼爲		通○四寸	15.1/96/19	○俗生于積習	11.3/59/17
拘	8.4/46/14	珠冕、爵弁收、通天冠		靡有○制	11.7/60/22
○驅芒阜	9.1/47/7	、進賢冠、○冠、緇		○比玄墨	12.18/66/30
巴土○遠	9.3/48/13	布冠、委貌冠、皮弁		術術無○	13.2/71/3
都于○安	9.4/48/19	、惠文冠	15.1/96/21	不○庚申	13.2/72/3
越三月丁巳至于○安	9.4/48/24			《周禮‧司勳》「凡有	
○歷宰府	9.9/50/21	**常 cháng**	**56**	大功者銘之太○」	13.4/73/4
御臣之○策	9.9/51/9			家祖居○言家有三當死	13.9/74/3
起養老敬○之義	10.1/51/31	後不以爲○	1.1/2/3	不以京師宮室爲○處	15.1/80/13
道○日短	10.2/54/23	○幹州郡腹心之任	2.2/9/21	○以春分朝日于東門之	
叟、○老之稱也	10.2/56/30	便可踐入○伯	2.3/10/21	外	15.1/82/23
謹因臨戎○霍國封上	11.2/58/12	若古今○難	2.8/14/13	制無○牲	15.1/84/14
登○阪以凌高兮	11.3/58/27	起家復拜太○	3.1/15/21	棘扈氏農正、○謂茅氏	15.1/86/5
○跪讀素書	11.5/60/5	○伯劇任	3.5/18/27	○以歲竟十二月從百隸	
下有○相憶	11.5/60/6	命公作太○	3.5/18/30	及童兒	15.1/86/10
○翅短身	11.6/60/11	○歷宮尹	3.6/19/22	○以先臘之夜逐除之也	
或○邪角趣	11.7/60/23	徵拜太中大夫、尙書令			15.1/86/14
○樂無疆	12.26/68/10	、太僕、太○、司徒	4.1/22/19	遂○奉祀光武舉天下以	
墨綬○吏	13.1/70/19	又拜太○ 4.2/23/20, 4.2/23/21		再受命復漢祚	15.1/91/1
故城門校尉梁伯喜、南		遷太○司徒	4.2/23/24	如太○祠行陵廟之禮	15.1/91/26
郡太守馬季○	13.5/73/14	太○、太尉各三	4.3/24/24	太○贊曰	15.1/92/25
以齒則○	13.7/73/24	天子使中○侍調者李納		○以六月朔、十月朔旦	
脩○冉冉	14.5/75/24	弔	4.5/26/15	朝	15.1/92/26

他不〇用	15.1/93/8	償 cháng	1	亦宜〇然	8.4/46/14		
侍中、中〇侍、侍御史				〇自群吏	9.3/48/3		
、主者郎令史皆執注		以受薄〇	2.7/13/26	精魄播〇	9.9/50/20		
以督整諸軍車騎	15.1/93/11			〇哉邈乎	11.1/57/12		
〇服鸘冔	15.1/94/12	敞 chǎng	4				
其武官太尉以下及侍中				巢 cháo	3		
〇侍皆冠惠文冠	15.1/94/27	故京兆尹張〇有罪逃命	7.2/36/27				
侍中〇侍加貂蟬	15.1/94/27	上使使就家召張〇為冀		紹〇由之絕軌	2.1/9/2		
通天冠、天子〇服	15.1/95/11	州刺史	7.2/36/27	且鷦鷯〇林	9.9/51/9		
侍中、中〇侍加黃金	15.1/95/23	張〇亡命	7.2/36/28	玄鶴〇其岐	14.12/77/12		
		舉張〇于亡命	8.3/45/22				
場 cháng	1			車 chē	68		
		悵 chàng	2				
為萬里之〇圃	12.5/64/4			〇師後部阿羅多、卑君			
		悒〇喪氣	5.5/32/8	相與爭國	1.1/1/27		
腸 cháng	1	哀人寒耳以悒〇	14.11/77/7	公遣從事牛稱何傳輕〇			
				騎	1.1/1/27		
亦割肝而絕〇	4.6/27/7	暢 chàng	11	而〇師克定	1.5/4/2		
				七十有懸〇之禮	2.2/9/28		
嘗 cháng	16	清風〇于所漸	2.2/9/23	懸〇告老	2.3/10/20		
		清理條〇	2.9/14/29	懸〇致仕	2.4/11/15		
四時烝〇	2.2/10/2	文敏〇乎庶事	4.2/23/12	策命公〇特徵	2.5/12/6		
未〇屈節	2.7/13/19	宣〇渾元	4.2/23/17	公〇特徵	2.6/13/2, 3.3/17/12		
昔仲尼〇垂三戒而公克		徽音〇于神明	4.6/26/27	鉦〇介士	3.2/16/10		
焉	3.1/16/1	化導宣〇	6.5/34/26	避公〇令	3.2/16/16		
曷所不〇	3.2/16/13	淑〇洽于群生	8.2/45/11	錫鼓吹大〇	3.7/21/5		
參與〇禱	4.3/25/6	宣〇聖化	9.3/48/14	受輅〇、乘馬、玄袞、			
于以烝〇	4.4/25/19	和液〇兮神氣寧	11.8/62/23	赤舄之賜	3.7/21/24		
父以主簿〇證太守	4.5/25/24	誠信〇于殊俗	12.3/63/22	路〇雕驂	4.1/23/4		
奉烝〇之祠	6.2/33/14	和〇善笑	14.5/75/25	〇正馬閑	4.2/23/23		
未〇不辨于二州也	7.2/36/17			告老懸〇	5.2/30/2		
未〇為民居者乎	7.3/38/19	鈔 chāo	1	不詣公〇	5.4/31/5		
有過未〇不知	7.4/40/17			病不詣公〇	5.5/31/24		
知之未〇復行	7.4/40/18	鮮卑入塞〇	1.5/3/28	黑如〇蓋	7.4/39/10		
承祀烝〇	12.9/65/2			褒故公〇卒	7.4/39/26		
未〇有廢	13.1/69/17	超 chāo	14	〇駕西還	9.9/50/23		
先帝舊典未〇有此	13.1/70/21			前〇覆而未遠兮	11.3/59/15		
烝〇秋冬之所歌也	15.1/88/1	岐嶷而〇等	1.6/4/14	前〇已覆	11.8/62/6		
		茲可謂〇越殊庶	1.6/4/25	群〇方奔乎險路	11.8/62/12		
裳 cháng	4	〇天衢而高峙	2.1/9/3	門無立〇	12.2/63/11		
		〇遰其猶	2.2/10/11	錫以〇服	12.3/63/23		
綺袖丹〇	14.5/75/24	〇補三事	2.3/10/21	九命〇服	12.9/65/2		
兼〇累鎮	14.5/76/1	卓爾〇倫	3.2/16/28	皇〇犇而失轄	12.28/68/18		
周公越〇	14.12/77/15	遰哉伊〇	3.4/18/15	而〇駕稀出	13.1/69/8		
玄衣朱〇	15.1/86/10	〇無窮而垂則	4.1/22/16	〇服照路	14.2/75/7		
		一往〇以未及	4.6/27/13	結軌下〇	14.2/75/7		
		〔命臣下〕〇取選舉	7.4/42/21	〇馬、衣服、器械百物			

曰「乘輿」	15.1/79/10
輿、猶○也	15.1/80/13
則當乘○輿以行天下	15.1/80/14
或謂之○駕	15.1/80/14
〔天子〕○駕所至	15.1/80/28
使者安○輭輪送迎而至	
其家	15.1/82/28
京兆尹侍祠衣冠○服	15.1/91/26
天子下○	15.1/92/22
在○則下	15.1/92/23
○駕次（弟）〔第〕謂	
之鹵簿	15.1/93/6
屬○八十一乘	15.1/93/7
唯河南尹執金吾洛陽令	
奉引侍中參乘奉○郎	
御屬○三十六乘	15.1/93/9
則省諸副○	15.1/93/10
侍中、中常侍、侍御史	
、主者郎令史皆執注	
以督整諸軍○騎	15.1/93/11
法駕、上所乘曰金根○	
	15.1/93/14
安○五色	15.1/93/14
立○各一	15.1/93/14
是爲五時副○	15.1/93/14
俗人名之曰五帝○	15.1/93/15
又有戎立○以征伐	15.1/93/15
三蓋○名耕根○	15.1/93/15
一名芝	15.1/93/15
又有躔豬	15.1/93/16
綠○名曰皇孫○	15.1/93/16
凡乘輿○皆羽蓋金華瓜	
	15.1/93/19
○皆大夫載鸞旗者	15.1/94/3
俗人名之曰雞翹○	15.1/94/3
後有金鉦黃鉞黃門鼓○	15.1/94/4
古者諸侯貳○九乘	15.1/94/4
秦滅九國兼其○服	15.1/94/4
故大駕屬○八十一乘也	15.1/94/5
最後一○懸豹尾	15.1/94/5
建金根、耕根諸御○	15.1/94/7
○駕出後有巧士冠	15.1/95/3

掣 chè	**1**
然後（我掣）〔柢○〕	
	14.13/77/22

徹 chè	**5**
饔人○羞	8.1/44/11
輕○妙好	14.15/78/3
○侯、群臣異姓有功封	
者稱曰○侯	15.1/88/21
謂之○侯	15.1/92/16

琛 chēn	**1**
來獻其○	8.1/44/22

臣 chén	**310**
三孤故○門人	1.1/1/12
是惟○之職	1.3/3/16
○聞之	1.4/3/22
○不敢辭	1.4/3/22
○犬馬齒七十	1.4/3/22
以盡爲○之節	1.4/3/23
公卿大○	1.7/5/11
○事君以忠	1.7/5/16
其在部○	1.7/5/20
皆諸侯之○也	1.7/6/5
又禮緣○子咸欲尊其君	
父	1.7/6/10
故雖侯伯子男之○	1.7/6/10
以○子之辭言之	1.7/6/12
順乎門人○子所稱之宜	1.7/6/15
悉心○事	1.8/6/23
名○繼踵	2.8/14/10
大○苛察	3.1/15/22
得人○之上儀者已	3.2/16/20
惟漢重○	3.2/16/25
位極人○	3.2/17/1
二三小○	3.3/17/19
遂作帝○	3.4/18/6
人○之極位	3.4/18/9
則史○志其詳	3.4/18/12
乃自宰○以從王事立功	3.5/18/24
不二心之○	3.5/18/29
登祚王○	3.6/20/9
賊○專政	3.7/20/18
謀○武將	3.7/20/20
于是故○懼淪休伐	3.7/21/23
允顯使○	3.7/22/1
鼎○元輔	4.1/22/24

幸○誅斃	4.2/23/22
用補〔贅〕前○之所闕	4.3/24/19
惟我末○	4.3/25/5
以立○節	4.5/25/24
或作虎○	4.5/26/3
姦○王莽媮有神器十有	
八年	5.1/28/18
小○河南尹鞏瑋	5.1/28/25
信○治穰	6.1/32/19
陪○之母	6.6/35/19
議郎○蔡邕	7.1/36/8
○邕敏愚戇死罪	7.1/36/11
○聞國家置官	7.2/36/15
○愚賤小才	7.2/36/15
○邕頓首死罪	7.2/36/16
7.4/41/17,9.3/48/5,9.3/48/13	
9.8/50/12,9.9/50/26	
○怪問其故	7.2/36/21
拜故待詔會稽朱買○	7.2/36/26
買○郡民	7.2/36/28
不顧爭○七人之貴	7.2/37/1
用三○之法	7.2/37/3
○懷懷發瞽言、幹非義	7.2/37/4
時朝廷大○多以爲不便	7.3/37/11
昔謀○竭精	7.3/37/16
皆社稷之○	7.3/37/17
○愚以爲宜止攻伐之計	7.3/38/19
○曰「可矣」	7.3/38/21
○邕愚戇　7.3/38/22,7.4/43/3	
○邕頓首	7.3/38/22
賜等稱○	7.4/39/4
○邕言	7.4/39/7
問○邕災異之意	7.4/39/7
○學識淺薄	7.4/39/7
○邕頓首頓首	7.4/39/8
8.3/45/30,9.2/47/20	
9.6/49/25	
以○所聞	7.4/39/11
內奮○無忠	7.4/39/15
若群○有所毀譽	7.4/39/17
○或爲之	7.4/39/20
○聞凡人爲怪	7.4/39/23
○竊思之	7.4/39/27
○聞凡雞爲怪	7.4/40/8
○竊以意推之	7.4/40/14
○聞陽微則地震	7.4/40/21
○竊見熒惑變色	7.4/40/25

○闇熒惑示變	7.4/40/25	破○門戶	7.5/43/22	遂用○邑充備機密	9.2/47/19
法當君○出端	7.4/40/26	○年四十有六	7.5/43/22	非○愚蔽不才所當盜竊	9.2/47/20
謀戒不○	7.4/40/26	託名忠○	7.5/43/23	非○碎首糜軀所能補報	9.2/47/20
○聞見符致蝗以象其事	7.4/40/31	○愚以凡冗	7.5/43/24	○聞世家之時	9.2/47/22
得○無家	7.4/41/3	自○職耳	7.5/43/24	○邑草萊小○	9.2/47/23
○愚以爲平城門、向陽		○對問時	7.5/43/24	唯○官位微賤	9.2/47/26
之門	7.4/41/5	不聞○謀	7.5/43/24	此六○	9.2/47/26
○邑伏惟陛下聖德允明	7.4/41/15	隨○摧沒	7.5/43/25	○當自知	9.2/47/26
褒○博學深奧	7.4/41/16	○一入牢檻	7.5/43/26	將謂○何足以任	9.2/47/27
非○螻蟻愚怯所能堪副	7.4/41/16	死期垂至	7.5/43/27	則○之心厭抱釋	9.2/47/28
亦○輸寫肝膽出命之秋	7.4/41/16	○死之日	7.5/43/27	○尙書邑免冠頓首死罪	9.3/48/3
○敢不盡情以對	7.4/41/21	群○謀謚	8.1/44/5	○猥以頑闇	9.3/48/3
非外○所能審處	7.4/42/4	群○累息	8.1/44/8	五府舉○任巴郡太守	9.3/48/4
群○早引退	7.4/42/8	啓大○喪親之哀	8.1/44/16	非○所得久忝	9.3/48/5
夫宰相大○	7.4/42/10	追崇世祖功○	8.1/44/17	○猥以愚闇	9.3/48/7
不宜復聽納小吏、雕琢		垂念○子	8.1/44/23	○當以頑蒙	9.3/48/14
大○	7.4/42/16	○前到官	8.2/45/3	非○才力所能供給	9.3/48/14
群○慘慘	7.4/42/16	○門下掾申屠蟠稱	8.2/45/3	股肱大○	9.4/48/22
〔命○下〕超取選舉	7.4/42/21	○輒核問掾史邑子殷盛		左中郎將○邑議	9.6/49/8
○願陛下强納忠言	7.4/43/1	宿彥等	8.2/45/7	時中正大○夏侯勝猶執	
左右近○亦宜戮力從化	7.4/43/2	○即召來見	8.2/45/7	議欲出世宗	9.6/49/10
夫君○不密	7.4/43/4	○問樂爲吏否	8.2/45/8	權移○下	9.6/49/14
○〔安〕敢漏所問	7.4/43/5	○爲設食	8.2/45/8	○下懦弱	9.6/49/15
願寢○表	7.4/43/5	○誠伏見幸甚	8.2/45/12	聖主賢○	9.6/49/16
議郎冀土○邑	7.5/43/9	○聞魯侯能孝	8.2/45/12	○謹案禮制〔天子〕七	
○被尙書召	7.5/43/9	○不勝願會	8.2/45/15	廟、三昭、三穆、與	
問○以大鴻臚劉郃前爲		○頓首	8.2/45/15	太祖七	9.6/49/17
濟陰太守	7.5/43/9	○聞唐虞以師師咸熙	8.3/45/20	○妾萬國	9.7/49/31
○屬吏張宛長休百日	7.5/43/10	猶用賢○爲寶	8.3/45/20	○等〔不勝〕踴躍亮藻	9.7/50/1
○征營怖悸	7.5/43/11	忠○賢士	8.3/45/21	○以相國兵討逆賊故河	
○邑死罪 7.5/43/12, 7.5/43/28		○伏見護羌校尉皇甫規	8.3/45/23	內太守王○等	9.8/50/8
臺所問○三事	7.5/43/12	○以頑愚	8.3/45/28	○邑奉賀錄	9.8/50/9
○叔父衛尉質	7.5/43/13	○某等聞周有流彘之亂	9.1/46/27	錄各在○不詳省案	9.8/50/10
宜以○對	7.5/43/14	輔佐重○	9.1/47/1	侍御史劾○不敬	9.8/50/10
○父子誠有怨恨	7.5/43/14	國遭姦○擘妾	9.1/47/2	○邑怔營慚怖	9.8/50/12
因臺問具○恨狀	7.5/43/14	福在弄○	9.1/47/3	仰愧先○	9.8/50/13
○爲覆蔽	7.5/43/15	精兵虎○	9.1/47/6	○稽首受詔	9.9/50/20
○得以學問	7.5/43/15	近○幸○一人之封	9.1/47/9	○伏惟糠粃小生	9.9/50/20
責○喻旨	7.5/43/16	○等謹案《漢書》高祖		群○之中	9.9/50/24
誘○使言	7.5/43/17	受命如卓者	9.1/47/11	非○草萊功勞微薄所當	
○愚戇 7.5/43/17, 9.6/49/25		○等不勝大願	9.1/47/12	被蒙	9.9/50/25
預知所言者當必怨○	7.5/43/18	○邑等頓首頓首	9.1/47/12	○十四世祖肥如侯	9.9/50/26
群○杜口	7.5/43/20	○流離藏竄十有二年	9.2/47/17	○子遺苗裔	9.9/50/27
以○爲戒	7.5/43/20	姦○變擘	9.2/47/17	○者何人	9.9/50/28
○季父賨	7.5/43/21	憎疾○者隨流埋沒	9.2/47/17	○不勝戰悼怵惕	9.9/50/28
○被蒙恩渥	7.5/43/21	上○高（弟）〔第〕	9.2/47/18	○得微勞	9.9/50/29
言事者欲陷○父子	7.5/43/21	聽納大○	9.2/47/19	非○小族陋宗器量褊狹	

宸 chén	1	葬我夫人黃氏及○留太		諶 chén	1
尹尉清○	1.6/5/3	守碩于此高原	4.5/26/15	示以梁○之威	3.6/20/3
		季以高（弟）〔第〕爲			
晨 chén	6	侍御史諫議大夫侍中		齓 chèn	3
		虎賁中郎將○留太守	4.6/27/2		
○興夜寢	6.6/35/13	○衣衮而不省兮	4.7/28/5	二孤童紀未○育于夫人	4.5/25/26
牝雞之○	7.4/40/13	○平由此社宰	5.3/30/12	越齠○在闕	6.3/33/23
臣是以宵寢○興	9.9/51/9	即拜○留太守	5.4/31/7	○齠夙孤	8.4/46/7
宵不寐以極○	11.3/59/12	○辭謝恩	5.4/31/8		
石門守○	11.8/61/22	俾守○留	5.4/31/16	槻 chèn	1
秋風蕭以○興	14.17/78/15	拜○留太守	5.5/31/24		
		于是○留主簿高吉蔡軫		槻財周○	2.3/10/25
陳 chén	59	等	5.5/32/1		
		故○留太守胡君子曰根	6.4/34/7	讖 chèn	6
○之東階	1.5/4/8	幃帳空○	6.5/35/3		
門人○季珪等議所諡	1.7/5/8	指○政要所先後	7.4/41/14	合（○）〔誠〕圖曰	7.4/39/15
○留蔡邕議曰	1.7/5/8	冒昧自○	7.5/43/27	他元雖不明于圖○	13.2/71/6
加○留府君以益州之諡	1.7/5/12	于是尙書○忠上言	8.1/44/5	是則雖非圖○之元	13.2/71/9
謹覽○生之議	1.7/5/14	謹○狀　8.2/45/15,9.1/47/12		○雖無文	13.2/71/17
實爲○留太守	1.8/6/22	伏見○留邊讓	8.4/46/7	但言《圖○》	13.2/71/25
乃○五事	1.8/6/25	先○便宜	9.1/47/6	深引《河洛圖○》以爲	
甘香○	1.10/8/18	臨時自○	9.3/48/12	符驗	13.2/71/29
是爲○胡公	2.2/9/15	四時常○	9.6/49/22		
弘農楊公、東海○公	2.3/10/23	屯○破壞	9.8/50/8	稱 chēng	95
潁川○君命世絕倫	2.3/10/23	今封邑○留雍丘高陽鄉			
徵士○君	2.3/10/27	侯	9.9/50/17	公遣從事牛○何傳輕車	
赫矣○君	2.3/11/2	非臣辭筆所能復○	11.2/57/22	騎	1.1/1/27
故太丘長潁川許○寔	2.4/11/13	鴻臚○君以救雲抵罪	11.3/58/18	○以奉使副指	1.1/1/28
○留太守之孫	2.5/11/26	白朝廷敕○留太守〔發〕		公○病辭	1.1/2/18
于是從遊弟子○留、申		遣余到偃師	11.3/58/19	以疾篤○	1.6/4/21
屠蟠等悲悼傷懷	2.6/13/5	是以○賦	11.4/59/28	是貞儉之○文也	1.7/5/28
○留外黃人	2.7/13/13	句○居中	12.26/68/9	是危身利民之○文也	1.7/5/30
太尉張公、兗州劉君、		夫張局○棊	14.14/77/27	是勤學好問之○文也	1.7/6/1
○留太守淳于君、外		○象應矩	14.15/78/3	猶可以○	1.7/6/3
黃令劉君僉有休命	2.7/14/1	執兵○于陛側以戒不虞	15.1/80/5	此皆天子大夫得○	1.7/6/8
皇帝遣中謁者〔遂、侍		稱稽首上書謝恩、○事		自○其君	1.7/6/10
御史馬助持節送柩	3.2/16/9	詣闕通者也	15.1/81/26	異國之人○之皆然	1.7/6/11
○遵、桓典、蘭臺令史		○嚴具	15.1/91/7	是以邾子許男○公以葬	1.7/6/11
十人	3.2/16/9	公卿以下○洛陽都亭前		則有邾許○公之文	1.7/6/12
遷○倉令	3.3/17/12	街上	15.1/92/22	若○子則降等多矣	1.7/6/13
曰（諫于）〔○王〕庭	3.6/19/28			優老之○也	1.7/6/14
碁布星○	3.7/20/22	塵 chén	3	配諡之○也	1.7/6/14
○罍礨	3.7/21/11			亡之○也	1.7/6/15
下○輔世忠義之方	3.7/21/16	庶奉清○	2.4/11/21	順乎門人臣子所○之宜	1.7/6/15
公之季子○留太守碩卒		清宇宙之埃○	11.8/61/9	使不得○子而已	1.7/6/16
于洛陽左池里舍	4.5/26/8	則○垢穢之	13.11/74/12	先生存獲重○	2.2/10/2

華夏同○	2.6/13/2	故○天王	15.1/79/22	左○	4.2/23/12
克○斯位者	3.2/16/25	天子、夷狄之所○	15.1/79/24	爲大官○	5.1/28/26
四岳○名	3.6/19/25	故○天子	15.1/79/24	爲右○相	5.3/30/12
身沒○顯	3.6/20/10	天家、百官小吏之所○		與○相荅	5.4/31/9
千里○平	3.7/20/15		15.1/79/26	張蒼爲○相	6.2/33/10
○疾屢豫	4.1/22/17	故○天家	15.1/79/26	尙書左○馮方毆殺指揮	
言不○老	4.2/23/25	皇帝、至尊之○	15.1/79/30	使于尙書西祠	7.1/36/5
是以虞○媯汭	5.1/28/24	故○皇帝	15.1/79/31	乃封○相爲富民侯	7.3/37/20
○兵十萬	7.3/37/23	天子獨以爲○	15.1/80/2	○相史家雌雞化爲雄	7.4/40/11
賜等○臣	7.4/39/4	親近侍從官○曰大家	15.1/80/18	公卿使謁者將大夫以下	
辭○伯夏教我上殿	7.4/39/22	○曰天家	15.1/80/18	至吏民尙書左○奏聞	
而○伯夏教入殿裏	7.4/40/1	此諸侯大夫印○璽者也		報可	15.1/82/5
始建光烈之○	8.1/44/27		15.1/80/25	○相匡衡、御史大夫貢	
下協先帝之○	8.1/44/29	然則秦以來天子獨以印		禹乃以經義處正	15.1/90/25
臣門下掾申屠臱○	8.2/45/3	○璽	15.1/80/26		
荅○所蒙	9.3/48/11	○皇帝曰	15.1/81/8	**成 chéng**	**79**
關東吏民敢行○亂	9.4/48/21	○稽首上書謝恩、陳事			
尊崇廟○	9.6/49/9	詣闕通者也	15.1/81/26	以奉○湯之祀	1.8/6/20
廟○世祖	9.6/49/12	叟、老○	15.1/82/29	政以禮○	2.3/10/18
廟○顯宗	9.6/49/13	所謂祖○曰廟者也	15.1/84/8	以○斯銘	2.3/11/6
廟○肅宗	9.6/49/14	《漢書》○高帝五年	15.1/85/21	來家于○安	2.7/13/14
右衛尉杜衍在朝堂而○		四代○臘之別名	15.1/86/17	迄有○	3.1/16/4
不在	9.8/50/9	神號、尊其名更爲美○	15.1/87/4	昔在三后○功	3.2/16/24
門、東南○門	10.1/52/22	諸侯王、皇子封爲王者		地平天○	3.3/17/14
西北○闥	10.1/52/22	○曰諸侯王	15.1/88/21	履祚孔○	3.3/17/23
故○太學	10.1/52/29	徹侯、群臣異姓有功封		迄用有○	3.4/18/8
而○鎬京之詩以明之	10.1/53/12	者○曰徹侯	15.1/88/21	功○化洽	3.5/19/8
其類不可盡○	10.1/53/29	其眾號皆如帝之○	15.1/90/5	功○身退	4.1/22/18
叟、長老之○也	10.2/56/30	○皇太后	15.1/90/6	耆耋老○	4.1/22/25
惟一適人○妻	10.2/57/2	不○次	15.1/90/18	功○則退	4.3/25/2
詿無忌之○神	11.3/58/23	故今陵上○寢殿	15.1/90/23	致能迄用有○	4.5/26/1
幸其獲○	11.8/62/18	五年而○殷祭	15.1/90/27	誕○家道	4.6/26/26
《詩》○子孫保之	12.12/65/22	更起廟○世祖	15.1/91/2	罪○惡熟	5.1/28/19
《易》○安貞	13.1/69/10	周末諸侯或○王	15.1/92/15	五○之陌	5.1/28/22
不能○職	13.1/70/3	而漢天子自以皇帝爲○		政○功簡	5.2/29/12
假名○孝	13.1/70/26		15.1/92/15	習與性○	5.4/30/26
大夫○伐	13.4/72/30	○侍祠侯	15.1/92/18	名自人○	5.4/31/12
所謂大夫○伐者也	13.4/73/8			猶不克○	6.1/32/21
自○曰「朕」	15.1/79/9	**丞 chéng**	**15**	斐然○章	6.1/33/2
臣民○之曰「陛下」	15.1/79/9			我疆斯○	6.1/33/4
上古天子庖犧氏、神農		府○與比縣會葬	2.3/11/4	雖○人之德	6.4/34/8
氏○皇	15.1/79/14	郡遣○掾	2.8/14/20	受誨則○	6.4/34/12
堯、舜○帝	15.1/79/14	○相翼宣	3.3/17/9	故謀有○敗	7.3/37/14
夏、殷、周○王	15.1/79/14	遣御史中○鍾繇即拜鎭		三年不○	7.3/37/27
王、畿內之所○	15.1/79/20	南將軍	3.7/21/5	雖○郡列縣	7.3/38/19
故○王	15.1/79/20	除郎中尙書侍郎、尙書		孝○綏和二年八月	7.4/39/24
天王、諸夏之所○	15.1/79/22	左○、尙書僕射	4.1/22/13	而遂不○之象也	7.4/40/16

頭冠或○	7.4/40/16	
然後○形	7.4/41/25	
所戒（○）〔誠〕不朝		
可知	7.4/42/3	
暗昧已○	7.4/42/4	
國之老○	7.4/42/9	
任用責○	7.4/42/11	
雖○人之年	8.2/45/10	
○功立事	8.4/46/6	
纂○伐柯不遠之則	8.4/46/7	
責以相業之○	9.1/47/12	
合○二百一十二卷	9.3/48/9	
至孝○帝〔時〕	9.6/49/10	
比惠、景、昭、○、哀		
、平帝	9.6/49/21	
思齊周○	9.7/49/30	
○王幼弱	10.1/52/12	
○王以周公爲有勳勞于		
天下	10.1/52/13	
大司○論說在東序	10.1/52/28	
○法具備	10.1/53/20	
蓋以裁○大業	10.1/53/22	
昧死○之	10.2/54/22	
操筆○草	11.2/57/26	
述而○賦	11.3/58/20	
專○之功	11.8/61/14	
童子不問疑于老○	11.8/62/2	
字玄○	12.1/62/30	
故能教不肅而化○	12.4/63/28	
夙智早○、岐嶷也	12.7/64/16	
至于○王	12.12/65/21	
德音邈○	12.14/66/10	
於穆誕○	12.17/66/26	
酒以○禮	12.20/67/10	
雖周○遇風	13.1/69/5	
或竊○文	13.1/70/14	
遂雕琢而○器	14.9/76/29	
適○于天地人也	15.1/82/26	
大夫以下○群立社曰置		
社	15.1/84/25	
其氣收○	15.1/85/8	
洛邑既○	15.1/87/18	
○王即政	15.1/87/20	
《昊天有○命》、一章		
七句	15.1/87/21	
○王除武王之喪	15.1/88/5	
○王謀政于廟之所歌也	15.1/88/6	

告○大武	15.1/88/9	
高帝、惠帝、呂后攝政		
、文帝、景帝、武帝		
、昭帝、宣帝、元帝		
、○帝、哀帝、平帝		
、王莽、聖公、光武		
、明帝、章帝、和帝		
、殤帝、安帝、順帝		
、沖帝、質帝、桓帝		
、靈帝	15.1/89/26	
于○帝爲兄弟	15.1/90/15	
○雖在九	15.1/90/17	
○、哀、平三帝以非光		
武所後	15.1/91/25	
違拂不○曰隱	15.1/96/24	
短折不○曰殤	15.1/97/4	

呈 chéng　1

念污軫之不○	6.4/34/15	

承 chéng　33

丕○洪緒	1.9/7/17	
傳○先人曰王氏墓	1.10/8/1	
歡哀○祀	2.2/10/2	
嗣子業紱冕相○	3.1/15/16	
公○夙緒	3.1/15/16	
以○奉尊	3.2/17/3	
公○家崇軌	3.3/17/10	
欽○奉構	3.3/17/10	
是以三葉相○	3.4/18/4	
○帝之問	3.4/18/16	
國家丕○	3.5/18/28	
○嗣無疆	4.4/25/19	
願○清化	5.5/32/2	
群公尙先意○旨以悅	7.4/42/21	
以展孝子○歡之敬	8.1/44/13	
○持卓勢	9.1/47/6	
○隨同位	9.3/48/8	
高皇帝使工祝○致多福		
無疆	9.5/49/3	
以爲漢○亡秦滅學之後	9.6/49/8	
謹○天順時之令	10.1/51/30	
○師而問道	10.1/52/18	
所以示○祖、考神明	10.1/53/21	
○荅聖問	11.2/57/19	

理亂相○	11.8/61/24	
璇璣是○	12.8/64/23	
○祀烝嘗	12.9/65/2	
是以○秦	13.2/71/3	
秦○周末爲漢驅除	15.1/79/15	
漢○秦法	15.1/82/10	
後嗣遵○	15.1/91/1	
是後遵○藏主于世祖廟	15.1/91/2	
後嗣因○	15.1/91/14	
宣帝但起園陵長○奉守	15.1/92/1	

城 chéng　31

覺舊○	1.10/8/16	
宰三○	2.4/11/14	
彭○廣戚人也	2.6/12/22	
任○相	3.1/15/18	
曾祖父延○大尹	4.5/25/24	
康亦由孝廉宰牧二○	4.5/26/2	
同穴此（○）〔域〕	4.7/27/25	
憐國○之乖離	6.4/34/9	
昔者高祖乃忍平○之恥	7.3/38/7	
秦築長○	7.3/38/8	
乃欲越幕踰（域）〔○〕		
	7.3/38/10	
平○門及武庫屋各損壞	7.4/41/5	
臣愚以爲平○門、向陽		
之門	7.4/41/5	
其妖○門內崩	7.4/41/7	
續以永樂門史霍玉依阻		
○社	7.4/41/23	
則漢室之干○	8.3/45/28	
故羽林郎將李參遷○門		
校尉	9.8/50/9	
備數典○	9.9/50/21,11.2/57/17	
《令》以中秋「築○郭」		
	10.2/55/28	
敗其○郭	10.2/56/12	
○郭爲獨自壞	10.2/56/13	
又起顯明苑于○西	11.3/58/17	
歷中牟之舊○兮	11.3/58/24	
侈申子之美○	11.3/58/27	
通渠源于京○兮	11.3/59/8	
○濮捷而晉凱入	11.8/61/29	
北至考○	12.14/66/9	
故○門校尉梁伯喜、南		
郡太守馬季長	13.5/73/14	

自〇以西	13.6/73/19	天子孫〇之	15.1/93/17	仁聖〇明曰舜	15.1/96/24
飲馬長〇	14.12/77/16	凡〇輿車皆羽蓋金華瓜			
			15.1/93/19	**程** chéng	6
乘 chéng	38	古者諸侯貳車九〇	15.1/94/4		
		故大駕屬車八十一〇也	15.1/94/5	爲士作〇	2.3/11/3
〇之爲虐	1.8/7/1	尙書御史〇之	15.1/94/5	萬邦作〇	3.3/17/24
〇螭龍	1.10/8/15			撲〇經用	6.1/32/25
受輅車、〇馬、玄袞、		**盛** chéng	35	復云有〇夫人者	7.4/41/26
赤舄之賜	3.7/21/24			孝子平丘〇未	8.2/45/3
其〇輅執贄朝皇后	4.5/26/4	萬億其〇	1.6/5/4	《左氏傳》晉〇鄭爲乘	
外戚梁冀〇寵作亂	5.3/30/13	中葉當周之〇德有嬀滿		馬御	10.2/55/25
生者〇其能而至	10.1/52/1	者	2.2/9/14		
以四戶八牖〇九室之數		季方〇年早亡	2.4/11/17	**誠** chéng	41
也	10.1/53/16	欽〇德之休明	2.4/11/18		
《左氏傳》晉程鄭爲〇		感絕倫之〇事	2.6/13/5	鼎于〇	1.2/3/6, 1.2/3/7
馬御	10.2/55/25	遭權變貴〇	3.1/15/19	童冠來〇	2.6/13/7
〇塞守烽	11.2/57/25	咸以〇德	3.3/17/9	〇爲達事君之體	3.2/16/19
〇馬蟠而不進兮	11.3/58/22	非〇德休功	3.3/17/17	愉〇以迓	5.5/32/8
後〇驅而（競）〔兢〕		勳績既〇	3.6/20/4	〇非其理	7.2/36/24, 13.2/72/2
入	11.3/59/15	月餘所疾暴〇	4.7/27/22	合（議）〔〇〕圖曰	7.4/39/15
雍渠驂〇	11.8/61/22	德莫〇于萬世	5.2/29/21	夫〇仰見上帝之厚德也	7.4/40/3
〇天衢	11.8/62/15	雖則崇〇	6.6/35/17	此〇大異	7.4/40/14
大梁〇精	12.16/66/20	鮮卑種眾新〇	7.3/37/23	〇無所及	7.4/40/16
願〇流以上下	14.1/74/28	群下竝湊彊〇也	7.4/40/4	德音墾〇	7.4/41/15
〇色行巧	14.14/77/28	王氏之寵始〇	7.4/40/12	〇當窮治	7.4/42/1
車馬、衣服、器械百物		河洛〇溢	7.4/40/21	所戒（成）〔〇〕不朝	
曰「〇輿」	15.1/79/10	臣輒核問撩史邑子殷〇		可知	7.4/42/3
〇輿出于律	15.1/80/12	宿彥等	8.2/45/7	如〇有之	7.4/42/4
律曰「敢盜〇輿、服御		連值〇時	9.3/48/3	天戒〇不可戲也	7.4/42/19
物	15.1/80/12	孝元皇帝皆以功德茂〇	9.6/49/9	臣父子〇有怨恨	7.5/43/14
故託之于〇輿	15.1/80/13	《禮記・〇德篇》曰	10.1/53/5	〇冤痛	7.5/43/26
〇、猶載也	15.1/80/13	〔粢之供〕	12.9/64/29	聖〇著于禁闥	8.1/44/20
則當〇車輿以行天下	15.1/80/14	〇輿駕而東巡	12.10/65/12	〇不可及	8.1/44/26
故群臣託〇輿以言之	15.1/80/14	斯乃祖禰之遺靈、〇德		臣〇伏見幸甚	8.2/45/12
百〇之家曰百姓	15.1/82/14	之所貺也	12.12/65/24	〇宜試用	8.3/45/28
〇輿到	15.1/92/22	陰氣憤〇	13.1/69/10	邑〇竊悁悒	8.4/46/16
大駕、則公卿奉引大將		于〇化門差次錄（弟）		〇念及下	9.3/48/10
軍參〇太僕御	15.1/93/6	〔第〕	13.1/70/14	〇非所望	9.3/48/13
屬車八十一〇	15.1/93/7	與稷竝爲粢〇也	13.3/72/25	〇合事宜	9.6/49/1
備千〇萬騎	15.1/93/7	唯休和之〇代	14.2/75/5	〇不意寤	9.9/50/25
唯河南尹執金吾洛陽令		麗女〇飾	14.2/75/8	〇無安寗甘悅之情	9.9/50/30
奉引侍中參〇奉車郎		〇德煌煌	15.1/79/30	疑碻之〇	9.10/51/19
御屬車三十六〇	15.1/93/9	得卑囊〇	15.1/82/6	竊〇思之	10.2/54/20
法駕、上所〇曰金根車		〇寒爲水	15.1/85/10	〇知聖朝	11.2/57/26
	15.1/93/14	季夏之月土氣始〇	15.1/85/12	〇恐所懷	11.2/58/7
親耕耤田〇之	15.1/93/16	功德優〇朝廷所異者	15.1/92/17	〇如所語	11.4/59/28
田獵〇之	15.1/93/16	後又以〇暑省六月朝	15.1/92/27	〇信曒于殊俗	12.3/63/22

○當博覽眾議	13.1/69/13
○當思省	13.1/69/26
光晃○能自依其術	13.2/71/23
○百辟之功	13.4/73/4
下言臣某○惶○恐	15.1/82/3

懲 chéng 　4

戶曹史張機有○罰	1.1/2/9
○戒群下	1.1/2/17
當有所○	7.4/42/5
○戒不恪	9.8/50/11

逞 chěng 　1

雕華○麗	14.13/77/21

騁 chěng 　8

神紀○于無方	8.2/45/11
于是智者○詐	11.8/61/17
○駷駘于脩路	11.8/62/4
方將○馳乎典籍之崇塗	
	11.8/62/13
于是遊目○觀	14.1/74/26
畫○情以舒愛	14.3/75/13
體邌迅以○步	14.8/76/18
易使馳○	14.13/77/22

蚩 chī 　1

○尤辟兵	12.26/68/9

笞 chī 　1

收考髡○	1.1/2/11

絺 chī 　1

無○無紵	12.29/68/24

摛 chī 　2

○其光耀	2.1/9/9
○華豔于紈素	11.6/60/16

螭 chī 　2

乘○龍	1.10/8/15
天子璽以玉○虎紐	15.1/80/23

弛 chí 　4

公紀綱張○	1.1/2/21
《三統》以疏闊廢○	10.2/55/2
人紘○	11.8/61/16
網網○縱	13.1/70/3

池 chí 　4

故吏濟陰○喜感公之義	4.1/22/28
公之季子陳留太守碩卒	
于洛陽左○里舍	4.5/26/8
匈奴攻郡鹽○縣	11.2/58/4
堯曰《咸○》	15.1/89/3

坻 chí 　1

上控隴○	14.1/74/27

持 chí 　8

皇帝遣中謁者陳遂、侍	
御史馬助○節送柩	3.2/16/9
○賻錢二十萬	4.5/26/16
而乃○畏避自遂之嫌	7.2/37/1
守○內定	8.4/46/11
承○卓勢	9.1/47/6
意無為于○盈	11.8/62/2
○神任己	11.8/62/12
皆有收以○笄	15.1/94/12

馳 chí 　6

契闊○思	1.8/6/23
詔書○救一等	11.2/57/24
辯者○說	11.8/61/17
電駭風○	11.8/61/18
方將騁○乎典籍之崇塗	
	11.8/62/13
易使○騁	14.13/77/22

墀 chí 　1

登踏丹○	9.3/48/8

遲 chí 　8

樓○泌丘	2.1/9/8
栖○不易其志	3.6/19/24
傾阻邈其彌○	4.6/27/13
狐疑○淹	7.2/36/23
栖○偃息	12.18/66/30
○速進退	13.2/71/11
彌以陵○	13.3/72/11
不○不疾	14.13/77/23

尺 chǐ 　17

重淵百○	2.5/12/11
詔書○一	7.4/38/26
○一木板草書	7.4/39/3
堂方百四十四○	10.1/53/13
屋圜屋徑二百一十六○	
	10.1/53/13
通天屋高八十一○	10.1/53/16
中有○素書	11.5/60/5
其制長二○	15.1/81/7
而隸書以○	15.1/81/10
十寸為○	15.1/83/3
九寸為○	15.1/83/6
八寸為○	15.1/83/9
拔壤厚二○、廣五○、	
輪四○	15.1/85/10
長○二寸 15.1/94/10, 15.1/94/16	

侈 chǐ 　1

○申子之美城	11.3/58/27

恥 chǐ 　7

惟「敏而好學、不○下	
問」	1.7/6/1
賤不為○	2.2/10/10
○已處而復出	2.9/15/4
小人知○	4.2/23/14
厲以知○	4.3/24/21
昔者高祖乃忍平城之○	7.3/38/7

故在賤而不○	11.8/62/12	○躬不慎	9.4/48/24	伇○靜以臨民	12.3/63/22
		白朝廷○陳留太守〔發〕		盈而不○	12.20/67/10
齒 chǐ	8	遣余到偃師	11.3/58/19	高帝、惠帝、呂后攝政	
		戒書、戒○刺史太守及		、文帝、景帝、武帝	
沒○無怨	1.1/2/7	三邊營官	15.1/81/21	、昭帝、宣帝、元帝	
臣犬馬○七十	1.4/3/22	被○文曰有詔○某官	15.1/81/21	、成帝、哀帝、平帝	
夫若以年○爲嫌	8.4/46/19	是爲戒○也	15.1/81/21	、王莽、聖公、光武	
先輩舊○	9.2/47/25			、明帝、章帝、和帝	
尙○而貴信	10.1/52/18	**飭 chì**	2	、殤帝、安帝、順帝	
以○則長	13.7/73/24			、○帝、質帝、桓帝	
男女得乎年○	14.2/75/5	公自奉嚴○	3.1/15/24	、靈帝	15.1/89/26
皓○蛾眉	14.5/75/23	○駕趣嚴	14.5/76/1	○帝、質帝、桓帝皆幼	15.1/90/8
				唯殤、○、質三少帝	15.1/91/4
斥 chì	2	**熾 chì**	3	殤帝康陵、○帝懷陵、	
				質帝靜陵是也	15.1/91/18
田疇○鹵	6.1/33/3	火○流沸	9.1/47/3	○帝無子弟	15.1/92/4
不敢指○天子	15.1/80/6	貴寵扇以彌○兮	11.3/59/14		
		將蕃○以悠長	14.16/78/10	**琉 chōng**	1
赤 chì	15				
		充 chōng	18	祭服有○	4.6/26/28
視民如保○子	1.1/2/6				
封○泉侯	3.1/15/15	以○帑藏	1.1/2/17	**舂 chōng**	1
○泉（侯）（佐）〔佑〕		股肱之事既○	1.3/3/15		
高	3.3/17/8	不○詘于富貴	2.6/13/3	高祖○陵節侯曰皇高祖	15.1/92/2
受輅車、乘馬、玄袞、		澤○區域	3.4/18/9		
○舄之賜	3.7/21/24	光○區域	4.1/23/5	**衝 chōng**	3
時有○光	5.1/28/16	王府以○	4.2/23/16		
○帝之精	7.4/41/18	○天宇	4.3/25/9	外則折○	5.2/30/2
穀梁○曰	13.3/72/23	○備官屬	5.5/32/1	屯守○要以堅牢不動爲	
皇后○綬玉璽	15.1/83/18	財賦○實	7.3/37/22	務	7.3/38/20
旦射之以○丸	15.1/86/11	遂用臣邑○備機密	9.2/47/19	內有猲犹敵○之釁	10.2/54/18
○帝以（戌）〔戍〕朡		○歷三臺	9.2/47/19		
午祖	15.1/86/19	○列機衡	9.3/48/8	**种 chóng**	1
故《河圖》曰○	15.1/90/16	遂○機密	9.9/50/22		
南方受○	15.1/92/11	徙○邊方	11.2/57/22	河南尹○府君臨郡	2.3/11/5
周黑而○	15.1/94/11	○王府而納最	11.3/59/9		
夏純黑而○	15.1/94/11	振鷺○庭	11.8/61/27	**崇 chóng**	28
執事者皆○幘	15.1/95/7	雜神寶其○盈兮	14.1/74/26		
		○庭盈階	14.5/76/1	延公入○德殿前	1.4/3/21
翅 chì	1			古者不○墳	1.9/7/13
		沖 chōng	12	○壯幽潛	2.1/9/7
長○短身	11.6/60/11			峨峨○嶽	2.3/11/7
		弘惟幼○	4.2/24/6	雖○山千仞	2.5/12/11
敕 chì	8	傳聖德于幼○	4.3/25/2	階級彌○	3.2/16/16
		在盈思（中）〔○〕	4.3/25/2	公承家○軌	3.3/17/10
申○脩儀	5.5/32/3	孝殤幼○	8.1/44/8	○棟高門	3.7/20/24
每○勿謝	9.3/48/10	消息盈○	11.8/62/11	策命褒○	3.7/21/6

詔五官中郎將任○奉冊	4.1/22/26	○錫有加	3.1/15/24	**酬** chóu	2
雖則○盛	6.6/35/17	孰能該備○榮	3.3/17/18		
引入○德殿署門內	7.4/39/1	○命畢備	3.5/19/10	八月○報	9.6/49/20
尙儉約○經藝	7.4/42/13	窮生人之光○	4.2/24/1	敢不○答	14.20/79/3
追○世祖功臣	8.1/44/17	光○克章	4.4/25/17		
尊○廟稱	9.6/49/9	光○有祭	4.6/26/28	**愁** chóu	3
各欲褒○至親而已	9.6/49/15	榮此○休	4.7/28/3		
○約尙省	9.6/49/24	光○宣流	5.2/30/3	袞長結以含○	4.6/27/9
取其尊○	10.1/52/4	外戚梁冀乘○作亂	5.3/30/13	加以惶怖○恐	11.2/58/10
○此簡易	11.7/60/21	故能窮生人之光○	6.5/34/26	（嗟求）〔嗟懷〕煩以	
似○臺重宇	11.7/60/25	享其○光	6.6/35/17	○悲	14.6/76/8
○英逸偉	11.8/61/11	十門劉○龐訓北面	7.4/39/2		
或談○朝而錫瑞珪	11.8/61/18	抑內○	7.4/39/18	**綢** chóu	3
方將騁馳乎典籍之○塗		舉賢良而○祿之	7.4/40/4		
	11.8/62/13	王氏之○始盛	7.4/40/12	○樞極	4.1/22/14
欽○園邑	12.9/65/1	盜○竊權	7.4/41/24	袞情結以彌○	4.6/27/10
增○丕顯	12.12/65/26	故太尉劉○聞人襲○	7.4/42/10	○繆祭□	6.6/35/18
二族○飾	14.2/75/6	內及○近	7.5/43/17		
追尊父螽吾先侯曰孝○		猶以孝○	8.2/45/14	**儔** chóu	5
皇	15.1/92/6	以辭徵召之○	8.3/45/24		
母匡太夫人曰孝○后	15.1/92/6	上違聖主○嘉之至	9.1/47/10	于是好道之○	1.10/8/6
		光○休顯	9.3/48/12	○類赴送	5.5/32/1
蟲 chóng	10	愧負恩○	9.9/50/25	臣聞稷契之○	9.10/51/15
		光○榮華	9.9/50/29	無○與兮	11.3/59/21
豈與○蝗之虜	7.3/38/10	窮○極貴	11.1/57/12	功無與○	14.13/77/23
蝗○冬出	7.4/40/31	臣邑被受陛下○異大恩			
蝗○來	7.4/41/1		11.2/57/17	**疇** chóu	4
而蝗○出	7.4/41/1	兼受恩○	11.2/57/20		
蟄○始震	10.2/55/6	悲○夔之爲梗兮	11.3/59/7	洪範九○	2.3/11/1
蘊若○蛇之夌縕	11.6/60/11	貴○扇以彌熾兮	11.3/59/14	○昔洪崖	2.6/13/8
則蝗○損稼	13.1/69/11	亦蒙○榮	13.1/70/29	田○斥鹵	6.1/33/3
昆○毋作	15.1/86/23			垂○咨之問	8.1/44/10
先嗇、司嗇、農、郵表		**抽** chōu	1		
畷、貓虎、坊、水庸				**籌** chóu	3
、昆○	15.1/86/25	○援表達	3.1/15/21		
山龍華○	15.1/94/27			運○帷幄	8.4/46/4
		瘳 chōu	2	以○算爲本	11.2/57/31
寵 chǒng	39			弘羊據相于運○	11.8/62/21
		翼日斯○	4.7/28/4		
是時畏其權○	1.1/1/22	賴祖宗之靈以獲有○	9.4/48/24	**讎** chóu	4
嘉其○榮	1.8/7/7				
垂世○光	2.4/11/19	**惆** chóu	2	無言不○	1.1/1/25
外戚貴○	2.5/12/2			斷剛若○	1.9/7/18
瞻彼榮○	2.5/12/17	○悵喪氣	5.5/32/8	無使盡忠之吏受怨姦○	7.4/43/5
臨○審己	2.8/14/17	哀人寒耳以○悵	14.11/77/7	簡忽校○不謹之愆	9.8/50/12
聞○不欣	2.8/14/23				
然知權過于○	3.1/15/22				

丑 chǒu	10
維建寧三年秋八月丁○	1.2/3/3
越若來二月丁○	1.2/3/7
維建寧四年三月丁○	1.3/3/12
今月丁○	9.3/48/5
○牛、未羊、戌犬、酉	
雞、亥豕而已	10.2/56/19
元用丁○	13.2/71/4
黃帝始用太初丁之元	13.2/71/7
光晁以爲乙○朔	13.2/71/21
乙○之與癸亥	13.2/71/21
白帝以○臘卯祖	15.1/86/19

醜 chǒu	8
惡直○正	5.2/29/13
戎○攸行	5.3/30/9
況此○虜	7.3/38/6
奮擊○類	9.1/47/6
臣雖小○	9.10/51/16
豈有但取丘墓凶○之人	
	13.1/70/30
愚者謂之○	13.11/74/13
	13.11/74/14

臭 chòu	1
○味相與	2.8/14/19

出 chū	83
○將邊營	1.1/1/10
○自黃帝	1.1/1/16
玄擅○	1.1/2/3
○爲藩輔	1.6/5/1
○自一心疑不我聽者	1.7/5/20
○納帝命	1.8/7/3
其先○自有周	2.1/8/25
其先○自有虞氏	2.2/9/14
其先○自帝胤	2.6/12/22
○乎其類	2.6/13/4
未○京師	2.7/13/20
往往崛○	2.8/14/10
初娶配○	2.8/14/18
恥已處而復○	2.9/15/4
○補右扶風	3.1/15/19

○次北境	3.7/20/20
夙夜○納	4.1/23/1
三升而不○焉	4.3/24/18
其先○自伯翳	4.5/25/23
以議郎○爲濟陰太守	4.7/27/20
○閩其無門	4.7/28/8
咸○斯里	5.3/30/15
詔○遣使者王謙以中牢	
具祠	5.5/31/25
于是乎○	6.1/32/16
獲執戟○宰相邑	6.2/33/14
不○其機	6.5/34/26
故護烏桓校尉夏育○征	
鮮卑	7.2/36/18
請徵幽州諸郡兵○塞擊	
之	7.3/37/8
甫建議當○師與育并力	7.3/37/10
與育晏三道竝○	7.3/37/11
兵○數十年	7.3/37/18
奮鈇鉞而竝○	7.3/37/20
○者莫察	7.3/37/24
度塞○攻	7.3/38/10
從東省○就都座東面	7.4/39/2
虹○	7.4/39/13
五色蜺○	7.4/39/13
法當君臣○端	7.4/40/26
蝗蟲多○	7.4/40/31
而蝗蟲○	7.4/41/1
所從○門之正者也	7.4/41/6
○宮瓦自墮	7.4/41/7
亦臣輸寫肝膽○命之秋	7.4/41/16
○命忘體	7.5/43/17
罷○宮妾免遺宗室沒入	
者六百餘人	8.1/44/13
美義因政以○	8.2/45/12
○處抱義	8.3/45/23
盡忠○身	9.1/47/4
○入省闥	9.3/48/8
時中正大臣夏侯勝猶執	
議欲○世宗	9.6/49/10
可○元帝主	9.6/49/20
○備郎將	9.9/50/24
日○居東門	10.1/52/20
日中○南門	10.1/52/20
日側○西闈	10.1/52/20
日入○北闈	10.1/52/21
天子○征	10.1/53/6

○而行之	10.1/54/3
○入宮中	10.2/55/21
○相外藩	11.2/57/19
生○牢戶	11.2/57/23
已○轂門	11.2/57/24
〔○〕自外域	11.4/59/25
曾不能拔萃○群	11.8/61/9
不○于口	12.2/63/8
視鑒○于自然	12.3/63/19
〔百役○焉〕	12.9/64/29
而車駕稀○	13.1/69/8
今之○師	13.1/69/12
于是名臣輩○	13.1/70/11
珠○蚌泥	14.5/75/23
○入律呂	14.10/77/3
乘輿○于律	15.1/80/12
言陽氣踵黃泉而○	15.1/83/9
其氣始○生養	15.1/85/9
萬鬼所○入也	15.1/86/13
帝○乎震	15.1/89/17
至秦始皇○寢起居于墓	
側	15.1/90/23
天子○	15.1/93/6
○祠天于甘泉備之	15.1/93/7
每○	15.1/93/10
車駕○後有巧士冠	15.1/95/3
前○四寸	15.1/96/16

初 chū	45
○公爲舍于舊里	1.1/2/25
至于○紳	1.6/4/14
○舉孝廉	1.8/6/24
○建斯域	1.10/8/1
○以父任拜郎中	2.5/12/1
厥○生民	2.5/12/14
○娶配出	2.8/14/18
若有○而無終	2.9/15/4
○辟司空	3.1/15/17
會如○	3.2/16/11
○受封	3.2/16/22
以○潛山澤	3.4/18/5
○翰千里	3.7/21/27
永康之○	4.1/22/22
爰在○服	4.4/25/13
○	4.5/25/25
永○二年	4.6/26/26

爰○來嫁	4.6/26/26	○郎中	5.4/31/3	以○士舉孝廉	2.7/13/20
○爲濟陽令	5.1/28/15	每冀州長史初○	7.2/36/23	○約不戚	2.8/14/23
爰兹○基	5.1/29/4	欲以○凶致吉	7.5/43/19	○士有圖典	2.9/14/29
○以公在司徒	5.4/31/3	○在匹庶	9.9/50/27	恥已○而復出	2.9/15/4
大漢○興	6.2/33/9	霧露不○	11.8/62/16	而公○以恭遜	3.2/16/17
每冀州長史○除	7.2/36/23	方將埽○寇逆	12.3/63/23	然○豐益約	3.4/18/10
是時元帝○即位	7.4/40/10	厥日○巳	12.27/68/14	備要塞之○	3.7/20/22
至○元元年	7.4/40/11	雖有解○	13.1/69/9	恰○左右	5.4/31/16
司隸校尉岑○考彥時	7.4/42/2	夾階○而列生	14.16/78/8	不在齋潔之○	7.1/36/9
厥○作合	8.1/44/7	秦承周末爲漢驅○	15.1/79/15	五人各一○	7.4/39/4
伏惟幕府○開	8.4/46/5	夏扈氏農正、趣民芸○	15.1/86/4	變此二○	7.4/41/6
○覽諸經	8.4/46/8	五穀播灑之以○疫殃	15.1/86/11	非外臣所能審○	7.4/42/4
《易傳・太○篇》曰	10.1/52/15	常以先臘之夜逐○之也		出○抱義	8.3/45/23
○由宰府	11.2/57/17		15.1/86/14	（據）〔○〕狐疑之論	8.4/46/11
臣○決罪	11.2/57/23	成王○武王之喪	15.1/88/5	不知所自投○	9.8/50/12
顧念元○中	11.2/57/23	○王莽、劉聖公	15.1/90/1	即所以顯行國禮之○也	10.1/53/2
臣○欲須刑	11.2/58/4	陛西○下先帝神座	15.1/91/9	而徐璜左悺等五侯擅貴	
臣○考逮	11.2/58/9	要後相通埽○	15.1/96/12	于其○	11.3/58/17
〔永○元年〕	12.9/64/28			民露○而寢溼	11.3/59/15
陛下即位之○	13.1/70/12	**鉏** chú	1	○篇籍之首目	11.6/60/16
曆用太○	13.2/71/4			可與○否	11.8/62/11
黃帝始用太○丁丑之元	13.2/71/7	庶士予○	12.15/66/16	時○士平陽蘇騰	12.1/62/30
太○效驗	13.2/71/8			居○浮湛	12.29/68/23
密于太○	13.2/71/9	**蒢** chú	1	共○其中耳	13.1/69/21
史官用太○鄧平術	13.2/71/26			不宜○之冗散	13.1/70/20
考遂○之原本	14.2/75/4	邴子蘥○	1.7/5/29	參議正○	13.2/71/11
揆神農之○制	14.9/76/29			對修條而特○	14.9/76/27
○置靈官祠、后土祠	15.1/85/22	**廚** chú	1	秋冬潜○	14.15/78/3
				不以京師宮室爲常○	15.1/80/13
除 chú	32	○無宿肉	3.1/15/25	所奏事○皆爲宮	15.1/80/16
				若臺閣有所正○而獨執	
○郎中洛陽左尉	1.1/1/21	**鶵** chú	1	異意者曰駁議	15.1/82/7
	1.6/4/17			其一者居人宮室樞隅○	15.1/86/9
○侯部候	1.1/2/1	鶡鳩○兮鶉鷃雌	11.4/59/29	丞相匡衡、御史大夫貢	
罪○惡在	1.1/2/17			禹乃以經義○正	15.1/90/25
苟○民害	1.7/6/2	**杵** chǔ	1		
○郎中尙書侍郎	1.8/6/24			**楚** chǔ	13
	4.2/23/11	脫椎柄兮擒衣○	11.4/59/31		
去惡○盜	1.8/7/2			彊○侵陵	3.6/19/21
大忌蠲○	2.2/9/28	**處** chǔ	38	其先與○同姓	5.4/30/24
○郎中萊蕪長	2.7/13/20			當爲籛○所迫	7.5/43/26
禁既蠲○	2.7/13/26	繫燉煌正○以聞	1.1/1/28	區區之○	8.3/45/20
芟○煩重	3.7/21/13	○爪牙而威以布	1.6/4/17	作于○宮	10.2/55/29
○郎中尙書侍郎、尙書		擇一○焉	1.7/6/16	○莊晉妃	14.5/75/27
左丞、尙書僕射	4.1/22/13	退○畎畝	1.8/6/25	○曲明光	14.12/77/16
羨○點而永墳	4.7/28/7	有祭祀之○	1.10/8/3	〔○姬遺歟〕	14.12/77/16
○郎中光祿茂才	5.2/29/11	○者有表	2.5/12/12	魯襄公在○	15.1/80/24

法冠、○冠也　15.1/95/19
是知南冠蓋○之冠　15.1/95/21
秦滅○　15.1/95/22
○制　15.1/95/27

儲 chǔ　3

于是○廩豐饒　1.5/4/4
并參○佐　3.3/17/19
○峙不施　8.1/44/12

怵 chù　1

臣不勝戰悼○惕　9.9/50/28

畜 chù　5

人逸馬○　1.5/4/4
而居無○好　1.7/5/25
必家人所○　10.2/56/19
牛、五○之大者　10.2/56/22
及《洪範》傳五事之○
　10.2/56/26

絀 chù　3

公事○位　3.1/15/20
不爲義○　3.1/15/25
危行不○　5.2/29/15

歜 chù　1

顏○抱璞　11.8/61/22

黜 chù　14

○封瘿陶王　1.1/2/12
秦以世言謐而○其事　1.7/5/10
前後三○　1.7/6/2
以○其位　1.8/6/28
○惡不畏彊禦　2.7/13/22
饕戾是○　3.1/15/23
○貪虐　7.4/41/2
○之以尊上整下　7.4/41/8
扶正○邪　7.4/42/7
但當察其眞僞以加○陟　7.4/42/19
然後○廢凶頑　9.1/47/8

○損所宗　9.6/49/17
懷伊呂而○逐兮　11.3/59/16
無乃未若擇其正而○其
　邪與　13.3/72/24

觸 chù　3

敢○忌諱　7.4/43/4
○冒死罪　11.2/58/11
○石膚合　12.8/64/21

揣 chuǎi　1

○度計慮　6.1/32/25

川 chuān　18

祖侍中廣○相　1.1/1/17
廣○相之孫　1.6/4/13
或言潁○　1.10/7/26
猶百○之歸巨海　2.1/8/30
潁○許人也　2.2/9/14, 2.3/10/15
潁○陳君命世絕倫　2.3/10/23
故太丘長潁○許陳寔　2.4/11/13
如彼○流　3.7/21/17
敷土導○　4.2/23/19
屬扶風魯宙、潁○敦歷
　等　4.3/24/13
故吏潁○太守張溫等　5.2/29/20
○有墊下　6.1/32/17
如○之流　6.5/35/2
信荊山之良寶、靈○之
　明珠也　12.3/63/21
柴望山○　12.10/65/7
夫何大○之浩浩兮　14.1/74/22
置三○守　15.1/88/18

傳 chuán　55

公遣從事牛稱何○輕車
　騎　1.1/1/27
經藝○記　1.6/4/15
○于無窮　1.7/5/10
《春秋左氏○》曰　1.7/5/17
　15.1/80/24
《春秋外○》曰　1.7/5/27
《公羊○》曰　1.7/6/6

《左○》曰　1.7/6/7, 15.1/96/4
○承先人曰王氏墓　1.10/8/1
在乎其○　2.2/9/30
《○》曰　2.3/10/28
　8.4/46/15, 10.1/52/7
覽書○　2.7/13/17
○億年　3.1/16/3
正席○道　3.4/18/16
○于萬代　5.5/32/9
（○）〔傳〕者太勤　6.4/34/12
《易○》曰　7.4/39/19, 7.4/40/13
　7.4/40/31, 7.4/41/6, 7.4/41/8
故其《○》曰　7.4/39/24
其《○》曰　7.4/40/9
《洪範○》曰　7.4/41/10
　13.1/69/9
以解《易○》所載小人
　在位之咎　7.4/42/8
○謀遠暨　8.1/44/18
衆○篇章　8.4/46/10
太僕王舜、中壘校尉劉
　歆據經○義　9.6/49/11
禮○封儀　9.6/49/16
《易○·太初篇》曰　10.1/52/15
與《易○》同　10.1/52/18
魏文侯《孝經○》曰　10.1/52/19
知掌教國子與《易○》
　保傅　10.1/52/24
《戴禮·夏小正○》
　（曰）　10.1/53/29
《周官》《左○》皆實
　與《禮記》通等而不
　爲徵驗　10.2/54/15
假無《周官》《左氏○》
　　10.2/54/27
《左○》脩其世系　10.2/54/30
○之于世　10.2/55/2
經典○記無刻木代牲之
　說　10.2/55/17
《左氏○》晉程鄭爲乘
　馬御　10.2/55/25
于經○爲非其時□　10.2/55/28
故《○》曰　10.2/55/29
不合于經○也　10.2/56/1
不得○注而爲之說　10.2/56/11
及《洪範》○五事之畜
　　10.2/56/26

（雖）〔唯〕有紀○	11.2/57/27	吹 chuī	3	倕 chuí	2
將祕奧之不○	11.7/60/27				
以解《易○》政悖德隱		前後鼓○	3.2/16/10	般○揖讓而辭巧	11.6/60/15
之言	13.1/69/27	錫鼓○大車	3.7/21/5	○氏興政于巧工	11.8/62/19
《春秋○》曰	15.1/81/3	○予床帷	14.5/76/3		
《左氏○》有南冠而縶				椎 chuí	1
者	15.1/95/21	垂 chuí	37		
翼善○聖曰堯	15.1/96/24			脫○柄兮攄衣杵	11.4/59/31
		撫柔疆○	1.1/1/6		
遄 chuán	1	三○騷然	1.5/4/1	箠 chuí	1
		扞禦三○	1.5/4/3		
體○迅以騁步	14.8/76/18	○紫縷	1.10/8/17	當爲○楚所迫	7.5/43/26
		光國○勳	2.3/10/22		
舛 chuǎn	2	○世寵光	2.4/11/19	春 chūn	74
		夫三精○耀	2.5/12/12		
經藝乖○	8.1/44/14	昔仲尼譽○三戒而公克		○秋七十五	1.6/4/22
往往頗有差○	11.2/57/31	焉	3.1/16/1	《○秋左氏傳》曰	1.7/5/17
		○統末胤	3.4/18/17		15.1/80/24
喘 chuǎn	3	○光烈曜	3.5/19/4	《○秋外傳》曰	1.7/5/27
		○示後昆	3.6/20/10	《○秋》曰	1.7/6/6
○息（纔）〔裁〕屬	8.2/45/4	○芳後昆	3.7/22/4	《○秋》之正義也	1.7/6/11
○呼息吸	9.9/51/9	超無窮而○則	4.1/22/16	《○秋》曰孔父	1.7/6/14
○息相隨	11.2/57/22	○乎來胤	4.3/25/3	○秋之末	2.2/9/15
		○不朽	4.3/25/9	百卉之挺于○陽也	2.2/9/25
創 chuāng	3	天○三台	5.2/30/1	○秋八十有三	2.2/9/30
		篤○餘慶	6.2/33/17		2.4/11/16
○毒深刻	1.1/2/16	邊○之患	7.3/38/2	維中平五年○三月癸未	2.4/11/12
及其○基	4.3/24/17	臣死期○至	7.5/43/27	如○之榮	2.9/15/1
壽王○基于格五	11.8/62/20	名○于後	8.1/44/6	即○葉以爲墉	3.7/20/21
		○疇咨之問	8.1/44/10	外柔如○陽	3.7/21/16
床 chuáng	1	賊寧邊○	8.1/44/21	○秋八十二	4.1/22/25
		○念臣子	8.1/44/23	《○秋》書焉	4.2/23/9
吹予○帷	14.5/76/3	○泣求去	8.2/45/8	于時○秋高矣	4.2/23/25
		思○采納	8.4/46/17	建寧五年○壬戌	4.2/24/2
刱 chuàng	2	○名後葉	9.9/51/8	建寧五年○三月	4.3/24/12
		頡若黍稷之○穎	11.6/60/11	○秋既暮	4.4/25/18
○業農事	6.1/32/18	凝○下端	11.6/60/13	朝○路寢	4.6/26/28
所共○定	9.6/49/17	聖主○拱乎兩楹	11.8/61/26	○秋五十八	4.7/27/22
		享年○老	12.2/63/11	○秋之中	5.3/30/10
愴 chuàng	3	惠○無疆	12.9/65/3	○秋時有子華爲秦相	5.3/30/11
		周流四○	14.12/77/11	朝○（政）〔正〕于王	
路人感○	5.5/32/3	冕冠○旒	15.1/94/14	室	6.5/34/27
心惻○而懷懍	11.3/59/7	周禮、天子冕前後○延		○秋六十有三	6.5/34/27
○然淚以隱惻	14.7/76/13	朱綠藻有十二旒	15.1/94/14	以永○秋	6.5/35/3
		前○四寸	15.1/94/17	立○當齋	7.1/36/5
		後○三寸	15.1/94/17	自○已來	7.3/37/8
		旁○䪥纊當耳	15.1/94/19	一多○足以堙滅	7.3/37/9

自○以來三十餘發	7.3/38/5	○秋上陵令又省于小駕		故○行感時而生	8.2/45/11
○秋魯定、哀公之時	7.4/41/19		15.1/93/11	稟○和之靈	11.8/61/7
《○秋》之義	7.4/42/14			惟懿惟○	12.12/65/25

純 chún　23

○秋采焉	9.10/51/16		
○秋因魯取宋之姦賂	10.1/52/5	公稟性貞○	1.1/1/18	**鶉 chún　1**
又○夏學干戈	10.1/52/27	守以○固	1.1/1/19	
《孟○令》曰	10.1/53/23	膺受○性	1.6/4/14	鶻鳩鶬兮○鶉雌　11.4/59/29
天元正月己巳朔旦立○		秉○貞	1.10/8/14	
	10.1/53/24	○懿淑靈	2.1/9/6	**蠢 chǔn　4**
孟○之月	10.1/53/25	懿乎其○	2.1/9/8	
《仲○令》曰	10.1/53/28	苞靈曜之○	2.3/10/27	○彼群生	4.4/25/15
《月令》甲子、沈子所		○孝過哀	2.4/11/18	則二部○○	7.2/37/2
謂似《○秋》也	10.2/54/29	先生既蹈先世之○德	2.6/12/24	西戎○動武威	8.1/44/9
以驚蟄爲孟○中	10.2/55/5	立性○固	2.6/12/24	
孟○《月令》曰	10.2/55/6	可謂○潔皓素	2.8/14/17	**踔 chuō　1**
中○「始雨水」	10.2/55/6	其學孔○	2.8/14/22	
中○《令》	10.2/55/13	非黃中○白	3.1/16/1	○宇宙而遺俗兮　11.8/62/23
○行少陰	10.2/56/6	天降○嘏	3.3/17/22	
故多○難以助陽	10.2/56/6	懿鑠孔○	4.1/22/30	**綽 chuò　4**
孟○行夏令	10.2/56/9	考以德行○懿	4.2/23/10	
季冬反令『行○令	10.2/56/13	公受○懿之資	5.2/29/9	○乎其裕	2.6/13/8
行季○令爲不致災異	10.2/56/14	敦毞○厚	7.4/42/9	○有餘裕者已	2.8/14/17
○食麥羊	10.2/56/17	況未稟○粹之精爽	8.2/45/14	○其若煥	2.9/15/8
○木王	10.2/56/20	鍾厥○懿	11.1/57/11	○有餘裕	11.8/61/30
故未羊可以爲○食也	10.2/56/21	含太極之○精	12.3/63/19	
建時○陽	12.13/66/3	夏○黑而赤	15.1/94/11	**輟 chuò　1**
《○秋》既書	12.15/66/15	今也○儉	15.1/94/14	
潔以○雪	12.19/67/5			忠言不○乎口	1.7/5/19
洋洋暮○	12.27/68/14	**脣 chún　1**		
先立○一日	13.2/71/27			**疵 cī　1**
則四分數之立○也	13.2/71/27	動揚朱○	14.5/75/25	
《○秋》之論銘也	13.4/72/30			終始無○	5.2/29/18
曄如○華	14.2/75/8	**淳 chún　3**		
○夏用事	14.15/78/3			**祠 cí　40**
當○夏而滋榮	14.16/78/9	君應坤乾之○靈	2.5/11/26	
《○秋傳》曰	15.1/81/3	太尉張公、兗州劉君、		以故事齋○	1.1/2/9
常以○分朝日于東門之		陳留太守○于君、外		貨○巫自託	1.1/2/9
外	15.1/82/23	黃令劉君僉有休命	2.7/14/1	乃作○堂于邑中南舊陽
○秋天子一取十二	15.1/83/22	澤洪○	4.3/25/8	里	1.9/7/15
祭○薦韭卵	15.1/84/14			修○宇	1.10/8/17
戶○爲少陽	15.1/85/9	**醇 chún　7**		大將軍三公使御屬往弔
○扈氏農正、趣民耕種	15.1/86/4			○	2.2/10/1
○夏祈穀于上帝之所歌		正直以○其德	1.8/7/3	鄉人之○	2.2/10/5
也	15.1/87/25	含光○德	2.3/11/3	大將軍弔○	2.3/10/26
季冬薦魚、○獻鮪之所		有龐有○	2.5/12/14	四時潔○	3.2/17/3
歌也	15.1/88/2	受天○素	3.3/17/10	中謁者董誗弔○護喪	4.1/22/27
○耤田祈社稷之所歌也	15.1/88/8			祗○宗祖	4.1/23/4

保○清妙	2.1/9/9	由○觀之	9.1/46/27	故祠○三神以報其功也	
非○遺孤所得專也	2.2/10/5	○六臣	9.2/47/26		15.1/85/21
如○者十餘年	2.5/12/8	無以加○	9.3/48/11	祭日索○八神而祭之也	
侔○弘高	2.5/12/17	宜○舊都	9.5/49/3		15.1/86/22
弘○文藝	2.6/13/6	若○其至也	9.6/49/12	惟○時施行	15.1/92/23
守○玄靜	2.6/13/8	自○以下	9.6/49/14	○之謂也	15.1/92/26
辭○三命	2.8/14/16	如○其至也	9.9/51/4	前圖以爲○制是也	15.1/96/4
位○特進	3.5/19/14	如○其重也	9.9/51/6		
遘○疾凶	3.6/20/4	人君之位莫正于○焉	10.1/51/29	**次 cì**	**34**
定○典文	3.6/20/9	方○水也	10.1/53/5		
宜宜于○	4.1/22/29	凡○皆明堂太室、辟廱		官簿○弟	1.1/1/13
作（○）〔漢〕元輔	4.4/25/15	太學事通文合之義也		竝在仕○	1.1/2/24
欲留○焉	4.5/26/6		10.1/53/12	舉善不拘階○	2.7/13/22
葬我夫人黃氏及陳留太		凡○皆合于大曆唐政	10.1/53/29	賦政造○	3.7/20/17
守碩于○高原	4.5/26/15	符瑞由○而至矣	10.1/54/7	出○北境	3.7/20/20
知我如○	4.7/27/24	○說自欺極矣	10.2/55/16	相與累○德行	4.3/25/7
同穴○（城）〔域〕	4.7/27/25	○故以爲問甚正	10.2/55/17	○曰千億、叔韓	4.6/26/29
榮○寵休	4.7/28/3	其類皆如○	10.2/56/15	○曰寧、釋威	4.6/26/29
目不臨○氣絕兮	4.7/28/5	雖有○說	10.2/56/25	○曰碩、季叡	4.6/26/29
○善事	5.1/28/17	心憒○事	11.3/58/19	言語造○必以經綸	5.4/31/1
神宮實始于○	5.1/28/25	亦何爲乎○畿	11.3/59/18	貫魚之○	8.1/44/7
陳平由○社宰	5.3/30/12	崇○簡易	11.7/60/21	冀荊用○	8.4/46/4
皆○道也	6.1/32/19	榮家宗于○時	11.8/61/12	以○大義略舉	8.4/46/9
尋原祚之所由而至于○	6.2/33/15	何爲守彼而不通○	11.8/61/13	王事之○	10.1/53/30
貽○燕翼	6.2/33/17	瞻仰○事	11.8/62/4	于盛化門差○錄（弟）	
降○短齡	6.4/34/13	棄○焉如	11.8/62/17	〔第〕	13.1/70/14
敦○婉順	6.6/35/13	登○崔嵬	12.8/64/23	或經年陵○	13.1/70/28
翼○清淑	6.6/35/14	屏○四國	12.18/66/31	四時○也	14.8/76/22
降○殘殃	6.6/35/21	顯○諸異	13.1/69/9	其○一長一短	15.1/81/8
惟○文王	7.1/36/10	先帝舊典未嘗有○	13.1/70/21	日月�○千里	15.1/82/19
○先帝不誤已然之事	7.2/36/29	推○以上	13.2/71/17	三者爲○妃也	15.1/83/21
○其不可一也	7.3/37/23	自○以降	13.3/72/11	位○諸卿	15.1/88/23
以○時興議橫發	7.3/38/1	昔○徙者	13.5/73/14	宣帝弟○昭帝	15.1/90/14
況○醜虜	7.3/38/6	不敢慕○	13.5/73/15	于父子之○	15.1/90/15
○先帝所以發德音也	7.3/38/18	在○賤微	14.5/75/27	不稱○	15.1/90/18
天帝命我居○	7.4/39/26	何○聲之悲痛	14.7/76/13	以○周徧	15.1/91/7
○誠大異	7.4/40/14	辱○休辭	14.20/79/3	○北郊明堂	15.1/91/10
變○二處	7.4/41/6	○其義也	15.1/80/2	以○上陵也	15.1/91/11
○爲天所棄故也	7.4/41/20	及群臣士庶相與言曰殿		其○朝侯	15.1/92/18
豈宜有○	7.4/42/6	下、閣下、〔足下〕		位○九卿下	15.1/92/18
當○之際	7.4/42/13	、〔侍者〕、執事之		其○下士	15.1/92/18
必不忍○	7.5/43/26	屬皆○類也	15.1/80/7	○小國侯	15.1/92/19
實始于○	8.2/45/13	○諸侯大夫印稱璽者也		車駕○（弟）〔第〕謂	
由○言之	8.3/45/21		15.1/80/25	之鹵簿	15.1/93/6
若復輩從○郡選舉	8.4/46/14	唯○爲異者也	15.1/81/10	漢將軍樊噲造○所冠	15.1/96/16
怪○寶鼎未受犧牛大羹		世皆名○爲策書	15.1/81/21	其○在漢禮	15.1/96/22
之和	8.4/46/16	必于○社授以政	15.1/84/18		

○誨如流	6.3/33/23	湊 còu	1	篡 cuàn	3	
○皇祖乎靈兆兮	6.4/34/14					
幼○師氏	6.5/34/23	群下竝○彊盛也	7.4/40/4	○握天機	5.1/29/2	
○東省出就都座東面	7.4/39/2			遂爲○亂	7.4/39/27	
所○出門之正者也	7.4/41/6	輳 còu	1	忽朱亥之○軍	11.3/58/24	
左右近臣亦宜戮力○化	7.4/43/2					
若復輩○此郡選舉	8.4/46/14	輻○而至	3.7/20/24	竄 cuàn	4	
當竭肝膽○事	9.3/48/15					
上○其議	9.6/49/11	粗 cū	1	遂隱○山中	2.7/13/17	
各○時月藏之明堂	10.1/53/21			宮中無地逸○	7.4/41/22	
不可○我始	10.1/53/27	○見首尾	11.2/57/29	臣流離藏○十有二年	9.2/47/17	
則枝葉必相○也	10.2/54/28			妻子迸○	11.2/58/9	
「瘦」字中○「叟」	10.2/56/31	徂 cú	4			
客○遠方來	11.5/60/4			崔 cuī	8	
○者如懸	11.6/60/13	景命○逝	4.7/28/4			
隨事○宜	11.7/60/22	焉識所○	6.6/35/23	于是故吏司徒博陵○烈	1.6/4/26	
抱膺○容	11.8/61/31	萬方○而竝集	11.3/59/14	太尉張公、司徒○公	2.7/13/27	
爵位自○	11.8/61/31	六月○暑	12.29/68/24	乃及○君	6.6/35/12	
榮顯未副○而顛踣	11.8/62/5			於赫○君	6.6/35/14	
計合謀○	11.8/62/15	殂 cú	1	匡景拒○	11.4/59/26	
辭隆○窊、絜操也	12.7/64/16			嶄嵓○嵯	11.7/60/24	
放死○生	12.13/66/4	如何○逝	3.7/22/3	及揚雄、班固、○駰之		
所○來遠	13.1/69/12			徒	11.8/61/3	
○其安者	13.1/69/13	促 cù	2	登此○嵬	12.8/64/23	
所宜○之	13.1/70/17					
皆屈情○制	13.1/70/25	便宜○行	7.4/42/22	催 cuī	1	
孝章皇帝改○四分	13.2/71/4	郡縣○遣	11.2/57/25			
不知○秦來	13.2/72/3			雞鳴相○	14.5/76/1	
各○其行而矯之	13.3/72/21	踧 cù	2			
走將○夫孤焉	13.3/72/26			摧 cuī	6	
○學宴飲	13.8/73/28	○踖受拜	9.3/48/12			
同類率○	14.18/78/20	猶且○踖	9.10/51/17	懷殷恤以○傷	4.6/27/6	
親近侍○官稱曰大家	15.1/80/18			孤心○割	4.7/27/26	
常以歲竟十二月○百隸		蔟 cù	3	胸肝○碎	5.5/32/9	
及童兒	15.1/86/10			隨臣○沒	7.5/43/25	
○高帝至桓帝	15.1/90/1	太○運陽	12.25/68/3	抑按藏○	14.12/77/14	
○高祖乙未至今壬子歲	15.1/90/2	律中大○	15.1/83/3	嗟夭折以○傷	14.16/78/10	
公卿百官皆○	15.1/91/7	言萬物始○而生	15.1/83/3			
安帝以和帝兄子○清河				磪 cuī	1	
王子即尊號	15.1/92/3	蹙 cù	1			
直事尚書一人○令以下				○越前賢	3.2/17/2	
皆先行	15.1/93/12	苟無○國內侮之患	7.3/38/9			
以○	15.1/93/17			倅 cuì	1	
衣冠各○其行之色	15.1/96/7	攢 cuán	1			
○官服之	15.1/96/12			皆有副○	15.1/91/12	
		○椽樸而雜榛楛兮	11.3/59/1			

悴 cuì	4
亦困○而傷懷	4.7/27/24
饑鐘困○	6.1/33/3
粹爽○傷	6.6/35/21
降榮于○	9.2/47/28

萃 cuì	3
拔乎其○	2.6/13/4
○忠清之節	5.2/29/10
曾不能拔○出群	11.8/61/9

毳 cuì	1
○服艾輔	4.1/23/3

瘁 cuì	6
元方在喪毀○	2.4/11/17
父隱約鷙○	3.2/16/12
思心○容	4.2/24/4
其人殄○	8.2/45/15
勞○辛苦	9.9/51/6
僕夫疲而劬○兮	11.3/59/5

翠 cuì	3
動若翯○奮其羽	14.4/75/18
似○玉之清明	14.16/78/10
○鳥時來集	14.19/78/25

粹 cuì	5
貞厲精○	2.5/11/27
可謂仁○淑貞	6.2/33/12
實明實○	6.6/35/13
○爽悴傷	6.6/35/21
況未稟純○之精爽	8.2/45/14

顇 cuì	3
夫人哀悼劬○	4.6/27/3
心傷○以自憂	4.6/27/10
有勞其○	5.5/32/7

存 cún	31
罔不具○	1.7/5/10
文章具○	1.7/5/20,7.3/38/21
獨念運際○亡之要	1.8/6/25
○墓冢	1.10/8/16
而德音猶○者	2.1/9/4
先生○獲重稱	2.2/10/2
知丘封之○斯也	2.2/10/8
○誨殞號	2.3/11/1
斯可謂○榮殞哀	2.3/11/6
然猶私○衡門講誨之樂	2.5/12/3
身殞譽○	2.7/14/5
奉亡如○	3.2/17/4
○榮亡哀	3.4/18/18
身殞名○	3.5/19/15
○榮亡顯	4.2/24/7
夫人之○也	4.6/27/3
繼○意于不違	4.6/27/12
不能自○	4.7/27/23
追惟考君○時之命	4.7/27/25
慈愛備○	4.7/28/1
依○意以奉亡兮	4.7/28/6
不知魂景之所○	4.7/28/8
使參以亡爲○	9.8/50/10
衍以○爲亡	9.8/50/10
國（之）〔以〕永○	9.9/51/4
聊弘慮以○古兮	11.3/58/23
滌穢濁兮○正靈	11.8/62/23
〔王莽後十不○一〕	12.9/64/28
無以自○	12.29/68/24
其數見○	13.2/71/17

寸 cùn	25
十○爲尺	15.1/83/3
九○爲尺	15.1/83/6
八○爲尺	15.1/83/9
高廣各四○	15.1/93/23
鐵廣數○	15.1/93/24
廣八○	15.1/94/1,15.1/94/10
長尺二○	15.1/94/10,15.1/94/16
皆廣七○	15.1/94/16
前垂四○	15.1/94/17
後垂三○	15.1/94/17
高九○	15.1/95/12
前高七○	15.1/95/16

後三○	15.1/95/16
長八○	15.1/95/16
高五○	15.1/95/19
高七○	15.1/95/24
廣三○	15.1/95/24
巧士冠、高五○	15.1/96/12
廣七○	15.1/96/16
前出四○	15.1/96/16
卻敵冠、前高四○	15.1/96/16
通長四○	15.1/96/19
後高三○	15.1/96/19

蹉 cuō	2
而忽○跌之敗者已	11.8/61/14
雁行○跎	14.2/75/8

嵯 cuó	2
迫○峨以乖邪兮	11.3/59/1
嶄嵓崔○	11.7/60/24

鹺 cuó	2
鹹○豐本	9.4/48/26
鹽曰鹹○	15.1/87/12

挫 cuò	1
鸞鳳○翮	12.28/68/18

措 cuò	2
無所○其智力	3.7/20/19
不知所○	9.3/48/5

錯 cuò	9
郡政有○	2.2/9/23
疑義○繆	2.8/14/13
抑頑○枉	3.6/19/27
克○其功	5.3/30/14
詔問「星辰○繆」	7.4/40/25
○奏謬錄不可行	9.8/50/10
○落其間	11.7/60/24
有六家紛○	13.2/71/7
與今史官甘石舊文○異	

		13.2/71/23	情辭何緣復○	7.5/43/27	應○道	1.10/8/14
			心通性○	8.4/46/10	姿度廣○	2.1/8/27
怛 dá		8	非所謂理約而○也	10.2/54/23	廣○寬裕	2.2/9/17
			秋難以○陰	10.2/56/6	辟○將軍府	2.2/9/25,3.3/17/11
憯○罔極		4.6/27/5	無由上○	11.2/57/25	○忌蠲除	2.2/9/28
憂心○以激切		4.6/27/7	不能自○	11.2/58/4	○將軍司徒竝辟	2.2/9/28
孤情○兮增哀		4.7/28/7	行義○道	11.8/61/5	○將軍三公使御屬往弔	
○切情憀		5.4/31/12	是以君子推微○著	11.8/62/10	祠	2.2/10/1
忉○永慕		5.5/32/2	不爲窮○易節	13.7/73/24	再辟○將軍	2.3/10/18
號咷切○		6.5/35/4	因卑○尊之意也	15.1/80/6	○將軍何公、司徒袁公	
慘○孝子		6.6/35/21	露之者、必受霜露以○		前後招辟	2.3/10/21
憂悸○惕		7.2/36/16	天地之氣	15.1/85/28	○位未躋	2.3/10/24
					○將軍弔祠	2.3/10/26
苔 dá		14	**大** dà		280	重部○掾	2.3/11/6
						政之○經	2.4/11/12
不○州郡之命		3.3/17/11	辟司徒○將軍府	1.1/1/10	廣○資乎天地	2.4/11/14
其接下○賓		4.2/23/26	以太中○夫薨于京師	1.1/1/11	○將軍賜謚	2.4/11/16
與丞相○		5.4/31/9	位至○鴻臚	1.1/1/17	故○將軍梁冀	2.5/12/3
不足以○聖問		7.4/39/7	辟○將軍梁公幕府	1.1/1/24	潛心○猷	2.5/12/16
以○天望		7.4/43/1	自將作○匠徵	1.1/2/13	如○舜五十而慕	2.6/12/25
區區欲○上問		7.5/43/17	還河南尹少府○鴻臚司		又家拜犍爲太守、太中	
受者不能○其問		8.4/46/9	徒司空	1.1/2/13	○夫	2.6/13/3
○稱所蒙		9.3/48/11	歷河南太守太中○夫	1.1/2/15	有士會者爲晉○夫	2.7/13/13
承○聖問		11.2/57/19	徒拜光祿○夫	1.1/2/18	特進○鴻臚	2.8/14/16
求獲○應		12.1/62/30	拜太中○夫	1.1/2/19,3.1/15/18	○會而葬之	2.8/14/19
庶○風霆災妖之異		13.1/69/22	無獲○位	1.1/2/25	留拜光祿○夫	3.1/15/19
敢不酬○		14.20/79/3	其以○鴻臚橋玄爲司空	1.2/3/3	爾乃遷太僕○卿	3.1/15/20
天子○之曰「可」		15.1/81/18	其以光祿○夫玄爲太尉	1.4/3/21	○臣苟察	3.1/15/22
則○曰「已奏」		15.1/81/19	○鴻臚之曾孫	1.6/4/13	○祥	3.2/16/11
			臨○節而不可奪之風	1.6/4/15	德○而心小	3.2/16/17
達 dá		26	辟○將軍	1.6/4/18	又以光祿○夫受命司徒	3.3/17/15
			被詔書爲將作○匠	1.6/4/20	以爲《尚書》帝王之政	
公○于事情		1.1/2/4	還河南尹少府○鴻臚	1.6/4/20	要、有國之○本也	3.4/18/3
義則進之以○道		2.2/9/21	拜光祿○夫	1.6/4/21	以納○誨	3.4/18/7
抽援表○		3.1/15/21	復爲少府太中○夫	1.6/4/22	于是門生○將軍何進等	3.4/18/10
窮○一致		3.1/16/2	至于列國○夫	1.7/5/10	○亦不敢不戒	3.5/18/23
誠爲○事君之體		3.2/16/19	公卿○臣	1.7/5/11	巖巖○理	3.5/18/29
○聖王之聰叡		3.5/18/27	小○之獄必以情	1.7/5/17	茫茫○運	3.5/19/4
知機○要		3.6/19/23	衛○夫孔悝謚曰文子	1.7/5/30	天子○闡其勳	3.5/19/8
精哀○乎昊乾		4.7/28/9	至于王室之卿○夫	1.7/6/5	《○雅》揚言	3.5/19/15
莫或○之		6.1/33/3	天子○夫也	1.7/6/7	含弘光○	3.6/20/8
無決泉○		6.3/33/25	此皆天子○夫得稱	1.7/6/8	俾相（○藩）〔二蕃〕	3.6/20/10
哀子懿○、仁○銜恤哀			遂○于宋	1.8/6/21	瑰瑋○度	3.7/20/14
痛		6.5/34/19	時辟○將軍府	1.8/6/26	上計吏辟○將軍府	3.7/20/15
早○窈窕		6.5/34/23	復辟○將軍	1.8/6/27	俄而漢室○亂	3.7/20/17
聰明○乎中外		6.5/34/25	見一○鳥迹	1.10/8/3	四海○壞	3.7/20/19
聰○方直		7.4/42/9	其後有人著絳冠○衣	1.10/8/4	錫鼓吹○車	3.7/21/5

忘禮敬之○	13.1/69/20	
以虧○典	13.1/69/20	
其事優○	13.1/70/16	
君子固當志其○者	13.1/70/17	
莫與○焉	13.1/70/30	
而以折獄斷○刑	13.2/71/27	
○夫稱伐	13.4/72/30	
《周禮‧司勳》「凡有		
○功者銘之太常」	13.4/73/4	
有宋○夫正考父	13.4/73/7	
所謂○夫稱伐者也	13.4/73/8	
夫何○川之浩浩兮	14.1/74/22	
切○別之東山兮	14.1/74/24	
獨潛類乎○陰	14.17/78/16	
親近侍從官稱曰○家	15.1/80/18	
孝元皇后父○司馬陽平		
侯名禁	15.1/80/20	
此諸侯○夫印稱璽者也		
	15.1/80/25	
○夫以下有同姓官別者		
言姓	15.1/82/5	
公卿使謁者將○夫以下		
至吏民尚書左丞奏聞		
報可	15.1/82/5	
諸營校尉將○夫以下亦		
爲朝臣	15.1/82/11	
京、○	15.1/82/16	
律中○蔟	15.1/83/3	
律中○呂	15.1/83/6	
言陰氣○勝	15.1/83/6	
○夫曰孺人	15.1/83/17	
卿○夫一妻、二妾	15.1/83/25	
○夫以下廟之別名	15.1/84/6	
○夫一昭一穆與太祖之		
廟三	15.1/84/6	
降○夫二也	15.1/84/7	
○夫以下成群立社曰置		
社	15.1/84/25	
○夫不得特立社	15.1/84/25	
○夫以下自立三祀之別		
名	15.1/85/6	
周曰○蜡	15.1/86/17	
天子○蜡八神之別名	15.1/86/22	
○同小異	15.1/86/22	
能禦○災則祀	15.1/87/1	
能扞○患則祀	15.1/87/1	
牲號、牛曰一元○武	15.1/87/5	

牛曰一元○武	15.1/87/8	
奏○武周武所定一代之		
樂之所歌也	15.1/88/4	
告成○武	15.1/88/9	
○封于廟、賜有德之所		
歌也	15.1/88/11	
諸侯○小之差	15.1/88/21	
舜曰《○韶》	15.1/89/4	
一曰《○招》	15.1/89/4	
夏曰《○夏》	15.1/89/4	
殷曰《○濩》	15.1/89/4	
周曰《○武》	15.1/89/4	
左九棘、孤卿○夫位也	15.1/89/8	
丞相匡衡、御史○夫貢		
禹乃以經義處正	15.1/90/25	
○官送用	15.1/91/6	
及諸侯王、○夫郡國計		
吏、匈奴朝者西國侍		
子皆會	15.1/91/8	
後○夫計吏皆當軒下	15.1/91/9	
帝偪于順烈梁后父○將		
軍梁冀未得尊其父而		
崩	15.1/92/5	
天子○社	15.1/92/10	
臘者、歲終○祭	15.1/93/2	
有○駕、有小駕、有法		
駕	15.1/93/6	
○駕、則公卿奉引○將		
軍參乘太僕御	15.1/93/6	
時備○駕上原陵	15.1/93/8	
唯遭○喪	15.1/93/9	
○如斗	15.1/93/23	
車皆○夫載鸞旗者	15.1/94/3	
故○駕屬車八十一乘也	15.1/94/5	
前小後○	15.1/94/11, 15.1/94/12	
前○後小	15.1/94/11	
戚冕而舞《○武》	15.1/94/12	
王與○夫盡弁	15.1/94/13	
公侯○夫各有差別	15.1/94/15	
卿○夫七旒黑玉珠	15.1/94/18	
卿○夫、尚書、二千石		
博士冠兩梁	15.1/94/22	
○樂郊社祝舞者冠建華	15.1/95/2	
卿○夫、尚書、博士兩		
梁	15.1/95/16	
今謂之○冠	15.1/95/22	
○珠九枚	15.1/96/3	

漢祀宗廟○享	15.1/96/7	
司馬殿門○護衛士服之		
	15.1/96/16	
貞心○度曰匡	15.1/96/27	
○慮慈民曰定	15.1/96/28	
致志○圖曰景	15.1/97/3	

代 dài   34

既乃碑表百○	1.4/3/24	
不知興于何○	1.10/7/26	
五○之微言	3.4/18/4	
智周當○	3.6/19/25	
昔在嬴○	4.5/26/18	
禪梁父、皇○之遐迹	5.1/28/23	
四輔○昌	5.3/30/18	
傳于萬○	5.5/32/9	
日月○序	6.6/35/26	
牧守數十選○	7.4/42/6	
思李牧于前○	8.3/45/22	
使讓生于先○	8.4/46/12	
非一○之事也	10.1/53/22	
禱祈以幣○牲也	10.2/55/15	
更者刻木○牲	10.2/55/16	
經典傳記無刻木○牲之		
說	10.2/55/17	
○作心膂	11.1/57/10	
三○之隆	11.8/61/16	
陰陽○興	11.8/61/24	
當○博奕	13.1/70/12	
或以人自○	13.1/70/29	
而光晃言秦所用○周之		
元	13.2/72/3	
唯休和之盛○	14.2/75/5	
○無樊姬	14.5/75/27	
新故○謝	14.8/76/22	
更相○至五也	15.1/82/26	
三○建正之別名	15.1/83/3	
三○年歲之別名	15.1/83/11	
四○稱臘之別名	15.1/86/17	
奏大武周武所定一○之		
樂之所歌也	15.1/88/4	
三○學校之別名	15.1/88/27	
五帝三○樂之別名	15.1/89/3	
四○獄之別名	15.1/89/11	
后○而攝政	15.1/90/6	

岱 dài　2

竊見巡狩○宗　12.10/65/7
謹上《○宗頌》一篇　12.10/65/8

殆 dài　2

與危○競　10.2/54/23
○刑誅繁多之所生也　13.1/69/6

怠 dài　3

而散○茸闒　9.10/51/18
諸侯○于禮　10.1/54/3
○政外交曰攜　15.1/97/4

待 dài　5

○以訪斷　1.6/4/16
飾巾○期而已　2.3/10/22
拜故○詔會稽朱買臣　7.2/36/26
是時宰相○以禮　7.4/42/12
貧賤不○夫富貴　13.3/72/15

帶 dài　13

以公長于襟○　1.1/2/12
馬不○鈌　1.5/4/7
俄而冠○士咸以群黨見
　嫉時政　2.7/13/24
冠○章服　3.7/20/24
雖冠○之中士　6.3/33/25
冠○之圻　7.3/38/5
得民不可冠○　7.3/38/11
○劍　7.4/39/25
使黃河若○　9.9/51/3
竝在礜○　9.10/51/17
忿子○之淫逸兮　11.3/59/6
○甲百萬　11.8/62/8
賜食阜帛越巾刀珮○　15.1/81/1

貸 dài　1

公開倉廩以○救其命　1.1/2/2

逮 dài　7

其祿○作御史　3.5/18/25
辭不○官曹之文　3.7/21/15
靡所瞻○　5.5/32/9
今者橫見○及　7.5/43/24
臣初考○　11.2/58/9
○于虞舜　12.8/64/22
夫周德既衰　13.3/72/10

戴 dài　5

○華笠　1.10/8/15
時令○君臨喪命謚　2.8/14/20
翼○更始　5.1/28/20
《○禮·夏小正傳》
　(曰)　10.1/53/29
冠○勝兮啄木兒　11.4/59/29

丹 dān　8

或談思以歷○田　1.10/8/7
發○情　1.10/8/16
形表圖于○青　2.4/11/15
先生諱○　2.7/13/13
登踏○墀　9.3/48/8
綺袖○裳　14.5/75/24
○華煒煒　14.12/77/11
綠葉含○榮　14.19/78/25

耽 dān　3

○怡是寧　2.6/13/6
上復遣左中郎將祝○授
　節　3.7/21/6
心○其榮　4.5/26/5

單 dān　3

使匈奴中郎將南○于以
　下　7.3/37/11
召光祿大夫楊賜、諫議
　大夫馬日磾、議郎張
　華、蔡邕、太史令○
　颺　7.4/38/26
特○輕匹　9.2/47/26

儋 dān　2

○牙虎神荼、鬱壘以執
　之　15.1/86/12
○牙虎神荼、鬱壘二神
　海中有度朔之山　15.1/86/12

殫 dān　1

官見○財　7.3/38/1

簞 dān　1

○瓢曲肱　3.6/19/24

亶 dǎn　6

今子○纂襲前業　1.7/5/13
○所謂天民之秀也　2.5/12/13
○攸序　4.3/25/9
保賴○敘　4.4/25/15
謁者○誦　13.2/71/10
○誦之議　13.2/72/4

膽 dǎn　3

亦臣輸寫肝○出命之秋　7.4/41/16
肝○塗地　7.5/43/11
當竭肝○從事　9.3/48/15

旦 dàn　10

同軌○爽　4.1/23/5
公○納于(台)〔白〕
　屋　4.2/23/27
牽○爽于舊職　4.3/25/2
吉○齋宿　9.4/48/25
天子○入東學　10.1/52/16
天元正月己巳朔○立春
　　10.1/53/24
一○被章　11.2/57/21
其明○三老詣闕謝　15.1/82/29
○射之以赤丸　15.1/86/11
常以六月朔、十月朔○
　朝　15.1/92/26

但 dàn	20
非○勞人	7.3/38/18
夫牝雞○雄鳴	7.4/40/14
不得○以州郡無課而已	7.4/42/7
三事者○道先帝策護三	
公	7.4/42/11
○當察其眞僞以加黜陟	7.4/42/19
○用麥飯寒水	8.2/45/9
以爲○逐惡而已	10.2/56/4
○命之曰逆也	10.2/56/14
○以爲時昧之宜	10.2/56/17
○愚心有所不竟	11.2/57/26
○守奉祿	13.1/70/15
豈有○取丘墓凶醜之人	
	13.1/70/30
○言《圖讖》	13.2/71/25
當言帝則依違○言上	15.1/80/9
其京師官○言稽首	15.1/81/28
宣帝○起園陵長承奉守	15.1/92/1
○侍祠無朝位	15.1/92/18
故○送不迎	15.1/93/2
○無畫耳	15.1/94/1
上○以青縑爲蓋	15.1/94/8

淡 dàn	2
多汁則○而不可食	8.4/46/15
恬○清溢	14.12/77/13

誕 dàn	21
○有奇表	1.6/4/14
先生○膺天衷	2.1/8/26
○鋪模憲	2.2/10/9
○茲明德	2.5/12/15
○茲明哲	2.7/14/3
○生元輔	3.5/19/12
君膺期○生	3.7/20/14
應期○生	4.4/25/13
○膺繁祉	4.5/26/1
○成家道	4.6/26/26
○育靈姿	5.1/29/1
○生孝章	6.5/34/22
休徵○漫	8.2/45/12
丕○洪業	9.1/47/1
○在幼齡	9.7/49/29

○育二后	11.1/57/9
奇姿譎○	11.7/60/25
○應正德	12.2/63/14
○德孔彰	12.9/65/1
於穆○成	12.17/66/26
因本心以○節兮	14.16/78/9

彈 dàn	2
在憲○枉	1.6/5/1
○碁石枰	9.3/48/10

憚 dàn	1
不○彊禦	1.6/4/24

澹 dàn	4
○然自逸	2.3/10/19
心恬○于守高	11.8/62/2
○若洞泉	12.19/67/5
○湲以安流	14.1/74/25

當 dāng	97
○官而行	1.1/1/19,3.1/15/25
○以事對	1.1/1/21
凶人（人）惡言○道	1.1/2/8
○肆市朝	1.1/2/16
○世是以服重器	1.6/4/16
○官能行	1.7/5/22
○朧之夜	1.10/8/2
中葉○周之盛德有嬀滿	
者	2.2/9/14
蓋于○世	2.2/9/22
名振○世	2.6/13/2
○事而行	3.2/16/18
智周○代	3.6/19/25
○是時也	3.7/20/19
○世知名	3.7/20/24
○受永福	6.4/34/13
立春○齋	7.1/36/5
○取二州而已	7.2/36/22
○越境取能	7.2/37/1
甫建議○出師與育并力	7.3/37/10
人主○精明其德	7.4/40/26
法○君臣出端	7.4/40/26

太白○晝而見	7.4/40/27
以○責讓	7.4/41/18
誠○窮治	7.4/42/1
○有所懲	7.4/42/5
○以見災之故	7.4/42/8
○因其言居位十數年	7.4/42/12
○此之際	7.4/42/13
○專一精意以思變	7.4/42/17
但○察其眞僞以加黜陟	7.4/42/19
郤勢所○	7.5/43/14
預知所言者○必怨臣	7.5/43/18
○爲箠楚所迫	7.5/43/26
乞身○幸戮	7.5/43/27
○中興之運	8.2/45/11
況在于○時	8.3/45/22
罪○死	8.3/45/29
○中興之隆	8.4/46/3
○仲尼則顏冉之亞	8.4/46/12
就讓疾病○親察之	8.4/46/17
總合戶數千不○一	9.1/47/9
陛下○益隆委任	9.1/47/11
非臣愚蔽不才所○盜竊	9.2/47/20
臣○自知	9.2/47/26
臣○以頑蒙	9.3/48/14
○竭肝膽從事	9.3/48/15
○賜刑書	9.8/50/11
非臣草萊功勞微薄所○	
被蒙	9.9/50/25
非臣力用勤勞有所○受	9.9/50/30
非臣（容）〔庸〕體所	
○服佩	9.9/50/31
宜以○時所施行度密近	
者	10.2/55/2
然則小暑○去大暑十五	
日	10.2/55/11
○禱祈也	10.2/55/15
知○爲闆也	10.2/55/22
知○爲六也	10.2/55/26
○食豕而食牛	10.2/56/22
○食馬	10.2/56/24
非臣罪惡所○復蒙	11.2/57/22
○服重刑	11.2/57/24
皆○撰錄	11.2/57/30
○有增損	11.2/58/1
所○接續者四	11.2/58/8
本奏詔書所○依據	11.2/58/9
不交○世	11.8/61/3

輯○世之利	11.8/61/12
故○其有事也	11.8/61/29
○其無事也	11.8/61/30
○彊禦	12.2/63/10
君○遷行	12.26/68/7
所○恭事	13.1/69/8
則○靜反動	13.1/69/10
誠○博覽眾議	13.1/69/13
誠○思省	13.1/69/26
○代博奕	13.1/70/12
君子固○志其大者	13.1/70/17
皆○以惠利爲績	13.1/70/19
自○極其刑誅	13.1/70/21
各家術皆○有效于其 時	13.2/71/6
上言○用命曆序甲寅元	13.2/71/10
取合于○時而已	13.2/71/12
云○滿足	13.2/71/19
不相應○	13.2/71/20
家祖居常言客有三○死	13.9/74/3
○我戶扉	14.5/76/2
○春夏而滋榮	14.16/78/9
○言帝則依違但言上	15.1/80/9
則○乘車輿以行天下	15.1/80/14
唯○時所在	15.1/80/17
○時避之	15.1/80/21
皆非其所○得而得之	15.1/81/2
言民之得所不○得	15.1/81/3
如書本官下所○至	15.1/81/19
後大夫計吏皆○軒下	15.1/91/9
孝元功薄○毀	15.1/91/13
旁垂韑繼○耳	15.1/94/19

黨 dǎng　12

糾戢貴○	1.7/5/22
于鄉○則恂恂焉、斌斌 焉	2.3/10/16
會遭○事	2.3/10/19
其在鄉○也	2.7/13/18
俄而冠帶士咸以群○見 嫉時政	2.7/13/24
其于鄉○細行	2.8/14/17
見遭姦○	3.1/15/20
其婚嫁爲○	7.5/43/13
以爲鄉○敘孔子威儀	8.1/44/5

于是鄉○乃相與登山伐 石而勒銘曰	12.5/64/6
惡朋○而絕交游者有之	13.3/72/12
嘉賓僚○	14.2/75/7

讜 dǎng　1

忠○著烈	3.6/19/28

蕩 dàng　5

恬○之固	2.6/12/26
欲清流○濁	7.4/42/7
狂淫振○	11.8/62/3
揚○○之明文	14.8/76/20

盪 dàng　3

激清流以○邪	4.2/23/14
圖議○滌	9.1/47/4
○四海之殘災	11.8/61/25

刀 dāo　2

不忍○鋸	11.2/57/21
賜食阜帛越巾○珮帶	15.1/81/1

刌 dāo　1

○怛永慕	5.5/32/2

倒 dǎo　2

至于宰府孝廉顚○	7.4/42/22
展轉○頹	14.5/76/1

導 dǎo　16

匡救善○	1.7/5/20
未若先生潛○之速也	2.2/9/20
善誘善○	2.3/10/16
啓○上怒	3.1/15/23
治家師○	3.2/16/12
敷土○川	4.2/23/19
○人以德	4.3/24/21
○以義方	4.5/26/1

化○周悉	4.6/26/27
義方以○其性	4.7/27/19
化○宣暢	6.5/34/26
以○嘉應	7.4/43/2
○邇和風	9.3/48/14
所以○致神氣	13.1/69/15
亦所以勸○人主	13.4/73/3
○財運貨	14.1/74/27

蹈 dǎo　13

將○洪崖之遐迹	2.1/9/2
先生既○先世之純德	2.6/12/24
五○三階	3.3/17/17
或○憲理	3.6/20/1
五○九列	4.1/22/23
○明德以保身	4.2/24/1
七○相位	4.3/24/23
○思齊之迹	4.6/26/26
動○規矩	9.7/49/30
據巧○機	11.8/61/19
躧○絲扉	14.5/75/24
不○邪非	14.5/75/26
○通崖而往遊	14.9/76/27

擣 dǎo　1

脫椎枘兮○衣杵	11.4/59/31

禱 dǎo　6

參與嘗○	4.3/25/6
當○祈也	10.2/55/15
○祈以幣代牲也	10.2/55/15
○請名山	12.1/62/30
有○焉	15.1/84/11
無○乃止	15.1/84/11

到 dào　7

未○而章謗先入	1.1/2/13
永漢元年十一月○官	3.7/20/16
以勸遣顯○官	4.7/27/22
臣前○官	8.2/45/3
既○徙所	11.2/57/25
白朝廷敕陳留太守〔發〕 遣余○偃師	11.3/58/19

乘輿○	15.1/92/22

悼 dào　　24

天子痛○	1.8/7/5
我皇○心	1.9/7/21
永懷哀○	2.1/9/4
民斯悲○	2.1/9/9
遝遝歎○	2.5/12/13
于是從遊弟子陳留、申	
屠蟠等悲○傷懷	2.6/13/5
搢紳永○	2.6/13/9
殷褒傷○	3.6/20/5
天子○惜	4.1/22/26
天子○痛	4.2/24/2
感○傷懷	4.3/25/7
公卿哀○	4.5/26/9
夫人哀○劬頸	4.6/27/3
○孤夷之不遂兮	4.7/28/8
八極○思	5.2/30/3
天子憫○	5.4/31/10
帝用○（世）〔止〕	5.4/31/16
慈母○痛	6.4/34/9
悲○遺嗣	6.4/34/10
深○變異	7.4/41/15
臣不勝戰○怵惕	9.9/50/28
○太康之失位兮	11.3/59/3
予誰○哉	11.8/62/6
中身早折曰○	15.1/97/1

盜 dào　　15

○起匈奴左部	1.5/3/28
發冢○柩	1.7/5/22
去惡除○	1.8/7/2
宣帝時患冀州有○賊	7.2/36/27
（乃）〔及〕○賊群起	7.3/37/19
方今郡縣○賊	7.3/38/5
而可使斷無○竊	7.3/38/6
○寵竊權	7.4/41/24
○發東嶽	8.3/45/24
非臣愚蔽不才所當○竊	9.2/47/20
○竊明時	9.3/48/7
東郡有○人妻者	13.1/70/27
姦臣○賊皆元之咎	13.2/72/2
律曰「敢○乘輿、服御	
物	15.1/80/12

王莽○位	15.1/82/10

道 dào　　93

凶人（人）惡言當○	1.1/2/8
直○而往	1.6/4/18
守死善○	1.8/7/6
博問○家	1.10/7/26
于是好○之儔	1.10/8/6
俾志○者有所覽焉	1.10/8/12
應大○	1.10/8/14
直○正辭	2.1/8/28
又舉有○	2.1/9/2
義則進之以達○	2.2/9/21
○之行廢	2.2/9/25
君化○神速	2.2/10/4
○行斯進	2.2/10/10
其為○也、用行舍藏	2.3/10/16
探○之綱	2.4/11/19
學立○通	2.7/13/17
○治民情	2.7/13/25
甘死善○	2.7/14/4
行己守○	2.8/14/23
包括○要	2.9/15/1
聞○睹異	2.9/15/7
○不惑	3.1/16/4
遠涉○里以修經術	3.2/16/13
○為帝師	3.2/16/16
本○根眞	3.2/17/1
尋○入奧	3.3/17/11
若夫○術之美	3.4/18/12
正席傳○	3.4/18/16
○通術明	3.5/18/26
辟○或回	3.5/19/7
可謂○理丕才	3.7/21/17
時○路艱險	3.7/21/20
以盡孝友之○	4.1/22/11
研○知機	4.2/23/10
○靈和〔拂〕	4.2/23/13
不違子○	4.2/23/25
長子○終	4.5/26/11
誕成家○	4.6/26/26
惟子○之無窮兮	4.6/27/6
以供婦○	4.7/27/19
○德餘慶	5.1/28/23
皆此○也	6.1/32/19
正身履○	6.2/33/11

夫人營克家○	6.5/34/25
馬○納光	6.6/35/25
與育晏三○竝出	7.3/37/11
○路不通	7.3/37/20
皆皇極○失	7.4/39/23
建大中之○	7.4/40/4
又失○而見	7.4/40/27
今者○路紛紛	7.4/41/25
三事者但○先帝策護三	
公	7.4/42/11
有僮仆者不○	7.4/42/12
非典衡之○	7.4/42/16
天○虧滿	7.4/43/2
○為儒宗	8.3/45/23
承師而問○	10.1/52/18
孝悌之（○）〔至〕	10.1/53/10
六九之○也	10.1/53/15
○長日短	10.2/54/23
惟○之淵	11.1/57/10
○至深微	11.2/58/1
中○廢絕	11.2/58/3
竟乃因縣○具以狀聞	11.2/58/4
○無因而獲入	11.3/59/17
周○鞠為茂草兮	11.3/59/17
綿綿思遠○	11.5/60/3
遠○不可思	11.5/60/3
行義達○	11.8/61/5
士背○而孛	11.8/61/20
○不可以傾也	11.8/61/23
皇○惟融	11.8/61/25
有神馬之使在○	12.1/62/31
腹心弘○	12.5/64/7
○路孔夷	12.9/65/2
非特王○然也	12.12/65/22
○為知者設	12.24/67/31
○路開張	12.26/68/8
洒○中央	12.26/68/8
朱雀○引	12.26/68/9
坤為地○	13.1/69/10
重賢良方正、敦樸有○	
之選	13.1/69/25
夫求賢之○未必一途	13.1/69/29
文武之○	13.1/70/16
洶洶○路	13.1/70/29
蓋朋友之○	13.3/72/17
味○守眞	13.7/73/24
能行天○	15.1/79/30

訓人民事君之〇也	15.1/82/23	又未必審〇其人	7.2/37/2	又前至〇拜	13.1/70/28
能以善〇改更己也	15.1/82/27	然後僅〇寧息	7.3/37/20	〇失更迭	13.2/71/3
言能酌先祖之〇以養天		不〇中休	7.3/37/27	中使獲麟不〇在哀公十	
下之所歌也	15.1/88/9	〇地不可耕農	7.3/38/10	四年	13.2/71/19
君〇長	15.1/93/3	〇民不可冠帶	7.3/38/11	可〇而見者	13.2/71/22
君〇衰	15.1/93/3	雖〇越王之首	7.3/38/15	多〇旋返	13.5/73/14
		不〇勝龍	7.4/39/12	幸〇無恙	13.6/73/19
稻 dào	**2**	使貞雅各〇其所	7.4/39/18	男女〇乎年齒	14.2/75/5
		不〇入	7.4/39/23	雖〇嬿（婉）〔婉〕	14.5/75/28
冬薦〇雁	15.1/84/14	〇臣無家	7.4/41/3	〇親君子庭	14.19/78/26
〇曰嘉疏	15.1/87/12	疏賤妄乃〇姿意	7.4/41/24	非侍御者不〇入	15.1/80/20
		不〇但以州郡無課而已	7.4/42/7	皆非其所當〇而〇之	15.1/81/2
翿 dào	**1**	不獨〇之于迫沒之三公		言民之〇所不當〇	15.1/81/3
		也	7.4/42/14	其免若〇罪無姓	15.1/81/14
〇六龍	12.10/65/11	臣〇以學問	7.5/43/15	〇阜囊盛	15.1/82/6
		〇以盡節王室	7.5/43/23	大夫不〇特立社	15.1/84/25
纛 dào	**2**	則顏淵不〇冠德行之首	8.4/46/19	不〇上與父齊	15.1/90/14
		子奇不〇紀治阿之功	8.4/46/19	高祖〇天下	15.1/91/27
黃屋左〇	15.1/93/19	天心聿〇	9.1/47/8	帝偪于順烈梁后父大將	
左〇者、以氂牛尾爲之		非臣所〇久忝	9.3/48/5	軍梁冀未〇尊其父而	
	15.1/93/23	求退〇進	9.3/48/6	崩	15.1/92/5
		未〇因緣有事	9.3/48/11	漢興以皇子封爲王者〇	
得 dé	**90**	〇禮之宜	9.6/49/14	茅土	15.1/92/12
		臣〇微勞	9.9/50/29		
貞以文章〇用鬼薪	1.1/1/24	庶幾顏〇事情	10.2/54/19	**德 dé**	**240**
邊穀不〇妄動	1.1/2/3	不〇及四十五日	10.2/55/11		
其子殺之而捕〇	1.1/2/8	安〇不用犧牲	10.2/55/14	丕顯伊〇	1.1/1/8,3.3/17/24
云不〇譖	1.1/2/10	自〇其類	10.2/56/7	文〇銘于三鼎	1.1/1/13
莫〇好縣	1.1/2/25	不〇傳注而爲之說	10.2/56/11	巍巍乎若〇	1.1/2/26
此皆天子大夫〇稱	1.7/6/8	有所滯礙不〇通矣	10.2/56/11	式昭〇音	1.2/3/6
咸〇曰公	1.7/6/10	知不〇斬絕	10.2/56/14	公允迪厥〇	1.3/3/13
使不〇稱子而已	1.7/6/16	何〇以爲字	10.2/57/1	〇則昭之	1.3/3/15
允〇其門	2.1/9/8	是以不〇言妻云也	10.2/57/2	延公入崇〇殿前	1.4/3/21
〇斯于人	2.2/10/3	〇就平罪	11.2/57/21	以爲至〇在己	1.6/4/26
非此遺孤所〇專也	2.2/10/5	不〇頃息	11.2/57/25	教以忠〇	1.7/5/15
退不可〇	2.7/13/16	非外吏庶人所〇擅述	11.2/57/29	然則忠也者、人〇之至	
〇因吉凶	2.7/13/25	〇備著作郎	11.2/57/30	也	1.7/5/15
不可〇而詳也	2.8/14/18	不〇究竟	11.2/58/3	文備三〇	1.7/6/4
〇人臣之上儀者已	3.2/16/20	十分不〇識一	11.2/58/10	克明慎〇	1.8/6/22
不〇已而應之	3.3/17/11	不〇其命者甚衆	11.3/58/18	昭令〇	1.8/7/2
爰〇驍雄	3.7/20/20	〇歸	11.3/58/19	正直以醇其〇	1.8/7/3
不〇辭王命、親醫藥	4.7/27/21	觀風化之〇失兮	11.3/59/18	以知其先之〇	1.8/7/8
疾篤不〇顧親	4.7/27/23	皆〇形象	11.4/59/28	銘功載〇	1.9/7/16
字〇雲	6.1/32/23	湍際不可〇見	11.6/60/14	于是依〇像	1.9/7/16
〇大夫之祿	6.2/33/14	而猶廣求〇失	13.1/69/25	實天生〇	1.9/7/17
〇無不宜	7.1/36/6	是時奉公者欣然〇志	13.1/70/4	故知至〇之宅兆、眞人	
〇救時之便也	7.2/36/28	漢之〇人	13.1/70/11	之先祖也	1.10/8/7

功○靡堪	9.10/51/15	宜搜選令○	13.1/70/29	不○期考	2.5/12/13
至○元功	9.10/51/17	逮夫周○既衰	13.3/72/10	遂○東嶽	2.8/14/15
況臣螻蟻無功○	9.10/51/17	信有可歸之○	13.3/72/18	○司徒太尉	3.1/15/16
昭令○宗祀之禮	10.1/51/30	曰「天子令○	13.4/72/30	五○鼎鉉	3.2/17/1
君人者將昭○塞違	10.1/52/7	所謂天子令○者也	13.4/73/1	○祚王臣	3.6/20/9
故昭令○以示子孫	10.1/52/7	勗于令○者也	13.4/73/3	用能七○三事	4.2/23/29
夫○、儉而有度	10.1/52/8	昭○紀功	13.4/73/9	粵○上公	4.2/24/5
皆所以昭文王、周公之		以○則賢	13.7/73/24	及○相位	4.3/25/4
○	10.1/52/15	敘五帝之休○	14.8/76/20	其餘○堂閣	4.3/25/4
尚賢而貴○	10.1/52/17	貽我○音	14.18/78/20	○位特進	4.4/25/17
師氏教以三○守王門	10.1/52/22	自以○兼三皇	15.1/79/15	○壽耄耋	4.5/26/19
令祀百辟卿士之有○于		功○宜之	15.1/79/16	○封降禪	5.1/29/3
民者	10.1/52/29	盛○煌煌	15.1/79/30	昭○于上	5.2/29/17
所以教諸侯之○也	10.1/53/2	臣民被其○澤以儌倖	15.1/80/28	爰自○朝	5.4/31/15
○廣及四海	10.1/53/5	大封于廟、賜有○之所		是用○隮	6.6/35/17
《禮記·盛○篇》曰	10.1/53/5	歌也	15.1/88/11	宜○永年	6.6/35/20
無足以配土○者	10.2/56/23	明白于○	15.1/88/15	入○機密	9.3/48/3
惟○之藪	11.1/57/10	奉天王之恩○	15.1/88/16	○踏丹墀	9.3/48/8
嘉文○之弘懿	11.6/60/16	朝侯、諸侯有功○者	15.1/88/22	○躋上列	11.2/57/20
○弘者建宰相而裂土	11.8/61/11	言慮犧氏始以木○王天		○長阪以淩高兮	11.3/58/27
納玄策于聖○	11.8/62/15	下也	15.1/89/17	牽陵阿以○降兮	11.3/59/11
奚仲供○于衡軏	11.8/62/19	神農氏以火○繼之	15.1/89/18	○高斯賦	11.3/59/20
總茲四○	12.2/63/9	黃帝以土○繼之	15.1/89/18	○天庭	11.8/61/9
誕應正○	12.2/63/14	少昊氏以金○繼之	15.1/89/19	造父○御于驊騮	11.8/62/19
顯允厥○	12.4/63/30	顓頊氏以水○繼之	15.1/89/19	使者與郡縣戶曹掾吏○	
固天縱○	12.5/64/3	帝嚳氏以木○繼之	15.1/89/20	山升祠	12.1/62/31
厥○孔貞	12.5/64/7	帝堯氏以火○繼之	15.1/89/20	于是鄉黨乃相與○山伐	
聖○光明	12.8/64/22	故帝舜氏以土○繼之	15.1/89/21	石而勒銘曰	12.5/64/6
誕○孔彰	12.9/65/1	故夏禹氏以金○繼之	15.1/89/21	○此崔嵬	12.8/64/23
聿修厥○	12.10/65/11	故殷湯氏以水○繼之	15.1/89/21	乃○三事	12.17/66/25
夫豈后○熙隆漸浸之所		故周武以木○繼之	15.1/89/22	○源自乎蟠冢	14.1/74/22
通也	12.12/65/21	故高祖以火○繼之	15.1/89/22		
修仁履○者	12.12/65/23	清河孝○皇后、安帝母		**燈 dēng**	**1**
重以明○	12.12/65/23	也	15.1/91/19		
斯乃祖禰之遺靈、盛○		追號父清河王曰孝○皇	15.1/92/4	○燭既滅	6.6/35/25
之所毗也	12.12/65/24	功○優盛朝廷所異者	15.1/92/17		
其○克明	12.12/65/25	布○執義曰穆	15.1/96/26	**等 děng**	**36**
式昭○聲	12.13/66/5	辟土有○曰襄	15.1/96/27		
○音邈成	12.14/66/10	一○不懈曰簡	15.1/96/28	岐疑而超○	1.6/4/14
喪茲舊○	12.18/67/1	柔○好眾曰靖	15.1/97/1	廷尉河南吳整○	1.6/4/26
體其○真	12.19/67/5			門人陳季珪○議所謚	1.7/5/8
○將無醉	12.20/67/10	**登 dēng**	**33**	惟天子與二○之爵	1.7/5/11
潛○保靈	12.22/67/19			若稱子則降○多矣	1.7/6/13
政悖○隱	13.1/69/9	延公○于玉堂前廷	1.3/3/12	韓元長○五百餘人	2.3/11/4
以解《易傳》政悖○隱		○空補袞	1.6/5/2	于是從遊弟子陳留、申	
之言	13.1/69/27	○于東觀	1.8/6/28	屠蟠○悲悼傷懷	2.6/13/5
或以○顯	13.1/69/29	明則○其墓察焉	1.10/8/3	于是門生大將軍何進○	3.4/18/10

南陽太守樂鄉亭侯旻思
　○言　　3.7/21/21
雖幼賤降○　　4.2/23/26
故吏司徒許誚○　　4.2/24/3
屬扶風魯宙、潁川敦歷
　○　　4.3/24/13
于時濟陽故吏舊民、中
　常侍句陽于廟○二十
　三人　　4.5/26/17
故吏潁川太守張溫○　　5.2/29/20
後以高○拜侍御史遷諫
　議大夫　　5.5/31/23
于是陳留主簿高吉蔡軫
　○　　5.5/32/1
親屬李陶○　　6.4/34/10
懿○追想定省　　6.5/35/1
賜○稱臣　　7.4/39/4
招前殿署王業○曰　　7.4/39/25
商子冀、冀子不疑○　　7.4/40/1
臣輒核問掾史邑子殷盛
　宿彥○　　8.2/45/7
臣某○聞周有流彘之亂　　9.1/46/27
臣○謹案《漢書》高祖
　受命如卓者　　9.1/47/11
臣○不勝大願　　9.1/47/12
臣邕○頓首頓首　　9.1/47/12
臣○〔不勝〕踊躍觺藻　　9.7/50/1
臣以相國兵討逆賊故河
　內太守王臣○　　9.8/50/8
恐史官錄書臣○在功臣
　之列　　9.9/51/8
《周官》《左傳》皆實
　與《禮記》通○而不
　爲徵驗　　10.2/54/15
四時通○而夏無難文　　10.2/56/5
詔書馳救一○　　11.2/57/24
遂與議郎張華○分受之　　11.2/57/30
而徐璜左悺○五侯擅貴
　于其處　　11.3/58/17
憙○所糾　　13.1/70/2
五○爵之別名　　15.1/88/14

鄧 dèng　　3

孝和○皇后崩　　8.1/44/5
史官用太初○平術　　13.2/71/26

和憙○皇后攝政　　15.1/90/7

低 dī　　5

聖意○回　　7.4/39/17
葉如○葵　　14.5/75/24
坐起○昂　　14.5/75/25
屈伸○昂　　14.10/77/3
一○一昂　　14.12/77/17

隄 dī　　1

宜高其○防　　7.4/41/26

碑 dī　　3

召光祿大夫楊賜、諫議
　大夫馬日、議郎張
　華、蔡邕、太史令單
　颺　　7.4/38/26
日○、華邕、颺西面　　7.4/39/3
尙書令曰○　　9.2/47/24

狄 dí　　6

戎○牽從　　1.1/1/6
群○斯柔　　1.5/4/9
其外則介之夷○　　7.3/38/9
戎○猾（華）〔夏〕　　8.3/45/26
戎○別種　　11.4/59/25
天子、夷○之所稱　　15.1/79/24

迪 dí　　5

公允○厥德　　1.3/3/13
允○聖矩　　1.9/7/18
允○德譽　　2.7/14/3
允○懿德　　6.2/33/16
在漢○哲　　12.10/65/11

笛 dí　　1

撫長○以攄憤兮　　14.6/76/9

滌 dí　　3

圖議盪○　　9.1/47/4

○穢濁兮存正靈　　11.8/62/23
水曰清○　　15.1/87/11

翟 dí　　2

雖孔、○之聖賢　　3.7/20/19
插○尾其中　　15.1/93/24

嫡 dí　　1

帝○妃曰皇后　　15.1/90/5

敵 dí　　4

其禮與同盟諸侯○體故也　　1.7/6/8
大有陷堅破○、斬將搴
　旗之功　　9.9/51/5
內有猇犾○衝之虖　　10.2/54/18
卻○冠、前高四寸　　15.1/96/19

鏑 dí　　2

外有寇虜鋒○之艱　　10.2/54/18
懸命鋒○　　11.2/58/6

羅 dí　　1

○入千石以至數十　　8.1/44/20

覿 dí　　1

○衰世而遯焉　　2.8/14/9

抵 dī　　3

群類○冒　　7.3/38/6
鴻臚陳君以救雲○罪　　11.3/58/18
○掌反覆　　14.12/77/14

底 dī　　3

靡所○念　　4.7/27/26
○之方穀　　6.6/35/14
皋陶與帝舜言曰「朕言
　惠可○行」　　15.1/80/1

屬○于元帝爲子	15.1/91/13
無子○	15.1/92/3
沖帝無子○	15.1/92/4
總名諸侯王子○	15.1/92/16
車駕次（○）〔第〕謂	
之鹵簿	15.1/93/6

帝 dì　　342

○謂我后	1.1/1/6
出自黃○	1.1/1/16
○葬于橋山	1.1/1/16
蕃縣有○舜廟	1.1/2/9
桓○同產	1.1/2/11
○曰	1.2/3/4,1.3/3/13
	5.2/29/15
○采勤施八方	1.2/3/4
保乂○家	1.2/3/7,3.5/18/29
惟○念功	1.2/3/7,3.4/18/9
以役○事	1.3/3/14
○命將軍	1.5/4/8
熙○之政	1.6/5/3
其在○室	1.7/5/19
微子啓以○乙元子	1.8/6/20
出納○命	1.8/7/3
○曰休哉	1.9/7/19,4.1/23/2
皇○遣使者奉犧牲以致	
祀	1.10/8/10
熙○庭	1.10/8/18
游集○學	2.1/8/29
其先出自○胤	2.6/12/22
○欽亮	3.1/16/4
皇○遣中謁者陳遂、侍	
御史馬助持節送柩	3.2/16/9
道爲○師	3.2/16/16
貽于○躬	3.2/16/19
○篤先業	3.3/17/13
升諸○朝者	3.3/17/18
○載用和	3.3/17/22
以爲《尚書》○王之政	
要、有國之大本也	3.4/18/3
遂作○臣	3.4/18/6
○座己北面	3.4/18/7
承○之問	3.4/18/16
在○左右	3.5/18/25
○以機密齋栗	3.5/18/27
○躬以祗敬	3.5/19/4

○欲宣力于四方	3.5/19/7
○乃震慟	3.5/19/8
○曰文烈	3.5/19/13
○載用熙	3.5/19/15
○曰予聞	3.6/19/26
先○遺體	3.6/20/1
○簡其功	3.6/20/4
克厭○心	3.7/21/2
簡于○心	4.1/22/14
贊事上○	4.1/23/4
○用嘉之	4.2/23/13
○祚無主	4.2/23/17
○休其庸	4.2/24/5
以允○命	4.3/24/18
唯○命公以二郡	4.3/24/21
七受○命	4.4/25/15
○曰文恭	4.4/25/16
上有○室龍光之休	4.5/26/5
昔○舜殂于蒼梧	4.5/26/10
○舜以之	4.5/26/12
鑒○籍之高論	4.5/26/12
震驚○師	4.7/27/21
與○剖符	4.7/28/3
世祖光武皇○	5.1/28/15
濟陽有武○行過宮	5.1/28/15
○將生	5.1/28/16
○生	5.1/28/16
○乃龍見白水	5.1/28/19
○位闕焉	5.1/28/20
曆數在○	5.1/28/21
○者之上儀	5.1/28/23
○赫斯怒	5.1/29/2
匡復○載	5.1/29/3
○念其勤	5.2/29/13
孝和皇○時	5.2/29/14
昔在聖○有五行之官	5.3/30/8
遂佐高○	5.3/30/12
○載用康	5.3/30/19
○用悼（世）〔止〕	5.4/31/16
順○時爲郎中	5.5/31/22
桓○時遭叔父憂	5.5/31/22
婚姻○室	6.5/34/22
○室命婦	6.6/35/19
昊天上○	6.6/35/22
上○之祠	7.1/36/8
昭事上○	7.1/36/10
武○患東越數反	7.2/36/26

宣○時患冀州有盜賊	7.2/36/27
此先○不誤已然之事	7.2/36/29
上則先○	7.2/37/3
孝武皇○因文景之蓄	7.3/37/17
此先○所以發德音也	7.3/38/18
守先○之規	7.3/38/21
天○命我居此	7.4/39/26
夫誠仰見上○之厚德也	7.4/40/3
是時元○初即位	7.4/40/10
哀○晏駕	7.4/40/12
○貪則政暴	7.4/41/1
○用不羞	7.4/41/10
赤○之精	7.4/41/18
三事者但道先○策護三	
公	7.4/42/11
頓首再拜上書皇○陛下	7.5/43/9
虞○二妃	8.1/44/24
至于明○	8.1/44/27
是後轉因○號	8.1/44/27
○后諡禮亦宜同	8.1/44/28
下協先○之稱	8.1/44/29
先○嘉之	8.3/45/24
嗣曾孫皇○某	9.4/48/19
敢昭告于皇祖高皇○	9.4/48/19
世祖復○祚	9.4/48/20
高皇○使工祝承致多福	
無疆	9.5/49/3
于爾嗣曾孫皇○	9.5/49/3
每○即位	9.6/49/8
孝元皇○皆以功德茂盛	9.6/49/9
至孝成○〔時〕	9.6/49/10
光武皇○受命中興	9.6/49/12
孝明皇○聖德聰明	9.6/49/13
孝章皇○至孝烝烝	9.6/49/13
嗣○殷勤	9.6/49/14
違先○舊章	9.6/49/17
孝元皇○世在（弟）	
〔第〕八	9.6/49/18
光武皇○世在（弟）	
〔第〕九	9.6/49/18
故以元○爲考廟	9.6/49/19
元○于今朝九世	9.6/49/19
可出元○主	9.6/49/20
比惠、景、昭、成、哀	
、平○	9.6/49/21
孝章皇○、孝桓皇○	9.6/49/21
孝和皇○、孝順皇○、	

孝靈皇○	9.6/49/22	稱皇○曰	15.1/81/8	○嚳爲高辛氏	15.1/89/25
所以宗祀其祖、以配上		制書、○者制度之命也		○堯爲陶唐氏	15.1/89/25
○者也	10.1/51/27		15.1/81/12	○舜爲有虞氏	15.1/89/25
○入東學	10.1/52/17	三夫人、○嚳有四妃以		高○、惠○、呂后攝政	
視○猷	10.1/52/21	象后妃四星	15.1/83/21	、文○、景○、武○	
聖○明君世有紹襲	10.1/53/22	周人上法○嚳正妃	15.1/83/23	、昭○、宣○、元○	
王用享于○、吉	10.1/53/23	○之女曰公主	15.1/83/27	、成○、哀○、平○	
祈穀于上○	10.1/53/24	○之姊妹曰長公主	15.1/83/27	、王莽、聖公、光武	
稽首再拜上書皇○陛下		○牲牢三月	15.1/83/30	、明○、章○、和○	
	11.2/57/17	一曰○社	15.1/84/17	、殤○、安○、順○	
夫華離○而萎	11.8/61/20	先（○）〔席〕于門奧		、沖○、質○、桓○	
○猷顯丕	11.8/61/25	西東	15.1/85/11	、靈○	15.1/89/26
○嘉其功	12.3/63/23	其○太昊	15.1/85/15	從高○至桓○	15.1/90/1
師錫○世	12.8/64/22	其○神農	15.1/85/15	高○以甲午歲即位	15.1/90/2
膺○休命	12.9/65/1	其○少昊	15.1/85/16	○嫡妃曰皇后	15.1/90/5
上稽○堯	12.10/65/7	其○顓頊	15.1/85/16	○母曰皇太后	15.1/90/5
音亮○側	12.18/66/31	其○黃○	15.1/85/16	○祖母曰太皇太后	15.1/90/5
夫昭事上○	13.1/69/7	《漢書》稱高○五年	15.1/85/21	其衆號皆如○之稱	15.1/90/5
天子以四立及季夏之節		○顓頊之世舉以爲土正		少○即位	15.1/90/6
迎五○于郊	13.1/69/15		15.1/85/24	惠○崩	15.1/90/6
皆○者之大業	13.1/69/16	○顓頊之世舉以爲田正		少○弘立	15.1/90/6
孝元皇○策書曰	13.1/69/18		15.1/85/26	哀○崩	15.1/90/7
是故先○雖有聖明之資		○顓頊有三子	15.1/86/8	平○幼	15.1/90/7
	13.1/69/24	五○臘祖之別名	15.1/86/19	和○崩	15.1/90/7
章○集學士于白虎	13.1/70/16	青○以未臘卯祖	15.1/86/19	殤○崩	15.1/90/7
先○舊典未嘗有此	13.1/70/21	赤○以（戌）〔戌〕臘		安○幼	15.1/90/7
臣聞孝文皇○制喪服三		午祖	15.1/86/19	沖○、質○、桓○皆幼	15.1/90/8
十六日	13.1/70/24	白○以丑臘卯祖	15.1/86/19	桓○崩	15.1/90/8, 15.1/92/7
孝武皇○始改正朔	13.2/71/4	黑○以辰臘子祖	15.1/86/20	少○西面	15.1/90/9
孝章皇○改從四分	13.2/71/4	黃○以辰臘未祖	15.1/86/20	一詣少○	15.1/90/10
黃○、顓頊、夏、殷、		若皇皇天上○也	15.1/87/4	文○、弟雖在三	15.1/90/13
周、魯凡六家	13.2/71/5	春夏祈穀于上○之所歌		文○即高祖子	15.1/90/13
黃○始用太初丁丑之元	13.2/71/7	也	15.1/87/25	于惠○、兄弟也	15.1/90/13
若黃○有巾几之法	13.4/73/1	武○會曰太守	15.1/88/18	故不爲惠○後而爲（弟）	
敘五○之休德	14.8/76/20	避武○諱改曰通侯	15.1/88/22	〔第〕二	15.1/90/13
漢天子正號曰「皇○」	15.1/79/9	五○三代樂之別名	15.1/89/3	宜○弟次昭○	15.1/90/14
皇○、皇、王后、○皆		黃○曰《雲門》	15.1/89/3	于昭○爲兄	15.1/90/14
君也	15.1/79/14	○嚳曰《五英》	15.1/89/3	于成○爲兄弟	15.1/90/15
堯、舜稱○	15.1/79/14	○出乎震	15.1/89/17	爲于哀○爲諸父	15.1/90/15
功包五○	15.1/79/15	黃○以土德繼之	15.1/89/18	于平○爲父祖	15.1/90/16
皇○、至尊之稱	15.1/79/30	故黃○殁	15.1/89/19	上至元○于光武爲父	15.1/90/16
○者、諦也	15.1/79/30	○嚳氏以木德繼之	15.1/89/20	故上繼元○而爲九世	15.1/90/16
故稱皇○	15.1/79/31	故○嚳氏殁	15.1/89/20	高○以下	15.1/90/24
皋陶與○舜言曰「朕言		○堯氏以火德繼之	15.1/89/20	每○各別立廟	15.1/90/24
惠可底行」	15.1/80/1	故○舜氏以土德繼之	15.1/89/21	元○時	15.1/90/25
當言○則依違但言上	15.1/80/9	炎○爲神農氏	15.1/89/24	毀先○親盡之廟	15.1/90/26
先○故事	15.1/81/1	黃○爲軒轅氏	15.1/89/24	高○爲太祖	15.1/90/26

乃合高祖以下至平○爲
　一廟　　　　　15.1/90/28
藏十一○主于其中　15.1/90/28
元○于光武爲禰　15.1/90/28
唯殤、沖、質三少○　15.1/91/4
凡與先○先后有瓜葛者　15.1/91/8
陛西除下先○神座　15.1/91/9
欲皆使先○魂神具聞之
　　　　　　　　15.1/91/10
高○、文○、武○、宣
　○、元○也　　15.1/91/12
高○爲高祖　　15.1/91/12
文○爲太宗　　15.1/91/12
武○爲世宗　　15.1/91/13
宣○爲中宗　　15.1/91/13
屬弟于元○爲子　15.1/91/13
以元○爲禰廟　15.1/91/14
光武、明○、章○、和
　○、安○、順○、桓
　○也　　　　15.1/91/16
明○爲顯宗　　15.1/91/16
章○爲肅宗　　15.1/91/17
和○爲穆宗　　15.1/91/17
安○爲恭宗　　15.1/91/17
順○爲敬宗　　15.1/91/17
桓○爲威宗　　15.1/91/17
少○未踰年而崩　15.1/91/18
殤○康陵、沖○懷陵、
　質○靜陵是也　15.1/91/18
章○宋貴人曰敬隱后　15.1/91/19
安○祖母也　　15.1/91/19
清河孝德皇后、安○母
　也　　　　　15.1/91/19
章○梁貴人曰恭懷后　15.1/91/20
和○母也　　　15.1/91/20
安○張貴人曰恭愍后　15.1/91/20
順○母也　　　15.1/91/21
兩廟十二主、三少○、
　三后　　　　15.1/91/23
則西廟惠○、景、昭皆
　別祠　　　　15.1/91/25
成、哀、平三○以非光
　武所後　　　15.1/91/25
順○母故云姓李　15.1/91/27
不言○　　　　15.1/91/27
孝宣繼孝昭○　15.1/91/28
宣○但起園陵長承奉守　15.1/92/1

至殤○崩　　　15.1/92/3
安○以和○兄子從清河
　王子即尊號　15.1/92/3
依高○尊父爲太上皇之
　義　　　　　15.1/92/4
順○崩　　　　15.1/92/4
沖○無子弟　　15.1/92/4
是爲質○　　　15.1/92/5
○偪于順烈梁后父大將
　軍梁冀未得尊其父而
　崩　　　　　15.1/92/5
桓○以蠡吾侯子即尊位　15.1/92/6
而漢天子自以皇○爲稱
　　　　　　　　15.1/92/15
後避武○諱改曰通侯　15.1/92/17
皇○爲君興　　15.1/92/25
皇○坐　　　　15.1/92/25
先○時　　　　15.1/93/8
俗人名之曰五○車　15.1/93/15
漢興至孝明○永平二年
　　　　　　　　15.1/94/15
孝武○幸館陶公主家　15.1/95/5
董仲舒、武○時人　15.1/95/6
元○額有壯髮　15.1/95/7
○諡　　　　　15.1/96/24

第 dì　　　　20

舉高（弟）〔○〕　1.1/1/22
　　　　　　　3.1/15/18
又以高（弟）〔○〕補
　侍御史　　　1.1/1/25
舉高（弟）〔○〕侍御
　史　　　　　1.6/4/17
再拜博士高（弟）〔○〕
　　　　　　　1.8/6/27
辟司空舉高（弟）〔○〕
　　　　　　　3.3/17/12
策賜就（弟）〔○〕　4.1/22/18
疾病就（弟）〔○〕　4.1/22/22
致位就（弟）〔○〕　4.2/23/18
季以高（弟）〔○〕爲
　侍御史諫議大夫侍中
　虎賁中郎將陳留太守　4.6/27/2
後以大將軍高（弟）
　〔○〕　　　5.4/31/4
上臣高（弟）〔○〕　9.2/47/18

孝元皇帝世在（弟）
　〔○〕八　　9.6/49/18
光武皇帝世在（弟）
　〔○〕九　　9.6/49/18
而《月令》（弟）〔○〕
　五十三　　　10.1/54/1
淮南王安亦取以爲（弟）
　〔○〕四篇　10.1/54/7
于盛化門差次錄（弟）
　〔○〕　　　13.1/70/14
課在下（弟）〔○〕　13.2/71/8
故不爲惠帝後而爲（弟）
　〔○〕二　　15.1/90/13
車駕次（弟）〔○〕謂
　之鹵簿　　　15.1/93/6

棣 dì　　　　1

有棠○之華、萼韡之度　2.6/12/25

禘 dì　　　　7

魯○祀周公于太廟明堂　10.1/52/9
王齊○于清廟明堂也　10.1/52/10
命魯公世世○祀周公于
　太廟　　　　10.1/52/13
既○祖于西都　12.11/65/16
○太祖之所歌也　15.1/88/3
猶古之○祫也　15.1/90/27
漢家不言○祫　15.1/91/25

諦 dì　　　　2

帝者、○也　　15.1/79/30
事天審○　　　15.1/79/30

甋 dì　　　　1

寶其甋○　　　12.28/68/18

顛 diān　　　10

若不虔恪輒○踣　1.10/8/7
從命而○覆者　2.5/12/4
景命○墜　　　5.5/32/7
屬以○沛　　　7.4/42/16
至于宰府孝廉○倒　7.4/42/22

懼○蹶隕墜	10.2/54/20	兄弟○郡	7.4/41/23	釋○于先老	10.1/52/26
（輒）〔謹〕先○踏	11.2/58/7	（哉）〔裁〕取○計教		〔反〕釋○于學	10.1/53/6
有務世公子誨于華○胡		者一人綴之	7.4/42/2		
老曰	11.8/61/4	非○衡之道	7.4/42/16	**殿 diàn**	23
榮顯未副從而○踏	11.8/62/5	上違明王舊○	7.4/42/22		
鸞鳳翔其○	14.12/77/12	上稽○訓之正	8.1/44/29	延公入崇德○前	1.4/3/21
		家無○學者	8.2/45/9	開宮後○居之	5.1/28/16
典 diǎn	62	經○交至	8.4/46/11	引入崇德○署門內	7.4/39/1
		以舊○入錄機密事	9.2/47/24	有黑氣墮溫德○東庭中	7.4/39/10
五○攸通	1.1/1/6	以遵先○	9.6/49/23	至昭于宮○	7.4/39/13
○五郡	1.1/1/10	爲無窮之○常	9.6/49/24	有白衣入德陽○門	7.4/39/22
文以○術	1.1/1/18	言稽○謨	9.7/49/30	辭稱伯夏教我上○	7.4/39/25
主者以舊○宜先請	1.1/2/2	備數○城 9.9/50/21，11.2/57/17		入北司馬○東門	7.4/39/25
○章以定	1.6/5/3	《堯》曰	10.1/53/25	上○入室	7.4/39/25
益州府君貫綜○術	1.7/5/12	乃命太史守○奉法	10.1/53/26	招前○署王業等曰	7.4/39/25
兼包六○	1.7/6/2	經○傳記無刻木代牲之		而稱伯夏教入○裏	7.4/40/1
彌綸○術	1.9/7/18	說	10.2/55/17	未至○省而覺	7.4/40/2
祀○所宗	2.2/10/5	及經○群書所宜捃摭	11.2/58/9	人懷○屎之聲	8.1/44/9
豫州刺史○	2.4/11/12	罩思○籍	11.8/61/7	御輦在○	8.1/44/23
《三墳》、《五○》、		方將騁馳乎○籍之崇塗		器非○邦佐君之才	9.10/51/14
《八索》、《九丘》	2.6/12/27		11.8/62/13	且晏嬰辭邶○之邑	9.10/51/18
使諸儒參案○禮	2.7/14/1	實先祀○	13.1/69/7	差其○最	13.1/70/7
游心○謨	2.8/14/12	復申先○	13.1/69/19	及群臣士庶相與言曰○	
按○考讁	2.8/14/24	以虧大○	13.1/69/20	下、閣下、〔足下〕	
處士有園○	2.9/14/29	宜如故○	13.1/69/22	、〔侍者〕、執事之	
訪○刑	3.1/16/4	職○理人	13.1/70/19	屬皆此類也	15.1/80/7
陳遵、桓○、蘭臺令史		先帝舊○未嘗有此	13.1/70/21	后攝政則后臨前○朝群	
十人	3.2/16/9	園令食監○省其親陵所		臣	15.1/90/9
包羅五○	3.2/17/1	宮人	15.1/91/6	故今陵上稱寢○	15.1/90/23
文以○籍	3.3/17/11	治○不敷曰祈	15.1/97/4	三公奉璧上○	15.1/92/25
兼通五○	3.4/18/3			引上○	15.1/95/6
稽諸○則	3.4/18/11	**點 diǎn**	2	司馬○門大護衛士服之	
敷○誥之精旨	3.5/18/26				15.1/96/16
包洞○籍	3.6/19/23	羨除○而永堋	4.7/28/7		
定此○文	3.6/20/9	纖波濃○	11.7/60/24	**電 diàn**	1
于是古○舊籍必集州閭	3.7/21/14				
上論《三墳》、《八索》		**甸 diàn**	1	○駭風馳	11.8/61/18
之○	3.7/21/16				
通識國○	4.1/22/13	致畿○于供御	7.4/40/22	**墊 diàn**	2
○司三禮	4.2/23/20				
五○克從	4.2/24/5	**阽 diàn**	1	川有○下	6.1/32/17
或○百里	4.5/26/3			故自昏○以迄康乂	8.1/44/20
追稽先○	4.5/26/20	○以深患	1.7/6/2		
女師四○	4.7/27/18			**凋 diāo**	2
偪于國○	4.7/27/23	**奠 diàn**	3		
逼王職于憲○兮	4.7/28/5			○殞華英	6.3/34/2
言合○式	6.2/33/11	○禮不虧	6.6/35/26	望嚴霜而○零	6.4/34/14

彫 diāo	1	**迭 dié**	3	六十九歲	13.2/71/16
				正月上〇祠南郊	15.1/91/10
彌霜雪而不〇兮	14.16/78/8	不定〇毀	9.6/49/9		
		得失更〇	13.2/71/3	**鼎 dǐng**	24
貂 diāo	4	又未定〇毀之禮	15.1/90/25		
				文德銘于三〇	1.1/1/13
銀艾〇蟬	4.5/26/3	**疊 dié**	2	〇于誠	1.2/3/6,1.2/3/7
侍中常侍侍加〇蟬	15.1/94/27			肆其孤用作茲寶〇	1.8/7/7
坿〇蟬鼠尾飾之	15.1/95/23	耆〇老成	4.1/22/25	備器鑄〇	1.9/7/16
始施〇蟬之飾	15.1/95/23	登壽耄〇	4.5/26/19	衛〇晉銘	2.4/11/13
				懿鍾〇之碩義	2.4/11/19
雕 diāo	7	**絰 dié**	1	〇俎之禮	2.8/14/19
				任〇重	3.1/15/21
文繁〇龍	1.1/1/5	乃相與衰〇	5.5/32/2	五登〇鉉	3.2/17/1
器不〇鏤	3.1/15/26			于〇斯寧	3.3/17/23
路車〇駟	4.1/23/4	**牒 dié**	1	〇臣元輔	4.1/22/24
不宜復聽納小吏、〇琢				九〇之義	4.5/26/2
大臣	7.4/42/16	與共參思圖〇	11.2/58/2	銘勒顯于鐘〇	5.2/29/21
〇鏤不爲	8.1/44/12			應〇之足	5.2/30/1
遂〇琢而成器	14.9/76/29	**蹀 dié**	2	函牛之〇以烹雞	8.4/46/15
〇華逞麗	14.13/77/21			怪此寶〇未受犧牛大羹	
		盤跚蹤〇	14.5/75/25	之和	8.4/46/16
弔 diāo	16	轅馬〇足以哀鳴	14.11/77/7	取郜大〇于宋	10.1/52/6
				故伊摯有負〇之衒	11.8/61/6
朝廷所〔以〕〇贈	1.1/1/12	**疊 dié**	1	作者〇沸	13.1/70/13
昊天不〇	1.9/7/20,3.7/21/19			晃〇有丕顯之銘	13.4/73/2
	5.5/32/7,6.6/35/20	前後重〇	9.3/48/11	獲寶〇于美陽	13.4/73/4
	12.18/66/31			皆銘乎〇	13.4/73/8
大將軍三公使御屬往〇		**丁 dīng**	16	鐘〇、禮樂之器	13.4/73/9
祠	2.2/10/1				
大將軍〇祠	2.3/10/26	維建寧三年秋八月〇丑	1.2/3/3	**定 dìng**	44
刺史敬〇	2.3/11/2	越若來二月〇丑	1.2/3/7		
中謁者董謌〇祠護喪	4.1/22/27	維建寧四年三月〇丑	1.3/3/12	揮鞭而〇西域之事	1.1/2/1
天子使中常侍謁者李納		維光和元年冬十二月〇		而車師克〇	1.5/4/2
〇	4.5/26/15	巳	1.4/3/21	典章以〇	1.6/5/3
詔使〔謁〕者王謙〔〇〕		粵四月〇巳	1.9/7/12	始與諸儒考禮〇議	1.7/5/12
	5.4/31/10	允〇其正	2.5/12/15	遂〇兆域	2.2/10/7
赴〇雲集	5.4/31/11	四月〇卯	4.1/22/28	有名物〇事之能	2.6/12/28
凡百赴〇	6.6/35/10	今月〇丑	9.3/48/5	既〇而後罷焉	2.8/14/20
忍〇遺孤	6.6/35/22	于是乃以三月〇亥來自		〇此典文	3.6/20/9
〇紀信于滎陽	11.3/58/26	雒	9.4/48/23	改〇五經章句	3.7/21/13
		越三月〇巳至于長安	9.4/48/24	以〇策元功	4.1/22/22
跌 dié	1	〇期中興	9.7/49/29	用首謀〇策	4.2/23/18
		若乃〇千載之運	11.8/62/14	朝夕〇省	4.2/23/25
而忽蹉〇之敗者已	11.8/61/14	元用〇丑	13.2/71/4	然後卜〇宅兆	4.5/26/14
		黃帝始用太初〇丑之元	13.2/71/7	欽明〇省	4.6/27/5
		竟己酉、戊子及〇卯郜		禍亂克〇	5.1/29/2

克○天下	5.3/30/12	○水王	10.2/56/24	○日青陽	10.1/51/28
懿等追想○省	6.5/35/1	○日栗栗	12.29/68/24	天子旦入○學	10.1/52/16
○省何望	6.6/35/26	及○至日所在	13.2/71/22	帝入○學	10.1/52/17
踰月不○	7.2/36/21	○至之日	13.2/71/26	日出居○門	10.1/52/20
春秋魯○、哀公之時	7.4/41/19	于季○之狡兔	14.8/76/18	門、○南稱門	10.1/52/22
○策屈勝	8.4/46/4	秋○潛處	14.15/78/3	然則師氏居○門、南門	
守持內○	8.4/46/11	○薦稻雁	15.1/84/14		10.1/52/23
○嫌審之分	8.4/46/11	○爲太陰	15.1/85/9	適○序	10.1/52/26
不○迭毀	9.6/49/9	○扈氏農正、趣民蓋藏	15.1/86/4	由○方歲始也	10.1/52/26
議猶不○	9.6/49/11	秊嘗秋○之所歌也	15.1/88/1	皆習于○序	10.1/52/27
所共刜○	9.6/49/17	季○薦魚、春獻鮪之所		皆小樂正詔之于○序	10.1/52/27
自天地○位	10.1/53/22	歌也	15.1/88/2	大司成論說在○序	10.1/52/28
遂○曆數	10.2/54/22	○至陽氣始〔動〕	15.1/92/27	然則詔學皆在○序	10.1/52/28
○之方中	10.2/55/28	○至陽氣起	15.1/93/2	○序、○之堂也	10.1/52/28
○、營室也	10.2/55/29			太學、明堂之○序也	10.1/53/3
臣欲刪○者一	11.2/58/8			自西自○	10.1/53/11
追劉○之攸儀兮	11.3/59/3	**東 dōng**	**69**	受詔詣○觀著作	11.2/57/18
○不拔之功	11.8/61/12			願下○觀	11.2/58/11
武功○而干戈戢	11.8/61/28	考○萊太守	1.1/1/17	思逶迤以○運	11.3/59/13
武王○禍亂	12.12/65/21	淫衍○夷	1.5/3/28	感○方《客難》	11.8/61/3
宜追○八使	13.1/70/6	百固冰散于○鄰	1.5/4/7	○方要幸于談優	11.8/62/20
染玄墨以○色	14.8/76/19	陳之○階	1.5/4/8	盛興服而○巡	12.10/65/12
以勞○國則祀	15.1/87/1	○萊太守之元子也	1.6/4/13	○作是營	12.14/66/9
奏大武周武所○一代之		登于○觀	1.8/6/28	○督京輦	12.17/66/25
樂之所歌也	15.1/88/4	相國○萊王章字伯義	1.10/8/10	○郡有盜人妻者	13.1/70/27
王者必作四夷之樂以○		弘農楊公、○海陳公	2.3/10/23	引漾灄而○征	14.1/74/23
天下之歡心	15.1/89/14	遂登○嶽	2.8/14/15	切大別之○山兮	14.1/74/24
又未○迭毀之禮	15.1/90/25	○綏淄沂	3.7/20/21	別鶴○翔	14.12/77/16
詔有司采《尚書・皋陶		委以○南	3.7/21/7	常以春分朝日于○門之	
篇》及《周官》《禮		賜○園祕器	4.1/22/27	外	15.1/82/23
記》○而制焉	15.1/94/15	雒陽○界關亭之阿	4.5/26/15	○日左	15.1/83/30
克○禍亂曰武	15.1/96/26	伯父○郡太守	5.2/29/9	在廟門外之○	15.1/85/11
大慮慈民曰○	15.1/96/28	曾不○邁	5.5/32/9	先（帝）〔席〕于門奧	
		陽陵縣○	6.1/32/19	西○	15.1/85/11
冬 dōng	**23**	迎氣○郊	7.1/36/5	○方之神	15.1/85/15
		武帝患○越數反	7.2/36/26	○北有鬼門	15.1/86/13
維光和元年○十二月丁		○并朝鮮	7.3/37/18	○方曰鮽	15.1/89/15
巳	1.4/3/21	關○紛然	7.3/37/20	后○面	15.1/90/9
一○春足以埽滅	7.3/37/9	今關○大困	7.3/38/17	○廟七主	15.1/91/16
蝗蟲○出	7.4/40/31	從○省出就都座○面	7.4/39/2	故高廟四時祠于○廟	15.1/91/26
秋○學羽籥	10.1/52/27	有黑氣墮溫德殿○庭中	7.4/39/10	○方受青	15.1/92/10
中○《令》曰	10.2/55/20	入北司馬殿○門	7.4/39/25		
○行太陰	10.2/56/6	○觀閱學	8.1/44/15	**董 dǒng**	**8**
故○春難以助陽	10.2/56/6	盜發○嶽	8.3/45/24		
孟夏反令『行○令	10.2/56/11	太尉鄧侯卓起自○土封		矯枉○直	1.8/6/27
季○反令『行春令	10.2/56/13	畿之外	9.1/47/5	爰○武事	3.5/18/25
○食黍豕之屬	10.2/56/17	關○吏民敢行稱亂	9.4/48/21	中謁者○弔祠護喪	4.1/22/27
		著作○觀	9.9/50/21		

○以嚴剛	6.6/35/17
○父受氏于豢龍	11.8/62/19
母○夫人曰孝仁后	15.1/92/8
召見○偃	15.1/95/5
○仲舒、武帝時人	15.1/95/6

洞 dòng　　5

○靈神明	2.5/12/13
包○典籍	3.6/19/23
兼○墳籍	12.5/64/4
澹若○泉	12.19/67/5
瞰○庭之交會	14.1/74/28

凍 dòng　　1

人徒○餓	11.3/58/18

動 dòng　　36

公不爲之○	1.1/1/20
不○干戈	1.1/2/1
邊毅不得妄○	1.1/2/3
至操○信	2.6/12/26
言行舉○	2.7/13/19
○則察其變	2.8/14/12
不○其守	2.8/14/17
○遵禮度	3.1/15/25
○則不違則度	3.2/16/14
四時順○	3.3/17/16
○而不躁	4.3/24/14
〔明略〕兼○	5.2/29/11
土膏恆○	5.3/30/10
○中規矩	6.2/33/11
而欲以○	7.3/37/22
又議○兵	7.3/38/17
屯守衝要以堅牢不○爲	
務	7.3/38/20
○作之容	7.4/40/17
頻歲月蝕地○	7.4/40/20
西戎蠢○武威	8.1/44/9
非禮勿○	8.4/46/11
田千秋有神明感○	9.2/47/22
○蹈規矩	9.7/49/30
言王者○作法天地	10.1/53/4
融風○而魚上冰	11.8/61/23
○自聖心	12.10/65/8

猶忌慎○作	12.24/67/28
則當靜反○	13.1/69/10
○若翡翠奮其羽	14.4/75/18
○揚朱脣	14.5/75/25
韻宮商兮○徵羽	14.12/77/13
或風飄波○	14.13/77/22
○角揚徵	14.15/78/3
○搖揚縹青	14.19/78/25
冬至陽氣始〔○〕	15.1/92/27
鼓以○眾	15.1/93/3

棟 dòng　　4

不起○宇	1.9/7/15
在○伊隆	3.3/17/23
崇○高門	3.7/20/24
國之楹○	9.1/47/1

斗 dǒu　　4

蜺者、○之精氣也	7.4/39/14
日在○二十二度	13.2/71/27
仰察○機	14.5/76/3
大如○	15.1/93/23

豆 dòu　　2

設俎○	3.7/21/11
食則比○	13.10/74/7

竇 dòu　　2

漢有衛霍闞顏瀚海○憲	
燕然之事	7.3/37/13
桓思○后攝政	15.1/90/9

都 dū　　31

○慎厥身脩思永	1.3/3/14
仲舒之相江○	3.6/20/4
交阯○尉之元子也	4.1/22/10
官至交阯○尉	4.2/23/10
遷于舊○	4.2/23/21
○尉君娶于故豫州刺史	4.5/25/25
自○尉仕于京師	4.5/26/3
詔封○亭侯、太僕、太	
常、司空	5.3/30/14

交阯○尉之孫	5.4/30/24
	5.5/31/22
南辟幃中爲○座	7.4/39/1
從東省出就○座東面	7.4/39/2
洪○篇賦之文	7.4/42/18
○于長安	9.4/48/19
遷○洛陽	9.4/48/20
遷○舊京	9.4/48/23
宜此舊○	9.5/49/3
今者聖朝遷○	9.9/51/7
息鞏○而後逝	11.3/59/9
詠○人而思歸	11.3/59/19
歷觀群○	11.3/59/20
既禘祖于西○	12.11/65/16
北集京○	14.1/74/26
○冶嫵媚	14.5/75/25
亦依違尊者所○	15.1/80/17
天子所○曰京師	15.1/82/16
世祖○（河）〔洛〕陽	
	15.1/88/19
居西○時	15.1/90/24
○洛陽	15.1/90/28
祖鉅鹿○尉曰皇祖	15.1/92/2
公卿以下陳洛陽○亭前	
街上	15.1/92/22

督 dū　　6

（篤㮚）〔謂○〕不忘	1.9/7/19
并○交揚二州	3.7/21/7
○齊禁旅	3.7/22/1
東○京肇	12.17/66/25
夫司隸校尉、諸州刺史	
所以○察姦枉、分別	
白黑者也	13.1/70/1
侍中、中常侍、侍御史	
、主者郎令史皆執注	
以○整諸軍車騎	15.1/93/11

毒 dú　　2

創○深刻	1.1/2/16
被其傷○	9.1/47/3

獨 dú　　30

○念運際存亡之要	1.8/6/25

○見先睹之效	2.6/12/28	韞○六經	11.8/61/8	疾○不得顧親	4.7/27/23
故能○見前識	2.8/14/13			○生聖皇	5.1/29/1
○秉其經	2.9/15/8	**牘 dú**	1	庶○其祉	5.4/31/17
○何棄乎穹蒼	4.6/27/8			○垂餘慶	6.2/33/17
○有以色見進	7.4/39/16	追尊父解○侯曰孝仁皇	15.1/92/7	○友兄弟	6.3/33/24
雖房○治畏慎	7.4/41/24			陛下仁○之心	7.5/43/26
不○得之于迫沒之三公		**讀 dú**	4	○繼國之祚	8.1/44/26
也	7.4/42/14			謂○不忘	12.9/65/1
○用之何	10.2/55/6	中○符策誥戒之詔	9.9/50/31	世○其仁	12.12/65/25
○安所取之	10.2/56/5	予幼○《記》	10.2/54/13		
○不難取之于是也	10.2/56/7	長跪○素書	11.5/60/5	**覩 dǔ**	5
城郭爲○自壞	10.2/56/13	臣伏○聖旨	13.1/69/5		
說所食○不以五行	10.2/56/18			○物知名	6.4/34/12
子○曰五叟	10.2/56/29	**堵 dǔ**	1	○文感義	6.5/34/20
不可○議	11.2/58/1			離妻不能○其隙間	11.6/60/15
翩翩○征	11.3/59/21	謂士庶人數○之室	13.1/69/21	豈體大之難○	11.7/60/26
夫○未之思邪	11.8/61/13			若公子所謂○曖昧之利	
眇翩翩而○征	11.8/62/24	**睹 dǔ**	10		11.8/61/13
○遭斯勤	12.29/68/23				
郎中張文前○盡狂言	13.1/69/30	○義斯居	1.1/1/18	**杜 dù**	5
○所興搆	13.2/71/29	可○于斯矣	2.5/12/11		
而○稷焉	13.3/72/24	獨見先○之效	2.6/12/28	乃托疾○門靜居	2.5/12/7
愛○結而未并	14.3/75/13	猶發憤于目所不○	2.8/14/14	以○漸防萌	7.4/40/29
○潛類乎大陰	14.17/78/16	聞道○異	2.9/15/7	群臣○口	7.5/43/20
天子○以爲稱	15.1/80/2	聞一○十	4.1/22/12	右衛尉○衍在朝堂而稱	
然則秦以來天子○以印		○皋陶之闒闒	4.3/24/15	不在	9.8/50/9
稱璽	15.1/80/26	進○墳塋	4.3/25/6	晉、魏顆獲○回于輔氏	13.4/73/8
又○以玉	15.1/80/26	目冥冥而無○兮	14.6/76/8		
若臺閣有所正處而○執		○鴻梧于幽阻	14.9/76/27	**度 dù**	57
異意者曰駮議	15.1/82/7				
天子○拜于屏	15.1/82/29	**篤 dǔ**	24	容○禮則	1.1/1/13, 2.2/10/4
故今○以爲正月、十月				徵○遼將軍	1.1/2/13
朔朝也	15.1/92/27	以疾○稱	1.6/4/21	徵拜○遼將軍	1.5/4/2
		世○爾行	1.8/7/5	即徵拜○遼將軍	1.6/4/20
瀆 dú	7	（○柴）〔謂督〕不忘	1.9/7/19	爰將○遼	1.6/5/1
		降茲（殘）〔○〕殃	1.9/7/20	勤恤○事	1.7/5/21
愛不○下	2.3/10/19	昭○孝	1.10/8/16	姿○廣大	2.1/8/27
稟岳○之精	2.3/10/27	仁○柔惠	2.1/8/27	容止法○	2.2/9/29
通霤○	6.1/32/27	世○懿德	2.2/9/15	進退可○	2.3/10/17, 3.6/20/2
并內阬（陷）〔○〕	7.5/43/25	尤○《易》《尙書》	2.7/13/17	應期作○	2.5/12/16
明不敢泄○之義	10.1/53/21	○信交友	2.8/14/18	有棠棣之華、萼韡之○	2.6/12/25
不敢渫○言尊號	15.1/80/9	世○儒教	3.1/15/16	天授懿○	2.7/14/3
不敢渫○言之	15.1/80/12	帝○先業	3.3/17/13	動遵禮○	3.1/15/25
		○生柔嘉	3.3/17/22	動則不違則○	3.2/16/14
櫝 dú	2	○志好學	3.7/21/11	昔叔○文王之昭	3.6/19/20
		○受介祉	4.2/23/29	○蹕雲蹤	3.6/19/26
韞○美玉	2.8/14/21	遭太夫人憂○	4.6/27/3	瑰瑋大○	3.7/20/14

○不可革	4.1/22/16	**渡 dù**	1	待以訪○	1.6/4/16
釐改○量	4.2/23/23			○剛若讎	1.9/7/18
乃俾元孫顯咎○群儒	4.5/26/9	三豕○河之類也	10.2/55/17	而可使○無盜竊	7.3/38/6
○茲洛濱	4.5/26/20			○變御	7.4/40/17
範我軌○	4.7/28/2	**端 duān**	14	遐方○篋	8.1/44/12
稽○乾則	5.1/29/1			國土或有○絕	8.1/44/17
還邊○遼將軍	5.2/29/13	歷○首則義可行	1.6/4/16	斂鬐頭兮○柯斧	11.4/59/30
揣○計慮	6.1/32/25	反于○懿者	2.2/9/24	養不○之慮者	13.1/70/5
納之軌○	6.6/35/17	罔不尋其○源	3.4/18/4	可皆○絕	13.1/70/22
用○饒衍	7.3/37/18	機巧萬○	3.7/20/25	而以折獄○大刑	13.2/71/27
○塞出攻	7.3/38/10	法當君臣出○	7.4/40/26	○交者貞而孤	13.3/72/26
（失）〔天〕○投蜺見	7.4/39/14	尋○極緒	8.4/46/8		
○越平原	8.1/44/10	遂由○右	11.2/57/19	**兌 duì**	1
而節之以禮○	8.4/46/10	凝垂下○	11.6/60/13		
以明制○	10.1/52/1	利○始萌	11.8/61/20	《艮》《○》感其腜胏	14.2/75/4
夫德**儉而有○	10.1/52/8	○委縟綎	11.8/61/27		
頒○量而天下大服	10.1/52/12	尋○見緒	11.8/62/10	**隊 duì**	1
其制○之數	10.1/53/13	形調博以直○	14.8/76/19		
日月俱起于天廟營室五		繫白玉珠于其○	15.1/94/17	破前○之眾	5.1/28/19
○	10.1/53/24	衣玄○	15.1/95/1		
同律○量衡	10.1/53/28			**對 duì**	19
日夜分則同○量	10.1/53/28	**短 duǎn**	16		
天文曆數事物制○	10.2/54/21			當以事○	1.1/1/21
至及國家律令制○	10.2/54/22	仍世○祚	4.4/25/16	以○揚天子丕顯休命	1.2/3/5
宜以當時所施行○密近		哀平○祚	5.1/28/18	用○揚天子	3.5/19/7
者	10.2/55/2	降此○齡	6.4/34/13	是○是揚	4.4/25/18
尋繹○數	11.2/58/2	淺○之書	7.4/42/13	具○	7.1/36/6
體象有○	11.7/60/21	道長日○	10.2/54/23	死罪○	7.1/36/8
公言非法○	12.2/63/8	侏儒○人	11.4/59/25	○相部主	7.2/36/25
○終始而後交	12.6/64/12	觀○人兮形若斯	11.4/59/29	給財用筆硯爲○	7.4/39/5
足令海內測○朝政	13.1/70/6	視○人兮形若斯	11.4/59/30	○	7.4/39/11
考之行○	13.2/71/9	視○人兮形如許	11.4/59/31	臣敢不盡情以○	7.4/41/21
《元命苞》、《乾鑿○》		長翅○身	11.6/60/11	手書具○	7.4/43/4
皆以爲開闢至獲麟二		脩○相副	11.7/60/23	宜以臣○	7.5/43/14
百七十六萬歲	13.2/71/15	○者半之	15.1/81/7	陛下不念忠言密○	7.5/43/18
則上違《乾鑿○》、		其次一長一○	15.1/81/8	臣○問時	7.5/43/24
《元命苞》	13.2/71/19	冠惠文者宜○耳	15.1/95/9	應○甚詳	8.2/45/8
而光晃曆以《考靈曜》		恭人○折曰哀	15.1/97/2	○越省闥	9.9/50/24
二十八宿○數	13.2/71/22	○折不成曰殤	15.1/97/4	陸則○坐	13.10/74/7
更造望儀以追天○	13.2/71/24			○修條而特處	14.9/76/27
日在斗二十二○	13.2/71/27	**段 duàn**	1	爲位相○向	15.1/86/22
制書、帝者制○之命也					
	15.1/81/12	昔○潁良將	7.3/37/25	**懟 duì**	1
儋牙虎神荼、鬱壘二神					
海中有○朔之山	15.1/86/12	**斷 duàn**	12	忿不怨○	6.4/34/12
貞心大○曰匡	15.1/96/27				
		剖○不疑	1.1/2/4		

敦 dūn 14

○茲五服 1.6/5/2
《詩》《書》是○ 2.1/9/7
教○不肅 2.3/10/18
○睦九族 2.8/14/18
屬扶風魯宙、潁川○歷等 4.3/24/13
○以忠肅 4.3/24/21
○《詩》《書》而悅禮樂 5.2/29/10
○（厚）〔率〕忠恕 5.4/31/14
○不百己 5.4/31/17
○此婉順 6.6/35/13
○耄純厚 7.4/42/9
○辭託說 10.2/54/21
重賢良方正、○樸有道之選 13.1/69/25
其義○以正 13.3/72/9

鈍 dùn 1

人馬疲羸撓○ 1.5/4/3

遁 dùn 2

乃託死○去 2.7/13/16
自匈奴北○以來 7.3/37/23

頓 dùn 27

考南○君 5.1/28/15
臣邕○首死罪 7.2/36/16
7.4/41/17,9.3/48/5,9.3/48/13
9.8/50/12,9.9/50/26
臣邕○首 7.3/38/22
臣邕○首○首 7.4/39/8
8.3/45/30,9.2/47/20
9.6/49/25
○首再拜上書皇帝陛下 7.5/43/9
臣○首 8.2/45/15
臣邕等○首○首 9.1/47/12
臣尚書邕免冠○首死罪 9.3/48/3
○首敢固以請息 9.10/51/20
臣○首死罪 11.2/58/13
○首○首 15.1/82/3
朝臣曰稽首○首 15.1/82/11
世祖父南○君曰皇考 15.1/92/2

遯 dùn 2

○世無悶 2.5/12/16
覿衰世而○焉 2.8/14/9

多 duō 46

而爲之屈辱者○矣 1.1/1/22
車師後部阿羅○、卑君相與爭國 1.1/1/27
收阿羅○、卑君 1.1/1/28
阿羅○爲王 1.1/1/28
臨淄令賂之贓○ 1.1/2/6
若稱子則降等○矣 1.7/6/13
既○幽否 2.2/10/10
蓋亦○矣 2.5/12/4
世路○險 2.5/12/7
而性○檢括 2.7/13/25
博物○識 3.7/20/14
而探微知機者○ 3.7/21/14
聿懷○福 4.2/23/20,7.1/36/11
汎愛○容 4.3/24/16
爲大田○稔 6.1/32/17
○稼茂止 6.1/33/4
用懷○福 6.2/33/17
○才○藝 6.6/35/12
時朝廷大臣○以爲不便 7.3/37/11
○所指刺 7.5/43/18
衛○君子 8.3/45/20
○汁則淡而不可食 8.4/46/15
辭○受少 9.1/47/9
高皇帝使工祝承致○福無疆 9.5/49/3
政事○釁 9.6/49/14
辭繁○而曼衍 10.2/54/23
庶幾○識前言往行之流 10.2/54/24
子說《月令》○類以《周官》《左氏》 10.2/54/27
則胎夭○傷 10.2/56/13
民○蠱疾 10.2/56/13
哀衰周之○故兮 11.3/59/6
猶紛掌其○違 11.3/59/18
濟濟○士 11.8/61/27
○士時貢 12.9/65/2
殆刑誅繁○之所生也 13.1/69/6
則自褻○福 13.1/69/7
其效尤○ 13.1/70/2
○召拜議郎郎中 13.1/70/20
○得旋返 13.5/73/14
卓躒○姿 14.5/75/25
象類○喻 14.8/76/21
民之○幸 15.1/81/3
文○用編兩行 15.1/82/4
殘人○壘曰桀 15.1/96/24

奪 duó 4

臨大節而不可○之風 1.6/4/15
（疆）〔强〕禦不能○其守 2.5/12/8
莫之能○ 8.4/46/12
可以易○甘石、窮服諸術者 13.2/71/24

惰 duò 1

愎戾優順逸○ 4.3/24/17

墮 duò 3

有黑氣○溫德殿東庭中 7.4/39/10
出宮瓦自○ 7.4/41/7
宗廟○壞 9.4/48/20

阿 ē 11

山甫之不○ 1.1/1/20
車師後部○羅多、卑君相與爭國 1.1/1/27
收○羅多、卑君 1.1/1/28
○羅多爲王 1.1/1/28
罔肯○順 1.8/6/28
正于○保 3.6/20/1
雒陽東界關亭之○ 4.5/26/15
不○近戚 8.1/44/19
子奇不得紀治○之功 8.4/46/19
率陵○以登降兮 11.3/59/11
○傅御豎 14.2/75/7

痾 ē　2

託○遜位　1.6/4/21
遭茲虐○　5.4/31/16

俄 é　2

○而冠帶士咸以群黨見
　嫉時政　2.7/13/24
○而漢室大亂　3.7/20/17

峨 é　6

巍○其高　2.2/10/9
○○崇嶽　2.3/11/7
迫嵯○以乖邪兮　11.3/59/1
○○雝宮　12.4/63/30

蛾 é　1

皓齒○眉　14.5/75/23

額 é　1

元帝○有壯髮　15.1/95/7

厄 è　2

三元之○　8.1/44/8
六極之○　12.29/68/23

惡 è　24

討○如赴水火　1.1/2/6
凶人（人）○言當道　1.1/2/8
罪除○在　1.1/2/17
討○如霆擊　1.6/4/25
將以勸善彰○　1.7/5/9
去○除盜　1.8/7/2
黜○不畏彊禦　2.7/13/22
其○能立功立事　3.1/16/2
○乎可及　4.3/25/5
昭示好○　4.7/28/2
罪成○熟　5.1/28/19
○直醜正　5.2/29/13
○長吏虛僞　8.1/44/16
以爲但逐○而已　10.2/56/4

非臣罪○所當復蒙　11.2/57/22
稔禍塗之復○兮　11.3/58/27
則善戒○　11.3/59/21
兵事○之　13.1/69/12
○朋黨而絕交游者有之
　13.3/72/12
○則忠告善誨之　13.3/72/17
則邪○入之　13.11/74/13
賢者謂之○　13.11/74/14
　13.11/74/14
其○害之鬼　15.1/86/13

遏 è　3

式○寇虐　3.5/18/28
莫或○之　6.1/33/2
壅○不通曰幽　15.1/97/3

蘀 è　2

有棠棣之華、○蘀之度　2.6/12/25
○不蘀蘀　14.13/77/21

餓 è　2

且憂萬人饑○　7.3/38/16
人徒凍○　11.3/58/18

恩 ēn　27

以朝廷在藩國時鄰近舊
　○　1.1/2/15
○及嬰兒　2.6/12/26
受漢厚○　5.1/28/26
陳辭謝○　5.4/31/8
式昭績○　5.5/32/7
○澤竝周　6.5/35/2
（推）〔敷〕○中外　6.6/35/15
○亂則風　7.4/40/21
臣被蒙○渥　7.5/43/21
流○布澤　8.1/44/24
仁○溥大　9.6/49/13
蒙○徙還　9.9/50/21
愧負○寵　9.9/50/25
苟順○旨　9.9/50/31
陷○澤之科　9.9/51/8
臣邑被受陛下寵異大○

　11.2/57/17
沐浴○澤　11.2/57/19
兼受○寵　11.2/57/20
俊上書謝○　11.2/57/24
樹私○　12.2/63/10
○惠著于萬里　12.3/63/22
既加之○　13.1/70/15
受○之重　13.1/70/25
既無幸私之○　13.1/70/26
稱稽首上書謝○、陳事
　詣闕通者也　15.1/81/26
異姓婦女以○澤封者曰
　君　15.1/83/28
奉天王之○德　15.1/88/16

而 ér　519

剛○不虐　1.1/1/18
威○不猛　1.1/1/18, 4.3/24/14
當官○行　1.1/1/19, 3.1/15/25
○爲之屈辱者多矣　1.1/1/22
揮鞭○定西域之事　1.1/2/1
其子殺之○捕得　1.1/2/8
未到○章謗先入　1.1/2/13
託病○去　1.1/2/14
○升遷爲侍中　1.1/2/18
○車師克定　1.5/4/2
○經用省息　1.5/4/5
岐疑○超等　1.6/4/14
總角○逸群　1.6/4/14
有百折○不撓　1.6/4/15
臨大節○不可奪之風　1.6/4/15
處爪牙○威以布　1.6/4/17
直道○往　1.6/4/18
魂○有靈　1.6/5/4, 1.8/7/7
　4.6/27/4
秦以世言譐○黜其事　1.7/5/10
○猶有三焉　1.7/5/15
爲人謀○不忠乎　1.7/5/16
○忠行乎其中　1.7/5/18
議○不罪　1.7/5/23
○居無畜好　1.7/5/25
○無私積　1.7/5/27
○謚曰文子　1.7/5/27
于是遷○遂卒　1.7/5/30
惟「敏○好學、不恥下
　問」　1.7/6/1

○謚法亦曰宜矣	1.7/6/4	○性多檢括	2.7/13/25	三升○不出焉	4.3/24/18
○如同盟	1.7/6/8	觀衰世○遯焉	2.8/14/9	十年○無慇	4.3/24/19
雖無土○其位是也	1.7/6/12	退○講誨	2.8/14/15	匹虞龍○納言	4.3/24/20
使不得稱子○已	1.7/6/16	不可得○詳也	2.8/14/18	徽墨縈○靡係	4.3/24/22
所以啓前惑○覺後疑者	1.8/6/24	大會○葬之	2.8/14/19	鞭扑棄○無加	4.3/24/22
○貪婪之徒	1.8/7/1	既定○後寵焉	2.8/14/20	寬以爲福○已哉	4.3/24/23
無俾比○作惡	1.8/7/2	求○無繼	2.8/14/21	生太傅安樂鄉侯廣及卷	
不幸○卒	1.8/7/6	懼○永思	2.8/14/21	令康○卒	4.5/25/25
○銘載休功	1.8/7/7	徒加名位○已	2.9/15/3	夫遭時○制	4.5/26/11
荒○不嗣	1.10/8/1	恥已處○復出	2.9/15/4	茲事體通○義同	4.5/26/13
坿居者往聞○怪之	1.10/8/2	若有初○無終	2.9/15/4	亦割肝○絕腸	4.6/27/7
信○有徵	1.10/8/6	四方學者自遠○至	3.1/15/17	皇姑歾○終感	4.6/27/10
〔望〕形表○景坿	2.1/8/30	昔仲尼嘗垂三戒○公克		疾瘝瘝○日遘	4.6/27/10
聆嘉聲○響和者	2.1/8/30	焉	3.1/16/1	伏几筵○增悲	4.6/27/13
超天衢○高峙	2.1/9/3	○公處以恭遜	3.2/16/17	眇悠悠○不追	4.6/27/14
○德音猶存者	2.1/9/4	德大○心小	3.2/16/17	○國家方有滎陽寇賊	4.7/27/21
今其如何○闕斯禮	2.1/9/5	居高○志降	3.2/16/17	亦因悴○傷懷	4.7/27/24
○封諸太昊之墟	2.2/9/15	○公脫然以爲行首	3.2/16/18	陳衣衾○不省兮	4.7/28/5
投足○襲其軌	2.2/9/16	當事○行	3.2/16/18	合綆棺○不見	4.7/28/6
施舍○合其量	2.2/9/17	○皋陶不與焉	3.2/16/24	遷靈柩○同來	4.7/28/6
不割高○引長	2.2/9/21	要言約戒忠儉○已	3.2/16/26	神柩集○移兮	4.7/28/7
老○彌壯	2.2/9/29	不得已○應之	3.3/17/11	羨除點○永塴	4.7/28/7
剛○無虐	2.2/10/9	兼○有之	3.4/18/10	黃壚密○無間兮	4.7/28/8
柔○不撓	2.2/10/9	殞○不泯	3.4/18/18	○禮不忘其本	5.1/28/24
涅○不緇	2.2/10/10	○衆莫外	3.5/19/1	扶陽○飛	5.1/29/2
仁○愛人	2.3/10/16	命公作司徒○敬敷五教	3.5/19/2	敦《詩》《書》○悅禮	
見幾○作	2.3/10/19	○後即世	3.5/19/10	樂	5.2/29/10
飾巾待期○已	2.3/10/22	俄○漢室大亂	3.7/20/17	觀天文○察地理	5.2/29/10
遭疾○終	2.3/10/25	君遇險○建略	3.7/20/20	○共工子句龍爲后土	5.3/30/8
死○不朽者也	2.3/11/6	遭難○發權	3.7/20/24	毗天子○維四方	5.3/30/14
寢疾○終	2.4/11/16	輻輳○至	3.7/20/24	秦一漢三○虞氏世焉	5.3/30/15
棄予○邁	2.4/11/21	○君保完萬里	3.7/21/4	奄忽○卒	5.4/31/9
乃俯○就之	2.5/12/2	○探微知機者多	3.7/21/14	見機○作	5.4/31/15
又委之○旋	2.5/12/3	賴○生者	3.7/21/25	然○地有埆埇	6.1/32/17
從命○顛覆者	2.5/12/4	童○夙孤	4.1/22/11	以盡水利○富國饒人	6.1/32/18
○卒不降身	2.5/12/5	生○知之	4.1/22/12	○澀水長流	6.1/32/20
及秋○梁氏誅滅	2.5/12/10	超無窮○垂則	4.1/22/16	無聞○不行焉	6.1/32/24
如大舜五十○慕	2.6/12/25	尊○彌恭	4.2/23/26	某月日遭疾○卒	6.2/33/13
及其學○知之者	2.6/12/27	正考父俯○循牆	4.2/23/27	尋原祚之所由○至于此	6.2/33/15
然猶學○不厭	2.6/12/28	○有加焉	4.2/24/2	順○不驕	6.3/33/24
誨○不倦	2.6/13/1	沒○不泯	4.2/24/7	和○無怨	6.3/33/24
童冠自遠方○集者	2.6/13/1	柔○不犯	4.3/24/14	遭疾○卒	6.3/34/2
夫水盈○流	2.6/13/1	文○不華	4.3/24/14	既苗○不穗	6.3/34/2
德交○形	2.6/13/1	實○不朴	4.3/24/14	幼○克才	6.4/34/7
久○後歸	2.7/13/17	靜○不滯	4.3/24/14	○氣如螢	6.4/34/11
俄○冠帶士咸以群黨見		動○不躁	4.3/24/14	望嚴霜○凋零	6.4/34/14
嫉時政	2.7/13/24	然○約之以禮	4.3/24/16	慎○寡言	6.5/34/23

往○不返	6.5/35/3	是非講論○已哉	8.4/46/13	昭○明之	10.1/54/6
何辜○然	6.5/35/5	多汁則淡○不可食	8.4/46/15	稽○用之	10.1/54/6
無功○還	7.2/36/18	少汁則焦○不可熟	8.4/46/15	符瑞由此○至矣	10.1/54/7
當取二州○已	7.2/36/22	及期○行	8.4/46/20	○《記》家記之又略	10.2/54/14
○乃持畏避自遂之嫌	7.2/37/1	○宣王以興	9.1/46/27	《周官》《左傳》皆實	
然○時有同異	7.3/37/13	○中宗以昭	9.1/46/27	與《禮記》通等○不	
○未聞鮮卑之事	7.3/37/16	死○後已	9.3/48/7	爲徵驗	10.2/54/15
○所見常異	7.3/37/16	昔周德缺○斯干作	9.4/48/23	過被學者聞家就○考之	
奮鈇鉞○竝出	7.3/37/20	各欲褒崇至親○已	9.6/49/15		10.2/54/19
既○覺悟	7.3/37/20	尊○奉之	9.6/49/19	○訖未有注記著于文字	
○猶有悔	7.3/37/22	惟主及几筵應改○已	9.6/49/24	也	10.2/54/19
○欲以動	7.3/37/22	○署名羽林左監	9.8/50/9	辭繁多○曼衍	10.2/54/23
○可使斷無盜竊	7.3/38/6	右衞尉杜衍在朝堂○稱		非所謂理約○達也	10.2/54/23
○本朝必爲之盰食	7.3/38/11	不在	9.8/50/9	取其心盡○已	10.2/54/23
有一不備○歸者	7.3/38/15	受○不讓	9.9/50/28	則余死○不朽也	10.2/54/25
虹著于天○降施于庭	7.4/39/11	求足○已	9.9/51/10	異文○同體	10.2/54/29
與綏和時相似○有異	7.4/39/27	○散怠茸闒	9.10/51/18	○《令》文見于五月	10.2/55/9
○稱伯夏教入殿裏	7.4/40/1	聖人南面○聽天下	10.1/51/29	據時始暑○記也	10.2/55/10
未至殿省○覺	7.4/40/2	鄉明○治	10.1/51/29	水昏正○栽水	10.2/55/29
舉賢良○寵祿之	7.4/40/4	○主以明堂也	10.1/51/30	栽木○始築也	10.2/56/1
距○鳴	7.4/40/11	生者乘其能○至	10.1/52/1	以爲但逐惡○已	10.2/56/4
○后正位	7.4/40/11	死者論其功○祭	10.1/52/1	取之于《月令》○已	10.2/56/5
○聖主知之	7.4/40/15	○四學具焉	10.1/52/1	四時通等○夏無難文	10.2/56/5
○遂不成之象也	7.4/40/16	居其所○衆星拱之	10.1/52/2	不得傳注○爲之說	10.2/56/11
太白正晝○見	7.4/40/25	異名○同事	10.1/52/5	丑牛、未羊、戌犬、酉	
太白當晝○見	7.4/40/27	夫德、儉○有度	10.1/52/8	雞、亥豕○已	10.2/56/19
又失道○見	7.4/40/27	百官于是乎戒懼○不敢		當食豕○食牛	10.2/56/22
○熒惑爲之退舍	7.4/40/29	易紀律	10.1/52/8	犬牙○無角	10.2/56/23
○蝗蟲出	7.4/41/1	頒度量○天下大服	10.1/52/12	○《禮》不以馬爲牲	10.2/56/24
○乳母趙嬈貴重赫赫	7.4/41/22	尚親○貴仁	10.1/52/17	故以其類○食豕也	10.2/56/24
且侍御于百里之內○知		尚賢○貴德	10.1/52/17	○米鹽煩碎	10.2/56/26
外事	7.4/42/1	尚齒○貴信	10.1/52/18	（亦）〔示〕有說○已	
○還移州	7.4/42/3	尚貴○尊爵	10.1/52/18		10.2/56/27
不得但以州郡無課○已	7.4/42/7	承師○問道	10.1/52/18	○（止）世祖以來	11.2/57/27
○竝以書疏小文一介之		○稱鎬京之詩以明之	10.1/53/12	○徐璜左悺等五侯擅貴	
技	7.4/42/20	戶皆外設○不閉	10.1/53/16	于其處	11.3/58/17
忍○絕之	7.4/43/1	及周○備	10.1/53/30	述○成賦	11.3/58/20
爲陛下圖康寧之計○已	7.5/43/18	○《月令》（弟）〔第〕		潦污滯○爲災	11.3/58/22
○言者不蒙延納之福	7.5/43/20	五十三	10.1/54/1	乘馬蟠○不進兮	11.3/58/22
○德教被于萬國	8.1/44/20	受《月令》以歸○藏諸		心鬱伊○憤思	11.3/58/23
卻○不聽	8.1/44/22	廟中	10.1/54/2	宣幽情○屬詞	11.3/58/23
寢○不宣	8.1/44/23	出○行之	10.1/54/3	蓻髣髴○無聞	11.3/58/25
混○爲一	8.1/44/27	魯文公廢其令○朝	10.1/54/3	經圃田○瞰北境兮	11.3/58/25
故醇行感時○生	8.2/45/11	刺舍大禮○徇小儀也	10.1/54/4	迄管邑○增歎兮	11.3/58/25
○德曜彌光	8.2/45/15	自是告朔遂闕○徒用其		建撫體○立洪高兮	11.3/58/28
○可遺棄	8.3/45/22	羊	10.1/54/4	經萬世○不傾	11.3/58/28
○節之以禮度	8.4/46/10	子貢非廢其令○請去之	10.1/54/4	攢棫樸○雜榛楛兮	11.3/59/1

被浣灌○羅布 11.3/59/2
緣增崖○結莖 11.3/59/2
氣懆懆○厲涼 11.3/59/4
雲鬱術○四塞兮 11.3/59/5
雨濛濛○漸唐 11.3/59/5
僕夫疲○劬瘁兮 11.3/59/5
格莽丘○稅駕兮 11.3/59/5
陰曀曀○不陽 11.3/59/6
眺瀕隈○增感 11.3/59/6
心惻愴○懷懆 11.3/59/7
操方舟○泝湍流兮 11.3/59/7
充王府○納最 11.3/59/9
濟西谿○容與兮 11.3/59/9
息鞏都○後逝 11.3/59/9
路阻敗○無軌兮 11.3/59/10
塗濘溺○難遵 11.3/59/10
赴偃師○釋勤 11.3/59/11
并日夜○遙思兮 11.3/59/12
天牢湍○無文 11.3/59/12
彌信宿○後闋兮 11.3/59/13
懷少弭○有欣 11.3/59/13
皇家赫○天居兮 11.3/59/14
萬方徂○竝集 11.3/59/14
僉守利○不戢 11.3/59/14
前車覆○未遠兮 11.3/59/15
後乘驅○（競）〔兢〕入 11.3/59/15
民露處○寢溼 11.3/59/15
下糠粃○無粒 11.3/59/16
懷伊呂○黜逐兮 11.3/59/16
道無因○獲入 11.3/59/17
詠都人○思歸 11.3/59/19
爰結蹤○迴軌兮 11.3/59/19
遠○望之 11.6/60/14,11.7/60/25
迫○視之 11.6/60/14
般倕揖讓○辭巧 11.6/60/15
籀誦拱手○韜翰 11.6/60/15
舉大略○論旃 11.6/60/17
11.7/60/27
離○不絕 11.7/60/24
近○察之 11.7/60/25
○斯文之未宣 11.7/60/26
聊佇思○詳觀 11.7/60/27
韙其是○矯其非 11.8/61/4
默○無聞 11.8/61/10
德弘者建宰相○裂土 11.8/61/11
才羨者荷榮祿○蒙賜 11.8/61/11
何爲守彼○不通此 11.8/61/13
胡老慠然○笑曰 11.8/61/13
○忘昭晳之害 11.8/61/14
○忽蹉跌之敗者已 11.8/61/14
公子謖爾斂袂○興曰 11.8/61/14
勤○撫之 11.8/61/16
或畫一策○綰萬金 11.8/61/18
或談崇朝○錫瑞珪 11.8/61/18
夫華離帝○萎 11.8/61/20
條去榦○枯 11.8/61/20
女冶容○淫 11.8/61/20
士背道○辜 11.8/61/20
逝○遺輕 11.8/61/23
夫豈傲主○背國乎 11.8/61/23
融風動○魚上冰 11.8/61/23
蒹葭蒼○白露凝 11.8/61/24
曩者洪源辟○四隩集 11.8/61/28
武功定○干戈戢 11.8/61/28
玁狁攘○吉甫宴 11.8/61/29
城濮捷○晉凱入 11.8/61/29
慕騏驥○增驅 11.8/62/4
榮顯未副從○顛踣 11.8/62/5
襲軌○騖 11.8/62/6
跼○蹐之 11.8/62/7
庸可以水旱○累堯湯乎 11.8/62/9
且夫地將震○樞星直 11.8/62/9
思危難○自豫 11.8/62/12
故在賤○不恥 11.8/62/12
揖儒墨○與爲友 11.8/62/13
罕漫○已 11.8/62/18
故抱璞○優遊 11.8/62/21
忸怩○避 11.8/62/22
援琴○歌 11.8/62/22
踔宇宙○遺俗兮 11.8/62/23
眇翩翩○獨征 11.8/62/24
明覺○思之 12.1/62/31
明○先覺 12.4/63/28
故能教不肅○化成 12.4/63/28
政不嚴○事治 12.4/63/28
信可謂兼三才○該剛柔 12.4/63/29
于是鄉黨乃相與登山伐石○勒銘曰 12.5/64/6
度終始○後交 12.6/64/12
情不疏○貌親 12.6/64/12
解體○升 12.8/64/23
盛輿服○東巡 12.10/65/12
盈○不沖 12.20/67/10
則人主恆恐懼○修政 12.24/67/29
皇車犇○失轄 12.28/68/18
執轡忽○不顧 12.28/68/18
卒壞覆○不振 12.28/68/18
緣象○至 13.1/69/6
○車駕稀出 13.1/69/8
○有司數以蕃國疏喪 13.1/69/16
豈南郊卑○它祀尊哉 13.1/69/18
○近者以來 13.1/69/19
○猶廣求得失 13.1/69/25
○未聞特舉博選之旨 13.1/69/26
數路○已 13.1/70/11
○諸生競利 13.1/70/13
○今在任 13.1/70/20
○群聚山陵 13.1/70/26
○有效于前者也 13.2/71/9
術家以算追○求之 13.2/71/11
取合于當時○已 13.2/71/12
○光晃以爲開闢至獲麟二百七十五萬九千八百八十六歲 13.2/71/18
可得○見者 13.2/71/22
○光晃曆以《考靈曜》二十八宿度數 13.2/71/22
朕聞古先聖王先天○天不違 13.2/71/26
後天○奉天時 13.2/71/26
○曆以爲牽牛中星 13.2/71/27
○以折獄斷大刑 13.2/71/27
○光晃以爲固意造妄說 13.2/71/30
○光晃以爲陰陽不和 13.2/72/2
○光晃言秦所用代周之元 13.2/72/3
君子以朋友講習○正人 13.3/72/9
○論者諄諄如也 13.3/72/11
疾淺薄○褻攜貳者有之 13.3/72/12
惡朋黨○絕交游者有之 13.3/72/12
則躬自厚○薄責于人 13.3/72/19
求諸己○不求諸人 13.3/72/19
○二子各有聞乎夫子 13.3/72/20
各從其行○矯之 13.3/72/21
則汎愛衆○親仁 13.3/72/22
今將患其流○塞其源 13.3/72/23

病其末○刈其本	13.3/72/24
無乃未若擇其正○黜其	
邪與	13.3/72/24
○獨稷焉	13.3/72/24
括二論○言之	13.3/72/25
則刺薄者博○洽	13.3/72/25
斷交者貞○孤	13.3/72/26
與其不獲已○矯時也	13.3/72/26
三命滋益恭○莫侮	13.4/73/7
今者一行○犯其兩	13.9/74/3
披厚土○載形	14.1/74/22
引漾澧○東征	14.1/74/23
旋襄陽○南榮	14.1/74/24
洪濤涌○沸騰	14.1/74/28
婚媾協○莫違	14.2/75/6
顏煒燁○含榮	14.3/75/12
曠千載○特生	14.3/75/12
愛獨結○未并	14.3/75/13
情罔寫○無主	14.3/75/13
意徙倚○左傾	14.3/75/13
目冥冥○無睹兮	14.6/76/8
氣蟲鍠○橫飛	14.6/76/9
舒滯積○宣鬱	14.7/76/13
博六經○綴百氏兮	14.8/76/20
建皇極○序彝倫	14.8/76/21
歷松岑○將降	14.9/76/27
高百仞○不枉	14.9/76/27
對修條○特處	14.9/76/27
蹈通崖○往遊	14.9/76/27
遂雕琢○成器	14.9/76/29
舞者亂節○忘形	14.11/77/7
夾階除○列生	14.16/78/8
彌霜雪○不彫兮	14.16/78/8
當春夏○滋榮	14.16/78/9
復長鳴○揚音	14.17/78/16
因○不改也	15.1/79/16
漢因○不改也	15.1/80/3
故呼在陛下者○告之	15.1/80/6
璽書追○與之	15.1/80/24
皆非其所當得○得之	15.1/81/2
君子無幸○有不幸	15.1/81/2
小人有幸○無不幸	15.1/81/3
亦以策書誄諡其行○賜	
之	15.1/81/9
○隸書以尺	15.1/81/10
若臺閣有所正處○獨執	
異意者曰駁議	15.1/82/7

光武因○不改	15.1/82/10
公卿、侍中、尚書衣帛	
○朝日朝臣	15.1/82/11
執醬○饋	15.1/82/28
使者安車輭輪送迎○至	
其家	15.1/82/28
言萬物始蔟○生	15.1/83/3
助黃鍾宣氣○萬物生	15.1/83/6
言陽氣踵黃泉○出	15.1/83/9
九嬪、夏后氏增以三三	
○九	15.1/83/22
亦四時祭之○已	15.1/84/7
王考無廟○祭之	15.1/84/8
四時祭之○已	15.1/84/11
墠謂築土○無屋也	15.1/84/12
取與新物相宜○已	15.1/84/15
樹之者、尊○表之	15.1/85/28
生○亡去爲〔疫〕鬼	15.1/86/8
○時儺以索宮中	15.1/86/10
已○立桃人葦索	15.1/86/11
祭日索此八神○祭之也	
	15.1/86/22
始作樂合諸樂○奏之所	
歌也	15.1/88/1
祭神明和○歌之	15.1/89/14
后代○攝政	15.1/90/6
故不爲惠帝後○爲（弟）	
〔第〕二	15.1/90/13
故上繼元帝○爲九世	15.1/90/16
漢因○不改	15.1/90/23
五年○稱殷祭	15.1/90/27
非殷祭則祖宗○已	15.1/90/27
故雖非宗○不毀也	15.1/91/1
○園陵皆自起寢廟	15.1/91/3
皆以未踰年○崩	15.1/91/5
四時就陵上祭寢○已	15.1/91/5
遂于親陵各賜計吏○遣	
之	15.1/91/10
少帝未踰年○崩	15.1/91/18
五年○再殷祭	15.1/91/25
○父在	15.1/91/27
置章陵以奉祠之○已	15.1/92/3
帝僑于順烈梁后父大將	
軍梁冀未得尊其父○	
崩	15.1/92/5
○漢天子自以皇帝爲稱	
	15.1/92/15

周黑○赤	15.1/94/11
殷黑○微白	15.1/94/11
夏純黑○赤	15.1/94/11
戚冕○舞《大武》	15.1/94/12
詔有司采《尚書‧皋陶	
篇》及《周官》《禮	
記》定○制焉	15.1/94/15
朱綠裏○玄上	15.1/94/16
似高山冠○小	15.1/95/3
如今半幘○已	15.1/95/8
《左氏傳》有南冠○縶	
者	15.1/95/21
如其方色○舞焉	15.1/96/8
亂○不損曰靈	15.1/96/27

兒 ér　　　　6

恩及嬰○	2.6/12/26
雖老萊子嬰○其服	4.2/23/27
冠戴勝兮啄木○	11.4/59/29
呼○烹鯉魚	11.5/60/5
善驚小○	15.1/86/9
常以歲竟十二月從百隸	
及童○	15.1/86/10

耳 ěr　　　　16

股肱○目之任	3.3/17/16
自臣職○	7.5/43/24
思之未至○	7.5/43/26
○聞叔名	8.2/45/6
非○目聞見所儆效也	8.2/45/10
○目昏冒	9.10/51/14
○無逆聽	10.1/54/6
實熊○之泉液兮	11.3/59/8
臣聞目瞤○鳴	12.24/67/28
共處其中○	13.1/69/21
哀人寒○以惻悵	14.11/77/7
猶言今雖在京師、行所	
至○	15.1/80/16
但無畫○	15.1/94/1
旁垂髶纓當○	15.1/94/19
冠進賢者宜長○	15.1/95/9
冠惠文者宜短○	15.1/95/9

爾 ěr	29	惟天子與○等之爵	1.7/5/11	仰瞻○親	4.7/27/26
		漢皇○十一世延熹六年		○將是臨	4.7/28/3
世篤○行	1.8/7/5	夏四月乙巳	1.8/7/4	建平元年十○月甲子夜	5.1/28/16
○其無拘于俗	1.9/7/14	維漢○十一世延熹六年	1.9/7/12	珍○公之師	5.1/28/19
○勿復取吾先人墓前樹		泊于永和元年十有○月	1.10/8/2	○漢之微	5.1/29/1
也	1.10/8/5	以建寧○年正月乙亥卒	2.1/9/3	孝于○親	5.4/30/26
○乃潛德衡門	2.1/8/30	乃有○三友生	2.2/10/4	其（明）〔月〕○十一	
嗟○來世	2.1/9/10,2.9/15/8	禁錮○十年	2.3/10/19	日	5.4/31/8
蔑○童蒙	2.5/12/17	先生有○子	2.4/11/17	○十一日卒	5.5/31/25
○乃遷太僕大卿	3.1/15/20	至延熹○年	2.5/12/10	建寧○年	6.4/34/9
卓○超倫	3.2/16/28	十○月	2.5/12/10	封○祖墓側	6.4/34/10
所立卓○	3.6/19/26	熹平○年四月辛巳卒	2.6/13/4	莫○之與	6.6/35/14
倏○乃喪	4.4/25/18	生惠及延○子	2.7/13/14	未嘗不辨于○州也	7.2/36/17
○乃順旨于冥冥	4.6/27/12	中平○年四月卒	2.7/13/28	三府選幽、冀○州刺史	7.2/36/21
謂之樊惠渠云○	6.1/33/2	以永壽○年夏五月乙未		當取○州而已	7.2/36/22
于○嗣曾孫皇帝	9.5/49/3	卒	2.8/14/19	○州之中	7.2/36/22
使○受祿于天	9.5/49/3	伊漢○十有一世	2.9/14/29	三公明知○州之要	7.2/36/29
《○雅》曰	10.1/52/21	建寧○年六月卒	2.9/15/5	則○部蠢蠢	7.2/37/2
○愛其羊	10.1/54/5	○三小臣	3.3/17/19	其不可○也	7.3/38/3
作《釋誨》以戒厲云○	11.8/61/4	則是門人○三小子	3.4/18/12	循○子之策	7.3/38/21
公子譔○斂袂而興曰	11.8/61/14	不○心之臣	3.5/18/29	去月○十九日	7.4/39/10
率○苗民	12.14/66/10	又采《○南》之業	3.6/19/23	孝成綏和○年八月	7.4/39/24
○來告就	12.15/66/15	俾相（大藩）〔○蕃〕	3.6/20/10	變此○處	7.4/41/6
伊何○命	14.5/75/27	百遺○三	3.7/21/4	虞帝○妃	8.1/44/24
歷○邦畿	14.5/75/28	并督交揚○州	3.7/21/7	臣流離藏竄十有○年	9.2/47/17
將舍○乖	14.5/76/1	太和○年	3.7/21/23	合成○百一十○卷	9.3/48/9
○思來追	14.5/76/2	況乎將軍牧○州歷○紀	3.7/21/24	歷年○百一十載	9.4/48/20
思○念○	14.5/76/4	年○十七　4.1/22/13,4.2/23/11		故下十○宮	10.1/53/4
○乃言求茂木	14.12/77/11	春秋八十○	4.1/22/25	屋圜屋徑○百一十六尺	
○乃清聲發兮五音舉	14.12/77/13	○氣變雍	4.1/23/3		10.1/53/13
		以○千石居官	4.2/23/22	十○宮以應十○辰	10.1/53/15
邇 ěr	6	年八十○	4.2/24/1	七十○牖	10.1/53/16
		維漢○十有一世	4.3/24/12	○十八柱列于四方	10.1/53/17
柔遠能○	1.5/4/1	唯帝命公以○郡	4.3/24/21	外廣○十四丈	10.1/53/18
彰于遠○者已	1.6/4/25	司徒、特進各○	4.3/24/24	應一歲○十四氣也	10.1/53/18
遐○歆悼	2.5/12/13	公自○郡	4.3/25/4	歲○月	10.1/53/28
光遐○	3.1/16/4	○孤童紀未齓育于夫人	4.5/25/26	雨水爲○月節	10.2/55/5
于是遐○搢紳	5.4/31/11	撫育○孤	4.5/26/1	則雨水、○月也	10.2/55/7
遐○大小一心	9.7/49/31	康亦由孝廉宰牧○城	4.5/26/2	凡十○辰之禽	10.2/56/19
		建寧○年薨于太傅府	4.5/26/8	誕育○后	11.1/57/9
二 èr	158	○妃薨于江湘	4.5/26/10	莫與爲○	11.1/57/12
		持賻錢○十萬	4.5/26/16	積累思惟○十餘年	11.2/57/29
子孫之在不十○姓者	1.1/1/16	布○百疋	4.5/26/16	○十年之思	11.2/58/3
所部○千石受取有驗	1.1/1/19	于時濟陽故吏舊民、中		延熹○年秋	11.3/58/17
越若來○月丁丑	1.2/3/7	常侍句陽于肅等○十		義○士之俠墳	11.3/59/11
維光和元年冬十○月丁		三人	4.5/26/17	去六月○十八日	13.1/69/11
巳	1.4/3/21	永初○年	4.6/26/26	○事	13.1/69/24

○所辟用　　　　　4.3/25/4
長于○禾　　　　　5.1/28/18
○我里人　　　　　5.3/30/20
○百赴弔　　　　　6.6/35/10
臣聞○人爲怪　　　7.4/39/23
臣聞○雞爲怪　　　7.4/40/8
異于○屋　　　　　7.4/41/6
○休假小吏　　　　7.5/43/13
臣愚以○宂　　　　7.5/43/24
豈徒世俗之○偶兼渾　8.4/46/13
○大合樂　　　　　10.1/52/25
○祭養老乞言合語之禮
　　　　　　　　10.1/52/27
○此皆明堂太室、辟雝
　太學事通文合之義也
　　　　　　　　10.1/53/12
○此皆合于大曆唐政　10.1/53/29
○十二辰之禽　　　10.2/56/19
○所臨君　　　　　12.4/63/28
○百搢紳　　　　　12.5/64/6
黃帝、顓頊、夏、殷、
　周、魯○六家　　13.2/71/5
《周禮・司勳》「○有
　大功者銘之太常」　13.4/73/4
○衣服加于身、飲食入
　于口、妃妾接于寢　15.1/81/4
○制書有印使符下　15.1/81/14
○群臣上書于天子者有
　四名　　　　　　15.1/81/24
○章表皆啓封　　　15.1/82/6
○樹社者、欲令萬民加
　蕭敬也　　　　　15.1/85/25
○祭宗廟禮牲之別名　15.1/87/8
○祭號牲物異于人者　15.1/87/11
○與先帝先后有瓜葛者　15.1/91/8
○乘輿車皆羽蓋金華瓜
　　　　　　　　15.1/93/19

煩 fán　　　　　　　　7

不○軍師　　　　　1.5/4/2
芟除○重　　　　　3.7/21/13
必以忝辱○污　　　9.3/48/15
心○慮亂　　　　　9.9/51/9
而米鹽○碎　　　　10.2/56/26
體躁心○　　　　　11.8/62/4
（嶢求）〔嗟懷〕○以

愁悲　　　　　　　14.6/76/8

樊 fán　　　　　　　　6

京兆尹○君諱陵　　6.1/32/23
謂之○惠渠云爾　　6.1/33/2
乃有（○）〔惠〕君　6.1/33/3
代無○姬　　　　　14.5/75/27
○噲冠　　　　　　15.1/96/16
漢將軍○噲造次所冠　15.1/96/16

蕃 fán　　　　　　　　8

○縣有帝舜廟　　　1.1/2/9
俾相（大藩）〔二○〕　3.6/20/10
封建南○　　　　　4.1/23/3
○后土于稼穡　　　4.3/25/1
用永○釁　　　　　4.5/26/20
〔園陵○衛〕　　　12.9/64/29
而有司數以○國疏喪　13.1/69/16
將○熾以悠長　　　14.16/78/10

燔 fán　　　　　　　　2

外戚火○　　　　　3.1/15/19
○乾魚　　　　　　13.8/73/28

繁 fán　　　　　　　15

文○雕龍　　　　　1.1/1/5
是以實○于華　　　2.5/12/1
其事○博　　　　　2.7/13/22
是以頻○機極　　　4.3/24/18
誕膺○祉　　　　　4.5/26/1
惜○華之方曄兮　　6.4/34/13
辭○多而曼衍　　　10.2/54/23
蠲彼○文　　　　　11.7/60/21
殆刑誅○多之所生也　13.1/69/6
播欣欣之○祉　　　14.2/75/6
曲引興兮○絲撫　　14.12/77/13
于是○絃既抑　　　14.12/77/15
○纓重轙副牽　　　15.1/93/19
○纓在馬膺前　　　15.1/93/25
武冠或曰○冠　　　15.1/95/22

蟠 fán　　　　　　　　5

于是從遊弟子陳留、申
　屠○等悲悼傷懷　2.6/13/5
乘馬○而不進兮　　11.3/58/22
應龍○蟄　　　　　12.22/67/19
申屠○稟氣玄妙　　13.7/73/23
上有桃木○屈三千里卑
　枝　　　　　　　15.1/86/12

反 fǎn　　　　　　　17

○几筵　　　　　　1.10/8/17
○于端懿者　　　　2.2/9/24
武帝患東越數○　　7.2/36/26
○有異輩　　　　　7.4/42/6
○陷破亡之禍　　　7.5/43/20
○名仇怨奉公　　　7.5/43/22
終朝○側　　　　　8.1/44/19
且烏以○哺　　　　8.2/45/13
〔○〕釋奠于學　　10.1/53/6
○令每行一時轉三旬　10.2/56/9
孟夏○令『行冬令　10.2/56/11
季冬○令『行春令　10.2/56/13
則當靜○動　　　　13.1/69/10
○求還轉　　　　　13.1/70/21
違○經文　　　　　13.2/71/30
抵掌○覆　　　　　14.12/77/14
土○其宅　　　　　15.1/86/23

返 fǎn　　　　　　　　2

往而不○　　　　　6.5/35/3
多得旋○　　　　　13.5/73/14

犯 fàn　　　　　　　　7

柔而不○　　　　　4.3/24/14
鮮卑仍○諸郡　　　7.3/37/8
攻○官民　　　　　7.3/38/5
莫敢○禁　　　　　7.4/42/14
其時鮮卑連○雲中五原　11.2/58/5
鮮卑○塞　　　　　13.1/69/12
今者一行而○其兩　13.9/74/3

汎 fàn	**2**
○愛多容	4.3/24/16
則○愛衆而親仁	13.3/72/22
范 fàn	**2**
以受○邑	2.7/13/14
昔之○正不亡禮讓	9.10/51/15
飯 fàn	**4**
手不親乎合○	4.7/28/5
麥○寒水閒用之	8.2/45/5
但用麥○寒水	8.2/45/9
皆以晦望、二十四氣伏	
、社臘及四時日上○	15.1/91/5
範 fàn	**12**
由其模○	2.2/9/19
告諡曰文○先生	2.2/10/1
諡曰文○先生	2.3/10/28
洪○九疇	2.3/11/1
○爲士則	2.3/11/1
勳啓《洪○》	3.5/18/23
○我軌度	4.7/28/2
《洪○》「八政」	6.1/32/16
《洪○傳》曰	7.4/41/10
	13.1/69/9
及《洪○》傳五事之畜	
	10.2/56/26
爲學藝之○閑	11.6/60/16
方 fāng	**126**
八○和同	1.1/1/8
比○公孫	1.1/2/25
帝采勳施八○	1.2/3/4
勳在○策	1.2/3/7
膂力○剛	1.5/4/2
靜其○隅	1.8/7/1
設茲○石	1.9/7/16
凡我四○同好之人	2.1/9/3
足以包覆無○	2.2/9/17
退○後生	2.2/9/19
含章直○	2.2/9/21

舉賢良○正	2.2/9/28,5.4/31/5
	5.5/31/23
莫與○軌	2.2/10/11
季○、元○皆命世希有	2.4/11/17
季○盛年早亡	2.4/11/17
元○在喪毀瘁	2.4/11/17
以訓四○	2.4/11/20
察賢良○正	2.5/12/5
童冠自遠○而集者	2.6/13/1
九舉賢良○正	2.6/13/2
四○學者自遠而至	3.1/15/17
授之○策	3.4/18/12
旁施（四○）惟明	3.5/18/30
帝欲宣力于四○	3.5/19/7
乃從經術之○	3.6/20/3
戍八○之邊	3.7/20/22
四○襁負	3.7/20/25
○之蔑如也	3.7/21/13
下陳輔世忠義之○	3.7/21/16
勳被萬○	4.1/22/25
○叔克壯其猷	4.2/23/27
導以義○	4.5/26/1
義○以導其性	4.7/27/19
而國家○有滎陽寇賊	4.7/27/21
○內乂安	5.1/28/22
展義省○	5.1/29/3
毗天子而維四○	5.3/30/14
進退以○	5.4/31/15
乃命○略大吏	6.1/32/24
惜繁華之○曄兮	6.4/34/13
隱括乎及無○	6.5/34/25
義○之訓	6.5/35/2
底之○轂	6.6/35/14
受茲義○	6.6/35/16
尙書左丞馮○毆殺指揮	
使于尙書西祠	7.1/36/5
四○有事	7.2/36/17
卒有他○之急	7.2/36/20
易伐鬼○	7.3/37/12
民人流移于四○	7.3/38/1
○今郡縣盜賊	7.3/38/5
無以示四○	7.4/42/6
聰達○直	7.4/42/9
喜戚異○	7.4/42/17
則上○巧技之作	7.4/42/17
尙○抑巧	8.1/44/12
退○斷簳	8.1/44/12

屢擧○直	8.1/44/15
神紀騁于無○	8.2/45/11
○外有事	8.3/45/26
劉焉撫寧有○	9.3/48/13
比○前事	9.6/49/14
無有○限	9.6/49/15
少竊○正	9.9/50/21
南○之卦也	10.1/51/29
由東○歲始也	10.1/52/26
○此水也	10.1/53/5
上圜下○	10.1/53/6
堂○百四十四尺	10.1/53/13
太廟明堂○三十六丈	10.1/53/14
圜蓋○載	10.1/53/15
二十八柱列于四○	10.1/53/17
徙朔○	10.2/54/18
定之○中	10.2/55/28
西南○中	10.2/55/29
○軌齊武	11.1/57/9
朔○髡鉗徙臣邑	11.2/57/17
徙充邊	11.2/57/22
操○舟而沂湍流兮	11.3/59/7
萬○徂而竝集	11.3/59/14
客從遠○來	11.5/60/4
不○不圓	11.6/60/13
感東○《客難》	11.8/61/3
○今聖上寬明	11.8/61/10
速速○轂	11.8/61/21
群車○奔乎險路	11.8/62/12
○將騁馳乎典籍之崇塗	
	11.8/62/13
東○要幸于談優	11.8/62/20
○將埽除寇逆	12.3/63/23
示之憲○	12.13/66/3
賜命○伯	12.17/66/24
厭伏四○	12.26/68/9
重賢良○正、敦樸有道	
之選	13.1/69/25
交游以○	13.3/72/22
○之于邑	13.7/73/24
樹退○之嘉木兮	14.16/78/8
左○下坍曰某官臣某甲	
上	15.1/82/3
天子社稷土壇○廣五丈	
	15.1/84/26
五○正神之別名	15.1/85/15
東○之神	15.1/85/15

南○之神	15.1/85/15	**防 fáng**	4	《○落》、一章十二句	15.1/88/6
西○之神	15.1/85/16				
北○之神	15.1/85/16	以杜漸○萌	7.4/40/29	**髣 fǎng**	2
于是命○相氏黄金四目	15.1/86/9	宜高其隄○	7.4/41/26		
其地○百里	15.1/88/14	非一由所○	11.8/62/8	尋思○髴	6.5/35/1
	15.1/88/15	以○其禍	12.24/67/28	藐○髴而無聞	11.3/58/25
其地○七十里	15.1/88/15				
其地○五十里	15.1/88/16	**妨 fáng**	1	**放 fàng**	8
	15.1/88/16				
東○曰鮇	15.1/89/15	以（貴治賤）〔賤○貴〕		公表升會○狼籍	1.1/2/16
南○曰任	15.1/89/15		7.4/42/14	執事無○散之尤	1.5/4/5
西○曰侏離	15.1/89/15			延弟曾孫○字子仲	5.3/30/13
北○曰禁	15.1/89/15	**房 fáng**	3	逐○邊野	11.2/58/2
四○災異	15.1/91/9			紓體○尾	11.6/60/11
受天子之社土以所封之		時有椒○貴戚之託	1.1/1/20	逡巡○屣	11.8/62/1
○色	15.1/92/10	探孔子之○奧	4.3/24/16	○死從生	12.13/66/4
東○受青	15.1/92/10	雖○獨治畏愼	7.4/41/24	○一斂六	14.13/77/23
南○受赤	15.1/92/11				
他如其○色	15.1/92/11	**仿 fǎng**	1	**妃 fēi**	18
各以其所封○之色	15.1/92/11				
金鑲○釱	15.1/93/19	故雖○佛	3.2/16/22	二○薨于江湘	4.5/26/10
○釱者	15.1/93/24			后○陰脅主	7.4/39/13
前圓後○	15.1/94/16	**彷 fǎng**	1	將立○王氏爲后	7.4/40/10
○山冠、以五采縠爲之	15.1/96/7			虞帝二○	8.1/44/24
如其○色而舞焉	15.1/96/8	○徨舊土	4.1/22/29	想宓○之靈光兮	11.3/59/8
				楚莊晉○	14.5/75/27
坊 fāng	1	**倣 fǎng**	2	凡衣服加于身、飲食入	
				于口、○妾接于寢	15.1/81/4
先嗇、司嗇、農、郵表		非耳目聞見所○效也	8.2/45/10	天子諸侯后○夫人之別	
畷、貓虎、○、水庸		更相○效	13.1/70/21	名	15.1/83/16
、昆蟲	15.1/86/25			天子之（紀）〔○〕曰	
		紡 fǎng	1	后	15.1/83/16
芳 fāng	10			諸侯之○曰夫人	15.1/83/16
		勞謙○績	6.6/35/19	三夫人、帝嚳有四○以	
永昭○烈	1.6/4/27			象后○四星	15.1/83/21
俾○烈奮乎百世	2.1/9/5	**訪 fǎng**	11	其一明者爲正○	15.1/83/21
有馥其○	2.4/11/20			三者爲次○也	15.1/83/21
與之同蘭○	3.1/15/21	待以○斷	1.6/4/16	周人上法帝嚳正○	15.1/83/23
固已流○名	3.2/16/15	咨○其驗	1.10/8/6	帝嫡○曰皇后	15.1/90/5
垂○後昆	3.7/22/4	○及士隸	1.10/8/12	祖母○曰孝穆后	15.1/92/7
令聞芬○	6.3/34/1	○典刑	3.1/16/4	祖母夏○曰孝元后	15.1/92/8
遺○不滅	7.2/36/29	○問其故	7.4/40/15		
揚○飛文	11.8/61/9	每○群公卿士	7.4/41/13	**非 fēi**	107
名字○兮	12.1/63/3	數見○聞	7.4/42/10		
		優游○求	7.4/42/11	○接使銜命之儀	1.1/1/23
		數見○問	7.5/43/21	雖○己負	1.1/2/14
		數加○問	9.1/47/12	沒入財賂○法之物	1.1/2/17

析見是○	1.1/2/22	○臣才量所能祗奉	9.9/51/1	○侍御者不得入	15.1/80/20
父雖○爵	1.7/6/15	○本朝之德政	9.9/51/8	皆○其所當得而得之	15.1/81/2
○其好也	1.8/6/26,2.5/12/2	資○哲人藩屏之用	9.10/51/14	其○駮議	15.1/82/8
	2.7/13/16	器○殿邦佐君之才	9.10/51/14	○朝臣曰稽首再拜	15.1/82/11
用陷于○辜	1.8/7/2	○禮也	10.1/52/7	○殷祭則祖宗而已	15.1/90/27
○此遺孤所得專也	2.2/10/5	○一代之事也	10.1/53/22	故雖○宗而不毀也	15.1/91/1
進○其時	2.5/12/7	子貢○廢其令而請去之	10.1/54/4	成、哀、平三帝以○光	
苟○其類	2.7/13/18	皆○也	10.1/54/9	武所後	15.1/91/25
○黃中純白	3.1/16/1	○其本旨	10.2/54/14	○天子也	15.1/91/28
公素不貴歸○	3.2/16/22	○所謂理約而達也	10.2/54/23	○迎氣	15.1/93/2
○盛德休功	3.3/17/17	○一家之事	10.2/55/2	○也	15.1/93/15
莫○瓊才逸秀	3.3/17/19	閭里門○閻尹所主	10.2/55/21		15.1/94/4,15.1/95/20
○弘直碩儒	3.6/20/2	于經傳爲○其時□	10.2/55/28	宮門僕射冠卻○	15.1/95/2
豈○可憂之難	7.2/36/21	○水所爲也	10.2/56/13	卻○冠、宮門僕射者服	
誠○其理	7.2/36/24,13.2/72/2	其餘虎以下○食也	10.2/56/20	之	15.1/96/14
臣懍懍發憤言、幹○義	7.2/37/4	寅虎○可食者	10.2/56/23		
○但勞人	7.3/38/18	○臣無狀所敢復望	11.2/57/22	**飛 fēi**	13
殘餘○天所祐	7.4/40/2	○臣罪惡所當復蒙	11.2/57/22		
又以○其月令尊宿	7.4/40/26	○臣辭筆所能復陳	11.2/57/22	○神形	1.10/8/14
○臣螻蟻愚怯所能堪副	7.4/41/16	外吏庶人所得擅述	11.2/57/29	扶陽而○	5.1/29/2
○外臣所能審處	7.4/42/4	膻其是而矯其○	11.8/61/4	龍○踐祚	9.2/47/17
○典衡之道	7.4/42/16	莫○華榮	11.8/62/3	若行若○	11.6/60/13
皆○結恨之本	7.5/43/13	○一凼所防	11.8/62/8	庭燎○煙	11.7/60/24
○復發糾姦伏、補益國		○一勇所抗	11.8/62/8	若○龍在天	11.7/60/25
家者也	7.5/43/22	○己咎也	11.8/62/18	揚芳○文	11.8/61/9
○耳目聞見所倣效也	8.2/45/10	○子享土于善圃	11.8/62/19	趨事如○	14.5/75/26
○禮勿動	8.4/46/11	伏○明勇于赴流	11.8/62/20	氣轟鏜而橫○	14.6/76/9
○法不言	8.4/46/11	公言○法度	12.2/63/8	青雀西○	14.12/77/16
是○講論而已哉	8.4/46/13	行○至公	12.2/63/8	○鳥下翔	14.12/77/17
○所以彰瓊瑋之高價	8.4/46/14	○特王道然也	12.12/65/22	若○若浮	14.13/77/22
○所以褒功賞勳也	9.1/47/10	糾舉○法	13.1/70/6	亞○輞以緹油	15.1/93/27
○臣愚蔽不才所當盜竊	9.2/47/20	○以爲教化、取士之本			
○臣碎首糜軀所能補報	9.2/47/20		13.1/70/12	**扉 fēi**	2
生○千秋	9.2/47/23	本○骨肉	13.1/70/25		
○所敢安	9.3/48/4	今光、晃各以庚申爲○	13.2/71/5	躡蹈絲○	14.5/75/24
○臣所得久忝	9.3/48/5	爭訟是○	13.2/71/7	當我戶○	14.5/76/2
荷受○任	9.3/48/12	太史令張壽王挾甲寅元			
誠○所望	9.3/48/13	以○漢曆	13.2/71/7	**騑 fēi**	2
○臣才力所能供給	9.3/48/14	是則雖○圖讖之元	13.2/71/9		
則○所宗	9.6/49/20	亦○四分庚申	13.2/71/10	驂○如舞	14.2/75/7
○臣草萊功勞微薄所當		○史官私意	13.2/71/29	在最後左○馬駿上	15.1/93/23
被蒙	9.9/50/25	○群臣議者所能變易	13.2/72/5		
○臣小族陋宗器量褊狹		故○善不喜	13.3/72/22	**肥 féi**	4
所能堪勝	9.9/50/29	○仁不親	13.3/72/22		
○臣力用勤勞有所當受	9.9/50/30	不蹈邪○	14.5/75/26	不食○膩	8.2/45/9
○臣（容）〔庸〕體所		○彼牛女	14.5/76/4	臣十四世祖○如侯	9.9/50/26
當服佩	9.9/50/31	○余所希	14.20/79/3	三月一時已足○矣	15.1/84/1

豚曰腊○	15.1/87/8

腓 féi　1

《艮》《兌》感其腓○	14.2/75/4

匪 fěi　12

羌戎○茹	1.1/1/26
○惟撫華	2.1/9/7
○禮不遵	2.8/14/23
○師不昭	3.4/18/15
○師不教	3.4/18/15
莫○嘉績	3.7/21/2
○惟驕之	4.7/28/2
○懈于位	5.4/31/5
猶○寧息	6.6/35/18
夙夜○懈	12.2/63/9
○云來復	12.5/64/6
○榮伊辱	12.12/65/29

斐 fěi　1

○然成章	6.1/33/2

菲 fěi　1

○薄爲務	8.1/44/11

棐 fěi　2

（篤○）〔謂督〕不忘	1.9/7/19
示以○諶之威	3.6/20/3

翡 fěi　1

動若○翠奮其羽	14.4/75/18

誹 fěi　1

○謗卒至	7.5/43/19

篚 fěi　1

遐方斷○	8.1/44/12

吠 fèi　1

訖無雞犬鳴○之用	9.9/50/24

肺 fèi　1

以○腑宿衛親公主子孫　奉墳墓	15.1/92/19

沸 fèi　3

火熾流○	9.1/47/3
作者鼎○	13.1/70/13
洪濤涌而○騰	14.1/74/28

芾 fèi　1

《蔽○》《甘棠》	3.7/22/2

費 fèi　1

省賦役之○	7.4/41/2

廢 fèi　17

懼禮○日久	1.7/6/13
無○予誡	1.9/7/14
道之行○	2.2/9/25
○乃斯止	2.2/10/10
刑戮○于朝市	4.2/23/15
闕焉永○	4.7/27/24
無所爲○	7.1/36/8
然後黜○凶頑	9.1/47/8
魯文公○告朔而朝	10.1/54/3
子貢非○其令而請去之	10.1/54/4
《三統》以疏闊○弛	10.2/55/2
中道○絕	11.2/58/3
猶爲疏○	13.1/69/9
未嘗有○	13.1/69/17
無○祭之文也	13.1/69/21
使交可○則黍其愆矣	13.3/72/25
太子以罪○	15.1/91/28

分 fēn　29

有○于命	2.2/9/26
雅麗是○	2.8/14/23
藻○葩列	2.9/15/1
公族○遷	3.6/19/21
雖周、召授○陝之任	3.7/21/7
刻漏未○	5.4/31/9
務令○明	7.4/39/4
以經術○別卑囊封上	7.4/41/15
定嫌審之○	8.4/46/11
臣僕職○宜然	9.9/51/7
日夜○則同度量	10.1/53/28
用四○	10.2/55/1
不○別施之于三月	10.2/56/10
即○爲三事	10.2/56/12
	10.2/56/14
遂與議郎張華等○受之	11.2/57/30
○別首目	11.2/58/9
十○不得識一	11.2/58/10
○陝餘慶	12.17/66/24
夫司隸校尉、諸州刺史　所以督察姦枉、○別　白黑者也	13.1/70/1
所宜○明	13.1/70/19
孝章皇帝改從四○	13.2/71/4
及用四○以來	13.2/71/9
亦非四○庚申	13.2/71/10
則四○數之立春也	13.2/71/27
今改行四○	13.2/71/28
是始用四○曆	13.2/71/29
常以春○朝日于東門之　外	15.1/82/23
古者天子亦取亡國之社　以○諸侯	15.1/84/22

芬 fēn　3

馥馥○○	3.2/17/4
令聞○芳	6.3/34/1

紛 fēn　10

關東○然	7.3/37/20
○降目前	7.4/41/21
今者道路○○	7.4/41/25
海內○然	8.1/44/8
○○久矣	10.2/54/16
猶○掌其多違	11.3/59/18
有六家○錯	13.2/71/7

寒雪繽○ 14.5/75/28

棼 fén 1

蘊若蟲蛇之○緼 11.6/60/11

頒 fén 1

○度量而天下大服 10.1/52/12

墳 fén 13

古者不崇○ 1.9/7/13
封○三板 1.9/7/15
懼○封彌久 1.9/7/16
宜有銘勒表○墓 2.2/10/7
《三○》、《五典》、《八索》、《九丘》 2.6/12/27
上論《三○》、《八索》之典 3.7/21/16
留○州土 3.7/21/20
進睹○塋 4.3/25/6
羨除點而永○ 4.7/28/7
義二士之俠○ 11.3/59/11
兼洞○籍 12.5/64/4
○有擾兔 12.12/65/27
以肺腑宿衛親公主子孫奉○墓 15.1/92/19

粉 fěn 1

加○ 13.11/74/15

忿 fèn 4

和而無○ 6.3/33/24
○不怨懟 6.4/34/12
孝宣○姦邪之不散 8.3/45/22
○子帶之淫逸兮 11.3/59/6

憤 fèn 9

猶發○于目所不睹 2.8/14/14
○疾豪彊 3.1/15/20
民神○怒 5.2/29/15
義勇○發 9.1/47/5
心○此事 11.3/58/19
心鬱伊而○思 11.3/58/23
陰氣○盛 13.1/69/10
臣不勝○懣 13.1/69/13
撫長笛以攄○兮 14.6/76/9

奮 fèn 14

金鼓霆○ 1.5/4/6
○靈武 1.8/7/1
○金鈴 1.10/8/15
俾芳烈○乎百世 2.1/9/5
元勛既○ 3.4/18/17
軍帥○攻 7.2/36/17
○鈇鉞而竝出 7.3/37/20
降氣○勢 7.4/39/10
內○臣無忠 7.4/39/15
清風○揚 8.2/45/12
○擊醜類 9.1/47/6
○華輕舉 11.7/60/24
武夫○勇 11.8/61/17
動若翡翠○其羽 14.4/75/18

糞 fèn 1

議郎○土臣邕 7.5/43/9

封 fēng 70

公○書以聞 1.1/1/24
黜○瘦陶王 1.1/2/12
周武王○諸宋 1.8/6/20
貞良者○植 1.8/7/2
不○墓 1.9/7/14
○墳三板 1.9/7/15
懼墳○彌久 1.9/7/16
而○諸太昊之墟 2.2/9/15
知丘○之存斯也 2.2/10/8
是以作謚○墓 2.4/11/12
爰○于呂 2.6/12/23
錫○茅土 2.8/14/11
○赤泉侯 3.1/15/15
初受○ 3.2/16/22
疆土建○ 3.4/18/9
○侯于臨晉 3.5/19/8
建茲土○ 3.5/19/13
齊桓遷邢○衛之義也 3.7/21/9
○安樂鄉侯 4.1/22/17,4.2/23/18
復○前邑 4.1/22/22
○建南蕃 4.1/23/3
復○故邑 4.2/23/24
爵土乃○ 4.2/24/6
建○域于南土 4.3/25/3
別○于黃 4.5/25/23
廣歷五卿七公再○之祿 4.5/26/1
舉○樹之禮 4.5/26/14
常○閉 5.1/28/15
先祖銀艾○侯 5.1/28/25
登○降禪 5.1/29/3
○曲逆侯 5.3/30/12
虞延爲太尉、司徒○公 5.3/30/12
詔○都亭侯、太僕、太常、司空 5.3/30/14
別○于胡 5.4/30/24
○北平侯 6.2/33/10
○二祖墓側 6.4/34/10
乃○丞相爲富民侯 7.3/37/20
是歲○后父禁爲平陽侯 7.4/40/11
以經術分別阜囊○上 7.4/41/15
兩子受○ 7.4/41/23
輒令百官上○事 7.5/43/19
○植遺苗 8.1/44/17
太尉郿侯卓起自東土○畿之外 9.1/47/5
近臣幸臣一人之○ 9.1/47/9
禮傳○儀 9.6/49/16
今○邕陳留雍丘高陽鄉侯 9.9/50/17
復蒙顯○ 9.9/50/27
謹因臨戎長霍圉○上 11.2/58/12
晤衛康之○疆 11.3/58/25
○鎮書符 12.24/67/28
○于齊 13.4/73/3
固○璽 15.1/80/24
遠近皆璽○ 15.1/81/14
尙書令印重○ 15.1/81/14
司徒印○露布下州郡 15.1/81/15
凡章表皆啓○ 15.1/82/6
王者子女○邑之差 15.1/83/27
異姓婦女以恩澤○者曰君 15.1/83/28
故○社稷 15.1/85/28
大○于廟、賜有德之所歌也 15.1/88/11
諸侯王、皇子○爲王者

稱曰諸侯王	15.1/88/21	觀○化之得失兮	11.3/59/18	永世○年	3.5/19/1,4.2/23/20
徹侯、群臣異姓有功○		枯桑知天○	11.5/60/4	年穀○夥	3.7/20/23
者稱曰徹侯	15.1/88/21	電駭○馳	11.8/61/18	民安物○	3.7/22/2
皇子○爲王者	15.1/92/10	融○動而魚上冰	11.8/61/23	是以○于天爵	6.2/33/13
	15.1/92/15	英○發乎天受	12.3/63/20	角犀○盈	6.4/34/7,6.5/34/23
受天子之社土以所○之		落落然高○起世	12.3/63/21	獲福祿之○報	6.5/34/26
方色	15.1/92/10	英○固以揚于四海矣	12.3/63/21	天無○歲	7.3/38/1
各以其所○方之色	15.1/92/11	時○嘉雨	12.8/64/21	鹹齝○本	9.4/48/26
漢興以皇子○爲王者得		○伯雨師	12.26/68/8	年穀○	10.1/54/6
茅土	15.1/92/12	雖周成遇○	13.1/69/5	欲○其屋	11.8/61/21
○爲侯者	15.1/92/16	○者、天之號令	13.1/69/6	主○其祿	11.8/61/31
群臣異姓有功○者	15.1/92/16	厥○發屋折木	13.1/69/9	祈福○年	13.1/69/15
		庶苔○霆災妖之異	13.1/69/22	○腹斂邊	14.13/77/21
風 fēng	58	其高者頗引經訓○喻之		何根莖之○美兮	14.16/78/10
		言	13.1/70/13	○年若上	15.1/86/23
清○席卷	1.1/1/26	《谷○》有棄予之怨	13.3/72/10	順祝、願○年也	15.1/87/15
臨大節而不可奪之○	1.6/4/15	既乃○颮蕭瑟	14.1/74/27	《○年》、一章七句	15.1/88/1
清○光翔	1.6/4/25	條○狔躩	14.5/76/3		
以紹服祖禰之遺○	1.8/6/23	涼○扇其枝	14.12/77/12	**逢** féng	2
闕民慕尹喜之○	1.10/8/11	或○飄波動	14.13/77/22		
〔漂長○〕	1.10/8/14	清○逐暑	14.15/78/3	○天之戚	5.5/32/2
清○暘于所漸	2.2/9/23	秋○肅以晨興	14.17/78/15	在國○難曰愍	15.1/97/2
猶草木偃于翔○	2.2/9/24	穆如清○	14.18/78/21		
海內從○	2.5/12/3	○伯神、箕星也	15.1/85/19	**馮** féng	1
清○丕揚	2.5/12/18	能興○	15.1/85/19		
觀百王遺○	2.8/14/15	瑞祝、逆時雨、寧○旱		尚書左丞○方毆殺指揮	
慕七人之遺○	2.9/15/4	也	15.1/87/16	使于尚書西祠	7.1/36/5
出補右扶○	3.1/15/19	八者、象八○	15.1/89/5		
○雨以時	3.2/17/2	所以○化天下也	15.1/89/5	**諷** fěng	1
別○淮雨	3.3/17/10				
穡損清○	3.3/17/19	**烽** fēng	3	〔永〕有○誦于先生之	
清○先驅	3.7/20/16			德	2.9/15/6
揚惠○以養貞	4.2/23/13	○燧不舉	1.5/4/7		
屬扶○魯宙、潁川敦歷		乘塞守○	11.2/57/25	**奉** fèng	62
等	4.3/24/13	○火不絕	11.2/58/5		
嫠嫠○廡	5.2/29/12			○辭責罪	1.1/1/28
夫人、右扶○平陵人也	6.5/34/21	**鋒** fēng	3	稱以○使副指	1.1/1/28
仁○溫潤	6.6/35/15			○上之忠也	1.7/5/16
○雨不時	7.4/40/20	外有寇虜○鏑之艱	10.2/54/18	○上忠矣	1.7/5/20
迅○折樹	7.4/40/20	懸命○鏑	11.2/58/6	以○成湯之祀	1.8/6/20
恩亂則○	7.4/40/21	攙甲揚○	11.8/61/29	皇帝遣使者○犧牲以致	
察其○聲	7.4/41/26			祀	1.10/8/10
清○奮揚	8.2/45/12	**豐** fēng	22	紀順○雅意	2.2/10/7
導遒和○	9.3/48/14			○禮終沒	2.3/11/3
則○雨不時	10.2/56/9	于是儲廩○饒	1.5/4/4	庶○清塵	2.4/11/21
山○泊以颮涌兮	11.3/59/4	群生○遂	3.3/17/16	公自○嚴飭	3.1/15/24
候○雲之體勢兮	11.3/59/12	然處○益約	3.4/18/10	以承○尊	3.2/17/3

○亡如存 3.2/17/4
欽承○構 3.3/17/10
上○繼親 4.1/22/11
詔五官中郎將任崇○冊 4.1/22/26
事○明君 4.5/25/24
遵○遺意 4.5/26/9
仰○慈姑 4.6/26/26
前後○斯禮者三十餘載 4.6/26/28
依生○仁 4.6/27/4
依存意以○亡兮 4.7/28/6
遣（吏）〔生〕○章
（報謝） 5.4/31/8
以舊○新 5.5/32/4
○烝嘗之祠 6.2/33/14
夫齋以恭○明祀 7.1/36/11
愼○所遺 7.3/38/9
反名仇怨○公 7.5/43/22
○率舊禮 8.1/44/13
以○其祀 8.1/44/17
○嗣無疆 9.4/48/21
尊而○之 9.6/49/19
謹○（生）〔牛一〕頭 9.7/50/1
臣邕○賀錄 9.8/50/9
非臣才量所能祗○ 9.9/51/1
謹○章詣闕 9.10/51/20
所以順陰陽、○四時、
效氣物、行王政也 10.1/53/20
乃命太史守典○法 10.1/53/26
質○機密 11.2/57/19
壯田横之○首兮 11.3/59/11
○皇樞 11.8/62/15
○饋西序 12.4/63/30
遵○光武 12.10/65/7
祖宗所祗○也 13.1/69/16
所以竭心親○ 13.1/69/18
各有○公疾姦之心 13.1/70/2
是時○公者欣然得志 13.1/70/4
使吏知○公之福 13.1/70/7
但守○祿 13.1/70/15
後天而○天時 13.2/71/26
○天之文 13.2/71/28
在泰山則曰奏○高宮 15.1/80/17
○天王之恩德 15.1/88/16
祖宗廟皆世世○祠 15.1/90/26
遂常○祀光武舉天下以
再受命復漢祚 15.1/91/1
宣帝但起園陵長承○守 15.1/92/1
置章陵以○祠之而已 15.1/92/3
以肺腑宿衛親公主子孫
○墳墓 15.1/92/19
三公○璧上殿 15.1/92/25
大駕、則公卿○引大將
軍參乘太僕御 15.1/93/6
唯河南尹執金吾洛陽令
○引侍中參乘○車郎
御屬車三十六乘 15.1/93/9
太僕○駕上鹵簿于尙書
15.1/93/10

俸 fèng 1

以一月○贖罪 9.8/50/11

鳳 fèng 3

龜○山翳 11.8/62/16
鸞○挫翮 12.28/68/18
鸞○翔其顚 14.12/77/12

佛 fó 1

憎○肸之不臣 11.3/58/24

否 fǒu 13

賢愚臧○ 1.7/5/9
○則退之以光操 2.2/9/22
既多幽○ 2.2/10/10
以明可○ 2.5/12/2
有○有聖 2.5/12/15
善○有章 3.1/15/23
勢有可○ 7.3/37/13
臣問樂爲吏○ 8.2/45/8
是故天地○閉 11.8/61/21
可與處○ 11.8/62/11
寧陵夷之屯○ 12.3/63/24
臧○無章 13.1/70/21
○則止 13.3/72/18

夫 fū 168

以太中大○薨于京師 1.1/1/11
歷河南太守太中大○ 1.1/2/15
徙拜光祿大○ 1.1/2/18
拜太中大○ 1.1/2/19,3.1/15/18
越其所以率○百辟 1.3/3/14
其以光祿大○玄爲太尉 1.4/3/21
拜光祿大○ 1.6/4/21
復爲少府太中大○ 1.6/4/22
○何考焉 1.6/4/27
至于列國大○ 1.7/5/10
○萬類莫貴乎人 1.7/5/14
○豈淫刑 1.7/5/22
○豈漏姦 1.7/5/23
衛大○孔圉謚曰文子 1.7/5/30
至于王室之卿大○ 1.7/6/5
天子大○也 1.7/6/7
此皆天子大○得稱 1.7/6/8
○其器量弘深 2.1/8/27
○其仁愛溫柔 2.2/9/17
使○少長咸安懷之 2.3/10/16
○三精垂耀 2.5/12/12
○水盈而流 2.6/13/1
又家拜犍爲太守、太中
大○ 2.6/13/3
有士會者爲晉大○ 2.7/13/13
○其生也 2.9/14/29
留拜光祿大○ 3.1/15/19
○驕吝之釁 3.2/16/17
又以光祿大○受命司徒 3.3/17/15
若○道術之美 3.4/18/12
耕○罷耜 3.7/21/20
妻勉其○ 3.7/21/21
徵拜太中大○、尙書令
、太僕、太常、司徒 4.1/22/19
徵拜太中大○ 4.2/23/22
○烝烝至孝 4.2/23/28
使○蒙惑開析 4.3/24/17
能○勤信 4.3/24/17
○人江陵黃氏之季女 4.5/25/23
繼室以○人 4.5/25/26
二孤童紀未齔育于○人 4.5/25/26
○人懷聖善之姿 4.5/25/26
○人是享 4.5/26/2
于我○人 4.5/26/3
○人居京師六十有餘載 4.5/26/4
太○人年九十一 4.5/26/8
○遭時而制 4.5/26/11
葬我○人黃氏及陳留太
守碩于此高原 4.5/26/15
於穆○人 4.5/26/18

○人編縣舊族章氏之長		○若以年齒爲嫌	8.4/46/19	○面之不飾	13.11/74/13
女也	4.6/26/25	○山河至大	9.9/51/4	○何大川之浩浩兮	14.1/74/22
○人生五男	4.6/26/29	○人君無弄戲之言	9.10/51/19	歡莫偉乎○婦	14.2/75/3
季以高（弟）〔第〕爲		○德、儉而有度	10.1/52/8	○何姝妖之媛女	14.3/75/12
侍御史諫議大○侍中		膳○是相	10.1/52/20	宜作○人	14.5/75/27
虎賁中郎將陳留太守	4.6/27/2	禮、士大○學于聖人善		○何矇眛之瞽兮	14.6/76/8
○人哀悼劬頷	4.6/27/3	人	10.1/53/1	○張局陳碁	14.14/77/27
遭太○人憂篤	4.6/27/3	○根柢同	10.2/54/28	此諸侯大○印稱璽者也	
○人之存也	4.6/27/3	若○太昊蓐收句芒祝融			15.1/80/25
祔于太○人	4.6/27/4	之屬	10.2/54/30	大○以下有同姓官別者	
議郎○人趙氏	4.7/27/18	陷○人以大名	11.3/58/27	言姓	15.1/82/5
是時○人寢疾未薨	4.7/27/20	僕○疲而劬瘁兮	11.3/59/5	公卿使謁者將大○以下	
○人乃自矜精稟氣	4.7/27/22	命僕○其就駕兮	11.3/59/13	至吏民尙書左丞奏聞	
○人寢疾	4.7/28/3	○如是	11.8/61/7	報可	15.1/82/5
遷諫議大○	5.4/31/4	○子生清穆之世	11.8/61/7	諸營校尉將大○以下亦	
後以高等拜侍御史遷諫		○獨未之思邪	11.8/61/13	爲朝臣	15.1/82/11
議大○	5.5/31/23	武○奮勇	11.8/61/17	天子諸侯后妃○人之別	
若○西門起鄴	6.1/32/19	○華離帝而萎	11.8/61/20	名	15.1/83/16
得大○之祿	6.2/33/14	○豈傲主而背國乎	11.8/61/23	諸侯之妃曰○人	15.1/83/16
嗚呼悲○	6.3/34/2	○世臣（閣）〔門〕子		○之言扶也	15.1/83/17
司徒袁公○人馬氏薨	6.5/34/19		11.8/61/30	大○曰孺人	15.1/83/17
○人、右扶風平陵人也	6.5/34/21	○○有逸群之才	11.8/62/1	公侯有○人、有世婦、	
○人生應靈和	6.5/34/22	貪○徇財	11.8/62/3	有妻、有妾	15.1/83/18
○人營克家道	6.5/34/25	○九河盈溢	11.8/62/8	三○人、帝嚳有四妃以	
故濟北相○人卒	6.6/35/9	今子賁匹○以清宇宙	11.8/62/8	象后妃四星	15.1/83/21
○人有胤	6.6/35/14	且○地將震而樞星直	11.8/62/9	三○人、九嬪	15.1/83/24
矧茲○人	6.6/35/19	○豈后德熙隆漸浸之所		卿大○一妻、二妾	15.1/83/25
由斯○人	6.6/35/26	通也	12.12/65/21	大○以下廟之別名	15.1/84/6
○齋以恭奉明祀	7.1/36/11	近○小戒也	12.24/67/28	大○一昭一穆與太祖之	
武○戮力	7.3/37/16	○昭事上帝	13.1/69/7	廟三	15.1/84/6
○務戰勝	7.3/37/21	○權不在上	13.1/69/10	降大○二也	15.1/84/7
○世宗神武	7.3/37/21	○求賢之道未必一塗	13.1/69/29	大○以下成群立社曰置	
○煎盡府帑之蓄	7.3/38/12	○司隸校尉、諸州刺史		社	15.1/84/25
○岬民救急	7.3/38/18	所以督察姦枉、分別		大○不得特立社	15.1/84/25
召光祿大○楊賜、諫議		白黑者也	13.1/70/1	大○以下自立三祀之別	
大○馬日磾、議郎張		○執狐疑之計者	13.1/70/5	名	15.1/85/6
華、蔡邕、太史令單		○書畫辭賦、才之小者		左九棘、孤卿大○位也	15.1/89/8
颺	7.4/38/26		13.1/70/11	丞相匡衡、御史大○貢	
○誠仰見上帝之厚德也	7.4/40/3	逮○周德既衰	13.3/72/10	禹乃以經義處正	15.1/90/25
○牝雞但雄鳴	7.4/40/14	貧賤不待○富貴	13.3/72/15	及諸侯王、大○郡國計	
○以匹顏氏之子	7.4/40/17	○遠怨稀咎之機	13.3/72/20	吏、匈奴朝者西國侍	
復云有程○人者	7.4/41/26	而二子各有聞乎○子	13.3/72/20	子皆會	15.1/91/8
光祿大○橋玄	7.4/42/9	○黍亦神農之嘉穀	13.3/72/24	後大○計吏皆當軒下	15.1/91/9
○宰相大臣	7.4/42/10	走將從○孤焉	13.3/72/26	母匡太○人曰孝崇后	15.1/92/8
○憂樂不竝	7.4/42/17	大○稱伐	13.4/72/30	母董○人曰孝仁后	15.1/92/8
○君臣不密	7.4/43/4	有宋大○正考父	13.4/73/7	車皆大○載鑾旗者	15.1/94/3
衆○嘉焉	8.4/46/12	所謂大○稱伐者也	13.4/73/8	王與大○盡弁	15.1/94/13

公侯大〇各有差別	15.1/94/15	
卿大〇七旒黑玉珠	15.1/94/18	
卿大〇、尙書、二千石		
博士冠兩梁	15.1/94/22	
卿大〇、尙書、博士兩		
梁	15.1/95/16	

孚 fū　　1

麒麟來（〇）〔乳〕	12.15/66/15

鈇 fū　　1

奮〇鉞而竝出	7.3/37/20

敷 fū　　11

〇教中夏	1.1/1/6
〇教四畿	1.6/5/1
〇聞于下	3.1/16/2
敬〇五品	3.3/17/15
〇典誥之精旨	3.5/18/26
命公作司徒而敬〇五教	3.5/19/2
昭〇五教	4.2/23/16
〇土導川	4.2/23/19
（推）〔〇〕恩中外	6.6/35/15
用〇錫厥庶民	7.4/40/5
治典不〇曰祈	15.1/97/4

膚 fū　　2

聰明〇敏	4.3/24/15
觸石〇合	12.8/64/21

弗 fú　　2

〇避也	12.2/63/10
〇愬以淫	12.20/67/10

伏 fú　　32

收考首〇	1.1/2/10
即日〇辜	1.1/2/10
潛〇不試	2.2/9/26
〇几筵而增悲	4.6/27/13
中水侯弟〇波將軍女	6.5/34/21
〇見幽州（奕）〔突〕	

騎	7.2/36/16	
弱者〇尸	7.3/38/2	
亡不〇誅	7.4/40/3	
臣邕〇惟陛下聖德允明	7.4/41/15	
〇思諸異各應	7.4/41/17	
〇見廷尉郭禧	7.4/42/9	
非復發糾姦〇、補益國		
家者也	7.5/43/22	
〇惟大行皇后規乾則坤	8.1/44/6	
未抱〇叔尸	8.2/45/4	
〇惟陛下體因心之德	8.2/45/10	
臣誠〇見幸甚	8.2/45/12	
臣〇見護羌校尉皇甫規	8.3/45/23	
〇惟幕府初開	8.4/46/5	
〇見陳留邊讓	8.4/46/7	
〇惟陛下應天淑靈	9.7/49/29	
臣〇惟糠粃小生	9.9/50/20	
（退〇）〔思過〕畎畝	9.9/50/22	
〇受罪誅	9.9/50/29	
〇惟留漏刻一省	9.10/51/20	
厭〇四方	12.26/68/9	
臣〇讀聖旨	13.1/69/5	
〇見幽州刺史楊憙、益		
州刺史龐芝、涼州刺		
史劉虔	13.1/70/1	
豈有〇罪懼考	13.1/70/21	
〇見前一切以宣陵孝子		
爲太子舍人	13.1/70/24	
乃〇其辜	13.1/70/28	
皆以晦望、二十四氣〇		
、社臘及四時日上飯	15.1/91/5	
三公〇	15.1/92/25	

扶 fú　　13

出補右〇風	3.1/15/19	
欲共〇送	3.7/21/21	
屬〇風魯宙、潁川敦歷		
等	4.3/24/13	
〇陽而飛	5.1/29/2	
夫人、右〇風平陵人也	6.5/34/21	
〇翼政事	6.5/34/25	
〇正黜邪	7.4/42/7	
〇飾文舉	9.2/47/19	
〇接聖躬	9.9/50/23	
無所〇助	10.2/56/7	
五伯〇微	11.8/61/16	

白虎〇行	12.26/68/9	
夫之言〇也	15.1/83/17	

服 fú　　74

當世是以〇重器	1.6/4/16
敦茲五〇	1.6/5/2
以紹〇祖禰之遺風	1.8/6/23
祭〇雖三年	1.9/7/14
贈之〇章	1.9/7/21
時〇素棺	2.3/10/25
喪母行〇	2.7/13/20
故事〇闋後還郎中	2.7/13/21
三業在〇	3.3/17/22
公祗〇弘業	3.5/18/23
冠帶章〇	3.7/20/24
龕〇艾輔	4.1/23/3
雖老萊子嬰兒其〇	4.2/23/27
爰在初〇	4.4/25/13
祭〇有珌	4.6/26/28
蠻夷率〇	5.1/28/23
乞行〇闋奔命	5.2/29/14
加朝〇拖紳	5.4/31/7
祗〇其訓	5.4/31/14
輿〇寮御部引	5.5/32/3
〇不織縠	6.6/35/15
〇貴無荒	6.6/35/18
被〇既不同	7.4/39/27
是以尙官損〇	8.1/44/11
今畏〇威靈	8.1/44/21
命〇銀青	9.3/48/12
以〇中土	9.4/48/20
命將征〇	9.4/48/22
始加元〇	9.7/49/31
命〇金紫	9.9/50/25
非臣（容）〔庸〕體所	
當〇佩	9.9/50/31
頒度量而天下大〇	10.1/52/12
無思不〇	10.1/53/11
《月令》〇食器械之制	
	10.2/56/18
當〇重刑	11.2/57/24
錫以車〇	12.3/63/23
九命車〇	12.9/65/2
盛輿〇而東巡	12.10/65/12
不因故〇	12.23/67/24
臣聞孝文皇帝制喪〇三	

十六日	13.1/70/24	**拂** fú	2	同○先聖		8.1/44/24
可以易尊甘石、窮○諸				剖○數郡		9.2/47/26
術者	13.2/71/24	道靈和〔○〕	4.2/23/13	不意錄○銀青		9.3/48/6
所言不○	13.2/71/25	違○不成曰隱	15.1/96/24	下印綬○策		9.9/50/17
車○照路	14.2/75/7			上所假高陽侯印綬○策		9.9/50/28
車馬、衣○、器械百物		**佛** fú	1	中讀○策詰戒之詔		9.9/50/31
曰「乘輿」	15.1/79/10			觀見○策		9.10/51/16
律曰「敢盜乘輿、○御		故雖仿○	3.2/16/22	○瑞由此而至矣		10.1/54/7
物	15.1/80/12			應神靈之○		11.8/62/14
謂天子所○食者也	15.1/80/12	**俘** fú	1	封鐔書○		12.24/67/28
凡衣○加于身、飲食入				考其○驗		13.2/71/22
于口、妃妾接于寢	15.1/81/4	薦○馘于京太室	10.1/53/7	深引《河洛圖讖》以爲		
婦之言○也	15.1/83/17			○驗		13.2/71/29
京兆尹侍祠衣冠車○	15.1/91/26	**浮** fú	11	凡制書有印使○下		15.1/81/14
秦滅九國兼其車○	15.1/94/4					
常○韛尋	15.1/94/12	○太清	1.10/8/15	**茀** fú		1
舞者○之	15.1/94/14	譬諸○雲	2.9/15/3			
○周之冕	15.1/94/20	删刻○辭	3.7/21/13	臣事輕茀○		9.9/51/7
執事者皮弁○	15.1/95/1	氣微微以長（○）（銷）				
幘者、古之卑賤執事不		〔消〕	4.6/27/11	**虙** fú		4
冠者之所○也	15.1/95/5	泥（潦）〔埴〕○游	6.1/32/27			
知皆不冠者之所○也	15.1/95/7	○輕之人不引在朝廷	7.4/42/13	讚○皇之洪勳		14.8/76/19
始進幘○之	15.1/95/8	○清波以橫屬	11.3/59/7	言○犧氏始以木德王天		
通天冠、天子常○	15.1/95/11	采○磬不爲之索	11.8/61/28	下也		15.1/89/17
漢○受之秦	15.1/95/11	忽若○雲	12.5/64/8	故○犧氏歿		15.1/89/18
遠遊冠、諸侯王所○	15.1/95/11	居處○測	12.29/68/23	○犧爲太昊氏		15.1/89/24
今謁者○之	15.1/95/13	若飛若○	14.13/77/22			
進賢冠、文官○之	15.1/95/16			**覑** fú		1
秦制執法○之	15.1/95/19	**匐** fú	1			
今御史廷尉監平○之	15.1/95/19			臣等〔不勝〕踊躍○藻		9.7/50/1
武官○之	15.1/95/22	匍○拜寄	8.4/46/20			
趙武靈王效胡○	15.1/95/23			**福** fú		33
知天文者○之	15.1/96/3	**紱** fú	5			
天地五郊、明堂月令舞				靜躬祈○即獲祚		1.10/8/7
者○之	15.1/96/4	嗣子業○冕相承	3.1/15/16	光景○		1.10/8/18
《八佾》樂五行舞人○		寔冕○琬	3.3/17/24	受茲介○		3.2/16/28、3.3/17/23
之	15.1/96/7	退省金龜紫○之飾	9.9/50/31			4.5/26/3
趙武靈王好○之	15.1/96/10	兩印雙○	9.10/51/17	聿懷多○		4.2/23/20、7.1/36/11
從官○之	15.1/96/12	七佩其○	11.1/57/11	與○祿乎終始		4.2/24/1
卻非冠、宮門僕射者○				寬以爲○而已哉		4.3/24/23
之	15.1/96/14	**符** fú	18	○祚流衍		4.5/26/19
司馬殿門大護衛士○之				貽○惠君		6.1/33/5
	15.1/96/16	吐○降神	2.3/11/7	用懷多○		6.2/33/17
監門衛士○之	15.1/96/19	顯有剖○之寄	4.7/27/23	當受永○		6.4/34/13
		與帝剖○	4.7/28/3	獲○祿之豐報		6.5/34/26
		協○瑞之珍	5.1/28/21	文王所以懷○		7.1/36/11
		臣聞見○致蝗以象其事	7.4/40/31	惟辟作○		7.4/39/20

斂時五〇	7.4/40/5	《大雅》	9.1/47/1	建寧二年薨于太傅〇	4.5/26/8
五〇乃降	7.4/41/10	生申及〇	11.1/57/9	申于政〇	6.1/32/24
鬼神〇謙	7.4/43/3	獫狁攘而吉〇宴	11.8/61/29	副在三〇司農	6.1/32/25
群公之〇	7.4/43/3	剛平則山〇之勵也	12.2/63/9	三〇選幽、冀二州刺史	7.2/36/21
而言者不蒙延納之〇	7.5/43/20	仲山〇有補袞闕	13.4/73/4	夫煎盡〇帑之蓄	7.3/38/12
〇在弄臣	9.1/47/3	梁〇悲吟	14.12/77/15	宰〇孝廉	7.4/42/19
高皇帝使工祝承致多〇				至于宰〇孝廉顛倒	7.4/42/22
無疆	9.5/49/3	**府 fǔ**	57	不能至〇舍	8.2/45/7
陛下享茲吉〇	9.7/50/2			伏惟幕〇初開	8.4/46/5
君況我聖主以洪澤之〇	12.1/63/1	辟司徒大將軍〇	1.1/1/10	列于王〇	8.4/46/18
兆氓蒙〇	12.9/65/3	辟大將軍梁公幕〇	1.1/1/24	五〇舉臣任巴郡太守	9.3/48/4
以祈〇祥	12.25/68/3	四〇舉公	1.1/1/26	〇舉入奏	9.3/48/4
陽遂求〇	12.26/68/8	遷河南尹少〇大鴻臚司		長歷宰〇	9.9/50/21
自求百〇	12.27/68/14	徒司空	1.1/2/13	初由宰〇	11.2/57/17
則自褰多〇	13.1/69/7	復拜少〇	1.1/2/19	充王〇而納最	11.3/59/9
祈〇豐年	13.1/69/15	皆公〇〔所〕特表送	1.1/2/21	開三〇請雨	12.1/62/31
使吏知奉公之〇	13.1/70/7	四〇表橋公	1.5/4/1	臣自在宰〇及備朱衣	13.1/69/8
告祝、祈〇祥也	15.1/87/15	四〇表拜涼州刺史	1.6/4/18	公〇臺閣亦復默然	13.1/70/3
		遷河南尹少〇大鴻臚	1.6/4/20	其中有所請若罪法効案	
髴 fú	2	復爲少〇太中大夫	1.6/4/22	公〇	15.1/81/28
		益州〇君貫綜典術	1.7/5/12	〇史以下未有爵命	15.1/84/9
尋思髣〇	6.5/35/1	加陳留〇君以益州之讖	1.7/5/12		
藐髴〇而無聞	11.3/58/25	益州〇君自始事至沒身	1.7/5/19	**斧 fǔ**	3
		〇君所在	1.7/6/1		
輻 fú	1	則〇君	1.7/6/11	齊〇罔設	1.5/4/9
		時辟大將軍〇	1.8/6/26	亦用齊〇	1.6/5/1
〇輳而至	3.7/20/24	辟司徒〇	2.2/9/22	斂鑿頭兮斷柯〇	11.4/59/30
		復辟太尉〇	2.2/9/24		
甫 fǔ	20	辟大將軍　2.2/9/25,3.3/17/11		**俯 fǔ**	10
		六辟三〇	2.3/10/17		
山〇之不阿	1.1/1/20	太守南陽曹〇君命官作		乃〇而就之	2.5/12/2
上邽令皇〇禎	1.1/2/10	誄曰	2.3/11/2	〇效人事	2.5/12/7
周有仲山〇伯陽嘉父	1.7/6/13	〇丞與比縣會葬	2.3/11/4	〇仰占候	2.6/12/28
山〇喉舌	1.8/7/4	河南尹种〇君臨郡	2.3/11/5	正考父〇而循牆	4.2/23/27
以爲申伯〇侯之翼周室	3.7/21/23	辟四〇	2.4/11/14	〇誨膝下	4.6/26/27
偶山〇乎喉舌	4.3/24/20	凡十辟公〇	2.6/13/2	〇繫絲桑	6.6/35/11
繼軌山〇	4.4/25/16	辟太尉〇	2.7/13/23	〇仰無所遺	8.1/44/5
通謀中常侍王〇求爲將	7.3/37/10	遷少〇光祿勳	3.3/17/14	〇仰龍光	9.7/49/29
〇建議當出師與育并力	7.3/37/10	乃由宰〇	3.4/18/6	思字體之〇仰	11.6/60/17
周宣王命南仲吉〇攘獫		命公再作少〇	3.5/18/27	卑〇乎外戚之門	11.8/62/5
狁、威蠻荊	7.3/37/12	勳在王〇	3.5/19/12		
中常侍育陽侯曹節、冠		上計吏辟大將軍〇	3.7/20/15	**脯 fǔ**	1
軍侯王〇	7.4/39/2	〇寺亭鄉	3.7/20/24		
有山〇之姿	7.4/42/9	開〇辟召	3.7/21/6	〇曰尹祭	15.1/87/11
臣伏見護羌校尉皇〇規	8.3/45/23	功載王〇	3.7/21/25		
明將軍以申〇之德	8.4/46/3	幕〇禮命	3.7/22/1		
是故申伯、山〇列于		王〇以充	4.2/23/16		

腑 fǔ	1
以肺〇宿衛親公主子孫	
奉墳墓	15.1/92/19

輔 fǔ	25
出爲藩〇	1.6/5/1
公之丕考以忠蹇亮弼〇	
孝安	3.1/15/16
及其所以匡〇本朝	3.2/16/18
光〇國家	3.3/17/22
誕生元〇	3.5/19/12
雖安國之〇梁孝	3.6/20/3
下陳〇世忠義之方	3.7/21/16
鼎臣元〇	4.1/22/24
黿服艾〇	4.1/23/3
伊漢元〇	4.2/24/4
光〇六世	4.3/24/24
〇世樹功流化者	4.3/25/5
作漢〇	4.3/25/8
作（此）〔漢〕元〇	4.4/25/15
周召〇姬	5.2/29/19
四〇代昌	5.3/30/18
國家之〇佐	6.3/33/25
〇或未衰	7.4/41/18
〇位重則上尊	7.4/42/15
〇佐重臣	9.1/47/1
配天作〇	11.1/57/9
〇弼賢知	11.8/61/11
式作漢〇	12.2/63/14
賜茲世〇	12.4/63/29
晉、魏顆獲杜回于〇氏	13.4/73/8

腐 fǔ	3
稊粟紅〇	3.7/20/23
同于朽〇	10.2/54/20
隨軀〇朽	11.2/58/7

撫 fǔ	13
〇柔彊垂	1.1/1/6
〇下之忠也	1.7/5/18
〇下忠矣	1.7/5/23
南〇衡陽	3.7/20/21
〇育二孤	4.5/26/1

綏〇孱弱	8.3/45/25
劉焉〇寧有方	9.3/48/13
建〇體而立洪高兮	11.3/58/28
勤而〇之	11.8/61/16
由是〇亂以治	12.3/63/22
〇長笛以據憒兮	14.6/76/9
曲引興兮繁絲〇	14.12/77/13
王者臨〇之別名	15.1/82/14

黼 fǔ	2
常服〇黻	15.1/94/12
衣〇衣	15.1/94/19

父 fù	77
民有〇（字）〔子〕俱行	1.1/2/7
赫矣橋〇	1.6/4/27
昔魯季孫行〇卒	1.7/5/26
又禮緣臣子咸欲尊其君	
〇	1.7/6/10
周有仲山甫伯陽嘉〇	1.7/6/13
宋有正考〇	1.7/6/14
魯有尼〇	1.7/6/14
《春秋》曰孔〇	1.7/6/14
子曰伯某〇	1.7/6/14
〇雖非爵	1.7/6/15
可于公〇之中	1.7/6/16
時惟朱〇	1.9/7/17
〇拜稽首	1.9/7/19
不遺一〇	1.9/7/20
初以〇任拜郎中	2.5/12/1
高祖、祖〇皆豫章太守	
潁陰令	2.6/12/24
〇隱約螫瘁	3.2/16/12
於皇文〇	3.4/18/15
〇義、母慈、兄友、弟	
恭、子孝	3.5/19/3
謂之伯〇	3.7/21/6
若喪〇母	3.7/21/20
〇勉其子	3.7/21/21
正考〇俯而循牆	4.2/23/27
高祖〇汝南太守	4.5/25/23
曾祖〇延城大尹	4.5/25/24
祖〇番禺令	4.5/25/24
〇以主簿嘗證太守	4.5/25/24
禪梁〇、皇代之邈迹	5.1/28/23

曾祖〇江夏太守	5.2/29/9
伯〇東郡太守	5.2/29/9
色過孔〇	5.2/29/11
遭叔〇憂	5.4/31/3
桓帝時遭叔〇憂	5.5/31/22
作人〇母	6.1/33/3
故主〇偃曰	7.3/37/21
是歲封后〇禁爲平陽侯	7.4/40/11
臣叔〇衛尉質	7.5/43/13
臣〇子誠有怨恨	7.5/43/14
臣季〇質	7.5/43/21
言事者欲陷臣〇子	7.5/43/21
時祖〇叔病殁	8.2/45/4
雖〇母之于子孫	9.3/48/11
不敢私其君〇	9.6/49/12
以親〇故	11.2/57/18
依叔〇衛尉質	11.2/57/18
〇子一門	11.2/57/20
〇子家屬	11.2/57/21
生則象〇	11.4/59/26
董〇受氏于黎龍	11.8/62/19
造〇登御于驊騮	11.8/62/19
弓〇畢精于筋角	11.8/62/20
〇子至親	13.1/70/25
有宋大夫正考〇	13.4/73/7
叔〇親之	13.10/74/7
〇天、母地	15.1/79/24
孝元皇后〇大司馬陽平	
侯名禁	15.1/80/20
天子〇事天	15.1/82/23
天子〇事三老者	15.1/82/26
不得上與〇齊	15.1/90/14
于〇子之次	15.1/90/15
爲于哀帝爲諸〇	15.1/90/15
于平帝爲〇祖	15.1/90/16
上至元帝于光武爲〇	15.1/90/16
而〇在	15.1/91/27
其〇曰史皇孫	15.1/91/28
祖〇曰衛太子	15.1/91/28
不敢加尊號于祖〇也	15.1/92/1
亦不敢加尊號于〇祖也	15.1/92/1
世祖〇南頓君曰皇考	15.1/92/2
依高帝尊〇爲太上皇之	
義	15.1/92/4
追號〇清河王曰孝德皇	15.1/92/4
帝偪于順烈梁后〇大將	
軍梁冀未得尊其〇而	

復 fù	64
○拜太尉	1.1/2/18，4.2/23/20
○拜少府	1.1/2/19
○爲少府太中大夫	1.6/4/22
猶○宗事趙叟	1.7/6/3
○辟大將軍	1.8/6/27
○徵拜議郎	1.8/7/3
爾勿○取吾先人墓前樹	
也	1.10/8/5
○辟太尉府	2.2/9/24
太守○察孝廉	2.5/12/2
考翼佐世祖匡○郊廟	2.8/14/11
恥已處而○出	2.9/15/4
起家○拜太常	3.1/15/21
望變○還	3.1/15/22
上○遣左中郎將祝耽授	
節	3.7/21/6
○拜司空	4.1/22/18，4.2/23/19
○以特進	4.1/22/18
○封前邑	4.1/22/22
○封故邑	4.2/23/24
○拜太傅錄尙書事	4.2/23/24
匡○帝載	5.1/29/3
○禮克己	6.6/35/20
氣絕○蘇	6.6/35/22
知之未嘗○行	7.4/40/18
不遠○	7.4/40/18
○使陛下不聞至戒哉	7.4/41/17
○云有程夫人者	7.4/41/26
不宜○聽納小吏、雕琢	
大臣	7.4/42/16
誰敢○爲陛下盡忠者乎	7.5/43/20
非○發糾姦伏、補益國	
家者也	7.5/43/22
然恐陛下不○聞至言矣	7.5/43/23
情辭何緣○達	7.5/43/27
若○輩從此郡選舉	8.4/46/14
陛下不○參論	9.3/48/4
世祖○帝祚	9.4/48/20
今聖〔朝〕遵古○禮	9.6/49/15
不○改作	9.6/49/24
○階（朝謁）〔宰朝〕	9.9/50/22
○蒙顯封	9.9/50/27
庶明王○興君人者	10.1/54/5
故不能○加刪省	10.2/54/24
非臣無狀所敢○望	11.2/57/22

非臣罪惡所當○蒙	11.2/57/22
非臣辭筆所能○陳	11.2/57/22
○聽續鞠	11.2/57/24
無心○能	11.2/57/26
無所○恨	11.2/58/12
稔濤塗之○惡兮	11.3/58/27
○邦族以自綏	11.3/59/19
言旋言○	11.3/59/21
匪云來○	12.5/64/6
○申先典	13.1/69/19
公府臺閣亦○默然	13.1/70/3
旋○變易	13.1/70/6
亦○隨輩皆見拜擢	13.1/70/15
難○收改	13.1/70/15
不可○使理人	13.1/70/15
無○能省	13.1/70/20
○長鳴而揚音	14.17/78/16
遂常奉祀光武舉天下以	
再受命〔漢祚	15.1/91/1
光武○天下	15.1/91/13
重轂者、轂外○有一轂	
	15.1/93/27
乃○設牟施銅	15.1/93/27

腹 fù	5
常幹州郡○心之任	2.2/9/21
則皇家之○心	8.3/45/28
不過滿○	9.9/51/10
○心弘道	12.5/64/7
豐○斂邊	14.13/77/21

賦 fù	13
○壽不永	3.6/20/4
○政造次	3.7/20/17
○政于外	4.1/23/1，4.2/24/5
據○政	4.3/25/4
財○充實	7.3/37/22
省○役之費	7.4/41/2
洪都篇○之文	7.4/42/18
述而成○	11.3/58/20
登高斯○	11.3/59/20
是以陳○	11.4/59/28
夫書畫辭○、才之小者	
	13.1/70/11
○誦以歸	14.20/79/3

縛 fù	1
業收○考問	7.4/39/26

賻 fù	2
錢布○賜	4.1/22/27
持○錢二十萬	4.5/26/16

覆 fù	12
果有蹎○不測之禍	1.7/5/21
足以包○無方	2.2/9/17
從命而顚○者	2.5/12/4
含容○載	3.2/16/14
○載博大	4.2/23/10
臣爲○蔽	7.5/43/15
前車○而未遠兮	11.3/59/15
前車已○	11.8/62/6
卒壞○而不振	12.28/68/18
抵掌反○	14.12/77/14
言一歲莫不○載	15.1/83/11
不可偏○	15.1/85/28

馥 fù	3
有○其芳	2.4/11/20
○○芬芬	3.2/17/4

該 gāi	6
有○百行	2.5/12/12
正直疾枉清儉○備者矣	3.1/15/26
孰能○備寵榮	3.3/17/18
罔不攸○	3.5/18/24
信可謂兼三才而○剛柔	
	12.4/63/29
○通五經	12.5/64/4

改 gǎi	27
不○其樂	3.6/19/25
姦宄○節	3.7/20/16
○定五經章句	3.7/21/13
釐○度量	4.2/23/23
特旨密問政事所變○施	
行	7.4/39/4

敢 gǎn	58
罔○不法	1.2/3/6,1.2/3/6
回乃不○不弼	1.3/3/15
枉乃不○不匡	1.3/3/15
臣不○辭	1.4/3/22
不○有違	1.9/7/15
○錄言行	2.2/10/3
亦不○宣	3.2/16/19
猶不○載	3.2/16/22
○竭不才	3.4/18/13
小乃不○不慎	3.5/18/23
大亦不○不戒	3.5/18/23
不○荒寧	3.5/19/7
○儀古式	3.5/19/10
不○失墜	4.5/26/9
○曰亮闇	4.7/27/26
用○作頌	5.1/28/27
○不自勗	5.5/32/4
齋者、所以致齊不○渙	
散其意	7.1/36/8
不○營辦	7.2/36/25
挾疑者未必○	7.3/38/12
言其莫○校也	7.3/38/14
臣○不盡情以對	7.4/41/21
莫○犯禁	7.4/42/14
不○戲豫	7.4/42/19
莫之○言	7.4/42/21
誰○違旨	7.4/42/22
○觸忌諱	7.4/43/4
臣〔安〕漏所問	7.4/43/5
不○屬部	7.5/43/14
誰○復爲陛下盡忠者乎	7.5/43/20
不○須通	8.4/46/20
不○肅飾	9.2/47/29
非所○安	9.3/48/4
○昭告于皇祖高皇帝	9.4/48/19
關東吏民○行稱亂	9.4/48/21
○用潔牲	9.4/48/25
不○私其君父	9.6/49/12
亦不○毀	9.6/49/19
不○自信	9.9/50/20
上行下不○逆	9.9/50/30
臣不○違戾飾虛	9.10/51/19
頓首○固以請息	9.10/51/20
百官于是乎戒懼而不○	
易紀律	10.1/52/8
明不○泄瀆之義	10.1/53/21
非臣無狀所○復望	11.2/57/22
何光芒之○揚哉	11.8/62/9
不○踰越	13.1/70/25
不○慕此	13.5/73/15
○不酬荅	14.20/79/3
不○指斥天子	15.1/80/6
不○渫瀆言尊號	15.1/80/9
律曰「○盜乘輿、服御	
物	15.1/80/12
不○渫瀆言之	15.1/80/12
群臣莫○用也	15.1/80/26
孝章不○違	15.1/91/2
不○加尊號于祖父也	15.1/92/1
亦不○加尊號于父祖也	15.1/92/1

感 gǎn	23
○精瑞之應	1.10/8/5
○絕倫之盛事	2.6/13/5
雲龍○應	3.6/20/8
故吏濟陰池喜○公之義	4.1/22/28
○悼傷懷	4.3/25/7
皇姑殁而終○	4.6/27/10
增○氣絕	4.7/27/23
路人○愴	5.5/32/3
○襁褓之親愛	6.4/34/9
覩文○義	6.5/34/20
陽○天不旋日	7.4/39/19
因以○覺	7.4/41/18
○激忘身	7.4/43/4
故醇行○時而生	8.2/45/11
○物悟靈	9.1/47/6
田千秋有神明○動	9.2/47/22
眺瀨隈而增○	11.3/59/6
○憂心之殷殷	11.3/59/12
○東方《客難》	11.8/61/3
憂襃○兮	12.1/63/3
《艮》《兌》○其腜腓	14.2/75/4
○昔鄭季	14.5/75/27
○激絃歌	14.12/77/17

肟 gàn	1
而本朝必爲之○食	7.3/38/11

幹 gàn	5
貞固足以○事	2.1/8/28
常○州郡腹心之任	2.2/9/21
國之元○	3.5/18/30
○練機事	4.1/22/13
臣慺慺發瞽言、○非義	7.2/37/4

榦 gàn	4
內爲宗○	1.6/4/27
體如漆○	9.9/51/6
條去○而枯	11.8/61/20
別○同心	12.12/65/27

剛 gāng	16
○而不虐	1.1/1/18
膂力方○	1.5/4/2
斷○若礛	1.9/7/18
○毅彊固	2.2/9/18
○而無虐	2.2/10/9
內○如秋霜	3.7/21/16
○毅足以威暴	4.1/22/15
董以嚴○	6.6/35/17
襲悃愊○直	7.4/42/10
柔毛○鬣	9.4/48/25
○平則山甫之勵也	12.2/63/9
○則不吐	12.2/63/14
信可謂兼三才而該○柔	12.4/63/29
《乾》《坤》和其○柔	14.2/75/4
上○下柔	14.8/76/22
豕曰○鬣	15.1/87/8

崗 gāng	1
○岑紆以連屬兮	11.3/59/1

綱 gāng	10
公紀○張弛	1.1/2/21
探道之○	2.4/11/19
王政之紘○	3.4/18/4
弘○既整	4.2/23/23
蓋三○之序與竝育	5.5/32/4
天○縱	11.8/61/16

○紀文王	12.17/66/25	○明允實	2.4/11/20	爵○蘭諸國胤子	8.1/44/17
○網弛縱	13.1/70/3	由是搢紳歸○	2.5/12/5	○陽有莘	8.1/44/25
覽陰陽之○紀	14.2/75/4	曾未足以喻其○、究其		思媚周京爲○	8.1/44/25
布○治紀曰平	15.1/96/27	深也	2.5/12/11	○下優劣	8.1/44/27
		俟此弘○	2.5/12/17	非所以彰瓛瑋之○價	8.4/46/14
皋 gāo	**8**	○祖、祖父皆豫章太守		臣等謹案《漢書》○祖	
		穎陰令	2.6/12/24	受命如卓者	9.1/47/11
而○陶不與焉	3.2/16/24	體英妙之○姿	2.6/12/24	上臣○（弟）〔第〕	9.2/47/18
極遺逸于九○	3.6/19/27	雙名竝○	2.6/13/8	敢昭告于皇祖○皇帝	9.4/48/19
睹○陶之闌闐	4.3/24/15	志○行潔	2.7/13/15	○皇帝使工祝承致多福	
鶴鳴九○	12.18/66/30	乃遂隱身○藪	2.9/15/2	無疆	9.5/49/3
○陶與帝舜言曰「朕言		居○而志降	3.2/16/17	今封邑陳留雍丘○陽鄉	
惠可底行」	15.1/80/1	其惟○密元侯乎	3.2/16/25	侯	9.9/50/17
《史記》曰○陶爲理	15.1/89/11	赤泉（侯）（佐）〔佑〕		佐命○祖以受爵賞	9.9/50/26
《尚書》曰○陶作士	15.1/89/11	○	3.3/17/8	上所假○陽侯印綬符策	9.9/50/28
詔有司采《尚書·○陶		辟司空舉○（弟）〔第〕		臣聞○祖受命	9.9/51/3
篇》及《周官》《禮			3.3/17/12	不足勖勵以躡○蹤	9.10/51/16
記》定而制焉	15.1/94/15	思○游夏	3.4/18/5	通天屋○八十一尺	10.1/53/16
		可謂○朗令終	3.4/18/10	堂○三丈	10.1/53/17
羔 gāo	**4**	仰之彌○	3.4/18/16	是月獻羔以太牢祀○祺	
		山陽○平人也	3.7/20/14		10.2/55/14
○以跪乳	8.2/45/14	崇棟○門	3.7/20/24	今章句因于○祺之事	10.2/55/16
是月獻○以太牢祀高祺		于時春秋○矣	4.2/23/25	登長阪以凌○兮	11.3/58/27
	10.2/55/14	相與欽慕《崧○》《蒸		建撫體而立洪○兮	11.3/58/28
《詩》之《○羊》	12.2/63/12	民》之作	4.2/24/3	登○斯賦	11.3/59/20
孤有《○羊》之節	13.3/72/26	轔○遠	4.3/25/9	○下屬連	11.7/60/24
		○祖父汝南太守	4.5/25/23	抗志○冥	11.8/61/8
高 gāo	**122**	鑒帝籍之○論	4.5/26/12	隆隱天之○	11.8/61/25
		葬我夫人黃氏及陳留太		心恬澹于守○	11.8/62/2
○祖諱仁	1.1/1/17	守碩于此○原	4.5/26/15	○受滅家之誅	11.8/62/5
舉○（弟）〔第〕	1.1/1/22	季以○（弟）〔第〕爲		天○地厚	11.8/62/6
	3.1/15/18	侍御史諫議大夫侍中		落落然○風起世	12.3/63/21
又以○（弟）〔第〕補		虎賁中郎將陳留太守	4.6/27/2	深○入神	12.5/64/7
侍御史	1.1/1/25	授○密令	5.2/29/12	仕不苟祿、絕○也	12.7/64/16
○句驪嗣子伯固	1.5/3/28	遂佐○帝	5.3/30/12	郊○宗	12.11/65/16
○明卓異	1.6/4/14	後以大將軍○（弟）		其○者頗引經訓風喻之	
歸○名	1.6/4/16	〔第〕	5.4/31/4	言	13.1/70/13
舉○（弟）〔第〕侍御		後以○等拜侍御史遷諫		○百仞而不枉	14.9/76/27
史	1.6/4/17	議大夫	5.5/31/23	〔雞鳴○桑〕	14.12/77/16
再拜博士○（弟）〔第〕		于是陳留主簿○吉蔡軫		漢○祖受命	15.1/79/15
	1.8/6/27	等	5.5/32/1	在泰山則曰奏奉○宮	15.1/80/17
超天衢而○峙	2.1/9/3	因○卑之宜	6.1/32/18	《漢書》稱○帝五年	15.1/85/21
言觀其○	2.1/9/8	昔者○祖乃忍平城之恥	7.3/38/7	故○祖以火德繼之	15.1/89/22
不割○而引長	2.2/9/21	宜○其隄防	7.4/41/26	顓頊爲○陽氏	15.1/89/24
巍峨其○	2.2/10/9	陛階增則堂○	7.4/42/15	帝嚳爲○辛氏	15.1/89/25
故時人○其德	2.3/10/24	士之○選	7.4/42/19	○祖爲漢	15.1/89/26
述錄○行	2.3/11/5	久○不危	7.4/43/3	○帝、惠帝、呂后攝政	

、文帝、景帝、武帝		**稾** gào	1	**郜** gào	1
、昭帝、宣帝、元帝					
、成帝、哀帝、平帝		○魚曰商祭	15.1/87/11	取○大鼎于宋	10.1/52/6
、王莽、聖公、光武					
、明帝、章帝、和帝		**告** gào	34	**誥** gào	5
、殤帝、安帝、順帝					
、沖帝、質帝、桓帝		祗以疾○表	1.3/3/17	敷典○之精旨	3.5/18/26
、靈帝	15.1/89/26	○姓名	1.10/8/17	是爲神○	4.5/26/18
從○帝至桓帝	15.1/90/1	○謚曰文範先生	2.2/10/1	或有神○靈表之文	4.7/27/26
從○祖乙未至今壬子歲	15.1/90/2	懸車○老	2.3/10/20	中讀符策○戒之詔	9.9/50/31
○帝以甲午歲即位	15.1/90/2	○哀金石	2.4/11/22	詔書者、詔○也	15.1/81/17
文帝即○祖子	15.1/90/13	託疾○退	3.3/17/15		
○帝以下	15.1/90/24	○疾固辭	4.2/23/19	**戈** gē	4
○帝爲太祖	15.1/90/26	寢疾○退	4.2/23/24		
乃合○祖以下至平帝爲		于是公乃爲辭昭○先考	4.5/26/13	不動干○	1.1/2/1
一廟	15.1/90/28	號咷○哀	4.7/27/25	又春夏學干○	10.1/52/27
○祖廟、世祖廟謂之五		○老致仕	5.2/29/19	武功定而干○戢	11.8/61/28
供	15.1/91/11	○老懸車	5.2/30/2	執○揚楯	15.1/86/10
○帝、文帝、武帝、宣		勒銘○哀	5.5/32/9		
帝、元帝也	15.1/91/12	惟以○哀	6.3/34/3	**割** gē	6
○帝爲○祖	15.1/91/12	號呼○哀	6.6/35/22		
故○廟四時祠于東廟	15.1/91/26	設○緡重稅之令	7.3/37/19	不○高而引長	2.2/9/21
○祖得天下	15.1/91/27	豈有遣○哉	7.4/41/19	心肝若○	4.3/25/7
○祖春陵節侯曰皇○祖	15.1/92/2	敢昭○于皇祖高皇帝	9.4/48/19	亦○肝而絕腸	4.6/27/7
依○帝尊父爲太上皇之		用○遷來	9.4/48/26	孤心摧○	4.7/27/26
義	15.1/92/4	以訊馘○	10.1/53/7	中饋裁○	14.5/75/26
○廣各四寸	15.1/93/23	即王制所謂以訊馘○者		古者天子親祖○牲	15.1/82/28
謁者冠○山冠	15.1/95/1	也	10.1/53/9		
似○山冠而小	15.1/95/3	每月○朔朝廟	10.1/54/2	**歌** gē	49
○山冠、齊冠也	15.1/95/12	魯文公廢○朔而朝	10.1/54/3		
○九寸	15.1/95/12	閏月不○朔	10.1/54/4	或絃○以詠太一	1.10/8/6
○山冠、蓋齊王冠也	15.1/95/13	自是○朔遂闕而徒用其		俾後世之○詠德音者	2.2/10/8
前○七寸	15.1/95/16	羊	10.1/54/4	下民有康哉之○	3.7/21/1
○五寸	15.1/95/19	爾來○就	12.15/66/15	能不○歎	3.7/21/25
○七寸	15.1/95/24	惡則忠○善誨之	13.3/72/17	其○曰	6.1/33/2
○祖冠、以竹皮爲之	15.1/95/27	故○之以拒人	13.3/72/21	式○且舞	9.7/49/31
巧士冠、○五寸	15.1/96/12	故呼○陛下者而○之	15.1/80/6	升○清廟	10.1/52/14
卻敵冠、前○四寸	15.1/96/19	○某官	15.1/81/17	取周清廟之○	10.1/52/14
後○三寸	15.1/96/19	○祝、祈福祥也	15.1/87/15	○于魯太廟	10.1/52/14
		○太平于文王之所歌也		愍五子之○聲	11.3/59/4
膏 gāo	3		15.1/87/19	甯子有清商之○	11.8/61/6
		巡守○祭柴望之所歌也		援琴而○	11.8/62/22
○民庶	4.3/25/8		15.1/87/22	○曰	11.8/62/22
土○恆動	5.3/30/10	○成大武	15.1/88/9	詠新詩之悲○	14.7/76/13
黃潦○凝	6.1/33/4			于是○人恍惚以失曲	14.11/77/7
				感激絃○	14.12/77/17
				宗廟所○詩之別名	15.1/87/18

諸侯朝見宗祀文王之所		祭神明和而○之	15.1/89/14	太僕、司農、太傅、司			
○也	15.1/87/18			空○一	4.3/24/23		
告太平于文王之所○也		**革** gé	5	司徒、特進○二	4.3/24/24		
	15.1/87/19			太常、太尉○三	4.3/24/24		
奏象武之所○也	15.1/87/19	凶虜○心	1.1/1/26	伯仲○未加冠	4.6/27/1		
諸侯助祭之所○也	15.1/87/20	度不可○	4.1/22/16	○執其職	5.5/32/3		
祝先王公之所○也	15.1/87/21	聖主○正	4.2/23/22	受詔書○一通	7.4/39/3		
郊祀天地之所○也	15.1/87/21	有兵○之事	7.4/39/14	五人○一處	7.4/39/4		
祀文王于明堂之所○也		湯武○命	13.2/72/1	使貞雅○得其所	7.4/39/18		
	15.1/87/22			平城門及武庫屋○損壞	7.4/41/5		
巡守告祭柴望之所○也		**格** gé	4	皆○括囊迷國	7.4/41/13		
	15.1/87/22			伏思諸異○應	7.4/41/17		
祀武王之所○也	15.1/87/23	勳○皇天	4.1/23/3	○以后配	9.4/48/19		
祀后稷配天之所○也	15.1/87/23	天人交○	5.2/29/18	○欲褒崇至親而已	9.6/49/15		
諸侯助祭遣之于廟之所		○莽丘而稅駕兮	11.3/59/5	歲五十萬斛○米	9.9/50/18		
○也	15.1/87/24	壽王創基于○五	11.8/62/20	○有所依	10.1/53/13		
春夏祈穀于上帝之所○				○從時月藏之明堂	10.1/53/21		
也	15.1/87/25	**葛** gé	3	○配其牲爲食也	10.2/56/25		
二王之後來助祭之所○				他鄉○異縣	11.5/60/4		
也	15.1/87/25	○盧辨音于鳴牛	11.8/62/18	入門○自媚	11.5/60/4		
烝嘗秋冬之所○也	15.1/88/1	《○罩》恐其失時	14.2/75/5	○有奉公疾姦之心	13.1/70/2		
始作樂合諸樂而奏之所		凡與先帝先后有瓜○者	15.1/91/8	今光、晃○以庚申爲非	13.2/71/5		
○也	15.1/88/1			○自有元	13.2/71/6		
季冬薦魚、春獻鮪之所		**隔** gé	2	○家術皆當有效于其當			
○也	15.1/88/2			時	13.2/71/6		
禘太祖之所○也	15.1/88/3	江山修○	9.3/48/13	而二子○有聞乎夫子	13.3/72/20		
諸侯始見于武王廟之所		○于河維	14.5/76/4	○從其行而矯之	13.3/72/21		
○也	15.1/88/3			○以其野所宜之木以名			
微子來見祖廟之所○也	15.1/88/4	**閣** gé	1	其社及其野	15.1/85/25		
奏大武周武所定一代之				每帝○別立廟	15.1/90/24		
樂之所○也	15.1/88/4	及群臣士庶相與言曰殿		遂于親陵○賜計吏而遣			
朝于廟之所○也	15.1/88/5	下、○下、〔足下〕		之	15.1/91/10		
成王謀政于廟之所○也	15.1/88/6	、〔侍者〕、執事之		○以其所封方之色	15.1/92/11		
群臣進戒嗣王之所○也	15.1/88/6	屬皆此類也	15.1/80/7	○以其戶數租入爲限	15.1/92/12		
嗣王求忠臣助己之所○				立車○一	15.1/93/14		
也	15.1/88/7	**閤** gé	4	高廣○四寸	15.1/93/23		
春耤田祈社稷之所○也	15.1/88/8			公侯大夫○有差別	15.1/94/15		
秋報社稷之所○也	15.1/88/8	其餘登堂○	4.3/25/4	組纓○視其綬之色	15.1/94/18		
繹賓尸之所○也	15.1/88/9	東觀○學	8.1/44/15	其纓與組○如其綬之色			
言能酌先祖之道以養天		公府臺○亦復默然	13.1/70/3		15.1/94/26		
下之所○也	15.1/88/9	若臺○有所正處而獨執		○隨所宜	15.1/95/9		
師祭講武類禡之所○也		異意者曰駁議	15.1/82/7	衣冠○從其行之色	15.1/96/7		
	15.1/88/10						
大封于廟、賜有德之所		**各** gè	39	**根** gēn	12		
○也	15.1/88/11						
巡狩祀四嶽、河海之所		○述所審	3.3/17/20	乃尋厥○	2.1/9/7		
○也	15.1/88/11	自○發卒	3.7/21/22	守○據窮	2.9/15/1		

○曰	1.1/2/2, 1.7/5/29 3.2/16/24	忠文朱○名穆	1.8/6/20	於惟楊○	3.2/16/28
○達于事情	1.1/2/4	字○叔	1.8/6/20	○諱賜	3.3/17/8, 3.4/18/3
○以其見侮辨直	1.1/2/8	至元子啓生○子朱	1.8/6/21	○其後也	3.3/17/8, 4.2/23/10
以舜命約○	1.1/2/9	群○竝表	1.8/6/28	○承家崇軌	3.3/17/10
○覺其姦態	1.1/2/10	文忠、益州太守朱君名		○乃因是行退居廬	3.3/17/12
以○長于襟帶	1.1/2/12	穆字○叔	1.9/7/12	○以群○之舉	3.3/17/13
○皆以自克遜位	1.1/2/14	夙夜在○	1.9/7/20	○遂身避	3.3/17/15
○表升會放狼籍	1.1/2/16	群○休之	2.1/9/1	如○之至者乎	3.3/17/18
○稱病辭	1.1/2/18	是爲陳胡○	2.2/9/15	○體資明哲	3.3/17/18
皆○府〔所〕特表送	1.1/2/21	大將軍三○使御屬往弔		紀○勳績	3.3/17/20
○紀綱張弛	1.1/2/21	祠	2.2/10/1	粵曁我○	3.3/17/22
凡見○容貌	1.1/2/23	大將軍何○、司徒袁○		群○以溫故知新	3.4/18/6
聞○聲音	1.1/2/23	前後招辟	2.3/10/21	○喪之禮	3.4/18/11
比方○孫	1.1/2/25	弘農楊○、東海陳○	2.3/10/23	漢有國師司空文烈侯楊	
初○爲舍于舊里	1.1/2/25	重于○相之位也	2.3/10/24	○	3.5/18/22
延○于玉堂前廷	1.2/3/3	群○百僚	2.3/10/26	○惟司徒之孫	3.5/18/22
○乃虔恭夙夜	1.2/3/4	三○遣令史祭以中牢	2.3/11/2	太尉○之胤子	3.5/18/22
○亦克紹厥猷	1.2/3/6	群○事德	2.5/12/5	○祗服弘業	3.5/18/23
延○登于玉堂前廷	1.3/3/12	策命○車特徵	2.5/12/6	群○以舊德碩儒	3.5/18/26
○拜稽首以讓	1.3/3/13	凡十辟○府	2.6/13/2	命○再作少府	3.5/18/27
○允迪厥德	1.3/3/13	○車特徵	2.6/13/2, 3.3/17/12	命○再作光祿	3.5/18/28
延○入崇德殿前	1.4/3/21	顯顯群○	2.6/13/7	命○作廷尉	3.5/18/29
○拜稽首曰	1.4/3/22	太尉張○、司徒崔○	2.7/13/27	命○作太常	3.5/18/30
悉心在○	1.4/3/23	太尉張○、兗州劉君、		命○作司空	3.5/19/1
與聞○之昌言者	1.4/3/23	陳留太守淳于君、外		○惟戢之	3.5/19/2
四府表橋○	1.5/4/1	黃令劉君僉有休命	2.7/14/1	命○作司徒而敬敷五教	3.5/19/2
○以吏士頻年在外	1.5/4/3	司空胡○	2.8/14/16	命○作三老	3.5/19/3
以昭○文武之助焉	1.5/4/8	○諱秉	3.1/15/14	命○作太尉	3.5/19/4
○之在位	1.5/4/9	○之丕考以忠蹇亮弼輔		○則翼之	3.5/19/7
以○事去	1.6/4/17, 1.6/4/19 5.2/29/15	孝安	3.1/15/16	○則弼之	3.5/19/7
		○承丕緒	3.1/15/16	賜○驃騎將軍臨晉侯印	
○性質直	1.6/4/24	○事絀位	3.1/15/20	綬	3.5/19/9
漢益州刺史南陽朱○叔卒	1.7/5/8	○自奉嚴飭	3.1/15/24	乃及伊○	3.5/19/12
自王○以降	1.7/5/10	昔仲尼嘗垂三戒而○克		于異群○	3.5/19/14, 4.4/25/17
○卿大臣	1.7/5/11	焉	3.1/16/1	○族分遷	3.6/19/21
諡曰文○	1.7/5/30	○惟岳靈	3.1/16/3	儀如三○	3.7/21/6
衛之孫文子、○叔文子	1.7/6/5	與○卿尚書三臺以下	3.2/16/10	躋彼○堂	3.7/21/11
故以○配	1.7/6/6	○卿尚書三臺以下	3.2/16/11	○諱廣	4.1/22/10, 4.2/23/9
葬劉文○	1.7/6/6	○之祖納忠于前朝	3.2/16/12	○應天淑靈	4.1/22/10
《○羊傳》曰	1.7/6/6	○生值歎褊	3.2/16/12	未有若○者焉	4.1/22/25
王叔文○卒	1.7/6/7	○孫同倫莫能齊焉者矣	3.2/16/15	故吏濟陰池喜感○之義	4.1/22/28
咸得曰○	1.7/6/10	避○車令	3.2/16/16	命○三事	4.1/23/2
是以邾子許男稱○以葬	1.7/6/11	而○處以恭遜	3.2/16/17	○寬裕仁愛	4.2/23/10
則有邾許稱○之文	1.7/6/12	周○其猶病諸	3.2/16/17	○乃布愷悌	4.2/23/13
今日○猶可	1.7/6/13	而○脫然以爲行首	3.2/16/18	加于群○	4.2/23/18
可于○父之中	1.7/6/16	○素不貴歸非	3.2/16/22	引○爲尚書令	4.2/23/22
		以順○之雅	3.2/16/22	○旦納于（台）〔白〕	

屋	4.2/23/27	○	7.4/42/11	季武子使○冶問	15.1/80/24
粵登上○	4.2/24/5	不獨得之于迫沒之三○		以命諸侯王三○	15.1/81/8
赫赫猗○	4.2/24/7	也	7.4/42/14	其諸侯王三○之薨于位	
太傅安樂鄉侯胡○薨	4.3/24/12	切責三○	7.4/42/20	者	15.1/81/8
僉謂○之德也	4.3/24/14	群○尙先意承旨以悅	7.4/42/21	三○以罪免	15.1/81/9
唯帝命○以二郡	4.3/24/21	群○之福	7.4/43/3	三○赦令、贖令之屬是	
士相勉于○朝	4.3/24/22	譏切○卿	7.5/43/17	也	15.1/81/12
○自二郡	4.3/25/4	反名仇怨奉○	7.5/43/22	唯赦令、贖令召三○詣	
自○寢疾	4.3/25/6	群○歸德	8.3/45/24	朝堂受制書	15.1/81/14
保○之護	4.4/25/16	德更上○	9.2/47/25	其中有所請若罪法劾案	
藹藹惟○	4.4/25/18	猥與○卿以下	9.9/50/25	○府	15.1/81/28
廣歷五卿七○再封之祿	4.5/26/1	魯禘祀周○于太廟明堂	10.1/52/9	○卿校尉	15.1/82/1
○之季子陳留太守碩卒		周○踐天子位以治天下		○卿校尉諸將不言姓	15.1/82/4
于洛陽左池里舍	4.5/26/8		10.1/52/12	○卿使謁者將大夫以下	
○銜哀悼	4.5/26/9	成王以周○爲有勳勞于		至吏民尙書左丞奏聞	
于是乃爲辭昭告先考	4.5/26/13	天下	10.1/52/13	報可	15.1/82/5
襲先○之爵	4.7/27/20	命魯○世世禘祀周○于		○卿百官會議	15.1/82/6
殄二○之師	5.1/28/19	太廟	10.1/52/13	○卿、侍中、尙書衣帛	
于是群○諸將據河、洛		皆所以昭文王、周○之		而朝曰朝臣	15.1/82/11
之文	5.1/28/20	德	10.1/52/15	三○設几	15.1/82/28
○諱咸	5.2/29/8	宜周○之所著也	10.1/53/30	○侯有夫人、有世婦、	
○受純懿之資	5.2/29/9	魯文○廢告朔而朝	10.1/54/3	有妻、有妾	15.1/83/18
遷衛國○相	5.2/29/12	愍簡○之失師兮	11.3/59/9	帝之女曰○主	15.1/83/27
○事去官	5.2/29/13	有務世○誨于華顚胡		帝之姊妹曰長○主	15.1/83/27
群○薦之	5.2/29/15	老曰	11.8/61/4	比長○主	15.1/83/28
○所苟任	5.2/29/16	若○子所謂覿曖昧之利		曰司命、曰中霤、曰國	
虞延爲太尉、司徒封○	5.3/30/12		11.8/61/13	門、曰國行、曰○厲	15.1/85/4
乃○乃侯	5.3/30/19	○子謖爾斂袂而興曰	11.8/61/14	祝先王○之所歌也	15.1/87/21
○體所安	5.4/31/2	于是○子仰首降階	11.8/62/22	三○者、天子之相	15.1/88/14
初以○在司徒	5.4/31/3	○言非法度	12.2/63/8	三○五推	15.1/88/25
不詣○車	5.4/31/5	行非至○	12.2/63/8	○之樂《六佾》	15.1/89/5
病不詣○車	5.5/31/24	明明在○	12.2/63/14	右九棘、○侯伯子男位	
太尉○之孫	6.3/33/22	○在百里	12.17/66/24	也	15.1/89/8
司徒○之子	6.3/33/22	各有奉○疾姦之心	13.1/70/2	三槐、三○之位也	15.1/89/9
允○族之殊異	6.3/33/25	○府臺閣亦復默然	13.1/70/3	高帝、惠帝、呂后攝政	
司徒袁○夫人馬氏薨	6.5/34/19	又令三○謠言奏事	13.1/70/4	、文帝、景帝、武帝	
示○之門人	6.5/34/20	是時奉○者欣然得志	13.1/70/4	、昭帝、宣帝、元帝	
自○歷據王官至宰相	6.5/34/25	三○歲盡	13.1/70/7	、成帝、哀帝、平帝	
郡○□□	6.6/35/18	使吏知奉○之福	13.1/70/7	、王莽、聖○、光武	
三○明知二州之要	7.2/36/29	○卿列臣	13.1/70/25	、明帝、章帝、和帝	
召○卿百官會議	7.3/37/12	○卿百寮	13.2/71/11	、殤帝、安帝、順帝	
襃故○車卒	7.4/39/26	中使獲麟不得在哀○十		、沖帝、質帝、桓帝	
昔宋景○、小國諸侯	7.4/40/29	四年	13.2/71/19	、靈帝	15.1/89/26
每訪群○卿士	7.4/41/13	左右獻○	13.4/73/7	除王莽、劉聖○	15.1/90/1
退食在○	7.4/41/14,7.4/41/16	施○輸之剖刷	14.9/76/28	○侯之宮	15.1/90/22
春秋魯定、哀○之時	7.4/41/19	周○越裳	14.12/77/15	○卿百官皆從	15.1/91/7
三事者但道先帝策護三		魯襄○在楚	15.1/80/24	其地功臣及鄉亭他姓○	

侯	15.1/92/12	非盛德休○	3.3/17/17	○德靡堪	9.10/51/15
位在三○下	15.1/92/17	僉以爲匡弼之○	3.4/18/11	至德元○	9.10/51/17
以肺腑宿衛親○主子孫		乃自宰臣以從王事立○	3.5/18/24	況臣螻蟻無○德	9.10/51/17
奉墳墓	15.1/92/19	○成化洽	3.5/19/8	明前○百辟之勞	10.1/51/31
○卿以下陳洛陽都亭前		比○四時	3.5/19/15	死者論其○而祭	10.1/52/1
街上	15.1/92/22	帝闌其○	3.6/20/4	○加八荒	11.1/57/12
○卿下拜	15.1/92/22	爲郡○曹	3.7/20/15	以效絲髮之○	11.2/57/20
○卿親識顏色	15.1/92/22	群后有歸○之緒	3.7/21/1	定不拔之○	11.8/61/12
三○奉璧上殿	15.1/92/25	武○既亡	3.7/21/11	專必成之○	11.8/61/14
三○伏	15.1/92/25	詩人詠○	3.7/21/24	武○定而干戈戢	11.8/61/28
舊儀三○以下月朝	15.1/92/26	○載王府	3.7/21/25	是以○隆名顯	12.2/63/10
大駕、則○卿奉引大將		以援立之○	4.1/22/17	帝嘉其○	12.3/63/23
軍參乘太僕御	15.1/93/6	○成身退	4.1/22/18	干有先○	12.12/65/29
○卿不在鹵簿中	15.1/93/9	以定策元○	4.1/22/22	諸侯言時計○	13.4/72/30
○侯大夫各有差別	15.1/94/15	○遂身退	4.2/23/19,5.2/29/19	其○銘于昆吾之冶	13.4/73/4
三○及諸侯之祠者	15.1/94/18	茂○也	4.2/23/29	誠百辟之○	13.4/73/4
○侯冠進賢冠	15.1/94/22	取言時計○之則	4.2/24/3	《周禮・司勳》「凡有	
○王三梁	15.1/94/22	○成則退	4.3/25/2	大○者銘之太常」	13.4/73/4
天子、○卿、特進朝侯		輔世樹○流化者	4.3/25/5	所謂諸侯言時計○者也	13.4/73/5
祀天地明堂皆冠平冕		撰舉○勳	4.3/25/7	銘○于景鐘	13.4/73/8
	15.1/94/23	故能參任姒之○	4.6/26/27	昭德紀○	13.4/73/9
三○九	15.1/94/26	戮力戎○	5.1/28/20	紀三王之○伐兮	14.8/76/20
○卿冠委貌	15.1/95/1	政成○簡	5.2/29/12	○無與儔	14.13/77/23
孝武帝幸館陶○主家	15.1/95/5	克錯其○	5.3/30/14	○包五帝	15.1/79/15
太傅胡○說曰	15.1/95/13	基趾○堅	6.1/32/26	○德宜之	15.1/79/16
15.1/95/21,15.1/95/23		無○而還	7.2/36/18	故祠此三神以報其○也	
○侯三梁	15.1/95/16	追崇世祖○臣	8.1/44/17		15.1/85/21
		○德巍巍	8.1/44/26	天下賴其○	15.1/85/24
功 gōng	**98**	諡法有○安居曰熹	8.1/44/28		15.1/85/26
		成○立事	8.4/46/6	社、稷二神○同	15.1/85/27
朕嘉君○	1.1/1/6,3.5/19/13	子奇不得紀治阿之○	8.4/46/19	立○業以化民	15.1/88/16
	4.4/25/17	及至差○行賞	9.1/47/9	徹侯、群臣異姓有○封	
時亮天○	1.1/1/7	非所以褒○賞勳也	9.1/47/10	者稱曰徹侯	15.1/88/21
武○勒于征鉞	1.1/1/13	柔遠○著	9.3/48/14	朝侯、諸侯有○德者	15.1/88/22
惟帝念○	1.2/3/7,3.4/18/9	孝元皇帝皆以○德茂盛	9.6/49/9	孝元○薄當毀	15.1/91/13
而銘載休○	1.8/7/7	錄○受賞	9.9/50/25	其地○臣及鄉亭他姓公	
銘○載德	1.9/7/16	非臣草萊○勞微薄所當		侯	15.1/92/12
朕嘉乃○	1.9/7/19	被蒙	9.9/50/25	群臣異姓有○封者	15.1/92/16
四爲郡○曹	2.3/10/17	前○輕重不伴	9.9/50/27	○德優盛朝廷所異者	15.1/92/17
追歎○德	2.3/11/5	元○翼德（者）與共天			
以褒○述德	2.4/11/12	下〔者〕爵土	9.9/51/3	**攻 gōng**	**7**
昭其○行	2.7/14/2	重○輕賞	9.9/51/4		
郡署五官掾○曹	2.8/14/16	大有陷堅破敵、斬將搴		○有必克之勢	1.5/4/6
其惡能立○立事	3.1/16/2	旗之○	9.9/51/5	軍帥奮○	7.2/36/17
密誡潛○	3.2/16/19	○薄蟬翼	9.9/51/7	○犯官民	7.3/38/5
自以○不副賞	3.2/16/22	恐史官錄書臣等在○臣		度塞出○	7.3/38/10
昔在三后成○	3.2/16/24	之列	9.9/51/8	臣愚以爲宜止○伐之計	7.3/38/19

是以戰○之事	9.9/51/5	南○侍中寺	7.4/40/8
匈奴○郡鹽池縣	11.2/58/4	未央○輅軨中	7.4/40/10
		出○瓦自墮	7.4/41/7

肱 gōng　　　8

罔不著其股○	1.2/3/5	其咎○室傾圮	7.4/41/8
股○之事既充	1.3/3/15	○中無地逸竄	7.4/41/22
先生諱○	2.6/12/22	離○罕幸	8.1/44/12
股○耳目之任	3.3/17/16	罷出○妾免遣宗室沒入	
簞瓢曲○	3.6/19/24	者六百餘人	8.1/44/13
股○元首	4.1/23/2,11.1/57/10	故爲大教之○	10.1/52/1
股○大臣	9.4/48/22	○中之門謂之闈	10.1/52/21
		故下十二○	10.1/53/4

供 gōng　　　13

婉變○養	4.6/27/4	明堂太室與諸侯泮○	10.1/53/8
以○婦道	4.7/27/19	十二○以應十二辰	10.1/53/15
命之○祠	5.3/30/10	申○令	10.2/55/20
庸力不○	6.1/32/21	主○室	10.2/55/21
○治婦業	6.5/34/24	出入○中	10.2/55/21
饋○孔將	6.6/35/27	○中之門曰闈	10.2/55/21
致畿甸于○御	7.4/40/22	作于楚○	10.2/55/29
非臣才力所能○給	9.3/48/14	峨峨雍○	12.4/63/30
奚仲○德于衡輈	11.8/62/19	○內產生	13.1/69/17
〔粢盛之○〕	12.9/64/29	所謂○中有卒	13.1/69/21
天子以正月五日畢○後		韻○商分動徵羽	14.12/77/13
上原陵	15.1/91/7	不以京師○室爲常處	15.1/80/13
高祖廟、世祖廟謂之五		所奏事處皆爲○	15.1/80/16
○	15.1/91/11	在京師曰奏長安○	15.1/80/17
五○畢	15.1/91/11	在泰山則曰奏奉高○	15.1/80/17
		天子后立六○之別名	15.1/83/21

宮 gōng　　　49

		其一者居人○室樞隅處	15.1/86/9
○牆重仞	2.1/9/7	而時儺以索○中	15.1/86/10
常歷○尹	3.6/19/22	諸侯曰類○	15.1/89/1
遷于紫○	3.6/20/4	總謂之○	15.1/90/21
采柔桑于蠶○	4.5/26/4	公侯之○	15.1/90/22
贊桑蠶○	4.6/26/28	園令食監典省其親陵所	
濟陽有武帝行過○	5.1/28/15	○人	15.1/91/6
開○後殿居之	5.1/28/16	然後還○	15.1/92/23
神○實始于此	5.1/28/25	○門僕射冠卻非	15.1/95/2
願見神○	5.1/28/27	卻非冠、○門僕射者服	
躬桑蠶于蠶○	6.5/34/27	之	15.1/96/14
○室至大	7.1/36/9		
至昭于○殿	7.4/39/13		
病狂不自知入○	7.4/39/26	**躬 gōng　　　14**	
有人走入○	7.4/40/3	靜○祈福即獲祚	1.10/8/7
		貽于帝○	3.2/16/19
		在于其○	3.5/18/24
		帝○以祗敬	3.5/19/4
		○桑蠶于蠶宮	6.5/34/27
		脩五事于聖○	7.4/40/22

畏災責○念	7.4/42/17		
勞謙克○	8.1/44/10		
○秉萬幾	8.2/45/11		
敕○不愼	9.4/48/24		
扶接聖○	9.9/50/23		
天子聖○	13.1/69/7		
則○自厚而薄責于人	13.3/72/19		
咸在乎○	13.3/72/20		

恭 gōng　　　38

翼翼惟○	1.1/1/7,1.9/7/19		
	4.1/23/1		
公乃虔○夙夜	1.2/3/4		
同寅協○	1.3/3/14		
孝友溫○	2.1/8/26		
○順貞厲	2.2/9/21		
秉德○勤	2.8/14/22		
而公處以○遜	3.2/16/17		
九命滋○	3.4/18/10		
父義、母慈、兄友、弟			
○、子孝	3.5/19/3		
虔○夙夜	3.5/19/7		
賜諡曰文○	4.1/22/28		
敬○禋祀	4.2/23/20		
尊而彌○	4.2/23/26		
諡曰文○	4.2/24/2		
時惟文○	4.2/24/4		
葬我君文○侯	4.3/24/13		
守之以○	4.3/24/16		
於戲文○	4.4/25/13		
帝曰文○	4.4/25/16		
溫○淑愼者也	5.4/31/3		
掾天姿○恪	6.2/33/10		
允○博敏	6.2/33/11		
虔○事機	6.6/35/13		
夫齋以○奉明祀	7.1/36/11		
貌之不○	7.4/40/9		
允○挹損	8.1/44/23		
穆宗、敬宗、○宗之號	9.6/49/22		
群僚○己于職司	11.8/61/26		
所當○事	13.1/69/8		
三命滋益○而莫侮	13.4/73/7		
孝安曰○宗	15.1/91/4		
安帝爲○宗	15.1/91/17		
章帝梁貴人曰○懷后	15.1/91/20		
安帝張貴人曰○愍后	15.1/91/20		

| 知過能改曰○ | 15.1/96/28 |
| ○人短折曰哀 | 15.1/97/2 |

拱 gǒng　　3

居其所而衆星○之	10.1/52/2
籲誦○手而韜翰	11.6/60/15
聖主垂○乎兩楹	11.8/61/26

鞏 gǒng　　2

| 小臣河南尹○瑋 | 5.1/28/25 |
| 息○都而後逝 | 11.3/59/9 |

共 gòng　　18

乃○勒嘉石	1.6/4/27
在皇唐蓋與四岳○葉	2.6/12/22
欲○扶送	3.7/21/21
○惟時雍	4.2/24/6
而○工子句龍爲后土	5.3/30/8
與衆○之	5.4/31/2
○敘赫姿	6.6/35/10
昔在○姜	6.6/35/19
若時○禦	7.4/41/10
所○挩定	9.6/49/17
元功翼德（者）與○天	
下〔者〕爵土	9.9/51/3
與○參思圖牒	11.2/58/2
○處其中耳	13.1/69/21
可與衆○別者	13.2/71/21
古者尊卑○之	15.1/80/1
	15.1/80/23
百姓以上則○一社	15.1/84/25
社神蓋○工氏之子句龍	
也	15.1/85/24

貢 gòng　　10

子○疑焉	1.7/6/1
委辭召○	2.1/9/9
侏離不○	8.1/44/13
表○行狀	8.4/46/18
子○非廢其令而請去之	10.1/54/4
引職○乎荒裔	11.3/59/9
多士時○	12.9/65/2
必使諸侯歲○	13.1/70/10

昔肅慎納○	13.4/72/30
丞相匡衡、御史大夫○	
禹乃以經義處正	15.1/90/25

句 gōu　　47

高○驪嗣子伯固	1.5/3/28
改定五經章○	3.7/21/13
于時濟陽故吏舊民、中	
常侍○陽于廧等二十	
三人	4.5/26/17
而共工子○龍爲后土	5.3/30/8
章○不能遂其意	8.4/46/9
《尙書》章○	9.3/48/9
及前儒特爲章○者	10.2/54/14
若夫太昊蓐收○芒祝融	
之屬	10.2/54/30
不與世章○傅文造義	10.2/54/30
今章○因于高禖之事	10.2/55/16
反令每行一時轉三○	10.2/56/9
說者見其三○	10.2/56/11
不以爲章○	10.2/56/27
○陳居中	12.26/68/9
其神○芒	15.1/85/15
社神蓋共工氏之子○龍	
也	15.1/85/24
《淸廟》、一章八○	15.1/87/18
《維天之命》、一章八	
○	15.1/87/19
《維淸》、一章五○	15.1/87/19
《烈文》、一章十三○	
	15.1/87/20
《天作》、一章七○	15.1/87/20
《昊天有成命》、一章	
七○	15.1/87/21
《我將》、一章十○	15.1/87/21
《時邁》、一章十五○	
	15.1/87/22
《執競》、一章十四○	
	15.1/87/23
《思文》、一章八○	15.1/87/23
《臣工》、一章十○	15.1/87/24
《噫嘻》、一章八○	15.1/87/24
《振鷺》、一章八○	15.1/87/25
《豐年》、一章七○	15.1/88/1
《有瞽》、一章十三○	15.1/88/1
《潛》、一章六○	15.1/88/2

《雍》、一章十六○	15.1/88/2
《載見》、一章十四○	15.1/88/3
《有客》、一章十三○	15.1/88/3
《武》、一章七○	15.1/88/4
《閔予小子》、一章十	
一○	15.1/88/5
《訪落》、一章十二○	15.1/88/6
《敬之》、一章十二○	15.1/88/6
《小毖》、一章八○	15.1/88/7
《載芟》、一章三十一	
○	15.1/88/7
《良耜》、一章二十三	
○	15.1/88/8
《絲衣》、一章九○	15.1/88/9
《酌》、一章九○	15.1/88/9
《桓》、一章九○	15.1/88/10
《賚》、一章六○	15.1/88/10
《般》、一章七○	15.1/88/11

鉤 gōu　　2

| ○深極奧 | 2.8/14/12 |
| ○省別藏 | 7.4/41/2 |

溝 gōu　　3

我有○澮	6.1/33/2
流離○壑	7.2/36/19
停停○側	14.5/76/2

構 gōu　　1

| 偓傅青○綠幘 | 15.1/95/5 |

苟 gǒu　　13

○不皦述	1.6/4/26
民○利矣	1.7/5/29
○除民害	1.7/6/2
○非其類	2.7/13/18
謀不○合	2.7/13/27
○有可以惠斯人者	6.1/32/23
○避輕微之科禁	7.2/37/1
○無釁國內侮之患	7.3/38/9
○能其事	8.4/46/20
○順恩旨	9.9/50/31
○便學者以爲可覽	10.2/54/24

豈云○兮　　　　　11.3/59/21
仕不○祿、絕高也　12.7/64/16

耇 gǒu　　　　　4

仁者（壽）宜享（胡考）
　〔鮐○〕　　　　3.7/21/19
享黃○之遐紀　　　4.2/24/1
庶黃○以期頤　　　4.6/27/7
黃○無疆　　　　　6.6/35/20

垢 gòu　　　　　2

（激）〔汰〕○濁以揚
　清　　　　　　　5.2/29/17
則塵○穢之　　　　13.11/74/12

搆 gòu　　　　　1

獨所興○　　　　　13.2/71/29

構 gòu　　　　　4

欽承奉○　　　　　3.3/17/10
克丕堂○　　　　　3.5/18/23
克○克堂　　　　　5.4/31/14
克○其堂　　　　　12.12/65/26

遘 gòu　　　　　10

○難受侮　　　　　1.9/7/18
見○姦黨　　　　　3.1/15/20
○此疾凶　　　　　3.6/20/4
建安十三年八月○疾隕
　蔑　　　　　　　3.7/21/19
○疾不夷　　　　　4.2/23/21
疾饑饑而日○　　　4.6/27/10
○茲虐痾　　　　　5.4/31/16
群凶○難　　　　　9.1/47/4
○淫雨之經時　　　11.3/58/22
賢人○愍　　　　　12.18/66/31

姑 gū　　　　　4

思齊先○　　　　　4.5/26/1
仰奉慈○　　　　　4.6/26/26
皇○歾而終感　　　4.6/27/10

爰祔靈于皇○　　　4.6/27/12

孤 gū　　　　　30

三○故臣門人　　　1.1/1/12
推與其○　　　　　1.1/2/26
○亦與焉　　　　　1.7/5/29
肆其○用作茲寶鼎　1.8/7/7
其○野受顧命曰　　1.9/7/13
用慰其○罔極之懷　1.9/7/17
○嗣紀銜恤在疚　　2.2/10/3
非此遺○所得專也　2.2/10/5
○彪銜恤永思　　　3.2/16/26
肆其○彪　　　　　3.5/19/10
○棄萬民　　　　　3.7/22/3
童而夙○　　　　　4.1/22/11
二○童紀未齔育于夫人　4.5/25/26
撫育二○　　　　　4.5/26/1
檢誨幼○　　　　　4.7/27/19
○顯儉節　　　　　4.7/27/20
○心摧割　　　　　4.7/27/26
○情恫兮增哀　　　4.7/28/7
悼○衷之不遂兮　　4.7/28/8
忍弗遺○　　　　　6.6/35/22
○特一身　　　　　7.5/43/23
齓齠夙○　　　　　8.4/46/7
且臣所在○危　　　11.2/58/6
在世○特　　　　　12.2/63/10
豈我童蒙○稚所克任哉
　　　　　　　　　12.12/65/25
斷交者貞而○　　　13.3/72/26
○有《羔羊》之節　13.3/72/26
走將從夫○焉　　　13.3/72/26
類離鵾之○鳴　　　14.7/76/13
左九棘、○卿大夫位也　15.1/89/8

辜 gū　　　　　12

即日伏○　　　　　1.1/2/10
用陷于非○　　　　1.8/7/2
何○而然　　　　　6.5/35/5
不知其○　　　　　6.6/35/22
乞身當○戮　　　　7.5/43/27
陷沒○戮　　　　　11.2/57/21
哀晉鄙之無○兮　　11.3/58/24
士背道而○　　　　11.8/61/20
下獲薰胥之○　　　11.8/62/5

予之○也　　　　　11.8/62/16
有○小罪　　　　　12.13/66/4
乃伏其○　　　　　13.1/70/28

酤 gū　　　　　1

乃興鹽鐵○榷之利　7.3/37/19

古 gǔ　　　　　56

于○志不悖　　　　1.7/6/4
按○之以子配諡者　1.7/6/4
○者不崇墳　　　　1.9/7/13
時令太山萬熙稽○老之
　言　　　　　　　1.10/8/5
若○今常難　　　　2.8/14/13
敢儀○式　　　　　3.5/19/10
于是○典舊籍必集州閭　3.7/21/14
歷觀○今　　　　　4.1/22/12
彌綸○訓　　　　　4.3/24/19
仰邃○　　　　　　4.3/25/9
配名○人　　　　　4.5/26/20
○陽武之戶牖鄉也　5.3/30/11
博綜○文　　　　　5.4/31/1
○之遺愛　　　　　5.5/32/8
自○有焉　　　　　6.1/32/19
○皆有喪　　　　　6.6/35/26
事不稽○　　　　　8.1/44/18
○今一也　　　　　8.4/46/20
自○有之　　　　　9.4/48/23
○人考據（愼）〔順〕
　重　　　　　　　9.6/49/11
今聖〔朝〕遵○復禮　9.6/49/15
《禮記・○（大）〔文〕
　明堂之禮》曰　　10.1/52/19
○者諸侯朝正于天子　10.1/54/2
既用○文　　　　　10.2/55/1
○《論》《周官》《禮
　記說》　　　　　10.2/56/4
聊弘慮以存○兮　　11.3/58/23
閒居翫○　　　　　11.8/61/3
○人之明志也　　　11.8/61/7
曰若稽○　　　　　12.10/65/11
今則由○　　　　　12.17/66/26
○人所箴　　　　　12.20/67/10
臣聞○者取士　　　13.1/70/10
故有○今之術　　　13.2/71/12

今之不能上通于○	13.2/71/12	

亦猶○術之不能下通于
　今也　13.2/71/12
朕聞○先聖王先天而天
　不違　13.2/71/26
是以○之交者　13.3/72/9
上○天子庖犧氏、神農
　氏稱皇　15.1/79/14
○者尊卑共之　15.1/80/1
　15.1/80/23
慕○法　15.1/82/10
○者天子親祖割牲　15.1/82/28
○者有命將行師　15.1/84/17
○者天子亦取亡國之社
　以分諸侯　15.1/84/22
○學以爲人君之居　15.1/90/20
○不墓祭　15.1/90/23
皆○寢之意也　15.1/90/24
猶○之禘祫也　15.1/90/27
其實○諸侯也　15.1/92/15
○語曰　15.1/92/23,15.1/92/26
○者諸侯貳車九乘　15.1/94/4
○皆以布　15.1/94/13
中○以絲　15.1/94/13
幘者、○之卑賤執事不
　冠者之所服也　15.1/95/5
○者天子冠所加者　15.1/96/21

谷 gǔ　　6

徵拜上○太守　1.1/2/7
及在上○漢陽　1.5/4/2
即家拜上○太守　1.6/4/19
窮山幽○　3.7/20/25
《○風》有棄予之怨　13.3/72/10
納陽○之所吐兮　14.1/74/23

股 gǔ　　6

罔不著其○肱　1.2/3/5
○肱之事既充　1.3/3/15
○肱耳目之任　3.3/17/16
○肱元首　4.1/23/2,11.1/57/10
○肱大臣　9.4/48/22

骨 gǔ　　6

以乞骸○　4.7/27/25
不能還其骸○　7.3/38/1
筋絕○破　9.3/48/15
傷肌入○　9.8/50/13
白○剖破　11.2/58/12
本非○肉　13.1/70/25

買 gǔ　　1

喪莫○之　2.8/14/21

鼓 gǔ　　14

始受旄鉞鉦○之任　1.5/4/3
金○鼉奮　1.5/4/6
作茲征鉞軍○　1.5/4/8
前後○吹　3.2/16/10
錫○吹大車　3.7/21/5
璜以余能○琴　11.3/58/19
鞞韅○兮補履模　11.4/59/30
桃弧棘矢土○○　15.1/86/11
隨○漏　15.1/91/6
故寢兵○　15.1/93/1
○以動衆　15.1/93/3
○鳴則起　15.1/93/4
後有金鉦黃鉞黃門○車　15.1/94/4

穀 gǔ　　22

邊○不得妄動　1.1/2/3
年○豐夥　3.7/20/23
實掌金○之淵藪　4.2/23/16
贈○三千斛　5.4/31/11,5.5/31/25
嘉○不植　6.1/32/20
底之方○　6.6/35/14
○價一斛至六七百　7.2/36/18
歲五十萬○各米　9.9/50/18
祈○于上帝　10.1/53/24
年○豐　10.1/54/6
清嘉○于禽獸兮　11.3/59/16
速速方○　11.8/61/21
○梁赤日　13.3/72/23
夫黍亦神農之嘉○　13.3/72/24
厲山氏之子柱及后稷能
　殖百○以利天下　15.1/85/21

柱能殖百○　15.1/85/26
周棄亦播殖百○　15.1/85/26
以稷五○之長也　15.1/85/27
五○播灑之以除疫殃　15.1/86/11
春夏祈○于上帝之所歌
　也　15.1/87/25
占其郡○價　15.1/91/9

縠 gǔ　　8

及看輪○　9.9/50/23
還尹轂○　11.2/57/20
已出○門　11.2/57/24
倉龍夾○　12.26/68/9
繁纓重○副牽　15.1/93/19
重○者、○外復有一○
　15.1/93/27

瞽 gǔ　　4

臣懷懍發○言、幹非義　7.2/37/4
越職○言　8.3/45/29
夫何矇昧之○兮　14.6/76/8
《有○》、一章十三句　15.1/88/1

鶻 gǔ　　1

○鳩鶻兮鶉鷃雌　11.4/59/29

蠱 gǔ　　1

民多○疾　10.2/56/13

固 gù　　36

守以純○　1.1/1/19
高句驪嗣子伯○　1.5/3/28
守有山岳之○　1.5/4/6
百○冰散于東鄰　1.5/4/7
貞○足以幹事　2.1/8/28
剛毅彊○　2.2/9/18
○上世之所罕有　2.2/10/3
如山之○　2.5/12/16
立性純○　2.6/12/24
恬蕩之○　2.6/12/26
○已藐然　2.7/13/15
舍藏思○　2.7/14/4

○秉謙虛	2.8/14/16	○不牽于位	2.7/13/27	○數十年無有日蝕	7.4/41/20
益○其守	3.1/15/25	○特立于時	2.7/13/28	此爲天所棄○也	7.4/41/20
特以其靜則眞一審○	3.2/16/13	遺名之○	2.7/14/5	當以見災之○	7.4/42/8
○已流芳名	3.2/16/15	○能獨見前識	2.8/14/13	○太尉劉寵聞人襲寵	7.4/42/10
行以○愼	3.2/16/17	○能匡朝盡直	3.1/16/1	及營護○河南尹羊陟、	
前後○辭	3.2/16/23	○雖仿佛	3.2/16/22	侍御史胡母班	7.5/43/10
如玉之○	3.4/18/15	○能明哲	3.2/16/28	○中傷部	7.5/43/14
履性貞○	4.1/22/10	將問○訓	3.3/17/13	○自昏墊以迄康乂	8.1/44/20
告疾○劵	4.2/23/19	群公以溫○知新	3.4/18/6	○輩去塞	8.1/44/21
掾孫翻以（貞）〔頑〕		領州如○	3.7/21/2	○醇行感時而生	8.2/45/11
○之質	6.2/33/13	留其○本	3.7/21/14	是○申伯、山甫列于	
忠實守○	7.4/42/10	于是○臣懼淪休伐	3.7/21/23	《大雅》	9.1/47/1
社稷之楨○也	8.3/45/21	○禁不用刑	4.1/22/15	○大將軍愼侯何進	9.1/47/3
安詳審○	8.4/46/10	○吏濟陰池喜感公之義	4.1/22/28	○有一日九遷	9.2/47/22
○有所不宜也	8.4/46/16	復封○邑	4.2/23/24	僕射允、○司隸校尉河	
頓首敢○以請息	9.10/51/20	○吏司徒許訓等	4.2/24/3	南尹某、尙書張熹	9.2/47/25
及揚雄、班○、崔駰之		○司徒中山祝括	4.3/25/4	○遂衍溢	9.6/49/15
徒	11.8/61/3	都尉君娶于○豫州刺史	4.5/25/25	○以元帝爲考廟	9.6/49/19
英風○以揚于四海矣	12.3/63/21	于時濟陽○吏舊民、中		臣以相國兵討逆賊○河	
○天縱德	12.5/64/3	常侍句陽于○萠等二十		內太守王臣等	9.8/50/8
君子○當志其大者	13.1/70/17	三人	4.5/26/17	○羽林郎將李參遷城門	
而光晃以爲○意造妄說		○能參任姒之功	4.6/26/27	校尉	9.8/50/9
	13.2/71/30	○吏潁川太守張溫等	5.2/29/20	○曰	9.9/51/3
其誓信以○	13.3/72/9	○曰社者、土地之主也	5.3/30/9	○雖有五名	10.1/51/30
○神明之所使	14.2/75/3	○自有國至于黎庶	5.3/30/10	○爲大教之宮	10.1/52/1
雖期運之○然	14.17/78/15	陳留太守胡君子曰根	6.4/34/7	○言明堂	10.1/52/3
○封璽	15.1/80/24	○能窮生人之光寵	6.5/34/26	○昭令德以示子孫	10.1/52/7
		○濟北相夫人卒	6.6/35/9	○《周官》有門闈之學	
故 gù	**191**	○護烏桓校尉夏育出征			10.1/52/22
		鮮卑	7.2/36/18	○稱太學	10.1/52/29
三孤○臣門人	1.1/1/12	臣怪問其○	7.2/36/21	○下十二宮	10.1/53/4
以○事齋祠	1.1/2/9	拜○待詔會稽朱買臣	7.2/36/26	○《孝經》合以爲一義	
○轉拜議郎	1.1/2/13	○京兆尹張敞有罪逃命	7.2/36/27		10.1/53/12
于是○吏司徒博陵崔烈	1.6/4/26	○吏在家	7.2/37/3	○謂之月令	10.1/53/20
○夏后氏正以人統	1.7/5/15	時○護羌校尉田晏以他		○以明堂冠月令以名其	
○以公配	1.7/6/6	論刑	7.3/37/9	篇	10.1/53/21
其禮與同盟諸侯敵體○也	1.7/6/8	○謀有成敗	7.3/37/14	○偏見之徒	10.1/54/8
○雖侯伯子男之臣	1.7/6/10	○主父偃曰	7.3/37/21	○遂于憂怖之中	10.2/54/24
○知至德之宅兆、眞人		據其○地	7.3/37/23	○不能復加刪省	10.2/54/24
之先祖也	1.10/8/7	（政）〔○〕變不虛生	7.4/39/15	○不用也	10.2/55/3
○言斯可象	2.2/9/18	○其《傳》曰	7.4/39/24	○用之	10.2/55/7
○時人高其德	2.3/10/24	褒○公車卒	7.4/39/26	此○以爲問甚正	10.2/55/17
○太丘長潁川許陳寔	2.4/11/13	伯夏即○大將軍梁商	7.4/40/1	○知六騼	10.2/55/25
○大將軍梁冀	2.5/12/3	訪問其○	7.4/40/15	○《傳》曰	10.2/55/29
○其平生所能	2.6/12/25	昔一柱泥○法棄	7.4/41/8	○冬春難以助陽	10.2/56/6
是○德行外著	2.6/13/1	○特密問	7.4/41/14	○未羊可以爲春食也	10.2/56/21
○事服闋後還郎中	2.7/13/21	○屢見妖變	7.4/41/18	○酉雞可以爲夏食也	10.2/56/21

○以牛爲季夏食也 10.2/56/23
○以犬爲秋食也 10.2/56/24
○以其類而食豕也 10.2/56/24
○予略之 10.2/56/26
以親父○ 11.2/57/18
○尙書郎張俊坐漏泄事 11.2/57/23
臣所師事○太傅胡廣 11.2/57/28
○臣表上洪 11.2/58/1
哀衰周之多○兮 11.3/59/6
○以仁守位 11.8/61/5
○伊摯有負鼎之衒 11.8/61/6
是○天地否閉 11.8/61/21
○當其有事也 11.8/61/29
○在賤而不恥 11.8/62/12
○抱璞而優遊 11.8/62/21
○能教不肅而化成 12.4/63/28
不因○服 12.23/67/24
是○天地示異 12.24/67/29
○皇天不悅 13.1/69/9
屢生忌○ 13.1/69/17
又元和○事 13.1/69/19
拘信小○ 13.1/69/20
宜如○典 13.1/69/22
是○先帝雖有聖明之資 13.1/69/24
如有釁○ 13.1/70/20
○有古今之術 13.2/71/12
○可貴也 13.3/72/15
○君子不爲可棄之行 13.3/72/18
○告之以拒人 13.3/72/21
○訓之以容衆 13.3/72/21
○非善不喜 13.3/72/22
莫不朽于金石○也 13.4/73/9
○城門校尉梁伯喜、南郡太守馬季長 13.5/73/14
○覽照拭面 13.11/74/14
○因錫國 14.5/75/28
新○代謝 14.8/76/22
○并以爲號 15.1/79/15
○稱王 15.1/79/20
○稱天王 15.1/79/22
○稱天子 15.1/79/24
○稱天家 15.1/79/26
○稱皇帝 15.1/79/31
○呼在陛下者而告之 15.1/80/6
○託之于乘輿 15.1/80/13
○群臣託乘輿以言之 15.1/80/14
○曰禁中 15.1/80/20
○曰省中 15.1/80/21
○曰幸也 15.1/81/1
先帝○事 15.1/81/1
是○謂之幸 15.1/81/2
○謂之幸 15.1/81/4
官如○事 15.1/81/17
○曰京師也 15.1/82/17
以其禮過厚○也 15.1/82/29
○以爲正也 15.1/83/4, 15.1/83/6, 15.1/83/9
○曰載也 15.1/83/11
○三年一閏 15.1/83/14
○祠此三神以報其功也 15.1/85/21
○同堂別壇 15.1/85/27
○封社稷 15.1/85/28
○十二月歲竟 15.1/86/14
○虙犧氏歿 15.1/89/18
○神農氏歿 15.1/89/18
○黃帝歿 15.1/89/19
○少昊氏歿 15.1/89/19
○顓頊氏歿 15.1/89/20
○帝嚳氏歿 15.1/89/20
○帝舜氏以土德繼之 15.1/89/21
○夏禹氏以金德繼之 15.1/89/21
○殷湯氏以水德繼之 15.1/89/21
○周武以木德繼之 15.1/89/22
○高祖以火德繼之 15.1/89/22
○不爲惠帝後而爲（弟）〔第〕二 15.1/90/13
○爲七世 15.1/90/15
○上繼元帝而爲九世 15.1/90/16
○《河圖》曰赤 15.1/90/16
○今陵上稱寢殿 15.1/90/23
○雖非宗而不毀也 15.1/91/1
○列于祖宗 15.1/91/14
○用十八太牢也 15.1/91/23
○高廟四時祠于東廟 15.1/91/26
順帝母○云姓李 15.1/91/27
○謂之受茅土 15.1/92/11
○以王號加之 15.1/92/16
○今獨以爲正月、十月朔朝也 15.1/92/27
○寢兵鼓 15.1/93/1
○但送不迎 15.1/93/2
○賀 15.1/93/3
○不賀 15.1/93/3
○大駕屬車八十一乘也 15.1/94/5
○語曰 15.1/95/8

錮 gù 5

禁○終身 1.1/2/17
以就禁○ 2.2/9/26
禁○二十年 2.3/10/19
用受禁○ 2.7/13/24
進退○之十年 8.1/44/16

顧 gù 25

不○天網 1.1/2/16
其孤野受○命曰 1.9/7/13
時傾○ 1.10/8/18
臨歿○命 2.3/10/25
不○貴賤 2.7/13/18
臨歿○命曰 2.9/15/5
寢疾○命無辭 3.2/16/25
眷然南○ 3.7/22/1
退○堂廡 4.3/25/7
○新廟以累欷 4.6/27/13
疾篤不得○親 4.7/27/23
乃○斯社 5.3/30/18
○永褱于不朽兮 6.4/34/15
○景赫奕 6.6/35/27
豈○三互 7.2/36/28
不○爭臣七人之貴 7.2/37/1
勿有依違○忌 7.4/41/14
豈可以○患避害 7.4/41/17
不○後患 7.5/43/17
○命群司 8.1/44/23
○念元初中 11.2/57/23
○大河于北垠兮 11.3/59/3
執轡忽而不○ 12.28/68/18
○褱石其何補 12.28/68/19
迴○生碧色 14.19/78/25

瓜 guā 2

凡與先帝先后有○葛者 15.1/91/8
凡乘輿車皆羽蓋金華○ 15.1/93/19

被敕文曰有詔敕某○ 15.1/81/21

其京師○但言稽首 15.1/81/28

左方下埘曰某○臣某甲
上 15.1/82/3

大夫以下有同姓○別者
言姓 15.1/82/5

公卿百○會議 15.1/82/6

駮議曰某○某甲議以爲
如是 15.1/82/7

文報曰某○某甲議可 15.1/82/8

初置靈○祠、后土祠 15.1/85/22

置九農之○如左 15.1/86/1

唐虞曰士○ 15.1/89/11

大○送用 15.1/91/6

公卿百○皆從 15.1/91/7

尙書○屬 15.1/91/9

百○有其儀注 15.1/93/8

詔有司采《尙書・皋陶
篇》及《周○》《禮
記》定而制焉 15.1/94/15

其武○太尉以下及侍中
常侍皆冠惠文冠 15.1/94/27

行人使○所冠 15.1/95/12

進賢冠、文○服之 15.1/95/16

武○服之 15.1/95/22

從○服之 15.1/96/12

冠 guān 110

弱○從政 1.1/1/19

其後有人著絳○大衣 1.10/8/4

○耀八荒 2.4/11/19

童○自遠方而集者 2.6/13/1

童○來誠 2.6/13/7

俄而○帶士咸以群黨見
嫉時政 2.7/13/24

童○仰焉 2.8/14/15

○蓋咸屆 2.8/14/20

自在弱○布衣之中 3.2/16/14

授誨童○ 3.4/18/5

○帶章服 3.7/20/24

○蓋相望 3.7/21/1

○于庶事 4.1/22/14

伯仲各未加○ 4.6/27/1

習習○蓋 5.5/32/8

雖○帶之中士 6.3/33/25

○帶之圻 7.3/38/5

得民不可○帶 7.3/38/11

中常侍育陽侯曹節、○
軍侯王甫 7.4/39/2

男子王褒衣小○ 7.4/39/25

頭○或成 7.4/40/16

則顏淵不得○德行之首 8.4/46/19

臣尙書邕免○頓首死罪 9.3/48/3

故以明堂○月令以名其
篇 10.1/53/21

○戴勝兮啄木兒 11.4/59/29

層雲○山 11.7/60/25

爰在弱○ 12.3/63/21

寢有衣○几杖 15.1/90/21

有起居衣○象生之備 15.1/90/23

月備法駕遊衣○ 15.1/90/24

寵遊衣○ 15.1/90/25

京兆尹侍祠衣○車服 15.1/91/26

金鑷者、馬○也 15.1/93/23

冕○ 15.1/94/10

漢雲翹○ 15.1/94/14

冕○垂旒 15.1/94/14

郊天地、祠宗廟、祀明
堂則○之 15.1/94/19

謂之平天○ 15.1/94/20

天子○通天○ 15.1/94/22

諸侯王○遠遊○ 15.1/94/22

公侯○進賢○ 15.1/94/22

卿大夫、尙書、二千石
博士○兩梁 15.1/94/22

千石、六百石以下至小
吏○一梁 15.1/94/23

天子、公卿、特進朝侯
祀天地明堂皆○平冕
15.1/94/23

祠宗廟則長○絇玄 15.1/94/27

其武官太尉以下及侍中
常侍皆○惠文 15.1/94/27

御史○法○ 15.1/95/1

謁者○高山○ 15.1/95/1

公卿○委貌 15.1/95/1

宮門僕射○卻非 15.1/95/2

大樂郊社祝舞者○建華 15.1/95/2

迎氣五郊舞者所○ 15.1/95/2

車駕出後有巧士○ 15.1/95/3

似高山○而小 15.1/95/3

幘者、古之卑賤執事不
○者之所服也 15.1/95/5

乃賜衣○ 15.1/95/6

知皆不○者之所服也 15.1/95/7

○進賢者宜長耳 15.1/95/9

○惠文者宜短耳 15.1/95/9

通天○、天子常服 15.1/95/11

遠遊○、諸侯王所服 15.1/95/11

高山○、齊○也 15.1/95/12

行人使官所○ 15.1/95/12

高山○、蓋齊王○也 15.1/95/13

以其君○賜謁者 15.1/95/14

進賢○、文官服之 15.1/95/16

法○、楚○也 15.1/95/19

一曰柱後惠文○ 15.1/95/19

謂之獬豸○ 15.1/95/20

今○兩角 15.1/95/20

《左氏傳》有南○而縶
者 15.1/95/21

南○、以如夏姬 15.1/95/21

是知南○蓋楚之○ 15.1/95/21

以其君○賜御史 15.1/95/22

武○或曰繁○ 15.1/95/22

今謂之大○ 15.1/95/22

以其君○賜侍中 15.1/95/24

齊○或曰長○ 15.1/95/24

高祖○、以竹皮爲之 15.1/95/27

謂之劉氏○ 15.1/95/27

謂之鵲尾○ 15.1/95/27

建華○、以鐵爲柱卷貫 15.1/96/3

鄭子臧好聚鷸○ 15.1/96/4

方山○、以五采縠爲之 15.1/96/7

衣○各從其行之色 15.1/96/7

術士○、前圓 15.1/96/10

巧士○、高五寸 15.1/96/12

卻非、宮門僕射者服
之 15.1/96/14

樊噲○ 15.1/96/16

漢將軍樊噲造次所○ 15.1/96/16

卻敵○、前高四寸 15.1/96/19

珠冕、爵弁收、通天○
、進賢○、長○、緇
布○、委貌○、皮弁
、惠文○ 15.1/96/21

古者天子○所加者 15.1/96/21

棺 guān 3

時服素○ 2.3/10/25

迎○舊土	4.7/27/25	于是遊目騁○	14.1/74/26	光 guāng	126
合緶○而不見	4.7/28/6	○彼椅桐	14.12/77/11		
		以節○者	15.1/89/1	○○列考	1.1/1/5
攪 guān	**1**			○和七年夏五月甲寅	1.1/1/11
		管 guǎn	**7**	以昭○懿	1.1/1/14
○甲揚鋒	11.8/61/29			徙拜○祿大夫	1.1/2/18
		無所○繫	7.2/36/23	維○和元年冬十二月丁	
關 guān	**11**	彤○記君王纖微	8.1/44/6	巳	1.4/3/21
		下○象舞	10.1/52/14	其以○祿大夫玄爲太尉	1.4/3/21
○民慕尹喜之風	1.10/8/11	迄○邑而增歎兮	11.3/58/25	拜○祿大夫	1.6/4/21
和均○石	4.2/23/16	削文竹以爲○	14.8/76/18	○和七年五月甲寅薨	1.6/4/22
雒陽東界○亭之阿	4.5/26/15	玄首黃○	14.8/76/23	清風○翔	1.6/4/25
○東紛然	7.3/37/20	以○樂爲之聲	15.1/89/14	宣昭遺○	1.9/7/21
今○東大困	7.3/38/17			含○耀	1.10/8/14
意者陛下（○）〔樞〕		**館 guǎn**	**3**	○景福	1.10/8/18
機之內、衽席之上	7.4/39/16			摛其○耀	2.1/9/9
抱○執籥	9.2/47/28	手三盆于蘭○者	4.5/26/5	否則退之以○操	2.2/9/22
乞閒宂抱○執籥	9.3/48/6	執事祕○	7.5/43/15	○國垂勳	2.3/10/22
○東吏民敢行稱亂	9.4/48/21	孝武帝幸○陶公主家	15.1/95/5	含○醇德	2.3/11/3
《睢》之潔	14.5/75/26			○明配于日月	2.4/11/14
閒○九絃	14.10/77/3	**貫 guàn**	**9**	垂世寵○	2.4/11/19
				休有烈○	2.4/11/21
觀 guān	**26**	益州府君○綜典術	1.7/5/12	○祿勳之子也	2.5/11/26
		究其條○	3.4/18/4	齊○日月	2.5/12/12
登于東○	1.8/6/28	所特○綜	3.4/18/12	○耀昆苗	2.5/12/18
言○其高	2.1/9/8	旁○憲法	4.1/22/12	○示來世	2.7/14/2
○百王遺風	2.8/14/15	○萬品	4.3/24/19	留拜○祿大夫	3.1/15/19
歷○古今	4.1/22/12	論者疑太尉張顥與交○		○遐邇	3.1/16/4
涉○憲法	4.3/24/15	爲玉所進	7.4/42/4	○于前朝	3.3/17/9
○天文而察地理	5.2/29/10	○魚之次	8.1/44/7	遷少府○祿勳	3.3/17/14
○者歎息	5.5/32/4	旁○五經	10.2/54/22	又以○祿大夫受命司徒	3.3/17/15
東○闡學	8.1/44/15	建華冠、以鐵爲柱卷○	15.1/96/3	三○耀潤	3.3/17/16
由此○之	9.1/46/27			○輔國家	3.3/17/22
著作東○	9.9/50/21	**悹 guàn**	**1**	乃以越騎校尉援侍華○	
○見符策	9.10/51/16			之內	3.4/18/7
受詔詣東○著作	11.2/57/18	而徐璜左○等五侯擅貴		絹熙○明　3.4/18/8, 9.7/49/30	
願下東○	11.2/58/11	于其處	11.3/58/17	○啓爵土	3.4/18/17
○風化之得失兮	11.3/59/18			延入華○	3.5/18/26
歷○群都	11.3/59/20	**盥 guàn**	**1**	命公再作○祿	3.5/18/28
○短人兮形若斯	11.4/59/29			垂○烈曜	3.5/19/4
（粲）粲彬彬其可○	11.6/60/16	具○水	15.1/91/7	克○前矩	3.5/19/12
聊佇思而詳○	11.7/60/27			參○日月	3.5/19/15
○國之賓	12.5/64/7	**灌 guàn**	**2**	含弘○大	3.6/20/8
兆民其○	12.17/66/24			○弼六世	4.1/22/24
○省篇章	13.1/70/12	漑○之便	6.1/32/17	○充區域	4.1/23/5
雖有可○	13.1/70/17	漑○維首	6.1/32/20	日月重○	4.2/23/17
則○其所以終	13.3/72/14			窮生人之○寵	4.2/24/1

圭 guī	2	閨 guī	1	仲尼思〇	14.12/77/15
				賦誦以〇	14.20/79/3
析〇授土	3.7/21/5	以協〇庭	6.2/33/11	天下之所〇往	15.1/79/22
以〇璧更皮幣	10.2/55/13			水〇其壑	15.1/86/23
		龜 guī	10	〇國以立社	15.1/92/11
邦 guī	1				
		鱗介之宗〇龍也	2.1/8/30	瓌 guī	3
上〇令皇甫禎	1.1/2/10	〇筮悉從	4.5/26/14		
		國家之元〇	8.3/45/21	〇琦在前	1.6/4/16
珪 guī	5	竝爲元〇	8.4/46/6	莫非〇才逸秀	3.3/17/19
		退省金〇紫綬之飾	9.9/50/31	非所以彰〇瑋之高價	8.4/46/14
門人陳季〇等議所謚	1.7/5/8	或象〇文	11.6/60/10		
如〇如璋	9.7/50/3	〇鳳山嶽	11.8/62/16	宄 guī	4
或談崇朝而錫瑞〇	11.8/61/18	神〇吉兆	12.26/68/7		
累〇璧不爲之盈	11.8/61/28	豈魚〇之足收	14.1/74/26	姦〇改節	3.7/20/16
明潔鮮于白〇	12.3/63/19	以作龍虎鳥〇形	15.1/94/8	姦〇煙發	3.7/20/18
				消姦〇于爪牙	4.2/23/14
規 guī	13	歸 guī	33	戒以蠻夷猾夏、寇賊姦	
				〇	13.2/72/1
在憲臺則有盡〇之忠	1.6/4/24	來者忘〇	1.1/2/23		
納〇建謀	2.2/9/22	〇高名	1.6/4/16	癸 guǐ	3
〇誨之策	3.6/19/28	猶百川之〇巨海	2.1/8/30		
納忠盡〇	5.4/31/5	由是搢紳〇高	2.5/12/5	維中平五年春三月〇未	2.4/11/12
動中〇矩	6.2/33/11	久而後〇	2.7/13/17	今曆正月〇亥朔	13.2/71/20
守先帝之〇	7.3/38/21	公素不貴〇非	3.2/16/22	乙丑之與〇亥	13.2/71/21
莫肯建忠〇闕	7.4/41/13	自遠若〇	3.7/20/25		
伏惟大行皇后〇乾則坤	8.1/44/6	群后有〇功之緒	3.7/21/1	軌 guǐ	17
臣伏見護羌校尉皇甫〇	8.3/45/23	夷民〇坿	3.7/21/8		
動蹈〇矩	9.7/49/30	轉移〇葬	3.7/21/20	紹巢由之絕〇	2.1/9/2
或〇旋矩折	11.7/60/23	乃疏上請〇本縣葬	3.7/21/22	投足而襲其〇	2.2/9/16
〇悟聖皇	12.9/65/1	遜位〇爵	4.1/22/19,4.2/23/21	莫與方〇	2.2/10/11
〇矩極也	14.8/76/22	求〇田里	5.2/29/19	公承家崇〇	3.3/17/10
		薄言于〇	6.6/35/23	七精循〇	3.5/19/4
嬀 guī	3	有一不備而〇者	7.3/38/15	同〇旦爽	4.1/23/5
		白〇喪所	8.2/45/8	繼〇山甫	4.4/25/16
中葉當周之盛德有〇滿		群公〇德	8.3/45/24	範我〇度	4.7/28/2
者	2.2/9/14	〇近之變	8.4/46/4	納之〇度	6.6/35/17
其先自〇姓建國南土曰		受《月令》以〇而藏諸		方〇齊武	11.1/57/9
胡子	4.2/23/9	廟中	10.1/54/2	尋脩〇以增舉兮	11.3/59/4
是以虞稱〇汭	5.1/28/24	得〇	11.3/58/19	路阻敗而無〇兮	11.3/59/10
		詠都人而思〇	11.3/59/19	爰結蹤而迴〇兮	11.3/59/19
瑰 guī	1	去俗〇義	11.4/59/25	襲〇而驚	11.8/62/6
		齊人〇樂	11.8/61/22	安能與之齊〇	11.8/62/12
〇瑋大度	3.7/20/14	〇乎其居	11.8/62/17	至有姦〇之人	13.1/70/27
		以暫〇見漏	13.1/70/29	結〇下車	14.2/75/7
		宜遣〇田里以明詐僞	13.1/70/30		
		信有可〇之德	13.3/72/18		

鬼 guǐ	14
貞以文章得用○薪	1.1/1/24
易伐○方	7.3/37/12
○神福謙	7.4/43/3
則○神以著	13.1/69/7
去墠曰○	15.1/84/12
生而亡去爲〔疫〕○	15.1/86/8
是爲瘟○	15.1/86/8
毆疫○也	15.1/86/11
東北有○門	15.1/86/13
萬○所出入也	15.1/86/13
主閱領諸○	15.1/86/13
其惡害之○	15.1/86/13
○號、若曰皇祖伯某	15.1/87/4
所以尊○神也	15.1/87/11

詭 guǐ	2
將○時聽	1.7/6/13
變詐乖○	11.8/61/18

貴 guì	40
時有椒房○戚之託	1.1/1/20
夫萬類莫○乎人	1.7/5/14
糾戮○黨	1.7/5/22
外戚○寵	2.5/12/2
不充詘于富○	2.6/13/3
不顧○賤	2.7/13/18
不義富○	2.9/15/3
遭權變○盛	3.1/15/19
公素不○歸非	3.2/16/22
聖朝以藩國○胄	3.6/20/1
服○無荒	6.6/35/18
職以郎爲○	7.2/36/15
不顧爭臣七人之○	7.2/37/1
而乳母趙嬈○重赫赫	7.4/41/22
其○已足	7.4/42/8
○戚斂手	7.4/42/13
以（○治賤）〔賤妨○〕	
	7.4/42/14
尚親而○仁	10.1/52/17
尚賢而○德	10.1/52/17
尚齒而○信	10.1/52/18
尚○而尊爵	10.1/52/18
窮寵極○	11.1/57/12

而徐璜左悺等五侯擅○	
于其處	11.3/58/17
○寵扇以彌熾兮	11.3/59/14
然則有位斯○	11.8/61/5
隆○翕習	11.8/61/19
餘官委○	11.8/61/31
乞助乎近○之譽	11.8/62/5
其視富○	12.5/64/7
富○則人爭趨之	13.3/72/12
富○則無暴集之客	13.3/72/13
貧賤不待夫富○	13.3/72/15
富○不驕乎貧賤	13.3/72/15
故可○也	13.3/72/15
○賤不嫌	15.1/80/1
○人綳綟金印	15.1/83/18
章帝宋○人曰敬隱后	15.1/91/19
章帝梁○人曰恭懷后	15.1/91/20
安帝張○人曰恭愍后	15.1/91/20

跪 guì	2
羔以○乳	8.2/45/14
長○讀素書	11.5/60/5

袞 gǔn	9
登空補○	1.6/5/2
每在○職	2.3/10/23
○冕絿斑	3.3/17/24
受輅車、乘馬、玄○、	
赤舄之賜	3.7/21/24
○闕以補	4.2/23/23
補○闕	5.2/29/18
○職龍章	11.1/57/11
將受○職	12.18/66/31
仲山甫有補○闕	13.4/73/4

郭 guō	7
廷尉○貞私與公書	1.1/1/23
或謂之○	2.1/8/26
命于左中郎將○儀作策	3.5/19/9
伏見廷尉○禧	7.4/42/9
《令》以中秋「築城○」	
	10.2/55/28
敗其城○	10.2/56/12
城○爲獨自壞	10.2/56/13

綳 guō	2
貴人○綟金印	15.1/83/18
○綟色似綠	15.1/83/19

國 guó	140
車師後部阿羅多、卑君	
相與爭○	1.1/1/27
以朝廷在藩○時鄰近舊	
恩	1.1/2/15
損辱○家	1.1/2/16
爲○憂念	1.5/4/1
梁○睢陽人也	1.6/4/13
至于列○大夫	1.7/5/10
異○之人稱之皆然	1.7/6/11
明司○憲	1.8/6/27
相○東萊王章字伯義	1.10/8/10
祐邦○	1.10/8/18
建○命氏	2.1/8/26
遂以○氏焉	2.2/9/15
許令以下至于○人	2.2/10/1
行于有○	2.2/10/4
光○垂勳	2.3/10/22
○人立廟	2.4/11/16
嘉異畫像郡○	2.4/11/18
專○作威	2.5/12/3
俾侯齊○	2.6/12/23
委策避○	2.6/13/8
自戰○及漢	2.8/14/10
私富俾○	3.1/15/22
爲○之師	3.2/17/1
姬姓之○有楊侯者	3.3/17/8
受爵開○	3.3/17/17
光輔○家	3.3/17/22
以爲《尚書》帝王之政	
要、有○之大本也	3.4/18/3
漢有○師司空文烈侯楊	
公	3.5/18/22
允執○憲	3.5/18/25
○家丕承	3.5/18/28
○之元幹	3.5/18/30
以○氏焉	3.6/19/20，4.5/25/23
聖朝以藩○貴胄	3.6/20/1
其○用靖	3.6/20/3
雖安○之輔梁孝	3.6/20/3
刑清○興	3.7/22/2

通識○典	4.1/22/13	爲贄○卿	8.2/45/14	日司命、日中霤、日○	
其先自嬀姓建○南土日		○家之元龜	8.3/45/21	行、日○門、日泰屬	
胡子	4.2/23/9	應秉○之權	8.4/46/3	、日戶、日竈	15.1/85/1
遭○不造	4.2/23/17，4.4/25/16	萬○兆民	8.4/46/5	諸侯爲○立五祀之別名	15.1/85/4
以新○家	4.2/23/23	邦○其昌	8.4/46/20	日司命、日中霤、日○	
黃○氏建	4.5/26/19	○之楨棟	9.1/47/1	門、日○行、日公屬	15.1/85/4
而○家方有滎陽寇賊	4.7/27/21	○遭姦臣孽妾	9.1/47/2	以勞定○則祀	15.1/87/1
偝于○典	4.7/27/23	上解○家播越之危	9.1/47/7	及諸侯王、大夫郡○計	
享○三十有六年	5.1/28/22	萬○賴祜	9.1/47/8	吏、匈奴朝者西○侍	
萬○以綏	5.1/29/3	乞就○土	9.1/47/10	子皆會	15.1/91/8
遷衛○公相	5.2/29/12	○享十有一世	9.4/48/19	歸○以立社	15.1/92/11
爲○有賞	5.2/29/17	萬○和同	9.5/49/3	次小○侯	15.1/92/19
圮我○基	5.2/30/3	不知○家舊有宗儀	9.6/49/16	秦滅九○兼其車服	15.1/94/4
故自有○至于黎庶	5.3/30/10	臣妾萬○	9.7/49/31	《○語》日	15.1/95/21
以○爲氏	5.4/30/25	臣以相○兵討逆賊故河		不生其○日聲	15.1/96/28
於蘮下○	5.5/32/7	內太守王臣等	9.8/50/8	在○逢難日愍	15.1/97/2
以盡水利而富○饒人	6.1/32/18	拘迫○憲	9.9/50/30	辟土兼○日桓	15.1/97/3
鄭○行秦	6.1/32/19	○（之）〔以〕永存	9.9/51/4		
○家之輔佐	6.3/33/25	君○之誨	9.10/51/17	虢 guó	1
憐○城之乖離	6.4/34/9	視五○之事	10.1/52/21		
臣聞○家置官	7.2/36/15	知掌教○子與《易傳》		王季之穆有○叔者	2.1/8/25
○家瞻仗	7.2/36/17	保傅	10.1/52/24		
孝景時梁人韓安○坐事		即所以顯行○禮之處也	10.1/53/2	馘 guó	6
被刑	7.2/36/26	至及○家律令制度	10.2/54/22		
安○徒隸	7.2/36/28	○乃有恐	10.2/56/10	小有○截首級、履傷涉	
皆還治其○	7.2/36/28	昭明○體	11.2/58/11	血之難	9.9/51/5
中○之困	7.3/38/2	遂在中○	11.4/59/25	以訊○告	10.1/53/7
苟無釁○內侮之患	7.3/38/9	夫豈傲主而背○乎	11.8/61/23	薦俘○于京太室	10.1/53/7
○不靜	7.4/40/13	委○捐爵	12.1/63/2	在泮獻○	10.1/53/8
彊○弱	7.4/40/27	諫○亡兮	12.1/63/2	俱獻○焉	10.1/53/8
弱○彊	7.4/40/27	○失元傅	12.5/64/5	即王制所謂以訊○告者	
昔宋景公、小○諸侯	7.4/40/29	觀○之賓	12.5/64/7	也	10.1/53/9
以贍○用	7.4/41/2	爲○之經	12.14/66/9		
○家之本兵也	7.4/41/6	屏此四○	12.18/66/31	果 guǒ	2
皆各括囊迷○	7.4/41/13	往臨邦○	12.26/68/9		
皆亡○之怪也	7.4/41/17	○之大事	13.1/69/7	○有蹎覆不測之禍	1.7/5/21
將爲○患	7.4/41/26	而有司數以蕃○疏喪	13.1/69/16	一日掌人百○	15.1/86/5
○之老成	7.4/42/9	臣聞○之將興	13.1/69/24		
非復發糾姦伏、補益○		匡○理政	13.1/70/11	裹 guǒ	2
家者也	7.5/43/22	衛○賴之	13.4/73/8		
○祚中絕	8.1/44/8	故因錫○	14.5/75/28	以纁○鐵柱卷	15.1/95/19
○土或有斷絕	8.1/44/17	○之不幸也	15.1/81/3	竹○以纁	15.1/95/24
爵高蘭諸○胤子	8.1/44/17	諸侯爲百姓立社日○社			
而德教被于萬○	8.1/44/20		15.1/84/20	椁 guǒ	1
徼外絕○	8.1/44/22	亡○之社	15.1/84/22		
郡○咸上瑞應	8.1/44/22	古者天子亦取亡○之社		○財周椴	2.3/10/25
篤繼○之祚	8.1/44/26	以分諸侯	15.1/84/22		

過 guò	32
況我○諸	2.2/9/29
前哲之所不○也	2.2/10/3
用○乎儉	2.3/10/26
純孝○哀	2.4/11/18
○牧斯州	2.4/11/21
○則弼之	2.7/13/21
然知權○于寵	3.1/15/22
可謂立身無○之地	3.1/15/26
不遠○也	3.7/21/8
濟陽有武帝行○宮	5.1/28/15
色○孔父	5.2/29/11
受○庭之訓	6.2/33/14
不○五日	7.2/36/24
○于匈奴	7.3/37/25
未能○潁	7.3/37/26
有○未嘗不知	7.4/40/17
膳不○擇	8.1/44/11
遂不○口	8.2/45/6
（退伏）〔思○〕畎畝	9.9/50/22
不○一枝	9.9/51/9
不○滿腹	9.9/51/10
○被學者聞家就而考之	
	10.2/54/19
不責臣○	11.2/57/26
遂託所○	11.3/58/20
○漢祖之所隘兮	11.3/58/26
彬有○人者四	12.7/64/16
○則荒沈	12.20/67/10
地下之衆者莫○于水	15.1/82/16
地上之衆者莫○于人	15.1/82/16
以其禮○厚故也	15.1/82/29
知○能改曰恭	15.1/96/28
名實○爽曰繆	15.1/97/2

骸 hái	2
以乞○骨	4.7/27/25
不能還其○骨	7.3/38/1

海 hǎi	21
猶百川之歸巨○	2.1/8/30
弘農楊公、東○陳公	2.3/10/23
○內從風	2.5/12/3
四○大壞	3.7/20/19

至于滄○	3.7/21/4
○內容嗟	5.2/29/20
漢有衛霍閫顏瀚○竇憲	
燕然之事	7.3/37/13
四○必爲之焦枯	7.3/38/11
○內紛然	8.1/44/8
○內嗷嗷	9.1/47/3
○內賴祉	9.6/49/13
德廣及四○	10.1/53/5
光于四○	10.1/53/10
象四○	10.1/53/19
○水知天寒	11.5/60/4
盡四○之殘災	11.8/61/25
英風固以揚于四○矣	12.3/63/21
宣聲○內	13.1/69/31
足令○內測度朝政	13.1/70/6
儋牙虎神茶、鬱壘二神	
○中有度朔之山	15.1/86/12
巡狩祀四嶽、河○之所	
歌也	15.1/88/11

亥 hài	6
以建寧二年正月乙○卒	2.1/9/3
于是乃以三月丁○來自	
雒	9.4/48/23
丑牛、未羊、戌犬、酉	
雞、○豕而已	10.2/56/19
忽朱○之纂軍	11.3/58/24
今曆正月癸○朔	13.2/71/20
乙丑之與癸○	13.2/71/21

害 hài	13
苟除民○	1.7/6/2
或水潦沒○	3.7/21/4
匈奴常爲邊○	7.3/37/16
必迫于○	7.3/37/27
謂之凶○	7.4/39/20
豈可以顧患避○	7.4/41/17
札荒爲○	8.1/44/8
先寇受○	9.1/47/4
疾子朝之爲○	11.3/59/10
而忘昭晢之○	11.8/61/14
○漸亦芽	11.8/61/21
○其若是	11.8/62/6
其惡○之鬼	15.1/86/13

駭 hài	1
電○風馳	11.8/61/18

含 hán	19
○光耀	1.10/8/14
○章直方	2.2/9/21
○元精之和	2.3/10/15
○光醇德	2.3/11/3
○聖哲之清和	2.4/11/13
○乎無外	2.5/11/28
○容覆載	3.2/16/14
通○神契	3.6/19/23
○涕流惻	3.6/20/5
○弘光大	3.6/20/8
賜絲帛○斂之備	4.1/22/27
裹結絀以○愁	4.6/27/9
手不親乎○飯	4.7/28/5
○辭抱悲	11.2/57/25
○甘吮滋	11.8/61/26
胡老乃揚衡○笑	11.8/62/22
○太極之純精	12.3/63/19
顏煒燁而○榮	14.3/75/12
綠葉○丹榮	14.19/78/25

函 hán	1
○牛之鼎以烹雞	8.4/46/15

寒 hán	11
長吏○心	7.2/36/20
麥飯○水閒用之	8.2/45/5
但用麥飯○水	8.2/45/9
曆于大雪、小雪、大○	
、小○	10.2/55/10
海水知天○	11.5/60/4
○暑相推	11.8/61/24
貞操厲乎○松	12.3/63/19
○雪繽紛	14.5/75/28
哀人○耳以惆悵	14.11/77/7
盛○爲水	15.1/85/10

韓 hán	3
○元長等五百餘人	2.3/11/4

治孟氏《易》、歐陽	遷○陽太守　1.1/2/10,1.6/4/19	○有昌邑之難　9.1/46/27
《尚書》、○氏《詩》	及在上谷○陽　1.5/4/2	臣等謹案《○書》高祖
5.4/30/26	○益州刺史南陽朱公叔卒　1.7/5/8	受命如卓者　9.1/47/11
孝景時梁人○安國坐事	○興以來　1.7/5/11	以爲○承亡秦滅學之後　9.6/49/8
被刑　7.2/36/26	○皇二十一世延熹六年	允茲○室　11.1/57/9
	夏四月乙巳　1.8/7/4	常以爲《○書》十志下
罕 hǎn　　　4	維○二十一世延熹六年　1.9/7/12	盡王莽　11.2/57/27
	○文景之際　2.7/13/14	過○祖之所隘兮　11.3/58/26
固上世之所○有　2.2/10/3	自戰國及○　2.8/14/10	今大○紹陶唐之洪烈　11.8/61/25
離宮○幸　8.1/44/12	○祚中移　2.8/14/11	式作○輔　12.2/63/14
○漫而已　11.8/62/18	伊○二十有一世　2.9/14/29	〔前○戶五萬〕　12.9/64/28
前驅有九斿雲○闟戟皮	暨○興　3.1/15/15	在○迪哲　12.10/65/11
軒鸞旗　15.1/94/3	惟○重臣　3.2/16/25	○之得人　13.1/70/11
	其在○室　3.3/17/8	太史令張壽王挾甲寅元
汗 hàn　　　3	○有國師司空文烈侯楊	以非○曆　13.2/71/7
	公　3.5/18/22	及命曆序積獲麟至○起
輒流○墨　8.3/45/29	天鑒有○　3.5/19/12	庚子部之二十三歲　13.2/71/15
不勝忪蒙流○　9.8/50/13	4.4/25/13,12.4/63/29	○元年歲在乙未　13.2/71/16
常以○墨　9.9/50/24	永○元年十一月到官　3.7/20/16	獲麟至○百六十二歲　13.2/71/18
	俄而○室大亂　3.7/20/17	下不及命曆序獲麟○相
扞 hàn　　　2	遷屯○陰　3.7/20/21	去四部年數　13.2/71/20
	自○興以來　4.1/22/24,7.3/37/16	○三易元　13.2/72/3
○禦三垂　1.5/4/3	伊○元輔　4.2/24/4	莊叔隨難○陽　13.4/73/7
能○大患則祀　15.1/87/1	維○二十有一世　4.3/24/12	配名位乎天○　14.1/74/22
	作○輔　4.3/25/8	兼○沔之殊名　14.1/74/23
旱 hàn　　　7	作（此）〔○〕元輔　4.4/25/15	若披雲緣○見織女　14.4/75/17
	○南之士　4.5/25/24	○天子正號曰「皇帝」　15.1/79/9
豫設水○疫癘　10.2/55/15	及廣兄弟式敘○朝　4.5/26/4	秦承周末爲○驅除　15.1/79/15
草木○枯　10.2/56/10	亦降于○　4.5/26/19	○高祖受命　15.1/79/15
庸可以水○而累堯湯乎　11.8/62/9	惟○再受命　5.1/28/15	○因而不改也　15.1/80/3
天下大○　12.1/62/30	12.11/65/16	○承秦法　15.1/82/10
宣王遭○　13.1/69/5	祀○配天　5.1/28/22	《○書》稱高帝五年　15.1/85/21
且猶遇水遭○　13.2/72/1	受○厚恩　5.1/28/26	○曰臘　15.1/86/17
瑞祝、逆時雨、寧風○	二○之微　5.1/29/1	○改曰河南守　15.1/88/18
也　15.1/87/16	秦一○三而虞氏世焉　5.3/30/15	○曰獄　15.1/89/12
	自嬴及○　5.3/30/18	高祖爲○　15.1/89/26
悍 hàn　　　2	臻乎○　5.4/30/25	秦○以來　15.1/90/5
	大○初興　6.2/33/9	○因而不改　15.1/90/23
演化凶○　8.3/45/27	○有衛霍閒顏瀚海竇憲	遂常奉祀光武舉天下以
性精亟以慓○　14.8/76/18	燕然之事　7.3/37/13	再受命復○祚　15.1/91/1
	○民逋逃　7.3/37/24	○家不言禘祫　15.1/91/25
漢 hàn　　　97	○起塞垣　7.3/38/8	○興以皇子封爲王者得
	猶爲大○之羞　7.3/38/15	茅土　15.1/92/12
伊○元公　1.1/1/5	天于大○　7.4/41/18	○制　15.1/92/15,15.1/95/17
○興　1.1/1/16,5.3/30/11	以順○氏三百之期　8.1/44/14	而○天子自以皇帝爲稱
15.1/90/6	○世后氏無謚　8.1/44/26	15.1/92/15
震驚隴○　1.1/1/26	則○室之干城　8.3/45/28	○雲翹冠　15.1/94/14

○興至孝明帝永平二年 15.1/94/15
○服受之秦 15.1/95/11
○祀宗廟大享 15.1/96/7
○將軍樊噲造次所冠 15.1/96/16
其次在○禮 15.1/96/22

翰 hàn　　4

初○千里 3.7/21/27
籀誦拱手而韜○ 11.6/60/15
惟其○之所生 14.8/76/18
雞曰○音 15.1/87/8

瀚 hàn　　1

漢有衛霍闞顏○海竇憲
　燕然之事 7.3/37/13

蒿 hāo　　1

外庭生蓬○ 2.5/12/7

號 háo　　40

皆用配○ 1.7/5/10
○與天子諸侯咸用優賢
　禮同 1.7/6/15
存誨殁○ 2.3/11/1
兼○特進 3.5/19/9
老幼哀○ 3.7/21/20
踐殊○于特進 4.3/25/3
○咷告哀 4.7/27/25
庭位○咷 5.5/32/3
○咷切怛 6.5/35/4
○呼告哀 6.6/35/22
是後轉因帝○ 8.1/44/27
○泣悲哀 8.2/45/4
穆宗、敬宗、恭宗之○ 9.6/49/22
天子發○施令 10.1/53/19
官○職司與《周官》合 10.1/54/1
取《月令》爲紀○ 10.1/54/7
風者、天之○令 13.1/69/6
漢天子正○曰「皇帝」 15.1/79/9
故并以爲○ 15.1/79/15
四○之別名 15.1/79/18
天子、正○之別名 15.1/79/28

則可同○之義也 15.1/80/1
不敢渫瀆言尊○ 15.1/80/9
○爲庶人 15.1/84/9
六○之別名 15.1/87/4
神○、尊其名更爲美稱 15.1/87/4
鬼○、若曰皇祖伯某 15.1/87/4
祇○若曰后土地祇也 15.1/87/5
牲○、牛曰一元大武 15.1/87/5
齊○、黍曰薌合 15.1/87/5
幣○、玉曰嘉玉 15.1/87/6
凡祭○牲物異于人者 15.1/87/11
其衆○皆如帝之稱 15.1/90/5
追○爲后者三 15.1/91/19
上尊○曰太上皇 15.1/91/27
不敢加尊○于祖父也 15.1/92/1
亦不敢加尊○于父祖也 15.1/92/1
安帝以和帝兄子從清河
　王子即尊○ 15.1/92/3
追○父清河王曰孝德皇 15.1/92/4
故以王○加之 15.1/92/16

嗥 háo　　1

狐鳴犬○ 12.24/67/28

豪 háo　　4

其後雄俊○傑 2.8/14/9
憤疾○彊 3.1/15/20
○雄虎爭 3.7/20/18
遂取財于○富 6.1/32/26

好 hǎo　　27

莫得○縣 1.1/2/25
而居無畜○ 1.7/5/25
惟「敏而○學、不恥下
　問」 1.7/6/1
是勤學○問之稱文也 1.7/6/1
非其○也 1.8/6/26,2.5/12/2
　　　　2.7/13/16
○是貞厲 1.9/7/18
于是○道之儔 1.10/8/6
凡我四方同○之人 2.1/9/3
○事者覺之 2.7/13/26
休少以○學 2.8/14/11
于是因○友朋 2.8/14/20

○是正直 3.6/19/28
篤志○學 3.7/21/11
○是懿德 4.4/25/13
昭示○惡 4.7/28/2
○問早識 6.4/34/8
志○美飾 12.23/67/23
惟情性之至○ 14.2/75/3
輕徹妙○ 14.15/78/3
龍虎紐、唯其所○ 15.1/80/25
鄭子臧○聚鷸冠 15.1/96/4
趙武靈王○服之 15.1/96/10
愛民○與曰惠 15.1/96/25
柔德○衆曰靖 15.1/97/1
○勇致力曰莊 15.1/97/2

昊 hào　　22

○天不弔 1.9/7/20,3.7/21/19
　　　　5.5/32/7,6.6/35/20
　　　　12.18/66/31
而封諸太○之墟 2.2/9/15
如何○穹 2.3/11/7
如何○天 3.6/20/6,6.4/34/13
精哀達乎○乾 4.7/28/9
嗚呼○天 5.4/31/17
○天上帝 6.6/35/22
乃命羲和欽若○天 10.1/53/25
若夫太○蓐收句芒祝融
　之屬 10.2/54/30
其帝太○ 15.1/85/15
其帝少○ 15.1/85/16
至少○之世 15.1/86/1
《○天有成命》、一章
　七句 15.1/87/21
少○氏以金德繼之 15.1/89/19
故少○氏殁 15.1/89/19
虙犧爲太○氏 15.1/89/24
少○爲金天氏 15.1/89/24

浩 hào　　4

○○焉 2.1/8/27
夫何大川之○○兮 14.1/74/22

皓 hào　　2

可謂純潔○素 2.8/14/17

○齒蛾眉	14.5/75/23	薌○嘉蔬薌萁	9.4/48/25	騎	1.1/1/27

鄗 hào 1

即位○縣之陽	5.1/28/21	誠○事宜	9.6/49/16	夫○考焉	1.6/4/27
		○神明之歡心	9.6/49/25	劉卷者○	1.7/6/7

鎬 hào 2

京、○京也	10.1/53/8	靖綏六○	9.7/50/2	不知興于○代	1.10/7/26
而稱○京之詩以明之	10.1/53/12	凡大○樂	10.1/52/25	今其如○而闕斯禮	2.1/9/5
		凡祭養老乞言○語之禮		大將軍○公、司徒袁公	
			10.1/52/27	前後招辟	2.3/10/21

顥 hào 7

孤○儉節	4.7/27/20	故《孝經》○以爲一義		如○昊穹	2.3/11/7
以勸遣○到官	4.7/27/22		10.1/53/12	哀○可極	2.3/11/8
○有剖符之寄	4.7/27/23	凡此皆明堂太室、辟雍		吾○德以堪諸	3.2/16/25
論者疑太尉張○與交貫		太學事通文○之義也		于是門生大將軍○進等	3.4/18/10
爲玉所進	7.4/42/4		10.1/53/12	如○昊天	3.6/20/6,6.4/34/13
見陽光之○○兮	11.3/59/13	凡此皆○于大曆唐政	10.1/53/29	如○俎逝	3.7/22/3
大○爲政	12.13/66/3	官號職司與《周官》○	10.1/54/1	獨○棄乎穹蒼	4.6/27/8
		以其○	10.2/55/7	如○勿銘	5.4/31/13

禾 hé 2

歲有嘉○	5.1/28/17	不○于經傳也	10.2/56/1	如○勿喜	6.1/33/4
長于凡○	5.1/28/18	今總○爲一事	10.2/56/10	兄弟○依	6.5/35/4
		不○之于五行	10.2/56/18	姊妹○親	6.5/35/4
		不○于《易》卦所爲之		○辜而然	6.5/35/5

合 hé 54

		禽	10.2/56/26	于○不有	6.6/35/12
策○神明	1.7/5/20	不意西夷相與○謀	11.2/58/5	其德伊○	6.6/35/12
事通議○	1.7/5/28	埽六○之穢惡	11.8/61/9	定省○望	6.6/35/26
施舍而○其量	2.2/9/17	以○時宜	11.8/61/18	○足爲嫌	7.2/36/25
嘉德足以○禮	2.5/11/27	○縱者駢組陸離	11.8/61/19	于是○者爲甚	7.3/38/7
謀不苟○	2.7/13/27	檢六○之群品	11.8/61/26	○者爲大	7.3/38/16
乃糺○同僚	3.3/17/19	計○謀從	11.8/62/15	言天下○私家之有	7.4/41/3
糺○朋徒	3.4/18/11	明哲與聖○契	12.5/64/4	○緣聞之	7.4/42/1
○策明計	3.7/20/20	觸石膚○	12.8/64/21	情辭○緣復達	7.5/43/27
○緶棺而不見	4.7/28/6	取○于當時而已	13.2/71/12	○有伐檀	8.1/44/15
與神○契	5.2/29/11	○爲二百七十五歲	13.2/71/16	故大將軍慎侯○進	9.1/47/3
言○典式	6.2/33/11	以今渾天圖儀檢天文亦		將謂臣○足以任	9.2/47/11
在淑媛作○孝明	6.5/34/22	不○于《考靈曜》	13.2/71/23	臣者○人	9.9/50/28
○〔議〕〔誠〕圖曰	7.4/39/15	有義則○	13.3/72/17	○以居之	9.10/51/18
厥初作○	8.1/44/7	其○于上意者	15.1/82/8	于○爲著《月令說》也	
辭驗皆○	8.2/45/7	○十二人	15.1/83/22		10.2/54/13
檢括竝○	8.4/46/12	○三十九人	15.1/83/23	○也	10.2/55/1
總○戶數千不當一	9.1/47/9	增之○百二十人也	15.1/83/24		10.2/55/9,10.2/55/14
不○事宜	9.3/48/7	齊號、柰曰薌○	15.1/87/5		10.2/55/20,10.2/55/24
○成二百一十二卷	9.3/48/9	柰曰薌○	15.1/87/12		10.2/56/11,10.2/56/30
		始作樂○諸樂而奏之所		獨用之○	10.2/55/6
		歌也	15.1/88/1	○得以爲字	10.2/57/1
		乃○高祖以下至平帝爲		亦○爲乎此幾	11.3/59/18
		一廟	15.1/90/28	書上竟○如	11.5/60/5
				○草篆之足算	11.7/60/26

何 hé 63

				○爲守彼而不通此	11.8/61/13
		公遣從事牛稱○傳輕車		○光芒之敢揚哉	11.8/62/9
				厥徵伊○	12.12/65/27

壑 hè	4
流離溝〇	7.2/36/19
谿〇夐其杳冥	11.3/59/1
廓巖〇以崝嶸	11.3/59/1
水歸其〇	15.1/86/23

鶴 hè	5
載〇軿	1.10/8/15
〇鳴聞天	3.6/20/9
〇鳴九皋	12.18/66/30
玄〇巢其岐	14.12/77/12
別〇東翔	14.12/77/16

黑 hēi	8
有〇氣墮溫德殿東庭中	7.4/39/10
〇如車蓋	7.4/39/10
夫司隸校尉、諸州刺史	
所以督察姦枉、分別	
白〇者也	13.1/70/1
〇帝以辰臟子祖	15.1/86/20
周〇而赤	15.1/94/11
殷〇而微白	15.1/94/11
夏純〇而赤	15.1/94/11
卿大夫七旒〇玉珠	15.1/94/18

狠 hěn	1
戾〇斯和	2.2/9/19

恨 hèn	8
皆非結〇之本	7.5/43/13
臣父子誠有怨〇	7.5/43/14
因臺問具臣〇狀	7.5/43/14
使質〇以衰老白首	7.5/43/25
抱〇黃泉	11.2/58/7
無所復〇	11.2/58/12
〇茲學士	12.18/67/1
爭訟怨〇	13.1/70/29

恆 héng	4
有〇實難	2.9/15/8
土膏〇動	5.3/30/10

則人主〇恐懼而修政	12.24/67/29
〇被謗訕之誅	13.1/69/30

衡 héng	20
爾乃潛德〇門	2.1/8/30
然猶私存〇門講誨之樂	2.5/12/3
韞玉〇門	3.6/20/8
南撫〇陽	3.7/20/21
綏我荊〇	3.7/22/1
入參機〇	4.1/22/23
〔命〕內正機〇	4.2/23/12
非典〇之道	7.4/42/16
正三元之〇	8.1/44/26
充列機〇	9.3/48/8
《顓頊曆（〇）〔術〕》	
曰	10.1/53/24
同律度量〇	10.1/53/28
鈞〇石	10.1/53/28
甘〇門以寧神兮	11.3/59/18
〇者如編	11.6/60/13
連〇者六印磊落	11.8/61/19
奚仲供德于〇軨	11.8/62/19
胡老乃揚〇含笑	11.8/62/22
〇門之下	12.18/66/30
丞相匡〇、御史大夫貢	
禹乃以經義處正	15.1/90/25

橫 héng	9
請且息州營〇發之役	1.5/4/4
以此時興議〇發	7.3/38/1
今者〇見逮及	7.5/43/24
〇生他議	10.2/54/16
浮清波以〇屬	11.3/59/7
壯田〇之奉首兮	11.3/59/11
災變〇起	12.24/67/29
縱〇接髮	14.5/75/24
氣轟鍠而〇飛	14.6/76/9

薨 hōng	16
以太中大夫〇于京師	1.1/1/11
光和七年五月甲寅〇	1.6/4/22
延熹八年五月丙戌〇	3.1/15/24
建安十三年八月遘疾隕	
〇	3.7/21/19

〇于位	4.1/22/25,4.2/24/2
太傅安樂鄉侯胡公〇	4.3/24/12
至于〇斃	4.3/25/6
建寧二年〇于太傅府	4.5/26/8
二妃〇于江湘	4.5/26/10
建寧三年〇	4.6/27/3
是時夫人寢疾未〇	4.7/27/20
中平四年〇于京師	4.7/27/23
熹平四年〇	5.2/29/20
司徒袁公夫人馬氏〇	6.5/34/19
其諸侯王三公之〇于位	
者	15.1/81/8

轟 hōng	1
氣〇鍠而橫飛	14.6/76/9

弘 hóng	23
幼有〇姿	1.1/1/18
夫其器量〇深	2.1/8/27
天授〇造	2.2/10/8
〇農楊公、東海陳公	2.3/10/23
寬裕〇博	2.5/11/28
倖此〇高	2.5/12/17
〇此文藝	2.6/13/6
〇農華陰人	3.1/15/14,3.3/17/8
公袛服〇業	3.5/18/23
非〇直碩儒	3.6/20/2
含〇光大	3.6/20/8
〇綱既整	4.2/23/23
〇惟幼沖	4.2/24/6
聊〇慮以存古兮	11.3/58/23
〇寬裕于便辟兮	11.3/59/16
嘉文德之〇懿	11.6/60/16
德〇者建宰相而裂土	11.8/61/11
〇羊據相于運籌	11.8/62/21
溫溫然〇裕虛引	12.3/63/20
腹心〇道	12.5/64/7
于義已〇	13.1/70/15
少帝〇立	15.1/90/6

宏 hóng	2
器量〇大	9.10/51/17
衛〇曰	15.1/80/25

洪 hóng	31
乃攄○化	1.8/7/1
丕承○緒	1.9/7/17
○雪下	1.10/8/3
將蹈○崖之邅迹	2.1/9/2
○範九疇	2.3/11/1
巨細○纖	2.5/11/28
聞君○名	2.5/12/4
○聲遠布	2.6/13/2
疇昔○崖	2.6/13/8
勳啓《○範》	3.5/18/23
○生巨儒	3.7/21/12
以紀○勳	3.7/22/3
澤○淳	4.3/25/8
《○範》「八政」	6.1/32/16
《○範傳》曰	7.4/41/10
	13.1/69/9
○都篇賦之文	7.4/42/18
加以○流爲災	8.1/44/8
丕誕○業	9.1/47/1
早統○業	9.4/48/21
及《○範》傳五事之畜	
	10.2/56/26
郎中劉○密于用算	11.2/58/1
故臣表上○	11.2/58/1
建撫體而立○高兮	11.3/58/28
有羲皇之○寧	11.8/61/15
今大漢紹陶唐之○烈	11.8/61/25
曩者○源辟而四隩集	11.8/61/28
君況我聖主以○澤之福	12.1/63/1
○流森以玄清	14.1/74/22
○濤涌而沸騰	14.1/74/28
讚虙皇之○勳	14.8/76/19

虹 hóng	6
形狀似龍似○蜺	7.4/39/11
○著于天而降施于庭	7.4/39/11
則所謂天投○者也	7.4/39/12
○出	7.4/39/13
即○蜺所生也	7.4/39/18
○蜺集庭	7.4/41/25

紅 hóng	1
稌粟○腐	3.7/20/23

紘 hóng	2
王政之○綱	3.4/18/4
人○弛	11.8/61/16

嶸 hóng	1
廓巖嶅以崝○	11.3/59/1

鴻 hóng	15
位至大○臚	1.1/1/17
遷河南尹少府大○臚司	
徒司空	1.1/2/13
其後大○臚橋玄爲司空	1.2/3/3
大○臚之曾孫	1.6/4/13
遷河南尹少府大○臚	1.6/4/20
特進大○臚	2.8/14/16
表勒○勳	3.1/16/3
徵拜將作大匠、大司農	
、大○臚、大僕射	5.2/29/16
○烈顯休	5.2/30/4
如○之翔	5.4/31/15
問臣以大○臚郃部前爲	
濟陰太守	7.5/43/9
○臚陳君以救雲抵罪	11.3/58/18
若○鵠群遊	11.6/60/14
○漸盈階	11.8/61/27
睹○梧于幽阻	14.9/76/27

侯 hóu	146
特進潁陽○梁不疑爲河	
南尹	1.1/1/21
卑君○	1.1/1/28
除○部候	1.1/2/1
皆諸○之臣也	1.7/6/5
其尊與諸○竝	1.7/6/6
其禮與同盟諸○敵體故也	1.7/6/8
故雖○伯子男之臣	1.7/6/10
號與天子諸○咸用優賢	
禮同	1.7/6/15
俾○齊國	2.6/12/23
封赤泉○	3.1/15/15
葬我文烈○	3.2/16/10
其惟高密元○乎	3.2/16/25
赫赫烈○	3.2/16/28

臨晉是○	3.2/17/3
姬姓之國有楊○者	3.3/17/8
赤泉（○）（佐）〔佑〕	
高	3.3/17/8
漢有國師司空文烈○楊	
公	3.5/18/22
封○于臨晉	3.5/19/8
賜公驃騎將軍臨晉○印	
綬	3.5/19/9
建○于蔡	3.6/19/20
昭○徙于州來	3.6/19/21
南陽太守樂鄉亭○旻思	
等言	3.7/21/21
以爲申伯甫之○翼周室	3.7/21/23
封安樂鄉○	4.1/22/17，4.2/23/18
贈以太傅安樂鄉○印綬	4.1/22/26
列于諸○	4.2/23/9
太傅安樂鄉○胡公薨	4.3/24/12
葬我君文恭○	4.3/24/13
生太傅安樂鄉○廣及卷	
令康而卒	4.5/25/25
先祖銀艾封○	5.1/28/25
封曲逆○	5.3/30/12
詔封都亭○、太僕、太	
常、司空	5.3/30/14
乃公乃○	5.3/30/19
太傅安樂○之子也	5.4/30/24
太傅安樂鄉○之子也	5.5/31/22
封北平○	6.2/33/10
曾祖中水○	6.5/34/21
中水○弟伏波將軍女	6.5/34/21
乃封丞相爲富民○	7.3/37/20
中常侍育陽○曹節、冠	
軍○王甫	7.4/39/2
是歲封后父禁爲平陽○	7.4/40/11
○王不榮	7.4/40/28
昔宋景公、小國諸○	7.4/40/29
諸○彊陵主	7.4/41/7
抑諸○之彊	7.4/41/9
諸○陵主之戒	7.4/43/3
臣聞魯○能孝	8.2/45/12
○在左右	8.2/45/13
故大將軍愼○何進	9.1/47/3
太尉郾○卓起自東土封	
畿之外	9.1/47/5
太尉郾○卓	9.2/47/18
時中正大臣夏○勝猶執	

議欲出世宗	9.6/49/10		15.1/84/20	後避武帝諱改曰通○	15.1/92/17
莫能執夏○之直	9.6/49/15	諸○之社曰○社	15.1/84/20	法律家皆曰列○	15.1/92/17
今封邑陳留雍丘高陽鄉		古者天子亦取亡國之社		其次朝○	15.1/92/18
○	9.9/50/17	以分諸○	15.1/84/22	稱侍祠○	15.1/92/18
爵至通○	9.9/50/25	諸○半之	15.1/84/26	次小國○	15.1/92/19
臣十四世祖肥如○	9.9/50/26	諸○社稷皆少牢	15.1/84/28	謂之猥朝○也	15.1/92/19
上所假高陽○印綬符策	9.9/50/28	諸○爲國立五祀之別名	15.1/85/4	古者諸○貳車九乘	15.1/94/4
朝諸○、選造士于其中		諸○朝見宗祀文王之所		公○大夫各有差別	15.1/94/15
	10.1/51/31	歌也	15.1/87/18	三公及諸○之祠者	15.1/94/18
朝諸○于明堂	10.1/52/12	諸○助祭之所歌也	15.1/87/20	諸○王冠遠遊冠	15.1/94/22
魏文○《孝經傳》曰	10.1/52/19	諸○助祭遣之于廟之所		公○冠進賢冠	15.1/94/22
見九○及門子	10.1/52/20	歌也	15.1/87/24	天子、公卿、特進朝○	
所以教諸○之德也	10.1/53/2	諸○始見于武王廟之所		祀天地明堂皆冠平冕	
明堂太室與諸○泮宮	10.1/53/8	歌也	15.1/88/3		15.1/94/23
所以教諸○之孝也	10.1/53/9	○者、候也	15.1/88/14	諸○卿七	15.1/94/26
古者諸○朝正于天子	10.1/54/2	諸○大小之差	15.1/88/21	遠遊冠、諸○王所服	15.1/95/11
諸○怠于禮	10.1/54/3	諸○王、皇子封爲王者		公○三梁	15.1/95/16
而徐璜左悺等五○擅貴		稱曰諸○王	15.1/88/21		
于其處	11.3/58/17	徹○、群臣異姓有功封		**喉 hóu**	**2**
勤諸○之遠戍兮	11.3/58/26	者稱曰徹○	15.1/88/21		
○王肅則月側匿	11.8/62/10	避武帝諱改曰通○	15.1/88/22	山甫○舌	1.8/7/4
追念先○	12.1/63/3	或曰列○也	15.1/88/22	偶山甫乎○舌	4.3/24/20
必使諸○歲貢	13.1/70/10	朝○、諸○有功德者	15.1/88/22		
諸○言時計功	13.4/72/30	天子特命爲朝○	15.1/88/22	**后 hòu**	**81**
所謂諸○言時計功者也	13.4/73/5	卿諸○九推	15.1/88/25		
陽○沛以奔鶩	14.1/74/27	諸○曰類宮	15.1/89/1	帝謂我○	1.1/1/6
孝元皇后父大司馬陽平		○之樂《四份》	15.1/89/6	用總是群○	1.2/3/7
○名禁	15.1/80/20	右九棘、公○伯子男位		故夏○氏正以人統	1.7/5/15
此諸○大夫印稱璽者也		也	15.1/89/8	群○建碑	2.4/11/16
	15.1/80/25	公○之宮	15.1/90/22	晉唐叔之○也	3.1/15/14
以命諸○王三公	15.1/81/8	四姓小○諸○家婦	15.1/91/8	昔在三○成功	3.2/16/24
其諸○王三公之薨于位		及諸○王、大夫郡國計		群○有歸功之緒	3.7/21/1
者	15.1/81/8	吏、匈奴朝者西國侍		群○同懷	4.1/22/26
如諸○之策	15.1/81/9	子皆會	15.1/91/8	澤洽○土	4.1/23/3
諸○曰萬民	15.1/82/14	高祖春陵節○曰皇高祖	15.1/92/2	蕃○土于稼穡	4.3/25/1
天子諸○后妃夫人之別		桓帝以蠡吾○子即尊位	15.1/92/6	伊胡○	4.3/25/8
名	15.1/83/16	追尊父蠡吾先○曰孝崇		其乘輅執贄朝皇○	4.5/26/4
諸○之妃曰夫人	15.1/83/16	皇	15.1/92/6	群○畢會	4.5/26/16
公○有夫人、有世婦、		追尊父解犢○曰孝仁皇	15.1/92/7	幽情淪于○坤兮	4.7/28/9
有妻、有妾	15.1/83/18	其地功臣及鄉亭他姓公		而共工子句龍爲○土	5.3/30/8
諸○一取九女	15.1/83/24	○	15.1/92/12	呂○甘棄慢書之咎	7.3/38/7
儀比諸○	15.1/83/27	其實古諸○也	15.1/92/15	○妃陰脅主	7.4/39/13
儀比諸○王	15.1/83/27	周末諸○或稱王	15.1/92/15	將立妃王氏爲○	7.4/40/10
天子諸○宗廟之別名	15.1/83/30	總名諸○王子弟	15.1/92/16	是歲封○父禁爲平陽侯	7.4/40/11
諸○二昭二穆與太祖之		封爲○者	15.1/92/16	而○正位	7.4/40/11
廟五	15.1/84/3	謂之諸○	15.1/92/16	○攝政	7.4/40/12
諸○爲百姓立社曰國社		謂之徹○	15.1/92/16	王莽以○兄子爲大司馬	7.4/40/12

孝和鄧皇〇崩	8.1/44/5	、靈帝	15.1/89/26	所以啓前惑而覺〇疑者	1.8/6/24
伏惟大行皇〇規乾則坤	8.1/44/6	呂〇、王莽不入數	15.1/90/2	俾〇裔永用享祀	1.8/7/7
皇太〇參圖考表	8.1/44/10	帝嫡妃曰皇〇	15.1/90/5	其〇有人著絳冠大衣	1.10/8/4
夏〇塗山	8.1/44/24	帝母曰皇太〇	15.1/90/5	必有銘表昭示〇世	1.10/8/11
未有如大行皇〇勤精勞		帝祖母曰太皇太〇	15.1/90/5	即其〇也	2.1/8/26, 2.6/12/23
思	8.1/44/25	〇代而攝政	15.1/90/6	遐方〇生	2.2/9/19
漢世〇氏無謚	8.1/44/26	稱皇太〇	15.1/90/6	然〇德立名宣	2.2/9/22
帝〇謚禮亦宜同	8.1/44/28	太〇攝政	15.1/90/6	俾〇世之歌詠德音者	2.2/10/8
大行皇太〇宜謚爲和熹		孝元王皇〇以太皇太〇		大將軍何公、司徒袁公	
皇〇	8.1/44/28	攝政	15.1/90/7	前〇招辟	2.3/10/21
各以〇配	9.4/48/19	和熹鄧皇〇攝政	15.1/90/7	遣官屬掾吏前〇赴會	2.3/11/3
夏〇氏曰世室	10.1/51/27	順烈梁〇攝政	15.1/90/8	前〇三辟	2.5/12/4
誕育二〇	11.1/57/9	桓思竇〇攝政	15.1/90/9	陶唐氏之〇也	2.7/13/13
寔惟皇〇	12.2/63/14	〇攝政則〇臨前殿朝群		君則其〇也	2.7/13/15
夫豈〇德熙隆漸浸之所		臣	15.1/90/9	久而〇歸	2.7/13/17
通也	12.12/65/21	〇東面	15.1/90/9	故事服闋〇還郎中	2.7/13/21
桓思皇〇祖載之時	13.1/70/27	一詣太〇	15.1/90/10	前〇四辟皆不就	2.7/13/27
皇帝、皇、王〇、帝皆		凡與先帝先〇有瓜葛者	15.1/91/8	亦其所以〇時失途也	2.7/13/28
君也	15.1/79/14	追號爲〇者三	15.1/91/19	其〇雄俊豪傑	2.8/14/9
孝元皇〇父大司馬陽平		章帝宋貴人曰敬隱〇	15.1/91/19	〇學所不覽	2.8/14/14
侯名禁	15.1/80/20	清河孝德皇〇、安帝母		〇配未字	2.8/14/18
天子諸侯〇妃夫人之別		也	15.1/91/19	既定而〇罷焉	2.8/14/20
名	15.1/83/16	章帝梁貴人曰恭懷〇	15.1/91/20	徐然〇清	2.9/15/7
天子之（紀）〔妃〕曰		安帝張貴人曰恭敏〇	15.1/91/20	忠侔前〇	3.1/16/1
〇	15.1/83/16	兩廟十二主、三少帝、		前〇鼓吹	3.2/16/10
〇之言後也	15.1/83/16	三〇	15.1/91/23	前〇固辭	3.2/16/23
皇〇赤綬玉璽	15.1/83/18	帝偁于順烈梁〇父大將		公其〇也	3.3/17/8, 4.2/23/10
天子〇立六宮之別名	15.1/83/21	軍梁冀未得尊其父而		〇生賴以發祛蒙蔽、文	
三夫人、帝嚳有四妃以		崩	15.1/92/5	其材素者	3.4/18/5
象〇妃四星	15.1/83/21	母匡太夫人曰孝崇〇	15.1/92/6	而〇即世	3.5/19/10
九嬪、夏〇氏增以三三		祖母妃曰孝穆〇	15.1/92/7	垂示〇昆	3.6/20/10
而九	15.1/83/22	母董夫人曰孝仁〇	15.1/92/8	垂芳〇昆	3.7/22/4
其神〇土	15.1/85/17	祖母夏妃曰孝元〇	15.1/92/8	耀昆〇	4.3/25/9
厲山氏之子柱及〇稷能				然〇卜定宅兆	4.5/26/14
殖百穀以利天下	15.1/85/21	**後 hòu**	**132**	前〇奉斯禮者三十餘載	4.6/26/28
初置靈官祠、〇土祠	15.1/85/22			踰年然〇獲聽	4.7/27/25
祇號若曰〇土地祇也	15.1/87/5	車師〇部阿羅多、卑君		開宮〇殿居之	5.1/28/16
祀〇稷配天之所歌也	15.1/87/23	相與爭國	1.1/1/27	蓋秦將李信之〇	5.2/29/8
夏禹爲夏〇氏	15.1/89/25	〇不以爲常	1.1/2/3	以示〇昆	5.3/30/16
高帝、惠帝、呂〇攝政		〇以病去	1.1/2/11	〇以大將軍高（弟）	
、文帝、景帝、武帝		自九列之〇	1.1/2/21	〔第〕	5.4/31/4
、昭帝、宣帝、元帝		三讓然〇受命	1.2/3/4, 1.3/3/13	食〇還	5.4/31/9
、成帝、哀帝、平帝		〇拜太尉	1.6/4/21	〇以高等拜侍御史遷諫	
、王莽、聖公、光武		然〇有之	1.7/5/11	議大夫	5.5/31/23
、明帝、章帝、和帝		是〇覽之者	1.7/5/13	其〇自河內遷于茲土	6.2/33/10
、殤帝、安帝、順帝		前〇三黜	1.7/6/2	以示乎〇	6.2/33/16
、沖帝、賈帝、桓帝		〇自沛遷于南陽之宛	1.8/6/21	〇生仰則	6.5/34/24

然○僅得寧息	7.3/37/20	皆不可爲之○	15.1/90/16	拔壞○二尺、廣五尺、	
嗣○遵業	7.3/38/9	○有寢	15.1/90/20	輪四尺	15.1/85/10
指陳政要所先○	7.4/41/14	○制寢以象寢	15.1/90/20		
然○成形	7.4/41/25	○嗣遵承	15.1/91/1	**候 hòu**	10
不顧○患	7.5/43/17	是○遵承藏主于世祖廟	15.1/91/2		
名垂于○	8.1/44/6	是○踵前	15.1/91/3	除侯部○	1.1/2/1
以紹三王之○	8.1/44/18	天子以正月五日畢供○		俯仰占○	2.6/12/28
是○轉因帝號	8.1/44/27	上原陵	15.1/91/7	還北軍中○	3.7/20/15
是○精美異味	8.2/45/6	○大夫計吏皆當軒下	15.1/91/9	陰陽生物之○	10.1/53/29
然○黜廢凶頑	9.1/47/8	○嗣因承	15.1/91/14	職在○望	11.2/57/25
○上先遷	9.3/48/6	成、哀、平三帝以非光		佇淹留以○霽兮	11.3/59/11
死而○已	9.3/48/7	武所○	15.1/91/25	○風雲之體勢兮	11.3/59/12
詔書前○	9.3/48/9	○避武帝諱改曰通侯	15.1/92/17	雜○清臺	13.2/71/8
前○重疊	9.3/48/11	然○還宮	15.1/92/23	侯者、○也	15.1/88/14
以爲漢承亡秦滅學之○	9.6/49/8	○省	15.1/92/26	〔○〕逆順也	15.1/88/15
○遭王莽之亂	9.6/49/12	○又以盛暑省六月朝	15.1/92/27		
垂名○葉	9.9/51/8	在最○左騑馬駿上	15.1/93/23	**乎 hū**	99
無以示○	10.2/54/20	在驂○	15.1/93/24		
○乃大水　10.2/56/12,10.2/56/12		○有金鉦黃鉞黃門鼓車	15.1/94/4	巍巍○若德	1.1/2/26
在誰○也	10.2/56/12	最○一車懸豹尾	15.1/94/5	夫萬類莫貴○人	1.7/5/14
前○六年	11.2/57/19	兩臂前○刻金	15.1/94/8	百行莫美○忠	1.7/5/14
章聞之○	11.2/58/12	羽毛無○戶	15.1/94/8	爲人謀而不忠○	1.7/5/16
息翠都而○逝	11.3/59/9	前小○大　15.1/94/11,15.1/94/12		忠焉能勿誨○	1.7/5/17
彌信宿而○闋兮	11.3/59/13	前大○小	15.1/94/11	而忠行○其中	1.7/5/18
○乘騮而（競）〔兢〕		周禮、天子冕前○垂延		忠言不輟○口	1.7/5/19
入	11.3/59/15	朱綠藻有十二旒	15.1/94/14	忠謀不已○心	1.7/5/19
僬僥之○	11.4/59/25	前圓○方	15.1/94/16	可不謂忠○	1.7/5/27
百歲之○	11.8/62/17	○垂三寸	15.1/94/17	順○門人臣子所稱之宜	1.7/6/15
度終始而○交	12.6/64/12	皆有前無○	15.1/94/18	奧○不可測已	2.1/8/27
〔王莽○十不存一〕	12.9/64/28	車駕出○有巧士冠	15.1/95/3	俾芳烈奮○百世	2.1/9/5
前○制書	13.1/69/19	○三寸	15.1/95/16	令問顯○無窮	2.1/9/6
○輩被遺	13.1/70/28	一曰柱○惠文冠	15.1/95/19	懿○其純	2.1/9/8
○天而奉天時	13.2/71/26	要○相通埽除	15.1/96/12	確○其操　2.1/9/8,2.6/13/8	
然○哀聲既發	14.12/77/14	○高三寸	15.1/96/19	在○其傳	2.2/9/30
然○（我製）〔柢掣〕				用過○儉	2.3/10/26
	14.13/77/22	**厚 hòu**	11	郁郁○文哉	2.3/10/28
○曰「省中」	15.1/79/11			不兩宜○	2.3/11/1
○遂無言之者	15.1/80/21	受漢○恩	5.1/28/26	廣大資○天地	2.4/11/14
后之言○也	15.1/83/16	敦（○）〔率〕忠恕	5.4/31/14	洋洋○其不可測也	2.4/11/15
二王之○來助祭之所歌		夫誠仰見上帝之○德也	7.4/40/3	含○無外	2.5/11/28
也	15.1/87/25	敦毳純○	7.4/42/9	德盈○瞽	2.5/12/1
群臣在其○	15.1/89/8	○其爵賞	9.1/47/12	洋洋○若德	2.5/12/11
群吏在其○	15.1/89/9	天高地○	11.8/62/6	煥○其文	2.5/12/15
州長衆庶在其○	15.1/89/9	不獲愷悌寬○之譽	12.2/63/11	確○不拔	2.5/12/15
禮、兄弟不相爲○	15.1/90/13	則躬自○而薄責于人	13.3/72/19	拔○其萃	2.6/13/4
故不爲惠帝○而爲（弟）		披○土而載形	14.1/74/22	出○其類	2.6/13/4
〔第〕二	15.1/90/13	以其禮過○故也	15.1/82/29	綽○其裕	2.6/13/8

嗟○隕殞	2.6/13/8
在○幼弱	2.7/13/15
若茲巍巍者○	3.1/16/2
不亦泰○	3.2/16/18
嗟○	3.2/16/19
其惟高密元侯○	3.2/16/25
如公之至者○	3.3/17/18
懍○其見聖人之情旨也	3.4/18/5
況○將軍牧二州歷二紀	3.7/21/24
文敏暘○庶事	4.2/23/12
密靜周○樞機	4.2/23/12
與福祿○終始	4.2/24/1
彊記同○富平	4.3/24/20
偶山甫○喉舌	4.3/24/20
洋洋○若德宣治	4.3/24/23
垂○來胤	4.3/25/3
惡○可及	4.3/25/5
獨何棄○穹蒼	4.6/27/8
曾不可○援（留）〔招〕	4.6/27/11
手不親○含飯	4.7/28/5
精哀達○昊乾	4.7/28/9
臻○漢	5.4/30/25
于是○出	6.1/32/16
于是○在	6.1/32/17
以示○後	6.2/33/16
從皇祖○靈兆兮	6.4/34/14
聰明達○中外	6.5/34/25
隱括及○無方	6.5/34/25
宜通○時變	7.3/38/16
未嘗爲民居者○	7.3/38/19
閒○聖心	7.5/43/16
誰敢復爲陛下盡忠者○	7.5/43/20
百官于是○戒懼而不敢 易紀律	10.1/52/8
祀○明堂	10.1/53/9
所以臻○大順	10.1/54/6
《月令》爲無說○	10.2/54/28
不已略○	10.2/56/18
超哉邈○	11.1/57/12
引職貢○荒裔	11.3/59/9
吾將往○京邑	11.3/59/14
亦何爲○此畿	11.3/59/18
夫豈傲主而背國○	11.8/61/23
躋之○雍熙	11.8/61/26
聖主垂拱○兩楹	11.8/61/26
粲○煌煌	11.8/62/3

卑俯○外戚之門	11.8/62/5
乞助○近貴之譽	11.8/62/5
庸可以水旱而累堯湯	11.8/62/9
群車方奔○險路	11.8/62/12
方將騁馳○典籍之崇塗	11.8/62/13
休息○仁義之淵藪	11.8/62/13
盤旋○周孔之庭宇	11.8/62/13
歸○其居	11.8/62/17
貞操厲○寒松	12.3/63/19
英風發○天受	12.3/63/20
溫○其仁	12.19/67/5
富貴不驕○貧賤	13.3/72/15
咸在○躬	13.3/72/20
而二子各有聞○夫子	13.3/72/20
皆銘○鼎	13.4/73/8
配名位○天漢	14.1/74/22
登源自○嶓冢	14.1/74/22
與江湘○通靈	14.1/74/24
夜光潛○玄洲	14.1/74/25
窮滄浪○三澨	14.1/74/28
歡莫偉○夫婦	14.2/75/3
男女得○年齒	14.2/75/5
獨潛類○大陰	14.17/78/16
帝出○震	15.1/89/17

呼 hū　　　　17

嗚○哀哉	1.8/7/7, 2.8/14/25
	3.6/20/5, 6.5/35/3, 6.6/35/9
	6.6/35/21, 6.6/35/23
	6.6/35/27
○樵孺子尹禿謂曰	1.10/8/4
○孺子	1.10/8/17
嗚○昊天	5.4/31/17
嗚○悲夫	6.3/34/2
號○告哀	6.6/35/22
喘○息吸	9.9/51/9
○吸無期	11.2/58/7
○兒烹鯉魚	11.5/60/5
故○在陛下者而告之	15.1/80/6

忽 hū　　　　11

須臾○然不見	1.10/8/5
日月○以將暮	4.6/27/9
子孫○以替違	4.7/28/5

奄○而卒	5.4/31/9
簡○校讎不謹之愆	9.8/50/12
○朱亥之篡軍	11.3/58/24
○覺在他鄉	11.5/60/3
而○蹉跌之敗者已	11.8/61/14
○若浮雲	12.5/64/8
執轡○而不顧	12.28/68/18
心窮○以鬱伊	14.6/76/8

吻 hū　　　　1

○昕將曙	14.5/76/1

惚 hū　　　　2

恍○如夢	9.9/50/20
于是歌人恍○以失曲	14.11/77/7

淴 hū　　　　1

哀正路之日○	11.3/59/17

狐 hú　　　　5

○疑遲淹	7.2/36/23
○疑避難則守爲長	7.3/38/16
（據）〔處〕○疑之論	8.4/46/11
○鳴犬嗥	12.24/67/28
夫執○疑之計者	13.1/70/5

弧 hú　　　　1

桃○棘矢土鼓鼓	15.1/86/11

胡 hú　　　　25

是爲陳○公	2.2/9/15
司空○公	2.8/14/16
仁者（壽）宜享（○考）〔飴寄〕	3.7/21/19
○不億年	3.7/22/3
其先自嬀姓建國南土曰○子	4.2/23/9
太傅安樂鄉侯○公薨	4.3/24/12
伊○后	4.3/25/8
○委我以夙喪	4.6/27/7
別封于○	5.4/30/24

秋○氏農正、趣民收斂 15.1/86/4
冬○氏農正、趣民蓋藏 15.1/86/4
棘○氏農正、常謂茅氏 15.1/86/5
行○氏農正、晝爲民驅鳥 15.1/86/5
宵○氏農正、夜爲民驅獸 15.1/86/6
桑○氏農正、趣民養蠶 15.1/86/6
老○氏農正、趣民收麥 15.1/86/6

楛 hù 2

攢棫樸而雜榛○兮 11.3/59/1
銘之○矢 13.4/72/30

護 hù 8

中謁者董詡弔祠○喪 4.1/22/27
故○烏桓校尉夏育出征鮮卑 7.2/36/18
○烏桓校尉育上言 7.3/37/8
時故○羌校尉田晏以他論刑 7.3/37/9
三事者但道先帝策○三公 7.4/42/11
及營○故河南尹羊陟、侍御史胡母班 7.5/43/10
臣伏見○羌校尉皇甫規 8.3/45/23
司馬殿門大○衛士服之 15.1/96/16

華 huá 45

其性疾○尙樸 1.6/4/15
戴○笠 1.10/8/15
周流○夏 2.1/8/28
匪惟摭○ 2.1/9/7
是以實繁于○ 2.5/12/1
名振○夏 2.5/12/18
有棠棣之○、萼韡之度 2.6/12/25
○夏同稱 2.6/13/2
榮不能○ 2.8/14/23
弘農○陰人 3.1/15/14,3.3/17/8
乃○降神 3.2/16/28
○夏以清 3.3/17/23
乃以越騎校尉援侍○光之內 3.4/18/7
延入○光 3.5/18/26
南郡○容人也 4.2/23/9
澤被○夏 4.2/24/7
文而不○ 4.3/24/14
春秋時有子○爲秦相 5.3/30/11
凋殞○英 6.3/34/2
惜繁○之方曄兮 6.4/34/13
召光祿大夫楊賜、諫議大夫馬日磾、議郎張○、蔡邕、太史令單颺 7.4/38/26
日磾、○邕、颺西面 7.4/39/3
戎狄猾（○）〔夏〕 8.3/45/26
○髮舊德 8.4/46/5
光寵榮○ 9.9/50/29
遂與議郎張○等分受之 11.2/57/30
摛○豔于紈素 11.6/60/16
奮○輕舉 11.7/60/24
有務世公子誨于○顛胡老曰 11.8/61/4
夫○離帝而萎 11.8/61/20
莫非○榮 11.8/62/3
擁○蓋 11.8/62/15
仰之若○岳 12.5/64/5
以爲己○ 12.12/65/28
○蓋就用 12.21/67/15
曄如春○ 14.2/75/8
丹○煒煒 14.12/77/11
榮○灼爍 14.13/77/21
雕○逞麗 14.13/77/21
凡乘輿車皆羽蓋金○瓜 15.1/93/19
如玉○形 15.1/93/24
山龍○蟲 15.1/94/27
大樂郊社祝舞者冠建○ 15.1/95/2
建○冠、以鐵爲柱卷貫 15.1/96/3

滑 huá 2

王爵不能○其慮 2.5/12/8
○不可屢 14.14/77/28

猾 huá 5

議郎蔡邕以爲書戒○夏 7.3/37/12
○夏作寇 8.1/44/9
戎狄○（華）〔夏〕 8.3/45/26
列表奸○ 9.1/47/6
戒以蠻夷○夏、寇賊姦宄 13.2/72/1

驊 huá 1

造父登御于○騮 11.8/62/19

化 huà 46

乃攄洪○ 1.8/7/1
正身體○ 2.2/9/18
爭訟○讓 2.2/9/20
君○道神速 2.2/10/4
○行有謐 2.3/10/18
神○著于民物 2.4/11/14
邑中○之 2.6/12/27
攘災興○ 3.2/17/2
燮和○理 3.3/17/16
功成○洽 3.5/19/8
○洽群心 3.5/19/13
德○宣行 3.7/20/17
神○玄通 4.1/23/1
通神○ 4.2/23/13
人悅其○ 4.3/24/21
輔世樹功流○者 4.3/25/5
思應慕○ 4.5/26/17
○導周悉 4.6/26/27
丕顯之○ 5.2/29/17
願承清○ 5.5/32/2
○爲甘壤 6.1/33/1
○導宣暘 6.5/34/26
威○不行則欲伐之 7.3/38/15
雌雞欲○爲雄 7.4/40/8
雌雞○爲雄 7.4/40/10
丞相史家雌雞○爲雄 7.4/40/11
蜺及雞○ 7.4/41/22
雌雞變○ 7.4/41/25
左右近臣亦宜戮力從○ 7.4/43/2
演○凶悍 8.3/45/27
宣暘聖○ 9.3/48/14
其下○之 9.10/51/16
變○之所由來 10.1/52/2
觀風○之得失兮 11.3/59/18
慕○企踵 11.4/59/25
運極則○ 11.8/61/24

故能教不肅而○成	12.4/63/28	裒 huái	10	質帝靜陵是也	15.1/91/18
○溢區宇	12.4/63/31			章帝梁貴人曰恭○后	15.1/91/20
玄○洽矣	12.13/66/4	殷○傷悼	3.6/20/5	執義揚善曰○	15.1/97/3
示人禮○	13.1/69/16	鄰邦○慕	3.7/21/1		
非以爲教○、取士之本		顧永○于不朽兮	6.4/34/15	壞 huài	7
	13.1/70/12	靡所寫○	6.5/34/19		
于盛○門差次錄（弟）		惟以慰○	6.6/35/27	四海大○	3.7/20/19
〔第〕	13.1/70/14	憂○感兮	12.1/63/3	平城門及武庫屋各損○	7.4/41/5
受精靈之造○	14.2/75/3	則自○多福	13.1/69/7	宗廟墮○	9.4/48/20
○祝、弭災兵也	15.1/87/16	或有裒罪○瑕	13.1/70/3	屯陳破○	9.8/50/8
立功業以○民	15.1/88/16	疾淺薄而○攜貳者有之		城郭爲獨自○	10.2/56/13
所以風○天下也	15.1/89/5		13.3/72/12	王塗○	11.8/61/17
		舒寫情○	14.5/75/28	卒○覆而不振	12.28/68/18
畫 huà	9				
		懷 huái	32	懽 huān	1
嘉異○像郡國	2.4/11/18				
字○之始	11.6/60/10	以○逆謀	1.1/2/12	○罔極	1.10/8/15
或○一策而縮萬金	11.8/61/18	用慰其孤罔極之○	1.9/7/17		
夫書○辭賦、才之小者		永○哀悼	2.1/9/4	歡 huān	10
	13.1/70/11	使夫少長咸安○之	2.3/10/16		
○乾坤之陰陽	14.8/76/19	裒寶○珍	2.3/11/7	○哀承祀	2.2/10/2
乃○荼壘并懸葦索于門		嗟我○矣	2.4/11/22	竭○致敬	4.6/26/27
戶以禦凶也	15.1/86/14	于是從遊弟子陳留、申		疾用○瘥	4.7/28/3
（慢）〔幔〕輪有○	15.1/93/16	屠蟠等悲悼傷○	2.6/13/5	以展孝子承○之敬	8.1/44/13
左○蒼龍	15.1/94/1	以慰永○	3.3/17/20	合神明之○心	9.6/49/25
但無○耳	15.1/94/1	○文藝之才	3.6/19/23	同○同喜逸豫	9.7/49/31
		群后同○	4.1/22/26	永離○欣	12.29/68/25
淮 huái	7	聿○多福　4.2/23/20,7.1/36/11		○莫偉乎夫婦	14.2/75/3
		感悼傷○	4.3/25/7	託○娛以講事	14.14/77/27
守于臨○	1.8/6/22	夫人○聖善之姿	4.5/25/26	王者必作四夷之樂以定	
賊發江○	1.8/6/26	○殷衃以摧傷	4.6/27/6	天下之○心	15.1/89/14
字伯○	2.6/12/22	亦困悴而傷○	4.7/27/24		
別風○雨	3.3/17/10	無不永○	5.4/31/12	桓 huán	29
昔○南王安諫伐越	7.3/38/13	用○多福	6.2/33/17		
○南王安亦取以爲（弟）		昆姊孔○	6.4/34/9	○帝同產	1.1/2/11
〔第〕四篇	10.1/54/7	文王所以○福	7.1/36/11	孝○之季年	1.5/3/28
或云《○南》	10.1/54/8	宜披演所○	7.4/41/14	先生盤○育德	2.6/13/3
		人○殿屎之聲	8.1/44/9	陳遵、○典、蘭臺令史	
裒 huái	1	誠恐所○	11.2/58/7	十人	3.2/16/9
		心惻愴而○慄	11.3/59/7	齊○遷邢封衛之義也	3.7/21/9
靈魂裒○	5.5/32/9	○少弭而有欣	11.3/59/13	○○其武	3.7/21/27
		○伊呂而黜逐兮	11.3/59/16	援立孝○	4.2/23/17
槐 huái	1	終其永○	11.3/59/20	○○紹續	5.2/30/2
		少者是○	12.17/66/24	○帝時遭叔父憂	5.5/31/22
三○、三公之位也	15.1/89/9	（嗟求）〔嗟○〕煩以		故護烏○校尉夏育出征	
		愁悲	14.6/76/8	鮮卑	7.2/36/18
		殤帝康陵、沖帝○陵、		護烏○校尉育上言	7.3/37/8

與中黃門○賢晤言	7.4/39/22	○尹肇瞉	11.2/57/20	**渙** huàn　1
與○賢言	7.4/40/1	及其○者	13.1/70/20	
孝章皇帝、孝○皇帝	9.6/49/21	巡狩校獵○	15.1/92/22	齋者、所以致齊不敢○
○思皇后祖載之時	13.1/70/27	然後○宮	15.1/92/23	散其意　7.1/36/8
《○》、一章九句	15.1/88/10			
高帝、惠帝、呂后攝政		**環** huán　1		**煥** huàn　4
、文帝、景帝、武帝				
、昭帝、宣帝、元帝		水○四周	10.1/53/4	○乎其文　2.5/12/15
、成帝、哀帝、平帝				有○其聲　2.6/13/7
、王莽、聖公、光武		**緩** huǎn　1		綽其若○　2.9/15/8
、明帝、章帝、和帝				○文德　4.3/25/8
、殤帝、安帝、順帝		則舒紳○佩	11.8/61/30	
、沖帝、質帝、○帝				**豢** huàn　2
、靈帝	15.1/89/26	**奐** huàn　1		
從高帝至○帝	15.1/90/1			百里有○牛之事　11.8/61/6
沖帝、質帝、○帝皆幼	15.1/90/8	○若星陣	11.7/60/21	董父受氏于○龍　11.8/62/19
○帝崩	15.1/90/8、15.1/92/7			
○思竇后攝政	15.1/90/9	**浣** huàn　1		**荒** huāng　14
孝○曰威宗	15.1/91/4			
光武、明帝、章帝、和		被○濯而羅布	11.3/59/2	又值饑○　1.1/2/1
帝、安帝、順帝、○				時值凶○　1.7/5/21
帝也	15.1/91/16	**患** huàn　17		于是冀州凶○　1.8/6/28
○帝爲威宗	15.1/91/17			○而不嗣　1.10/8/1
○帝以蠡吾侯子即尊位	15.1/92/6	阽以深○	1.7/6/2	冠耀八○　2.4/11/19
辟土兼國曰○	15.1/97/3	嗟母氏之憂○	4.6/27/8	不敢○寧　3.5/19/7
		武帝○東越數反	7.2/36/26	以安○裔　3.7/21/9
絙 huán　1		宣帝時○冀州有盜賊	7.2/36/27	服貴無○　6.6/35/18
		邊垂之○	7.3/38/2	連年饑○　7.2/36/18
拆○地之基	11.8/61/25	苟無釁國內侮之○	7.3/38/9	札○爲害　8.1/44/8
		即爲○災	7.4/40/16	功加八○　11.1/57/12
還 huán　19		豈可以顧○避害	7.4/41/17	思念○散　11.2/58/10
		將爲國○	7.4/41/26	引職貢乎○裔　11.3/59/9
去者願○	1.1/2/23	不顧後○	7.5/43/17	過則○沈　12.20/67/10
故事服闋後○郎中	2.7/13/21	招致禍○	7.5/43/24	
望變復○	3.1/15/22	眾人○忌	11.4/59/28	**皇** huáng　129
寫○新者	3.7/21/14	○生不思	11.8/62/7	
乃○譚其舊章	4.3/24/19	是以搢紳○其然	13.3/72/11	上邽令○甫禎　1.1/2/10
○遷度遼將軍	5.2/29/13	不顧○人之遺己也	13.3/72/18	○哀其命　1.6/5/3
食後○	5.4/31/9	今將○其流而塞其源	13.3/72/23	漢○二十一世延熹六年
無功而○	7.2/36/18	能扞大○則祀	15.1/87/1	夏四月乙巳　1.8/7/4
皆○治其國	7.2/36/28			俾屏我○　1.9/7/20
不能○其骸骨	7.3/38/1	**換** huàn　1		我○悼心　1.9/7/21
而○移州	7.4/42/3			○帝遣使者奉犧牲以致
願乞○詔命	9.3/48/7	若諸州刺史器用可○者	7.2/37/3	祀　1.10/8/10
蒙恩徙○	9.9/50/21			君膺○靈之清和　2.2/9/16
○備侍中	9.9/50/23			於○先生　2.3/11/7、2.4/11/19
車駕西○	9.9/50/23			在○唐蓋與四岳共葉　2.6/12/22

赫赫聖○	2.6/13/7	孝元○帝世在（弟）		曰考廟、王考廟、○考	
○帝遣中謁者陳遂、侍		〔第〕八	9.6/49/18	廟	15.1/84/4
御史馬助持節送柩	3.2/16/9	光武○帝世在（弟）		若曰○天上帝也	15.1/87/4
勅假○天	3.4/18/9	〔第〕九	9.6/49/18	鬼號、若曰○祖伯某	15.1/87/4
於○文父	3.4/18/15	孝章○帝、孝桓○帝	9.6/49/21	諸侯王、○子封爲王者	
○祖考以懿德	3.5/18/22	孝和○帝、孝順○帝、		稱曰諸侯王	15.1/88/21
於○上德	4.1/22/30	孝靈○帝	9.6/49/22	帝嫡妃曰○后	15.1/90/5
勳格○天	4.1/23/3	永守○極	9.7/50/2	帝母曰○太后	15.1/90/5
亮○極于六世	4.2/23/29	稽首再拜上書○帝陛下		帝祖母曰太○太后	15.1/90/5
協大中于○極	4.3/25/2		11.2/57/17	稱○太后	15.1/90/6
○嘉其聲	4.4/25/13	○家赫而天居兮	11.3/59/14	孝元王○后以太○太后	
俾屛於○	4.4/25/18	有羲○之洪寧	11.8/61/15	攝政	15.1/90/7
其乘輅執贄朝○后	4.5/26/4	○道惟融	11.8/61/25	和熹鄧○后攝政	15.1/90/7
○姑歿而終感	4.6/27/10	奉○柩	11.8/62/15	史○孫之子	15.1/90/14
爰祔靈于○姑	4.6/27/12	受命○兮	12.1/63/3	至秦始○出寢起居于墓	
世祖光武○帝	5.1/28/15	寔惟○后	12.2/63/14	側	15.1/90/23
禪梁父、○代之遐迹	5.1/28/23	規悟聖○	12.9/65/1	清河孝德○后、安帝母	
○天乃眷	5.1/28/24	○矣大角	12.15/66/15	也	15.1/91/19
篤生聖○	5.1/29/1	○車羣而失轄	12.28/68/18	上尊號曰太上○	15.1/91/27
升（于中）〔中于〕○	5.1/29/3	故○天不悅	13.1/69/9	其父曰史○孫	15.1/91/28
孝和○帝時	5.2/29/14	孝元○帝策書曰	13.1/69/18	及○孫皆死	15.1/91/28
從○祖乎靈兆兮	6.4/34/14	豈謂○居之曠、臣妾之		世祖父南頓君曰○考	15.1/92/2
孝武○帝因文景之蓄	7.3/37/17	寡哉	13.1/69/22	祖鉅鹿都尉曰○祖	15.1/92/2
皆○極道失	7.4/39/23	臣聞孝文○帝制喪服三		曾祖鬱林太守曰○曾祖	15.1/92/2
○之不極	7.4/39/24	十六日	13.1/70/24	高祖春陵節侯曰○高祖	15.1/92/2
○建其有極	7.4/40/5	桓思○后祖載之時	13.1/70/27	依高帝尊父爲太上之	
頓首再拜上書○帝陛下	7.5/43/9	孝武○帝始改正朔	13.2/71/4	義	15.1/92/4
孝和鄧○后崩	8.1/44/5	孝章○帝改從四分	13.2/71/4	追號父清河王曰孝德○	15.1/92/4
伏惟大行○后規乾則坤	8.1/44/6	讚慮○之洪勳	14.8/76/19	追尊父蠡吾先侯曰孝崇	
○太后參圖考表	8.1/44/10	建○極而序彝倫	14.8/76/21	○	15.1/92/6
未有如大行○后勤精勞		漢天子正號曰「○帝」	15.1/79/9	祖父河間孝王曰孝穆○	15.1/92/6
思	8.1/44/25	○帝、○、王后、帝皆		追尊父解犢侯曰孝仁○	15.1/92/7
大行○太后宜謚爲和熹		君也	15.1/79/14	祖父河間敬王曰孝元○	15.1/92/8
○后	8.1/44/28	上古天子庖犧氏、神農		○子封爲王者	15.1/92/10
建用○極	8.2/45/11	氏稱○	15.1/79/14		15.1/92/15
臣伏見護羌校尉○甫規	8.3/45/23	自以德兼三○	15.1/79/15	漢興以○子封爲王者得	
則○家之腹心	8.3/45/28	○帝、至尊之稱	15.1/79/30	茅土	15.1/92/12
嗣曾孫○帝某	9.4/48/19	○者、煌也	15.1/79/30	而漢天子自以○帝爲稱	
敢昭告于○祖高○帝	9.4/48/19	故稱○帝	15.1/79/31		15.1/92/15
推○天之命以已行之事	9.4/48/22	屈原曰「朕○考」	15.1/80/2	○帝爲君興	15.1/92/25
高○帝使工祝承致多福		孝元○后父大司馬陽平		○帝坐	15.1/92/25
無疆	9.5/49/3	侯名禁	15.1/80/20	綠車名曰○孫車	15.1/93/16
于爾嗣曾孫○帝	9.5/49/3	稱○帝曰	15.1/81/8		
孝元○帝皆以功德茂盛	9.6/49/9	○后赤綬玉璽	15.1/83/18	**黃** huáng	**53**
光武○帝受命中興	9.6/49/12	曰考廟、〔王考廟〕、			
孝明○帝聖德聰明	9.6/49/13	○考廟、顯考廟、祖		出自○帝	1.1/1/16
孝章○帝至孝烝烝	9.6/49/13	考廟	15.1/84/3	秉茲○鉞	1.5/4/8

交交○鳥	2.3/11/8	○屋左纛	15.1/93/19	**鍠** huáng		1
陳留外○人	2.7/13/13	○屋者、蓋以○爲裏也				
太尉張公、兗州劉君、			15.1/93/21	氣轟○而橫飛	14.6/76/9	
陳留太守淳于君、外		後有金鉦○鉞○門鼓車	15.1/94/4			
○令劉君僉有休命	2.7/14/1	金根箱輪皆以金鎛正	15.1/94/7	**恍** huǎng		2
非○中純白	3.1/16/1	侍中、中常侍加○金	15.1/95/23			
○中通理	3.7/20/14	靖民則法曰○	15.1/96/24	○惚如夢	9.9/50/20	
率慕○鳥之哀	4.1/22/28			于是歌人○惚以失曲	14.11/77/7	
享○者之遐紀	4.2/24/1	**惶** huáng		5		
夫人江陵○氏之季女	4.5/25/23			**晃** huǎng		11
別封于○	4.5/25/23	惴惴其○	6.6/35/21			
即○君之姊	4.5/25/25	驚○失守	9.3/48/4	今光、○各以庚申爲非	13.2/71/5	
葬我夫人○氏及陳留太		慚○累息	9.9/50/27	光○所據則殷曆元也	13.2/71/6	
守碩于此高原	4.5/26/15	加以○怖愁恐	11.2/58/10	而光○以爲開闢至獲麟		
○國氏建	4.5/26/19	下言臣某誠○誠恐	15.1/82/3	二百七十五萬九千八		
庶○者以期頤	4.6/27/7			百八十六歲	13.2/71/18	
○壚密而無間兮	4.7/28/8	**徨** huáng		1	光○以爲乙丑朔	13.2/71/21	
○孽作愿	5.1/29/1			而光○曆以《考靈曜》		
○潦膏凝	6.1/33/4	彷○舊土	4.1/22/29	二十八宿度數	13.2/71/22	
○者無疆	6.6/35/20			光○誠能自依其術	13.2/71/23	
與中○門桓賢晤言	7.4/39/22	**隍** huáng		1	難問光○	13.2/71/25	
孝宣○龍元年	7.4/40/9			而光○以爲固意造妄說		
○門闕樂	8.1/44/11	因滄浪以爲○	3.7/20/21		13.2/71/30	
使○河若帶	9.9/51/3			而光○以爲陰陽不和	13.2/72/2	
○鍾九九之實也	10.1/53/17	**煌** huáng		8	而光○言秦所用代周之		
曰胡曰○	11.1/57/9			元	13.2/72/3	
我胡我○	11.1/57/10	繫燉○正處以聞	1.1/1/28	光○區區信用所學	13.2/72/3	
抱恨○泉	11.2/58/7	粲乎○○	11.8/62/3			
我馬虺隤以玄○	11.3/59/5	林氣○○	12.26/68/7	**灰** huī		1
則○鍾應	11.8/61/23	皇者、○也	15.1/79/30			
則契明于○石	12.3/63/20	盛德○○	15.1/79/30	湮滅土○	11.2/58/6	
戾茲小○	12.13/66/3					
○帝、顓頊、夏、殷、		**蝗** huáng		6	**恢** huī		1
周、魯凡六家	13.2/71/5					
○帝始用太初丁丑之元	13.2/71/7	○蟲多出	7.4/40/31	或穹窿○廓	11.7/60/22	
若○帝有巾几之法	13.4/73/1	臣聞見符致○以象其事	7.4/40/31			
玄首○管	14.8/76/23	○蟲來	7.4/41/1	**揮** huī		6
助○鍾宣氣而萬物生	15.1/83/6	而○蟲出	7.4/41/1			
律中○鍾	15.1/83/9	熱地○兮蘆即且	11.4/59/29	○鞭而定西域之事	1.1/2/1	
言陽氣踵○泉而出	15.1/83/9	則○蟲損稼	13.1/69/11	○羽旗	1.10/8/15	
其帝○帝	15.1/85/16			失聲○涕	2.3/10/26	
于是命方相氏○金四目	15.1/86/9	**璜** huáng		2	行旅○涕	6.6/35/24	
○帝以辰臘未祖	15.1/86/20			尚書左丞馮方殿殺指○		
○帝曰《雲門》	15.1/89/3	而徐○左悺等五侯擅貴		使于尚書西祠	7.1/36/5	
○帝以土德繼之	15.1/89/18	于其處	11.3/58/17	指○不可勝原	11.6/60/14	
故○帝殂	15.1/89/19	○以余能鼓琴	11.3/58/19			
○帝爲軒轅氏	15.1/89/24					

輝 huī	3
惜昭明之景○	4.6/27/13
爰耀其○	5.1/29/1
○似朝日	14.4/75/18

麾 huī	1
仗節舉○	8.3/45/26

徽 huī	3
○墨縈而麾係	4.3/24/22
○音暢于神明	4.6/26/27
思齊○音	6.6/35/13

回 huí	8
勇決不○	1.1/2/22
○乃不敢不弼	1.3/3/15
不爲利○	2.8/14/17
辟道或○	3.5/19/7
聖意低○	7.4/39/17
願明將軍○謀守慮	8.4/46/17
盍亦○塗麥至	11.8/61/12
晉、魏顆獲杜○于輔氏	13.4/73/8

徊 huí	1
右手徘○	14.12/77/14

迴 huí	4
○峭峻以降阻兮	11.3/58/28
爰結蹤而○軌兮	11.3/59/19
遇萬山以左○兮	14.1/74/24
○顧生碧色	14.19/78/25

虺 huī	1
我馬○隤以玄黃	11.3/59/5

悔 huǐ	5
用免咎○	4.7/27/20, 4.7/28/2
未有不○者也	7.3/37/21
而猶有○	7.3/37/22

无祗○	7.4/40/18

毀 huǐ	21
元方在喪○瘠	2.4/11/17
雖不○以隨沒	4.7/27/24
（態）主惑于○譽	7.4/39/14
若群臣有所○譽	7.4/39/17
決○譽	7.4/39/18
不定迭○	9.6/49/9
謂不可○	9.6/49/11
亦不敢○	9.6/49/19
宜（數）〔○〕	9.6/49/20
人○其滿	11.8/61/20
懼煙炎之○燔	11.8/62/9
幾于○滅	13.7/73/23
又未定迭○之禮	15.1/90/25
○先帝親盡之廟	15.1/90/26
其餘惠景以下皆○	15.1/90/27
殷祭則及諸○廟	15.1/90/27
故雖非宗而不○也	15.1/91/1
其廟皆不○	15.1/91/13
孝元功薄當○	15.1/91/13
遂不○也	15.1/91/14
廟皆不○	15.1/91/17

卉 huì	1
百○之挺于春陽也	2.2/9/25

晦 huì	4
潛○幽閒	3.3/17/11
藏○惑之罪	7.4/41/24
須以弦望○朔	13.2/71/21
皆以○望、二十四氣伏	
、社臘及四時日上飯	15.1/91/5

惠 huì	41
仁篤柔○	2.1/8/27
體○理和	2.6/12/26
生○及延二子	2.7/13/14
有○云載	2.8/14/24
流○和	3.7/20/17
揚○風以養貞	4.2/23/13
柔○且貞	4.4/25/13

爰綏我○	5.5/32/7
苟有可以○斯人者	6.1/32/23
謂之樊○渠云爾	6.1/33/2
乃有（樊）〔○〕君	6.1/33/3
○乃無疆	6.1/33/4
貽福○君	6.1/33/5
宣慈○和	6.2/33/10
	6.5/35/2, 12.12/65/26
仁○周洽	6.2/33/16
聰明敏○	6.4/34/7
溫慈○愛	6.5/34/23
義○優渥	6.6/35/15
政不○和	8.1/44/18
○錫周至	9.3/48/10
比○、景、昭、成、哀	
、平帝	9.6/49/21
恩○著于萬里	12.3/63/22
其○和也晏晏然	12.4/63/28
○垂無疆	12.9/65/3
有西產之○	12.17/66/24
皆當以○利爲績	13.1/70/19
皋陶與帝舜言曰「朕言	
○可底行」	15.1/80/1
高帝、○帝、呂后攝政	
、文帝、景帝、武帝	
、昭帝、宣帝、元帝	
、成帝、哀帝、平帝	
、王莽、聖公、光武	
、明帝、章帝、和帝	
、殤帝、安帝、順帝	
、沖帝、質帝、桓帝	
、靈帝	15.1/89/26
○帝崩	15.1/90/6
于○帝、兄弟也	15.1/90/13
故不爲○帝後而爲（弟）	
〔第〕二	15.1/90/13
其餘○景以下皆毀	15.1/90/27
則西廟○帝、景、昭皆	
別祠	15.1/91/25
其武官太尉以下及侍中	
常侍皆冠○文冠	15.1/94/27
冠○文者宜短耳	15.1/95/9
一曰柱後○文冠	15.1/95/19
珠冕、爵弁收、通天冠	
、進賢冠、長冠、緇	
布冠、委貌冠、皮弁	
、○文冠	15.1/96/21

慈○愛親曰孝	15.1/96/25
愛民好與曰○	15.1/96/25

彙 huì　　1

拔茅以○	3.6/19/27

賄 huì　　2

資○屢空	3.2/16/13
用尚書行○	7.3/37/10

會 huì　　26

公表升○放狼籍	1.1/2/16
乃○長史邊乾	1.10/8/11
○葬誅行	2.2/10/1
○遭黨事	2.3/10/19
遣官屬掾吏前後赴○	2.3/11/3
府丞與比縣○葬	2.3/11/4
遠近○葬	2.3/11/5
有士○者爲晉大夫	2.7/13/13
大○而葬之	2.8/14/19
○如初	3.2/16/11
○如小祥之禮	3.2/16/11
群后畢○	4.5/26/16
○之于新渠	6.1/32/27
拜故待詔○稽朱買臣	7.2/36/26
召公卿百官○議	7.3/37/12
康百六之○	8.1/44/26
臣不勝願○	8.2/45/15
○臣被罪	11.2/58/2
昔孝宣○諸儒于石渠	13.1/70/16
○友以文	13.3/72/22
瞰洞庭之交○	14.1/74/28
公卿百官○議	15.1/82/6
武帝○曰太守	15.1/88/18
九世○昌	15.1/90/17
及諸侯王、大夫郡國計	
吏、匈奴朝者西國侍	
子皆○	15.1/91/8
在京者亦隨時見○	15.1/92/19

誨 huì　　29

忠焉能勿○乎	1.7/5/17
謀○之忠也	1.7/5/17

謀○忠矣	1.7/5/21
收朋勤○	2.1/9/1
築室講○	2.2/10/7
君之○矣	2.2/10/9
存○殞號	2.3/11/1
然猶私存衡門講○之樂	2.5/12/3
○而不倦	2.6/13/1
退而講○	2.8/14/15
以歐陽《尚書》、《京	
氏易》○授	3.1/15/17
○尚經文	3.2/17/1
授○童冠	3.4/18/5
以納大○	3.4/18/7
○茲一人	3.4/18/17
規○之策	3.6/19/28
朝夕講○	3.7/21/12
俯○膝下	4.6/26/27
惜聞○之未央	4.6/27/6
檢○幼孤	4.7/27/19
教○嚴肅	4.7/28/2
從○如流	6.3/33/23
受○則成	6.4/34/12
君國之○	9.10/51/17
顯教幼○稗之學	10.1/51/31
作《釋○》以戒厲云爾	11.8/61/4
有務世公子○于華顓胡	
老曰	11.8/61/4
惡則忠告善○之	13.3/72/17
然則以交○也	13.3/72/21

慧 huì　　1

精○小心	14.5/75/25

諱 huì　　25

公○玄	1.1/1/10,1.6/4/13
高祖○仁	1.1/1/17
先生○泰	2.1/8/25
君○寔	2.2/9/14
先生○寔	2.3/10/15
君○騊	2.5/11/26
先生○肱	2.6/12/22
先生○丹	2.7/13/13
公○秉	3.1/15/14
公○賜	3.3/17/8,3.4/18/3
君○朗	3.6/19/20

君○表	3.7/20/14
公○廣	4.1/22/10,4.2/23/9
因爲尊○	5.1/28/18
公○咸	5.2/29/8
君○碩	5.4/30/24,5.5/31/22
京兆尹樊君○陵	6.1/32/23
掾○玄	6.2/33/9
敢觸忌○	7.4/43/4
避武帝○改曰通侯	15.1/88/22
後避武帝○改曰通侯	15.1/92/17

穢 huì　　6

幽厲之○	1.7/5/9
○損清風	3.3/17/19
埽六合之○惡	11.8/61/9
滌○濁兮存正靈	11.8/62/23
虛僞雜○	13.1/70/28
則塵垢○之	13.11/74/12

續 huì　　1

采若錦○	14.14/77/28

昏 hūn　　5

故自○墊以迄康乂	8.1/44/20
耳目○冒	9.10/51/14
水○正而栽水	10.2/55/29
○正者、○中也	10.2/56/1

婚 hūn　　4

○媾帝室	6.5/34/22
其○嫁爲黨	7.5/43/13
○協協而莫違	14.2/75/6
○禮已舉	14.2/75/6

渾 hún　　5

○其若濁	2.9/15/7
宣暢○元	4.2/23/17
耀三辰于○元	4.3/25/1
豈徒世俗之凡偶兼○	8.4/46/13
以今○天圖儀檢天文亦	
不合于《考靈曜》	13.2/71/23

魂 hún	11
○而有靈	1.6/5/4, 1.8/7/7
	4.6/27/4
以慰顯○	3.2/17/4
○氣所之	4.5/26/11
精○〔飄〕以遐翔	4.6/27/11
尙○魄之有依	4.6/27/12
不知○景之所存	4.7/28/8
靈○裹裹	5.5/32/9
○氣飄飆	6.5/35/4
欲皆使先帝○神具聞之	
	15.1/91/10

圂 hùn	1
處士有○典	2.9/14/29

混 hùn	1
○而爲一	8.1/44/27

溷 hùn	1
○之不濁	2.7/14/3

火 huǒ	19
討惡如赴水○	1.1/2/6
如○之烈	1.5/4/9
外戚○燔	3.1/15/19
○熾流沸	9.1/47/3
夏○王	10.2/56/21
○勝金	10.2/56/21
水勝○	10.2/56/24
麻爲○	10.2/56/25
烽○不絕	11.2/58/5
靈星、○星也	15.1/85/20
○爲天田	15.1/85/20
木生○	15.1/89/17
	15.1/89/20, 15.1/89/22
神農氏以○德繼之	15.1/89/18
○生土	15.1/89/18, 15.1/89/21
帝堯氏以○德繼之	15.1/89/20
故高祖以○德繼之	15.1/89/22

夥 huǒ	1
年穀豐○	3.7/20/23

或 huò	64
三讓莫○克從	1.4/3/22
莫之○修	1.7/5/12
○言潁川	1.10/7/26
○言彥蒙	1.10/8/1
左右○以爲神	1.10/8/3
○絃歌以詠太一	1.10/8/6
○談思以歷丹田	1.10/8/7
○謂之郭	2.1/8/26
時人未之○知	2.7/13/15
辟道○回	3.5/19/7
○以繼絕襲位	3.6/20/1
○蹈憲理	3.6/20/1
○失土流播	3.7/21/4
○水潦沒害	3.7/21/4
○典百里	4.5/26/3
○作虎臣	4.5/26/3
○有神詭靈表之文	4.7/27/26
未之○踰	5.2/29/19
莫○遏之	6.1/33/2
莫○達之	6.1/33/3
○拘限歲年	7.2/36/23
臣○爲之	7.4/39/20
下○謀上	7.4/39/23
頭冠○成	7.4/40/16
輔○未衰	7.4/41/18
國土○有斷絕	8.1/44/17
無以○加	8.4/46/6, 13.1/69/5
○云《月令》呂不韋作	10.1/54/8
○云《淮南》	10.1/54/8
○象龜文	11.6/60/10
○比龍鱗	11.6/60/10
○輕舉內投	11.6/60/12
○穿窬恢廓	11.7/60/22
○櫛比鍼列	11.7/60/22
○砥繩平直	11.7/60/23
○蜿蜒繆戾	11.7/60/23
○長邪角趣	11.7/60/23
○規旋矩折	11.7/60/23
○畫一策而縮萬金	11.8/61/18
○談崇朝而錫瑞珪	11.8/61/18
○一朝之晏	12.23/67/23

○以德顯	13.1/69/29
○以言揚	13.1/69/29
○有褰罪褻瑕	13.1/70/3
○竊成文	13.1/70/14
○經年陵次	13.1/70/28
○以人自代	13.1/70/29
○闕其始終	13.3/72/11
○彊其比周	13.3/72/11
不幸○然	13.3/72/19
○至三歲	13.5/73/14
○風飄波動	14.13/77/22
○謂之車駕	15.1/80/14
○曰朝廷	15.1/80/17
○賜田租之半	15.1/81/2
又五更○爲叟	15.1/82/29
○曰列侯也	15.1/88/22
○姓張	15.1/91/27
周末諸侯○稱王	15.1/92/15
○四馬	15.1/94/7
○六馬	15.1/94/7
武冠○曰繁冠	15.1/95/22
齊冠○曰長冠	15.1/95/24

貨 huò	5
○祠巫自託	1.1/2/9
財○不益	1.7/5/25
餘○委于路衢	4.2/23/15
○殖財用	6.1/32/17
導財運○	14.1/74/27

惑 huò	11
所以啓前○而覺後疑者	1.8/6/24
道不○	3.1/16/4
使夫蒙○開析	4.3/24/17
（態）主○于毀譽	7.4/39/14
臣竊見熒○變色	7.4/40/25
臣聞熒○示變	7.4/40/25
熒○主禮	7.4/40/28
而熒○爲之退舍	7.4/40/29
藏晦○之罪	7.4/41/24
小子○焉	11.8/61/10
○矣	13.11/74/13

○累思惟二十餘年	11.2/57/29	丞相史家雌○化爲雄	7.4/40/11	乃○忠文	1.8/6/22
常俗生于○習	11.3/59/17	牝○之晨	7.4/40/13	訪○士隸	1.10/8/12
○富無崖	11.8/61/19	牝○雄鳴	7.4/40/13	○文書赦宥	2.3/10/20
至于○世	12.2/63/11	夫牝○但雄鳴	7.4/40/14	以爲遠近鮮能○之	2.3/11/5
是以《易》嘉○善有餘		今○身已變	7.4/40/15	○秋而梁氏誅滅	2.5/12/10
慶	12.12/65/22	蜆及○化	7.4/41/22	恩○嬰兒	2.6/12/26
及命曆序○獲麟至漢起		雌○變化	7.4/41/25	○其學而知之者	2.6/12/27
庚子部之二十三歲	13.2/71/15	函牛之鼎以烹○	8.4/46/15	生惠○延二子	2.7/13/14
舒滯○而宣鬱	14.7/76/13	訖無○犬鳴吠之用	9.9/50/24	自戰國○漢	2.8/14/10
		夏食菽○	10.2/56/17	以驃騎將軍官屬○司空	
擊 jī	5	丑牛、未羊、戌犬、酉		法駕	3.2/16/10
		○、亥豕而已	10.2/56/19	○其所以匡輔本朝	3.2/16/18
討惡如霆○	1.6/4/25	故酉○可以爲夏食也	10.2/56/21	○爲特進	3.2/16/24
君以手自（繫）〔○〕	5.4/31/7	雄荊○兮驚鶩鶩	11.4/59/28	○至太尉	3.3/17/16
請徵幽州諸郡兵出塞○		○鳴相催	14.5/76/1	胥○聿勤	3.5/18/22
之	7.3/37/8	〔○鳴高桑〕	14.12/77/16	乃○伊公	3.5/19/12
奮○醜類	9.1/47/6	○曰翰音	15.1/87/8	○延見武將文吏	3.7/21/15
揚波振○	11.6/60/11	俗人名之曰○翹車	15.1/94/3	言不○軍旅之事	3.7/21/15
				○志在州里者	3.7/21/22
續 jī	14	**譏 jī**	3	○至入學從訓	4.1/22/12
				○其創基	4.3/24/17
庶○既熙	1.1/1/7	○切公卿	7.5/43/17	○登相位	4.3/25/4
紀公勳○	3.3/17/20	仲尼○之	10.1/54/3	惡乎可○	4.3/25/5
以熙庶○	3.5/18/28	○武伐紂	12.1/63/2	生太傅安樂鄉侯廣○卷	
勳○既盛	3.6/20/4			令康而卒	4.5/25/25
莫匪嘉○	3.7/21/2	**饑 jī**	4	○廣兄弟式敍漢朝	4.5/26/4
休○丕烈	4.1/22/29			葬我夫人黃氏○陳留太	
庶○咸釐	4.1/23/2	諸郡○餒	1.1/2/1	守碩于此高原	4.5/26/15
考○既明	4.2/23/16	○饉困悴	6.1/33/3	○申頌曰	4.5/26/18
嘉（丕）〔庶〕○于九		且憂萬人○餓	7.3/38/16	○季更歷州郡	4.6/27/1
有	4.2/23/29	怒焉且○	14.5/76/4	遂○斯表	4.6/27/5
王室以○	5.3/30/13			一往超○未	4.6/27/13
式昭○恩	5.5/32/7	**躋 jī**	4	○遷台司	5.2/29/18
勞謙紡○	6.6/35/19			○其殞也	5.3/30/8
勳○不立	11.8/62/16	大位未○	2.3/10/24	自贏○漢	5.3/30/18
皆當以惠利爲○	13.1/70/19	○彼公堂	3.7/21/11	問一○三	6.3/33/23
		○之宗伯	8.4/46/18	言語所○	6.4/34/8
隋 jī	1	○之乎雍熙	11.8/61/26	○笄求匹明哲	6.5/34/24
				隱括○乎無方	6.5/34/25
是用登○	6.6/35/17	**齎 jī**	1	乃○崔君	6.6/35/12
				（乃）〔○〕盜賊群起	7.3/37/19
雞 jī	21	詔使謁者劉惶○印綬	5.4/31/7	誠無所○	7.4/40/16
				平城門○武庫屋各損壞	7.4/41/5
雌○欲化爲雄	7.4/40/8	**及 jí**	94	蜆○雞化	7.4/41/22
臣聞凡○爲怪	7.4/40/8			○營護故河南尹羊陟、	
時即有○禍	7.4/40/9	○在上谷漢陽	1.5/4/2	侍御史胡母班	7.5/43/10
雌○化爲雄	7.4/40/10	○其卒也	1.7/6/10	不○陟、班	7.5/43/13

皇之不〇　7.4/39/24
皇建其有〇　7.4/40/5
惟時厥庶民于汝〇　7.4/40/5
錫汝保〇　7.4/40/5
建用皇〇　8.2/45/11
尋端〇緒　8.4/46/8
永守皇〇　9.7/50/2
此說自欺〇矣　10.2/55/16
窮寵〇貴　11.1/57/12
宵不寐以〇晨　11.3/59/12
昔自太〇　11.8/61/15
太〇陁　11.8/61/17
運〇則化　11.8/61/24
含太〇之純精　12.3/63/19
峻〇于天　12.8/64/21
守以罔〇　12.9/65/3
六〇之尼　12.29/68/23
危言〇諫不絕于朝　13.1/69/25
自當〇其刑誅　13.1/70/21
上〇開闢　13.2/71/17
建皇〇而序彝倫　14.8/76/21
規矩〇也　14.8/76/22

戡 jí　4
糾〇貴黨　1.7/5/22
公惟〇之　3.5/19/2
僉守利而不〇　11.3/59/14
武功定而干戈〇　11.8/61/28

嫉 jí　1
俄而冠帶士咸以群黨見
　〇時政　2.7/13/24

埼 jí　1
然而地有埼〇　6.1/32/17

耤 jí　3
春〇田祈社稷之所歌也　15.1/88/8
王者耕〇田之別名　15.1/88/25
親耕〇田乘之　15.1/93/16

瘠 jí　1
〇羸哀哀　6.6/35/24

踏 jí　2
蹋〇受拜　9.3/48/12
猶且蹋〇　9.10/51/17

輯 jí　5
綴〇所履　3.2/16/26
人倫〇睦　4.2/23/17
頃來未悉〇睦　9.3/48/13
〇當世之利　11.8/61/12
辭之〇矣　14.18/78/21

蹐 jí　1
跼而〇之　11.8/62/7

籍 jí　18
公表升會放狼〇　1.1/2/16
遂考覽六〇　2.1/8/28
文以典〇　3.3/17/11
周覽篇〇　3.4/18/3, 5.4/31/1
包洞典〇　3.6/19/23
于是古典舊〇必集州閭　3.7/21/14
鑒帝〇之高論　4.5/26/12
仰覽篇〇　6.6/35/11
是以德著圖〇　8.1/44/6
蕭曹、邴魏載于史〇　9.1/47/2
書〇紀之　9.10/51/18
使史〇所闕、胡廣所校　11.2/58/3
處篇〇之首目　11.6/60/16
罩思典〇　11.8/61/7
方將騁馳乎典〇之崇塗
　11.8/62/13
兼洞墳〇　12.5/64/4
以入項〇營　15.1/96/16

己 jǐ　30
雖非〇負　1.1/2/14
以爲至德在〇　1.6/4/26
虛〇備禮　2.1/9/1

愔行于〇　2.2/10/3
虛〇迓之者　2.7/13/19
臨寵審〇　2.8/14/17
行〇守道　2.8/14/23
帝座〇北面　3.4/18/7
聽納總〇　4.2/23/18
帥物以〇　4.3/24/21
粵翼日〇卯　4.5/26/14
加之行〇忠儉　5.4/31/2
行由〇作　5.4/31/12
敦不百〇　5.4/31/17
復禮克〇　6.6/35/20
天元正月〇巳朔旦立春
　10.1/53/24
群僚恭〇于職司　11.8/61/26
持神任〇　11.8/62/12
〇之圖也　11.8/62/15
非〇咎也　11.8/62/18
以爲〇華　12.12/65/28
內知〇政　13.1/69/24
竟〇酉、戊子及丁卯部
　六十九歲　13.2/71/16
是以君子慎人所以交〇
　13.3/72/13
審〇所以交人　13.3/72/13
不患人之遺〇也　13.3/72/18
不病人之遠〇也　13.3/72/18
求諸〇而不求諸人　13.3/72/19
能以善道改更〇也　15.1/82/27
嗣王求忠臣助〇之所歌
　也　15.1/88/7

給 jǐ　5
謀不暇〇　6.1/32/21
不可勝〇　7.3/37/27
〇財用筆硯爲對　7.4/39/5
非臣才力所能供〇　9.3/48/14
不〇于務　11.8/61/30

幾 jǐ　10
〇行其招　2.1/9/9
見〇而作　2.3/10/19
然則識〇知命　2.5/12/10
至德愔于〇微　4.6/26/27
弓兵散亡〇盡　7.2/36/19

思惟萬○	7.4/43/1	勿有依違顧○	7.4/41/14	故城門校尉梁伯喜、南	
躬秉萬○	8.2/45/11	敢觸○諱	7.4/43/4	郡太守馬○長	13.5/73/14
庶○頗得事情	10.2/54/19	誚無○之稱神	11.3/58/23	感昔鄭○	14.5/75/27
庶○多識前言往行之流		眾人患○	11.4/59/28	于○冬之狡兔	14.8/76/18
	10.2/54/24	猶○愼動作	12.24/67/28	○武子使公冶問	15.1/80/24
○于毀滅	13.7/73/23	屢生○故	13.1/69/17	○夏之月土氣始盛	15.1/85/12
		任禁○之書	13.1/69/20	○多鷹魚、春獻鮪之所	
戟 jǐ	**2**	小心畏○曰僖	15.1/97/1	歌也	15.1/88/2
獲執○出宰相邑	6.2/33/14	**季 jì**	**39**	**計 jì**	**18**
前驅有九斿雲罕闟○皮		孝桓之○年	1.5/3/28	言從○納	3.2/16/19
軒鸞旗	15.1/94/3	門人陳○珪等議所謚	1.7/5/8	上○吏辟大將軍府	3.7/20/15
		昔魯○孫行父卒	1.7/5/26	合策明○	3.7/20/20
吉 jí	**13**	魯之○文子、孟懿子	1.7/6/5	蓋以千○	3.7/21/12
得因○凶	2.7/13/25	王○之穆有號叔者	2.1/8/25	取言時○功之則	4.2/24/3
于是陳留主簿高○蔡軫		○方、元方皆命世希有	2.4/11/17	揣度○慮	6.1/32/25
等	5.5/32/1	○方盛年早亡	2.4/11/17	其設不戰之○、守禦之	
周宣王命南仲○甫攘獫		夫人江陵黃氏之○女	4.5/25/23	因者	7.3/37/17
狁、威蠻荊	7.3/37/12	公之○子陳留太守碩卒		臣愚以爲宜止攻伐之○	7.3/38/19
元○	7.4/40/18	于洛陽左池里舍	4.5/26/8	（哉）〔裁〕取典○教	
凶可作○	7.4/41/19	延陵○子	4.5/26/11	者一人綴之	7.4/42/2
欲以除凶致○	7.5/43/19	○札以之	4.5/26/12	爲陛下圖康寧之○而已	7.5/43/18
○且齋宿	9.4/48/25	體○蘭之姿	4.6/26/26	研桑所不能○	11.7/60/26
令月○日	9.7/49/30	次曰碩、○叡	4.6/26/29	○合謀從	11.8/62/15
陛下享茲○福	9.7/50/2	及○更歷州郡	4.6/27/1	夫執狐疑之○者	13.1/70/5
王用享于帝、○	10.1/53/23	○以高（弟）〔第〕爲		諸侯言時○功	13.4/72/30
獫狁攘而○甫宴	11.8/61/29	侍御史諫議大夫侍中		所謂諸侯言時○功者也	13.4/73/5
日○時良	12.26/68/7	虎賁中郎將陳留太守	4.6/27/2	及諸侯王、大夫郡國○	
神龜○兆	12.26/68/7	暨叔○之隕終	4.6/27/10	吏、匈奴朝者西國侍	
		字○叡	5.4/30/24, 5.5/31/22	子皆會	15.1/91/8
伎 jì	**1**	臣○父質	7.5/43/21	後大夫○吏皆當軒下	15.1/91/9
織室絕○	8.1/44/12	○札知其不危	8.3/45/20	遂于親陵各賜○吏而遣	
		以清○朝	9.1/47/4	之	15.1/91/10
技 jì	**2**	小暑、○夏節也	10.2/55/9		
則上方巧○之作	7.4/42/17	○夏也	10.2/56/10	**洎 jì**	**2**
而竝以書疏小文一介之		○冬反令『行春令	10.2/56/13	○于永和元年十有二月	1.10/8/2
○	7.4/42/20	行○春令爲不致災異	10.2/56/14	○在辟雍	3.5/18/24
		土王四○	10.2/56/20		
忌 jì	**12**	四○之禽	10.2/56/20	**既 jì**	**67**
大○躅除	2.2/9/28	牛屬○夏	10.2/56/21	庶績○熙	1.1/1/7
畏威○怒	4.7/28/2	犬屬○秋	10.2/56/21	股肱之事○充	1.3/3/15
竊見日月拘○	7.2/37/2	○夏土王	10.2/56/22	○乃碑表百代	1.4/3/24
願陛下少躅禁○	7.2/37/2	故以牛爲○夏食也	10.2/56/23	孝○至矣	1.7/5/13
		儉嗇則○文之約也	12.2/63/8	僉以爲先民○殞	2.1/9/4
		天子以四立及○夏之節			
		迎五帝于郊	13.1/69/15		

○多幽否	2.2/10/10	○禘祖于西都	12.11/65/16	后	15.1/83/16
資始○正	2.3/11/3	《春秋》○書	12.15/66/15	布綱治○日平	15.1/96/27
○喪斯文	2.3/11/7	君○升輿	12.26/68/8		
先生○蹈先世之純德	2.6/12/24	○加之恩	13.1/70/15	**記 jì**	**33**
禁○蠲除	2.7/13/26	○無幸私之恩	13.1/70/26		
○綜七經	2.8/14/12	逮夫周德○衰	13.3/72/10	越十月庚午○此	1.3/3/17
年○五十	2.8/14/18	頌聲○寢	13.3/72/10	經藝傳○	1.6/4/15
○定而後罷焉	2.8/14/20	心志○通	13.3/72/23	具實錄之○	2.2/9/30
僉以爲仲尼○歿	2.8/14/21	○乃風颷蕭瑟	14.1/74/27	錄○所履	2.7/14/2
周家○微	3.1/15/15	良辰○至	14.2/75/6	彊○同乎富平	4.3/24/20
元勛○奮	3.4/18/17	○臻門屏	14.2/75/7	彤管○君王纖微	8.1/44/6
○討三五之術	3.6/19/23	其○遠也	14.4/75/17	《禮·檀弓》曰	10.1/52/10
勳績○盛	3.6/20/4	然後哀聲○發	14.12/77/14	《禮·明堂位》曰	10.1/52/11
武功○亢	3.7/21/11	于是繁絃○抑	14.12/77/15	《禮·保傅篇》曰	10.1/52/17
○明且哲	4.1/23/4	洛邑○成	15.1/87/18	《禮·古（大）〔文〕	
考績○明	4.2/23/16			明堂之禮》曰	10.1/52/19
弘綱○整	4.2/23/23	**紀 jì**	**29**	《禮·太學志》曰	10.1/53/1
勳烈○建	4.2/24/6			《禮·昭穆篇》曰	10.1/53/2
○生魄八日壬戌	4.3/24/12	公○綱張弛	1.1/2/21	《月令》○曰	10.1/53/3
春秋○暮	4.4/25/18	莫之能○	1.10/8/2	《禮·盛德篇》曰	10.1/53/5
十月○望	4.5/26/14	○遺烈	1.10/8/12	《樂○》曰	10.1/53/7
○作母儀	4.5/26/19	孤嗣○衘恤在疚	2.2/10/3	《禮○》曰	10.1/53/9
嗟○逝之益遠	4.6/27/14	○順奉雅意	2.2/10/7	予幼讀《○》	10.2/54/13
○文且武	5.2/30/1	○公勳績	3.3/17/20	不宜與《○》書雜錄竝	
元勳○立	5.3/30/19	況乎將軍牧二州歷二○	3.7/21/24	行	10.2/54/13
先民○邁	5.4/31/13	以○洪勳	3.7/22/3	而《○》家○之又略	10.2/54/14
王人○詔	5.4/31/17	享黃耇之遐○	4.2/24/1	《周官》《左傳》皆實	
我壤○營	6.1/33/4	二孤童○未齔育于夫人	4.5/25/26	與《禮○》通等而不	
○富且盈	6.1/33/5	鐫○斯石	5.2/30/3	爲徵驗	10.2/54/15
○苗而不穗	6.3/34/2	萬年是○	5.4/31/18	而訖未有注○著于文字	
○殯神柩	6.6/35/23	仲尼是○	6.6/35/19	也	10.2/54/19
燈燭○滅	6.6/35/25	遵忠孝之○	8.1/44/16	《月令》與《周官》竝	
○隆且昌	6.6/35/27	神○騁于無方	8.2/45/11	爲時王政令之○	10.2/54/28
〔○〕本無嫌閒	7.1/36/10	子奇不得○治阿之功	8.4/46/19	據時始暑而○也	10.2/55/10
選○稽滯	7.2/37/2	書籍○之	9.10/51/18	經典傳○無刻木代牲之	
○而覺悟	7.3/37/20	文物以○之	10.1/52/8	說	10.2/55/17
被服○不同	7.4/39/27	百官于是乎戒懼而不敢		古《論》《周官》《禮	
○不盡由本朝	7.4/42/6	易○律	10.1/52/8	○說》	10.2/56/4
聖朝○自約屬	7.4/43/2	取《月令》爲○號	10.1/54/7	《○》曰	10.2/56/29, 15.1/96/3
○至舊京	9.9/50/23	（雖）〔唯〕有○傳	11.2/57/27	與奏○譜注	13.2/71/20
周室○衰	10.1/54/3	弔○信于滎陽	11.3/58/26	史官○事曰「上」	15.1/79/10
○用古文	10.2/55/1	取諸天○	11.8/62/11	太史令司馬遷○事	15.1/80/9
○不用《三統》	10.2/55/5	綱○文王	12.17/66/25	《史○》曰皋陶爲理	15.1/89/11
○到徙所	11.2/57/25	昭德○功	13.4/73/9	詔有司采《尚書·皋陶	
唐虞眇其○遠兮	11.3/59/17	覽陰陽之綱○	14.2/75/4	篇》及《周官》《禮	
厥用○行	11.7/60/21	○三王之功伐兮	14.8/76/20	○》定而制焉	15.1/94/15
○不降志	12.5/64/8	天子之（○）〔妃〕曰			

州刺史	7.2/36/27	○親在堂	4.2/23/25	而有○焉	4.2/24/2
商子○、○子不疑等	7.4/40/1	○軹山甫	4.4/25/16	鞭扑棄而無○	4.3/24/22
○荆用次	8.4/46/4	○室以夫人	4.5/25/26	伯仲各未○冠	4.6/27/1
是時梁冀○新誅	11.3/58/17	○存意于不違	4.6/27/12	○之行己忠儉	5.4/31/2
帝僑于順烈梁后父大將		踐○先祖	4.7/28/3	○朝服拖紳	5.4/31/7
軍梁○未得尊其父而		文武○踵	5.2/29/9	病○	5.5/31/24
崩	15.1/92/5	僉以宰相○踵	5.3/30/15	無以○焉	6.3/33/25,6.4/34/8
		篤○國之祚	8.1/44/26	○以禁網漏洩	7.3/37/24
濟 jì	**24**	累葉相○六十餘載	9.1/47/2	小○大	7.4/42/15
		陛下統○大業	9.2/47/24	但當察其真偽以○黜陟	7.4/42/19
幽滯用○	3.6/19/27	以命○之	9.3/48/15	唯陛下○餐	7.5/43/28
遷○陰太守	4.1/22/14,4.2/23/13	○期五百	12.5/64/3	○于小膡	8.1/44/7
故吏○陰池喜感公之義	4.1/22/28	雖○體之君	13.1/70/24	○以洪流爲災	8.1/44/8
于時○陽故吏舊民、中		神農氏以火德○之	15.1/89/18	刑之所○	8.1/44/19
常侍句陽于蕭等二十		黄帝以土德○之	15.1/89/18	○之以德	8.1/44/27
三人	4.5/26/17	少昊氏以金德○之	15.1/89/19	無以或○	8.4/46/6,13.1/69/5
以議郎出爲○陰太守	4.7/27/20	顓頊氏以水德○之	15.1/89/19	數○訪問	9.1/47/12
守于○陰	4.7/28/3	帝嚳氏以木德○之	15.1/89/20	○以新來入朝	9.2/47/23
初爲○陽令	5.1/28/15	帝堯氏以火德○之	15.1/89/20	無以○此	9.3/48/11
○陽有武帝行過宮	5.1/28/15	故帝舜氏以土德○之	15.1/89/21	始○元服	9.7/49/31
來在○陽	5.1/28/26	故夏禹氏以金德○之	15.1/89/21	故不能復○刪省	10.2/54/24
故○北相夫人卒	6.6/35/9	故殷湯氏以水德○之	15.1/89/21	功○八荒	11.1/57/12
問臣以大鴻臚劉郃前爲		故周武以木德○之	15.1/89/22	○以惶怖愁恐	11.2/58/10
○陰太守	7.5/43/9	故高祖以火德○之	15.1/89/22	○刃不恐	11.4/59/26
周文以○○爲寧	8.3/45/20	故上○元帝而爲九世	15.1/90/16	上有○餐食	11.5/60/5
○○之在周庭	8.4/46/6	孝宣○孝昭帝	15.1/91/28	夭夭是○	11.8/61/21
不知所○	11.2/58/6	光武○孝元	15.1/92/1	無以○也	12.2/63/12
○西谿而容與兮	11.3/59/9			僞不可○	12.12/65/28
○○多士	11.8/61/27	**霽 jì**	**1**	爽應孔○	12.26/68/7
○○群吏	12.13/66/3			既○之恩	13.1/70/15
○○群彥	14.18/78/20	佇淹留以候○兮	11.3/59/11	○粉	13.11/74/15
				○漆絲之纏束	14.8/76/19
蹟 jì	**1**	**驥 jì**	**1**	凡衣服○于身、飲食入	
				于口、妃妾接于寢	15.1/81/4
顯允其勳○	1.8/6/23	慕騏○而增驅	11.8/62/4	凡樹社者、欲令萬民○	
				肅敬也	15.1/85/25
繼 jì	**36**	**加 jiā**	**53**	使人望見則○畏敬也	15.1/85/29
				不敢○尊號于祖父也	15.1/92/1
紹胤不○	1.10/8/1	○陳留府君以益州之讖	1.7/5/12	亦不敢○尊號于父祖也	15.1/92/1
○期特立	2.4/11/17	亦圖容○讖	2.4/11/17	故以王號○之	15.1/92/16
○期立表	2.4/11/20	竝○辟命	2.6/13/7	○爵冕其上	15.1/94/10
○命世之期運	2.5/11/26	徒○名位而已	2.9/15/3	侍中常侍○貂蟬	15.1/94/27
名臣○踵	2.8/14/10	寵錫有○	3.1/15/24	侍中、中常侍○黄金	15.1/95/23
求而無○	2.8/14/21	○以清敏廣深	3.6/19/28	古者天子冠所○者	15.1/96/21
○迹宰司	3.3/17/9	靡以○焉	3.6/20/4		
或以○絕襲位	3.6/20/1	率禮有○	4.1/22/27		
上奉○親	4.1/22/11	○于群公	4.2/23/18		

夾 jiā	2
倉龍〇轂	12.26/68/9
〇階除而列生	14.16/78/8

浹 jiā	2
〇辰之間	3.1/15/20
施〇疏族	6.6/35/15

家 jiā	83
損辱國〇	1.1/2/16
保乂帝〇	1.2/3/7,3.5/18/29
即〇拜上谷太守	1.6/4/19
起〇拜尙書令	1.6/4/21
宰庀〇器	1.7/5/26
博問道〇	1.10/7/26
又〇拜犍爲太守、太中	
大夫	2.6/13/3
來〇于成安	2.7/13/14
周〇既微	3.1/15/15
起〇復拜太常	3.1/15/21
治〇師導	3.2/16/12
〇無遺草	3.2/16/19
公承〇崇軌	3.3/17/10
光輔國〇	3.3/17/22
國〇丕承	3.5/18/28
氏〇于圉	3.6/19/22
遭〇不造	4.1/22/11,8.1/44/7
拜室〇子弟一人郎中	4.1/22/26
以新國〇	4.2/23/23
勤勞王〇	4.2/23/28
邦〇之鎮	4.2/24/7
民勸行于私〇	4.3/24/22
〇邦之媛	4.5/26/18
誕成〇道	4.6/26/26
而國〇方有滎陽寇賊	4.7/27/21
〇于茲土	5.2/29/9
〇被榮命	5.2/29/13
百〇衆氏	6.3/33/23
國〇之輔佐	6.3/33/25
夫人營克〇道	6.5/34/25
臣聞國〇置官	7.2/36/15
國〇瞻仗	7.2/36/17
上使使就〇召張敏爲冀	
州刺史	7.2/36/27
故吏在〇	7.2/37/3
丞相御史〇雌雞化爲雄	7.4/40/11
惟〇之索	7.4/40/13
尙有索〇不榮之名	7.4/40/14
得臣無〇	7.4/41/3
言天下何私〇之有	7.4/41/3
國〇之本兵也	7.4/41/6
非復發糾姦伏、補益國	
〇者也	7.5/43/22
〇有采薇之思	8.1/44/9
〇無典學者	8.2/45/9
國〇之元龜	8.3/45/21
即起〇參拜爲泰山太守	8.3/45/25
則皇〇之腹心	8.3/45/28
不墜〇訓	8.4/46/8
上解國〇播越之危	9.1/47/7
予末小子遭〇不造	9.4/48/21
自依〇法	9.6/49/16
不知國〇舊有宗儀	9.6/49/16
而《記》〇記之又略	10.2/54/14
過被學者聞〇就而考之	
	10.2/54/19
至及國〇律令制度	10.2/54/22
非一〇之事	10.2/55/2
必〇人所畜	10.2/56/19
父子〇屬	11.2/57/21
皇〇赫而天居兮	11.3/59/14
榮〇宗于此時	11.8/61/12
乃部其〇	11.8/61/21
高受滅〇之誅	11.8/62/5
〇人小妖也	12.24/67/28
黃帝、顓頊、夏、殷、	
周、魯凡六〇	13.2/71/5
各〇術皆當有效于其當	
時	13.2/71/6
有六〇紛錯	13.2/71/7
術〇以算追而求之	13.2/71/11
〇祖居常言客有三當死	13.9/74/3
夜半蠶時至人室〇也	13.9/74/3
天〇、百官小吏之所稱	
	15.1/79/26
以天下爲〇	15.1/79/26
故稱天〇	15.1/79/26
天子以天下爲〇	15.1/80/13
親近侍從官稱曰大〇	15.1/80/18
稱曰天〇	15.1/80/18
百乘之〇曰百姓	15.1/82/14

使者安車輭輪送迎而至	
其〇	15.1/82/28
四姓小侯諸侯〇婦	15.1/91/8
漢〇不言禘祫	15.1/91/25
法律〇皆曰列侯	15.1/92/17
孝武帝幸館陶公主〇	15.1/95/5
主〇庖人臣偃昧死再拜	
謁	15.1/95/6

葭 jiā	2
臣事輕〇莩	9.9/51/7
蒹〇蒼而白露凝	11.8/61/24

嘉 jiā	51
朕〇君功	1.1/1/6,3.5/19/13
	4.4/25/17
將軍〇之	1.1/1/25
乃共勒〇石	1.6/4/27
周有仲山甫伯陽〇父	1.7/6/13
〇其寵榮	1.8/7/7
朕〇乃功	1.9/7/19
聆〇聲而響和者	2.1/8/30
錫以〇謚曰	2.3/10/26
〇異畫像郡國	2.4/11/18
〇德足以合禮	2.5/11/27
忠言〇謀	3.2/16/18
篤生柔〇	3.3/17/22
莫匪〇績	3.7/21/2
乃耀柔〇	4.1/23/2
帝用〇之	4.2/23/13
宜柔〇	4.2/23/13
神明〇歆	4.2/23/20
〇〔丕〕〔庶〕績于九	
有	4.2/23/29
皇〇其聲	4.4/25/13
仲尼〇焉	4.5/26/12
歲有〇禾	5.1/28/17
盡受〇祥	5.3/30/20
〔君〕幼有〇表	5.4/30/25
〇穀不植	6.1/32/20
論者〇之	6.2/33/12
士〇其良	6.3/34/1
生有〇表	6.4/34/7
以導〇應	7.4/43/2
先帝〇之	8.3/45/24

夫豈漏○	1.7/5/23	○漢沔之殊名	14.1/74/23	于是司○	5.3/30/15

夫豈漏○　　1.7/5/23
見遭○黨　　3.1/15/20
獻可去○　　3.1/16/1
○宄改節　　3.7/20/16
○宄煙發　　3.7/20/18
消○宄于爪牙　　4.2/23/14
○臣王莽媮有神器十有
　八年　　5.1/28/18
大爲○禍　　7.4/41/24
無使盡忠之吏受怨○讐　　7.4/43/5
非復發糾○伏、補益國
　家者也　　7.5/43/22
疾貪吏受取爲○　　8.1/44/16
孝宣忿○邪之不散　　8.3/45/22
國遭○臣孼妾　　9.1/47/2
○臣燮孼　　9.2/47/17
春秋因魯取宋之○賂　　10.1/52/5
夫司隸校尉、諸州刺史
　所以督察○枉、分別
　白黑者也　　13.1/70/1
各有奉公疾○之心　　13.1/70/2
至有○軌之人　　13.1/70/27
戒以蠻夷猾夏、寇賊○
　宄　　13.2/72/1
○臣盜賊皆元之咎　　13.2/72/2

兼 jiān　　24

○包六典　　1.7/6/2
況乃忠○三義　　1.7/6/3
○資九德　　2.3/10/15
○包令錫　　3.3/17/18
○通五典　　3.4/18/3
○而有之　　3.4/18/10
○虢特進　　3.5/19/9
○質先覺　　4.3/24/15
○生人之榮　　4.6/26/28
〔明略〕○動　　5.2/29/11
○掌虎賁　　5.4/31/16
食不○膳　　6.6/35/15
○包日月　　8.1/44/7
豈徒世俗之凡偶○渾　　8.4/46/13
○受恩寵　　11.2/57/20
食不○味　　12.2/63/11
信可謂○三才而該剛柔　　12.4/63/29
○洞墳籍　　12.5/64/4

○漢沔之殊名　　14.1/74/23
○裳累鎮　　14.5/76/1
自以德○三皇　　15.1/79/15
秦○天下　　15.1/88/18
秦滅九國○其車服　　15.1/94/4
辟土○國曰桓　　15.1/97/3

堅 jiān　　7

如山之○　　3.2/17/3
鑽之斯○　　3.4/18/16
鐫著○珉　　4.6/27/6
基趾功○　　6.1/32/26
屯守衝要以○牢不動爲
　務　　7.3/38/20
大有陷○破敵、斬將搴
　旗之功　　9.9/51/5
阿傅御○　　14.2/75/7

間 jiān　　10

時河○相蓋升　　1.1/2/15
浹辰之○　　3.1/15/20
雖洙泗之○　　3.7/21/12
黃壚密而無○兮　　4.7/28/8
久（佐）〔在〕煎熬欝
　蔵之○　　8.4/46/17
漏刻之○　　9.1/47/7
離妻不能覿其隙○　　11.6/60/15
錯落其○　　11.7/60/24
祖父河○孝王曰孝穆皇　　15.1/92/6
祖父河○敬王曰孝元皇　　15.1/92/8

煎 jiān　　2

夫○盡府帑之蓄　　7.3/38/12
久（佐）〔在〕○熬欝
　蔵之間　　8.4/46/17

犍 jiān　　1

又家拜○爲太守、太中
　大夫　　2.6/13/3

監 jiān　　6

儉節溢于○司　　2.2/9/23

于是司○　　5.3/30/15
而署名羽林左○　　9.8/50/9
園令食○典省其親陵所
　宮人　　15.1/91/6
今御史廷尉○平服之　　15.1/95/19
○門衛士服之　　15.1/96/19

蒹 jiān　　1

○葭蒼而白露凝　　11.8/61/24

緘 jiān　　1

周廟金人○口以慎　　13.4/73/3

縑 jiān　　1

上但以青○爲蓋　　15.1/94/8

熸 jiān　　1

懼煙炎之毀○　　11.8/62/9

艱 jiān　　7

以罹○禍　　3.2/16/12
險阻○難　　3.2/16/13
時道路○險　　3.7/21/20
夙離凶○　　4.7/28/1
外有寇虜鋒鏑之○　　10.2/54/18
○以阻兮　　11.3/59/19
廓天步之○難　　12.3/63/23

殲 jiān　　1

○我英士　　5.4/31/17

揀 jiān　　1

尤宜○選　　7.2/36/29

減 jiān　　1

閏月者、所以補小月之
　○日　　15.1/83/14

儉 jiǎn	19
清○仁與之效	1.1/2/26
是貞○之稱文也	1.7/5/28
○節溢于監司	2.2/9/23
用過乎○	2.3/10/26
○約違時	2.4/11/15
雅性謙○	2.7/13/22
正直疾枉清○該備者矣	3.1/15/26
惟○之尚	3.2/16/12
要言約戒忠○而已	3.2/16/26
崎嶇○約之中	4.1/22/11
孤顯○節	4.7/27/20
加之行己忠○	5.4/31/2
以○爲榮	6.6/35/16
尙○約崇經藝	7.4/42/13
昭其○也	10.1/52/7
夫德、○而有度	10.1/52/8
○嗇則季文之約也	12.2/63/8
孝明臨崩遺詔遵○毋起	
寢廟	15.1/91/2
今也純○	15.1/94/14

檢 jiǎn	6
○于靜息	1.1/2/12
而性多○括	2.7/13/25
○誨幼孤	4.7/27/19
○括竝合	8.4/46/12
○六合之群品	11.8/61/26
以今渾天圖儀○天文亦	
不合于《考靈曜》	13.2/71/23

審 jiǎn	1
以勸忠○	13.1/69/31

鼜 jiǎn	4
○○之諫	1.7/5/20
公之丕考以忠○亮弼輔	
孝安	3.1/15/16
塗屯邅其○連兮	11.3/58/22

簡 jiǎn	8
政成功○	5.2/29/12

○宗廟則水不潤下	7.4/40/22
○忽校讎不謹之怒	9.8/50/12
愍○公之失師兮	11.3/59/9
崇此○易	11.7/60/21
不勝狂○之情	12.10/65/8
策者、○也	15.1/81/7
一德不懈曰○	15.1/96/28

簡 jiǎn	8
料○貞實	3.1/15/21
天子大○其勳	3.5/19/8
帝○其功	3.6/20/4
○將命卒	3.7/20/22
○于帝心	4.1/22/14
○選州辟	4.7/27/21
○乎聖心	7.5/43/16
（進）〔追〕○前勳	8.3/45/26

藺 jiǎn	3
手三盆于○館者	4.5/26/5
躬桑○于蠶宮	6.5/34/27
○中蛹兮○蠶蠕須	11.4/59/30

見 jiàn	98
公以其○侮辨直	1.1/2/8
析○是非	1.1/2/22
凡○公容貌	1.1/2/23
災害作○	1.3/3/16
○一大鳥迹	1.10/8/3
須臾忽然不○	1.10/8/5
亦賴之于○述也	2.1/9/5
○幾而作	2.3/10/19
獨○先睹之效	2.6/12/28
俄而冠帶士咸以群黨○	
嫉時政	2.7/13/24
莫○其面	2.7/13/24
故能獨○前識	2.8/14/13
○遵姦黨	3.1/15/20
論者不○	3.2/16/19
長于知○	3.3/17/18
懍乎其○聖人之情旨也	3.4/18/5
及延○武將文吏	3.7/21/15
○聽許	3.7/21/23
合梗棺而不○	4.7/28/6

帝乃龍○白水	5.1/28/19
願○神宮	5.1/28/27
應期潛○	5.1/29/2
不○異物	5.4/30/25
○機而作	5.4/31/15
欽○我君	5.5/32/7
不○其人	6.5/35/4
形影不○	6.6/35/25
伏○幽州（奕）〔突〕	
騎	7.2/36/16
竊○日月拘忌	7.2/37/2
而所○常異	7.3/37/16
官○殫財	7.3/38/1
不○尾足者	7.4/39/12
（失）〔天〕度投蜺○	7.4/39/14
獨有以色○進	7.4/39/16
夫誠仰○上帝之厚德也	7.4/40/3
災書屢○	7.4/40/20
臣竊○熒惑變色	7.4/40/25
太白正晝而○	7.4/40/25
太白當晝而○	7.4/40/27
又失道而○	7.4/40/27
臣聞○符致蝗以象其事	7.4/40/31
六沴作○	7.4/41/10
故屢○妖變	7.4/41/18
當以○災之故	7.4/42/8
伏○廷尉郭禧	7.4/42/9
數○訪聞	7.4/42/10
相引○論議	7.4/42/12
連○拔擢	7.5/43/21
數○訪問	7.5/43/21
今者橫○逮及	7.5/43/24
未○食	8.2/45/5
臣即召來○	8.2/45/7
非耳目聞○所傚效也	8.2/45/10
臣誠伏○幸甚	8.2/45/12
臣伏○護羌校尉皇甫規	8.3/45/23
連○委任	8.3/45/26
執心所○	8.3/45/29
伏○陳留邊讓	8.4/46/7
○本知義	8.4/46/8
雖○原宥	9.8/50/13
特○褒異	9.9/50/24
觀○符策	9.10/51/16
○九侯及門子	10.1/52/20
故偏○之徒	10.1/54/8
而《令》文○于五月	10.2/55/9

于是門生大〇軍何進等	3.4/18/10	使匈奴中郎〇南單于以		至吏民尙書左丞奏聞	
命于左中郎〇郭儀作策	3.5/19/9	下	7.3/37/11	報可	15.1/82/5
賜公驃騎〇軍臨晉侯印		〇卒良猛	7.3/37/22	諸營校尉〇大夫以下亦	
綬	3.5/19/9	昔段熲良〇	7.3/37/25	爲朝臣	15.1/82/11
〇授上位	3.6/20/4	伯夏即故大〇軍梁商	7.4/40/1	古者有命〇行師	15.1/84/17
上計吏辟大〇軍府	3.7/20/15	〇狂狡之人	7.4/40/2	《我〇》、一章十句	15.1/87/21
謀臣武〇	3.7/20/20	〇立妃王氏爲后	7.4/40/10	〇始即政	15.1/88/5
闞〇命卒	3.7/20/22	是〇有其事	7.4/40/15	帝偪于順烈梁后父大〇	
又遷安南〇軍	3.7/21/2	〇爲國患	7.4/41/26	軍梁冀未得尊其父而	
遣御史中丞鍾繇即拜鎭		明〇軍以申甫之德	8.4/46/3	崩	15.1/92/5
南〇軍	3.7/21/5	建上〇之任	8.4/46/3	大駕、則公卿奉引大〇	
上復遣左中郎〇祝耽授		願明〇軍回謀守慮	8.4/46/17	軍參乘太僕御	15.1/93/6
節	3.7/21/6	故大〇軍愼侯何進	9.1/47/3	漢〇軍樊噲造次所冠	15.1/96/16
及延見武〇文吏	3.7/21/15	〇謂臣何足以任	9.2/47/27		
子授徵拜五官中郎	3.7/21/22	命〇征服	9.4/48/22	**僵 jiāng**	**2**
況乎〇軍牧二州歷二紀	3.7/21/24	左中郎〇臣邑議	9.6/49/8		
猗歟〇軍	3.7/21/27	故羽林郎〇李參遷城門		有〇仆者不道	7.4/42/12
〇軍之來	3.7/22/1	校尉	9.8/50/9	〇沒之日	9.10/51/20
詔五官中郎〇任崇奉冊	4.1/22/26	（詔制）〔制詔〕左中			
季以高（弟）〔第〕爲		郎〇蔡邕	9.9/50/17	**壃 jiāng**	**1**
侍御史諫議大夫侍中		出備郎〇	9.9/50/24		
虎賁中郎〇陳留太守	4.6/27/2	大有陷堅破敵、斬〇搴		相與謳談〇畔	6.1/33/1
日月忽以〇暮	4.6/27/9	旗之功	9.9/51/5		
二〇是臨	4.7/28/3	君人者〇昭德塞違	10.1/52/7	**疆 jiāng**	**17**
〇征〇邁	4.7/28/4	吾〇往乎京邑	11.3/59/14		
帝〇生	5.1/28/16	〇祕奧之不傳	11.7/60/27	撫柔〇垂	1.1/1/6
于是群公諸〇據河、洛		吾〇釋汝	11.8/61/15	羌戎授首于西〇	1.5/4/6
之文	5.1/28/20	且夫地〇震而樞星直	11.8/62/9	（〇）〔强〕禦不能奪	
蓋秦〇李信之後	5.2/29/8	方〇騁馳乎典籍之崇塗		其守	2.5/12/8
孝武大〇軍廣之胄也	5.2/29/8		11.8/62/13	〇土建封	3.4/18/9
還遷度遼〇軍	5.2/29/13	〇謂之迂	11.8/62/17	保乂四〇	3.7/20/22
徵拜〇作大匠、大司農		方〇埽除寇逆	12.3/63/23	承嗣無〇	4.4/25/19
、大鴻臚、大僕射	5.2/29/16	又〇袷于南庭	12.11/65/17	保之無〇	5.1/29/4
後以大〇軍高（弟）		〇受衰職	12.18/66/31	錫茲土〇	5.3/30/19
〔第〕	5.4/31/4	〇何法則	12.18/67/1	惠乃無〇	6.1/33/4
以〇軍事免官	5.4/31/4	德〇無醉	12.20/67/10	我〇斯成	6.1/33/4
遷侍中虎賁中郎〇	5.4/31/5	臣聞國之〇興	13.1/69/24	黃耇無〇	6.6/35/20
荆州〇軍比辟	5.5/31/23	今〇患其流而塞其源	13.3/72/23	奉嗣無〇	9.4/48/21
靈柩〇窆	5.5/32/3	走〇從夫孤焉	13.3/72/26	高皇帝使工祝承致多福	
祖〇作大匠	6.5/34/21	〇何容焉	13.11/74/14	無〇	9.5/49/3
中水侯弟伏波〇軍女	6.5/34/21	若神龍采鱗翼〇舉	14.4/75/17	萬壽無〇	9.7/50/4
無藥不〇	6.6/35/21	吻听〇曙	14.5/76/1	晤衛康之封〇	11.3/58/25
饋供孔〇	6.6/35/27	〇舍爾乖	14.5/76/1	惠垂無〇	12.9/65/3
〇爲憂念	7.2/37/2	歷松岑而〇降	14.9/76/27	長樂無〇	12.26/68/10
通謀中常侍王甫求爲〇	7.3/37/10	〇蕃熾以悠長	14.16/78/10		
詔書遂用爲〔〇〕	7.3/37/10	公卿校尉諸〇不言姓	15.1/82/4		
破鮮卑中郎〇	7.3/37/11	公卿使謁者〇大夫以下			

講 jiǎng	10
築室○誨	2.2/10/7
然猶私存衡門○誨之樂	2.5/12/3
退而○誨	2.8/14/15
徵入勸○	3.1/15/18
朝夕○誨	3.7/21/12
是非○論而已哉	8.4/46/13
戰士○銳	11.8/61/17
君子以朋友○習而正人	13.3/72/9
託歡娛以○事	14.14/77/27
師祭○武類禡之所歌也	
	15.1/88/10

匠 jiàng	4
自將作大○徵	1.1/2/13
被詔書爲將作大○	1.6/4/20
徵拜將作大○、大司農	
、大鴻臚、大僕射	5.2/29/16
祖將作大○	6.5/34/21

降 jiàng	46
自王公以○	1.7/5/10
若稱子則○等多矣	1.7/6/13
○茲（殘）〔篤〕殃	1.9/7/20
○年不永	2.1/9/9
吐符○神	2.3/11/7
而卒不○身	2.5/12/5
居高而志○	3.2/16/17
乃華○神	3.2/16/28
天○純嘏	3.3/17/22
陟○盈虧	4.1/23/4
雖幼賤○等	4.2/23/26
山岳○靈	4.4/25/13
亦○于漢	4.5/26/19
登封○禪	5.1/29/3
○生我哲	5.2/30/1
○生不永	6.3/34/1
○此短齡	6.4/34/13
○此殘殃	6.6/35/21
○氣奮勢	7.4/39/10
虹著于天而○施于庭	7.4/39/11
天○災厥咎	7.4/41/1
五福乃○	7.4/41/10
紛○目前	7.4/41/21

叛虜○集	8.1/44/21
○榮于悴	9.2/47/28
升○有數	10.1/52/8
書有陰陽升○	10.2/54/20
○神有周	11.1/57/9
○虎牢之曲陰兮	11.3/58/26
迴峭峻以○阻兮	11.3/58/28
率陵阿以登○兮	11.3/59/11
于斯已○	11.8/61/16
于是公子仰首○階	11.8/62/22
即○甘雨	12.1/63/1
○拜屏著	12.4/63/30
既不○志	12.5/64/8
休徵乃○	12.10/65/8
祥瑞畢○	12.12/65/21
○之休瑞	12.12/65/24
○生靈獸	12.15/66/15
哲人○鑒	12.22/67/19
臣聞天○災異	13.1/69/5
自此以○	13.3/72/11
歷松岑而將○	14.9/76/27
白露淒其夜○	14.17/78/15
○大夫二也	15.1/84/7

絳 jiàng	3
其後有人著○冠大衣	1.10/8/4
被○衣	1.10/8/17
協德魏○	5.2/29/13

醬 jiàng	1
執○而饋	15.1/82/28

交 jiāo	42
州郡○請	1.6/4/16
○不諂上	2.3/10/19
○○黃鳥	2.3/11/8
徵辟○至	2.4/11/16
德○而形	2.6/13/1
篤信○友	2.8/14/18
休命○集	2.9/15/3
太和○薄	3.3/17/17
齊晉○爭	3.6/19/21
○揚益州	3.7/21/1
并督○揚二州	3.7/21/7

○州殊遠	3.7/21/8
江湖○壤	3.7/22/2
○阯都尉之元子也	4.1/22/10
官至○阯都尉	4.2/23/10
天人○格	5.2/29/18
○阯都尉之孫	5.4/30/24
	5.5/31/22
州郡○辟皆不就	5.4/31/4
宜以潔靜○神明	7.1/36/9
論者疑太尉張顥與○貫	
爲玉所進	7.4/42/4
○饗祖廟	8.1/44/13
經典○至	8.4/46/11
九月十月之○	10.2/55/29
不○當世	11.8/61/3
結○以信	12.3/63/20
度終始而後○	12.6/64/12
乾坤○泰	12.25/68/3
是以古之○者	13.3/72/9
惡朋黨而絕○游者有之	
	13.3/72/12
其論○也	13.3/72/12
是以君子愼人所以○己	
	13.3/72/13
審己所以○人	13.3/72/13
子夏之門人問○于子張	
	13.3/72/20
然則以○誨也	13.3/72/21
○游以方	13.3/72/22
使○可廢則黍其怨矣	13.3/72/25
斷○者貞而孤	13.3/72/26
瞰洞庭之○會	14.1/74/28
夜託夢以○靈	14.3/75/13
怠政外○曰攜	15.1/97/4

郊 jiāo	20
考翼佐世祖匡復○廟	2.8/14/11
殯于虞○	4.5/26/10
迎氣東○	7.1/36/5
○祀法駕	7.4/41/5
青兗之○	8.3/45/25
○高宗	12.11/65/16
迎氣五○	13.1/69/8
天子以四立及季夏之節	
迎五帝于○	13.1/69/15
竊見南○齋戒	13.1/69/17

豈南○卑而它祀尊哉	13.1/69/18	鷦 jiāo	1	命衆儒考○	8.1/44/14
○祀天地之所歌也	15.1/87/21			臣伏見護羌○尉皇甫規	8.3/45/23
正月上丁祠南○	15.1/91/10	且○鷦巢林	9.9/51/9	僕射允、故司隸○尉河	
次北○明堂	15.1/91/10			南尹某、尙書張熹	9.2/47/25
侍祠○廟	15.1/92/18	狡 jiāo	2	太僕王舜、中壘○尉劉	
北○明堂	15.1/93/10			歆據經傳義	9.6/49/11
樂祠天地五○	15.1/94/14	將狂○之人	7.4/40/2	故羽林郎將李參遷城門	
○天地、祠宗廟、祀明		于季冬之○兔	14.8/76/18	○尉	9.8/50/9
堂則冠之	15.1/94/19			簡忽○讎不謹之愆	9.8/50/12
大樂○社祝舞者冠建華	15.1/95/2	矯 jiāo	8	輸作左○	11.2/57/24
迎氣五○舞者所冠	15.1/95/2			考○連年	11.2/57/31
天地五○、明堂月令舞		○枉董直	1.8/6/27	使史籍所闕、胡廣所○	11.2/58/3
者服之	15.1/96/4	隱括足以○時	2.1/8/28	夫司隸○尉、諸州刺史	
		足以威暴○邪	2.2/9/18	所以督察姦枉、分別	
蛟 jiāo	1	○○虎臣	10.1/53/8	白黑者也	13.1/70/1
		趨其是而○其非	11.8/61/4	不可考○	13.2/71/23
○龍集以嬉遊	14.1/74/25	各從其行而○之	13.3/72/21	故城門○尉梁伯喜、南	
		與其不獲已而○時也	13.3/72/26	郡太守馬季長	13.5/73/14
焦 jiāo	6			公卿○尉	15.1/82/1
		皭 jiāo	2	公卿○尉諸將不言姓	15.1/82/4
草萊○枯	6.1/32/20			諸營○尉將大夫以下亦	
四海必爲之○枯	7.3/38/11	苟不○述	1.6/4/26	爲朝臣	15.1/82/11
朝廷○心	7.4/41/13	○然不污	8.3/45/24	三代學○之別名	15.1/88/27
少汁則○而不可熟	8.4/46/15			夏曰○	15.1/88/27
憂怖○灼	11.2/57/26	叫 jiāo	1	巡狩○獵還	15.1/92/22
猗歟○君	12.18/66/30				
		于是孝子長○	6.6/35/22	教 jiāo	38
椒 jiāo	1				
		校 jiāo	31	敷○中夏	1.1/1/6
時有○房貴戚之託	1.1/1/20			敷○四畿	1.6/5/1
		以詔書考司隸○尉趙祁		○以忠德	1.7/5/15
僬 jiāo	1	事	1.1/1/23	善誘能○	2.1/9/8
		頻歷鄉○	3.2/17/1	示世作○	2.2/10/9
○僥之後	11.4/59/25	越騎○尉	3.3/17/13	○敦不肅	2.3/10/18
		乃以越騎○尉援侍華光		是訓是○	2.5/12/17
驕 jiāo	8	之內	3.4/18/7	世篤儒○	3.1/15/16
		○材考行	6.3/33/25	其○人善誘	3.4/18/7
夫○吝之○	3.2/16/17	故護烏桓○尉夏育出征		匪師不○	3.4/18/15
○盈僭差	3.6/20/1	鮮卑	7.2/36/18	命公作司徒而敬敷五○	3.5/19/2
匪惟○之	4.7/28/2	護烏桓○尉育上言	7.3/37/8	以《魯詩》○授	3.6/19/24
○吝不萌于內	5.4/31/2	時故護羌○尉田晏以他		潛樂○思	3.6/20/8
順而不○	6.3/33/24	論刑	7.3/37/9	○令溫雅	3.7/21/15
喜不○盈	6.4/34/13	○往來之數哉	7.3/38/10	凡聖哲之遺○	4.2/23/11
童子無○逸之尤	6.5/34/26	言其莫敢○也	7.3/38/14	昭敷五○	4.2/23/16
富貴不○乎貧賤	13.3/72/15	司隸○尉岑初考彥時	7.4/42/2	○誨嚴肅	4.7/28/2
		長水○尉趙玄、屯騎○		憲天心以○育	5.2/29/16
		尉蓋升	7.4/42/7	四禮之○	6.5/34/23

辭稱伯夏○我上殿	7.4/39/22	○遂不至	2.3/10/22	其官人○有明文	10.2/54/30
而稱伯夏○入殿裏	7.4/40/1	○舉首曰	2.3/10/23	○《三統》〔法〕〔說〕	
（哉）〔裁〕取典計○		季方、元方○命世希有	2.4/11/17	也	10.2/55/5
者一人綴之	7.4/42/2	○病不就	2.5/12/6	○去十五日	10.2/55/10
而德○被于萬國	8.1/44/20	高祖、祖父○豫章太守		○以日行爲本	10.2/56/4
顯○幼誨稺之學	10.1/51/31	潁陰令	2.6/12/24	陰陽○使不干其類	10.2/56/6
故爲大○之宮	10.1/52/1	前後四辟○不就	2.7/13/27	其類○如此	10.2/56/15
政○之所由生	10.1/52/2	○如其舊	3.7/20/24	○順五行者也	10.2/56/18
所以明大○也	10.1/52/9	○來請之	3.7/21/8	今○以爲「更」矣	10.2/56/31
師氏○以三德守王門	10.1/52/22	○早即世	4.6/27/2	其餘○妾	10.2/57/2
保氏○以六藝守王闈	10.1/52/23	室中○明	5.1/28/17	○當撰錄	11.2/57/30
知掌○國子與《易傳》		州郡交辟○不就	5.4/31/4	其難者○以付臣	11.2/57/30
保傅	10.1/52/24	○此道也	6.1/32/19	○得形象	11.4/59/28
言○學始于養老	10.1/52/26	古○有喪	6.6/35/26	○帝者之大業	13.1/69/16
所以諸侯之德也	10.1/53/2	○還治其國	7.2/36/28	餘○枉撓	13.1/70/2
所以諸侯之孝也	10.1/53/9	○社稷之臣	7.3/37/17	亦復隨輩○見拜擢	13.1/70/15
故能○不肅而化成	12.4/63/28	○皇極道失	7.4/39/23	○當以惠利爲績	13.1/70/19
所以○人也	13.1/69/6	○以罪受戮	7.4/40/2	可○斷絕	13.1/70/22
非以爲○化、取士之本		○貌之失也	7.4/40/9	○屈情從制	13.1/70/25
	13.1/70/12	○有失政	7.4/40/27	各家術○當有效于其當	
至于仲尼之正○	13.3/72/22	○各括囊迷國	7.4/41/13	時	13.2/71/6
○民耕農	15.1/86/1	○亡國之怪也	7.4/41/17	《元命苞》、《乾鑿度》	
		○婦人干政之所致也	7.4/41/22	○以爲開闢至獲麟二	
較 jiào	**1**	○非結恨之本	7.5/43/13	百七十六萬歲	13.2/71/15
		辭驗○合	8.2/45/7	姦臣盜賊○元之咎	13.2/72/2
○五輅	12.10/65/11	孝元皇帝○以功德茂盛	9.6/49/9	與其彼農○黍	13.3/72/24
		○宜省去	9.6/49/23	○銘乎鼎	13.4/73/8
噭 jiào	**2**	其正中○曰太廟	10.1/51/30	皇帝、皇、王后、帝○	
		魯太廟○明堂也	10.1/52/9	君也	15.1/79/14
○○青衣	14.5/76/2	○所以昭文王、周公之		及群臣士庶相與言曰殿	
		德	10.1/52/15	下、閣下、〔足下〕	
徼 jiào	**3**	○習于東序	10.1/52/27	、〔侍者〕、執事之	
		○小樂正詔之于東序	10.1/52/27	屬○此類也	15.1/80/7
不○許以干時	2.3/10/17	然則詔學○在東序	10.1/52/28	所奏事處○爲宮	15.1/80/16
使越人蒙死○幸	7.3/38/14	○在明堂辟雍之內	10.1/53/3	民○以金玉爲印	15.1/80/25
○外絕國	8.1/44/22	凡此○明堂太室、辟雍		○非其所當得而得之	15.1/81/2
		太學事通文合之義也		○曰御	15.1/81/5
皆 jiē	**132**		10.1/53/12	親愛者○曰幸	15.1/81/5
		戶○外設而不閉	10.1/53/16	遠近○置封	15.1/81/14
○此類也	1.1/2/4	凡此○合于大曆唐政	10.1/53/29	世○名此爲策書	15.1/81/21
公○以自克遜位	1.1/2/14	○非也	10.1/54/9	凡章表○啓封	15.1/82/6
○公府〔所〕特表送	1.1/2/21	○用意傳	10.2/54/14	群臣上書○言昧死言	15.1/82/10
○用配號	1.7/5/10	《周官》〔左傳〕○實		○取首妻男女完具者	15.1/82/27
○諸侯之臣也	1.7/6/5	與《禮記》通等而不		宗廟、社稷○在庫門之	
此○天子大夫得稱	1.7/6/8	爲徵驗	10.2/54/15	內、雉門之外	15.1/84/2
異國之人稱之○然	1.7/6/11	官名、百職○《周官》		○月祭之　15.1/84/3, 15.1/84/4	
○以疾辭	2.1/9/2	解	10.2/54/29	及庶人○無廟	15.1/84/9

進御幘○	9.7/49/31	軍侯王甫	7.4/39/2	敢用○牲	9.4/48/25
猶以○心	11.2/58/3	得以盡○王室	7.5/43/23	治身則伯夷之○也	12.2/63/8
緣增崖而○蓥	11.3/59/2	仗○舉麾	8.3/45/26	明○鮮于白珪	12.3/63/19
玄雲黯以凝○兮	11.3/59/10	而○之以禮度	8.4/46/10	則思其心之○也	13.11/74/14
爰○蹤而迴軌兮	11.3/59/19	興秩○	10.1/52/25	《關雎》之○	14.5/75/26
○交以信	12.3/63/20	雨水爲二月○	10.2/55/5	示其○也	15.1/84/1
遂使群下○口	13.1/69/30	小暑、季夏○也	10.2/55/9		
○軌下車	14.2/75/7	《令》不以曆○言	10.2/55/10	**解** jiě	13
愛獨○而未幷	14.3/75/13	不以○言	10.2/55/11		
		至夏○太陽行太陽	10.2/56/7	○印綬去	1.1/1/22
絜 jié	1	天子以四立及季夏之○		即○綬去	2.2/9/24
		迎五帝于郊	13.1/69/15	○帷組佩之	7.4/39/25
辭隆從窊、○操也	12.7/64/16	孤有《羔羊》之○	13.3/72/26	以○《易傳》所載小人	
		不爲窮達易○	13.7/73/24	在位之咎	7.4/42/8
詰 jié	1	舞者亂○而忘形	14.11/77/7	上○國家播越之危	9.1/47/7
		因本心以誕○兮	14.16/78/9	官名、百職皆《周官》	
研桑不能數其○屈	11.6/60/15	以○觀者	15.1/89/1	○	10.2/54/29
		高祖舂陵○侯曰皇高祖	15.1/92/2	上下瓦○	11.8/61/17
節 jié	41			○體而升	12.8/64/23
		碣 jié	1	雖有○除	13.1/69/9
公不折○	1.1/1/22			以○《易傳》政悖德隱	
以盡爲臣之○	1.4/3/23	振驚渤○	8.1/44/9	之言	13.1/69/27
臨大○而不可奪之風	1.6/4/15			衆庶○悅	13.1/69/31
立○忠亮	1.8/7/5	**竭** jié	7	追尊父○犢侯曰孝仁皇	15.1/92/7
若乃砥○礪行	2.1/8/27			麋鹿○角	15.1/93/1
儉○溢于監司	2.2/9/23	敢○不才	3.4/18/13		
有烈○矣	2.7/13/15	○歡致敬	4.6/26/27	**介** jiè	12
未嘗屈○	2.7/13/19	昔謀臣○精	7.3/37/16		
晚○禁寬	2.7/13/25	帑藏空○	7.3/37/18	鱗○之宗龜龍也	2.1/8/30
是則君之所以立○明行	2.7/13/28	當○肝膽從事	9.3/48/15	○操所在	2.7/13/18
貞○先生	2.7/14/2	汪汪焉酌之則不○	12.5/64/5	潔耿○于丘園	2.9/15/4
於顯貞○	2.7/14/3	所以○心親奉	13.1/69/18	鉦車○士	3.2/16/10
○文曲備	2.8/14/20			受茲○福	3.2/16/28、3.3/17/23
字叔○	3.1/15/14	**截** jié	2		4.5/26/3
皇帝遣中謁者陳遂、侍				受茲○祜	4.1/23/3
御史馬助持○送柩	3.2/16/9	小有馘○首級、履傷涉		篤受○祉	4.2/23/29
晚○爲廷尉	3.2/16/23	血之難	9.9/51/5	其外則○之夷狄	7.3/38/9
姦宄改○	3.7/20/16	○臣首領	11.2/57/21	○損永安	7.4/41/2
上復遣左中郎將祝耽授				而竝以書疏小文一○之	
○	3.7/21/6	**潔** jié	12	技	7.4/42/20
以立臣○	4.5/25/24				
儀○孔備	4.7/27/18	志高行○	2.7/13/15	**戒** jiè	33
孤顯儉○	4.7/27/20	可謂純○皓素	2.8/14/17		
萃忠清之○	5.2/29/10	○耿介于丘園	2.9/15/4	懲○群下	1.1/2/17
損用○財以贍疏族	6.2/33/11	四時○祠	3.2/17/3	昔仲尼嘗垂三○而公克	
夙有奇○	6.3/33/24	不在齋○之處	7.1/36/9	焉	3.1/16/1
中常侍育陽侯曹○、冠		宜以○静交神明	7.1/36/9	要言約○忠儉而已	3.2/16/26

○宜改　　　　　　　15.1/80/21
○之里社是也　　　　15.1/84/25
從高祖乙未至○壬子歲 15.1/90/2
○上即位　　15.1/90/8,15.1/92/7
故○陵上稱寢殿　　　15.1/90/23
○洛陽諸陵　　　　　15.1/91/5
故○獨以爲正月、十月
　朔朝也　　　　　　15.1/92/27
○二千石亦然　　　　15.1/94/1
○也純儉　　　　　　15.1/94/14
如○半幘而已　　　　15.1/95/8
○謁者服之　　　　　15.1/95/13
○御史廷尉監平服之　15.1/95/19
○冠兩角　　　　　　15.1/95/20
○謂之大冠　　　　　15.1/95/22
○以銅爲珠　　　　　15.1/96/3
○者不用　　　　　　15.1/96/10

斤 jīn　　　　　　　　2

下有堂宇○○之祚　　4.5/26/5

金 jīn　　　　　　　45

○鼓霆奮　　　　　　1.5/4/6
奮○鈴　　　　　　　1.10/8/15
佩紆○紫　　　　　　2.3/10/22
告哀○石　　　　　　2.4/11/22
勒銘○石　　　　　　2.6/13/9
實掌○穀之淵藪　　　4.2/23/16
元女○盈　　　　　　4.6/27/5
刊銘○石　　　　　　5.3/30/20
刊名○石　　　　　　6.2/33/17
善○良鐵　　　　　　7.3/37/24
詣○商門　　　　　　7.4/39/1
召○商門　　　　　　7.4/39/7
召詣○商門　　　　　7.5/43/16
命服○紫　　　　　　9.9/50/25
退省○龜紫綬之飾　　9.9/50/31
火勝○　　　　　　　10.2/56/21
秋○王　　　　　　　10.2/56/23
○勝木　　　　　　　10.2/56/23
荻爲○　　　　　　　10.2/56/25
或畫一策而縮萬○　　11.8/61/18
周廟○人緘口以慎　　13.4/73/3
莫不朽于○石故也　　13.4/73/9
○生砂礫　　　　　　14.5/75/23

民皆以○玉爲印　　　15.1/80/25
貴人絹綬○印　　　　15.1/83/18
于是命方相氏黄○四目 15.1/86/9
土生○　　15.1/89/18,15.1/89/21
少昊氏以○德繼之　　15.1/89/19
○生水　　15.1/89/19,15.1/89/21
故夏禹氏以○德繼之　15.1/89/21
少昊爲○天氏　　　　15.1/89/24
唯河南尹執○吾洛陽令
　奉引侍中參乘奉車郎
　御屬車三十六乘　　15.1/93/9
法駕、上所乘曰○根車
　　　　　　　　　　15.1/93/14
凡乘輿車皆羽蓋○華瓜
　　　　　　　　　　15.1/93/19
○鑁方釳　　　　　　15.1/93/19
○鑁者、馬冠也　　　15.1/93/23
○鑁形如緹　　　　　15.1/93/27
後有○鉦黃鉞黃門鼓車 15.1/94/4
建○根、耕根諸御車　15.1/94/7
○根箱輪皆以○鏄正黄 15.1/94/7
兩臂前後刻○　　　　15.1/94/8
侍中、中常侍加黄○　15.1/95/23

矜 jīn　　　　　　　　2

夫人乃自○精稟氣　　4.7/27/22
載○載憐　　　　　　4.7/28/1

津 jīn　　　　　　　　1

卓聞乖輿已趣河○　　9.1/47/7

筋 jīn　　　　　　　　2

○絕骨破　　　　　　9.3/48/15
弓父畢精于○角　　　11.8/62/20

襟 jīn　　　　　　　　1

以公長于○帶　　　　1.1/2/12

饉 jīn　　　　　　　　4

又值○荒　　　　　　1.1/2/1
年○民匱　　　　　　1.8/7/1
饑○困悴　　　　　　6.1/33/3

連年○荒　　　　　　7.2/36/18

僅 jīn　　　　　　　　1

然後○得寧息　　　　7.3/37/20

錦 jīn　　　　　　　　1

采若○繢　　　　　　14.14/77/28

謹 jīn　　　　　　　18

○覽陳生之議　　　　1.7/5/14
○別狀上　　　　　　7.4/39/8
○禮事　　　　　　　7.4/40/28
○陳狀　　8.2/45/15,9.1/47/12
臣等○案《漢書》高祖
　受命不卓者　　　　9.1/47/11
臣○案禮制〔天子〕七
　廟、三昭、三穆、與
　太祖七　　　　　　9.6/49/17
○奉（生）〔牛一〕頭 9.7/50/1
簡忽校讎不○之愆　　9.8/50/12
○奉章詣闕　　　　　9.10/51/20
○承天順時之令　　　10.1/51/30
○門閭　　　　　　　10.2/55/20
今日○門閭　　　　　10.2/55/20
（輒）〔○〕先顛踣　11.2/58/7
（○）〔科〕條諸志　11.2/58/8
○因臨戎長霍圉封上　11.2/58/12
○上《岱宗頌》一篇　12.10/65/8
○條宜所施行七事表左
　　　　　　　　　　13.1/69/13

近 jìn　　　　　　　33

以朝廷在藩國時鄰○舊
　恩　　　　　　　　1.1/2/15
遠○豫震　　　　　　1.6/4/25
遠○會葬　　　　　　2.3/11/5
以爲遠○鮮能及之　　2.3/11/5
○侍顯尊　　　　　　4.5/26/3
致于○祖　　　　　　4.5/26/19
遠○鱗集　　　　　　5.5/32/1
○者不旋　　　　　　6.5/35/5
乃欲張設○期　　　　7.3/37/27
○在署寺　　　　　　7.4/41/21

○者不治	7.4/42/5
○者每以辟召不愼	7.4/42/20
左右○臣亦宜戮力從化	7.4/43/2
○者三歲	7.5/43/12
內及寵○	7.5/43/17
不阿○戚	8.1/44/19
歸○之變	8.4/46/4
○臣幸臣一人之封	9.1/47/9
宜以當時所施行度密○	
者	10.2/55/2
○似卜筮之術	10.2/56/26
○而察之	11.7/60/25
乞助乎○貴之譽	11.8/62/5
○夫小戒也	12.24/67/28
而○者以來	13.1/69/19
○有效于三光	13.2/71/24
○世以來	13.4/73/9
○者歲餘	13.5/73/14
其在○也	14.4/75/17
天子必有○臣	15.1/80/5
親○侍從官稱曰大家	15.1/80/18
○臣則言官具言姓名	15.1/81/13
遠○皆璽封	15.1/81/14
謂○明堂也	15.1/84/1

浸 jìn　　　8

精微微以○衰	4.7/28/4
清流○潤	6.1/32/27
威權○移	7.4/39/17
事必積○	7.4/41/25
○以不振	9.1/47/3
練予心兮○太清	11.8/62/22
○潤下民	12.8/64/21
夫豈后德熙隆漸○之所	
通也	12.12/65/21

晉 jìn　　　12

衞鼎○銘	2.4/11/13
有士會者爲○大夫	2.7/13/13
○唐叔之后也	3.1/15/14
臨○是侯	3.2/17/3
封侯于臨○	3.5/19/8
賜公驃騎將軍臨○侯印	
綬	3.5/19/9
齊○交爭	3.6/19/21

《左氏傳》○程鄭爲乘	
馬御	10.2/55/25
哀○鄙之無辜兮	11.3/58/24
城濮捷而○凱入	11.8/61/29
○、魏顆獲杜回于輔氏	13.4/73/8
楚莊○妃	14.5/75/27

進 jìn　　　57

特○潁陽侯梁不疑爲河	
南尹	1.1/1/21
簿書有○入之嬴	1.5/4/5
○思盡忠	1.7/5/16
饋饟○	1.10/8/17
義則○之以達道	2.2/9/21
道行斯○	2.2/10/10
○退可度	2.3/10/17,3.6/20/2
○非其時	2.5/12/7
亟從仕○	2.7/13/16
特○大鴻臚	2.8/14/16
及爲特○	3.2/16/24
○授《尚書》于禁中	3.3/17/13
應位特○	3.3/17/17
于是門生大將軍何○等	3.4/18/10
兼號特○	3.5/19/9
位此特○	3.5/19/14
○聖擢偉	3.6/19/27
俾位特○	4.1/22/18
復以特○	4.1/22/18
○作太尉	4.2/23/17
乃爲特○	4.2/23/19
又以特○	4.2/23/21
○作卿士	4.2/24/5
再作特○	4.2/24/6
司徒、特○各二	4.3/24/24
踐殊號于特○	4.3/25/3
○睹墳堅	4.3/25/6
登位特○	4.4/25/17
授任○衞	4.7/27/21
○退以方	5.4/31/15
獨有以色見○	7.4/39/16
○淸仁	7.4/41/2
論者疑太尉張顯與交貫	
爲玉所○	7.4/42/4
○退錮之十年	8.1/44/16
（○）〔追〕閒前勳	8.3/45/26
故大將軍愼侯何○	9.1/47/3

退顯于○	9.2/47/28
求退得○	9.3/48/6
○御幘結	9.7/49/31
○察憲臺	9.9/50/22
巍巍特○	11.1/57/11
乘馬蟠而不○兮	11.3/58/22
其○取也	11.8/61/31
遲速○退	13.2/71/11
先○博學	14.18/78/20
所○曰「御」	15.1/79/11
御者、○也	15.1/81/4
群臣○戒嗣王之所歌也	15.1/88/6
賜位特○	15.1/92/17
乃○璧	15.1/92/26
公侯冠○賢冠	15.1/94/22
天子、公卿、特○朝侯	
祀天地明堂皆冠平冕	
	15.1/94/23
始○幘服之	15.1/95/8
冠○賢者宜長耳	15.1/95/9
○賢冠、文官服之	15.1/95/16
珠冕、爵弁收、通天冠	
、○賢冠、長冠、緇	
布冠、委貌冠、皮弁	
、惠文冠	15.1/96/21

禁 jìn　　　33

○錮終身	1.1/2/17
以就○錮	2.2/9/26
○錮二十年	2.3/10/19
用受○錮	2.7/13/24
晚節○寬	2.7/13/25
○既蠲除	2.7/13/26
進授《尚書》于○中	3.3/17/13
軍門祛○	3.5/18/28
督齊○旅	3.7/22/1
故○不用刑	4.1/22/15
中○以閑其情	4.7/27/19
○戒允理	5.4/31/16
莫能○討	7.2/36/20
十一州有○	7.2/36/22
愚以爲三互之○	7.2/36/24
○之薄者	7.2/36/24
申明○令	7.2/36/25
苟避輕微之科○	7.2/37/1
願陛下少蠲○忌	7.2/37/2

禮之至○ 13.1/69/18
忘禮○之大 13.1/69/20
凡樹社者、欲令萬民加
　肅○也 15.1/85/25
使人望見則加畏○也 15.1/85/29
《○之》、一章十二句 15.1/88/6
孝順曰○宗 15.1/91/4
順帝爲○宗 15.1/91/17
章帝宋貴人曰○隱后 15.1/91/19
祖父河間○王曰孝元皇 15.1/92/8
夙興夜寐曰○ 15.1/96/28

境 jìng 3

出次北○ 3.7/20/20
當越○取能 7.2/37/1
經圃田而瞰北○兮 11.3/58/25

靜 jìng 23

檢于○息 1.1/2/12
○其方隅 1.8/7/1
○躬祈福即獲祚 1.10/8/7
○斯可效 2.2/9/19
閑心○居 2.3/10/20
沈○微密 2.5/11/28
乃托疾杜門○居 2.5/12/7
安○守約 2.6/12/26
守此玄○ 2.6/13/8
閉門○居 2.7/13/24
六年守○ 3.1/15/19
特以其○則眞一審固 3.2/16/13
密○周乎樞機 4.2/23/12
○而不滯 4.3/24/14
沈○寡欲 6.2/33/13
宜以潔○交神明 7.1/36/9
國不○ 7.4/40/13
○以俟命 11.8/62/17
仗沖○以臨民 12.3/63/22
綏擾以○ 12.3/63/23
則當○反動 13.1/69/10
殤帝康陵、沖帝懷陵、
　質帝○陵是也 15.1/91/18
志欲○ 15.1/93/1

鏡 jìng 1

賜石○奩 9.3/48/9

競 jìng 7

無○伊人 3.2/16/14,12.12/65/26
可謂無○伊人 5.4/31/2
與危殆○ 10.2/54/23
後乘驅而（○）〔兢〕
　入 11.3/59/15
而諸生○利 13.1/70/13
《執○》、一章十四句
　15.1/87/23

坰 jiōng 1

繞于垣○ 12.16/66/20

窘 jiǒng 1

○陰雨兮 11.3/59/20

熲 jiǒng 2

昔段○良將 7.3/37/25
未能過○ 7.3/37/26

究 jiū 3

曾未足以喻其高、○其
　深也 2.5/12/11
○其條貫 3.4/18/4
不得○竟 11.2/58/3

糺 jiū 2

乃○合同僚 3.3/17/19
○合朋徒 3.4/18/11

糾 jiū 7

公○發臧罪 1.1/1/19
○戢貴黨 1.7/5/22
非復發○姦伏、補益國
　家者也 7.5/43/22
○增舊科之罰 8.1/44/16
○忠諫其侵急 11.3/59/16
憙等所○ 13.1/70/2
○舉非法 13.1/70/6

鳩 jiū 1

鶻○鷂兮鶉鷃雌 11.4/59/29

九 jiǔ 85

○月乙卯 1.1/1/12
自○列之後 1.1/2/21
兼資○德 2.3/10/15
洪範○疇 2.3/11/1
備○德 2.5/12/12
《三墳》、《五典》、
　《八索》、《○丘》 2.6/12/27
○舉賢良方正 2.6/13/2
○族中表 2.7/13/24
敦睦○族 2.8/14/18
三年○月甲申 3.2/16/11
四年○月戊申 3.2/16/11
六在○卿三事 3.4/18/9
○命滋恭 3.4/18/10
申備○錫 3.5/19/14
極遺逸于○皋 3.6/19/27
○德咸修 4.1/22/10
五蹈○列 4.1/22/23
嘉（丕）〔庶〕績于○
　有 4.2/23/29
○鼎之義 4.5/26/2
太夫人年○十一 4.5/26/8
不即兆于○疑 4.5/26/10
一莖○穗 5.1/28/17
《周禮》「○職」 6.1/32/16
○土上沃 6.1/32/17
去月二十○日 7.4/39/10
○列之中 7.4/42/5
故有一日○遷 9.2/47/22
已歷○列 9.2/47/25
光武皇帝世在（弟）
　〔第〕○ 9.6/49/18
元帝于今朝○世 9.6/49/19
酒○鍾 9.7/50/1
見○侯及門子 10.1/52/20
明堂○室 10.1/53/5
徑○丈 10.1/53/14

陰陽○六之變也	10.1/53/14
六○之道也	10.1/53/15
○室以象○州	10.1/53/15
以四戶八牖乘○室之數	
也	10.1/53/16
黃鍾○○之實也	10.1/53/17
○月十月之交	10.2/55/29
今年七月○日	11.2/58/4
夫○河盈溢	11.8/62/8
○隩之林澤	12.5/64/4
巖巖○疑	12.8/64/21
遂葬○疑	12.8/64/23
○命車服	12.9/65/2
鶴鳴○皋	12.18/66/30
行之百八十○歲	13.2/71/4
竟己酉、戊子及丁卯部	
六十○歲	13.2/71/16
而光晃以為開闢至獲麟	
二百七十五萬○千八	
百八十六歲	13.2/71/18
至今○十二歲	13.2/72/2
閉關○絃	14.10/77/3
其徵為○卿	15.1/81/13
○卿正履	15.1/82/28
○寸為尺	15.1/83/6
○嬪、夏后氏增以三三	
而○	15.1/83/22
殷人又增三○二十七	15.1/83/23
合三十○人	15.1/83/23
又○○為八十一	15.1/83/23
三夫人、○嬪	15.1/83/24
諸侯一取○女	15.1/83/24
象○州	15.1/83/25
置○農之官如左	15.1/86/1
《絲衣》、一章○句	15.1/88/9
《酌》、一章○句	15.1/88/9
《桓》、一章○句	15.1/88/10
卿諸侯○推	15.1/88/25
左○棘、孤卿大夫位也	15.1/89/8
右○棘、公侯伯子男位	
也	15.1/89/8
一世、二世、三世、四	
世、五世、六世、七	
世、八世、○世、十	
世、十一世、十二世	
、十三世、十四世、	
十五世、十六世	15.1/90/10

故上繼元帝而為○世	15.1/90/16
○世會昌	15.1/90/17
成雖在○	15.1/90/17
位次○卿下	15.1/92/18
前驅有○斿雲罕闟戟皮	
軒鸞旗	15.1/94/3
古者諸侯貳車○乘	15.1/94/4
秦滅○國兼其車服	15.1/94/4
朱綠○旒青玉珠	15.1/94/18
三公○	15.1/94/26
高○寸	15.1/95/12
大珠○枚	15.1/96/3

久 jiǔ　　19

○病自替	1.6/4/22
歷世彌○	1.7/5/11
懼禮廢日○	1.7/6/13
懼墳封彌○	1.9/7/16
羨○榮	1.10/8/14
絕望已○	2.3/10/22
○而後歸	2.7/13/17
機密○缺	5.2/29/14
永○之策也	7.3/37/17
○高不危	7.4/43/3
○（佐）〔在〕煎熬囂	
戴之間	8.4/46/17
非臣所得○忝	9.3/48/5
歷日彌○	9.9/51/1
紛紛○矣	10.2/54/16
○余宿于大梁兮	11.3/58/23
其已○矣	11.8/61/8
去聖○遠	13.2/71/3
善則○要不忘平生之言	
	13.3/72/17
老謂○也、舊也、壽也	
	15.1/82/27

韭 jiǔ　　1

祭春薦○卵	15.1/84/14

酒 jiǔ　　7

為○為醴	6.1/33/5
以受○禮嘉幣之賜	9.3/48/8
明粢醴○	9.4/48/26

○九鍾	9.7/50/1
矇昧嗜○	11.4/59/27
○以成禮	12.20/67/10
○曰清酌	15.1/87/12

咎 jiù　　13

且無○累	2.7/13/26
用免○悔	4.7/27/20、4.7/28/2
呂后甘棄慢書之○	7.3/38/7
天降災厥	7.4/41/1
其○宮室傾妃	7.4/41/8
棄法之○	7.4/41/9
以解《易傳》所載小人	
在位之○	7.4/42/8
錄○在臣不詳省案	9.8/50/10
非己○也	11.8/62/18
姦臣盜賊皆元之○	13.2/72/2
○其稀矣	13.3/72/19
夫遠怨稀○之機	13.3/72/20

疚 jiù　　3

孤嗣紀衛恤在○	2.2/10/3
不為義○	2.8/14/17
勞勞在○	5.5/32/3

柩 jiù　　10

○殯無所	1.1/2/26
發基盜○	1.7/5/22
皇帝遣中謁者陳遂、侍	
御史馬助持節送○	3.2/16/9
具送靈○之資	3.7/21/22
遷靈○而同來	4.7/28/6
神○集而移兮	4.7/28/7
異○在茲兮	4.7/28/8
靈○將窆	5.5/32/3
既殯神○	6.6/35/23
常在○旁	8.2/45/6

救 jiù　　19

屢以○正	1.1/1/24
公開倉廩以貸○其命	1.1/2/2
匡○善導	1.7/5/20
（收）〔○〕文武之將	

墜 2.1/8/29
得○時之便也 7.2/36/28
以○時弊 7.2/37/1
夫卹民○急 7.3/38/18
則其所○也 7.4/39/19
則其○也 7.4/40/4,7.4/40/17,7.4/40/23,7.4/40/29,7.4/41/3,7.4/41/10
拯○怪異 7.5/43/18
下○兆民塗炭之禍 9.1/47/8
詔書馳○一等 11.2/57/24
鴻臚陳君以○雲抵罪 11.3/58/18
時不可○ 12.1/63/3

就 jiù 28

受鞠○刑 1.1/2/7
病不○職 1.1/2/19
以○禁錮 2.2/9/26
遂不屑○ 2.4/11/16
乃俯而○之 2.5/12/2
皆病不○ 2.5/12/6
莫之肯○ 2.6/13/3
前後四辟皆不○ 2.7/13/27
策賜○（弟）〔第〕 4.1/22/18
疾病○（弟）〔第〕 4.1/22/22
致位○（弟）〔第〕 4.2/23/18
州郡交辟皆不○ 5.4/31/4
乃權宜○ 6.4/34/10
上使使○家召張敞爲冀州刺史 7.2/36/27
從東省出○都座東面 7.4/39/2
起○坐 7.4/39/4
便○大業 8.4/46/8
○讓疾病當親察之 8.4/46/17
乞○國土 9.1/47/10
欲○六廟 9.6/49/17
今又總○一堂 9.6/49/23
早智夙○ 9.7/49/30
過被學者聞家○而考之 10.2/54/19
得○平罪 11.2/57/21
命僕夫其○駕兮 11.3/59/13
爾來告○ 12.15/66/15
華蓋○用 12.21/67/15
四時○陵上祭寢而已 15.1/91/5

舅 jiù 4

○偃哀其羸劣 8.2/45/4
○偃誘勸 8.2/45/5
○本以田作爲事 8.2/45/9
元○上卿 9.1/47/4

舊 jiù 55

主者以○典宜先請 1.1/2/2
以朝廷在藩國時鄰近○恩 1.1/2/15
初公爲舍于○里 1.1/2/25
率由○章 1.7/5/12,7.4/41/9
○糲食布衾 1.7/5/25
○兆域之南 1.9/7/13
乃作祠堂于邑中南○陽里 1.9/7/15
聞其僊○矣 1.10/7/26
覺○城 1.10/8/16
立廟○邑 2.2/10/2
○有憲章 2.4/11/21
著于耆○ 2.7/14/2
群公以○德碩儒 3.5/18/26
皆如其○ 3.7/20/24
于是古典○籍必集州閭 3.7/21/14
旋于○土 4.1/22/19
彷徨○土 4.1/22/29
保茲○門 4.1/22/30
還于○都 4.2/23/21
乃還譚其○章 4.3/24/19
率旦奭于○職 4.3/25/2
用遺○居 4.5/26/6
于時濟陽故吏○民、中常侍句陽于肅等二十三人 4.5/26/17
夫人編縣○族章氏之長女也 4.6/26/25
迎柩○土 4.7/27/25
安宅兆于○邦 4.7/28/6
不失○物 5.1/28/22
不替○勳 5.4/30/25
以○奉新 5.5/32/4
上違明王○典 7.4/42/22
奉率○禮 8.1/44/13
糾增○科之罰 8.1/44/16
華髮○德 8.4/46/5
以○典入錄機密事 9.2/47/24
先輩○齒 9.2/47/25
聖朝幸循○職 9.3/48/15
遷都○京 9.4/48/23
宜此○都 9.5/49/3
不知國家○有宗儀 9.6/49/16
違先帝○章 9.6/49/17
稽制禮之○則 9.6/49/24
既至○京 9.9/50/23
略以所有○事與臣 11.2/57/28
歷中牟之○城兮 11.3/58/24
考之○聞 11.3/59/20
同體諸○ 12.9/65/3
爽茲○德 12.18/67/1
述修○事 13.1/69/26
先帝○典未嘗有此 13.1/70/21
與今史官甘石○文錯異 13.2/71/23
貧賤則無棄○之賓矣 13.3/72/13
老謂久也、○也、壽也 15.1/82/27
○說曰 15.1/85/20
○儀三公以下月朝 15.1/92/26

居 jū 47

睹義斯○ 1.1/1/18
燕○從容 1.1/2/22
而○無畜好 1.7/5/25
坿○者往聞而怪之 1.10/8/2
閑心靜○ 2.3/10/20
乃托疾杜門靜○ 2.5/12/7
閉門靜○ 2.7/13/24
○則玩其辭 2.8/14/12
○高而志降 3.2/16/17
公乃因是行退○廬 3.3/17/12
以二千石○官 4.2/23/22
○喪致哀 4.2/23/26
夫人○京師六十有餘載 4.5/26/4
用遺舊○ 4.5/26/6
開宮後殿○之 5.1/28/16
未嘗爲民○者乎 7.3/38/19
天帝命我○此 7.4/39/26
當因其言○位十數年 7.4/42/12
謚法有功安○曰熹 8.1/44/28
無顏以○ 9.2/47/27
何以○之 9.10/51/18

○其所而眾星拱之	10.1/52/2	**疽 jū**	1	動中規○	6.2/33/11
日出○東門	10.1/52/20			動蹈規○	9.7/49/30
王○明堂之禮	10.1/52/21	胸背之癰○也	7.3/38/3	或規旋○折	11.7/60/23
	10.1/52/24			規○極也	14.8/76/22
然則師氏○東門、南門		**俱 jū**	6	陳象應○	14.15/78/3
	10.1/52/23	民有父（字）〔子〕○行	1.1/2/7		
保氏○西門、北門也	10.1/52/23	與體○生	6.4/34/11	**舉 jǔ**	66
皇家赫而天○兮	11.3/59/14	官民○匱	7.3/37/18	刺史周公辟○從事	1.1/1/19
閒○覩古	11.8/61/3	○獻馘焉	10.1/53/8	○孝廉	1.1/1/21,5.2/29/11
○	11.8/61/15	日月○起于天廟營室五		○高（弟）〔第〕	1.1/1/22
歸乎其○	11.8/62/17	度	10.1/53/24		3.1/15/18
○安聞傾	12.22/67/19	○在未位	15.1/85/27	四府○公	1.1/1/26
私○移坐	12.23/67/23			不○文書	1.1/2/8
句陳○中	12.26/68/9	**雎 jū**	1	烽燧不○	1.5/4/7
○處浮湝	12.29/68/23	《關○》之潔	14.5/75/26	○高（弟）〔第〕侍御	
豈謂皇○之曠、臣妾之				史	1.6/4/17
眾哉	13.1/69/22	**鞠 jū**	4	初○孝廉	1.8/6/24
家祖○常言客有三當死	13.9/74/3	○推息于官曹	4.2/23/14	又○有道	2.1/9/2
所○曰「禁中」	15.1/79/10	母氏○育	4.7/28/1	色斯○矣	2.2/9/25
與民族○	15.1/84/25	復聽續○	11.2/57/24	○賢良方正	2.2/9/28,5.4/31/5
其一者○江水	15.1/86/8	周道○爲茂草兮	11.3/59/17		5.5/31/23
其一者○若水	15.1/86/8			略○首目	2.2/9/29
其一者○人宮室樞隅處	15.1/86/9	**鞫 jū**	1	皆○首曰	2.3/10/23
神荼與鬱壘二神○其門		受○就刑	1.1/2/7	州○孝廉	2.5/12/6
	15.1/86/13			九○賢良方正	2.6/13/2
古學以爲人君之○	15.1/90/20	**局 jú**	1	言行○動	2.7/13/19
至秦始皇出寢起○于墓		夫張○陳碁	14.14/77/27	以處士○孝廉	2.7/13/20
側	15.1/90/23			○善不拘階次	2.7/13/22
有起○衣冠象生之備	15.1/90/23	**跼 jú**	1	博士徵○至孝	2.9/15/3
○西都時	15.1/90/24	○而蹐之	11.8/62/7	辟司空○高（弟）〔第〕	
					3.3/17/12
拘 jū	9	**沮 jǔ**	2	公以群公之○	3.3/17/13
爾其無○于俗	1.9/7/14	○溺耦耕	11.8/61/22	泊在辟○	3.5/18/24
舉善不○階次	2.7/13/22	聲嘶嗌以○敗	14.17/78/15	撰○功勳	4.3/25/7
或○限歲年	7.2/36/23			○封樹之禮	4.5/26/14
○官簿	7.2/36/28	**矩 jǔ**	8	寧○茂才葉令、京令爲	
竊見日月○忌	7.2/37/2	竟由厥○	1.6/5/1	議郎	4.6/27/1
無○時月三互	7.2/37/4	允迪聖○	1.9/7/18	罔不畢○	5.1/28/23
不以常制爲限、長幼爲		克光前○	3.5/19/12	郡○孝廉	5.1/28/26,13.1/70/10
○	8.4/46/14			事不再○	6.3/33/23
○迫國憲	9.9/50/30			麋神不○	6.6/35/21
○信小故	13.1/69/20			○賢良而寵祿之	7.4/40/4
				〔命臣下〕超取選○	7.4/42/21
苴 jū	1			大小無不○	8.1/44/6
○以白茅授之	15.1/92/11			屢○方直	8.1/44/15
				○張敞于亡命	8.3/45/22

于是故臣○淪休伐	3.7/21/23	雲消席○	8.4/46/5	犬牙而無○	10.2/56/23
尙生畏○	7.2/36/25	合成二百一十二○	9.3/48/9	或長邪○趣	11.7/60/23
朝廷以災異憂○	7.4/39/3	鐵爲○梁	15.1/95/12	弓父畢精于筋○	11.8/62/20
聞災恐○	7.4/41/13	以纒裏鐵柱○	15.1/95/19	皇矣大○	12.15/66/15
憂○自危	7.4/42/16	建華冠、以鐵爲柱○貫	15.1/96/3	動○揚徽	14.15/78/3
以示憂○	7.4/42/18			麋鹿解○	15.1/93/1
怔營喜○	9.9/50/20	**倦 juàn**	**1**	蓋一○	15.1/95/20
震○益甚	9.9/51/1			今冠兩○	15.1/95/20
百官于是乎戒○而不敢		誨而不○	2.6/13/1		
易紀律	10.1/52/8			**崛 jué**	**1**
○顚蹶隕墜	10.2/54/20	**睠 juàn**	**2**		
曾不鑒禍以知畏○	11.8/62/6			往往○出	2.8/14/10
○煙炎之毀燔	11.8/62/9	○然南顧	3.7/22/1		
則人主恆懼○而修政	12.24/67/29	皇天乃○	5.1/28/24	**厥 jué**	**31**
豈有伏罪○考	13.1/70/21				
		嗟 juē	**17**	祗○勳庸	1.1/1/7
捐 juān	**2**			公亦克紹○猷	1.2/3/6
		○爾來世	2.1/9/10, 2.9/15/8	公允迪○德	1.3/3/13
○棄朔野	9.9/50/21	莫不容○	2.3/10/26	都愼○身脩思永	1.3/3/14
委國○爵	12.1/63/2	○我懷矣	2.4/11/22	竟由○矩	1.6/5/1
		○乎隕殁	2.6/13/8	以休○神	1.10/8/6
悁 juān	**1**	○乎	3.2/16/19	乃尋○根	2.1/9/7
		○母氏之憂患	4.6/27/8	○初生民	2.5/12/14
邑誅竊○悒	8.4/46/16	○既逝之益遠	4.6/27/14	天淑○命	2.8/14/24
		海內容○	5.2/29/20	○迹邈哉	5.1/28/25
鐫 juān	**4**	○哉明哲	5.4/31/13	以差○中	7.2/37/4
		○我行人	5.5/32/4	用敷錫○庶民	7.4/40/5
乃樹碑○石	2.4/11/19	○其傷矣	6.3/34/2	惟時○庶民于汝極	7.4/40/5
○勒墓石	3.7/22/3	○童孺之夭逝兮	6.4/34/14	天降災○咎	7.4/41/1
○著堅珉	4.6/27/6	吁○上天	6.5/35/5	○初作合	8.1/44/7
○紀斯石	5.2/30/3	○其哀矣	6.6/35/26	允求○中	8.1/44/19
		（嗟求）〔○懷〕煩以		以求○中	9.6/49/16
蠲 juān	**5**	愁悲	14.6/76/8	鍾○純懿	11.1/57/11
		○夭折以摧傷	14.16/78/10	○事舉兮	11.3/59/20
大忌○除	2.2/9/28			劣○僂裹	11.4/59/27
禁既○除	2.7/13/26	**決 jué**	**4**	○用既行	11.7/60/21
願陛下少○禁忌	7.2/37/2			必愼○尤	11.8/62/7
○正憲法六千餘事	8.1/44/14	勇○不回	1.1/2/22	顯允○德	12.4/63/30
○彼繁文	11.7/60/21	無○泉達	6.3/33/25	○德孔貞	12.5/64/7
		○毀譽	7.4/39/18	實賴○勛	12.8/64/22
卷 juàn	**9**	臣初○罪	11.2/57/23	聿修○德	12.10/65/11
				○中月之六辰	12.10/65/12
清風席○	1.1/1/26	**角 jué**	**12**	○徵伊何	12.12/65/27
劉○卒	1.7/6/6			懋勖○心	12.20/67/11
劉○者何	1.7/6/7	總○而逸群	1.6/4/14	○日除巳	12.27/68/14
生太傅安樂鄉侯廣及○		總○入學	5.4/30/26	○風發屋折木	13.1/69/9
令康而卒	4.5/25/25	○犀豐盈	6.4/34/7, 6.5/34/23		

絕 jué	33
拯微言之未○	2.1/8/29
紹巢由之○軌	2.1/9/2
○望已久	2.3/10/22
潁川陳君命世○倫	2.3/10/23
微言圮○	2.3/11/7
懼微言之欲○	2.6/13/5
感○倫之盛事	2.6/13/5
或以繼○襲位	3.6/20/1
亦割肝而○腸	4.6/27/7
增感氣○	4.7/27/23
目不臨此氣○兮	4.7/28/5
痛心○望	5.5/32/2
氣○復蘇	6.6/35/22
猶不能○	7.3/38/6
周德已○	7.4/41/19
忍而○之	7.4/43/1
國祚中○	8.1/44/8
織室○伎	8.1/44/12
國土或有斷○	8.1/44/17
徼外○國	8.1/44/22
昭大知之○足也	8.4/46/15
筋○骨破	9.3/48/15
統嗣曠○	9.9/50/26
知不得斬○	10.2/56/14
中道廢○	11.2/58/3
烽火不○	11.2/58/5
若○若連	11.6/60/12
離而不○	11.7/60/24
仕不苟祿、○高也	12.7/64/16
危言極諫不○于朝	13.1/69/25
可皆斷○	13.1/70/22
惡朋黨而○交游者有之	
	13.3/72/12
自與天地○也	15.1/84/23

鈌 jué	1
馬不帶○	1.5/4/7

刷 jué	1
施公輸之剞○	14.9/76/28

鳩 jué	1
鶀○軒翥	12.28/68/18

爵 jué	32
惟天子與二等之○	1.7/5/11
父雖非○	1.7/6/15
○位相襲	1.8/6/21
失其○土	2.2/9/15
王○不能滑其慮	2.5/12/8
受○開國	3.3/17/17
光啓○土	3.4/18/17
用授○賜	3.5/19/8
遜位歸○	4.1/22/19, 4.2/23/21
○土乃封	4.2/24/6
襲先公之○	4.7/27/20
即○其土	4.7/28/3
是以豐于天○	6.2/33/13
○高蘭諸國亂子	8.1/44/17
今者受○十有一人	9.1/47/9
厚其○賞	9.1/47/12
○至通侯	9.9/50/25
佐命高祖以受○賞	9.9/50/26
被受○邑	9.9/50/29
元功翼德（者）與共天	
下〔者〕○土	9.9/51/3
以受○土	9.9/51/6
尙貴而尊○	10.1/52/18
○位自從	11.8/61/31
委國捐○	12.1/63/2
民○有級數	15.1/81/2
府史以下未有○命	15.1/84/9
五等○之別名	15.1/88/14
周曰○弁	15.1/94/10
加冕其上	15.1/94/10
如○頭之色	15.1/94/11
珠冕、○弁收、通天冠	
、進賢冠、長冠、緇	
布冠、委貌冠、皮弁	
、惠文冠	15.1/96/21

蹶 jué	1
懼顚○隕墜	10.2/54/20

譎 jué	1
奇姿○誕	11.7/60/25

覺 jué	13
公○其姦態	1.1/2/10
所以啓前惡而○後疑者	1.8/6/24
○舊城	1.10/8/16
好事者○之	2.7/13/26
兼質先○	4.3/24/15
既而○悟	7.3/37/20
未至殿省而○	7.4/40/2
因以感○	7.4/41/18
爲官者踰時不○	7.4/42/2
亦自有所○悟	10.2/54/19
忽○在他鄉	11.5/60/3
明○而思之	12.1/62/31
明而先○	12.4/63/28

嚼 jué	1
○棗肉以哺之	8.2/45/5

均 jūn	2
和○關石	4.2/23/16
夏曰○臺	15.1/89/11

君 jūn	134
朕嘉○功	1.1/1/6, 3.5/19/13
	4.4/25/17
命○三事	1.1/1/6
車師後部阿羅多、卑○	
相與爭國	1.1/1/27
收阿羅多、卑○	1.1/1/28
卑○侯	1.1/1/28
益州府○貫綜典術	1.7/5/12
加陳留府○以益州之讖	1.7/5/12
臣事○以忠	1.7/5/16
益州府○自始事至沒身	1.7/5/19
○子曰	1.7/5/26
相三○矣	1.7/5/27
利于民不利于○	1.7/5/29
府○所在	1.7/6/1
又禮緣臣子咸欲尊其○	

父	1.7/6/10	○權爲選置	3.7/21/9	賢人○子	12.12/65/22
自稱其○	1.7/6/10	是以○子勤禮	4.2/23/14	我○勤止	12.13/66/3
則府○	1.7/6/11	葬我○文恭侯	4.3/24/13	我○勤心	12.14/66/9
文忠公益州太守朱○名		事奉明○	4.5/25/24	猗歟焦○	12.18/66/30
穆字公叔	1.9/7/12	都尉○娶于故豫州刺史	4.5/25/25	○當遷行	12.26/68/7
伊王○	1.10/8/14	即黃○之姊	4.5/25/25	○既升輿	12.26/68/8
○諱寔	2.2/9/14	追惟考○存時之命	4.7/27/25	○子固當志其大者	13.1/70/17
○膺皇靈之清和	2.2/9/16	考南頓○	5.1/28/15	雖繼體之○	13.1/70/24
○曰	2.2/9/28	○諱碩	5.4/30/24,5.5/31/22	○子以朋友講習而正人	13.3/72/9
○化道神速	2.2/10/4	〔○〕幼有嘉表	5.4/30/25	是以○子慎人所以交己	
○之誨矣	2.2/10/9	○聞使者至	5.4/31/7		13.3/72/13
潁川陳○命世絕倫	2.3/10/23	○以手自（繫）〔擊〕	5.4/31/7	故○子不爲可棄之行	13.3/72/18
徵士陳○	2.3/10/27	相與嘆述○德	5.4/31/12	○子博文	14.18/78/20
太守南陽曹府○命官作		欽見我○	5.5/32/7	得親○子庭	14.19/78/26
誄曰	2.3/11/2	祁祁我○	5.5/32/8	馴心托○素	14.19/78/26
赫矣陳○	2.3/11/2	明哲○子	6.1/32/18	皇帝、皇、王后、帝皆	
河南尹种府○臨郡	2.3/11/5	京兆尹樊○諱陵	6.1/32/23	○也	15.1/79/14
○諱颯	2.5/11/26	乃有（樊）〔惠〕○	6.1/33/3	○子無幸而有不幸	15.1/81/2
○應坤乾之淳靈	2.5/11/26	貽福惠○	6.1/33/5	訓人民事○之道也	15.1/82/23
聞○洪名	2.5/12/4	故陳留太守胡○子曰根	6.4/34/7	異姓婦女以恩澤封者曰	
○仰瞻天象	2.5/12/7	相與追慕先○	6.4/34/10	○	15.1/83/28
○卒	2.5/12/10	乃及崔○	6.6/35/12	古學以爲人○之居	15.1/90/20
如○之至者與	2.5/12/13	於赫崔○	6.6/35/14	世祖父南頓○曰皇考	15.1/92/2
伊維周○	2.5/12/15	人○之象	7.4/40/15	皇帝爲○興	15.1/92/25
○則其後也	2.7/13/15	明○正上下	7.4/40/22	○道長	15.1/93/3
○受天正性	2.7/13/15	法當○臣出端	7.4/40/26	○道衰	15.1/93/3
○遂不從州郡之政	2.7/13/21	○之四體	7.4/42/11	以其○冠賜謁者	15.1/95/14
凡其事○	2.7/13/21	夫○臣不密	7.4/43/4	以其○冠賜御史	15.1/95/22
○不勝其逸	2.7/13/23	彤管記○王纖微	8.1/44/6	以其○冠賜侍中	15.1/95/24
○罹其罪	2.7/13/24	衛多○子	8.3/45/20		
是則○之所以立節明行	2.7/13/28	不敢私其○父	9.6/49/12	**軍 jūn**	**52**
太尉張公、兗州劉○、		器非殿邦佐○之才	9.10/51/14		
陳留太守淳于○、外		○國之誨	9.10/51/17	辟司徒大將○府	1.1/1/10
黃令劉○僉有休命	2.7/14/1	夫人○無弄戲之言	9.10/51/19	辟大將○梁公幕府	1.1/1/24
時令戴○臨喪命諡	2.8/14/20	人○之位莫正于此焉	10.1/51/29	將○嘉之	1.1/1/25
誠爲達事○之體	3.2/16/19	○人者將昭德塞違	10.1/52/7	徵度遼將○	1.1/2/13
○諱朗	3.6/19/20	聖帝明○世有紹襲	10.1/53/22	不煩○師	1.5/4/2
○雅操明允	3.6/19/22	庶明王復興○人者	10.1/54/5	徵拜度遼將○	1.5/4/2
察○審行修德	3.6/20/2	鴻臚陳○以救雲抵罪	11.3/58/18	作茲征鉞○鼓	1.5/4/8
凡百○子	3.6/20/5	○臣始基	11.8/61/15	帝命將○	1.5/4/8
於赫我○	3.6/20/8	○臣土崩	11.8/61/17	辟大將○	1.6/4/18
○諱表	3.7/20/14	○臣穆穆	11.8/61/27	即徵拜度遼將○	1.6/4/20
○膺期誕生	3.7/20/14	是以○子推微達著	11.8/62/10	時辟大將○府	1.8/6/26
○乃布愷悌	3.7/20/16	○況我聖主以洪澤之福	12.1/63/1	復辟大將○	1.8/6/27
○遇陵而建略	3.7/20/20	惟○之實體清良兮	12.1/63/2	辟大將○府	2.2/9/25,3.3/17/11
而○保完萬里	3.7/21/4	○資天地之正氣	12.3/63/19	大將○司徒竝辟	2.2/9/28
惟○所裁	3.7/21/7	凡所臨○	12.4/63/28	大將○三公使御屬往弔	

衶	2.2/10/1	漢將○樊噲造次所冠	15.1/96/16	南○華容人也	4.2/23/9
再辟大將○	2.3/10/18			唯帝命公以二○	4.3/24/21
大將○何公、司徒袁公		**衿 jūn**	**1**	公自二○	4.3/25/4
前後招辟	2.3/10/21			叔讓○孝廉	4.6/27/1
大將○弔衶	2.3/10/26	衶宗廟則長冠○玄	15.1/94/27	及季更歷州○	4.6/27/1
大將○賜諡	2.4/11/16			○舉孝廉　5.1/28/26, 13.1/70/10
故大將○梁冀	2.5/12/3	**鈞 jūn**	**2**	伯父東○太守	5.2/29/9
以驃騎將○官屬及司空				州○交辟皆不就	5.4/31/4
法駕	3.2/16/10	援天心以立○	2.5/11/28	咸以○選	5.5/32/1
于是門生大將○何進等	3.4/18/10	○衡石	10.1/53/28	遂諮之○吏	6.1/32/24
○門祛禁	3.5/18/28			考南○太守	6.5/34/21
賜公驃騎將○臨晉侯印		**俊 jùn**	**5**	○公□□	6.6/35/18
綬	3.5/19/9			買臣○民	7.2/36/28
上計吏辟大將○府	3.7/20/15	其後雄○豪傑	2.8/14/9	鮮卑仍犯諸○	7.3/37/8
遷北○中候	3.7/20/15	招命英○	3.7/20/20	請徵幽州諸○兵出塞擊	
又遷安南將○	3.7/21/2	瞻仰○乂	5.5/32/7	之	7.3/37/8
遣御史中丞鍾繇即拜鎮		故尙書郎張○坐漏泄事		方今○縣盜賊	7.3/38/5
南將○	3.7/21/5		11.2/57/23	雖成○列縣	7.3/38/19
言不及○旅之事	3.7/21/15	○上書謝恩	11.2/57/24	兄弟典○	7.4/41/23
況乎將○牧二州歷二紀	3.7/21/24			不得但以州○無課而已	7.4/42/7
猗歟將○	3.7/21/27	**郡 jùn**	**61**	又託河內○吏李奇爲州	
集于北○	3.7/22/1			書佐	7.5/43/10
將○之來	3.7/22/1	典五○	1.1/1/10	○國咸上瑞應	8.1/44/22
孝武大將○廣之冑也	5.2/29/8	諸○饑餒	1.1/2/1	若復蒐從此○選舉	8.4/46/14
還遷度遼將○	5.2/29/13	在○受取數億以上	1.1/2/15	剖符數○	9.2/47/26
後以大將○高（弟）		連在營○	1.5/4/2	五府舉臣任巴○太守	9.3/48/4
〔第〕	5.4/31/4	州○交請	1.6/4/16	令守已○	9.9/50/22
以將○事免官	5.4/31/4	領州○則有虎胁之威	1.6/4/24	○縣促遣	11.2/57/25
荊州將○比辟	5.5/31/23	州○聞德	2.1/9/1	匈奴攻○鹽池縣	11.2/58/4
中水侯弟伏波將○女	6.5/34/21	常幹州○腹心之任	2.2/9/21	○縣咸悄悄不知所守	11.2/58/6
○帥奮攻	7.2/36/17	○政有錯	2.2/9/23	使者與○縣曹掾吏登	
中常侍育陽侯曹節、冠		四爲○功曹	2.3/10/17	山升衶	12.1/62/31
○侯王甫	7.4/39/2	河南尹种府君臨○	2.3/11/5	及仕州○	13.1/70/16
伯夏即故大將○梁商	7.4/40/1	嘉異畫像○國	2.4/11/18	東○有盜人妻者	13.1/70/27
明將○以申甫之德	8.4/46/3	是時○守梁氏	2.5/12/1	故城門校尉梁伯喜、南	
願明將○回謀守廬	8.4/46/17	○縣請召	2.7/13/19	○太守馬季長	13.5/73/14
故大將○慎侯何進	9.1/47/3	君遂不從州○之政	2.7/13/21	司徒印封露布下州○	15.1/81/15
勤苦○旅	9.9/51/6	○署五官掾功曹	2.8/14/16	及諸侯王、大夫○國計	
忽朱亥之篡○	11.3/58/24	○遣丞掾	2.8/14/20	吏、匈奴朝者西國侍	
帝偪于順烈梁后父大將		州○禮招　2.9/15/3, 3.2/16/15		子皆會	15.1/91/8
○梁冀未得尊其父而			6.2/33/12	占其○穀價	15.1/91/9
崩	15.1/92/5	其時所免州牧○守五十			
大駕、則公卿奉引大將		餘人	3.1/15/23	**峻 jùn**	**2**
○參乘太僕御	15.1/93/6	不苔州○之命	3.3/17/11		
侍中、中常侍、侍御史		爲○功曹	3.7/20/15	迴峭○以降阻兮	11.3/58/28
、主者郎令史皆執注		○守令長	3.7/20/24	○極于天	12.8/64/21
以督整諸○車騎	15.1/93/11	其○縣長吏有缺	3.7/21/8		

浚 jùn	1
如淵之○	1.1/1/5

捃 jùn	1
及經典群書所宜○撫	11.2/58/9

濬 jùn	1
崇壯幽○	2.1/9/7

開 kāi	17
公○倉廩以貸救其命	1.1/2/2
受爵○國	3.3/17/17
○府辟召	3.7/21/6
廣○廱泮	3.7/21/11
使夫蒙惑○析	4.3/24/17
○宮後殿居之	5.1/28/16
李牧○其原	7.3/38/20
下○託屬之門	7.4/42/22
伏惟幕府初○	8.4/46/5
○三府請雨	12.1/62/31
道路○張	12.26/68/8
博○政路	13.1/69/31
○群枉之門	13.1/70/5
《元命苞》、《乾鑿度》	
皆以爲○闢至獲麟二	
百七十六萬歲	13.2/71/15
上極○闢	13.2/71/17
而光晃以爲○闢至獲麟	
二百七十五萬九千八	
百八十六歲	13.2/71/18
祕弄乃○	14.12/77/14

凱 kǎi	3
雖元○翼虞	5.2/29/18
在唐虞則元○之比	8.4/46/12
城濮捷而晉○入	11.8/61/29

愷 kǎi	4
君乃布○悌	3.7/20/16
公乃布○悌	4.2/23/13
體○悌以慈良	4.6/27/8

不獲○悌寬厚之譽	12.2/63/11

闓 kǎi	1
○闔閭	11.8/62/14

刊 kān	14
立石○銘	1.6/5/3
用○彝器	1.9/7/21
○石作銘	2.3/11/4
○石樹銘	2.7/14/2
乃○斯石	2.8/14/22
相與○石樹碑	3.1/16/3
○石立銘	3.3/17/20
○摘沈祕	3.6/19/23
○之于碑	4.3/25/8
○石立碑	5.2/29/21
○銘金石	5.3/30/20
○名金石	6.2/33/17
樹碑○辭	6.4/34/10
蘊作者之莫○	11.6/60/17

堪 kān	8
人不○勞	2.7/13/23
吾何德以○諸	3.2/16/25
民不○命	7.3/37/19
非臣螻蟻愚怯所能○副	7.4/41/16
不○之責	8.3/45/29
非臣小族陋宗器量褊狹	
所能○勝	9.9/50/29
功德靡○	9.10/51/15
〔不○其事〕	12.9/64/30

坎 kǎn	1
喈襄王于壇○	11.3/59/6

看 kàn	1
及○輪轂	9.9/50/23

瞰 kàn	3
經圃田而○北境兮	11.3/58/25
○洛汭之始幷	11.3/59/3

○洞庭之交會	14.1/74/28

康 kāng	15
下民有○哉之歌	3.7/21/1
永○之初	4.1/22/22
生太傅安樂鄉侯廣及卷	
令○而卒	4.5/25/25
○亦由孝廉宰牧二城	4.5/26/2
○寧之時	4.5/26/8
帝載用○	5.3/30/19
爲陛下圖○寧之計而已	7.5/43/18
故自昏墊以迄○乂	8.1/44/20
○百六之會	8.1/44/26
迄用○乂	8.3/45/25
兆民○乂	9.5/49/4
晤衛○之封疆	11.3/58/25
悼太○之失位兮	11.3/59/3
殤帝○陵、沖帝懷陵、	
質帝靜陵是也	15.1/91/18
安樂治民曰○	15.1/97/1

穅 kāng	2
臣伏惟○粃小生	9.9/50/20
下○粃而無粒	11.3/59/16

亢 kàng	1
武功既○	3.7/21/11

抗 kàng	3
○流行	5.2/29/11
○志高冥	11.8/61/8
非一勇所○	11.8/62/8

考 kǎo	78
光光列○	1.1/1/5
○東萊太守	1.1/1/17
以詔書○司隸校尉趙祁	
事	1.1/1/23
收○首伏	1.1/2/10
收○髡笞	1.1/2/11
夫何○焉	1.6/4/27
始與諸儒○禮定議	1.7/5/12

宋有正○父	1.7/6/14	巖巖我○	12.12/65/26	**可 kě**		132
○曰先生	1.8/6/22	北至○城	12.14/66/9			
清一以○其素	1.8/7/3	豈有伏罪懼○	13.1/70/21	○免升官	1.1/2/17	
遂○覽六籍	2.1/8/28	○之行度	13.2/71/9	○以生	1.4/3/22	
於熙文○	2.2/10/8	○其符驗	13.2/71/22	○以死	1.4/3/22	
不登期○	2.5/12/13	而光晃曆以《○靈曜》		臨大節而不○奪之風	1.6/4/15	
○翼佐世祖匡復郊廟	2.8/14/11	二十八宿度數	13.2/71/22	歷端首則義○行	1.6/4/16	
必○其占	2.8/14/13	不可○校	13.2/71/23	茲○謂超越眾庶	1.6/4/25	
按典○謚	2.8/14/24	以今渾天圖儀檢天文亦		○不謂忠乎	1.7/5/27	
公之丕○以忠蹇亮弼輔		不合于《○靈曜》	13.2/71/23	猶○以稱	1.7/6/3	
孝安	3.1/15/16	有宋大夫正○父	13.4/73/7	今日公猶○	1.7/6/13	
○太尉	3.3/17/9	○邃初之原本	14.2/75/4	○于公父之中	1.7/6/16	
俾胤祖○	3.3/17/22	○之詩人	14.12/77/12	奧乎不○測已	2.1/8/27	
皇祖○以懿德	3.5/18/22	屈原曰「朕皇○」	15.1/80/2	故言斯○象	2.2/9/18	
仁者（壽）宜享（胡○）		曰○廟、〔王○廟〕、		靜斯○效	2.2/9/19	
〔鮐耉〕	3.7/21/19	皇○廟、顯○廟、祖		博審不○勝數	2.2/9/29	
○以德行純懿	4.2/23/10	○廟	15.1/84/3	進退○度　2.3/10/17,3.6/20/2		
○繢既明	4.2/23/16	曰○廟、王○廟、皇○		便○踐入常伯	2.3/10/21	
正○父俯而循牆	4.2/23/27	廟	15.1/84/4	斯○謂存榮歿哀	2.3/11/6	
以○其衷	4.5/26/10	○廟、王○廟、四時祭		命不○贖	2.3/11/8	
于是公乃爲辭昭告先○	4.5/26/13	之也	15.1/84/6	哀何○極	2.3/11/8	
追惟○君存時之命	4.7/27/25	○廟、王○廟	15.1/84/7	巍巍焉其不○尚也	2.4/11/15	
嚴○隕歿	4.7/28/1	下士、一廟曰○廟	15.1/84/8	洋洋乎其不○測也	2.4/11/15	
昔予○之即世兮	4.7/28/6	王○無廟而祭之	15.1/84/8	以明○否	2.5/12/2	
○妣痛莫慘兮離乖	4.7/28/7	薦○妣于適寢之所	15.1/84/14	○睹于斯矣	2.5/12/11	
○南頓君	5.1/28/15	世祖父南頓君曰皇○	15.1/92/2	退不○得	2.7/13/16	
○以令舍下溼	5.1/28/16			不○詳載	2.7/13/22	
壽○且寧	6.1/33/5			○謂純潔皓素	2.8/14/17	
先○積善之餘慶	6.2/33/15	**科 kē**	5	不○得而詳也	2.8/14/18	
於惟我○	6.2/33/16			○謂立身無過之地	3.1/15/26	
校材○行	6.3/33/25	苟避輕微之○禁	7.2/37/1	獻○去姦	3.1/16/1	
○南郡太守	6.5/34/21	糾增舊○之罰	8.1/44/16	蓋不○勝數	3.4/18/6	
言○其良	6.6/35/25	陷恩澤之○	9.9/51/8	○謂高朗令終	3.4/18/10	
業收縛○問	7.4/39/26	（謹）〔○〕條諸志	11.2/58/8	○謂道理丕才	3.7/21/17	
司隸校尉岑初○彥時	7.4/42/2	褒責之○	13.1/70/19	思不○忘	4.1/22/16	
皇太后參圖○表	8.1/44/10			度不○革	4.1/22/16	
命眾儒○校	8.1/44/14	**苛 kē**	3	蓋不○勝載	4.3/25/5	
古人○據（慎）〔順〕				惡乎○及	4.3/25/5	
重	9.6/49/11	大臣○察	3.1/15/22	允不○替	4.5/26/13	
故以元帝爲○廟	9.6/49/19	疾是○政	3.1/15/25	曾不○乎援（留）〔招〕		
所以示承祖、○神明	10.1/53/21	政有○暴	13.1/69/11		4.6/27/11	
過被學者聞家就而○之				不○言	5.1/28/17	
	10.2/54/19	**柯 kē**	3	越不○尚	5.1/28/25	
○校連年	11.2/57/31			○謂無競伊人	5.4/31/2	
臣初○逮	11.2/58/9	閑于伐○	3.3/17/10	如○贖也	5.4/31/17	
○之舊聞	11.3/59/20	纂成伐○不遠之則	8.4/46/7	苟有○以惠斯人者	6.1/32/23	
暨于予○	12.12/65/23	斂鑿頭兮斷○斧	11.4/59/30	不○已者也	6.1/32/24	

○構其堂	12.12/65/26	墾 kěn	1	《春秋》曰○父	1.7/6/14
畏不○荷	12.12/65/28			錫詔○傷	1.9/7/21
○定禍亂曰武	15.1/96/26	德音○誠	7.4/41/15	德音○昭	2.5/12/18
				其學○純	2.8/14/22
刻 kè	**9**	懇 kěn	1	稼穡○勤	2.9/15/2
				祀事○明	3.2/17/3
創毒深○	1.1/2/16	推心○惻	13.1/69/19	履祚○成	3.3/17/23
○漏未分	5.4/31/9			王師○閑	3.5/18/26
漏未盡三○	7.4/39/1	**阬 kēng**	**1**	玄覽○眞	3.6/20/8
漏○之間	9.1/47/7			雖○、翟之聖賢	3.7/20/19
以守○漏	9.2/47/28	幷內○（陷）〔隫〕	7.5/43/25	懿鑠○純	4.1/22/30
伏惟留漏○一省	9.10/51/20			探○子之房奧	4.3/24/16
更者○木代牲	10.2/55/16	**空 kōng**	**22**	榮哀○備	4.5/26/16
經典傳記無○木代牲之				儀節○備	4.7/27/18
說	10.2/55/17	遷河南尹少府大鴻臚司		天命○彰	5.1/29/4
兩臂前後○金	15.1/94/8	徒司○	1.1/2/13	色過○父	5.2/29/11
		其以大鴻臚橋玄爲司○	1.2/3/3	昆姊○懷	6.4/34/9
恪 kè	**5**	其以司○橋玄爲司徒	1.3/3/12	其德○休	6.5/35/1
		遂陟司○、司徒	1.6/4/21	饋供○將	6.6/35/27
虔○機任	1.8/7/6	登○補袞	1.6/5/2	演○圖曰	7.4/39/14
若不虔○輒顚躓	1.10/8/7	司○三辟	2.5/12/5	以爲鄉黨敘○子威儀	8.1/44/5
○處左右	5.4/31/16	困于屢○	2.7/13/25	威儀○備	9.7/49/29
掾天姿恭○	6.2/33/10	司○胡公	2.8/14/16	○子斯征	11.8/61/22
懲戒不○	9.8/50/11	初辟司○	3.1/15/17	盤旋乎周○之庭宇	11.8/62/13
		以驃騎將軍官屬及司○		厥德○貞	12.5/64/7
客 kè	**6**	法駕	3.2/16/10	誕德○彰	12.9/65/1
		資賄屢○	3.2/16/13	道路○夷	12.9/65/2
○從遠方來	11.5/60/4	辟司○舉高（弟）〔第〕		爽應○加	12.26/68/7
感東方《○難》	11.8/61/3		3.3/17/12	○子以爲致遠則泥	13.1/70/17
堂無宴○	12.2/63/11	列作司○	3.3/17/14	以順○聖	13.2/71/28
富貴則無暴集之○	13.3/72/13	漢有國師司○文烈侯楊		○甲有盤盂之誡	13.4/73/1
家祖居常言○有三當死	13.9/74/3	公	3.5/18/22	衛○悝之祖	13.4/73/7
《有○》、一章十三句	15.1/88/3	命公作司○	3.5/19/1	有三○	15.1/93/24
		復拜司○	4.1/22/18,4.2/23/19		
課 kè	**4**	太僕、司農、太傅、司		**恐 kǒng**	**14**
		○各一	4.3/24/23		
不得但以州郡無○而已	7.4/42/7	詔封都亭侯、太僕、太		聞災○懼	7.4/41/13
○其文德	8.3/45/28	常、司○	5.3/30/14	然○陛下不復聞至言矣	7.5/43/23
○在下（弟）〔第〕	13.2/71/8	幬帳○陳	6.5/35/3	○史闕文	8.1/44/14
已○不效	13.2/72/4	兩州○懸	7.2/36/23	○不能及	8.2/45/10
		帑藏○竭	7.3/37/18	○史官錄書臣等在功臣	
肯 kěn	**4**			之列	9.9/51/8
		孔 kǒng	**37**	國乃有○	10.2/56/10
罔○阿順	1.8/6/28			○遂爲釁	11.2/58/6
莫之○就	2.6/13/3	○子曰	1.7/5/15	誠○所懷	11.2/58/7
莫○建忠規闕	7.4/41/13		15.1/94/13,15.1/94/20	加以惶怖愁○	11.2/58/10
誰○相爲言	11.5/60/4	衛大夫○圉謚曰文子	1.7/5/30	所識者又○謬誤	11.2/58/10

款 kuǎn	2
○曠陂	6.1/32/26
無題勒○識	13.2/71/21

匡 kuāng	18
枉乃不敢不○	1.3/3/15
○救善導	1.7/5/20
○流祉	1.10/8/18
○弼三事	2.2/9/22
考翼佐世祖○復郊廟	2.8/14/11
故能○朝盡直	3.1/16/1
及其所以○輔本朝	3.2/16/18
僉以爲○弼之功	3.4/18/11
○佐周宣	3.5/19/14
莫能○弼	3.6/20/2
○復帝載	5.1/29/3
無亮采以○世兮	11.3/59/18
○景拒崔	11.4/59/26
欲喻○兮	12.1/63/3
○國理政	13.1/70/11
丞相○衡、御史大夫貢 　禹乃以經義處正	15.1/90/25
母○太夫人曰孝崇后	15.1/92/6
貞心大度曰○	15.1/96/27

筐 kuāng	1
女執伊○	12.14/66/10

狂 kuáng	6
病○不自知入宮	7.4/39/26
將○狡之人	7.4/40/2
○淫振蕩	11.8/62/3
不勝○簡之情	12.10/65/8
使褒忠之臣展其○直	13.1/69/26
郎中張文前獨盡○言	13.1/69/30

況 kuàng	16
○乃忠兼三義	1.7/6/3
○我過諸	2.2/9/29
○乎將軍牧二州歷二紀	3.7/21/24
○乃三互	7.2/36/25
○無彼時、地利、人財	

之備	7.3/37/22
○此醜虜	7.3/38/6
○避不遜之辱哉	7.3/38/17
○以障塞之外	7.3/38/19
以往○今	7.4/40/2
○乃陰陽易體	7.4/40/14
○未稟純粹之精爽	8.2/45/14
○在于當時	8.3/45/22
○于論者	9.2/47/26
○臣螻蟻無功德	9.10/51/17
不足以○其易	11.8/62/1
君○我聖主以洪澤之福	12.1/63/1

貺 kuàng	2
斯乃祖禰之遺靈、盛德 　之所○也	12.12/65/24
矧貪靈○	12.12/65/28

曠 kuàng	5
款○陂	6.1/32/26
統嗣○絕	9.9/50/26
豈謂皇居之○、臣妾之 　衆哉	13.1/69/22
臣子○然	13.1/69/31
○千載而特生	14.3/75/12

纊 kuàng	1
旁垂黈○當耳	15.1/94/19

悝 kuī	5
循王○	1.1/2/11
○畏怖明憲	1.1/2/12
詔使謁者劉○齎印綬	5.4/31/7
詔使謁者劉○即授印綬	5.5/31/24
衛孔○之祖	13.4/73/7

虧 kuī	5
陟降盈○	4.1/23/4
莫禮不○	6.6/35/26
天道○滿	7.4/43/2
以○大典	13.1/69/20
光魄○滿	13.2/71/21

逵 kuí	1
轥高○	4.3/25/9

揆 kuí	6
贊幽明以○時	2.5/11/28
敬○百事	3.3/17/14
百○時敘	4.2/24/5
伯○時序	4.4/25/14
○程經用	6.1/32/25
○神農之初制	14.9/76/29

葵 kuí	1
葉如低○	14.5/75/24

愧 kuì	3
○于前人	3.3/17/19
仰○先臣	9.8/50/13
○負恩寵	9.9/50/25

匱 kuì	3
年饉民○	1.8/7/1
官民俱○	7.3/37/18
〔民用○乏〕	12.9/64/30

饋 kuì	9
○饟進	1.10/8/17
契闊中○	4.6/27/4, 6.6/35/13
畢力中○	6.5/34/24
○供孔將	6.6/35/27
中○之敘	8.1/44/7
奉○西序	12.4/63/30
中○裁割	14.5/75/26
執醬而○	15.1/82/28

坤 kūn	9
君應○乾之淳靈	2.5/11/26
幽情淪于后○兮	4.7/28/9
伏惟大行皇后規乾則○	8.1/44/6
○之策也	10.1/53/13
乾○交泰	12.25/68/3

○爲地道	13.1/69/10
《乾》《○》和其剛柔	14.2/75/4
畫乾○之陰陽	14.8/76/19
乾○位也	14.8/76/22

昆 kūn 13

光耀○苗	2.5/12/18
俾來世○裔	2.9/15/5
垂示後○	3.6/20/10
垂芳後○	3.7/22/4
耀○後	4.3/25/9
俾諸○裔	4.5/26/17
淵躍○泄	5.1/28/19
以示後○	5.3/30/16
○姊孔懷	6.4/34/9
下榮○裔	9.3/48/13
其功銘于○吾之冶	13.4/73/4
○蟲毋作	15.1/86/23
先嗇、司嗇、農、郵表 畷、貓虎、坊、水庸 、○蟲	15.1/86/25

髡 kūn 2

收考○笞	1.1/2/11
朔方○鉗徙臣邑	11.2/57/17

鵾 kūn 1

類離○之孤鳴	14.7/76/13

悃 kǔn 1

襲○愊剛直	7.4/42/10

閫 kǔn 3

委以○外之事	4.2/23/23
睹皐陶之闕○	4.3/24/15
木門○兮梁上柱	11.4/59/30

困 kùn 8

以補○憊	1.5/4/4
○于屢空	2.7/13/25
小子○蒙	3.4/18/15

亦○悴而傷懷	4.7/27/24
饑饉○悴	6.1/33/3
中國之○	7.3/38/2
今關東大○	7.3/38/17
八惟○乏	12.29/68/23

括 kuò 10

隱○足以矯時	2.1/8/28
○河、洛之機	2.5/11/27
而性多檢○	2.7/13/25
包○道要	2.9/15/1
故司徒中山祝○	4.3/25/4
隱○及乎無方	6.5/34/25
皆各○囊迷國	7.4/41/13
檢○竝合	8.4/46/12
包○無外	11.8/61/8
○二論而言之	13.3/72/25

廓 kuò 3

○巖墼以崝嶸	11.3/59/1
或穹窿恢○	11.7/60/22
○天步之艱難	12.3/63/23

闊 kuò 6

契○馳思	1.8/6/23
契○文學	4.3/24/15
契○中饋	4.6/27/4, 6.6/35/13
《三統》以疏○廢弛	10.2/55/2
卒以疏○	13.2/71/8

臘 là 13

當○之夜	1.10/8/2
常以先○之夜逐除之也	
	15.1/86/14
四代稱○之別名	15.1/86/17
漢曰○	15.1/86/17
五帝○祖之別名	15.1/86/19
青帝以未○卯祖	15.1/86/19
赤帝以（戌）〔戌〕○ 　午祖	15.1/86/19
白帝以丑○卯祖	15.1/86/19
黑帝以辰○子祖	15.1/86/20
黃帝以辰○未祖	15.1/86/20

皆以晦望、二十四氣伏 　、社○及四時日上飯	15.1/91/5
○者、歲終大祭	15.1/93/2
亦如○儀	15.1/93/2

萊 lái 10

考東○太守	1.1/1/17
東○太守之元子也	1.6/4/13
相國東○王章字伯義	1.10/8/10
除郎中○蕪長	2.7/13/20
雖老○子嬰兒其服	4.2/23/27
曾閔顏○	5.4/30/26
草○焦枯	6.1/32/20
臣邑草○小臣	9.2/47/23
非臣草○功勞微薄所當 　被蒙	9.9/50/25
踊躍草○	11.8/62/16

來 lài 68

○者忘歸	1.1/2/23
越若○二月丁丑	1.2/3/7
漢興以○	1.7/5/11
自遠○集	1.10/8/6
嗟爾○世	2.1/9/10, 2.9/15/8
○者曷聞	2.3/11/7
童冠○誠	2.6/13/7
○家于成安	2.7/13/14
光示○世	2.7/14/2
童蒙○求	2.9/15/2
俾○世昆裔	2.9/15/5
中興以○	3.2/16/25
昭侯徙于州○	3.6/19/21
皆○請之	3.7/21/8
將軍之○	3.7/22/1
昭示○世	3.7/22/3
自漢興以○	4.1/22/24, 7.3/37/16
五徵○備	4.1/23/3
越若○四月辛卯	4.3/24/12
垂乎○胤	4.3/25/3
爰初○嫁	4.6/26/26
遷靈柩而同○	4.7/28/6
○在濟陽	5.1/28/26
清烈光于○裔	5.2/29/21
○迎者三十四人	5.5/32/1
曰袁滿○	6.3/33/22

頃者已〇	7.2/36/17	**賴** lài	18	後學所不〇	2.8/14/14	
自春已〇	7.3/37/8			周〇篇籍	3.4/18/3,5.4/31/1	
由〇尙矣	7.3/37/13	是以〇鄉仰伯陽之蹤	1.10/8/11	玄〇孔眞	3.6/20/8	
自匈奴北遁以〇	7.3/37/23	童蒙〇焉	2.1/9/1	是以周〇六經	4.1/22/12	
自春以〇三十餘發	7.3/38/5	亦〇之于見述也	2.1/9/5	博聞周〇	4.2/23/28	
校往〇之數哉	7.3/38/10	後生〇以發祛蒙蔽、文		〇生民之上操	4.3/24/15	
相往〇	7.4/39/23	其材素者	3.4/18/5	仰〇篇籍	6.6/35/11	
〇入雲龍門	7.4/40/1	實〇遺訓	3.4/18/17	初〇諸經	8.4/46/8	
即祚以	7.4/40/20,7.4/41/22	〇而生者	3.7/21/25	苟便學者以爲可〇	10.2/54/24	
蝗蟲〇	7.4/41/1	我〇其禎	3.7/22/3	〇太室之威靈	11.3/59/2	
〇獻其琛	8.1/44/22	保〇亶敍	4.4/25/15	誠當博〇衆議	13.1/69/13	
臣即召〇見	8.2/45/7	〇茲頌聲	5.4/31/13	故〇照拭面	13.11/74/14	
自是以〇	8.3/45/25	莫不〇祉	8.4/46/5	〇陰陽之綱紀	14.2/75/4	
加以新〇入朝	9.2/47/23	萬國〇祉	9.1/47/8			
頃〇未悉輯睦	9.3/48/13	〇祖宗之靈以獲有瘳	9.4/48/24	**濫** làn	1	
于是乃以三月丁亥〇自		海內〇祉	9.6/49/13			
雒	9.4/48/23	兆民〇之	9.7/50/3	欽于刑〇	12.13/66/4	
用告遷〇	9.4/48/26	實〇厥勛	12.8/64/22			
變化之所由〇	10.1/52/2	衛國〇之	13.4/73/8	**爛** làn	1	
而（止）世祖以〇	11.2/57/27	天下〇其功	15.1/85/24			
客從遠方〇	11.5/60/4		15.1/85/26	幽暗（靡不）昭〇	2.8/14/14	
匪云〇復	12.5/64/6					
麒麟〇（孚）〔乳〕	12.15/66/15	**瀨** lài	1	**郎** láng	60	
爾〇告就	12.15/66/15					
炎赫〇臻	12.29/68/24	總伊瀍與澗〇	11.3/59/8	除〇中洛陽左尉	1.1/1/21	
所從〇遠	13.1/69/12				1.6/4/17	
而近者以〇	13.1/69/19	**婪** lán	1	徵拜議〇司徒長史	1.1/2/11	
陛下親政以〇	13.1/69/26			故轉拜議〇	1.1/2/13	
〇讒邪之口	13.1/70/5	而貪〇之徒	1.8/7/1	徵拜議〇	1.6/4/19	
及用四分以〇	13.2/71/9			拜議〇	1.6/4/20	
不知從秦〇	13.2/72/3	**蘭** lán	4	除〇中尙書侍〇	1.8/6/24	
原其所以〇	13.3/72/14				4.2/23/11	
近世以〇	13.4/73/9	與之同〇芳	3.1/15/21	潛于〇中	1.8/6/28	
爾思〇追	14.5/76/2	陳遵、桓典、〇臺令史		乃遷議〇	1.8/6/28	
翠鳥時〇集	14.19/78/25	十人	3.2/16/9	復徵拜議〇	1.8/7/3	
然則秦以〇天子獨以印		體季〇之姿	4.6/26/26	今使權謁者中〇楊貢贈		
稱璽	15.1/80/26	爵高〇諸國胤子	8.1/44/17	穆益州刺史印綬	1.8/7/6	
二王之後〇助祭之所歌				初以父任拜〇中	2.5/12/1	
也	15.1/87/25	**覽** lǎn	21	除〇中萊蕪長	2.7/13/20	
微子〇見祖廟之所歌也	15.1/88/4			故事服鶡後還〇中	2.7/13/21	
秦漢以〇	15.1/90/5	周〇博涉	1.6/4/15	左中〇將〔尙書〕	3.1/15/19	
中興以〇希用之	15.1/93/8	是後〇之者	1.7/5/13	命于左中〇將郭儀作策	3.5/19/9	
		謹〇陳生之議	1.7/5/14	置長史司馬從事中〇	3.7/21/6	
賚 lài	1	俾志道者有所〇焉	1.10/8/12	上復遣左中〇將祝耽授		
		遂考〇六籍	2.1/8/28	節	3.7/21/6	
《〇》、一章六句	15.1/88/10	〇書傳	2.7/13/17	子授徵拜五官中〇將	3.7/21/22	
		窮〇聖旨	2.8/14/12	除〇中尙書侍〇、尙書		

起養○敬長之義	10.1/51/31
則遂養○	10.1/52/25
釋奠于先○	10.1/52/26
遂設三○五叟之席位	10.1/52/26
言教學始于養○	10.1/52/26
凡祭養○乞言合語之禮	
	10.1/52/27
養三○五更	10.2/56/29
叟、長之稱也	10.2/56/30
有務世公子誨于華顛胡	
○曰	11.8/61/4
胡○愀然而笑曰	11.8/61/13
胡○曰	11.8/61/15
童子不問疑于○成	11.8/62/2
胡○乃揚衡含笑	11.8/62/22
享年垂○	12.2/63/11
○者是安	12.17/66/25
不遺一○	12.18/66/31
養○辟廱	13.1/69/16
所至見長吏三○官屬	15.1/81/1
天子父事三○者	15.1/82/26
又三○	15.1/82/27
○謂久也、舊也、壽也	
	15.1/82/27
其明且三○詣闕謝	15.1/82/29
叟、○稱	15.1/82/29
與三○同義也	15.1/83/1
○扈氏農正、趣民收麥	15.1/86/6

潦 lǎo　　4

或水○沒害	3.7/21/4
泥（○）〔埴〕浮游	6.1/32/27
黃○膏凝	6.1/33/4
○污滯而爲災	11.3/58/22

勒 lè　　15

武功○于征鉞	1.1/1/13
乃共○嘉石	1.6/4/27
爰○茲銘	2.1/9/9
宜有銘○表墳墓	2.2/10/7
乃相與建碑○銘	2.5/12/14
○銘金石	2.6/13/9
表○鴻勳	3.1/16/3
爰○斯銘	3.6/20/6
鐫○墓石	3.7/22/3

銘○顯于鐘鼎	5.2/29/21
○銘告哀	5.5/32/9
假碑○銘	6.2/33/15
于是鄉黨乃相與登山伐	
石而○銘曰	12.5/64/6
無題○款識	13.2/71/21
殷湯有（甘醬）〔日新〕	
之○	13.4/73/1

羸 léi　　4

人馬疲○撓鈍	1.5/4/3
瘠○哀哀	6.6/35/24
舅偃哀其○劣	8.2/45/4
邑寢疾○	8.4/46/20

壘 léi　　1

陳○彝	3.7/21/11

耒 lěi　　1

神農作○耝	15.1/86/1

累 lěi　　16

周公○息	1.1/1/20
且無咎○	2.7/13/26
相與○次德行	4.3/25/7
顧新廟以○欷	4.6/27/13
樹柱○石	6.1/32/26
群臣○息	8.1/44/8
○葉相繼六十餘載	9.1/47/2
征營○息	9.3/48/5
屏氣○息	9.8/50/12
慚惶○息	9.9/50/27
連年○歲	9.9/51/6
○息屏氣	9.10/51/15
積○思惟二十餘年	11.2/57/29
○珪璧不爲之盈	11.8/61/28
庸可以水旱而○堯湯乎	11.8/62/9
兼裝○鎮	14.5/76/1

誄 lěi　　6

會葬○行	2.2/10/1
太守南陽曹府君命官作	

○曰	2.3/11/2
作○著諡	2.7/14/2
贈策遂賜○	4.2/24/2
乃作○曰	6.6/35/10
亦以策書○諡其行而賜	
之	15.1/81/9

磊 lěi　　1

連衡者六印○落	11.8/61/19

壘 lěi　　6

太僕王舜、中○校尉劉	
歆據經傳義	9.6/49/11
儋牙虎神荼、鬱○以執	
之	15.1/86/12
儋牙虎神荼、鬱○二神	
海中有度朔之山	15.1/86/12
神荼與鬱○二神居其門	
	15.1/86/13
乃畫荼○并懸葦索于門	
戶以禦凶也	15.1/86/14
殘人多○曰桀	15.1/96/24

淚 lèi　　2

目應以○	8.2/45/6
愴然○以隱惻	14.7/76/13

類 lèi　　26

皆此○也	1.1/2/4
夫萬○莫貴乎人	1.7/5/14
凡所履行事○	2.2/9/29
出乎其○	2.6/13/4
苟非其○	2.7/13/18
俾我克○	4.7/28/2
儔○赴送	5.5/32/1
群○抵冒	7.3/38/6
奮擊醜○	9.1/47/6
其○不可盡稱	10.1/53/29
子說《月令》多○以	
《周官》《左氏》	10.2/54/27
三豕渡河之○也	10.2/55/17
陰陽皆使不干其○	10.2/56/6
自得其○	10.2/56/7

其○皆如此 10.2/56/15
故以其○而食豕也 10.2/56/24
有則有○ 11.1/57/10
汦汦庶○ 11.8/61/26
有○俳優 13.1/70/14
鱗甲育其萬○兮 14.1/74/25
○離鵾之孤鳴 14.7/76/13
象○多喻 14.8/76/21
獨潛○乎大陰 14.17/78/16
同○率從 14.18/78/20
及群臣士庶相與言曰殿下、閤下、〔足下〕、〔侍者〕、執事之屬皆此○也 15.1/80/7
師祭講武○禡之所歌也 15.1/88/10

蔾 lí 1

起○婦之哀泣 14.7/76/13

黎 lí 7

○民時雍 1.1/1/7
萬邦○獻 4.2/24/5
訓五品于群○ 4.3/25/1
故自有國至于○庶 5.3/30/10
悠悠蒸○ 5.5/32/8
借力于○元 6.1/32/26
○錫汁器 9.3/48/10

穲 lí 6

一○胥靡 1.7/6/2
乃○密罔 2.2/9/26
君○其罪 2.7/13/24
以○艱禍 3.2/16/12
夙○凶災 6.4/34/8
○重罪 10.2/54/18

蠡 lí 6

以○其采 3.5/18/27
庶績咸○ 4.1/23/2
允○其職 4.2/23/12
○改度量 4.2/23/23
莫脩莫○ 6.1/33/3
俯○絲枲 6.6/35/11

離 lí 20

公○司寇 1.1/1/24
遠本○質 3.7/21/13
夙○凶艱 4.7/28/1
考妣痛莫慘兮○乖 4.7/28/7
憐國城之乖○ 6.4/34/9
流○溝壑 7.2/36/19
○宮罕幸 8.1/44/12
侏○不貢 8.1/44/13
臣流○藏竄十有二年 9.2/47/17
○也者、明也 10.1/51/29
雖肝腦流○ 11.2/58/12
○婁不能覩其隙間 11.6/60/15
○而不絕 11.7/60/24
合縱者駢組陸○ 11.8/61/19
夫華○帝而萎 11.8/61/20
永○歡欣 12.29/68/25
無義則○ 13.3/72/17
類○鵾之孤鳴 14.7/76/13
命○婁使布繩 14.9/76/28
西方曰侏○ 15.1/89/15

驪 lí 1

高句○嗣子伯固 1.5/3/28

李 lǐ 11

其祖○伯陽 2.8/14/9
天子使中常侍謁者○納弔 4.5/26/15
蓋秦將○信之後 5.2/29/8
○冰在蜀 6.1/32/19
親屬○陶等 6.4/34/10
○牧開其原 7.3/38/20
又託河內郡吏○奇爲州書佐 7.5/43/10
思○牧于前代 8.3/45/22
故羽林郎將○參遷城門校尉 9.8/50/9
白馬令○雲以直言死 11.3/58/18
順帝母故云姓○ 15.1/91/27

里 lǐ 40

在百○者 1.1/2/25
初公爲舍于舊○ 1.1/2/25
乃作祠堂于邑中南舊陽○ 1.9/7/15
○巷無人迹 2.5/12/7
習容闕○ 2.8/14/15
遠涉道○以修經術 3.2/16/13
委百○位 3.2/16/16
千○稱平 3.7/20/15
縣邑閭○ 3.7/20/18
而君保完萬○ 3.7/21/4
至于鄉○ 3.7/21/21
及志在州○者 3.7/21/22
初翰千○ 3.7/21/27
或典百○ 4.5/26/3
公之季子陳留太守碩卒于洛陽左池○舍 4.5/26/8
求歸田○ 5.2/29/19
惟斯庫○ 5.3/30/11
咸出斯○ 5.3/30/15
凡我○人 5.3/30/20
千○于沓 6.6/35/24
萬○蕭條 7.2/36/23
彌地千○ 7.3/37/23
且侍御于百○之內而知外事 7.4/42/1
授任千○ 9.3/48/6
閭○門非閹尹所主 10.2/55/21
百○有豢牛之事 11.8/61/6
恩惠著于萬○ 12.3/63/22
實行形于州○ 12.5/64/3
爲萬○之場圃 12.5/64/4
公在百○ 12.17/66/24
宜遣歸田○以明詐僞 13.1/70/30
京師、天子之畿內千○ 15.1/82/19
日月躔次千○ 15.1/82/19
今之○社是也 15.1/84/25
上有桃木蟠屈三千○卑枝 15.1/86/12
其地方百○ 15.1/88/14
15.1/88/15
其地方七十○ 15.1/88/15
其地方五十○ 15.1/88/16
15.1/88/16

《○記‧太學志》曰	10.1/53/1	
○、士大夫學于聖人善		
人	10.1/53/1	
《○記‧昭穆篇》曰	10.1/53/2	
即所以顯行國○之處也	10.1/53/2	
《○記‧盛德篇》曰	10.1/53/5	
《○記》曰	10.1/53/9	
王者之大○也	10.1/53/19	
每月異○	10.1/53/20	
《戴○‧夏小正傳》		
（曰）	10.1/53/29	
諸侯怠于○	10.1/54/3	
刺舍大○而徇小儀也	10.1/54/4	
我愛其○	10.1/54/5	
《周官》《左傳》皆實		
與《○記》通等而不		
爲徵驗	10.2/54/15	
古《論》《周官》《○		
記說》	10.2/56/4	
而《○》不以馬爲牲	10.2/56/24	
《周○》曰	10.2/56/29	
討無○	12.2/63/10	
○樂備舉	12.4/63/30	
○儀備具	12.10/65/7	
視明以脩	12.15/66/15	
酒以成○	12.20/67/10	
示人○化	13.1/69/16	
○之至敬	13.1/69/18	
忘○敬之大	13.1/69/20	
○、妻妾產者	13.1/69/20	
《周○‧司勳》「凡有		
大功者銘之太常」	13.4/73/4	
鐘鼎、○樂之器	13.4/73/9	
喪親盡○	13.7/73/23	
婚○已舉	14.2/75/6	
《○》曰	15.1/81/7	
以其○過厚故也	15.1/82/29	
祀門之○	15.1/85/8	
祀戶之○	15.1/85/9	
祀竈之○	15.1/85/11	
凡祭宗廟○牲之別名	15.1/87/8	
皆天子之○樂也	15.1/88/12	
○、兄弟不相爲後	15.1/90/13	
又未定迭毀之○	15.1/90/25	
皆如孝明之○	15.1/91/3	
○畢	15.1/91/10	
如太常祠行陵廟之○	15.1/91/26	

○朱干玉	15.1/94/12	
麻冕、○也	15.1/94/13	
周○、天子冕前後垂延		
朱綠藻有十二旒	15.1/94/14	
詔有司采《尙書‧皋陶		
篇》及《周官》《○		
記》定而制焉	15.1/94/15	
其鄉射行○	15.1/95/1	
○無文	15.1/95/11	
《○》無文	15.1/95/12	
	15.1/95/13,15.1/95/17	
	15.1/95/27,15.1/96/12	
	15.1/96/14,15.1/96/19	
其次在漢○	15.1/96/22	
去○遠衆曰煬	15.1/97/4	

鯉 lǐ　　2

遺我雙○魚	11.5/60/5	
呼兒烹○魚	11.5/60/5	

醴 lǐ　　2

明粢、○酒	9.4/48/26	
酌麥○	13.8/73/28	

蠡 lǐ　　2

桓帝以○吾侯子即尊位	15.1/92/6	
追尊父○吾先侯曰孝崇		
皇	15.1/92/6	

邐 lǐ　　1

吳制○迤四重	15.1/96/10	

力 lì　　29

宣○肆勤	1.3/3/13	
其戮○閑私	1.4/3/23	
臂○方剛	1.5/4/2	
帝欲宣○于四方	3.5/19/7	
悉心畢○	3.5/19/12	
無所措其智○	3.7/20/19	
贊之者用○少	3.7/21/14	
畢○天機	4.2/24/4	
雖庶物戮○	4.3/25/6	

○俛起若愈	4.7/27/22	
戮○戎功	5.1/28/20	
庸○不供	6.1/32/21	
借○于黎元	6.1/32/26	
畢○中饋	6.5/34/24	
婦妾無舍○之怨	6.5/34/26	
尊不舍○	6.6/35/18	
甫建議當出師與育并○	7.3/37/10	
武夫戮○	7.3/37/16	
才○勁健	7.3/37/24	
左右近臣亦宜戮○從化	7.4/43/2	
脩身○行	8.3/45/23	
展其○用	8.4/46/18	
未及輸○	9.3/48/3	
盡○他役	9.3/48/7	
非臣才○所能供給	9.3/48/14	
非臣○用勤勞有所當受	9.9/50/30	
不能輸寫心○	11.2/57/20	
上官效○于執蓋	11.8/62/21	
好勇致○曰莊	15.1/97/2	

立 lì　　69

○石刊銘	1.6/5/3	
○節忠亮	1.8/7/5	
杖竹策○冢前	1.10/8/4	
其○朝事上也	2.2/9/20	
然後德○名宣	2.2/9/22	
○廟舊邑	2.2/10/2	
國人○廟	2.4/11/16	
繼期特○	2.4/11/17	
繼期○表	2.4/11/20	
援天心以○鈞	2.5/11/28	
○性純固	2.6/12/24	
學○道通	2.7/13/17	
故特○于時	2.7/13/28	
是則君之所以○節明行	2.7/13/28	
可謂○身無過之地	3.1/15/26	
其惡能○功○事	3.1/16/2	
刊石○銘	3.3/17/20	
乃自宰臣以從王事○功	3.5/18/24	
所○卓爾	3.6/19/26	
以援○之功	4.1/22/17	
援○孝桓	4.2/23/17	
援○聖嗣	4.4/25/16	
以○臣節	4.5/25/24	
刊石○碑	5.2/29/21	

元勳既○	5.3/30/19
○我猷畝	6.1/33/4
乃于是○祠堂	6.2/33/15
○春當齋	7.1/36/5
將○妃王氏爲后	7.4/40/10
前無○男	7.5/43/23
建○聖主	8.1/44/10
○百行之根原	8.2/45/14
成功○事	8.4/46/6
爰○聖哲	9.1/47/8
輒○一廟	9.6/49/8
天元正月己巳朔旦○春	10.1/53/24
○字法者不以形聲	10.2/57/1
建撫體而○洪高兮	11.3/58/28
勳績不○	11.8/62/16
門無○車	12.2/63/11
應運○言	12.5/64/3
思叡信○	12.16/66/20
天子以四○及季夏之節　迎五帝于郊	13.1/69/15
頃者○朝之士	13.1/69/29
先○春一日	13.2/71/27
則四分數之○春也	13.2/71/27
○髻	13.11/74/16
○若碧山亭亭豎	14.4/75/17
天子后○六宮之別名	15.1/83/21
自○二祀曰門曰行	15.1/84/7
亦○二祀	15.1/84/8
天子所爲群姓○社也	15.1/84/17
諸侯爲百姓○社曰國社	15.1/84/20
大夫以下成群○社曰置　社	15.1/84/25
大夫不得特○社	15.1/84/25
天子爲群姓○七祀之別　名	15.1/85/1
諸侯爲國○五祀之別名	15.1/85/4
大夫以下自○三祀之別　名	15.1/85/6
已而○桃人葦索	15.1/86/11
○功業以化民	15.1/88/16
少帝弘○	15.1/90/6
每帝各別○廟	15.1/90/24
○樂安王子	15.1/92/5
歸國以○社	15.1/92/11
亦不○社也	15.1/92/13
○車各一	15.1/93/14
又有戎○車以征伐	15.1/93/15
安仁○政曰神	15.1/96/27

吏 lì　52

公以○士頻年在外	1.5/4/3
于是故○司徒博陵崔烈	1.6/4/26
遣官屬掾○前後赴會	2.3/11/3
屈爲縣○	2.7/13/16
上計○辟大將軍府	3.7/20/15
其郡縣長○有缺	3.7/21/8
○民子弟	3.7/21/11
及延見武將文○	3.7/21/15
故○濟陰池喜感公之義	4.1/22/28
故○司徒許謐等	4.2/24/3
于時濟陽故○舊民、中　常侍句陽于蕭等二十　三人	4.5/26/17
遷徐州刺○	5.2/29/12
故○潁川太守張溫等	5.2/29/20
遣（○）〔生〕奉章　（報謝）	5.4/31/8
牧人之○	6.1/32/21
遂潞之郡○	6.1/32/24
乃命方略大○	6.1/32/24
長○寒心	7.2/36/20
故○在家	7.2/37/3
○調政密	7.3/38/6
其內則任之良○	7.3/38/9
○酷則誅深	7.4/41/1
不宜復聽納小○、雕琢　大臣	7.4/42/16
郎○舍人	7.4/42/22
閒職長○	7.4/42/22
無使盡忠之○受怨姦讎	7.4/43/5
臣屬○張宛長休百日	7.5/43/10
又託河內郡○李奇爲州　書佐	7.5/43/10
凡休假小○	7.5/43/13
豈不負盡忠之○哉	7.5/43/19
疾貪○受取爲姦	8.1/44/16
惡長○虛僞	8.1/44/16
臣問樂爲○否	8.2/45/8
超自群○	9.3/48/3
關東○民敢行稱亂	9.4/48/21
迫于○手	11.2/57/25
非外○庶人所得擅述	11.2/57/29
使者與郡縣戶曹掾○登　山升祠	12.1/62/31
濟濟群○	12.13/66/3
及○卒小污	13.1/69/17
使○知奉公之福	13.1/70/7
墨綬長○	13.1/70/19
天家、百官小○之所稱	15.1/79/26
百官小○	15.1/80/18
所至見長○三老官屬	15.1/81/1
公卿使調者將大夫以下　至○民尙書左丞奏聞　報可	15.1/82/5
群○在其後	15.1/89/9
及諸侯王、大夫郡國計　○、匈奴朝者西國侍　子皆會	15.1/91/8
後大夫計○皆當軒下	15.1/91/9
遂于親陵各賜計○而遣　之	15.1/91/10
縱○民宴飲	15.1/93/2
千石、六百石以下至小　○冠一梁	15.1/94/23

利 lì　29

不吝于○欲	1.1/2/24
弓勁矢○	1.5/4/5
上思○人曰忠	1.7/5/18
將有○也	1.7/5/22
○于民不○于君	1.7/5/29
民苟○矣	1.7/5/29
是危身○民之稱文也	1.7/5/30
不爲○回	2.8/14/17
○民無窮	3.7/20/25
以盡水○而富國饒人	6.1/32/18
僉以爲因其所○之事者	6.1/32/24
乃興鹽鐵酤榷之○	7.3/37/19
況無彼時、地○、人財　之備	7.3/37/22
兵○馬疾	7.3/37/25
不○爲寇	10.1/53/27
○用禦寇	10.1/53/27
僉守○而不戢	11.3/59/14
輒當世之○	11.8/61/12
若公子所謂覩曖昧之○	

宰府孝○	7.4/42/19	選才任○	3.7/20/22	穀○赤日	13.3/72/23
孝○雜揉	7.4/42/20	體愷悌以慈○	4.6/27/8	故城門校尉○伯喜、南	
至于宰府孝○顚倒	7.4/42/22	衆悅其○	5.4/31/14	郡太守馬季長	13.5/73/14
		士嘉其○	6.3/34/1	○甫悲吟	14.12/77/15
奩 lián	**1**	惟世之○	6.6/35/16	○曰香莒之屬也	15.1/87/6
		言考其○	6.6/35/25	○曰香莒	15.1/87/12
賜石鏡○	9.3/48/9	將卒○猛	7.3/37/22	順烈○后攝政	15.1/90/8
		善金○鐵	7.3/37/24	章帝○貴人曰恭懷后	15.1/91/20
憐 lián	**2**	昔段潁○將	7.3/37/25	帝偪于順烈○后父大將	
		其內則任之○吏	7.3/38/9	軍○冀未得尊其父而	
載矜載○	4.7/28/1	舉賢○而寵祿之	7.4/40/4	崩	15.1/92/5
○國城之乖離	6.4/34/9	張○辭三萬之戶	9.10/51/18	公王三○	15.1/94/22
		惟君之質體清○兮	12.1/63/2	卿大夫、尙書、二千石	
蓮 lián	**2**	信荊山之○寶、靈川之		博士冠兩○	15.1/94/22
		明珠也	12.3/63/21	千石、六百石以下至小	
及○香瓠子唾壼	9.3/48/10	馬爲御者○	12.24/67/31	吏冠一○	15.1/94/23
色若○葩	14.4/75/18	時惟嘉○	12.25/68/3	鐵爲卷○	15.1/95/12
		日吉時○	12.26/68/7	公侯三○	15.1/95/16
斂 liǎn	**7**	重賢○方正、敦樸有道		卿大夫、尙書、博士兩	
		之選	13.1/69/25	○	15.1/95/16
民之治情○慾	2.2/9/24	又有賢○文學之選	13.1/70/10	千石、六百石以下一○	
賜絲帛含○之備	4.1/22/27	○辰旣至	14.2/75/6		15.1/95/17
○時五福	7.4/40/5	《○耜》、一章二十三			
貴戚○手	7.4/42/13	句	15.1/88/8	**涼** liáng	**8**
公子謖爾○袂而興曰	11.8/61/14				
豐腹○邊	14.13/77/21	**梁** liáng	**34**	拜○州刺史	1.1/1/26
秋扈氏農正、趣民收○	15.1/86/4			昔在○州	1.5/4/1
		特進潁陽侯○不疑爲河		四府表拜○州刺史	1.6/4/18
練 liàn	**3**	南尹	1.1/1/21	允牧于○	1.6/5/1
		辟大將軍○公幕府	1.1/1/24	侵侮幷○	8.1/44/9
幹○機事	4.1/22/13	○州叛羌逼迫兵誅	1.5/3/28	氣慄慄而屬○	11.3/59/4
職不狎○	9.2/47/23	○國雎陽人也	1.6/4/13	伏見幽州刺史楊憙、益	
○予心兮浸太清	11.8/62/22	○崩哲萎	2.3/10/27	州刺史龐芝、○州刺	
		是時郡守○氏	2.5/12/1	史劉虔	13.1/70/1
變 liàn	**3**	故大將軍○冀	2.5/12/3	○風扇其枝	14.12/77/12
		及秋而○氏誅滅	2.5/12/10		
用永蕃○	4.5/26/20	乃禡卦〔于〕○宋之域	2.7/13/26	**糧** liáng	**1**
婉○供養	4.6/27/4	雖安國之輔○孝	3.6/20/3		
孝敬婉○	6.5/34/24	禪○父、皇代之逖迹	5.1/28/23	轉運○餽	7.3/37/27
		外戚○冀乘寵作亂	5.3/30/13		
良 liáng	**27**	孝景時○人韓安國坐事		**兩** liǎng	**18**
		被刑	7.2/36/26		
貞○者封植	1.8/7/2	伯夏卽故大將軍○商	7.4/40/1	○名一致	1.7/5/28
舉賢○方正	2.2/9/28,5.4/31/5	是時○冀新誅	11.3/58/17	不○宜乎	2.3/11/1
	5.5/31/23	久余宿于大○兮	11.3/58/23	○州空懸	7.2/36/23
察賢○方正	2.5/12/5	木門闇兮○上柱	11.4/59/30	○常侍又諭旨	7.4/39/3
九舉賢○方正	2.6/13/2	大○乘精	12.16/66/20	○子受封	7.4/41/23

○印雙紱	9.10/51/17	
聖主垂拱乎○楹	11.8/61/26	
今者一行而犯其○	13.9/74/3	
○編下坫篆書	15.1/81/8	
一木○行	15.1/81/10	
文多用編○行	15.1/82/4	
群臣奏事上書皆爲○通	15.1/90/9	
○廟十二主、三少帝、 　三后	15.1/91/23	
○臂前後刻金	15.1/94/8	
卿大夫、尙書、二千石 　博士冠○梁	15.1/94/22	
其上○書曰	15.1/95/7	
卿大夫、尙書、博士○ 　梁	15.1/95/16	
今冠○角	15.1/95/20	

魎 liǎng　1

是爲魍○　15.1/86/9

亮 liàng　13

時○天功　1.1/1/7
立節忠○　1.8/7/5
惟○天工　2.4/11/20
公之丕考以忠蹇○弼輔
　孝安　3.1/15/16
帝欽○　3.1/16/4
聖朝欽○　3.7/21/5
忠○惟允　4.1/22/14
○皇極于六世　4.2/23/29
敢曰○闇　4.7/27/26
忠○闡著　8.3/45/23
無○采以匡世兮　11.3/59/18
直○是與　12.2/63/14
音○帝側　12.18/66/31

量 liàng　13

夫其器○弘深　2.1/8/27
施舍而合其○　2.2/9/17
○材授任　3.1/15/25
釐改度○　4.2/23/23
副其器○　8.4/46/19
非臣小族陋宗器○褊狹
　所能堪勝　9.9/50/29

非臣才○所能祗奉　9.9/51/1
器○宏大　9.10/51/17
頒度○而天下大服　10.1/52/12
同律度○衡　10.1/53/28
日夜分則同度○　10.1/53/28
幣曰○幣之屬也　15.1/87/6
幣曰○幣　15.1/87/12

諒 liàng　1

○闇之際　4.1/22/23

聊 liáo　4

○以應（問）〔閒〕　10.2/56/27
○弘慮以存古兮　11.3/58/23
○佇思而詳觀　11.7/60/27
○以游意　13.1/70/12

寥 liáo　1

小阜○其異形　11.3/58/28

僚 liáo　9

以齊百○　1.8/6/27
群○賀之　2.3/10/23
群公百○　2.3/10/26
乃糺合同○　3.3/17/19
百○僉允　5.2/29/14
群○恭己于職司　11.8/61/26
齊百○　12.10/65/11
申戒群○　12.14/66/10
嘉賓○黨　14.2/75/7

寮 liáo　3

屢辭王○　2.5/12/16
輿服○御部引　5.5/32/3
公卿百○　13.2/71/11

遼 liáo　5

徵度○將軍　1.1/2/13
徵拜度○將軍　1.5/4/2
即徵拜度○將軍　1.6/4/20
爰將度○　1.6/5/1

還遷度○將軍　5.2/29/13

鷯 liáo　1

且鷦○巢林　9.9/51/9

了 liǎo　1

意氣精○　5.4/31/9

憭 liáo　2

思情○以傷肝　4.7/28/9
怛切情○　5.4/31/12

燎 liáo　2

庭○飛煙　11.7/60/24
衆色○照　14.4/75/18

料 liào　1

○簡貞實　3.1/15/21

劣 liè　4

優○是委　7.4/42/11
高下優○　8.1/44/27
舅偃哀其羸　8.2/45/4
○厥僂婁　11.4/59/27

列 liè　37

光光○考　1.1/1/5
○名于儒林　1.1/1/17
自九○之後　1.1/2/21
至于○國大夫　1.7/5/10
藻分葩○　2.9/15/1
英才是○　3.1/15/23
○作司空　3.3/17/14
○于《大雅》　3.7/21/24
五蹈九○　4.1/22/23
○于諸侯　4.2/23/9
○在喪位　4.3/25/6
雖成郡○縣　7.3/38/19
九○之中　7.4/42/5
（引）〔○〕在六逆　7.4/42/15

○于目前	7.5/43/15	忠謨著○	3.6/19/28	藏器○藪之中	8.3/45/24
位在上○	7.5/43/21	休績丕○	4.1/22/29	故羽○郎將李參遷城門	
忝污顯○	8.3/45/29	勳○既建	4.2/24/6	校尉	9.8/50/9
○于王府	8.4/46/18	揚景○	4.3/25/9	而署名羽○左監	9.8/50/9
是故申伯、山甫○于		字曰○嬴	4.5/25/23	且鷦鷯巢○	9.9/51/9
《大雅》	9.1/47/1	瑋以商箕餘○	5.1/28/26	九陔之○澤	12.5/64/4
○表奸猾	9.1/47/6	清○光于來裔	5.2/29/21	宅我柏○	12.12/65/27
已歷九○	9.2/47/25	鴻○顯休	5.2/30/4	○氣煌煌	12.26/68/7
充○機衡	9.3/48/8	往○有常	5.3/30/14	曾祖鬱○太守曰皇曾祖	15.1/92/2
與在行○	9.3/48/8	榮○有章	6.6/35/26		
不○昭穆	9.6/49/9	允有休○	8.1/44/7	**鄰 lín**	**4**
恐史官錄書臣等在功臣		始建光○之稱	8.1/44/27		
之○	9.9/51/8	今大漢紹陶唐之洪○	11.8/61/25	以朝廷在藩國時○近舊	
二十八柱○于四方	10.1/53/17	憲章丕○	12.10/65/11	恩	1.1/2/15
登躡上○	11.2/57/20	昔我○祖	12.12/65/23	百固冰散于東○	1.5/4/7
或櫛比鍼○	11.7/60/22	《○文》、一章十三句		配黔作○	2.8/14/24
備天官之○衛	12.10/65/12		15.1/87/20	○寰嬴慕	3.7/21/1
公卿○臣	13.1/70/25	順○梁后攝政	15.1/90/8		
于是○象	14.13/77/21	帝偪于順○梁后父大將		**霖 lín**	**1**
夾階除而○生	14.16/78/8	軍梁冀未得尊其父而			
或曰○侯也	15.1/88/22	崩	15.1/92/5	○雨逾月	11.3/58/17
○昭穆	15.1/90/21				
不○于宗廟	15.1/91/5	**裂 liè**	**1**	**臨 lín**	**26**
故○于祖宗	15.1/91/14				
法律家皆曰○侯	15.1/92/17	德弘者建宰相而○土	11.8/61/11	○淄令賂之贓多	1.1/2/6
				○難受位	1.1/2/21
烈 liè	**36**	**獵 liè**	**2**	○大節而不可奪之風	1.6/4/15
				每所○向	1.6/4/25
如火之○	1.5/4/9	巡狩校○還	15.1/92/22	守于○淮	1.8/6/22
于是故吏司徒博陵崔○	1.6/4/26	田○乘之	15.1/93/16	不遷怒以○下	2.3/10/17
永昭芳○	1.6/4/27			○殁顧命	2.3/10/25
○祖尚書令	1.8/6/21	**躐 liè**	**1**	河南尹种府君○郡	2.3/11/5
紀遺○	1.10/8/12			○寵審己	2.8/14/17
俾芳○奮乎百世	2.1/9/5	絛風狎○	14.5/76/3	時令戴君○喪命謚	2.8/14/20
休有○光	2.4/11/21			○殁顧命曰	2.9/15/5
有○節矣	2.7/13/15	**鬣 liè**	**2**	○晉是侯	3.2/17/3
○祖楊喜佐命征伐	3.1/15/15			封侯于○晉	3.5/19/8
葬我文○侯	3.2/16/10	柔毛剛○	9.4/48/25	賜公驃騎將軍○晉侯印	
赫赫○侯	3.2/16/28	豕曰剛○	15.1/87/8	綬	3.5/19/9
咸有助○	3.3/17/10			二將是○	4.7/28/3
漢有國師司空文○侯楊		**林 lín**	**13**	目不○此氣絕兮	4.7/28/5
公	3.5/18/22			○時自陳	9.3/48/12
垂光○曜	3.5/19/4	列名于儒○	1.1/1/17	以○照百官	10.1/52/8
謚以文○	3.5/19/9	字○宗	2.1/8/25	謹因○戎長霍圉封上	11.2/58/12
昭銘景○	3.5/19/10	搢紳儒○	2.3/10/28	仗沖靜以○民	12.3/63/22
帝曰文○	3.5/19/13	將羽○騎	3.2/16/9	凡所○君	12.4/63/28
今我文○	3.5/19/15	是以德行儒○	3.6/19/25	往○邦國	12.26/68/9

靈 líng	71
威○振耀	1.5/4/9
魂而有○	1.6/5/4,1.8/7/7
	4.6/27/4
奮○武	1.8/7/1
鎮表○域	1.9/7/16
乃造○廟	1.10/8/6
德通○	1.10/8/14
純懿淑○	2.1/9/6
君膺皇○之清和	2.2/9/16
精○所寧	2.2/10/7
苞○曜之純	2.3/10/27
君應坤乾之淳○	2.5/11/26
洞○神明	2.5/12/13
應天淑○	2.6/13/6
綜物通○	2.9/15/6
公惟岳○	3.1/16/3
祗事三○	3.3/17/24
具送○柩之資	3.7/21/22
公應天淑○	4.1/22/10
道○和〔拂〕	4.2/23/13
几筵○設	4.3/25/6
山岳降○	4.4/25/13
綜精○之幽情	4.5/26/12
齊述湘○	4.5/26/20
爰祔○于皇姑	4.6/27/12
或有神誥○表之文	4.7/27/26
遷○柩而同來	4.7/28/6
誕育○姿	5.1/29/1
○柩將窆	5.5/32/3
○魂裹裹	5.5/32/9
爇畀祖○	6.1/33/5
應氣淑○	6.4/34/11
從皇祖乎○兆兮	6.4/34/14
夫人生應○和	6.5/34/22
尋想遊○	6.6/35/22
以陛下威○	7.2/36/25
今畏服威○	8.1/44/21
威○神行	8.3/45/26
感物悟○	9.1/47/6
賴祖宗之○以獲有瘳	9.4/48/24
孝和皇帝、孝順皇帝、	
孝○皇帝	9.6/49/22
伏惟陛下應天淑○	9.7/49/29
覽太室之威○	11.3/59/2
想宓妃之○光兮	11.3/59/8

稟醇和之○	11.8/61/7
應神○之符	11.8/62/14
滌穢濁兮存正○	11.8/62/23
信荊山之良寶、○川之	
明珠也	12.3/63/21
託○神僊	12.8/64/23
是以○祗	12.12/65/24
斯乃祖禰之遺、盛德	
之所賑也	12.12/65/24
矧貪○賑	12.12/65/28
降生○獸	12.15/66/15
載璞○山	12.19/67/5
潛德保○	12.22/67/19
乃祀社○	12.25/68/3
而光晃曆以《考○曜》	
二十八宿度數	13.2/71/22
以今渾天圖儀檢天文亦	
不合于《考○曜》	13.2/71/23
與江湘乎通○	14.1/74/24
明珠胎于○蚌兮	14.1/74/25
受精○之造化	14.2/75/3
夜託夢以交○	14.3/75/13
于○宇之前庭	14.16/78/8
明星神、一曰○星	15.1/85/20
○星、火星也	15.1/85/20
初置○官祠、后土祠	15.1/85/22
高帝、惠帝、呂后攝政	
、文帝、景帝、武帝	
、昭帝、宣帝、元帝	
、成帝、哀帝、平帝	
、王莽、聖公、光武	
、明帝、章帝、和帝	
、殤帝、安帝、順帝	
、沖帝、質帝、桓帝	
、○帝	15.1/89/26
趙武○王效胡服	15.1/95/23
趙武○王好服之	15.1/96/10
亂而不損曰○	15.1/96/27

領 lǐng	6
○州郡則有虎牙之威	1.6/4/24
○州如故	3.7/21/2
截臣首○	11.2/57/21
〔○戶不盈四千〕	12.9/64/29
○如蝀蟧	14.5/75/24
主閱○諸鬼	15.1/86/13

令 lìng	145
臨淄○賂之贓多	1.1/2/6
以遇赦○	1.1/2/9
上邽○皇甫禎	1.1/2/10
歲餘拜尙書○	1.1/2/14
幸遇贖○	1.1/2/17
起家拜尙書○	1.6/4/21
烈祖尙書○	1.8/6/21
用拜宛陵○	1.8/6/26
昭○德	1.8/7/2
時○太山萬熙稽古老之	
言	1.10/8/5
○問顯乎無窮	2.1/9/6
○問不顯	2.2/9/16
許○以下至于國人	2.2/10/1
三公遣○史祭以中牢	2.3/11/2
守中有○	2.3/11/3
高祖、祖父皆豫章太守	
潁陰○	2.6/12/24
太尉張公、兗州劉君、	
陳留太守淳于君、外	
黃○劉君僉有休命	2.7/14/1
時○戴君臨喪命謚	2.8/14/20
陳遵、桓典、蘭臺○史	
十人	3.2/16/9
避公車○	3.2/16/16
還陳倉○	3.3/17/12
兼包○錫	3.3/17/18
可謂高朗○終	3.4/18/10
○聞流行	3.6/19/28
永遺○勳	3.6/20/10
郡守○長	3.7/20/24
乃○諸儒	3.7/21/13
教○溫雅	3.7/21/15
徵拜太中大夫、尙書○	
、太僕、太常、司徒	4.1/22/19
引公爲尙書○	4.2/23/22
祖父番禺○	4.5/25/24
生太傅安樂鄉侯廣及卷	
○康而卒	4.5/25/25
○儀小心	4.6/26/25
寧舉茂才葉○、京○爲	
議郎	4.6/27/1
允有○德	4.7/27/18
初爲濟陽○	5.1/28/15
考以○舍下溼	5.1/28/16

授高密〇	5.2/29/12	廟中	10.1/54/2	太史〇張壽王挾甲寅元	
歷僕射〇納言	5.2/29/15	子貢非廢其〇而請去之	10.1/54/4	以非漢曆	13.2/71/7
〇聞有彰	5.4/31/13	〇無逆政	10.1/54/6	曰「天子〇德	13.4/72/30
以表〇德	5.5/32/5	取《月〇》爲紀號	10.1/54/7	所謂天子〇德者也	13.4/73/1
麴遂〇五瓊	6.1/32/25	或云《月〇》呂不韋作	10.1/54/8	昴于〇德者也	13.4/73/3
式明〇德	6.2/33/16	子何爲著《月〇說》也		其命〇一曰「策書」	15.1/79/11
〇聞芬芳	6.3/34/1		10.2/54/13	太史〇司馬遷記事	15.1/80/9
實有〇儀	6.4/34/11	以爲《月〇》體大經同		《月〇》曰	15.1/80/23
〇儀〇色	6.6/35/11		10.2/54/13		15.1/90/21
于其〇母	6.6/35/16	又不知《月〇》徵驗布		三公赦〇、贖〇之屬是	
申明禁〇	7.2/36/25	在諸經	10.2/54/15	也	15.1/81/12
設告緡重稅之〇	7.3/37/19	其要者莫大于《月〇》		尚書〇印重封	15.1/81/14
〇諸〔營〕甲士循行塞			10.2/54/21	唯赦〇、贖〇召三公詣	
垣	7.3/38/20	至及國家律〇制度	10.2/54/22	朝堂受制書	15.1/81/14
召光祿大夫楊賜、諫議		子說《月〇》多類以		尚書〇奏之	15.1/81/18
大夫馬日磾、議郎張		《周官》《左氏》	10.2/54/27	無尚書〇奏制字	15.1/81/19
華、蔡邕、太史〇單		《月〇》爲無說乎	10.2/54/28	天子命〇之別名	15.1/82/21
颺	7.4/38/26	《月〇》與《周官》竝		二曰〇	15.1/82/21
務〇分明	7.4/39/4	爲時王政之記	10.2/54/28	凡樹社者、欲〇萬民加	
又以非其月〇尊宿	7.4/40/26	《月〇》甲子、沈子所		肅敬也	15.1/85/25
申明門戶守禦之〇	7.4/40/28	謂似《春秋》也	10.2/54/29	園〇食監典省其親陵所	
所以〇安之也	7.4/42/1	《月〇》所用	10.2/55/1	宮人	15.1/91/6
輒〇百官上封事	7.5/43/19	孟春《月〇》曰	10.2/55/6	唯河南尹執金吾洛陽〇	
尚書〇日磾	9.2/47/24	而《〇》文見于五月	10.2/55/9	奉引侍中參乘奉車郎	
〇月吉日	9.7/49/30	《〇》不以曆節言	10.2/55/10	御屬車三十六乘	15.1/93/9
〇聞不忘	9.7/50/3	中春《〇》	10.2/55/13	侍中、中常侍、侍御史	
〇守已郡	9.9/50/22	著《月〇》者	10.2/55/15	、主者郎〇史皆執注	
謹承天順時之〇	10.1/51/30	中冬《〇》曰	10.2/55/20	以督整諸軍車騎	15.1/93/11
昭〇德宗祀之禮	10.1/51/30	申宮〇	10.2/55/20	春秋上陵〇又省于小駕	
故昭〇德以示子孫	10.1/52/7	《〇》以中秋「築城郭」			15.1/93/11
《〇》曰 10.1/52/29,10.1/53/26			10.2/55/28	直事尚書一人從〇以下	
10.1/53/27,10.2/55/24		取之于《月〇》而已	10.2/56/5	皆先行	15.1/93/12
〇祀百辟卿士之有德于		反〇每行一時轉三句	10.2/56/9	天地五郊、明堂月〇舞	
民者	10.1/52/29	孟春行夏〇	10.2/56/9	者服之	15.1/96/4
《月〇》記曰	10.1/53/3	孟夏反〇『行冬〇	10.2/56/11		
《月〇篇名》曰	10.1/53/19	季冬反〇『行春〇	10.2/56/13	**流 liú**	**52**
天子發號施〇	10.1/53/19	行季春〇爲不致災異	10.2/56/14		
故謂之月〇	10.1/53/20	《月〇》服食器械之制		其拔賢如旋〇	1.6/4/24
故以明堂冠月〇以名其			10.2/56/18	匡〇祉	1.10/8/18
篇	10.1/53/21	白馬〇李雲以直言死	11.3/58/18	周〇華夏	2.1/8/28
《孟春〇》曰	10.1/53/23	遺不滅之〇蹤	11.8/61/12	夫水盈而〇	2.6/13/1
《月〇》	10.1/53/25	元正〇午	12.25/68/3	固已〇芳名	3.2/16/15
《仲春〇》曰	10.1/53/28	風률、天之號〇	13.1/69/6	惟我下〇	3.3/17/19
則夏之月〇也	10.1/53/30	明堂月〇	13.1/69/15	令聞〇行	3.6/19/28
而《月〇》（弟）〔第〕		又〇三公謠言奏事	13.1/70/4	含涕〇恻	3.6/20/5
五十三	10.1/54/1	足〇海內測度朝政	13.1/70/6	〇惠和	3.7/20/17
受《月〇》以歸而藏諸		宜搜選〇德	13.1/70/29	或失土〇播	3.7/21/4

如彼川○	3.7/21/17	加陳○府君以益州之譖	1.7/5/12	朱綠藻有十二○	15.1/94/14
○統罔極	4.1/23/5	實爲陳○太守	1.8/6/22	是爲十二○	15.1/94/17
激清○以盪邪	4.2/23/14	○葬所卒	2.3/10/25	朱綠九○青玉珠	15.1/94/18
輔世樹功○化者	4.3/25/5	陳○太守之孫	2.5/11/26	卿大夫七○黑玉珠	15.1/94/18
福祚○衍	4.5/26/19	于是從遊弟子陳○、申		天子十二○	15.1/94/26
遂大漸兮速○	4.6/27/10	屠蟠等悲悼傷懷	2.6/13/5		
枝○葉布	5.2/29/8	陳○外黃人	2.7/13/13	**榴 liú**	1
抗○行	5.2/29/11	太尉張公、兗州劉君、			
光寵宣○	5.2/30/3	陳○太守淳于君、外		庭陬有若○	14.19/78/25
而澀水長○	6.1/32/20	黃令劉君僉有休命	2.7/14/1		
折湍○	6.1/32/26	○拜光祿大夫	3.1/15/19	**劉 liú**	20
○水門	6.1/32/27	○其故本	3.7/21/14		
清○浸潤	6.1/32/27	○墳州土	3.7/21/20	○彼裔土	1.6/5/1
我有長○	6.1/33/2	欲○此爲	4.5/26/6	○卷卒	1.7/6/6
○于罔極	6.2/33/17	公之季子陳○太守碩卒		葬○文公	1.7/6/6
從誨如○	6.3/33/23	于洛陽左池里舍	4.5/26/8	○卷者何	1.7/6/7
哀慘戚以○涕兮	6.4/34/15	葬我夫人黃氏及陳○太		有王叔○氏之比	1.7/6/12
如川之○	6.5/35/2	守碩于此高原	4.5/26/15	太尉張公、兗州○君、	
○離溝壑	7.2/36/19	季以高（弟）〔第〕爲		陳留太守淳于君、外	
民人○移于四方	7.3/38/1	侍御史諫議大夫侍中		黃令○君僉有休命	2.7/14/1
疾癘○行	7.4/40/20	虎賁中郎將陳○太守	4.6/27/2	詔使謁者○恆齎印綬	5.4/31/7
視閭則疾癘○行	7.4/40/21	曾不可乎援（○）〔招〕		詔使謁者○恆即授印綬	5.5/31/24
河○滿溢	7.4/40/22		4.6/27/11	十門○寵龐訓北面	7.4/39/2
欲清○蕩濁	7.4/42/7	不愍少○	4.7/28/4	故太尉○寵聞人饗寵	7.4/42/10
加以洪○爲災	8.1/44/8	即拜陳○太守	5.4/31/7	問臣以大鴻臚○部前爲	
○恩布澤	8.1/44/24	俾守陳○	5.4/31/16	濟陰太守	7.5/43/9
輒○汗墨	8.3/45/29	拜陳○太守	5.5/31/24	○爲撫寧有方	9.3/48/13
臣某等聞周有○蚩之亂	9.1/46/27	于是陳○主簿高吉蔡軫		太僕王舜、中壘校尉○	
火燼○沸	9.1/47/3	等	5.5/32/1	歆據經傳義	9.6/49/11
臣○離藏竄十有二年	9.2/47/17	故陳○太守胡君子曰根	6.4/34/7	郎中○洪密于用算	11.2/58/1
憎疾臣者隨○埋沒	9.2/47/17	寢疾彌○	6.6/35/21	追○定之攸儀兮	11.3/59/3
不勝忪蒙○汗	9.8/50/13	惟陛下○神	7.2/37/4	伏見幽州刺史楊熹、益	
庶幾多識前言往行之○		私○京師	7.3/37/9	州刺史龐芝、涼州刺	
	10.2/54/24	惟陛下○神省察	8.3/45/29	史○虔	13.1/70/1
雖肝腦○離	11.2/58/12	伏見陳○邊讓	8.4/46/7	昔○向奏曰	13.1/70/5
操方舟而泝湍○兮	11.3/59/7	今封邑陳○雍丘高陽鄉		除王莽、○聖公	15.1/90/1
伕非明勇于赴○	11.8/62/20	侯	9.9/50/17	謂之○氏冠	15.1/95/27
今將患其○而塞其源	13.3/72/23	伏惟○漏刻一省	9.10/51/20		
洪○森以玄清	14.1/74/22	白朝廷敕陳○太守〔發〕		**騮 liú**	1
滄澶湲以安○	14.1/74/25	遣余到偃師	11.3/58/19		
願乘○以上下	14.1/74/28	佇淹○以候霽兮	11.3/59/11	造父登御于驊○	11.8/62/19
周○四垂	14.12/77/11	如行如○	14.13/77/23		
謂○水四面如璧	15.1/88/27			**柳 liǔ**	1
		旒 liú	6		
留 liú	32			南瞻井○	14.5/76/3
		冕冠垂○	15.1/94/14		
陳○蔡邕議曰	1.7/5/8	周禮、天子冕前後垂延			

六 liù	99
兼包〇典	1.7/6/2
尋綜〇藝	1.8/6/23
享年〇十有四	1.8/7/4
漢皇二十一世延熹〇年	
夏四月乙巳	1.8/7/4
維漢二十一世延熹〇年	1.9/7/12
遂考覽〇籍	2.1/8/28
〇辟三府	2.3/10/17
總〇經之要	2.5/11/27
建寧二年〇月卒	2.9/15/5
〇年守靜	3.1/15/19
三作〇卿	3.3/17/17
〇在九卿三事	3.4/18/9
亦惟三禮〇樂	3.5/18/30
永興〇年夏卒	3.6/20/5
年〇十有七	3.7/21/19
是以周覽〇經	4.1/22/12
光弼〇世	4.1/22/24
〇驥習訓	4.2/23/23
亮皇極于〇世	4.2/23/29
光輔〇世	4.3/24/24
左右〇世	4.4/25/15
夫人居京師〇十有餘載	4.5/26/4
乃以建武元年〇月乙未	5.1/28/21
享國三十有〇年	5.1/28/22
七十有〇	5.2/29/19
春秋〇十有三	6.5/34/27
穀價一斛至〇七百	7.2/36/18
熹平〇年秋	7.3/37/8
〇沴作見	7.4/41/10
（引）〔列〕在〇逆	7.4/42/15
其遠者〇年	7.5/43/12
臣年四十有〇	7.5/43/22
遵〇事之求	8.1/44/10
罷出宮妾免遣宗室沒入	
者〇百餘人	8.1/44/13
蠲正憲法〇千餘事	8.1/44/14
康百之會	8.1/44/26
累葉相繼〇十餘載	9.1/47/2
此〇臣	9.2/47/26
歷年一百〇十五載	9.4/48/21
欲就〇廟	9.6/49/17
靖綏〇合	9.7/50/2
保氏教以〇藝守王闈	10.1/52/23
屋園屋徑二百一十〇尺	

	10.1/53/13
太廟明堂方三十〇丈	10.1/53/14
陰陽九〇之變也	10.1/53/14
〇九之道也	10.1/53/15
三十〇戶	10.1/53/16
今日〇騶	10.2/55/24
《周官》、天子馬〇種	
	10.2/55/25
〇種別有騶	10.2/55/25
故知〇騶	10.2/55/25
〇騶屬焉	10.2/55/26
知當為〇也	10.2/55/26
沃若〇轡	11.1/57/11
前後〇年	11.2/57/19
體有〇篆	11.6/60/10
韞櫝〇經	11.8/61/8
埒〇合之穢惡	11.8/61/9
連衡者〇印磊落	11.8/61/19
檢〇合之群品	11.8/61/26
翶〇龍	12.10/65/11
厥中月之〇辰	12.10/65/12
光〇幽	12.11/65/16
〇極之厄	12.29/68/23
〇月徂暑	12.29/68/24
去〇月二十八日	13.1/69/11
〇事	13.1/70/19
臣聞孝文皇帝制喪服三	
十〇日	13.1/70/24
黃帝、顓頊、夏、殷、	
周、魯凡〇家	13.2/71/5
有〇家紛錯	13.2/71/7
《元命苞》、《乾鑿度》	
皆以為開闢至獲麟二	
百七十〇萬歲	13.2/71/15
竟己酉、戊子及丁卯部	
〇十九歲	13.2/71/16
而光晃以為開闢至獲麟	
二百七十五萬九千八	
百八十〇歲	13.2/71/18
獲麟至漢百〇十二歲	13.2/71/18
博〇經而綴百氏兮	14.8/76/20
放一斂〇	14.13/77/23
天子后立〇宮之別名	15.1/83/21
〇神之別名	15.1/85/19
〇號之別名	15.1/87/4
太祝掌〇祝之辭	15.1/87/15
《潛》、一章〇句	15.1/88/2

《雅》、一章十〇句	15.1/88/2
《貲》、一章〇句	15.1/88/10
顓頊曰《莖》	15.1/89/3
八八〇十四人	15.1/89/5
公之樂《〇佾》	15.1/89/5
象〇律也	15.1/89/6
三百八十〇年	15.1/90/1
三百〇十〇年	15.1/90/1
一世、二世、三世、四	
世、五世、〇世、七	
世、八世、九世、十	
世、十一世、十二世	
、十三世、十四世、	
十五世、十〇世	15.1/90/10
常以〇月朔、十月朔旦	
朝	15.1/92/26
後又以盛暑省〇月朝	15.1/92/27
唯河南尹執金吾洛陽令	
奉引侍中參乘奉車郎	
御屬車三十〇乘	15.1/93/9
駕〇馬	15.1/93/14
或〇馬	15.1/94/7
千石、〇百石以下至小	
吏冠一梁	15.1/94/23
千石、〇百石以下一梁	
	15.1/95/17

霤 liù	6
曰司命、曰中〇、曰國	
行、曰國門、曰泰厲	
、曰戶、曰竈	15.1/85/1
曰司命、曰中〇、曰國	
門、曰國行、曰公厲	15.1/85/4
中〇	15.1/85/12
其祀中〇	15.1/85/12
〇神在室	15.1/85/12
祀中〇	15.1/85/13

隆 lóng	16
干其〇指	1.1/1/25
在棟伊〇	3.3/17/23
禮接優〇	3.7/21/15
升〇以順	4.3/25/3
名莫〇不朽	5.2/29/20
既〇且昌	6.6/35/27

蘆 lú	**1**	○襄公在楚	15.1/80/24	華、蔡邕、太史令單	
				飀	7.4/38/26
熱地蝗兮○即且	11.4/59/29	**鹿 lù**	**5**	舉賢良而寵○之	7.4/40/4
				光○勳偉璋所在尤貪濁	7.4/42/5
鹵 lǔ	**6**	拜鉅○太守	1.1/2/12	光○大夫橋玄	7.4/42/9
		鉅○太守	1.6/4/19	使爾受○于天	9.5/49/3
昔日○田	6.1/33/1	《○鳴》三章	14.12/77/15	受○于天	9.7/50/2
田疇斥○	6.1/33/3	祖鉅○都尉曰皇祖	15.1/92/2	才羨者荷榮○而蒙賜	11.8/61/11
車駕次（弟）〔第〕謂		麋○解角	15.1/93/1	主豐其○	11.8/61/31
之○簿	15.1/93/6			仕不苟○、絕高也	12.7/64/16
名曰甘泉○簿	15.1/93/8	**陸 lù**	**3**	但守奉○	13.1/70/15
公卿不在○簿中	15.1/93/9			又無○仕之實	13.1/70/26
太僕奉駕上○簿于尚書		周愼逸于博（士）〔○〕			
	15.1/93/10		4.3/24/20	**路 lù**	**23**
		合縱者駢組○離	11.8/61/19		
虜 lǔ	**6**	○則對坐	13.10/74/7	世○多險	2.5/12/7
				通清夷之○	2.7/13/21
凶○革心	1.1/1/26	**賂 lù**	**3**	休聲載○	2.7/14/5
自爲寇○則誅之	7.2/36/21			時道○艱險	3.7/21/20
況此醜○	7.3/38/6	臨淄令○之贓多	1.1/2/6	○車雕驂	4.1/23/4
豈與蟲螘之○	7.3/38/10	沒入財○非法之物	1.1/2/17	餘貨委于○衢	4.2/23/15
叛○降集	8.1/44/21	春秋因魯取宋之姦○	10.1/52/5	朝春○寢	4.6/26/28
外有寇○鋒鏑之艱	10.2/54/18			○人感愴	5.5/32/3
		祿 lù	**31**	道○不通	7.3/37/20
魯 lǔ	**19**			今者道○紛紛	7.4/41/25
		徙拜光○大夫	1.1/2/18	○丘墟以盤縈	11.3/58/26
昔○季孫行父卒	1.7/5/26	凡所獲○	1.1/2/21	○阻敗而無軌兮	11.3/59/10
○之季文子、孟懿子	1.7/6/5	其以光○大夫玄爲太尉	1.4/3/21	哀正○之日滋	11.3/59/17
○有尼父	1.7/6/14	拜光○大夫	1.6/4/21	跋涉遐○	11.3/59/19
以《○詩》教授	3.6/19/24	秉權食○	1.7/5/25	騁驚駘于脩○	11.8/62/4
屬扶風○宙、穎川敦歷		光○勳之子也	2.5/11/26	群車方奔乎險○	11.8/62/12
等	4.3/24/13	仕不爲○	2.7/13/27	道○孔夷	12.9/65/2
春秋○定、哀公之時	7.4/41/19	留拜光○大夫	3.1/15/19	曖曖玄○	12.14/66/9
臣聞○侯能孝	8.2/45/12	遷少府光○勳	3.3/17/14	道○開張	12.26/68/8
侍中○旭	9.2/47/25	又以光○大夫受命司徒	3.3/17/15	博開政○	13.1/69/31
春秋因○取宋之姦賂	10.1/52/5	其○逮作御史	3.5/18/25	數○而已	13.1/70/11
○太廟皆明堂也	10.1/52/9	命公再作光○	3.5/18/28	洶洶道○	13.1/70/29
○禘祀周公于太廟明堂	10.1/52/9	與○終始	4.1/22/25	車服照○	14.2/75/7
命○公世世禘祀周公于		與福○乎終始	4.2/24/1		
太廟	10.1/52/13	廣歷五卿七公再封之○	4.5/26/1	**戮 lù**	**12**
所以廣○于天下也	10.1/52/14	除郎中光○茂才	5.2/29/11		
歌于○太廟	10.1/52/14	不求榮○	6.2/33/13	其○力閑私	1.4/3/23
明○之太廟	10.1/52/14	得大夫之○	6.2/33/14	迫以刑○	2.2/9/20
《詩・○頌》云	10.1/53/7	獲福○之豐報	6.5/34/26	刑○廢于朝市	4.2/23/15
○文公廢告朔而朝	10.1/54/3	膺茲祉○	6.6/35/14	雖庶物○力	4.3/25/6
黃帝、顓頊、夏、殷、		召光○大夫楊賜、諫議		○力戎功	5.1/28/20
周、○凡六家	13.2/71/5	大夫馬日磾、議郎張		武夫○力	7.3/37/16

○孝弟之性	3.6/19/22
○性貞固	4.1/22/10
思順○信	4.1/22/30
體和○忠	4.2/23/28
○信思順	4.5/26/19
正身○道	6.2/33/11
乃撰錄母氏之德○	6.5/34/20
小有馘截首級、○傷涉	
血之難	9.9/51/5
鞞鞸鼓兮補○樸	11.4/59/30
○霜知冰	11.8/62/11
修仁○德者	12.12/65/23
察其所○	14.5/75/26
九卿正○	15.1/82/28
○絢○	15.1/94/19

縷 lǚ　　　　2

其狀如婦人○簏	15.1/95/2
形制似○簏	15.1/96/3

律 lǜ　　　　14

眔○其器	6.3/34/1
百官于是乎戒懼而不敢	
易紀○	10.1/52/8
同○度量衡	10.1/53/28
至及國家○令制度	10.2/54/22
先治○曆	11.2/57/31
出入○呂	14.10/77/3
協之鍾○	14.12/77/13
乘輿出于○	15.1/80/12
○曰「敢盜乘輿、服御	
物	15.1/80/12
○中大蔟	15.1/83/3
○中大呂	15.1/83/6
○中黃鍾	15.1/83/9
象六○也	15.1/89/6
法○家皆曰列侯	15.1/92/17

綠 lǜ　　　　9

○葉參差	14.12/77/11
（疑育）〔挺青〕檗之	
○英	14.16/78/9
○葉含丹榮	14.19/78/25
絹綟色似○	15.1/83/19

○車名曰皇孫車	15.1/93/16
周禮、天子冕前後垂延	
朱○藻有十二旒	15.1/94/14
朱○裏而玄上	15.1/94/16
朱○九旒青玉珠	15.1/94/18
偃傳青構○幘	15.1/95/5

慮 lǜ　　　　11

王爵不能滑其○	2.5/12/8
遠圖長○	4.5/26/6
揣度計○	6.1/32/25
育晏策○	7.3/37/26
心○愚暗	7.4/39/7
納其英○	7.4/42/11
願明將軍回謀守○	8.4/46/17
心煩○亂	9.9/51/9
聊弘○以存古兮	11.3/58/23
養不斷之○者	13.1/70/5
大○慈民曰定	15.1/96/28

巒 luán　　　　1

久（佐）〔在〕煎熬○	
哉之間	8.4/46/17

鑾 luán　　　　2

前驅有九斿雲罕闟戟皮	
軒○旗	15.1/94/3
車皆大夫載○旗者	15.1/94/3

鸞 luán　　　　3

○鳴雍雍	12.26/68/8
○鳳挫翮	12.28/68/18
○鳳翔其顛	14.12/77/12

卵 luǎn　　　　1

祭春薦韭○	15.1/84/14

亂 luàn　　　　24

興兵作○	1.1/1/27
俄而漢室大○	3.7/20/17
禍○克定	5.1/29/2

外戚梁冀乘寵作○	5.3/30/13
喜不○莊	6.6/35/17
遂爲篡○	7.4/39/27
由是爲○	7.4/40/12
恩○則風	7.4/40/21
臣某等聞周有流彘之○	9.1/46/27
以靖○整殘	9.1/47/1
兵起○作	9.1/47/4
遭王莽之○	9.4/48/20
關東吏民敢行稱○	9.4/48/21
後遭王莽之○	9.6/49/12
心煩慮○	9.9/51/9
○曰	11.3/59/19
心○目眩	11.7/60/25
理○相承	11.8/61/24
乃○其情	11.8/62/3
由是撫○以治	12.3/63/22
武王定禍○	12.12/65/21
舞者○節而忘形	14.11/77/7
克定禍○曰武	15.1/96/26
○而不損曰靈	15.1/96/27

倫 lún　　　　13

彝○不敘	1.3/3/16
潁川陳君命世絕○	2.3/10/23
彝○攸敘	2.3/11/1
感絕○之盛事	2.6/13/5
公孫同○莫能齊焉者矣	3.2/16/15
卓爾超○	3.2/16/28
宜洽人○	3.3/17/15
彝○所由順序	3.5/19/2
人○輯睦	4.2/23/17
敘彝○	5.2/29/18
序彝○	11.8/61/9
實人○之肇始	14.2/75/4
建皇極而序彝○	14.8/76/21

淪 lún　　　　5

○于無內	2.5/11/28
于是故臣懼○休伐	3.7/21/23
遺愛不○	4.2/24/7
幽情○于后坤兮	4.7/28/9
潛○大幽	6.5/35/3

綸 lún　3

彌○典術	1.9/7/18
彌○古訓	4.3/24/19
言語造次必以經○	5.4/31/1

輪 lún　5

及看○轂	9.9/50/23
使者安車輭○送迎而至 其家	15.1/82/28
拔壤厚二尺、廣五尺、 ○四尺	15.1/85/10
（幔）〔幰〕○有畫	15.1/93/16
金根箱○皆以金鑮正黃	15.1/94/7

論 lùn　26

○德謀迹	2.3/10/28
前人所希○	2.8/14/13
○者不見	3.2/16/19
上○《三墳》、《八索》 之典	3.7/21/16
○集行迹	4.2/24/4
鑒帝籍之高○	4.5/26/12
○者嘉之	6.2/33/12
時故護羌校尉田晏以他 ○刑	7.3/37/9
保塞之○	7.3/38/20
○者疑太尉張顥與交貿 爲玉所進	7.4/42/4
相引見○議	7.4/42/12
○其武勞	8.3/45/27
（據）〔處〕狐疑之○	8.4/46/11
是非講○而已哉	8.4/46/13
況于○者	9.2/47/26
陛下不復參○	9.3/48/4
死者○其功而祭	10.1/52/1
以周清廟○之	10.1/52/9
大司成○說在東序	10.1/52/28
古《○》《周官》《禮 記說》	10.2/56/4
舉大略而○旉	11.6/60/17
	11.7/60/27
而○者諄諄如也	13.3/72/11
其○交也	13.3/72/12
括二○而言之	13.3/72/25

《春秋》之○銘也	13.4/72/30

羅 luó　5

車師後部阿○多、卑君 相與爭國	1.1/1/27
收阿○多、卑君	1.1/1/28
阿○多爲王	1.1/1/28
包○五典	3.2/17/1
被浣濯而○布	11.3/59/2

洛 luò　21

除郎中○陽左尉	1.1/1/21
	1.6/4/17
括河、○之機	2.5/11/27
葬于○陽塋	4.1/22/28
公之季子陳留太守碩卒 于○陽左池里舍	4.5/26/8
度茲○濱	4.5/26/20
于是群公諸將據河、○ 之文	5.1/28/20
河○盛溢	7.4/40/21
遷都○陽	9.4/48/20
○陽詔獄	11.2/57/23
余有行于京○兮	11.3/58/22
瞰○汭之始并	11.3/59/3
在○之涘	12.27/68/14
深引《河○圖讖》以爲 符驗	13.2/71/29
○邑既成	15.1/87/18
伊、河、○也	15.1/88/18
世祖都（河）〔○〕陽	15.1/88/19
都○陽	15.1/90/28
今○陽諸陵	15.1/91/5
公卿以下陳○陽都亭前 街上	15.1/92/22
唯河南尹執金吾○陽令 奉引侍中參乘奉車郎 御屬車三十六乘	15.1/93/9

絡 luò　1

○繹遷延	11.6/60/14

落 luò　5

錯○其間	11.7/60/24
連衡者六印磊○	11.8/61/19
○○然高風起世	12.3/63/21
《訪○》、一章十二句	15.1/88/6

雒 luò　2

○陽東界關亭之阿	4.5/26/15
于是乃以三月丁亥來自 ○	9.4/48/23

掠 lüè　1

無劫○之寇	3.7/20/23

略 lüè　14

○舉首目	2.2/9/29
君遇險而建○	3.7/20/20
智○周密	4.1/22/14
牧兵○地	5.1/28/20
〔明○〕兼動	5.2/29/11
乃命方○大吏	6.1/32/24
以次大義○舉	8.4/46/9
而《記》家記之又○	10.2/54/14
○舉其尤者也	10.2/56/15
不已○乎	10.2/56/18
故予○之	10.2/56/26
○以所有舊事與臣	11.2/57/28
舉大○而論旉	11.6/60/17
	11.7/60/27

麻 má　4

緦○設位	2.3/11/4
秋食○犬	10.2/56/17
○爲火	10.2/56/25
○冕、禮也	15.1/94/13

馬 mǎ　44

臣犬○齒七十	1.4/3/22
人○疲羸撓鈍	1.5/4/3
人逸○畜	1.5/4/4
○不帶鈌	1.5/4/7

無食粟之○	1.7/5/26	或四○	15.1/94/7	犹、威○荊	7.3/37/12
皇帝遣中謁者陳遂、侍		或六○	15.1/94/7	與○夷之不討	7.3/38/16
御史○助持節送柩	3.2/16/9	司○殿門大護衛士服之		戒以○夷猾夏、寇賊姦	
置長史司○從事中郎	3.7/21/6		15.1/96/16	宄	13.2/72/1
受輅車、乘○、玄袞、					
赤舄之賜	3.7/21/24	**罵 mà**	**1**	**滿 mǎn**	**10**
車正○閑	4.2/23/23				
司徒袁公夫人○氏薨	6.5/34/19	○詈忿口	11.4/59/27	中葉當周之盛德有嬀○	
○道納光	6.6/35/25			者	2.2/9/14
士○死傷者萬數	7.2/36/18	**䄄 mà**	**1**	曰袁○來	6.3/33/22
兵利○疾	7.3/37/25			河流○溢	7.4/40/22
召光祿大夫楊賜、諫議		師祭講武類○之所歌也		天道虧○	7.4/43/2
大夫○日磾、議郎張			15.1/88/10	常○不溢	7.4/43/3
華、蔡邕、太史令單				不過○腹	9.9/51/10
颺	7.4/38/26	**埋 mái**	**1**	人毀其○	11.8/61/20
入北司○殿東門	7.4/39/25			云當○足	13.2/71/19
是時王莽爲司○	7.4/39/26	憎疾臣者隨流○沒	9.2/47/17	光魄虧○	13.2/71/21
王莽以后兄子爲大司○	7.4/40/12			不○百丈	15.1/81/7
先擒○元	8.4/46/4	**買 mǎi**	**2**		
不惟石慶數○之誤	9.8/50/12			**曼 màn**	**1**
執鞭跨○	9.9/50/23	拜故待詔會稽朱○臣	7.2/36/26		
《周官》、天子○六種		○臣郡民	7.2/36/28	辭繁多而○衍	10.2/54/23
	10.2/55/25				
《左氏傳》晉程鄭爲乘		**麥 mài**	**7**	**慢 màn**	**1**
○御	10.2/55/25				
當食○	10.2/56/24	○飯寒水閒用之	8.2/45/5	（慢）〔○〕輪有畫	15.1/93/16
而《禮》不以○爲牲	10.2/56/24	但用○飯寒水	8.2/45/9		
白○令李雲以直言死	11.3/58/18	春食○羊	10.2/56/17	**漫 màn**	**3**
乘○蠦而不進兮	11.3/58/22	然則○爲木	10.2/56/25		
我○虺隤以玄黃	11.3/59/5	酌○醴	13.8/73/28	澤○綿宇	3.5/19/13
有神○之使在道	12.1/62/31	夏薦○魚	15.1/84/14	休徵誕○	8.2/45/12
○爲御者良	12.24/67/31	老扈氏農正、趣民收○	15.1/86/6	罕○而已	11.8/62/18
故城門校尉梁伯喜、南					
郡太守○季長	13.5/73/14	**邁 mài**	**6**	**慢 màn**	**2**
轅○蹀足以哀鳴	14.11/77/7				
飲○長城	14.12/77/16	棄予而○	2.4/11/21	呂后甘棄○書之咎	7.3/38/7
車○、衣服、器械百物		將征將○	4.7/28/4	（○）〔慢〕輪有畫	15.1/93/16
曰「乘輿」	15.1/79/10	操○伯夷	5.2/29/11		
太史令司○遷記事	15.1/80/9	先民既○	5.4/31/13	**芒 máng**	**7**
孝元皇后父大司○陽平		曾不東○	5.5/32/9		
侯名禁	15.1/80/20	《時○》、一章十五句		長驅○阜	9.1/47/7
駕六○	15.1/93/14		15.1/87/22	若夫太昊蓐收句○祝融	
皆駕四○	15.1/93/14			之屬	10.2/54/30
在最後左騑○驂上	15.1/93/23	**蠻 mán**	**4**	連光○于白日	11.8/61/10
金鑱者、○冠也	15.1/93/23			何光○之敢揚哉	11.8/62/9
在○驂前	15.1/93/24	○夷率服	5.1/28/23	○○南土	12.8/64/21
繁纓在○膺前	15.1/93/25	周宣王命南仲吉甫攘獫		其神句○	15.1/85/15

茫 máng	2
○○大運	3.5/19/4

莽 mǎng	15
王○竊位	2.8/14/10
姦臣王○媮有神器十有	
八年	5.1/28/18
是時王○爲司馬	7.4/39/26
王○以后兄子爲大司馬	7.4/40/12
遭王○之亂	9.4/48/20
後遭王○之亂	9.6/49/12
常以爲《漢書》十志下	
盡王○	11.2/57/27
格○丘而稅駕兮	11.3/59/5
〔王○後十不存一〕	12.9/64/28
王○盜位	15.1/82/10
高帝、惠帝、呂后攝政	
、文帝、景帝、武帝	
、昭帝、宣帝、元帝	
、成帝、哀帝、平帝	
、王○、聖公、光武	
、明帝、章帝、和帝	
、殤帝、安帝、順帝	
、沖帝、質帝、桓帝	
、靈帝	15.1/89/26
除王○、劉聖公	15.1/90/1
呂后、王○不入數	15.1/90/2
王○無髮	15.1/95/8
王○禿	15.1/95/9

貓 māo	1
先嗇、司嗇、農、郵表	
畷、○虎、坊、水庸	
、昆蟲	15.1/86/25

毛 máo	6
尾身○已似雄	7.4/40/8
柔○剛鬣	9.4/48/25
羊曰柔○之屬也	15.1/87/5
羊曰柔○	15.1/87/8
編羽○引繫橦旁	15.1/94/3
羽○無後戶	15.1/94/8

茅 máo	10
錫封○土	2.8/14/11
拔○以彙	3.6/19/27
○茹不拔	8.1/44/15
是以清廟○屋	10.1/52/7
以○蓋屋	10.1/53/5
棘扈氏農正、常謂○氏	15.1/86/5
苴以白○授之	15.1/92/11
故謂之受○土	15.1/92/11
漢興以皇子封爲王者得	
○土	15.1/92/12
不受○土	15.1/92/13

旄 máo	1
始受○鉞鉦鼓之任	1.5/4/3

氂 máo	1
左纛者、以○牛尾爲之	
	15.1/93/23

孟 máo	1
○贄不臻	3.2/17/2

卯 mǎo	9
九月乙○	1.1/1/12
四月丁○	4.1/22/28
越若來四月辛○	4.3/24/12
是月辛○	4.5/26/8
粤翼日己○	4.5/26/14
元用乙○	13.2/71/3
竟己酉、戊子及丁○蔀	
六十九歲	13.2/71/16
青帝以未臘○祖	15.1/86/19
白帝以丑臘○祖	15.1/86/19

冒 mào	7
群類抵○	7.3/38/6
○昧自陳	7.5/43/27
耳目昏○	9.10/51/14
觸○死罪	11.2/58/11
虛○名氏	13.1/70/14

朦○朦○	14.5/76/2

茂 mào	12
著○實	3.2/16/15
淵泉休○	4.1/22/30
○功也	4.2/23/29
寧舉○才葉令、京令爲	
議郎	4.6/27/1
除郎中光祿○才	5.2/29/11
多稼○止	6.1/33/4
○德休行	6.3/33/22
○師其職	6.6/35/18
孝元皇帝皆以功德○盛	9.6/49/9
周道鞠爲○草兮	11.3/59/17
爾乃言求○木	14.12/77/11
形猗猗以豔○兮	14.16/78/9

耄 mào	2
登壽○耋	4.5/26/19
敦○純厚	7.4/42/9

貌 mào	10
凡見公容○	1.1/2/23
皆○之失也	7.4/40/9
○之不恭	7.4/40/9
○失則雨	7.4/40/21
取其宗祀之○	10.1/52/3
取其正室之○	10.1/52/3
形○有部	11.4/59/26
情不疏而○親	12.6/64/12
公卿冠委○	15.1/95/1
珠冕、爵弁收、通天冠	
、進賢冠、長冠、緇	
布冠、委○冠、皮弁	
、惠文冠	15.1/96/21

懋 mào	2
○勗厥心	12.20/67/11
○遷有無	14.1/74/27

枚 méi	1
大珠九○	15.1/96/3

眉 méi	2
○壽萬年	9.5/49/4
皓齒蛾○	14.5/75/23

梅 méi	1
《摽○》求其庶士	14.2/75/5

脢 méi	1
《艮》《兌》感其○腓	14.2/75/4

酶 méi	2
太尉○侯卓起自東土封	
畿之外	9.1/47/5
太尉○侯卓	9.2/47/18

禖 méi	2
是月獻羔以太牢祀高○	
	10.2/55/14
今章句因于高○之事	10.2/55/16

每 měi	17
○所臨向	1.6/4/25
○在袞職	2.3/10/23
○往滋通	3.7/21/17
○冀州長史初除	7.2/36/23
○訪群公卿士	7.4/41/13
近者○以辟召不愼	7.4/42/20
○有災異	7.5/43/19
○有餘賚	8.3/45/27
○敕勿謝	9.3/48/10
○帝即位	9.6/49/8
○月異禮	10.1/53/20
○月告朔朝廟	10.1/54/2
反令○行一時轉三句	10.2/56/9
○應一月也	10.2/56/14
臣○受詔	13.1/70/14
○帝各別立廟	15.1/90/24
○出	15.1/93/10

美 měi	28
人以爲○談	1.1/2/1
雖文武之○	1.7/5/9
百行莫○乎忠	1.7/5/14
盡人才之上○	2.4/11/14
以旌休○	2.5/12/14
韞櫝○玉	2.8/14/21
乃爲銘載書休○	2.9/15/5
不樂引○	3.2/16/22
若夫道術之○	3.4/18/12
以爲○談	4.5/25/25,9.10/51/19
姬○周原	5.1/28/24
懿鑠之○	5.2/29/17
柔和順○	6.4/34/12
是後精○異味	8.2/45/6
○義因政以出	8.2/45/12
使未○昭顯本朝	8.2/45/15
以廣振鷺西雝之○	8.3/45/28
參○顯宗	9.7/49/30
猶○三讓	9.9/50/28
侈申子之○城	11.3/58/27
○伯禹之所營	11.3/59/3
志好○飾	12.23/67/23
若器用優○	13.1/70/20
獲寶鼎于○陽	13.4/73/4
至行○誼	13.7/73/23
何根莖之豐○兮	14.16/78/10
神號、尊其名更爲○稱	15.1/87/4

妹 mèi	2
姊○何親	6.5/35/4
帝之姊○曰長公主	15.1/83/27

眛 mèi	10
蒙○以彪	6.5/35/2
暗○已成	7.4/42/4
冒○自陳	7.5/43/27
○死成之	10.2/54/22
矇○嗜酒	11.4/59/27
若公子所謂覿暧○之利	
	11.8/61/13
綜人事于晦○兮	14.8/76/21
群臣上書皆言○死言	15.1/82/10
去○死	15.1/82/10

主家庖人臣偃○死再拜	
謁	15.1/95/6

袂 mèi	1
公子謖爾斂○而興曰	11.8/61/14

眛 mèi	1
夫何矇○之謦兮	14.6/76/8

媚 mèi	7
曾無順○一言之求	1.1/2/24
○于天子	1.3/3/14
用○天子	1.8/6/23
思○周京爲高	8.1/44/25
入門各自○	11.5/60/4
○茲天子	12.2/63/15
都冶嫵○	14.5/75/25

寐 mèi	3
○息屏營	9.2/47/27
宵不○以極晨	11.3/59/12
夙興夜○曰敬	15.1/96/28

門 mén	108
三孤故臣○人	1.1/1/12
○人陳季珪等議所諡	1.7/5/8
順乎○人臣子所稱之宜	1.7/6/15
爾乃潛德衡○	2.1/8/30
允得其○	2.1/9/8
四○備禮	2.3/10/20
然猶私存衡○講誨之樂	2.5/12/3
乃托疾杜○靜居	2.5/12/7
乃更闢○延賓	2.5/12/10
塞邪枉之○	2.7/13/22
閉○靜居	2.7/13/24
于是○人學徒	3.1/16/2
于是○生大將軍何進等	3.4/18/10
則是○人二三小子	3.4/18/12
軍○祛禁	3.5/18/28
韞玉衡○	3.6/20/8
崇棟高○	3.7/20/24
保茲舊○	4.1/22/30

于是掾太原王允、雁○		閭里○非閭尹所主	10.2/55/21		15.1/86/13
畢整	4.3/24/13	父子一○	11.2/57/20	乃畫荼壘并懸葦索于○	
出入闥其無○	4.7/28/8	已出轂○	11.2/57/24	戶以禦凶也	15.1/86/14
爰暨○人	5.4/31/12	知臣頗識其○戶	11.2/57/28	黄帝曰《雲○》	15.1/89/3
若夫西○起鄴	6.1/32/19	甘衡○以寧神兮	11.3/59/18	後有金釭黄鉞黄○鼓車	15.1/94/4
流水○	6.1/32/27	木○闑兮梁上柱	11.4/59/30	宮○僕射冠卻非	15.1/95/2
示公之○人	6.5/34/20	入○各自媚	11.5/60/4	卻非冠、宮○僕射者服	
詣金商○	7.4/39/1	石○守晨	11.8/61/22	之	15.1/96/14
引入崇德殿署○內	7.4/39/1	夫世臣（閽）〔○〕子		司馬殿○大護衛士服之	
十○劉寵龐訓北面	7.4/39/2		11.8/61/30		15.1/96/16
召金商○	7.4/39/7	卑俯乎外戚之○	11.8/62/5	監○衛士服之	15.1/96/19
有白衣入德陽殿○	7.4/39/22	○無立車	12.2/63/11		
與中黄○桓賢暗言	7.4/39/22	衡○之下	12.18/66/30	**鼆** mén	1
入北司馬殿東○	7.4/39/25	齋則不入側室之○	13.1/69/20		
來入雲龍○	7.4/40/1	開群枉之○	13.1/70/5	○菼薍與臺菌兮	11.3/59/2
入太微西○	7.4/40/25	于盛化○差次錄（弟）			
申明○戶守禦之令	7.4/40/28	〔第〕	13.1/70/14	**悶** mèn	1
平城○及武庫屋各損壞	7.4/41/5	子夏之○人問交于子張			
臣愚以爲平城○、向陽			13.3/72/20	邂世無○	2.5/12/16
之○	7.4/41/5	故城○校尉梁伯喜、南			
所從出○之正者也	7.4/41/6	郡太守馬季長	13.5/73/14	**懣** mèn	1
其妖城○內崩	7.4/41/7	既臻○屏	14.2/75/7		
遠則○垣	7.4/41/20	通二○以征行兮	14.16/78/8	臣不勝憤○	13.1/69/13
續以永樂○史霍玉依阻		禁中者、○戶有禁	15.1/80/20		
城社	7.4/41/23	常以春分朝日于東○之		**峎** méng	2
下開託屬之○	7.4/42/22	外	15.1/82/23		
召詣金商○	7.5/43/16	秋夕朝月于西○之外	15.1/82/24	編戶齊○	6.1/32/20
破臣○戶	7.5/43/22	宗廟、社稷皆在庫○之		兆○蒙福	12.9/65/3
黄○闕樂	8.1/44/11	內、雉之外	15.1/84/2		
臣○下掾申屠蟜稱	8.2/45/3	自立二祀曰○曰行	15.1/84/7	**菕** méng	1
故羽林郎將李參遷城○		曰司命、曰中霤、曰國			
校尉	9.8/50/9	行、曰國○、曰泰厲		鼆菼薍與臺○兮	11.3/59/2
取其四○之學	10.1/52/4	、曰戶、曰竈	15.1/85/1		
日出居東○	10.1/52/20	曰司命、曰中霤、曰國		**萌** méng	6
日中出南○	10.1/52/20	○、曰國行、曰公厲	15.1/85/4		
見九侯及○子	10.1/52/20	曰族厲、曰○、曰行	15.1/85/6	驕吝不○于內	5.4/31/2
宮中之○謂之闈	10.1/52/21	○秋爲少陰	15.1/85/8	以杜漸防○	7.4/40/29
○、東南稱○	10.1/52/22	祀之于○	15.1/85/8	太平之○	8.2/45/12
故《周官》有○闈之學		祀之禮	15.1/85/8	利端始○	11.8/61/20
	10.1/52/22	北面設主于○左樞	15.1/85/8	蓺賓統則微陰○	11.8/61/24
師氏教以三德守王○	10.1/52/22	南面設主于○內之西行	15.1/85/9	不○于心	12.2/63/8
然則師氏居東○、南○		在廟○外之西	15.1/85/10		
	10.1/52/23	在廟○外之東	15.1/85/11	**盟** méng	2
保氏居西○、北○也	10.1/52/23	先（帝）〔席〕于○奥			
謹○閭	10.2/55/20	西東	15.1/85/11	而如同○	1.7/6/8
今日謹○闔	10.2/55/20	東北有鬼○	15.1/86/13	其禮與同○諸侯敵體故也	1.7/6/8
宮中之○曰闈	10.2/55/21	神荼與鬱壘二神居其○			

蒙 méng	26	威屬不○	3.6/19/22	不可○忘	6.6/35/26
		將卒良○	7.3/37/22	○地千里	7.3/37/23
或言彥○	1.10/8/1			而德曜○光	8.2/45/15
童○賴焉	2.1/9/1	孟 mèng	9	歷日○久	9.9/51/1
蔑爾童○	2.5/12/17			○信宿而後闋兮	11.3/59/13
童○來求	2.9/15/2	魯之季文子、○懿子	1.7/6/5	貴寵扇以○熾兮	11.3/59/14
後生賴以發祛○蔽、文		治○氏《易》、歐陽		○以陵遲	13.3/72/11
其材素者	3.4/18/5	《尚書》、韓氏《詩》		○霜雪而不彫兮	14.16/78/8
小子困○	3.4/18/15		5.4/30/26		
使夫○惑開析	4.3/24/17	《○春令》曰	10.1/53/23	糜 mí	1
○昧以彪	6.5/35/2	○春之月	10.1/53/25		
使越人○死徼幸	7.3/38/14	以驚蟄爲○春中	10.2/55/5	非臣碎首○軀所能補報	9.2/47/20
特○褒異	7.5/43/15	○春《月令》曰	10.2/55/6		
而言者不○延納之福	7.5/43/20	○春行夏令	10.2/56/9	麋 mí	1
臣被○恩渥	7.5/43/21	謂○夏也	10.2/56/10		
荅稱所○	9.3/48/11	○夏反令『行冬令	10.2/56/11	○鹿解角	15.1/93/1
未○省許	9.3/48/12				
臣當以頑○	9.3/48/14	夢 mèng	7	米 mǐ	2
不勝忪○流汗	9.8/50/13				
○恩徙還	9.9/50/21	貞○至言	9.2/47/22	歲五十萬穀各○	9.9/50/18
非臣草萊功勞微薄所當		恍惚如○	9.9/50/20	而○鹽煩碎	10.2/56/26
被○	9.9/50/25	宿昔○見之	11.5/60/3		
復○顯封	9.9/50/27	○見在我旁	11.5/60/3	弭 mǐ	2
忪○蔽罔	9.10/51/14	○陟首陽	12.1/62/30		
非臣罪惡所當復○	11.2/57/22	以其○陟狀上聞天子	12.1/62/31	懷少○而有欣	11.3/59/13
才羨者荷榮祿而○賜	11.8/61/11	夜託○以交靈	14.3/75/13	化祝、○災兵也	15.1/87/16
兆氓○福	12.9/65/3				
豈我童○孤稚所克任哉		迷 mí	2	靡 mǐ	26
	12.12/65/25				
亦○寵榮	13.1/70/29	皆各括囊○國	7.4/41/13	○所不識	1.6/4/16
○以熊皮	15.1/86/10	○損益之數	11.8/62/4	一罹眚○	1.7/6/2
				○以尚之	1.8/7/4
濛 méng	2	彌 mí	21	○所寘念	2.1/9/4
				于時○懲	2.3/10/28
雨○○而漸唐	11.3/59/5	歷世○久	1.7/5/11	○瞻○聞	2.4/11/21
		懼墳封○久	1.9/7/16	○則○效	2.6/13/9
矇 méng	5	○綸典術	1.9/7/18	幽暗（○不）昭爛	2.8/14/14
		歷載○年	1.10/8/1	用嬰胥○	3.1/15/20
○昧嗜酒	11.4/59/27	老而○壯	2.2/9/29	○不克明	3.3/17/16
瞳○不稽謀于先生	11.8/62/2	○遠益曜	2.6/13/9	○以加焉	3.6/20/4
○冒○冒	14.5/76/2	階級○崇	3.2/16/16	微墨榮而○係	4.3/24/22
夫何○昧之瞽兮	14.6/76/8	仰之○高	3.4/18/16	○所底念	4.7/27/26
		尊而○恭	4.2/23/26	饕餮風○	5.2/29/12
猛 měng	5	○綸古訓	4.3/24/19	天人○欺	5.2/30/2
		哀情結以○綱	4.6/27/10	○所瞻逮	5.5/32/9
威而不○	1.1/1/18, 4.3/24/14	傾阻邈其○遲	4.6/27/13	與人○爭	6.4/34/12
雖嚴威○政	2.2/9/20	寢疾○留	6.6/35/21	○所寫憂	6.5/34/19

○所瞻依	6.6/35/9	特旨○問政事所變改施		元和詔禮無○齋	7.1/36/9
○神不舉	6.6/35/21	行	7.4/39/4	○賈并坐	7.5/43/27
○有子遺	9.1/47/7	故特○問	7.4/41/14	罷出宮妾○遣宗室沒入	
功德○堪	9.10/51/15	夫君臣不○	7.4/43/4	者六百餘人	8.1/44/13
○有常制	11.7/60/22	陛下不念忠言○對	7.5/43/18	臣尚書邕○冠頓首死罪	9.3/48/3
○施不協	14.8/76/21	○勿在勤	8.1/44/23	三公以罪○	15.1/81/9
		納之機○	8.4/46/18	其○若得罪無姓	15.1/81/14
泌 mì	**3**	○疏特表	8.4/46/20		
		遂用臣邕充備機○	9.2/47/19	**沔 miǎn**	**1**
棲遲○丘	2.1/9/8	以舊典入錄機○事	9.2/47/24		
洋洋○丘	2.5/12/17	入登機○	9.3/48/3	兼漢○之殊名	14.1/74/23
○之洋洋	12.18/66/30	遂充機○	9.9/50/22		
		晝夜○勿	10.2/54/22	**勉 miǎn**	**3**
宓 mì	**1**	宜以當時所施行度○近			
		者	10.2/55/2	父○其子	3.7/21/21
想○妃之靈光兮	11.3/59/8	賈奉機○	11.2/57/19	妻○其夫	3.7/21/21
		郎中劉洪○于用算	11.2/58/1	士相○于公朝	4.3/24/22
祕 mì	**7**	○勿祗畏	13.1/69/5		
		○于太初	13.2/71/9	**俛 miǎn**	**2**
刊摘沈○	3.6/19/23	其言○事	15.1/82/6		
舒演奧○	3.6/19/26			力○起若愈	4.7/27/22
賜東園○器	4.1/22/27	**蜜 mì**	**1**	○仰取容	11.8/61/12
《河圖○徵篇》曰	7.4/41/1				
執事○館	7.5/43/15	肌如凝○	14.4/75/18	**娩 miǎn**	**1**
將○奧之不傳	11.7/60/27				
○弄乃開	14.12/77/14	**謐 mì**	**2**	雖得嬔（○）〔婉〕	14.5/75/28
密 mì	**36**	上下○寧	1.1/1/7	**冕 miǎn**	**15**
		化行有○	2.3/10/18		
入掌機○	1.1/1/11			嗣子業紱○相承	3.1/15/16
乃罹○罔	2.2/9/26	**綿 mián**	**3**	袞○紱班	3.3/17/24
沈靜微○	2.5/11/28			玉藻在○	4.1/23/3
精微周○	2.9/14/29	澤漫○宇	3.5/19/13	○鼎有丕顯之銘	13.4/73/2
○誠潛功	3.2/16/19	○○思遠道	11.5/60/3	皆平○文衣	15.1/92/18
其惟高○元侯乎	3.2/16/25			○冠	15.1/94/10
帝以機○齋栗	3.5/18/27	**免 miǎn**	**17**	加爵○其上	15.1/94/10
智略周○	4.1/22/14			戚○而舞《大武》	15.1/94/12
○靜周乎樞機	4.2/23/12	竟以不先請○官	1.1/2/7	麻○、禮也	15.1/94/13
與參機○	4.2/23/24	遂用○官	1.1/2/13	○冠垂旒	15.1/94/14
機○聖朝	4.3/24/18	可○升官	1.1/2/17	周禮、天子○前後垂延	
納于機○	4.4/25/14	用○其任	1.6/4/18	朱綠藻有十二旒	15.1/94/14
機○惟清	4.4/25/14	病○官	1.8/7/3	服周之○	15.1/94/20
黃壚○而無間兮	4.7/28/8	其時所○州牧郡守五十		天子、公卿、特進朝侯	
授高○令	5.2/29/12	餘人	3.1/15/23	祀天地明堂皆冠平○	
機○久缺	5.2/29/14	用○咎悔	4.7/27/20,4.7/28/2		15.1/94/23
○勿不忘	6.6/35/19	以疾自○	5.4/31/3,5.5/31/23	亦爲○	15.1/95/3
吏調政○	7.3/38/6	以將軍事○官	5.4/31/4	珠○、爵弁收、通天冠	

、進賢冠、長冠、緇
布冠、委貌冠、皮弁
、惠文冠　15.1/96/21

面 miàn　23

莫見其○　2.7/13/24
帝座己北○　3.4/18/7
從東省出就都座東○　7.4/39/2
十門劉寵龐訓北○　7.4/39/2
賜南○　7.4/39/2
日碑、華邑、颺西○　7.4/39/3
其猶○牆　9.2/47/24
聖人南○而聽天下　10.1/51/29
取其四○周水圜如璧　10.1/52/4
心猶首○也　13.11/74/12
○一日不修　13.11/74/12
咸知飾其○　13.11/74/13
夫○之不飾　13.11/74/13
故覽照拭○　13.11/74/14
○若明月　14.4/75/18
○北向陰　15.1/84/23
北○設主于門左樞　15.1/85/8
南○設主于門內之西行　15.1/85/9
北○設主于拔上　15.1/85/10
謂流水四○如璧　15.1/88/27
后東○　15.1/90/9
少帝西○　15.1/90/9
向御座北○　15.1/92/25

苗 miáo　7

光耀昆○　2.5/12/18
○胤不嗣　2.8/14/19
既○而不穗　6.3/34/2
封植遺○　8.1/44/17
臣子遺○裔　9.9/50/27
爰及○裔　9.9/51/4
率爾○民　12.14/66/10

杪 miǎo　1

○者邪趣　11.6/60/13

眇 miǎo　3

○悠悠而不追　4.6/27/14

唐虞○其既遠兮　11.3/59/17
○翽翽而獨征　11.8/62/24

淼 miǎo　1

洪流○以玄清　14.1/74/22

邈 miǎo　12

超○其猶　2.2/10/11
○矣先生　2.6/13/6,12.5/64/7
○哉伊超　3.4/18/15
有○其蹤　4.2/24/5
傾阻○其彌遲　4.6/27/13
厥迹○哉　5.1/28/25
○矣遺孫　6.2/33/17
休響○焉　6.6/35/12
超哉○乎　11.1/57/12
○悠悠之未央　11.3/59/4
德音○成　12.14/66/10

妙 miào　10

保此清○　2.1/9/9
秉玄○之淑行　2.2/9/16
體英○之高姿　2.6/12/24
術有玄○　2.9/15/7
德精性○　6.5/34/22
巧○入神　11.6/60/10
申屠蟠稟氣玄○　13.7/73/23
事深微以玄○　14.2/75/3
盡聲變之奧○　14.9/76/29
輕徹○好　14.15/78/3

廟 miào　131

蕃縣有帝舜○　1.1/2/9
乃造靈○　1.10/8/6
立○舊邑　2.2/10/2
國人立○　2.4/11/16
考翼佐世祖匡復郊○　2.8/14/11
新○奕奕　4.4/25/19
顧新○以累歔　4.6/27/13
左宗○　5.3/30/9,15.1/83/30
宗○之祭　7.3/38/17
簡宗○則水不潤下　7.4/40/22
交饗祖○　8.1/44/13

宗○墮壞　9.4/48/20
宗○之制　9.6/49/8,15.1/90/20
輒立一○　9.6/49/8
尊崇○稱　9.6/49/9
○稱世祖　9.6/49/12
○稱顯宗　9.6/49/13
○稱肅宗　9.6/49/14
欲就六○　9.6/49/17
臣謹案禮制〔天子〕七
　○、三昭、三穆、與
　太祖七　9.6/49/17
故以元帝爲考○　9.6/49/19
以七○言之　9.6/49/20
以宗○言之　9.6/49/20
○親未盡　9.6/49/22
明堂者、天子太○　10.1/51/27
其正中皆曰太○　10.1/51/30
則曰清○　10.1/52/3
則曰太○　10.1/52/3
則顯之太○　10.1/52/5
以明聖王建清○、明堂
　之義　10.1/52/6
戊申納于太○　10.1/52/6
是以清○茅屋　10.1/52/7
以周清○論之　10.1/52/9
魯太○皆明堂也　10.1/52/9
魯禘祀周公于太○明堂　10.1/52/9
猶周宗祀文王于清○明
　堂也　10.1/52/10
王齊禘于清○明堂也　10.1/52/10
太○、天子曰明堂　10.1/52/11
命魯公世世禘祀周公于
　太○　10.1/52/13
升歌清○　10.1/52/14
取周清○之歌　10.1/52/14
歌于魯太○　10.1/52/14
明魯之太○　10.1/52/14
猶周之清○也　10.1/52/15
太○明堂方三十六丈　10.1/53/14
日月俱起于天○營室五
　度　10.1/53/24
受《月令》以歸而藏諸
　○中　10.1/54/2
每月告朔朝○　10.1/54/2
猶朝于○　10.1/54/4
宗○之祭以中月　10.2/55/14
如○有桃梗　10.2/55/16

宗○致敬	13.1/69/7	寢○奕奕	15.1/90/22	遺不○之令蹤	11.8/61/12
清○祭祀	13.1/69/16	每帝各別立○	15.1/90/24	高受○家之誅	11.8/62/5
周○金人緘口以慎	13.4/73/3	毀先帝親盡之○	15.1/90/26	幾于毀○	13.7/73/23
天子諸侯宗○之別名	15.1/83/30	祖宗○皆世世奉祠	15.1/90/26	示○亡也	15.1/84/23
宗○、社稷皆在庫門之		殷祭則及諸毀○	15.1/90/27	秦○九國兼其車服	15.1/94/4
內、雉門之外	15.1/84/2	乃合高祖以下至平帝爲		秦○齊	15.1/95/13
天子三昭三穆與太祖之		一○	15.1/90/28	秦○楚	15.1/95/22
○七	15.1/84/2	更起○稱世祖	15.1/91/2	秦○趙	15.1/95/24
七○一壇一墠	15.1/84/2	孝明臨崩遺詔遵儉毋起			
曰考○、〔王考〕、		寢○	15.1/91/2	**蔑 miè**	**2**
皇考○、顯考○、祖		藏主于世祖○	15.1/91/2		
考○	15.1/84/3	是後遵承藏主于世祖○	15.1/91/2	○爾童蒙	2.5/12/17
諸侯二昭二穆與太祖之		而園陵皆自起寢○	15.1/91/3	方之○如也	3.7/21/13
○五	15.1/84/3	不列于宗○	15.1/91/5		
五○一壇一墠	15.1/84/4	高祖○、世祖○謂之五		**民 mín**	**118**
曰考○、王考○、皇考		供	15.1/91/11		
○	15.1/84/4	四時宗○用牲十八太牢		黎○時雍	1.1/1/7
大夫以下○之別名	15.1/84/6		15.1/91/11	○已死	1.1/2/2
大夫一昭一穆與太祖之		西○五主	15.1/91/12	于是玄有汲黯憂○之心	1.1/2/3
○三	15.1/84/6	其○皆不毀	15.1/91/13	視○如保赤子	1.1/2/6
三○一壇	15.1/84/6	以元帝爲禰○	15.1/91/14	○知勸懼	1.1/2/6
考○、王考○、四時祭		東○七主	15.1/91/16	○有父（字）〔子〕俱行	1.1/2/7
之也	15.1/84/6	○皆不毀	15.1/91/17	以謝兆○	1.1/2/16
士一○	15.1/84/7	皆不入○	15.1/91/18	曰在先○	1.2/3/5
上士二○一壇	15.1/84/7	以陵寢爲○者三	15.1/91/18	○咸曰休哉	1.2/3/7
考○、王考○	15.1/84/7	兩○十二主、三少帝、		遺愛在○	1.6/5/3
下士、一○曰考○	15.1/84/8	三后	15.1/91/23	俾○興行	1.7/5/9
王考無○而祭之	15.1/84/8	則西○惠帝、景、昭皆		利于○不利于君	1.7/5/29
所謂祖稱曰○者也	15.1/84/8	別祠	15.1/91/25	○苟利矣	1.7/5/29
及庶人皆無○	15.1/84/9	故高○四時祠于東○	15.1/91/26	是危身利○之稱文也	1.7/5/30
在○門外之西	15.1/85/10	如太常祠行陵○之禮	15.1/91/26	苟除○害	1.7/6/2
在○門外之東	15.1/85/11	起陵○	15.1/92/3	年饉○匱	1.8/7/1
凡祭宗○禮牲之別名	15.1/87/8	侍祠郊○	15.1/92/18	關○慕尹喜之風	1.10/8/11
宗○所歌詩之別名	15.1/87/18	小駕、祠宗○用之	15.1/93/10	相黔○	1.10/8/18
《清○》、一章八句	15.1/87/18	郊天地、祠宗○、祀明		僉以爲先○既殄	2.1/9/4
諸侯助祭遺之于○之所		堂則冠之	15.1/94/19	○斯悲悼	2.1/9/9
歌也	15.1/87/24	祠宗○則長冠袀玄	15.1/94/27	憑先○之遐迹	2.2/9/16
諸侯始見于武王○之所		漢祀宗○大享	15.1/96/7	○之治情斂欲	2.2/9/24
歌也	15.1/88/3			法施于○	2.2/10/4
微子來見祖○之所歌也	15.1/88/4	**滅 miè**	**14**	○胥效矣	2.2/10/9
朝于○之所歌也	15.1/88/5			神化著于○物	2.4/11/14
成王謀政于○之所歌也	15.1/88/6	及秋而梁氏誅○	2.5/12/10	寔所謂天○之秀也	2.5/12/13
大封于○、賜有德之所		燈燭既○	6.6/35/25	厥初生○	2.5/12/14
歌也	15.1/88/11	遺芳不○	7.2/36/29	生○之傑也	2.6/13/4
終則前制○以象朝	15.1/90/20	一冬春足以埽○	7.3/37/9	道治○情	2.7/13/25
○以藏主	15.1/90/21	以爲漢承亡秦○學之後	9.6/49/8	○之齊敏	2.9/15/6
先薦寢○	15.1/90/21	湮○土灰	11.2/58/6	惟殷于○	3.2/16/24

惟制○命	3.5/18/29	○者	10.1/52/29	安樂治○曰康	15.1/97/1
惟天陰騭下○	3.5/19/2	○多蠱疾	10.2/56/13	慈仁和○曰順	15.1/97/2
無攘竊之○	3.7/20/23	○露處而寢淫	11.3/59/15		
利○無窮	3.7/20/25	仗沖靜以臨○	12.3/63/22	**旻 mín**	1
下○有康哉之歌	3.7/21/1	可謂生○之英者已	12.5/64/5		
人○死喪	3.7/21/4	浸潤下○	12.8/64/21	南陽太守樂鄉亭侯○思	
夷○歸埘	3.7/21/8	〔○用匱乏〕	12.9/64/30	等言	3.7/21/21
吏○子弟	3.7/21/11	○清險棘	12.9/65/3		
○安物豐	3.7/22/2	勸茲稼○	12.14/66/9	**珉 mín**	1
孤棄萬○	3.7/22/3	率爾苗○	12.14/66/10		
相與欽慕《崧高》《蒸		兆○其觀	12.17/66/24	鑴著堅○	4.6/27/6
○》之作	4.2/24/3	貪利傷○	13.1/69/11		
覽生○之上操	4.3/24/15	外見○情	13.1/69/24	**緡 mín**	1
○勸行于私家	4.3/24/22	臣○稱之曰「陛下」	15.1/79/9		
膏○庶	4.3/25/8	○皆以金玉爲印	15.1/80/25	設告○重稅之令	7.3/37/19
○斯攸塈	4.4/25/18	臣○被其德澤以儌倖	15.1/80/28		
于時濟陽故吏舊○、中		○爵有級數	15.1/81/2	**泯 mǐn**	5
常侍句陽于蕭等二十		○之多幸	15.1/81/3		
三人	4.5/26/17	言○之得所不當得	15.1/81/3	殞而不○	3.4/18/18
先○有言	5.1/28/24	公卿使調者將大夫以下		沒而不○	4.2/24/7
勤恤○隱	5.2/29/12	至吏○尙書左丞奏聞		載德不○	5.2/29/21
○神憤怒	5.2/29/15	報可	15.1/82/5	○○我人	6.1/33/5
又班之于兆○	5.3/30/10	天子曰兆○	15.1/82/14		
于我兆○	5.3/30/18	諸侯曰萬○	15.1/82/14	**敏 mǐn**	15
先○既邁	5.4/31/13	訓人○事君之道也	15.1/82/23		
農○熙怡悅豫	6.1/33/1	與○族居	15.1/84/25	惟「○而好學、不恥下	
生○之本	7.2/36/19	凡樹社者、欲令萬○加		問」	1.7/6/1
買臣郡○	7.2/36/28	蕭敬也	15.1/85/25	民之齊○	2.9/15/6
官○俱匱	7.3/37/18	教○耕農	15.1/86/1	加以清○廣深	3.6/19/28
○不堪命	7.3/37/19	春扈氏農正、趣○耕種	15.1/86/4	天○明哲	3.6/20/8
乃封丞相爲富○侯	7.3/37/20	夏扈氏農正、趣○芸除	15.1/86/4	文○畼乎庶事	4.2/23/12
漢○遁逃	7.3/37/24	秋扈氏農正、趣○收斂	15.1/86/4	聰明○膚	4.3/24/15
○人流移于四方	7.3/38/1	冬扈氏農正、趣○蓋藏	15.1/86/4	惟清惟○	5.2/30/2
攻犯官○	7.3/38/5	行扈氏農正、晝爲○驅		允恭博○	6.2/33/11
得○不可冠帶	7.3/38/11	鳥	15.1/86/5	聰遠通○	6.3/33/22
夫岫○救急	7.3/38/18	宵扈氏農正、夜爲○驅		聰明○惠	6.4/34/7
未嘗爲○居者乎	7.3/38/19	獸	15.1/86/6	在子斯○	6.6/35/11
用敷錫厥庶○	7.4/40/5	桑扈氏農正、趣○養畜	15.1/86/6	博士任○	7.1/36/8
惟時厥庶○于汝極	7.4/40/5	老扈氏農正、趣○收麥	15.1/86/6	臣邑○愚戇死罪	7.1/36/11
萬國兆○	8.4/46/5	法施于○則祀	15.1/87/1	性○心通	13.7/73/23
下救兆○塗炭之禍	9.1/47/8	立功業以化○	15.1/88/16	安帝張貴人曰恭○后	15.1/91/20
關東吏○敢行稱亂	9.4/48/21	縱吏○宴飲	15.1/93/2		
兆○康乂	9.5/49/4	靖○則法曰黃	15.1/96/24	**閔 mǐn**	4
永守○庶	9.5/49/4	愛○好與曰惠	15.1/96/25		
宜○宜人	9.7/50/2	仁義說○曰元	15.1/96/26	朝廷○焉	1.8/7/6
兆○賴之	9.7/50/3	保○耆艾曰明	15.1/96/27	曾○顏萊	5.4/30/26
令祀百辟卿士之有德于		大慮慈○曰定	15.1/96/28	則行侔于曾○	12.3/63/20

獮豸、獸○	15.1/95/20	合策○計	3.7/20/20	田千秋有神○感動	9.2/47/22
以獮豸爲○	15.1/95/20	既○且哲	4.1/23/4	○時階級	9.2/47/27
○實過爽日繆	15.1/97/2	考績既○	4.2/23/16	盜竊○時	9.3/48/7
		神○嘉歆	4.2/23/20	商祭○际	9.4/48/25
明 míng	**217**	蹈○德以保身	4.2/24/1	○粢醴酒	9.4/48/26
		聰○叡哲	4.2/24/4	孝○皇帝聖德聰○	9.6/49/13
克○克哲	1.1/1/5	聰○膚敏	4.3/24/15	孝○遵制	9.6/49/19
刑○賞遂	1.1/2/6	事奉○君	4.5/25/24	孝○以下	9.6/49/22
贓罪○審	1.1/2/11	天祚○德	4.5/26/19,6.6/35/14	合神○之歡心	9.6/49/25
悝畏怖○憲	1.1/2/12	微音暢于神○	4.6/26/27	與神○通	9.10/51/20
○作速于發機	1.1/2/22	欽○定省	4.6/27/5	○堂者、天子太廟	10.1/51/27
○集御眾	1.5/4/2	惜昭○之景輝	4.6/27/13	周人曰○堂	10.1/51/28
高○卓異	1.6/4/14	室中皆○	5.1/28/17	南曰○堂	10.1/51/28
策合神○	1.7/5/20	〔○略〕兼動	5.2/29/11	離也者、○也	10.1/51/29
克○慎德	1.8/6/22	○事百神	5.3/30/18	鄉○而治	10.1/51/29
○司國憲	1.8/6/27	其（○）〔月〕二十一		而主以○堂也	10.1/51/30
仍用○夷	1.9/7/18	日	5.4/31/8	○前功百辟之勞	10.1/51/31
○則登其墓察焉	1.10/8/3	嗟哉○哲	5.4/31/13	以○制度	10.1/52/1
馨○禋	1.10/8/18	○哲君子	6.1/32/18	○一統也	10.1/52/2
聰叡○哲	2.1/8/26	式○令德	6.2/33/16	故言○堂	10.1/52/3
○德通玄	2.1/9/6	○習易學	6.3/33/23	取其鄉○	10.1/52/4
受○哲之上姿	2.2/9/16	聰○敏惠	6.4/34/7	則曰○堂	10.1/52/4,10.1/53/11
人用昭○	2.2/9/23	○之之性	6.4/34/11	以○聖王建清廟、○堂	
德之休○	2.2/10/10	在淑媛作孝○	6.5/34/22	之義	10.1/52/6
苟慈○	2.3/11/4	及筭求匹○哲	6.5/34/24	聲○以發之	10.1/52/8
光○配于日月	2.4/11/14	聰○達乎中外	6.5/34/25	所以○大教也	10.1/52/9
欽盛德之休○	2.4/11/18	實○實粹	6.6/35/13	魯太廟皆○堂也	10.1/52/9
高○允實	2.4/11/20	宜以潔靜交神○	7.1/36/9	魯禘祀周公于太廟○堂	10.1/52/9
贊幽○以揆時	2.5/11/28	夫齋以恭奉○祀	7.1/36/11	猶周宗祀文王于清廟○	
以○可否	2.5/12/2	申○禁令	7.2/36/25	堂也	10.1/52/10
洞靈神○	2.5/12/13	三公○知二州之要	7.2/36/29	王齊禘于清廟○堂也	10.1/52/10
誕茲○德	2.5/12/15	○主不行	7.3/38/13	宗祀文王于○堂	10.1/52/11
是則君之所以立節○行	2.7/13/28	務令分○	7.4/39/4	《禮記・○堂位》曰	10.1/52/11
誕茲○哲	2.7/14/3	是以○主尤務焉	7.4/39/20	太廟、天子曰○堂	10.1/52/11
故能○哲	3.2/16/28	○君正上下	7.4/40/22	朝諸侯于○堂	10.1/52/12
祀事孔○	3.2/17/3	人主當精○其德	7.4/40/26	○魯之太廟	10.1/52/14
靡不克○	3.3/17/16	是陰陽爭○	7.4/40/27	太學者、中學○堂之位	
公體資○哲	3.3/17/18	申○門戶守禦之令	7.4/40/28	也	10.1/52/19
緝熙光○	3.4/18/8,9.7/49/30	臣邕伏惟陛下聖德允○	7.4/41/15	《禮記・古（大）〔文〕	
道通術○	3.5/18/26	○其禁限	7.4/41/26	○堂之禮》曰	10.1/52/19
旁施（四方）惟○	3.5/18/30	上違○王舊典	7.4/42/22	王居○堂之禮	10.1/52/21
○德惟馨	3.5/19/1,5.3/30/18	○發不寢	8.1/44/19		10.1/52/24
翊○其政	3.5/19/2	至于○帝	8.1/44/27	參相發○	10.1/52/24
字仲○	3.6/19/20	少○經術	8.3/45/23	祭于○堂	10.1/53/1
君雅操○允	3.6/19/22	○將軍以申甫之德	8.4/46/3	太學、○堂之東序也	10.1/53/3
揚○德于側陋	3.6/19/27	聰○賢智	8.4/46/7	皆在○堂辟雍之內	10.1/53/3
天敏○哲	3.6/20/8	願○將軍回謀守慮	8.4/46/17	○堂者、所以○天氣、	

統萬物	10.1/53/3	所宜分○	13.1/70/19	天子、公卿、特進朝侯	
○堂上通于天	10.1/53/4	宜遣歸田里以○詐僞	13.1/70/30	祀天地○堂皆冠平冕	
○堂九室	10.1/53/5	他元雖不○于圖讖	13.2/71/6		15.1/94/23
○堂太室與諸侯泮宮	10.1/53/8	治曆○時	13.2/72/1	天地五郊、○堂月令舞	
祀乎○堂	10.1/53/9	○珠胎于靈蚌兮	14.1/74/25	者服之	15.1/96/4
通于神○	10.1/53/10	固神○之所使	14.2/75/3	仁聖盛○曰舜	15.1/96/24
而稱鎬京之詩以○之	10.1/53/12	面若○月	14.4/75/18	聰○睿智曰獻	15.1/96/26
凡此皆○堂太室、辟雝		○月昭昭	14.5/76/2	保民耆艾曰	15.1/96/27
太學事通文合之義也		揚蕩蕩之○文	14.8/76/20		
	10.1/53/12	贊幽冥于○神	14.8/76/21	**冥 míng**	**11**
太廟○堂方三十六丈	10.1/53/14	楚曲○光	14.12/77/16		
各從時月藏之○堂	10.1/53/21	似翠玉之清○	14.16/78/10	爾乃順旨于○○	4.6/27/12
所以示承祖、考神○	10.1/53/21	要○年之中夏	14.17/78/16	○○窅爽	6.6/35/25
○不敢泄瀆之義	10.1/53/21	其○旦三老詣闕謝	15.1/82/29	剖纖入○	8.4/46/10
故以○堂冠月令以名其		其一○者爲正妃	15.1/83/21	谿壑夐其杳○	11.3/59/1
篇	10.1/53/21	在○牢一月	15.1/84/1	抗志高○	11.8/61/8
聖帝○君世有紹襲	10.1/53/22	謂近○堂也	15.1/84/1	目○○而無睹兮	14.6/76/8
天子藏之于○堂	10.1/54/2	○星神、一曰靈星	15.1/85/20	贊幽○于明神	14.8/76/21
庶○王復興君人者	10.1/54/5	兔曰○視	15.1/87/9	其神玄○	15.1/85/16
昭而○之	10.1/54/6	祀文王于○堂之所歌也			
其官人皆有○文	10.2/54/30		15.1/87/22	**鳴 míng**	**21**
昭○國體	11.2/58/11	○白于德	15.1/88/15		
又起顯○苑于城西	11.3/58/17	祭神○和而歌之	15.1/89/14	鶴○聞天	3.6/20/9
古人之○志也	11.8/61/7	高帝、惠帝、呂后攝政		不○無距	7.4/40/10
方今聖上寬○	11.8/61/10	、文帝、景帝、武帝		距而○	7.4/40/11
○哲泊焉	11.8/62/3	、昭帝、宣帝、元帝		牝雞雄○	7.4/40/13
怨豈在○	11.8/62/7	、成帝、哀帝、平帝		夫牝雞但雄○	7.4/40/14
佽非○勇于赴流	11.8/62/20	、王莽、聖公、光武		訖無雞犬○吠之用	9.9/50/24
○覺而思之	12.1/62/31	、帝、章帝、和帝		○玉以步	11.8/61/30
○○在公	12.2/63/14	、殤帝、安帝、順帝		葛盧辨音于○牛	11.8/62/18
○潔鮮于白珪	12.3/63/19	、沖帝、質帝、桓帝		鶴○九皋	12.18/66/30
則契○于黃石	12.3/63/20	、靈帝	15.1/89/26	臣聞目瞤耳○	12.24/67/28
信荊山之良寶、靈川之		謂孝○也	15.1/90/17	狐○犬嗥	12.24/67/28
○珠也	12.3/63/21	孝○臨崩遺詔遵儉毋起		鸞○雝雝	12.26/68/8
○而先覺	12.4/63/28	寢廟	15.1/91/2	《伐木》有鳥○之刺	13.3/72/10
○哲與聖合契	12.5/64/4	皆如孝○之禮	15.1/91/3	雞○相催	14.5/76/1
○于知人	12.6/64/12	孝○曰顯宗	15.1/91/3	類離鵾之孤○	14.7/76/13
聖德光○	12.8/64/22	次北郊○堂	15.1/91/10	轅馬蹀足以哀○	14.11/77/7
宗祀○堂	12.10/65/7	光武、○帝、章帝、和		《鹿○》三章	14.12/77/15
是以神○屢應	12.10/65/8	帝、安帝、順帝、桓		〔雞○高桑〕	14.12/77/16
通神○	12.11/65/16	帝也	15.1/91/16	復長○而揚音	14.17/78/16
重以○德	12.12/65/23	○帝爲顯宗	15.1/91/16	鼓○則起	15.1/93/4
其德克○	12.12/65/25	北郊○堂	15.1/93/10	鐘○則息也	15.1/93/4
視○禮脩	12.15/66/15	漢興至孝○帝永平二年			
○堂月令	13.1/69/15		15.1/94/15	**銘 míng**	**47**
是故先帝雖有聖○之資		郊天地、祠宗廟、祀○			
	13.1/69/24	堂則冠之	15.1/94/19	文德○于三鼎	1.1/1/13

○曰	1.5/4/8,3.2/16/28	命 mìng	160	又以光祿大夫受○司徒	3.3/17/15
	3.5/19/12,3.6/20/8			九○滋恭	3.4/18/10
	12.4/63/29	○君三事	1.1/1/6	○公再作少府	3.5/18/27
立石刊○	1.6/5/3	非接衛○之儀	1.1/1/23	○公再作光祿	3.5/18/28
而○載休功	1.8/7/7	公開倉廩以貸救其○	1.1/2/2	惟制民	3.5/18/29
○功載德	1.9/7/16	以舜○約公	1.1/2/9	○公作廷尉	3.5/18/29
必有○表昭示後世	1.10/8/11	三讓然後受○	1.2/3/4,1.3/3/13	○公作太常	3.5/18/30
昭○景行	2.1/9/5	以對揚天子丕顯休○	1.2/3/5	○公作司空	3.5/19/1
爰勒茲○	2.1/9/9	勤于奔○	1.5/4/3	○公作司徒而敬敷五教	3.5/19/2
宜有○勒表墳墓	2.2/10/7	帝○將軍	1.5/4/8	○公作三老	3.5/19/3
乃作○曰	2.2/10/8,2.3/11/6	膺踐七○	1.6/5/2	○公作太尉	3.5/19/4
刊石作○	2.3/11/4	皇哀其○	1.6/5/3	丕顯休○	3.5/19/8
以成斯○	2.3/11/6	○世作師	1.7/6/3	景○有傾	3.5/19/8
衛鼎晉○	2.4/11/13	錫○作牧	1.8/7/1	○于左中郎將郭儀作策	3.5/19/9
乃相與建碑勒○	2.5/12/14	出納帝○	1.8/7/3	寵○畢備	3.5/19/10
勒○金石	2.6/13/9	其孤野受顧○曰	1.9/7/13	招○英俊	3.7/20/20
刊石樹○	2.7/14/2	○汝納言	1.9/7/19	闋將○卒	3.7/20/22
乃爲○載書休美	2.9/15/5	建國○氏	2.1/8/26	策○褒崇	3.7/21/6
以贊○之	3.2/16/26	稟○不融	2.1/9/3	大小受○	3.7/21/8
刊石立○	3.3/17/20	有分于○	2.2/9/26	○世希有者已	3.7/21/17
爰○爰贊	3.3/17/24	遂不應其○	2.2/9/29	賜○優備	3.7/21/25
昭○景烈	3.5/19/10	樂天知○	2.3/10/19,11.8/62/12	幕府禮○	3.7/22/1
爰勒斯○	3.6/20/6	潁川陳君○世絕倫	2.3/10/23	致○休神	4.1/22/19
○諸琬琰	4.2/24/4	臨殁顧○	2.3/10/25	膺期○世	4.1/22/30
推本議○	4.5/26/17	太守南陽曹府君○官作		○公三事	4.1/23/2
○勒顯于鐘鼎	5.2/29/21	誄曰	2.3/11/2	〔○〕內正機衡	4.2/23/12
刊○金石	5.3/30/20	○世是生	2.3/11/2	以允帝○	4.3/24/18
如何勿○	5.4/31/13	○不可贖	2.3/11/8	唯帝○公以二郡	4.3/24/21
遂樹碑作○	5.5/32/4	季方、元方皆○世希有	2.4/11/17	七受帝○	4.4/25/15
勒○告哀	5.5/32/9	繼○世之期運	2.5/11/26	休○丕顯	4.4/25/17
假碑勒○	6.2/33/15	從○而顛覆者	2.5/12/4	不得辭王○、親醫藥	4.7/27/21
乃託辭于斯○	6.4/34/15	策○公車特徵	2.5/12/6	追惟考君存時之○	4.7/27/25
因樹碑爲○曰	12.1/63/1	然則識幾知○	2.5/12/10	景○徂逝	4.7/28/4
于是鄉黨乃相與登山伐		自貽哲○	2.5/12/15	惟漢再受○	5.1/28/15
石而勒○曰	12.5/64/6	舜○秩宗	2.6/12/23		12.11/65/16
《春秋》之論○也	13.4/72/30	竝加辟○	2.6/13/7	義不即○	5.1/28/20
○之楛矢	13.4/72/30	太尉張公、兗州劉君、		天○孔彰	5.1/29/4
晃鼎有丕顯之○	13.4/73/2	陳留太守淳于君、外		家被榮○	5.2/29/13
作席几楹杖之○	13.4/73/2	黃令劉君僉有休○	2.7/14/1	乞行服闋奔○	5.2/29/14
其功○于昆吾之冶	13.4/73/4	辭此三○	2.8/14/16	○之供祠	5.3/30/10
《周禮‧司勳》「凡有		時令戴君臨喪○謚	2.8/14/20	不任應○	5.4/31/6
大功者○之太常」	13.4/73/4	天淑厥○	2.8/14/24	景○不俟	5.4/31/17
皆○乎鼎	13.4/73/8	休○交集	2.9/15/3	景○顛墜	5.5/32/7
○功于景鐘	13.4/73/8	臨殁顧○曰	2.9/15/5	乃○方略大吏	6.1/32/24
咸○之于碑	13.4/73/10	烈祖楊喜佐○征伐	3.1/15/15	稟○不長	6.4/34/8
		寢疾顧○無辭	3.2/16/25	帝室○婦	6.6/35/19
		不苔州郡之○	3.3/17/11	故京兆尹張敞有罪逃○	7.2/36/27

憎疾臣者隨流埋○	9.2/47/17	夫萬類○貴乎人	1.7/5/14		10.2/54/21
僵○之日	9.10/51/20	百行○美乎忠	1.7/5/14	○正于《周官》	10.2/55/24
陷○辜戮	11.2/57/21	○之能紀	1.10/8/2	○與爲二	11.1/57/12
		○之能致	2.1/9/1	蘊作者之○刊	11.6/60/17
歿 mò	3	○不同情瞻仰	2.2/9/19	○非華榮	11.8/62/3
		○與方軌	2.2/10/11	收之則○能知其所有	11.8/62/14
皇姑○而終感	4.6/27/10	○不容嗟	2.3/10/26	○重于祭	13.1/69/18
嚴考隕○	4.7/28/1	○不委質	2.5/12/4	○圖正辭	13.1/69/30
○有餘哀	5.4/31/11	○之肯就	2.6/13/3	○相舉察	13.1/70/3
		親戚○知其謀	2.7/13/16	○與大焉	13.1/70/30
歾 mò	22	○見其面	2.7/13/24	○之致也	13.3/72/20
		喪○買之	2.8/14/21	三命滋益恭而○侮	13.4/73/7
身○之日	1.1/2/24	○之能起也	2.9/15/3	○不朽于金石故也	13.4/73/9
僉以爲先民既○	2.1/9/4	公孫同倫○能齊焉者矣	3.2/16/15	歡○偉乎夫婦	14.2/75/3
臨○顧命	2.3/10/25	○之能屈	3.2/16/15	婚媾協而○違	14.2/75/6
存誨○號	2.3/11/1	○不時序	3.3/17/14	○能雙追	14.5/75/26
斯可謂存榮○哀	2.3/11/6	○非瓌才逸秀	3.3/17/19	群臣○敢用也	15.1/80/26
嗟乎隕○	2.6/13/8	而衆○外	3.5/19/1	地下之衆者○過于水	15.1/82/16
身○譽存	2.7/14/5	○不自遠竝至	3.6/19/24	地上之衆者○過于人	15.1/82/16
僉以爲仲尼既○	2.8/14/21	○能匡弼	3.6/20/2	言一歲○不覆載	15.1/83/11
身○名彰	2.8/14/24	率禮○違	3.6/20/3, 12.12/65/23		
臨○顧命曰	2.9/15/5	○不震肅	3.7/20/16	**漠** mò	1
○而不泯	3.4/18/18	○匪嘉績	3.7/21/2		
身○名存	3.5/19/15	考妣痛○慘兮離乖	4.7/28/7	潛幽室之黯○	4.6/27/12
昔帝舜○于蒼梧	4.5/26/10	○不惻焉	5.2/29/20		
及其○也	5.3/30/8	名○隆于不朽	5.2/29/20	**靺** mò	1
時祖父叔病○	8.2/45/4	德○盛于萬世	5.2/29/21		
雖○不朽	12.1/63/3	○不祀焉	5.3/30/11	東方曰○	15.1/89/15
故虙犧氏○	15.1/89/18	○或遏之	6.1/33/2		
故神農氏○	15.1/89/18	○或達之	6.1/33/3	**墨** mò	7
故黃帝○	15.1/89/19	○脩○釐	6.1/33/3		
故少昊氏○	15.1/89/19	○恤○思	6.1/33/3	微○繁而靡係	4.3/24/22
故顓頊氏○	15.1/89/20	○之與二	6.6/35/14	輒流汗○	8.3/45/29
故帝嚳氏○	15.1/89/20	○能禁討	7.2/36/20	常以汗○	9.9/50/24
		出者○察	7.3/37/24	揖儒○而與爲友	11.8/62/13
陌 mò	1	言其○敢校也	7.3/38/14	常比玄○	12.18/66/30
		○肯建忠規闕	7.4/41/13	○綏長吏	13.1/70/19
五成之○	5.1/28/22	○敢犯禁	7.4/42/14	染玄○以定色	14.8/76/19
		○之敢言	7.4/42/21		
莫 mò	75	○能嬰討	8.3/45/24	**默** mò	2
		○不賴祉	8.4/46/5		
○不熙怡悅懌	1.1/2/23	○不畢舉	8.4/46/6	○而無聞	11.8/61/10
○得好縣	1.1/2/25	○之能奪	8.4/46/12	公府臺閣亦復○然	13.1/70/3
三讓○或克從	1.4/3/22	○能執夏侯之直	9.6/49/15		
○不惕屬	1.4/3/24	人君之位○正于此焉	10.1/51/29	**瘼** mò	1
○逸斯聽	1.6/5/3	○入北學	10.1/52/16		
○之或修	1.7/5/12	其要者○大于《月令》		求人之○	8.1/44/10

藐 mò	3
固已○然	2.7/13/15
於○下國	5.5/32/7
○髣髴而無聞	11.3/58/25

牟 móu	1
歷中○之舊城兮	11.3/58/24

侔 móu	6
○此弘高	2.5/12/17
私富○國	3.1/15/22
忠○前後	3.1/16/1
生則貴富○于帑藏	7.4/41/23
前功輕重不○	9.9/50/27
則行○于曾閔	12.3/63/20

謀 móu	37
以懷逆○	1.1/2/12
逆○竝發	1.5/4/1
爲人○而不忠乎	1.7/5/16
○誨之忠也	1.7/5/17
忠○不已乎心	1.7/5/19
○誨忠矣	1.7/5/21
諫○深切	1.8/6/25
納規建○	2.2/9/22
論德○迹	2.3/10/28
親戚莫知其○	2.7/13/16
亦爲○奏盡其忠直	2.7/13/20
○不苟合	2.7/13/27
○無不忠	3.2/16/14
忠言嘉○	3.2/16/18
○臣武將	3.7/20/20
用首○定策	4.2/23/18
○不暇給	6.1/32/21
以爲○憲	6.5/34/24
乃○卜筮	6.6/35/24
智淺○漏	7.2/36/16
通○中常侍王甫求爲將	7.3/37/10
故○有成敗	7.3/37/14
昔○臣竭精	7.3/37/16
爲其○主	7.3/37/24
下或○上	7.4/39/23
則有下○上之病	7.4/39/24

○戒不臣	7.4/40/26
竝宜爲○主	7.4/42/10
不聞臣○	7.5/43/24
群臣○謚	8.1/44/5
傳○遠暨	8.1/44/18
願明將軍回○守慮	8.4/46/17
思○愚淺	9.2/47/23
不意西夷相與合○	11.2/58/5
瞳矇不稽○于先生	11.8/62/2
計合○從	11.8/62/15
成王○政于廟之所歌也	15.1/88/6

繆 móu	5
疑義錯○	2.8/14/13
綱○樞極	4.1/22/14
綱○祭□	6.6/35/18
或蜿蜒○戾	11.7/60/23
名實過爽曰○	15.1/97/2

某 mǒu	18
葬于○所	1.1/1/12
子曰伯○父	1.7/6/14
○月日遭疾而卒	6.2/33/13
臣○等聞周有流彘之亂	9.1/46/27
僕射允、故司隸校尉河 　南尹○、尙書張熹	9.2/47/25
嗣曾孫皇帝○	9.4/48/19
告○官	15.1/81/17
若下○官云云亦曰昭書	15.1/81/18
被敕文曰有詔敕○官	15.1/81/21
上言臣○言	15.1/82/3
下言臣○誠惶誠恐	15.1/82/3
左方下坿曰○官臣○甲 　上	15.1/82/3
較議曰○官○甲議以爲 　如是	15.1/82/7
文報曰○官○甲議可	15.1/82/8
鬼號、若曰皇祖伯○	15.1/87/4

母 mǔ	37
喪○行服	2.7/13/20
父義、○慈、兄友、弟 　恭、子孝	3.5/19/3

若喪父○	3.7/21/20
韜因○之仁	4.5/25/26
順○氏之所寧	4.5/26/13
既作○儀	4.5/26/19
悲○氏之不永兮	4.6/27/6
嗟○氏之憂患	4.6/27/8
○氏鞠育	4.7/28/1
○憂	5.2/29/14
作人父○	6.1/33/3
慈○悼痛	6.4/34/9
傷慈○之肝情	6.4/34/14
乃撰錄○氏之德履	6.5/34/20
於穆○氏	6.5/35/1
世喪○儀	6.6/35/9
時惟哲○	6.6/35/10
于○斯勤	6.6/35/11
于其令○	6.6/35/16
陪臣之○	6.6/35/19
而乳○趙嬈貴重赫赫	7.4/41/22
及營護故河南尹羊陟、 　侍御史胡○班	7.5/43/10
姬氏任○	8.1/44/25
雖父○之于子孫	9.3/48/11
父天、○地	15.1/79/24
○事地	15.1/82/23
帝○曰皇太后	15.1/90/5
帝祖○曰太皇太后	15.1/90/5
安帝祖○也	15.1/91/19
清河孝德皇后、安帝○ 　也	15.1/91/19
和帝○也	15.1/91/20
順帝○也	15.1/91/21
順帝○故云姓李	15.1/91/27
○匡太夫人曰孝崇后	15.1/92/6
祖○妃曰孝穆后	15.1/92/7
○董夫人曰孝仁后	15.1/92/8
祖○夏妃曰孝元后	15.1/92/8

牡 mǔ	4
四○修屬	4.1/23/4
奕奕四○	11.1/57/11
軒輅四○	12.9/65/2
四○彭彭	12.26/68/8

畝 mǔ　5

退處畝○	1.8/6/25
餘種樓于畝○	4.2/23/15
洒之于畝○	6.1/32/27
立我畝○	6.1/33/4
（退伏）〔思過〕畝○	9.9/50/22

木 mù　30

猶草○偃于翔風	2.2/9/24
尺一○板草書	7.4/39/3
更者刻○代牲	10.2/55/16
經典傳記無刻○代牲之	
說	10.2/55/17
栽○而始築也	10.2/56/1
草○旱枯	10.2/56/10
則草○枯	10.2/56/12
春○王	10.2/56/20
○勝土	10.2/56/20
金勝○	10.2/56/23
然則麥爲○	10.2/56/25
冠戴勝兮啄○兒	11.4/59/29
○門闔兮梁上柱	11.4/59/30
○連理以象其義	12.12/65/24
厥風發屋折○	13.1/69/9
《伐○》有鳥鳴之刺	13.3/72/10
爾乃言求茂○	14.12/77/11
樹退方之嘉○兮	14.16/78/8
一○兩行	15.1/81/10
各以其野所宜之○以名	
其社及其野	15.1/85/25
上有桃○蟠屈三千里卑	
枝	15.1/86/12
震者、○也	15.1/89/17
言虙犧氏始以○德王天	
下也	15.1/89/17
○生火	15.1/89/17
	15.1/89/20, 15.1/89/22
水生○	15.1/89/19, 15.1/89/22
帝嚳氏以○德繼之	15.1/89/20
故周武以○德繼之	15.1/89/22

目 mù　19

略舉首○	2.2/9/29
猶發憤于○所不睹	2.8/14/14
股肱耳○之任	3.3/17/16
○不臨此氣絕兮	4.7/28/5
遇○能識	6.3/33/23
紛降○前	7.4/41/21
不干于○	7.4/42/13
列于○前	7.5/43/15
○應以淚	8.2/45/6
非耳○聞見所倣效也	8.2/45/10
耳○昏冒	9.10/51/14
分別首○	11.2/58/9
行遊○以南望兮	11.3/59/2
處篇籍之首○	11.6/60/16
心亂○眩	11.7/60/25
臣聞○瞤耳鳴	12.24/67/28
于是遊○騁觀	14.1/74/26
○冥冥而無睹兮	14.6/76/8
于是命方相氏黃金四○	15.1/86/9

沐 mù　1

○浴恩澤	11.2/57/19

牧 mù　17

○一州	1.1/1/10
允○于涼	1.6/5/1
爰○冀州	1.7/5/21
位在○伯	1.7/5/25
錫命作○	1.8/7/1
過○斯州	2.4/11/21
卿相○守	2.8/14/11
其時所免州○郡守五十	
餘人	3.1/15/23
即遷州○	3.7/21/2
況乎將軍○二州歷二紀	3.7/21/24
康亦由孝廉宰○二城	4.5/26/2
○兵略地	5.1/28/20
○人之吏	6.1/32/21
李○開其原	7.3/38/20
○守數十選代	7.4/42/6
思李○于前代	8.3/45/22
○守宣藩	9.2/47/26

睦 mù　3

敦○九族	2.8/14/18
人倫輯○	4.2/23/17

頃來未悉輯○	9.3/48/13

幕 mù　5

辟大將軍梁公○府	1.1/1/24
○府禮命	3.7/22/1
天設（山河）〔大○〕	7.3/38/8
乃欲越○踰（域）〔城〕	
	7.3/38/10
伏惟○府初開	8.4/46/5

墓 mù　18

發○盜柩	1.7/5/22
不封○	1.9/7/14
傳承先人曰王氏○	1.10/8/1
明則登其○察焉	1.10/8/3
爾勿復取吾先人○前樹	
也	1.10/8/5
存○冢	1.10/8/16
于是建碑表○	2.1/9/5
宜有銘勒表墳○	2.2/10/7
是以作謚封○	2.4/11/12
乃建碑于○	2.6/13/5
鐫勒○石	3.7/22/3
旌于○表	6.3/34/2
封二祖○側	6.4/34/10
死則丘○踰越園陵	7.4/41/23
豈有但取丘○凶醜之人	
	13.1/70/30
古不○祭	15.1/90/23
至秦始皇出寢起居于○	
側	15.1/90/23
以肺腑宿衛親公主子孫	
奉墳○	15.1/92/19

慕 mù　23

關民○尹喜之風	1.10/8/11
欽○在人	2.4/11/21
如大舜五十而○	2.6/12/25
史鰌是○	2.7/14/4
○七人之遺風	2.9/15/4
永世○思	3.5/19/15
○唐叔之野棠	3.7/20/17
鄰邦襃○	3.7/21/1
率○黃鳥之哀	4.1/22/28

相與欽○《崧高》《蒸		君臣○○	11.8/61/27	臣願陛下强○忠言	7.4/43/1
民》之作	4.2/24/3	○○天子	12.4/63/30	而言者不蒙延○之福	7.5/43/20
仰○群賢	4.3/25/5	○○我祖	12.12/65/25	思垂采○	8.4/46/17
思應○化	4.5/26/17	於○誕成	12.17/66/26	○之機密	8.4/46/18
追○永思	4.6/27/5	○如清風	14.18/78/21	聽○大臣	9.2/47/19
忉怛永○	5.5/32/2	天子三昭三○與太祖之		知○言任重	9.3/48/5
相與追○先君	6.4/34/10	廟七	15.1/84/2	戊申○于太廟	10.1/52/6
情兮長○	6.6/35/24	諸侯二昭二○與太祖之		充王府而○最	11.3/59/9
○義重譯	8.1/44/22	廟五	15.1/84/3	○玄策于聖德	11.8/62/15
人所勸○	9.2/47/27	大夫一昭一○與太祖之		爰○忠式	12.9/65/1
○化企踵	11.4/59/25	廟三	15.1/84/6	內○其實	12.21/67/15
○騏驥而增驅	11.8/62/4	列昭○	15.1/90/21	聖聽○受	13.1/69/30
惻隱思○	13.1/70/26	孝和曰○宗	15.1/91/4	昔肅慎○貢	13.4/72/30
不敢○此	13.5/73/15	和帝爲○宗	15.1/91/17	○陽谷之所吐兮	14.1/74/23
○古法	15.1/82/10	祖父河間孝王曰孝○皇	15.1/92/6		
		祖母妃曰孝○后	15.1/92/7		
暮 mù	**4**	布德執義曰○	15.1/96/26	**乃** nǎi	**153**
春秋既○	4.4/25/18			廑訖○上之	1.1/2/2
日月忽以將○	4.6/27/9	**納** nà	**38**	○以丕虵	1.1/2/21
時逝歲○	11.8/61/10	連表上不○	1.1/2/18	○詔曰	1.2/3/3
洋洋○春	12.27/68/14	職據○言	1.7/5/25	公○虔恭夙夜	1.2/3/4
		出○帝命	1.8/7/3	○制詔曰	1.3/3/12,1.4/3/21
穆 mù	**37**	雖龍作○言	1.8/7/4	回○不敢不弼	1.3/3/15
旁作○○	1.2/3/4	命汝○言	1.9/7/19	枉○不敢不匡	1.3/3/15
忠文朱公名○	1.8/6/20	○規建謀	2.2/9/22	○引其責	1.3/3/16
制詔尙書朱○	1.8/7/5	無所容○	2.7/13/18	既○碑表百代	1.4/3/24
今使權謁者中郎楊賁贈		公之祖○忠于前朝	3.2/16/12	○共勒嘉石	1.6/4/27
○益州刺史印綬	1.8/7/6	言從計○	3.2/16/19	況○忠兼三義	1.7/6/3
文忠公益州太守朱君名		以○大誨	3.4/18/7	○及忠文	1.8/6/22
○字公叔	1.9/7/12	○于侍中	3.5/18/25	○陳五事	1.8/6/25
王季之○有虢叔者	2.1/8/25	夙夜出○	4.1/23/1	○遷議郎	1.8/6/28
其先蓋周武王之○	3.1/15/14	聽○總己	4.2/23/18	○攄洪化	1.8/7/1
○其清	3.1/16/5	公旦○于（台）〔白〕		○無不允	1.8/7/4
於○夫人	4.5/26/18	屋	4.2/23/27	○作祠堂于邑中南舊陽	
於○母氏	6.5/35/1	寬之以○眾	4.3/24/16	里	1.9/7/15
○○其猷	6.6/35/14	匹虞龍而○言	4.3/24/20	○申詞曰	1.9/7/17
前太守文○召署孝義童	8.2/45/6	○于機密	4.4/25/14	朕嘉○功	1.9/7/19
不列昭○	9.6/49/9	天子使中常侍謁者李○		○造靈廟	1.10/8/6
臣謹案禮制〔天子〕七		弔	4.5/26/15	○會長史邊乾	1.10/8/11
廟、三昭、三○、與		歷僕射令○言	5.2/29/15	若○砥節礪行	2.1/8/27
太祖七	9.6/49/17	○忠盡規	5.4/31/5	爾○潛德衡門	2.1/8/30
親在三○	9.6/49/22	○之軌度	6.6/35/17	○相與推先生之德	2.1/9/4
○宗、敬宗、恭宗之號	9.6/49/22	馬道○光	6.6/35/25	○尋厥根	2.1/9/7
《禮記·昭篇》曰	10.1/53/2	○其英慮	7.4/42/11	○罹密罔	2.2/9/26
夫子生清○之世	11.8/61/7	不宜復聽○小吏、雕琢		○有二三友生	2.2/10/4
		大臣	7.4/42/16	○作銘曰	2.2/10/8,2.3/11/6
				廢○斯止	2.2/10/10

○樹碑鑱石	2.4/11/19	○作辭曰	5.4/31/13	于是鄉黨○相與登山伐	
○俯而就之	2.5/12/2	○位常伯	5.4/31/15	石而勒銘曰	12.5/64/6
○託疾杜門靜居	2.5/12/7	○相與衰絰	5.5/32/2	堯○授徵	12.8/64/22
○更闔門延賓	2.5/12/10	○命方略大吏	6.1/32/24	休徵○降	12.10/65/8
○相與建碑勒銘	2.5/12/14	○有（樊）〔惠〕君	6.1/33/3	太平○洽	12.12/65/21
○建碑于墓	2.6/13/5	惠○無疆	6.1/33/4	斯○祖禰之遺靈、盛德	
○託死遁去	2.7/13/16	○于是立祠堂	6.2/33/15	之所貺也	12.12/65/24
○驚卦〔于〕梁宋之域	2.7/13/26	○假碑〔石〕	6.3/34/2	○爲頌曰	12.12/65/25
○刊斯石	2.8/14/22	○權宜就	6.4/34/10	○訓○屬	12.13/66/3
○遂隱身高藪	2.9/15/2	○託辭于斯銘	6.4/34/15	○登三事	12.17/66/25
○爲銘載書休美	2.9/15/5	○撰錄母氏之德履	6.5/34/20	○祀社靈	12.25/68/3
爾○遷太僕大卿	3.1/15/20	○申辭曰	6.5/35/1	若○小能小善	13.1/70/17
○華降神	3.2/16/28	○作誄曰	6.6/35/10	○伏其辜	13.1/70/28
公○因是行退居廬	3.3/17/12	○及崔君	6.6/35/12	元和二年○用庚申	13.2/72/2
○糺合同僚	3.3/17/19	○謀卜筮	6.6/35/24	無○未若擇其正而黜其	
○由宰府	3.4/18/6	況○三互	7.2/36/25	邪與	13.3/72/24
○以越騎校尉援侍華光		而○持畏避自遂之嫌	7.2/37/1	既○風飆蕭瑟	14.1/74/27
之內	3.4/18/7	○興鹽鐵酤榷之利	7.3/37/19	○弁伐其孫枝	14.9/76/28
○申頌曰	3.4/18/15	（○）〔及〕盜賊群起	7.3/37/19	爾○言求茂木	14.12/77/11
小○不敢不慎	3.5/18/23	○封丞相爲富民侯	7.3/37/20	爾○清聲發兮五音舉	14.12/77/13
○自宰臣以從王事立功	3.5/18/24	○欲張設近期	7.3/37/27	祕弄○開	14.12/77/14
帝○震慟	3.5/19/8	昔者高祖○忍平城之恥	7.3/38/7	雅韻○揚	14.12/77/15
○及伊公	3.5/19/12	○欲越幕踰（域）〔城〕		無禱○止	15.1/84/11
○從經術之方	3.6/20/3		7.3/38/10	○畫荼壘并懸葦索于門	
君○布愷悌	3.7/20/16	若○守邊之術	7.3/38/20	戶以禦凶也	15.1/86/14
○令諸儒	3.7/21/13	○下獄死	7.4/39/26	丞相匡衡、御史大夫貢	
○疏上請歸本縣葬	3.7/21/22	況○陰陽易體	7.4/40/14	禹○以經義處正	15.1/90/25
○作頌曰	3.7/21/27	五福○降	7.4/41/10	○合高祖以下至平帝爲	
○樹石作頌	4.1/22/29	疏賤妄○得姿意	7.4/41/24	一廟	15.1/90/28
○耀柔嘉	4.1/23/2	于是○以三月丁亥來自		○進璧	15.1/92/26
公○布愷悌	4.2/23/13	雒	9.4/48/23	○施之法駕	15.1/93/9
○爲特進	4.2/23/19	○命有司行事	10.1/52/25	○復設奉施銅	15.1/93/27
○拜太僕	4.2/23/23	○擇元日	10.1/53/23	○賜衣冠	15.1/95/6
爵土○封	4.2/24/6	○命羲和欽若昊天	10.1/53/25	○施巾	15.1/95/8
○還譚其舊章	4.3/24/19	○命太史守典奉法	10.1/53/26		
倏爾○喪	4.4/25/18	○造說曰	10.2/55/16	**迺 nǎi**	**2**
○俾元孫顯咨度群儒	4.5/26/9	國○有恐	10.2/56/10		
于是公○爲辭昭告先考	4.5/26/13	後○大水　10.2/56/12，10.2/56/12	○徵○用	12.18/66/31
爾○順旨于冥冥	4.6/27/12	○可施行	11.2/58/1		
夫人○自矜精粟氣	4.7/27/22	竟○因縣道具以狀聞	11.2/58/4	**男 nán**	**10**
帝○龍見白水	5.1/28/19	○惟佐隸	11.7/60/21		
○以建武元年六月乙未	5.1/28/21	○斟酌群言	11.8/61/4	故雖侯伯子○之臣	1.7/6/10
皇天○眷	5.1/28/24	○部其家	11.8/61/21	是以邾子許○稱公以葬	1.7/6/11
○與樹碑作頌	5.3/30/16	○亂其情	11.8/62/3	夫人生五○	4.6/26/29
○顧斯社	5.3/30/18	若丁丁千載之運	11.8/62/14	○子王褒衣小冠	7.4/39/25
○世重光	5.3/30/19	胡老○揚衡含笑	11.8/62/22	前無立○	7.5/43/23
○公○侯	5.3/30/19	○尹京邑	12.4/63/31	○執其耕	12.14/66/10

○女得乎年齒	14.2/75/5	
皆取首妻○女完具者	15.1/82/27	
○者、任也	15.1/88/16	
右九棘、公侯伯子○位		
也	15.1/89/8	

南 nán　　　　　　80

特進潁陽侯梁不疑爲河	
○尹	1.1/1/21
遷河○尹少府大鴻臚司	
徒司空	1.1/2/13
歷河○太守太中大夫	1.1/2/15
遷河○尹少府大鴻臚	1.6/4/20
廷尉河○吳整等	1.6/4/26
漢益州刺史○陽朱公叔卒	1.7/5/8
後自沛遷于○陽之宛	1.8/6/21
舊兆域之○	1.9/7/13
乃作祠堂于邑中○舊陽	
里	1.9/7/15
太守○陽曹府君命官作	
誄曰	2.3/11/2
河○尹种府君臨郡	2.3/11/5
爰自○陽	2.7/13/14
○陽宛人也	2.8/14/9
俾位河○	3.1/15/20
從駕○巡	3.1/15/22
又采《二○》之業	3.6/19/23
○撫衡陽	3.7/20/21
又遷安○將軍	3.7/21/2
遣御史中丞鍾繇即拜鎮	
○將軍	3.7/21/5
委以東○	3.7/21/7
○陽太守樂鄉亭侯旻思	
等言	3.7/21/21
眷然○顧	3.7/22/1
普被汝○	4.1/23/1
封建○蕃	4.1/23/3
○郡華容人也	4.2/23/9
其先自嬀姓建國○土曰	
胡子	4.2/23/9
遷汝○太守	4.2/23/15
建封域于○土	4.3/25/3
高祖父汝○太守	4.5/25/23
漢○之士	4.5/25/24
考○頓君	5.1/28/15
小臣河○尹鞏璜	5.1/28/25

汝○西平人	5.2/29/8
徵河○尹	5.2/29/14
河○偃師人也	6.2/33/9
采石于○山	6.5/34/20
考○郡太守	6.5/34/21
使匈奴中郎將○單于以	
下	7.3/37/11
周宣王命○仲吉甫攘玁	
狁、威蠻荆	7.3/37/12
○伐越	7.3/37/18
昔淮○王安諫伐越	7.3/38/13
○辟幃中爲都座	7.4/39/1
賜○面	7.4/39/2
○宮侍中寺	7.4/40/8
及營護故河○尹羊陟、	
侍御史胡母班	7.5/43/10
僕射允、故司隸校尉河	
○尹某、尙書張熹	9.2/47/25
○曰明堂	10.1/51/28
○方之卦也	10.1/51/29
聖人○面而聽天下	10.1/51/29
書入○學	10.1/52/16
入○學	10.1/52/18
日中出○門	10.1/52/20
門、東○稱門	10.1/52/22
然則師氏居東門、○門	
	10.1/52/23
自○自北	10.1/53/11
淮○王安亦取以爲（弟）	
〔第〕四篇	10.1/54/7
或云《淮○》	10.1/54/8
西○方中	10.2/55/29
行遊目以○望兮	11.3/59/2
且我聞之曰○至	11.8/61/23
芒芒○土	12.8/64/21
命○重以司曆	12.10/65/12
又將裕于○庭	12.11/65/17
竊見○郊齋戒	13.1/69/17
豈○郊卑而它祀尊哉	13.1/69/18
故城門校尉梁伯喜、○	
郡太守馬季長	13.5/73/14
旋襄陽而○縈	14.1/74/24
○援三州	14.1/74/26
○瞻井柳	14.5/76/3
○面設主于門內之西行	15.1/85/9
○方之神	15.1/85/15
漢改曰河○守	15.1/88/18

○方曰任	15.1/89/15
正月上丁祠○郊	15.1/91/10
世祖父○頓君曰皇考	15.1/92/2
○方受赤	15.1/92/11
唯河○尹執金吾洛陽令	
奉引侍中參乘奉車郎	
御屬車三十六乘	15.1/93/9
《左氏傳》有○冠而縶	
者	15.1/95/21
○冠、以如夏姬	15.1/95/21
是知○冠蓋楚之冠	15.1/95/21

難 nán　　　　　　28

臨○受位	1.1/2/21
遭○受侮	1.9/7/18
若古今常○	2.8/14/13
有恆實○	2.9/15/8
險阻艱○	3.2/16/13
遭○而發憤	3.7/20/20
豈非可憂之○	7.2/36/21
狐疑避○則守爲長	7.3/38/16
漢有昌邑之○	9.1/46/27
群凶遭○	9.1/47/4
小有馘截首級、履傷涉	
血之○	9.9/51/5
子說三○	10.2/56/4
四時通等而夏無○文	10.2/56/5
故多春○以助陽	10.2/56/6
秋○以達陰	10.2/56/6
獨不○取之于是也	10.2/56/7
其○者皆以付臣	11.2/57/30
塗濘溺而○遵	11.3/59/10
○與竝侶	11.4/59/28
豈體大之○覩	11.7/60/26
感東方《客○》	11.8/61/3
思危○而自豫	11.8/62/12
廓天步之艱○	12.3/63/23
○復收改	13.1/70/15
○以勝言	13.1/70/28
○問光晃	13.2/71/25
莊叔隨○漢陽	13.4/73/7
在國逢○曰愍	15.1/97/2

囊 náng　　　　　　3

皆各括○迷國	7.4/41/13

以經術分別卑○封上	7.4/41/15	○奮臣無忠	7.4/39/15	百夷○禮于神	2.6/12/22
得卑○盛	15.1/82/6	意者陛下（關）〔樞〕		故其平生所○	2.6/12/25
		機之○、衽席之上	7.4/39/16	有名物定事之○	2.6/12/28
曩 nǎng	**1**	抑○寵	7.4/39/18	體勤○苦	2.7/13/23
		其妖城門○崩	7.4/41/7	故○獨見前識	2.8/14/13
○者洪源辟而四陡集	11.8/61/28	且侍御于百里之○而知		榮不○華	2.8/14/23
		外事	7.4/42/1	威不○震	2.8/14/23
撓 náo	**4**	又託河○郡吏李奇爲州		莫之○起也	2.9/15/3
		書佐	7.5/43/10	故○匡朝盡直	3.1/16/1
人馬疲羸○鈍	1.5/4/3	○及寵近	7.5/43/17	其惡○立功立事	3.1/16/2
有百折而不○	1.6/4/15	并○阬（陷）〔潰〕	7.5/43/25	公孫同倫莫○齊焉者矣	3.2/16/15
柔而不○	2.2/10/9	海○紛然	8.1/44/8	莫之○屈	3.2/16/15
餘皆枉○	13.1/70/2	徒以正身率○	8.1/44/25	故○明哲	3.2/16/28
		守持○定	8.4/46/11	孰○該備寵榮	3.3/17/18
腦 nǎo	**1**	海○嗷嗷	9.1/47/3	莫○匡弼	3.6/20/2
		海○賴祉	9.6/49/13	以賢○特選拜刺史荊州	3.7/20/15
雖肝○流離	11.2/58/12	臣以相國兵討逆賊故河		式序賢○	3.7/20/22
		○太守王臣等	9.8/50/8	○不歌歎	3.7/21/25
淖 nào	**1**	皆在明堂辟雝之○	10.1/53/3	用○七登三事	4.2/23/29
		○有猲犺敵衝之釁	10.2/54/18	○夫勤信	4.3/24/17
嘉薦普○	9.4/48/25	閽尹者、○官也	10.2/55/21	其知其○	4.3/24/18
		或輕舉○投	11.6/60/12	致○迄用有成	4.5/26/1
餒 něi	**1**	○納其實	12.21/67/15	故○參任姒之功	4.6/26/27
		宮○產生	13.1/69/17	不○自存	4.7/27/23
諸郡饑○	1.1/2/1	○知己政	13.1/69/24	遇目○識	6.3/33/23
		宣聲海○	13.1/69/31	故○窮生人之光寵	6.5/34/26
內 nèi	**45**	足令海○測度朝政	13.1/70/6	莫○禁討	7.2/36/20
		王、畿○之所稱	15.1/79/20	當越境取○	7.2/37/1
○爲宗幹	1.6/4/27	京師、天子之畿○千里		未○過潁	7.3/37/26
淪于無○	2.5/11/28		15.1/82/19	不○還其骸骨	7.3/38/1
海○從風	2.5/12/3	宗廟、社稷皆在庫門之		猶不○絕	7.3/38/6
乃以越騎校尉援侍華光		○、雉門之外	15.1/84/2	非臣螻蟻愚怯所○堪副	7.4/41/16
之○	3.4/18/7	南面設主于門○之西行	15.1/85/9	非外臣所○審處	7.4/42/4
○剛如秋霜	3.7/21/16			不○受	7.5/43/15
〔命〕○正機衡	4.2/23/12	**能 néng**	**95**	噓唏不○吞咽	8.2/45/5
方○乂安	5.1/28/22			不○至府舍	8.2/45/7
海○咨嗟	5.2/29/20	柔遠○邇	1.5/4/1	恐不○及	8.2/45/10
○則大麓	5.2/30/2	忠焉○勿誨乎	1.7/5/17	臣聞魯侯○孝	8.2/45/12
驕吝不萌于○	5.4/31/2	當官○行	1.7/5/22	莫○嬰討	8.3/45/24
其後自河○遷于茲土	6.2/33/10	○下問矣	1.7/6/3	受者不○荅其問	8.4/46/9
起徒中爲○史	7.2/36/26	莫之○紀	1.10/8/2	章句不○遂其意	8.4/46/9
諸夏之○	7.3/38/2	莫之○致	2.1/9/1	莫之○奪	8.4/46/12
所以別（○外）〔外○〕		善誘○教	2.1/9/8	苟○其事	8.4/46/20
、異殊俗也	7.3/38/8	以爲遠近鮮○及之	2.3/11/5	非臣碎首糜軀所○補報	9.2/47/20
其○則任之良吏	7.3/38/9	（疆）〔強〕禦不○奪		非臣才力所○供給	9.3/48/14
苟無蠻國○侮之患	7.3/38/9	其守	2.5/12/8	莫○執夏侯之直	9.6/49/15
引入崇德殿署門○	7.4/39/1	王爵不○滑其慮	2.5/12/8	非臣小族陋宗器量褊狹	

所○堪勝	9.9/50/29	僉以爲仲○既殂	2.8/14/21	以元帝爲○廟	15.1/91/14
非臣才量所○祗奉	9.9/51/1	昔仲○嘗垂三戒而公克			
生者乘其○而至	10.1/52/1	焉	3.1/16/1	**逆 nì**	16
故不○復加刪省	10.2/54/24	仲○嘉焉	4.5/26/12		
不○輸寫心力	11.2/57/20	仲○是紀	6.6/35/19	以懷○謀	1.1/2/12
非臣辭筆所○復陳	11.2/57/22	當仲○則顏冉之亞	8.4/46/12	○謀竝發	1.5/4/1
無心復○	11.2/57/26	仲○譏之	10.1/54/3	封曲○侯	5.3/30/12
不○自達	11.2/58/4	仲○曰	10.1/54/5	以○執事	7.3/38/14
瑱以余○鼓琴	11.3/58/19	仲○設執鞭之言	11.8/61/6	（引）〔列〕在六○	7.4/42/15
研桑不○數其詰屈	11.6/60/15	至于仲○之正教	13.3/72/22	擁兵聚衆以圖叛○	9.4/48/22
離婁不○覩其隙間	11.6/60/15	仲○思歸	14.12/77/15	臣以相國兵討○賊故河	
研桑所不○計	11.7/60/26			內太守王臣等	9.8/50/8
宰賜所不○言	11.7/60/26	**怩 ní**	1	上行下不敢○	9.9/50/30
曾不○拔萃出群	11.8/61/9			耳無○聽	10.1/54/6
安○與之齊軌	11.8/62/12	忸○而避	11.8/62/22	令無○政	10.1/54/6
收之則莫○知其所有	11.8/62/14			命之曰○	10.2/56/13
僕不○參迹于若人	11.8/62/21	**泥 ní**	5	但命之曰○也	10.2/56/14
故○教不肅而化成	12.4/63/28			方將埽除寇○	12.3/63/23
不○稱職	13.1/70/3	○（潦）〔埿〕浮游	6.1/32/27	下○人事	13.1/69/12
未有其○	13.1/70/12	昔一柱○故法棄	7.4/41/8	瑞祝、○時雨、寧風旱	
若乃小○小善	13.1/70/17	已變柱○	7.4/41/9	也	15.1/87/16
無復○省	13.1/70/20	孔子以爲致遠則○	13.1/70/17	〔候〕○順也	15.1/88/15
今之不○上通于古	13.2/71/12	珠出蚌○	14.5/75/23		
亦猶古術之不○下通于				**匿 nì**	2
今也	13.2/71/12	**蜺 ní**	8		
光晃誠○自依其術	13.2/71/23			群○情狀	9.1/47/6
非群臣議者所○變易	13.2/72/5	形狀似龍似虹○	7.4/39/11	侯王肅則月側○	11.8/62/10
人所鮮○	13.7/73/23	○之比無德	7.4/39/12		
莫○雙追	14.5/75/26	五色○出	7.4/39/13	**怒 nì**	1
○行天道	15.1/79/30	○者、斗之精氣也	7.4/39/14		
○以善道改更已也	15.1/82/27	（失）〔天〕度投○見	7.4/39/14	○焉且饑	14.5/76/4
○興風	15.1/85/19	即虹○所生也	7.4/39/18		
○興雨	15.1/85/20	○及雞化	7.4/41/22	**溺 nì**	2
厲山氏之子柱及后稷○		虹○集庭	7.4/41/25		
殖百穀以利天下	15.1/85/21			塗潦○而難遵	11.3/59/10
○平水土	15.1/85/24	**霓 ní**	1	沮○耦耕	11.8/61/22
柱○殖百穀	15.1/85/26				
○禦大災則祀	15.1/87/1	曳○旌	1.10/8/15	**膩 nì**	1
○扞大患則祀	15.1/87/1				
言○酌先祖之道以養天		**襧 nǐ**	6	不食肥○	8.2/45/9
下之所歌也	15.1/88/9				
知過○改曰恭	15.1/96/28	以紹服祖○之遺風	1.8/6/23	**年 nián**	173
		其如祖○	2.2/10/2		
尼 ní	12	耀熠祖○	9.9/50/29	享○七十五	1.1/1/11
		斯乃祖○之遺靈、盛德		光和七○夏五月甲寅	1.1/1/11
仲○與之	1.7/6/1	之所曁也	12.12/65/24	維建寧三○秋八月丁丑	1.2/3/3
魯有○父	1.7/6/14	元帝于光武爲○	15.1/90/28	維建寧四○三月丁丑	1.3/3/12

維光和元○多十二月丁	
巳	1.4/3/21
孝桓之季○	1.5/3/28
公以吏士頻○在外	1.5/4/3
際事三○	1.5/4/7
光和七○五月甲寅薨	1.6/4/22
實有○數	1.7/5/25
○饉民匱	1.8/7/1
享○六十有四	1.8/7/4
漢皇二十一世延熹六○	
夏四月乙巳	1.8/7/4
維漢二十一世延熹六○	1.9/7/12
祭服雖三○	1.9/7/14
歷載彌○	1.10/8/1
洎于永和元○十有二月	1.10/8/2
延熹八○秋八月	1.10/8/10
享○四十有三	2.1/9/3
以建寧二○正月乙亥卒	2.1/9/3
降○不永	2.1/9/9
十有八○	2.2/9/28
中平三○〔秋〕八月丙	
子卒	2.2/9/30
太丘一○	2.3/10/18
禁錮二十○	2.3/10/19
時○已七十	2.3/10/20
○八十有三	2.3/10/24
中平三○八月丙子	2.3/10/24
維中平五○春三月癸未	2.4/11/12
季方盛○早亡	2.4/11/17
如此者十餘○	2.5/12/8
至延熹二○	2.5/12/10
享○五十	2.5/12/13
○七十有七	2.6/13/4
熹平二○四月辛巳卒	2.6/13/4
○七十有四	2.7/13/28,3.1/15/24
中平二○四月卒	2.7/13/28
○既五十	2.8/14/18
以永壽二○夏五月乙未	
卒	2.8/14/19
丕昭億○	2.8/14/25
○七十有五	2.9/15/4
建寧二○六月卒	2.9/15/5
六○守靜	3.1/15/19
延熹八○五月丙戌薨	3.1/15/24
傳億○	3.1/16/3
三○九月甲申	3.2/16/11
四○九月戊申	3.2/16/11

屢獲有○	3.2/17/2
永世豐○	3.5/19/1,4.2/23/20
元和元○	3.6/19/26
○五十八	3.6/20/5
永興六○夏卒	3.6/20/5
永漢元○十一月到官	3.7/20/16
○穀豐夥	3.7/20/23
○六十有七	3.7/21/19
建安十三○八月遘疾隕	
薨	3.7/21/19
太和二○	3.7/21/23
胡不億○	3.7/22/3
○二十七	4.1/22/13,4.2/23/11
建五○三月壬戌	4.1/22/25
延和末○	4.2/23/22
○八十二	4.2/24/1
建寧五○春壬戌	4.2/24/2
建寧五○春三月	4.3/24/12
十○而無愆	4.3/24/19
蓋三十○	4.5/26/5
太夫人○九十一	4.5/26/8
建寧二○薨于太傅府	4.5/26/8
千億斯○	4.5/26/21
永初二○	4.6/26/26
○十有五	4.6/26/26,6.3/34/1
○七十七	4.6/27/3
建寧三○薨	4.6/27/3
失延○之報祜	4.6/27/8
中平四○薨于京師	4.7/27/23
踰○然後獲聽	4.7/27/25
我在韶○	4.7/28/1
建平元○十二月甲子夜	5.1/28/16
姦臣王莽媮有神器十有	
八	5.1/28/18
乃以建武元○六月乙未	5.1/28/21
享國三十有六○	5.1/28/22
熹平四○薨	5.2/29/20
宿衛十○	5.4/31/3
建寧元○	5.4/31/5
是○遭疾	5.4/31/6
其○七月	5.4/31/6
時○四十一	5.4/31/9
萬○是紀	5.4/31/18
建寧元○七月	5.5/31/24
光和五○	6.1/32/23
○七歲	6.4/34/9
建寧二○	6.4/34/9

維光和七○	6.5/34/19
不享遐○	6.5/35/3
維延熹四○	6.6/35/9
宜登永○	6.6/35/20
連○饉荒	7.2/36/18
或拘限歲○	7.2/36/23
熹平六○秋	7.3/37/8
兵出數十○	7.3/37/18
猶十餘○	7.3/37/25
今育晏以三○之期	7.3/37/25
三○不成	7.3/37/27
凶○不備	7.3/38/17
凶○隨之	7.3/38/18
光和元○七月十日	7.4/38/26
孝成綏和二○八月	7.4/39/24
孝宣黃龍元○	7.4/40/9
至初元元○	7.4/40/11
故數十○無有日蝕	7.4/41/20
當因其言居位十數○	7.4/42/12
其遠者六○	7.5/43/12
今○七月	7.5/43/16
臣○四十有六	7.5/43/22
則生之○也	7.5/43/27
進退錮之十○	8.1/44/16
○十四歲	8.2/45/3
未○十四歲	8.2/45/8
雖成人之○	8.2/45/10
夫若以○齒為嫌	8.4/46/19
臣流離藏竄十有二○	9.2/47/17
歷○二百一十載	9.4/48/20
歷一百六十五載	9.4/48/21
眉壽萬○	9.5/49/4
五○一致祭	9.6/49/21
連○累歲	9.9/51/6
○穀豐	10.1/54/6
光和元○	10.2/54/18
前後六○	11.2/57/19
積累思惟二十餘○	11.2/57/29
考校連○	11.2/57/31
二十○之思	11.2/58/3
今○七月九日	11.2/58/4
延熹二○秋	11.3/58/17
熹平五○	12.1/62/30
享○垂老	12.2/63/11
〔永初元○〕	12.9/64/28
祈福豐○	13.1/69/15
頻○災異	13.1/69/26

五〇制書	13.1/70/3	〇所生	1.10/8/16	**孽** niè	4
或經〇陵次	13.1/70/28	靡所實〇	2.1/9/4		
延光元〇中	13.2/71/10	尋脩〇于在昔	4.6/27/9	黃〇作愿	5.1/29/1
漢元〇歲在乙未	13.2/71/16	靡所底〇	4.7/27/26	妖寇作〇	8.4/46/3
中使獲麟不得在哀公十		帝〇其勤	5.2/29/13	國遭姦臣〇妾	9.1/47/2
四〇	13.2/71/19	〇污軤之不呈	6.4/34/15	姦臣孽〇	9.2/47/17
下不及命曆序獲麟漢相		哀窮〇極	6.5/35/1		
去四部〇數	13.2/71/20	將爲憂〇	7.2/37/2	**糵** niè	1
元和二〇二月甲寅制書		畏災責躬〇	7.4/42/17		
日	13.2/71/25	陛下不〇忠言密對	7.5/43/18	（疑育）〔挺青〕〇之	
元和二〇乃用庚申	13.2/72/2	垂〇臣子	8.1/44/23	綠英	14.16/78/9
〇踰三十	13.10/74/7	誠〇及下	9.3/48/10		
男女得乎〇齒	14.2/75/5	顧〇元初中	11.2/57/23	**躡** niè	4
要明〇之中夏	14.17/78/16	思〇荒散	11.2/58/10		
起〇月日	15.1/81/8	追〇先侯	12.1/63/3	度〇雲蹤	3.6/19/26
三代〇歲之別名	15.1/83/11	思爾〇爾	14.5/76/4	不足勗勵以〇高蹤	9.10/51/16
周曰〇	15.1/83/12			登〇上列	11.2/57/20
故三〇一閏	15.1/83/14	**釀** niàng	1	〇蹈絲扉	14.5/75/24
五〇再閏	15.1/83/14				
《漢書》稱高帝五〇	15.1/85/21	爲酒爲〇	6.1/33/5	**甯** níng	6
豐〇若上	15.1/86/23				
順祝、願豐〇也	15.1/87/15	**鳥** niǎo	14	養色〇意	5.4/30/26
〇祝、求永眞也	15.1/87/15			無心以〇	9.2/47/27
《豐〇》、一章七句	15.1/88/1	見一大〇迹	1.10/8/3	無心怡〇	9.9/50/27
三百八十六〇	15.1/90/1	遺〇迹	1.10/8/16	誠無安〇甘悅之情	9.9/50/30
三百六十六〇	15.1/90/1	交交黃〇	2.3/11/8	問〇越之裔胄兮	11.3/58/24
四百一十〇	15.1/90/2	率慕黃〇之哀	4.1/22/28	〇子有清商之歌	11.8/61/6
五〇而稱殷祭	15.1/90/27	禽〇之微	8.2/45/14		
皆以未踰〇而崩	15.1/91/5	因于〇迹	11.6/60/10	**寧** níng	44
少帝未踰〇而崩	15.1/91/18	龍躍〇震	11.6/60/12		
五〇而再殷祭	15.1/91/25	〇迹之變	11.7/60/21	上下謐〇	1.1/1/7
永安七〇	15.1/94/7	昔伯翳綜聲于〇語	11.8/62/18	維建〇三年秋八月丁丑	1.2/3/3
漢興至孝明帝永平二〇		《伐木》有〇鳴之刺	13.3/72/10	維建〇四年三月丁丑	1.3/3/12
	15.1/94/15	飛〇下翔	14.12/77/17	以建〇二年正月乙亥卒	2.1/9/3
		翠〇時來集	14.19/78/25	台階允〇	2.2/9/23
輦 niǎn	4	行扈氏農正、畫爲民驅		精靈所〇	2.2/10/7
		〇	15.1/86/5	耽怡是〇	2.6/13/6
御〇在殿	8.1/44/23	以作龍虎〇龜形	15.1/94/8	建〇二年六月卒	2.9/15/5
還尹〇轂	11.2/57/20			于鼎斯〇	3.3/17/23
東督京〇	12.17/66/25	**嫋** niǎo	1	不敢荒〇	3.5/19/7
京〇用清	12.17/66/25			建〇五年三月壬戌	4.1/22/25
		而乳母趙〇貴重赫赫	7.4/41/22	建〇五年春壬戌	4.2/24/2
念 niàn	20			建〇五年春三月	4.3/24/12
		涅 niè	2	三邦（事）〔惟〕〇	4.4/25/14
惟帝〇功	1.2/3/7,3.4/18/9			康〇之時	4.5/26/8
爲國憂〇	1.5/4/1	〇而不緇	2.2/10/10	建〇二年薨于太傅府	4.5/26/8
獨〇運際存亡之要	1.8/6/25	〇之不污	2.7/14/4	順母氏之所〇	4.5/26/13

次日○、釋戚	4.6/26/29	**濘 nìng**	1	、大鴻臚、大僕射	5.2/29/16
○舉茂才葉令、京令爲				于是祈○	5.3/30/10
議郎	4.6/27/1	塗○溺而難遵	11.3/59/10	一日○	6.1/32/16
建○三年薨	4.6/27/3			朌業○事	6.1/32/18
其實○之	4.6/27/5	**牛 niú**	16	副在三府司○	6.1/32/25
建○元年	5.4/31/5			○民熙怡悅豫	6.1/33/1
建○元年七月	5.5/31/24	公遣從事○稱何傳輕車		得地不可耕○	7.3/38/10
壽考且○	6.1/33/5	騎	1.1/1/27	○桑之業	12.14/66/9
建○二年	6.4/34/9	函○之鼎以烹雞	8.4/46/15	與其彼○皆委	13.3/72/24
庶神魄之斯○	6.4/34/14	怪此寶鼎未受犧○大羹		夫黍亦神○之嘉穀	13.3/72/24
猶匪○息	6.6/35/18	之和	8.4/46/16	揆神○之初制	14.9/76/29
然後僅得○息	7.3/37/20	謹奉（生）〔○一〕頭	9.7/50/1	上古天子庖犧氏、神○	
爲陛下圖康○之計而已	7.5/43/18	丑○、未羊、戌犬、酉		氏稱皇	15.1/79/14
賊○邊垂	8.1/44/21	雞、亥豕而已	10.2/56/19	其帝神○	15.1/85/15
周文以濟濟爲○	8.3/45/20	○屬季夏	10.2/56/21	先○神、先○者蓋神○	
王室以○	8.4/46/5	當食豕而食○	10.2/56/22	之神	15.1/86/1
劉焉撫○有方	9.3/48/13	○、五畜之大者	10.2/56/22	神○作耒耜	15.1/86/1
其○惟永	9.7/50/3	故以○爲季夏食也	10.2/56/23	教民耕	15.1/86/1
無心○止	9.10/51/17	百里有犇○之事	11.8/61/6	置九之官如左	15.1/86/1
甘衡門以神兮	11.3/59/18	葛盧辨音于鳴○	11.8/62/18	春扈氏○正、趣民耕種	15.1/86/4
有羲皇之洪○	11.8/61/15	而曆以爲牽○中星	13.2/71/27	夏扈氏○正、趣民芸除	15.1/86/4
不失所○	11.8/62/3	非彼○女	14.5/76/4	秋扈氏○正、趣民收斂	15.1/86/4
和液暘兮神氣○	11.8/62/23	牲號、○曰一元大武	15.1/87/5	冬扈氏○正、趣民蓋藏	15.1/86/4
○陵夷之屯否	12.3/63/24	○曰一元大武	15.1/87/8	棘扈氏○正、常謂茅氏	15.1/86/5
黔首用○	12.13/66/5	左纛者、以氂○尾爲之		行扈氏○正、晝爲民驅	
三事攸○	12.17/66/25		15.1/93/23	鳥	15.1/86/5
瑞祝、逆時雨、○風旱				宵扈氏○正、夜爲民驅	
也	15.1/87/16	**忸 niǔ**	1	獸	15.1/86/6
身欲○	15.1/93/1			桑扈氏○正、趣民養蠶	15.1/86/6
		○怩而避	11.8/62/22	老扈氏○正、趣民收麥	15.1/86/6
凝 níng	8			先嗇、司嗇、○、郵表	
		紐 niǔ	2	畷、貓虎、坊、水庸	
黃潦膏○	6.1/33/4			、昆蟲	15.1/86/25
無所○滯	6.3/33/25	天子璽以玉螭虎○	15.1/80/23	神○氏以火德繼之	15.1/89/18
玄雲黯以○兮	11.3/59/10	龍虎○、唯其所好	15.1/80/25	故神○氏歿	15.1/89/18
○垂下端	11.6/60/13			炎帝爲神○氏	15.1/89/24
蒹葭蒼而白露○	11.8/61/24	**農 nóng**	40		
肌如○蜜	14.4/75/18			**濃 nóng**	2
（○有）〔挺青〕檗之		弘○楊公、東海陳公	2.3/10/23		
綠英	14.16/78/9	官至司○廷尉	2.7/13/14	微本○末	11.6/60/12
體枯燥以冰○	14.17/78/15	弘○華陰人　3.1/15/14,3.3/17/8		纖波○點	11.7/60/24
		勸稽務○	3.7/20/22		
鸋 níng	1	徵拜大司○	4.1/22/17	**弄 nòng**	4
		入作司○	4.2/23/16		
○鳲軒翥	12.28/68/18	太僕、司○、太傅、司		制○主權	9.1/47/2
		空各一	4.3/24/23	福在○臣	9.1/47/3
		徵拜將作大匠、大司○		夫人君無○戲之言	9.10/51/19

祕○乃開 14.12/77/14

奴 nú 8

盜起匈○左部 1.5/3/28
使匈○中郎將南單于以下 7.3/37/11
匈○常爲邊害 7.3/37/16
自匈○北遁以來 7.3/37/23
過于匈○ 7.3/37/25
昔孝文愠匈○之生事 8.3/45/21
匈○攻郡鹽池縣 11.2/58/4
及諸侯王、大夫郡國計吏、匈○朝者西國侍子皆會 15.1/91/8

駑 nú 1

騁○駘于脩路 11.8/62/4

弩 nǔ 1

冀州强○ 7.2/36/17

怒 nù 9

不遷○以臨下 2.3/10/17
啓導上○ 3.1/15/23
畏威忌○ 4.7/28/2
帝赫斯○ 5.1/29/2
民神憤○ 5.2/29/15
○不傷愛 6.6/35/17
神則不○ 7.4/41/10
畏天之○ 7.4/42/18
嚏噴○語 11.4/59/27

女 nǚ 24

織○投杼 3.7/21/20
夫人江陵黃氏之季○ 4.5/25/23
夫人編縣舊族章氏之長○也 4.6/26/25
元○金盈 4.6/27/5
○師四典 4.7/27/18
中水侯弟伏波將軍○ 6.5/34/21
允○之英 6.6/35/12
「嫂」字「○」旁「叟」 10.2/56/31
○冶容而淫 11.8/61/20
○執伊筐 12.14/66/10
惟○與士 12.27/68/14
男○得乎年齒 14.2/75/5
麗○盛飾 14.2/75/8
夫何姝妖之媛○ 14.3/75/12
若披雲緣漢見織○ 14.4/75/17
爲衆○師 14.5/75/27
非彼牛○ 14.5/76/4
皆取首妻男○完具者 15.1/82/27
八十一御○ 15.1/83/23
天子一取十二○ 15.1/83/24
諸侯一取九○ 15.1/83/24
王者子○封邑之差 15.1/83/27
帝之○曰公主 15.1/83/27
異姓婦○以恩澤封者曰君 15.1/83/28

煖 nuǎn 1

衣必輕○ 12.23/67/23

儺 nuó 1

而時○以索宮中 15.1/86/10

懦 nuò 1

臣下○弱 9.6/49/15

虐 nüè 8

剛而不○ 1.1/1/18
乘之爲○ 1.8/7/1
剛而無○ 2.2/10/9
式遏寇○ 3.5/18/28
遘茲○痾 5.4/31/16
黜貪○ 7.4/41/2
〔羌戎作○〕 12.9/64/28
暴○無親曰厲 15.1/97/3

嘔 ōu 1

消形○血 2.4/11/18

毆 ōu 1

尙書左丞馮方○殺指揮使于尙書西祠 7.1/36/5

謳 ōu 1

相與○談壃畔 6.1/33/1

偶 ǒu 4

○山甫乎喉舌 4.3/24/20
豈徒世俗之凡○兼渾 8.4/46/13
引譬比○ 11.4/59/28
下則連○俗語 13.1/70/13

歐 ǒu 2

以○陽《尙書》、《京氏易》誨授 3.1/15/17
治孟氏《易》、○陽《尙書》、韓氏《詩》 5.4/30/26

耦 ǒu 1

沮溺○耕 11.8/61/22

葩 pā 2

藻分○列 2.9/15/1
色若蓮○ 14.4/75/18

俳 pái 1

有類○優 13.1/70/14

徘 pái 1

右手○徊 14.12/77/14

排 pái 1

思不可○ 14.5/76/2

盤 pán	5
先生〇桓育德	2.6/13/3
路丘墟以〇縈	11.3/58/26
〇旋乎周孔之庭宇	11.8/62/13
孔甲有〇盂之誡	13.4/73/1
〇珊蹜踝	14.5/75/25

鑿 pán	1
竝在〇帶	9.10/51/17

判 pàn	1
休盡剖〇剝散	2.8/14/14

泮 pàn	3
廣開麗〇	3.7/21/11
在〇獻馘	10.1/53/8
明堂太室與諸侯〇宮	10.1/53/8

盼 pàn	1
〇倩淑麗	14.5/75/23

叛 pàn	4
梁州〇羌逼迫兵誅	1.5/3/28
〇虜降集	8.1/44/21
擁兵聚衆以圖〇逆	9.4/48/22
法爲下〇	13.1/69/10

畔 pàn	1
相與謳談壇〇	6.1/33/1

頯 pàn	2
諸侯曰〇宮	15.1/89/1
〇、言半也	15.1/89/1

旁 páng	10
〇作穆穆	1.2/3/4
〇施（四方）惟明	3.5/18/30
〇貫憲法	4.1/22/12

〇無几杖	4.2/23/25
常在枢〇	8.2/45/6
〇貫五經	10.2/54/22
「嫂」字「女」〇「叟」	10.2/56/31
夢見在我〇	11.5/60/3
編羽毛引繋橦〇	15.1/94/3
〇垂齅纏當耳	15.1/94/19

龐 páng	3
有〇有醇	2.5/12/14
十門劉寵〇訓北面	7.4/39/2
伏見幽州刺史楊熹、益 州刺史〇芝、涼州刺 史劉虔	13.1/70/1

庖 páo	2
上古天子〇犧氏、神農 氏稱皇	15.1/79/14
主家〇人臣偃眛死再拜 謁	15.1/95/6

陪 péi	1
〇臣之母	6.6/35/19

裵 péi	1
靈魂〇裵	5.5/32/9

沛 pèi	3
後自〇還于南陽之宛	1.8/6/21
屬以顚〇	7.4/42/16
陽侯〇以奔驚	14.1/74/27

佩 pèi	8
于時縷綏之徒、紳〇之 士	2.1/8/29
〇紆金紫	2.3/10/22
解帷組〇之	7.4/39/25
非臣（容）〔庸〕體所 當服〇	9.9/50/31
七〇其紱	11.1/57/11

則舒紳緩〇	11.8/61/30
〇玉〇	15.1/94/19

珮 pèi	1
賜食阜帛越巾刀〇帶	15.1/81/1

配 pèi	20
皆用〇號	1.7/5/10
按古之以子〇謚者	1.7/6/4
故以公〇	1.7/6/6
〇謚之稱也	1.7/6/14
武王〇以太姬	2.2/9/14
光明〇于日月	2.4/11/14
初娶〇出	2.8/14/18
後〇未字	2.8/14/18
〇黔作鄰	2.8/14/24
〇名古人	4.5/26/20
祀漢〇天	5.1/28/22
孝〇大舜	5.2/29/10
〇彼哲彥	6.6/35/27
各以后〇	9.4/48/19
所以宗祀其祖、以〇上 帝者也	10.1/51/27
無足以〇土德者	10.2/56/23
各〇其牲爲食也	10.2/56/25
〇天作輔	11.1/57/9
〇名位乎天漢	14.1/74/22
祀后稷〇天之所歌也	15.1/87/23

轡 pèi	2
沃若六〇	11.1/57/11
執〇忽而不顧	12.28/68/18

盆 pén	1
手三〇于繭館者	4.5/26/5

烹 pēng	2
函牛之鼎以〇雞	8.4/46/15
呼兒〇鯉魚	11.5/60/5

朋 péng　8

收○誨　2.1/9/1
凡其親昭○徒　2.8/14/19
于是因好友○　2.8/14/20
糺合○徒　3.4/18/11
君子以○友講習而正人　13.3/72/9
無有淫○　13.3/72/9
惡○黨而絕交游者有之
　　13.3/72/12
蓋○友之道　13.3/72/17

彭 péng　3

○城廣戚人也　2.6/12/22
四牡○○　12.26/68/8

蓬 péng　2

外庭生○蒿　2.5/12/7
首如○葆　9.9/51/6

丕 pī　25

○顯伊德　1.1/1/8,3.3/17/24
乃以○虵　1.1/2/21
以對揚天子○顯休命　1.2/3/5
○承洪緒　1.9/7/17
清風○揚　2.5/12/18
懿德是○　2.8/14/22
○昭億年　2.8/14/25
公之○考以忠蹇亮弼輔
　孝安　3.1/15/16
（尤）〔允〕執○貞　3.3/17/23
式建○休　3.5/18/23
克○堂構　3.5/18/23
國家○承　3.5/18/28
○顯休命　3.5/19/8
可謂道理○才　3.7/21/17
休續○烈　4.1/22/29
嘉（○）〔庶〕續于九
　有　4.2/23/29
休命○顯　4.4/25/17
○顯之化　5.2/29/17
文藝○光　5.4/31/14
○誕洪業　9.1/47/1
帝猷顯○　11.8/61/25

憲章○烈　12.10/65/11
增崇○顯　12.12/65/26
晁鼎有○顯之銘　13.4/73/2

披 pī　5

宜○演所懷　7.4/41/14
○瀝愚情　11.2/58/11
霧散雲○　11.8/61/18
○厚土而載形　14.1/74/22
若○雲緣漢見織女　14.4/75/17

邳 pī　1

賈為下○相　7.5/43/24

皮 pī　8

以圭璧更○幣　10.2/55/13
蒙以熊○　15.1/86/10
前驅有九斿雲罕闟戟○
　軒鸞旗　15.1/94/3
以前皆○軒虎○為之也　15.1/94/5
執事者○弁服　15.1/95/1
高祖冠、以竹○為之　15.1/95/27
珠冕、爵弁收、通天冠
　、進賢冠、長冠、緇
　布冠、委貌冠、○弁
　、惠文冠　15.1/96/21

毗 pī　2

○于天子　1.2/3/5
○天子而維四方　5.3/30/14

疲 pī　2

人馬○羸撓鈍　1.5/4/3
僕夫○而劬瘁兮　11.3/59/5

羆 pī　2

亦總其熊○之士　3.5/18/28
如○如熊　3.7/22/1

匹 pī　6

○虞龍而納言　4.3/24/20
及筭求○明哲　6.5/34/24
夫以○夫顏氏之子　7.4/40/17
特單輕○　9.2/47/26
除在○庶　9.9/50/27
今子責○夫以清宇宙　11.8/62/8

厄 pī　1

宰○家器　1.7/5/26

妃 pī　3

微言○絕　2.3/11/7
○我國基　5.2/30/3
其咎宮室傾○　7.4/41/8

辟 pī　63

少○孝廉　1.1/1/10
○司徒大將軍府　1.1/1/10
刺史周公○舉從事　1.1/1/19
○司徒　1.1/1/22,1.6/4/17
○大將軍梁公幕府　1.1/1/24
越其所以率夫百○　1.3/3/14
○大將軍　1.6/4/18
時○大將軍府　1.8/6/26
復○大將軍　1.8/6/27
遂○司徒掾　2.1/9/2
○司徒府　2.2/9/22
復○太尉府　2.2/9/24
○大將軍府　2.2/9/25,3.3/17/11
大將軍司徒竝○　2.2/9/28
五○豫州　2.3/10/17
六○三府　2.3/10/17
再○大將軍　2.3/10/18
大將軍何公、司徒袁公
　前後招○　2.3/10/21
○四府　2.4/11/14
徵○交至　2.4/11/16
前後三○　2.5/12/4
太尉司徒再○　2.5/12/5
司空三○　2.5/12/5
凡十○公府　2.6/13/2
竝加○命　2.6/13/7

貧 pín	9
不隕穫于〇賤	2.6/13/3
榮〇安賤	2.7/14/4
安〇樂賤	11.8/61/8
星宿值〇	12.29/68/23
〇賤則人爭去之	13.3/72/13
〇賤則無棄舊之賓矣	13.3/72/13
〇賤不待夫富貴	13.3/72/15
富貴不驕乎〇賤	13.3/72/15
安〇樂潛	13.7/73/23

頻 pín	5
公以吏士〇年在外	1.5/4/3
〇歷鄉校	3.2/17/1
是以〇繁機極	4.3/24/18
〇歲月蝕地動	7.4/40/20
〇年災異	13.1/69/26

嬪 pín	3
夙喪〇僊	3.1/15/26
九〇、夏后氏增以三三	
而九	15.1/83/22
三夫人、九〇	15.1/83/24

品 pǐn	9
敬敷五〇	3.3/17/15
訓五〇于司徒	4.1/22/24
貫萬〇	4.3/24/19
訓五〇于群黎	4.3/25/1
〇物以熙	5.2/30/2
〇物猶在	6.5/35/4
檢六合之群〇	11.8/61/26
有三〇	15.1/81/17
訓于五〇也	15.1/82/26

牝 pìn	3
〇雞之晨	7.4/40/13
〇雞雄鳴	7.4/40/13
夫〇雞但雄鳴	7.4/40/14

聘 pìn	2
玄纁禮〇	2.6/13/2
仍獲其〇	2.6/13/8

平 píng	64
夷于〇壤	1.9/7/16
中〇三年〔秋〕八月丙	
子卒	2.2/9/30
中〇三年八月丙子	2.3/10/24
維中〇五年春三月癸未	2.4/11/12
故其〇生所能	2.6/12/25
熹〇二年四月辛巳卒	2.6/13/4
中〇二年四月卒	2.7/13/28
地〇天成	3.3/17/14
迄于〇襄	3.6/19/21
山陽高〇人也	3.7/20/14
千里稱〇	3.7/20/15
彊記同乎富〇	4.3/24/20
中〇四年薨于京師	4.7/27/23
建〇元年十二月甲子夜	5.1/28/16
哀〇短祚	5.1/28/18
汝南西〇人	5.2/29/8
熹〇四年薨	5.2/29/20
陳〇由此社宰	5.3/30/12
永〇之世	5.3/30/12
封北〇侯	6.2/33/10
夫人、右扶風〇陵人也	6.5/34/21
熹〇六年秋	7.3/37/8
昔者高祖乃忍〇城之恥	7.3/38/7
是歲封后父禁爲〇陽侯	7.4/40/11
〇城門及武庫屋各損壞	7.4/41/5
臣愚以爲〇城門、向陽	
之門	7.4/41/5
度越〇原	8.1/44/10
孝子〇丘程未	8.2/45/3
太〇之萌	8.2/45/12
比惠、景、昭、成、哀	
、〇帝	9.6/49/21
太〇洽	10.1/54/6
得就〇罪	11.2/57/21
或砥繩〇直	11.7/60/23
守之以〇	11.8/61/27
宣太〇于中區	11.8/62/15
熹〇五年	12.1/62/30
時處士〇陽蘇騰	12.1/62/30

剛〇則山甫之勵也	12.2/63/9
泰階以〇	12.8/64/23
太〇乃洽	12.12/65/21
務在寬〇	12.14/66/10
文王用〇	12.17/66/25
〇章賞罰	13.1/70/7
史官用太初鄧〇術	13.2/71/26
用望〇和	13.2/71/28
善則久要不忘〇生之言	
	13.3/72/17
〇陽是私	14.5/75/28
〇若停水	14.14/77/28
孝元皇后父大司馬陽〇	
侯名禁	15.1/80/20
能〇水土	15.1/85/24
夏曰嘉〇	15.1/86/17
告太〇于文王之所歌也	
	15.1/87/19
高帝、惠帝、呂后攝政	
、文帝、景帝、武帝	
、昭帝、宣帝、元帝	
、成帝、哀帝、〇帝	
、王莽、聖公、光武	
、明帝、章帝、和帝	
、殤帝、安帝、順帝	
、沖帝、質帝、桓帝	
、靈帝	15.1/89/26
〇帝幼	15.1/90/7
于〇帝爲父祖	15.1/90/16
〇雖在十一	15.1/90/18
乃合高祖以下至〇帝爲	
一廟	15.1/90/28
成、哀、〇三帝以非光	
武所後	15.1/91/25
皆〇冕文衣	15.1/92/18
漢興至孝明帝永〇二年	
	15.1/94/15
謂之〇天冠	15.1/94/20
天子、公卿、特進朝侯	
祀天地明堂皆冠〇冕	
	15.1/94/23
今御史廷尉監〇服之	15.1/95/19
布綱治紀曰〇	15.1/96/27

枰 píng	1
彈碁石〇	9.3/48/10

屏 píng	12	太白與月相〇	13.1/69/11	**仆 pū**	1

屏 píng	12
俾〇我皇	1.9/7/20
俾〇我王	2.3/10/27
俾〇於皇	4.4/25/18
寐息〇營	9.2/47/27
慘結〇營	9.3/48/12
〇氣累息	9.8/50/12
資非哲人藩〇之用	9.10/51/14
累息〇氣	9.10/51/15
降拜〇著	12.4/63/30
〇此四國	12.18/66/31
既臻門〇	14.2/75/7
天子獨拜于〇	15.1/82/29

軿 píng	1
載鶴〇	1.10/8/15

憑 píng	1
〇先民之遐迹	2.2/9/16

頗 pō	4
庶幾〇得事情	10.2/54/19
知臣〇識其門戶	11.2/57/28
往往〇有差舛	11.2/57/31
其高者〇引經訓風喻之 　言	13.1/70/13

朴 pò	1
實而不〇	4.3/24/14

迫 pò	10
梁州叛羌逼〇兵誅	1.5/3/28
〇以刑戮	2.2/9/20
必〇于害	7.3/37/27
不獨得之于〇沒之三公 　也	7.4/42/14
當爲箠楚所〇	7.5/43/26
拘〇國憲	9.9/50/30
〇于吏手	11.2/57/25
〇嵯峨以乖邪兮	11.3/59/1
〇而視之	11.6/60/14

破 pò	11
州縣殘〇	3.7/20/18
〇前隊之衆	5.1/28/19
〇鮮卑中郎將	7.3/37/11
〇之不可殄盡	7.3/38/11
反陷〇亡之禍	7.5/43/20
〇臣門戶	7.5/43/22
筋絕骨〇	9.3/48/15
屯陳〇壞	9.8/50/8
大有陷堅〇敵、斬將搴 　旗之功	9.9/51/5
白骨剖〇	11.2/58/12
其夷如〇	14.14/77/27

魄 pò	5
既生〇八日壬戌	4.3/24/12
尚魂〇之有依	4.6/27/12
庶神〇之斯寧	6.4/34/14
精〇播超	9.9/50/20
光〇虧滿	13.2/71/21

剖 pōu	7
〇斷不疑	1.1/2/4
休盡〇判剝散	2.8/14/14
顯有〇符之寄	4.7/27/23
與帝〇符	4.7/28/3
〇纖入冥	8.4/46/10
〇符數郡	9.2/47/26
白骨〇破	11.2/58/12

掊 pǒu	4
乃〇其家	11.8/61/21
及命曆序積獲麟至漢起 　庚子之二十三歲	13.2/71/15
竟己酉、戊子及丁卯〇 　六十九歲	13.2/71/16
下不及命曆序獲麟漢相 　去四〇年數	13.2/71/20

仆 pū	1
有僵〇者不道	7.4/42/12

扑 pū	1
鞭〇棄而無加	4.3/24/22

鋪 pū	1
誕〇模憲	2.2/10/9

匍 pú	1
〇匐拜寄	8.4/46/20

僕 pú	19
爾乃遷太〇大卿	3.1/15/20
除郎中尙書侍郎、尙書 　左丞、尙書〇射	4.1/22/13
徵拜太中大夫、尙書令 　、太〇、太常、司徒	4.1/22/19
尙書〇射	4.2/23/12
乃拜太〇	4.2/23/23
太〇、司農、太傅、司 　空各一	4.3/24/23
歷〇射令納言	5.2/29/15
徵拜將作大匠、大司農 　、大鴻臚、大〇射	5.2/29/16
詔封都亭侯、太〇、太 　常、司空	5.3/30/14
〇射允、故司隸校尉河 　南尹某、尙書張熹	9.2/47/25
太〇王舜、中壘校尉劉 　歆據經傳義	9.6/49/11
臣〇職分宜然	9.9/51/7
〇夫疲而劬瘁兮	11.3/59/5
命〇夫其就駕兮	11.3/59/13
〇不能參迹于若人	11.8/62/21
大駕、則公卿奉引大將 　軍參乘太〇御	15.1/93/6
太〇奉駕上鹵簿于尙書	15.1/93/10
宮門〇射冠卻非	15.1/95/2
卻非冠、宮門〇射者服 　之	15.1/96/14

東郡有盜人〇者	13.1/70/27	**期 qī**	25	**奇 qí**	6
皆取首〇男女完具者	15.1/82/27	膺〇運之數	2.3/10/15	誕有〇表	1.6/4/14
庶人曰〇	15.1/83/17	飾巾待〇而已	2.3/10/22	夙有〇節	6.3/33/24
〇之言齊也	15.1/83/18	繼〇特立	2.4/11/17	又託河內郡吏李〇爲州	
公侯有夫人、有世婦、		繼〇立表	2.4/11/20	書佐	7.5/43/10
有〇、有妾	15.1/83/18	繼命世之〇運	2.5/11/26	實屬宛、〇	7.5/43/12
一〇、八妾	15.1/83/25	不登〇考	2.5/12/13	子〇不得紀治阿之功	8.4/46/19
卿大夫一〇、二妾	15.1/83/25	應〇作度	2.5/12/16	〇姿譎誕	11.7/60/25
士一〇、一妾	15.1/83/25	君膺〇誕生	3.7/20/14		
		膺〇挺（生）〔眞〕	3.7/21/27	**其 qí**	642
栖 qī	2	膺〇命世	4.1/22/30		
		應〇運	4.3/25/8	是時畏〇權寵	1.1/1/22
〇遲不易其志	3.6/19/24	應〇誕生	4.4/25/13	干〇隆指	1.1/1/25
〇遲偃息	12.18/66/30	庶黃耈以〇頤	4.6/27/7	公開倉廩以貸救〇命	1.1/2/2
		應〇潛見	5.1/29/2	遂正〇罪	1.1/2/7
淒 qī	1	今育晏以三年之〇	7.3/37/25	〇子殺之而捕得	1.1/2/8
		乃欲張設近〇	7.3/37/27	公以〇見侮辨直	1.1/2/8
白露〇其夜降	14.17/78/15	臣死〇垂至	7.5/43/27	公覺〇姦態	1.1/2/10
		以順漢氏三百之〇	8.1/44/14	推與〇孤	1.1/2/26
戚 qī	14	及〇而行	8.4/46/20	〇以大鴻臚橋玄爲司空	1.2/3/3
		生應〇運	9.1/47/1	罔不著〇股肱	1.2/3/5
時有椒房貴〇之託	1.1/1/20	陛下應〇中興	9.2/47/17	畢〇思心	1.2/3/5
外〇貴寵	2.5/12/2	丁〇中興	9.7/49/29	〇以司空橋玄爲司徒	1.3/3/12
彭城廣〇人也	2.6/12/22	呼吸無〇	11.2/58/7	越〇所以率夫百辟	1.3/3/14
親〇莫知其謀	2.7/13/16	繼〇五百	12.5/64/3	乃引〇責	1.3/3/16
處約不〇	2.8/14/23	雖〇運之固然	14.17/78/15	〇以光祿大夫玄爲太尉	1.4/3/21
外〇火熾	3.1/15/19			〇戮力閑私	1.4/3/23
外〇梁冀乘寵作亂	5.3/30/13	**漆 qī**	3	〇性疾華尚樸	1.6/4/15
逢天之〇	5.5/32/2			用免〇任	1.6/4/18
哀慘〇以流涕兮	6.4/34/15	體如〇榦	9.9/51/6	〇拔賢如旋流	1.6/4/24
貴〇斂手	7.4/42/13	加〇絲之纏束	14.8/76/19	皇哀〇命	1.6/5/3
喜〇異方	7.4/42/17	皆以三十升〇布爲殼	15.1/94/10	萬億〇盛	1.6/5/4
不阿近〇	8.1/44/19			秦以世言譸而黜〇事	1.7/5/10
卑俯乎外〇之門	11.8/62/5	**圻 qí**	1	〇禮闕焉	1.7/5/11
〇冕而舞《大武》	15.1/94/12			而忠行乎〇中	1.7/5/18
		冠帶之〇	7.3/38/5	〇在帝室	1.7/5/19
欺 qī	3			〇在部臣	1.7/5/20
		岐 qí	6	〇尊與諸侯竝	1.7/6/6
天人靡〇	5.2/30/2			〇禮與同盟諸侯敵體故也	1.7/6/8
此說自〇極矣	10.2/55/16	〇疑而超等	1.6/4/14	又禮緣臣子咸欲尊〇君	
亦妄虛無造〇語之愆	13.2/72/4	克〇克嶷	5.4/30/25	父	1.7/6/10
		〇〇翹翹	11.6/60/14	自稱〇君	1.7/6/10
棲 qī	3	夙智早成、〇嶷也	12.7/64/16	及〇卒也	1.7/6/10
		玄鶴巢其〇	14.12/77/12	雖無土而〇位是也	1.7/6/12
〇遲泌丘	2.1/9/8			〇孫氏焉	1.8/6/21
心〇清虛之域	3.6/19/25			顯允〇勳蹟	1.8/6/23
餘種〇于畎畝	4.2/23/15				

詞條	出處	詞條	出處	詞條	出處
亹亹焉雖商偓○猶病諸	1.8/6/24	巍峨○高	2.2/10/9	不動○守	2.8/14/17
實掌○事	1.8/6/26	超邈○猶	2.2/10/11	○于鄉黨細行	2.8/14/17
非○好也	1.8/6/26,2.5/12/2	○爲道也、用行舍藏	2.3/10/16	凡○親昭朋徒	2.8/14/19
	2.7/13/16	故時人高○德	2.3/10/24	○學孔純	2.8/14/22
以黜○位	1.8/6/28	○昭有實	2.4/11/13	夫○生也	2.9/14/29
靜○方隅	1.8/7/1	巍巍焉○不可尙也	2.4/11/15	不虛○聲	2.9/15/2
清一以考○素	1.8/7/3	洋洋乎○不可測也	2.4/11/15	知我者○蔡邕	2.9/15/5
正直以醇○德	1.8/7/3	有馥○芳	2.4/11/20	○辭曰	2.9/15/6
嘉○寵榮	1.8/7/7	式昭○勤	2.4/11/22	渾○若濁	2.9/15/7
肆○孤用作茲寶鼎	1.8/7/7	進非○時	2.5/12/7	綽○若煥	2.9/15/8
以知○先之德	1.8/7/8	（疆）〔强〕禦不能奪		終○益貞	2.9/15/8
○五月丙申葬于宛邑北		○守	2.5/12/8	獨秉○經	2.9/15/8
萬歲亭之陽	1.9/7/13	王爵不能滑○慮	2.5/12/8	○先蓋周武王之穆	3.1/15/14
○孤野受顧命曰	1.9/7/13	曾未足以喻○高、究○		○時所免州牧郡守五十	
爾○無拘于俗	1.9/7/14	深也	2.5/12/11	餘人	3.1/15/23
用慰○孤罔極之懷	1.9/7/17	允丁○正	2.5/12/15	益固○守	3.1/15/25
聞○優舊矣	1.10/7/26	煥乎○文	2.5/12/15	○惡能立功立事	3.1/16/2
○音甚哀	1.10/8/2	○先出自帝胤	2.6/12/22	穆○清	3.1/16/5
明則登○墓察焉	1.10/8/3	○裔呂望佐周克殷	2.6/12/23	特以○靜則眞一審固	3.2/16/13
○後有人著絳冠大衣	1.10/8/4	故○平生所能	2.6/12/25	周公○猶病諸	3.2/16/17
咨訪○驗	1.10/8/6	及○學而知之者	2.6/12/27	及○所以匡輔本朝	3.2/16/18
○疾病儿療者	1.10/8/7	拔乎○萃	2.6/13/4	○惟高密元侯乎	3.2/16/25
○先出自有周	2.1/8/25	出乎○類	2.6/13/4	公○後也	3.3/17/8,4.2/23/10
即○後也	2.1/8/26,2.6/12/23	有煒○譽	2.6/13/7	○在漢室	3.3/17/8
夫○器量弘深	2.1/8/27	有煥○聲	2.6/13/7	不易○趣	3.3/17/10
用祛○蔽	2.1/9/1	仍獲○聘	2.6/13/8	掔○精義	3.4/18/4
今○如何而闕斯禮	2.1/9/5	綽乎○裕	2.6/13/8	罔不尋○端源	3.4/18/4
○詞曰	2.1/9/6,2.5/12/14	○在周室	2.7/13/13	究○條貫	3.4/18/4
	4.2/24/4,11.4/59/28	君則○後也	2.7/13/15	懷乎○見聖人之情旨也	3.4/18/5
允得○門	2.1/9/8	親戚莫知○謀	2.7/13/16	後生賴以發祛蒙蔽、文	
懿乎○純	2.1/9/8	苟非○類	2.7/13/18	○材素者	3.4/18/5
確乎○操	2.1/9/8,2.6/13/8	○在鄉黨也	2.7/13/18	○教人善誘	3.4/18/7
言觀○高	2.1/9/8	○有備禮招延	2.7/13/19	則史臣志○詳	3.4/18/12
幾行○招	2.1/9/9	亦爲謀奏盡○忠直	2.7/13/20	在于○躬	3.5/18/24
擒○光耀	2.1/9/9	凡○事君	2.7/13/21	○祿逮作御史	3.5/18/25
○先出自有虞氏	2.2/9/14	○事繁博	2.7/13/22	以釐○采	3.5/18/27
失○爵土	2.2/9/15	君不勝○逸	2.7/13/23	俾率○屬	3.5/18/28
投足而襲○軌	2.2/9/16	君罹○罪	2.7/13/24	亦總○熊羆之士	3.5/18/28
施舍而合○量	2.2/9/17	莫見○面	2.7/13/24	翊明○政	3.5/19/2
夫○仁愛溫柔	2.2/9/17	亦○所以後時失途也	2.7/13/28	天子大簡○勳	3.5/19/8
由○模範	2.2/9/19	昭○功行	2.7/14/2	肆○孤彪	3.5/19/10
從○趣向	2.2/9/19	○祖李伯陽	2.8/14/9	胤○祖武	3.5/19/13
○立朝事上也	2.2/9/20	○後雄俊豪傑	2.8/14/9	以祚○庸	3.5/19/14
遂不應○命	2.2/9/29	○遷于宛尙矣	2.8/14/10	栖遲不易○志	3.6/19/24
在乎○傳	2.2/9/30	居則玩○辭	2.8/14/12	不改○樂	3.6/19/25
○如祖禰	2.2/10/2	動則察○變	2.8/14/12	○選士也	3.6/19/26
淵玄○深	2.2/10/8	必考○占	2.8/14/13	○國用靖	3.6/20/3

帝闓〇功	3.6/20/4	即爵〇土	4.7/28/3	散〇意	7.1/36/8
式昭〇德	3.6/20/6	出入闥〇無門	4.7/28/8	臣怪問〇故	7.2/36/21
無所措〇智力	3.7/20/19	樂樂〇所自生	5.1/28/24	誠非〇理	7.2/36/24,13.2/72/2
皆如〇舊	3.7/20/24	而禮不忘〇本	5.1/28/24	皆還治〇國	7.2/36/28
〇郡縣長吏有缺	3.7/21/8	爰耀〇輝	5.1/29/1	卒獲〇用	7.2/36/29
留〇故本	3.7/21/14	爰整〇師	5.1/29/2	又未必審得〇人	7.2/37/2
不伐〇善	3.7/21/17	帝念〇勤	5.2/29/13	〇設不戰之計、守禦之	
不有〇庸	3.7/21/17	及〇殂也	5.3/30/8	因者	7.3/37/17
父勉〇子	3.7/21/21	克錯〇功	5.3/30/14	此〇不可一也	7.3/37/23
妻勉〇夫	3.7/21/21	〇慶聿彰	5.3/30/18	據〇故地	7.3/37/23
桓桓〇武	3.7/21/27	〇先與楚同姓	5.4/30/24	爲〇謀主	7.3/37/24
溫溫〇仁	3.7/21/27	〇年七月	5.4/31/6	不能還〇骸骨	7.3/38/1
我賴〇禎	3.7/22/3	〇（明）〔月〕二十一		〇不可二也	7.3/38/3
〇為政也	4.1/22/14,4.3/24/21	日	5.4/31/8	是〇不可三也	7.3/38/7
〇下望之如日月	4.1/22/16	祗服〇訓	5.4/31/14	〇外則介之夷狄	7.3/38/9
彪炳〇文	4.1/23/1	衆悅〇良	5.4/31/14	〇內則任之良吏	7.3/38/9
〇先自嬀姓建國南土曰		庶篤〇祉	5.4/31/17	〇不可四也	7.3/38/11
胡子	4.2/23/9	各執〇職	5.5/32/3	是〇不可五也	7.3/38/13
允釐〇職	4.2/23/12	有勞〇頴	5.5/32/7	言〇莫敢校也	7.3/38/14
俾順〇性	4.2/23/19	惟〇傷矣	5.5/32/9	〇寵弊有不可勝言者	7.3/38/18
〇接下答賓	4.2/23/26	〇地衍隩	6.1/32/20	李牧開〇原	7.3/38/20
雖老萊子嬰兒〇服	4.2/23/27	僉以爲因〇所利之事者	6.1/32/24	嚴尤申〇要	7.3/38/21
方叔克壯〇猷	4.2/23/27	〇歌曰	6.1/33/2	使貞雅各得〇所	7.4/39/18
帝休〇庸	4.2/24/5	〇先張仲者	6.2/33/9	則〇所救也	7.4/39/19
有邈〇蹤	4.2/24/5	〇後自河內遷于茲土	6.2/33/10	故〇《傳》曰	7.4/39/24
〇誘人也	4.3/24/17	〇儀不忒	6.2/33/16	不知〇名	7.4/40/3
及〇創基	4.3/24/17	衆律〇器	6.3/34/1	則〇救也	7.4/40/4,7.4/40/17
〇知〇能	4.3/24/18	士嘉〇良	6.3/34/1		7.4/40/23,7.4/40/29,7.4/41/3
乃還譚〇舊章	4.3/24/19	嗟〇傷矣	6.3/34/2		7.4/41/10
人悅〇化	4.3/24/21	〇十一月葬	6.5/34/19	皇建〇有極	7.4/40/5
天樂〇和	4.3/24/22	不出〇機	6.5/34/26	〇《傳》曰	7.4/40/9
〇致治也	4.3/24/24	〇德孔休	6.5/35/1	訪問〇故	7.4/40/15
〇餘登堂閣	4.3/25/4	不見〇人	6.5/35/4	是將有〇事	7.4/40/15
皇嘉〇聲	4.4/25/13	塞淵〇心	6.6/35/11	人主當精明〇德	7.4/40/26
以祜〇庸	4.4/25/17	淑愼〇止	6.6/35/11	又以非〇月令尊宿	7.4/40/26
〇先出自伯翳	4.5/25/23	〇德伊何	6.6/35/12	臣聞見符致蝗以象〇事	7.4/40/31
〇乘輅執贄朝皇后	4.5/26/4	穆穆〇猷	6.6/35/14	〇妖城門內崩	7.4/41/7
心耽〇榮	4.5/26/5	堂堂〇胤	6.6/35/16	〇咎宮室傾圮	7.4/41/8
體安〇玄	4.5/26/5	于〇令母	6.6/35/16	察〇風聲	7.4/41/26
祗愼〇屬	4.5/26/9	享〇寵光	6.6/35/17	宜高〇隄防	7.4/41/26
以考〇衷	4.5/26/10	同〇婦子	6.6/35/18	明〇禁限	7.4/41/26
〇閏月	4.6/27/4	茂師〇職	6.6/35/18	〇貴已足	7.4/42/8
〇寶寧之	4.6/27/5	惴惴〇惶	6.6/35/21	〇富已優	7.4/42/8
言仁者〇壽長	4.6/27/8	不知〇辜	6.6/35/22	納〇英慮	7.4/42/11
傾阻邈〇彌遲	4.6/27/13	言考〇良	6.6/35/25	以盡〇情	7.4/42/11
義方以導〇性	4.7/27/19	嗟〇哀矣	6.6/35/26	當因〇言居位十數年	7.4/42/12
中禁以閑〇情	4.7/27/19	齋者、所以致齊不敢渙		但當察〇眞僞以加黜陟	7.4/42/19

溫乎○仁	12.19/67/5	與○不獲已而矯時也	13.3/72/26	○徵爲九卿	15.1/81/13
內納○實	12.21/67/15	○功銘于昆吾之冶	13.4/73/4	○免若得罪無姓	15.1/81/14
示有○形	12.22/67/19	欣欣焉樂在○中矣	13.8/73/28	○文曰	15.1/81/17
以防○禍	12.24/67/28	今者一行而犯○兩	13.9/74/3	○京師官但言稽首	15.1/81/28
寶○瓴甋	12.28/68/18	咸知飾○面	13.11/74/13	○中有所請若罪法劾案	
顧褰石○何補	12.28/68/19	不修○心	13.11/74/13	公府	15.1/81/28
未見○利	13.1/69/12	則思○心之潔也	13.11/74/14	○言密事	15.1/82/6
從○安者	13.1/69/13	則思○心之和也	13.11/74/15	○有疑事	15.1/82/6
共處○中耳	13.1/69/21	則思○心之鮮也	13.11/74/15	○非駁議	15.1/82/8
使褰忠之臣展○狂直	13.1/69/26	則思○心之潤也	13.11/74/15	○合于上意者	15.1/82/8
○效尤多	13.1/70/2	則思○心之理也	13.11/74/16	使者安車輭輪送迎而至	
差○殿最	13.1/70/7	則思○心之正也	13.11/74/16	○家	15.1/82/28
未有○能	13.1/70/12	則思○心之整也	13.11/74/16	○明旦三老詣闕謝	15.1/82/29
○高者頗引經訓風喻之		鱗甲育○萬類兮	14.1/74/25	以○禮過厚故也	15.1/82/29
言	13.1/70/13	雜神寶○充盈兮	14.1/74/26	○一明者爲正妃	15.1/83/21
○未及者	13.1/70/14	《乾》《坤》和○剛柔	14.2/75/4	示○潔也	15.1/84/1
○事優大	13.1/70/16	《艮》《兌》感○腜脎	14.2/75/4	屋之掩○上使不通天	15.1/84/22
君子固當志○大者	13.1/70/17	《葛覃》恐○失時	14.2/75/5	棨○下使不通地	15.1/84/23
及○還者	13.1/70/20	《摽梅》求○庶士	14.2/75/5	○氣收成	15.1/85/8
自當極○刑誅	13.1/70/21	普天壤○無儷	14.3/75/12	○氣始出生養	15.1/85/9
通容○中	13.1/70/27	○在近也	14.4/75/17	○氣長養	15.1/85/11
乃伏○辜	13.1/70/28	○既遠也	14.4/75/17	○祀中霤	15.1/85/12
○爲不祥	13.1/70/30	動若翡翠奮○羽	14.4/75/18	○帝太昊	15.1/85/15
各家術皆當有效于○當		碩人○頎	14.5/75/24	○神句芒	15.1/85/15
時	13.2/71/6	察○所履	14.5/75/26	○帝神農	15.1/85/15
○數見存	13.2/71/17	惟○翰之所生	14.8/76/18	○神祝融	15.1/85/15
考○符驗	13.2/71/22	乃弁伐○孫枝	14.9/76/28	○帝少昊	15.1/85/16
光晃誠能自依○術	13.2/71/23	甘露潤○末	14.12/77/11	○神蓐收	15.1/85/16
○義敦以正	13.3/72/9	涼風扇○枝	14.12/77/12	○帝顓頊	15.1/85/16
○誓信以固	13.3/72/9	鸞鳳翔○顛	14.12/77/12	○神玄冥	15.1/85/16
或闕○始終	13.3/72/11	玄鶴巢○岐	14.12/77/12	○帝黄帝	15.1/85/16
或彊○比周	13.3/72/11	○夷如破	14.14/77/27	○神后土	15.1/85/17
是以搢紳患○然	13.3/72/11	○輶如羽	14.15/78/3	○象在天	15.1/85/19
○論交也	13.3/72/12	白露淒○夜降	14.17/78/15		15.1/85/19,15.1/85/20
原○所以來	13.3/72/14	○言曰「制詔」	15.1/79/9	故祠此三神以報○功也	
則知○所以去	13.3/72/14	○命令一曰「策書」	15.1/79/11		15.1/85/21
見○所以始	13.3/72/14	此○義也	15.1/80/2	天下賴○功	15.1/85/24
則觀○所以終	13.3/72/14	龍虎紐、唯○所好	15.1/80/25		15.1/85/26
怨○遠矣	13.3/72/19	臣民被○德澤以僥倖	15.1/80/28	各以○野所宜之木以名	
咎○稀矣	13.3/72/19	皆非○所當得而得之	15.1/81/2	○社及○野	15.1/85/25
各從○行而矯之	13.3/72/21	○制長二尺	15.1/81/7	因以稷名○神也	15.1/85/27
今將患○流而塞○源	13.3/72/23	○次一長一短	15.1/81/8	○一者居江水	15.1/86/8
病○末而刈○本	13.3/72/24	○諸侯王三公之薨于位		○一者居若水	15.1/86/8
無乃未若擇○正而黜○		者	15.1/81/8	○一者居人宮室樞隅處	15.1/86/9
邪與	13.3/72/24	亦以策書誄謚○行而賜		神荼與鬱壘二神居○門	
與○彼農皆黍	13.3/72/24	之	15.1/81/9		15.1/86/13
使交可廢則黍○恣矣	13.3/72/25	○文曰制詔	15.1/81/12	○惡害之鬼	15.1/86/13

土反〇宅	15.1/86/23	以〇君冠賜御史	15.1/95/22	**跂** qí	1
水歸〇墍	15.1/86/23	以〇君冠賜侍中	15.1/95/24		
神號、尊〇名更爲美稱	15.1/87/4	衣冠各從〇行之色	15.1/96/7	基〇功堅	6.1/32/26
〇地方百里	15.1/88/14	如〇方色而舞焉	15.1/96/8		
	15.1/88/15	〇說未聞	15.1/96/10	**琦** qí	1
〇地方七十里	15.1/88/15	〇次在漢禮	15.1/96/22		
〇地方五十里	15.1/88/16	不生〇國曰聲	15.1/96/28	瓖〇在前	1.6/4/16
	15.1/88/16				
群臣在〇後	15.1/89/8	**祁** qí	5	**其** qí	3
群吏在〇後	15.1/89/9				
州長衆庶在〇後	15.1/89/9	以詔書考司隸校尉趙〇		薌合嘉蔬薌〇	9.4/48/25
〇衆號皆如帝之稱	15.1/90/5	事	1.1/1/23	梁曰香〇之屬也	15.1/87/6
是皆〇文也	15.1/90/22	〇〇我君	5.5/32/8	梁曰香〇	15.1/87/12
〇餘惠景以下皆毀	15.1/90/27	〇〇雲聚	14.2/75/7		
藏十一帝主于〇中	15.1/90/28			**綦** qí	1
園令食監典省〇親陵所		**祈** qí	13		
宮人	15.1/91/6			〇布星陳	3.7/20/22
占〇郡穀價	15.1/91/9	靜躬〇福即獲祚	1.10/8/7		
〇廟皆不毀	15.1/91/13	于是〇農	5.3/30/10	**頎** qí	1
〇父曰史皇孫	15.1/91/28	〇穀于上帝	10.1/53/24		
帝偪于順梁后父大將		今曰『〇不用犧牲』	10.2/55/13	碩人其〇	14.5/75/24
軍梁冀未得尊〇父而		〇者、求之祭也	10.2/55/14		
崩	15.1/92/5	當禱〇也	10.2/55/15	**碁** qí	2
他如〇方色	15.1/92/11	禱〇以幣代牲也	10.2/55/15		
各以〇所封方之色	15.1/92/11	以〇福祥	12.25/68/3	彈〇石枰	9.3/48/10
〇地功臣及鄉亭他姓公		〇福豐年	13.1/69/15	夫張局陳〇	14.14/77/27
侯	15.1/92/12	告祝、〇福祥也	15.1/87/15		
各以〇戶數租入爲限	15.1/92/12	春夏〇穀于上帝之所歌		**齊** qí	39
〇實古諸侯也	15.1/92/15	也	15.1/87/25		
〇次朝侯	15.1/92/18	春耤田〇社稷之所歌也	15.1/88/8	遷〇相	1.1/2/6,1.6/4/18
〇次下士	15.1/92/18	治典不敷曰〇	15.1/97/4	〇斧罔設	1.5/4/9
百官有〇儀注	15.1/93/8			亦用〇斧	1.6/5/1
插翟尾〇中	15.1/93/24	**祇** qí	3	以〇百僚	1.8/6/27
施韝〇外	15.1/93/27			〇光日月	2.5/12/12
秦滅九國兼〇車服	15.1/94/4	（祇）〔〇〕見其愚	11.8/62/16	俾侯〇國	2.6/12/23
加爵冕〇上	15.1/94/10	〇號若曰后土地〇也	15.1/87/5	民之〇敏	2.9/15/6
繫白玉珠于〇端	15.1/94/17			公孫同倫莫能〇焉者矣	3.2/16/15
組纓如〇綬之色	15.1/94/17	**耆** qí	3	〇晉交爭	3.6/19/21
組纓各視〇綬之色	15.1/94/18			〇桓遷邢封衛之義也	3.7/21/9
〇纓與組各如〇綬之色		著于〇舊	2.7/14/2	督〇禁旅	3.7/22/1
	15.1/94/26	〇蠹老成	4.1/22/25	〇光竝運	4.2/24/7
〇武官太尉以下及侍中		保民〇艾曰明	15.1/96/27	思〇先姑	4.5/26/1
常侍皆冠惠文冠	15.1/94/27			〇迹湘靈	4.5/26/20
〇鄉射行禮	15.1/95/1	**崎** qí	1	蹈思〇之迹	4.6/26/26
〇狀如婦人縷籗	15.1/95/2			長曰整、伯〇	4.6/26/29
〇上兩書曰	15.1/95/7	〇嶇儉約之中	4.1/22/11	編戶〇氓	6.1/32/20
以〇君冠賜謁者	15.1/95/14			思〇先始	6.5/35/2

思○徽音	6.6/35/13	綏	3.5/19/9	○顧三互	7.2/36/28
齋者、所以致○不敢渙		伏見幽州（奕）〔突〕		○與蟲蝗之虜	7.3/38/10
散其意	7.1/36/8	○	7.2/36/16	○可以顧患避害	7.4/41/17
思○周成	9.7/49/30	長水校尉趙玄、屯○校		○有遺告哉	7.4/41/19
王○禘于清廟明堂也	10.1/52/10	尉蓋升	7.4/42/7	○不謂是	7.4/41/25
妻者、○也	10.2/57/2	身率輕○	9.1/47/7	○宜有此	7.4/42/6
方軌○武	11.1/57/9	備千乘萬○	15.1/93/7	○不負盡忠之吏哉	7.5/43/19
在○辨勇	11.4/59/26	侍中、中常侍、侍御史		○徒世俗之凡偶兼渾	8.4/46/13
○人歸樂	11.8/61/22	、主者郎令史皆執注		○云苟兮	11.3/59/21
安能與之○軌	11.8/62/12	以督整諸軍車○	15.1/93/11	○體大之難覩	11.7/60/26
總○禁旅	12.4/63/31			夫○傲主而背國乎	11.8/61/23
○百僚	12.10/65/11	**騏** qí　　　　　　1		怨○在明	11.8/62/7
攝○升堂	12.13/66/3			夫○后德熙隆漸浸之所	
封于○	13.4/73/3	慕○驥而增驅	11.8/62/4	通也	12.12/65/21
妻之言○也	15.1/83/18			○我童蒙孤稚所克任哉	
○號、黍曰薌合	15.1/87/5	**麒** qí　　　　　　1			12.12/65/25
不得上與父○	15.1/90/14			○不是欲	12.12/65/28
高山冠、○冠也	15.1/95/12	○麟來（孚）〔乳〕	12.15/66/15	○南郊卑而它祀尊哉	13.1/69/18
高山冠、蓋○王冠也	15.1/95/13			○謂皇居之曠、臣妾之	
秦滅○	15.1/95/13	**蠐** qí　　　　　　1		眔哉	13.1/69/22
○冠或曰長冠	15.1/95/24			○有伏罪懼考	13.1/70/21
		領如蠐○	14.5/75/24	○有但取丘墓凶醜之人	
旗 qí　　　　　　5					13.1/70/30
		乞 qí　　　　　　10		○魚龜之足收	14.1/74/26
旌○曜日	1.5/4/6				
揮羽○	1.10/8/15	以○骸骨	4.7/27/25	**起** qǐ　　　　　　40	
大有陷堅破敵、斬將搴		○行服闋奔命	5.2/29/14		
○之功	9.9/51/5	○身當辜戮	7.5/43/27	盜○匈奴左部	1.5/3/28
前驅有九斿雲罕闒戟皮		○就國土	9.1/47/10	○家拜尚書令	1.6/4/21
軒鸞○	15.1/94/3	○在他署	9.2/47/28	不○棟宇	1.9/7/15
車皆大夫載鸞○者	15.1/94/3	○閒宂抱關執籥	9.3/48/6	莫之能○也	2.9/15/3
		願○還詔命	9.3/48/7	○家復拜太常	3.1/15/21
綦 qí　　　　　　1		不勝大願大○	9.9/51/10	禍○蕭牆	3.7/20/18
		凡祭養老○言合語之禮		力俌○若愈	4.7/27/22
兵○夸驚	14.13/77/22		10.1/52/27	若夫西門○鄴	6.1/32/19
		○助乎近貴之譽	11.8/62/5	寇賊羣○	7.2/36/20
騎 qí　　　　　　11				○徒中爲內史	7.2/36/26
		企 qǐ　　　　　　2		（乃）〔及〕盜賊羣○	7.3/37/19
公遣從事牛稱何傳輕車				漢○塞垣	7.3/38/8
○	1.1/1/27	慕化○踵	11.4/59/25	○就坐	7.4/39/4
將羽林○	3.2/16/9	中隱四○	14.13/77/21	即○家參拜爲泰山太守	8.3/45/25
以驃○將軍官屬及司空				兵○亂作	9.1/47/4
法駕	3.2/16/10	**豈** qǐ　　　　　　23		太尉鄓侯卓○自東土封	
越○校尉	3.3/17/13			畿之外	9.1/47/5
乃以越○校尉援侍華光		夫○淫刑	1.7/5/22	○養老敬長之義	10.1/51/31
之內	3.4/18/7	夫○漏姦	1.7/5/23	日月俱○于天廟營室五	
賜公驃○將軍臨晉侯印		○非可憂之難	7.2/36/21	度	10.1/53/24

棄 qì	17
○世俗	1.10/8/14
○予而邁	2.4/11/21
孤○萬民	3.7/22/3
鞭扑○而無加	4.3/24/22
獨何○乎穹蒼	4.6/27/8
呂后甘○慢書之咎	7.3/38/7
尙猶○之	7.3/38/19
昔一柱泥故法○	7.4/41/8
○法之咎	7.4/41/9
此爲天所○故也	7.4/41/20
而可遺○	8.3/45/22
捐○朔野	9.9/50/21
○此焉如	11.8/62/17
《谷風》有○予之怨	13.3/72/10
貧賤則無○舊之賓矣	13.3/72/13
故君子不爲可○之行	13.3/72/18
周○亦播殖百穀	15.1/85/26

緝 qì	3
○熙光明	3.4/18/8, 9.7/49/30
亦有○熙	11.8/61/16

器 qì	27
當世是以服重○	1.6/4/16
宰庀家○	1.7/5/26
備○鑄鼎	1.9/7/16
用刊彝○	1.9/7/21
夫其○量弘深	2.1/8/27
○不雕鏤	3.1/15/26
○械通變	3.7/20/25
賜東園祕○	4.1/22/27
姦臣王莽婭有神○十有 　　八年	5.1/28/18
衆律其○	6.3/34/1
若諸州刺史○用可換者	7.2/37/3
藏○林藪之中	8.3/45/24
大○之于小用	8.4/46/16
副其○量	8.4/46/19
黎錫汁○	9.3/48/10
非臣小族陋宗○量褊狹 　　所能堪勝	9.9/50/29
○非殿邦佐君之才	9.10/51/14
○量宏大	9.10/51/17

《月令》服食○械之制	10.2/56/18
惟彼雅○	12.19/67/5
尙鑒茲	12.20/67/10
制○象物	12.22/67/19
若○用優美	13.1/70/20
鐘鼎、禮樂之○	13.4/73/9
遂雕琢而成○	14.9/76/29
爰制雅○	14.12/77/12
車馬、衣服、○械百物 　　曰「乘輿」	15.1/79/10

洽 qià	11
宣○人倫	3.3/17/15
功成化○	3.5/19/8
化○群心	3.5/19/13
未○雅訓	3.6/20/1
澤○后土	4.1/23/3
仁惠周○	6.2/33/16
淑暢○于群生	8.2/45/11
太平○	10.1/54/6
太平乃○	12.12/65/21
玄化○矣	12.13/66/4
則刺薄者博而○	13.3/72/25

千 qiān	36
所部二○石受取有驗	1.1/1/19
○人已上	2.3/11/5
雖崇山○仞	2.5/12/11
蓋○餘人	2.6/13/1
蓋踰三○	3.1/15/17
養徒三○	3.6/20/9
○里稱平	3.7/20/15
蓋以○計	3.7/21/12
初翰○里	3.7/21/27
以二○石居官	4.2/23/22
○億斯年	4.5/26/21
次曰○億、叔韓	4.6/26/29
贈穀三○斛	5.4/31/11, 5.5/31/25
○里于呇	6.6/35/24
彌地○里	7.3/37/23
蠲正憲法六○餘事	8.1/44/14
羅入○石以至數十	8.1/44/20
總合戶數○不當一	9.1/47/9
田○秋有神明感動	9.2/47/22

生非○秋	9.2/47/23
授任○里	9.3/48/6
上○萬壽	9.7/50/1
若乃丁○載之運	11.8/62/14
〔領戶不盈四○〕	12.9/64/29
而光晃以爲開闢至獲麟 　　二百七十五萬九○八 　　百八十六歲	13.2/71/18
曠○載而特生	14.3/75/12
京師、天子之畿內○里	15.1/82/19
日月躔次○里	15.1/82/19
上有桃木蟠屈三○里卑 　　枝	15.1/86/12
歲取○百	15.1/86/23
備○乘萬騎	15.1/93/7
今二○石亦然	15.1/94/1
卿大夫、尙書、二○石 　　博士冠兩梁	15.1/94/22
○石、六百石以下至小 　　吏冠一梁	15.1/94/23
○石、六百石以下一梁	15.1/95/17

牽 qiān	4
故不○于位	2.7/13/27
而曆以爲○牛中星	13.2/71/27
繁纓重纓副○	15.1/93/19
乃復設○施銅	15.1/93/27

愆 qiān	8
十年而無○	4.3/24/19
不○于禮	4.3/25/6
婦妾無舍力之○	6.5/34/26
去暴悖之○	7.4/41/9
簡忽校讐不謹之○	9.8/50/12
弗○以淫	12.20/67/10
亦妄虛無造欺語之○	13.2/72/4
使交可廢則黍其○矣	13.3/72/25

僉 qiān	11
○以爲先民既殁	2.1/9/4
太尉張公、兗州劉君、 　　陳留太守淳于君、外	

黃令劉君〇有休命 2.7/14/1	〇汝南太守 4.2/23/15	〇虛爲罪 8.3/45/22
〇以爲仲尼既殁 2.8/14/21	〇于舊都 4.2/23/21	閭〇盈之效 11.8/62/4
〇以爲匡弼之功 3.4/18/11	〇太常司徒 4.2/23/24	
〇謂公之德也 4.3/24/14	不遠〇徙 4.5/26/11	**前 qián** 91
〇曰 4.5/26/10,5.1/28/21	〇靈柩而同來 4.7/28/6	
百僚〇允 5.2/29/14	〇衞國公相 5.2/29/12	如〇傅之儀 1.1/1/12,4.2/24/2
〇以宰相繼踵 5.3/30/15	〇徐州刺史 5.2/29/12	（如〇）〔數月〕遜位 1.1/2/18
〇以爲因其所利之事者 6.1/32/24	還〇度遼將軍 5.2/29/13	延公于玉堂〇廷 1.2/3/3
〇守利而不戢 11.3/59/14	及〇台司 5.2/29/18	延公登于玉堂〇廷 1.3/3/12
	〇諫議大夫 5.4/31/4	延公入崇德殿〇 1.4/3/21
搴 qiān 1	〇侍中虎賁中郎將 5.4/31/5	璟琦在〇 1.6/4/16
	後以高等拜侍御史〇諫	今子宣纂襲〇業 1.7/5/13
大有陷堅破敵、斬將〇	議大夫 5.5/31/23	〇後三黜 1.7/6/2
旗之功 9.9/51/5	其後自河內〇于茲土 6.2/33/10	所以啓〇惑而覺後疑者 1.8/6/24
	〇太守 6.2/33/14	纂業〇史 1.8/6/28
遷 qiān 60	故有一日九〇 9.2/47/22	杖竹策立冢〇 1.10/8/4
	後上先〇 9.3/48/6	爾勿復取吾先人墓〇樹
〇齊相 1.1/2/6,1.6/4/18	不意卒〇 9.3/48/11	也 1.10/8/5
〇漢陽太守 1.1/2/10,1.6/4/19	〇都洛陽 9.4/48/20	〇哲之所不過也 2.2/10/3
〇河南尹少府大鴻臚司	〇都舊京 9.4/48/23	大將軍何公、司徒袁公
徒司空 1.1/2/13	用告〇來 9.4/48/26	〇後招辟 2.3/10/21
而升〇爲侍中 1.1/2/18	故羽林郎將李參〇城門	遣官屬掾吏〇後赴會 2.3/11/3
〇于司徒 1.2/3/8	校尉 9.8/50/9	〇後三辟 2.5/12/4
〇河南尹少府大鴻臚 1.6/4/20	今者聖朝〇都 9.9/51/7	〇後四辟皆不就 2.7/13/27
卜〇于繹 1.7/5/29	絡繹〇延 11.6/60/14	故能獨見〇識 2.8/14/13
于是〇而遂卒 1.7/5/30	君當〇行 12.26/68/7	〇人所希論 2.8/14/13
後自沛〇于南陽之宛 1.8/6/21	反求〇轉 13.1/70/21	忠侔〇後 3.1/16/1
乃〇議郎 1.8/6/28	戀〇有無 14.1/74/27	〇後鼓吹 3.2/16/10
〇聞喜長 2.2/9/23	太史令司馬〇記事 15.1/80/9	公之祖納忠于〇朝 3.2/16/12
〇太丘長 2.2/9/24	刺史太守相劾奏申下	〇後固辭 3.2/16/23
不〇怒以臨下 2.3/10/17	（上）〔土〕〇書文	碻越〇賢 3.2/17/2
其〇于宛尙矣 2.8/14/10	亦如之 15.1/81/12	光于〇朝 3.3/17/9
〇豫州兗州刺史 3.1/15/18	若〇京師 15.1/81/13	愧于〇人 3.3/17/19
爾乃〇太僕大卿 3.1/15/20		克光〇矩 3.5/19/12
〇陳倉令 3.3/17/12	**謙 qiān** 11	綜彼〇疑 3.6/20/9
〇少府光祿勳 3.3/17/14		復封〇邑 4.1/22/22
公族分〇 3.6/19/21	雅性〇克 1.1/2/24	增修〇業 4.2/23/15
〇河閒中尉、琅邪（王）	雅性〇儉 2.7/13/22	尋申〇業 4.2/23/21
傅 3.6/20/2	固秉〇虛 2.8/14/16	用補〔贅〕〇臣之所闕 4.3/24/19
〇于紫宮 3.6/20/4	禮從〇尊 4.2/23/26	〇後奉斯禮者三十餘載 4.6/26/28
〇北軍中候 3.7/20/15	詔使〔謁〕者王〇〔弔〕	破〇隊之衆 5.1/28/19
〇屯漢陰 3.7/20/21	5.4/31/10	招〇殿署王業等曰 7.4/39/25
即〇州牧 3.7/21/2	詔出遣使者王〇以中牢	紛降目〇 7.4/41/21
又〇安南將軍 3.7/21/2	具祠 5.5/31/25	又〇詔書實核 7.4/42/1
齊桓〇邢封衞之義也 3.7/21/9	勞〇紡績 6.6/35/19	問臣以大鴻臚郭〇爲
〇濟陰太守 4.1/22/14,4.2/23/13	鬼神福〇 7.4/43/3	濟陰太守 7.5/43/9
遂作司徒〇太尉 4.1/22/17	勞〇克躬 8.1/44/10	列于目〇 7.5/43/15

○無立男	7.5/43/23
臣○到官	8.2/45/3
○太守文穆召署孝義童	8.2/45/6
思李牧于○代	8.3/45/22
（進）〔追〕閒○勳	8.3/45/26
詔書○後	9.3/48/9
○後重疊	9.3/48/11
比方○事	9.6/49/14
○功輕重不侔	9.9/50/27
如○章云云	9.9/51/10
明○功百辟之勞	10.1/51/31
及○儒特爲章句者	10.2/54/14
庶幾多識○言往行之流	
	10.2/54/24
今文在○一月	10.2/56/1
○後六年	11.2/57/19
○志所無	11.2/58/8
病不○	11.3/58/19
○車覆而未遠兮	11.3/59/15
尋○緒兮	11.3/59/20
○車已覆	11.8/62/6
〔○漢戶五萬〕	12.9/64/28
○後制書	13.1/69/19
郎中張文○獨盡狂言	13.1/69/30
伏見○一切以宣陵孝子	
爲太子舍人	13.1/70/24
又○至得拜	13.1/70/28
而有效于○者也	13.2/71/9
聞之○訓曰	13.3/72/9
于靈宇之○庭	14.16/78/8
秦以○	15.1/80/25
后攝政則后臨○殿朝群	
臣	15.1/90/9
○有朝	15.1/90/20
終則○制廟以象朝	15.1/90/20
是後踵○	15.1/91/3
公卿以下陳洛陽都亭○	
街上	15.1/92/22
在馬騶○	15.1/93/24
繁纓在馬膺○	15.1/93/25
○驅有九斿雲罕闒戟皮	
軒鸞旗	15.1/94/3
以○皆皮軒虎皮爲之也	15.1/94/5
兩臂○後刻金	15.1/94/8
○小後大 15.1/94/11,	15.1/94/12
○大後小	15.1/94/11
周禮、天子晃○後垂延	

朱綠藻有十二旒	15.1/94/14
○圜後方	15.1/94/16
○垂四寸	15.1/94/17
皆有○無後	15.1/94/18
○高七寸	15.1/95/16
○圖以爲此制是也	15.1/96/4
術士冠、○圜	15.1/96/10
○出四寸	15.1/96/16
卻敵冠、○高四寸	15.1/96/19

虔 qián　　　　　　6

公乃○恭夙夜	1.2/3/4
○恪機任	1.8/7/6
若不○恪輒顛踣	1.10/8/7
○恭夙夜	3.5/19/7
○恭事機	6.6/35/13
伏見幽州刺史楊憙、益	
州刺史龐芝、涼州刺	
史劉○	13.1/70/1

乾 qián　　　　　　15

乃會長史邊○	1.10/8/11
君應坤○之淳靈	2.5/11/26
精哀達乎昊○	4.7/28/9
稽度○則	5.1/29/1
伏惟大行皇后規○則坤	8.1/44/6
口○氣少	8.2/45/4
○之策也	10.1/53/14
參曜○台	11.1/57/12
○坤交泰	12.25/68/3
《元命苞》、《○鑿度》	
皆以爲開闢至獲麟二	
百七十六萬歲	13.2/71/15
則上違《○鑿度》、	
《元命苞》	13.2/71/19
燔○魚	13.8/73/28
《○》《坤》和其剛柔	14.2/75/4
畫○坤之陰陽	14.8/76/19
○坤位也	14.8/76/22

鉗 qián　　　　　　1

朔方髠○徙臣邑	11.2/57/17

潛 qián　　　　　　23

○于郎中	1.8/6/28
爾乃○德衡門	2.1/8/30
未若先生○導之速也	2.2/9/20
○伏不試	2.2/9/26
○心大猷	2.5/12/16
密誠○功	3.2/16/19
○晦幽閑	3.3/17/11
以初○山澤	3.4/18/5
○樂教思	3.6/20/8
幽室之○漠	4.6/27/12
應期○見	5.1/29/2
○淪大幽	6.5/35/3
○潭巴曰　7.4/39/13,	7.4/40/3
	7.4/41/7
神幽隱以○翳	11.3/59/8
聖哲○形	11.8/61/21
○德保靈	12.22/67/19
安貧樂○	13.7/73/23
夜光○乎玄洲	14.1/74/25
秋冬○處	14.15/78/3
獨○類乎大陰	14.17/78/16
《○》、一章六句	15.1/88/2

黔 qián　　　　　　3

相○民	1.10/8/18
配○作鄰	2.8/14/24
○首用寧	12.13/66/5

錢 qián　　　　　　4

○布賻賜	4.1/22/27
持賻○二十萬	4.5/26/16
賜○五萬	5.4/31/10
特賜○五萬	5.5/31/25

淺 qiǎn　　　　　　6

智○謀漏	7.2/36/16
臣學識○薄	7.4/39/7
○短之書	7.4/42/13
思謀愚○	9.2/47/23
學術虛○	9.9/50/20
疾○薄而褻攜貳者有之	
	13.3/72/12

遣 qiǎn	20
公○從事牛稱何傳輕車騎	1.1/1/27
皇帝○使者奉犧牲以致祀	1.10/8/10
三公○令史祭以中牢	2.3/11/2
○官屬掾吏前後赴會	2.3/11/3
郡○丞掾	2.8/14/20
皇帝○中謁者陳遂、侍御史馬助持節送柩	3.2/16/9
盡○驛使	3.7/21/1
○御史中丞鍾繇即拜鎮南將軍	3.7/21/5
上復○左中郎將祝耽授節	3.7/21/6
以勸○顯到官	4.7/27/22
○（吏）〔生〕奉章（報謝）	5.4/31/8
詔出○使者王謙以中牢具祠	5.5/31/25
豈有○告哉	7.4/41/19
罷出宮妾免○宗室沒入者六百餘人	8.1/44/13
郡縣促○	11.2/57/25
白朝廷敕陳留太守〔發〕○余到偃師	11.3/58/19
議○八使	13.1/70/4
宜○歸田里以明詐僞	13.1/70/30
諸侯助祭○之于廟之所歌也	15.1/87/24
遂于親陵各賜計吏而○之	15.1/91/10

譴 qiǎn	2
云不得○	1.1/2/10
改政息○	7.5/43/20

倩 qiàn	1
盼○淑麗	14.5/75/23

歉 qiàn	1
公生值○褊	3.2/16/12

羌 qiāng	8
○戎匪茹	1.1/1/26
梁州叛○逼迫兵誅	1.5/3/28
○戎授首于西疆	1.5/4/6
時故護○校尉田晏以他論刑	7.3/37/9
經營西○	7.3/37/25
又不弱于西○	7.3/37/26
臣伏見護○校尉皇甫規	8.3/45/23
〔○戎作虐〕	12.9/64/28

強 qiáng	4
（彊）〔○〕禦不能奪其守	2.5/12/8
體勢○壯	6.1/32/26
冀州○弩	7.2/36/17
臣願陛下○納忠言	7.4/43/1

彊 qiáng	18
不憚○禦	1.6/4/24
雖則○禦	1.7/5/22
疾彼○禦	1.9/7/18
剛毅○固	2.2/9/18
黜惡不畏○禦	2.7/13/22
憤疾豪○	3.1/15/20
○楚侵陵	3.6/19/21
○記同乎富平	4.3/24/20
不云我○	5.4/31/15
○者作寇	7.3/38/2
群下竝湊○盛也	7.4/40/4
○國弱	7.4/40/27
弱國○	7.4/40/27
諸侯○陵主	7.4/41/7
抑諸侯之○	7.4/41/9
○說生名者同	10.2/54/31
當○禦	12.2/63/10
或○其比周	13.3/72/11

牆 qiáng	4
宮○重仞	2.1/9/7
禍起蕭○	3.7/20/18
正考父俯而循○	4.2/23/27
其猶面○	9.2/47/24

襁 qiǎng	2
四方○負	3.7/20/25
感○褓之親愛	6.4/34/9

哓 qiàng	1
（○求）〔嗟懷〕煩以愁悲	14.6/76/8

喬 qiáo	4
王孫子○者、蓋上世之眞人也	1.10/7/26
我王子○也	1.10/8/4
如嶽之○	3.4/18/16
壽同松○	9.10/51/20

橋 qiáo	7
○氏之先	1.1/1/16
帝葬于○山	1.1/1/16
其以大鴻臚○玄爲司空	1.2/3/3
其以司空○玄爲司徒	1.3/3/12
四府表○公	1.5/4/1
赫矣○父	1.6/4/27
光祿大夫○玄	7.4/42/9

樵 qiáo	1
呼○孺子尹禿謂曰	1.10/8/4

翹 qiáo	2
俗人名之曰雞○車	15.1/94/3
漢雲○冠	15.1/94/14

巧 qiǎo	11
機○萬端	3.7/20/25
則上方○技之作	7.4/42/17
尙方抑○	8.1/44/12
窮變○于臺榭兮	11.3/59/15
○妙入神	11.6/60/10
般倕揖讓而辭○	11.6/60/15
據○蹠機	11.8/61/19
倕氏興政于○工	11.8/62/19

乘色行○　14.14/77/28
車駕出後有○士冠　15.1/95/3
○士冠、高五寸　15.1/96/12

悄 qiǎo　　4

憂愪○○　3.2/16/23
郡縣咸○○不知所守　11.2/58/6

峭 qiào　　1

迴○峻以降阻兮　11.3/58/28

殼 qiào　　1

皆以三十升漆布爲○　15.1/94/10

誚 qiào　　1

○無忌之稱神　11.3/58/23

切 qiē　　12

諫謀深○　1.8/6/25
憂心怛以激○　4.6/27/7
怛○情憭　5.4/31/12
號咷○怛　6.5/35/4
○○喪主　6.6/35/24
可謂至○矣　7.4/41/21
○責三公　7.4/42/20
譏○公卿　7.5/43/17
辭意激○　9.1/47/6
伏見前一○以宣陵孝子
　爲太子舍人　13.1/70/24
○大別之東山兮　14.1/74/24

且 qiě　　28

請○息州營橫發之役　1.5/4/4
○無咎累　2.7/13/26
既明○哲　4.1/23/4
柔惠○貞　4.4/25/13
○送葬　4.5/26/16
既文○武　5.2/30/1
○巨○長　5.3/30/20
〔○〕送葬　5.4/31/10
既富○盈　6.1/33/5

壽考○寧　6.1/33/5
既隆○昌　6.6/35/27
○憂萬人饑餓　7.3/38/16
○侍御于百里之內而知
　外事　7.4/42/1
宜○息心　7.4/42/18
○烏以反哺　8.2/45/13
式歌○舞　9.7/49/31
○鷦鷯巢林　9.9/51/9
猶○踟躕　9.10/51/17
○晏嬰辭邶殿之邑　9.10/51/18
○臣所在孤危　11.2/58/6
熱地蝗兮蘆即○　11.4/59/29
○我聞之日南至　11.8/61/23
○用之則行　11.8/62/7
○夫地將震而樞星直　11.8/62/9
○三光之行　13.2/71/11
○猶遇水遭旱　13.2/72/1
怒焉○饑　14.5/76/4

怯 qiè　　1

非臣螻蟻愚○所能堪副　7.4/41/16

妾 qiè　　16

無衣帛之○　1.7/5/26
○不變御　3.1/15/26
婦○無舍力之愆　6.5/34/26
罷出宮○免遣宗室沒入
　者六百餘人　8.1/44/13
國遭姦臣擘○　9.1/47/2
臣○萬國　9.7/49/31
御○　10.2/56/30
其餘皆○　10.2/57/2
御○、位最下也　10.2/57/2
禮、妻○產者　13.1/69/20
豈謂皇居之曠、臣○之
　衆哉　13.1/69/22
凡衣服加于身、飲食入
　于口、妃○接于寢　15.1/81/4
公侯有夫人、有世婦、
　有妻、有○　15.1/83/18
一妻、八○　15.1/83/25
卿大夫一妻、二○　15.1/83/25
士一妻、一○　15.1/83/25

竊 qiè　　20

慚于文仲○位之負　2.3/10/24
王莽○位　2.8/14/10
無攘○之民　3.7/20/23
○假階級　7.2/36/15
○見日月拘忌　7.2/37/2
而可使斷無盜○　7.3/38/6
臣○思之　7.4/39/27
臣○以意推之　7.4/40/14
臣○見熒惑變色　7.4/40/25
盜寵○權　7.4/41/24
○自尋案　7.5/43/12
邑誠○悁悒　8.4/46/16
非臣愚蔽不才所當盜○　9.2/47/20
盜○明時　9.3/48/7
少○方正　9.9/50/21
○誠思之　10.2/54/20
臣○自痛　11.2/58/2
○見巡狩岱宗　12.10/65/7
○見南郊齋戒　13.1/69/17
或○成文　13.1/70/14

侵 qīn　　3

彊楚○陵　3.6/19/21
○侮并涼　8.1/44/9
糾忠諫其○急　11.3/59/16

衾 qīn　　2

舊牘食布○　1.7/5/25
陳衣○而不省兮　4.7/28/5

欽 qīn　　12

野○牽遺意　1.9/7/15
○盛德之休明　2.4/11/18
○慕在人　2.4/11/21
帝○亮　3.1/16/4
○承奉構　3.3/17/10
聖朝○亮　3.7/21/5
相與○慕《崧高》《蒸
　民》之作　4.2/24/3
○明定省　4.6/27/5
○見我君　5.5/32/7
乃命羲和○若昊天　10.1/53/25

○崇園邑	12.9/65/1	毀先帝○盡之廟	15.1/90/26	**琴 qín**		4
○于刑濫	12.13/66/4	園令食監典省其○陵所				
		宮人	15.1/91/6	璜以余能鼓○	11.3/58/19	
親 qīn	50	遂于○陵各賜計吏而遣		援○而歌	11.8/62/22	
		之	15.1/91/10	信雅○之麗樸	14.9/76/28	
愛士○仁	1.1/2/23	以肺腑宿衛○公主子孫		○瑟是宜	14.12/77/12	
事○惟孝	2.6/12/25	奉墳墓	15.1/92/19			
○戚莫知其謀	2.7/13/16	公卿○識顏色	15.1/92/22	**勤 qín**		37
凡其○昭朋徒	2.8/14/19	○耕耤田乘之	15.1/93/16			
以○百姓	3.5/19/3	慈惠愛○曰孝	15.1/96/25	帝采○施八方	1.2/3/4	
○行鄉射	3.7/21/11	暴虐無○曰厲	15.1/97/3	宣力肆○	1.3/3/13	
上奉繼○	4.1/22/11			○于奔命	1.5/4/3	
繼○在堂	4.2/23/25	**秦 qín**	27	○恤度事	1.7/5/21	
不得辭王命、○醫藥	4.7/27/21			是○學好問之稱文也	1.7/6/1	
疾篤不得顧○	4.7/27/23	○以世言謚而黜其事	1.7/5/10	收朋○誨	2.1/9/1	
仰瞻二○	4.7/27/26	蓋○將李信之後	5.2/29/8	式昭其○	2.4/11/22	
手不○乎含飯	4.7/28/5	春秋時有子華爲○相	5.3/30/11	體○能苦	2.7/13/23	
孝于二○	5.4/30/26	○一漢三而虞氏世焉	5.3/30/15	秉德恭○	2.8/14/22	
感襁褓之○愛	6.4/34/9	鄭國行○	6.1/32/19	稼穡孔○	2.9/15/2	
○屬李陶等	6.4/34/10	○築長城	7.3/38/8	手執○役	3.2/16/13	
姊妹何○	6.5/35/4	以爲漢承亡○滅學之後	9.6/49/8	胥及聿○	3.5/18/22	
以色○也	7.4/39/12	○相呂不韋著書	10.1/54/7	是以君子○禮	4.2/23/14	
遠聞○	7.4/42/15	是以承○	13.2/71/3	身○心苦	4.2/23/26	
啓大臣喪○之哀	8.1/44/16	而光晃言○所用代周之		○勞王家	4.2/23/28	
就讓疾病當○察之	8.4/46/17	元	13.2/72/3	能夫○信	4.3/24/17	
各欲襃崇至○而已	9.6/49/15	不知從○來	13.2/72/3	殷斯○斯	4.7/28/1	
則○盡	9.6/49/20	○承周末爲漢驅除	15.1/79/15	○恤民隱	5.2/29/12	
○在三昭	9.6/49/21	至○	15.1/80/2	帝念其○	5.2/29/13	
○在三穆	9.6/49/22	○以前	15.1/80/25	○恤人隱	6.1/32/23	
廟○未盡	9.6/49/22	然則○以來天子獨以印		（傳）〔傅〕者太○	6.4/34/12	
尙○而貴仁	10.1/52/17	稱璽	15.1/80/26	于母斯○	6.6/35/11	
以○父故	11.2/57/18	漢承○法	15.1/82/10	殷○不已	7.4/41/18	
事○以孝	12.3/63/20	守者、○置也	15.1/88/18	聖意○○	7.4/42/6	
情不疏而貌○	12.6/64/12	○兼天下	15.1/88/18	密勿在○	8.1/44/23	
所以竭心○奉	13.1/69/18	○漢以來	15.1/90/5	未有如大行皇后○精勞		
陛下○政以來	13.1/69/26	至○始皇出寢起居于墓		思	8.1/44/25	
父子至○	13.1/70/25	側	15.1/90/23	嗣帝殷○	9.6/49/14	
則汎愛眾而○仁	13.3/72/22	○滅九國兼其車服	15.1/94/4	非臣力用○勞有所當受	9.9/50/30	
非仁不○	13.3/72/22	漢服受之○	15.1/95/11	○苦軍旅	9.9/51/6	
喪○盡禮	13.7/73/23	○制	15.1/95/12	○諸侯之遠戍兮	11.3/58/26	
邑薄祜早喪二○	13.10/74/7	○滅齊	15.1/95/13	赴偃師而釋○	11.3/59/11	
叔父○之	13.10/74/7	○制執法服之	15.1/95/19	○而撫之	11.8/61/16	
得○君子庭	14.19/78/26	○滅楚	15.1/95/22	我君○止	12.13/66/3	
○近侍從官稱曰大家	15.1/80/18	○滅趙	15.1/95/24	我君○心	12.14/66/9	
○臨軒	15.1/81/1			獨遭斯○	12.29/68/23	
○愛者皆曰幸	15.1/81/5			以死○事則祀	15.1/87/1	
古者天子○祖割牲	15.1/82/28					

禽 qín 6

○鳥之微	8.2/45/14
凡十二辰之○	10.2/56/19
四季之○	10.2/56/20
不合于《易》卦所爲之　○	10.2/56/26
清嘉穀于○獸兮	11.3/59/16
狼暉取右于○囚	11.8/62/20

擒 qín 2

不可○制	7.2/36/21
先○馬元	8.4/46/4

寢 qǐn 37

無不于○	1.9/7/14
○疾而終	2.4/11/16
○疾顧命無辭	3.2/16/25
侍宴露○	3.5/18/26
○疾告退	4.2/23/24
自公○疾	4.3/25/6
朝春路○	4.6/26/28
是時夫人○疾未蘷	4.7/27/20
夫人○疾	4.7/28/3
○疾不永	6.5/34/27
晨興夜○	6.6/35/13
○疾彌留	6.6/35/21
願○臣表	7.4/43/5
明發不○	8.1/44/19
○而不宣	8.1/44/23
邑○疾羸	8.4/46/20
○疾旬日	9.4/48/24
臣是以宵○晨興	9.9/51/9
民露處而○湮	11.3/59/15
頌聲既○	13.3/72/10
凡衣服加于身、飲食入　于口、妃妾接于○	15.1/81/4
四時祭于○也	15.1/84/9
薦考妣于適○之所	15.1/84/14
後有○	15.1/90/20
後制○以象○	15.1/90/20
○有衣冠几杖	15.1/90/21
先薦○廟	15.1/90/21
○廟奕奕	15.1/90/22
至秦始皇出○起居于墓	
側	15.1/90/23
故今陵上稱○殿	15.1/90/23
皆古○之意也	15.1/90/24
孝明臨崩遺詔遵儉毋起　○廟	15.1/91/2
而園陵皆自起○廟	15.1/91/3
四時就陵上祭○而已	15.1/91/5
以陵○爲廟者三	15.1/91/18
故○兵鼓	15.1/93/1

青 qīng 17

形表圖于丹○	2.4/11/15
○兗之郊	8.3/45/25
不意錄符銀○	9.3/48/6
命服銀○	9.3/48/12
東曰○陽	10.1/51/28
○○河邊草	11.5/60/3
惟○紫鹽也	13.6/73/19
嗷嗷○衣	14.5/76/2
○雀西飛	14.12/77/16
（凝育）〔挺○〕櫱之　綠英	14.16/78/9
動搖揚纜○	14.19/78/25
○帝以未臘卯祖	15.1/86/19
東方受○	15.1/92/10
上但以○縑爲蓋	15.1/94/8
朱綠九旒○玉珠	15.1/94/18
偃傳○構綠幘	15.1/95/5

卿 qīng 49

歷三○	1.1/1/11
公○大臣	1.7/5/11
至于王室之○大夫	1.7/6/5
王室亞○也	1.7/6/12
○相牧守	2.8/14/11
爾及遷太僕大○	3.1/15/20
與公○尚書三臺以下	3.2/16/10
公○尚書三臺以下	3.2/16/11
三作六○	3.3/17/17
六在九○三事	3.4/18/9
進作○士	4.2/24/5
五作○士	4.3/24/23
越尹三○	4.4/25/14
廣歷五○七公再封之祿	4.5/26/1
歷世○尹	5.1/28/26
召公○百官會議	7.3/37/12
每訪群公○士	7.4/41/13
讜切公○	7.5/43/17
爲贊國○	8.2/45/14
元舅上○	9.1/47/4
猥與公○以下	9.9/50/25
令祀百辟○士之有德于　民者	10.1/52/29
公○列臣	13.1/70/25
公○百寮	13.2/71/11
其徵爲九○	15.1/81/13
公○校尉	15.1/82/1
公○校尉諸將不言姓	15.1/82/4
公○使謁者將大夫以下　至吏民尚書左丞奏聞　報可	15.1/82/5
公○百官會議	15.1/82/6
公○、侍中、尚書衣帛　而朝曰朝臣	15.1/82/11
九○正履	15.1/82/28
○大夫一妻、二妾	15.1/83/25
位次諸	15.1/88/23
○諸侯九推	15.1/88/25
朝士○朝之法	15.1/89/8
左九棘、孤○大夫位也	15.1/89/8
公○百官皆從	15.1/91/7
位次九○下	15.1/92/18
公○以下陳洛陽都亭前　街上	15.1/92/22
公○下拜	15.1/92/22
公○親識顏色	15.1/92/22
大駕、則公○奉引大將　軍參乘太僕御	15.1/93/6
公○不在鹵簿中	15.1/93/9
○大夫七旒黑玉珠	15.1/94/18
○大夫、尚書、二千石　博士冠兩梁	15.1/94/22
天子、公○、特進朝侯　祀天地明堂皆冠平冕	15.1/94/23
諸侯○七	15.1/94/26
公○冠委貌	15.1/95/1
○大夫、尚書、博士兩　梁	15.1/95/16

清 qīng	86
○風席卷	1.1/1/26
○儉仁與之效	1.1/2/26
○風光翔	1.6/4/25
尹尉○宸	1.6/5/3
○一以考其素	1.8/7/3
浮太○	1.10/8/15
保此○妙	2.1/9/9
君膺皇靈之○和	2.2/9/16
○風賜于所漸	2.2/9/23
休矣○聲	2.3/11/3
含聖哲之○和	2.4/11/13
庶奉○塵	2.4/11/21
玄懿○朗	2.5/11/27
○風丕揚	2.5/12/18
通○夷之路	2.7/13/21
如淵之○	2.7/14/3
○理條暢	2.9/14/29
徐然後○	2.9/15/7
京夏○肅	3.1/15/23
正直疾枉○儉該備者矣	3.1/15/26
穆其○	3.1/16/5
操○行朗	3.3/17/11
閭閻推○	3.3/17/14
穢損○風	3.3/17/19
華夏以○	3.3/17/23
心棲○虛之域	3.6/19/25
加以○敏廣深	3.6/19/28
○風先驅	3.7/20/16
刑○國興	3.7/22/2
激○流以盪邪	4.2/23/14
機密惟○	4.4/25/14
萃忠○之節	5.2/29/10
（激）〔汰〕垢濁以揚 ○	5.2/29/17
○烈光于來裔	5.2/29/21
惟○惟敏	5.2/30/2
願承○化	5.5/32/2
○流浸潤	6.1/32/27
○和有鑠	6.6/35/10
翼此○淑	6.6/35/14
進○仁	7.4/41/2
欲○流蕩濁	7.4/42/7
○風奮揚	8.2/45/12
兗豫以○	8.4/46/4
博選○英	8.4/46/5

以○季朝	9.1/47/4
則曰○廟	10.1/52/3
以明聖王建○廟、明堂 之義	10.1/52/6
是以○廟茅屋	10.1/52/7
以周○廟論之	10.1/52/9
猶周宗祀文王于○廟明 堂也	10.1/52/10
王齊禘于○廟明堂也	10.1/52/10
升歌○廟	10.1/52/14
取周○廟之歌	10.1/52/14
猶周之○廟也	10.1/52/15
浮○波以橫屬	11.3/59/7
○嘉穀于禽獸兮	11.3/59/16
甯子有○商之歌	11.8/61/6
夫子生○穆之世	11.8/61/7
○宇宙之埃塵	11.8/61/9
今子貴匹夫以○宇宙	11.8/62/8
練予心兮浸太○	11.8/62/22
惟君之實體○良兮	12.1/63/2
○一宇宙	12.3/63/23
民○險棘	12.9/65/3
囹圄用○	12.14/66/11
京輦用○	12.17/66/25
○和自然	12.19/67/5
○廟祭祀	13.1/69/16
更選忠○	13.1/70/6
雜候○臺	13.2/71/8
洪流森以玄○	14.1/74/22
嘉○源之體勢兮	14.1/74/24
恬淡○溢	14.12/77/13
爾乃○聲發兮五音舉	14.12/77/13
○風逐暑	14.15/78/3
似翠玉之○明	14.16/78/10
穆如○風	14.18/78/21
殷曰○祀	15.1/86/17
水曰○滌	15.1/87/11
酒曰○酌	15.1/87/12
《○廟》、一章八句	15.1/87/18
《維○》、一章五句	15.1/87/19
○河孝德皇后、安帝母 也	15.1/91/19
安帝以和帝兄子從○河 王子即尊號	15.1/92/3
追號父○河王曰孝德皇	15.1/92/4
○白自守曰貞	15.1/97/1

傾 qīng	11
時○顧	1.10/8/18
景命有○	3.5/19/8
○阻邈其彌遲	4.6/27/13
其咎宮室○圮	7.4/41/8
○邪在官	7.4/42/5
社稷○危	9.1/47/5
經萬世而不○	11.3/58/28
道不可以○也	11.8/61/23
順○轉圓	11.8/62/1
居安聞○	12.22/67/19
意徙倚而左○	14.3/75/13

輕 qīng	17
公遣從事牛稱何傳○車 騎	1.1/1/27
苟避○微之科禁	7.2/37/1
以恣○事之人	7.3/38/12
浮○之人不引在朝廷	7.4/42/13
身率○騎	9.1/47/7
特單○匹	9.2/47/26
前功○重不侔	9.9/50/27
重功○賞	9.9/51/4
臣事○葭莩	9.9/51/7
或○舉內投	11.6/60/12
奮華○舉	11.7/60/24
逝而遺○	11.8/61/23
惟務求○	12.13/66/4
衣必○煖	12.23/67/23
不為燥溼○重	13.7/73/24
○利調博	14.13/77/21
○徹妙好	14.15/78/3

情 qīng	45
公達于事○	1.1/2/4
小大之獄必以○	1.7/5/17
○、「忠之屬也	1.7/5/18
察以○也	1.7/5/23
發丹○	1.10/8/16
莫不同○瞻仰	2.2/9/19
民之治○斂慾	2.2/9/24
道治民○	2.7/13/25
于時游○	2.9/15/7
○旨昭顯	3.2/16/23

楚〇明光	14.12/77/16	**敺** qū	1	**絇** qú	1
屈 qū	9	〇疫鬼也	15.1/86/11	履〇履	15.1/94/19
而爲之〇辱者多矣	1.1/1/22	**趨** qū	6	**渠** qú	5
〇爲縣吏	2.7/13/16	行〇不至	6.1/32/18	會之于新〇	6.1/32/27
未嘗〇節	2.7/13/19	〇以飲章	7.5/43/26	謂之樊惠〇云爾	6.1/33/2
莫之能〇	3.2/16/15	卓聞乘輿已〇河津	9.1/47/7	通〇源于京城兮	11.3/59/8
研桑不能數其詰〇	11.6/60/15	〇走陛下	11.2/57/19	雍〇驂乘	11.8/61/22
皆〇情從制	13.1/70/25	富貴則人爭〇之	13.3/72/12	昔孝宣會諸儒于石〇	13.1/70/16
〇伸低昂	14.10/77/3	〇事如飛	14.5/75/26		
〇原曰「朕皇考」	15.1/80/2			**蕖** qú	2
上有桃木蟠〇三千里卑		**軀** qū	3	邾子〇蒢	1.7/5/29
枝	15.1/86/12	非臣碎首麋〇所能補報	9.2/47/20	〇瑗保生	11.8/61/22
祛 qū	3	完全〇命	11.2/57/22	**衢** qú	3
用〇其蔽	2.1/9/1	隨〇腐朽	11.2/58/7	超天〇而高峙	2.1/9/3
後生賴以發〇蒙蔽、文		**麯** qū	1	餘貨委于路〇	4.2/23/15
其材素者	3.4/18/5	〇遂令五瓊	6.1/32/25	乘天〇	11.8/62/15
軍門〇禁	3.5/18/28			**取** qǔ	47
區 qū	17	**驅** qū	11	所部二千石受〇有驗	1.1/1/19
翔〇外以舒翼	2.1/9/2	清風先〇	3.7/20/16	在郡受〇數億以上	1.1/2/15
澤充〇域	3.4/18/9	思王尊之〇策	3.7/20/17	吾不〇也	1.9/7/14
光充〇域	4.1/23/5	〇自行之勢	6.1/32/18	爾勿復〇吾先人墓前樹	
參人物于〇域	4.3/25/1	則役之不可〇使	7.2/36/20	也	1.10/8/5
亙地〇	4.3/25/9	長〇芒阜	9.1/47/7	舍榮〇辱	2.2/10/10
〇〇欲荅上問	7.5/43/17	後乘〇而（競）〔兢〕		〇忠肅于不言	4.2/23/14
〇〇之楚	8.3/45/20	入	11.3/59/15	〇言時計功之則	4.2/24/3
不勝〇〇	8.3/45/29	慕騏驥而增〇	11.8/62/4	遂〇財于豪富	6.1/32/26
不勝〇〇疑戒	9.2/47/28	秦承周末爲漢〇除	15.1/79/15	當〇二州而已	7.2/36/22
宣太平于中〇	11.8/62/15	行扈氏農正、晝爲民〇		當越境〇能	7.2/37/1
化溢〇宇	12.4/63/31	鳥	15.1/86/5	（哉）〔裁〕〇典計教	
光晃〇〇信用所學	13.2/72/3	宵扈氏農正、夜爲民〇		者一人綴之	7.4/42/2
詘 qū	1	獸	15.1/86/6	〇圖寫讚	7.4/42/16
不充〇于富貴	2.6/13/3	前〇有九斿雲罕戟皮		〔命臣下〕超〇選舉	7.4/42/21
		軒鸞旗	15.1/94/3	疾貪吏受〇爲姦	8.1/44/16
嶇 qū	1	**劬** qú	2	無狀〇罪	9.9/50/21
崎〇儉約之中	4.1/22/11	夫人哀悼〇穎	4.6/27/3	〇其宗祀之貌	10.1/52/3
		僕夫疲而〇瘁兮	11.3/59/5	〇其正室之貌	10.1/52/3
				〇其尊崇	10.1/52/4
				〇其鄉明	10.1/52/4
				〇其四門之學	10.1/52/4

○移臣下	9.6/49/14	博士一○	8.1/44/15	歲終○	1.10/8/16
夸者死○	11.8/62/3	更以屬○招延	8.4/46/18	今其如何而○斯禮	2.1/9/5
夫○不在上	13.1/69/10	昔周德○而斯干作	9.4/48/23	○則補之	2.7/13/21
				習容○里	2.8/14/15
犬 quǎn	9	**卻 què**	4	贊理○文	3.6/19/26
				袞○以補	4.2/23/23
臣○馬齒七十	1.4/3/22	○而不聽	8.1/44/22	用補〔贅〕前臣之所○	4.3/24/19
訖無雞○鳴吠之用	9.9/50/24	宮門僕射冠○非	15.1/95/2	音儀永○	4.3/25/7
秋食麻○	10.2/56/17	○非冠、宮門僕射服		○焉永廢	4.7/27/24
丑牛、未羊、戌○、酉		之	15.1/96/14	帝位○焉	5.1/28/20
雞、亥豕而已	10.2/56/19	○敵冠、前高四寸	15.1/96/19	補袞○	5.2/29/18
○屬季秋	10.2/56/21			越齰齫在○	6.3/33/23
○牙而無角	10.2/56/23	**堁 què**	1	莫肯建忠規○	7.4/41/13
故以○爲秋食也	10.2/56/24			黃門○樂	8.1/44/11
狐鳴○嘷	12.24/67/28	然而地有○堁	6.1/32/17	恐史○文	8.1/44/14
○曰羹獻	15.1/87/9			正數世之所○	9.6/49/24
		雀 què	2	詣○拜章	9.9/50/28
猒 quǎn	6			謹奉章詣○	9.10/51/20
		朱○道引	12.26/68/9	自是告朔遂○而徒用其	
退處○畎	1.8/6/25	青○西飛	14.12/77/16	羊	10.1/54/4
餘種樓于○畎	4.2/23/15			致章○庭	11.2/57/26
洒之于○畎	6.1/32/27	**确 què**	1	使史籍所○、胡廣所校	11.2/58/3
立我○畎	6.1/33/4			以補綴遺○	11.2/58/11
（退伏）〔思過〕○畎	9.9/50/22	疑○之誠	9.10/51/19	或○其始終	13.3/72/11
總○澮之群液兮	14.1/74/23			仲山甫有補袞○	13.4/73/4
		榷 què	1	稱稽首上書謝恩、陳事	
勸 quàn	13			詣○通者也	15.1/81/26
		乃興鹽鐵酤○之利	7.3/37/19	其明旦三老詣○謝	15.1/82/29
民知○懼	1.1/2/6				
將以○善彰惡	1.7/5/9	**愨 què**	1	**鵲 què**	1
徵入○講	3.1/15/18				
○稽務農	3.7/20/22	使爲○愿	8.3/45/27	謂之○尾冠	15.1/95/27
體仁足以○俗	4.1/22/15				
○不用賞	4.1/22/15	**確 què**	3	**逡 qūn**	1
民○行于私家	4.3/24/22				
以○遺顯到官	4.7/27/22	○乎其操	2.1/9/8,2.6/13/8	○巡放麑	11.8/62/1
舅偃誘○	8.2/45/5	○乎不拔	2.5/12/15		
人所○慕	9.2/47/27			**裙 qún**	1
○茲稽民	12.14/66/9	**関 què**	3		
以○忠審	13.1/69/31			如索○者是也	15.1/93/25
亦所以○導人主	13.4/73/3	故事服○後還郎中	2.7/13/21		
		乞行服○奔命	5.2/29/14	**群 qún**	101
缺 quē	6	彌信宿而後○兮	11.3/59/13		
				懲戒○下	1.1/2/17
周祚微○	3.6/19/21	**闕 què**	27	雖衆子○孫	1.1/2/24
其郡縣長吏有○	3.7/21/8			用總是○后	1.2/3/7
機密久○	5.2/29/14	其禮○焉	1.7/5/11	○狄斯柔	1.5/4/9

總角而逸○	1.6/4/14	○臣謀謚	8.1/44/5	天子爲○姓立七祀之別	
參之○學	1.7/5/14	○臣累息	8.1/44/8	名	15.1/85/1
○公竝表	1.8/6/28	顧命○司	8.1/44/23	○臣進戒嗣王之所歌也	15.1/88/6
塞○違	1.8/7/2	淑暢洽于○生	8.2/45/11	徹侯、○臣異姓有功封	
探綜○緯	2.1/8/28	○公歸德	8.3/45/24	者稱曰徹侯	15.1/88/21
○公休之	2.1/9/1	卓逸不○	8.4/46/13	○臣在其後	15.1/89/8
足以孕育○生	2.2/9/17	威移○下	9.1/47/3	○吏在其後	15.1/89/9
○僚賀之	2.3/10/23	○凶遭難	9.1/47/4	后攝政則后臨前殿朝○	
○公百僚	2.3/10/26	○匿情狀	9.1/47/6	臣	15.1/90/9
○后建碑	2.4/11/16	下乖○生瞻仰之望	9.1/47/11	○臣奏事上書皆爲兩通	15.1/90/9
○生之望	2.4/11/20	超自○吏	9.3/48/3	○臣異姓有功封者	15.1/92/16
○公事德	2.5/12/5	○臣之中	9.9/50/24	○臣皆隨焉	15.1/95/8
顯顯○公	2.6/13/7	參以○書	10.2/54/22		
俄而冠帶士咸以○黨見		○生以遂	11.1/57/12	**然 rán**	**70**
嫉時政	2.7/13/24	遂與○儒竝拜議郎	11.2/57/18		
又精○緯	2.8/14/12	及經典○書所宜捃撫	11.2/58/9	三讓○後受命	1.2/3/4,1.3/3/13
公以○公之舉	3.3/17/13	歷觀○都	11.3/59/20	三垂騷○	1.5/4/1
○生豐遂	3.3/17/16	若鴻鵠○遊	11.6/60/14	○後有之	1.7/5/11
○公以溫故知新	3.4/18/6	乃斟酌○言	11.8/61/4	○則忠也者、人德之至	
○公以舊德碩儒	3.5/18/26	曾不能拔萃出○	11.8/61/9	也	1.7/5/15
化洽○心	3.5/19/13	檢六合之○品	11.8/61/26	○則文、忠之彰也	1.7/5/28
于異○公	3.5/19/14,4.4/25/17	○僚恭己于職司	11.8/61/26	異國之人稱之皆○	1.7/6/11
○后有歸功之緒	3.7/21/1	夫夫有逸○之才	11.8/62/1	須臾忽○不見	1.10/8/5
博總○議	4.1/22/12	○車方奔乎險路	11.8/62/12	○後德立名宣	2.2/9/22
○后同懷	4.1/22/26	濟濟○吏	12.13/66/3	澹○自逸	2.3/10/19
加于○公	4.2/23/18	申戒○僚	12.14/66/10	○猶私存衡門講誨之樂	2.5/12/3
訓五品于○黎	4.3/25/1	遂使○下結口	13.1/69/30	○則識幾知命	2.5/12/10
仰慕○賢	4.3/25/5	開○枉之門	13.1/70/5	○猶學而不厭	2.6/12/28
蠢彼○生	4.4/25/15	而○聚山陵	13.1/70/26	固已藐○	2.7/13/15
乃俾元孫顯卥度○儒	4.5/26/9	非○臣議者所能變易	13.2/72/5	惕○若驚	2.9/15/7
○后畢會	4.5/26/16	總畎澮之○液兮	14.1/74/23	徐○後清	2.9/15/7
于是○公諸將據河、洛		濟濟○彥	14.18/78/20	○知權過于寵	3.1/15/22
之文	5.1/28/20	○臣與天子言	15.1/80/6	而公脫○以爲行首	3.2/16/18
○凶殄夷	5.1/29/2	及○臣士庶相與言曰殿		○處豐益約	3.4/18/10
○公薦之	5.2/29/15	下、閤下、〔足下〕		眷○南顧	3.7/22/1
諮之○儒	6.5/34/20	、〔侍者〕、執事之		○而約之以禮	4.3/24/16
（乃）〔及〕盜賊○起	7.3/37/19	屬皆此類也	15.1/80/7	○後卜定宅兆	4.5/26/14
○類抵冒	7.3/38/6	故○臣託乘輿以言之	15.1/80/14	踰年○後獲聽	4.7/27/25
若○臣有所毀譽	7.4/39/17	○臣莫敢用也	15.1/80/26	○而地有堆埼	6.1/32/17
○陰太隆	7.4/40/4	○臣有所奏請	15.1/81/17	斐○成章	6.1/33/2
○下竝湊彊盛也	7.4/40/4		15.1/81/18	自○之素者已	6.2/33/12
每訪○公卿士	7.4/41/13	凡○臣上書于天子者有		何幸而○	6.5/35/5
○臣早引退	7.4/42/8	四名	15.1/81/24	終○允臧	6.6/35/17
○臣慘慘	7.4/42/16	○臣上書皆言昧死言	15.1/82/10	此先帝不誤已○之事	7.2/36/29
○公伺先意承旨以悅	7.4/42/21	天子所爲○姓立社也	15.1/84/17	漢有衛霍闞顏瀚海竇憲	
○公之福	7.4/43/3	大夫以下成○立社曰置		燕○之事	7.3/37/13
○臣杜口	7.5/43/20	社	15.1/84/25	○而時有同異	7.3/37/13

關東紛〇	7.3/37/20
〇後僅得寧息	7.3/37/20
欲使陛下豁〇大癰	7.4/41/21
〇後成形	7.4/41/25
〇恐陛下不復聞至言矣	7.5/43/23
海內紛〇	8.1/44/8
其至行發于自〇	8.2/45/9
皦〇不污	8.3/45/24
亦宜超〇	8.4/46/14
〇後黜廢凶頑	9.1/47/8
臣僕職分宜〇	9.9/51/7
〇則師氏居東門、南門	
	10.1/52/23
〇則詔學皆在東序	10.1/52/28
〇則小暑當去大暑十五	
日	10.2/55/11
〇則麥爲木	10.2/56/25
〇則有位斯貴	11.8/61/5
胡老憼〇而笑曰	11.8/61/13
胡爲其〇也	11.8/61/15
視鑒出于自〇	12.3/63/19
溫溫〇弘裕虛引	12.3/63/20
落落〇高風起世	12.3/63/21
其惠和也晏晏〇	12.4/63/28
非特王道〇也	12.12/65/22
清和自〇	12.19/67/5
臣子曠〇	13.1/69/31
公府臺閣亦復默〇	13.1/70/3
是時奉公者欣〇得志	13.1/70/4
是以搢紳患其〇	13.3/72/11
不幸或〇	13.3/72/19
〇則以交誨也	13.3/72/21
愴〇淚以隱惻	14.7/76/13
〇後哀聲既發	14.12/77/14
〇後（我製）〔柢掣〕	
	14.13/77/22
雖期運之固〇	14.17/78/15
〇則秦以來天子獨以印	
稱璽	15.1/80/26
〇則人主必慎所幸也	15.1/81/4
〇後還宮	15.1/92/23
今二千石亦〇	15.1/94/1
〇尚無巾	15.1/95/8

髯 rán　　　　　　　　1

| 攝須理〇 | 11.8/61/31 |

冉 rǎn　　　　　　　　3

| 當仲尼則顏〇之亞 | 8.4/46/12 |
| 脩長〇〇 | 14.5/75/24 |

染 rǎn　　　　　　　　1

| 〇玄墨以定色 | 14.8/76/19 |

攘 ráng　　　　　　　5

擾〇之際	2.5/12/6
〇災興化	3.2/17/2
無〇竊之民	3.7/20/23
周宣王命南仲吉甫〇狁	
犾、威蠻荊	7.3/37/12
獫狁〇而吉甫宴	11.8/61/29

穰 ráng　　　　　　　1

| 信臣治〇 | 6.1/32/19 |

壤 rǎng　　　　　　　6

夷于平〇	1.9/7/16
江湖交〇	3.7/22/2
化爲甘〇	6.1/33/1
我〇既營	6.1/33/4
普天〇其無僵	14.3/75/12
拔〇厚二尺、廣五尺、	
輪四尺	15.1/85/10

讓 ràng　　　　　　　18

再拜稽首以〇	1.2/3/4
三〇然後受命	1.2/3/4,1.3/3/13
公拜稽首以〇	1.3/3/13
三〇莫或克從	1.4/3/22
爭訟化〇	2.2/9/20
以〇以仁	2.8/14/24
叔〇郡孝廉	4.6/27/1
以當責〇	7.4/41/18
伏見陳留邊〇	8.4/46/7
使〇生于先代	8.4/46/12
就〇疾病當親察之	8.4/46/17
辭疾〇位	9.1/47/10
猶美三〇	9.9/50/28

受而不〇	9.9/50/28
〇所不如	9.10/51/15
昔之范正不亡禮〇	9.10/51/15
般倕揖〇而辭巧	11.6/60/15

饒 ráo　　　　　　　3

于是儲廥豐〇	1.5/4/4
以盡水利而富國〇人	6.1/32/18
用度〇衍	7.3/37/18

繞 rǎo　　　　　　　1

| 〇于垣垌 | 12.16/66/20 |

擾 rǎo　　　　　　　4

〇攘之際	2.5/12/6
綏〇以靜	12.3/63/23
兔〇馴以昭其仁	12.12/65/24
墳有〇兔	12.12/65/27

熱 rè　　　　　　　1

| 〇地蝗兮蘆即且 | 11.4/59/29 |

人 rén　　　　　　　334

三孤故臣門〇	1.1/1/12
〇以爲美談	1.1/2/1
凶〇（〇）惡言當道	1.1/2/8
〇馬疲羸撓鈍	1.5/4/3
〇逸馬畜	1.5/4/4
〇士斯休	1.5/4/9
梁國睢陽〇也	1.6/4/13
揚之由〇	1.6/4/26
門〇陳季珪等議所謚	1.7/5/8
昔在聖〇之制謚也	1.7/5/9
夫萬類莫貴乎〇	1.7/5/14
故夏后氏正以〇統	1.7/5/15
然則忠也者、〇德之至	
也	1.7/5/15
爲〇謀而不忠乎	1.7/5/16
上思利〇曰忠	1.7/5/18
三者〇之則	1.7/5/18
異國之〇稱之皆然	1.7/6/11
順乎門〇臣子所稱之宜	1.7/6/15

王孫子喬者、蓋上世之		宜洽○倫	3.3/17/15	夫○之存也	4.6/27/3
眞○也	1.10/7/26	假于天○	3.3/17/17	祔于太夫○	4.6/27/4
傳承先○曰王氏基	1.10/8/1	愧于前○	3.3/17/19	議郎夫○趙氏	4.7/27/18
無○蹤	1.10/8/3	懍乎其見聖○之情旨也	3.4/18/5	是時夫○寢疾未薨	4.7/27/20
其後有○著絳冠大衣	1.10/8/4	其教○善誘	3.4/18/7	夫○乃自矜精稟氣	4.7/27/22
爾勿復取吾先○墓前樹		○臣之極位	3.4/18/9	夫○寢疾	4.7/28/3
也	1.10/8/5	則是門○二三小子	3.4/18/12	天○致誅	5.1/28/19
故知至德之宅兆、眞○		誨茲一○	3.4/18/17	汝南西平○	5.2/29/8
之先祖也	1.10/8/7	神○以和	3.5/19/1	天○交格	5.2/29/18
太原界休○也	2.1/8/25	山陽高平○也	3.7/20/14	天○靡欺	5.2/30/2
凡我四方同好之○	2.1/9/3	○民死喪	3.7/21/4	○之云亡	5.2/30/3
穎川許○也	2.2/9/14,2.3/10/15	詩○詠功	3.7/21/24	爰暨邦○	5.3/30/15
○用昭明	2.2/9/23	周○勿刻	3.7/22/2	神○協祚	5.3/30/19
許令以下至于國○	2.2/10/1	遺愛結于○心	4.1/22/16	凡我里○	5.3/30/20
得斯于○	2.2/10/3	和○事于宗伯	4.1/22/23	可謂無競伊○	5.4/31/2
鄉○之祠	2.2/10/5	拜室家子弟一○郎中	4.1/22/26	爰暨門○	5.4/31/12
仁而愛○	2.3/10/16	南郡華容○也	4.2/23/9	名自○成	5.4/31/12
使○曉諭	2.3/10/21	小○知恥	4.2/23/14	王○既詔	5.4/31/17
故時○高其德	2.3/10/24	○倫輯睦	4.2/23/17	來迎者三十四○	5.5/32/1
韓元長等五百餘○	2.3/11/4	窮生○之光寵	4.2/24/1	路○感愴	5.5/32/3
千○已上	2.3/11/5	其誘○也	4.3/24/17	嗟我行○	5.5/32/4
盡○才之上美	2.4/11/14	導○以德	4.3/24/21	以盡水利而富國饒○	6.1/32/18
國○立廟	2.4/11/16	○悅其化	4.3/24/21	牧○之吏	6.1/32/21
欽慕在○	2.4/11/21	參○物于區域	4.3/25/1	勤恤○隱	6.1/32/23
體仁足以長○	2.5/11/27	夫○江陵黃氏之季女	4.5/25/23	苟有可以惠斯○者	6.1/32/23
俯效○事	2.5/12/7	繼室以夫○	4.5/25/26	作○父母	6.1/33/3
里巷無○迹	2.5/12/7	二孤童紀未齓育于夫○	4.5/25/26	泯泯我○	6.1/33/5
作者七○焉	2.5/12/12	夫○懷聖善之姿	4.5/25/26	河南偃師○也	6.2/33/9
彭城廣戚○也	2.6/12/22	夫○是享	4.5/26/2	薄于○位	6.2/33/13
蓋千餘○	2.6/13/1	于我夫○	4.5/26/3	雖成○之德	6.4/34/8
陳留外黃○	2.7/13/13	夫○居京師六十有餘載	4.5/26/4	與○靡爭	6.4/34/12
時○未之或知	2.7/13/15	太夫○年九十一	4.5/26/8	司徒袁公夫○馬氏薨	6.5/34/19
知○審友	2.7/13/18	實惟吳○	4.5/26/11	示公之門○	6.5/34/20
○不堪勞	2.7/13/23	稽先○之邈迹	4.5/26/13	夫○、右扶風平陵○也	6.5/34/21
南陽宛○也	2.8/14/9	葬我夫○黃氏及陳留太		夫○生應靈和	6.5/34/22
前○所希論	2.8/14/13	守碩于此高原	4.5/26/15	夫○營克家道	6.5/34/25
慕七○之遺風	2.9/15/4	于時濟陽故吏舊民、中		故能窮生○之光寵	6.5/34/26
弘農華陰○	3.1/15/14,3.3/17/8	常侍句陽于廟等二十		不見其○	6.5/35/4
其時所免州牧郡守五十		三○	4.5/26/17	故濟北相夫○卒	6.6/35/9
餘○	3.1/15/23	於穆夫○	4.5/26/18	夫○有胤	6.6/35/14
于是門○學徒	3.1/16/2	配名古○	4.5/26/20	矧茲夫○	6.6/35/19
陳遵、桓典、蘭臺令史		夫○編縣舊族章氏之長		○亦有言	6.6/35/20
十○	3.2/16/9	女也	4.6/26/25	由斯夫○	6.6/35/26
無競伊○	3.2/16/14,12.12/65/26	兼生○之榮	4.6/26/28	孝景時梁○韓安國坐事	
得○臣之上儀者已	3.2/16/20	夫○生五男	4.6/26/29	被刑	7.2/36/26
德亞聖○	3.2/16/28	夫○哀悼劬頴	4.6/27/3	不顧爭臣七○之貴	7.2/37/1
位極○臣	3.2/17/1	遭太夫○憂篤	4.6/27/3	又未必審得其○	7.2/37/2

況無彼時、地利、○財		小○之情	9.9/51/10	哲○降鑒	12.22/67/19
之備	7.3/37/22	資非哲○藩屏之用	9.10/51/14	今○務在奢嚴	12.23/67/23
民○流移于四方	7.3/38/1	以詩○斯亡之戒	9.10/51/16	家○小妖也	12.24/67/28
劫摽○財	7.3/38/5	夫○君無弄戲之言	9.10/51/19	則○主恆恐懼而修政	12.24/67/29
以恣輕事之○	7.3/38/12	殷○曰重屋	10.1/51/27	所以教○也	13.1/69/6
聖○不任	7.3/38/12	周○曰明堂	10.1/51/28	則虎狼食○	13.1/69/11
使越○蒙死徼幸	7.3/38/14	聖○南面而聽天下	10.1/51/29	下逆○事	13.1/69/12
且憂萬○饑餓	7.3/38/16	○君之位莫正于此焉	10.1/51/29	示○禮化	13.1/69/16
非但勞○	7.3/38/18	君○者將昭德塞違	10.1/52/7	謂士庶○數堵之室	13.1/69/21
五○各一處	7.4/39/4	禮、士大夫學于聖○善		漢之得○	13.1/70/11
機不假○	7.4/39/19	○	10.1/53/1	不可復使理○	13.1/70/15
臣聞凡○爲怪	7.4/39/23	制○事	10.1/53/19	職典理○	13.1/70/19
將狂狡之○	7.4/40/2	敬授○時	10.1/53/26	伏見前一切以宜陵孝子	
有○走入宮	7.4/40/3	殷○無文	10.1/53/30	爲太子舍○	13.1/70/24
婦○專政	7.4/40/13	庶明王復興君○者	10.1/54/5	今虛僞小○	13.1/70/25
○君之象	7.4/40/15	其官○皆有明文	10.2/54/30	至有姦軌之○	13.1/70/27
○主當精明其德	7.4/40/26	必家○所畜	10.2/56/19	東郡有盜○妻者	13.1/70/27
小○在位	7.4/41/7	惟一適○稱妻	10.2/57/2	或以○自代	13.1/70/29
小○在顯位者	7.4/41/8	天之烝○	11.1/57/10	豈不但取丘墓凶醜之○	
皆婦○干政之所致也	7.4/41/22	非外吏庶○所得擅述	11.2/57/29		13.1/70/30
復云有程夫○者	7.4/41/26	○徒凍餓	11.3/58/18	君子以朋友講習而正○	13.3/72/9
（哉）〔裁〕取典計教		陷夫○以大名	11.3/58/27	富貴則○爭趨之	13.3/72/12
者一○綴之	7.4/42/2	詠都○而思歸	11.3/59/19	貧賤則○爭去之	13.3/72/13
以解《易傳》所載小○		侏儒短○	11.4/59/25	是以君子愼○所以交己	
在位之咎	7.4/42/8	與○相距	11.4/59/27		13.3/72/13
故太尉劉寵聞○襲寵	7.4/42/10	眾○患忌	11.4/59/28	審己所以交○	13.3/72/13
浮輕之○不引在朝廷	7.4/42/13	觀短○兮形若斯	11.4/59/29	不患○之遺己也	13.3/72/18
郎吏舍○	7.4/42/22	視短○兮形若斯	11.4/59/30	不病○之遠己也	13.3/72/18
以身率○	7.4/43/2	視短○兮形如許	11.4/59/31	則躬自厚而薄責于○	13.3/72/19
○自抑損	7.4/43/2	蓋聞聖○之大寶曰位	11.8/61/5	求諸己而不求諸○	13.3/72/19
○懷殿屎之聲	8.1/44/9	以財聚○	11.8/61/5	子夏之門○問交于子張	
求○之瘝	8.1/44/10	古○之明志也	11.8/61/7		13.3/72/20
饗○徹羞	8.1/44/11	○紘弛	11.8/61/16	故告之以拒○	13.3/72/21
罷出宮妾免遣宗室沒入		○毀其滿	11.8/61/20	周廟金○緘口以慎	13.4/73/3
者六百餘○	8.1/44/13	齊○歸樂	11.8/61/22	亦所以勸導○主	13.4/73/3
廣選十○	8.1/44/15	○○有優贍之智	11.8/62/1	○所鮮能	13.7/73/23
雖成○之年	8.2/45/10	僕不能參迹于若○	11.8/62/21	夜半置時至○室家也	13.9/74/3
其○殄瘁	8.2/45/15	以事一○	12.2/63/9	實○倫之肇始	14.2/75/4
近臣幸臣一○之封	9.1/47/9	無射于○斯矣	12.4/63/29	碩○其頎	14.5/75/24
今者受爵十有一○	9.1/47/9	○百其身	12.5/64/6	宜作夫○	14.5/75/27
○所勸慕	9.2/47/27	明于知○	12.6/64/12	綜○事于晦昧兮	14.8/76/21
古○考據（愼）〔順〕		彬彬有過○者四	12.7/64/16	于是歌○恍惚以失曲	14.11/77/7
重	9.6/49/11	○以有終	12.8/64/23	哀○寒耳以惆悵	14.11/77/7
宜民宜○	9.7/50/2	賢○君子	12.12/65/22	考之詩○	14.12/77/12
一○有慶	9.7/50/3	罪○赦宥	12.14/66/10	適禍賊之災○兮	14.16/78/10
臣者何○	9.9/50/28	賢○遘愍	12.18/66/31	幸脫虞○機	14.19/78/26
應順天○	9.9/51/7	古○所箴	12.20/67/10	斌斌碩○	14.20/79/3

小○有幸而無不幸	15.1/81/3	不欲使○見	15.1/95/7
然則○主必慎所幸也	15.1/81/4	行○使官所冠	15.1/95/12
地上之衆者莫過于○	15.1/82/16	《八佾》樂五行舞○服	
訓○民事君之道也	15.1/82/23	之	15.1/96/7
適成于天地○也	15.1/82/26	殘○多壘曰桀	15.1/96/24
天子諸侯后妃夫○之別		恭○短折曰哀	15.1/97/2
名	15.1/83/16		
諸侯之妃曰夫○	15.1/83/16	**壬 rén**	**6**
大夫曰孺○	15.1/83/17		
士曰婦○	15.1/83/17	建寧五年三月○戌	4.1/22/25
庶○曰妻	15.1/83/17	建寧五年春○戌	4.2/24/2
公侯有夫○、有世婦、		既生魄八日○戌	4.3/24/12
有妻、有妾	15.1/83/18	四月○寅	6.3/34/1
貴○緺綬金印	15.1/83/18	位在○地	15.1/85/22
三夫○、帝嚳有四妃以		從高祖乙未至今○子歲	15.1/90/2
象后妃四星	15.1/83/21		
合十二○	15.1/83/22	**仁 rén**	**48**
殷○又增三九二十七	15.1/83/23		
合三十九○	15.1/83/23	高祖諱○	1.1/1/17
周○上法帝嚳正妃	15.1/83/23	聞○必行	1.1/1/18
增之合百二十也	15.1/83/24	愛士親○	1.1/2/23
三夫○、九嬪	15.1/83/24	清儉○與之效	1.1/2/26
號爲庶○	15.1/84/9	○篤柔惠	2.1/8/27
及庶○皆無廟	15.1/84/9	夫其○愛溫柔	2.2/9/17
使○望見則加畏敬也	15.1/85/29	○而愛人	2.3/10/16
一曰掌○百果	15.1/86/5	體○足以長人	2.5/11/27
其一者居○宮室樞隅處	15.1/86/9	以讓以○	2.8/14/24
已而立桃○葦索	15.1/86/11	○哲生	3.1/16/4
凡祭號牲物異于○者	15.1/87/11	不○引頸	3.7/20/16
八八六十四○	15.1/89/2	○者（壽）宜享（胡考）	
古學以爲○君之居	15.1/90/20	〔鮨耇〕	3.7/21/19
園令食監典省其親陵所		溫溫其○	3.7/21/27
宮○	15.1/91/6	體○足以勸俗	4.1/22/15
章帝宋貴○曰敬隱后	15.1/91/19	公寬裕○愛	4.2/23/10
章帝梁貴○曰恭懷后	15.1/91/20	韜因母之○	4.5/25/26
安帝張貴○曰恭敏后	15.1/91/20	子孫以○	4.5/26/20
母匡太夫○曰孝崇后	15.1/92/6	○孝婉順	4.6/26/25
母董夫○曰孝仁后	15.1/92/8	依生奉○	4.6/27/4
直事尚書一○從令以下		言○者其壽長	4.6/27/8
皆先行	15.1/93/12	綏弱以○	5.4/31/15
俗○名之曰五帝車	15.1/93/15	惻隱○恕	6.2/33/11
俗○名之曰雞翹車	15.1/94/3	可謂○粹淑貞	6.2/33/12
鄙○不識 15.1/94/20、15.1/95/27		○惠周洽	6.2/33/16
其狀如婦○繰籭	15.1/95/2	哀子懿達、○達衛恤哀	
主家庖○偃昧死再拜		痛	6.5/34/19
謁	15.1/95/6	○風溫潤	6.6/35/15
董仲舒、武帝時○	15.1/95/6	○者壽長	6.6/35/20

心不受○	7.3/38/6
進清○	7.4/41/2
陛下○篤之心	7.5/43/26
○恩溥大	9.6/49/13
尚親而貴○	10.1/52/17
故以○守位	11.8/61/5
休息乎○義之淵藪	11.8/62/13
施○義以接物	12.3/63/22
世以○義爲買	12.5/64/3
修○履德者	12.12/65/23
兔擾馴以昭其○	12.12/65/24
世篤其○	12.12/65/25
溫乎其○	12.19/67/5
則汎愛衆而親○	13.3/72/22
非○不親	13.3/72/22
追尊父解犢侯曰孝○皇	15.1/92/7
母董夫人曰孝○后	15.1/92/8
○聖盛明曰舜	15.1/96/24
○義說民曰元	15.1/96/26
安○立政曰神	15.1/96/27
慈○和民曰順	15.1/97/2

忍 rěn	**5**
○弔遺孤	6.6/35/22
昔者高祖乃○平城之恥	7.3/38/7
○而絕之	7.4/43/1
必不○此	7.5/43/26
不○刀鋸	11.2/57/21

稔 rěn	**3**
爲大田多○	6.1/32/17
○濤塗之復惡兮	11.3/58/27
一曰○也	15.1/83/11

刃 rèn	**1**
加○不恐	11.4/59/26

仞 rèn	**3**
宮牆重○	2.1/9/7
雖崇山千○	2.5/12/11
高百○而不枉	14.9/76/27

任 rèn	42
始受旄鉞鉦鼓之〇	1.5/4/3
用免其〇	1.6/4/18
虔恪機〇	1.8/7/6
常幹州郡腹心之〇	2.2/9/21
初以父〇拜郎中	2.5/12/1
〇城相	3.1/15/18
〇鼎重	3.1/15/21
量材授〇	3.1/15/25
股肱耳目之〇	3.3/17/16
常伯劇〇	3.5/18/27
選才〇良	3.7/20/22
雖周、召授分陝之〇	3.7/21/7
詔五官中郎將〇崇奉冊	4.1/22/26
故能參〇姒之功	4.6/26/27
授〇進衛	4.7/27/21
公所蒞〇	5.2/29/16
不〇應命	5.4/31/6
不〇應召	5.5/31/24
博士〇敏	7.1/36/8
〇職相□	7.2/37/3
其內則〇之良史	7.3/38/9
聖人不〇	7.3/38/12
〇忠言	7.4/39/18
〇用責成	7.4/42/11
姬氏〇母	8.1/44/25
連見委〇	8.3/45/26
建上將之〇	8.4/46/3
始〇學問	8.4/46/8
陛下當益隆委〇	9.1/47/11
將謂臣何足以〇	9.2/47/27
五府舉臣〇巴郡太守	9.3/48/4
知納言〇重	9.3/48/5
授〇千里	9.3/48/6
荷受非〇	9.3/48/12
持神〇己	11.8/62/12
豈我童蒙孤稚所克〇哉	
	12.12/65/25
更〇太史	13.1/69/20
〇禁忌之書	13.1/69/20
而今在〇	13.1/70/20
王仲〇曰	15.1/81/2
男者、〇也	15.1/88/16
南方曰〇	15.1/89/15

袵 rèn	1
意者陛下（關）〔樞〕	
機之內、〇席之上	7.4/39/16

仍 réng	7
〇用明夷	1.9/7/18
災眚〇發	2.5/12/6
〇獲其聘	2.6/13/8
〇禮優請	2.8/14/16
〇世短祚	4.4/25/16
鮮卑〇犯諸郡	7.3/37/8
〇踐其位	11.1/57/11

日 rì	105
即〇伏辜	1.1/2/10
身殞之〇	1.1/2/24
旍旗曜〇	1.5/4/6
懼禮廢〇久	1.7/6/13
不俟終〇	2.2/9/25, 2.3/10/20
光明配于〇月	2.4/11/14
齊光〇月	2.5/12/12
參光〇月	3.5/19/15
〇（諫于）〔陳王〕庭	3.6/19/28
其下望之如〇月	4.1/22/16
〇月重光	4.2/23/17
〇與月與	4.2/24/7
既生魄八〇壬戌	4.3/24/12
粵翼〇己卯	4.5/26/14
〇月忽以將暮	4.6/27/9
疾徼徼而〇遭	4.6/27/10
翼〇斯瘳	4.7/28/4
其（明）〔月〕二十一	
〇	5.4/31/8
是〇疾遂大漸	5.4/31/9
二十一〇卒	5.5/31/25
昔〇鹵田	6.1/33/1
某月〇遭疾而卒	6.2/33/13
猶〇孜孜	6.6/35/20
〇月代序	6.6/35/26
月〇	7.1/36/5
不過五〇	7.2/36/24
竊見〇月拘忌	7.2/37/2
〇月有之	7.3/38/5
光和元年七月十〇	7.4/38/26

召光祿大夫楊賜、諫議	
大夫馬〇碑、議郎張	
華、蔡邕、太史令單	
颺	7.4/38/26
〇碑、華邕、颺西面	7.4/39/3
今月十〇詔	7.4/39/7
去月二十九〇	7.4/39/10
陽感天不旋〇	7.4/39/19
五月三〇	7.4/39/22
故數十年無有〇蝕	7.4/41/20
今月十三〇	7.5/43/9
臣屬吏張宛長休百〇	7.5/43/10
臣死之〇	7.5/43/27
兼包〇月	8.1/44/7
今月七〇	9.1/47/10
故有一〇九遷	9.2/47/22
尚書令〇碑	9.2/47/24
盡心〇下	9.3/48/4
寢疾旬〇	9.4/48/24
顏如〇星	9.7/49/29
令月吉〇	9.7/49/30
今月十八〇	9.8/50/8
歷〇彌久	9.9/51/1
僵沒之〇	9.10/51/20
〇出居東門	10.1/52/20
〇中出南門	10.1/52/20
〇側出西闕	10.1/52/20
〇入出北闕	10.1/52/21
象〇辰	10.1/53/4
象〇辰也	10.1/53/4
乃擇元〇	10.1/53/23
〇月俱起于天廟營室五	
度	10.1/53/24
〇在營室	10.1/53/25
曆象〇月星辰	10.1/53/26
司天〇月星辰之行	10.1/53/26
〇夜分則同度量	10.1/53/28
死亡無〇	10.2/54/19
道長〇短	10.2/54/23
皆去十五〇	10.2/55/10
然則小暑當去大暑十五	
〇	10.2/55/11
不得及四十五〇	10.2/55/11
皆以〇行爲本	10.2/56/4
由〇行也	10.2/56/5
旬〇之中	11.2/57/20
今年七月九〇	11.2/58/4

并〇夜而遙思兮	11.3/59/12	羌〇授首于西疆	1.5/4/6	**榮** róng		41
哀正路之〇澀	11.3/59/17	戮力〇功	5.1/28/20			
連光芒于白〇	11.8/61/10	和〇綏邊	5.2/29/14	嘉其寵〇		1.8/7/7
且我聞之〇南至	11.8/61/23	〇醜攸行	5.3/30/9	羨久〇		1.10/8/14
井無景則〇陰食	11.8/62/10	禁〇允理	5.4/31/16	舍〇取辱		2.2/10/10
建〇月之旂旌	12.11/65/17	兵〇不息	7.4/39/17	斯可謂存〇歾哀		2.3/11/6
〇吉時良	12.26/68/7	西〇蠢動武威	8.1/44/9	瞻彼〇寵		2.5/12/17
厥〇除巳	12.27/68/14	〇狄猾（華）〔夏〕	8.3/45/26	〇貧安賤		2.7/14/4
多〇栗栗	12.29/68/24	兵〇不起	10.1/53/27	〇不能華		2.8/14/23
去六月二十八〇	13.1/69/11	謹因臨〇長霍圉封上	11.2/58/12	如春之〇		2.9/15/1
聽政餘〇	13.1/70/12	〇狄別種	11.4/59/25	孰能該備寵〇		3.3/17/18
〇月爲勞	13.1/70/19	〔羌〇作虐〕	12.9/64/28	存〇亡哀		3.4/18/18
臣聞孝文皇帝制喪服三		又有〇立車以征伐	15.1/93/15	生〇死哀		4.1/23/5
十六	13.1/70/24			存〇亡顯		4.2/24/7
及多至〇所在	13.2/71/22	**茸** róng		1	〇祚統業		4.3/25/3
多至之〇	13.2/71/26				心耽其〇		4.5/26/5
〇在斗二十二度	13.2/71/27	而散怠〇闒	9.10/51/18	〇哀孔備		4.5/26/16
先立春一〇	13.2/71/27				兼生人之〇		4.6/26/28
昔堯命羲和曆象〇月星		**容** róng		23	〇此寵休		4.7/28/3
辰	13.2/71/30				家被〇命		5.2/29/13
舜叶時月正〇	13.2/71/30	燕居從〇	1.1/2/22	生〇未艾		5.4/31/11
殷湯有（甘晳）〔〇新〕		凡見公〇貌	1.1/2/23	不求〇祿		6.2/33/14
之勒	13.4/73/1	〇止法度	2.2/9/29	爲光爲〇		6.4/34/13
面一〇不修	13.11/74/12	亦圖〇加謚	2.4/11/17	以儉爲〇		6.6/35/16
輝似朝〇	14.4/75/18	無所〇納	2.7/13/18	〇烈有章		6.6/35/26
起年月〇	15.1/81/8	習〇闠里	2.8/14/15	主不〇		7.4/40/13
象〇月	15.1/82/19	含〇覆載	3.2/16/14	尙有索家不〇之名		7.4/40/14
〇月躔次千里	15.1/82/19	形于〇色	3.2/16/23	侯王不〇		7.4/40/28
兄事〇	15.1/82/23	寬裕足以〇衆	4.1/22/15	死有餘〇		7.5/43/23
常以春分朝〇于東門之		南郡華〇人也	4.2/23/9	光〇昭顯		9.2/47/19
外	15.1/82/23	思心瘁〇	4.2/24/4	降〇于悴		9.2/47/28
閏月者、所以補小月之		汎愛多〇	4.3/24/16	下〇昆裔		9.3/48/13
減〇	15.1/83/14	動作之〇	7.4/40/17	光寵〇華		9.9/50/29
祭〇索此八神而祭之也		非臣（〇）〔庸〕體所		才羨者荷〇祿而蒙賜		11.8/61/11
	15.1/86/22	當服佩	9.9/50/31	〇家宗于此時		11.8/61/12
皆以晦望、二十四氣伏		濟西谿而〇與兮	11.3/59/9	莫非華〇		11.8/62/3
、社臘及四時〇上飯	15.1/91/5	細不〇髮	11.7/60/22	〇顯未副從而顚踣		11.8/62/5
天子以正月五〇畢供後		俛仰取〇	11.8/61/12	匪〇伊辱		12.12/65/29
上原陵	15.1/91/7	女冶〇而淫	11.8/61/20	亦蒙寵〇		13.1/70/29
送迎五〇	15.1/93/1	抱膺從〇	11.8/61/31	顏煒燁而含〇		14.3/75/12
〇月星辰	15.1/94/26	通〇其中	13.1/70/27	〇華灼爍		14.13/77/21
		故訓之以〇衆	13.3/72/21	當春夏而滋〇		14.16/78/9
戎 róng		16	將何〇焉	13.11/74/14	綠葉含丹〇		14.19/78/25
			振翼修形〇	14.19/78/25			
〇狄率從	1.1/1/6			**融** róng		6
羌〇匪茹	1.1/1/26					
〇士踴躍	1.5/4/6			稟命不〇		2.1/9/3

所謂神麗顯○	5.1/28/25
若夫太昊蓐收句芒祝○	
之屬	10.2/54/30
○風動而魚上冰	11.8/61/23
皇道惟○	11.8/61/25
其神祝○	15.1/85/15

宂 rǒng　　3

臣愚以凡○	7.5/43/24
乞閒○抱關執籥	9.3/48/6
不宜處之○散	13.1/70/20

柔 róu　　27

撫○疆垂	1.1/1/6
○遠能邇	1.5/4/1
群狄斯○	1.5/4/9
○亦不茹	1.9/7/18
仁篤○惠	2.1/8/27
夫其仁愛溫○	2.2/9/17
○而不撓	2.2/10/9
篤生○嘉	3.3/17/22
外○如春陽	3.7/21/16
和○足以安物	4.1/22/15
乃耀○嘉	4.1/23/2
宣○嘉	4.2/23/13
○而不犯	4.3/24/14
○惠且貞	4.4/25/13
采○桑于蠶宮	4.5/26/4
○和順美	6.4/34/12
訓以○和	6.6/35/16
○遠功著	9.3/48/14
○毛剛鬛	9.4/48/25
○則不茹	12.2/63/15
信可謂兼三才而該剛○	
	12.4/63/29
《乾》《坤》和其剛○	14.2/75/4
上剛下○	14.8/76/22
羊曰○毛之屬也	15.1/87/5
羊曰○毛	15.1/87/8
溫○聖善曰懿	15.1/96/26
○德好祭曰靖	15.1/97/1

揉 róu　　1

孝廉雜○	7.4/42/20

肉 ròu　　3

廚無宿○	3.1/15/25
嚼棗○以哺之	8.2/45/5
本非骨○	13.1/70/25

如 rú　　134

○淵之浚	1.1/1/5
○嶽之嵩	1.1/1/5
○前傅之儀	1.1/1/12,4.2/24/2
視民○保赤子	1.1/2/6
討惡○赴水火	1.1/2/6
（○前）〔數月〕遜位	1.1/2/18
○履薄冰	1.4/3/24
○火之烈	1.5/4/9
其拔賢○旋流	1.6/4/24
討惡○霆擊	1.6/4/25
言○砥矢	1.7/5/20
而○同盟	1.7/6/8
祗懼之敬肅○也	1.10/8/10
今其○何而闋斯禮	2.1/9/5
○山○淵	2.1/9/7
其○祖禰	2.2/10/2
○何昊穹	2.3/11/7
○此者十餘年	2.5/12/8
○君之至者與	2.5/12/13
○星之布	2.5/12/15
○山之固	2.5/12/16
○大舜五十而慕	2.6/12/25
○淵之清	2.7/14/3
○玉之素	2.7/14/3
傅傅○也	2.8/14/15
○春之榮	2.9/15/1
會○初	3.2/16/11
會○小祥之禮	3.2/16/11
○山之堅	3.2/17/3
奉亡○存	3.2/17/4
○公之至者乎	3.3/17/18
○玉之固	3.4/18/15
○嶽之喬	3.4/18/16
○何昊天	3.6/20/6,6.4/34/13
皆○其舊	3.7/20/24
領州○故	3.7/21/2
儀○三公	3.7/21/6
誾誾○也	3.7/21/12
方之蔑○也	3.7/21/13
內剛○秋霜	3.7/21/16
外柔○春陽	3.7/21/16
○彼川流	3.7/21/17
○羆○熊	3.7/22/1
○何殂逝	3.7/22/3
其下望之○日月	4.1/22/16
從之○影響	4.1/22/16
知我○此	4.7/27/24
不○無生	4.7/27/24
○何勿銘	5.4/31/13
○鴻之翔	5.4/31/15
○可贖也	5.4/31/17
○何勿喜	6.1/33/4
從誨○流	6.3/33/23
而氣○瑩	6.4/34/11
○川之流	6.5/35/2
所獲不○所失	7.3/38/13
黑○車蓋	7.4/39/10
○玉（渚）〔者〕	7.4/42/3
○誠有之	7.4/42/4
未有○大行皇后勤精勞	
思	8.1/44/25
○禮識義之士	8.2/45/10
臣等謹案《漢書》高祖	
受命○卓者	9.1/47/11
顏○日星	9.7/49/29
○珪○璋	9.7/50/3
恍惚○夢	9.9/50/20
臣十四世祖肥○侯	9.9/50/26
○此其至也	9.9/51/4
首○蓬葆	9.9/51/6
體○漆斡	9.9/51/6
○此其重也	9.9/51/6
○前章云云	9.9/51/10
讓所不○	9.10/51/15
譬○北辰	10.1/52/2
取其四面周水圜○璧	10.1/52/4
○廟有桃梗	10.2/55/16
其類皆○此	10.2/56/15
誠○所語	11.4/59/28
視短人兮形○許	11.4/59/31
書上竟何○	11.5/60/5
從者○懸	11.6/60/13
衡者○編	11.6/60/13
夫○是	11.8/61/7
棄此焉○	11.8/62/17
○何穹蒼	12.18/67/1

宜○故典	13.1/69/22	**茹 rú**	4	**乳 rǔ**	3
○有釁故	13.1/70/20			而○母趙嬈貴重赫赫	7.4/41/22
而論者諄諄○也	13.3/72/11	羌戎匪○	1.1/1/26	羔以跪○	8.2/45/14
驂騑○舉	14.2/75/7	柔亦不○	1.9/7/18	麒麟來（孚）〔○〕	12.15/66/15
曄○春華	14.2/75/8	茅○不拔	8.1/44/15		
肌○凝蜜	14.4/75/18	柔則不○	12.2/63/15	**辱 rǔ**	12
領○蠐螬	14.5/75/24				
葉○低葵	14.5/75/24	**儒 rú**	21	而爲之屈○者多矣	1.1/1/22
趨事○飛	14.5/75/26			損○國家	1.1/2/16
十指○雨	14.10/77/3	列名于○林	1.1/1/17	舍榮取○	2.2/10/10
○行○留	14.13/77/23	始與諸○考禮定議	1.7/5/12	以奢爲○	6.6/35/16
其夷○破	14.14/77/27	搢紳○林	2.3/10/28	況避不逮之○哉	7.3/38/17
其輴○羽	14.15/78/3	使諸○參案典禮	2.7/14/1	禍至執○	9.1/47/5
○雲○龍	14.18/78/20	顯以○譽	2.8/14/16	必以忝○煩污	9.3/48/15
穆○清風	14.18/78/21	世篤○教	3.1/15/16	不○收穀	9.8/50/11
上書亦○之	15.1/80/6	群公以舊德碩○	3.5/18/26	亦不○身	12.5/64/8
○諸侯之策	15.1/81/9	是以德行○林	3.6/19/25	匪榮伊○	12.12/65/29
體○上策	15.1/81/10	非弘直碩○	3.6/20/2	無自○焉	13.3/72/18
刺史太守相劾奏申下		洪生巨○	3.7/21/12	○此休辭	14.20/79/3
（上）〔土〕遷書文		乃令諸○	3.7/21/13		
亦○之	15.1/81/12	乃俾元孫顯杏度群○	4.5/26/9	**入 rù**	66
官○故事	15.1/81/17	諮之群○	6.5/34/20		
○書本官下所當至	15.1/81/19	命衆○考校	8.1/44/14	○掌機密	1.1/1/11
表文報已奏○書	15.1/82/6	道爲○宗	8.3/45/23	未到而章謗先○	1.1/2/13
駮議曰某官某甲議以爲		及前○特爲章句者	10.2/54/14	沒○財賂非法之物	1.1/2/17
○是	15.1/82/7	遂與群○拉拜議郎	11.2/57/18	延公○崇德殿前	1.4/3/21
置九農之官○左	15.1/86/1	侏○短人	11.4/59/25	鮮卑○塞鈔	1.5/3/28
謂流水四面○璧	15.1/88/27	名之侏○	11.4/59/26	簿書有進○之贏	1.5/4/5
義亦○上	15.1/89/1	揖○墨而與爲友	11.8/62/13	便可踐○常伯	2.3/10/21
其衆號皆○帝之稱	15.1/90/5	昔孝宣會諸○于石渠	13.1/70/16	織○藝文	2.9/15/1
皆○孝明之禮	15.1/91/3			徵○勸講	3.1/15/18
○太常祠行陵廟之禮	15.1/91/26	**蠕 rú**	1	尋道○奧	3.3/17/11
他○其方色	15.1/92/11			于時聖幼將○學	3.4/18/6
亦○朧儀	15.1/93/2	繭中蛹兮蠶○須	11.4/59/30	延○華光	3.5/18/26
大○斗	15.1/93/23			及至○學從訓	4.1/22/12
○玉華形	15.1/93/24	**汝 rǔ**	9	○參機衡	4.1/22/23
○索裙者是也	15.1/93/25			○作司農	4.2/23/16
金鏤形○緹	15.1/93/27	命○納言	1.9/7/19	○錄機事	4.2/23/18
○爵頭之色	15.1/94/11	胤○祖蹤	1.9/7/19	出○閣其無門	4.7/28/8
組纓○其綬之色	15.1/94/17	普被○南	4.1/23/1	總角○學	5.4/30/26
其纓與組各○其綬之色		遷○南太守	4.2/23/15	稉黍稼穡之所○	6.1/33/1
	15.1/94/26	高祖父○南太守	4.5/25/23	引○崇德殿署門內	7.4/39/1
其狀○婦人纓簍	15.1/95/2	○南西平人	5.2/29/8	有白衣○德陽殿門	7.4/39/22
○今半幘而已	15.1/95/8	惟時厥庶民于○極	7.4/40/5	不得○	7.4/39/23
南冠、以○夏姬	15.1/95/21	錫○保極	7.4/40/5	○北司馬殿東門	7.4/39/25
形○板	15.1/95/24	吾將釋○	11.8/61/15	上殿○室	7.4/39/25
○其方色而舞焉	15.1/96/8				

病狂不自知○宮	7.4/39/26
來○雲龍門	7.4/40/1
而稱伯夏教○殿裏	7.4/40/1
有人走○宮	7.4/40/3
○太微西門	7.4/40/25
臣一○牢檻	7.5/43/26
罷出宮妾免遣宗室沒○	
者六百餘人	8.1/44/13
羅○千石以至數十	8.1/44/20
剖織○冥	8.4/46/10
加以新來○朝	9.2/47/23
以舊典○錄機密事	9.2/47/24
○登機密	9.3/48/3
府舉○奏	9.3/48/4
出○省闥	9.3/48/8
傷肌○骨	9.8/50/13
天子旦○東學	10.1/52/16
晝○南學	10.1/52/16
晡○西學	10.1/52/16
莫○北學	10.1/52/16
帝○東學	10.1/52/17
○西學	10.1/52/17
○南學	10.1/52/18
○北學	10.1/52/18
○太學	10.1/52/18
日○出北闈	10.1/52/21
出○宮中	10.2/55/21
後乘驅而（競）〔兢〕	
○	11.3/59/15
道無因而獲○	11.3/59/17
○門各自媚	11.5/60/4
巧妙○神	11.6/60/10
城濮捷而晉凱○	11.8/61/29
深高○神	12.5/64/7
齋則不○側室之門	13.1/69/20
則邪惡○之	13.11/74/13
出○律呂	14.10/77/3
非侍御者不得○	15.1/80/20
凡衣服加于身、飲食○	
于口、妃妾接于寢	15.1/81/4
萬鬼所出○也	15.1/86/13
呂后、王莽不○數	15.1/90/2
皆不○廟	15.1/91/18
各以其戶數租○爲限	15.1/92/12
以○項籍營	15.1/96/16

蓐 rù　2

若夫太昊○收句芒祝融	
之屬	10.2/54/30
其神○收	15.1/85/16

孺 rù　5

呼樵○子尹禿謂曰	1.10/8/4
呼○子	1.10/8/17
嗟童○之夭逝兮	6.4/34/14
大夫曰○人	15.1/83/17
○之言屬也	15.1/83/17

輭 ruǎn　1

使者安車○輪送迎而至	
其家	15.1/82/28

緌 ruí　1

于時纓○之徒、紳佩之	
士	2.1/8/29

蕤 ruí　1

○賓統則微陰萌	11.8/61/24

汭 ruí　2

是以虞稱嬀○	5.1/28/24
瞰洛○之始并	11.3/59/3

枘 ruì　1

脫椎○兮擑衣杵	11.4/59/31

瑞 ruì　8

感精○之應	1.10/8/5
協符○之珍	5.1/28/21
郡國咸上○應	8.1/44/22
符○由此而至矣	10.1/54/7
或談崇朝而錫○珪	11.8/61/18
祥○畢降	12.12/65/21
降之休○	12.12/65/24
○祝、逆時雨、寧風旱	

也	15.1/87/16

睿 ruì　1

聰明○智曰獻	15.1/96/26

銳 ruì　1

戰士講○	11.8/61/17

叡 ruì　9

實○實聰	1.1/1/5
聰○明哲	2.1/8/26
思心精○	2.9/15/6
達聖王之聰○	3.5/18/27
聰明○哲	4.2/24/4
次曰碩、季○	4.6/26/29
字季○	5.4/30/24,5.5/31/22
思○信立	12.16/66/20

閏 rùn　5

其○月	4.6/27/4
○月不告朔	10.1/54/4
○月者、所以補小月之	
減日	15.1/83/14
故三年一○	15.1/83/14
五年再○	15.1/83/14

潤 rùn　11

三光耀○	3.3/17/16
通水泉于○下	4.3/25/1
清流浸○	6.1/32/27
光○玉顏	6.4/34/7
仁風溫○	6.6/35/15
簡宗廟則水不○下	7.4/40/22
浸○下民	12.8/64/21
玉○外鮮	12.19/67/5
則思其心之○也	13.11/74/15
玄髮光○	14.5/75/23
甘露○其末	14.12/77/11

若 ruò　91

○先請	1.1/2/2

未有〇茲者也	1.1/2/25	〇鴻鵠群遊	11.6/60/14	弱 ruò	14
巍巍乎〇德	1.1/2/26	奐〇星陣	11.7/60/21		
越〇來二月丁丑	1.2/3/7	鬱〇雲布	11.7/60/22	〇冠從政	1.1/1/19
凡庶徵不〇	1.3/3/16	〇鐘虡設張	11.7/60/24	在乎幼〇	2.7/13/15
〇稱子則降等多矣	1.7/6/13	〇飛龍在天	11.7/60/25	自在〇冠布衣之中	3.2/16/14
斷剛〇韄	1.9/7/18	〇公子所謂覩曖昧之利		下慈〇弟	4.1/22/11
〇不虔恪輒顛踣	1.10/8/7		11.8/61/13	遭元子之〇夭	4.6/27/9
〇乃砥節礪行	2.1/8/27	害其〇是	11.8/62/6	綏〇以仁	5.4/31/15
未〇先生潛導之速也	2.2/9/20	〇乃丁千載之運	11.8/62/14	又不〇于西羌	7.3/37/26
洋洋乎〇德	2.5/12/11	僕不能參迹于〇人	11.8/62/21	〇者伏尸	7.3/38/2
〇古今常難	2.8/14/13	挹之〇江湖	12.5/64/4	彊國〇	7.4/40/27
偉德〇茲	2.9/15/2	仰之〇華岳	12.5/64/5	〇國彊	7.4/40/27
〇有初而無終	2.9/15/4	忽〇浮雲	12.5/64/8	綏撫羸〇	8.3/45/25
惕然〇驚	2.9/15/7	曰〇稽古	12.10/65/11	臣下懦〇	9.6/49/15
渾其〇濁	2.9/15/7	滄〇洞泉	12.19/67/5	成王幼〇	10.1/52/12
綽其〇煥	2.9/15/8	外〇玄真	12.21/67/15	爰在〇冠	12.3/63/21
〇茲巍巍者乎	3.1/16/2	〇乃小能小善	13.1/70/17		
〇夫道術之美	3.4/18/12	〇器用優美	13.1/70/20	洒 sǎ	2
〇時徵庸	3.6/20/9	不必〇一	13.2/71/11		
自遠〇歸	3.7/20/25	無乃未〇擇其正而黜其		〇之于畎畝	6.1/32/27
〇喪父母	3.7/21/20	邪與	13.3/72/24	〇道中央	12.26/68/8
未有〇公者焉	4.1/22/25	〇黃帝有巾几之法	13.4/73/1		
越〇來四月辛卯	4.3/24/12	猶〇幼童	13.10/74/7	灑 sǎ	1
洋洋乎〇德宣治	4.3/24/23	〇神龍采鱗翼將舉	14.4/75/17		
心肝〇割	4.3/25/7	〇披雲緣漢見織女	14.4/75/17	五穀播〇之以除疫殃	15.1/86/11
力倦起〇愈	4.7/27/22	立〇碧山亭亭竪	14.4/75/17		
〇夫西門起鄴	6.1/32/19	動〇翡翠奮其羽	14.4/75/18	三 sān	272
〇諸州刺史器用可換者	7.2/37/3	面〇明月	14.4/75/18		
〇乃守邊之術	7.3/38/20	色〇蓮葩	14.4/75/18	命君〇事	1.1/1/6
〇群臣有所毀譽	7.4/39/17	〇飛〇浮	14.13/77/22	歷〇卿	1.1/1/11
〇應之不精	7.4/40/16	采〇錦繢	14.14/77/28	同〇司	1.1/1/11
〇時共禦	7.4/41/10	平〇停水	14.14/77/28	〇孤故臣門人	1.1/1/12
〇復輩從此郡選舉	8.4/46/14	庭陬有〇榴	14.19/78/25	文德銘于〇鼎	1.1/1/13
夫〇以年齒為嫌	8.4/46/19	〇遷京師	15.1/81/13	維建寧〇年秋八月丁丑	1.2/3/3
〇此其至也	9.6/49/12	其免〇得罪無姓	15.1/81/14	〇讓然後受命 1.2/3/4,1.3/3/13
使黃河〇帶	9.9/51/3	〇下某官云云亦曰昭書		維建寧四年〇月丁丑	1.3/3/12
太山〇礪	9.9/51/3		15.1/81/18	〇事之緐允備	1.3/3/16
乃命羲和欽〇昊天	10.1/53/25	其中有所請〇罪法劾案		〇讓莫或克從	1.4/3/22
〇夫太昊蓐收句芒祝融		公府	15.1/81/28	〇垂騷然	1.5/4/1
之屬	10.2/54/30	〇臺閣有所正處而獨執		扞禦〇垂	1.5/4/3
沃〇六轡	11.1/57/11	異意者曰駮議	15.1/82/7	際事〇年	1.5/4/7
觀短人兮形〇斯	11.4/59/29	其一者居〇水	15.1/86/8	而猶有〇焉	1.7/5/15
視短人兮形〇斯	11.4/59/30	豐年〇上	15.1/86/23	〇者人之則	1.7/5/18
頡〇黍稷之垂穎	11.6/60/11	〇曰皇天上帝也	15.1/87/4	相〇君矣	1.7/5/27
蘊〇蟲蛇之夢緼	11.6/60/11	鬼號、〇曰皇祖伯某	15.1/87/4	前後〇黜	1.7/6/2
〇絕〇連	11.6/60/12	祇號〇曰后土地祇也	15.1/87/5	況乃忠兼〇義	1.7/6/3
〇行〇飛	11.6/60/13			文備〇德	1.7/6/4

祭服雖○年	1.9/7/14	養徒○千	3.6/20/9	用○臣之法	7.2/37/3
封墳○板	1.9/7/15	百遺二○	3.7/21/4	無拘時月○互	7.2/37/4
享年四十有○	2.1/9/3	儀如○公	3.7/21/6	再省○省	7.2/37/4
赫赫○事	2.1/9/9,11.1/57/11	上論《○墳》、《八索》		○十餘發	7.3/37/8
匡弼○事	2.2/9/22	之典	3.7/21/16	與育晏○道竝出	7.3/37/11
春秋八十有○	2.2/9/30	建安十○年八月遘疾隕		今育晏以○年之期	7.3/37/25
	2.4/11/16	薨	3.7/21/19	○年不成	7.3/37/27
中平○年〔秋〕八月丙		七統○事	4.1/22/23	必至再○	7.3/38/2
子卒	2.2/9/30	○據冢宰	4.1/22/23	自春以來○十餘發	7.3/38/5
大將軍○公使御屬往弔		耀○辰于上階	4.1/22/24	是其不可○也	7.3/38/7
祠	2.2/10/1	歷載○十	4.1/22/24	漏未盡○刻	7.4/39/1
乃有二○友生	2.2/10/4	建寧五年○月壬戌	4.1/22/25	五月○日	7.4/39/22
六辟○府	2.3/10/17	命公○事	4.1/23/2	○有德言	7.4/40/29
超補○事	2.3/10/21	典司○禮	4.2/23/20	○事者但道先帝策護○	
年八十有○	2.3/10/24	用能七登○事	4.2/23/29	公	7.4/42/11
中平○年八月丙子	2.3/10/24	七被○事	4.2/24/6	不獨得之于迫沒之○公	
○公遣令史祭以中牢	2.3/11/2	建寧五年春○月	4.3/24/12	也	7.4/42/14
維中平五年春○月癸未	2.4/11/12	○升而不出焉	4.3/24/18	切責○公	7.4/42/20
宰○城	2.4/11/14	太常、太尉各○	4.3/24/24	今月十○日	7.5/43/9
前後○辟	2.5/12/4	歷載○十有餘	4.3/24/24	臺所問臣○事	7.5/43/12
司空○辟	2.5/12/5	耀○辰于渾元	4.3/25/1	近者○歲	7.5/43/12
夫○精垂耀	2.5/12/12	守于○邦	4.4/25/14	○元之尼	8.1/44/8
《○墳》、《五典》、		○邦（事）〔惟〕寧	4.4/25/14	以順漢氏○百之期	8.1/44/14
《八索》、《九丘》	2.6/12/27	越尹○卿	4.4/25/14	以紹○王之後	8.1/44/18
辭此○命	2.8/14/16	更仕○官	4.5/26/2	正○元之衡	8.1/44/26
蓋踰○千	3.1/15/17	手○盆于繭館者	4.5/26/5	先通○業	8.4/46/9
遂陟○司	3.1/15/21	蓋○十年	4.5/26/5	○月之中	9.2/47/19
昔仲尼嘗垂○戒而公克		于時濟陽故吏舊民、中		充歷○臺	9.2/47/19
焉	3.1/16/1	常侍句陽于稟等二十		周旋○臺	9.3/48/7
與公卿尙書○臺以下	3.2/16/10	○人	4.5/26/17	于是乃以○月丁亥來自	
○年九月甲申	3.2/16/11	前後奉斯禮者○十餘載	4.6/26/28	雒	9.4/48/23
公卿尙書○臺以下	3.2/16/11	建寧○年薨	4.6/27/3	越○月丁巳至于長安	9.4/48/24
昔在○后成功	3.2/16/24	享國○十有六年	5.1/28/22	臣謹案禮制〔天子〕七	
○葉宰相	3.2/17/2	天垂○台	5.2/30/1	廟、○昭、○穆、與	
○光耀潤	3.3/17/16	秦一漢○而虞氏世焉	5.3/30/15	太祖七	9.6/49/17
○作六卿	3.3/17/17	贈毂○千斛	5.4/31/11,5.5/31/25	親在○昭	9.6/49/21
五蹈○階	3.3/17/17	來迎者○十四人	5.5/32/1	親在○穆	9.6/49/22
二○小臣	3.3/17/19	蓋○綱之序與竝育	5.5/32/4	猶美○讓	9.9/50/28
○業在服	3.3/17/22	副在○府司農	6.1/32/25	張良辭○萬之戶	9.10/51/18
祗事○靈	3.3/17/24	問一及○	6.3/33/23	師氏教以○德守王門	10.1/52/22
是以○葉相承	3.4/18/4	春秋六十有○	6.5/34/27	遂設○老五叟之席位	10.1/52/26
六在九卿○事	3.4/18/9	○府選幽、冀二州刺史	7.2/36/21	太廟明堂方○十六丈	10.1/53/14
則是門人二○小子	3.4/18/12	避○互	7.2/36/22	○十六戶	10.1/53/16
亦惟○禮六樂	3.5/18/30	愚以爲○互之禁	7.2/36/24	堂高○丈	10.1/53/17
命公作○老	3.5/19/3	況乃○互	7.2/36/25	以應○統	10.1/53/18
世作○事	3.5/19/12	豈顧○互	7.2/36/28	而《月令》（弟）〔第〕	
既討○五之術	3.6/19/23	○公明知二州之要	7.2/36/29	五十○	10.1/54/1

盡天地〇光之情	10.2/54/23	所至見長吏〇老官屬	15.1/81/1		15.1/87/20
于曆數不用《〇統》	10.2/55/1	以命諸侯王〇公	15.1/81/8	《有瞽》、一章十〇句	15.1/88/1
《〇統》以疏闊廢弛	10.2/55/2	其諸侯王〇公之薨于位		《有客》、一章十〇句	15.1/88/3
既不用《〇統》	10.2/55/5	者	15.1/81/8	《載芟》、一章〇十一	
皆《〇統》（法）〔說〕		〇公以罪免	15.1/81/9	句	15.1/88/7
也	10.2/55/5	〇公赦令、贖令之屬是		《良耜》、一章二十〇	
〇豕渡河之類也	10.2/55/17	也	15.1/81/12	句	15.1/88/8
子說〇難	10.2/56/4	唯赦令、贖令召〇公詣		右詩〇十一章	15.1/88/12
反令每行一時轉〇句	10.2/56/9	朝堂受制書	15.1/81/14	〇公者、天子之相	15.1/88/14
以應行〇月政也	10.2/56/9	有〇品	15.1/81/17	置〇川守	15.1/88/18
不分別施之于〇月	10.2/56/10	戒書、戒敕刺史太守及		天子〇推	15.1/88/25
說者見其〇句	10.2/56/11	〇邊營官	15.1/81/21	〇公五推	15.1/88/25
即分爲〇事	10.2/56/12	〇曰表	15.1/81/24	〇代學校之別名	15.1/88/27
	10.2/56/14	〇曰政	15.1/82/21	五帝〇代樂之別名	15.1/89/3
養〇老五更	10.2/56/29	天子父事〇老者	15.1/82/26	〇槐、〇公之位也	15.1/89/9
臣欲著者〇	11.2/58/8	又〇老	15.1/82/27	〇百八十六年	15.1/90/1
〇代之隆	11.8/61/16	〇公設几	15.1/82/28	〇百六十六年	15.1/90/1
開〇府請雨	12.1/62/31	其明旦〇老詣闕謝	15.1/82/29	一世、二世、〇世、四	
信可謂兼〇才而該剛柔		與〇老同義也	15.1/83/1	世、五世、六世、七	
	12.4/63/29	〇代建正之別名	15.1/83/3	世、八世、九世、十	
王錫〇命	12.5/64/7	夏以十〇月爲正	15.1/83/3	世、十一世、十二世	
乃登〇事	12.17/66/25	〇代年歲之別名	15.1/83/11	、十〇世、十四世、	
〇事攸寧	12.17/66/25	故〇年一閏	15.1/83/14	十五世、十六世	15.1/90/10
再〇易衣	12.23/67/23	〇夫人、帝嚳有四妃以		文帝、弟雖在〇	15.1/90/13
天見〇光	12.26/68/7	象后妃四星	15.1/83/21	唯殤、沖、質〇少帝	15.1/91/4
〇月不祭者	13.1/69/21	〇者爲次妃也	15.1/83/21	以陵寢爲廟者〇	15.1/91/18
〇事	13.1/69/29	九嬪、夏后氏增以〇〇		追號爲后者〇	15.1/91/19
以責〇司	13.1/69/30	而九	15.1/83/22	兩廟十二主、〇少帝、	
又令〇公謠言奏事	13.1/70/4	殷人又增〇九二十七	15.1/83/23	〇后	15.1/91/23
〇公歲盡	13.1/70/7	合〇十九人	15.1/83/23	成、哀、平〇帝以非光	
臣聞孝文皇帝制喪服〇		〇夫人、九嬪	15.1/83/24	武所後	15.1/91/25
十六日	13.1/70/24	帝牲牢〇月	15.1/83/30	位在〇公下	15.1/92/17
且〇光之行	13.2/71/11	〇月一時已足肥矣	15.1/84/1	〇公奉璧上殿	15.1/92/25
及命曆序積獲麟至漢起		徙之〇月	15.1/84/1	〇公伏	15.1/92/25
庚子蔀之二十〇歲	13.2/71/15	天子〇昭二穆與太祖之		舊儀〇公以下月朝	15.1/92/26
近有效于〇光	13.2/71/24	廟七	15.1/84/2	唯河南尹執金吾洛陽令	
漢〇易元	13.2/72/3	大夫一昭一穆與太祖之		奉引侍中參乘奉車郎	
〇命滋益恭而莫侮	13.4/73/7	廟〇	15.1/84/6	御屬車〇十六乘	15.1/93/9
或至〇歲	13.5/73/14	〇廟一壇	15.1/84/6	〇蓋車名耕根車	15.1/93/15
家祖居常言客有〇當死	13.9/74/3	大夫以下自立〇祀之別		有〇孔	15.1/93/24
年踰〇十	13.10/74/7	名	15.1/85/6	皆以〇十升漆布爲殼	15.1/94/10
南援〇州	14.1/74/26	故祠此〇神以報其功也		後垂〇寸	15.1/94/17
窮滄浪乎〇滋	14.1/74/28		15.1/85/21	〇公及諸侯之祠者	15.1/94/18
紀〇王之功伐兮	14.8/76/20	帝顓頊有〇子	15.1/86/8	公王〇梁	15.1/94/22
《鹿鳴》〇章	14.12/77/15	上有桃木蟠屈〇千里卑		〇公九	15.1/94/26
〇曰「詔書」	15.1/79/12	枝	15.1/86/12	後〇寸	15.1/95/16
自以德兼〇皇	15.1/79/15	《烈文》、一章十〇句		公侯〇梁	15.1/95/16

廣○寸	15.1/95/24	若○父母	3.7/21/20	**色 sè**	35
後高○寸	15.1/96/19	中謁者董訽弔祠護○	4.1/22/27		
		居○致哀	4.2/23/26	○斯舉矣	2.2/9/25
散 sàn	11	列在○位	4.3/25/6	形于容○	3.2/16/23
		倏爾乃○	4.4/25/18	○過孔父	5.2/29/11
執事無放○之尤	1.5/4/5	胡委我以凶○	4.6/27/7	養○甯意	5.4/30/26
百固冰○于東鄰	1.5/4/7	惆悵○氣	5.5/32/8	令儀令○	6.6/35/11
支賮○逸	2.8/14/10	世○母儀	6.6/35/9	五○有體	7.4/39/11
休盡剖判剗○	2.8/14/14	（宰冢）〔冢宰〕儀	6.6/35/23	以○親也	7.4/39/12
齋者、所以致齊不敢渙		切切○主	6.6/35/24	五○蜕出	7.4/39/13
○其意	7.1/36/8	古皆有○	6.6/35/26	獨有以○見進	7.4/39/16
弓兵○亡幾盡	7.2/36/19	啓大臣○親之哀	8.1/44/16	臣竊見熒惑變○	7.4/40/25
孝宣忿姦邪之不○	8.3/45/22	白歸○所	8.2/45/8	則有休慶之○	7.4/40/26
而○怠茸闒	9.10/51/18	○茲舊德	12.18/67/1	顏○瘦小	8.2/45/8
思念荒○	11.2/58/10	而有屢數以蕃國疏○	13.1/69/16	四鄉五○者	10.1/53/18
霧○雲披	11.8/61/18	臣聞孝文皇帝制○服三		邪枉者憂悸失○	13.1/70/4
不宜處之宂○	13.1/70/20	十六日	13.1/70/24	鬢髮二○	13.10/74/7
		○親盡禮	13.7/73/23	衆○燎照	14.4/75/18
桑 sāng	10	邑薄祜早○二親	13.10/74/7	○若蓮葩	14.4/75/18
		成王除武王之○	15.1/88/5	染玄墨以定○	14.8/76/19
采柔○于蠶宮	4.5/26/4	唯遭大○	15.1/93/9	天地○也	14.8/76/23
贊○蠶宮	4.6/26/28			乘○行巧	14.14/77/28
追惟○梓	5.1/28/27	**搔 sāo**	1	迴顧生碧○	14.19/78/25
躬○繭于蠶宮	6.5/34/27			綃綾○似絲	15.1/83/19
枯○知天風	11.5/60/4	手足之蚧○也	7.3/38/2	以五○土爲壇	15.1/92/10
研○不能數其詰屈	11.6/60/15			受天子之社土以所封之	
研○所不能計	11.7/60/26	**艘 sāo**	1	方○	15.1/92/10
農○之業	12.14/66/9			他如其方○	15.1/92/11
〔雞鳴高○〕	14.12/77/16	操吳榜其萬○兮	11.3/59/9	各以其所封方之○	15.1/92/11
○扈氏農正、趣民養蠶	15.1/86/6			公卿親識顏○	15.1/92/22
		騷 sāo	1	有五○	15.1/93/14
顙 sǎng	1			安車五○	15.1/93/14
		三垂○然	1.5/4/1	如爵頭之○	15.1/94/11
稽○即斃	8.1/44/22			組纓如其綬之○	15.1/94/17
		埽 sǎo	4	組纓各視其綬之○	15.1/94/18
喪 sàng	30			其纓與組各如其綬之○	
		一冬春足以○滅	7.3/37/9		15.1/94/26
○事唯約	2.3/10/25	○六合之穢慝	11.8/61/9	衣冠各從其行之○	15.1/96/7
既○斯文	2.3/11/7	方將○除寇逆	12.3/63/23	如其方○而舞焉	15.1/96/8
元方在○毀瘁	2.4/11/17	要後相通○除	15.1/96/12		
○母行服	2.7/13/20			**瑟 sè**	2
時令戴君臨○命謚	2.8/14/20	**嫂 sǎo**	2		
○莫賈之	2.8/14/21			既乃風颮蕭○	14.1/74/27
夙○嬪儷	3.1/15/26	「○」字「女」旁「叟」		琴○是宜	14.12/77/12
公○之禮	3.4/18/11		10.2/56/31		
○我師則	3.6/20/6	以「○」「瘦」推之	10.2/57/1		
人民死○	3.7/21/4				

塞 sè	22
違則〇之	1.3/3/15
鮮卑入〇鈔	1.5/3/28
〇群違	1.8/7/2
〇邪枉之門	2.7/13/22
聲〇宇宙	3.1/16/1
備要〇之處	3.7/20/22
秉操〇淵	4.6/26/25
秉心〇淵	4.7/27/18
〇淵其心	6.6/35/11
請徵幽州諸郡兵出〇擊	
之	7.3/37/8
漢起〇垣	7.3/38/8
度〇出攻	7.3/38/10
況以障〇之外	7.3/38/19
令諸〔營〕甲士循行〇	
垣	7.3/38/20
保〇之論	7.3/38/20
故輦去〇	8.1/44/21
君人者將昭德〇違	10.1/52/7
乘〇守烽	11.2/57/25
雲鬱術而四〇兮	11.3/59/5
鮮卑犯〇	13.1/69/12
庶可〇矣	13.1/70/7
今將患其流而〇其源	13.3/72/23

嗇 sè	3
儉〇則季文之約也	12.2/63/8
先〇、司〇、農、郵表	
畷、貓虎、坊、水庸	
、昆蟲	15.1/86/25

穡 sè	6
稼〇孔勤	2.9/15/2
勸〇務農	3.7/20/22
蕃后土于稼〇	4.3/25/1
粳黍稼〇之所入	6.1/33/1
愛財省〇	8.3/45/27
勸茲〇民	12.14/66/9

沙 shā	1
〇汰虛穴	3.1/15/21

砂 shā	1
金生〇礫	14.5/75/23

殺 shā	2
其子〇之而捕得	1.1/2/8
尚書左丞馮方殿〇指揮	
使于尚書西祠	7.1/36/5

山 shān	63
帝葬于橋〇	1.1/1/16
〇甫之不阿	1.1/1/20
守有〇岳之固	1.5/4/6
周有仲〇甫伯陽嘉父	1.7/6/13
〇甫喉舌	1.8/7/4
時令太〇萬熙稽古老之	
言	1.10/8/5
如〇如淵	2.1/9/7
遂隱丘〇	2.3/10/20
雖崇〇千仞	2.5/12/11
如〇之固	2.5/12/16
遂隱竄〇中	2.7/13/17
如〇之堅	3.2/17/3
以初潛〇澤	3.4/18/5
嵩〇作頌	3.5/19/14
〇陽高平人也	3.7/20/14
西靖巫〇	3.7/20/21
窮〇幽谷	3.7/20/25
偶〇甫乎喉舌	4.3/24/20
故司徒中〇祝括	4.3/25/4
〇岳降靈	4.4/25/13
繼軌〇甫	4.4/25/16
巡狩泰〇	5.1/28/23
采石于南〇	6.5/34/20
天設（〇河）〔大幕〕	7.3/38/8
有〇甫之姿	7.4/42/9
夏后塗〇	8.1/44/24
即起家參拜爲泰〇太守	8.3/45/25
稟氣〇嶽	9.1/47/1
是故申伯、〇甫列于	
《大雅》	9.1/47/1
江〇修隔	9.3/48/13
太〇若礪	9.9/51/3
夫〇河至大	9.9/51/4
巖巖〇岳	11.1/57/9

陟葱〇之嶤（嶠）〔嶄〕	
	11.3/58/27
〇風泊以飆涌兮	11.3/59/4
層雲冠〇	11.7/60/25
譬猶鍾〇之玉	11.8/61/27
龜鳳〇翳	11.8/62/16
禱請名〇	12.1/62/30
使者與郡縣戶曹掾吏登	
〇升祠	12.1/62/31
剛平則〇甫之勵也	12.2/63/9
信荊〇之良寶、靈川之	
明珠也	12.3/63/21
于是鄉黨乃相與登〇伐	
石而勒銘曰	12.5/64/6
柴望〇川	12.10/65/7
載璞靈〇	12.19/67/5
而群聚〇陵	13.1/70/26
仲〇甫有補袞闕	13.4/73/4
遇萬〇以左迴兮	14.1/74/24
切大別之東〇兮	14.1/74/24
立若碧〇亭亭豎	14.4/75/17
層〇之陂	14.12/77/11
在泰〇則曰奏奉高宮	15.1/80/17
屬〇氏之子柱及后稷能	
殖百穀以利天下	15.1/85/21
稷神、蓋厲〇氏之子柱	
也	15.1/85/26
儌牙虎神荼、鬱壘二神	
海中有度朔之〇	15.1/86/12
〇龍華蟲	15.1/94/27
謁者冠高〇冠	15.1/95/1
似高〇冠而小	15.1/95/3
展筩無〇	15.1/95/11
高〇冠、齊冠也	15.1/95/12
不展筩無〇	15.1/95/12
高〇冠、蓋齊王冠也	15.1/95/13
方〇冠、以五采穀爲之	15.1/96/7

刪 shān	3
〇剟浮辭	3.7/21/13
故不能復加〇省	10.2/54/24
臣欲〇定者一	11.2/58/8

芟 shān	3
殘戾者〇夷	1.8/7/2

○除煩重 3.7/21/13
《載○》、一章三十一句 15.1/88/7

跚 shān 1

盤○蹤蹀 14.5/75/25

陜 shǎn 2

雖周、召授分○之任 3.7/21/7
分○餘慶 12.17/66/24

扇 shàn 3

貴寵○以彌熾兮 11.3/59/14
涼風○其枝 14.12/77/12
裁帛制○ 14.15/78/3

訕 shàn 1

恆被謗○之誅 13.1/69/30

善 shàn 38

將以勸○彰惡 1.7/5/9
匡救○導 1.7/5/20
守死○道 1.8/7/6
○誘能教 2.1/9/8
○誘○導 2.3/10/16
恂恂○誘 2.6/13/7
舉○不拘階次 2.7/13/22
甘死○道 2.7/14/4
守死○操 2.9/15/7
○否有章 3.1/15/23
其教人○誘 3.4/18/7
不伐其○ 3.7/21/17
夫人懷聖○之姿 4.5/25/26
此○事 5.1/28/17
雖有積○餘慶 5.3/30/15
先考積○之餘慶 6.2/33/15
○金良鐵 7.3/37/24
習兵○戰 7.3/37/25
禮、士大夫學于聖人○人 10.1/53/1
一爲不○ 11.2/58/2
則○戒惡 11.3/59/21
非子享土于○圉 11.8/62/19
是以《易》嘉積○有餘慶 12.12/65/22
今始聞○政 13.1/70/6
若乃小能小○ 13.1/70/17
○則久要不忘平生之言 13.3/72/17
惡則忠告○誨之 13.3/72/17
故非○不喜 13.3/72/22
心一朝不思○ 13.11/74/12
和暘○笑 14.5/75/25
能以○道改更己也 15.1/82/27
○驚小兒 15.1/86/9
翼○傳聖曰堯 15.1/96/24
殘義損○曰紂 15.1/96/25
聖○同文曰宣 15.1/96/25
溫柔聖○曰懿 15.1/96/26
執義揚○曰懷 15.1/97/3

墠 shàn 5

七廟一壇一○ 15.1/84/2
五廟一壇一○ 15.1/84/4
去壇爲○ 15.1/84/11
去○曰鬼 15.1/84/12
○謂築土而無屋者也 15.1/84/12

擅 shàn 3

玄○出 1.1/2/3
非外吏庶人所得○述 11.2/57/29
而徐璜左悺等五侯○貴于其處 11.3/58/17

膳 shàn 3

食不兼○ 6.6/35/15
○不過擇 8.1/44/11
○夫是相 10.1/52/20

禪 shàn 2

○梁父、皇代之遐迹 5.1/28/23
登封降○ 5.1/29/3

贍 shàn 4

損用節財以○疏族 6.2/33/11
無以相○ 7.3/38/17
以○國用 7.4/41/2
人人有優○之智 11.8/62/1

商 shāng 15

亹亹焉雖○偃其猶病諸 1.8/6/24
瑋以○箕餘烈 5.1/28/26
詣金○門 7.4/39/1
召金○門 7.4/39/7
伯夏即故大將軍梁○ 7.4/40/1
○子冀、冀子不疑等 7.4/40/1
召詣金○門 7.5/43/16
○祭明眎 9.4/48/25
慍叔氏之啓○ 11.3/58/25
甯子有清○之歌 11.8/61/6
○也寬 13.3/72/21
韻宮○兮動徵羽 14.12/77/13
○曰祀 15.1/83/12
稾魚曰○祭 15.1/87/11
湯爲殷○氏 15.1/89/25

傷 shāng 25

錫詔孔○ 1.9/7/21
于是從遊弟子陳留、申屠蟠等悲悼○懷 2.6/13/5
殷嬴○悼 3.6/20/5
感悼○懷 4.3/25/7
懷殷恤以摧○ 4.6/27/6
心○顇以自憂 4.6/27/10
亦困悴而○懷 4.7/27/24
思情憭以○肝 4.7/28/9
哀哉永○ 5.4/31/17
惟其○矣 5.5/32/9
嗟其○矣 6.3/34/2
○慈母之肝情 6.4/34/14
○逝不續 6.5/35/5
怒不○愛 6.6/35/17
粹爽悴○ 6.6/35/21
庶無永○ 6.6/35/27
士馬死○者萬數 7.2/36/18
故中○部 7.5/43/14
被其○毒 9.1/47/3

○所假高陽侯印綬符策	9.9/50/28	○者、尊位所在也	15.1/80/9	三公奉璧○殿	15.1/92/25
○行下不敢逆	9.9/50/30	當言帝則依違但言○	15.1/80/9	時備大駕○原陵	15.1/93/8
以距○旨	9.10/51/19	體如○策	15.1/81/10	太僕奉駕○鹵簿于尙書	
所以宗祀其祖、以配○		刺史太守相劾奏申下			15.1/93/10
帝者也	10.1/51/27	（○）〔士〕遷書文		春秋○陵令又省于小駕	
明堂○通于天	10.1/53/4	亦如之	15.1/81/12		15.1/93/11
○圜下方	10.1/53/6	凡群臣○書于天子者有		法駕、○所乘曰金根車	
祈穀于○帝	10.1/53/24	四名	15.1/81/24		15.1/93/14
稽首再拜○書皇帝陛下		稱稽首○書謝恩、陳事		在最後左騑馬驂○	15.1/93/23
	11.2/57/17	詣闕通者也	15.1/81/26	○但以青縑爲蓋	15.1/94/8
登躡○列	11.2/57/20	○言臣某言	15.1/82/3	加爵弁其○	15.1/94/10
俊○書謝恩	11.2/57/24	左方下坿曰某官臣某甲		朱綠裏而玄○	15.1/94/16
無由○達	11.2/57/25	○	15.1/82/3	衣玄○纁下	15.1/94/26
故臣表○洪	11.2/58/1	其有合于○意者	15.1/82/8	○爲之起	15.1/95/6
謹因臨戎長霍圉封○	11.2/58/12	群臣○書皆言昧死言	15.1/82/10	引○殿	15.1/95/6
木門閂兮梁○柱	11.4/59/30	地之衆者莫過于人	15.1/82/16	其○兩書曰	15.1/95/7
書○竟何如	11.5/60/5	周人○法帝嚳正妃	15.1/83/23		
○有加餐食	11.5/60/5	○士二廟一壇	15.1/84/7	**尙 shàng**	**84**
方今聖○寬明	11.8/61/10	與○士同	15.1/84/9		
○下瓦解	11.8/61/17	屋之掩其○使不通天	15.1/84/22	歲餘拜○書令	1.1/2/14
融風動而魚○冰	11.8/61/23	百姓以○則共一社	15.1/84/25	其性疾華○樸	1.6/4/15
○官效力于執蓋	11.8/62/21	北面設主于拔○	15.1/85/10	起家拜○書令	1.6/4/21
以其夢陟狀○聞天子	12.1/62/31	○有桃木蟠屈三千里卑		烈祖○書令	1.8/6/21
○稽帝堯	12.10/65/7	枝	15.1/86/12	除郎中○書侍郎	1.8/6/24
謹○《岱宗頌》一篇	12.10/65/8	豐年若○	15.1/86/23		4.2/23/11
是時聖○運天官之法駕		若曰皇天○帝也	15.1/87/4	徵拜○書	1.8/7/3
	12.11/65/17	春夏祈穀于○帝之所歌		靡以○之	1.8/7/4
○下同雲	12.29/68/24	也	15.1/87/25	制詔○書朱穆	1.8/7/5
夫昭事○帝	13.1/69/7	義亦如○	15.1/89/1	巍巍焉其不可○也	2.4/11/15
夫權不在○	13.1/69/10	今○即位	15.1/90/8、15.1/92/7	尤篤《易》《書》	2.7/13/17
○違天文	13.1/69/12	群臣奏事○書皆爲兩通	15.1/90/9	其遷于宛○矣	2.8/14/10
○言當用命曆序甲寅元		不得○與父齊	15.1/90/14	以歐陽《書》、《京	
	13.2/71/10	○至元帝于光武爲父	15.1/90/16	氏易》誨授	3.1/15/17
今之不能○通于古	13.2/71/12	故○繼元帝而爲九世	15.1/90/16	左中郎將〔○書〕	3.1/15/19
○至獲麟	13.2/71/17	故今陵○稱寢殿	15.1/90/23	與公卿○書三臺以下	3.2/16/10
推此以○	13.2/71/17	四時就陵○祭寢而已	15.1/91/5	公卿○書三臺以下	3.2/16/11
○極開闢	13.2/71/17	皆以晦望、二十四氣伏		惟儉之○	3.2/16/12
則○違《乾鑿度》、		、社臘及四時日○飯	15.1/91/5	誨○經文	3.2/17/1
《元命苞》	13.2/71/19	天子以正月五日畢供後		進授《○書》于禁中	3.3/17/13
○控隴坻	14.1/74/27	○原陵	15.1/91/7	以爲《○書》帝王之政	
願乘流以○下	14.1/74/28	正月○丁祠南郊	15.1/91/10	要、有國之大本也	3.4/18/3
河○消搖	14.5/76/3	以次○陵也	15.1/91/11	除郎中○書侍郎、○書	
○剛下柔	14.8/76/22	○尊號曰太○皇	15.1/91/27	左丞、○書僕射	4.1/22/13
史官記事曰「○」	15.1/79/10	依高帝尊父爲太○皇之		錄○書事	4.1/22/17、4.1/22/22
○古天子庖犧氏、神農		義	15.1/92/4	徵拜太中大夫、○書令	
氏稱皇	15.1/79/14	公卿以下陳洛陽都亭前		、太僕、太常、司徒	4.1/22/19
○書亦如之	15.1/80/6	街○	15.1/92/22	爰○天機	4.1/23/1

舌 shé　2

山甫喉○　　　　　　1.8/7/4
偶山甫乎喉○　　　　4.3/24/20

蛇 shé　1

蘊若蟲○之夆緼　　　11.6/60/11

社 shè　52

○祀之建尚矣　　　　5.3/30/8
遂爲○祀　　　　　　5.3/30/8
故曰○者、土地之主也　5.3/30/9
《周禮》「建爲○位　　5.3/30/9
右○稷　　　5.3/30/9，15.1/84/1
陳平由此○宰　　　　5.3/30/12
亦斯之所相也　　　　5.3/30/16
乃顧斯○　　　　　　5.3/30/18
皆○稷之臣　　　　　7.3/37/17
續以永樂門史霍玉依阻
　城○　　　　　　　7.4/41/23
○稷之楨固也　　　　8.3/45/21
○稷傾危　　　　　　9.1/47/5
乃祀○靈　　　　　　12.25/68/3
宗廟、○稷皆在庫門之
　內、雉門之外　　　15.1/84/2
天子之宗○曰泰○　　15.1/84/17
天子所爲群姓立○也　　15.1/84/17
天子之○曰王○　　　15.1/84/17
一曰帝○　　　　　　15.1/84/17
必于此○授以政　　　15.1/84/18
不用命戮于○　　　　15.1/84/18
諸侯爲百姓立○曰國○
　　　　　　　　　　15.1/84/20
諸侯之○曰侯○　　　15.1/84/20
亡國之○　　　　　　15.1/84/22
古者天子亦取亡國之○
　以分諸侯　　　　　15.1/84/22
使爲○以自儆戒　　　15.1/84/22
大夫以下成群立○曰置
　○　　　　　　　　15.1/84/25
大夫不得特立○　　　15.1/84/25
百姓以上則共一○　　15.1/84/25
今之里○是也　　　　15.1/84/25
天子○稷土壇方廣五丈
　　　　　　　　　　15.1/84/26

天子○稷皆太牢　　　15.1/84/28
諸侯○稷皆少牢　　　15.1/84/28
○神蓋共工氏之子句龍
　也　　　　　　　　15.1/85/24
堯祠以爲○　　　　　15.1/85/24
凡樹○者、欲令萬民加
　肅敬也　　　　　　15.1/85/25
各以其野所宜之木以名
　其○及其野　　　　15.1/85/25
○、稷二神功同　　　15.1/85/27
故封○稷　　　　　　15.1/85/28
春耤田祈○稷之所歌也　15.1/88/8
秋報○稷之所歌也　　15.1/88/8
皆以晦望、二十四氣伏
　、○臘及四時日上飯　15.1/91/5
天子大○　　　　　　15.1/92/10
受天子之○土以所封之
　方色　　　　　　　15.1/92/10
歸國以立○　　　　　15.1/92/11
亦不立○也　　　　　15.1/92/13
大樂郊○祝舞者冠建華　15.1/95/2

舍 shè　16

初公爲○于舊里　　　1.1/2/25
施○而合其量　　　　2.2/9/17
○榮取辱　　　　　　2.2/10/10
其爲道也、用行○藏　　2.3/10/16
○藏恩固　　　　　　2.7/14/4
公之季子陳留太守碩卒
　于洛陽左池里○　　4.5/26/8
考以令○下溼　　　　5.1/28/16
婦妾無○力之怨　　　6.5/34/26
尊不○力　　　　　　6.6/35/18
而熒惑爲之退○　　　7.4/40/29
郎吏○人　　　　　　7.4/42/22
不能至府○　　　　　8.2/45/7
刺○大禮而徇小儀也　　10.1/54/4
○之則藏　　　　　　11.8/62/8
伏見前一切以宜陵孝子
　爲太子○人　　　　13.1/70/24
將○爾乖　　　　　　14.5/76/1

射 shè　11

親行鄉○　　　　　　3.7/21/11
除郎中尚書侍郎、尚書

左丞、尚書僕○　　　4.1/22/13
尚書僕○　　　　　　4.2/23/12
歷僕○令納言　　　　5.2/29/15
徵拜將作大匠、大司農
　、大鴻臚、大僕○　　5.2/29/16
僕○允、故司隸校尉河
　南尹某、尚書張熹　　9.2/47/25
無○于人斯矣　　　　12.4/63/29
旦之以赤丸　　　　　15.1/86/11
其鄉○行禮　　　　　15.1/95/1
宮門僕○冠卻非　　　15.1/95/2
卻非冠、宮門僕○者服
　之　　　　　　　　15.1/96/14

涉 shè　8

周覽博○　　　　　　1.6/4/15
○五經　　　　　　　2.7/13/17
遠○道里以修經術　　3.2/16/13
○觀憲法　　　　　　4.3/24/15
奔驚跋○　　　　　　5.5/32/2
小有馘截首級、履傷○
　血之難　　　　　　9.9/51/5
跋○遐路　　　　　　11.3/59/19
先○經術　　　　　　13.1/70/12

赦 shè　6

以遇○令　　　　　　1.1/2/9
及文書○宥　　　　　2.3/10/20
大○天下　　　　　　8.1/44/24
罪人○宥　　　　　　12.14/66/10
三公○令、贖令之屬是
　也　　　　　　　　15.1/81/12
唯○令、贖令召三公詣
　朝堂受制書　　　　15.1/81/14

設 shè　28

齊斧罔○　　　　　　1.5/4/9
○茲方石　　　　　　1.9/7/16
緦麻○位　　　　　　2.3/11/4
○俎豆　　　　　　　3.7/21/11
几筵靈○　　　　　　4.3/25/6
几筵虛○　　　　　　6.5/35/3
其○不戰之計、守禦之
　因者　　　　　　　7.3/37/17

○告緡重稅之令	7.3/37/19	臣	15.1/90/9	亦如之	15.1/81/12
乃欲張○近期	7.3/37/27				
天○（山河）〔大幕〕	7.3/38/8	**申** shēn	40	**身** shēn	44
臣爲○食	8.2/45/8				
遂○三老五叟之席位	10.1/52/26	○○夭夭	1.1/2/22	禁錮終○	1.1/2/17
戶皆外○而不閉	10.1/53/16	其五月丙○葬于宛邑北		○殁之日	1.1/2/24
豫○水旱疫癘	10.2/55/15	萬歲亭之陽	1.9/7/13	都慎厥○惰思永	1.3/3/14
栽○板	10.2/56/1	乃○詞曰	1.9/7/17	益州府君自始事至沒○	1.7/5/19
遂不○施	11.2/58/7	于是從遊弟子陳留、○		正○危行	1.7/5/19
若鐘虡○張	11.7/60/24	屠蟠等悲悼傷懷	2.6/13/5	是危○利民之稱文也	1.7/5/30
○疑以自通	11.8/61/3	三年九月甲○	3.2/16/11	于○危矣	1.7/6/2
仲尼○執鞭之言	11.8/61/6	四年九月戊○	3.2/16/11	正○體化	2.2/9/18
道爲知者○	12.24/67/31	○增戶邑	3.4/18/9	而卒不降○	2.5/12/5
○茲矢石	14.14/77/27	乃○頌曰	3.4/18/15	○殁譽存	2.7/14/5
三公○几	15.1/82/28	○備九錫	3.5/19/14	○殁名彰	2.8/14/24
北面○主于門左樞	15.1/85/8	昔在○呂	3.5/19/14	乃遂隱○高藪	2.9/15/2
南面○主于門內之西行	15.1/85/9	以爲○伯甫侯之翼周室	3.7/21/23	可謂立○無過之地	3.1/15/26
北面○主于拔上	15.1/85/10	尋○前業	4.2/23/21	公遂○避	3.3/17/15
○主于竈陘也	15.1/85/12	及○頌曰	4.5/26/18	○殁名存	3.5/19/15
○主于牖下也	15.1/85/13	○德作頌	5.2/30/3	○沒稱顯	3.6/20/10
乃復○牽施銅	15.1/93/27	○敕脩儀	5.5/32/3	功成○退	4.1/22/18
		○于政府	6.1/32/24	保○遺則	4.1/23/4
攝 shè	14	乃○辭曰	6.5/35/1	功遂○退	4.2/23/19,5.2/29/19
		○明禁令	7.2/36/25	○勤心苦	4.2/23/26
○又以長弓	4.7/28/7	嚴尤○其要	7.3/38/21	蹈明德以保○	4.2/24/1
后○政	7.4/40/12	○明門戶守禦之令	7.4/40/28	終○之致	5.3/30/16
○省文書	9.2/47/23	臣門下掾○屠羹稱	8.2/45/3	正○履道	6.2/33/11
○須理髯	11.8/61/31	明將軍以○甫之德	8.4/46/3	尾○毛已似雄	7.4/40/8
○齊升堂	12.13/66/3	是故○伯、山甫列于		今雞○已變	7.4/40/15
○鬢	13.11/74/16	《大雅》	9.1/47/1	側○踴躍	7.4/43/1
高帝、惠帝、呂后○政		戊○納于太廟	10.1/52/6	以○率人	7.4/43/2
、文帝、景帝、武帝		○宮令	10.2/55/20	感激忘○	7.4/43/4
、昭帝、宣帝、元帝		生○及甫	11.1/57/9	下有失○之禍	7.4/43/4
、成帝、哀帝、平帝		侈○子之美城	11.3/58/27	孤特一○	7.5/43/23
、王莽、聖公、光武		○戒群僚	12.14/66/10	乞○當辜戮	7.5/43/27
、明帝、章帝、和帝		復○先典	13.1/69/19	徒以正○率內	8.1/44/25
、殤帝、安帝、順帝		元用庚○	13.2/71/5	脩○力行	8.3/45/23
、沖帝、質帝、桓帝		今光、晃各以庚○爲非	13.2/71/5	盡忠出○	9.1/47/4
、靈帝	15.1/89/26	亦非四分庚○	13.2/71/10	○率輕騎	9.1/47/7
后代而○政	15.1/90/6	則歲在庚○	13.2/71/17	長翅短○	11.6/60/11
太后○政	15.1/90/6	則不在庚○	13.2/71/17	治○則伯夷之潔也	12.2/63/8
孝元王皇后以太皇太后		庚○元之詔也	13.2/71/29	人百其○	12.5/64/6
○政	15.1/90/7	元和二年乃用庚○	13.2/72/2	亦不辱○	12.5/64/8
和熹鄧皇后○政	15.1/90/7	不常庚○	13.2/72/3	何以藏○	12.29/68/25
順烈梁后○政	15.1/90/8	○屠蟠稟氣玄妙	13.7/73/23	凡衣服加于○、飲食入	
桓思竇后○政	15.1/90/9	刺史太守相劾奏○下		于口、妃妾接于寢	15.1/81/4
后○政則后臨前殿朝群		（上）〔土〕遣書文		○欲寧	15.1/93/1

中○早折曰悼	15.1/97/1	事○微以玄妙	14.2/75/3	左右或以爲○	1.10/8/3
				以休厥○	1.10/8/6
伸 shēn	2	**參 shēn**	31	以爲○聖所興	1.10/8/11
				飛○形	1.10/8/14
則恂恂焉罔不○也	3.4/18/8	○之群學	1.7/5/14	君化道○速	2.2/10/4
屈○低昂	14.10/77/3	使諸儒○案典禮	2.7/14/1	吐符降○	2.3/11/7
		并○儲佐	3.3/17/19	○化著于民物	2.4/11/14
紳 shēn	11	○光日月	3.5/19/15	洞靈○明	2.5/12/13
		○佐七德	3.6/20/10	百夷能禮于○	2.6/12/22
至于初○	1.6/4/14	入○機衡	4.1/22/23	以先○意	2.8/14/13
于時纓緌之徒、○佩之		與○機密	4.2/23/24	翼至○	3.1/16/3
士	2.1/8/29	○人物于區域	4.3/25/1	乃華降○	3.2/16/28
洋洋搢○	2.1/9/8	○與嘗禱	4.3/25/6	○人以和	3.5/19/1
搢○儒林	2.3/10/28	故能○任姒之功	4.6/26/27	通含○契	3.6/19/23
由是搢○歸高	2.5/12/5	與部○驗	7.5/43/14	致命休○	4.1/22/19
搢○永悼	2.6/13/9	皇太后○圖考表	8.1/44/10	○化玄通	4.1/23/1
加朝服拖○	5.4/31/7	即起家○拜爲泰山太守	8.3/45/25	通○化	4.2/23/13
于是遐邇搢○	5.4/31/11	陛下不復○論	9.3/48/4	○明嘉歆	4.2/23/20
則舒○緩佩	11.8/61/30	政○文宣	9.6/49/13	○罔時恫	4.5/26/1
凡百搢○	12.5/64/6	殊異祖宗不可○竝之義	9.6/49/23	○罔時怨	4.5/26/12
是以搢○患其然	13.3/72/11	○美顯宗	9.7/49/30	是爲○詰	4.5/26/18
		故羽林郎將李○遷城門		徽音暢于○明	4.6/26/27
深 shēn	22	校尉	9.8/50/9	○心欣焉	4.6/27/5
		使○以亡爲存	9.8/50/10	或有○詰靈表之文	4.7/27/26
創蒁○刻	1.1/2/16	臣忝自○省	9.10/51/14	○樞集而移兮	4.7/28/7
阽以○患	1.7/6/2	○相發明	10.1/52/24	姦臣王莽婾有○器十有	
諫謀○切	1.8/6/25	○以群書	10.2/54/22	八年	5.1/28/18
夫其器量弘○	2.1/8/27	○諸曆象	10.2/55/2	○宮實始于此	5.1/28/25
淵玄其○	2.2/10/8	○曜乾台	11.1/57/12	所謂○麗顯融	5.1/28/25
曾未足以喻其高、究其		與共○思圖牒	11.2/58/2	願見○宮	5.1/28/27
○也	2.5/12/11	○以璽書	11.2/58/11	與○合契	5.2/29/11
鉤○極奧	2.8/14/12	僕不能○迹于若人	11.8/62/21	民○憤怒	5.2/29/15
○總曆部	2.9/15/1	○議正處	13.2/71/11	明事百○	5.3/30/18
加以清敏廣○	3.6/19/28	綠葉○差	14.12/77/11	○人協祚	5.3/30/19
○愍末學	3.7/21/13	大駕、則公卿奉引大將		庶○魄之斯寧	6.4/34/14
吏酷則誅○	7.4/41/1	軍○乘太僕御	15.1/93/6	焉所安○	6.5/35/4
以邑博學○奧	7.4/41/14	唯河南尹執金吾洛陽令		靡○不舉	6.6/35/21
○悼變異	7.4/41/15	奉引侍中○乘奉車郎		既殯○柩	6.6/35/23
褒臣博學○奧	7.4/41/16	御屬車三十六乘	15.1/93/9	宜以潔靜交○明	7.1/36/9
幸陛下○問	7.4/41/21			惟陛下留○	7.2/37/4
○惟趙、霍以爲至戒	7.4/41/26	**莘 shēn**	1	夫世宗○武	7.3/37/21
事之大、義之○也	10.1/52/3			○則不怒	7.4/41/10
博衍○遠	10.1/53/30	高陽有○	8.1/44/25	鬼○福謙	7.4/43/3
道至○微	11.2/58/1			○紀騁于無方	8.2/45/11
○高入神	12.5/64/7	**神 shén**	121	威靈○行	8.3/45/26
○引《河洛圖讖》以爲				惟陛下留○省察	8.3/45/29
符驗	13.2/71/29	策合○明	1.7/5/20	天生○聖特	9.1/46/27

田千秋有○明感動 9.2/47/22
合○明之歡心 9.6/49/25
與○明通 9.10/51/20
通于○明 10.1/53/10
祀○受職 10.1/53/19
所以示承祖、考○明 10.1/53/21
降○有周 11.1/57/9
誚無忌之稱○ 11.3/58/23
○幽隱以潛翳 11.3/59/8
甘衡門以寧○兮 11.3/59/18
巧妙入○ 11.6/60/10
○疾其邪 11.8/61/20
持○任己 11.8/62/12
應○靈之符 11.8/62/14
和液暢兮○氣寧 11.8/62/23
有○馬之使在道 12.1/62/31
深高入○ 12.5/64/7
託靈○僊 12.8/64/23
是以○明屢應 12.10/65/8
通○明 12.11/65/16
○不可誣 12.12/65/27
○龜吉兆 12.26/68/7
則鬼○以著 13.1/69/7
所以導致○氣 13.1/69/15
夫黍亦○農之嘉穀 13.3/72/24
雜○寶其充盈兮 14.1/74/26
固○明之所使 14.2/75/3
若○龍采鱗翼將舉 14.4/75/17
贊幽冥于明○ 14.8/76/21
揆○農之初制 14.9/76/29
上古天子庖犧氏、○農氏稱皇 15.1/79/14
霤○在室 15.1/85/12
五方正○之別名 15.1/85/15
東方之○ 15.1/85/15
其○句芒 15.1/85/15
南方之○ 15.1/85/15
其帝○農 15.1/85/15
其○祝融 15.1/85/15
西方之○ 15.1/85/16
其○蓐收 15.1/85/16
北方之○ 15.1/85/16
其○玄冥 15.1/85/16
中央之○ 15.1/85/16
其○后土 15.1/85/17
六○之別名 15.1/85/19
風伯○、箕星也 15.1/85/19
雨師○、畢星也 15.1/85/19
明星○、一曰靈星 15.1/85/20
故祠此三○以報其功也 15.1/85/21
社○蓋共工氏之子句龍也 15.1/85/24
稷○、蓋厲山氏之子柱也 15.1/85/26
因以稷名其○也 15.1/85/27
社、稷二○功同 15.1/85/27
先農○、先農者蓋○農之○ 15.1/86/1
○農作耒耜 15.1/86/1
疫○ 15.1/86/8
儋牙虎○荼、鬱壘以執之 15.1/86/12
儋牙虎○荼、鬱壘二○海中有度朔之山 15.1/86/12
○荼與鬱壘二○居其門 15.1/86/13
天子大蜡八○之別名 15.1/86/22
祭日索此八○而祭之也 15.1/86/22
○號、尊其名更爲美稱 15.1/87/4
所以尊鬼○也 15.1/87/11
祭○明和而歌之 15.1/89/14
○農氏以火德繼之 15.1/89/18
故○農氏歿 15.1/89/18
炎帝爲○農氏 15.1/89/24
陛西除下先帝○座 15.1/91/9
欲皆使先帝魂○具聞之 15.1/91/10
安仁立政曰○ 15.1/96/27

矧 shěn 2

○玆夫人 6.6/35/19
○貪靈貺 12.12/65/28

審 shěn 17

賦罪明○ 1.1/2/11
博○不可勝數 2.2/9/29
知人○友 2.7/13/18
臨寵○己 2.8/14/17
特以其靜則眞一○固 3.2/16/13
各述所○ 3.3/17/20
譔錄所○言于碑 3.4/18/13
察君○行修德 3.6/20/2
又未必○得其人 7.2/37/2
○察中外之言 7.4/40/28
非外臣所能○處 7.4/42/4
安詳○固 8.4/46/10
定嫌○之分 8.4/46/11
○求曆象 10.2/54/21
○辨眞僞 12.6/64/12
○己所以交人 13.3/72/13
事天○諦 15.1/79/30

瞫 shěn 1

狼○取右于禽囚 11.8/62/20

甚 shèn 11

其音○哀 1.10/8/2
昔者先生○樂玆土 2.2/10/7
于是何者爲○ 7.3/38/7
哽咽益○ 8.2/45/5
應對○詳 8.2/45/8
臣誠伏見幸○ 8.2/45/12
震懼益○ 9.9/51/1
此故以爲問○正 10.2/55/17
不得其命者○衆 11.3/58/18
謬之○者 13.2/71/30
是以○致飾焉 13.11/74/12

脤 shèn 1

于是受○ 5.3/30/10

愼 shèn 24

都○厥身脩思永 1.3/3/14
克明○德 1.8/6/22
行以固○ 3.2/16/17
小乃不敢不○ 3.5/18/23
周○逸于博（士）〔陸〕 4.3/24/20
祗○其屬 4.5/26/9
○終之事 4.7/27/24
溫恭淑○者也 5.4/31/3
○而寡言 6.5/34/23
淑○其止 6.6/35/11

○奉所遺	7.3/38/9	死○以之	1.7/6/2	于是門○大將軍何進等	3.4/18/10
敬○威儀	7.4/40/16	至元子啓○公子朱	1.8/6/21	誕○元輔	3.5/19/12
雖房獨治畏○	7.4/41/24	考曰先○	1.8/6/22	○徒雲集	3.6/19/24
近者每以辟召不○	7.4/42/20	實天○德	1.9/7/17	君膺期誕○	3.7/20/14
故大將軍○侯何進	9.1/47/3	念所○	1.10/8/16	洪○巨儒	3.7/21/12
敕躬不○	9.4/48/24	先○諱泰	2.1/8/25	賴而○者	3.7/21/25
古人考據（○）〔順〕		先○誕膺天夷	2.1/8/26	膺期挺（○）〔眞〕	3.7/21/27
重	9.6/49/11	乃相與推先○之德	2.1/9/4	○而知之	4.1/22/12
必○厥尤	11.8/62/7	於休先○	2.1/9/6	○榮死哀	4.1/23/5
○不敬聽	12.14/66/10	足以孕育群○	2.2/9/17	窮○人之光寵	4.2/24/1
猶忌○動作	12.24/67/28	先○有四德者	2.2/9/18	既○魄八日壬戌	4.3/24/12
是以君子○人所以交己		退方後○	2.2/9/19	覽○民之上操	4.3/24/15
	13.3/72/13	未若先○潛導之速也	2.2/9/20	應期誕○	4.4/25/13
昔肅○納貢	13.4/72/30	告諡曰文範先○	2.2/10/1	蠢彼群○	4.4/25/15
周廟金人緘口以○	13.4/73/3	先○存獲重稱	2.2/10/2	○太傅安樂鄉侯廣及卷	
然則人主必○所幸也	15.1/81/4	乃有二三友○	2.2/10/4	令康而卒	4.5/25/25
		昔者先○甚樂茲土	2.2/10/7	兼○人之榮	4.6/26/28
升 shēng	**21**	先○諱寔	2.3/10/15	夫人○五男	4.6/26/29
		先○曰	2.3/10/22	依○奉仁	4.6/27/4
時河間相蓋○	1.1/2/15	諡曰文範先○	2.3/10/28	不如無○	4.7/27/24
公表○會放狼籍	1.1/2/16	命世是○	2.3/11/2	帝將○	5.1/28/16
可免○官	1.1/2/17	於皇先○	2.3/11/7,2.4/11/19	帝○	5.1/28/16
而○遷爲侍中	1.1/2/18	先○有二子	2.4/11/17	樂樂其所自○	5.1/28/24
昭○于上	3.1/16/2	群○之望	2.4/11/20	篤○聖皇	5.1/29/1
○諸帝朝者	3.3/17/18	外庭○蓬蒿	2.5/12/7	降○我哲	5.2/30/1
字景○	3.7/20/14	厥初○民	2.5/12/14	遣（吏）〔○〕奉章	
三○而不出焉	4.3/24/18	先○諱肱	2.6/12/22	（報謝）	5.4/31/8
○隆以順	4.3/25/3	先○既蹈先世之純德	2.6/12/24	○榮未艾	5.4/31/11
○（于中）〔中于〕皇	5.1/29/3	故其平○所能	2.6/12/25	有○之本	6.1/32/16
長水校尉趙玄、屯騎校		先○盤桓育德	2.6/13/3	孝智所○	6.3/33/24
尉蓋○	7.4/42/7	○民之傑也	2.6/13/4	降○不永	6.3/34/1
○輿下輇	9.9/50/23	邈矣先○	2.6/13/6,12.5/64/7	○有嘉表	6.4/34/7
○降有數	10.1/52/8	先○諱丹	2.7/13/13	智思所○	6.4/34/8
○歌清廟	10.1/52/14	○惠及延二子	2.7/13/14	與體俱○	6.4/34/11
書有陰陽○降	10.2/54/20	貞節先○	2.7/14/2	誕○孝章	6.5/34/22
使者與郡縣戶曹掾吏登		玄文先○名休	2.8/14/9	夫人○應靈和	6.5/34/22
山○祠	12.1/62/31	吁茲先○	2.8/14/22	後○仰則	6.5/34/24
解體而○	12.8/64/23	夫其○也	2.9/14/29	故能窮○人之光寵	6.5/34/26
攝齊○堂	12.13/66/3	〔永〕有諷誦于先○之		○民之本	7.2/36/19
君既○輿	12.26/68/8	德	2.9/15/6	尙○畏懼	7.2/36/25
所由○堂也	15.1/80/5	卓時挺○	2.9/15/6	意智益○	7.3/37/24
皆以三十○漆布爲殼	15.1/94/10	仁哲○	3.1/16/4	（政）〔故〕變不虛○	7.4/39/15
		公○值歎禕	3.2/16/12	即虹蜺所○也	7.4/39/18
生 shēng	**153**	群○豐遂	3.3/17/16	○則貲富侔于帑藏	7.4/41/23
		篤○柔嘉	3.3/17/22	則○之年也	7.5/43/27
可以○	1.4/3/22	後○賴以發祛蒙蔽、文		淑暘洽于群○	8.2/45/11
謹覽陳○之議	1.7/5/14	其材素者	3.4/18/5	故醇行感時而○	8.2/45/11

昔孝文慍匈奴之○事	8.3/45/21		15.1/89/20,15.1/89/22	式昭懿○	3.3/17/25
使讓○于先代	8.4/46/12	火○土	15.1/89/18,15.1/89/21	皇嘉其○	4.4/25/13
天○神聖特	9.1/46/27	土○金	15.1/89/18,15.1/89/21	賴茲頌○	5.4/31/13
○應期運	9.1/47/1	金○水	15.1/89/19,15.1/89/21	察其風○	7.4/41/26
下乖群○瞻仰之望	9.1/47/11	水○木	15.1/89/19,15.1/89/22	人懷殿屎之○	8.1/44/9
○非千秋	9.2/47/23	象○之具	15.1/90/21	○明以發之	10.1/52/8
謹奉（○）〔牛一〕頭	9.7/50/1	有起居衣冠象○之備	15.1/90/23	立字法者不以形○	10.2/57/1
臣伏惟糠粃小○	9.9/50/20	不○其國曰聲	15.1/96/28	愍五子之歌○	11.3/59/4
○者乘其能而至	10.1/52/1			醉則揚○	11.4/59/27
政教之所由○	10.1/52/2	**牲** shēng	19	昔伯翳綜○于鳥語	11.8/62/18
陰陽○物之候	10.1/53/29			式昭德○	12.13/66/5
橫○他議	10.2/54/16	皇帝遣使者奉犧○以致		宣○海內	13.1/69/31
彊說○名者同	10.2/54/31	祀	1.10/8/10	頌○既寢	13.3/72/10
是用之助○養	10.2/55/15	敢用潔○	9.4/48/25	何此○之悲痛	14.7/76/13
○申及甫	11.1/57/9	不用犧○	10.2/55/13	盡○變之奧妙	14.9/76/29
群○以遂	11.1/57/12	今曰「祈不用犧○」	10.2/55/13	爾乃清○發兮五音舉	14.12/77/13
○出牢戶	11.2/57/23	安得不用犧○	10.2/55/14	然後哀○既發	14.12/77/14
常俗○于積習	11.3/59/17	用犧○者	10.2/55/15	○嘶嗌以沮敗	14.17/78/15
○則象父	11.4/59/26	禱祈以幣代○也	10.2/55/15	以管樂爲之○	15.1/89/14
夫子○清穆之世	11.8/61/7	更者刻木代○	10.2/55/16	○聞宣遠曰昭	15.1/96/25
遽瑗保○	11.8/61/22	經典傳記無刻木代○之		不生其國曰○	15.1/96/28
瞳矇不稽謀于先○	11.8/62/2	說	10.2/55/17		
患○不思	11.8/62/7	四行之○	10.2/56/22	**繩** shéng	2
嗜欲息兮無由○	11.8/62/23	而《禮》不以馬爲○	10.2/56/24		
爰暨先○	12.5/64/3	各配其○爲食也	10.2/56/25	或砥○平直	11.7/60/23
可謂○民之英者已	12.5/64/5	古者天子親祖割○	15.1/82/28	命離婁使布○	14.9/76/28
放死從○	12.13/66/4	帝○牢三月	15.1/83/30		
降○靈獸	12.15/66/15	制無常○	15.1/84/14	**眚** shěng	4
白虎用○	12.16/66/20	○號、牛曰一元大武	15.1/87/5		
天之○我	12.29/68/23	凡祭宗廟禮○之別名	15.1/87/8	災○作見	1.3/3/16
殆刑誅繁多之所○也	13.1/69/6	凡祭號○物異于人者	15.1/87/11	災○仍發	2.5/12/6
宮內產○	13.1/69/17	四時宗廟用○十八太牢		災○屢見	7.4/40/20
屢○忌故	13.1/69/17		15.1/91/11	災○之發不于他所	7.4/41/20
而諸○競利	13.1/70/13				
情何緣○	13.1/70/26	**聲** shēng	32	**勝** shèng	36
善則久要不忘平○之言					
	13.3/72/17	聞公○音	1.1/2/23	博審不可○數	2.2/9/29
曠千載而特○	14.3/75/12	上有哭○	1.10/8/2	字巨○	2.5/11/26
金○砂礫	14.5/75/23	舒哀○	1.10/8/16	君不○其逸	2.7/13/23
惟其翰之所○	14.8/76/18	聆嘉○而響和者	2.1/8/30	蓋不可○數	3.4/18/6
夾階除而列○	14.16/78/8	失○揮涕	2.3/10/26	蓋不可○載	4.3/25/5
迴顧○碧色	14.19/78/25	休矣清○	2.3/11/3	不可○算	6.1/33/1
言萬物始蔟而○	15.1/83/3	洪○遠布	2.6/13/2	夫務戰○	7.3/37/21
助黃鍾宣氣而萬物○	15.1/83/6	有煥其○	2.6/13/7	專○必克	7.3/37/26
其氣始出○養	15.1/85/9	休○載路	2.7/14/5	不可○給	7.3/37/27
○而亡去爲〔疫〕鬼	15.1/86/8	不虛其○	2.9/15/2	專○者未必克	7.3/38/12
木○火	15.1/89/17	○塞宇宙	3.1/16/1	其罷弊有不可○言者	7.3/38/18

不得○龍	7.4/39/12	○朝欽亮	3.7/21/5	方今○上寬明	11.8/61/10
陰○則月蝕	7.4/40/21	凡○哲之遺教	4.2/23/11	○哲潛形	11.8/61/21
臣不○願會	8.2/45/15	○主革正	4.2/23/22	○主垂拱乎兩楹	11.8/61/26
不○區區	8.3/45/29	推建○嗣	4.2/23/24	○訓也	11.8/62/7
定策屆○	8.4/46/4	機密○朝	4.3/24/18	納玄策于○德	11.8/62/15
臣等不○大願	9.1/47/12	傅○德于幼沖	4.3/25/2	君況我○主以洪澤之福	12.1/63/1
不○區區疑戒	9.2/47/28	援立○嗣	4.4/25/16	明哲與○合契	12.5/64/4
時中正大臣夏侯○猶執		夫人懷○善之姿	4.5/25/26	○德光明	12.8/64/22
議欲出世宗	9.6/49/10	昔先○之遺辭	4.6/27/7	規悟○皇	12.9/65/1
臣等〔不○〕踊躍堯藻	9.7/50/1	篤生○皇	5.1/29/1	動自○心	12.10/65/8
不○松蒙流汗	9.8/50/13	昔在○帝有五行之官	5.3/30/8	是時○上運天官之法駕	
臣不○戰悼怵惕	9.9/50/28	○人不任	7.3/38/12		12.11/65/17
非臣小族陋宗器量褊狹		不足以荅○問	7.4/39/7	賢爲○者用	12.24/67/31
所能堪○	9.9/50/29	○意低回	7.4/39/17	臣伏讀○旨	13.1/69/5
不○大願大乞	9.9/51/10	而○主知之	7.4/40/15	天子○躬	13.1/69/7
木○土	10.2/56/20	脩五事于○躬	7.4/40/22	是故先帝雖有○明之資	
火○金	10.2/56/21	臣邑伏惟陛下○德允明	7.4/41/15		13.1/69/24
土○水	10.2/56/22	○意勤勤	7.4/42/6	○聽納受	13.1/69/30
金○木	10.2/56/23	○朝既自約屬	7.4/43/2	去○久遠	13.2/71/3
水○火	10.2/56/24	簡乎○心	7.5/43/16	朕聞古先○王先天而天	
冠戴○兮啄木兒	11.4/59/29	建立○主	8.1/44/10	不違	13.2/71/26
指揮不可○原	11.6/60/14	○誠著于禁闥	8.1/44/20	以順孔○	13.2/71/28
不可○原	11.7/60/26	同符先○	8.1/44/24	高帝、惠帝、呂后攝政	
不○狂簡之情	12.10/65/8	天生神○特	9.1/46/27	、文帝、景帝、武帝	
臣不○憤懣	13.1/69/13	爰立○哲	9.1/47/8	、昭帝、宣帝、元帝	
難以○言	13.1/70/28	上違○主寵嘉之至	9.1/47/10	、成帝、哀帝、平帝	
言陰氣大○	15.1/83/6	以寤○聽	9.2/47/22	、王莽、○公、光武	
		宣暢○化	9.3/48/14	、明帝、章帝、和帝	
聖 shèng	**87**	○朝幸循舊職	9.3/48/15	、殤帝、安帝、順帝	
		孝明皇帝○德聰明	9.6/49/13	、沖帝、質帝、桓帝	
翼我哲○	1.6/5/2	今○〔朝〕遵古復禮	9.6/49/15	、靈帝	15.1/89/26
昔在○人之制謚也	1.7/5/9	○主賢臣	9.6/49/16	除王莽、劉○公	15.1/90/1
允迪○矩	1.9/7/18	○姿碩茂	9.7/49/29	翼善傳○曰堯	15.1/96/24
以爲神○所興	1.10/8/11	扶接○躬	9.9/50/23	仁○盛明曰舜	15.1/96/24
含○哲之清和	2.4/11/13	今者○朝遷都	9.9/51/7	○善同文曰宣	15.1/96/25
○上詢諮師錫	2.5/12/6	○人南面而聽天下	10.1/51/29	溫柔○善曰懿	15.1/96/26
有否有○	2.5/12/15	以明○王建清廟、明堂			
赫赫○皇	2.6/13/7	之義	10.1/52/6	**尸 shī**	**3**
窮覽○旨	2.8/14/12	祭先師先○焉	10.1/52/25		
德亞○人	3.2/16/28	禮、士大夫學于○人善		弱者伏○	7.3/38/2
懍乎其見○人之情旨也	3.4/18/5	人	10.1/53/1	未抱伏叔○	8.2/45/4
于時○幼將入學	3.4/18/6	○帝明君世有紹襲	10.1/53/22	繹賓○之所歌也	15.1/88/9
巍巍○猷	3.4/18/15	承荅○問	11.2/57/19		
達○王之聰叡	3.5/18/27	誠知○朝	11.2/57/26	**失 shī**	**33**
進○擢偉	3.6/19/27	蒼頡循○	11.6/60/10		
○朝以藩國貴胄	3.6/20/1	蓋聞○人之大寶曰位	11.8/61/5	○其爵土	2.2/9/15
雖孔、翟之○賢	3.7/20/19	則○哲之通趣	11.8/61/7	○聲揮涕	2.3/10/26

痛心○圖	2.5/12/14	者	10.2/55/2	珍二公之○	5.1/28/19
亦其所以後時○途也	2.7/13/28	不分別○之于三月	10.2/56/10	爰整其○	5.1/29/2
用罔有擇言○行	3.5/18/24	乃可○行	11.2/58/1	河南偃○人也	6.2/33/9
或○土流播	3.7/21/4	遂不設○	11.2/58/7	幼從○氏	6.5/34/23
不敢○墜	4.5/26/9	○仁義以接物	12.3/63/22	宗殯憲○	6.6/35/9
○延年之報祜	4.6/27/8	謹條宜所○行七事表左		茂○其職	6.6/35/18
不○舊物	5.1/28/22		13.1/69/13	私留京○	7.3/37/9
所獲不如所○	7.3/38/13	竟不○行	13.2/71/11	甫建議當出○與育幷力	7.3/37/10
（○）〔天〕度投蜺見	7.4/39/14	靡○不協	14.8/76/21	臣聞唐虞以○○咸熙	8.3/45/20
皆皇極道○	7.4/39/23	○公輸之剞劂	14.9/76/28	震驚京○	8.4/46/3
皆貌之○也	7.4/40/9	法○于民則祀	15.1/87/1	旋赴京○	9.1/47/5
貌○則雨	7.4/40/21	惟此時○行	15.1/92/23	昔受命京○	9.4/48/19
皆有○政	7.4/40/27	乃○之法駕	15.1/93/9	震驚王○	9.4/48/22
又○道而見	7.4/40/27	○羣其外	15.1/93/27	承○而問道	10.1/52/18
下有○身之禍	7.4/43/4	乃復設牽○銅	15.1/93/27	○氏教以三德守王門	10.1/52/22
驚惶○守	9.3/48/4	乃○巾	15.1/95/8	然則○氏居東門、南門	
亡○文書	11.2/58/10	幘○屋	15.1/95/9		10.1/52/23
悼太康之○位兮	11.3/59/3	始○貂蟬之飾	15.1/95/23	祭先○先聖焉	10.1/52/25
愍簡公之○師兮	11.3/59/9			臣所○事故太傅胡廣	11.2/57/28
觀風化之得○兮	11.3/59/18	**師 shī**	**66**	請太○田注	11.2/57/31
不○所寧	11.8/62/3			白朝廷敕陳留太守〔發〕	
國○元傅	12.5/64/5	以太中大夫鼉于京○	1.1/1/11	遣余到偃○	11.3/58/19
學○表式	12.5/64/6	車○後部阿羅多、卑君		愍簡公之失○兮	11.3/59/9
皇車犇而○轄	12.28/68/18	相與爭國	1.1/1/27	赴偃○而釋勤	11.3/59/11
而猶廣求得○	13.1/69/25	不煩軍○	1.5/4/2	○錫帝世	12.8/64/22
邪枉者憂悸○色	13.1/70/4	而車○克定	1.5/4/2	風伯雨○	12.26/68/8
得○更迭	13.2/71/3	命世作○	1.7/6/3	今之出○	13.1/69/12
無所漏○	13.2/71/9	卒于京○	1.9/7/12	○也褊	13.3/72/21
《葛覃》恐其○時	14.2/75/5	聖上詢諮○錫	2.5/12/6	咨于太○	13.4/73/2
于是歌人恍惚以○曲	14.11/77/7	未出京○	2.7/13/20	呂尙作周太○	13.4/73/3
○之遠矣	15.1/81/22	伯夷是○	2.7/14/4	爲衆女○	14.5/75/27
		治家○導	3.2/16/12	不以京○宮室爲常處	15.1/80/13
施 shī	**28**	道爲帝○	3.2/16/16	猶言今雖在京○、行所	
		爲國之○	3.2/17/1	至耳	15.1/80/16
帝采勤○八方	1.2/3/4	德宜○保	3.4/18/7	在京○曰奏長安宮	15.1/80/17
○舍而合其量	2.2/9/17	匪○不昭	3.4/18/15	若遷京○	15.1/81/13
法○于民	2.2/10/4	匪○不教	3.4/18/15	其京○官但言稽首	15.1/81/28
旁○（四方）惟明	3.5/18/30	漢有國○司空文烈侯楊		天子所都曰京○	15.1/82/16
事○順恕	5.4/31/2	公	3.5/18/22	○、衆也	15.1/82/17
○淡疏族	6.6/35/15	王○孔閑	3.5/18/26	故曰京○也	15.1/82/17
特旨密問政事所變改○		宜建○保	3.5/18/26	京○、天子之畿內千里	
行	7.4/39/4	喪我○則	3.6/20/6		15.1/82/19
虹著于天而降○于庭	7.4/39/11	自都尉仕于京○	4.5/26/3	古者有命將行○	15.1/84/17
儲峙不○	8.1/44/12	夫人居京○六十有餘載	4.5/26/4	雨○神、畢星也	15.1/85/19
未可○行	9.6/49/17	女○四典	4.7/27/18	○祭講武類禡之所歌也	
天子發號○令	10.1/53/19	震驚帝○	4.7/27/21		15.1/88/10
宜以當時所○行度密近		中平四年鼉于京○	4.7/27/23		

詩 shī	22
《〇》《書》是敦	2.1/9/7
以《魯〇》教授	3.6/19/24
〇人詠功	3.7/21/24
敦《〇》《書》而悅禮	
樂	5.2/29/10
治孟氏《易》、歐陽	
《尙書》、韓氏《〇》	
	5.4/30/26
《〇》云　7.1/36/10,7.4/42/18	
10.1/53/11,15.1/90/22	
《〇》《書》《易》	
《禮》	8.4/46/9
《〇》曰	9.7/50/3
10.2/55/28,15.1/94/12	
以〇人斯亡之戒	9.10/51/16
《〇‧魯頌》云	10.1/53/7
而稱鎬京之〇以明之	10.1/53/12
《〇》之《羔羊》	12.2/63/12
《〇》稱子孫保之	12.12/65/22
詠新〇之悲歌	14.7/76/13
考之〇人	14.12/77/12
宗廟所歌〇之別名	15.1/87/18
右〇三十一章	15.1/88/12

溼 shī	3
考以令舍下〇	5.1/28/16
民露處而寢〇	11.3/59/15
不爲燥〇輕重	13.7/73/24

蓍 shī	1
〇卦利貞	12.26/68/7

十 shí	211
享年七〇五	1.1/1/11
子孫之在不〇二姓者	1.1/1/16
越〇月庚午記此	1.3/3/17
維光和元年冬〇二月丁	
巳	1.4/3/21
臣犬馬齒七〇	1.4/3/22
春秋七〇五	1.6/4/22
享年六〇有四	1.8/7/4
漢皇二〇一世延熹六年	

夏四月乙巳	1.8/7/4
維漢二〇一世延熹六年	1.9/7/12
泊于永和元年〇有二月	1.10/8/2
享年四〇有三	2.1/9/3
〇有八年	2.2/9/28
七〇有懸車之禮	2.2/9/28
春秋八〇有三	2.2/9/30
	2.4/11/16
禁錮二〇年	2.3/10/19
時年已七〇	2.3/10/20
年八〇有三	2.3/10/24
如此者二〇餘年	2.5/12/8
〇二月	2.5/12/10
享年五〇	2.5/12/13
如大舜五〇而慕	2.6/12/25
凡〇辟公府	2.6/13/2
年七〇有七	2.6/13/4
年七〇有四　2.7/13/28,3.1/15/24	
年既五〇	2.8/14/18
伊漢二〇有一世	2.9/14/29
年七〇有五	2.9/15/4
其時所免州牧郡守五〇	
餘人	3.1/15/23
陳遵、桓典、蘭臺令史	
〇人	3.2/16/9
章凡〇上	3.2/16/23
年五〇八	3.6/20/5
在位〇旬	3.7/20/15
永漢元年〇一月到官	3.7/20/16
年六〇有七	3.7/21/19
建安〇三年八月遘疾隕	
薨	3.7/21/19
聞一睹〇	4.1/22/12
年二〇七　4.1/22/13,4.2/23/11	
歷載三〇	4.1/22/24
春秋八〇二	4.1/22/25
年八〇二	4.2/24/1
維漢二〇有一世	4.3/24/12
〇年而無怨	4.3/24/19
歷載三〇有餘	4.3/24/24
夫人居京師六〇有餘載	4.5/26/4
蓋三〇年	4.5/26/5
太夫人年九〇一	4.5/26/8
〇月既望	4.5/26/14
持賻錢二〇萬	4.5/26/16
于時濟陽故吏舊民、中	
常侍句陽于肅等二〇	

三人	4.5/26/17
年〇有五　4.6/26/26,6.3/34/1	
前後奉斯禮者三〇餘載	4.6/26/28
年七〇七	4.6/27/3
春秋五〇八	4.7/27/22
建平元年〇二月甲子夜	5.1/28/16
姦臣王莽媮有神器〇有	
八年	5.1/28/18
享國三〇有六年	5.1/28/22
七〇有六	5.2/29/19
宿衛〇年	5.4/31/3
其（明）〔月〕二〇一	
日	5.4/31/8
時年四〇一	5.4/31/9
二〇一日卒	5.5/31/25
來迎者三〇四人	5.5/32/1
其〇一月葬	6.5/34/19
春秋六〇有三	6.5/34/27
〇一州有禁	7.2/36/22
三〇餘發	7.3/37/8
兵出數〇年	7.3/37/18
稱兵〇萬	7.3/37/23
猶〇餘年	7.3/37/25
自春以來三〇餘發	7.3/38/5
光和元年七月〇日	7.4/38/26
〇門劉寵龐訓北面	7.4/39/2
今月〇日詔	7.4/39/7
去月二〇九日	7.4/39/10
長〇餘丈	7.4/39/11
故數〇年無有日蝕	7.4/41/20
牧守數〇選代	7.4/42/6
當因其言居位〇數年	7.4/42/12
今月〇三日	7.5/43/9
臣年四〇有六	7.5/43/22
廣選〇人	8.1/44/15
進退錮之〇年	8.1/44/16
羅入千石以至數〇	8.1/44/20
年〇四歲	8.2/45/3
未年〇四歲	8.2/45/8
累葉相繼六〇餘載	9.1/47/2
今者受爵〇有一人	9.1/47/9
臣流離藏竄〇有二年	9.2/47/17
合成二百一〇二卷	9.3/48/9
國享〇有一世	9.4/48/19
歷年二百一〇載	9.4/48/20
享一〇一世	9.4/48/21
歷年一百六〇五載	9.4/48/21

今月〇八日	9.8/50/8	
歲五〇萬穀各米	9.9/50/18	
臣〇四世祖肥如侯	9.9/50/26	
故下〇二宮	10.1/53/4	
堂方百四〇四尺	10.1/53/13	
屋圍屋徑二百一〇六尺		
	10.1/53/13	
太廟明堂方三〇六丈	10.1/53/14	
〇二宮以應〇二辰	10.1/53/15	
三〇六戶	10.1/53/16	
七〇二牖	10.1/53/16	
通天屋高八〇一尺	10.1/53/16	
二〇八柱列于四方	10.1/53/17	
外廣二〇四丈	10.1/53/18	
應一歲二〇四氣也	10.1/53/18	
《周書》七〇一篇	10.1/54/1	
而《月令》〔弟〕〔第〕		
五〇三	10.1/54/1	
皆去〇五日	10.2/55/10	
然則小暑當去大暑〇五		
日	10.2/55/11	
不得及四〇五日	10.2/55/11	
九月〇月之交	10.2/55/29	
凡〇二辰之禽	10.2/56/19	
八〇一御妻	10.2/56/29	
常以為《漢書》〇志下		
盡王莽	11.2/57/27	
積累思惟二〇餘年	11.2/57/29	
建言〇志	11.2/57/30	
二〇年之思	11.2/58/3	
〇分不得識一	11.2/58/10	
〔口有〇七萬〕	12.9/64/28	
〔王莽後〇不存一〕	12.9/64/28	
系葉〇一	12.11/65/16	
去六月二〇八日	13.1/69/11	
臣聞孝文皇帝制喪服三		
〇六日	13.1/70/24	
行之百八〇九歲	13.2/71/4	
《元命苞》、《乾鑿度》		
皆以為開闢至獲麟二		
百七〇六萬歲	13.2/71/15	
及命曆序積獲麟至漢起		
庚子部之二〇三歲	13.2/71/15	
竟己酉、戊子及丁卯部		
六〇九歲	13.2/71/16	
合為二百七〇五歲	13.2/71/16	
而光晃以為開闢至獲麟		

二百七〇五萬九千八		
百八〇六歲	13.2/71/18	
獲麟至漢百六〇二歲	13.2/71/18	
轉差少一百一〇四歲	13.2/71/19	
中使獲麟不得在哀公〇		
四年	13.2/71/19	
而光晃曆以《考靈曜》		
二〇八宿度數	13.2/71/22	
日在斗二〇二度	13.2/71/27	
至今九〇二歲	13.2/72/2	
〇有八章	13.4/73/2	
年踰三〇	13.10/74/7	
〇指如雨	14.10/77/3	
在位七〇載	15.1/80/1	
夏以〇三月為正	15.1/83/3	
〇寸為尺	15.1/83/3	
殷以〇二月為正	15.1/83/6	
周以〇一月為正	15.1/83/9	
合〇二人	15.1/83/22	
春秋天子一取〇二	15.1/83/22	
二〇七世婦	15.1/83/22	
殷人又增三九二〇七	15.1/83/23	
合三〇九人	15.1/83/23	
八〇一御女	15.1/83/23	
又九九為八〇一	15.1/83/23	
增之合百二〇人也	15.1/83/24	
天子一取〇二女	15.1/83/24	
象〇二月	15.1/83/24	
常以歲竟〇二月從百隸		
及童兒	15.1/86/10	
故〇二月歲竟	15.1/86/14	
《烈文》、一章〇三句		
	15.1/87/20	
《我將》、一章〇句	15.1/87/21	
《時邁》、一章〇五句		
	15.1/87/22	
《執競》、一章〇四句		
	15.1/87/23	
《臣工》、一章〇句	15.1/87/24	
《有瞽》、一章〇三句	15.1/88/1	
《雝》、一章〇六句	15.1/88/2	
《載見》、一章〇四句	15.1/88/3	
《有客》、一章〇三句	15.1/88/3	
《閔予小子》、一章〇		
一句	15.1/88/5	
《訪落》、一章〇二句	15.1/88/6	
《敬之》、一章〇二句	15.1/88/6	

《載芟》、一章三〇一		
句	15.1/88/7	
《良耜》、一章二〇三		
句	15.1/88/8	
右詩三〇一章	15.1/88/12	
其地方七〇里	15.1/88/15	
其地方五〇里	15.1/88/16	
	15.1/88/16	
八八六〇四人	15.1/89/5	
三百八〇六年	15.1/90/1	
三百六〇六年	15.1/90/1	
四百一〇年	15.1/90/2	
一世、二世、三世、四		
世、五世、六世、七		
世、八世、九世、〇		
世、〇一世、〇二世		
、〇三世、〇四世、		
〇五世、〇六世	15.1/90/10	
光武雖在〇二	15.1/90/15	
〇世以光	15.1/90/17	
〇一以興	15.1/90/17	
哀雖在〇	15.1/90/18	
平雖在〇一	15.1/90/18	
藏〇一帝主于其中	15.1/90/28	
皆以晦望、二〇四氣伏		
、社臘及四時日上飯	15.1/91/5	
四時宗廟用牲〇八太牢		
	15.1/91/11	
兩廟〇二主、三少帝、		
三后	15.1/91/23	
故用〇八太牢也	15.1/91/23	
常以六月朔、〇月朔旦		
朝	15.1/92/26	
故今獨以為正月、〇月		
朔朝也	15.1/92/27	
屬車八〇一乘	15.1/93/7	
唯河南尹執金吾洛陽令		
奉引侍中參乘奉車郎		
御屬車三〇六乘	15.1/93/9	
故大駕屬車八〇一乘也	15.1/94/5	
皆以三〇升漆布為殼	15.1/94/10	
周禮、天子晃前後垂延		
朱綠藻有〇二旒	15.1/94/14	
是為〇二旒	15.1/94/17	
天子〇二旒	15.1/94/26	

進非其〇	2.5/12/7	順帝〇爲郎中	5.5/31/22	因天〇	10.1/53/19
〇人未之或知	2.7/13/15	桓帝〇遭叔父憂	5.5/31/22	所以順陰陽、奉四〇、	
俄而冠帶士咸以群黨見		〇惟哲母	6.6/35/10	效氣物、行王政也	10.1/53/20
嫉〇政	2.7/13/24	于〇翳藏	6.6/35/25	各從〇月藏之明堂	10.1/53/21
應〇輒去	2.7/13/26	無〇有陽	6.6/35/25	敬授人〇	10.1/53/26
故特立于〇	2.7/13/28	孝景〇梁人韓安國坐事		改名曰《〇則》	10.1/54/8
亦其所以後〇失途也	2.7/13/28	被刑	7.2/36/26	《月令》與《周官》竝	
于〇相逐	2.8/14/11	宣帝〇患冀州有盜賊	7.2/36/27	爲〇王政令之記	10.2/54/28
〇令戴君臨喪命謚	2.8/14/20	得救〇之便也	7.2/36/28	宜以當〇所施行度密近	
卓〇挺生	2.9/15/6	以救〇弊	7.2/37/1	者	10.2/55/2
于〇游情	2.9/15/7	無拘〇月三互	7.2/37/4	據〇始暑而記也	10.2/55/10
其〇所免州牧郡守五十		〇故護羌校尉田晏以他		據〇暑也	10.2/55/11
餘人	3.1/15/23	論刑	7.3/37/9	于經傳爲非其〇□	10.2/55/28
風雨以〇	3.2/17/2	〇朝廷大臣多以爲不便	7.3/37/11	四〇通等而夏無難文	10.2/56/5
四〇潔祠	3.2/17/3	然而〇有同異	7.3/37/13	反令每行一〇轉三句	10.2/56/9
莫不〇序	3.3/17/14	況無彼〇、地利、人財		則風雨不〇	10.2/56/9
四〇順動	3.3/17/16	之備	7.3/37/22	但以爲〇味之宜	10.2/56/17
于〇聖幼將入學	3.4/18/6	以此〇興議橫發	7.3/38/1	五〇所食者	10.2/56/19
〇惟休哉	3.5/19/2, 3.5/19/3	宜通乎〇變	7.3/38/16	〇以尙書令召拜郎中	11.2/57/18
	3.5/19/5	是〇王莽爲司馬	7.4/39/26	其〇鮮卑連犯雲中五原	11.2/58/5
比功四〇	3.5/19/15	與綏和〇相似而有異	7.4/39/27	是〇梁冀新誅	11.3/58/17
若〇徵庸	3.6/20/9	斂〇五福	7.4/40/5	遭淫雨之經〇	11.3/58/22
當是〇也	3.7/20/19	惟〇厥庶民于汝極	7.4/40/5	〇逝歲暮	11.8/61/10
于〇諸州	3.7/21/4	〇即有雞禍	7.4/40/9	榮家宗于此〇	11.8/61/12
〇道路艱險	3.7/21/20	是〇元帝初即位	7.4/40/10	唐虞之至〇	11.8/61/15
與〇消息	4.1/23/4	風雨不〇	7.4/40/20	以合〇宜	11.8/61/18
于〇春秋高矣	4.2/23/25	大作不〇	7.4/40/31	〇行則行	11.8/62/11
取言〇計功之則	4.2/24/3	若〇共禦	7.4/41/10	〇止則止	11.8/62/11
〇惟文恭	4.2/24/4	春秋魯定、哀公之〇	7.4/41/19	〇處士平陽蘇騰	12.1/62/30
百揆〇敍	4.2/24/5	爲官者踰〇不覺	7.4/42/2	〇不可救	12.1/63/3
共惟〇雍	4.2/24/6	司隸校尉岑初考彥〇	7.4/42/2	〇風嘉雨	12.8/64/21
譬彼四〇	4.3/25/2	是〇宰相待以禮	7.4/42/12	多士〇貢	12.9/65/2
伯揆〇序	4.4/25/14	臣對問〇	7.5/43/24	是〇聖上運天官之法駕	
神罔〇恫	4.5/26/1	〇祖父叔病殁	8.2/45/4		12.11/65/17
康寧之〇	4.5/26/8	故醇行感〇而生	8.2/45/11	建〇春陽	12.13/66/3
夫遭〇而制	4.5/26/11	況在于當〇	8.3/45/22	〇惟嘉良	12.25/68/3
神罔〇怨	4.5/26/12	一〇殄盡	9.2/47/17	日吉〇良	12.26/68/7
于〇濟陽故吏舊民、中		臣聞世宗之〇	9.2/47/22	四〇致敬	13.1/69/8
常侍句陽于肅等二十		明〇階級	9.2/47/27	是〇奉公者欣然得志	13.1/70/4
三人	4.5/26/17	連値盛〇	9.3/48/3	桓思皇后祖載之〇	13.1/70/27
遭厲氣同〇夭折	4.6/27/1	盜竊明〇	9.3/48/7	各家術皆當有效于其當	
是〇夫人寢疾未薨	4.7/27/20	臨〇自陳	9.3/48/12	〇	13.2/71/6
追惟考君存〇之命	4.7/27/25	〇中正大臣夏侯勝猶執		取合于當〇而已	13.2/71/12
〇有赤光	5.1/28/16	議欲出世宗	9.6/49/10	後天而奉天〇	13.2/71/26
孝和皇帝〇	5.2/29/14	至孝成帝〔〇〕	9.6/49/10	舜叶〇月正日	13.2/71/30
春秋〇有子華爲秦相	5.3/30/11	四〇常陳	9.6/49/22	治曆明〇	13.2/72/1
〇年四十一	5.4/31/9	謹承天順〇之令	10.1/51/30	與其不獲已而矯〇也	13.3/72/26

矢 shǐ　　　　5

弓勁○利　　　　　1.5/4/5
言如砥○　　　　　1.7/5/20
銘之楛○　　　　　13.4/72/30
設茲○石　　　　　14.14/77/27
桃弧棘○土鼓鼓　　15.1/86/11

史 shǐ　　　　87

爲侍御○　　　　　1.1/1/10
刺○周公辟舉從事　1.1/1/19
○魚之勁直　　　　1.1/1/20
補侍御○　　1.1/1/23,9.2/47/18
又以高（弟）〔第〕補
　侍御○　　　　　1.1/1/25
拜涼州刺○　　　　1.1/1/26
戶曹○張機有懲罰　1.1/2/9
徵拜議郎司徒長○　1.1/2/11
舉高（弟）〔第〕侍御
　○　　　　　　　1.6/4/17
四府表拜涼州刺○　1.6/4/18
司徒長○　　　　　1.6/4/19
漢益州刺○南陽朱公叔卒 1.7/5/8
○曰　　　　　　　1.7/5/29
作侍御○　　　　　1.8/6/27
纂業前○　　　　　1.8/6/28
今使權謁者中郎楊賣贈
　穆益州刺○印綬　1.8/7/6
乃會長○邊乾　　　1.10/8/11
刺○太守　　　　　2.2/10/1
三公遣令○祭以中牢 2.3/11/2
刺○敬弔　　　　　2.3/11/2
豫州刺○典　　　　2.4/11/12
字○雲　　　　　　2.7/13/13
○鰌是慕　　　　　2.7/14/4
周柱下○　　　　　2.8/14/9
拜侍御○　　3.1/15/18,5.4/31/4
還豫州兗州刺○　　3.1/15/18
皇帝遣中謁者陳遂、侍
　御○馬助持節送柩　3.2/16/9
陳遵、桓典、蘭臺令○
　十人　　　　　　3.2/16/9
自侍御○侍中已往　3.2/16/16
則○臣志其詳　　　3.4/18/12
其祿逮作御○　　　3.5/18/25
以賢能特選拜刺○荊州 3.7/20/15

遣御○中丞鍾繇即拜鎮
　南將軍　　　　　3.7/21/5
置長○司馬從事中郎　3.7/21/6
都尉君娶于故豫州刺○ 4.5/25/25
季以高（弟）〔第〕爲
　侍御○諫議大夫侍中
　虎賁中郎將陳留太守 4.6/27/2
後以高等拜侍御○還諫
　議大夫　　　　　5.5/31/23
署致掾○　　　　　6.2/33/13
三府選幽、冀二州刺○ 7.2/36/21
每冀州長○初除　　7.2/36/23
今者刺○數旬不選　7.2/36/24
起徒中爲內○　　　7.2/36/26
上使使就家召張敞爲冀
　州刺○　　　　　7.2/36/27
若諸州刺○器用可換者 7.2/37/3
召光祿大夫楊賜、諫議
　大夫馬日磾、議郎張
　華、蔡邕、太○令單
　颺　　　　　　　7.4/38/26
丞相○家雌雞化爲雄　7.4/40/11
續以永樂門、霍玉依阻
　城社　　　　　　7.4/41/23
及營護故河南尹羊陟、
　侍御○胡母班　　7.5/43/10
恐○闕文　　　　　8.1/44/14
○官咸賀　　　　　8.1/44/22
博問掾○孝行卓異者　8.2/45/3
臣輒核問掾○邑子殷盛
　宿彥等　　　　　8.2/45/7
蕭曹、邴魏載于○籍　9.1/47/2
轉治書御○　　　　9.2/47/18
侍御○劾臣不敬　　9.8/50/10
恐○官錄書臣等在功臣
　之列　　　　　　9.9/51/8
乃命太○守典奉法　10.1/53/26
使○籍所闕、胡廣所校 11.2/58/3
盡忠則○魚之直也　12.2/63/9
拜爲荊州刺○　　　12.3/63/22
更任太○　　　　　13.1/69/20
夫司隸校尉、諸州刺○
　所以督察姦枉、分別
　白黑者也　　　　13.1/70/1
伏見幽州刺○楊憙、益
　州刺○龐芝、涼州刺
　○劉虔　　　　　13.1/70/1

太○令張壽王挾甲寅元
　以非漢曆　　　　13.2/71/7
與今○官甘石舊文錯異
　　　　　　　　　13.2/71/23
○官用太初鄧平術　13.2/71/26
非○官私意　　　　13.2/71/29
○官記事曰「上」　15.1/79/10
太○令司馬遷記事　15.1/80/9
刺○太守相劾奏申下
　（上）〔土〕還書文
　亦如之　　　　　15.1/81/12
戒書、戒敕刺○太守及
　三邊營官　　　　15.1/81/21
送御○臺　　　　　15.1/82/1
府○以下未有爵命　15.1/84/9
《○記》曰皋陶爲理　15.1/89/11
○皇孫之子　　　　15.1/90/14
丞相匡衡、御○大夫貢
　禹乃以經義處正　15.1/90/25
其父曰○皇孫　　　15.1/91/28
侍中、中常侍、侍御○
　、主者郎令○皆執注
　以督整諸軍車騎　15.1/93/11
尚書令○乘之　　　15.1/94/5
御○冠法冠　　　　15.1/95/1
今御○廷尉監平服之　15.1/95/19
以其君冠賜御○　　15.1/95/22

豕 shǐ　　　　6

三○渡河之類也　　10.2/55/17
冬食黍○之屬　　　10.2/56/17
丑牛、未羊、戌犬、酉
　雞、亥○而已　　10.2/56/19
當食○而食牛　　　10.2/56/22
故以其類而食○也　10.2/56/24
○曰剛鬣　　　　　15.1/87/8

始 shǐ　　　　57

于是○形　　　　　1.1/1/21
○受旄鉞鉦鼓之任　1.5/4/3
終○爲貞　　　　　1.6/5/3
○與諸儒考禮定議　1.7/5/12
益州府君自○事至沒身 1.7/5/19
終○所守　　　　　2.2/10/4
資○既正　　　　　2.3/11/3

有○有卒者已	3.4/18/10
字伯○	4.1/22/10, 4.2/23/9
與祿終○	4.1/22/25
與福祿乎終○	4.2/24/1
翼戴更○	5.1/28/20
神宮實○于此	5.1/28/25
終○無疵	5.2/29/18
具○知終	6.3/33/24
思齊先○	6.5/35/2
爰以資○	6.6/35/11
王氏之寵○盛	7.4/40/12
有○有卒	8.1/44/24
○建光烈之稱	8.1/44/27
實○于此	8.2/45/13
○任學問	8.4/46/8
○加元服	9.7/49/31
○之養也	10.1/52/26
言教學○于養老	10.1/52/26
由東方歲○也	10.1/52/26
不可從我○	10.1/53/27
蟄蟲○震	10.2/55/6
中春『○雨水』	10.2/55/6
據時○暑而記也	10.2/55/10
栽木而○築也	10.2/56/1
畝洛汭之○并	11.3/59/3
字畫之○	11.6/60/10
君臣○基	11.8/61/15
利端○萌	11.8/61/20
度終○而後交	12.6/64/12
昔文王○受命	12.12/65/21
今○聞善政	13.1/70/6
孝武皇帝○改正朔	13.2/71/4
黃帝○用太初丁丑之元	13.2/71/7
是○用四分曆	13.2/71/29
或闕其○終	13.3/72/11
見其所以○	13.3/72/14
實人倫之肇○	14.2/75/4
言萬物○蔟而生	15.1/83/3
其氣○出生養	15.1/85/9
季夏之月土氣○盛	15.1/85/12
○作樂合諸樂而奏之所	
歌也	15.1/88/1
諸侯○見于武王廟之所	
歌也	15.1/88/3
將○即政	15.1/88/5
言虙犧氏○以木德王天	
下也	15.1/89/17

至秦○皇出寢起居于墓	
側	15.1/90/23
多至陽氣○〔動〕	15.1/92/27
〔夏至陰氣○〕起	15.1/93/1
○進幘服之	15.1/95/8
○施貂蟬之飾	15.1/95/23

使 shǐ　　　　70

非接○衛命之儀	1.1/1/23
稱以奉○副指	1.1/1/28
○不得稱子而已	1.7/6/16
今○權謁者中郎楊賞贈	
穆益州刺史印綬	1.8/7/6
皇帝遣○者奉犧牲以致	
祀	1.10/8/10
大將軍三公○御屬往弔	
祠	2.2/10/1
○夫少長咸安懷之	2.3/10/16
○人曉諭	2.3/10/21
○諸儒參案典禮	2.7/14/1
盡遣驛○	3.7/21/1
允顯○臣	3.7/22/1
○夫蒙惑開析	4.3/24/17
天子○中常侍謁者李納	
弔	4.5/26/15
○卜者王長卜之	5.1/28/17
詔○謁者劉悝齎印綬	5.4/31/7
君聞○者至	5.4/31/7
○者致詔	5.4/31/7
詔○〔謁〕者王謙〔弔〕	
	5.4/31/10
詔○謁者劉悝即授印綬	5.5/31/24
詔出遣○者王謙以中牢	
具祠	5.5/31/25
尙書左丞馮方殿殺指揮	
○于尙書西祠	7.1/36/5
指○至微	7.1/36/9
則役之不可驅○	7.2/36/20
上○○就家召張敞爲冀	
州刺史	7.2/36/27
○匈奴中郎將南單于以	
下	7.3/37/11
繡衣直指之○	7.3/37/20
而可○斷無盜竊	7.3/38/6
○越人蒙死徼幸	7.3/38/14
○貞雅各得其所	7.4/39/18

復○陛下不聞至戒哉	7.4/41/17
假○大運以移	7.4/41/19
欲○陛下豁然大寤	7.4/41/21
無○盡忠之吏受怨姦讎	7.4/43/5
誘臣○言	7.5/43/17
○貿恨以衰老白首	7.5/43/25
○未美昭顯本朝	8.2/45/15
○爲懇愿	8.3/45/27
○讓生于先代	8.4/46/12
高皇帝○工祝承致多福	
無疆	9.5/49/3
○爾受祿于天	9.5/49/3
○參以亡爲存	9.8/50/10
○黃河若帶	9.9/51/3
陰陽皆○不干其類	10.2/56/6
○史籍所闕、胡廣所校	11.2/58/3
有神馬之○在道	12.1/62/31
○者與郡縣戶曹掾吏登	
山升祠	12.1/62/31
○襃忠之臣展其狂直	13.1/69/26
遂○群下結口	13.1/69/30
議遣八○	13.1/70/4
宜追定八○	13.1/70/6
○吏知奉公之福	13.1/70/7
必○諸侯歲貢	13.1/70/10
不可復○理人	13.1/70/15
中○獲麟不得在哀公十	
四年	13.2/71/19
○交可廢則委其憝矣	13.3/72/25
固神明之所○	14.2/75/3
命離婁○布繩	14.9/76/28
易○馳騁	14.13/77/22
季武子○公冶問	15.1/80/24
凡制書有印○符下	15.1/81/14
公卿○謁者將大夫以下	
至吏民尙書左丞奏聞	
報可	15.1/82/5
○者安車輭輪送迎而至	
其家	15.1/82/28
○爲社以自儆戒	15.1/84/22
屋之掩其上○不通天	15.1/84/22
柴其下○不通地	15.1/84/23
○人望見則加畏敬也	15.1/85/29
欲皆○先帝魂神具聞之	
	15.1/91/10
不欲○人見	15.1/95/7
行人○官所冠	15.1/95/12

屎 shǐ	1	每訪群公卿○	7.4/41/13	卿大夫、尙書、博○兩	
		○之高選	7.4/42/19	梁	15.1/95/16
人懷殿○之聲	8.1/44/9	博○一缺	8.1/44/15	術○冠、前圓	15.1/96/10
		如禮議義之○	8.2/45/10	巧○冠、高五寸	15.1/96/12
纚 shǐ	2	忠臣賢○	8.3/45/21	司馬殿門大護衛○服之	
		養○御衆	8.3/45/27		15.1/96/16
以○裹鐵柱卷	15.1/95/19	朝諸侯、選造○于其中		監門衛○服之	15.1/96/19
竹裹以○	15.1/95/24		10.1/51/31		
		令祀百辟卿○之有德于		氏 shì	103
士 shì	75	民者	10.1/52/29		
		禮、○大夫學于聖人善		橋○之先	1.1/1/16
愛○親仁	1.1/2/23	人	10.1/53/1	咸以爲○	1.1/1/16
公以吏○頻年在外	1.5/4/3	義二○之俠墳	11.3/59/11	故夏后○正以人統	1.7/5/15
戎○踊躍	1.5/4/6	○之司也	11.8/61/6	《春秋左○傳》曰	1.7/5/17
人○斯休	1.5/4/9	戰○講銳	11.8/61/17		15.1/80/24
再拜博○高（弟）〔第〕		○背道而𡕒	11.8/61/20	有王叔劉○之比	1.7/6/12
	1.8/6/27	濟濟多○	11.8/61/27	其孫○焉	1.8/6/21
訪及○隸	1.10/8/12	時處○平陽蘇騰	12.1/62/30	傳承先人曰王○墓	1.10/8/1
于時縲絏之徒、紳佩之		多○時貢	12.9/65/2	建國命○	2.1/8/26
○	2.1/8/29	庶○予鉏	12.15/66/16	其先出自有虞○	2.2/9/14
徵○陳君	2.3/10/27	恨茲學○	12.18/67/1	遂以國○焉	2.2/9/15
範爲○則	2.3/11/1	惟女與○	12.27/68/14	是時郡守梁○	2.5/12/1
爲○作程	2.3/11/3	謂○庶人數堵之室	13.1/69/21	及秋而梁○誅滅	2.5/12/10
有○會者爲晉大夫	2.7/13/13	頃者立朝之○	13.1/69/29	姓有姜○	2.6/12/23
以處○舉孝廉	2.7/13/20	臣聞古者取○	13.1/70/10	陶唐○之後也	2.7/13/13
俄而冠帶○咸以群黨見		非以爲教化、取○之本		遂以爲○	2.7/13/14
嫉時政	2.7/13/24		13.1/70/12	因○焉	3.1/15/15
處○有圂典	2.9/14/29	章帝集學○于白虎	13.1/70/16	以歐陽《尙書》、《京	
博○徵舉至孝	2.9/15/3	彼貞○者	13.3/72/14	○易》誨授	3.1/15/17
鉦車介○	3.2/16/10	《摽梅》求其庶○	14.2/75/5	以國○焉　3.6/19/20,4.5/25/23
亦總其熊羆之○	3.5/18/28	及群臣○庶相與言曰殿		○家于圉	3.6/19/22
徵拜博○	3.6/19/26	下、閣下、〔足下〕		夫人江陵黃○之季女	4.5/25/23
其選○也	3.6/19/26	、〔侍者〕、執事之		順母○之所寧	4.5/26/13
進作卿○	4.2/24/5	屬皆此類也	15.1/80/7	葬我夫人黃○及陳留太	
周愼逸于博（○）〔陸〕		○曰婦人	15.1/83/17	守碩于此高原	4.5/26/15
	4.3/24/20	○一妻、一妾	15.1/83/25	黃國○建	4.5/26/19
○相勉于公朝	4.3/24/22	○一廟	15.1/84/7	夫人編縣舊族章○之長	
五作卿○	4.3/24/23	上○二廟一壇	15.1/84/7	女也	4.6/26/25
漢南之○	4.5/25/24	下○、一廟曰考廟	15.1/84/8	悲母○之不永兮	4.6/27/6
殲我英○	5.4/31/17	與上○同	15.1/84/9	嗟母○之憂患	4.6/27/8
雖冠帶之中○	6.3/33/25	朝○卿朝之法	15.1/89/8	議郎夫人趙○	4.7/27/18
○嘉其良	6.3/34/1	唐虞曰○官	15.1/89/11	母○鞠育	4.7/28/1
博○任敏	7.1/36/8	《尙書》曰皋陶作○	15.1/89/11	秦一漢三而虞○世焉	5.3/30/15
○馬死傷者萬數	7.2/36/18	其次下○	15.1/92/18	以國爲○	5.4/30/25
少素有威名之○	7.2/36/22	卿大夫、尙書、二千石		治孟○《易》、歐陽	
令諸〔營〕甲○循行塞		博○冠兩梁	15.1/94/22	《尙書》、韓○《詩》	
垣	7.3/38/20	車駕出後有巧○冠	15.1/95/3		5.4/30/26

百家衆〇	6.3/33/23
司徒袁公夫人馬〇蕙	6.5/34/19
乃撰錄母〇之德履	6.5/34/20
幼從師〇	6.5/34/23
於穆母〇	6.5/35/1
爲王〇之禍	7.4/40/2
將立妃王〇爲后	7.4/40/10
王〇之寵始盛	7.4/40/12
夫以匹夫顏〇之子	7.4/40/17
以順漢〇三百之期	8.1/44/14
姬〇任母	8.1/44/25
漢世后〇無諡	8.1/44/26
夏后〇曰世室	10.1/51/27
師〇教以三德守王門	10.1/52/22
保〇教以六藝守王闈	10.1/52/23
然則師〇居東門、南門	10.1/52/23
保〇居西門、北門也	10.1/52/23
子說《月令》多類以	
《周官》《左〇》	10.2/54/27
假無《周官》《左〇傳》	
	10.2/54/27
《左〇傳》晉程鄭爲乘	
馬御	10.2/55/25
惲叔〇之啓商	11.3/58/25
董父受〇于豢龍	11.8/62/19
倕〇興政于巧工	11.8/62/19
虛冒名〇	13.1/70/14
晉、魏顆獲杜回于輔〇	13.4/73/8
博六經而綴百〇兮	14.8/76/20
上古天子庖犧〇、神農	
〇稱皇	15.1/79/14
九嬪、夏后〇增以三三	
而九	15.1/83/22
屬山〇之子柱及后稷能	
殖百穀以利天下	15.1/85/21
社神蓋共工〇之子句龍	
也	15.1/85/24
稷神、蓋屬山〇之子柱	
也	15.1/85/26
春扈〇農正、趣民耕種	15.1/86/4
夏扈〇農正、趣民芸除	15.1/86/4
秋扈〇農正、趣民收斂	15.1/86/4
冬扈〇農正、趣民蓋藏	15.1/86/4
棘扈〇農正、常謂茅〇	15.1/86/5
行扈〇農正、晝爲民驅	
鳥	15.1/86/5

宵扈〇農正、夜爲民驅	
獸	15.1/86/6
桑扈〇農正、趣民養蠶	15.1/86/6
老扈〇農正、趣民收麥	15.1/86/6
于是命方相〇黃金四目	15.1/86/9
言虙犧〇始以木德王天	
下也	15.1/89/17
故虙犧〇殁	15.1/89/18
神農〇以火德繼之	15.1/89/18
故神農〇殁	15.1/89/18
少昊〇以金德繼之	15.1/89/19
故少昊〇殁	15.1/89/19
顓頊〇以水德繼之	15.1/89/19
故顓頊〇殁	15.1/89/20
帝嚳〇以木德繼之	15.1/89/20
故帝嚳〇殁	15.1/89/20
帝堯〇以火德繼之	15.1/89/20
故帝舜〇以土德繼之	15.1/89/21
故夏禹〇以金德繼之	15.1/89/21
故殷湯〇以水德繼之	15.1/89/21
虙犧爲太昊〇	15.1/89/24
炎帝爲神農〇	15.1/89/24
黃帝爲軒轅〇	15.1/89/24
少昊爲金天〇	15.1/89/24
顓頊爲高陽〇	15.1/89/24
帝嚳爲高辛〇	15.1/89/25
帝堯爲陶唐〇	15.1/89/25
帝舜爲有虞〇	15.1/89/25
夏禹爲夏后〇	15.1/89/25
湯爲殷商〇	15.1/89/25
《左〇傳》有南冠而縶	
者	15.1/95/21
謂之劉〇冠	15.1/95/27

仕 shì		10
竝在〇次		1.1/2/24
懸車致〇		2.4/11/15
亟從〇進		2.7/13/16
〇不爲祿		2.7/13/27
更〇三官		4.5/26/2
自都尉〇于京師		4.5/26/3
告老致〇		5.2/29/19
〇不苟祿、絕高也		12.7/64/16
及〇州郡		13.1/70/16
又無祿〇之實		13.1/70/26

市 shì		3
死于冀〇		1.1/2/11
當肆〇朝		1.1/2/16
刑戮廢于朝〇		4.2/23/15

世 shì		162
至于即〇		1.1/2/26
允〇之表儀也已		1.1/2/26
當〇是以服重器		1.6/4/16
秦以〇言諡而黜其事		1.7/5/10
歷〇彌久		1.7/5/11
命〇作師		1.7/6/3
肅宗之〇		1.8/6/22
漢皇二十一〇延熹六年		
夏四月乙巳		1.8/7/4
〇篤爾行		1.8/7/5
維漢二十一〇延熹六年		1.9/7/12
王孫子喬者、蓋上〇之		
眞人也		1.10/7/26
必有銘表昭示後〇		1.10/8/11
棄〇俗		1.10/8/14
俾芳烈奮乎百〇		2.1/9/5
嗟爾來〇		2.1/9/10, 2.9/15/8
〇篤懿德		2.2/9/15
足以陶冶〇心		2.2/9/18
蓋于當〇		2.2/9/22
固上〇之所罕有		2.2/10/3
俾後〇之歌詠德音者		2.2/10/8
示〇作教		2.2/10/9
潁川陳君命〇絕倫		2.3/10/23
命〇是生		2.3/11/2
季方、元方皆命〇希有		2.4/11/17
垂〇寵光		2.4/11/19
載德奕〇		2.4/11/20
繼命〇之期運		2.5/11/26
〇之雄材、優逸之徒		2.5/12/4
〇路多險		2.5/12/7
爰在上〇		2.5/12/12
遯〇無悶		2.5/12/16
先生既蹈先〇之純德		2.6/12/24
名振當〇		2.6/13/2
光示來〇		2.7/14/2
覯衰〇而遯焉		2.8/14/9
考翼佐〇祖匡復郊廟		2.8/14/11
伊漢二十有一〇		2.9/14/29

燕然之○	7.3/37/13	制人○	10.1/53/19	七○	13.1/70/24
而未聞鮮卑之○	7.3/37/16	非一代之○也	10.1/53/22	○深微以玄妙	14.2/75/3
窮武○	7.3/37/21	王○之次	10.1/53/30	趨○如飛	14.5/75/26
以恣輕○之人	7.3/38/12	庶幾頗得○情	10.2/54/19	綜人○于晻昧兮	14.8/76/21
以逆執○	7.3/38/14	天文曆數○物制度	10.2/54/21	託歡娛以講○	14.14/77/27
特旨密問政○所變改施		非一家之○	10.2/55/2	春夏用○	14.15/78/3
行	7.4/39/4	今章句因于高祟之○	10.2/55/16	史官記○曰「上」	15.1/79/10
有兵革之○	7.4/39/14	今總合爲一○	10.2/56/10	○天審諦	15.1/79/30
是將有其○	7.4/40/15	即分爲三○	10.2/56/12	及群臣士庶相與言曰殿	
脩五○于聖躬	7.4/40/22		10.2/56/14	下、閣下、〔足下〕	
謹禮○	7.4/40/28	及《洪範》傳五○之畜		、〔侍者〕、執○之	
臣聞見符致蝗以象其○	7.4/40/31		10.2/56/26	屬皆此類也	15.1/80/7
○必積浸	7.4/41/25	故尙書郎張俊坐漏泄○		太史令司馬遷記○	15.1/80/9
且侍御于百里之內而知			11.2/57/23	所奏○處皆爲宮	15.1/80/16
外○	7.4/42/1	臣所師○故太傅胡廣	11.2/57/28	先帝故○	15.1/81/1
三○者但道先帝策護三		略以所有舊○與臣	11.2/57/28	官如故○	15.1/81/17
公	7.4/42/11	心憤此○	11.3/58/19	稱稽首上書謝恩、陳○	
臺所問臣三○	7.5/43/12	厥○舉兮	11.3/59/20	詣闕通者也	15.1/81/26
執○祕館	7.5/43/15	隨○從宜	11.7/60/22	其言密○	15.1/82/6
輒令百官上封○	7.5/43/19	百里有象牛之○	11.8/61/6	其有疑○	15.1/82/6
言○者欲陷臣父子	7.5/43/21	故當其有○也	11.8/61/29	天子父○天	15.1/82/23
以快言○	7.5/43/25	當其無○也	11.8/61/30	母○地	15.1/82/23
遵六○之求	8.1/44/10	瞻仰此○	11.8/62/4	兄○日	15.1/82/23
蜀正憲法六千餘○	8.1/44/14	以○一人	12.2/63/9	姊○月	15.1/82/23
○不稽古	8.1/44/18	○親以孝	12.3/63/20	訓人民○君之道也	15.1/82/23
舅本以田作爲○	8.2/45/9	政不嚴而○治	12.4/63/28	天子父○三老者	15.1/82/26
昔孝文愲匈奴之生○	8.3/45/21	〔不堪其○〕	12.9/64/30	兄○五更者	15.1/82/26
方外有○	8.3/45/26	乃登三○攸寧	12.17/66/25	以死勤○則祀	15.1/87/1
成功立○	8.4/46/6	三○攸寧	12.17/66/25	群臣奏○上書皆爲兩通	15.1/90/9
苟能其○	8.4/46/20	訊諸執○	13.1/69/5	不聽○	15.1/93/1
以舊典入錄機密○	9.2/47/24	夫昭○上帝	13.1/69/7	直○尙書一人從令以下	
不合○宜	9.3/48/7	國之大○	13.1/69/7	皆先行	15.1/93/12
未得因緣有○	9.3/48/11	所當恭○	13.1/69/8	執○者皮弁服	15.1/95/1
當竭肝膽從○	9.3/48/15	兵○惡之	13.1/69/12	幘者、古之卑賤執○不	
推皇天之命以已行之○	9.4/48/22	下逆人○	13.1/69/12	冠者之所服也	15.1/95/5
比方前○	9.6/49/14	謹條宜所施行七○表左		執○者皆赤幘	15.1/95/7
政○多譬	9.6/49/14		13.1/69/13		
誠合○宜	9.6/49/16	一○	13.1/69/15	**侍 shì**	**59**
是以戰攻之○	9.9/51/5	又元和故○	13.1/69/19		
臣○輕葭莩	9.9/51/7	二○	13.1/69/24	爲○御史	1.1/1/10
○之大、義之深也	10.1/52/3	述修舊○	13.1/69/26	祖○中廣川相	1.1/1/17
異名而同○	10.1/52/5	三○	13.1/69/29	補○御史	1.1/1/23,9.2/47/18
視五國之○	10.1/52/21	四○	13.1/70/1	又以高（弟）〔第〕補	
乃命有司行○	10.1/52/25	又令三公謠言奏○	13.1/70/4	○御史	1.1/1/25
凡此皆明堂太室、辟雝		五○	13.1/70/10	而升遷爲○中	1.1/2/18
太學○通文合之義也		其○優大	13.1/70/16	于時○○從陛階	1.4/3/23
	10.1/53/12	六○	13.1/70/19	舉高（弟）〔第〕○御	

史	1.6/4/17
除郎中尙書○郎	1.8/6/24
	4.2/23/11
作○御史	1.8/6/27
拜○御史	3.1/15/18,5.4/31/4
皇帝遣中謁者陳遂、○	
御史馬助持節送柩	3.2/16/9
自○御史○中已往	3.2/16/16
拜○中	3.3/17/13
乃以越騎校尉援○華光	
之內	3.4/18/7
納于○中	3.5/18/25
○宴露寢	3.5/18/26
除郎中尙書○郎、尙書	
左丞、尙書僕射	4.1/22/13
近○顯尊	4.5/26/3
天子使中常○謁者李納	
弔	4.5/26/15
于時濟陽故吏舊民、中	
常○句陽于廏等二十	
三人	4.5/26/17
季以高（弟）〔第〕爲	
○御史諫議大夫○中	
虎賁中郎將陳留太守	4.6/27/2
少辟○中	4.7/27/20
遷○中虎賁中郎將	5.4/31/5
以○中養疾	5.4/31/6
後以高等拜○御史遷諫	
議大夫	5.5/31/23
通謀中常○王甫求爲將	7.3/37/10
中常○育陽侯曹節、冠	
軍侯王甫	7.4/39/2
兩常○又諭旨	7.4/39/3
南宮○中寺	7.4/40/8
且○御于百里之內而知	
外事	7.4/42/1
及營護故河南尹羊陟、	
○御史胡母班	7.5/43/10
○中魯旭	9.2/47/25
○御史劾臣不敬	9.8/50/10
還備○中	9.9/50/23
及群臣士庶相與言曰殿	
下、閣下、〔足下〕	
、〔○者〕、執事之	
屬皆此類也	15.1/80/7
親近○從官稱曰大家	15.1/80/18
非○御者不得入	15.1/80/20

公卿、○中、尙書衣帛	
而朝曰朝臣	15.1/82/11
及諸侯王、大夫郡國計	
吏、匈奴朝者西國○	
子皆會	15.1/91/8
京兆尹○祠衣冠車服	15.1/91/26
○祠郊廟	15.1/92/18
稱○祠侯	15.1/92/18
但○祠無朝位	15.1/92/18
唯河南尹執金吾洛陽令	
奉引○中參乘奉車郎	
御屬車三十六乘	15.1/93/9
○中、中常○、○御史	
、主者郎令史皆執注	
以督整諸軍車騎	15.1/93/11
其武官太尉以下及○中	
常○皆冠惠文冠	15.1/94/27
○中常○加貂蟬	15.1/94/27
○中、中常○加黃金	15.1/95/23
以其君冠賜○中	15.1/95/24

室 shì　　55

○磐不懸	1.5/4/4
其在帝○	1.7/5/19
至于王○之卿大夫	1.7/6/5
王○亞卿也	1.7/6/12
築○講誨	2.2/10/7
其在周○	2.7/13/13
其在漢○	3.3/17/8
王○遂卑	3.6/19/21
俄而漢○大亂	3.7/20/17
以爲申伯甫侯之翼周○	3.7/21/23
拜○家子弟一人郎中	4.1/22/26
繼○以夫人	4.5/25/26
上有帝○龍光之休	4.5/26/5
潛幽○之黯黮	4.6/27/12
○中皆明	5.1/28/17
王○中微	5.1/28/18
王○以續	5.3/30/13
左右周○	6.2/33/9
婚媾帝○	6.5/34/22
朝春（政）〔正〕于王	
○	6.5/34/27
帝○命婦	6.6/35/19
宮○至大	7.1/36/9
祠○又寬	7.1/36/10

上殿入○	7.4/39/25
其咎宮○傾圮	7.4/41/8
得以盡節王○	7.5/43/23
織○絕伎	8.1/44/12
罷出宮妾免遣宗○沒入	
者六百餘人	8.1/44/13
則漢○之干城	8.3/45/28
王○以寧	8.4/46/5
夏后氏曰世○	10.1/51/27
中央曰太○	10.1/51/28
取其正○之貌	10.1/52/3
則曰太○	10.1/52/4
明堂九○	10.1/53/5
薦俘馘于京太○	10.1/53/7
太○辟雍之中	10.1/53/8
明堂太○與諸侯泮宮	10.1/53/8
凡此皆明堂太○、辟雍	
太學事通文合之義也	
	10.1/53/12
九○以象九州	10.1/53/15
以四戶八牖乘九○之數	
也	10.1/53/16
日月俱起于天廟營○五	
度	10.1/53/24
日在營○	10.1/53/25
周○既衰	10.1/54/3
主宮○	10.2/55/21
定、營○也	10.2/55/29
即營○也	10.2/56/1
允茲漢○	11.1/57/9
覽太○之威靈	11.3/59/2
齋則不入側○之門	13.1/69/20
謂士庶人數堵之○	13.1/69/21
夜半竈時至人○家也	13.9/74/3
不以京師宮○爲常處	15.1/80/13
雷神在○	15.1/85/12
其一者居人宮○樞隅處	15.1/86/9

是 shì　　203

于○始形	1.1/1/21
○時畏其權寵	1.1/1/22
于○玄有汲黯憂民之心	1.1/2/3
析見○非	1.1/2/22
用總○群后	1.2/3/7
○惟臣之職	1.3/3/16
于○儲廩豐饒	1.5/4/4

○用鏤石假象	1.5/4/7	公乃因○行退居廬	3.3/17/12	○其不可三也	7.3/38/7
當世○以服重器	1.6/4/16	○以三葉相承	3.4/18/4	○其不可五也	7.3/38/13
于○故吏司徒博陵崔烈	1.6/4/26	于○門生大將軍何進等	3.4/18/10	未知誰○	7.4/39/17
衆庶○與	1.6/5/2	則○門人二三小子	3.4/18/12	○以明主尤務焉	7.4/39/20
○後覽之者	1.7/5/13	○以德行儒林	3.6/19/25	○謂不建	7.4/39/24
○貞儉之稱文也	1.7/5/28	好○正直	3.6/19/28	○時王莽爲司馬	7.4/39/26
于○遷而遂卒	1.7/5/30	當○時也	3.7/20/19	○謂不肅	7.4/40/9
○危身利民之稱文也	1.7/5/30	于○爲邦	3.7/20/25	○時元帝初即位	7.4/40/10
○勤學好問之稱文也	1.7/6/1	于○古典舊籍必集州閭	3.7/21/14	○歲封后父禁爲平陽侯	7.4/40/11
○以邾鄉許男稱公以葬	1.7/6/11	于○故臣懼淪休伐	3.7/21/23	由○爲亂	7.4/40/12
雖無土而其位○也	1.7/6/12	○以周覽六經	4.1/22/12	○將有其事	7.4/40/15
于○冀州凶荒	1.8/6/28	式○百司	4.1/23/2	○陰陽爭明	7.4/40/27
于○依德像	1.9/7/16	○以君子勤禮	4.2/23/14	○爲嬴長	7.4/40/27
好○貞屬	1.9/7/18	于○掾太原王允、雁門		豈不謂○	7.4/41/25
于○好道之儔	1.10/8/6	畢整	4.3/24/13	優劣○委	7.4/42/11
○以賴鄉仰伯陽之蹤	1.10/8/11	○以頻繁機極	4.3/24/18	○時宰相待以禮	7.4/42/12
于○建碑表墓	2.1/9/5	好○懿德	4.4/25/13	于○尙書陳忠上言	8.1/44/5
禮樂○悅	2.1/9/7	○對○揚	4.4/25/18	○以德著圖籍	8.1/44/6
《詩》《書》○敦	2.1/9/7	不憖○遺	4.4/25/18	○以尙官損服	8.1/44/11
○則○效	2.1/9/10	夫人○享	4.5/26/2	○後轉因帝號	8.1/44/27
○爲陳胡公	2.2/9/15	○月辛卯	4.5/26/8	○後精美異味	8.2/45/6
○以邦之子弟	2.2/9/19	于○公乃式辭昭告先考	4.5/26/13	自○以來	8.3/45/25
命世○生	2.3/11/2	○爲神詁	4.5/26/18	○非講論而已哉	8.4/46/13
○以作謚封基	2.4/11/12	由○被疾	4.6/27/3	○故申伯、山甫列于	
○以實繁于華	2.5/12/1	○時夫人寢疾未蕤	4.7/27/20	《大雅》	9.1/47/1
○時郡守梁氏	2.5/12/1	二將○臨	4.7/28/3	于○乃以三月丁亥來自	
由○搢紳歸高	2.5/12/5	于○群公諸將據河、洛		雒	9.4/48/23
○訓○教	2.5/12/17	之文	5.1/28/20	○以戰攻之事	9.9/51/5
○故德行外著	2.6/13/1	○以虞稱嬀汭	5.1/28/24	臣○以宵寢晨興	9.9/51/9
于○從遊弟子陳留、申		于○受脤	5.3/30/10	○以清廟茅屋	10.1/52/7
屠蟠等悲悼傷懷	2.6/13/5	于○祈農	5.3/30/10	百官于○乎戒懼而不敢	
孝友○備	2.6/13/6	于○司監	5.3/30/15	易紀律	10.1/52/8
上德○經	2.6/13/6	○年遭疾	5.4/31/6	膳夫○相	10.1/52/20
耽怡○寧	2.6/13/6	○日疾遂大漸	5.4/31/9	自○告朔遂闕而徒用其	
○則君之所以立節明行	2.7/13/28	于○退邇搢紳	5.4/31/11	羊	10.1/54/4
伯夷○師	2.7/14/4	萬年○紀	5.4/31/18	○以用之	10.2/54/31
史鰌○慕	2.7/14/4	于○陳留主簿高吉蔡軫		○月獻羔以太牢祀高禖	
于○因好友朋	2.8/14/20	等	5.5/32/1		10.2/55/14
懿德○丕	2.8/14/22	于○乎出	6.1/32/16	○用之助生養	10.2/55/15
經緯○綜	2.8/14/22	于○乎在	6.1/32/17	獨不難取之于○也	10.2/56/7
雅麗○分	2.8/14/23	○以豐于天爵	6.2/33/13	○以不得言妻云也	10.2/57/2
○瞻○聽	2.9/15/8	乃于○立祠堂	6.2/33/15	○時梁冀新誅	11.3/58/17
爕戾○黜	3.1/15/23	惟德○行	6.6/35/12	○以陳賦	11.4/59/28
英才○列	3.1/15/23	○用登隮	6.6/35/17	趨其○而矯其非	11.8/61/4
疾○苛政	3.1/15/25	仲尼○紀	6.6/35/19	夫如○	11.8/61/7
于○門人學徒	3.1/16/2	于○孝子長叫	6.6/35/22	○以有云	11.8/61/10
臨晉○侯	3.2/17/3	于○何者爲甚	7.3/38/7	于○智者騁詐	11.8/61/17

夭夭○加	11.8/61/21	三公赦令、贖令之屬○		○而遺輕	11.8/61/23
○故天地否閉	11.8/61/21	也	15.1/81/12	我思遠○	14.5/76/2
害其若○	11.8/62/6	○為詔書	15.1/81/17		
○以君子推微達著	11.8/62/10	○為戒敕也	15.1/81/21	**視 shì**	**12**
于○公子仰首降階	11.8/62/22	駁議曰某官某甲議以為			
式○百辟	12.2/63/9	如○	15.1/82/7	○民如保赤子	1.1/2/6
○以功隆名顯	12.2/63/10	今之里社○也	15.1/84/25	○闇則疾癘流行	7.4/40/21
邪慝○仇	12.2/63/14	○為瘟鬼	15.1/86/8	○五國之事	10.1/52/21
直亮○與	12.2/63/14	○為魍魎	15.1/86/9	○帝猷	10.1/52/21
由○撫亂以治	12.3/63/22	于○命方相氏黃金四目	15.1/86/9	○短人兮形若斯	11.4/59/30
于○鄉黨乃相與登山伐		○皆其文也	15.1/90/22	○短人兮形如許	11.4/59/31
石而勒銘曰	12.5/64/6	○後遵承藏主于世祖廟	15.1/91/2	迫而○之	11.6/60/14
璇璣○承	12.8/64/23	○後踵前	15.1/91/3	○鑒出于自然	12.3/63/19
○以神明屢應	12.10/65/8	殤帝康陵、沖帝懷陵、		其○富貴	12.5/64/7
○時聖上運天官之法駕		質帝靜陵○也	15.1/91/18	○明禮脩	12.15/66/15
	12.11/65/17	○為質帝	15.1/92/5	兔曰明○	15.1/87/9
○以《易》嘉積善有餘		○為五時副車	15.1/93/14	組纓各○其綬之色	15.1/94/18
慶	12.12/65/22	如索裙者○也	15.1/93/25		
○以靈祇	12.12/65/24	○為十二旒	15.1/94/17	**筮 shì**	**4**
○用祚之	12.12/65/26	○知南冠蓋楚之冠	15.1/95/21		
豈不○欲	12.12/65/28	前圖以為此制○也	15.1/96/4	以為卜○之術	2.7/13/25
東作○營	12.14/66/9			龜○悉從	4.5/26/14
少者○懷	12.17/66/24	**拭 shì**	**1**	乃謀卜○	6.6/35/24
老者○安	12.17/66/25			近似卜○之術	10.2/56/26
○故天地示異	12.24/67/29	故覽照○面	13.11/74/14		
○故先帝雖有聖明之資				**勢 shì**	**13**
	13.1/69/24	**恃 shì**	**1**		
○時奉公者欣然得志	13.1/70/4			攻有必克之○	1.5/4/6
于○名臣輩出	13.1/70/11	無一可○	7.2/36/19	（育）〔烏〕、賁之勇	
○以承秦	13.2/71/3			○	3.7/20/19
甲寅為○	13.2/71/5	**眎 shì**	**3**	驅自行之○	6.1/32/18
爭訟○非	13.2/71/7			體○強壯	6.1/32/26
○則雖非圖讖之元	13.2/71/9	○事三年	1.5/4/7	○有可否	7.3/37/13
○又新元效于今者也	13.2/71/10	商祭明○	9.4/48/25	降氣奮○	7.4/39/10
○始用四分曆	13.2/71/29	○之無主	14.4/75/18	以（主）〔玉〕氣○	7.4/42/2
○以古之交者	13.3/72/9			郤○所當	7.5/43/14
○以搢紳患其然	13.3/72/11	**逝 shì**	**11**	承持卓○	9.1/47/6
○以君子慎人所以交己				候風雲之體○兮	11.3/59/12
	13.3/72/13	如何俎○	3.7/22/3	○以凌雲	11.6/60/12
○以甚致飾焉	13.11/74/12	嗟既○之益遠	4.6/27/14	異體同○	11.7/60/23
于○遊目騁觀	14.1/74/26	景命徂○	4.7/28/4	嘉清源之體○兮	14.1/74/24
平陽○私	14.5/75/28	遭疾夭○	6.4/34/9		
于○歌人恍惚以失曲	14.11/77/7	嗟童孺之夭○兮	6.4/34/14	**試 shì**	**3**
琴瑟○宜	14.12/77/12	傷○不續	6.5/35/5		
于○繁絃既抑	14.12/77/15	○彼兆域	6.6/35/25	潛伏不○	2.2/9/26
于○列象	14.13/77/21	息鞏都而後○	11.3/59/9	○之以文	7.4/42/20
○故謂之幸	15.1/81/2	時○歲暮	11.8/61/10	誠宜○用	8.3/45/28

守 shǒu 110

考東萊太〇 1.1/1/17
〇以純固 1.1/1/19
徵拜上谷太〇 1.1/2/7
遷漢陽太〇 1.1/2/10,1.6/4/19
拜鉅鹿太〇 1.1/2/12
歷河南太〇太中大夫 1.1/2/15
〇有山岳之固 1.5/4/6
東萊太〇之元子也 1.6/4/13
即家拜上谷太〇 1.6/4/19
鉅鹿太〇 1.6/4/19
〇于臨淮 1.8/6/22
實爲陳留太〇 1.8/6/22
〇死善道 1.8/7/6
文忠公益州太〇朱君名穆字公叔 1.9/7/12
刺史太〇 2.2/10/1
終始所〇 2.2/10/4
太〇南陽曹府君命官作誄曰 2.3/11/2
〇中有令 2.3/11/3
陳留太〇之孫 2.5/11/26
是時郡〇梁氏 2.5/12/1
太〇復察孝廉 2.5/12/2
（疆）〔强〕禦不能奪其〇 2.5/12/8
高祖、祖父皆豫章太〇潁陰令 2.6/12/24
安靜〇約 2.6/12/26
又家拜犍爲太〇、太中大夫 2.6/13/3
〇此玄靜 2.6/13/8
太尉張公、兗州劉君、陳留太〇淳于君、外黃令劉君僉有休命 2.7/14/1
卿相牧〇 2.8/14/11
不動其〇 2.8/14/17
行己〇道 2.8/14/23
〇根據窮 2.9/15/1
〇死善操 2.9/15/7
六年〇靜 3.1/15/19
其時所免州牧郡〇五十餘人 3.1/15/23
益固其〇 3.1/15/25
郡〇令長 3.7/20/24
南陽太〇樂鄉亭侯旻思等言 3.7/21/21
遷濟陰太〇 4.1/22/14,4.2/23/13
遷汝南太〇 4.2/23/15
〇之以恭 4.3/24/16
〇于三邦 4.4/25/14
高祖父汝南太〇 4.5/25/23
父以主簿嘗證太〇 4.5/25/24
公之季子陳留太〇碩卒于洛陽左池里舍 4.5/26/8
葬我夫人黃氏及陳留太〇碩于此高原 4.5/26/15
季以高（弟）〔第〕爲侍御史諫議大夫侍中虎賁中郎將陳留太〇 4.6/27/2
以議郎出爲濟陰太〇 4.7/27/20
〇于濟陰 4.7/28/3
曾祖父江夏太〇 5.2/29/9
伯父東郡太〇 5.2/29/9
漁陽太〇 5.2/29/13
故吏潁川太〇張溫等 5.2/29/20
即拜陳留太〇 5.4/31/7
俾〇陳留 5.4/31/16
拜陳留太〇 5.5/31/24
遷太〇 6.2/33/14
故陳留太〇胡君子曰根 6.4/34/7
考南郡太〇 6.5/34/21
〇禦之備 7.2/36/19
朝不〇夕 7.2/36/20
其設不戰之計、〇禦之因者 7.3/37/17
狐疑避難則〇爲長 7.3/38/16
屯〇衝要以堅牢不動爲務 7.3/38/20
若乃〇邊之術 7.3/38/20
〇先帝之規 7.3/38/21
嚴〇衛 7.4/39/19
申明門戶〇禦之令 7.4/40/28
牧〇數十選代 7.4/42/6
忠實〇固 7.4/42/10
問臣以大鴻臚劉郃前爲濟陰太〇 7.5/43/9
前太〇文穆召署孝義童 8.2/45/6
即起家參拜爲泰山太〇 8.3/45/25
〇持內定 8.4/46/11
願明將軍回謀〇慮 8.4/46/17
牧〇宣藩 9.2/47/26
以〇刻漏 9.2/47/28
五府舉臣任巴郡太〇 9.3/48/4
驚惶失〇 9.3/48/4
永〇民庶 9.5/49/4
永〇皇極 9.7/50/2
臣以相國兵討逆賊故河內太〇王臣等 9.8/50/8
令〇已郡 9.9/50/22
師氏教以三德〇王門 10.1/52/22
保氏教以六藝〇王闈 10.1/52/23
乃命太史〇典奉法 10.1/53/26
乘塞〇烽 11.2/57/25
郡縣咸悄悄不知所〇 11.2/58/6
白朝廷敕陳留太〇〔發〕遣余到偃師 11.3/58/19
僉〇利而不戢 11.3/59/14
故以仁〇位 11.8/61/5
何爲〇彼而不通此 11.8/61/13
石門〇晨 11.8/61/22
〇之以平 11.8/61/27
心恬澹于〇高 11.8/62/2
〇以罔極 12.9/65/3
但〇奉祿 13.1/70/15
故城門校尉梁伯喜、南郡太〇馬季長 13.5/73/14
味道〇眞 13.7/73/24
刺史太〇相劾奏申下（上）〔土〕遷書文亦如之 15.1/81/12
戒書、戒敕刺史太〇及三邊營官 15.1/81/21
巡〇告祭柴望之所歌也 15.1/87/22
〇者、秦置也 15.1/88/18
置三川〇 15.1/88/18
漢改曰河南〇 15.1/88/18
武帝會曰太〇 15.1/88/18
宣帝但起園陵長承奉〇 15.1/92/1
曾祖鬱林太〇曰皇曾祖 15.1/92/2
清白自〇曰貞 15.1/97/1

首 shǒu 73

公拜稽〇 1.1/1/7,4.4/25/17
收考〇伏 1.1/2/10
再拜稽〇以讓 1.2/3/4
公拜稽〇以讓 1.3/3/13
公拜稽〇曰 1.4/3/22

羌戎授○于西疆 1.5/4/6
歷端○則義可行 1.6/4/16
父拜稽○ 1.9/7/19
略舉○目 2.2/9/29
皆舉○曰 2.3/10/23
而公脫然以爲行○ 3.2/16/18
股肱元○ 4.1/23/2,11.1/57/10
用○謀定策 4.2/23/18
○策誅之 5.3/30/13
溉灌維○ 6.1/32/20
臣邕頓○死罪 7.2/36/16
7.4/41/17,9.3/48/5,9.3/48/13
9.8/50/12,9.9/50/26
雖得越王之○ 7.3/38/15
臣邕頓○ 7.3/38/22
臣邕頓○頓○ 7.4/39/8
8.3/45/30,9.2/47/20
9.6/49/25
頭爲元○ 7.4/40/15
頓○再拜上書皇帝陛下 7.5/43/9
使質恨以衰老白○ 7.5/43/25
臣頓○ 8.2/45/15
則顏淵不得冠德行之○ 8.4/46/19
臣邕等頓○頓○ 9.1/47/12
非臣碎○糜軀所能補報 9.2/47/20
臣尙書邕免冠頓○死罪 9.3/48/3
稽○再拜 9.7/50/1
斬獲○級 9.8/50/8
臣稽○受詔 9.9/50/20
小有馘截○級、履傷涉
血之難 9.9/51/5
○如蓬葆 9.9/51/6
頓○敢固以請息 9.10/51/20
稽○再拜上書皇帝陛下
11.2/57/17
截臣○領 11.2/57/21
粗見○尾 11.2/57/29
分別○目 11.2/58/9
臣頓○死罪 11.2/58/13
稽○再拜以聞 11.2/58/13
壯田橫之奉○兮 11.3/59/11
處篇籍之○目 11.6/60/16
元○寬則望舒眺 11.8/62/10
于是公子仰○降階 11.8/62/22
夢陟○陽 12.1/62/30
黔○用寧 12.13/66/5
心猶○面也 13.11/74/12
玄○黃管 14.8/76/23
稱稽○上書謝恩、陳事
詣闕通者也 15.1/81/26
其京師官但言稽○ 15.1/81/28
下言稽○以聞 15.1/81/28
頓○頓○ 15.1/82/3
曰稽○ 15.1/82/10
朝臣曰稽○頓○ 15.1/82/11
非朝臣曰稽○再拜 15.1/82/11
皆取○妻男女完具者 15.1/82/27
正月歲○ 15.1/93/2

受 shòu 101

所部二千石○取有驗 1.1/1/19
○鞫就刑 1.1/2/7
在郡○取數億以上 1.1/2/15
臨難○位 1.1/2/21
三讓然後○命 1.2/3/4,1.3/3/13
始○旄鉞鉦鼓之任 1.5/4/3
弓不○彊 1.5/4/7
膺○純性 1.6/4/14
爲○罰者所章 1.6/4/20
其孤野○顧命曰 1.9/7/13
遭難○侮 1.9/7/18
○之自天 2.1/9/6
○明哲之上姿 2.2/9/16
以○范邑 2.7/13/14
君○天正性 2.7/13/15
用○禁錮 2.7/13/24
以○薄償 2.7/13/26
初○封 3.2/16/22
○茲介福 3.2/16/28,3.3/17/23
4.5/26/3
○天醇素 3.3/17/10
又以光祿大夫○命司徒 3.3/17/15
○爵開國 3.3/17/17
大小○命 3.7/21/8
○學之徒 3.7/21/12
○輅車、乘馬、玄袞、
赤舄之賜 3.7/21/24
○茲介祜 4.1/23/3
篤○介祉 4.2/23/29
七○帝命 4.4/25/15
惟漢再○命 5.1/28/15
12.11/65/16
○漢厚恩 5.1/28/26
公○純懿之資 5.2/29/9
于是○脤 5.3/30/10
盡○嘉祥 5.3/30/20
○過庭之訓 6.2/33/14
○誨則成 6.4/34/12
當○永福 6.4/34/13
○茲義方 6.6/35/16
心不○仁 7.3/38/6
○詔書各一通 7.4/39/3
再拜○詔書 7.4/39/4
皆以罪○戮 7.4/40/2
兩子○封 7.4/41/23
無使盡忠之吏○怨姦讎 7.4/43/5
不能○ 7.5/43/15
疾貪吏○取爲姦 8.1/44/16
違禮大行○大名、小行
○小名之制 8.1/44/28
○者不能荅其問 8.4/46/9
怪此寶鼎未○犧牛大羹
之和 8.4/46/16
先寇○害 9.1/47/4
辭多○少 9.1/47/9
今者○爵十有一人 9.1/47/9
臣等謹案《漢書》高祖
○命如卓者 9.1/47/11
以○酒禮嘉幣之賜 9.3/48/8
荷○非任 9.3/48/12
踧踖○拜 9.3/48/12
昔○命京師 9.4/48/19
使爾○祿于天 9.5/49/3
光武皇帝○命中興 9.6/49/12
○祿于天 9.7/50/2
臣稽首○詔 9.9/50/20
錄功○賞 9.9/50/25
佐命高祖以○爵賞 9.9/50/26
○而不讓 9.9/50/28
伏○罪誅 9.9/50/29
被○爵邑 9.9/50/29
非臣力用勤勞有所當○ 9.9/50/30
臣聞高祖○命 9.9/51/3
以○爵土 9.9/51/6
以德○命 9.10/51/15
祀神○職 10.1/53/19
○《月令》以歸而藏諸
廟中 10.1/54/2
臣邕被○陛下寵異大恩
11.2/57/17

○詔詣東觀著作	11.2/57/18	量材○任	3.1/15/25	**壽 shòu**	16
兼○恩寵	11.2/57/20	進○《尙書》于禁中	3.3/17/13		
遂與議郎張華等分○之		○誨童冠	3.4/18/5	○億齡	1.10/8/16
	11.2/57/30	○之方策	3.4/18/12	以永○二年夏五月乙未	
高○滅家之誅	11.8/62/5	○我無隱	3.4/18/16	卒	2.8/14/19
董父○氏于豢龍	11.8/62/19	用○爵賜	3.5/19/8	賦○不永	3.6/20/4
○命皇兮	12.1/63/3	以《魯詩》教○	3.6/19/24	仁者（○）宜享（胡考）	
英風發乎天○	12.3/63/20	將○上位	3.6/20/4	〔鮐耇〕	3.7/21/19
○終文祖	12.8/64/22	析圭○土	3.7/21/5	登○耄耋	4.5/26/19
昔文王始○命	12.12/65/21	上復遣左中郎將祝耽○		言仁者其○長	4.6/27/8
將○衰職	12.18/66/31	節	3.7/21/6	○考且寧	6.1/33/5
聖聽納○	13.1/69/30	雖周、召○分陝之任	3.7/21/7	仁者○長	6.6/35/20
臣每○詔	13.1/70/14	子○徵拜五官中郎將	3.7/21/22	眉○萬年	9.5/49/4
○恩之重	13.1/70/25	又○太傅	4.1/22/22	上千萬○	9.7/50/1
○精靈之造化	14.2/75/3	○任進衛	4.7/27/21	萬○無疆	9.7/50/4
漢高祖○命	15.1/79/15	○高密令	5.2/29/12	○同松喬	9.10/51/20
唯赦令、贖令召三公詣		詔使謁者劉悝即○印綬	5.5/31/24	○王創基于格五	11.8/62/20
朝堂○制書	15.1/81/14	實天所○	6.3/33/22	太史令張○王挾甲寅元	
露之者、必○霜露以達		擢○劇州	7.2/36/28	以非漢曆	13.2/71/7
天地之氣	15.1/85/28	天○逸才	8.4/46/7	往者○王之術	13.2/72/4
遂常奉祀光武舉天下以		○任千里	9.3/48/6	老謂久也、舊也、○也	
再○命復漢祚	15.1/91/1	敬○人時	10.1/53/26		15.1/82/27
○天子之社土以所封之		堯乃○徵	12.8/64/22		
方色	15.1/92/10	必于此社○以政	15.1/84/18	**瘦 shòu**	3
東方○青	15.1/92/10	苴以白茅○之	15.1/92/11		
南方○赤	15.1/92/11			顏色○小	8.2/45/8
故謂之○茅土	15.1/92/11			「○」字中從「叟」	10.2/56/31
不○茅土	15.1/92/13	**綬 shòu**	16	以「嫂」「○」推之	10.2/57/1
漢服○之秦	15.1/95/11				
		解印○去	1.1/1/22	**獸 shòu**	5
狩 shòu	6	詔書印○	1.6/4/19		
		今使權謁者中郎楊貢贈		清嘉穀于禽○兮	11.3/59/16
巡○泰山	5.1/28/23	穆益州刺史印○	1.8/7/6	降生靈○	12.15/66/15
竊見巡○岱宗	12.10/65/7	即解○去	2.2/9/24	走○率舞	14.12/77/16
獲諸西○	12.15/66/16	賜公驃騎將軍臨晉侯印		宵扈氏農正、夜爲民驅	
巡○天下	15.1/80/16	○	3.5/19/9	○	15.1/86/6
巡○祀四嶽、河海之所		贈以太傅安樂鄉侯印○	4.1/22/26	獬豸、○名	15.1/95/20
歌也	15.1/88/11	屬上印○	5.4/31/6		
巡○校獵還	15.1/92/22	詔使謁者劉悝齎印○	5.4/31/7	**疋 shū**	3
		詔使謁者劉悝即授印○	5.5/31/24		
授 shòu	28	下印○符策	9.9/50/17	布二百○	4.5/26/16
		上所假高陽侯印○符策	9.9/50/28	布百○	5.4/31/11
羌戎○首于西彊	1.5/4/6	墨○長吏	13.1/70/19	布一百○	5.5/31/25
天○弘造	2.2/10/8	皇后赤○玉璽	15.1/83/18		
天○懿度	2.7/14/3	組綬如其○之色	15.1/94/17	**抒 shū**	1
以歐陽《尙書》、《京		組綬各視其○之色	15.1/94/18		
氏易》誨○	3.1/15/17	其綬與組各如其○之色		○心志之鬱滯	14.9/76/29
			15.1/94/26		

參以群〇	10.2/54/22		15.1/81/12	卿大夫、尚〇、博士兩	
似〇有轉誤	10.2/55/17	刺史太守相劾奏申下		梁	15.1/95/16
〇者轉誤	10.2/56/31	（上）〔土〕遷〇文			
稽首再拜上〇皇帝陛下		亦如之	15.1/81/12	**殊 shū**	**7**
	11.2/57/17	凡制〇有印使符下	15.1/81/14		
時以尚〇召拜郎中	11.2/57/18	尚〇令印重封	15.1/81/14	交州〇遠	3.7/21/8
故尚〇郎張俊坐漏泄事		唯赦令、贖令召三公詣		踐〇號于特進	4.3/25/3
	11.2/57/23	朝堂受制〇	15.1/81/14	允公族之〇異	6.3/33/25
詔〇馳救一等	11.2/57/24	詔者、詔誥也	15.1/81/17	所以別（內外）〔外內〕	
俊上〇謝恩	11.2/57/24	是爲詔〇	15.1/81/17	、異〇俗也	7.3/38/8
常以爲《漢〇》十志下		尚〇令奏之	15.1/81/18	〇異祖宗不可參竝之義	9.6/49/23
盡王莽	11.2/57/27	若下某官云云亦曰昭〇		誠信暢于〇俗	12.3/63/22
及經典群〇所宜捃撫	11.2/58/9		15.1/81/18	兼漢沔之〇名	14.1/74/23
本奏詔〇所當依據	11.2/58/9	無尚〇令奏制字	15.1/81/19		
并〇章左	11.2/58/9	如〇本官下所當至	15.1/81/19	**紓 shū**	**2**
亡失文〇	11.2/58/10	戒、戒敕刺史太守及			
參以璽〇	11.2/58/11	三邊營官	15.1/81/21	以〇鬱滯	8.1/44/13
中有尺素〇	11.5/60/5	世皆名此爲策〇	15.1/81/21	〇體放尾	11.6/60/11
長跪讀素〇	11.5/60/5	凡群臣上〇于天子者有			
〇上竟何如	11.5/60/5	四名	15.1/81/24	**淑 shū**	**18**
手〇要曰	12.1/63/1	稱稽首上〇謝恩、陳事			
《春秋》既〇	12.15/66/15	詣闕通者也	15.1/81/26	純懿〇靈	2.1/9/6
封鎮〇符	12.24/67/28	詣尚〇通者也	15.1/82/4	秉玄妙之〇行	2.2/9/16
孝元皇帝策〇曰	13.1/69/18	公卿使謁者將大夫以下		應天〇靈	2.6/13/6
前後制〇	13.1/69/19	至吏民尚〇左丞奏聞		天〇厥命	2.8/14/24
任禁忌之〇	13.1/69/20	報可	15.1/82/5	天眞〇性	2.9/14/29
五年制〇	13.1/70/3	表文武已奏如〇	15.1/82/6	公應天〇靈	4.1/22/10
夫〇畫辭賦、才之小者		群臣上〇皆言昧死言	15.1/82/10	溫恭〇愼者也	5.4/31/3
	13.1/70/11	公卿、侍中、尚〇衣帛		可謂仁粹〇貞	6.2/33/12
遠有驗于《圖》《〇》		而朝日朝臣	15.1/82/11	逸才〇姿	6.3/33/22
	13.2/71/24	《尚〇》曰	15.1/84/18	應氣〇靈	6.4/34/11
元和二年二月甲寅制〇		《漢〇》稱高帝五年	15.1/85/21	在〇媛作合孝明	6.5/34/22
曰	13.2/71/25	《尚〇》曰皋陶作士	15.1/89/11	〇愼其止	6.6/35/11
元和詔〇	13.2/72/5	群臣奏事上〇皆爲兩通	15.1/90/9	翼此清〇	6.6/35/14
其命令一曰「策〇」	15.1/79/11	尚〇官屬	15.1/91/9	〇暢洽于群生	8.2/45/11
二曰「制〇」	15.1/79/12	太僕奉駕上鹵簿于尚〇		伏惟陛下應天〇靈	9.7/49/29
三曰「詔〇」	15.1/79/12		15.1/93/10	今歲〇月	12.26/68/7
四曰「戒〇」	15.1/79/12	直事尚〇一人從令以下		余心悅于〇麗	14.3/75/12
上〇亦如之	15.1/80/6	皆先行	15.1/93/12	盼倩〇麗	14.5/75/23
璽〇追而與之	15.1/80/24	尚〇御史乘之	15.1/94/5		
策〇	15.1/81/7	《周〇》曰	15.1/94/13	**疏 shū**	**13**
不〇于策	15.1/81/7	詔有司采《尚〇・皋陶			
兩編下垍篆〇	15.1/81/8	篇》及《周官》《禮		乃〇上請歸本縣葬	3.7/21/22
亦以策〇誅諡其行而賜		記》定而制焉	15.1/94/15	損用節財以贍〇族	6.2/33/11
之	15.1/81/9	卿大夫、尚〇、二千石		施浹〇族	6.6/35/15
而隸〇以尺	15.1/81/10	博士冠兩梁	15.1/94/22	〇賤妄乃得姿意	7.4/41/24
制〇、帝者制度之命也		其上兩〇曰	15.1/95/7	而竝以書〇小文一介之	

技	7.4/42/20	**輸** shū	5	**蜀** shǔ	1	
密○特表	8.4/46/20	亦臣○寫肝膽出命之秋	7.4/41/16	李冰在○	6.1/32/19	
《三統》以○閏廢弛	10.2/55/2	未及○力	9.3/48/3			
情不○而貌親	12.6/64/12	不能○寫心力	11.2/57/20	**暑** shǔ	10	
猶爲○廢	13.1/69/9	○作左校	11.2/57/24	小○、季夏節也	10.2/55/9	
而有司數以蕃國○喪	13.1/69/16	施公○之剖剕	14.9/76/28	據時始○而記也	10.2/55/10	
卒以○闊	13.2/71/8			然則小○當去大○十五		
雉曰○趾	15.1/87/9	**攄** shū	2	日	10.2/55/11	
稻曰嘉○	15.1/87/12	乃○洪化	1.8/7/1	據時○也	10.2/55/11	
		撫長笛以○憤兮	14.6/76/9	寒○相推	11.8/61/24	
舒 shū	12			踐露知○	11.8/62/11	
○哀聲	1.10/8/16	**孰** shú	1	六月祖○	12.29/68/24	
翔區外以○翼	2.1/9/2	○能該備寵榮	3.3/17/18	清風逐○	14.15/78/3	
○演奧祕	3.6/19/26			後又以盛○省六月朝	15.1/92/27	
仲○之相江都	3.6/20/4	**熟** shú	3			
○詳閒雅	4.7/27/18	罔不習○	4.7/27/19	**鼠** shǔ	2	
則○紳緩佩	11.8/61/30	罪成惡○	5.1/28/19	偃○飲河	9.9/51/10	
元首寬則望○眺	11.8/62/10	少汁則焦而不可○	8.4/46/15	坩貂蟬○尾飾之	15.1/95/23	
○之足以光四表	11.8/62/14					
晝騁情以○愛	14.3/75/13	**贖** shú	6	**署** shǔ	9	
○寫情襄	14.5/75/28	幸遇○令	1.1/2/17	郡○五官掾功曹	2.8/14/16	
○滯積而宣鬱	14.7/76/13	命不可○	2.3/11/8	○致掾史	6.2/33/13	
董仲○、武帝時人	15.1/95/6	如可○也	5.4/31/17	引入崇德殿○門內	7.4/39/1	
		以一月俸○罪	9.8/50/11	招前殿○王業等曰	7.4/39/25	
菽 shū	2	三公赦令、○令之屬是		近在○寺	7.4/41/21	
夏食○雞	10.2/56/17	也	15.1/81/12	前太守文穆召○孝義童	8.2/45/6	
○爲金	10.2/56/25	唯赦令、○令召三公詣		不更郎○	9.2/47/23	
		朝堂受制書	15.1/81/14	乞在他○	9.2/47/28	
樞 shū	7			而○名羽林左監	9.8/50/9	
綱繆○極	4.1/22/14	**黍** shǔ	10			
密靜周乎○機	4.2/23/12	粳○稼穡之所入	6.1/33/1	**曙** shǔ	1	
意者陛下（關）〔○〕		冬食○豕之屬	10.2/56/17	吻昕將○	14.5/76/1	
機之內、衽席之上	7.4/39/16	○爲水	10.2/56/25			
且夫地將震而○星直	11.8/62/9	頡若○稷之垂穎	11.6/60/11	**屬** shǔ	40	
奉皇○	11.8/62/15	與其彼農皆	13.3/72/24	情、「忠之○也	1.7/5/18	
北面設主于門左○	15.1/85/8	夫○亦神農之嘉穀	13.3/72/24	以所執不協所○	2.2/9/25	
其一者居人宮室○隅處	15.1/86/9	使交可廢則○其愆矣	13.3/72/25	大將軍三公使御○往弔		
		秋薦○豚	15.1/84/14	祠	2.2/10/1	
蔬 shū	1	齊號、○曰薌合	15.1/87/5	遣官○掾史前後赴會	2.3/11/3	
薌合嘉○薌其	9.4/48/25	○曰薌合	15.1/87/12	以驃騎將軍官○及司空		
				法駕	3.2/16/10	

俾率其○	3.5/18/28	勤諸侯之遠○兮	11.3/58/26	膏民○	4.3/25/8
○扶風魯宙、潁川敦歷		赤帝以（○）〔戌〕臘		○黃耇以期頤	4.6/27/7
等	4.3/24/13	午祖	15.1/86/19	故自有國至于黎○	5.3/30/10
祗慎其○	4.5/26/9			○篤其祉	5.4/31/17
充備官○	5.5/32/1	**束 shù**	**1**	○神魄之斯寧	6.4/34/14
親○李陶等	6.4/34/10			○無永傷	6.6/35/27
下開託○之門	7.4/42/22	加漆絲之纏○	14.8/76/19	用敷錫厥○民	7.4/40/5
臣○吏張宛長休百日	7.5/43/10			惟時厥○民于汝極	7.4/40/5
實○宛、奇	7.5/43/12	**述 shù**	**15**	永守民○	9.5/49/4
不敢○郜	7.5/43/14			除在匹○	9.9/50/27
喘息（纔）〔裁〕○	8.2/45/4	相與○公之行	1.1/1/12	○明王復興君人者	10.1/54/5
更以○缺招延	8.4/46/18	苟不○皦	1.6/4/26	○幾頗得事情	10.2/54/19
若夫太昊蓐收句芒祝融		亦賴之于見○也	2.1/9/5	○幾多識前言往行之流	
之○	10.2/54/30	○錄高行	2.3/11/5		10.2/54/24
六騶○焉	10.2/55/26	以襃功○德	2.4/11/12	非外吏○人所得擅述	11.2/57/29
冬食黍豭之○	10.2/56/17	甄○景行	2.6/13/6	泜泜○類	11.8/61/26
牛○季夏	10.2/56/21	各○所審	3.3/17/20	○士予鉏	12.15/66/16
犬○季秋	10.2/56/21	紹○雅意	4.6/27/4	謂士○人數堵之室	13.1/69/21
虎○也	10.2/56/24	襃○之義	5.1/28/27	○苔風霆災妖之異	13.1/69/22
父子家○	11.2/57/21	相與嘆○君德	5.4/31/12	眾○解悅	13.1/69/31
宣幽情而○詞	11.3/58/23	今之所○	10.2/56/15	○可塞矣	13.1/70/7
崗岑紆以連○兮	11.3/59/1	非外吏庶人所得擅○	11.2/57/29	《摽梅》求其○士	14.2/75/5
高下○連	11.7/60/24	○而成賦	11.3/58/20	及群臣士○相與言曰殿	
○炎氣于景雲	11.8/61/10	中○世宗	12.10/65/7	下、閣下、〔足下〕	
太子官○	13.1/70/29	○修舊事	13.1/69/26	、〔侍者〕、執事之	
及群臣士庶相與言曰殿				屬皆此類也	15.1/80/7
下、閣下、〔足下〕		**恕 shù**	**3**	○人曰妻	15.1/83/17
、〔侍者〕、執事之				號爲○人	15.1/84/9
○皆此類也	15.1/80/7	事施順○	5.4/31/2	及○人皆無廟	15.1/84/9
所至見長吏三老官○	15.1/81/1	敦（厚）〔率〕忠○	5.4/31/14	州長眾○在其後	15.1/89/9
三公赦令、贖令之○是		惻隱仁○	6.2/33/11		
也	15.1/81/12			**術 shù**	**30**
孺之言○也	15.1/83/17	**庶 shù**	**38**		
羊曰柔毛之○也	15.1/87/5			文以典○	1.1/1/18
梁曰香萁之○也	15.1/87/6	○績既熙	1.1/1/7	益州府君貫綜典○	1.7/5/12
幣曰量幣之○也	15.1/87/6	凡○徵不若	1.3/3/16	彌綸典○	1.9/7/18
尚書官○	15.1/91/9	茲可謂超越眾○	1.6/4/25	以爲卜筮之○	2.7/13/25
○弟于元帝爲子	15.1/91/13	眾○是與	1.6/5/2	○有玄妙	2.9/15/7
○車八十一乘	15.1/93/7	○奉清塵	2.4/11/21	遠涉道里以修經○	3.2/16/13
唯河南尹執金吾洛陽令		○尹知恤	3.3/17/14	若夫道○之美	3.4/18/12
奉引侍中驂乘奉車郎		以熙○績	3.5/18/28	道通○明	3.5/18/26
御○車三十六乘	15.1/93/9	冠于○事	4.1/22/14	既討三五之○	3.6/19/23
故大駕○車八十一乘也	15.1/94/5	○績咸釐	4.1/23/2	乃從經○之方	3.6/20/3
		文敏暘乎○事	4.2/23/12	若乃守邊之○	7.3/38/20
戍 shù	**3**	嘉（丕）〔○〕績于九		以經○分別枲囊封上	7.4/41/15
		有	4.2/23/29	少明經○	8.3/45/23
○八方之邊	3.7/20/22	雖○物戮力	4.3/25/6	無○不綜	8.4/46/10

學○虛淺 9.9/50/20
《顓頊曆（衡）〔○〕》曰 10.1/53/24
近似卜筮之○ 10.2/56/26
雲鬱○而四塞兮 11.3/59/5
先涉經○ 13.1/70/12
○○無常 13.2/71/3
各家○皆當有效于其當時 13.2/71/6
○家以算追而求之 13.2/71/11
故有古今之○ 13.2/71/12
亦猶古○之不能下通于今也 13.2/71/12
光晃誠能自依其○ 13.2/71/23
可以易奪甘石、窮服諸○者 13.2/71/24
史官用太初鄧平○ 13.2/71/26
往者壽王之○ 13.2/72/4
○士冠、前圓 15.1/96/10

數 shù 52

在郡受取○億以上 1.1/2/15
（如前）〔○月〕遜位 1.1/2/18
實有年○ 1.7/5/25
博審不可勝○ 2.2/9/29
膺期運之○ 2.3/10/15
蓋不可勝○ 3.4/18/6
戶邑之○ 4.2/23/18
曆○在帝 5.1/28/21
士馬死傷者萬○ 7.2/36/18
今者刺史○旬不選 7.2/36/24
武帝患東越○反 7.2/36/26
兵出○十年 7.3/37/18
校往來之○哉 7.3/38/10
故○十年無有日蝕 7.4/41/20
牧守○十選代 7.4/42/6
○見訪聞 7.4/42/10
當因其言居位十○年 7.4/42/12
○見訪問 7.5/43/21
羅入千石以至○十 8.1/44/20
戶至萬○ 9.1/47/9
總合戶○千不當一 9.1/47/9
○加訪問 9.1/47/12
剖符○郡 9.2/47/26
宜（○）〔毀〕 9.6/49/20
正○世之所闕 9.6/49/24
不惟石慶○馬之誤 9.8/50/12
備○典城 9.9/50/21,11.2/57/17
升降有○ 10.1/52/8
其制度之○ 10.1/53/13
以四戶八牖乘九室之○也 10.1/53/16
天文曆○事物制度 10.2/54/21
遂定曆○ 10.2/54/22
于曆○不用《三統》 10.2/55/1
尋繹度○ 11.2/58/2
研桑不能○其詰屈 11.6/60/15
迷損益之○ 11.8/62/4
辟歷○發 13.1/69/6
而有司○以蕃國疏喪 13.1/69/16
謂士庶人○堵之室 13.1/69/21
至言○聞 13.1/69/24
○路而已 13.1/70/11
曆○精微 13.2/71/3
其○見存 13.2/71/17
下不及命曆序獲麟漢相去四蔀年○ 13.2/71/20
而光晃曆以《考靈曜》二十八宿度○ 13.2/71/22
則四分○之立春也 13.2/71/27
民爵有級○ 15.1/81/2
以正歲○ 15.1/83/14
呂后、王莽不入○ 15.1/90/2
各以其戶○租入爲限 15.1/92/12
鐵廣○寸 15.1/93/24

豎 shù 1

立若碧山亭亭○ 14.4/75/17

樹 shù 19

爾勿復取吾先人墓前○也 1.10/8/5
遂○玄石 1.10/8/12
○碑頌德 2.2/10/1
乃○碑鐫石 2.4/11/19
刊石○銘 2.7/14/2
相與刊石○碑 3.1/16/3
乃○石作頌 4.1/22/29
輔世○功流化者 4.3/25/5
舉封○之禮 4.5/26/14
乃與○碑作頌 5.3/30/16
遂○碑作銘 5.5/32/4
○柱累石 6.1/32/26
○碑刊辭 6.4/34/10
迅風折○ 7.4/40/20
因○碑爲銘曰 12.1/63/1
○私恩 12.2/63/10
○遐方之嘉木兮 14.16/78/8
凡○社者、欲令萬民加肅敬也 15.1/85/25
○之者、尊而表之 15.1/85/28

衰 shuāi 9

覩○世而遯焉 2.8/14/9
精微微以浸○ 4.7/28/4
乃相與○絰 5.5/32/2
輔或未○ 7.4/41/18
使賈恨以○老白首 7.5/43/25
周室既○ 10.1/54/3
哀○周之多故兮 11.3/59/6
逮夫周德既○ 13.3/72/10
君道○ 15.1/93/3

帥 shuài 2

○物以己 4.3/24/21
軍○奮攻 7.2/36/17

率 shuài 26

戎狄○從 1.1/1/6
式○天行 1.2/3/6
越其所以○夫百辟 1.3/3/14
○由舊章 1.7/5/12,7.4/41/9
野欽○遺意 1.9/7/15
○禮不越于時 2.4/11/18
俾○其屬 3.5/18/28
溥天○土 3.5/19/1
○禮莫違 3.6/20/3,12.12/65/23
○禮有加 4.1/22/27
○慕黃鳥之哀 4.1/22/28
○禮不越 4.2/23/26
○旦奭于舊職 4.3/25/2
○禮無遺 4.6/26/25
蠻夷○服 5.1/28/23
敦（厚）〔○〕忠恕 5.4/31/14
以身○人 7.4/43/2

奉○舊禮	8.1/44/13	通○泉于潤下	4.3/25/1	○生木	15.1/89/19,15.1/89/22
徒以正身○內	8.1/44/25	帝于龍見白○	5.1/28/19	故殷湯氏以○德繼之	15.1/89/21
身○輕騎	9.1/47/7	以盡心利而富國饒人	6.1/32/18	具盥○	15.1/91/7
○陵阿以登降兮	11.3/59/11	而澀○長流	6.1/32/20		
○爾苗民	12.14/66/10	流○門	6.1/32/27	**稅 shuì**	**2**
走獸○舞	14.12/77/16	曾祖中○侯	6.5/34/21		
同類○從	14.18/78/20	中○侯弟伏波將軍女	6.5/34/21	設告緡重○之令	7.3/37/19
		大○爲戒	7.4/40/3	格茅丘而○駕兮	11.3/59/5
霜 shuāng	**5**	簡宗廟則○不潤下	7.4/40/22		
		長○校尉趙玄、屯騎校		**吮 shǔn**	**1**
內剛如秋○	3.7/21/16	尉蓋升	7.4/42/7		
望嚴○而凋零	6.4/34/14	麥飯寒○閒用之	8.2/45/5	含甘○滋	11.8/61/26
履○知冰	11.8/62/11	但用麥飯寒○	8.2/45/9		
彌○雪而不彫兮	14.16/78/8	取其四面周○圜如璧	10.1/52/4	**楯 shǔn**	**1**
露之者、必受○露以達		○環四周	10.1/53/4		
天地之氣	15.1/85/28	方此○也	10.1/53/5	執戈揚○	15.1/86/10
		外○名曰辟雍	10.1/53/6		
雙 shuāng	**4**	四周以○	10.1/53/18	**順 shùn**	**49**
		雨○爲二月節	10.2/55/5		
○名竝高	2.6/13/8	中春『始雨○』	10.2/55/6	曾無○媚一言之求	1.1/2/24
兩印○綬	9.10/51/17	則雨○、二月也	10.2/55/7	○乎門人臣子所稱之宜	1.7/6/15
遺我○鯉魚	11.5/60/5	豫設○旱疫癘	10.2/55/15	孝○晏駕	1.8/6/26
莫能○追	14.5/75/26	○昏正而栽○	10.2/55/29	罔肯阿○	1.8/6/28
		後乃大○	10.2/56/12,10.2/56/12	恭○貞厲	2.2/9/21
爽 shuǎng	**4**	非○所爲也	10.2/56/13	紀○奉雅意	2.2/10/7
		土勝○	10.2/56/22	以○公之雅	3.2/16/22
粹○悴傷	6.6/35/21	冬○王	10.2/56/24	四時○動	3.3/17/16
況未稟純粹之精○	8.2/45/14	○勝火	10.2/56/24	萬邦作○	3.4/18/17
○應孔加	12.26/68/7	黍爲○	10.2/56/25	彝倫所由○序	3.5/19/2
名實過○曰繆	15.1/97/2	海○知天寒	11.5/60/4	思○履信	4.1/22/30
		庸可以○旱而累堯湯乎	11.8/62/9	俾○其性	4.2/23/19
誰 shuí	**7**	且猶遇○遭旱	13.2/72/1	愯戻優○逸惰	4.3/24/17
		平若停○	14.14/77/28	升隆以○	4.3/25/3
未知○是	7.4/39/17	京、○也	15.1/82/16	○母氏之所寧	4.5/26/13
○敢違旨	7.4/42/22	地下之衆者莫過于○	15.1/82/16	履信思○	4.5/26/19
○敢復爲陛下盡忠者乎	7.5/43/20	盛寒爲○	15.1/85/10	仁孝婉○	4.6/26/25
○曰不宜	9.9/51/7	能平○土	15.1/85/24	爾乃○旨于冥冥	4.6/27/12
在○後也	10.2/56/12	其一者居江○	15.1/86/8	事施○恕	5.4/31/2
○肯相爲言	11.5/60/4	其一者居若○	15.1/86/8	○帝時爲郎中	5.5/31/22
予○悼哉	11.8/62/6	○歸其壑	15.1/86/23	治信斯○	6.2/33/16
		先嗇、司嗇、農、郵表		○而不驕	6.3/33/24
水 shuǐ	**55**	畷、貓虎、坊、○庸		柔和○美	6.4/34/12
		、昆蟲	15.1/86/25	敦此婉○	6.6/35/13
討惡如赴○火	1.1/2/6	○曰清滌	15.1/87/11	以○漢氏三百之期	8.1/44/14
夫○盈而流	2.6/13/1	謂流○四面如璧	15.1/88/27	古人考績（慎）〔○〕	
或○潦沒害	3.7/21/4	金生○	15.1/89/19,15.1/89/21	重	9.6/49/11
理○土于下台	4.1/22/23	顓頊氏以○德繼之	15.1/89/19	孝和皇帝、孝○皇帝、	

孝靈皇帝	9.6/49/22	歆據經傳義	9.6/49/11	其○未聞	15.1/96/10
苟○恩旨	9.9/50/31	逮于虞○	12.8/64/22	仁義○民曰元	15.1/96/26
應○天人	9.9/51/7	○叶時月正日	13.2/71/30		
謹承天○時之令	10.1/51/30	堯、○稱帝	15.1/79/14	**朔** shuò	18
所以○陰陽、奉四時、		皋陶與帝○言曰「朕言			
效氣物、行王政也	10.1/53/20	惠可底行」	15.1/80/1	經營河○	5.1/28/20
所以臻乎大○	10.1/54/6	○曰《大韶》	15.1/89/4	捐棄○野	9.9/50/21
皆○五行者也	10.2/56/18	故帝○氏以土德繼之	15.1/89/21	天元正月己巳○旦立春	
○傾轉圓	11.8/62/1	帝○爲有虞氏	15.1/89/25		10.1/53/24
至○也	11.8/62/8	仁聖盛明曰○	15.1/96/24	每月告○朝廟	10.1/54/2
以○孔聖	13.2/71/28			魯文公廢告○而朝	10.1/54/3
○祝、願豐年也	15.1/87/15	**瞬** shùn	1	閏月不告○	10.1/54/4
〔候〕逆○也	15.1/88/15			自是告○遂闕而徒用其	
高帝、惠帝、呂后攝政		臣聞目○耳鳴	12.24/67/28	羊	10.1/54/4
、文帝、景帝、武帝				徙○方	10.2/54/18
、昭帝、宣帝、元帝		**說** shuō	26	○方髡鉗徙臣邕	11.2/57/17
、成帝、哀帝、平帝				孝武皇帝始改正○	13.2/71/4
、王莽、聖公、光武		大司成論○在東序	10.1/52/28	今曆正月癸亥○	13.2/71/20
、明帝、章帝、和帝		文義所○	10.1/53/30	光晃以爲乙丑○	13.2/71/21
、殤帝、安帝、○帝		子何爲著《月令○》也		須以弦望晦○	13.2/71/21
、沖帝、質帝、桓帝			10.2/54/13	至于改○易元	13.2/72/4
、靈帝	15.1/89/26	敦辭託○	10.2/54/21	儋牙虎神荼、鬱壘二神	
孝○崩	15.1/90/8	子○《月令》多類以		海中有度○之山	15.1/86/12
○烈梁后攝政	15.1/90/8	《周官》《左氏》	10.2/54/27	常以六月○、十月○旦	
孝○曰敬宗	15.1/91/4	《月令》爲無○乎	10.2/54/28	朝	15.1/92/26
光武、明帝、章帝、和		彊○生名者同	10.2/54/31	故今獨以爲正月、十月	
帝、安帝、○帝、桓		皆《三統》〔法〕〔○〕		○朝也	15.1/92/27
帝也	15.1/91/16	也	10.2/55/5		
○帝爲敬宗	15.1/91/17	乃造○曰	10.2/55/16	**爍** shuò	1
○帝母也	15.1/91/21	此○自欺極矣	10.2/55/16		
○帝母故云姓李	15.1/91/27	經典傳記無刻木代牲之		榮華灼○	14.13/77/21
○帝崩	15.1/92/4	○	10.2/55/17		
帝偪于○烈梁后父大將		子○三難	10.2/56/4	**鑠** shuò	3
軍梁冀未得尊其父而		古《論》《周官》《禮			
崩	15.1/92/5	記○》	10.2/56/4	懿○孔純	4.1/22/30
慈仁和民曰○	15.1/97/2	○者見其三句	10.2/56/11	懿○之美	5.2/29/17
		不得傳注而爲之○	10.2/56/11	清和有○	6.6/35/10
舜 shùn	16	○所食獨不以五行	10.2/56/18		
		雖有此○	10.2/56/25	**司** sī	96
蕃縣有帝○廟	1.1/2/9	〔亦〕〔示〕有○而已			
以○命約公	1.1/2/9		10.2/56/27	辟○徒大將軍府	1.1/1/10
○命秩宗	2.6/12/23	辯者馳○	11.8/61/17	同三○	1.1/1/11
如大○五十而慕	2.6/12/25	而光晃以爲固意造妄○		辟○徒	1.1/1/22,1.6/4/17
昔帝○殂于蒼梧	4.5/26/10		13.2/71/30	以詔書考○隸校尉趙祁	
帝○以之	4.5/26/12	舊○曰	15.1/85/20	事	1.1/1/23
孝配大○	5.2/29/10	太傅胡公○曰	15.1/95/13	公離○寇	1.1/1/24
太僕王○、中壘校尉劉			15.1/95/21,15.1/95/23	徵拜議郎○徒長史	1.1/2/11

遷河南尹少府大鴻臚○	
徒○空	1.1/2/13
其以大鴻臚橋玄爲○空	1.2/3/3
遷于○徒	1.2/3/8
其以○空橋玄爲○徒	1.3/3/12
○徒長史	1.6/4/19
遂陟○空、○徒	1.6/4/21
于是故吏○徒博陵崔烈	1.6/4/26
明○國憲	1.8/6/27
遂辟○徒掾	2.1/9/2
辟○徒府	2.2/9/22
儉節溢于監○	2.2/9/23
大將軍○徒竝辟	2.2/9/28
大將軍何公、○徒袁公	
前後招辟	2.3/10/21
太尉○徒再辟	2.5/12/5
○空三辟	2.5/12/5
官至○農廷尉	2.7/13/14
太尉張公、○徒崔公	2.7/13/27
○空胡公	2.8/14/16
登○徒太尉	3.1/15/16
初辟○空	3.1/15/17
遂陟三○	3.1/15/21
以驃騎將軍官屬及○空	
法駕	3.2/16/10
祖○徒	3.3/17/9
繼迹宰○	3.3/17/9
辟○空舉高（弟）〔第〕	
	3.3/17/12
列作○空	3.3/17/14
又以光祿大夫受命○徒	3.3/17/15
漢有國師○空文烈侯楊	
公	3.5/18/22
公惟○徒之孫	3.5/18/22
命公作○空	3.5/19/1
命公作○徒而敬敷五教	3.5/19/2
置長史○馬從事中郎	3.7/21/6
徵拜大○農	4.1/22/17
遂作○徒遷太尉	4.1/22/17
復拜○空　4.1/22/18,	4.2/23/19
徵拜太中大夫、尚書令	
、太僕、太常、○徒	4.1/22/19
訓五品于○徒	4.1/22/24
式是百○	4.1/23/2
入作○農	4.2/23/16
遂作○徒	4.2/23/16
典○三禮	4.2/23/20

遷太常○徒	4.2/23/24
故吏○徒許誼等	4.2/24/3
太僕、○農、太傅、○	
空各一	4.3/24/23
○徒、特進各二	4.3/24/24
故○徒中山祝括	4.3/25/4
百○震肅	5.2/29/12
徵拜將作大匠、大○農	
、大鴻臚、大僕射	5.2/29/16
及遷台○	5.2/29/18
虞延爲太尉、○徒封公	5.3/30/12
詔封都亭侯、太僕、太	
常、○空	5.3/30/14
于是○監	5.3/30/15
初以公在○徒	5.4/31/3
副在三府○農	6.1/32/25
○徒公之子	6.3/33/22
○徒袁公夫人馬氏薨	6.5/34/19
入北○馬殿東門	7.4/39/25
是時王莽爲○馬	7.4/39/26
王莽以后兄子爲大○馬	7.4/40/12
○隸校尉岑初考彥時	7.4/42/2
部爲○隸	7.5/43/10
顧命群○	8.1/44/23
僕射允、故○隸校尉河	
南尹某、尚書張熹	9.2/47/25
官○備焉	10.1/52/1
乃命有○行事	10.1/52/25
大○成論說在東序	10.1/52/28
○天日月星辰之行	10.1/53/26
官號職○與《周官》合	10.1/54/1
士之○也	11.8/61/6
群僚恭己于職○	11.8/61/26
命南重以○曆	12.10/65/12
屢委有○	13.1/69/8
而有○數以蕃國疏喪	13.1/69/16
以責三○	13.1/69/30
夫○隸校尉、諸州刺史	
所以督察姦枉、分別	
白黑者也	13.1/70/1
《周禮·○勳》「凡有	
大功者銘之太常」	13.4/73/4
太史令○馬遷記事	15.1/80/9
孝元皇后父大○馬陽平	
侯名禁	15.1/80/20
○徒印封露布下州郡	15.1/81/15
曰○命、曰中霤、曰國	

行、曰國門、曰泰厲	
、曰戶、曰竈	15.1/85/1
曰○命、曰中霤、曰國	
門、曰國行、曰公厲	15.1/85/4
先嗇、○嗇、農、郵表	
畷、貓虎、坊、水庸	
、昆蟲	15.1/86/25
詔有○采《尚書·皋陶	
篇》及《周官》《禮	
記》定而制焉	15.1/94/15
○馬殿門大護衛士服之	
	15.1/96/16

私 sī　　　　　　　15

廷尉郭貞○與公書	1.1/1/23
其戮力閑○	1.4/3/23
而無○積	1.7/5/27
然猶○存衡門講誨之樂	2.5/12/3
○富侔國	3.1/15/22
民勸行于○家	4.3/24/22
○留京師	7.3/37/9
言天下何○家之有	7.4/41/3
不敢○其君父	9.6/49/12
樹○恩	12.2/63/10
○居移坐	12.23/67/23
營○之禍	13.1/70/7
既無幸○之恩	13.1/70/26
非史官○意	13.2/71/29
平陽是○	14.5/75/28

思 sī　　　　　　　94

○樂模則	1.1/2/23
畢其○心	1.2/3/5
都愼厥身脩○永	1.3/3/14
○忠文之意	1.7/5/14
進○盡忠	1.7/5/16
上○利人曰忠	1.7/5/18
勞心苦○	1.7/5/21
契闊馳○	1.8/6/23
或談○以歷丹田	1.10/8/7
罩○德謨	2.5/12/16
用行○忠	2.7/14/4
舍藏○固	2.7/14/4
懷而永○	2.8/14/21
致○無形	2.9/15/1

○心精叡	2.9/15/6	二十年之○	11.2/58/3	中古以○	15.1/94/13
孤彪銜恤永○	3.2/16/26	○念荒散	11.2/58/10		
○高游夏	3.4/18/5	心鬱伊而憤○	11.3/58/23	**斯** sī	66
永世慕○	3.5/19/15	并日夜而遙○兮	11.3/59/12		
潛樂教○	3.6/20/8	○逶迤以東運	11.3/59/13	睹義○居	1.1/1/18
○王尊之驅策	3.7/20/17	詠都人而○歸	11.3/59/19	于○爲著	1.1/2/26
南陽太守樂鄉亭侯旻○		綿綿○遠道	11.5/60/3	群狄○柔	1.5/4/9
等言	3.7/21/21	遠道不可○	11.5/60/3	人士○休	1.5/4/9
○不可忘	4.1/22/16	○字體之俯仰	11.6/60/17	莫逸○聽	1.6/5/3
○順履信	4.1/22/30	聊佇○而詳觀	11.7/60/27	初建○域	1.10/8/1
勞○萬機	4.2/23/26	覃○典籍	11.8/61/7	則具○丘	1.10/8/1
○心瘁容	4.2/24/4	夫獨未之○邪	11.8/61/13	今其如何而闕○禮	2.1/9/5
在盈○（中）〔沖〕	4.3/25/2	患生不○	11.8/62/7	民○悲悼	2.1/9/9
用慰哀○	4.3/25/8	○危難而自豫	11.8/62/12	故言○可象	2.2/9/18
○齊先姑	4.5/26/1	脩業○眞	11.8/62/17	靜○可效	2.2/9/19
○應慕化	4.5/26/17	明覺而之○	12.1/62/31	戾狠○和	2.2/9/19
履信○順	4.5/26/19	○叡信立	12.16/66/20	色○舉矣	2.2/9/25
蹈○齊之迹	4.6/26/26	誠當○省	13.1/69/26	得○于人	2.2/10/3
追慕永○	4.6/27/5	惻隱○慕	13.1/70/26	知丘封之存○也	2.2/10/8
○情憀以傷肝	4.7/28/9	桓○皇后祖載之時	13.1/70/27	道行○進	2.2/10/10
八極悼○	5.2/30/3	心一朝不○善	13.11/74/12	廢乃○止	2.2/10/10
孝○維則	5.4/31/14	則○其心之潔也	13.11/74/14	以成○銘	2.3/11/6
莫恤莫○	6.1/33/3	則○其心之和也	13.11/74/15	○可謂存榮歿哀	2.3/11/6
智○所生	6.4/34/8	則○其心之鮮也	13.11/74/15	既喪○文	2.3/11/7
以慰哀○	6.4/34/10	則○其心之潤也	13.11/74/15	過牧○州	2.4/11/21
尋○髣髴	6.5/35/1	則○其心之理也	13.11/74/16	可睹于○矣	2.5/12/11
○齊先始	6.5/35/2	則○其心之正也	13.11/74/16	○爲楷式	2.7/13/19
○齊徽音	6.6/35/13	則○其心之整也	13.11/74/16	乃刊○石	2.8/14/22
臣竊○之	7.4/39/27	○不可排	14.5/76/2	克稱○位者	3.2/16/25
伏○諸異各應	7.4/41/17	我○遠逝	14.5/76/2	于鼎○寧	3.3/17/23
當專一精意以○變	7.4/42/17	爾○來追	14.5/76/2	鑽之○堅	3.4/18/16
○惟萬幾	7.4/43/1	○爾念爾	14.5/76/4	爰勒○銘	3.6/20/6
○之未至耳	7.5/43/26	仲尼○歸	14.12/77/15	民○攸望	4.4/25/18
家有采薇之○	8.1/44/9	《○文》、一章八句	15.1/87/23	著○碑石	4.5/26/17
○媚周京爲高	8.1/44/25	桓○寶后攝政	15.1/90/9	千億○年	4.5/26/21
未有如大行皇后勤精勞				前後奉○禮者三十餘載	4.6/26/28
○	8.1/44/25	**絲** sī	10	遂及○表	4.6/27/5
○李牧于前代	8.3/45/22			殷○勤○	4.7/28/1
○垂采納	8.4/46/17	賜○帛含斂之備	4.1/22/27	翼日○瘳	4.7/28/4
○謀愚淺	9.2/47/23	俯釐○枲	6.6/35/11	帝赫○怒	5.1/29/2
○齊周成	9.7/49/30	以效○髮之功	11.2/57/20	鐫紀○石	5.2/30/3
（退伏）〔○過〕畎畝	9.9/50/22	似冰露緣○	11.6/60/12	惟○庫里	5.3/30/11
無○不服	10.1/53/11	枉○髮	12.2/63/10	咸出○里	5.3/30/15
竊誠○之	10.2/54/20	躡蹈○扉	14.5/75/24	亦○社之所相也	5.3/30/16
蓋亦○之矣	10.2/56/19	加漆○之纏束	14.8/76/19	乃顧○社	5.3/30/18
積累○惟二十餘年	11.2/57/29	曲引興兮繁○撫	14.12/77/13	苟有可以惠○人者	6.1/32/23
與共參○圖牒	11.2/58/2	《○衣》、一章九句	15.1/88/9	我疆○成	6.1/33/4

治信○順　6.2/33/16
聞言○識　6.4/34/12
庶神魄之○寧　6.4/34/14
乃託辭于○銘　6.4/34/15
于母○勤　6.6/35/11
在子○敏　6.6/35/11
由○夫人　6.6/35/26
昔周德缺而○千作　9.4/48/23
以詩人○亡之戒　9.10/51/16
登高○賦　11.3/59/20
觀短人兮形若○　11.4/59/29
視短人兮形若○　11.4/59/30
而○文之未宣　11.7/60/26
然則有位○貴　11.8/61/5
有財○富　11.8/61/5
于○已降　11.8/61/16
孔子○征　11.8/61/22
無射于人○矣　12.4/63/29
○乃祖禰之遺靈、盛德
　之所眂也　12.12/65/24
不照○域　12.18/67/1
獨遭○勤　12.29/68/23
未詳○議　13.1/70/4

嘶 sī　1

聲○嗌以沮敗　14.17/78/15

廝 sī　1

○輿之卒　7.3/38/15

緦 sī　1

○麻設位　2.3/11/4

死 sǐ　54

民已○　1.1/2/2
○于冀市　1.1/2/11
可以○　1.4/3/22
○生以之　1.7/6/2
守○善道　1.8/7/6
○而不朽者也　2.3/11/6
乃託○遁去　2.7/13/16
甘○善道　2.7/14/4
守○善操　2.9/15/7

人民○喪　3.7/21/4
生榮○哀　4.1/23/5
○罪對　7.1/36/8
臣邑敏愚戀○罪　7.1/36/11
臣邑頓首○罪　7.2/36/16
　7.4/41/17,9.3/48/5,9.3/48/13
　9.8/50/12,9.9/50/26
士馬○傷者萬數　7.2/36/18
使越人蒙○徼幸　7.3/38/14
乃下獄○　7.4/39/26
○則丘墓踰越園陵　7.4/41/23
不知○命所在　7.5/43/11
臣邑○罪　7.5/43/12,7.5/43/28
○有餘榮　7.5/43/23
臣○期垂至　7.5/43/27
臣○之日　7.5/43/27
悅以亡○　8.3/45/27
罪當○　8.3/45/29
○罪○罪　9.1/47/13
　9.2/47/20,15.1/82/3
臣尚書邑免冠頓首○罪　9.3/48/3
○而後已　9.3/48/7
○者論其功而祭　10.1/52/1
○亡無日　10.2/54/19
昧○成之　10.2/54/22
則余○而不朽也　10.2/54/25
觸冒○罪　11.2/58/11
臣頓首○罪　11.2/58/13
白馬令李雲以直言○　11.3/58/18
夸者○權　11.8/62/3
放○從生　12.13/66/4
家祖居常言客有三當○　13.9/74/3
群臣上書皆言昧○言　15.1/82/10
去昧○　15.1/82/10
以○勤事則祀　15.1/87/1
及皇孫皆○　15.1/91/28
主家庵人臣僕昧○再拜
　謁　15.1/95/6

巳 sì　7

維光和元年冬十二月丁
　○　1.4/3/21
漢皇二十一世延熹六年
　夏四月乙○　1.8/7/4
粵四月丁○　1.9/7/12
熹平二年四月辛○卒　2.6/13/4

越三月丁○至于長安　9.4/48/24
天元正月己○朔旦立春
　10.1/53/24
厳日除○　12.27/68/14

四 sì　153

○府舉公　1.1/1/26
維建寧○年三月丁丑　1.3/3/12
○府表橋公　1.5/4/1
○府表拜涼州刺史　1.6/4/18
敷教○畿　1.6/5/1
享年六十有○　1.8/7/4
漢皇二十一世延熹六年
　夏○月乙巳　1.8/7/4
粵○月丁巳　1.9/7/12
享年○十有三　2.1/9/3
凡我○方同好之人　2.1/9/3
先生有○德者　2.2/9/18
○時烝嘗　2.2/10/2
○爲郡功曹　2.3/10/17
○門備禮　2.3/10/20
辟○府　2.4/11/14
以訓○方　2.4/11/20
在皇唐蓋與○岳共葉　2.6/12/22
熹平二年○月辛巳卒　2.6/13/4
前後○辟皆不就　2.7/13/27
年七十有○　2.7/13/28,3.1/15/24
中平二年○月卒　2.7/13/28
○方學者自遠而至　3.1/15/17
○年九月戊申　3.2/16/11
○時潔祠　3.2/17/3
○時順動　3.3/17/16
旁施（○方）惟明　3.5/18/30
帝欲宣力于○方　3.5/19/7
比功○時　3.5/19/15
○岳稱名　3.6/19/25
○海大壞　3.7/20/19
保乂○疆　3.7/20/22
○方褔負　3.7/20/25
○月丁卯　4.1/22/28
○牡修扈　4.1/23/4
越若來○月辛卯　4.3/24/12
瞽彼○時　4.3/25/2
女師○典　4.7/27/18
中平○年薨于京師　4.7/27/23
巡于○岳　5.1/29/3

熹平〇年葽	5.2/29/20	雲鬱術而〇塞兮	11.3/59/5		15.1/87/23
毗天子而維〇方	5.3/30/14	盪〇海之殘災	11.8/61/25	《載見》、一章十〇句	15.1/88/3
〇輔代昌	5.3/30/18	曩者洪源辟而〇隙集	11.8/61/28	巡狩祀〇嶽、河海之所	
時年〇十一	5.4/31/9	舒之足以光〇表	11.8/62/14	歌也	15.1/88/11
來迎者三十〇人	5.5/32/1	總茲〇德	12.2/63/9	謂流水〇面如璧	15.1/88/27
〇月壬寅	6.3/34/1	英風固以揚于〇海矣	12.3/63/21	八八六十〇人	15.1/89/5
〇禮之教	6.5/34/23	彬有過人者〇	12.7/64/16	侯之樂《〇佾》	15.1/89/6
維延熹〇年	6.6/35/9	〔領戶不盈〇千〕	12.9/64/29	象〇時也	15.1/89/6
〇方有事	7.2/36/17	軒輅〇牡	12.9/65/2	〇代獄之別名	15.1/89/11
民人流移于〇方	7.3/38/1	屏此〇國	12.18/66/31	〇夷樂之別名	15.1/89/14
〇海必爲之焦枯	7.3/38/11	〇牡彭彭	12.26/68/8	王者必作〇夷之樂以定	
其不可〇也	7.3/38/11	厭伏〇方	12.26/68/9	天下之歡心	15.1/89/14
無以示〇方	7.4/42/6	〇時致敬	13.1/69/8	〇百一十年	15.1/90/2
君之〇體	7.4/42/11	天子以〇立及季夏之節		一世、二世、三世、〇	
臣年〇十有六	7.5/43/22	迎五帝于郊	13.1/69/15	世、五世、六世、七	
年十〇歲	8.2/45/3	〇事	13.1/70/1	世、八世、九世、十	
未年十〇歲	8.2/45/8	孝章皇帝改從〇分	13.2/71/4	世、十一世、十二世	
〇時常陳	9.6/49/22	及用〇分以來	13.2/71/9	、十三世、十〇世、	
臣十〇世祖肥如侯	9.9/50/26	亦非〇分庚申	13.2/71/10	十五世、十六世	15.1/90/10
而〇學具焉	10.1/52/1	轉差少一百一十〇歲	13.2/71/19	〇時就陵上祭寢而已	15.1/91/5
取其〇門之學	10.1/52/4	中使獲麟不得在哀公十		皆以晦望、二十〇氣伏	
取其〇面周水圜如璧	10.1/52/4	〇年	13.2/71/19	、社臘及〇時日上飯	15.1/91/5
爲學〇焉	10.1/52/24	下不及命曆序獲麟漢相		〇姓小侯諸侯家婦	15.1/91/8
水環〇周	10.1/53/4	去〇蔀年數	13.2/71/20	〇方災異	15.1/91/9
德廣及〇海	10.1/53/5	則〇分數之立春也	13.2/71/27	〇時宗廟用牲十八太牢	
光于〇海	10.1/53/10	今改行〇分	13.2/71/28		15.1/91/11
堂廣百〇十〇尺	10.1/53/13	是始用〇分曆	13.2/71/29	故高廟〇時祠于東廟	15.1/91/26
以〇戶八牖乘九室之數		〇時次也	14.8/76/22	皆駕〇馬	15.1/93/14
也	10.1/53/16	周流〇垂	14.12/77/11	高廣各〇寸	15.1/93/23
二十八柱列于〇方	10.1/53/17	中隱〇企	14.13/77/21	或〇馬	15.1/94/7
〇鄉五色者	10.1/53/18	〇曰「戒書」	15.1/79/12	前垂〇寸	15.1/94/17
外廣二十〇丈	10.1/53/18	〇號之別名	15.1/79/18	吳制邐迆〇重	15.1/96/10
應一歲二十〇氣也	10.1/53/18	凡群臣上書于天子者有		前出〇寸	15.1/96/16
〇周以水	10.1/53/18	〇名	15.1/81/24	卻敵冠、前高〇寸	15.1/96/19
象〇海	10.1/53/19	〇曰駁議	15.1/81/24	通長〇寸	15.1/96/19
所以順陰陽、奉〇時、		三夫人、帝嚳有〇妃以			
效氣物、行王政也	10.1/53/20	象后妃〇星	15.1/83/21	**寺 sì**	**3**
淮南王安亦取以爲（弟）		考廟、王考廟、〇時祭			
〔第〕〇篇	10.1/54/7	之也	15.1/84/6	府〇亭鄉	3.7/20/24
用〇分	10.2/55/1	亦〇時祭之而已	15.1/84/7	南宮侍中〇	7.4/40/8
不得及〇十五日	10.2/55/11	〇時祭于寢也	15.1/84/9	近在署〇	7.4/41/21
〇時通等而夏無難文	10.2/56/5	〇時祭之而已	15.1/84/11		
土王〇季	10.2/56/20	拔壤厚二尺、廣五尺、		**似 sì**	**15**
〇季之禽	10.2/56/20	輪〇尺	15.1/85/10		
〇行之牲	10.2/56/22	于是命方相氏黃金〇目	15.1/86/9	形狀〇龍〇虹蜺	7.4/39/11
奕奕〇牡	11.1/57/11	〇代稱臘之別名	15.1/86/17	與綬和時相〇而有異	7.4/39/27
所當接續者〇	11.2/58/8	《執競》、一章十〇句		尾身毛已〇雄	7.4/40/8

《月令》甲子、沈子所		太廟	10.1/52/13	巡狩○四嶽、河海之所	
謂○《春秋》也	10.2/54/29	令○百辟卿士之有德于		歌也	15.1/88/11
○書有轉誤	10.2/55/17	民者	10.1/52/29	遂常奉○光武舉天下以	
近○卜筮之術	10.2/56/26	○先賢于西學	10.1/53/2	再受命復漢祚	15.1/91/1
其字與「更」相○	10.2/56/30	○乎明堂	10.1/53/9	郊天地、祠宗廟、○明	
○冰露緣絲	11.6/60/12	○神受職	10.1/53/19	堂則冠之	15.1/94/19
○崇臺重宇	11.7/60/25	是月獻羔以太牢○高禖		天子、公卿、特進朝侯	
輝○朝日	14.4/75/18		10.2/55/14	○天地明堂皆冠平冕	
○翠玉之清明	14.16/78/10	其○之宗伯	10.2/55/17		15.1/94/23
綢繆色○綠	15.1/83/19	承○烝嘗	12.9/65/2	漢○宗廟大享	15.1/96/7
○高山冠而小	15.1/95/3	宗○明堂	12.10/65/7		
形制○繚籬	15.1/96/3	乃○社靈	12.25/68/3	**姒** sì	1
		實先○典	13.1/69/7		
泗 sì	3	清廟祭○	13.1/69/16	故能參任○之功	4.6/26/27
		至于它○	13.1/69/17		
瞻仰洙○	3.4/18/11	豈南郊卑而它○尊哉	13.1/69/18	**俟** sì	4
雖洙○之間	3.7/21/12	商曰○	15.1/83/12		
○濱之石	11.8/61/28	自立二○曰門曰行	15.1/84/7	不○終日	2.2/9/25, 2.3/10/20
		亦立二○	15.1/84/8	景命不○	5.4/31/17
祀 sì	69	天子爲群姓立七○之別		靜以○命	11.8/62/17
		名	15.1/85/1		
以奉成湯之○	1.8/6/20	諸侯爲國立五○之別名	15.1/85/4	**浽** sì	1
俾後裔永用享○	1.8/7/7	大夫以下自立三○之別			
有祭○之處	1.10/8/3	名	15.1/85/6	在洛之○	12.27/68/14
皇帝遣使者奉犧牲以致		五○之別名	15.1/85/8, 15.1/87/1		
○	1.10/8/10	○之于門	15.1/85/8	**耟** sì	3
歡哀承○	2.2/10/2	○門之禮	15.1/85/8		
○典所宗	2.2/10/5	○之于戶	15.1/85/9	耕夫罷○	3.7/21/20
○事孔明	3.2/17/3	○戶之禮	15.1/85/9	神農作耒○	15.1/86/1
敬恭禋○	4.2/23/20	○之于行	15.1/85/10	《良○》、一章二十三	
○漢配天	5.1/28/22	○之于竈	15.1/85/11	句	15.1/88/8
社○之建尚矣	5.3/30/8	○竈之禮	15.1/85/11		
遂爲社○	5.3/30/8	其○中霤	15.1/85/12	**肆** sì	5
莫不○焉	5.3/30/11	○中霤	15.1/85/13		
惟王建○	5.3/30/18	殷曰清○	15.1/86/17	當○市朝	1.1/2/16
夫齋以恭奉明○	7.1/36/11	法施于民則○	15.1/87/1	宣力○勤	1.3/3/13
郊○法駕	7.4/41/5	以死勤事則○	15.1/87/1	○其孤用作茲寶鼎	1.8/7/7
以奉其○	8.1/44/17	以勞定國則○	15.1/87/1	○其孤彪	3.5/19/10
所以宗○其祖、以配上		能禦大災則○	15.1/87/1	表八百之○觀	14.8/76/20
帝者也	10.1/51/27	能扞大患則○	15.1/87/1		
昭令德宗○之禮	10.1/51/30	諸侯朝見宗○文王之所		**嗣** sì	20
取其宗○之貌	10.1/52/3	歌也	15.1/87/18		
魯禘○周公于太廟明堂	10.1/52/9	郊○天地之所歌也	15.1/87/21	高句驪○子伯固	1.5/3/28
猶周宗○文王于清廟明		○文王于明堂之所歌也		荒而不○	1.10/8/1
堂也	10.1/52/10		15.1/87/22	孤○紀衛恤在疚	2.2/10/3
宗○文王于明堂	10.1/52/11	○武王之所歌也	15.1/87/23	苗胤不○	2.8/14/19
命魯公世世禘○周公于		○后稷配天之所歌也	15.1/87/23	○子業紱冕相承	3.1/15/16

推建聖〇	4.2/23/24	章帝〇貴人曰敬隱后	15.1/91/19	〇聲既寢	13.3/72/10
援立聖〇	4.4/25/16			《〇》曰	15.1/90/22
承〇無疆	4.4/25/19	**送 sòng**	**14**		
悲悼遺〇	6.4/34/10			**誦 sòng**	**5**
〇後遵業	7.3/38/9	皆公府〔所〕特表〇	1.1/2/21		
〇曾孫皇帝某	9.4/48/19	哀以〇（以）〔之〕	2.3/11/4	〔永〕有諷〇于先生之	
奉〇無疆	9.4/48/21	皇帝遣中謁者陳遂、侍		德	2.9/15/6
于爾〇曾孫皇帝	9.5/49/3	御史馬助持節〇柩	3.2/16/9	籀〇拱手而韜翰	11.6/60/15
〇帝殷勤	9.6/49/14	欲共扶〇	3.7/21/21	謁者宣〇	13.2/71/10
統〇曠絕	9.9/50/26	具〇靈柩之資	3.7/21/22	宣〇之議	13.2/72/4
作戒末〇	9.9/51/8	且〇葬	4.5/26/16	賦〇以歸	14.20/79/3
群臣進戒〇王之所歌也	15.1/88/6	〔且〕〇葬	5.4/31/10		
〇王求忠臣助己之所歌		儔類赴〇	5.5/32/1	**搜 sōu**	**1**
也	15.1/88/7	〇御史臺	15.1/82/1		
後〇遵承	15.1/91/1	〇謁者臺也	15.1/82/1	宜〇選令德	13.1/70/29
後〇因承	15.1/91/14	使者安車頓輪〇迎而至			
		其家	15.1/82/28	**叟 sǒu**	**9**
松 sōng	**3**	大官〇用	15.1/91/6		
		〇迎五日	15.1/93/1	猶復宗事趙〇	1.7/6/3
壽同〇喬	9.10/51/20	故但〇不迎	15.1/93/2	遂設三老五〇之席位	10.1/52/26
貞操厲乎寒〇	12.3/63/19			子獨曰五〇	10.2/56/29
歷〇岑而將降	14.9/76/27	**訟 sòng**	**4**	〇、長老之稱也	10.2/56/30
				「嫂」字「女」旁「〇」	
崧 sōng	**1**	爭〇化讓	2.2/9/20		10.2/56/31
		召伯聽〇	3.7/22/2	「瘦」字中從「〇」	10.2/56/31
相與欽慕《〇高》《蒸		爭〇怨恨	13.1/70/29	知「更」爲「〇」也	10.2/57/1
民》之作	4.2/24/3	爭〇是非	13.2/71/7	又五更或爲〇	15.1/82/29
				〇、老稱	15.1/82/29
嵩 sōng	**2**	**頌 sòng**	**19**		
				藪 sǒu	**6**
如嶽之〇	1.1/1/5	遂作〇曰	1.6/4/27		
〇山作頌	3.5/19/14	樹碑〇德	2.2/10/1	巖〇知名	2.3/10/26
		乃申〇曰	3.4/18/15	乃遂隱身高〇	2.9/15/2
悚 sōng	**1**	嵩山作〇	3.5/19/14	實掌金穀之淵〇	4.2/23/16
		乃作〇曰	3.7/21/27	藏器林〇之中	8.3/45/24
中外〇慄	7.4/42/14	乃樹石作〇	4.1/22/29	惟德之〇	11.1/57/10
		及申〇曰	4.5/26/18	休息乎仁義之淵〇	11.8/62/13
宋 sòng	**9**	〇曰	4.6/27/6		
		用敢作〇	5.1/28/27	**蘇 sū**	**2**
〇有正考父	1.7/6/14	申德作〇	5.2/30/3		
周武王封諸〇	1.8/6/20	乃與樹碑作〇	5.3/30/16	氣絕復〇	6.6/35/22
遂大于〇	1.8/6/21	賴茲〇聲	5.4/31/13	時處士平陽〇騰	12.1/62/30
乃駕卦〔于〕梁〇之域	2.7/13/26	請作主〇	8.1/44/22		
昔〇景公、小國諸侯	7.4/40/29	《詩・魯〇》云	10.1/53/7	**俗 sú**	**13**
春秋因魯取〇之姦賂	10.1/52/5	謹上《岱宗〇》一篇	12.10/65/8		
取郜大鼎于〇	10.1/52/6	乃爲〇曰	12.12/65/25	爾其無拘于〇	1.9/7/14
有〇大夫正考父	13.4/73/7	惟以作〇	12.13/66/5	棄世〇	1.10/8/14

○衆子群孫	1.1/2/24	○有可觀	13.1/70/17	各○所宜	15.1/95/9
○文武之美	1.7/5/9	○繼體之君	13.1/70/24		
○則彊禦	1.7/5/22	他元○不明于圖讖	13.2/71/6	**歲 suì**	**49**
故○侯伯子男之臣	1.7/6/10	是則○非圖讖之元	13.2/71/9		
○無土而其位是也	1.7/6/12	讖○無文	13.2/71/17	○餘拜尙書令	1.1/2/14
父○非爵	1.7/6/15	○得嬿（娔）〔婉〕	14.5/75/28	其五月丙申葬于宛邑北	
臺臺焉○商偃其猶病諸	1.8/6/24	○期運之固然	14.17/78/15	萬○亭之陽	1.9/7/13
○龍作納言	1.8/7/4	猶言今○在京師、行所		○終闋	1.10/8/16
祭服○三年	1.9/7/14	至耳	15.1/80/16	宰聞喜半○	2.3/10/18
○嚴威猛政	2.2/9/20	文帝、弟○在三	15.1/90/13	○有嘉禾	5.1/28/17
○崇山千仞	2.5/12/11	光武○在十二	15.1/90/15	年七○	6.4/34/9
故○仿彿	3.2/16/22	成○在九	15.1/90/17	或拘限○年	7.2/36/23
○不克從	3.2/16/23	哀○在十	15.1/90/18	天無豐○	7.3/38/1
○安國之輔梁孝	3.6/20/3	平○在十一	15.1/90/18	是○封后父禁爲平陽侯	7.4/40/11
○孔、翟之聖賢	3.7/20/19	故○非宗而不毀也	15.1/91/1	頻○月蝕地動	7.4/40/20
○周、召授分陝之任	3.7/21/7			近者三○	7.5/43/12
○洙泗之間	3.7/21/12			年十四○	8.2/45/3
○幼賤降等	4.2/23/26	**綏 suí**	**13**	未年十四○	8.2/45/8
○老萊子嬰兒其服	4.2/23/27			○五十萬穀各米	9.9/50/18
○庶物戮力	4.3/25/6	東○淄沂	3.7/20/21	連年累○	9.9/51/6
○不毀以隨沒	4.7/27/24	○我荊衡	3.7/22/1	由東方○始也	10.1/52/26
○元凱翼虞	5.2/29/18	靖○土宇	4.4/25/15	應一○二十四氣也	10.1/53/18
○有積善餘慶	5.3/30/15	萬國以○	5.1/29/3	○二月	10.1/53/28
政○未宣	5.5/32/8	和戎○邊	5.2/29/14	時逝○暮	11.8/61/10
○冠帶之中士	6.3/33/25	○弱以仁	5.4/31/15	百○之後	11.8/62/17
○則童穉	6.3/34/1	爰○我惠	5.5/32/7	今○淑月	12.26/68/7
○成人之德	6.4/34/8	孝成○和二年八月	7.4/39/24	三公○盡	13.1/70/7
○則崇盛	6.6/35/17	與○和時相似而有異	7.4/39/27	必使諸侯○貢	13.1/70/10
○得越王之首	7.3/38/15	○撫犿弱	8.3/45/25	百有二○	13.2/71/4
○成郡列縣	7.3/38/19	靖○六合	9.7/50/2	行之百八十九○	13.2/71/4
○房獨治畏慎	7.4/41/24	復邦族以自○	11.3/59/19	《元命苞》、《乾鑿度》	
○成人之年	8.2/45/10	○擾以靜	12.3/63/23	皆以爲開闢至獲麟二	
○振鷺之集西雝	8.4/46/6			百七十六萬○	13.2/71/15
○父母之于子孫	9.3/48/11			及命曆序積獲麟至漢起	
○見原宥	9.8/50/13	**隨 suí**	**14**	庚子蔀之二十三○	13.2/71/15
臣○小醜	9.10/51/16			竟己酉、戊子及丁卯蔀	
故○有五名	10.1/51/30	雖不毀以○沒	4.7/27/24	六十九○	13.2/71/16
○有此說	10.2/56/25	凶年○之	7.3/38/18	合爲二百七十五○	13.2/71/16
（○）〔唯〕有紀傳	11.2/57/27	○臣摧沒	7.5/43/25	漢元年○在乙未	13.2/71/16
○未備悉	11.2/57/29	憎疾臣者○流埋沒	9.2/47/17	則○在庚申	13.2/71/17
○肝腦流離	11.2/58/12	承○同位	9.3/48/8	而光晃以爲開闢至獲麟	
○殞不朽	12.1/63/3	喘息相○	11.2/57/22	二百七十五萬九千八	
○《易》之貞厲	12.2/63/12	○軀腐朽	11.2/58/7	百八十六○	13.2/71/18
○周成遇風	13.1/69/5	○事從宜	11.7/60/22	獲麟至漢百六十二○	13.2/71/18
○有解除	13.1/69/9	亦復○輩皆見拜擢	13.1/70/15	轉差少一百一十四○	13.2/71/19
是故先帝○有聖明之資		莊叔○難漢陽	13.4/73/7	至今九十二○	13.2/72/2
	13.1/69/24	○鼓漏	15.1/91/6	或至三○	13.5/73/14
		在京者亦○時見會	15.1/92/19		
		群臣皆○焉	15.1/95/8		

近者○餘	13.5/73/14	○陟三司	3.1/15/21	恐○爲變	11.2/58/6
三代年○之別名	15.1/83/11	皇帝遣中謁者陳○、侍		○不設施	11.2/58/7
載、○也	15.1/83/11	御史馬助持節送柩	3.2/16/9	○託所過	11.3/58/20
言一○莫不覆載	15.1/83/11	公○身避	3.3/17/15	○在中國	11.4/59/25
夏曰○	15.1/83/11	群生豐○	3.3/17/16	○葬九疑	12.8/64/23
以正○數	15.1/83/14	○作帝臣	3.4/18/6	陽○求福	12.26/68/8
常以○竟十二月從百隸		王室○卑	3.6/19/21	○使群下結口	13.1/69/30
及童兒	15.1/86/10	○作司徒還太尉	4.1/22/17	○至徙所	13.6/73/19
故十二月○竟	15.1/86/14	○作司徒	4.2/23/16	○雕琢而成器	14.9/76/29
○取千百	15.1/86/23	功○身退	4.2/23/19,5.2/29/19	後○無言之者	15.1/80/21
從高祖乙未至今壬子○	15.1/90/2	贈策○賜諡	4.2/24/2	○常奉祀光武舉天下以	
高帝以甲午○即位	15.1/90/2	○至大位者	4.3/25/4	再受命復漢祚	15.1/91/1
臘者、○終大祭	15.1/93/2	○營窀穸之事	4.5/26/14	○于親陵各賜計吏而遣	
正月○首	15.1/93/2	○及斯表	4.6/27/5	之	15.1/91/10
		○大漸兮速流	4.6/27/10	○不毀也	15.1/91/14
碎 sui	**4**	悼孤熒之不○兮	4.7/28/8		
		○爲社祀	5.3/30/8	**燧 sui**	**1**
胸肝摧○	5.5/32/9	○佐高帝	5.3/30/12		
非臣○首糜軀所能補報	9.2/47/20	是日疾○大漸	5.4/31/9	烽○不舉	1.5/4/7
而米鹽煩○	10.2/56/26	○樹碑作銘	5.5/32/4		
啄○琬琰	12.28/68/18	○諮之郡吏	6.1/32/24	**穗 sui**	**2**
		麯○令五瓊	6.1/32/25		
遂 sui	**81**	○取財于豪富	6.1/32/26	一莖九○	5.1/28/17
		疾彼攸○	6.6/35/13	既苗而不○	6.3/34/2
刑明賞○	1.1/2/6	而乃持畏避自○之嫌	7.2/37/1		
○正其罪	1.1/2/7	詔書○用爲〔將〕	7.3/37/10	**邃 sui**	**2**
○用免官	1.1/2/13	○亡去	7.4/39/23		
○陟司空、司徒	1.6/4/21	○爲篡亂	7.4/39/27	仰○古	4.3/25/9
○作頌曰	1.6/4/27	而○不成之象也	7.4/40/16	考○初之原本	14.2/75/4
于是遷而○卒	1.7/5/30	○不過口	8.2/45/6		
○大于宋	1.8/6/21	章句不能○其意	8.4/46/9	**孫 sūn**	**48**
○以疾辭	1.8/6/26	○用臣邕充備機密	9.2/47/19		
○樹玄石	1.10/8/12	故○衍溢	9.6/49/15	子○之在不十二姓者	1.1/1/16
○考覽六籍	2.1/8/28	○充機密	9.9/50/22	雖衆子群○	1.1/2/24
○辟司徒掾	2.1/9/2	則○養老	10.1/52/25	比方公○	1.1/2/25
○以國氏焉	2.2/9/15	○設三老五叟之席位	10.1/52/26	大鴻臚之曾○	1.6/4/13
○不應其命	2.2/9/29	自是告朔○闕而徒用其		廣川相之○	1.6/4/13
○定兆域	2.2/10/7	羊	10.1/54/4	昔魯季○行父卒	1.7/5/26
○隱丘山	2.3/10/20	故○于憂怖之中	10.2/54/21	衛之○文子、公叔文子	1.7/6/5
皆○不至	2.3/10/22	○定曆數	10.2/54/22	其○氏焉	1.8/6/21
○不屑就	2.4/11/16	○以爲「更」	10.2/56/31	子子○○	1.9/7/21,3.2/17/3
○以病辭	2.5/12/2	群生以○	11.1/57/12	4.4/25/19,5.1/29/4,9.5/49/4	
○以爲氏	2.7/13/14	○與群儒竝拜議郎	11.2/57/18	王○子喬者、蓋上世之	
○隱竄山中	2.7/13/17	○由端右	11.2/57/19	眞人也	1.10/7/26
君○不從州郡之政	2.7/13/21	○以轉徙	11.2/57/24	陳留太守之○	2.5/11/26
○登東嶽	2.8/14/15	○與議郎張華等分受之		公○同倫莫能齊焉者矣	3.2/16/15
乃○隱身高藪	2.9/15/2		11.2/57/30	公惟司徒之○	3.5/18/22

毓子孕○	3.7/21/25	蓑 suō	1	餘人	3.1/15/23
爰曁釋○	4.5/26/2			曷○不嘗	3.2/16/13
乃俾元○顯咨度群儒	4.5/26/9	則○笠竝載	11.8/61/29	及其○以匡輔本朝	3.2/16/18
子○以仁	4.5/26/20			綴輯○履	3.2/16/26
子○忽以替遣	4.7/28/5	所 suǒ	363	凡○辟選	3.3/17/18
延弟曾○放字子仲	5.3/30/13			各述○審	3.3/17/20
交阯都尉之○	5.4/30/24	朝廷○〔以〕弔贈	1.1/1/12	○特貫綜	3.4/18/12
	5.5/31/22	葬于某○	1.1/1/12	課錄○審言于碑	3.4/18/13
掾○翻以（貞）〔頑〕		○部二千石受取有驗	1.1/1/19	彝倫○由順序	3.5/19/2
固之賈	6.2/33/13	凡○獲祿	1.1/2/21	○立卓爾	3.6/19/26
邈矣遺○	6.2/33/17	皆公府〔○〕特表送	1.1/2/21	無○措其智力	3.7/20/19
太尉公之○	6.3/33/22	樞殯無○	1.1/2/26	惟君○裁	3.7/21/7
雖父母之于子○	9.3/48/11	越其○以率夫百辟	1.3/3/14	學者○集	3.7/21/12
嗣曾○皇帝某	9.4/48/19	靡○不識	1.6/4/16	用補〔贄〕前臣之○闕	4.3/24/19
于爾嗣曾○皇帝	9.5/49/3	爲受罰者○章	1.6/4/20	凡○辟用	4.3/25/4
故昭令德以示子○	10.1/52/7	每○臨向	1.6/4/25	魂氣○之	4.5/26/11
以示子○也	10.1/52/15	門人陳季珪等議○謚	1.7/5/8	順母氏之○寧	4.5/26/13
《詩》稱子○保之	12.12/65/22	府君○在	1.7/6/1	原疾病之○由	4.6/27/9
以示子○	13.4/73/9	順乎門人臣子○稱之宜	1.7/6/15	月餘○疾暴盛	4.7/27/22
乃弁伐其○枝	14.9/76/28	○以啓前惡而贊後疑者	1.8/6/24	靡○底念	4.7/27/26
史皇○之子	15.1/90/14	以爲神聖○興	1.10/8/11	不知魂景之○存	4.7/28/8
○以係祖	15.1/90/14	俾志道者有○覽焉	1.10/8/12	樂樂其○自生	5.1/28/24
其父曰史皇○	15.1/91/28	念○生	1.10/8/16	○謂神麗顯融	5.1/28/25
及皇○皆死	15.1/91/28	靡○寘念	2.1/9/4	公○苾任	5.2/29/16
以肺腑宿衛親公主子○		清風暘于○漸	2.2/9/23	亦斯社之○相也	5.3/30/16
奉墳墓	15.1/92/19	以○執不協○屬	2.2/9/25	公體○安	5.4/31/2
綠車名曰皇○車	15.1/93/16	凡○履行事類	2.2/9/29	靡○瞻逮	5.5/32/9
天子○乘之	15.1/93/17	固上世之○罕有	2.2/10/3	僉以爲因其○利之事者	6.1/32/24
		前哲之○不過也	2.2/10/3	秔黍稼穡之○入	6.1/33/1
損 sǔn	14	終始○守	2.2/10/4	尋原祚之○由而至于此	6.2/33/15
		祀典○宗	2.2/10/5	實天○授	6.3/33/22
○辱國家	1.1/2/16	非此遺孤○得專也	2.2/10/5	孝智○生	6.3/33/24
穢○清風	3.3/17/19	精靈○寧	2.2/10/7	無○疑滯	6.3/33/25
○用節財以贍疏族	6.2/33/11	留葬○卒	2.3/10/25	言語○及	6.4/34/8
介○永安	7.4/41/2	曷○咨詢	2.4/11/22	智思○生	6.4/34/8
平城門及武庫屋各○壞	7.4/41/5	寘○謂天民之秀也	2.5/12/13	靡○寫憂	6.5/34/19
人自抑○	7.4/43/2	故其平生○能	2.6/12/25	不知○裁	6.5/35/1
是以尙官○服	8.1/44/11	無○容納	2.7/13/18	焉○安神	6.5/35/4
允恭挹○	8.1/44/23	介操○在	2.7/13/18	靡○瞻依	6.6/35/9
黜○所宗	9.6/49/17	是則君之○以立節明行	2.7/13/28	焉識○祖	6.6/35/23
當有增○	11.2/58/1	亦其○以後時失途也	2.7/13/28	無○爲廢	7.1/36/8
迷○益之數	11.8/62/4	錄記○履	2.7/14/2	齋者、○以致齊不敢渙	
則螟蟲○稼	13.1/69/11	前人○希論	2.8/14/13	散其意	7.1/36/8
殘義○善曰紂	15.1/96/25	後學○不覽	2.8/14/14	文王○以懷福	7.1/36/11
亂而不○曰靈	15.1/96/27	猶發憤于目○不睹	2.8/14/14	無○獻替	7.2/36/16
		體○不閑	2.8/14/14	無○管繫	7.2/36/23
		其時○免州牧郡守五十		而○見常異	7.3/37/16

○拓廣遠	7.3/37/22	昔書契○載	8.1/44/24	即王制○謂以訊諴告者	
○以別（內外）〔外內〕		白歸喪○	8.2/45/8	也	10.1/53/9
、異殊俗也	7.3/38/8	非耳目聞見○倣效也	8.2/45/10	○以教諸侯之孝也	10.1/53/9
慎奉○遺	7.3/38/9	執心○見	8.3/45/29	無○不通	10.1/53/10
衆○謂危	7.3/38/12	非○以彰瓌瑋之高價	8.4/46/14	各有○依	10.1/53/13
○獲不如○失	7.3/38/13	固有○不宜也	8.4/46/16	○以順陰陽、奉四時、	
此先帝○以發德音也	7.3/38/18	非○以襃功賞勳也	9.1/47/10	效氣物、行王政也	10.1/53/20
特旨密問政事○變改施		非臣愚蔽不才○當盜竊	9.2/47/20	○以示承祖、考神明	10.1/53/21
行	7.4/39/4	非臣碎首糜軀○能補報	9.2/47/20	文義○說	10.1/53/30
以臣○聞	7.4/39/11	人○勸慕	9.2/47/27	宜周公之○著也	10.1/53/30
則○謂天投虹者也	7.4/39/12	非○敢安	9.3/48/4	○以臻乎大順	10.1/54/6
若群臣有○毀譽	7.4/39/17	不知○措	9.3/48/5	亦自有○覺悟	10.2/54/19
即虹蜺○生也	7.4/39/18	非臣○得久忝	9.3/48/5	非○謂理約而達也	10.2/54/23
使貞雅各得其○	7.4/39/18	爲衆○怪	9.3/48/6	蓋○以探賾辨物	10.2/54/24
則其○救也	7.4/39/19	苔稱○蒙	9.3/48/11	《月令》甲子、沈子○	
殘餘非天○祐	7.4/40/2	誠非○望	9.3/48/13	謂似《春秋》也	10.2/54/29
誠無○及	7.4/40/16	非臣才力○能供給	9.3/48/14	《月令》○用	10.2/55/1
○從出門之正者也	7.4/41/6	○共挵定	9.6/49/17	宜以當時○施行度密近	
武庫禁兵○藏	7.4/41/6	黜損○宗	9.6/49/17	者	10.2/55/2
宜披演○懷	7.4/41/14	則非○宗	9.6/49/20	閭里門非闞尹○主	10.2/55/21
指陳政要○先後	7.4/41/14	正數世之○闕	9.6/49/24	獨安○取之	10.2/56/5
勿漏○聞	7.4/41/15	不知○自投處	9.8/50/12	無○扶助	10.2/56/7
非臣螻蟻愚怯○能堪副	7.4/41/16	中外○疑	9.9/50/24	有○滯礙不得通矣	10.2/56/11
此爲天○棄故也	7.4/41/20	非臣草萊功勞微薄○當		非水○爲也	10.2/56/13
災眚之發不于他○	7.4/41/20	被蒙	9.9/50/25	今之○述	10.2/56/15
皆婦人干政之○致也	7.4/41/22	上○假高陽侯印綬符策	9.9/50/28	說○食獨不以五行	10.2/56/18
○以令安之也	7.4/42/1	非臣小族陋宗器量褊狹		五時○食者	10.2/56/19
○戒（成）〔誠〕不朝		○能堪勝	9.9/50/29	必家人○畜	10.2/56/19
可知	7.4/42/3	非臣力申勤勞有○當受	9.9/50/30	不合于《易》卦○爲之	
論者疑太尉張顥與交貿		非臣（容）〔庸〕體○		禽	10.2/56/26
爲玉○進	7.4/42/4	當服佩	9.9/50/31	非臣無狀○敢復望	11.2/57/22
非外臣○能審處	7.4/42/4	非臣才量○能祗奉	9.9/51/1	非臣罪惡○當復蒙	11.2/57/22
當有○懲	7.4/42/5	讓○不如	9.10/51/15	非臣辭筆○能復陳	11.2/57/22
光祿勳偉璋○在尤貪濁	7.4/42/5	○以宗祀其祖、以配上		既到徙○	11.2/57/25
以解《易傳》○載小人		帝者也	10.1/51/27	但愚心有○竟	11.2/57/26
在位之咎	7.4/42/8	居其○而衆星拱之	10.1/52/2	臣○師事故太傅胡廣	11.2/57/28
臣〔安〕敢漏○問	7.4/43/5	政教之○由生	10.1/52/2	略以○有舊事與臣	11.2/57/28
不知死命○在	7.5/43/11	變化之○由來	10.1/52/2	非外吏庶人○得擅述	11.2/57/29
臺○問臣三事	7.5/43/12	○以明大教也	10.1/52/9	使史籍○闕、胡廣○校	11.2/58/3
郤勢○當	7.5/43/14	○以廣魯于天下也	10.1/52/14	○圖廣遠	11.2/58/5
文學○著	7.5/43/15	皆○以昭文王、周公之		不知○濟	11.2/58/6
預知○言者當必怨臣	7.5/43/18	德	10.1/52/15	郡縣咸悄悄不知○守	11.2/58/6
多○指刺	7.5/43/18	天子之○自學也	10.1/52/16	且臣○在孤危	11.2/58/6
當爲箠楚○迫	7.5/43/26	○以教諸侯之德也	10.1/53/2	誠恐○懷	11.2/58/7
俯仰無○遺	8.1/44/5	即○以顯行國禮之處也	10.1/53/2	○當接續者四	11.2/58/8
刑之○加	8.1/44/19	明堂者、○以明天氣、		前志○無	11.2/58/8
賞之○及	8.1/44/19	統萬物	10.1/53/3	及經典群書○宜捃摭	11.2/58/9

本奏詔書○當依據	11.2/58/9	獨○興搆	13.2/71/29	皆非其○當得而得之	15.1/81/2
無○案請	11.2/58/10	而光晃言秦○用代周之		言民之得○不當得	15.1/81/3
○識者又恐謬誤	11.2/58/10	元	13.2/72/3	然則人主必慎○幸也	15.1/81/4
無○復恨	11.2/58/12	光晃區區信用○學	13.2/72/3	群臣有○奏請	15.1/81/17
遂託○過	11.3/58/20	非群臣議者○能變易	13.2/72/5		15.1/81/18
過漢祖之○隘兮	11.3/58/26	是以君子慎人○以交己		如書本官下○當至	15.1/81/19
美伯禹之○營	11.3/59/3		13.3/72/13	其中有○請若罪法劾案	
誠如○語	11.4/59/28	審己○以交人	13.3/72/13	公府	15.1/81/28
研桑○不能計	11.7/60/26	原其○以來	13.3/72/14	若臺閣有○正處而獨執	
宰賜○不能言	11.7/60/26	則知其○以去	13.3/72/14	異意者曰駁議	15.1/82/7
若公子○謂覬覦曖昧之利		見其○以始	13.3/72/14	天子○都曰京師	15.1/82/16
	11.8/61/13	則觀其○以終	13.3/72/14	示有○尊	15.1/82/23
不失○寧	11.8/62/3	○謂天子令德者也	13.4/73/1	閏月者、○以補小月之	
非一由○防	11.8/62/8	亦○以勸導人主	13.4/73/3	減日	15.1/83/14
非一勇○抗	11.8/62/8	○謂諸侯言時計功者也	13.4/73/5	○謂祖稱曰廟者也	15.1/84/8
收之則莫能知其○有	11.8/62/14	○謂大夫稱伐者也	13.4/73/8	薦考妣于適寢之○	15.1/84/14
天○誘也	11.8/62/18	遂至徙○	13.6/73/19	天子○爲群姓立社也	15.1/84/17
凡○臨君	12.4/63/28	人○鮮能	13.7/73/23	各以其野○宜之木以名	
夫豈后德熙隆漸浸之○		納陽谷之○吐兮	14.1/74/23	其社及其野	15.1/85/25
通也	12.12/65/21	固神明之○使	14.2/75/3	萬鬼○出入也	15.1/86/13
斯乃祖禰之遺靈、盛德		察其○履	14.5/75/26	○以尊鬼神也	15.1/87/11
之○貺也	12.12/65/24	惟其翰之○生	14.8/76/18	宗廟○歌詩之別名	15.1/87/18
豈我童蒙孤稚○克任哉		圖茲梧之○宜	14.9/76/28	諸侯朝見宗祀文王之○	
	12.12/65/25	非余○希	14.20/79/3	歌也	15.1/87/18
古人○箴	12.20/67/10	○在曰「行在○」	15.1/79/10	告太平于文王之○歌也	
殆刑誅繁多之○生也	13.1/69/6	○居曰「禁中」	15.1/79/10		15.1/87/19
○以教人也	13.1/69/6	○至曰「幸」	15.1/79/11	奏象武之○歌也	15.1/87/19
○當恭事	13.1/69/8	○進曰「御」	15.1/79/11	諸侯助祭之○歌也	15.1/87/20
○從來遠	13.1/69/12	王、畿內之○稱	15.1/79/20	祝先王公之○歌也	15.1/87/21
謹條宜○施行七事表左		天王、諸夏之○稱	15.1/79/22	郊祀天地之○歌也	15.1/87/21
	13.1/69/13	天下之○歸往	15.1/79/22	祀文王于明堂之○歌也	
○以導致神氣	13.1/69/15	天子、夷狄之○稱	15.1/79/24		15.1/87/22
祖宗○祗奉也	13.1/69/16	天家、百官小吏之○稱		巡守告祭柴望之○歌也	
○以竭心親奉	13.1/69/18		15.1/79/26		15.1/87/22
○謂宮中有卒	13.1/69/21	無○不照	15.1/79/30	祀武王之○歌也	15.1/87/23
夫司隸校尉、諸州刺史		○由升堂也	15.1/80/5	祀后稷配天之○歌也	15.1/87/23
○以督察姦枉、分別		上者、尊位○在也	15.1/80/9	諸侯助祭遣之于廟之○	
白黑者也	13.1/70/1	謂天子○服食者也	15.1/80/12	歌也	15.1/87/24
憙等○糾	13.1/70/2	天子自謂曰行在○	15.1/80/16	春夏祈穀于上帝之○歌	
○因寢息	13.1/70/5	猶言今雖在京師、行○		也	15.1/87/25
○宜從之	13.1/70/17	至耳	15.1/80/16	二王之後來助祭之○歌	
○宜分明	13.1/70/19	○奏事處皆以宮	15.1/80/16	也	15.1/87/25
義無○依	13.1/70/27	唯當時○在	15.1/80/17	烝嘗秋冬之○歌也	15.1/88/1
光晃○據則殷曆元也	13.2/71/6	亦依違尊者○都	15.1/80/17	始作樂合諸樂而奏之○	
無○漏失	13.2/71/9	龍虎紐、唯其○好	15.1/80/25	歌也	15.1/88/1
及冬至日○在	13.2/71/22	〔天子〕車駕○至	15.1/80/28	季冬薦魚、春獻鮪之○	
○言不服	13.2/71/25	○至見長吏三老官屬	15.1/81/1	歌也	15.1/88/2

祫太祖之○歌也	15.1/88/3	上論《三墳》、《八○》		**鞜 tà**	1
諸侯始見于武王廟之○		之典	3.7/21/16		
歌也	15.1/88/3	惟家之○	7.4/40/13	鞜○鼓兮補履樸	11.4/59/30
微子來見祖廟之○歌也	15.1/88/4	尙有○家不榮之名	7.4/40/14		
奏大武周武○定一代之		喜○罰舉	11.4/59/27	**闒 tà**	4
樂之○歌也	15.1/88/4	采浮磬不爲之○	11.8/61/28		
朝于廟之○歌也	15.1/88/5	而時儺以○宮中	15.1/86/10	聖誠著于禁○	8.1/44/20
成王謀政于廟之○歌也	15.1/88/6	已而立桃人葦○	15.1/86/11	出入省○	9.3/48/8
群臣進戒嗣王之○歌也	15.1/88/6	執以葦○食虎	15.1/86/14	對越省○	9.9/50/24
嗣王求忠臣助己之○歌		乃畫荼壘幷懸葦○于門		八○以象八卦	10.1/53/15
也	15.1/88/7	戶以禦凶也	15.1/86/14		
春耤田祈社稷之○歌也	15.1/88/8	蜡之言○也	15.1/86/22	**胎 tāi**	2
秋報社稷之○歌也	15.1/88/8	祭日○此八神而祭之也			
繹賓尸之○歌也	15.1/88/9		15.1/86/22	則○夭多傷	10.2/56/13
言能酌先祖之道以養天		如○裙者是也	15.1/93/25	明珠○于靈蚌兮	14.1/74/25
下之○歌也	15.1/88/9				
師祭講武類禡之○歌也		**他 tā**	12	**台 tái**	7
	15.1/88/10				
大封于廟、賜有德之○		卒有○方之急	7.2/36/20	○階允寧	2.2/9/23
歌也	15.1/88/11	時故護羌校尉田晏以○		應○階	3.1/16/4
巡狩祀四嶽、河海之○		論刑	7.3/37/9	理水土于下○	4.1/22/23
歌也	15.1/88/11	災害之發不于○所	7.4/41/20	公旦納于（○）〔白〕	
○以風化天下也	15.1/89/5	乞在○署	9.2/47/28	屋	4.2/23/27
圓令食監典省其親陵○		盡力○役	9.3/48/7	及遷○司	5.2/29/18
宮人	15.1/91/6	橫生○議	10.2/54/16	天垂三○	5.2/30/1
成、哀、平三帝以非光		忽覺在○鄉	11.5/60/3	參曜乾○	11.1/57/12
武○後	15.1/91/25	○鄉各異縣	11.5/60/4		
受天子之社土以○封之		○元雖不明于圖讖	13.2/71/6	**臺 tái**	18
方色	15.1/92/10	○如其方色	15.1/92/11		
各以其○封方之色	15.1/92/11	其地功臣及鄉亭○姓公		在憲○則有盡規之忠	1.6/4/24
功德優盛朝廷○異者	15.1/92/17	侯	15.1/92/12	陳遵、桓典、蘭○令史	
法駕、上○乘曰金根車		○不常用	15.1/93/8	十人	3.2/16/9
	15.1/93/14			與公卿尙書三○以下	3.2/16/10
迎氣五郊舞者○冠	15.1/95/2	**踏 tà**	1	公卿尙書三○以下	3.2/16/11
幘者、古之卑賤執事不				○所問臣三事	7.5/43/12
冠者之○服也	15.1/95/5	登○丹墀	9.3/48/8	因○問具臣恨狀	7.5/43/14
知皆不冠者之○服也	15.1/95/7			充歷三○	9.2/47/19
各隨○宜	15.1/95/9	**蹋 tà**	1	周旋三○	9.3/48/7
遠遊冠、諸侯王○服	15.1/95/11			進察憲○	9.9/50/22
行人使官○冠	15.1/95/12	又有○豬車	15.1/93/16	薰蕕異與○茜兮	11.3/59/2
漢將軍樊噲造次○冠	15.1/96/16			窮變巧于○榭兮	11.3/59/15
古者天子冠○加者	15.1/96/21	**闒 tà**	1	似崇○重宇	11.7/60/25
				公府○閣亦復默然	13.1/70/3
索 suǒ	13	而散怠茸○	9.10/51/18	雜候淸○	13.2/71/8
				送御史○	15.1/82/1
《三墳》、《五典》、				送謁者○也	15.1/82/1
《八○》、《九丘》	2.6/12/27			若○閣有所正處而獨執	

異意者曰駮議	15.1/82/7	○尉司徒再辟	2.5/12/5	○夫人年九十一	4.5/26/8
夏日均○	15.1/89/11	高祖、祖父皆豫章○守		建寧二年薨于○傅府	4.5/26/8
		潁陰令	2.6/12/24	公之季子陳留○守碩卒	
駘 tái	1	又家拜犍爲○守、○中		于洛陽左池里舍	4.5/26/8
		大夫	2.6/13/3	葬我夫人黃氏及陳留○	
騁駕○于脩路	11.8/62/4	游集○學	2.7/13/17	守碩于此高原	4.5/26/15
		辟○尉府	2.7/13/23	季以高（弟）〔第〕爲	
鮐 tái	1	○尉張公、司徒崔公	2.7/13/27	侍御史諫議大夫侍中	
		○尉張公、兗州劉君、		虎賁中郎將陳留○守	4.6/27/2
仁者（壽）宜享（胡考）		陳留○守淳于君、外		遭○夫人憂篤	4.6/27/3
〔○耆〕	3.7/21/19	黃令劉君僉有休命	2.7/14/1	祔于○夫人	4.6/27/4
		登司徒○尉	3.1/15/16	以議郎出爲濟陰○守	4.7/27/20
太 tài	235	爾乃遷○僕大卿	3.1/15/20	曾祖父江夏○守	5.2/29/9
		起家復拜○常	3.1/15/21	伯父東郡○守	5.2/29/9
以○中大夫薨于京師	1.1/1/11	考○尉	3.3/17/9	漁陽○守	5.2/29/13
考東萊○守	1.1/1/17	及至○尉	3.3/17/16	位○尉	5.2/29/18
徵拜上谷○守	1.1/2/7	○和交薄	3.3/17/17	故吏潁川○守張溫等	5.2/29/20
遷漢陽○守	1.1/2/10,1.6/4/19	○尉公之胤子	3.5/18/22	虞延爲○尉、司徒封公	5.3/30/12
拜鉅鹿○守	1.1/2/12	命公作○常	3.5/18/30	詔封都亭侯、○僕、○	
歷河南○守○中大夫	1.1/2/15	命公作○尉	3.5/19/4	常、司空	5.3/30/14
復拜○尉	1.1/2/18,4.2/23/20	南陽○守樂鄉亭侯晏思		○傅安樂侯之子也	5.4/30/24
拜○中大夫	1.1/2/19,3.1/15/18	等言	3.7/21/21	即拜陳留○守	5.4/31/7
其以光祿大夫玄爲○尉	1.4/3/21	○和二年	3.7/21/23	○傅安樂鄉侯之子也	5.5/31/22
東萊○守之元子也	1.6/4/13	遷濟陰○守	4.1/22/14,4.2/23/13	拜陳留○守	5.5/31/22
即家拜上谷○守	1.6/4/19	遂作司徒遷○尉	4.1/22/17	遷○守	6.2/33/14
鉅鹿○守	1.6/4/19	又拜○尉	4.1/22/18,4.1/22/19	○尉公之孫	6.3/33/22
後拜○尉	1.6/4/21	徵拜○中大夫、尚書令		故陳留○守胡君子曰根	6.4/34/7
復爲少府○中大夫	1.6/4/22	、○僕、○常、司徒	4.1/22/19	（傳）〔傅〕者○勤	6.4/34/12
實爲陳留○守	1.8/6/22	又授○傅	4.1/22/22	考南郡○守	6.5/34/21
文忠公益州○守朱君名		贈以○傅安樂鄉侯印綬	4.1/22/26	召光祿大夫楊賜、諫議	
穆字公叔	1.9/7/12	遷汝南○守	4.2/23/15	大夫馬日磾、議郎張	
時令○山萬熙稽古老之		進作○尉	4.2/23/17	華、蔡邕、○史令單	
言	1.10/8/5	又拜○常	4.2/23/20,4.2/23/21	颺	7.4/38/26
或絃歌以詠○一	1.10/8/6	徵拜○中大夫	4.2/23/22	群陰○隆	7.4/40/4
浮○清	1.10/8/15	乃拜○僕	4.2/23/23	入○微西門	7.4/40/25
○原界休人也	2.1/8/25	遷○常司徒	4.2/23/24	○白正晝而見	7.4/40/25
武王配以○姬	2.2/9/14	復拜○傅錄尚書事	4.2/23/24	○白當晝而見	7.4/40/27
而封諸○昊之墟	2.2/9/15	○傅安樂鄉侯胡公薨	4.3/24/12	○白主兵	7.4/40/28
復辟○尉府	2.2/9/24	于是掾○原王允、雁門		論者疑○尉張顥與交貫	
遷○丘長	2.2/9/24	畢整	4.3/24/13	爲玉所進	7.4/42/4
刺史○守	2.2/10/1	○僕、司農、○傅、司		故○尉劉寵聞人襲寵	7.4/42/10
○丘一年	2.3/10/18	空各一	4.3/24/23	問臣以大鴻臚劉郃前爲	
○守南陽曹府君命官作		○常、○尉各三	4.3/24/24	濟陰○守	7.5/43/9
誄曰	2.3/11/2	高祖父汝南○守	4.5/25/23	皇后參圖考表	8.1/44/10
故○丘長潁川許陳寔	2.4/11/13	父以主簿嘗證○守	4.5/25/24	大行皇○后宜謚爲和熹	
陳留○守之孫	2.5/11/26	生○傅安樂鄉侯廣及卷		皇后	8.1/44/28
○守復察孝廉	2.5/12/2	令康而卒	4.5/25/25	前○守文穆召署孝義童	8.2/45/6

○平之萌	8.2/45/12			天子三昭三穆與○祖之	
託體○陽	8.2/45/14	○廟明堂方三十六丈	10.1/53/14	廟七	15.1/84/2
即起家參拜爲泰山○守	8.3/45/25	乃命○史守典奉法	10.1/53/26	諸侯二昭二穆與○祖之	
○尉酆侯卓起自東土封		○平洽	10.1/54/6	廟五	15.1/84/3
畿之外	9.1/47/5	若夫○昊蓐收句芒祝融		大夫一昭一穆與○祖之	
○尉酆侯卓	9.2/47/18	之屬	10.2/54/30	廟三	15.1/84/6
○傅隗	9.2/47/24	是月獻羔以○牢祀高禖		天子社稷皆○牢	15.1/84/28
五府舉臣任巴郡○守	9.3/48/4		10.2/55/14	冬爲○陰	15.1/85/9
孝文曰○宗	9.6/49/9	冬行○陰	10.2/56/6	竉夏爲○陽	15.1/85/11
○僕王舜、中壘校尉劉		至夏節○陽行○陽	10.2/56/7	其帝○昊	15.1/85/15
歆據經傳義	9.6/49/11	臣所師事故○傅胡廣	11.2/57/28	○祝掌六祝之辭	15.1/87/15
臣謹案禮制〔天子〕七		請○師田注	11.2/57/31	告○平于文王之所歌也	
廟、三昭、三穆、與		白朝廷敕陳留○守〔發〕			15.1/87/19
○祖七	9.6/49/17	遣余到偃師	11.3/58/19	禘○祖之所歌也	15.1/88/3
通遵○和	9.7/50/2	覽○室之威靈	11.3/59/2	武帝會曰○守	15.1/88/18
臣以相國兵討逆賊故河		悼○康之失位兮	11.3/59/3	虙犧爲○昊氏	15.1/89/24
內○守王臣等	9.8/50/8	昔自○極	11.8/61/15	帝母曰皇○后	15.1/90/5
○山若礪	9.9/51/3	○極阤	11.8/61/17	帝祖母曰○皇○后	15.1/90/5
明堂者、天子○廟	10.1/51/27	宣○平于中區	11.8/62/15	稱皇○后	15.1/90/6
中央曰○室	10.1/51/28	練予心兮浸○清	11.8/62/22	○后攝政	15.1/90/6
其正中皆曰○廟	10.1/51/30	含○極之純精	12.3/63/19	孝元王皇后以○皇○后	
則曰○廟	10.1/52/3	○平乃洽	12.12/65/21	攝政	15.1/90/7
則曰○室	10.1/52/4	○蔟運陽	12.25/68/3	一詣○后	15.1/90/10
則曰○學	10.1/52/4, 10.1/53/11	○白與月相迫	13.1/69/11	高帝爲○祖	15.1/90/26
則顯之○廟	10.1/52/5	更任○史	13.1/69/20	孝文爲○宗	15.1/90/26
戊申納于○廟	10.1/52/6	伏見前一切以宣陵孝子		四時宗廟用牲十八○牢	
魯○廟皆明堂也	10.1/52/9	爲○子舍人	13.1/70/24		15.1/91/11
魯禘祀周公于○廟明堂	10.1/52/9	○子官屬	13.1/70/29	文帝爲○宗	15.1/91/12
○廟、天子曰明堂	10.1/52/11	曆用○初	13.2/71/4	故用十八○牢也	15.1/91/23
命魯公世世禘祀周公于		黃帝始用○初丁丑之元	13.2/71/7	如○常祠行陵廟之禮	15.1/91/26
○廟	10.1/52/13	○史令張壽王挾甲寅元		上尊號曰○上皇	15.1/91/27
歌于魯○廟	10.1/52/14	以非漢曆	13.2/71/7	祖父曰衛○子	15.1/91/28
明魯之○廟	10.1/52/14	○初效驗	13.2/71/8	○子以罪廢	15.1/91/28
《易傳・○初篇》曰	10.1/52/15	密于○初	13.2/71/9	曾祖鬱林○守曰皇曾祖	15.1/92/2
○學在中央	10.1/52/16	史官用○初鄧平術	13.2/71/26	依高帝尊父爲○上皇之	
入○學	10.1/52/18	咨于○師	13.4/73/2	義	15.1/92/4
○學者、中學明堂之位		呂尚作周○師	13.4/73/3	母匡○夫人曰孝崇后	15.1/92/6
也	10.1/52/19	《周禮・司勳》「凡有		○常贊曰	15.1/92/25
故稱○學	10.1/52/29	大功者銘之○常」	13.4/73/4	大駕、則公卿奉引大將	
《禮記・○學志》曰	10.1/53/1	故城門校尉梁伯喜、南		軍參乘○僕御	15.1/93/6
祭于○學	10.1/53/1	郡○守馬季長	13.5/73/14	○僕奉駕上鹵簿于尚書	
○學、明堂之東序也	10.1/53/3	○史令司馬遷記事	15.1/80/9		15.1/93/10
薦俘馘于京○室	10.1/53/7	刺史○守相劾奏申下		其武官○尉以下及侍中	
○室辟廱之中	10.1/53/8	（上）〔土〕遷書文		常侍皆冠惠文冠	15.1/94/27
明堂○室與諸侯泮宮	10.1/53/8	亦如之	15.1/81/12	○傅胡公說曰	15.1/95/13
凡此皆明堂○室、辟廱		戒書、戒敕刺史○守及			15.1/95/21, 15.1/95/23
○學事通文合之義也		三邊營官	15.1/81/21		
			10.1/53/12		
		○廟明堂方三十六丈	10.1/53/14		

汰 tài	2
沙○盧穴	3.1/15/21
（激）〔○〕垢濁以揚	
清	5.2/29/17

泰 tài	11
先生諱○	2.1/8/25
鮮我顯○	2.2/10/10
不亦○乎	3.2/16/18
巡狩○山	5.1/28/23
即起家參拜爲○山太守	8.3/45/25
利用遭○	11.8/62/11
○階以平	12.8/64/23
乾坤交○	12.25/68/3
在○山則曰奏奉高宮	15.1/80/17
天子之宗社曰○社	15.1/84/17
曰司命、曰中霤、曰國	
行、曰國門、曰○屬	
、曰戶、曰竈	15.1/85/1

態 tài	2
公覺其姦○	1.1/2/10
（○）主惑于毀譽	7.4/39/14

貪 tān	9
誅艷○暴	1.7/5/22
而○婪之徒	1.8/7/1
帝○則政暴	7.4/41/1
黜○虐	7.4/41/2
光祿勳偉璋所在尤○濁	7.4/42/5
疾○吏受取爲姦	8.1/44/16
○夫徇財	11.8/62/3
矧○靈貺	12.12/65/28
○利傷民	13.1/69/11

探 tān	5
○綜群緯	2.1/8/28
○道之綱	2.4/11/19
而○微知機者多	3.7/21/14
○孔子之房奧	4.3/24/16
蓋所以○賾辨物	10.2/54/24

覃 tán	3
○思德謨	2.5/12/16
○思典籍	11.8/61/7
《葛○》恐其失時	14.2/75/5

潭 tán	3
潛○巴曰	7.4/39/13,7.4/40/3
	7.4/41/7

談 tán	8
人以爲美○	1.1/2/1
或○思以歷丹田	1.10/8/7
以爲美○	4.5/25/25,9.10/51/19
相與謳○壇畔	6.1/33/1
或○崇朝而錫瑞珪	11.8/61/18
東方要幸于○優	11.8/62/20
朝夕游○	13.8/73/28

壇 tán	11
喟襄王于○坎	11.3/59/6
七廟一○一墠	15.1/84/2
五廟一○一墠	15.1/84/4
三廟一○	15.1/84/6
上士二廟一○	15.1/84/7
去桃爲○	15.1/84/11
去○爲墠	15.1/84/11
○謂築土起堂	15.1/84/12
天子社稷土○方廣五丈	
	15.1/84/26
故同堂別○	15.1/85/27
以五色土爲○	15.1/92/10

檀 tán	2
何有伐○	8.1/44/15
《禮記·○弓》曰	10.1/52/10

譚 tán	1
乃還○其舊章	4.3/24/19

袒 tǎn	1
古者天子親○割牲	15.1/82/28

菼 tǎn	1
葦○薍與臺菡兮	11.3/59/2

炭 tàn	1
下救兆民塗○之禍	9.1/47/8

嘆 tàn	3
相與○述君德	5.4/31/12
觀者○息	5.5/32/4
夙夜寤○	7.2/36/16

歎 tàn	9
追○功德	2.3/11/5
退邇○悼	2.5/12/13
能不歌○	3.7/21/25
相與○曰	5.2/29/20
夙夜寤○	9.2/47/27
叩膺增○	9.9/51/9
迄管邑而增○兮	11.3/58/25
○茲窈窕	14.5/75/23
〔楚姬遺○〕	14.12/77/16

湯 tāng	6
以奉成○之祀	1.8/6/20
庸可以水旱而累堯○乎	11.8/62/9
○武革命	13.2/72/1
殷○有（甘誓）〔日新〕	
之勒	13.4/73/1
故殷○氏以水德繼之	15.1/89/21
○爲殷商氏	15.1/89/25

唐 táng	15
在皇○蓋與四岳共葉	2.6/12/22
陶○氏之後也	2.7/13/13
晉○叔之后也	3.1/15/14
慕○叔之野棠	3.7/20/17
臣聞○虞以師師咸熙	8.3/45/20

在○虞則元凱之比	8.4/46/12	太廟、天子曰明○	10.1/52/11		15.1/94/23
○虞之朝	9.9/50/27	朝諸侯于明○	10.1/52/12	天地五郊、明○月令舞	
凡此皆合于大曆○政	10.1/53/29	太學者、中學明○之位		者服之	15.1/96/4
雨濛濛而漸○	11.3/59/5	也	10.1/52/19		
○虞眇其既遠兮	11.3/59/17	《禮記・古（大）〔文〕		**棠 táng**	**4**
○虞之至時	11.8/61/15	明○之禮》曰	10.1/52/19		
今大漢紹陶○之洪烈	11.8/61/25	王居明○之禮	10.1/52/21	有○棣之華、萼韡之度	2.6/12/25
○虞曰載	15.1/83/11		10.1/52/24	慕唐叔之野○	3.7/20/17
○虞曰士官	15.1/89/11	東序、東之也	10.1/52/28	《蔽芾》《甘○》	3.7/22/2
帝堯爲陶○氏	15.1/89/25	祭于明○	10.1/53/1	園有甘○	12.12/65/27
		太學、明○之東序也	10.1/53/3		
堂 táng	**70**	皆在明○辟雝之內	10.1/53/3	**帑 tǎng**	**4**
		明○者、所以明天氣、			
延公于玉○前廷	1.2/3/3	統萬物	10.1/53/3	以充○藏	1.1/2/17
延公登于玉○前廷	1.3/3/12	明○上通于天	10.1/53/4	○藏空竭	7.3/37/18
乃作祠○于邑中南舊陽		明○九室	10.1/53/5	夫煎盡府○之蓄	7.3/38/12
里	1.9/7/15	明○太室與諸侯泮宮	10.1/53/8	生則貲富侔于○藏	7.4/41/23
克丕○構	3.5/18/23	祀乎明○	10.1/53/9		
躋彼公○	3.7/21/11	凡此皆明○太室、辟雝		**濤 tāo**	**2**
繼親在○	4.2/23/25	太學事通文合之義也			
其餘登○閣	4.3/25/4		10.1/53/12	稔○塗之復惡兮	11.3/58/27
退顧○廉	4.3/25/7	○方百四十四尺	10.1/53/13	洪○涌而沸騰	14.1/74/28
下有○宇斤斤之祚	4.5/26/5	太廟明○方三十六丈	10.1/53/14		
克構克○	5.4/31/14	○高三丈	10.1/53/17	**韜 tāo**	**3**
乃于是立祠○	6.2/33/15	各從時月藏之明○	10.1/53/21		
○○其胤	6.6/35/16	故以明○冠月令以名其		蓋以○騰餘蹤	3.4/18/5
陛階增則○高	7.4/42/15	篇	10.1/53/21	○因母之仁	4.5/25/26
今又總就一○	9.6/49/23	天子藏之于明○	10.1/54/2	籀誦拱手而○翰	11.6/60/15
詣朝○上賀	9.8/50/8	○無宴客	12.2/63/11		
右衛尉杜衍在朝○而稱		宗祀明○	12.10/65/7	**饕 tāo**	**2**
不在	9.8/50/9	克構其○	12.12/65/26		
明○者、天子太廟	10.1/51/27	攝齊升○	12.13/66/3	○戾是黜	3.1/15/23
周人曰明○	10.1/51/28	明○月令	13.1/69/15	○發風靡	5.2/29/12
南曰明○	10.1/51/28	所由升○也	15.1/80/5		
北曰玄○	10.1/51/28	唯赦令、贖令召三公詣		**咷 táo**	**3**
而主以明○也	10.1/51/30	朝○受制書	15.1/81/14		
故言明○	10.1/52/3	謂近明○也	15.1/84/1	號○告哀	4.7/27/25
則曰明○	10.1/52/4,10.1/53/11	壇謂築土起○	15.1/84/12	庭位號○	5.5/32/3
以明聖王建清廟、明○		故同○別壇	15.1/85/27	號○切怛	6.5/35/4
之義	10.1/52/6	祀文王于明○之所歌也			
魯太廟皆明○也	10.1/52/9		15.1/87/22	**桃 táo**	**4**
魯禘祀周公于太廟明○	10.1/52/9	次北郊明○	15.1/91/10		
猶周宗祀文王于清廟明		北郊明○	15.1/93/10	如廟有○梗	10.2/55/16
○也	10.1/52/10	郊天地、祠宗廟、祀明		○弧棘矢土鼓鼓	15.1/86/11
王齊禘于清廟明○也	10.1/52/10	○則冠之	15.1/94/19	已而立○人葦索	15.1/86/11
宗祀文王于明○	10.1/52/11	天子、公卿、特進朝侯		上有○木蟠屈三千里卑	
《禮記・明○位》曰	10.1/52/11	祀天地明○皆冠平冕		枝	15.1/86/12

○勢强壯	6.1/32/26
與○俱生	6.4/34/11
五色有○	7.4/39/11
況乃陰陽易○	7.4/40/14
君之四○	7.4/42/11
出命忘○	7.5/43/17
伏惟陛下○因心之德	8.2/45/10
託○太陽	8.2/45/14
非臣（容）〔庸〕所　當服佩	9.9/50/31
○如漆幹	9.9/51/6
以爲《月令》○大經同	10.2/54/13
異文而同○	10.2/54/29
昭明國○	11.2/58/11
建撫○而立洪高兮	11.3/58/28
候風雲之○勢兮	11.3/59/12
○有六篆	11.6/60/10
紓○放尾	11.6/60/11
思字○之俯仰	11.6/60/17
○象有度	11.7/60/21
異○同勢	11.7/60/23
豈○大之難覩	11.7/60/26
○躁心煩	11.8/62/4
惟君之質○清良兮	12.1/63/2
解○而升	12.8/64/23
同○諸舊	12.9/65/3
○其德眞	12.19/67/5
雖繼○之君	13.1/70/24
嘉清源之○勢兮	14.1/74/24
○遄迅以騁步	14.8/76/18
○枯燥以冰凝	14.17/78/15
○如上策	15.1/81/10

涕 tì　6

失聲揮○	2.3/10/26
含○流惻	3.6/20/5
哀慘戚以流○兮	6.4/34/15
投○歔欷	6.6/35/10
○兮無晞	6.6/35/24
行旅揮○	6.6/35/24

悌 tì　6

君乃布愷○	3.7/20/16
公乃布愷○	4.2/23/13
體愷○以慈良	4.6/27/8
孝○之（道）〔至〕	10.1/53/10
行○者	10.1/53/11
不獲愷○寬厚之譽	12.2/63/11

惕 tì　4

莫不○厲	1.4/3/24
○然若驚	2.9/15/7
憂悸恒○	7.2/36/16
臣不勝戰悼怵○	9.9/50/28

替 tì　6

久病自○	1.6/4/22
允不可○	4.5/26/13
子孫忽以○遺	4.7/28/5
不○舊勳	5.4/30/25
無所獻○	7.2/36/16
勿（普）〔○〕引之	9.5/49/4

天 tiān　332

時亮○功	1.1/1/7
左右○子	1.1/1/7
不顧○網	1.1/2/16
以對揚○子丕顯休命	1.2/3/5
毗于○子	1.2/3/5
式率○行	1.2/3/6
媚于○子	1.3/3/14
○子曰	1.3/3/14
以和○夷	1.3/3/15
惟○子與二等之爵	1.7/5/11
○子大夫也	1.7/6/7
此皆○子大夫得稱	1.7/6/8
號與○子諸侯咸用優賢　禮同	1.7/6/15
用媚○子	1.8/6/23
以察○象	1.8/6/25
○子痛悼	1.8/7/5
實○生德	1.9/7/17
昊○不弔	1.9/7/20,3.7/21/19
	5.5/32/7,6.6/35/20
	12.18/66/31
先生誕膺○夷	2.1/8/26
超○衢而高峙	2.1/9/3
受之自○	2.1/9/6

○授弘造	2.2/10/8
樂○知命	2.3/10/19,11.8/62/12
○不憖遺一老	2.3/10/27
廣大資乎○地	2.4/11/14
惟亮○工	2.4/11/20
援○心以立鈞	2.5/11/28
君仰瞻○象	2.5/12/7
亶所謂○民之秀也	2.5/12/13
○賜之性	2.5/12/14
應○淑靈	2.6/13/6
君受○正性	2.7/13/15
○授懿度	2.7/14/3
○啓哲心	2.8/14/22
○淑厥命	2.8/14/24
○眞淑性	2.9/14/29
○挺德	3.1/16/3
應祚于○	3.2/17/2
受○醇素	3.3/17/10
地平○成	3.3/17/14
假于○人	3.3/17/17
○降純嘏	3.3/17/22
以佐○子	3.3/17/24
勖假皇○	3.4/18/9
○地作險	3.5/18/28
溥○率土	3.5/19/1
惟○陰騭下民	3.5/19/2
用對揚○子	3.5/19/7
○子大闡其勳	3.5/19/8
○鑒有漢	3.5/19/12
	4.4/25/13,12.4/63/29
如何昊○	3.6/20/6,6.4/34/13
○敏明哲	3.6/20/8
鶴鳴聞○	3.6/20/9
○下土崩	3.7/20/18
公應○淑靈	4.1/22/10
○子悼惜	4.1/22/26
爰尙○機	4.1/23/1
勳格皇○	4.1/23/3
○子悼痛	4.2/24/2
畢力○機	4.2/24/4
總○地之中和	4.3/24/15
○樂其和	4.3/24/22
充○宇	4.3/25/9
○子使中常侍謁者李納　弔	4.5/26/15
○祚明德	4.5/26/19,6.6/35/14
○人致誅	5.1/28/19

祀漢配○	5.1/28/22	使爾受祿于○	9.5/49/3	《周官》、○子馬六種	
皇○乃眷	5.1/28/24	臣謹案禮制〔○子〕七			10.2/55/25
纂握○機	5.1/29/2	廟、三昭、三穆、與		配○作輔	11.1/57/9
○命孔彰	5.1/29/4	太祖七	9.6/49/17	○之烝人	11.1/57/10
觀○文而察地理	5.2/29/10	伏惟陛下應○淑靈	9.7/49/29	○誘其夷	11.2/57/29
憲○心以教育	5.2/29/16	以章○休	9.7/49/31	○文爲驗	11.2/57/31
○人交格	5.2/29/18	受祿于○	9.7/50/2	○牢滿而無文	11.3/59/12
○垂三台	5.2/30/1	陛下○地之德	9.8/50/11	皇家赫而○居兮	11.3/59/14
○人靡欺	5.2/30/2		11.2/57/21	枯桑知○風	11.5/60/4
克定○下	5.3/30/12	元功翼德（者）與共○		海水知○寒	11.5/60/4
毗○子而維四方	5.3/30/14	下〔者〕爵土	9.9/51/3	若飛龍在○	11.7/60/25
○子愷悼	5.4/31/10	應順○人	9.9/51/7	登○庭	11.8/61/9
嗚呼昊○	5.4/31/17	明堂者、○子太廟	10.1/51/27	○綱縱	11.8/61/16
逢○之戚	5.5/32/2	聖人南面而聽○下	10.1/51/29	是故○地否閉	11.8/61/21
掾○姿恭恪	6.2/33/10	謹承○順時之令	10.1/51/30	隆隱之高	11.8/61/25
是以豐于○爵	6.2/33/13	太廟、○子曰明堂	10.1/52/11	○隆其祐	11.8/61/31
實○所授	6.3/33/22	周公踐○子位以治○下		○高地厚	11.8/62/6
吁嗟上○	6.5/35/5		10.1/52/12	取諸○紀	11.8/62/11
昊○上帝	6.6/35/22	頒度量而○下大服	10.1/52/12	乘○衢	11.8/62/15
爲○下精兵	7.2/36/17	成王以周公爲有勳勞于		○所誘也	11.8/62/18
○無豐歲	7.3/38/1	○下	10.1/52/13	○下大旱	12.1/62/30
○設（山河）〔大幕〕	7.3/38/8	以○子禮樂	10.1/52/13	以其夢陟狀上聞○子	12.1/62/31
○子之兵	7.3/38/14	所以廣魯于○下也	10.1/52/14	○尋興雲	12.1/63/1
虹著于○而降施于庭	7.4/39/11	○子旦入東學	10.1/52/16	媚茲○子	12.2/63/15
則所謂○投虹者也	7.4/39/12	○子之所自學也	10.1/52/16	君資○地之正氣	12.3/63/19
（失）〔○〕度投蜺見	7.4/39/14	○子至	10.1/52/25	英風發乎受	12.3/63/20
○子外苦兵威	7.4/39/15	明堂者、所以明○氣、		廓○步之艱難	12.3/63/23
陽感○不旋日	7.4/39/19	統萬物	10.1/53/3	穆穆○子	12.4/63/30
○帝命我居此	7.4/39/26	明堂上通于○	10.1/53/4	固○縱德	12.5/64/3
殘餘非○所祐	7.4/40/2	言王者動作法○地	10.1/53/4	峻極于○	12.8/64/21
○子驚	7.4/40/4	○子出征	10.1/53/6	備○官之列衛	12.10/65/12
○降災厥咎	7.4/41/1	通○屋	10.1/53/14	則○經	12.11/65/16
言○下何私家之有	7.4/41/3	示○下不藏	10.1/53/16	是時聖上運○官之法駕	
○于大漢	7.4/41/18	通○屋高八十一尺	10.1/53/16		12.11/65/17
此爲○所棄故也	7.4/41/20	因○時	10.1/53/19	是故○地示異	12.24/67/29
畏○之怒	7.4/42/18	○子發號施令	10.1/53/19	○見三光	12.26/68/7
○戒誠不可戲也	7.4/42/19	自○地定位	10.1/53/22	○之生我	12.29/68/23
以荅○望	7.4/43/1	○元正月己巳朔旦立春		臣聞○降災異	13.1/69/5
○道虧滿	7.4/43/2		10.1/53/24	風者、○之號令	13.1/69/6
不以○下爲樂	8.1/44/20	日月俱起于○廟營室五		○子聖躬	13.1/69/7
大赦○下	8.1/44/24	度	10.1/53/24	故皇○不悅	13.1/69/9
○兵致誅	8.4/46/4	乃命羲和欽若昊○	10.1/53/25	上違○文	13.1/69/12
○授逸才	8.4/46/7	司○日月星辰之行	10.1/53/26	○子以四立及季夏之節	
○生神聖特	9.1/46/27	古者諸侯朝正于○子	10.1/54/2	迎五帝于郊	13.1/69/15
○心聿得	9.1/47/8	○子藏之于明堂	10.1/54/2	以今渾○圖儀檢○文亦	
陛下○地之大德	9.2/47/18	○文曆數事物制度	10.2/54/21	不合于《考靈曜》	13.2/71/23
推皇○之命以已行之事	9.4/48/22	盡○地三光之情	10.2/54/23	更造望儀以追○度	13.2/71/24

朕聞古先聖王先〇而〇	京師、〇子之畿內千里	祀后稷配〇之所歌也　15.1/87/23
不違　　　　　13.2/71/26	15.1/82/19	言能酌先祖之道以養〇
後〇而奉〇時　　13.2/71/26	〇子命令之別名　15.1/82/21	下之所歌也　　15.1/88/9
奉〇之文　　　　13.2/71/28	〇子父事〇　　　15.1/82/23	皆〇子之禮樂也　15.1/88/12
曰「〇子令德　　13.4/72/30	〇子父事三老者　15.1/82/26	三公者、〇子之相　15.1/88/14
所謂〇子令德者也　13.4/73/1	適成于〇地人也　15.1/82/26	助理〇下　　　　15.1/88/14
配名位乎〇漢　　14.1/74/22	古者〇子親祖割牲　15.1/82/28	奉〇王之恩德　　15.1/88/16
普〇壤其無儷　　14.3/75/12	〇子獨拜于屏　　15.1/82/29	秦兼〇下　　　　15.1/88/18
〇地色也　　　　14.8/76/23	〇子諸侯后妃夫人之別	〇子特命爲朝侯　15.1/88/22
漢〇子正號曰「皇帝」　15.1/79/9	名　　　　　　15.1/83/16	〇子三推　　　　15.1/88/25
上古〇子庖犧氏、神農	〇子之（紀）〔妃〕曰	〇子曰辟雍　　　15.1/88/27
氏稱皇　　　　15.1/79/14	后　　　　　　15.1/83/16	〇子八佾　　　　15.1/89/5
王有〇下　　　　15.1/79/20	〇子后立六宮之別名　15.1/83/21	所以風化〇下也　15.1/89/5
〇王、諸夏之所稱　15.1/79/22	春秋〇子一取十二　15.1/83/22	王者必作四夷之樂以定
〇下之所歸往　　15.1/79/22	〇子一取十二女　15.1/83/24	〇下之歡心　　15.1/89/14
故稱〇王　　　　15.1/79/22	〇子諸侯宗廟之別名　15.1/83/30	言虙犧氏始以木德王〇
〇子、夷狄之所稱　15.1/79/24	〇子三昭三穆與太祖之	下也　　　　　15.1/89/17
父〇、母地　　　15.1/79/24	廟七　　　　　15.1/84/2	少昊爲金〇氏　　15.1/89/24
故稱〇子　　　　15.1/79/24	〇子之宗社曰泰社　15.1/84/17	遂常奉祀光武舉〇下以
〇家、百官小吏之所稱	〇子所爲群姓立社也　15.1/84/17	再受命復漢祚　15.1/91/1
15.1/79/26	〇子之社曰王社　15.1/84/17	〇子以正月五日畢供後
〇子無外　　　　15.1/79/26	古者〇子亦取亡國之社	上原陵　　　　15.1/91/7
以〇下爲家　　　15.1/79/26	以分諸侯　　　15.1/84/22	光武復〇下　　　15.1/91/13
故稱〇家　　　　15.1/79/26	屋之掩其上使不通〇　15.1/84/22	高祖得〇下　　　15.1/91/27
〇子、正號之別名　15.1/79/28	自與〇地絕也　　15.1/84/23	非〇子也　　　　15.1/91/28
能行〇道　　　　15.1/79/30	〇子社稷土壇方廣五丈	〇子大社　　　　15.1/92/10
事〇審諦　　　　15.1/79/30	15.1/84/26	受〇子之社土以所封之
〇子獨以爲稱　　15.1/80/2	〇子社稷皆太牢　15.1/84/28	方色　　　　　15.1/92/10
〇子必有近臣　　15.1/80/5	〇子爲群姓立七祀之別	而漢〇子自以皇帝爲稱
群臣與〇子言　　15.1/80/6	名　　　　　　15.1/85/1	15.1/92/15
不敢指斥〇子　　15.1/80/6	其象在〇　　　　15.1/85/19	〇子下車　　　　15.1/92/22
謂〇子所服食者也　15.1/80/12	15.1/85/19,15.1/85/20	〇子出　　　　　15.1/93/6
〇子至尊　　　　15.1/80/12	火爲〇田　　　　15.1/85/20	出祠〇于甘泉備之　15.1/93/7
〇子以〇下爲家　15.1/80/13	厲山氏之子柱及后稷能	〇子孫乘之　　　15.1/93/17
則當乘車輿以行〇下　15.1/80/14	殖百穀以利〇下　15.1/85/21	樂祠〇地五郊　　15.1/94/14
〇子自謂曰行在所　15.1/80/16	〇下賴其功　　　15.1/85/24	周禮、〇子冕前後垂延
巡狩〇下　　　　15.1/80/16	15.1/85/26	朱綠藻有十二旒　15.1/94/14
稱曰〇家　　　　15.1/80/18	露之者、必受霜露以達	郊〇地、祠宗廟、祀明
〇子璽以玉螭虎紐　15.1/80/23	〇地之氣　　　15.1/85/28	堂則冠之　　　15.1/94/19
然則秦以來〇子獨以印	〇子大蜡八神之別名　15.1/86/22	謂之平〇冠　　　15.1/94/20
稱璽　　　　　15.1/80/26	若曰皇〇上帝也　15.1/87/4	〇子冠通〇冠　　15.1/94/22
〔〇子〕車駕所至　15.1/80/28	《維〇之命》、一章八	〇子、公卿、特進朝侯
〇子苔之曰「可」　15.1/81/18	句　　　　　　15.1/87/19	祀〇地明堂皆冠平冕
凡群臣上書于〇子者有	《〇作》、一章七句　15.1/87/20	15.1/94/23
四名　　　　　15.1/81/24	《昊〇有成命》、一章	〇子十二旒　　　15.1/94/26
〇子曰兆民　　　15.1/82/14	七句　　　　　15.1/87/21	通〇冠、〇子常服　15.1/95/11
〇子所都曰京師　15.1/82/16	郊祀〇地之所歌也　15.1/87/21	知〇文者服之　　15.1/96/3

○地五郊、明堂月令舞
　者服之　　　　　15.1/96/4
珠冕、爵弁收、通○冠
　、進賢冠、長冠、緇
　布冠、委貌冠、皮弁
　、惠文冠　　　　15.1/96/21
古者○子冠所加者　15.1/96/21
經緯○地曰文　　　15.1/97/3

田 tián　　　　　　　20

或談思以歷丹○　　1.10/8/7
以○以漁　　　　　3.7/20/23
求歸○里　　　　　5.2/29/19
爲大○多稔　　　　6.1/32/17
昔日鹵○　　　　　6.1/33/1
○疇斥鹵　　　　　6.1/33/3
時故護羌校尉○晏以他
　論刑　　　　　　7.3/37/9
舅本以○作爲事　　8.2/45/9
○千秋有神明感動　9.2/47/22
請太師○注　　　　11.2/57/31
經圃○而畷北境兮　11.3/58/25
壯○橫之奉首兮　　11.3/59/11
宜遣歸○里以明詐僞　13.1/70/30
或賜○租之半　　　15.1/81/2
火爲天○　　　　　15.1/85/20
帝顓頊之世舉以爲○正
　　　　　　　　　15.1/85/26
春耤○祈社稷之所歌也　15.1/88/8
王者耕耤○之別名　15.1/88/25
親耕耤○乘之　　　15.1/93/16
○獵乘之　　　　　15.1/93/16

恬 tián　　　　　　　3

○蕩之固　　　　　2.6/12/26
心○澹于守高　　　11.8/62/2
○淡清溢　　　　　14.12/77/13

闐 tián　　　　　　　1

漢有衛霍○顏瀚海竇憲
　燕然之事　　　　7.3/37/13

忝 tiǎn　　　　　　　4

○污顯列　　　　　8.3/45/29
非臣所得久○　　　9.3/48/5
必以○辱煩污　　　9.3/48/15
臣○自參省　　　　9.10/51/14

殄 tiǎn　　　　　　　5

○二公之師　　　　5.1/28/19
群凶○夷　　　　　5.1/29/2
破之不可○盡　　　7.3/38/11
其人○瘁　　　　　8.2/45/15
一時○盡　　　　　9.2/47/17

桃 tiāo　　　　　　　3

周○文武爲○　　　15.1/84/11
去○爲壇　　　　　15.1/84/11

條 tiáo　　　　　　　9

清理○暢　　　　　2.9/14/29
○表以聞　　　　　3.1/15/22
究其○貫　　　　　3.4/18/4
萬里蕭○　　　　　7.2/36/23
（謹）〔科〕○諸志　11.2/58/8
○去榦而枯　　　　11.8/61/20
謹○宜所施行七事表左
　　　　　　　　　13.1/69/13
○風狎躓　　　　　14.5/76/3
對修○而特處　　　14.9/76/27

調 tiáo　　　　　　　3

吏○政密　　　　　7.3/38/6
形○博以直端　　　14.8/76/19
輕利○博　　　　　14.13/77/21

齠 tiáo　　　　　　　3

我在○年　　　　　4.7/28/1
越○齓在闥　　　　6.3/33/23
齓○夙孤　　　　　8.4/46/7

窕 tiāo　　　　　　　3

窈○德象　　　　　4.7/27/19
早達窈○　　　　　6.5/34/23
歎茲窈○　　　　　14.5/75/23

眺 tiào　　　　　　　2

○瀕隈而增感　　　11.3/59/6
元首寬則望舒○　　11.8/62/10

鐵 tiě　　　　　　　6

乃興鹽○酤榷之利　7.3/37/19
善金良○　　　　　7.3/37/24
○廣數寸　　　　　15.1/93/24
○爲卷梁　　　　　15.1/95/12
以纚裏○柱卷　　　15.1/95/19
建華冠、以○爲柱卷貫　15.1/96/3

餮 tiè　　　　　　　1

饕○風靡　　　　　5.2/29/12

聽 tīng　　　　　　　20

莫逸斯○　　　　　1.6/5/3
出自一心疑不我○者　1.7/5/20
將詭時○　　　　　1.7/6/13
是瞻是○　　　　　2.9/15/8
見○許　　　　　　3.7/21/23
召伯○訟　　　　　3.7/22/2
○納總己　　　　　4.2/23/18
踰年然後獲○　　　4.7/27/25
詔書○許　　　　　5.4/31/6
不宜復○納小吏、雕琢
　大臣　　　　　　7.4/42/16
卻而不○　　　　　8.1/44/22
○納大臣　　　　　9.2/47/19
以寤聖○　　　　　9.2/47/22
聖人南面而○天下　10.1/51/29
耳無逆○　　　　　10.1/54/6
復○續鞠　　　　　11.2/57/24
慎不敬○　　　　　12.14/66/10
聖○納受　　　　　13.1/69/30
○政餘日　　　　　13.1/70/12
不○事　　　　　　15.1/93/1

常以歲竟十二月從百隸		宥○罔極	3.6/20/5	**禿 tū**	2
及○兒	15.1/86/10	天子悼○	4.2/24/2		
		欽我憂○	4.7/27/26	呼樵孺子尹○謂曰	1.10/8/4
銅 tóng	2	考妣○莫慘兮離乖	4.7/28/7	王莽○	15.1/95/9
		追○不永	5.4/31/12		
乃復設牽施○	15.1/93/27	○心絕望	5.5/32/2	**突 tū**	1
今以○爲珠	15.1/96/3	慈母悼○	6.4/34/9		
		哀子懿達、仁達銜恤哀		伏見幽州（奕）〔○〕	
橦 tóng	1	○	6.5/34/19	騎	7.2/36/16
		誠冤誠○	7.5/43/26		
編羽毛引繫○旁	15.1/94/3	臣竊自○	11.2/58/2	**徒 tú**	57
		何此聲之悲○	14.7/76/13		
瞳 tóng	1			辟司○大將軍府	1.1/1/10
		慟 tòng	1	辟司○　1.1/1/22, 1.6/4/17	
○矇不稽謀于先生	11.8/62/2			徵拜議郎司○長史	1.1/2/11
		帝乃震○	3.5/19/8	還河南尹少府大鴻臚司	
統 tǒng	17			○司空	1.1/2/13
		投 tóu	7	還于司○	1.2/3/8
旋○京宇	1.6/5/2			其以司空橋玄爲司○	1.3/3/12
故夏后氏正以人○	1.7/5/15	○足而襲其軌	2.2/9/16	司○長史	1.6/4/19
垂○末胤	3.4/18/17	織女○杼	3.7/21/20	遂陟司空、司○	1.6/4/21
七○三事	4.1/22/23	○涕歔欷	6.6/35/10	于是故吏司○博陵崔烈	1.6/4/26
流○罔極	4.1/23/5	則所謂天○虹者也	7.4/39/12	陟○訓敬	1.6/5/2
榮祚○業	4.3/25/3	（失）〔天〕度○蜆見	7.4/39/14	而貪婪之○	1.8/7/1
陛下○繼大業	9.2/47/24	不知所自○處	9.8/50/12	于時纓緌之○、紳佩之	
早○洪業	9.4/48/21	或輕舉內○	11.6/60/12	士	2.1/8/29
○嗣曠絕	9.9/50/26			遂辟司○掾	2.1/9/2
明一○也	10.1/52/2	**頭 tóu**	12	辟司○府	2.2/9/22
明堂者、所以明天氣、				大將軍司○竝辟	2.2/9/28
○萬物	10.1/53/3	○尙未黌	7.4/40/8	大將軍何公、司○袁公	
以應三○	10.1/53/18	○爲元首	7.4/40/15	前後招辟	2.3/10/21
于曆數不用《三○》	10.2/55/1	未至于○	7.4/40/15	世之雄材、優逸之○	2.5/12/4
《三○》以疏闊廢弛	10.2/55/2	○冠或成	7.4/40/16	太尉司○再辟	2.5/12/5
既不用《三○》	10.2/55/5	謹奉（生）〔牛一〕○	9.7/50/1	依依我○	2.6/13/9
皆《三○》（法）〔說〕		適有○緒	11.2/58/2	與從事荷負○行	2.7/13/23
也	10.2/55/5	斂繋○兮斷柯斧	11.4/59/30	太尉張公、司○崔公	2.7/13/27
蕤賓○則微陰萌	11.8/61/24	章者、需○	15.1/81/26	凡其親昭朋○	2.8/14/19
		奏者、亦需○	15.1/81/28	○加名位而已	2.9/15/3
筩 tǒng	2	表者、不需○	15.1/82/3	登司○太尉	3.1/15/16
		繫軸○	15.1/94/1	于是門人學○	3.1/16/2
展○無山	15.1/95/11	如爵○之色	15.1/94/11	祖司○	3.3/17/9
不展○無山	15.1/95/12			又以光祿大夫受命司○	3.3/17/15
		甀 tǒu	1	糺合朋○	3.4/18/11
痛 tòng	13			微微我○	3.4/18/17
		旁垂○纊當耳	15.1/94/19	公惟司○之孫	3.5/18/22
天子○悼	1.8/7/5			命公作司○而敬敷五教	3.5/19/2
○心失圖	2.5/12/14			生○雲集	3.6/19/24

故曰社者、○地之主也	5.3/30/9	祇號若曰后○地祇也	15.1/87/5	○皇天之命以已行之事	9.4/48/22	
○菁恆動	5.3/30/10	火生○	15.1/89/18,15.1/89/21	以「嫂」「瘦」○之	10.2/57/1	
錫茲○疆	5.3/30/19	黃帝以○德繼之	15.1/89/18	○求諸奏	11.2/58/11	
九○上沃	6.1/32/17	○生金	15.1/89/18,15.1/89/21	寒暑相○	11.8/61/24	
○氣辛螫	6.1/32/20	故帝舜氏以○德繼之	15.1/89/21	是以君子○微達著	11.8/62/10	
委薪積○	6.1/32/26	以五色○爲壇	15.1/92/10	○心懇惻	13.1/69/19	
其後自河內遷于茲○	6.2/33/10	受天子之社○以所封之		○此以上	13.2/71/17	
議郎糞○臣邑	7.5/43/9	方色	15.1/92/10	天子三○	15.1/88/25	
國○或有斷絕	8.1/44/17	故謂之受茅○	15.1/92/11	三公五○	15.1/88/25	
太尉郿侯卓起自東○封		漢興以皇子封爲王者得		卿諸侯九○	15.1/88/25	
畿之外	9.1/47/5	茅○	15.1/92/12			
乞就國○	9.1/47/10	不受茅○	15.1/92/13	**隤 tuí**		1
巴○長遠	9.3/48/13	辟○有德曰襄	15.1/96/27			
以服中○	9.4/48/20	辟○兼國曰桓	15.1/97/3	我馬虺○以玄黃	11.3/59/5	
元功翼德（者）與共天						
下〔者〕爵○	9.9/51/3	**吐 tǔ**		3	**頹 tuí**		1
以受爵○	9.9/51/6						
木勝○	10.2/56/20	○符降神	2.3/11/7	展轉倒○	14.5/76/1	
○王四季	10.2/56/20	剛則不○	12.2/63/14			
季夏○王	10.2/56/22	納陽谷之所○兮	14.1/74/23	**退 tuì**		25
○勝水	10.2/56/22					
○、五行之尊者	10.2/56/22	**兔 tù**		4	○虞畎畝	1.8/6/25	
無足以配○德者	10.2/56/23				否則○之以光操	2.2/9/22	
湮滅○灰	11.2/58/6	○擾馴以昭其仁	12.12/65/24	進○可度	2.3/10/17,3.6/20/2	
德弘者建宰相而裂○	11.8/61/11	墳有擾	12.12/65/27	○不可得	2.7/13/16	
君臣○崩	11.8/61/17	于季冬之狩○	14.8/76/18	○而講誨	2.8/14/15	
非子享○于善圃	11.8/62/19	○曰明視	15.1/87/9	公乃因是行○居廬	3.3/17/12	
以靖○宇	12.2/63/15				託疾告○	3.3/17/15	
芒芒南○	12.8/64/21	**湍 tuān**		4	功成身○	4.1/22/18	
披厚○而載形	14.1/74/22				功遂身○	4.2/23/19,5.2/29/19	
演西○之陰精	14.1/74/23	折○流	6.1/32/26	寢疾告○	4.2/23/24	
刺史太守相劾奏申下		操方舟而泝○流兮	11.3/59/7	功成則○	4.3/25/2	
（上）〔○〕遷書文		天牢○而無文	11.3/59/12	○顧堂廉	4.3/25/7	
亦如之	15.1/81/12	○際不可得見	11.6/60/14	進○以方	5.4/31/15	
壇謂築○起堂	15.1/84/12				而熒惑爲之○舍	7.4/40/29	
墠謂築○而無屋者也	15.1/84/12	**推 tuī**		20	○食在公	7.4/41/14,7.4/41/16	
天子社稷○壇方廣五丈					群臣早引○	7.4/42/8	
	15.1/84/26	○與其孤	1.1/2/26	進○錮之十年	8.1/44/16	
季夏之月○氣始盛	15.1/85/12	乃相與○先生之德	2.1/9/4	○顯于進	9.2/47/28	
其神后○	15.1/85/17	○步陰陽	2.6/12/28	求○得進	9.3/48/6	
初置靈官祠、后○祠	15.1/85/22	閶闔○清	3.3/17/14	（○伏）〔思過〕畎畝	9.9/50/22	
能平水○	15.1/85/24	○尋雅意	4.1/22/29	○省金龜紫綬之飾	9.9/50/31	
帝顓頊之世舉以爲○正		鞠○息于官曹	4.2/23/14	遲速進○	13.2/71/11	
	15.1/85/24	○建聖嗣	4.2/23/24			
○地廣博	15.1/85/28	○本議銘	4.5/26/17	**吞 tūn**		1
桃弧棘矢○鼓鼓	15.1/86/11	（○）〔敷〕恩中外	6.6/35/15			
○反其宅	15.1/86/23	臣竊以意○之	7.4/40/14	噓唏不能○咽	8.2/45/5	

豚 tún	2
秋薦黍○	15.1/84/14
○曰腯肥	15.1/87/8

燉 tún	1
繄○煌正處以聞	1.1/1/28

它 tuō	2
至于○祀	13.1/69/17
豈南郊卑而○祀尊哉	13.1/69/18

托 tuō	2
乃○疾杜門靜居	2.5/12/7
馴心○君素	14.19/78/26

拖 tuō	1
加朝服○紳	5.4/31/7

託 tuō	18
時有椒房貴戚之○	1.1/1/20
貨祠巫自○	1.1/2/9
○病而去	1.1/2/14
○痼遜位	1.6/4/21
乃○死遁去	2.7/13/16
○疾告退	3.3/17/15
乃○辭于斯銘	6.4/34/15
下開○屬之門	7.4/42/22
又○河內郡吏李奇爲州	
書佐	7.5/43/10
○名忠臣	7.5/43/23
○體太陽	8.2/45/14
敦辭○說	10.2/54/21
遂○所過	11.3/58/20
○靈神偓	12.8/64/23
夜○夢以交靈	14.3/75/13
○歡娛以講事	14.14/77/27
故○之于乘輿	15.1/80/13
故群臣○乘輿以言之	15.1/80/14

脫 tuō	3
而公○然以爲行首	3.2/16/18
○椎柄兮摶衣杅	11.4/59/31
幸○虞人機	14.19/78/26

跎 tuó	1
雁行蹉○	14.2/75/8

唾 tuò	1
及蓮香瓠子○壺	9.3/48/10

瓦 wǎ	2
出宮○自墮	7.4/41/7
上下○解	11.8/61/17

外 wài	57
公以吏士頻年在○	1.5/4/3
《春秋○傳》曰	1.7/5/27
翔區○以舒翼	2.1/9/2
含乎無○	2.5/11/28
○戚貴寵	2.5/12/2
○庭生蓬蒿	2.5/12/7
○戶不閉	2.6/12/27
是故德行○著	2.6/13/1
陳留○黃人	2.7/13/13
太尉張公、兗州劉君、	
陳留太守淳于君、○	
黃令劉君僉有休命	2.7/14/1
○戚火燔	3.1/15/19
而衆莫○	3.5/19/1
珠藏○耀	3.6/20/9
○柔如春陽	3.7/21/16
賦政于○	4.1/23/1,4.2/24/5
委以閫○之事	4.2/23/23
○則折衝	5.2/30/2
○戚梁冀乘寵作亂	5.3/30/13
喜慍不形于○	5.4/31/2
聰明達乎中○	6.5/34/25
（推）〔敷〕恩中○	6.6/35/15
所以別（內○）〔○內〕	
、異殊俗也	7.3/38/8
其○則介之夷狄	7.3/38/9

況以障塞之○	7.3/38/19
天子○苦兵威	7.4/39/15
審察中○之言	7.4/40/28
且侍御于百里之內而知	
○事	7.4/42/1
非○臣所能審處	7.4/42/4
中○悚慄	7.4/42/14
徼○絕國	8.1/44/22
方○有事	8.3/45/26
太尉鄷侯卓起自東土封	
畿之○	9.1/47/5
中○所疑	9.9/50/24
○水名曰辟雝	10.1/53/6
戶皆○設而不閉	10.1/53/16
○廣二十四丈	10.1/53/18
○有寇虜鋒鏑之艱	10.2/54/18
出相○藩	11.2/57/19
非○吏庶人所得擅述	11.2/57/29
〔出〕自○域	11.4/59/25
包括無○	11.8/61/8
卑俯乎○戚之門	11.8/62/5
玉潤○鮮	12.19/67/5
○若玄眞	12.21/67/15
○見民情	13.1/69/24
天子無○	15.1/79/26
常以春分朝日于東門之	
○	15.1/82/23
秋夕朝月于西門之○	15.1/82/24
在○牢一月	15.1/83/30
宗廟、社稷皆在庫門之	
內、雉門之○	15.1/84/2
在廟門○之西	15.1/85/10
在廟門○之東	15.1/85/11
重轂者、轂○復有一轂	
	15.1/93/27
施韢其○	15.1/93/27
怠政○交曰攜	15.1/97/4

丸 wán	1
且射之以赤○	15.1/86/11

完 wán	3
而君保○萬里	3.7/21/4
○全軀命	11.2/57/22
皆取首妻男女○具者	15.1/82/27

玩 wán	1
居則○其辭	2.8/14/12

紈 wán	1
摛華豔于○素	11.6/60/16

頑 wán	8
抑○錯枉	3.6/19/27
○蔽無聞	4.3/25/5
掾孫翻以（貞）〔○〕	
固之質	6.2/33/13
臣以○愚	8.3/45/28
然後黜廢凶○	9.1/47/8
臣猥以○闇	9.3/48/3
臣當以○蒙	9.3/48/14
克諧○傲	12.8/64/22

覨 wán	1
閒居○古	11.8/61/3

宛 wǎn	8
後自沛遷于南陽之○	1.8/6/21
用拜○陵令	1.8/6/26
其五月丙申葬于○邑北	
萬歲亭之陽	1.9/7/13
南陽○人也	2.8/14/9
其遷于○尙矣	2.8/14/10
西征大○	7.3/37/18
臣屬吏張○長休百日	7.5/43/10
實屬○、奇	7.5/43/12

晚 wǎn	3
○節禁寬	2.7/13/25
○節爲廷尉	3.2/16/23
○發露	7.4/41/24

婉 wǎn	5
仁孝○順	4.6/26/25
○孌供養	4.6/27/4
孝敬○孌	6.5/34/24

敦此○順	6.6/35/13
雖得嬿（娩）〔○〕	14.5/75/28

琬 wǎn	2
銘諸○琰	4.2/24/4
啄碎○琰	12.28/68/18

縮 wǎn	1
或畫一策而○萬金	11.8/61/18

蜿 wǎn	1
或○蜓繆戾	11.7/60/23

萬 wàn	59
作憲○邦	1.1/1/8
○億其盛	1.6/5/4
夫○類莫貴乎人	1.7/5/14
其五月丙申葬于宛邑北	
○歲亭之陽	1.9/7/13
時令太山○熙稽古老之	
言	1.10/8/5
○邦作程	3.3/17/24
○邦作順	3.4/18/17
機巧○端	3.7/20/25
而君保完○里	3.7/21/4
孤棄○民	3.7/22/3
勳被○方	4.1/22/25
勞思○機	4.2/23/26
○邦黎獻	4.2/24/5
貫○品	4.3/24/19
持購錢二十○	4.5/26/16
○國以綏	5.1/29/3
德莫盛于○世	5.2/29/21
賜錢五○	5.4/31/10
○年是紀	5.4/31/18
特賜錢五○	5.5/31/25
傳于○代	5.5/32/9
士馬死傷者○數	7.2/36/18
○里蕭條	7.2/36/23
稱兵十○	7.3/37/23
且憂○人饑餓	7.3/38/16
思惟○幾	7.4/43/1
而德教被于○國	8.1/44/20

躬秉○幾	8.2/45/11
○國兆民	8.4/46/5
○國賴祜	9.1/47/8
戶至○數	9.1/47/9
○國和同	9.5/49/3
眉壽○年	9.5/49/4
臣妾○國	9.7/49/31
上千○壽	9.7/50/1
○壽無疆	9.7/50/4
歲五十○穀各米	9.9/50/18
張良辭三○之戶	9.10/51/18
○象翼之	10.1/52/2
明堂者、所以明天氣、	
統○物	10.1/53/3
經○世而不傾	11.3/58/28
操吳榜其○艘兮	11.3/59/9
○方徂而竝集	11.3/59/14
或畫一策而縮○金	11.8/61/18
帶甲百○	11.8/62/8
恩惠著于○里	12.3/63/22
爲○里之場圃	12.5/64/4
〔前漢戶五○〕	12.9/64/28
〔口有十七○〕	12.9/64/28
《元命苞》、《乾鑿度》	
皆以爲開闢至獲麟二	
百七十六○歲	13.2/71/15
而光晃以爲開闢至獲麟	
二百七十五○九千八	
百八十六歲	13.2/71/18
遇○山以左迴兮	14.1/74/24
鱗甲育其○類兮	14.1/74/25
諸侯曰○民	15.1/82/14
言○物始蔟而生	15.1/83/3
助黃鍾宣氣而○物生	15.1/83/6
凡樹社者、欲令○民加	
肅敬也	15.1/85/25
○鬼所出入也	15.1/86/13
備千乘○騎	15.1/93/7

汪 wāng	4
○○焉	2.1/8/27
○○焉酌之則不竭	12.5/64/5

尫 wāng	1
其餘○幺	11.4/59/26

尩 wāng	1	○室亞卿也	1.7/6/12		5.4/31/10
		有○叔劉氏之比	1.7/6/12	○人既詔	5.4/31/17
其疾病○療者	1.10/8/7	周武○封諸宋	1.8/6/20	詔出遣使者○謙以中牢	
		○孫子喬者、蓋上世之		具祠	5.5/31/25
亡 wáng	30	眞人也	1.10/7/26	自公歷據○官至宰相	6.5/34/25
		傳承先人曰○氏墓	1.10/8/1	朝春（政）〔正〕于○	
○之稱也	1.7/6/15	我○子喬也	1.10/8/4	室	6.5/34/27
獨念運際存○之要	1.8/6/25	相國東萊○章字伯義	1.10/8/10	惟此文○	7.1/36/10
○歃血食	2.2/10/2	伊○君	1.10/8/14	文○所以懷福	7.1/36/11
季方盛年早○	2.4/11/17	○季之穆有虢叔者	2.1/8/25	通謀中常侍○甫求爲將	7.3/37/10
奉○如存	3.2/17/4	文○否焉	2.1/8/26	周宣○命南仲吉甫攘獫	
存榮○哀	3.4/18/18	武○配以太姬	2.2/9/14	狁、威蠻荊	7.3/37/12
存榮○顯	4.2/24/7	俾屏我○	2.3/10/27	昔淮南○安諫伐越	7.3/38/13
依存意以奉○兮	4.7/28/6	○爵不能滑其慮	2.5/12/8	雖得越○之首	7.3/38/15
人之云○	5.2/30/3	屢辭○寮	2.5/12/16	中常侍育陽侯曹節、冠	
弓兵散○幾盡	7.2/36/19	○莽竊位	2.8/14/10	軍侯○甫	7.4/39/2
張敞○命	7.2/36/28	觀百○遺風	2.8/14/15	男子○襃衣小冠	7.4/39/25
遂○去	7.4/39/23	其先蓋周武○之穆	3.1/15/14	招前殿事○業等曰	7.4/39/25
○不伏誅	7.4/40/3	以爲《尙書》帝○之政		是時○莽爲司馬	7.4/39/26
皆○國之怪也	7.4/41/17	要、有國之大本也	3.4/18/3	爲○氏之禍	7.4/40/2
反陷破○之禍	7.5/43/20	○政之紘綱	3.4/18/4	將立妃○氏爲后	7.4/40/10
舉張敞于○命	8.3/45/22	乃自宰臣以從○事立功	3.5/18/24	○氏之寵始盛	7.4/40/12
悅以○死	8.3/45/27	○師孔閑	3.5/18/26	○莽以后兄子爲大司馬	7.4/40/12
以爲漢承○秦滅學之後	9.6/49/8	達聖○之聰叡	3.5/18/27	昔武○伐紂	7.4/40/12
使參以○爲存	9.8/50/10	勛在○府	3.5/19/12	侯○不榮	7.4/40/28
衍以存爲○	9.8/50/10	昔叔度文○之昭	3.6/19/20	上違明○舊典	7.4/42/22
昔之范正不○禮讓	9.10/51/15	○室遂卑	3.6/19/21	得以盡節○室	7.5/43/23
以詩人斯○之戒	9.10/51/16	日（諫于）〔陳○〕庭	3.6/19/28	彤管記君○纖微	8.1/44/6
死○無日	10.2/54/19	遷河閒中尉、琅邪（○）		以紹三○之後	8.1/44/18
○失文書	11.2/58/10	傅	3.6/20/2	○室以寧	8.4/46/5
諫國○兮	12.1/63/2	登祚○臣	3.6/20/9	列于○府	8.4/46/18
○在孝中	13.1/70/28	思○尊之驅策	3.7/20/17	而宣○以興	9.1/46/27
○國之社	15.1/84/22	○塗未夷	3.7/21/8	遭○莽之亂	9.4/48/20
古者天子亦取○國之社		功載○府	3.7/21/25	震驚○師	9.4/48/22
以分諸侯	15.1/84/22	○府以充	4.2/23/16	太僕○舜、中壘校尉劉	
示滅○也	15.1/84/23	勤勞○家	4.2/23/28	歆據經傳義	9.6/49/11
生而○去爲〔疫〕鬼	15.1/86/8	于是掾太原○允、雁門		後遭○莽之亂	9.6/49/12
		畢整	4.3/24/13	臣以相國兵討逆賊故河	
王 wáng	198	不得辭○命、親醫藥	4.7/27/21	內太守○臣等	9.8/50/8
		逼○職于憲典兮	4.7/28/5	以明聖○建清廟、明堂	
阿羅多爲○	1.1/1/28	使卜者○長卜之	5.1/28/17	之義	10.1/52/6
循○悝	1.1/2/11	○室中微	5.1/28/18	猶周宗祀文○于清廟明	
黜封瘞陶○	1.1/2/12	姦臣○莽媮有神器十有		堂也	10.1/52/10
自○公以降	1.7/5/10	八年	5.1/28/18	○齊禘于清廟明堂也	10.1/52/10
至于○室之卿大夫	1.7/6/5	○室以續	5.3/30/13	宗祀文○于明堂	10.1/52/11
○子虎卒	1.7/6/7	惟○建祀	5.3/30/18	成○幼弱	10.1/52/12
○叔文公卒	1.7/6/7	詔使〔謁〕者○謙〔弔〕		成○以周公爲有勳勞于	

天下	10.1/52/13	朕聞古先聖○先天而天		成○謀政于廟之所歌也	15.1/88/6
皆所以昭文○、周公之		不違	13.2/71/26	群臣進戒嗣○之所歌也	15.1/88/6
德	10.1/52/15	往者壽○之術	13.2/72/4	嗣○求忠臣助己之所歌	
○居明堂之禮	10.1/52/21	武○踐阼	13.4/73/2	也	15.1/88/7
	10.1/52/24	紀三○之功伐兮	14.8/76/20	奉天○之恩德	15.1/88/16
師氏教以三德守○門	10.1/52/22	皇帝、皇、○后、帝皆		諸侯○、皇子封爲○者	
保氏教以六藝守○闈	10.1/52/23	君也	15.1/79/14	稱曰諸侯○	15.1/88/21
《文○世子篇》曰	10.1/52/24	夏、殷、周稱○	15.1/79/14	○者耕耤田之別名	15.1/88/25
言○者動作法天地	10.1/53/4	○者至尊	15.1/79/18	○者必作四夷之樂以定	
《○制》曰	10.1/53/6	○、畿內之所稱	15.1/79/20	天下之歡心	15.1/89/14
武○伐殷	10.1/53/7	○有天下	15.1/79/20	言虑犧氏始以木德○天	
即○制所謂以訊馘告者		故稱○	15.1/79/20	下也	15.1/89/17
也	10.1/53/9	天○、諸夏之所稱	15.1/79/22	武○爲周	15.1/89/25
○者之大禮也	10.1/53/19	故稱天○	15.1/79/22	高帝、惠帝、呂后攝政	
所以順陰陽、奉四時、		尊○之義也	15.1/80/10	、文帝、景帝、武帝	
效氣物、行○政也	10.1/53/20	○仲任曰	15.1/81/2	、昭帝、宣帝、元帝	
○用享于帝、吉	10.1/53/23	以命諸侯○三公	15.1/81/8	、成帝、哀帝、平帝	
○事之次	10.1/53/30	其諸侯○三公之薨于位		、○莽、聖公、光武	
庶明○復興君人者	10.1/54/5	者	15.1/81/8	、明帝、章帝、和帝	
淮南○安亦取以爲（弟）		○莽盜位	15.1/82/10	、殤帝、安帝、順帝	
〔第〕四篇	10.1/54/7	○者臨撫之別名	15.1/82/14	、沖帝、質帝、桓帝	
《月令》與《周官》並		○者子女封邑之差	15.1/83/27	、靈帝	15.1/89/26
爲時○政令之記	10.2/54/28	儀比諸侯○	15.1/83/27	除○莽、劉聖公	15.1/90/1
春木○	10.2/56/20	曰考廟、〔○考廟〕、		呂后、○莽不入數	15.1/90/2
土○四季	10.2/56/20	皇考廟、顯考廟、祖		孝元○皇后以太皇太后	
夏火○	10.2/56/21	考廟	15.1/84/3	攝政	15.1/90/7
季夏土○	10.2/56/22	曰考廟、○考廟、皇考		及諸侯○、大夫郡國計	
秋金○	10.2/56/23	廟	15.1/84/4	吏、匈奴朝會者西國侍	
冬水○	10.2/56/24	考廟、○考廟、四時祭		子皆會	15.1/91/8
常以爲《漢書》十志下		之也	15.1/84/6	安帝以和帝兄子從清河	
盡○莽	11.2/57/27	考廟、○考廟	15.1/84/7	○子即尊號	15.1/92/3
嘗襄○于壇坎	11.3/59/6	○考無廟而祭之	15.1/84/8	追號父清河○曰孝德皇	15.1/92/4
充○府而納最	11.3/59/9	天子之社曰○社	15.1/84/17	立樂安○子	15.1/92/5
○塗壞	11.8/61/17	諸侯朝見宗祀文○之所		祖父河間孝○曰孝穆皇	15.1/92/6
侯○廕則月側匿	11.8/62/10	歌也	15.1/87/18	祖父河間敬○曰孝元皇	15.1/92/8
壽○創基于格五	11.8/62/20	告太平于文○之所歌也		皇子封爲○者	15.1/92/10
○錫三命	12.5/64/7		15.1/87/19		15.1/92/15
〔○莽後十不存一〕	12.9/64/28	成○即政	15.1/87/20	漢興以皇子封爲○者得	
昔文○始受命	12.12/65/21	祝先○公之所歌也	15.1/87/21	茅土	15.1/92/12
武○定禍亂	12.12/65/21	祀文○于明堂之所歌也		周末諸侯或稱○	15.1/92/15
至于成○	12.12/65/21		15.1/87/22	故以○號加之	15.1/92/16
非特○道然也	12.12/65/22	祀武○之所歌也	15.1/87/23	總名諸侯○子弟	15.1/92/16
綱紀文○	12.17/66/25	二○之後來助祭之所歌		○與大夫盡弁	15.1/94/13
文○用平	12.17/66/25	也	15.1/87/25	諸侯○冠遠遊冠	15.1/94/22
宣○遭旱	13.1/69/5	諸侯始見于武○廟之所		公○三梁	15.1/94/22
太史令張壽○挾甲寅元		歌也	15.1/88/3	○莽無髮	15.1/95/8
以非漢曆	13.2/71/7	成○除武○之喪	15.1/88/5	○莽禿	15.1/95/9

遠遊冠、諸侯○所服	15.1/95/11	○而不返　　　　　6.5/35/3
高山冠、蓋齊○冠也	15.1/95/13	校○來之數哉　　　7.3/38/10
趙武靈○效胡服	15.1/95/23	相○來　　　　　　7.4/39/23
趙武靈○好服之	15.1/96/10	以○況今　　　　　7.4/40/2

罔 wǎng　　28

而光晃以爲固意造○說
　　　　　　　　13.2/71/30
亦○虛無造欺語之愆　13.2/72/4

忘 wàng　　18

○不著其股肱	1.2/3/5
○敢不法	1.2/3/6,1.2/3/6
齊斧○設	1.5/4/9
○不具存	1.7/5/10
○肯阿順	1.8/6/28
用慰其孤○極之懷	1.9/7/17
懽○極	1.10/8/15
乃罹密○	2.2/9/26
○不總也	2.5/12/1
遺譽○極	2.8/14/25
○不尋其端源	3.4/18/4
則恂恂焉○不伸也	3.4/18/8
則誾誾焉○不釋也	3.4/18/8
用○有擇言失行	3.5/18/24
○不攸該	3.5/18/24
咨痛○極	3.6/20/5
流統○極	4.1/23/5
○有不綜	4.2/23/11
神○時恫	4.5/26/1
神○時怨	4.5/26/12
愲怛○極	4.6/27/5
○不習熟	4.7/27/19
○不畢舉	5.1/28/23
流于○極	6.2/33/17
怂蒙蔽○	9.10/51/14
守以○極	12.9/65/3
情○寫而無主	14.3/75/13

往 wǎng　　24

俞○哉	1.2/3/4,1.3/3/13
直道而○	1.6/4/18
坿居者○聞而怪之	1.10/8/2
大將軍三公使御屬○弔	
祠	2.2/10/1
○○崛出	2.8/14/10
自侍御史侍中已○	3.2/16/16
每○滋通	3.7/21/17
一○超以未及	4.6/27/13
○烈有常	5.3/30/14

庶幾多識前言○行之流	
	10.2/54/24
○○頗有差舛	11.2/57/31
吾將○乎京邑	11.3/59/14
○臨邦國	12.26/68/9
追○孝敬	13.1/69/16
○者壽王之術	13.2/72/4
蹈通崖而○遊	14.9/76/27
天下之所歸○	15.1/79/22

枉 wǎng　　13

○乃不敢不匡	1.3/3/15
在憲彈○	1.6/5/1
矯○董直	1.8/6/27
塞邪○之門	2.7/13/22
正直疾○清儉該備者矣	3.1/15/26
抑頑錯○	3.6/19/27
憲法有誣○之劾	9.10/51/19
○絲髮	12.2/63/10
夫司隸校尉、諸州刺史	
所以督察姦○、分別	
白黑者也	13.1/70/1
餘皆○撓	13.1/70/2
邪○者憂悸失色	13.1/70/4
開群○之門	13.1/70/5
高百仞而不○	14.9/76/27

網 wǎng　　3

不顧天○	1.1/2/16
加以禁○漏洩	7.3/37/24
網○弛縱	13.1/70/3

魍 wǎng　　1

是爲○魍	15.1/86/9

妄 wàng　　5

邊毅不得○動	1.1/2/3
疏賤○乃得姿意	7.4/41/24
消無○之運者也	8.1/44/26

來者○歸	1.1/2/23
不○遺則	1.7/5/13
（篤桀）〔謂督〕不○	1.9/7/19
思不可○	4.1/22/16
而禮不○其本	5.1/28/24
永世不○	5.3/30/20
密勿不○	6.6/35/19
不可彌○	6.6/35/26
感激○身	7.4/43/4
出命○體	7.5/43/17
令聞不○	9.7/50/3
而○昭晢之害	11.8/61/14
以○其危	11.8/61/19
謂篤不○	12.9/65/1
樂以○食	12.18/66/30
○禮敬之大	13.1/69/20
善則久要不○平生之言	
	13.3/72/17
舞者亂節而○形	14.11/77/7

望 wàng　　28

〔○〕形表而景坿	2.1/8/30
絕○已久	2.3/10/22
群生之○	2.4/11/20
其裔呂○佐周克殷	2.6/12/23
○變復還	3.1/15/22
冠蓋相○	3.7/21/1
其下○之如日月	4.1/22/16
民斯攸○	4.4/25/18
十月既○	4.5/26/14
痛心絕○	5.5/32/2
○嚴霜而凋零	6.4/34/14
定省何○	6.6/35/26
以荅天○	7.4/43/1
下乖群生瞻仰之○	9.1/47/11
誠非所○	9.3/48/13
非臣無狀所敢復○	11.2/57/22
職在候○	11.2/57/25
行遊目以南○兮	11.3/59/2
遠而○之　11.6/60/14,11.7/60/25

元首寬則○舒眺	11.8/62/10
柴○山川	12.10/65/7
須以弦○晦朔	13.2/71/21
更造○儀以追天度	13.2/71/24
用○平和	13.2/71/28
使人○見則加畏敬也	15.1/85/29
巡守告祭柴○之所歌也	15.1/87/22
皆以晦○、二十四氣伏	
、社臘及四時日上飯	15.1/91/5

危 wēi　19

正身○行	1.7/5/19
是○身利民之稱文也	1.7/5/30
于身○矣	1.7/6/2
造膝○辭	3.2/16/18
疾大漸以○亟兮	4.7/28/4
○行不紲	5.2/29/15
衆所謂○	7.3/38/12
則○可爲安	7.4/41/19
憂懼自○	7.4/42/16
久高不○	7.4/43/3
季札知其不○	8.3/45/20
社稷傾○	9.1/47/5
上解國家播越之○	9.1/47/7
○險懍懍	10.2/54/19
與○殆競	10.2/54/23
且臣所在孤○	11.2/58/6
以忘其○	11.8/61/19
思○難而自豫	11.8/62/12
○言極諫不絕于朝	13.1/69/25

威 wēi　42

○壯虓虎	1.1/1/5
○而不猛	1.1/1/18,4.3/24/14
○名克宣	1.1/1/26
治兵示○	1.5/4/5
○靈振耀	1.5/4/9
處爪牙而○以布	1.6/4/17
領州郡則有虎胗之○	1.6/4/24
足以○暴矯邪	2.2/9/18
雖嚴○猛政	2.2/9/20
專國作○	2.5/12/3
○不能震	2.8/14/23
○厲不猛	3.6/19/22

示以柴諶之○	3.6/20/3
俾揚武○	3.7/21/5
以增○重	3.7/21/7
剛毅足以○暴	4.1/22/15
○宗晏駕	4.2/23/24
嚴以爲○	4.3/24/23
次曰寧、稺○	4.6/26/29
畏○忌怒	4.7/28/2
少素有○名之士	7.2/36/22
以陛下○靈	7.2/36/25
周宣王命南仲吉甫攘獫	
狁、○蠻荊	7.3/37/12
瞻不畏○	7.3/38/6
○化不行則欲伐之	7.3/38/15
天子外苦兵○	7.4/39/15
○權浸移	7.4/39/17
整○權	7.4/39/19
惟辟作○	7.4/39/20
敬慎○儀	7.4/40/16
以爲鄉黨敘孔子○儀	8.1/44/5
西戎蠢動武○	8.1/44/9
今畏服○靈	8.1/44/21
○靈神行	8.3/45/26
○移群下	9.1/47/3
○儀孔備	9.7/49/29
覽太室之○靈	11.3/59/2
○儀聿脩	12.4/63/31
○儀有序	14.2/75/6
孝桓曰○宗	15.1/91/4
桓帝爲○宗	15.1/91/17

逶 wēi　1

思○迤以東運	11.3/59/13

萎 wēi　2

梁崩哲○	2.3/10/27
夫華離帝而○	11.8/61/20

隈 wēi　1

眺瀨○而增感	11.3/59/6

微 wēi　40

○子啓以帝乙元子	1.8/6/20

拯○言之未絕	2.1/8/29
○言圮絕	2.3/11/7
沈靜○密	2.5/11/28
懼○言之欲絕	2.6/13/5
精○周密	2.9/14/29
周家既○	3.1/15/15
五代之○言	3.4/18/4
○○我徒	3.4/18/17
周祚○缺	3.6/19/21
而探○知機者多	3.7/21/14
擘精○	4.3/24/19
至德脩于幾○	4.6/26/27
氣○○以長（浮）（銷）	
〔消〕	4.6/27/11
精○○以浸衰	4.7/28/4
王室中○	5.1/28/18
二漢之○	5.1/29/1
指使至○	7.1/36/9
苟避輕○之科禁	7.2/37/1
臣聞陽○則地震	7.4/40/21
入太○西門	7.4/40/25
彤管記君王織○	8.1/44/6
禽鳥之○	8.2/45/14
唯臣官位○賤	9.2/47/26
非臣草萊功勞○薄所當	
被蒙	9.9/50/25
臣得○勞	9.9/50/29
道至深○	11.2/58/1
○本濃末	11.6/60/12
五伯扶○	11.8/61/16
萩賓統則○陰萌	11.8/61/24
是以君子推○達著	11.8/62/10
曆數精○	13.2/71/3
事深○以玄妙	14.2/75/3
產于卑○	14.5/75/23
在此賤○	14.5/75/27
○子來見祖廟之所歌也	15.1/88/4
殷黑而○白	15.1/94/11

薇 wēi　1

家有采○之思	8.1/44/9

為 wéi　457

○侍御史	1.1/1/10
咸以○氏	1.1/1/16

以禮樂○業	1.1/1/17	以○卜筮之術	2.7/13/25	遂○社祀	5.3/30/8
公不○之動	1.1/1/20	仕不○祿	2.7/13/27	《周禮》「建○社位	5.3/30/9
特進潁陽侯梁不疑○河		不○利回	2.8/14/17	春秋時有子華○秦相	5.3/30/11
南尹	1.1/1/21	不○義疢	2.8/14/17	○右丞相	5.3/30/12
而○之屈辱者多矣	1.1/1/22	僉以○仲尼既殁	2.8/14/21	虞延○太尉、司徒封公	5.3/30/12
阿羅多○王	1.1/1/28	乃○銘載書休美	2.9/15/5	○尙書	5.3/30/13
人以○美談	1.1/2/1	○朝碩德	3.1/15/22	以國○氏	5.4/30/25
後不以○常	1.1/2/3	不○義絀	3.1/15/25	順帝時○郎中	5.5/31/22
○上招怨	1.1/2/16	道○帝師	3.2/16/16	○大田多稔	6.1/32/17
而升遷○侍中	1.1/2/18	德○世表	3.2/16/16	僉以○因其所利之事者	6.1/32/24
初公○舍于舊里	1.1/2/25	而公脫然以○行首	3.2/16/18	化○甘壤	6.1/33/1
于斯○著	1.1/2/26	誠以○達事君之體	3.2/16/19	○酒醸	6.1/33/5
其以大鴻臚橋玄○司空	1.2/3/3	晚節○廷尉	3.2/16/23	實以孝友○名	6.2/33/9
其以司空橋玄○司徒	1.3/3/12	及○特進	3.2/16/24	張蒼○丞相	6.2/33/10
其以光祿大夫玄○太尉	1.4/3/21	○國之師	3.2/17/1	世○顯姓	6.2/33/10
以盡○臣之節	1.4/3/23	○邑河渭	3.3/17/24,3.5/19/13	○光○榮	6.4/34/13
○國憂念	1.5/4/1	以○《尙書》帝王之政		世○名族	6.5/34/22
○衆傑雄	1.6/4/14	要、有國之大本也	3.4/18/3	以○謀憲	6.5/34/24
被詔書○將作大匠	1.6/4/20	僉以○匡弼之功	3.4/18/11	以儉○榮	6.6/35/16
○受罰者所章	1.6/4/20	○郡功曹	3.7/20/15	以奢○辱	6.6/35/16
復○少府太中大夫	1.6/4/22	因滄浪以○隍	3.7/20/21	無所○廢	7.1/36/8
以○至德在己	1.6/4/26	即春葉以○埔	3.7/20/21	官以議○名	7.2/36/15
內○宗斡	1.6/4/27	于是○邦	3.7/20/25	職以郎○貴	7.2/36/15
出○藩輔	1.6/5/1	君權○選置	3.7/21/9	○天下精兵	7.2/36/17
終始○貞	1.6/5/3	以○申伯甫侯之翼周室	3.7/21/23	自○寇虜則誅之	7.2/36/21
○人謀而不忠乎	1.7/5/16	其○政也	4.1/22/14,4.3/24/21	愚以○三互之禁	7.2/36/24
忠以○實	1.7/5/28	乃○特進	4.2/23/19	何足○嫌	7.2/36/25
實○陳留太守	1.8/6/22	引公○尙書令	4.2/23/22	起徒中○內史	7.2/36/26
乘之○虐	1.8/7/1	嚴以○威	4.3/24/23	上使使就家召張敞○冀	
左右或以○神	1.10/8/3	寬以○福而已哉	4.3/24/23	州刺史	7.2/36/27
以○神聖所興	1.10/8/11	○邑安樂	4.4/25/17	將○憂念	7.2/37/2
僉以○先民既殁	2.1/9/4	以○美談	4.5/25/25,9.10/51/19	通謀中常侍王甫求○將	7.3/37/10
是○陳胡公	2.2/9/15	亟以○言	4.5/26/8	詔書遂用○〔將〕	7.3/37/10
賤不○恥	2.2/10/10	于是公乃○辭昭告先考	4.5/26/13	時朝廷大臣多以○不便	7.3/37/11
其○道也、用行舍藏	2.3/10/16	是○神誥	4.5/26/18	議郎蔡邕以○書戒猾夏	7.3/37/12
四○郡功曹	2.3/10/17	寧舉茂才葉令、京令○		匈奴常○邊害	7.3/37/16
文○德表	2.3/11/1	議郎	4.6/27/1	乃封丞相○富民侯	7.3/37/20
範○士則	2.3/11/1	季以高（弟）〔第〕○		○其謀主	7.3/37/24
○士作程	2.3/11/3	侍御史諫議大夫侍中		于是何者○甚	7.3/38/7
以○遠近鮮能及之	2.3/11/5	虎賁中郎將陳留太守	4.6/27/2	而本朝必○之旰食	7.3/38/11
又家拜犍○太守、太中		以議郎出○濟陰太守	4.7/27/20	四海必○之焦枯	7.3/38/11
大夫	2.6/13/3	初○濟陽令	5.1/28/15	猶○大漢之羞	7.3/38/15
有士會者○晉大夫	2.7/13/13	因○尊諱	5.1/28/18	狐疑避難則守○長	7.3/38/16
遂以○氏	2.7/13/14	○大官丞	5.1/28/26	何者○大	7.3/38/16
屈○縣吏	2.7/13/16	世○著姓	5.2/29/9	未嘗○民居者乎	7.3/38/19
斯○楷式	2.7/13/19	○國有賞	5.2/29/17	臣愚以○宜止攻伐之計	7.3/38/19
亦○謀奏盡其忠直	2.7/13/20	而共工子句龍○后土	5.3/30/8	屯守衝要以堅牢不動○	

務	7.3/38/20	以○鄉黨敘孔子威儀	8.1/44/5			10.2/54/13
南辟幃中○都座	7.4/39/1	加以洪流○災	8.1/44/8	及前儒特○章句者	10.2/54/14
給財用筆硯○對	7.4/39/5	札荒○害	8.1/44/8	《周官》《左傳》皆實	
臣或○之	7.4/39/20	菲薄○務	8.1/44/11	與《禮記》通等而不	
臣聞凡人○怪	7.4/39/23	雕鏤不○	8.1/44/12	○徵驗	10.2/54/15
是時王莽○司馬	7.4/39/26	疾貪吏受取○姦	8.1/44/16	可假以○本	10.2/54/21
遂○篡亂	7.4/39/27	不以○政	8.1/44/18	苟便學者以○可覽	10.2/54/24
○王氏之禍	7.4/40/2	徒以百姓○憂	8.1/44/19	《月令》○無說乎	10.2/54/28
大水○戒	7.4/40/3	不以天下○樂	8.1/44/20	《月令》與《周官》竝	
雌雞欲化○雄	7.4/40/8	以○遺誅	8.1/44/21	○時王政令之記	10.2/54/28
臣聞凡雞○怪	7.4/40/8	思媚周京○高	8.1/44/25	以驚蟄○孟春中	10.2/55/5
雌雞化○雄	7.4/40/10	混而○一	8.1/44/27	雨水○二月節	10.2/55/5
將立妃王氏○后	7.4/40/10	大行皇太后宜諡○和熹		此故以○問甚正	10.2/55/17
丞相史家雌雞化○雄	7.4/40/11	皇后	8.1/44/28	知當○闉也	10.2/55/22
是歲封后父禁○平陽侯	7.4/40/11	臣問樂○吏否	8.2/45/8	《左氏傳》晉程鄭○乘	
王莽以后兄子○大司馬	7.4/40/12	臣○設食	8.2/45/8	馬御	10.2/55/25
由是○亂	7.4/40/12	舅本以田作○事	8.2/45/9	知當○六也	10.2/55/26
頭○元首	7.4/40/15	○贊國卿	8.2/45/14	于經傳○非其時□	10.2/55/28
即○患災	7.4/40/16	周文以濟濟○寧	8.3/45/20	皆以日行○本	10.2/56/4
是○贏長	7.4/40/27	猶用賢臣○寶	8.3/45/20	以○但逐惡而已	10.2/56/4
而熒惑○之退舍	7.4/40/29	謙虛○罪	8.3/45/22	今總合○一事	10.2/56/10
臣愚以○平城門、向陽		道○儒宗	8.3/45/23	不得傳注而○之說	10.2/56/11
之門	7.4/41/5	即起家參拜○泰山太守	8.3/45/25	即分○三事	10.2/56/12
則危可○安	7.4/41/19	使○慇懃	8.3/45/27		10.2/56/14
此○天所棄故也	7.4/41/20	竝○元龜	8.4/46/6	城郭○獨自壞	10.2/56/13
大○姦禍	7.4/41/24	不以常制○限、長幼○		非水所○也	10.2/56/13
將○國患	7.4/41/26	拘	8.4/46/14	行季春令○不致災異	10.2/56/14
深惟趙、霍以○至戒	7.4/41/26	夫若以年齒○嫌	8.4/46/19	但以○時味之宜	10.2/56/17
○官者踦時不覺	7.4/42/2	○眾所怪	9.3/48/6	故未羊可以○春食也	10.2/56/21
論者疑太尉張顥與交貫		以○漢承亡秦滅學之後	9.6/49/8	故酉雞可以○夏食也	10.2/56/21
○玉所進	7.4/42/4	故以元帝○考廟	9.6/49/19	故以牛○季夏食也	10.2/56/23
○陛下先	7.4/42/8	○無窮之常典	9.6/49/24	故以犬○秋食也	10.2/56/24
竝宜○謀主	7.4/42/10	使參以亡○存	9.8/50/10	而《禮》不以馬○牲	10.2/56/24
問臣以大鴻臚劉郃前○		衍以存○亡	9.8/50/10	然則麥○木	10.2/56/25
濟陰太守	7.5/43/9	故○大教之宮	10.1/52/1	菽○金	10.2/56/25
郃○司隸	7.5/43/10	成王即周公○有勳勞于		麻○火	10.2/56/25
又託河內郡吏李奇○州		天下	10.1/52/13	黍○水	10.2/56/25
書佐	7.5/43/10	○學四焉	10.1/52/24	各配其牲○食也	10.2/56/25
郃不○用致怨之狀	7.5/43/11	故《孝經》合以○一義		不合于《易》卦所○之	
其婚嫁○黨	7.5/43/13		10.1/53/12	禽	10.2/56/26
臣○覆蔽	7.5/43/15	不利○寇	10.1/53/27	不以○章句	10.2/56/27
○陛下圖康寧之計而已	7.5/43/18	取《月令》○紀號	10.1/54/7	遂以○「更」	10.2/56/31
以臣○戒	7.5/43/20	淮南王安亦取以○（弟）		今皆以「更」矣	10.2/56/31
誰敢復○陛下盡忠者乎	7.5/43/20	〔第〕四篇	10.1/54/7	何得以○字	10.2/57/1
質○下邳相	7.5/43/24	子何○著《月令說》也		知「更」○「叟」也	10.2/57/1
當○箠楚所迫	7.5/43/26		10.2/54/13	莫與○二	11.1/57/12
○百姓自愛	7.5/43/28	以○《月令》體大經同		常以○《漢書》十志下	

盡王莽	11.2/57/27	《元命苞》、《乾鑿度》		其一明者○正妃	15.1/83/21
以籌算○本	11.2/57/31	皆以○開闢至獲麟二		三者○次妃也	15.1/83/21
天文○驗	11.2/57/31	百七十六萬歲	13.2/71/15	又九九○八十一	15.1/83/23
○無窮法	11.2/58/1	合二百七十五萬歲	13.2/71/16	號○庶人	15.1/84/9
一○不善	11.2/58/2	而光晃以○開闢至獲麟		周祧文武○祧	15.1/84/11
恐遂○變	11.2/58/6	二百七十五萬九千八		去祧○壇	15.1/84/11
潦污滯而○災	11.3/58/22	百八十六歲	13.2/71/18	去壇○墠	15.1/84/11
悲寵變之○梗兮	11.3/59/7	光晃以○乙丑朔	13.2/71/21	天子所○群姓立社也	15.1/84/17
疾子朝之○害	11.3/59/10	而曆以○牽牛中星	13.2/71/27	諸侯○百姓立社曰國社	
周道鞠○茂草兮	11.3/59/17	深引《河洛圖讖》以○			15.1/84/20
亦何○乎此畿	11.3/59/18	符驗	13.2/71/29	使○社以自儆戒	15.1/84/22
誰肯相○言	11.5/60/4	而光晃以○固意造妄說		天子○群姓立七祀之別	
○學藝之範閑	11.6/60/16		13.2/71/30	名	15.1/85/1
何○守彼而不通此	11.8/61/13	而光晃以○陰陽不和	13.2/72/2	諸侯○國立五祀之別名	15.1/85/4
胡○其然也	11.8/61/15	故君子不○可棄之行	13.3/72/18	門秋○少陰	15.1/85/8
累珪璧不○之盈	11.8/61/28	與稷竝○粢盛也	13.3/72/25	戶春○少陽	15.1/85/9
采浮磬不○之索	11.8/61/28	不○燥溼輕重	13.7/73/24	冬○太陰	15.1/85/9
意無○于持盈	11.8/62/2	不○窮達易節	13.7/73/24	盛寒○水	15.1/85/10
揖儒墨而與○友	11.8/62/13	○眾女師	14.5/75/27	竈夏○太陽	15.1/85/11
因樹碑○銘曰	12.1/63/1	削文竹以○管	14.8/76/18	火○天田	15.1/85/20
不○也	12.2/63/10	秦承周末○漢驅除	15.1/79/15	帝顓頊之世舉以○土正	
拜○荊州刺史	12.3/63/22	故并以○號	15.1/79/15		15.1/85/24
世以仁義○質	12.5/64/3	以天下○家	15.1/79/26	堯祠以○社	15.1/85/24
學問○業	12.5/64/3	天子獨以○稱	15.1/80/2	帝顓頊之世舉以○田正	
○萬里之埸圃	12.5/64/4	天子以天下○家	15.1/80/13		15.1/85/26
乃○頌曰	12.12/65/25	不以京師宮室○常處	15.1/80/13	行扈氏農正、晝○民驅	
以○己華	12.12/65/28	所奏事處皆○宮	15.1/80/16	鳥	15.1/86/5
大顯○政	12.13/66/3	民皆以金玉○印	15.1/80/25	宵扈氏農正、夜○民驅	
○國之經	12.14/66/9	世俗謂幸○僥倖	15.1/80/28	獸	15.1/86/6
道○知者設	12.24/67/31	唯此○異者也	15.1/81/10	生而亡去○〔疫〕鬼	15.1/86/8
馬○御者良	12.24/67/31	其徵○九卿	15.1/81/13	是○瘟鬼	15.1/86/8
賢○聖者用	12.24/67/31	是○詔書	15.1/81/17	是○魍魎	15.1/86/9
辨○知者通	12.24/67/31	是○戒敕也	15.1/81/21	○位相對向	15.1/86/22
猶○疏廢	13.1/69/9	世皆名此○策書	15.1/81/21	神號、尊其名更○美稱	15.1/87/4
坤○地道	13.1/69/10	駮議曰某官某甲議以○		諸侯王、皇子封○王者	
法○下叛	13.1/69/10	如是	15.1/82/7	稱曰諸侯王	15.1/88/21
臣愚以○宜擢文右職	13.1/69/31	諸營校尉將大夫以下亦		天子特命○朝侯	15.1/88/22
非以○教化、取士之本		○朝臣	15.1/82/11	《史記》曰皋陶○理	15.1/89/11
	13.1/70/12	又五更或○叟	15.1/82/29	以管樂○之聲	15.1/89/14
孔子以○致遠則泥	13.1/70/17	夏以十三月○正	15.1/83/3	虙犧○太昊氏	15.1/89/24
皆當以○惠利○績	13.1/70/19	十寸○尺	15.1/83/3	炎帝○神農氏	15.1/89/24
日月○勞	13.1/70/19	故以○正也	15.1/83/4	黃帝○軒轅氏	15.1/89/24
伏見前一切以宣陵孝子			15.1/83/6, 15.1/83/9	少昊○金天氏	15.1/89/24
○太子舍人	13.1/70/24	殷以十二月○正	15.1/83/6	顓頊○高陽氏	15.1/89/25
其○不祥	13.1/70/30	九寸○尺	15.1/83/6	帝嚳○高辛氏	15.1/89/25
今光、晃各以庚申○非	13.2/71/5	周以十一月○正	15.1/83/9	帝堯○陶唐氏	15.1/89/25
甲寅○是	13.2/71/5	八寸○尺	15.1/83/9	帝舜○有虞氏	15.1/89/25

夏禹○夏后氏	15.1/89/25	茅土	15.1/92/12	問」	1.7/6/1
湯○殷商氏	15.1/89/25	各以其戶數租入○限	15.1/92/12	歆○忠文	1.9/7/17
武王○周	15.1/89/25	而漢天子自以皇帝○稱		時○朱父	1.9/7/17
高祖○漢	15.1/89/26		15.1/92/15	匪○撫華	2.1/9/7
以乙未○元	15.1/90/3	封○侯者	15.1/92/16	○亮天工	2.4/11/20
群臣奏事上書皆○兩通	15.1/90/9	皇帝○君興	15.1/92/25	事親○孝	2.6/12/25
禮、兄弟不相○後	15.1/90/13	故今獨以○正月、十月		事長○敬	2.7/13/18
故不○惠帝後而○（弟）	15.1/90/13	朔朝也	15.1/92/27	養穉○愛	2.7/13/19
〔第〕二	15.1/90/13	是○五時副車	15.1/93/14	○邦之珍	2.8/14/24
于昭帝○兄	15.1/90/14	黃屋者、蓋以黃○裏也		○世之英	2.9/15/2
故○七世	15.1/90/15		15.1/93/21	公○岳靈	3.1/16/3
于成帝○兄弟	15.1/90/15	左纛者、以氂牛尾○之		○儉之尚	3.2/16/12
○于哀帝○諸父	15.1/90/15		15.1/93/23	○殷于民	3.2/16/24
于平帝○父祖	15.1/90/16	以前皆皮軒虎皮○之也	15.1/94/5	○漢重臣	3.2/16/25
皆不可○之後	15.1/90/16	上但以青繰○蓋	15.1/94/8	其○高密元侯乎	3.2/16/25
上至元帝于光武○父	15.1/90/16	皆以三十升漆布○殼	15.1/94/10	於○楊公	3.2/16/28
故上繼元帝而○九世	15.1/90/16	是○十二旒	15.1/94/17	○我下流	3.3/17/19
古學以○人君之居	15.1/90/20	亦○冕	15.1/95/3	公○司徒之孫	3.5/18/22
高帝○太祖	15.1/90/26	上○之起	15.1/95/6	○制民命	3.5/18/29
孝文○太宗	15.1/90/26	鐵○卷梁	15.1/95/12	○刑之恤	3.5/18/29
孝武○世宗	15.1/90/26	以犀兕○名	15.1/95/20	旁施（四方）○明	3.5/18/30
孝宣○中宗	15.1/90/26	高祖冠、以竹皮○之	15.1/95/27	亦○三禮六樂	3.5/18/30
乃合高祖以下至平帝○		建華冠、以鐵○柱卷貫	15.1/96/3	明德○馨	3.5/19/1,5.3/30/18
一廟	15.1/90/28	今以銅○珠	15.1/96/3	公○戡之	3.5/19/2
元帝于光武○禰	15.1/90/28	前圖以○此制是也	15.1/96/4	時○休哉	3.5/19/2,3.5/19/3
高帝○高祖	15.1/91/12	方山冠、以五采縠○之	15.1/96/7		3.5/19/5
文帝○太宗	15.1/91/12			○天陰騭下民	3.5/19/2
武帝○世宗	15.1/91/13	**韋 wéi**	**2**	○君所裁	3.7/21/7
宣帝○中宗	15.1/91/13			忠亮○允	4.1/22/14
屬弟于元帝○子	15.1/91/13	秦相呂不○著書	10.1/54/7	時○文恭	4.2/24/4
以元帝○禰廟	15.1/91/14	或云《月令》呂不○作	10.1/54/8	共○時雍	4.2/24/6
光武○世祖	15.1/91/16			弘○幼沖	4.2/24/6
明帝○顯宗	15.1/91/16	**帷 wéi**	**4**	夙夜○寅	4.3/24/18
章帝○肅宗	15.1/91/17			○我末臣	4.3/25/5
和帝○穆宗	15.1/91/17	解○組佩之	7.4/39/25	機密○清	4.4/25/14
安帝○恭宗	15.1/91/17	昭于○幄	8.1/44/7	三邦（事）〔○〕寧	4.4/25/14
順帝○敬宗	15.1/91/17	運籌○幄	8.4/46/4	藹藹○公	4.4/25/18
桓帝○威宗	15.1/91/17	吹予床○	14.5/76/3	實○吳人	4.5/26/11
以陵寢○廟者三	15.1/91/18			○子道之無窮兮	4.6/27/6
追號○后者三	15.1/91/19	**惟 wéi**	**109**	追○考君存時之命	4.7/27/25
依高帝尊父○太上皇之				匪○驕之	4.7/28/2
義	15.1/92/4	翼翼○恭	1.1/1/7,1.9/7/19	○漢再受命	5.1/28/15
是○質帝	15.1/92/5		4.1/23/1		12.11/65/16
以五色土○壇	15.1/92/10	○帝念功	1.2/3/7,3.4/18/9	追○桑梓	5.1/28/27
皇子封○王者	15.1/92/10	是○臣之職	1.3/3/16	○清○敏	5.2/30/2
	15.1/92/15	○天子與二等之爵	1.7/5/11	○斯庫里	5.3/30/11
漢興以皇子封○王者得		○「敏而好學、不恥下		○王建祀	5.3/30/18

○其傷矣	5.5/32/9	○青紫鹽也	13.6/73/19	誰敢○旨	7.4/42/22
於○我考	6.2/33/16	○情性之至好	14.2/75/3	上○明王舊典	7.4/42/22
行○模則	6.2/33/17	○其翰之所生	14.8/76/18	○禮大行受大名、小行	
○以告哀	6.3/34/3	○此時施行	15.1/92/23	受小名之制	8.1/44/28
於○仲原	6.4/34/11			上○聖主寵嘉之至	9.1/47/10
時○哲母	6.6/35/10	**唯 wéi**	14	○先帝舊章	9.6/49/17
○德是行	6.6/35/12			臣不敢○戾飾虛	9.10/51/19
○世之良	6.6/35/16	喪事○約	2.3/10/25	君人者將昭德塞○	10.1/52/7
○德之極	6.6/35/19	○帝命公以二郡	4.3/24/21	猶紛掌其多○	11.3/59/18
○以慰裏	6.6/35/27	○陛下加餐	7.5/43/28	上○天文	13.1/69/12
○此文王	7.1/36/10	○臣官位微賤	9.2/47/26	則上○《乾鑿度》、	
○陛下留神	7.2/37/4	（雖）〔○〕有紀傳	11.2/57/27	《元命苞》	13.2/71/19
○辟作威	7.4/39/20	○有晏子	11.4/59/26	朕聞古先聖王先天而天	
○辟作福	7.4/39/20	○休和之盛代	14.2/75/5	不○	13.2/71/26
○時厥庶民于汝極	7.4/40/5	○當時所在	15.1/80/17	○反經文	13.2/71/30
○家之索	7.4/40/13	龍虎紐、○其所好	15.1/80/25	婚姻協而莫○	14.2/75/6
臣邕伏○陛下聖德允明	7.4/41/15	○此爲異者也	15.1/81/10	當言帝則依○但言上	15.1/80/9
深○趙、霍以爲至戒	7.4/41/26	○赦令、贖令召三公詣		亦依○尊者所都	15.1/80/17
思○萬幾	7.4/43/1	朝堂受制書	15.1/81/14	孝章不敢○	15.1/91/2
伏○大行皇后規乾則坤	8.1/44/6	○殤、沖、質三少帝	15.1/91/4	○拂不成曰隱	15.1/96/24
伏○陛下體因心之德	8.2/45/10	○遭大喪	15.1/93/9		
○陛下留神省察	8.3/45/29	○河南尹執金吾洛陽令		**嵬 wéi**	1
伏○幕府初開	8.4/46/5	奉引侍中參乘奉車郎			
○主及几筵應改而已	9.6/49/24	御屬車三十六乘	15.1/93/9	登此崔○	12.8/64/23
伏○陛下應天淑靈	9.7/49/29				
其寧○永	9.7/50/3	**幃 wéi**	2	**維 wéi**	15
不○石慶數馬之誤	9.8/50/12				
臣伏○糠粃小生	9.9/50/20	○帳空陳	6.5/35/3	○建寧三年秋八月丁丑	1.2/3/3
伏○留漏刻一省	9.10/51/20	南辟○中爲都座	7.4/39/1	○建寧四年三月丁丑	1.3/3/12
○一適人稱妻	10.2/57/2			○光和元年冬十二月丁	
○道之淵	11.1/57/10	**圍 wéi**	1	巳	1.4/3/21
○德之藪	11.1/57/10			○漢二十一世延熹六年	1.9/7/12
積累思○二十餘年	11.2/57/29	○盧諸物	9.3/48/10	○中平五年春三月癸未	2.4/11/12
○陛下省察	11.2/58/12			伊○周君	2.5/12/15
乃○佐隸	11.7/60/21	**違 wéi**	29	○漢二十有一世	4.3/24/12
皇道○融	11.8/61/25			毗天子而○四方	5.3/30/14
○君之質體清良兮	12.1/63/2	○則塞之	1.3/3/15	孝思○則	5.4/31/14
寔○皇后	12.2/63/14	屢以竹○	1.7/6/2	溉灌○首	6.1/32/20
○懿○醇	12.12/65/25	塞群○	1.8/7/2	○光和七年	6.5/34/19
休徵○光	12.12/65/27	不敢有○	1.9/7/15	○延熹四年	6.6/35/9
○予小子	12.12/65/28	儉約○時	2.4/11/15	隔于河○	14.5/76/4
○務求輕	12.13/66/4	動則不○則度	3.2/16/14	《○天之命》、一章八	
○以作頌	12.13/66/5	率禮莫○	3.6/20/3, 12.12/65/23	句	15.1/87/19
○彼雅器	12.19/67/5	不○子道	4.2/23/25	《○清》、一章五句	15.1/87/19
時○嘉良	12.25/68/3	繼存意于不○	4.6/27/12		
○女與士	12.27/68/14	子孫忽以替○	4.7/28/5		
八○困乏	12.29/68/23	勿有依○顧忌	7.4/41/14		

即○發迹	4.3/24/18	配名○乎天漢	14.1/74/22	○不克荷	12.12/65/28
七蹈相○	4.3/24/23	乾坤○也	14.8/76/22	密勿祗○	13.1/69/5
及登相○	4.3/25/4	在○七十載	15.1/80/1	使人望見則加○敬也	15.1/85/29
遂至大○者	4.3/25/4	上者、尊○所在也	15.1/80/9	小心○忌曰僖	15.1/97/1
列在喪○	4.3/25/6	其諸侯王三公之薨于○			
登○特進	4.4/25/17	者	15.1/81/8	**尉 wèi**	**66**
帝○闋焉	5.1/28/20	王莽盜○	15.1/82/10		
即○鄗縣之陽	5.1/28/21	○在壬地	15.1/85/22	除郎中洛陽左○	1.1/1/21
○太尉	5.2/29/18	○在未地	15.1/85/25		1.6/4/17
《周禮》「建爲社○	5.3/30/9	俱在未○	15.1/85/27	以詔書考司隸校○趙祁	
匪懈于○	5.4/31/5	爲○相對向	15.1/86/22	事	1.1/1/23
同○畢至	5.4/31/11	○次諸卿	15.1/88/23	廷○郭貞私與公書	1.1/1/23
乃○常伯	5.4/31/15	左九棘、孤卿大夫○也	15.1/89/8	復拜太○　1.1/2/18,4.2/23/20
庭○虢咷	5.5/32/3	右九棘、公侯伯子男○		其以光祿大夫玄爲太○	1.4/3/21
薄于人○	6.2/33/13	也	15.1/89/8	後拜太○	1.6/4/21
是時元帝初即○	7.4/40/10	三槐、三公之○也	15.1/89/9	廷○河南吳整等	1.6/4/26
而后正○	7.4/40/11	高帝以甲午歲即○	15.1/90/2	尹○清宸	1.6/5/3
小人在○	7.4/41/7	少帝即○	15.1/90/6	復辟太○府	2.2/9/24
小人在顯○者	7.4/41/8	今上即○　15.1/90/8,15.1/92/7		太○司徒再辟	2.5/12/5
以解《易傳》所載小人		桓帝以蠡吾侯子即尊○	15.1/92/6	官至司農廷○	2.7/13/14
在○之咎	7.4/42/8	賜○特進	15.1/92/17	辟太○府	2.7/13/23
當因其言居○十數年	7.4/42/12	○在三公下	15.1/92/17	太○張公、司徒崔公	2.7/13/27
輔○重則上尊	7.4/42/15	○次九卿下	15.1/92/18	太○張公、兗州劉君、	
○在上列	7.5/43/21	但侍祠無朝○	15.1/92/18	陳留太守淳于君、外	
階級名○	8.4/46/13			黃令劉君僉有休命	2.7/14/1
辭疾讓○	9.1/47/10	**味 wèi**	**5**	登司徒太○	3.1/15/16
唯臣官○微賤	9.2/47/26			晚節爲廷○	3.2/16/23
承隨同○	9.3/48/8	臭○相與	2.8/14/19	考太○	3.3/17/9
每帝即○	9.6/49/8	是後精美異○	8.2/45/6	越騎校○	3.3/17/13
人君之○莫正于此焉	10.1/51/29	但以爲時○之宜	10.2/56/17	及至太○	3.3/17/16
《禮記‧明堂○》曰	10.1/52/11	食不兼○	12.2/63/11	乃以越騎校○援侍華光	
周公踐天子○以治天下		○道守眞	13.7/73/24	之內	3.4/18/7
	10.1/52/12			太○公之胤子	3.5/18/22
太學者、中學明堂之○		**畏 wèi**	**16**	命公作廷○	3.5/18/29
也	10.1/52/19			命公作太○	3.5/19/4
遂設三老五叟之席○	10.1/52/26	是時○其權寵	1.1/1/22	遷河閒中○、琅邪（王）	
其無○者	10.1/53/1	悝○怖明憲	1.1/2/12	傅	3.6/20/2
自天地定○	10.1/53/22	黜惡不○彊禦	2.7/13/22	交阯都○之元子也	4.1/22/10
御妾、○最下也	10.2/57/2	○威忌怒	4.7/28/2	遂作司徒遷太○	4.1/22/17
仍踐其○	11.1/57/11	尙生○懼	7.2/36/25	又拜太○　4.1/22/18,4.1/22/19	
不在其○	11.2/57/29	而乃持○避自遂之嫌	7.2/37/1	官至交阯都○	4.2/23/10
悼太康之失○兮	11.3/59/3	瞻不○威	7.3/38/6	進作太○	4.2/23/17
蓋聞聖人之大寶曰○	11.8/61/5	雖房獨治之愼	7.4/41/24	太常、太○各三	4.3/24/24
故以仁守○	11.8/61/5	○災責躬念	7.4/42/17	都○君娶于故豫州刺史	4.5/25/25
然則有○斯貴	11.8/61/5	○天之怒	7.4/42/18	自都○仕于京師	4.5/26/3
爵○自從	11.8/61/31	今○服威靈	8.1/44/21	位太○	5.2/29/18
陛下即○之初	13.1/70/12	曾不鑒禍以知○懼	11.8/62/6	虞延爲太○、司徒封公	5.3/30/12

皆平冕○衣	15.1/92/18	宜○于下	5.2/29/18	居安○傾	12.22/67/19
其武官太尉以下及侍中		君○使者至	5.4/31/7	臣○目瞤耳鳴	12.24/67/28
常侍皆冠惠○冠	15.1/94/27	令○有彰	5.4/31/13	臣○天降災異	13.1/69/5
冠惠○者宜短耳	15.1/95/9	無○而不行焉	6.1/32/24	臣○國之將興	13.1/69/24
禮無○	15.1/95/11	以事上○	6.1/32/25	至言數○	13.1/69/24
《禮》無○	15.1/95/12	令○芬芳	6.3/34/1	而未○特舉博選之旨	13.1/69/26
15.1/95/13,15.1/95/17		○言斯識	6.4/34/12	今始○善政	13.1/70/6
15.1/95/27,15.1/96/12		曾○不我	6.5/35/4	臣○古者取士	13.1/70/10
15.1/96/14,15.1/96/19		臣○國家置官	7.2/36/15	臣○孝文皇帝制喪服三	
進賢冠、○官服之	15.1/95/16	而未○鮮卑之事	7.3/37/16	十六日	13.1/70/24
一曰柱後惠○冠	15.1/95/19	以臣所○	7.4/39/11	朕○古先聖王先天而天	
知天○者服之	15.1/96/3	忠言不○	7.4/39/18	不違	13.2/71/26
珠冕、爵弁收、通天冠		臣○凡人爲怪	7.4/39/23	○之前訓曰	13.3/72/9
、進賢冠、長冠、緇		臣○凡難爲怪	7.4/40/8	而二子各有○乎夫子	13.3/72/20
布冠、委貌冠、皮弁		臣○陽微則地震	7.4/40/21	名譽不○	13.3/72/23
、惠○冠	15.1/96/21	臣○熒惑示變	7.4/40/25	下言稽首以○	15.1/81/28
聖善同○曰宣	15.1/96/25	臣○見符致蝗以象其事	7.4/40/31	章曰報○	15.1/82/5
經緯天地曰○	15.1/97/3	○災恐懼	7.4/41/13	公卿使謁者將大夫以下	
		勿漏所○	7.4/41/15	至吏民尚書左丞奏○	
		復使陛下不○至戒哉	7.4/41/17	報可	15.1/82/5
聞 wén	**91**	何緣○之	7.4/42/1	欲皆使先帝魂神具○之	
		故太尉劉寵○人襲寵	7.4/42/10		15.1/91/10
○仁必行	1.1/1/18	數見訪○	7.4/42/10	其說未○	15.1/96/10
公封書以○	1.1/1/24	然恐陛下不復○至言矣	7.5/43/23	聲○宣遠曰昭	15.1/96/25
繫燉煌正處以○	1.1/1/28	不○臣謀	7.5/43/24		
○公聲音	1.1/2/23	耳○叔名	8.2/45/6	**問 wèn**	**67**
臣○之	1.4/3/22	非耳目○見所倣效也	8.2/45/10		
與○公之昌言者	1.4/3/23	臣○魯侯能孝	8.2/45/12	惟「敏而好學、不恥下	
○其儻舊矣	1.10/7/26	臣○唐虞以師師咸熙	8.3/45/20	○」	1.7/6/1
坿居者往○而怪之	1.10/8/2	臣某等○周有流彘之亂	9.1/46/27	是勤學好○之稱文也	1.7/6/1
州郡○德	2.1/9/1	卓○乘輿已趨河津	9.1/47/7	能下○矣	1.7/6/3
遷○喜長	2.2/9/23	臣○世宗之時	9.2/47/22	博○道家	1.10/7/26
宰○喜半歲	2.3/10/18	一章自○	9.3/48/5	令○顯乎無窮	2.1/9/6
來者曷○	2.3/11/7	令○不忘	9.7/50/3	令○不顯	2.2/9/16
靡瞻靡○	2.4/11/21	臣○高祖受命	9.9/51/3	將○故訓	3.3/17/13
○君洪名	2.5/12/4	臣○稷契之傳	9.10/51/15	承帝之○	3.4/18/16
○寵不欣	2.8/14/23	過被學者○家就而考之		○一及三	6.3/33/23
○道睹異	2.9/15/7		10.2/54/19	好○早識	6.4/34/8
條表以○	3.1/15/22	竟乃因縣道具以狀○	11.2/58/4	詔召尚書○	7.1/36/5
敷○于下	3.1/16/2	章○之後	11.2/58/12	臣怪○其故	7.2/36/21
帝曰予○	3.6/19/26	稽首再拜以○	11.2/58/13	特旨密○政事所變改施	
令○流行	3.6/19/28	藐髮鬖而無○	11.3/58/25	行	7.4/39/4
鶴鳴○天	3.6/20/9	考之舊○	11.3/59/20	○臣邕災異之意	7.4/39/7
輒別上○	3.7/21/9	蓋○聖人之大寶曰位	11.8/61/5	不足以答聖○	7.4/39/7
○一睹十	4.1/22/12	默而無○	11.8/61/10	詔○曰　　7.4/39/10,7.4/39/22	
博○周覽	4.2/23/28	且我○之日南至	11.8/61/23	7.4/40/8,7.4/40/20,7.4/40/31	
頑蔽無○	4.3/25/5	以其夢陟狀上○天子	12.1/62/31	業收縛考○	7.4/39/26
惜○誨之未央	4.6/27/6				

渥 wò	2	黃○左纛	15.1/93/19	**吾** wú　　　9

渥 wò　　　2

義惠優○　　　6.6/35/15
臣被蒙恩○　　　7.5/43/21

握 wò　　　2

秉文○武　　　1.6/4/27
篡○天機　　　5.1/29/2

幄 wò　　　2

昭于帷○　　　8.1/44/7
運籌帷○　　　8.4/46/4

污 wū　　　7

涅之不○　　　2.7/14/4
念○軫之不呈　　　6.4/34/15
皦然不○　　　8.3/45/24
忝○顯列　　　8.3/45/29
必以忝辱煩○　　　9.3/48/15
潦○滯而爲災　　　11.3/58/22
及吏卒小○　　　13.1/69/17

巫 wū　　　2

貨祠○自託　　　1.1/2/9
西靖○山　　　3.7/20/21

屋 wū　　　17

公旦納于（台）〔白〕
　○　　　4.2/23/27
平城門及武庫○各損壞　7.4/41/5
異于凡○　　　7.4/41/6
殷人曰重○　　　10.1/51/27
是以清廟茅○　　　10.1/52/7
以茅蓋○　　　10.1/53/5
○圓○徑二百一十六尺
　　　10.1/53/13
通天○　　　10.1/53/14
通天○高八十一尺　　　10.1/53/16
欲豐其○　　　11.8/61/21
厥風發○折木　　　13.1/69/9
埠謂築土而無○者也　15.1/84/12
○之掩其上使不通天　15.1/84/22

黃○左纛　　　15.1/93/19
黃○者、蓋以黃爲裏也
　　　15.1/93/21
幘施○　　　15.1/95/9

烏 wū　　　4

（育）〔○〕、賁之勇
　勢　　　3.7/20/19
故護○桓校尉夏育出征
　鮮卑　　　7.2/36/18
護○桓校尉育上言　7.3/37/8
且○以反哺　　　8.2/45/13

嗚 wū　　　10

○呼哀哉　　　1.8/7/7,2.8/14/25
　3.6/20/5,6.5/35/3,6.6/35/9
　6.6/35/21,6.6/35/23
　6.6/35/27
○呼昊天　　　5.4/31/17
○呼悲夫　　　6.3/34/2

誣 wū　　　2

憲法有○枉之劾　9.10/51/19
神不可○　　　12.12/65/27

毋 wú　　　2

昆蟲○作　　　15.1/86/23
孝明臨崩遺詔遵儉○起
　寢廟　　　15.1/91/2

无 wú　　　1

○祇悔　　　7.4/40/18

吳 wú　　　4

廷尉河南○整等　　　1.6/4/26
實惟○人　　　4.5/26/11
操○榜其萬艘兮　11.3/59/9
○制邁迤四重　15.1/96/10

吾 wú　　　9

○不取也　　　1.9/7/14
爾勿復取○先人墓前樹
　也　　　1.10/8/5
○何德以堪諸　　　3.2/16/25
○將往乎京邑　　　11.3/59/14
○將釋汝　　　11.8/61/15
其功銘于昆○之冶　13.4/73/4
桓帝以○侯子即尊位　15.1/92/6
追尊父○○先侯曰孝崇
　皇　　　15.1/92/6
唯河南尹執金○洛陽令
　奉引侍中參乘奉車郎
　御屬車三十六乘　15.1/93/9

梧 wú　　　3

昔帝舜殂于蒼○　　　4.5/26/10
睹鴻○于幽阻　　　14.9/76/27
圖茲○之所宜　　　14.9/76/28

無 wú　　　255

○言不讎　　　1.1/1/25
至則○事　　　1.1/1/27
沒齒○怨　　　1.1/2/7
曾○順媚一言之求　1.1/2/24
○獲大位　　　1.1/2/25
樞殯○所　　　1.1/2/26
執事○放散之尤　　　1.5/4/5
傳于○窮　　　1.7/5/10
亦○闕焉　　　1.7/5/13
而居○畜好　　　1.7/5/25
○衣帛之妾　　　1.7/5/26
○食粟之馬　　　1.7/5/26
而○私積　　　1.7/5/27
雖○土而其位是也　1.7/6/12
○俾比而作惡　　　1.8/7/2
乃○不允　　　1.8/7/4
○不于寢　　　1.9/7/14
爾其○拘于俗　　　1.9/7/14
○廢予誡　　　1.9/7/14
○人蹤　　　1.10/8/3
耀○垠　　　1.10/8/18
令問顯乎○窮　　　2.1/9/6
足以包覆○方　　　2.2/9/17

○所復恨	11.2/58/12	可○貶也	13.3/72/23	**午 wǔ**	4
誚○忌之稱神	11.3/58/23	○乃未若擇其正而黜其			
哀晉鄙之○㚖兮	11.3/58/24	邪與	13.3/72/24	越十月庚○記此	1.3/3/17
蘵髣髴而○聞	11.3/58/25	幸得○恙	13.6/73/19	元正令○	12.25/68/3
路阻敗而○軌兮	11.3/59/10	戀遷有○	14.1/74/27	赤帝以（戍）〔戌〕臉	
天牢湍而○文	11.3/59/12	普天壤其○儷	14.3/75/12	○祖	15.1/86/19
下糠粃而○粒	11.3/59/16	情罔寫而○主	14.3/75/13	高帝以甲○歲即位	15.1/90/2
道○因而獲入	11.3/59/17	眹之○主	14.4/75/18		
○亮采以匡世兮	11.3/59/18	代○樊姬	14.5/75/27	**五 wǔ**	156
○儔與兮	11.3/59/21	目冥冥而○睹兮	14.6/76/8		
包括○外	11.8/61/8	功○與儔	14.13/77/23	○典攸通	1.1/1/6
綜析○形	11.8/61/8	天子○外	15.1/79/26	典○郡	1.1/1/10
默而○聞	11.8/61/10	○所不照	15.1/79/30	享年七十○	1.1/1/11
積富○崖	11.8/61/19	後遂○言之者	15.1/80/21	光和七年夏○月甲寅	1.1/1/11
當其○事也	11.8/61/30	君子○幸而有不幸	15.1/81/2	春秋七十○	1.6/4/22
意○爲于持盈	11.8/62/2	小人有幸而○不幸	15.1/81/3	光和七年○月甲寅薨	1.6/4/22
井○景則日陰食	11.8/62/10	其免若得罪○姓	15.1/81/14	敦兹○服	1.6/5/2
嗜欲息兮○由生	11.8/62/23	○尙書令奏制字	15.1/81/19	乃陳○事	1.8/6/25
討○禮	12.2/63/10	王考○廟而祭之	15.1/84/8	其○月丙申葬于宛邑北	
門○立車	12.2/63/11	及庶人皆○廟	15.1/84/9	萬歲亭之陽	1.9/7/13
堂○宴客	12.2/63/11	○禱乃止	15.1/84/11	○辟豫州	2.3/10/17
○以加也	12.2/63/12	墠謂築土而○屋者也	15.1/84/12	韓元長等○百餘人	2.3/11/4
○射于人斯矣	12.4/63/29	制○常牲	15.1/84/14	維中平○年春三月癸未	2.4/11/12
玄玄焉測之則○源	12.5/64/5	○子弟	15.1/92/3	享年○十	2.5/12/13
惠垂○疆	12.9/65/3	沖帝○子弟	15.1/92/4	如大舜○十而慕	2.6/12/25
德將○醉	12.20/67/10	○子	15.1/92/7	《三墳》、《○典》、	
長樂○疆	12.26/68/10	但侍祠○朝位	15.1/92/18	《八索》、《九丘》	2.6/12/27
○以自存	12.29/68/24	但○畫耳	15.1/94/1	涉○經	2.7/13/17
○衣○褐	12.29/68/24	羽毛○後戶	15.1/94/8	郡署○官掾功曹	2.8/14/16
○絺○綌	12.29/68/24	皆有前○後	15.1/94/18	年既○十	2.8/14/18
○食不飽	12.29/68/25	然尙○巾	15.1/95/8	以永壽二年夏○月乙未	
○廢祭之文也	13.1/69/21	王莽○髮	15.1/95/8	卒	2.8/14/19
○復能省	13.1/70/20	禮○文	15.1/95/11	年七十有○	2.9/15/4
臧否○章	13.1/70/21	展筩○山	15.1/95/11	其時所免州牧郡守○十	
既○幸私之恩	13.1/70/26	《禮》○文	15.1/95/12	餘人	3.1/15/23
又○祿仕之實	13.1/70/26	15.1/95/13,15.1/95/17		延熹八年○月丙戌薨	3.1/15/24
義○所依	13.1/70/27	15.1/95/27,15.1/96/12		包羅○典	3.2/17/1
術術○常	13.2/71/3	15.1/96/14,15.1/96/19		○登鼎鉉	3.2/17/1
○所漏失	13.2/71/9	不展筩○山	15.1/95/12	敬敷○品	3.3/17/15
讖雖○文	13.2/71/17	暴虐○親曰厲	15.1/97/3	○蹈三階	3.3/17/17
○題勒款識	13.2/71/21			兼通○典	3.4/18/3
亦妄虛○造欺語之愆	13.2/72/4	**蕪 wú**	1	○代之微言	3.4/18/4
○有淫朋	13.3/72/9			命公作司徒而敬敷○教	3.5/19/2
富貴則○暴集之客	13.3/72/13	除郎中萊○長	2.7/13/20	既討三○之術	3.6/19/23
貧賤則○棄舊之賓矣	13.3/72/13			年○十八	3.6/20/5
○義則離	13.3/72/17			改定○經章句	3.7/21/13
○自辱焉	13.3/72/18			子授徵拜○官中郎將	3.7/21/22

忤 wǔ　1

屢以○違　1.7/6/2

武 wǔ　100

○功勒于征鉞　1.1/1/13
以昭公文○之勛焉　1.5/4/8
秉文握○　1.6/4/27
雖文○之美　1.7/5/9
周○王封諸宋　1.8/6/20
奮靈○　1.8/7/1
（收）〔救〕文○之將
　墜　2.1/8/29
○王配以太姬　2.2/9/14
其先蓋周○王之穆　3.1/15/14
文○作式　3.4/18/17
爰董○事　3.5/18/25
胤其祖○　3.5/19/13
謀臣○將　3.7/20/20
俾揚○威　3.7/21/5
○功既亢　3.7/21/11
及延見○將文吏　3.7/21/15
桓桓其○　3.7/21/27
文○之未墜　4.2/23/11
踵遐○　4.3/25/9
世祖光○皇帝　5.1/28/15
濟陽有○帝行過宮　5.1/28/15
乃以建○元年六月乙未　5.1/28/21
孝○大將軍廣之胄也　5.2/29/8
文○繼踵　5.2/29/9
既文且○　5.2/30/1
古陽○之戶牖鄉也　5.3/30/11
○帝患東越數反　7.2/36/26
○夫戮力　7.3/37/16
孝○皇帝因文景之蓄　7.3/37/17
窮○事　7.3/37/21
夫世宗神○　7.3/37/21
昔○王伐紂　7.4/40/12
平城門及○庫屋各損壞　7.4/41/5
○庫禁兵所藏　7.4/41/6
西戎蠢動○威　8.1/44/9
論其○勞　8.3/45/27
一元大○　9.4/48/25
孝○曰世宗　9.6/49/10
光○皇帝受命中興　9.6/49/12
光○皇帝世在（弟）

〔第〕九　9.6/49/18
○王伐殷　10.1/53/7
方軌齊○　11.1/57/9
○夫奮勇　11.8/61/17
○功定而干戈戢　11.8/61/28
譏○伐紂　12.1/63/2
遵奉光○　12.10/65/7
○王定禍亂　12.12/65/21
玄○作侶　12.26/68/9
孝○之世　13.1/70/10
文○竝興　13.1/70/11
文○之道　13.1/70/16
孝○皇帝始改正朔　13.2/71/4
湯○革命　13.2/72/1
○王踐阼　13.4/73/2
取法○備　14.14/77/27
季○子使公冶問　15.1/80/24
光○因而不改　15.1/82/10
周桃文○爲桃　15.1/84/11
牲號、牛曰一元大○　15.1/87/5
牛曰一元大○　15.1/87/8
奏象○之所歌也　15.1/87/19
祀○王之所歌也　15.1/87/23
諸侯始見于○王廟之所
　歌也　15.1/88/3
《○》、一章七句　15.1/88/4
奏大○周○所定一代之
　樂之所歌也　15.1/88/4
成王除○王之喪　15.1/88/5
告成大○　15.1/88/9
師祭講○類禡之所歌也
　　15.1/88/10
○帝會曰太守　15.1/88/18
避○帝諱改曰通侯　15.1/88/22
周曰《大○》　15.1/89/4
故周○以木德繼之　15.1/89/22
○王爲周　15.1/89/25
高帝、惠帝、呂后攝政
　、文帝、景帝、○帝
　、昭帝、宣帝、元帝
　、成帝、哀帝、平帝
　、王莽、聖公、光○
　、明帝、章帝、和帝
　、殤帝、安帝、順帝
　、沖帝、質帝、桓帝
　、靈帝　15.1/89/26
光○雖在十二　15.1/90/15

上至元帝于光○爲父　15.1/90/16
謂光○也　15.1/90/17
孝○爲世宗　15.1/90/26
光○中興　15.1/90/28
元帝于光○爲禰　15.1/90/28
遂常奉祀光○舉天下以
　再受命復漢祚　15.1/91/1
高帝、文帝、○帝、宣
　帝、元帝也　15.1/91/12
○帝爲世宗　15.1/91/13
光○復天下　15.1/91/13
光○、明帝、章帝、和
　帝、安帝、順帝、桓
　帝也　15.1/91/16
光○爲世祖　15.1/91/16
成、哀、平三帝以非光
　○所後　15.1/91/25
光○繼孝元　15.1/92/1
後避○帝諱改曰通侯　15.1/92/17
戚冕而舞《大○》　15.1/94/12
其○官太尉以下及侍中
　常侍皆冠惠文冠　15.1/94/27
孝○帝幸館陶公主家　15.1/95/5
董仲舒、○帝時人　15.1/95/6
○冠或曰繁冠　15.1/95/22
○官服之　15.1/95/22
趙○靈王效胡服　15.1/95/23
趙○靈王好服之　15.1/96/10
克定禍亂曰○　15.1/96/26

迕 wǔ　2

不吝窮○　2.7/14/4
于氣已○　13.2/71/28

侮 wǔ　5

公以其見○辨直　1.1/2/8
遭難受○　1.9/7/18
苟無釁國內○之患　7.3/38/9
侵○并涼　8.1/44/9
三命滋益恭而莫○　13.4/73/7

舞 wǔ　11

式歌且○　9.7/49/31
下管象○　10.1/52/14

○者亂節而忘形	14.11/77/7	**物 wù**	34	規○聖皇	12.9/65/1
走獸率○	14.12/77/16	沒入財賂非法之○	1.1/2/17		
戚冕而○《大武》	15.1/94/12	神化著于民○	2.4/11/14	**晤 wù**	2
○者服之	15.1/94/14	有名○定事之能	2.6/12/28		
大樂郊社祝○者冠建華	15.1/95/2	雲○不顯	2.8/14/13	與中黃門桓賢○言	7.4/39/22
迎氣五郊○者所冠	15.1/95/2	綜○通靈	2.9/15/6	○衛康之封疆	11.3/58/25
天地五郊、明堂月令○		博○多識	3.7/20/14		
者服之	15.1/96/4	民安○豐	3.7/22/2	**務 wù**	12
《八佾》樂五行○人服		和柔足以安○	4.1/22/15		
之	15.1/96/7	帥○以己	4.3/24/21	德○中庸	2.3/10/18
如其方色而○焉	15.1/96/8	參人○于區域	4.3/25/1	勸稽○農	3.7/20/22
		雖庶○戮力	4.3/25/6	夫○戰勝	7.3/37/21
嫵 wǔ	1	不失舊○	5.1/28/22	屯守衝要以堅牢不動爲	
		品○以熙	5.2/30/2	○	7.3/38/20
都冶○媚	14.5/75/25	不見異○	5.4/30/25	○令分明	7.4/39/4
		覯○知名	6.4/34/12	是以明主尤○焉	7.4/39/20
廡 wǔ	1	品○猶在	6.5/35/4	菲薄爲○	8.1/44/11
		感○悟靈	9.1/47/6	有○世公子誨于華顛胡	
退顧堂○	4.3/25/7	圍盧諸○	9.3/48/10	老日	11.8/61/4
		文○以紀之	10.1/52/8	不給于○	11.8/61/30
勿 wù	14	明堂者、所以明天氣、		惟○求輕	12.13/66/4
		統萬○	10.1/53/3	○在寬平	12.14/66/10
忠焉能○誨乎	1.7/5/17	所以順陰陽、奉四時、		今人○在奢嚴	12.23/67/23
爾○復取吾先人墓前樹		效氣○、行王政也	10.1/53/20		
也	1.10/8/5	陰陽生○之候	10.1/53/29	**寤 wù**	5
周人○剗	3.7/22/2	天文曆數事○制度	10.2/54/21		
如何○銘	5.4/31/13	蓋所以探賾辨○	10.2/54/24	夙夜○嘆	7.2/36/16
如何○喜	6.1/33/4	施仁義以接○	12.3/63/22	欲使陛下豁然大○	7.4/41/21
密○不忘	6.6/35/19	制器象○	12.22/67/19	以○聖聽	9.2/47/22
○有依違顧忌	7.4/41/14	則電傷○	13.1/69/11	夙夜○歎	9.2/47/27
○漏所聞	7.4/41/15	○不朽者	13.4/73/9	誠不意○	9.9/50/25
密○在勤	8.1/44/23	車馬、衣服、器械百○			
非禮○動	8.4/46/11	曰「乘輿」	15.1/79/10	**誤 wù**	6
每敕○謝	9.3/48/10	律曰「敢盜乘輿、服御			
○〔普〕〔替〕引之	9.5/49/4	○	15.1/80/12	此先帝不○已然之事	7.2/36/29
晝夜密○	10.2/54/22	言萬○始蔟而生	15.1/83/3	不惟石慶數馬之○	9.8/50/12
密○袛畏	13.1/69/5	助黃鍾宣氣而萬○生	15.1/83/6	似書有轉○	10.2/55/17
		取與新○相宜而已	15.1/84/15	字○也	10.2/56/30
戊 wù	3	凡祭號牲○異于人者	15.1/87/11	書者轉○	10.2/56/31
				所識者又恐謬○	11.2/58/10
四年九月○申	3.2/16/11	**悟 wù**	5		
○申納于太廟	10.1/52/6			**鶩 wù**	3
竟己酉、○子及丁卯郡		由此○	1.10/8/17		
六十九歲	13.2/71/16	既而覺○	7.3/37/20	襲軌而○	11.8/62/6
		感物○靈	9.1/47/6	尊卑煙○	12.27/68/14
		亦自有所覺○	10.2/54/19	陽侯沛以奔○	14.1/74/27

霧 wù	2	久余宿于大梁○	11.3/58/23	貴寵扇以彌熾○	11.3/59/14
		哀晉鄙之無辜○	11.3/58/24	前車覆而未遠○	11.3/59/15
○散雲披	11.8/61/18	歷中牟之舊城○	11.3/58/24	窮變巧于臺樹○	11.3/59/15
○露不除	11.8/62/16	問甯越之裔胄○	11.3/58/24	清嘉穀于禽獸○	11.3/59/16
		經圃田而瞰北境○	11.3/58/25	弘寬裕于便辟○	11.3/59/16
鶩 wù	1	迄管邑而增歎○	11.3/58/25	懷伊呂而黜逐○	11.3/59/16
		過漢祖之所隘○	11.3/58/26	唐虞眇其既遠○	11.3/59/17
雄荊雞兮○鶩鵜	11.4/59/28	降虎牢之曲陰○	11.3/58/26	周道鞠為茂草○	11.3/59/17
		勤諸侯之遠戍○	11.3/58/26	觀風化之得失○	11.3/59/18
夕 xī	5	稔濤塗之復惡○	11.3/58/27	無亮采以匡世○	11.3/59/18
		登長阪以凌高○	11.3/58/27	甘衡門以寧神○	11.3/59/18
朝○講誨	3.7/21/12	建撫體而立洪高○	11.3/58/28	爰結蹤而迴軌○	11.3/59/19
朝○定省	4.2/23/25	迴岾峻以降阻○	11.3/58/28	艱以阻○	11.3/59/19
朝不守○	7.2/36/20	崗岑紆以連屬○	11.3/59/1	窘陰雨○	11.3/59/20
朝○游談	13.8/73/28	迫嵯峨以乖邪○	11.3/59/1	尋前緒○	11.3/59/20
秋○朝月于西門之外	15.1/82/24	攢栿樸而雜榛楛○	11.3/59/1	厥事舉○	11.3/59/20
		菫荄薁與臺菌○	11.3/59/2	義有取○	11.3/59/21
兮 xī	146	行遊目以南望○	11.3/59/2	豈云苟○	11.3/59/21
		顧大河于北垠○	11.3/59/3	無儔與○	11.3/59/21
悲母氏之不永○	4.6/27/6	追劉定之攸儀○	11.3/59/3	我心胥○	11.3/59/21
惟子道之無窮○	4.6/27/6	悼太康之失位○	11.3/59/3	雄荊雞○鶩鶩鵜	11.4/59/28
遂大漸○速流	4.6/27/10	尋脩軌以增舉○	11.3/59/4	鶡鳩鶪○鶐鶏雌	11.4/59/29
疾大漸以危亟○	4.7/28/4	山風泊以飆涌○	11.3/59/4	冠戴勝○啄木兒	11.4/59/29
逼王職于憲典○	4.7/28/5	雲鬱術而四塞○	11.3/59/5	觀短人○形若斯	11.4/59/29
目不臨此氣絕○	4.7/28/5	僕夫疲而劬瘁○	11.3/59/5	熱地蝗○蘆即且	11.4/59/29
陳衣衾而不省○	4.7/28/5	格莽丘而稅駕○	11.3/59/5	繭中蛹○靈蠵須	11.4/59/30
昔予考之即世○	4.7/28/6	哀衰周之多故○	11.3/59/6	視短人○形若斯	11.4/59/30
依存意以奉亡○	4.7/28/6	忿子帶之淫逸○	11.3/59/6	木門閫○梁上柱	11.4/59/30
考妣痛莫慘○離乖	4.7/28/7	悲寵嬖之為梗○	11.3/59/7	敵鬐頭○斷柯斧	11.4/59/30
神柩集而移○	4.7/28/7	操方舟而泝湍流○	11.3/59/7	鞞鞈鼓○補履樸	11.4/59/30
孤情怛○增哀	4.7/28/7	想宓妃之靈光○	11.3/59/8	脫椎柄○搗衣杵	11.4/59/31
攝又以長○	4.7/28/7	實熊耳之泉液○	11.3/59/8	視短人○形如許	11.4/59/31
黃壚密而無間○	4.7/28/8	通渠源于京城○	11.3/59/8	練乎心○浸太清	11.8/62/22
昪柩在茲○	4.7/28/8	操吳榜其萬艘○	11.3/59/9	滌穢濁○存正靈	11.8/62/23
悼孤衷之不遂○	4.7/28/8	濟西豁而容與○	11.3/59/9	和液暢○神氣寧	11.8/62/23
幽情淪于后坤○	4.7/28/9	愍簡公之失師○	11.3/59/9	情志泊○心亭亭	11.8/62/23
惜繁華之方曄○	6.4/34/13	玄雲黯以凝結○	11.3/59/10	嗜欲息○無由生	11.8/62/23
嗟童孺之夭逝○	6.4/34/14	路阻敗而無軌○	11.3/59/10	踔宇宙而遺俗○	11.8/62/23
從皇祖乎靈兆○	6.4/34/14	率陵阿以登降○	11.3/59/11	惟君之質體清良○	12.1/63/2
哀慘戚以流涕○	6.4/34/15	壯田橫之奉首○	11.3/59/11	忠孝彰○	12.1/63/2
顧永嬰于不朽○	6.4/34/15	佇淹留以候霽○	11.3/59/11	諫國亡○	12.1/63/2
情○長慕	6.6/35/24	并日夜而遙思○	11.3/59/12	欲喻匡○	12.1/63/3
涕○無晞	6.6/35/24	候風雲之體勢○	11.3/59/12	曆運蒼○	12.1/63/3
余有行于京洛○	11.3/58/22	彌信宿而後闋○	11.3/59/13	受命皇○	12.1/63/3
塗屯邅其蹇連○	11.3/58/22	見陽光之顯顯○	11.3/59/13	憂褒感○	12.1/63/3
乘馬蟠而不進○	11.3/58/22	命僕夫其就駕○	11.3/59/13	名字芳○	12.1/63/3
聊弘慮以存古○	11.3/58/23	皇家赫而天居○	11.3/59/14	夫何大川之浩浩○	14.1/74/22

○孝宣會諸儒于石渠	13.1/70/16	栖遲偓○	12.18/66/30	稀 xī	3
○堯命羲和曆象日月星		所因寖○	13.1/70/5		
辰	13.2/71/30	鐘鳴則○也	15.1/93/4	而車駕○出	13.1/69/8
○肅慎納貢	13.4/72/30			咎其○矣	13.3/72/19
○此徙者	13.5/73/14	奚 xī	1	夫遠怨○咎之機	13.3/72/20
感○鄭季	14.5/75/27				
		○仲供德于衡軸	11.8/62/19	熙 xī	17
肸 xī	1				
		悉 xī	9	庶績既○	1.1/1/7
憎佛○之不臣	11.3/58/24			莫不○怡悅懌	1.1/2/23
		○引衆災	1.1/2/14	○帝之政	1.6/5/3
唏 xī	1	○心在公	1.4/3/23	時令太山萬○稽古老之	
		○心臣事	1.8/6/23	言	1.10/8/5
嘘○不能吞咽	8.2/45/5	○心畢力	3.5/19/12	○帝庭	1.10/8/18
		龜筮○從	4.5/26/14	於○文考	2.2/10/8
息 xī	33	化導周○	4.6/26/27	緝○光明	3.4/18/8,9.7/49/30
		○心政事	6.1/32/23	以○庶績	3.5/18/28
周公累○	1.1/1/20	頃來未○輯睦	9.3/48/13	帝載用○	3.5/19/15
檢于靜○	1.1/2/12	雖未備○	11.2/57/29	越用○雍	4.1/23/2
請且○州營橫發之役	1.5/4/4			品物以○	5.2/30/2
而經用省○	1.5/4/5	晰 xī	1	農民以○怡悅豫	6.1/33/1
與時消○	4.1/23/4			臣聞唐虞以師師咸○	8.3/45/20
鞫推○于官曹	4.2/23/14	涕兮無○	6.6/35/24	亦有緝○	11.8/61/16
爰以休○	4.2/23/19			躋之乎雍○	11.8/61/26
觀者嘆○	5.5/32/4	惜 xī	6	夫豈后德○隆漸浸之所	
猶匪寧○	6.6/35/18			通也	12.12/65/21
然後僅得寧○	7.3/37/20	朝廷○焉	3.1/15/24		
兵戎不○	7.4/39/17	天子悼○	4.1/22/26	僖 xī	1
○不急之作	7.4/41/2	○闉誨之未央	4.6/27/6		
宜且○心	7.4/42/18	○昭明之景輝	4.6/27/13	小心畏忌曰○	15.1/97/1
改政○譴	7.5/43/20	○繁華之方曄兮	6.4/34/13		
群臣累○	8.1/44/8	○哉朝廷	12.18/67/1	嬉 xī	2
喘○（纔）〔裁〕屬	8.2/45/4				
寐○屏營	9.2/47/27	欷 xī	2	蛟龍集以○遊	14.1/74/25
征營累○	9.3/48/5			因○戲以肆業	14.14/77/27
屏氣累○	9.8/50/12	顧新廟以累○	4.6/27/13		
慚惶累○	9.9/50/27	投涕歔○	6.6/35/10	嘻 xī	1
喘呼○吸	9.9/51/9				
累○屏氣	9.10/51/15	犀 xī	2	《噫○》、一章八句	15.1/87/24
頓首敢固以請○	9.10/51/20				
喘○相隨	11.2/57/22	角○豐盈	6.4/34/7,6.5/34/23	膝 xī	2
不得頃○	11.2/57/25				
○肇都而後逝	11.3/59/9	翕 xī	1	造○危辭	3.2/16/18
消○盈沖	11.8/62/11			俯誨○下	4.6/26/27
休○乎仁義之淵藪	11.8/62/13	隆貴○習	11.8/61/19		
嗜欲○兮無由生	11.8/62/23				
徭役永○	12.9/65/2				

熹 xī	15
漢皇二十一世延○六年	
夏四月乙巳	1.8/7/4
維漢二十一世延○六年	1.9/7/12
延○八年秋八月	1.10/8/10
至延○二年	2.5/12/10
○平二年四月辛巳卒	2.6/13/4
延○八年五月丙戌薨	3.1/15/24
○平四年薨	5.2/29/20
至延○	5.3/30/13
維延○四年	6.6/35/9
○平六年秋	7.3/37/8
謚法有功安居曰○	8.1/44/28
大行皇太后宜謚爲和○	
皇后	8.1/44/28
僕射允、故司隸校尉河	
南尹某、尚書張○	9.2/47/25
延○二年秋	11.3/58/17
○平五年	12.1/62/30

錫 xī	18
○命作牧	1.8/7/1
○詔孔傷	1.9/7/21
○以嘉謚曰	2.3/10/26
聖上詢諮師○	2.5/12/6
○封茅土	2.8/14/11
寵○有加	3.1/15/24
兼包令○	3.3/17/18
申備九○	3.5/19/14
○鼓吹大車	3.7/21/5
○茲土疆	5.3/30/19
用敷○厥庶民	7.4/40/5
○汝保極	7.4/40/5
惠○周至	9.3/48/10
或談崇朝而○瑞珪	11.8/61/18
○以車服	12.3/63/23
王○三命	12.5/64/7
師○帝世	12.8/64/22
故因○國	14.5/75/28

谿 xī	2
○壑夐其杳冥	11.3/59/1
濟西○而容與兮	11.3/59/9

禧 xī	1
伏見廷尉郭○	7.4/42/9

羲 xī	3
乃命○和欽若昊天	10.1/53/25
有○皇之洪寧	11.8/61/15
昔堯命○和曆象日月星	
辰	13.2/71/30

犧 xī	10
皇帝遣使者奉○牲以致	
祀	1.10/8/10
怪此寶鼎未受○牛大羹	
之和	8.4/46/16
不用○牲	10.2/55/13
今日『祈不用○牲』	10.2/55/13
安得不用○牲	10.2/55/14
用○牲者	10.2/55/15
上古天子庖○氏、神農	
氏稱皇	15.1/79/14
言慮○氏始以木德王天	
下也	15.1/89/17
故慮○氏殁	15.1/89/18
慮○爲太昊氏	15.1/89/24

闐 xī	1
前驅有九斿雲罕○戟皮	
軒鑾旗	15.1/94/3

攜 xī	2
疾淺薄而襄○貳者有之	
	13.3/72/12
怠政外交曰○	15.1/97/4

饎 xī	1
饋○進	1.10/8/17

席 xī	7
清風○卷	1.1/1/26
正○傳道	3.4/18/16

意者陛下（闥）〔樞〕	
機之內、衽○之上	7.4/39/16
雲消○卷	8.4/46/5
遂設三老五叟之○位	10.1/52/26
作○几楹杖之銘	13.4/73/2
先（帝）〔○〕于門奧	
西東	15.1/85/11

習 xí	12
○容閣里	2.8/14/15
六驥○訓	4.2/23/23
罔不○熟	4.7/27/19
○與性成	5.4/30/26
○○冠蓋	5.5/32/8
明○易學	6.3/33/23
○兵善戰	7.3/37/25
皆○于東序	10.1/52/27
常俗生于積○	11.3/59/17
隆貴翁○	11.8/61/19
君子以朋友講○而正人	13.3/72/9

襲 xí	9
今子篡○前業	1.7/5/13
爵位相○	1.8/6/21
投足而○其軌	2.2/9/16
或以繼絕○位	3.6/20/1
○先公之爵	4.7/27/20
故太尉劉寵聞人○寵	7.4/42/10
○悃愊剛直	7.4/42/10
聖帝明君世有紹○	10.1/53/22
○軌而騖	11.8/62/6

洗 xǐ	1
收拾○濯	9.2/47/18

枲 xǐ	1
俯蘥絲○	6.6/35/11

徙 xǐ	14
○拜光祿大夫	1.1/2/18
昭侯○于州來	3.6/19/21
不遠遷○	4.5/26/11

蒙恩○還	9.9/50/21	印曰「○」	15.1/79/11	**隙** xì　　1
○朔方	10.2/54/18	○者、印也	15.1/80/23	
朔方髡鉗○臣邕	11.2/57/17	天子○以玉螭虎紐	15.1/80/23	離妻不能覩其○間　11.6/60/15
○充邊方	11.2/57/22	固封○	15.1/80/24	
遂以轉○	11.2/57/24	○書追而與之	15.1/80/24	**綌** xì　　1
既到○所	11.2/57/25	此諸侯大夫印稱○者也		
昔此○者	13.5/73/14		15.1/80/25	無絺無○　12.29/68/24
遂至○所	13.6/73/19	然則秦以來天子獨以印		
意○倚而左傾	14.3/75/13	稱○	15.1/80/26	**戲** xì　　7
○倚庭階	14.5/76/3	遠近皆○封	15.1/81/14	
○之三月	15.1/84/1	皇后赤綬玉○	15.1/83/18	於○　3.1/16/3
				誘○朝廷　7.3/37/27
喜 xǐ　　16		**系** xì　　2		不敢○豫　7.4/42/19
				天戒誠不可○也　7.4/42/19
闓民慕尹○之風	1.10/8/11	《左傳》脩其世○	10.2/54/30	閒不遊○　8.4/46/8
遷聞○長	2.2/9/23	○葉十一	12.11/65/16	夫人君無弄○之言　9.10/51/19
宰聞○半歲	2.3/10/18			因嬉○以肆業　14.14/77/27
烈祖楊○佐命征伐	3.1/15/15	**夊** xì　　3		
故吏濟陰池○感公之義	4.1/22/28			**繫** xì　　7
○中興	4.3/25/8	遂營窀○之事	4.5/26/14	
○慍不形于外	5.4/31/2	窀○于茲地	4.6/27/4	○燉煌正處以聞　1.1/1/28
如何勿○	6.1/33/4	冥冥窀○	6.6/35/25	不○丘壟　4.5/26/12
○不驕盈	6.4/34/13			君以手自（○）〔擊〕　5.4/31/7
○不亂莊	6.6/35/17	**係** xì　　2		無所管○　7.2/36/23
○戚異方	7.4/42/17			○軸頭　15.1/94/1
同歡同○逸豫	9.7/49/31	徽墨縈而靡○	4.3/24/22	編羽毛引○橦旁　15.1/94/3
怔營○懼	9.9/50/20	孫以○祖	15.1/90/14	○白玉珠于其端　15.1/94/17
○索罰舉	11.4/59/27			
故非善不○	13.3/72/22	**細** xì　　4		**狎** xiá　　2
故城門校尉梁伯○、南				
郡太守馬季長	13.5/73/14	巨○洪纖	2.5/11/28	職不○練　9.2/47/23
		其于鄉黨○行	2.8/14/17	儵風○躓　14.5/76/3
屣 xǐ　　1		○不容髮	11.7/60/22	
		帛必薄○	12.23/67/23	**俠** xiá　　1
逡巡放○	11.8/62/1			
		釳 xì　　2		義二士之○墳　11.3/59/11
憙 xǐ　　3				
		金鑲方○	15.1/93/19	**狹** xiá　　1
伏見幽州刺史楊○、益		方○者	15.1/93/24	
州刺史龐芝、涼州刺				非臣小族陋宗器量褊○
史劉虔	13.1/70/1	**舄** xì　　1		所能堪勝　9.9/50/29
○等所糾	13.1/70/2			
和○鄧皇后攝政	15.1/90/7	受輅車、乘馬、玄袞、		**袷** xiá　　3
		赤○之賜	3.7/21/24	
璽 xǐ　　10				又將○于南庭　12.11/65/17
				猶古之禘○也　15.1/90/27
參以○書	11.2/58/11			漢家不言禘○　15.1/91/25

遐 xiá		16	愛不瀆○	2.3/10/19	臣願陛○強納忠言	7.4/43/1
			周柱○史	2.8/14/9	○有失身之禍	7.4/43/4
將蹈洪崖之○迹	2.1/9/2	敷聞于○	3.1/16/2	頓首再拜上書皇帝陛○	7.5/43/9
憑先民之○迹	2.2/9/16	與公卿尙書三臺以○	3.2/16/10	爲陛○圖康寧之計而已	7.5/43/18
○方後生	2.2/9/19	公卿尙書三臺以○	3.2/16/11	陛○不念忠言密對	7.5/43/18
○邇歎悼	2.5/12/13	惟我○流	3.3/17/19	誰敢復爲陛○盡忠者乎	7.5/43/20
光○邇	3.1/16/4	惟天陰騭○民	3.5/19/2	然恐陛○不復聞至言矣	7.5/43/23
享黃耇之○紀	4.2/24/1	天○土崩	3.7/20/18	質爲○邪相	7.5/43/24
踵○武	4.3/25/9	○民有康哉之歌	3.7/21/1	陛○仁篤之心	7.5/43/26
稽先人之○迹	4.5/26/13	○陳輔世忠義之方	3.7/21/16	唯陛○加餐	7.5/43/28
精魂〔飄〕以○翔	4.6/27/11	○慈弱弟	4.1/22/11	不以天○爲樂	8.1/44/20
禪梁父、皇代之○迹	5.1/28/23	其○望之如日月	4.1/22/16	大赦天○	8.1/44/24
于是○搢紳	5.4/31/11	理水土于○台	4.1/22/23	高○優劣	8.1/44/27
不享○年	6.5/35/3	其接○答賓	4.2/23/26	○協先帝之稱	8.1/44/29
○方斷簁	8.1/44/12	通水泉于潤○	4.3/25/1	臣門○掾申屠臡稱	8.2/45/3
○邇大小一心	9.7/49/31	○有堂宇斥斥之祚	4.5/26/5	伏惟陛○體因心之德	8.2/45/10
跋涉○路	11.3/59/19	俯誨膝○	4.6/26/27	惟陛○留神省察	8.3/45/29
樹○方之嘉木兮	14.16/78/8	考以令舍○涅	5.1/28/16	威移群○	9.1/47/3
		宣聞于○	5.2/29/18	○救兆民塗炭之禍	9.1/47/8
瑕 xiá		1	克定天○	5.3/30/12	○乖群生瞻仰之望	9.1/47/11
			於藐○國	5.5/32/7	陛○當益隆委任	9.1/47/11
或有褻罪褻○	13.1/70/3	川有墊○	6.1/32/17	陛○應期中興	9.2/47/17
		爲天○精兵	7.2/36/17	陛○天地之大德	9.2/47/18
撃 xiá		1	以陛○威靈	7.2/36/25	陛○統繼大業	9.2/47/24
			願陛○少蠲禁忌	7.2/37/2	盡心日○	9.3/48/4
施○其外	15.1/93/27	惟陛○留神	7.2/37/4	陛○不復參論	9.3/48/4
		使匈奴中郎將南單于以		誠念及○	9.3/48/10
轄 xiá		1	○	7.3/37/11	○榮昆裔	9.3/48/13
			意者陛○（關）〔樞〕		自此以○	9.6/49/14
皇車犇而失○	12.28/68/18	機之內、衽席之上	7.4/39/16	權移臣○	9.6/49/14
		○或謀上	7.4/39/23	臣○懦弱	9.6/49/15
黠 xiá		1	則有○謀上之病	7.4/39/24	孝明以○	9.6/49/22
			乃○獄死	7.4/39/26	伏惟陛○應天淑靈	9.7/49/29
屠斬桀○	8.3/45/25	群○竝湊彊盛也	7.4/40/4	陛○享茲吉福	9.7/50/2
		簡宗廟則水不潤○	7.4/40/22	陛○天地之德	9.8/50/11
下 xià		203	明君正上○	7.4/40/22		11.2/57/21
			言天○何私家之有	7.4/41/3	○印綬符策	9.9/50/17
上○謐寧	1.1/1/7	上○咸悖	7.4/41/7	升輿○輅	9.9/50/23
懲戒群○	1.1/2/17	黜之以尊上整○	7.4/41/8	猥與公卿以○	9.9/50/25
撫○之忠也	1.7/5/18	用彰于○	7.4/41/11	上行○不敢逆	9.9/50/30
撫○忠矣	1.7/5/23	臣邑伏惟陛○聖德允明	7.4/41/15	元功翼德（者）與共天	
惟「敏而好學、不恥○		復使陛○不聞至戒哉	7.4/41/17	○〔者〕爵土	9.9/51/3
問」	1.7/6/1	欲使陛○豁然大寤	7.4/41/21	其○化之	9.10/51/16
能○問矣	1.7/6/3	幸陛○深問	7.4/41/21	聖人南面而聽天○	10.1/51/29
洪雪○	1.10/8/3	爲陛○先	7.4/42/8	周公踐天子位以治天○	
許令以○至于國人	2.2/10/1	〔命臣○〕超取選舉	7.4/42/21		10.1/52/12
不遷怒以臨○	2.3/10/17	○開託屬之門	7.4/42/22	頒度量而天○大服	10.1/52/12

成王以周公爲有勳勞于		天〇之所歸往	15.1/79/22	15.1/85/26
天〇	10.1/52/13	以天〇爲家	15.1/79/26	言能酌先祖之道以養天
〇管象舞	10.1/52/14	陛〇者、陛階也	15.1/80/5	〇之所歌也　　15.1/88/9
所以廣魯于天〇也	10.1/52/14	謂之陛〇者	15.1/80/5	助理天〇　　　15.1/88/14
故〇十二宮	10.1/53/4	故呼在陛〇者而告之	15.1/80/6	秦兼天〇　　　15.1/88/18
上圜〇方	10.1/53/6	及群臣士庶相與言曰殿		所以風化天〇也　15.1/89/5
示天〇不藏也	10.1/53/16	〇、閣〇、〔足〇〕		王者必作四夷之樂以定
其餘虎豕以〇非食也	10.2/56/20	、〔侍者〕、執事之		天〇之歡心　15.1/89/14
御妾、位最〇也	10.2/57/2	屬皆此類也	15.1/80/7	言慮犧氏始以木德王天
稽首再拜上書皇帝陛〇		天子以天〇爲家	15.1/80/13	〇也　　　　15.1/89/17
	11.2/57/17	則當乘車輿以行天〇	15.1/80/14	高帝以〇　　　15.1/90/24
臣邑被受陛〇寵異大恩		巡狩天〇	15.1/80/16	其餘惠景以〇皆毀　15.1/90/27
	11.2/57/17	兩編〇坿篆書	15.1/81/8	乃合高祖以〇至平帝爲
趨走陛〇	11.2/57/19	刺史太守相劾奏申〇		一廟　　　　15.1/90/28
常以爲《漢書》十志〇		（上）〔土〕遷書文		遂常奉祀光武舉天〇以
盡王莽	11.2/57/27	亦如之	15.1/81/12	再受命復漢祚　15.1/91/1
願〇東觀	11.2/58/11	凡制書有印使符〇	15.1/81/14	陛西除〇先帝神座　15.1/91/9
惟陛〇省察	11.2/58/12	司徒印封露布〇州郡	15.1/81/15	後大夫計吏皆當軒〇　15.1/91/9
〇糒粃而無粒	11.3/59/16	〇有制曰	15.1/81/18	光武復天〇　　15.1/91/13
〇有長相憶	11.5/60/6	若〇某官云云亦曰昭書		高祖得天〇　　15.1/91/27
凝垂〇端	11.6/60/13		15.1/81/18	位在三公〇　　15.1/92/17
高〇屬連	11.7/60/24	如書本官〇所當至	15.1/81/19	位次九卿〇　　15.1/92/18
上〇瓦解	11.8/61/17	〇言稽首以聞	15.1/81/28	其次〇士　　　15.1/92/18
〇獲熏胥之辜	11.8/62/5	〇言臣某誠惶誠恐	15.1/82/3	公卿以〇陳洛陽都亭前
天〇大旱	12.1/62/30	左方〇坿曰某官臣某甲		街上　　　　15.1/92/22
浸潤〇民	12.8/64/21	上	15.1/82/3	公卿〇拜　　　15.1/92/22
衡門之〇	12.18/66/30	大夫以〇有同姓官別者		天子〇車　　　15.1/92/22
上〇同雲	12.29/68/24	言姓	15.1/82/5	在車則〇　　　15.1/92/23
法爲〇叛	13.1/69/10	公卿使謁者將大夫以〇		舊儀三公以〇月朝　15.1/92/26
〇逆人事	13.1/69/12	至吏民尙書左丞奏聞		直事尙書一人從令以〇
陛〇親政以來	13.1/69/26	報可	15.1/82/5	皆先行　　　15.1/93/12
遂使群〇結口	13.1/69/30	〇言臣愚戇議異	15.1/82/7	千石、六百石以〇至小
與〇同疾	13.1/70/3	諸營校尉將大夫以〇亦		吏冠一梁　　15.1/94/23
陛〇即位之初	13.1/70/12	爲朝臣	15.1/82/11	衣玄上纁〇　　15.1/94/26
〇則連偶俗語	13.1/70/13	地〇之眾者莫過于水	15.1/82/16	其武官太尉以〇及侍中
課在〇（弟）〔第〕	13.2/71/8	大夫以〇廟之別名	15.1/84/6	常侍皆冠惠文冠　15.1/94/27
亦猶古術之不能〇通于		〇士、一廟曰考廟	15.1/84/8	千石、六百石以〇一梁
今也	13.2/71/12	府史以〇未有爵命	15.1/84/9		15.1/95/17
〇不及命曆序獲麟漢相		柴其〇使不通地	15.1/84/23	
去四部年數	13.2/71/20	大夫以〇成群立社曰置		**夏 xià**　　　　　　76
〇接江湖	14.1/74/27	社	15.1/84/25	
願乘流以上〇	14.1/74/28	大夫以〇自立三祀之別		敷教中〇　　　1.1/1/6
結軌〇車	14.2/75/7	名	15.1/85/6	光和七年〇五月甲寅　1.1/1/11
上剛〇柔	14.8/76/22	設主于楄〇也	15.1/85/13	故〇后氏正以人統　1.7/5/15
飛鳥〇翔	14.12/77/17	屬山氏之子柱及后稷能		漢皇二十一世延熹六年
臣民稱之曰「陛〇」	15.1/79/9	殖百穀以利天〇	15.1/85/21	〇四月乙巳　　1.8/7/4
王有天〇	15.1/79/20	天〇賴其功	15.1/85/24	周流華〇　　　2.1/8/28

名振華○	2.5/12/18	戒以蠻夷猾○、寇賊姦		傳承○人曰王氏墓	1.10/8/1
華○同稱	2.6/13/2	宄	13.2/72/1	爾勿復取吾○人墓前樹	
以永壽二年○五月乙未		子○之門人問交于子張		也	1.10/8/5
卒	2.8/14/19		13.3/72/20	故知至德之宅兆、眞人	
京○清肅	3.1/15/23	春○用事	14.15/78/3	之○祖也	1.10/8/7
華○以清	3.3/17/23	當春○而滋榮	14.16/78/9	○生諱泰	2.1/8/25
思高游○	3.4/18/5	要明年之中○	14.17/78/16	其○出自有周	2.1/8/25
永興六年○卒	3.6/20/5	○、殷、周稱王	15.1/79/14	○生誕膺天衷	2.1/8/26
澤被華○	4.2/24/7	天王、諸○之所稱	15.1/79/22	乃相與推○生之德	2.1/9/4
曾祖父江○太守	5.2/29/9	○以十三月爲正	15.1/83/3	僉以爲○民既殂	2.1/9/4
故護烏桓校尉○育出征		○曰歲	15.1/83/11	於休○生	2.1/9/6
鮮卑	7.2/36/18	九嬪、○后氏增以三三		其○出自有虞氏	2.2/9/14
議郎蔡邕以爲書戒猾○	7.3/37/12	而九	15.1/83/22	憑○民之遐迹	2.2/9/16
諸○之內	7.3/38/2	○制也	15.1/83/22	○生有四德者	2.2/9/18
辭稱伯○教我上殿	7.4/39/22	○薦麥魚	15.1/84/14	未若○生潛導之速也	2.2/9/20
而稱伯○教入殿裏	7.4/40/1	竈○爲太陽	15.1/85/11	告諡曰文範○生	2.2/10/1
伯○即故大將軍梁商	7.4/40/1	季○之月土氣始盛	15.1/85/12	○生存獲重稱	2.2/10/2
猾○作寇	8.1/44/9	○扈氏農正、趣民芸除	15.1/86/4	昔者○生甚樂茲土	2.2/10/7
○后塗山	8.1/44/24	○曰嘉平	15.1/86/17	○生諱寔	2.3/10/15
戎狄猾（華）〔○〕	8.3/45/26	春○祈穀于上帝之所歌		○生曰	2.3/10/22
時中正大臣○侯勝猶執		也	15.1/87/25	諡曰文範○生	2.3/10/28
議欲出世宗	9.6/49/10	○曰校	15.1/88/27	於皇○生	2.3/11/7, 2.4/11/19
莫能執○侯之直	9.6/49/15	○曰《大○》	15.1/89/4	○生有二子	2.4/11/17
○后氏曰世室	10.1/51/27	○曰均臺	15.1/89/11	追蹤○緒	2.5/12/16
又春○學干戈	10.1/52/27	故○禹氏以金德繼之	15.1/89/21	○生諱肱	2.6/12/22
仲○之月	10.1/52/29	○禹爲○后氏	15.1/89/25	其○出自帝胤	2.6/12/22
《戴禮・○小正傳》		祖母○妃曰孝元后	15.1/92/8	○生既蹈○世之純德	2.6/12/24
（曰）	10.1/53/29	〔○至陰氣始〕起	15.1/93/1	獨見○睹之效	2.6/12/28
則○之月令也	10.1/53/30	○至陰氣起	15.1/93/3	○生盤桓育德	2.6/13/3
小暑、季○節也	10.2/55/9	○曰收	15.1/94/10	邈矣○生	2.6/13/6, 12.5/64/7
四時通等而○無難文	10.2/56/5	○純黑而赤	15.1/94/11	○生諱丹	2.7/13/13
至○節太陽行太陽	10.2/56/7	南冠、以如○姬	15.1/95/21	貞節○生	2.7/14/2
孟春行○令	10.2/56/9			玄文○生名休	2.8/14/9
謂孟○也	10.2/56/10	**暇 xià**	**1**	以○神意	2.8/14/13
中○也	10.2/56/10			吁茲○生	2.8/14/22
季○也	10.2/56/10	謀不○給	6.1/32/21	〔永〕有諷誦于○生之	
孟○反令『行多令	10.2/56/11			德	2.9/15/6
○食菽雞	10.2/56/17	**先 xiān**	**128**	其○蓋周武王之穆	3.1/15/14
牛屬季○	10.2/56/21			帝篤○業	3.3/17/13
○火王	10.2/56/21	橋氏之○	1.1/1/16	○志載言	3.5/18/24
故酉雞可以爲○食也	10.2/56/21	主者以舊典宜○請	1.1/2/2	○帝遺體	3.6/20/1
季○土王	10.2/56/22	若○請	1.1/2/2	清風○驅	3.7/20/16
故以牛爲季○食也	10.2/56/23	竟以不○請免官	1.1/2/7	葬于○塋	3.7/21/23
天子以四立及季○之節		未到而章謗○入	1.1/2/13	其○自嬀姓建國南土曰	
迎五帝于郊	13.1/69/15	曰在○民	1.2/3/5	胡子	4.2/23/9
黃帝、顓頊、○、殷、		考日○生	1.8/6/22	兼貿○覺	4.3/24/15
周、魯凡六家	13.2/71/5	以知其○之德	1.8/7/8	其○出自伯翳	4.5/25/23

思齊○姑	4.5/26/1
稽○人之遐迹	4.5/26/13
于是公乃爲辭昭告○考	4.5/26/13
追稽○典	4.5/26/20
昔○聖之遺辭	4.6/27/7
襲○公之爵	4.7/27/20
踐繼○祖	4.7/28/3
○民有言	5.1/28/24
○祖銀艾封侯	5.1/28/25
其○與楚同姓	5.4/30/24
○民既邁	5.4/31/13
其○張仲者	6.2/33/9
○考積善之餘慶	6.2/33/15
相與追慕○君	6.4/34/10
思齊○始	6.5/35/2
此○帝不誤已然之事	7.2/36/29
上則○帝	7.2/37/3
此○帝所以發德音也	7.3/38/18
守○帝之規	7.3/38/21
指陳政要所○後	7.4/41/14
爲陛下○	7.4/42/8
三事者但道○帝策護三	
公	7.4/42/11
群公尙○意承旨以悅	7.4/42/21
同符○聖	8.1/44/24
下協○帝之稱	8.1/44/29
○帝嘉之	8.3/45/24
○擒馬元	8.4/46/4
○通三業	8.4/46/9
使讓生于○代	8.4/46/12
○寇受害	9.1/47/4
○陳便宜	9.1/47/6
○輩舊齒	9.2/47/25
後上○遷	9.3/48/6
上耀祖○	9.3/48/12
違○帝舊章	9.6/49/17
以遵○典	9.6/49/23
仰愧○臣	9.8/50/13
祭○師○聖焉	10.1/52/25
釋奠于○老	10.1/52/26
祀○賢于西學	10.1/53/2
○治律曆	11.2/57/31
（軝）〔謹〕○顚踣	11.2/58/7
瞳矇不稽謀于○生	11.8/62/2
追念○侯	12.1/63/3
明而○覺	12.4/63/28
爰曁○生	12.5/64/3

干有○功	12.12/65/29
實○祀典	13.1/69/7
復申○典	13.1/69/19
是故○帝雖有聖明之資	
	13.1/69/24
○涉經術	13.1/70/12
○帝舊典未嘗有此	13.1/70/21
朕聞古○聖王○天而天	
不違	13.2/71/26
○立春一日	13.2/71/27
○進博學	14.18/78/20
○帝故事	15.1/81/1
○（帝）〔席〕于門奧	
西東	15.1/85/11
○農神、○農者蓋神農	
之神	15.1/86/1
常以○臘之夜逐除之也	
	15.1/86/14
○嗇、司嗇、農、郵表	
畷、貓虎、坊、水庸	
、昆蟲	15.1/86/25
祝○王公之所歌也	15.1/87/21
言能酌○祖之道以養天	
下之所歌也	15.1/88/9
○薦寢廟	15.1/90/21
毀○帝親盡之廟	15.1/90/26
凡與○帝后有瓜葛者	15.1/91/8
陛西除下○帝神座	15.1/91/9
欲皆使○帝魂神具聞之	
	15.1/91/10
追尊父蠡吾○侯曰孝崇	
皇	15.1/92/6
○帝時	15.1/93/8
直事尙書一人從令以下	
皆○行	15.1/93/12

僊 xiān　　2

聞其○舊矣	1.10/7/26
託靈神○	12.8/64/23

鮮 xiān　　20

○卑入塞鈔	1.5/3/28
○卑收迹	1.5/4/7
○我顯泰	2.2/10/10
以爲遠近○能及之	2.3/11/5

○克知臧	3.5/18/27
故護烏桓校尉夏育出征	
○卑	7.2/36/18
○卑仍犯諸郡	7.3/37/8
破○卑中郎將	7.3/37/11
而未聞○卑之事	7.3/37/16
東幷朝○	7.3/37/18
○卑種衆新盛	7.3/37/23
○卑種衆	7.3/37/26
其時○卑連犯雲中五原	11.2/58/5
明潔○于白珪	12.3/63/19
玉潤外○	12.19/67/5
○卑犯塞	13.1/69/12
人所○能	13.7/73/23
則思其心之○也	13.11/74/15
世之○希	14.5/75/27
○魚曰朓祭	15.1/87/11

纖 xiān　　6

巨細洪○	2.5/11/28
○入藝文	2.9/15/1
服不○縠	6.6/35/15
彤管記君王○微	8.1/44/6
剖○入冥	8.4/46/10
○波濃點	11.7/60/24

弦 xián　　1

須以○望晦朔	13.2/71/21

咸 xián　　27

○以爲氏	1.1/1/16
民○曰休哉	1.2/3/7
又禮緣臣子○欲尊其君	
父	1.7/6/10
○得曰公	1.7/6/10
號與天子諸侯○用優賢	
禮同	1.7/6/15
○怖驚	1.10/8/17
○曰	2.2/10/4
使夫少長○安懷之	2.3/10/16
俄而冠帶士○以群黨見	
嫉時政	2.7/13/24
冠蓋○屆	2.8/14/20
○以盛德	3.3/17/9

顯 xiǎn	56
丕〇伊德	1.1/1/8,3.3/17/24
以對揚天子丕〇休命	1.2/3/5
〇允其勳蹟	1.8/6/23
令問〇乎無窮	2.1/9/6
令問不〇	2.2/9/16
無〇諫以彰直	2.2/9/21
鮮我〇泰	2.2/10/10
〇〇群公	2.6/13/7
於〇貞節	2.7/14/3
雲物不〇	2.8/14/13
〇以儒譽	2.8/14/16
情旨昭〇	3.2/16/23
以慰〇魂	3.2/17/4
示我〇德	3.4/18/16
丕〇休命	3.5/19/8
身沒稱〇	3.6/20/10
允〇使臣	3.7/22/1
昭〇行迹	4.1/22/28
存榮亡〇	4.2/24/7
休命丕〇	4.4/25/17
近侍〇尊	4.5/26/3
乃俾元孫〇咎度群儒	4.5/26/9
字曰〇章	4.6/26/25
所謂神麗〇融	5.1/28/25
丕〇之化	5.2/29/17
銘勒〇于鐘鼎	5.2/29/21
鴻烈〇休	5.2/30/4
世爲〇姓	6.2/33/10
小人在〇位者	7.4/41/8
〇擢孝子	8.1/44/15
使未美昭〇本朝	8.2/45/15
忝污〇列	8.3/45/29
光榮昭〇	9.2/47/19
退〇于進	9.2/47/28
光寵休〇	9.3/48/12
廟稱〇宗	9.6/49/13
參美〇宗	9.7/49/30
復蒙〇封	9.9/50/27
〇教幼誨穉之學	10.1/51/31
則〇之太廟	10.1/52/5
即所以〇行國禮之處也	10.1/53/2
又起〇明苑于城西	11.3/58/17
帝猷〇丕	11.8/61/25
榮〇未副從而顯踏	11.8/62/5
是以功隆名〇	12.2/63/10

〇允厥德	12.4/63/30
於〇哲尹	12.9/65/1
增崇丕〇	12.12/65/26
〇此諸異	13.1/69/9
或以德〇	13.1/69/29
晁鼎有丕〇之銘	13.4/73/2
曰考廟、〔王考廟〕、	
皇考廟、〇考廟、祖	
考廟	15.1/84/3
孝明曰〇宗	15.1/91/3
明帝爲〇宗	15.1/91/16

獮 xiǎn	1
〇犹攘而吉甫宴	11.8/61/29

限 xiàn	6
或拘〇歲年	7.2/36/23
明其禁〇	7.4/41/26
不以常制爲〇、長幼爲	
拘	8.4/46/14
無有方〇	9.6/49/15
假〇食五百戶	9.9/50/17
各以其戶數租入爲〇	15.1/92/12

陷 xiàn	8
用〇于非辜	1.8/7/2
反〇破亡之禍	7.5/43/20
言事者欲〇臣父子	7.5/43/21
并內阬（〇）〔潰〕	7.5/43/25
大有〇堅破敵、斬將搴	
旗之功	9.9/51/5
〇恩澤之科	9.9/51/8
〇沒寡孯	11.2/57/21
〇夫人以大名	11.3/58/27

羨 xiàn	3
〇久榮	1.10/8/14
〇除點而永墳	4.7/28/7
才〇者荷榮祿而蒙賜	11.8/61/11

憲 xiàn	24
作〇萬邦	1.1/1/8

悝畏怖明〇	1.1/2/12
在〇臺則有盡規之忠	1.6/4/24
在〇彈枉	1.6/5/1
明司國〇	1.8/6/27
誕鋪模〇	2.2/10/9
于時靡〇	2.3/10/28
舊有〇章	2.4/11/21
允執國〇	3.5/18/25
于〇之中	3.5/18/30
或蹈〇理	3.6/20/1
旁貫〇法	4.1/22/12
涉觀〇法	4.3/24/15
逼王職于〇典兮	4.7/28/5
〇天心以教育	5.2/29/16
以爲謀〇	6.5/34/24
宗殞〇師	6.6/35/9
漢有衛霍閾顏瀚海寶〇	
燕然之事	7.3/37/13
蠲正〇法六千餘事	8.1/44/14
進察〇臺	9.9/50/22
拘迫國〇	9.9/50/30
〇法有誣枉之劾	9.10/51/19
〇章丕烈	12.10/65/11
示之〇方	12.13/66/3

縣 xiàn	22
蕃〇有帝舜廟	1.1/2/9
莫得好〇	1.1/2/25
府丞與比〇會葬	2.3/11/4
屈爲〇吏	2.7/13/16
郡〇請召	2.7/13/19
〇邑閭里	3.7/20/18
州〇殘破	3.7/20/18
其郡〇長吏有缺	3.7/21/8
乃疏上請歸本〇葬	3.7/21/22
夫人編〇舊族章氏之長	
女也	4.6/26/25
即位郡〇之陽	5.1/28/21
陽陵〇東	6.1/32/19
方今郡〇盜賊	7.3/38/5
雖成郡列〇	7.3/38/19
總連州〇	9.4/48/22
郡〇促遣	11.2/57/25
竟乃因〇道具以狀聞	11.2/58/4
匈奴攻郡鹽池〇	11.2/58/4
郡〇咸悄悄不知所守	11.2/58/6

他鄉各異○	11.5/60/4	臭味○與	2.8/14/19	參○發明	10.1/52/24
使者與郡○戶曹掾吏登		嗣子業綏冕○承	3.1/15/16	秦○呂不韋著書	10.1/54/7
山升祠	12.1/62/31	任城○	3.1/15/18	則枝葉必○從也	10.2/54/28
本○追捕	13.1/70/28	○與刊石樹碑	3.1/16/3	其字與「更」似	10.2/56/30
		三葉宰○	3.2/17/2	出○外藩	11.2/57/19
獻 xiàn	**13**	丞○翼宣	3.3/17/9	喘息○隨	11.2/57/22
		是以三葉○承	3.4/18/4	不意西夷○與合謀	11.2/58/5
○可去姦	3.1/16/1	仲舒之○江都	3.6/20/4	與人○距	11.4/59/27
字伯○	3.3/17/8,3.4/18/3	俾○（大藩）〔二蕃〕	3.6/20/10	展轉不○見	11.5/60/4
萬邦黎○	4.2/24/5	冠蓋○望	3.7/21/1	誰肯○爲言	11.5/60/4
無所○替	7.2/36/16	○與欽慕《崧高》《蒸		下有長○憶	11.5/60/6
來○其琛	8.1/44/22	民》之作	4.2/24/3	脩短○副	11.7/60/23
在泮○馘	10.1/53/8	士○勉于公朝	4.3/24/22	德弘者建宰○而裂土	11.8/61/11
俱○馘焉	10.1/53/8	七蹈○位	4.3/24/23	寒暑○推	11.8/61/24
是月○羔以太牢祀高禖		及登○位	4.3/25/4	理亂○承	11.8/61/24
	10.2/55/14	○與累次德行	4.3/25/7	弘羊擄○于運籌	11.8/62/21
左右○公	13.4/73/7	還衛國公○	5.2/29/12	于是鄉黨乃○與登山伐	
犬曰羹○	15.1/87/9	○與歎曰	5.2/29/20	石而勒銘曰	12.5/64/6
季冬薦魚、春○鮪之所		春秋時有子華爲秦○	5.3/30/11	太白與月○迫	13.1/69/11
歌也	15.1/88/2	爲右丞○	5.3/30/12	莫○舉察	13.1/70/3
聰明睿智曰○	15.1/96/26	僉以宰○繼踵	5.3/30/15	更○倣效	13.1/70/21
		亦斯社之所○也	5.3/30/16	下不及命曆序獲麟漢○	
香 xiāng	**4**	與丞○荅	5.4/31/9	去四部年數	13.2/71/20
		○與歎述君德	5.4/31/12	不○應當	13.2/71/20
甘○陳	1.10/8/18	乃○與哀絰	5.5/32/2	雞鳴○催	14.5/76/1
及蓮之瓠子唾壺	9.3/48/10	○與謳談壇畔	6.1/33/1	及群臣士庶○與言曰殿	
梁曰○其之屬也	15.1/87/6	張蒼爲丞○	6.2/33/10	下、閣下、〔足下〕	
梁曰○其	15.1/87/12	獲執戟出宰○邑	6.2/33/14	、〔侍者〕、執事之	
		○與追慕先君	6.4/34/10	屬皆此類也	15.1/80/7
相 xiāng	**96**	自公歷擄王官至宰○	6.5/34/25	刺史太守○劾奏申下	
		故濟北○夫人卒	6.6/35/9	（上）〔土〕遷書文	
○與逃公之行	1.1/1/12	對○部主	7.2/36/25	亦如之	15.1/81/12
祖侍中廣川○	1.1/1/17	任職○□	7.2/37/3	更○代至五也	15.1/82/26
車師後部阿羅多、卑君		乃封丞○爲富民侯	7.3/37/20	取與新物○宜而已	15.1/84/15
○與爭國	1.1/1/27	無以○贍	7.3/38/17	于是命方○氏黃金四目	15.1/86/9
還齊○	1.1/2/6,1.6/4/18	○往來	7.4/39/23	爲位○對向	15.1/86/22
時河間○蓋升	1.1/2/15	與綏和時○似而有異	7.4/39/27	三公者、天子之○	15.1/88/14
廣川○之孫	1.6/4/13	丞○史家雌雞化爲雄	7.4/40/11	○、助也	15.1/88/14
○三君矣	1.7/5/27	夫宰○大臣	7.4/42/10	禮、兄弟不○爲後	15.1/90/13
爵位○襲	1.8/6/21	是時宰○待以禮	7.4/42/12	言○連也	15.1/90/22
○國東萊王章字伯義	1.10/8/10	○引見論議	7.4/42/12	丞○匡衡、御史大夫貢	
○黔民	1.10/8/18	質爲下邳○	7.5/43/24	禹乃以經義處正	15.1/90/25
乃○與推先生之德	2.1/9/4	累葉○繼六十餘載	9.1/47/2	要後○通埽除	15.1/96/12
重于公○之位也	2.3/10/24	貴以○業之成	9.1/47/12		
乃○與建碑勒銘	2.5/12/14	臣以○國兵討逆賊故河		**湘 xiāng**	**4**
卿○牧守	2.8/14/11	內太守王臣等	9.8/50/8		
于時○逐	2.8/14/11	膳夫是○	10.1/52/20	沅○之閒	3.7/20/23

二妃薨于江○　　4.5/26/10
齊迹○靈　　4.5/26/20
與江○乎通靈　　14.1/74/24

鄉 xiāng　　27

是以賴○仰伯陽之蹤　　1.10/8/11
○人之祠　　2.2/10/5
于○黨則恂恂焉、斌斌
　焉　　2.3/10/16
其在○黨也　　2.7/13/18
其于○黨細行　　2.8/14/17
頻歷○校　　3.2/17/1
府寺亭○　　3.7/20/24
親行○射　　3.7/21/11
至于○里　　3.7/21/21
南陽太守樂○亭侯旻思
　等言　　3.7/21/21
封安樂○侯　　4.1/22/17,4.2/23/18
贈以太傅安樂○侯印綬　　4.1/22/26
太傅安樂○侯胡公薨　　4.3/24/12
生太傅安樂○侯廣及卷
　令康而卒　　4.5/25/25
古陽武之戶牖○也　　5.3/30/11
太傅安樂○侯之子也　　5.5/31/22
以爲○黨敘孔子威儀　　8.1/44/5
今封邑陳留雍丘高陽○
　侯　　9.9/50/17
○明而治　　10.1/51/29
取其○明　　10.1/52/4
四○五色者　　10.1/53/18
忽覺在他○　　11.5/60/3
他○各異縣　　11.5/60/4
于是○黨乃相與登山伐
　石而勒銘曰　　12.5/64/6
其地功臣及○亭他姓公
　侯　　15.1/92/12
其○射行禮　　15.1/95/1

箱 xiāng　　1

金根○輪皆以金鏤正黃　　15.1/94/7

襄 xiāng　　5

迄于平○　　3.6/19/21
唱○王于壇坎　　11.3/59/6

旋○陽而南榮　　14.1/74/24
魯○公在楚　　15.1/80/24
辟土有德曰○　　15.1/96/27

鄉 xiāng　　4

○合嘉蔬○其　　9.4/48/25
齊號、黍曰○合　　15.1/87/5
黍曰○合　　15.1/87/12

庠 xiáng　　2

遵有虞于上○　　3.5/19/4
周曰○　　15.1/88/27

祥 xiáng　　8

小○　　3.2/16/11
大○　　3.2/16/11
會如小○之禮　　3.2/16/11
盡受嘉○　　5.3/30/20
○瑞畢降　　12.12/65/21
以祈福○　　12.25/68/3
其爲不○　　13.1/70/30
告祝、祈福○也　　15.1/87/15

翔 xiáng　　9

清風光○　　1.6/4/25
○雲霄　　1.10/8/15
○區外以舒翼　　2.1/9/2
猶草木偃于○風　　2.2/9/24
精魂〔飄〕以遐○　　4.6/27/11
如鴻之○　　5.4/31/15
鸞鳳○其顚　　14.12/77/12
別鶴東○　　14.12/77/16
飛鳥下○　　14.12/77/17

詳 xiáng　　9

不可○載　　2.7/13/22
不可得而○也　　2.8/14/18
則史臣志其○　　3.4/18/12
舒○閒雅　　4.7/27/18
應對甚○　　8.2/45/8
安○審固　　8.4/46/10
錄咎在臣不○省案　　9.8/50/10

聊佇思而○觀　　11.7/60/27
未○斯議　　13.1/70/4

享 xiǎng　　21

○年七十五　　1.1/1/11
○年六十有四　　1.8/7/4
俾後裔永用○祀　　1.8/7/7
○年四十有三　　2.1/9/3
○宴娛樂　　2.5/12/10
○年五十　　2.5/12/13
仁者（壽）宜○（胡考）
　〔鮐耇〕　　3.7/21/19
○黃耇之遐紀　　4.2/24/1
夫人是○　　4.5/26/2
○國三十有六年　　5.1/28/22
不○遐年　　.6.5/35/3
○其寵光　　6.6/35/17
國○十有一世　　9.4/48/19
○一十一世　　9.4/48/21
尙○　　9.4/48/26
陛下○茲吉福　　9.7/50/2
王用○于帝、吉　　10.1/53/23
非子○土于善圉　　11.8/62/19
○年垂老　　12.2/63/11
以○嘉賓　　12.21/67/15
漢祀宗廟大○　　15.1/96/7

想 xiǎng　　3

懿等追○定省　　6.5/35/1
尋○遊靈　　6.6/35/22
○宓妃之靈光兮　　11.3/59/8

響 xiǎng　　2

聆嘉聲而○和者　　2.1/8/30
從之如影○　　4.1/22/16

饗 xiǎng　　1

交○祖廟　　8.1/44/13

向 xiàng　　7

每所臨○　　1.6/4/25
從其趣○　　2.2/9/19

臣愚以爲平城門、○陽	
之門	7.4/41/5
昔劉○奏曰	13.1/70/5
面北○陰	15.1/84/23
爲位相對○	15.1/86/22
○御座北面	15.1/92/25

巷 xiàng 　1

里○無人迹	2.5/12/7

項 xiàng 　1

以入○籍營	15.1/96/16

象 xiàng 　49

是用鏤石假○	1.5/4/7
以察天○	1.8/6/25
故言斯可○	2.2/9/18
君仰瞻天○	2.5/12/7
窈窕德○	4.7/27/19
德○之儀	6.5/34/24
人君之○	7.4/40/15
而遂不成之○也	7.4/40/16
臣聞見符致蝗以○其事	7.4/40/31
姓名圖○	7.5/43/16
萬○翼之	10.1/52/2
下管○舞	10.1/52/14
○日辰	10.1/53/4
○日辰也	10.1/53/4
八闓以○八卦	10.1/53/15
九室以○九州	10.1/53/15
亦七宿之○也	10.1/53/17
○其行	10.1/53/18
○四海	10.1/53/19
有其○	10.1/53/22
曆○日月星辰	10.1/53/26
審求曆○	10.2/54/21
參諸曆○	10.2/55/2
生則○父	11.4/59/26
皆得形○	11.4/59/28
或○龜文	11.6/60/10
體○有度	11.7/60/21
木連理以○其義	12.12/65/24
制器○物	12.22/67/19
緣○而至	13.1/69/6

昔堯命羲和曆○日月星	
辰	13.2/71/30
○類多喻	14.8/76/21
于是列○	14.13/77/21
陳○應矩	14.15/78/3
○日月	15.1/82/19
三夫人、帝嚳有四妃以	
○后妃四星	15.1/83/21
○十二月	15.1/83/24
○九州	15.1/83/25
其○在天	15.1/85/19
	15.1/85/19,15.1/85/20
奏○武之所歌也	15.1/87/19
八者、○八風	15.1/89/5
○六律也	15.1/89/6
○四時也	15.1/89/6
終則前制廟以○朝	15.1/90/20
後制寢以○寢	15.1/90/20
○生之具	15.1/90/21
有起居衣冠○生之備	15.1/90/23

像 xiàng 　2

于是依德○	1.9/7/16
嘉異畫○郡國	2.4/11/18

纕 xiàng 　1

轉運糧○	7.3/37/27

消 xiāo 　10

○形嘔血	2.4/11/18
于以○搖	2.5/12/17
與時○息	4.1/23/4
○姦宄于爪牙	4.2/23/14
○搖致位	4.2/23/21
氣微微以長（浮）（銷）	
〔○〕	4.6/27/11
○無妄之運者也	8.1/44/26
雲○席卷	8.4/46/5
○息盈沖	11.8/62/11
河上○搖	14.5/76/3

宵 xiāo 　3

臣是以○寢晨興	9.9/51/9

○不寐以極晨	11.3/59/12
○扈氏農正、夜爲民驅	
獸	15.1/86/6

虓 xiāo 　1

威壯○虎	1.1/1/5

銷 xiāo 　1

氣微微以長（浮）（○）	
〔消〕	4.6/27/11

霄 xiāo 　2

翔雲○	1.10/8/15
響諸雲○	2.5/12/17

蕭 xiāo 　4

禍起○牆	3.7/20/18
萬里○條	7.2/36/23
○曹、邴魏載于史籍	9.1/47/2
既乃風飆○瑟	14.1/74/27

驍 xiāo 　1

爰得○雄	3.7/20/20

崤 xiáo 　1

陟蓼山之巆（○）〔崤〕	
	11.3/58/27

小 xiāo 　81

○大之獄必以情	1.7/5/17
○祥	3.2/16/11
會如○祥之禮	3.2/16/11
德大而心○	3.2/16/17
二三○臣	3.3/17/19
則是門人二三○子	3.4/18/12
○子困蒙	3.4/18/15
○乃不敢不愼	3.5/18/23
大○受命	3.7/21/8
○人知恥	4.2/23/14
令儀○心	4.6/26/25

宰府○廉	7.4/42/19	昔○宣會諸儒于石渠	13.1/70/16	慈惠愛親曰○	15.1/96/25	
○廉雜揉	7.4/42/20	伏見前一切以宣陵○子				
至于宰府○廉顛倒	7.4/42/22	爲太子舍人	13.1/70/24	**笑** xiào	3	
○和鄧皇后崩	8.1/44/5	臣聞○文皇帝制喪服三				
○殤幼沖	8.1/44/8	十六日	13.1/70/24	胡老憿然而○曰	11.8/61/13	
以展○子承歡之敬	8.1/44/13	假名稱○	13.1/70/26	胡老乃揚衡含○	11.8/62/22	
顯擢○子	8.1/44/15	亡在○中	13.1/70/28	和暢善○	14.5/75/25	
遵忠○之紀	8.1/44/16	○武皇帝始改正朔	13.2/71/4			
博問掾史○行卓異者	8.2/45/3	○章皇帝改從四分	13.2/71/4	**效** xiào	21	
○子平丘程未	8.2/45/3	○元皇后父大司馬陽平				
前太守文穆召署○義童	8.2/45/6	侯名禁	15.1/80/20	清儉仁與之○	1.1/2/26	
臣聞魯侯能○	8.2/45/12	○元王皇后以太皇太后		是則是○	2.1/9/10	
張仲○友	8.2/45/13	攝政	15.1/90/7	靜斯可○	2.2/9/19	
猶以○寵	8.2/45/14	○順崩	15.1/90/8	民胥○矣	2.2/10/9	
昔○文愓匈奴之生事	8.3/45/21	謂○明也	15.1/90/17	俯○人事	2.5/12/7	
○宣忿姦邪之不散	8.3/45/22	謂○章也	15.1/90/17	獨見先睹之○	2.6/12/28	
○元皇帝皆以功德茂盛	9.6/49/9	○文爲太宗	15.1/90/26	靡則靡○	2.6/13/9	
○文曰太宗	9.6/49/9	○武爲世宗	15.1/90/26	非耳目聞見所傚○也	8.2/45/10	
○武曰世宗	9.6/49/10	○宣爲中宗	15.1/90/26	所以順陰陽、奉四時、		
○宣曰中宗	9.6/49/10	○明臨崩遺詔遵儉毋起		○氣物、行王政也	10.1/53/20	
至于成帝〔時〕	9.6/49/10	寢廟	15.1/91/2	以○絲髮之功	11.2/57/20	
○明皇帝聖德聰明	9.6/49/13	○章不敢違	15.1/91/2	闇謙盈之○	11.8/62/4	
○章皇帝至○烝烝	9.6/49/13	皆如○明之禮	15.1/91/3	上官○力于執蓋	11.8/62/21	
○元皇帝世在（弟）		○明曰顯宗	15.1/91/3	其○尤多	13.1/70/2	
〔第〕八	9.6/49/18	○章曰肅宗	15.1/91/3	更相傚○	13.1/70/21	
○明遵制	9.6/49/19	○和曰穆宗	15.1/91/4	各家術皆當有○于其當		
○章皇帝、○桓皇帝	9.6/49/21	○安曰恭宗	15.1/91/4	時	13.2/71/6	
○和皇帝、○順皇帝、		○順曰敬宗	15.1/91/4	太初○驗	13.2/71/8	
○靈皇帝	9.6/49/22	○桓曰威宗	15.1/91/4	而有○于前者也	13.2/71/9	
○明以下	9.6/49/22	○元功薄當毀	15.1/91/13	是又新元○于今者也	13.2/71/10	
《○經》曰	10.1/52/11	清河○德皇后、安帝母		近有○于三光	13.2/71/24	
	10.1/53/10	也	15.1/91/19	已課不○	13.2/72/4	
魏文侯《○經傳》曰	10.1/52/19	○宣繼○昭帝	15.1/91/28	趙武靈王○胡服	15.1/95/23	
所以教諸侯之○也	10.1/53/9	光武繼○元	15.1/92/1			
○悌之（道）〔至〕	10.1/53/10	追號父清河王曰○德皇	15.1/92/4	**叶** xié	1	
言行○者	10.1/53/11	追尊父鳌吾先侯曰○崇				
故《○經》合以爲一義		皇	15.1/92/6	舜○時月正日	13.2/71/30	
	10.1/53/12	母匡太夫人曰○崇后	15.1/92/6			
忠○彰兮	12.1/63/2	祖父河間○王曰○穆皇	15.1/92/6	**邪** xié	18	
事親以○	12.3/63/20	祖母妃曰○穆后	15.1/92/7			
○敬允敍	12.4/63/30	追尊父解犢侯曰○仁皇	15.1/92/7	足以威暴矯○	2.2/9/18	
以○烝烝	12.8/64/22	母董夫人曰○仁后	15.1/92/8	塞○枉之門	2.7/13/22	
大○允光	12.9/65/1	祖父河間敬王曰○元皇	15.1/92/8	遷河閒中尉、琅○（王）		
世載○友	12.12/65/23	祖母夏妃曰○元后	15.1/92/8	傅	3.6/20/2	
追往○敬	13.1/69/16	漢興至○明帝永平二年		激清流以盪○	4.2/23/14	
○元皇帝策書曰	13.1/69/18		15.1/94/15	傾○在官	7.4/42/5	
○武之世	13.1/70/10	○武帝幸館陶公主家	15.1/95/5	扶正黜○	7.4/42/7	

孝宣忿姦○之不散　8.3/45/22
迫嵯峨以乖○兮　11.3/59/1
杪者○趣　11.6/60/13
或長○角趣　11.7/60/23
夫獨未之思○　11.8/61/13
神疾其○　11.8/61/20
○懟是仇　12.2/63/14
○枉者憂悸失色　13.1/70/4
來讒○之口　13.1/70/5
無乃未若擇其正而黜其
　○與　13.3/72/24
則○惡入之　13.11/74/13
不蹈○非　14.5/75/26

協 xié　13

同寅○恭　1.3/3/14
以所執不○所屬　2.2/9/25
以○禮中　2.8/14/15
○大中于皇極　4.3/25/2
○符瑞之珍　5.1/28/21
○德魏絳　5.2/29/13
神人○祚　5.3/30/19
以○闓庭　6.2/33/11
下○先帝之稱　8.1/44/29
○景和　12.11/65/16
婚姻○而莫違　14.2/75/6
靡施不○　14.8/76/21
○之鍾律　14.12/77/13

脅 xié　2

后妃陰○主　7.4/39/13
延頸○翼　11.6/60/12

挾 xié　2

○疑者未必敢　7.3/38/12
太史令張壽王○甲寅元
　以非漢曆　13.2/71/7

飆 xié　1

君諱○　2.5/11/26

頡 xié　3

蓋倉○之精胤　3.6/19/20
蒼○循聖　11.6/60/10
○若黍稷之垂穎　11.6/60/11

諧 xié　2

八音克○　3.5/19/1
克○頑傲　12.8/64/22

寫 xiě　7

○還新者　3.7/21/14
靡所○襄　6.5/34/19
亦臣輸○肝膽出命之秋　7.4/41/16
取圖○讚　7.4/42/16
不能輸○心力　11.2/57/20
情罔○而無主　14.3/75/13
舒○情襄　14.5/75/28

泄 xiè　2

明不敢○瀆之義　10.1/53/21
故尙書郎張俊坐漏○事
　　11.2/57/23

洩 xiè　1

加以禁網漏○　7.3/37/24

屑 xiè　2

遂不○就　2.4/11/16
不○已也　2.5/12/3

械 xiè　3

器○通變　3.7/20/25
《月令》服食器○之制
　　10.2/56/18
車馬、衣服、器○百物
　曰「乘輿」　15.1/79/10

渫 xiè　2

不敢○瀆尊號　15.1/80/9

不敢○瀆言之　15.1/80/12

榭 xiè　1

窮變巧于臺○兮　11.3/59/15

懈 xiè　3

匪○于位　5.4/31/5
夙夜匪○　12.2/63/9
一德不○曰簡　15.1/96/28

獬 xiè　3

謂之○豸冠　15.1/95/20
○豸、獸名　15.1/95/20
以○豸爲名　15.1/95/20

謝 xiè　8

以○兆民　1.1/2/16
陳辭○恩　5.4/31/8
遣（吏）〔生〕奉章
　（報○）　5.4/31/8
每救勿○　9.3/48/10
俊上書○恩　11.2/57/24
新故代○　14.8/76/22
稱稽首上書○恩、陳事
　詣闕通者也　15.1/81/26
其明旦三老詣闕○　15.1/82/29

燮 xiè　2

○和化理　3.3/17/16
二氣○雍　4.1/23/3

心 xīn　116

凶虜革○　1.1/1/26
于是玄有汲黯憂民之○　1.1/2/3
畢其思○　1.2/3/5
悉○在公　1.4/3/23
忠謀不已乎○　1.7/5/19
出自一○疑不我聽者　1.7/5/20
勞○苦思　1.7/5/21
悉○臣事　1.8/6/23
我皇悼○　1.9/7/21

足以陶冶世○	2.2/9/18	昭發上○	9.2/47/22	則思其○之潤也	13.11/74/15
常幹州郡腹○之任	2.2/9/21	無○以宵	9.2/47/27	則思其○之理也	13.11/74/16
閑○靜居	2.3/10/20	則臣之○厭抱釋	9.2/47/28	則思其○之正也	13.11/74/16
援天○以立鈞	2.5/11/28	盡○日下	9.3/48/4	則思其○之整也	13.11/74/16
痛○失圖	2.5/12/14	合神明之歡○	9.6/49/25	余○悅于淑麗	14.3/75/12
潛○大猷	2.5/12/16	邅邅大小一○	9.7/49/31	精慧小○	14.5/75/25
游○典謨	2.8/14/12	無○怡宵	9.9/50/27	○窮忽以鬱伊	14.6/76/8
天啓哲○	2.8/14/22	○煩慮亂	9.9/51/9	抒○志之鬱滯	14.9/76/29
思○精叡	2.9/15/6	憂○灼烜	9.10/51/14	因本○以誕節兮	14.16/78/9
德大而○小	3.2/16/17	無○寧止	9.10/51/17	馴○托君素	14.19/78/26
不二○之臣	3.5/18/29	取其○盡而已	10.2/54/23	王者必作四夷之樂以定	
悉○畢力	3.5/19/12	代作○箐	11.1/57/10	天下之歡○	15.1/89/14
化洽群○	3.5/19/13	不能輸寫○力	11.2/57/20	貞○大度曰匡	15.1/96/27
○棲清虛之域	3.6/19/25	無○復能	11.2/57/26	小○畏忌曰僖	15.1/97/1
克厭帝○	3.7/21/2	但愚○有所不竟	11.2/57/26		
閟于帝○	4.1/22/14	猶以結○	11.2/58/3	**辛** xīn	7
遺愛結于人○	4.1/22/16	○憤此事	11.3/58/19		
身勤○苦	4.2/23/26	○鬱伊而憤思	11.3/58/23	熹平二年四月○巳卒	2.6/13/4
思○瘁容	4.2/24/4	○惻愴而懷懍	11.3/59/7	越若來四月○卯	4.3/24/12
○肝若割	4.3/25/7	感憂○之殷殷	11.3/59/12	是月○卯	4.5/26/8
○耽其榮	4.5/26/5	我○胥兮	11.3/59/21	土氣○蟄	6.1/32/20
令儀小○	4.6/26/25	○亂目眩	11.7/60/25	（宰冡）〔冡○〕喪儀	6.6/35/23
神○欣焉	4.6/27/5	○恬澹于守高	11.8/62/2	勞瘁○苦	9.9/51/6
憂○怛以激切	4.6/27/7	體躁○煩	11.8/62/4	帝嚳為高○氏	15.1/89/25
○傷頹以自憂	4.6/27/10	練予○兮浸太清	11.8/62/22		
秉○塞淵	4.7/27/18	情志泊兮○亭亭	11.8/62/23	**昕** xīn	1
孤○摧割	4.7/27/26	不萌于○	12.2/63/8		
憲天○以教育	5.2/29/16	腹○弘道	12.5/64/7	昒○將曙	14.5/76/1
蓋有億兆之○	5.2/29/17	動自聖○	12.10/65/8		
痛○絕望	5.5/32/2	別榦同○	12.12/65/27	**欣** xīn	9
悉○政事	6.1/32/23	原罪以○	12.13/66/4		
塞淵其○	6.6/35/11	我君勤○	12.14/66/9	聞寵不○	2.8/14/23
小○翼翼	7.1/36/10	懸勗厥○	12.20/67/11	神心○焉	4.6/27/5
長吏寒○	7.2/36/20	憂○殷殷	12.29/68/23	懷少弭而有○	11.3/59/13
○不受仁	7.3/38/6	所以竭○親奉	13.1/69/18	永離歡○	12.29/68/25
○慮愚暗	7.4/39/7	推○懇惻	13.1/69/19	是時奉公者○然得志	13.1/70/4
朝廷焦○	7.4/41/13	各有奉公疾姦之○	13.1/70/2	○○焉樂在其中矣	13.8/73/28
宜且息○	7.4/42/18	行不掩○	13.1/70/26	播○○之繁祉	14.2/75/6
衆○不厭	7.4/42/21	○志既通	13.3/72/23		
閟乎聖○	7.5/43/16	性敏○通	13.7/73/23	**新** xīn	15
陛下仁篤之○	7.5/43/26	○猶首面也	13.11/74/12		
伏惟陛下體因○之德	8.2/45/10	○一朝不思善	13.11/74/12	群公以溫故知○	3.4/18/6
則皇家之腹○	8.3/45/28	不修其○	13.11/74/13	寫還○者	3.7/21/14
執○所見	8.3/45/29	○之不修	13.11/74/13	以○國家	4.2/23/23
克厭衆○	8.4/46/5	則思其○之潔也	13.11/74/14	○廟奕奕	4.4/25/19
○通性達	8.4/46/10	則思其○之和也	13.11/74/15	顧○廟以累欷	4.6/27/13
天○聿得	9.1/47/8	則思其○之鮮也	13.11/74/15	以舊奉○	5.5/32/4

十一以〇	15.1/90/17	與從事荷負徒〇	2.7/13/23	明主不〇	7.3/38/13
光武中〇	15.1/90/28	是則君之所以立節明〇	2.7/13/28	威化不〇則欲伐之	7.3/38/15
漢〇以皇子封爲王者得		昭其功〇	2.7/14/2	令諸〔營〕甲士循〇塞	
茅土	15.1/92/12	用〇思忠	2.7/14/4	垣	7.3/38/20
皇帝爲君〇	15.1/92/25	其于鄉黨細〇	2.8/14/17	特旨密問政事所變改施	
中〇以來希用之	15.1/93/8	〇己守道	2.8/14/23	〇	7.4/39/4
漢〇至孝明帝永平二年		〇以固愼	3.2/16/17	知之未嘗復〇	7.4/40/18
	15.1/94/15	而公脫然以爲〇首	3.2/16/18	疾癘流〇	7.4/40/20
夙〇夜寐曰敬	15.1/96/28	當事而〇	3.2/16/18	視閭則疾癘流〇	7.4/40/21
		操清〇朗	3.3/17/11	正意請〇	7.4/41/9
行 xing	**197**	公乃因是〇退居廬	3.3/17/12	便宜促〇	7.4/42/22
		用罔有擇言失〇	3.5/18/24	伏惟大〇皇后規乾則坤	8.1/44/6
相與述公之〇	1.1/1/12	〇在玉石之閒	3.6/19/25	未有如大〇皇后勤精勞	
聞仁必〇	1.1/1/18	是以德〇儒林	3.6/19/25	思	8.1/44/25
當官而〇	1.1/1/19,3.1/15/25	令聞流〇	3.6/19/28	違禮大〇受大名、小〇	
民有父（字）〔子〕俱〇	1.1/2/7	察君審〇修德	3.6/20/2	受小名之制	8.1/44/28
式率天〇	1.2/3/6	表〇揚名	3.6/20/10	大〇皇太后宜謚爲和熹	
歷端首則義可〇	1.6/4/16	德化宜〇	3.7/20/17	皇后	8.1/44/28
俾民興〇	1.7/5/9	親〇鄉射	3.7/21/11	博問掾史孝〇卓異者	8.2/45/3
百〇莫美乎忠	1.7/5/14	百〇必備	4.1/22/10	其至〇發于自然	8.2/45/9
而忠〇乎其中	1.7/5/18	昭顯〇迹	4.1/22/28	故醇〇感時而生	8.2/45/11
正身危〇	1.7/5/19	考以德〇純懿	4.2/23/10	立百〇之根原	8.2/45/14
當官能〇	1.7/5/22	〇極也	4.2/23/28	脩身力〇	8.3/45/23
昔魯季孫〇父卒	1.7/5/26	論集〇迹	4.2/24/4	威靈神〇	8.3/45/26
世篤爾〇	1.8/7/5	民勸〇于私家	4.3/24/22	才藝言〇	8.4/46/13
若乃砥節礪〇	2.1/8/27	相與累次德〇	4.3/25/7	表貢〇狀	8.4/46/18
昭銘景〇	2.1/9/5	濟陽有武帝〇過宮	5.1/28/15	則顏淵不得冠德〇之首	8.4/46/19
幾〇其招	2.1/9/9	抗流〇	5.2/29/11	及期而〇	8.4/46/20
秉玄妙之淑〇	2.2/9/16	乞〇服闋奔命	5.2/29/14	及至差功〇賞	9.1/47/9
道之〇廢	2.2/9/25	危〇不絀	5.2/29/15	與在〇列	9.3/48/8
凡所履〇事類	2.2/9/29	昔在聖帝有五〇之官	5.3/30/8	關東吏民敢〇稱亂	9.4/48/21
會葬誄〇	2.2/10/1	戎醜攸〇	5.3/30/9	推皇天之命以已〇之事	9.4/48/22
脩〇于己	2.2/10/3	加之〇己忠儉	5.4/31/2	未可施〇	9.6/49/17
敢錄言〇	2.2/10/3	〇由己作	5.4/31/12	錯奏謬錄不可〇	9.8/50/10
〇于有國	2.2/10/4	嗟我〇人	5.5/32/4	上〇下不敢逆	9.9/50/30
道〇斯進	2.2/10/10	〇趨不至	6.1/32/18	乃命有司〇事	10.1/52/25
總脩百〇	2.3/10/15	驅自之勢	6.1/32/18	即所以顯〇國禮之處也	10.1/53/2
其爲道也、用〇舍藏	2.3/10/16	鄭國〇秦	6.1/32/19	言〇孝者	10.1/53/11
化〇有謐	2.3/10/18	無聞而不〇焉	6.1/32/24	〇悌者	10.1/53/11
述錄高〇	2.3/11/5	不飾〇著	6.2/33/12	象其〇	10.1/53/18
有該百〇	2.5/12/12	〇惟模則	6.2/33/17	所以順陰陽、奉四時、	
百〇修備	2.6/12/25	茂德休〇	6.3/33/22	效氣物、〇王政也	10.1/53/20
是故德〇外著	2.6/13/1	校材考〇	6.3/33/25	司天日月星辰之〇	10.1/53/26
甄述景〇	2.6/13/6	百〇聿脩	6.5/35/2	出而〇之	10.1/54/3
志高〇潔	2.7/13/15	惟德是〇	6.6/35/12	不宜與《記》書雜錄竝	
言〇舉動	2.7/13/19	〇旅揮涕	6.6/35/24	〇	10.2/54/13
喪母〇服	2.7/13/20	用尙書〇賄	7.3/37/10	庶幾多識前言往〇之流	

	10.2/54/24	乘色〇巧	14.14/77/28	故禁不用〇	4.1/22/15
宜以當時所施〇度密近		通二門以征〇兮	14.16/78/8	〇戮廢于朝市	4.2/23/15
者	10.2/55/2	伊余有〇	14.18/78/20	孝景時梁人韓安國坐事	
皆以日〇爲本	10.2/56/4	所曰曰「〇在所」	15.1/79/10	被〇	7.2/36/26
由日〇也	10.2/56/5	能〇天道	15.1/79/30	時故護羌校尉田晏以他	
春〇少陰	10.2/56/6	皋陶與帝舜言曰「朕言		論〇	7.3/37/9
秋〇少陽	10.2/56/6	惠可底〇」	15.1/80/1	〇之所加	8.1/44/19
冬〇太陰	10.2/56/6	則當乘車輿以〇天下	15.1/80/14	當賜〇書	9.8/50/11
至夏節太陽〇太陽	10.2/56/7	天子自謂曰〇在所	15.1/80/16	當服重〇	11.2/57/24
反令每〇一時轉三旬	10.2/56/9	猶言今雖在京師、〇所		臣初欲須〇	11.2/58/4
以應〇三月政也	10.2/56/9	至耳	15.1/80/16	欽于〇濫	12.13/66/4
孟春〇夏令	10.2/56/9	亦以策書誅譴其〇而賜		殆〇誅繁多之所生也	13.1/69/6
孟夏反令『〇冬令	10.2/56/11	之	15.1/81/9	自當極其〇誅	13.1/70/21
季冬反令『〇春令	10.2/56/13	一木兩〇	15.1/81/10	而以折獄斷大〇	13.2/71/27
〇季春令爲不致災異	10.2/56/14	文多用編兩〇	15.1/82/4		
不合之于五〇	10.2/56/18	文少以五〇	15.1/82/4	**形 xíng**	**34**
皆順五〇者也	10.2/56/18	自立二祀曰門曰〇	15.1/84/7		
說所食獨不以五〇	10.2/56/18	古者有命將〇師	15.1/84/17	于是始〇	1.1/1/21
土、五〇之尊者	10.2/56/22	曰司命、曰中霤、曰國		飛神〇	1.10/8/14
四〇之牲	10.2/56/22	〇、曰國門、曰泰厲		〔望〕〇表而景竍	2.1/8/30
乃可施〇	11.2/58/1	、曰戶、曰竈	15.1/85/1	〇表圖于丹青	2.4/11/15
余有〇于京洛兮	11.3/58/22	曰司命、曰中霤、曰國		消〇嘔血	2.4/11/18
〇遊目以南望兮	11.3/59/2	門、曰國〇、曰公厲	15.1/85/4	德交而〇	2.6/13/1
若〇若飛	11.6/60/13	曰族厲、曰門、曰〇	15.1/85/6	致思無〇	2.9/15/1
厥用既〇	11.7/60/21	南面設主于門內之西〇	15.1/85/9	〇于容色	3.2/16/23
〇義達道	11.8/61/5	祀之于〇	15.1/85/10	喜慍不〇于外	5.4/31/2
且用之則〇	11.8/62/7	〇扈氏農正、晝爲民驅		〇影不見	6.6/35/25
時〇則〇	11.8/62/11	鳥	15.1/86/5	〇狀似龍似虹蜺	7.4/39/11
〇非至公	12.2/63/8	如太常祠〇陵廟之禮	15.1/91/26	然後成〇	7.4/41/25
則〇倖于曾閔	12.3/63/20	惟此時施〇	15.1/92/23	立字法者不以〇聲	10.2/57/1
實〇形于州里	12.5/64/3	直事尚書一人從令以下		小皋寥其異〇	11.3/58/28
君當遷〇	12.26/68/7	皆先〇	15.1/93/12	〇貌有部	11.4/59/26
白虎扶〇	12.26/68/9	其鄉射〇禮	15.1/95/1	皆得〇象	11.4/59/28
謹條宜所施〇七事表左		〇人使官所冠	15.1/95/12	觀短人兮〇若斯	11.4/59/29
	13.1/69/13	《八佾》樂五〇舞人服		視短人兮〇若斯	11.4/59/30
〇不掩心	13.1/70/26	之	15.1/96/7	視短人兮〇如許	11.4/59/31
〇之百八十九歲	13.2/71/4	衣冠各從其〇之色	15.1/96/7	綜析無〇	11.8/61/8
考之〇度	13.2/71/9			聖哲濳〇	11.8/61/21
竟不施〇	13.2/71/11	**刑 xíng**	**19**	實行〇于州里	12.5/64/3
且三光之〇	13.2/71/11			示有其〇	12.22/67/19
今改〇四分	13.2/71/28	〇明賞遂	1.1/2/6	披厚土而載〇	14.1/74/22
故君子不爲可棄之〇	13.3/72/18	受鞠就〇	1.1/2/7	覷朝宗之〇兆	14.1/74/28
各從其〇而矯之	13.3/72/21	夫豈淫〇	1.7/5/22	〇調博以直端	14.8/76/19
至〇美誼	13.7/73/23	迫以〇戮	2.2/9/20	舞者亂節而忘〇	14.11/77/7
今者一〇而犯其兩	13.9/74/3	訪典〇	3.1/16/4	〇猗猗以齷茂兮	14.16/78/9
雁〇蹉跎	14.2/75/8	惟〇之恤	3.5/18/29	振翼修〇容	14.19/78/25
如〇如留	14.13/77/23	〇清國興	3.7/22/2	如玉華〇	15.1/93/24

金鏤○如緹 15.1/93/27
以作龍虎鳥龜○ 15.1/94/8
○如板 15.1/95/24
○制似縷簏 15.1/96/3

邢 xíng 1

齊桓遷○封衛之義也 3.7/21/9

陘 xíng 1

設主于竈○也 15.1/85/12

滎 xíng 2

而國家方有○陽寇賊 4.7/27/21
弔紀信于○陽 11.3/58/26

餳 xíng 1

黎○汁器 9.3/48/10

省 xǐng 37

而經用○息 1.5/4/5
朝夕定○ 4.2/23/25
欽明定○ 4.6/27/5
陳衣衾而不○兮 4.7/28/5
展義○方 5.1/29/3
懿等追想定○ 6.5/35/1
定○何望 6.6/35/26
再○三○ 7.2/37/4
從東○出就都座東面 7.4/39/2
未至殿○而覺 7.4/40/2
○賦役之費 7.4/41/2
鉤○別藏 7.4/41/2
愛財○穡 8.3/45/27
惟陛下留神○察 8.3/45/29
攝○文書 9.2/47/23
出入○闥 9.3/48/8
未蒙○許 9.3/48/12
皆宜○去 9.6/49/23
崇約尚○ 9.6/49/24
錄咎在臣不詳○案 9.8/50/10
對越○闥 9.9/50/24
退○金龜紫紱之飾 9.9/50/31
臣忝自參○ 9.10/51/14
伏惟留漏刻一○ 9.10/51/20
故不能復加刪○ 10.2/54/24
惟陛下○察 11.2/58/12
誠當思○ 13.1/69/26
觀○篇章 13.1/70/12
無復能○ 13.1/70/20
後曰「○中」 15.1/79/11
故曰○中 15.1/80/21
園令食監典○其親陵所宮人 15.1/91/6
後○ 15.1/92/26
後又以盛暑○六月朝 15.1/92/27
則○諸副車 15.1/93/10
春秋上陵令又○于小駕 15.1/93/11

幸 xìng 31

○遇贖令 1.1/2/17
不○而卒 1.8/7/6
○臣誅斃 4.2/23/22
使越人蒙死徼○ 7.3/38/14
○陛下深悶 7.4/41/21
離宮罕○ 8.1/44/12
臣誠伏見○甚 8.2/45/12
近臣○臣一人之封 9.1/47/9
聖朝○循舊職 9.3/48/15
○其獲稱 11.8/62/18
東方要○于談優 11.8/62/20
既無○私之恩 13.1/70/26
不○或然 13.3/72/19
○得無恙 13.6/73/19
○脫虞人機 14.19/78/26
所至曰「○」 15.1/79/11
○者、宜○也 15.1/80/28
世俗謂○為僥倖 15.1/80/28
故曰○也 15.1/81/1
是故謂之○ 15.1/81/2
君子無○而有不○ 15.1/81/2
小人有○而無不○ 15.1/81/3
民之多○ 15.1/81/3
國之不○也 15.1/81/3
故謂之○ 15.1/81/4
然則人主必慎所○也 15.1/81/4
親愛者皆曰○ 15.1/81/5
孝武帝○館陶公主家 15.1/95/5

姓 xìng 31

子孫之在不十二○者 1.1/1/16
告○名 1.10/8/17
○有姜氏 2.6/12/23
姬○之國有楊侯者 3.3/17/8
以親百○ 3.5/19/3
其先自嬀○建國南土曰胡子 4.2/23/9
世為著○ 5.2/29/9
其先與楚同○ 5.4/30/24
世為顯○ 6.2/33/10
百○元元 7.2/36/19
不知○名 7.4/39/23
○名圖象 7.5/43/16
為百○自愛 7.5/43/28
徒以百○為憂 8.1/44/19
近臣則言官具言○名 15.1/81/13
其免若得罪無○ 15.1/81/14
公卿校尉諸將不言○ 15.1/82/4
大夫以下有同○官別者言○ 15.1/82/5
百乘之家曰百○ 15.1/82/14
異○婦女以恩澤封者曰君 15.1/83/28
天子所為群○立社也 15.1/84/17
諸侯為百○立社曰國社 15.1/84/20
百○以上則共一社 15.1/84/25
天子為群○立七祀之別名 15.1/85/1
徹侯、群臣異○有功封者稱曰徹侯 15.1/88/21
四○小侯諸侯家婦 15.1/91/8
順帝母故云○李 15.1/91/27
或○張 15.1/91/27
其地功臣及鄉亭他○公侯 15.1/92/12
群臣異○有功封者 15.1/92/16

性 xìng 25

公稟○貞純 1.1/1/18
雅○謙克 1.1/2/24
膺受純○ 1.6/4/14
其○疾華尚樸 1.6/4/15
公○質直 1.6/4/24

天賜之〇	2.5/12/14
立〇純固	2.6/12/24
君受天正〇	2.7/13/15
雅〇謙儉	2.7/13/22
而〇多檢括	2.7/13/25
天眞淑〇	2.9/14/29
履孝弟之〇	3.6/19/22
履〇貞固	4.1/22/10
窮理盡〇	4.2/23/11
俾順其〇	4.2/23/19
義方以導其〇	4.7/27/19
習與〇成	5.4/30/26
情〇周備	6.3/33/24
明之之〇	6.4/34/11
德精〇妙	6.5/34/22
心通〇達	8.4/46/10
〇敏心通	13.7/73/23
惟情〇之至好	14.2/75/3
〇精亟以慓悍	14.8/76/18
通理治〇	14.12/77/13

倖 xìng　2

世俗謂幸爲倖	15.1/80/28
臣民被其德澤以倖〇	15.1/80/28

凶 xiōng　19

〇虜革心	1.1/1/26
〇人（人）惡言當道	1.1/2/8
時值〇荒	1.7/5/21
于是冀州〇荒	1.8/6/28
得因吉〇	2.7/13/25
遭此疾〇	3.6/20/4
夙離〇艱	4.7/28/1
群〇殄夷	5.1/29/2
夙罹〇災	6.4/34/8
〇年不備	7.3/38/17
〇年隨之	7.3/38/18
謂之〇害	7.4/39/20
〇可作吉	7.4/41/19
欲以除〇致吉	7.5/43/19
演化〇悍	8.3/45/27
群〇遭難	9.1/47/4
然後黜廢〇頑	9.1/47/8
豈有但取丘墓〇醜之人	
	13.1/70/30

乃畫荼壘并懸葦索于門	
戶以禦〇也	15.1/86/14

兄 xiōng　14

友于〇弟	2.6/12/25
父義、母慈、〇友、弟	
恭、子孝	3.5/19/3
及廣〇弟式敘漢朝	4.5/26/4
篤友〇弟	6.3/33/24
〇弟何依	6.5/35/4
王莽以后〇子爲大司馬	7.4/40/12
〇弟典郡	7.4/41/23
〇事日	15.1/82/23
〇事五更者	15.1/82/26
禮、〇弟不相爲後	15.1/90/13
于惠帝、〇弟也	15.1/90/13
于昭帝爲〇	15.1/90/14
于成帝爲〇弟	15.1/90/15
安帝以和帝〇子從清河	
王子即尊號	15.1/92/3

匈 xiōng　8

盜起〇奴左部	1.5/3/28
使〇奴中郎將南單于以	
下	7.3/37/11
〇奴常爲邊害	7.3/37/16
自〇奴北遁以來	7.3/37/23
過于〇奴	7.3/37/25
昔孝文慍〇奴之生事	8.3/45/21
〇奴攻郡鹽池縣	11.2/58/4
及諸侯王、大夫郡國計	
吏、〇奴朝者西國侍	
子皆會	15.1/91/8

洶 xiōng　2

〇〇道路	13.1/70/29

胸 xiōng　2

〇肝摧碎	5.5/32/9
〇背之癭疽也	7.3/38/3

雄 xióng　14

爲衆傑〇	1.6/4/14
世之〇材、優逸之徒	2.5/12/4
其後〇俊豪傑	2.8/14/9
豪〇虎爭	3.7/20/18
爰得驍〇	3.7/20/20
雌雞欲化爲〇	7.4/40/8
尾身毛已似〇	7.4/40/8
雌雞化爲〇	7.4/40/10
丞相史家雌雞化爲〇	7.4/40/11
牝雞〇鳴	7.4/40/13
夫牝雞但〇鳴	7.4/40/14
〇荊雞兮驚鷿鵜	11.4/59/28
及揚〇、班固、崔駰之	
徒	11.8/61/3
雌〇保百齡	14.19/78/26

熊 xióng　4

亦總其〇羆之士	3.5/18/28
如羆如〇	3.7/22/1
實〇耳之泉液兮	11.3/59/8
蒙以〇皮	15.1/86/10

敻 xiòng　2

臣門下掾申屠〇稱	8.2/45/3
谿壑〇其杳冥	11.3/59/1

休 xiū　59

以對揚天子丕顯〇命	1.2/3/5
民咸曰〇哉	1.2/3/7
人士斯〇	1.5/4/9
而銘載〇功	1.8/7/7
帝曰〇哉	1.9/7/19,4.1/23/2
以〇厥神	1.10/8/6
太原界〇人也	2.1/8/25
群公〇之	2.1/9/1
於〇先生	2.1/9/6
德之〇明	2.2/10/10
〇矣清聲	2.3/11/3
欽盛德之〇明	2.4/11/18
〇有烈光	2.4/11/21
以旌〇美	2.5/12/14
太尉張公、兗州劉君、	

陳留太守淳于君、外			○長冉冉	14.5/75/24
黃令劉君僉有○命	2.7/14/1			
○聲載路	2.7/14/5	**修** xiū	18	
玄文先生名○	2.8/14/9			**朽** xiǔ　12
○少以好學	2.8/14/11	莫之或○	1.7/5/12	以圖不○之事　2.1/9/4
○盡剖判剝散	2.8/14/14	○祠宇	1.10/8/17	死而不○者也　2.3/11/6
○命交集	2.9/15/3	百行○備	2.6/12/25	至今不○　3.7/21/24
乃爲銘載書○美	2.9/15/5	遠涉道里以○經術	3.2/16/13	垂不○　4.3/25/9
非盛德○功	3.3/17/17	察君審行○德	3.6/20/2	名莫隆于不○　5.2/29/20
式建丕○	3.5/18/23	九德咸○	4.1/22/10	顧永寱于不○兮　6.4/34/15
時惟○哉　3.5/19/2, 3.5/19/3		四牡○屈	4.1/23/4	同于○腐　10.2/54/20
	3.5/19/5	增○前業	4.2/23/15	則余死而不○也　10.2/54/25
丕顯○命	3.5/19/8	江山○隔	9.3/48/13	隨軀腐○　11.2/58/7
于是故臣懼淪○伐	3.7/21/23	聿○厥德	12.10/65/11	雖殞不○　12.1/63/3
致命○神	4.1/22/19	○仁履德者	12.12/65/23	物不○者　13.4/73/9
○績丕烈	4.1/22/29	則人主恆恐懼而○政	12.24/67/29	莫不○于金石故也　13.4/73/9
淵泉○茂	4.1/22/30	述○舊事	13.1/69/26	
爰以○息	4.2/23/19	面一日不○	13.11/74/12	
帝○其庸	4.2/24/5	不○其心	13.11/74/13	**秀** xiù　2
○命丕顯	4.4/25/17	心之不○	13.11/74/13	
上有帝室龍光之○	4.5/26/5	對○條而特處	14.9/76/27	亶所謂天民之○也　2.5/12/13
○矣耀光	4.5/26/20	振翼○形容	14.19/78/25	莫非瓌才逸○　3.3/17/19
榮此寵○	4.7/28/3			
鴻烈顯○	5.2/30/4	**羞** xiū	3	**袖** xiù　1
茂德○行	6.3/33/22			
其德孔○	6.5/35/1	猶爲大漢之○	7.3/38/15	綺○丹裳　14.5/75/24
○譽邈焉	6.6/35/12	帝用不○	7.4/41/10	
不得中○	7.3/37/27	饕人徹○	8.1/44/11	**繡** xiù　1
則有○慶之色	7.4/40/26			
臣屬吏張宛長○百日	7.5/43/10	**脩** xiū	19	○衣直指之使　7.3/37/20
凡○假小吏	7.5/43/13			
允有○烈	8.1/44/7	都慎厥身○思永	1.3/3/14	**吁** xū　2
○徵誕漫	8.2/45/12	○行于己	2.2/10/3	
光寵○顯	9.3/48/12	總○百行	2.3/10/15	○茲先生　2.8/14/22
以章天○	9.7/49/31	至德○于幾微	4.6/26/27	○嗟上天　6.5/35/5
○息乎仁義之淵藪	11.8/62/13	尋○念于在昔	4.6/27/9	
昭胤○序	12.4/63/30	申敕○儀	5.5/32/3	**戌** xū　6
膺帝○命	12.9/65/1	○誠以迓	5.5/32/8	
○徵乃降	12.10/65/8	莫○莫釐	6.1/33/3	延熹八年五月丙○薨　3.1/15/24
降之○瑞	12.12/65/24	百行聿○	6.5/35/2	建寧五年三月壬○　4.1/22/25
○徵惟光	12.12/65/27	○五事于聖躬	7.4/40/22	建寧五年春壬○　4.2/24/2
唯○和之盛代	14.2/75/5	○身力行	8.3/45/23	既生魄八日壬○　4.3/24/12
敍五帝之○德	14.8/76/20	《左傳》○其世系	10.2/54/30	丑牛、未羊、○犬、酉
辱此○辭	14.20/79/3	尋○軌以增舉兮	11.3/59/4	雞、亥豕而已　10.2/56/19
		○短相副	11.7/60/23	赤帝以（戌）〔○〕臘
		騁驥駘于○路	11.8/62/4	午祖　15.1/86/19
		○業思眞	11.8/62/17	
		威儀聿○	12.4/63/31	
		視明禮○	12.15/66/15	

胥 xū	6
一罹○靡	1.7/6/2
民○效矣	2.2/10/9
用嬰○靡	3.1/15/20
○及聿勤	3.5/18/22
我心○兮	11.3/59/21
下獲黥○之辜	11.8/62/5

尋 xū	3
殷曰○	15.1/94/10
常服繡○	15.1/94/12
珠冕、爵○收、通天冠 、進賢冠、長冠、緇 布冠、委貌冠、皮弁 、惠文冠	15.1/96/21

須 xū	6
○臾忽然不見	1.10/8/5
不敢○通	8.4/46/20
臣初欲○刑	11.2/58/4
繭中蛹兮蠶蠕○	11.4/59/30
攝○理髻	11.8/61/31
○以弦望晦朔	13.2/71/21

虛 xū	19
○己備禮	2.1/9/1
○己迋之者	2.7/13/19
固秉謙○	2.8/14/16
不○其聲	2.9/15/2
沙汰○穴	3.1/15/21
心棲清○之域	3.6/19/25
几筵○設	6.5/35/3
（政）〔故〕變不○生	7.4/39/15
占不○言	7.4/39/16
不可求以○名	7.4/42/19
惡長吏○僞	8.1/44/16
謙○爲罪	8.3/45/22
學術○淺	9.9/50/20
臣不敢違戾飾○	9.10/51/19
溫溫然弘裕○引	12.3/63/20
○冒名氏	13.1/70/14
今○僞小人	13.1/70/25
○僞雜穢	13.1/70/28

亦妄○無造欺語之愆	13.2/72/4

頊 xū	11
《顓○曆（衡）〔術〕》 曰	10.1/53/24
曆用顓○	13.2/71/3
黃帝、顓○、夏、殷、 周、魯凡六家	13.2/71/5
其帝顓○	15.1/85/16
帝顓○之世舉以爲土正	15.1/85/24
帝顓○之世舉以爲田正	15.1/85/26
帝顓○有三子	15.1/86/8
顓○曰《六莖》	15.1/89/3
顓○氏以水德繼之	15.1/89/19
故顓○氏殞	15.1/89/20
顓○爲高陽氏	15.1/89/24

需 xū	3
章者、○頭	15.1/81/26
奏者、亦○頭	15.1/81/28
表者、不○頭	15.1/82/3

噓 xū	1
○唏不能吞咽	8.2/45/5

墟 xū	2
而封諸太昊之○	2.2/9/15
路丘○以盤縈	11.3/58/26

歔 xū	1
投涕○欷	6.6/35/10

徐 xú	3
○然後清	2.9/15/7
遷○州刺史	5.2/29/12
而○璜左悺等五侯擅貴 于其處	11.3/58/17

許 xǔ	12
朝廷○之	1.5/4/4
是以邾子○男稱公以葬	1.7/6/11
則有邾○稱公之文	1.7/6/12
潁川○人也	2.2/9/14, 2.3/10/15
○令以下至于國人	2.2/10/1
故太丘長潁川○陳寔	2.4/11/13
見聽	3.7/21/23
故吏司徒○詡等	4.2/24/3
詔書聽○	5.4/31/6
未蒙省○	9.3/48/12
視短人兮形如○	11.4/59/31

詡 xǔ	2
中謁者董○弔祠護喪	4.1/22/27
故吏司徒許○等	4.2/24/3

旭 xù	1
侍中魯○	9.2/47/25

序 xù	23
莫不時○	3.3/17/14
彝倫所由順○	3.5/19/2
式○賢能	3.7/20/22
宣攸○	4.3/25/9
伯揆時○	4.4/25/14
蓋三綱之○與竝育	5.5/32/4
日月代○	6.6/35/26
適東○	10.1/52/26
皆習于東○	10.1/52/27
皆小樂正詔之于東○	10.1/52/27
大司成論說在東○	10.1/52/28
然則詔學皆在東○	10.1/52/28
東○、東之堂也	10.1/52/28
太學、明堂之東○也	10.1/53/3
○彝倫	11.8/61/9
昭胤休○	12.4/63/30
奉饋西○	12.4/63/30
上言當用命曆○甲寅元	13.2/71/10
及命曆○積獲麟至漢起 庚子蔀之二十三歲	13.2/71/15
下不及命曆○獲麟漢相	

去四部年數 13.2/71/20
威儀有○ 14.2/75/6
建皇極而○彝倫 14.8/76/21
殷曰○ 15.1/88/27

卹 xù 1

夫○民救急 7.3/38/18

恤 xù 10

勤○度事 1.7/5/21
孤嗣紀銜○在疚 2.2/10/3
孤彪銜○永思 3.2/16/26
庶尹知○ 3.3/17/14
惟刑之○ 3.5/18/29
懷殷○以摧傷 4.6/27/6
勤○民隱 5.2/29/12
勤○人隱 6.1/32/23
莫○莫思 6.1/33/3
哀子懿達、仁達銜○哀痛 6.5/34/19

勗 xù 4

敢不自○ 5.5/32/4
不足○勵以躡高蹤 9.10/51/16
懋○厥心 12.20/67/11
○于令德者也 13.4/73/3

敘 xù 12

彝倫不○ 1.3/3/16
彝倫攸○ 2.3/11/1
百揆時○ 4.2/24/5
保賴亶○ 4.4/25/15
及廣兄弟式○漢朝 4.5/26/4
○我憂痛 4.7/27/26
○彝倫 5.2/29/18
共○赫姿 6.6/35/10
以爲鄉黨○孔子威儀 8.1/44/5
中饋之○ 8.1/44/7
孝敬允○ 12.4/63/30
○五帝之休德 14.8/76/20

蓄 xù 2

孝武皇帝因文景之○ 7.3/37/17
夫煎盡府帑之○ 7.3/38/12

緒 xù 10

丕承洪○ 1.9/7/17
追蹤先○ 2.5/12/16
裔胄無○ 3.1/15/15
公承夙○ 3.1/15/16
群后有歸功之○ 3.7/21/1
以紹宗○ 4.2/23/17
尋端極○ 8.4/46/8
適有頭○ 11.2/58/2
尋前○兮 11.3/59/20
尋端見○ 11.8/62/10

續 xù 6

桓桓紹○ 5.2/30/2
傷逝不○ 6.5/35/5
○以永樂門史霍玉依阻城社 7.4/41/23
復聽○鞠 11.2/57/24
無○志者 11.2/57/28
所當接○者四 11.2/58/8

宣 xuān 50

威名克○ 1.1/1/26
○力肆勤 1.3/3/13
○昭遺光 1.9/7/21
然後德立名○ 2.2/9/22
亦不敢○ 3.2/16/19
丞相翼○ 3.3/17/9
○洽人倫 3.3/17/15
帝欲○力于四方 3.5/19/7
匡佐周○ 3.5/19/14
德化○行 3.7/20/17
宜○于此 4.1/22/29
○柔嘉 4.2/23/13
○暢渾元 4.2/23/17
洋洋乎若德○治 4.3/24/23
○聞于下 5.2/29/18
光寵○流 5.2/30/3
政雖未○ 5.5/32/8
○慈惠和 6.2/33/10
6.5/35/2,12.12/65/26
化導○暢 6.5/34/26
○帝時患冀州有盜賊 7.2/36/27
周○王命南仲吉甫攘獫狁、威蠻荊 7.3/37/12
孝○黃龍元年 7.4/40/9
寢而不○ 8.1/44/23
周○之興 8.2/45/13
孝○忿姦邪之不散 8.3/45/22
而○王以興 9.1/46/27
牧守○藩 9.2/47/26
○暢聖化 9.3/48/14
孝○曰中宗 9.6/49/10
政參文○ 9.6/49/13
○幽情而屬詞 11.3/58/23
而斯文之未○ 11.7/60/26
○太平于中區 11.8/62/15
○王遭旱 13.1/69/5
○聲海內 13.1/69/31
昔孝○會諸儒于石渠 13.1/70/16
伏見前一切以○陵孝子爲太子舍人 13.1/70/24
舒滯積而○鬱 14.7/76/13
助黃鍾○氣而萬物生 15.1/83/6
高帝、惠帝、呂后攝政、文帝、景帝、武帝、昭帝、○帝、元帝、成帝、哀帝、平帝、王莽、聖公、光武、明帝、章帝、和帝、殤帝、安帝、順帝、沖帝、質帝、桓帝、靈帝 15.1/89/26
○帝弟次昭帝 15.1/90/14
孝○爲中宗 15.1/90/26
高帝、文帝、武帝、○帝、元帝也 15.1/91/12
○帝爲中宗 15.1/91/13
孝○繼孝昭帝 15.1/91/28
○帝但起園陵長承奉守 15.1/92/1
聖善同文曰○ 15.1/96/25
聲聞○遠曰昭 15.1/96/25

軒 xuān 7

○軺四牡 12.9/65/2

鶤鳩○蕘	12.28/68/18	常比○墨	12.18/66/30	○璣是承	12.8/64/23
親臨○	15.1/81/1	外若○眞	12.21/67/15		
黃帝爲○轅氏	15.1/89/24	○武作侶	12.26/68/9	**懸** xuán	10
後大夫計吏皆當○下	15.1/91/9	申屠蟠稟氣○妙	13.7/73/23		
前驅有九斿雲罕闒戟皮		洪流淼以○清	14.1/74/22	室磬不○	1.5/4/4
○鑾旗	15.1/94/3	夜光潛乎○洲	14.1/74/25	七十有○車之禮	2.2/9/28
以前皆皮○虎皮爲之也	15.1/94/5	事深微以○妙	14.2/75/3	○車告老	2.3/10/20
		○髮光潤	14.5/75/23	○車致仕	2.4/11/15
羉 xuān	2	染○墨以定色	14.8/76/19	告老○車	5.2/30/2
		○首黃管	14.8/76/23	兩州空○	7.2/36/23
岐岐○○	11.6/60/14	○鶴巢其岐	14.12/77/12	○命鋒鏑	11.2/58/6
		其神○冥	15.1/85/16	從者如○	11.6/60/13
玄 xuán	50	○衣朱裳	15.1/86/10	乃畫荼壘并○葦索于門	
		朱綠裏而○上	15.1/94/16	戶以禦凶也	15.1/86/14
公諱○	1.1/1/10,1.6/4/13	衣○上纁下	15.1/94/26	最後一車○豹尾	15.1/94/5
○擅出	1.1/2/3	祠宗廟則長冠袀○	15.1/94/27		
于是○有汲黯憂民之心	1.1/2/3	衣○端	15.1/95/1	**烜** xuǎn	1
其以大鴻臚橋○爲司空	1.2/3/3				
其以司空橋○爲司徒	1.3/3/12	**旋** xuán	14	憂心灼○	9.10/51/14
其以光祿大夫○爲太尉	1.4/3/21				
遂樹○石	1.10/8/12	其拔賢如○流	1.6/4/24	**選** xuǎn	24
明德通○	2.1/9/6	○統京宇	1.6/5/2		
秉○妙之淑行	2.2/9/16	又委之而○	2.5/12/3	凡所辟○	3.3/17/18
淵○其深	2.2/10/8	○于舊土	4.1/22/19	其○士也	3.6/19/26
○懿清朗	2.5/11/27	近者不○	6.5/35/5	以賢能特○拜刺史荊州	3.7/20/15
○纁禮聘	2.6/13/2	陽感天不○日	7.4/39/19	○才任良	3.7/20/22
守此○靜	2.6/13/8	○赴京師	9.1/47/5	君權爲○置	3.7/21/9
○文先生名休	2.8/14/9	周○三臺	9.3/48/7	闢○州辟	4.7/27/21
諡以○文	2.8/14/24	言○言復	11.3/59/21	咸以郡○	5.5/32/1
術有○妙	2.9/15/7	或規○矩折	11.7/60/23	三府○幽、冀二州刺史	7.2/36/21
○覽孔眞	3.6/20/8	盤○乎周孔之庭宇	11.8/62/13	不應○用	7.2/36/23
受輅車、乘馬、○袞、		○復變易	13.1/70/6	今者刺史數旬不○	7.2/36/24
赤舄之賜	3.7/21/24	多得○返	13.5/73/14	尤宜揀○	7.2/36/29
神化○通	4.1/23/1	○襄陽而南㮣	14.1/74/24	○既稽滯	7.2/37/2
體安其○	4.5/26/5			牧守數十○代	7.4/42/6
掾諱○	6.2/33/9	**滋** xuán	6	士之高○	7.4/42/19
長水校尉趙○、屯騎校				〔命臣下〕超取○舉	7.4/42/21
尉蓋升	7.4/42/7	九命○恭	3.4/18/10	廣○十人	8.1/44/15
光祿大夫橋○	7.4/42/9	每往○通	3.7/21/17	博○清英	8.4/46/5
北曰○堂	10.1/51/28	含甘吮○	11.8/61/26	若復輩從此郡○舉	8.4/46/14
我馬虺隤以○黃	11.3/59/5	三命○益恭而莫侮	13.4/73/7	朝諸侯、○造士于其中	
○雲黯以凝結兮	11.3/59/10	當春夏而○榮	14.16/78/9		10.1/51/31
納○策于聖德	11.8/62/15	子者、○也	15.1/88/15	重賢良方正、敦樸有道	
字○成	12.1/62/30			之○	13.1/69/25
○○焉測之則無源	12.5/64/5	**璇** xuán	2	而未聞特舉博○之旨	13.1/69/26
○化洽矣	12.13/66/4			更○忠清	13.1/70/6
曖曖○路	12.14/66/9	○璣運周	3.5/19/4	又有賢良文學之○	13.1/70/10

勳 xūn	25
祗厥○庸	1.1/1/7
顯允其○蹟	1.8/6/23
光國垂○	2.3/10/22
光祿○之子也	2.5/11/26
表勒鴻○	3.1/16/3
遷少府光祿○	3.3/17/14
紀公○績	3.3/17/20
○啓《洪範》	3.5/18/23
天子大簡其○	3.5/19/8
○績既盛	3.6/20/4
永遺令○	3.6/20/10
以紀洪○	3.7/22/3
○被萬方	4.1/22/25
○格皇天	4.1/23/3
○烈既建	4.2/24/6
撰舉功○	4.3/25/7
元○既立	5.3/30/19
不替舊○	5.4/30/25
光祿○偉璋所在尤貪濁	7.4/42/5
（進）〔追〕閵前○	8.3/45/26
非所以襃功賞○也	9.1/47/10
成王以周公爲有○勞于	
天下	10.1/52/13
○績不立	11.8/62/16
《周禮・司○》「凡有	
大功者銘之太常」	13.4/73/4
讚虞皇之洪○	14.8/76/19

繏 xūn	2
玄○禮聘	2.6/13/2
衣玄上○下	15.1/94/26

旬 xún	5
在職○月	1.1/1/25
在位十○	3.7/20/15
今者刺史數○不選	7.2/36/24
寢疾○日	9.4/48/24
○日之中	11.2/57/20

巡 xún	10
從駕南○	3.1/15/22
○狩泰山	5.1/28/23
○于四岳	5.1/29/3
逡○放廃	11.8/62/1
竊見○狩岱宗	12.10/65/7
盛輿服而東○	12.10/65/12
○狩天下	15.1/80/16
○守告祭柴望之所歌也	
	15.1/87/22
○狩祀四嶽、河海之所	
歌也	15.1/88/11
○狩校獵還	15.1/92/22

恂 xún	8
于鄉黨則○○焉、斌斌	
焉	2.3/10/16
○○善誘	2.6/13/7
則○○焉罔不伸也	3.4/18/8
○○焉	4.3/24/17

苟 xún	1
○慈明	2.3/11/4

循 xún	8
○王悝	1.1/2/11
七精○軌	3.5/19/4
正考父俯而○牆	4.2/23/27
○禮無遺	6.6/35/23
令諸〔營〕甲士○行塞	
垣	7.3/38/20
○二子之策	7.3/38/21
聖朝幸○舊職	9.3/48/15
蒼頡○聖	11.6/60/10

尋 xún	18
○綜六藝	1.8/6/23
乃○厥根	2.1/9/7
○道入奧	3.3/17/11
罔不○其端源	3.4/18/4
推○雅意	4.1/22/29
○申前業	4.2/23/21
○脩念于在昔	4.6/27/9
○原祚之所由而至于此	6.2/33/15
○思髣髴	6.5/35/1
○想遊靈	6.6/35/22

竊自○案	7.5/43/12
○端極緒	8.4/46/8
○繹度數	11.2/58/2
○脩軌以增舉兮	11.3/59/4
○前緒兮	11.3/59/20
其大徑○	11.7/60/22
○端見緒	11.8/62/10
天○興雲	12.1/63/1

馴 xún	2
兔擾○以昭其仁	12.12/65/24
○心托君素	14.19/78/26

詢 xún	2
曷所咨○	2.4/11/22
聖上○諮師錫	2.5/12/6

迅 xùn	2
○風折樹	7.4/40/20
體逷○以騁步	14.8/76/18

徇 xùn	2
刺舍大禮而○小儀也	10.1/54/4
貪夫○財	11.8/62/3

訊 xùn	3
以○誡告	10.1/53/7
即王制所謂以○誡告者	
也	10.1/53/9
○諸執事	13.1/69/5

訓 xùn	26
陟徒○敬	1.6/5/2
以○四方	2.4/11/20
是○是教	2.5/12/17
將問故○	3.3/17/13
實賴遺○	3.4/18/17
未洽雅○	3.6/20/1
及至入學從○	4.1/22/12
○五品于司徒	4.1/22/24
六騾習○	4.2/23/23

作傳以○	4.2/24/6	緣增○而結莖	11.3/59/2	**焉 yān**	92
彌綸古○	4.3/24/19	積富無○	11.8/61/19		
○五品于群黎	4.3/25/1	蹈通○而往遊	14.9/76/27	以昭公文武之勛○	1.5/4/8
祗服其○	5.4/31/14			夫何考○	1.6/4/27
受過庭之○	6.2/33/14	**雅 yǎ**	22	其禮闋○	1.7/5/11
義方之○	6.5/35/2			亦無聞○	1.7/5/13
○以柔和	6.6/35/16	○性謙克	1.1/2/24	而猶有三○	1.7/5/15
十門劉寵龐○北面	7.4/39/2	緣○則	1.9/7/16	忠○能勿誨乎	1.7/5/17
上稽典○之正	8.1/44/29	紀順奉○意	2.2/10/7	孤亦與	1.7/5/29
不墜家○	8.4/46/8	○性謙儉	2.7/13/22	子貢疑○	1.7/6/1
聖○也	11.8/62/7	○麗是分	2.8/14/23	擇一處○	1.7/6/16
乃○乃屬	12.13/66/3	以順公之○	3.2/16/22	其孫氏○	1.8/6/21
其高者頗引經○風喻之		《大○》揚言	3.5/19/15	亹亹○雖商倕其猶病諸	1.8/6/24
言	13.1/70/13	君○操明允	3.6/19/22	驗應著○	1.8/6/25
聞之前○曰	13.3/72/9	未洽○訓	3.6/20/1	朝廷閡○	1.8/7/6
故○之以容眾	13.3/72/21	教令溫○	3.7/21/15	明則登其墓察○	1.10/8/3
○人民事君之道也	15.1/82/23	列于《大○》	3.7/21/24	俾志道者有所覽○	1.10/8/12
○于五品也	15.1/82/26	推尋○意	4.1/22/29	文王容○	2.1/8/26
		紹述○意	4.6/27/4	浩浩○	2.1/8/27
遜 xùn	8	舒詳閒○	4.7/27/18	汪汪○	2.1/8/27
		字伯○	6.2/33/9	童蒙賴○	2.1/9/1
公皆以自克○位	1.1/2/14	使貞○各得其所	7.4/39/18	遂以國氏○	2.2/9/15
（如前）〔數月〕○位	1.1/2/18	是故申伯、山甫列于		于鄉黨則恂恂○、斌斌	
託痾○位	1.6/4/21	《大○》	9.1/47/1	○	2.3/10/16
而公處以恭○	3.2/16/17	《爾○》曰	10.1/52/21	巍巍○其不可尚也	2.4/11/15
○位歸爵	4.1/22/19, 4.2/23/21	惟彼○器	12.19/67/5	作者七人○	2.5/12/12
以疾自○	5.2/29/19	信○琴之麗樸	14.9/76/28	覿衰世而遯○	2.8/14/9
況避不○之辱哉	7.3/38/17	爰制○器	14.12/77/12	童冠仰○	2.8/14/15
		○韻乃揚	14.12/77/15	既定而後罷○	2.8/14/20
牙 yá	5			因氏○	3.1/15/15
		亞 yà	4	朝廷惜○	3.1/15/24
處爪○而威以布	1.6/4/17			昔仲尼嘗垂三戒而公克	
消姦宄于爪○	4.2/23/14	王室○卿也	1.7/6/12	○	3.1/16/1
犬○而無角	10.2/56/23	德○聖人	3.2/16/28	公孫同倫莫能齊○者矣	3.2/16/15
儋○虎神荼、鬱壘以執		當仲尼則顏冉之○	8.4/46/12	而皋陶不與	3.2/16/24
之	15.1/86/12	○飛輪以縋油	15.1/93/27	則恂恂○罔不伸也	3.4/18/8
儋○虎神荼、鬱壘二神				則誾誾○罔不釋也	3.4/18/8
海中有度朔之山	15.1/86/12	**迓 yà**	2	以國氏○	3.6/19/20, 4.5/25/23
				靡以加○	3.6/20/4
芽 yá	1	虛己○之者	2.7/13/19	未有若公者○	4.1/22/25
		脩誠以○	5.5/32/8	《春秋》書○	4.2/23/9
害漸亦○	11.8/61/21			而有加○	4.2/24/2
		咽 yān	2	恂恂○	4.3/24/17
崖 yá	5			怡怡○	4.3/24/17
		嗢唈不能吞○	8.2/45/5	三升而不出○	4.3/24/18
將蹈洪○之遐迹	2.1/9/2	哽○益甚	8.2/45/5	欲留此○	4.5/26/6
疇昔洪○	2.6/13/8			仲尼嘉○	4.5/26/12

神心欣〇	4.6/27/5	如其方色而舞〇	15.1/96/8	忠〇嘉謀	3.2/16/18
闕〇永廢	4.7/27/24			〇從計納	3.2/16/19
帝位闕〇	5.1/28/20	**淹 yān**	2	要〇約戒忠儉而已	3.2/16/26
莫不惻〇	5.2/29/20			五代之微〇	3.4/18/4
莫不祀〇	5.3/30/11	狐疑遲〇	7.2/36/23	譔錄所審〇于碑	3.4/18/13
秦一漢三而虞氏世〇	5.3/30/15	佇〇留以候霽兮	11.3/59/11	用罔有擇〇失行	3.5/18/24
自古有〇	6.1/32/19			先志載〇	3.5/18/24
無聞而不行〇	6.1/32/24	**煙 yān**	4	《大雅》揚〇	3.5/19/15
無以加〇	6.3/33/25,6.4/34/8			〇不及軍旅之事	3.7/21/15
假貞石以書〇	6.5/34/20	姦宄〇發	3.7/20/18	南陽太守樂鄉亭侯旻思	
〇所安神	6.5/35/4	庭燎飛〇	11.7/60/24	等〇	3.7/21/21
休譽邈〇	6.6/35/12	懼〇炎之毀燔	11.8/62/9	取忠肅于不〇	4.2/23/14
〇識所徂	6.6/35/23	尊卑〇驚	12.27/68/14	〇不稱老	4.2/23/25
是以明主尤務〇	7.4/39/20			取〇時計功之則	4.2/24/3
眾夫嘉〇	8.4/46/12	**閹 yān**	4	匹虞龍而納〇	4.3/24/20
劉〇撫寧有方	9.3/48/13			亟以爲〇	4.5/26/8
春秋采〇	9.10/51/16	〇尹	10.2/55/20	〇仁者其壽長	4.6/27/8
人君之位莫正于此〇	10.1/51/29	〇尹者、內官也	10.2/55/21	不可〇	5.1/28/17
而四學具〇	10.1/52/1	〇尹之職也	10.2/55/21	先民有〇	5.1/28/24
官司備〇	10.1/52/1	閭里門非〇尹所主	10.2/55/21	歷僕射令納〇	5.2/29/15
爲學四〇	10.1/52/24			〇語造次必以經綸	5.4/31/1
祭先師先聖〇	10.1/52/25	**言 yán**	169	〇合典式	6.2/33/11
學者詔〇	10.1/52/29			〇語所及	6.4/34/8
俱獻馘〇	10.1/53/8	無〇不讎	1.1/1/25	聞〇斯識	6.4/34/12
六騶屬〇	10.2/55/26	凶人（人）惡〇當道	1.1/2/8	慎而寡〇	6.5/34/23
小子惑〇	11.8/61/10	曾無順媚一〇之求	1.1/2/24	人亦有〇	6.6/35/20
明哲泊〇	11.8/62/3	與聞公之昌〇者	1.4/3/23	薄〇于歸	6.6/35/23
棄此〇如	11.8/62/17	秦以世〇諡而黜其事	1.7/5/10	〇考其良	6.6/35/25
其博大也洋洋〇	12.4/63/28	忠〇不輟乎口	1.7/5/19	臣懷懷發譬〇、幹非義	7.2/37/4
玄玄〇測之則無源	12.5/64/5	〇如砥矢	1.7/5/20	護烏桓校尉育上〇	7.3/37/8
汪汪〇酌之則不竭	12.5/64/5	職據納〇	1.7/5/25	〇其莫敢校也	7.3/38/14
〔百役出〇〕	12.9/64/29	以例〇之	1.7/6/11	其寵弊有不可勝〇者	7.3/38/18
亦其有〇	12.12/65/23	以臣子之辭〇之	1.7/6/12	臣邑〇	7.4/39/7
莫與大〇	13.1/70/30	雖龍作納〇	1.8/7/4	占不虛〇	7.4/39/16
無自辱〇	13.3/72/18	命汝納〇	1.9/7/19	忠〇不聞	7.4/39/18
而獨稷〇	13.3/72/24	或〇潁川	1.10/7/26	任忠〇	7.4/39/18
走將從夫孤〇	13.3/72/26	或〇彥蒙	1.10/8/1	與中黃門桓賢晤〇	7.4/39/22
欣欣〇樂在其中矣	13.8/73/28	時令太山萬熙稽古老之		與桓賢〇	7.4/40/1
是以甚致飾〇	13.11/74/12	〇	1.10/8/5	審察中外之〇	7.4/40/28
將何容〇	13.11/74/14	拯微〇之未絕	2.1/8/29	三有德〇	7.4/40/29
勃〇竝興	14.1/74/27	〇觀其高	2.1/9/8	〇天下何私家之有	7.4/41/3
怒〇且饑	14.5/76/4	故〇斯可象	2.2/9/18	當因其〇居位十數年	7.4/42/12
有禱〇	15.1/84/11	敢錄〇行	2.2/10/3	莫之敢〇	7.4/42/21
詔有司采《尚書·皋陶		微〇圮絕	2.3/11/7	臣願陛下強納忠〇	7.4/43/1
篇》及《周官》《禮		懼微〇之欲絕	2.6/13/5	上有漏〇之戒	7.4/43/4
記》定而制〇	15.1/94/15	〇行舉動	2.7/13/19	誘臣使〇	7.5/43/17
群臣皆隨〇	15.1/95/8	〇無不信	3.2/16/14	預知所〇者當必怨臣	7.5/43/18

陛下不念忠○密對	7.5/43/18	難以勝○	13.1/70/28	后之○後也	15.1/83/16
而○者不蒙延納之福	7.5/43/20	上○當用曆序甲寅元		夫之○扶也	15.1/83/17
○事者欲陷臣父子	7.5/43/21		13.2/71/10	孺之○屬也	15.1/83/17
然恐陛下不復聞至○矣	7.5/43/23	但○《圖讖》	13.2/71/25	婦之○服也	15.1/83/17
以快○事	7.5/43/25	所○不服	13.2/71/25	妻之○齊也	15.1/83/18
厭副其○	7.5/43/25	而光晃○秦所用代周之		蜡之○索也	15.1/86/22
于是尙書陳忠上○	8.1/44/5	元	13.2/72/3	○能酌先祖之道以養天	
由此○之	8.3/45/21	善則久要不忘平生之○		下之所歌也	15.1/88/9
越職瞽○	8.3/45/29		13.3/72/17	頛、○半也	15.1/89/1
非法不○	8.4/46/11	括二論而○之	13.3/72/25	○虙犧氏始以木德王天	
才藝○行	8.4/46/13	諸侯○時計功	13.4/72/30	下也	15.1/89/17
貞夢至○	9.2/47/22	所謂諸侯○時計功者也	13.4/73/5	詔不○制	15.1/90/6
知納○任重	9.3/48/5	家祖居常○客有三當死	13.9/74/3	○相連也	15.1/90/22
以七廟○之	9.6/49/20	爾乃○求茂木	14.12/77/11	漢家不○禘祫	15.1/91/25
以宗廟○之	9.6/49/20	其○曰「制詔」	15.1/79/9	不○帝	15.1/91/27
○稽典謨	9.7/49/30	皋陶與帝舜○曰「朕○			
夫人君無弄戲之○	9.10/51/19	惠可厎行」	15.1/80/1	**延 yán**	30
故○明堂	10.1/52/3	群臣與天子○	15.1/80/6		
○教學始于養老	10.1/52/26	及群臣士庶相與○曰殿		○公于玉堂前廷	1.2/3/3
凡祭養老乞○合語之禮		下、閣下、〔足下〕		○公登于玉堂前廷	1.3/3/12
	10.1/52/27	、〔侍者〕、執事之		○公入崇德殿前	1.4/3/21
○王者動作法天地	10.1/53/4	屬皆此類也	15.1/80/7	漢皇二十一世○熹六年	
○行孝者	10.1/53/11	當○帝則依違但○上	15.1/80/9	夏四月乙巳	1.8/7/4
庶幾多識前○往行之流		不敢褻瀆○尊號	15.1/80/9	維漢二十一世○熹六年	1.9/7/12
	10.2/54/24	不敢褻瀆○之	15.1/80/12	○熹八年秋八月	1.10/8/10
《令》不以曆節○	10.2/55/10	故群臣託乘輿以○之	15.1/80/14	至○熹二年	2.5/12/10
不以節○	10.2/55/11	猶○今雖在京師、行所		乃更闚門○賓	2.5/12/10
無○七者	10.2/55/26	至耳	15.1/80/16	生惠及○二子	2.7/13/14
是以不得○妻云也	10.2/57/2	連舉朝廷以○之也	15.1/80/18	其有備禮招○	2.7/13/19
建○十志	11.2/57/30	後遂無○之者	15.1/80/21	○熹八年五月丙戌薨	3.1/15/24
白馬令李雲以直○死	11.3/58/18	○民之得所不當得	15.1/81/3	○入華光	3.5/18/26
○旋○復	11.3/59/21	近臣則○官具○姓名	15.1/81/13	及○見武將文吏	3.7/21/15
誰肯相爲○	11.5/60/4	其京師官但○稽首	15.1/81/28	○和末年	4.2/23/22
宰賜所不能○	11.7/60/26	下○稽首以聞	15.1/81/28	曾祖父○城大尹	4.5/25/24
乃斟酌群○	11.8/61/4	上○臣某○	15.1/82/3	○陵季子	4.5/26/11
仲尼設執鞭之○	11.8/61/6	下○臣某誠惶誠恐	15.1/82/3	失○年之報祐	4.6/27/8
公○非法度	12.2/63/8	公卿校尉諸將不○姓	15.1/82/4	○于無窮	5.1/28/24
應運立○	12.5/64/3	大夫以下有同姓官別者		虞○爲太尉、司徒封公	5.3/30/12
至○數聞	13.1/69/24	○姓	15.1/82/5	至○熹	5.3/30/13
危○極諫不絕于朝	13.1/69/25	其○密事	15.1/82/6	○弟曾孫放字子仲	5.3/30/13
以解《易傳》政悖德隱		下○臣愚戇議異	15.1/82/7	不獲○祚	5.5/32/2
之○	13.1/69/27	不○議異	15.1/82/8	維○熹四年	6.6/35/9
或以○揚	13.1/69/29	群臣上書皆○昧死○	15.1/82/10	而言者不蒙○納之福	7.5/43/20
郎中張文前獨盡狂○	13.1/69/30	○萬物始蔟而生	15.1/83/3	更以屬缺招○	8.4/46/18
又令三公諺○奏事	13.1/70/4	○陰氣大勝	15.1/83/6	○熹二年秋	11.3/58/17
其高者頗引經訓風喻之		○陽氣踵黃泉而出	15.1/83/9	○頸脅翼	11.6/60/12
○	13.1/70/13	○一歲莫不覆載	15.1/83/11	絡繹邊○	11.6/60/14

○光元年中　13.2/71/10	當仲尼則○冉之亞　8.4/46/12	**衍 yǎn**　9
周禮、天子冕前後垂○	則○淵不得冠德行之首　8.4/46/19	
朱綠藻有十二旒　15.1/94/14	無○以居　9.2/47/27	淫○東夷　1.5/3/28
	○如日星　9.7/49/29	福祚流○　4.5/26/19
炎 yán　5	○歊抱璞　11.8/61/22	其地○隩　6.1/32/20
	○煒燁而含榮　14.3/75/12	用度饒○　7.3/37/18
赫矣○光　5.1/29/1	公卿親識○色　15.1/92/22	故遂○溢　9.6/49/15
屬○氣于景雲　11.8/61/10		右衛尉杜○在朝堂而稱
懼煙○之毀熸　11.8/62/9	**嚴 yán**　15	不在　9.8/50/9
○赫來臻　12.29/68/24		○以存爲亡　9.8/50/10
○帝爲神農氏　15.1/89/24	雖○威猛政　2.2/9/20	博○深遠　10.1/53/30
	公自奉○飭　3.1/15/24	辭繁多而曼○　10.2/54/23
研 yán　3	○以爲威　4.3/24/23	
	○考隤殁　4.7/28/1	**兗 yǎn**　4
○道知機　4.2/23/10	教誨○肅　4.7/28/2	
○桑不能數其詰屈　11.6/60/15	夙夜○慄　5.2/29/10	太尉張公、○州劉君、
○桑所不能計　11.7/60/26	望○霜而凋零　6.4/34/14	陳留太守淳于君、外
	董以○剛　6.6/35/17	黃令劉君僉有休命　2.7/14/1
嵃 yán　1	詔書治○　7.2/36/24	遷豫州○州刺史　3.1/15/18
	○尤申其要　7.3/38/21	青○之郊　8.3/45/25
嶄○崔嵯　11.7/60/24	○守衛　7.4/39/19	○豫以清　8.4/46/4
	政不○而事治　12.4/63/28	
筵 yán　5	今人務在奢○　12.23/67/23	**偃 yǎn**　13
	飭駕趣○　14.5/76/1	
反几○　1.10/8/17	陳○具　15.1/91/7	壹壹焉雖商○其猶病諸　1.8/6/24
几○靈設　4.3/25/6		猶草木○于翔風　2.2/9/24
伏几○而增悲　4.6/27/13	**巖 yán**　10	河南○師人也　6.2/33/9
几○虛設　6.5/35/3		故主父○曰　7.3/37/21
惟主及几○應改而已　9.6/49/24	○藪知名　2.3/10/26	舅○哀其羸劣　8.2/45/4
	○○大理　3.5/18/29	舅○誘勸　8.2/45/5
挻 yán　2	○○山岳　11.1/57/9	○鼠飲河　9.9/51/10
	廓○塹以崝嶸　11.3/59/1	白朝廷敕陳留太守〔發〕
○其精義　3.4/18/4	○○九疑　12.8/64/21	遣余到○師　11.3/58/19
○精微　4.3/24/19	○○我考　12.12/65/26	赴○師而釋勤　11.3/59/11
		栖遲○息　12.18/66/30
蜒 yán　1	**鹽 yán**　5	召見董○　15.1/95/5
		○傅青褠綠幩　15.1/95/5
或蜿○繆戾　11.7/60/23	乃興○鐵酤榷之利　7.3/37/19	主家庵人臣○昧死再拜
	而米○煩碎　10.2/56/26	謁　15.1/95/6
顏 yán　12	匈奴攻郡○池縣　11.2/58/4	
	惟青紫○也　13.6/73/19	**掩 yǎn**　2
曾閔○萊　5.4/30/26	○曰鹹醝　15.1/87/12	
光潤玉○　6.4/34/7		行不○心　13.1/70/26
漢有衛霍闐○瀚海竇憲	**奄 yǎn**　1	屋之○其上使不通天　15.1/84/22
燕然之事　7.3/37/13		
夫以匹夫○氏之子　7.4/40/17	○忽而卒　5.4/31/9	
○色瘦小　8.2/45/8		

琰 yǎn	2	其惠和也○○然	12.4/63/28	
		或一朝之○	12.23/67/23	
銘諸琬○	4.2/24/4			
啄碎琬○	12.28/68/18	**硯 yàn**	1	
演 yǎn	5	給財用筆○爲對	7.4/39/5	
舒○奥祕	3.6/19/26	**雁 yàn**	3	
○孔圖曰	7.4/39/14			
宜披○所懷	7.4/41/14	于是掾太原王允、○門		
○化凶悍	8.3/45/27	畢整	4.3/24/13	
○西土之陰精	14.1/74/23	○行蹉跎	14.2/75/8	
		多鷹稻○	15.1/84/14	
彥 yàn	5			
		厭 yàn	7	
或言○蒙	1.10/8/1			
配彼哲○	6.6/35/27	然猶學而不○	2.6/12/28	
司隸校尉岑初考○時	7.4/42/2	克○帝心	3.7/21/2	
臣輒核問掾史邑子殷盛		衆心不○	7.4/42/21	
宿○等	8.2/45/7	○副其言	7.5/43/25	
濟濟群○	14.18/78/20	克○衆心	8.4/46/5	
		則臣之心○抱釋	9.2/47/28	
唁 yàn	1	○伏四方	12.26/68/9	
○襄王于壇坎	11.3/59/6	**燕 yàn**	3	
宴 yàn	6	○居從容	1.1/2/22	
		貽此○翼	6.2/33/17	
享○娛樂	2.5/12/10	漢有衛霍閎顏瀚海竇憲		
侍○露寢	3.5/18/26	○然之事	7.3/37/13	
玁狁攘而吉甫○	11.8/61/29			
堂無○客	12.2/63/11	**猒 yàn**	2	
從學○飲	13.8/73/28			
縱吏民○飲	15.1/93/2	疾○○而日遭	4.6/27/10	
晏 yàn	12	**嬿 yàn**	1	
孝順○駕	1.8/6/26	雖得○（娗）〔婉〕	14.5/75/28	
威宗○駕	4.2/23/24			
時故護羌校尉田○以他		**鷃 yàn**	1	
論刑	7.3/37/9			
與育○三道竝出	7.3/37/11	鵲鳩鷃兮鶉○雌	11.4/59/29	
今育○以三年之期	7.3/37/25			
育○策慮	7.3/37/26	**驗 yàn**	13	
哀帝○駕	7.4/40/12			
且○嬰辭邶殿之邑	9.10/51/18	所部二千石受取有○	1.1/1/19	
唯有○子	11.4/59/26	○應著焉	1.8/6/25	

咨訪其○	1.10/8/6
與郃參○	7.5/43/14
辭○皆合	8.2/45/7
昭○已著	8.2/45/12
又不知《月令》徵○布	
在諸經	10.2/54/15
《周官》《左傳》皆實	
與《禮記》通等而不	
爲徵○	10.2/54/15
天文爲○	11.2/57/31
太初效○	13.2/71/8
考其符○	13.2/71/22
遠有○于《圖》《書》	
	13.2/71/24
深引《河洛圖讖》以爲	
符○	13.2/71/29
豔 yàn	2
摛華○于紈素	11.6/60/16
形猗猗以○茂兮	14.16/78/9
央 yāng	7
惜聞誨之未○	4.6/27/6
未○宮輅軨中	7.4/40/10
中○曰太室	10.1/51/28
太學在中○	10.1/52/16
邈悠悠之未○	11.3/59/4
洒道中○	12.26/68/8
中○之神	15.1/85/16
殃 yāng	3
降茲（殘）〔篤〕○	1.9/7/20
降此殘○	6.6/35/21
五穀播灑之以除疫○	15.1/86/11
羊 yáng	12
《公○傳》曰	1.7/6/6
及營護故河南尹○陟、	
侍御史胡母班	7.5/43/10
自是告朔遂闕而徒用其	
○	10.1/54/4
爾愛其○	10.1/54/5
春食麥○	10.2/56/17

丑牛、未○、戌犬、酉雞、亥豕而已 10.2/56/19
故未○可以爲春食也 10.2/56/21
弘○據相于運籌 11.8/62/21
《詩》之《羔○》 12.2/63/12
孤有《羔○》之節 13.3/72/26
○曰柔毛之屬也 15.1/87/5
○曰柔毛 15.1/87/8

洋 yáng 16

○○搢紳 2.1/9/8
○○乎其不可測也 2.4/11/15
○○乎若德 2.5/12/11
○○泌丘 2.5/12/17
○○乎若德宣治 4.3/24/23
其博大也○○焉 12.4/63/28
泌之○○ 12.18/66/30
○○暮春 12.27/68/14

揚 yáng 34

以對○天子丕顯休命 1.2/3/5
○之由人 1.6/4/26
清風丕○ 2.5/12/18
用對○天子 3.5/19/7
《大雅》○言 3.5/19/15
○明德于側陋 3.6/19/27
表行○名 3.6/20/10
交○益州 3.7/21/1
俾○武威 3.7/21/5
并督交○二州 3.7/21/7
用○德音 4.1/22/29
○惠風以養貞 4.2/23/13
○景烈 4.3/25/9
是對是○ 4.4/25/18
（激）〔汏〕垢濁以○清 5.2/29/17
清風奮○ 8.2/45/12
醉則○聲 11.4/59/27
○波振擊 11.6/60/11
及○雄、班固、崔駰之徒 11.8/61/3
○芳飛文 11.8/61/9
擐甲○鋒 11.8/61/29
何光芒之敢○哉 11.8/62/9
胡老乃○衡含笑 11.8/62/22
英風固以○于四海矣 12.3/63/21
或以言○ 13.1/69/29
動○朱脣 14.5/75/25
○蕩蕩之明文 14.8/76/20
左手抑○ 14.12/77/14
雅韻乃○ 14.12/77/15
動角○徵 14.15/78/3
復長鳴而○音 14.17/78/16
動搖○縹青 14.19/78/25
執戈○楯 15.1/86/10
執義○善曰懷 15.1/97/3

陽 yáng 100

除郎中洛○左尉 1.1/1/21, 1.6/4/17
特進潁○侯梁不疑爲河南尹 1.1/1/21
遷漢○太守 1.1/2/10, 1.6/4/19
及在上谷漢○ 1.5/4/2
梁國睢○人也 1.6/4/13
漢益州刺史南○朱公叔卒 1.7/5/8
周有仲山甫伯○嘉父 1.7/6/13
後自沛遷于南○之宛 1.8/6/21
其五月丙申葬于宛邑北萬歲亭之○ 1.9/7/13
乃作祠堂于邑中南舊○里 1.9/7/15
是以賴鄉仰伯○之蹤 1.10/8/11
百卉之挺于春○也 2.2/9/25
太守南○曹府君命官作誄曰 2.3/11/2
推步陰○ 2.6/12/28
爰自南○ 2.7/13/14
南○宛人也 2.8/14/9
其祖李伯○ 2.8/14/9
以歐○《尚書》、《京氏易》誨授 3.1/15/17
陰○不忒 3.3/17/15
山○高平人也 3.7/20/14
南撫衡○ 3.7/20/21
外柔如春○ 3.7/21/16
南○太守樂鄉亭侯旻思等言 3.7/21/21
葬于洛○塋 4.1/22/28
公之季子陳留太守碩卒于洛○左池里舍 4.5/26/8
雒○東界關亭之阿 4.5/26/15
于時濟○故吏舊民、中常侍句○于肅等二十三人 4.5/26/17
而國家方有滎○寇賊 4.7/27/21
初爲濟○令 5.1/28/15
濟○有武帝行過宮 5.1/28/15
即位鄗縣之○ 5.1/28/21
來在濟○ 5.1/28/26
扶○而飛 5.1/29/2
漁○太守 5.2/29/13
古○武之戶牖鄉也 5.3/30/11
治孟氏《易》、歐○《尚書》、韓氏《詩》 5.4/30/26
○陵縣東 6.1/32/19
陰德之○報 6.2/33/15
無時有○ 6.6/35/25
中常侍育○侯曹節、冠軍侯王甫 7.4/39/2
○感天不旋日 7.4/39/19
有白衣入德○殿門 7.4/39/22
是歲封后父禁爲平○侯 7.4/40/11
況乃陰○易體 7.4/40/14
臣聞○微則地震 7.4/40/21
抑陰尊○ 7.4/40/22
是陰○爭明 7.4/40/27
臣愚以爲平城門、向○之門 7.4/41/5
高○有莘 8.1/44/25
託體太○ 8.2/45/14
遷都洛○ 9.4/48/20
今封邕陳留雍丘高○鄉侯 9.9/50/17
上所假高○侯印綬符策 9.9/50/28
東曰青○ 10.1/51/28
又別陰○ 10.1/52/22
陰○九六之變也 10.1/53/14
所以順陰○、奉四時、效氣物、行王政也 10.1/53/20
陰○生物之候 10.1/53/29
陰○和 10.1/54/6
書有陰○升降 10.2/54/20
秋行少○ 10.2/56/6
陰○皆使不干其類 10.2/56/6
故冬春難以助○ 10.2/56/6
至夏節太○行太○ 10.2/56/7

洛○詔獄	11.2/57/23	漢有國師司空文烈侯○		**養** yǎng	21
弔紀信于榮○	11.3/58/26	公	3.5/18/22		
陰曀曀而不○	11.3/59/6	召光祿大夫○賜、諫議		○稗惟愛	2.7/13/19
見○光之顯顯兮	11.3/59/13	大夫馬日磾、議郎張		○徒三千	3.6/20/9
陰○代興	11.8/61/24	華、蔡邕、太史令單		揚惠風以○貞	4.2/23/13
時處士平○蘇騰	12.1/62/30	颺	7.4/38/26		婉孌供○	4.6/27/4
夢陟首○	12.1/62/30	伏見幽州刺史○喜、益		從○陶丘	4.7/28/4
建時春○	12.13/66/3	州刺史龐芝、涼州刺		○色甫意	5.4/30/26
太蔟運○	12.25/68/3	史劉虔	13.1/70/1		以侍中○疾	5.4/31/6
○遂求福	12.26/68/8			○士御衆	8.3/45/27
而光晃以爲陰○不和	13.2/72/2			起○老敬長之義	10.1/51/31
獲寶鼎于美○	13.4/73/4	**颺** yáng	2	則遂○老	10.1/52/25
莊叔隨難漢○	13.4/73/7			始之○也	10.1/52/26
納○谷之所吐兮	14.1/74/23	召光祿大夫楊賜、諫議		言教學始于○老	10.1/52/26
旋襄○而南榮	14.1/74/24	大夫馬日磾、議郎張		凡祭○老乞言合語之禮	
○侯沛以奔騖	14.1/74/27	華、蔡邕、太史令單			10.1/52/27
覽陰○之綱紀	14.2/75/4	○	7.4/38/26		是用之助生○	10.2/55/15
平○是私	14.5/75/28	日磾、華邕、○西面	7.4/39/3		○三老五更	10.2/56/29
畫乾坤之陰○	14.8/76/19			○老辟雍	13.1/69/16
孝元皇后父大司馬○平				○不斷之慮者	13.1/70/5
侯名禁	15.1/80/20	**仰** yǎng	26	其氣始出生○	15.1/85/9
別陰○之義也	15.1/82/24			其氣長○	15.1/85/11
言○氣踵黃泉而出	15.1/83/9	是以賴鄉○伯陽之蹤	1.10/8/11	桑扈氏農正、趣民○蠶	15.1/86/6
戶春爲少○	15.1/85/9	莫不同情瞻○	2.2/9/19	言能酌先祖之道以○天	
寵夏爲太○	15.1/85/11	君○瞻天象	2.5/12/7	下之所歌也	15.1/88/9
世祖都（河）〔洛〕○		俯○占候	2.6/12/28		
	15.1/88/19	童冠○焉	2.8/14/15		
顓頊爲高○氏	15.1/89/24	瞻○洙泗	3.4/18/11	**恙** yàng	1
都洛○	15.1/90/28	○之彌高	3.4/18/16		
今洛○諸陵	15.1/91/5	○慕群賢	4.3/25/5	幸得無○	13.6/73/19
公卿以下陳洛○都亭前		○邃古	4.3/25/9		
街上	15.1/92/22	瞻○以知禮之用	4.5/26/18		
冬至○氣始〔動〕	15.1/92/27	○奉慈姑	4.6/26/26	**煬** yàng	1
冬至○氣起	15.1/93/2	○瞻二親	4.7/27/26		
唯河南尹執金吾洛○令		瞻○俊乂	5.5/32/7	去禮遠衆曰○	15.1/97/4
奉引侍中參乘奉車郎		後生○則	6.5/34/24		
御○車三十六乘	15.1/93/9	○覽篇籍	6.6/35/11		
		夫誠○見上帝之厚德也	7.4/40/3	**漾** yàng	1
		俯○無所遺	8.1/44/5		
楊 yáng	9	下乖群生瞻○之望	9.1/47/11	引○澧而東征	14.1/74/23
		俯○龍光	9.7/49/29		
今使權謁者中郎○賫贈		○愧先臣	9.8/50/13		
穆益州刺史印綬	1.8/7/6	思字體之俯○	11.6/60/17	**ㄠ** yāo	1
弘農○公、東海陳公	2.3/10/23	俛○取容	11.8/61/12		
食邑于○	3.1/15/15	瞻○此事	11.8/62/4	其餘匜○	11.4/59/26
烈祖○喜佐命征伐	3.1/15/15	于是公子○首降階	11.8/62/22		
於惟○公	3.2/16/28	○之若華岳	12.5/64/5		
姬姓之國有○侯者	3.3/17/8	○察斗機	14.5/76/3	**夭** yāo	10
				申申○○	1.1/2/22
				遭厲氣同時○折	4.6/27/1
				遭元子之弱○	4.6/27/9

遭疾○逝	6.4/34/9
嗟童孺之○逝兮	6.4/34/14
則胎○多傷	10.2/56/13
○○是加	11.8/61/21
嗟○折以摧傷	14.16/78/10

妖 yāo　6

其○城門內崩	7.4/41/7
故屢見○變	7.4/41/18
○寇作孽	8.4/46/3
家人小○也	12.24/67/28
庶苔風霆災○之異	13.1/69/22
夫何姝○之媛女	14.3/75/12

要 yāo　18

獨念運際存亡之○	1.8/6/25
總六經之○	2.5/11/27
包括道○	2.9/15/1
○言約戒忠儉而已	3.2/16/26
以爲《尚書》帝王之政	
○、有國之大本也	3.4/18/3
知機達○	3.6/19/23
備○塞之處	3.7/20/22
三公明知二州之○	7.2/36/29
屯守衝○以堅牢不動爲	
務	7.3/38/20
嚴尤申其○	7.3/38/21
指陳政○所先後	7.4/41/14
其○者莫大于《月令》	
	10.2/54/21
盍亦回塗○至	11.8/61/12
東方○幸于談優	11.8/62/20
手書○曰	12.1/63/1
善則久○不忘平生之言	
	13.3/72/17
○明年之中夏	14.17/78/16
○後相通埽除	15.1/96/12

堯 yáo　14

《○典》曰	10.1/53/25
庸可以水旱而累○湯乎	11.8/62/9
○乃授徵	12.8/64/22
上稽帝○	12.10/65/7
具（干）〔于〕庭	12.17/66/26

以遵于○	13.2/71/28
昔○命羲和曆象日月星	
辰	13.2/71/30
○、舜稱帝	15.1/79/14
○曰朕	15.1/80/1
○祠以爲社	15.1/85/24
○曰《咸池》	15.1/89/3
帝○氏以火德繼之	15.1/89/20
帝○爲陶唐氏	15.1/89/25
翼善傳聖曰○	15.1/96/24

軺 yáo　1

軒○四牡	12.9/65/2

搖 yáo　4

于以消○	2.5/12/17
消○致位	4.2/23/21
河上消○	14.5/76/3
動○揚縹青	14.19/78/25

徭 yáo　1

○役永息	12.9/65/2

僥 yáo　3

僬○之後	11.4/59/25
世俗謂幸爲○倖	15.1/80/28
臣民被其德澤以○倖	15.1/80/28

遙 yáo　1

并日夜而○思兮	11.3/59/12

嶢 yáo　1

陟蔥山之○（崤）〔嶤〕	
	11.3/58/27

謠 yáo　1

又令三公○言奏事	13.1/70/4

繇 yáo　2

三事之○允備	1.3/3/16
遣御史中丞鍾○即拜鎮	
南將軍	3.7/21/5

飆 yáo　1

魂氣飄○	6.5/35/4

杳 yáo　1

谿壑窶其○冥	11.3/59/1

窈 yǎo　3

○窕德象	4.7/27/19
早達○窕	6.5/34/23
歡茲○窕	14.5/75/23

曜 yào　8

旌旗○日	1.5/4/6
苞靈○之純	2.3/10/27
彌遠益○	2.6/13/9
垂光烈○	3.5/19/4
而德○彌光	8.2/45/15
參○乾台	11.1/57/12
而光晃曆以《考靈○》	
二十八宿度數	13.2/71/22
以今渾天圖儀檢天文亦	
不合于《考靈○》	13.2/71/23

藥 yào　2

不得辭王命、親醫○	4.7/27/21
無○不將	6.6/35/21

耀 yào　17

威靈振○	1.5/4/9
含光○	1.10/8/14
○無垠	1.10/8/18
擒其光○	2.1/9/9
冠○八荒	2.4/11/19
夫三精垂○	2.5/12/12
光○昆苗	2.5/12/18

三光〇潤	3.3/17/16	眞人〇	1.10/7/26	則闇闇焉罔不釋〇	3.4/18/8
珠藏外〇	3.6/20/9	我王子喬〇	1.10/8/4	姬稷之末冑〇	3.6/19/20
〇三辰于上階	4.1/22/24	爾勿復取吾先人墓前樹		其選士〇	3.6/19/26
乃〇柔嘉	4.1/23/2	〇	1.10/8/5	山陽高平人〇	3.7/20/14
〇三辰于渾元	4.3/25/1	故知至德之宅兆、眞人		當是時〇	3.7/20/19
〇昆後	4.3/25/9	之先祖〇	1.10/8/7	不遠過〇	3.7/21/8
休矣〇光	4.5/26/20	祗懼之敬肅如〇	1.10/8/10	齊桓遷邢封衛之義〇	3.7/21/9
爰〇其輝	5.1/29/1	太原界休人〇	2.1/8/25	闇闇如〇	3.7/21/12
上〇祖先	9.3/48/12	即其後〇　2.1/8/26,2.6/12/23		方之蔑如〇	3.7/21/13
〇熠祖禰	9.9/50/29	鱗介之宗龜龍〇	2.1/8/30	交阯都尉之元子〇	4.1/22/10
		亦賴之于見述〇	2.1/9/5	其爲政〇　4.1/22/14,4.3/24/21	
也 yě	556	潁川許人〇　2.2/9/14,2.3/10/15		南郡華容人〇	4.2/23/9
		未若先生潛導之速〇	2.2/9/20	德本〇	4.2/23/28
皆此類〇	1.1/2/4	其立朝事上〇	2.2/9/20	行極〇	4.2/23/28
未有若茲者〇	1.1/2/25	百卉之挺于春陽〇	2.2/9/25	上通〇	4.2/23/28
允世之表儀〇已	1.1/2/26	前哲之所不過〇	2.2/10/3	茂功〇	4.2/23/29
梁國睢陽人〇	1.6/4/13	非此遺孤所得專〇	2.2/10/5	僉謂公之德	4.3/24/14
東萊太守之元子〇	1.6/4/13	知丘封之存斯〇	2.2/10/8	其誘人〇	4.3/24/17
昔在聖人之制謚〇	1.7/5/9	其爲道〇、用行舍藏	2.3/10/16	其致治〇	4.3/24/24
然則忠〇者、人德之至		重于公相之位〇	2.3/10/24	夫人編縣舊族章氏之長	
〇	1.7/5/15	死而不朽者〇	2.3/11/6	女	4.6/26/25
奉上之忠〇	1.7/5/16	巍巍焉其不可尚〇	2.4/11/15	夫人之存〇	4.6/27/3
謀誨之忠〇	1.7/5/17	洋洋乎其不可測〇	2.4/11/15	孝武大將軍廣之冑〇	5.2/29/8
情、「忠之屬〇	1.7/5/18	光祿勳之子〇	2.5/11/26	及其殂〇	5.3/30/8
撫下之忠〇	1.7/5/18	罔不總〇	2.5/12/1	故曰社者、土地之主〇	5.3/30/9
將有利〇	1.7/5/22	不屑已〇	2.5/12/3	古陽武之戶牖鄉〇	5.3/30/11
察以情〇	1.7/5/23	曾未足以喻其高、究其		亦斯社之所相〇	5.3/30/16
忠、文之實〇	1.7/5/27	深〇	2.5/12/11	太傅安樂侯之子〇	5.4/30/24
然則文、忠之彰〇	1.7/5/28	亶所謂天民之秀〇	2.5/12/13	無以尚〇	5.4/30/26
是貞儉之稱文〇	1.7/5/28	彭城廣戚人〇	2.6/12/22	溫恭淑愼者〇	5.4/31/3
是危身利民之稱文〇	1.7/5/30	生民之傑〇	2.6/13/4	如可贖〇	5.4/31/17
是勤學好問之稱文〇	1.7/6/1	陶唐氏之後〇	2.7/13/13	太傅安樂鄉侯之子〇	5.5/31/22
皆諸侯之臣〇	1.7/6/5	君則其後〇	2.7/13/15	皆此道〇	6.1/32/19
天子大夫〇	1.7/6/7	其在鄉黨〇	2.7/13/18	不可已者〇	6.1/32/24
禮〇　1.7/6/8,4.2/24/3		亦其所以後時失途〇	2.7/13/28	河南偃師人〇	6.2/33/9
其禮與同盟諸侯敵體故〇	1.7/6/8	南陽宛人〇	2.8/14/9	夫人、右扶風平陵人〇	6.5/34/21
及其卒〇	1.7/6/10	傳傳如〇	2.8/14/15	未嘗不辨于二州〇	7.2/36/17
《春秋》之正義〇	1.7/6/11	不可得而詳〇	2.8/14/18	得救時之便〇	7.2/36/28
王室亞卿〇	1.7/6/12	夫其生〇	2.9/14/29	不可一〇	7.3/37/14
雖無土而其位是〇	1.7/6/12	莫之能起〇	2.9/15/3	永久之策〇	7.3/37/17
優老之稱〇	1.7/6/14	晉唐叔之后〇	3.1/15/14	未有不悔者〇	7.3/37/21
配謚之稱〇	1.7/6/14	蓋吝之〇	3.2/16/24	此其不可一〇	7.3/37/23
亡之稱〇	1.7/6/15	公其後〇　3.3/17/8,4.2/23/10		手足之蚧搔〇	7.3/38/2
非其好〇　1.8/6/26,2.5/12/2		以爲《尚書》帝王之政		胸背之癢疽〇	7.3/38/3
	2.7/13/16	要、有國之大本〇	3.4/18/3	其不可二〇	7.3/38/3
吾不取〇	1.9/7/14	懍乎其見聖人之情旨〇	3.4/18/5	是其不可三〇	7.3/38/7
王孫子喬者、蓋上世之		則恂恂焉罔不伸〇	3.4/18/8	所以別（內外）〔外內〕	

、異殊俗○	7.3/38/8	其實一○	10.1/52/5
其不可四○	7.3/38/11	非禮○	10.1/52/7
是其不可五○	7.3/38/13	昭其儉○	10.1/52/7
言其莫敢校○	7.3/38/14	所以明大教○	10.1/52/9
此先帝所以發德音○	7.3/38/18	魯太廟皆明堂○	10.1/52/9
則所謂天投虹者○	7.4/39/12	猶周宗祀文王于清廟明	
以色親○	7.4/39/12	堂○	10.1/52/10
蜺者、斗之精氣○	7.4/39/14	王齊禘于清廟明堂○	10.1/52/10
即虹蜺所生○	7.4/39/18	所以廣魯于天下○	10.1/52/14
則其所救○	7.4/39/19	猶周之清廟○	10.1/52/15
夫誠仰見上帝之厚德○	7.4/40/3	以示子孫○	10.1/52/15
群下竝湊彊盛○	7.4/40/4	天子之所自學○	10.1/52/16
則其救○　7.4/40/4,7.4/40/17		太學者、中學明堂之位	
7.4/40/23,7.4/40/29,7.4/41/3		○	10.1/52/19
	7.4/41/10	保氏居西門、北門○	10.1/52/23
皆貌之失○	7.4/40/9	始之養○	10.1/52/26
而遂不成之象○	7.4/40/16	由東方歲始○	10.1/52/26
所從出門之正者○	7.4/41/6	東序、東之堂○	10.1/52/28
國家之本兵○	7.4/41/6	所以教諸侯之德○	10.1/53/2
皆亡國之怪○	7.4/41/17	即所以顯行國禮之處○	10.1/53/2
此爲天所棄故○	7.4/41/20	太學、明堂之東序○	10.1/53/3
皆婦人干政之所致○	7.4/41/22	象日辰○	10.1/53/4
所以令安之○	7.4/42/1	方此水○	10.1/53/5
不獨得之于迫沒之三公		京、鎬京○	10.1/53/8
○	7.4/42/14	即王制所謂以訊馘告者	
天戒誠不可戲○	7.4/42/19	○	10.1/53/9
不可不察○	7.4/43/3	所以教諸侯之孝○	10.1/53/9
非復發糾姦伏、補益國		凡此皆明堂太室、辟雍	
家者○	7.5/43/22	太學事通文合之義○	
則生之年○	7.5/43/27		10.1/53/12
消無妄之運者○	8.1/44/26	坤之策○	10.1/53/13
非耳目聞見所倣效○	8.2/45/10	乾之策○	10.1/53/14
社稷之楨固○	8.3/45/21	陰陽九六之變○	10.1/53/14
昭大知之絕足○	8.4/46/15	六九之道○	10.1/53/15
固有所不宜○	8.4/46/16	以四戶八牖乘九室之數	
古今一○	8.4/46/20	○	10.1/53/16
非所以襃功賞勳○	9.1/47/10	示天下不藏○	10.1/53/16
若此其至○	9.6/49/12	黃鍾九九之實○	10.1/53/17
如此其至○	9.9/51/4	亦七宿之象○	10.1/53/17
如此其重○	9.9/51/6	應一歲二十四氣○	10.1/53/18
所以宗祀其祖、以配上		王者之大禮○	10.1/53/19
帝者○	10.1/51/27	所以順陰陽、奉四時、	
離○者、明○	10.1/51/29	效氣物、行王政○	10.1/53/20
南方之卦○	10.1/51/29	非一代之事○	10.1/53/22
而主以明堂○	10.1/51/30	則夏之月令○	10.1/53/30
明一統○	10.1/52/2	宜周公之所著○	10.1/53/30
事之大、義之深○	10.1/52/3	刺舍大禮而徇小儀○	10.1/54/4

賜○	10.1/54/5
皆非○	10.1/54/9
子何爲著《月令說》○	
	10.2/54/13
而訖未有注記著于文字	
○	10.2/54/19
非所謂理約而達○	10.2/54/23
則余死而不朽○	10.2/54/25
則枝葉必相從○	10.2/54/28
《月令》甲子、沈子所	
謂似《春秋》○	10.2/54/29
何○	10.2/55/1
10.2/55/9,10.2/55/14	
10.2/55/20,10.2/55/24	
10.2/56/11,10.2/56/30	
故不用○	10.2/55/3
皆《三統》（法）〔說〕	
○	10.2/55/5
在正月○	10.2/55/6
則雨水、二月○	10.2/55/7
小暑、季夏節○	10.2/55/9
據時始暑而記○	10.2/55/10
據時暑○	10.2/55/11
祈者、求之祭○	10.2/55/14
當禱祈○	10.2/55/15
禱祈以幣代牲○	10.2/55/15
三豕渡河之類○	10.2/55/17
閽尹者、內官○	10.2/55/21
閽尹之職○	10.2/55/21
知當爲閽○	10.2/55/22
知當爲六○	10.2/55/26
定、營室○	10.2/55/29
即營室○	10.2/56/1
昏正者、昏中○	10.2/56/1
栽木而始築○	10.2/56/1
不合于經傳○	10.2/56/1
由日行○	10.2/56/5
獨不難取之于是○	10.2/56/7
以應行三月政○	10.2/56/9
謂孟夏○	10.2/56/10
中夏○	10.2/56/10
季夏○	10.2/56/10
在誰後○	10.2/56/12
非水所爲○	10.2/56/13
但命之曰逆○	10.2/56/14
每應一月○	10.2/56/14
略舉其尤者○	10.2/56/15

皆順五行者○ 10.2/56/18
其餘虎以下非食○ 10.2/56/20
故未羊可以爲春食○ 10.2/56/21
故酉雞可以爲夏食○ 10.2/56/21
故以牛爲季夏食○ 10.2/56/23
虎屬○ 10.2/56/24
故以犬爲秋食○ 10.2/56/24
故以其類而食豕○ 10.2/56/24
各配其牲爲食○ 10.2/56/25
字誤○ 10.2/56/30
叟、長老之稱○ 10.2/56/30
知「更」爲「叟」○ 10.2/57/1
妻者、齊○ 10.2/57/2
御妾、位最下○ 10.2/57/2
是以不得言妻云○ 10.2/57/2
士之司○ 11.8/61/6
古人之明志○ 11.8/61/7
胡爲其然○ 11.8/61/15
道不可以傾○ 11.8/61/23
故當其有事○ 11.8/61/29
當其無事○ 11.8/61/30
其進取○ 11.8/61/31
聖訓○ 11.8/62/7
至順○ 11.8/62/8
己之圖○ 11.8/62/15
予之辜○ 11.8/62/16
天所誘○ 11.8/62/18
非己咎○ 11.8/62/18
治身則伯夷之潔○ 12.2/63/8
儉嗇則季文之約○ 12.2/63/8
盡忠則史魚之直○ 12.2/63/9
剛平則山甫之勵○ 12.2/63/9
不爲○ 12.2/63/10
弗避○ 12.2/63/10
無以加○ 12.2/63/12
信荊山之良寶、靈川之明珠○ 12.3/63/21
其惠和○晏晏然 12.4/63/28
其博大○洋洋焉 12.4/63/28
其接友○ 12.6/64/12
夙智早成、岐嶷○ 12.7/64/16
學優文麗、至通○ 12.7/64/16
仕不苟祿、絕高○ 12.7/64/16
辭隆從窳、絜操○ 12.7/64/16
夫豈后德熙隆漸浸之所通○ 12.12/65/21
非特王道然○ 12.12/65/22
斯乃祖禰之遺靈、盛德之所貺○ 12.12/65/24
近夫小戒○ 12.24/67/28
家人小妖○ 12.24/67/28
殆刑誅繁多之所生○ 13.1/69/6
所以教人○ 13.1/69/6
祖宗所祗奉○ 13.1/69/16
以致肅祗者○ 13.1/69/19
無廢祭之文○ 13.1/69/21
夫司隸校尉、諸州刺史所以督察姦枉、分別白黑者○ 13.1/70/1
光晃所據則殷曆元○ 13.2/71/6
而有效于前者○ 13.2/71/9
是又新元效于今者○ 13.2/71/10
亦猶古術之不能下通于今○ 13.2/71/12
則四分數之立春○ 13.2/71/27
庚申元之詔○ 13.2/71/29
而論者諄諄如○ 13.3/72/11
其論交○ 13.3/72/12
故可貴○ 13.3/72/15
不患人之遺己○ 13.3/72/18
不病人之遠己○ 13.3/72/18
莫之致○ 13.3/72/20
然則以交誨○ 13.3/72/21
商○寬 13.3/72/21
師○褊 13.3/72/21
可無貶○ 13.3/72/23
友之罪○ 13.3/72/23
與稷竝爲粢盛○ 13.3/72/25
與其不獲已而矯時○ 13.3/72/26
《春秋》之論銘○ 13.4/72/30
所謂天子令德者○ 13.4/73/1
勗于令德者○ 13.4/73/3
所謂諸侯言時計功者○ 13.4/73/5
所謂大夫稱伐者○ 13.4/73/8
莫不朽于金石故○ 13.4/73/9
惟青紫璽○ 13.6/73/19
夜半靈時至人室家○ 13.9/74/3
心猶首面○ 13.11/74/12
則思其心之潔○ 13.11/74/14
則思其心之和○ 13.11/74/15
則思其心之鮮○ 13.11/74/15
則思其心之潤○ 13.11/74/15
則思其心之理○ 13.11/74/16
則思其心之正○ 13.11/74/16
則思其心之整○ 13.11/74/16
其在近○ 14.4/75/17
其既遠○ 14.4/75/17
乾坤位○ 14.8/76/22
四時次○ 14.8/76/22
規矩極○ 14.8/76/22
天地色○ 14.8/76/23
皇帝、皇、王后、帝皆君○ 15.1/79/14
因而不改○ 15.1/79/16
皇者、煌○ 15.1/79/30
帝者、諦○ 15.1/79/30
朕、我○ 15.1/80/1
則可同號之義○ 15.1/80/1
此其義○ 15.1/80/2
漢因而不改○ 15.1/80/3
陛下者、陛階○ 15.1/80/5
所由升堂○ 15.1/80/5
因卑達尊之意○ 15.1/80/6
及群臣士庶相與言曰殿下、閣下、〔足下〕、〔侍者〕、執事之屬皆此類○ 15.1/80/7
上者、尊位所在○ 15.1/80/9
尊王之義○ 15.1/80/10
謂天子所服食者○ 15.1/80/12
乘、猶載○ 15.1/80/13
輿、猶車○ 15.1/80/13
連舉朝廷以言之○ 15.1/80/18
璽者、印○ 15.1/80/23
印者、信○ 15.1/80/23
此諸侯大夫印稱璽者○ 15.1/80/25
群臣莫敢用○ 15.1/80/26
幸者、宜幸○ 15.1/80/28
故曰幸○ 15.1/81/1
國之不幸○ 15.1/81/3
然則人主必慎所幸○ 15.1/81/4
御者、進○ 15.1/81/4
策者、簡○ 15.1/81/7
唯此爲異者○ 15.1/81/10
制書、帝者制度之命○ 15.1/81/12
三公赦令、贖令之屬是○ 15.1/81/12
詔書者、詔誥○ 15.1/81/17
是爲戒敕○ 15.1/81/21

稱稽首上書謝恩、陳事		靈星、火星〇	15.1/85/20	祀后稷配天之所歌〇	15.1/87/23
詣闕通者〇	15.1/81/26	故祠此三神以報其功〇		諸侯助祭遣之于廟之所	
送謁者臺〇	15.1/82/1		15.1/85/21	歌〇	15.1/87/24
詣尚書通者〇	15.1/82/4	社神蓋共工氏之子句龍		春夏祈穀于上帝之所歌	
京、水〇	15.1/82/16	〇	15.1/85/24	〇	15.1/87/25
師、衆〇	15.1/82/17	凡樹社者、欲令萬民加		二王之後來助祭之所歌	
故曰京師〇	15.1/82/17	肅敬〇	15.1/85/25	〇	15.1/87/25
訓人民事君之道〇	15.1/82/23	稷神、蓋厲山氏之子柱		烝嘗秋冬之所歌〇	15.1/88/1
別陰陽之義〇	15.1/82/24	〇	15.1/85/26	始作樂合諸樂而奏之所	
適成于天地人〇	15.1/82/26	以稷五穀之長〇	15.1/85/27	歌〇	15.1/88/1
訓于五品〇	15.1/82/26	因以稷名其神〇	15.1/85/27	季冬薦魚、春獻鮪之所	
更者、長〇	15.1/82/26	使人望見則加畏敬〇	15.1/85/29	歌〇	15.1/88/2
更相代至五〇	15.1/82/26	毆疫鬼〇	15.1/86/11	禘太祖之所歌〇	15.1/88/3
能以善道改更己〇	15.1/82/27	萬鬼所出入〇	15.1/86/13	諸侯始見于武王廟之所	
老謂久〇、舊〇、壽〇		常以先臘之夜逐除之〇		歌〇	15.1/88/3
	15.1/82/27		15.1/86/14	微子來見祖廟之所歌〇	15.1/88/4
以其禮過厚故〇	15.1/82/29	乃畫荼壘并懸葦索于門		奏大武周武所定一代之	
與三老同義〇	15.1/83/1	戶以禦凶〇	15.1/86/14	樂之所歌〇	15.1/88/4
故以爲正〇	15.1/83/4	蜡之言索〇	15.1/86/22	朝于廟之所歌〇	15.1/88/5
	15.1/83/6, 15.1/83/9	祭日索此八神而祭之〇		成王謀政于廟之所歌〇	15.1/88/6
載、歲〇	15.1/83/11		15.1/86/22	群臣進戒嗣王之所歌〇	15.1/88/6
故曰載〇	15.1/83/11	若曰皇天上帝〇	15.1/87/4	嗣王求忠臣助己之所歌	
一曰稔〇	15.1/83/11	祇號若曰后土地祇〇	15.1/87/5	〇	15.1/88/7
后之言後〇	15.1/83/16	羊曰柔毛之屬〇	15.1/87/5	春耤田祈社稷之所歌〇	15.1/88/8
夫之言扶〇	15.1/83/17	梁曰香萁之屬〇	15.1/87/6	秋報社稷之所歌〇	15.1/88/8
孺之言屬〇	15.1/83/17	幣曰量幣之屬〇	15.1/87/6	繹賓尸之所歌〇	15.1/88/9
婦之言服〇	15.1/83/17	所以尊鬼神〇	15.1/87/11	言能酌先祖之道以養天	
妻之言齊〇	15.1/83/18	順祝、願豐年〇	15.1/87/15	下之所歌〇	15.1/88/9
三者爲次妃〇	15.1/83/21	年祝、求永貞〇	15.1/87/15	師祭講武類禡之所歌〇	
夏制〇	15.1/83/22	告祝、祈福祥〇	15.1/87/15		15.1/88/10
增之合百二十人〇	15.1/83/24	化祝、弭災兵〇	15.1/87/16	大封于廟、賜有德之所	
謂近明堂〇	15.1/84/1	瑞祝、逆時雨、寧風旱		歌〇	15.1/88/11
示其潔〇	15.1/84/1	〇	15.1/87/16	巡狩祀四嶽、河海之所	
考廟、王考廟、四時祭		策祝、遠罪病〇	15.1/87/16	歌〇	15.1/88/11
之〇	15.1/84/6	諸侯朝見宗祀文王之所		皆天子之禮樂〇	15.1/88/12
降大夫二〇	15.1/84/7	歌〇	15.1/87/18	相、助〇	15.1/88/14
所謂祖稱曰廟者〇	15.1/84/8	告太平于文王之所歌〇		侯者、候〇	15.1/88/14
四時祭于寢〇	15.1/84/9		15.1/87/19	〔候〕逆順〇	15.1/88/15
墠謂築土而無屋者〇	15.1/84/12	奏象武之所歌〇	15.1/87/19	伯者、白〇	15.1/88/15
天子所爲群姓立社〇	15.1/84/17	諸侯助祭之所歌〇	15.1/87/20	子者、滋〇	15.1/88/15
自與天地絕〇	15.1/84/23	祝先王公之所歌〇	15.1/87/21	男者、任〇	15.1/88/16
示滅亡〇	15.1/84/23	郊祀天地之所歌〇	15.1/87/21	守者、秦置〇	15.1/88/18
今之里社是〇	15.1/84/25	祀文王于明堂之所歌〇		伊、河、洛〇	15.1/88/18
設主于竈陘〇	15.1/85/12		15.1/87/22	或曰列侯〇	15.1/88/22
設主于牖下〇	15.1/85/13	巡守告祭柴望之所歌〇		類、言半〇	15.1/89/1
風伯神、箕星〇	15.1/85/19		15.1/87/22	所以風化天下〇	15.1/89/5
雨師神、畢星〇	15.1/85/19	祀武王之所歌〇	15.1/87/23	象六律〇	15.1/89/6

象四時○ 15.1/89/6
左九棘、孤卿大夫位○ 15.1/89/8
右九棘、公侯伯子男位
　○ 15.1/89/8
三槐、三公之位○ 15.1/89/9
震者、木○ 15.1/89/17
言虙犧氏始以木德王天
　下○ 15.1/89/17
于惠帝、兄弟○ 15.1/90/13
謂光武○ 15.1/90/17
謂孝明○ 15.1/90/17
謂孝章○ 15.1/90/17
言相連○ 15.1/90/22
是皆其文○ 15.1/90/22
皆古寢之意○ 15.1/90/24
猶古之禘祫○ 15.1/90/27
故雖非宗而不毀○ 15.1/91/1
以次上陵○ 15.1/91/11
高帝、文帝、武帝、宣
　帝、元帝○ 15.1/91/12
遂不毀○ 15.1/91/14
光武、明帝、章帝、和
　帝、安帝、順帝、桓
　帝○ 15.1/91/16
殤帝康陵、沖帝懷陵、
　質帝靜陵是○ 15.1/91/18
安帝祖母○ 15.1/91/19
清河孝德皇后、安帝母
　○ 15.1/91/19
和帝母○ 15.1/91/20
順帝母○ 15.1/91/21
故用十八太牢○ 15.1/91/23
非天子○ 15.1/91/28
不敢加尊號于祖父○ 15.1/92/1
亦不敢加尊於父祖○ 15.1/92/1
亦不立社○ 15.1/92/13
其實古諸侯○ 15.1/92/15
謂之猥朝侯○ 15.1/92/19
此之謂○ 15.1/92/26
故今獨以爲正月、十月
　朔朝○ 15.1/92/27
鐘鳴則息○ 15.1/93/4
非○ 15.1/93/15
　15.1/94/4,15.1/95/20
黃屋者、蓋以黃爲裏○
　15.1/93/21
金鑁者、馬冠○ 15.1/93/23

如索裙者是○ 15.1/93/25
故大駕屬車八十一乘○ 15.1/94/5
以前皆皮軒虎皮爲之○ 15.1/94/5
麻冕、禮○ 15.1/94/13
今○純儉 15.1/94/14
幘者、古之卑賤執事不
　冠者之所服○ 15.1/95/5
知皆不冠者之所服○ 15.1/95/7
高山冠、齊冠○ 15.1/95/12
高山冠、蓋齊王冠○ 15.1/95/13
法冠、楚冠○ 15.1/95/19
前圖以爲此制是○ 15.1/96/4

冶 yě　　6

足以陶○世心 2.2/9/18
○藏無隱 2.6/12/27
女○容而淫 11.8/61/20
其功銘于昆吾之○ 13.4/73/4
都○嫵媚 14.5/75/25
季武子使公○問 15.1/80/24

野 yě　　7

其孤○受顧命曰 1.9/7/13
○欽率遺意 1.9/7/15
慕唐叔之○棠 3.7/20/17
捐棄朔○ 9.9/50/21
逐放邊○ 11.2/58/2
各以其○所宜之木以名
　其社及其○ 15.1/85/25

曳 yè　　1

○霓旌 1.10/8/15

夜 yè　　23

公乃虔恭夙○ 1.2/3/4
夙○在公 1.9/7/20
當膣之○ 1.10/8/2
虔恭夙○ 3.5/19/7
夙○出納 4.1/23/1
夙○惟寅 4.3/24/18
建平元年十二月甲子○ 5.1/28/16
夙○嚴慄 5.2/29/10
晨興○寐 6.6/35/13

夙○寤嘆 7.2/36/16
夙○寤歎 9.2/47/27
日○分則同度量 10.1/53/28
晝○密勿 10.2/54/22
并日○而遙思兮 11.3/59/12
夙○匪懈 12.2/63/9
○半靈時至人室家也 13.9/74/3
○光潛乎玄洲 14.1/74/25
○託夢以交靈 14.3/75/13
白露淒其○降 14.17/78/15
宵扈氏農正、○爲民驅
　獸 15.1/86/6
常以先臘之○逐除之也
　15.1/86/14
○漏盡 15.1/93/3
夙興○寐曰敬 15.1/96/28

液 yè　　3

實熊耳之泉○兮 11.3/59/8
和○暢兮神氣寧 11.8/62/23
總猋滄之群○兮 14.1/74/23

葉 yè　　16

中○當周之盛德有嬀滿
　者 2.2/9/14
在皇唐蓋與四岳共○ 2.6/12/22
末○以支子 3.1/15/14
三○宰相 3.2/17/2
是以三○相承 3.4/18/4
奕○載德 3.6/19/22
即春○以爲埔 3.7/20/21
寧舉茂才○令、京令爲
　議郎 4.6/27/1
枝流○布 5.2/29/8
累○相繼六十餘載 9.1/47/2
垂名後○ 9.9/51/8
則枝○必相從也 10.2/54/28
系○十一 12.11/65/16
○如低葵 14.5/75/24
綠○參差 14.12/77/11
綠○含丹榮 14.19/78/25

業 yè　　32

以禮樂爲○ 1.1/1/17

今子宣纂襲前○	1.7/5/13		5.4/31/10	聞○睹十	4.1/22/12
纂○前史	1.8/6/28	詔使○者劉悝即授印綬	5.5/31/24	拜室家子弟○人郎中	4.1/22/26
不治產○	2.7/13/25	復階（朝○）〔宰朝〕	9.9/50/22	維漢二十有○世	4.3/24/12
嗣子○紱冕相承	3.1/15/16	○者宣誦	13.2/71/10	太僕、司農、太傅、司	
帝篤先○	3.3/17/13	送○者臺也	15.1/82/1	空各○	4.3/24/23
三○在服	3.3/17/22	公卿使○將大夫以下		太夫人年九十○	4.5/26/8
公袛服弘○	3.5/18/23	至吏民尚書左丞奏聞		○往超以未及	4.6/27/13
又采《二南》之○	3.6/19/23	報可	15.1/82/5	○莖九穗	5.1/28/17
增修前○	4.2/23/15	○者冠高山冠	15.1/95/1	秦○漢三而虞氏世焉	5.3/30/15
尋申前○	4.2/23/21	主家庖人臣優昧死再拜		其（明）〔月〕二十○	
榮祚統○	4.3/25/3	○	15.1/95/6	日	5.4/31/8
㸛○農事	6.1/32/18	今○者服之	15.1/95/13	時年四十○	5.4/31/9
供治婦○	6.5/34/24	以其君冠賜○者	15.1/95/14	二十○日卒	5.5/31/25
嗣後遵○	7.3/38/9			布○百疋	5.5/31/25
遺○猶在	7.3/38/21	**曄 yè**	**2**	○曰食	6.1/32/16
招前殿署王○等曰	7.4/39/25			○曰農	6.1/32/16
○收縛考問	7.4/39/26	惜繁華之方○兮	6.4/34/13	問○及三	6.3/33/23
便就大○	8.4/46/8	○如春華	14.2/75/8	其十○月葬	6.5/34/19
先通三○	8.4/46/9			穀價○斛至六七百	7.2/36/18
丕誕洪○	9.1/47/1	**燁 yè**	**2**	無○可恃	7.2/36/19
責以相○之成	9.1/47/12			十○州有禁	7.2/36/22
陛下統繼大○	9.2/47/24	有○其譽	2.6/13/7	○多春足以埽滅	7.3/37/9
早統洪○	9.4/48/21	顏煒○而含榮	14.3/75/12	不可○也	7.3/37/14
蓋以裁成大○	10.1/53/22			此其不可○也	7.3/37/23
脩○思真	11.8/62/17	**一 yī**	**228**	○發不已	7.3/38/1
學問為○	12.5/64/3			案育○戰	7.3/38/13
析薪之○	12.12/65/28	牧○州	1.1/1/10	有○不備而歸者	7.3/38/15
農桑之○	12.14/66/9	曾無順媚○言之求	1.1/2/24	詔書尺○	7.4/38/26
皆帝者之大○	13.1/69/16	出自○心疑不我聽者	1.7/5/20	受詔書各○通	7.4/39/3
因嬉戲以肆○	14.14/77/27	兩名○致	1.7/5/28	尺○木板草書	7.4/39/3
立功○以化民	15.1/88/16	○罹霄靡	1.7/6/2	五人各○處	7.4/39/4
		有○于此	1.7/6/3	昔○柱泥故法棄	7.4/41/8
鄴 yè	**1**	擇○處焉	1.7/6/16	（哉）〔裁〕取典計教	
		清○以考其素	1.8/7/3	者○人綴之	7.4/42/2
若夫西門起○	6.1/32/19	漢皇二十○世延熹六年		當專○精意以思變	7.4/42/17
		夏四月乙巳	1.8/7/4	而竝以書疏小文○介之	
謁 yè	**15**	維漢二十○世延熹六年	1.9/7/12	技	7.4/42/20
		不遺○父	1.9/7/20	孤特○身	7.5/43/23
今使權○者中郎楊賁贈		見○大鳥迹	1.10/8/3	臣○入牢檻	7.5/43/26
穆益州刺史印綬	1.8/7/6	或絃歌以詠太○	1.10/8/6	博士○缺	8.1/44/15
皇帝遣中○者陳遂、侍		太丘○年	2.3/10/18	混而為○	8.1/44/27
御史馬助持節送柩	3.2/16/9	天不愁遺○老	2.3/10/27	古今○也	8.4/46/20
中○者董誣弔祠護喪	4.1/22/27	伊漢二十有○世	2.9/14/29	近臣幸臣○人之封	9.1/47/9
天子使中常侍○者李納		窮達○致	3.1/16/2	今者受爵十有○人	9.1/47/9
弔	4.5/26/15	特以其靜則真○審固	3.2/16/13	總合戶數千不當○	9.1/47/9
詔使○者劉悝齎印綬	5.4/31/7	誨茲○人	3.4/18/17	○時殄盡	9.2/47/17
詔使〔○〕者王謙〔弔〕		永漢元年十○月到官	3.7/20/16	故有○日九遷	9.2/47/22

○章自聞	9.3/48/5	系葉十○	12.11/65/16	明星神、○曰靈星	15.1/85/20
合成二百○十二卷	9.3/48/9	不遺○老	12.18/66/31	○曰龍星	15.1/85/20
國享十有○世	9.4/48/19	或○朝之晏	12.23/67/23	○曰掌人百果	15.1/86/5
歷年二百○十載	9.4/48/20	○事	13.1/69/15	其○者居江水	15.1/86/8
享○十○世	9.4/48/21	夫求賢之道未必○塗	13.1/69/29	其○者居若水	15.1/86/8
歷年○百六十五載	9.4/48/21	伏見前○切以宣陵孝子		其○者居人宮室樞隅處	15.1/86/9
○元大武	9.4/48/25	爲太子舍人	13.1/70/24	牲號、牛曰○元大武	15.1/87/5
輒立○廟	9.6/49/8	不必若○	13.2/71/11	牛曰○元大武	15.1/87/8
五年○致祭	9.6/49/21	轉差少○百○十四歲	13.2/71/19	《清廟》、○章八句	15.1/87/18
今又總就○堂	9.6/49/23	先立春○日	13.2/71/27	《維天之命》、○章八	
遐邇大小○心	9.7/49/31	今者○行而犯其兩	13.9/74/3	句	15.1/87/19
謹奉（生）〔牛○〕頭	9.7/50/1	面○日不修	13.11/74/12	《維清》、○章五句	15.1/87/19
○人有慶	9.7/50/3	心○朝不思善	13.11/74/12	《烈文》、○章十三句	
以○月俸贖罪	9.8/50/11	○低○昂	14.12/77/17		15.1/87/20
不過○枚	9.9/51/9	放○敵六	14.13/77/23	《天作》、○章七句	15.1/87/20
伏惟留漏刻○省	9.10/51/20	其命令○曰「策書」	15.1/79/11	《昊天有成命》、○章	
明○統也	10.1/52/2	其次○長○短	15.1/81/8	七句	15.1/87/21
其實○也	10.1/52/5	○木兩行	15.1/81/10	《我將》、○章十句	15.1/87/21
故《孝經》合以爲○義		○曰章	15.1/81/24	《時邁》、○章十五句	
	10.1/53/12	○曰命	15.1/82/21		15.1/87/22
屋圜屋徑二百○十六尺		周以十○月爲正	15.1/83/9	《執競》、○章十四句	
	10.1/53/13	言○歲莫不覆載	15.1/83/11		15.1/87/23
通天屋高八十○尺	10.1/53/16	○曰稔也	15.1/83/11	《思文》、○章八句	15.1/87/23
應○歲二十四氣也	10.1/53/18	故三年○閏	15.1/83/14	《臣工》、○章十句	15.1/87/24
非○代之事也	10.1/53/22	其○明者爲正妃	15.1/83/21	《噫嘻》、○章八句	15.1/87/24
《周書》七十○篇	10.1/54/1	春秋天子○取十二	15.1/83/22	《振鷺》、○章八句	15.1/87/25
非○家之事	10.2/55/2	八十○御女	15.1/83/23	《豐年》、○章七句	15.1/88/1
今文在前○月	10.2/56/1	又九九爲八十○	15.1/83/23	《有瞽》、○章十三句	15.1/88/1
反令每行○時轉三句	10.2/56/9	天子○取十二女	15.1/83/24	《潛》、○章六句	15.1/88/2
今總合爲○事	10.2/56/10	諸侯○取九女	15.1/83/24	《雝》、○章十六句	15.1/88/2
每應○月也	10.2/56/14	○妻、八妾	15.1/83/25	《載見》、○章十四句	15.1/88/3
八十○御妻	10.2/56/29	卿大夫○妻、二妾	15.1/83/25	《有客》、○章十三句	15.1/88/3
惟○適人稱妻	10.2/57/2	士○妻、○妾	15.1/83/25	《武》、○章七句	15.1/88/4
父子○門	11.2/57/20	在外牢○月	15.1/83/30	奏大武周武所定○代之	
○旦被章	11.2/57/21	在中牢○月	15.1/83/30	樂之所歌也	15.1/88/4
詔書馳救○等	11.2/57/24	在明牢○月	15.1/84/1	《閔予小子》、○章十	
○爲不善	11.2/58/2	三月○時已足肥矣	15.1/84/1	○句	15.1/88/5
○月之中	11.2/58/5	七廟○壇○墠	15.1/84/2	《訪落》、○章十二句	15.1/88/6
臣欲刪定者○	11.2/58/8	五廟○壇○墠	15.1/84/4	《敬之》、○章十二句	15.1/88/6
十分不得識○	11.2/58/10	大夫○昭○穆與太祖之		《小毖》、○章八句	15.1/88/7
或畫○策而縮萬金	11.8/61/18	廟三	15.1/84/6	《載芟》、○章三十○	
非○由所防	11.8/62/8	三廟○壇	15.1/84/6	句	15.1/88/7
非○勇所抗	11.8/62/8	士○廟	15.1/84/7	《良耜》、○章二十三	
以事○人	12.2/63/9	上士二廟○壇	15.1/84/7	句	15.1/88/8
清○宇宙	12.3/63/23	下士、○廟曰考廟	15.1/84/8	《絲衣》、○章九句	15.1/88/9
〔王莽後十不存○〕	12.9/64/28	○曰帝社	15.1/84/17	《酌》、○章九句	15.1/88/9
謹上《岱宗頌》○篇	12.10/65/8	百姓以上則共○社	15.1/84/25	《桓》、○章九句	15.1/88/10

《賚》、○章六句	15.1/88/10	○不粲英	8.1/44/11	故○摯有負鼎之衒	11.8/61/6
《般》、○章七句	15.1/88/11	臣自在布	11.2/57/27	厥徵○何	12.12/65/27
右詩三十章	15.1/88/12	脫椎枊兮撟○杵	11.4/59/31	匪榮○辱	12.12/65/29
○曰《大招》	15.1/89/4	○不變裁	12.2/63/11	女執○筐	12.14/66/10
四百○十年	15.1/90/2	○必輕煖	12.23/67/23	餘慶○何	12.17/66/24
○詣太后	15.1/90/10	再三易○	12.23/67/23	○何爾命	14.5/75/27
○詣少帝	15.1/90/10	無○無褐	12.29/68/24	心窮忽以鬱○	14.6/76/8
○世、二世、三世、四		臣自在宰府及備朱○	13.1/69/8	○余有行	14.18/78/20
世、五世、六世、七		嗷嗷青○	14.5/76/2	○、河、洛也	15.1/88/18
世、八世、九世、十		車馬、○服、器械百物			
世、十○世、十二世		曰「乘輿」	15.1/79/10	**依** yī	**20**
、十三世、十四世、		凡○服加于身、飲食入			
十五世、十六世	15.1/90/10	于口、妃妾接于寢	15.1/81/4	○事從實	1.7/5/9
十○以興	15.1/90/17	公卿、侍中、尚書○帛		于是○德像	1.9/7/16
平雖在十○	15.1/90/18	而朝曰朝臣	15.1/82/11	○○我徒	2.6/13/9
乃合高祖以下至平帝爲		玄○朱裳	15.1/86/10	○生奉仁	4.6/27/4
○廟	15.1/90/28	《絲○》、一章九句	15.1/88/9	尚魂魄之有○	4.6/27/12
藏十○帝主于其中	15.1/90/28	寢有○冠几杖	15.1/90/21	○存意以奉亡兮	4.7/28/6
屬車八十○乘	15.1/93/7	有起居○冠象生之備	15.1/90/23	兄弟何○	6.5/35/4
直事尚書○人從令以下		月備法駕遊○冠	15.1/90/24	靡所瞻○	6.6/35/9
皆先行	15.1/93/12	罷遊○冠	15.1/90/25	勿有○違顧忌	7.4/41/14
立車各○	15.1/93/14	京兆尹侍祠○冠車服	15.1/91/26	續以永樂門史霍玉○阻	
○名芝車	15.1/93/15	皆平冕文○	15.1/92/18	城社	7.4/41/23
重轂者、轂外復有○轂		○繡○	15.1/94/19	自○家法	9.6/49/16
	15.1/93/27	○玄上纁下	15.1/94/26	各有所○	10.1/53/13
故大駕屬車八十○乘也	15.1/94/5	○玄端	15.1/95/1	○叔父衛尉質	11.2/57/18
最後○車懸豹尾	15.1/94/5	乃賜○冠	15.1/95/6	本奏詔書所當○據	11.2/58/9
皆○轓	15.1/94/7	○冠各從其行之色	15.1/96/7	義無所○	13.1/70/27
千石、六百石以下至小				光晃誠能自○其術	13.2/71/23
吏冠○梁	15.1/94/23	**伊** yī	**27**	當言帝則○違但言上	15.1/80/9
○曰側注	15.1/95/12			亦○違尊者所都	15.1/80/17
千石、六百石以下○梁		○漢元公	1.1/1/5	○高帝尊父爲太上皇之	
	15.1/95/17	丕顯○德	1.1/1/8、3.3/17/24	義	15.1/92/4
○曰柱後惠文冠	15.1/95/19	○王君	1.10/8/14		
蓋○角	15.1/95/20	○維周君	2.5/12/15	**猗** yī	**6**
○德不懈曰簡	15.1/96/28	○漢二十有一世	2.9/14/29		
		無競○人	3.2/16/14、12.12/65/26	○歟將軍	3.7/21/27
衣 yī	**34**	在棟○隆	3.3/17/23	赫赫○公	4.2/24/7
		邈哉○超	3.4/18/15	○歟懿德	5.4/31/13
無○帛之妾	1.7/5/26	乃及○公	3.5/19/12	○歟焦君	12.18/66/30
其後有人著絳冠大○	1.10/8/4	○漢元輔	4.2/24/4	形○○以豔茂兮	14.16/78/9
被絳○	1.10/8/17	○胡后	4.3/25/8		
自在弱冠布○之中	3.2/16/14	可謂無競○人	5.4/31/2	**揖** yī	**2**
陳○衾而不省兮	4.7/28/5	其德○何	6.6/35/12		
繡○直指之使	7.3/37/20	心鬱○而憒思	11.3/58/23	般匜○讓而辭巧	11.6/60/15
有白○入德陽殿門	7.4/39/22	總○瀘與潤瀨	11.3/59/8	○儒墨而與爲友	11.8/62/13
男子王褒○小冠	7.4/39/25	懷○呂而黜逐兮	11.3/59/16		

椅 yī	1	宜 yí	74	○民○人	9.7/50/2
				誰曰不○	9.9/51/7
觀彼○桐	14.12/77/11	主者以舊典○先請	1.1/2/2	臣僕職分○然	9.9/51/7
		云○曰忠文子	1.7/5/8	○周公之所著也	10.1/53/30
噫 yī	1	禮則○之	1.7/5/13	不○與《記》書雜錄竝	
		而謚法亦曰○矣	1.7/6/4	行	10.2/54/13
《○嘻》、一章八句	15.1/87/24	順乎門人臣子所稱之○	1.7/6/15	○以當時所施行度密近	
		○有銘勒表墳墓	2.2/10/7	者	10.2/55/2
醫 yī	1	不兩○乎	2.3/11/1	但以爲時味之○	10.2/56/17
		德○師保	3.4/18/7	及經典群書所○捃摭	11.2/58/9
不得辭王命、親○藥	4.7/27/21	○建師保	3.5/18/26	隨事從○	11.7/60/22
		仁者（壽）○享（胡考）		以合時○	11.8/61/18
夷 yí	26	〔鮐耇〕	3.7/21/19	謹條○所施行七事表左	
		○宜于此	4.1/22/29		13.1/69/13
淫衍東○	1.5/3/28	踐祚允○	5.1/28/21	○如故典	13.1/69/22
殘戻者芟○	1.8/7/2	因高卑之○	6.1/32/18	臣愚以爲○擢文右職	13.1/69/31
○于平壤	1.9/7/16	乃權○就	6.4/34/10	○追定八使	13.1/70/6
仍用明○	1.9/7/18	○登永年	6.6/35/20	所○從之	13.1/70/17
百○能禮于神	2.6/12/22	得無不○	7.1/36/6	所○分明	13.1/70/19
通清○之路	2.7/13/21	○以潔靜交神明	7.1/36/9	不○處之冗散	13.1/70/20
伯○是師	2.7/14/4	無有不○	7.1/36/11	○搜選令德	13.1/70/29
王塗未○	3.7/21/8	尤○揀選	7.2/36/29	○遣歸田里以明詐僞	13.1/70/30
○民歸坿	3.7/21/8	○通乎時變	7.3/38/16	實○用之	13.2/71/25
遘疾不○	4.2/23/21	臣愚以爲○止攻伐之計	7.3/38/19	○作夫人	14.5/75/27
紹迹龍○	4.4/25/16	○披演所懷	7.4/41/14	圖茲梧之所○	14.9/76/28
蠻○率服	5.1/28/23	○高其隄防	7.4/41/26	琴瑟是○	14.12/77/12
群凶殄○	5.1/29/2	豈○有此	7.4/42/6	功德○之	15.1/79/16
操邁伯○	5.2/29/11	竝○爲謀主	7.4/42/10	今○改	15.1/80/21
其外則介之○狄	7.3/38/9	不○復聽納小吏、雕琢		幸者、○幸也	15.1/80/28
與蠻○之不討	7.3/38/16	大臣	7.4/42/16	取與新物相○而已	15.1/84/15
命于○官	8.2/45/13	○且息心	7.4/42/18	各以其野所○之木以名	
不意西○相與合謀	11.2/58/5	便○促行	7.4/42/22	其社及其野	15.1/85/25
治身則伯○之潔也	12.2/63/8	左右近臣亦○戮力從化	7.4/43/2	冠進賢者○長耳	15.1/95/9
寧陵○之屯否	12.3/63/24	○以臣對	7.5/43/14	冠惠文者○短耳	15.1/95/9
道路孔○	12.9/65/2	帝后謚禮亦○同	8.1/44/28	各隨所○	15.1/95/9
戒以蠻夏、寇賊姦		大行皇太后○謚爲和熹			
宄	13.2/72/1	皇后	8.1/44/28	怡 yí	6
其○如破	14.14/77/27	誠○試用	8.3/45/28		
天子、○狄之所稱	15.1/79/24	亦○超然	8.4/46/14	莫不熙○悅懌	1.1/2/23
四○樂之別名	15.1/89/14	固有所不○也	8.4/46/16	耽○是寧	2.6/13/6
王者必作四○之樂以定		先陳便○	9.1/47/6	○○焉	4.3/24/17
天下之歡心	15.1/89/14	不合事○	9.3/48/7	農民熙○悅豫	6.1/33/1
		○此舊都	9.5/49/3	無心○甯	9.9/50/27
沂 yí	1	得禮之○	9.6/49/14		
		誠合事○	9.6/49/16	移 yí	10
東綏淄○	3.7/20/21	○（數）〔毀〕	9.6/49/20		
		皆○省去	9.6/49/23	漢祚中○	2.8/14/11

守○純固	1.1/1/19	待○訪斷	1.6/4/16	○爲神聖所興	1.10/8/11
當○事對	1.1/1/21	處爪牙而威○布	1.6/4/17	是○賴鄉仰伯陽之蹤	1.10/8/11
○詔書考司隸校尉趙祁		○公事去	1.6/4/17,1.6/4/19	貞固足○幹事	2.1/8/28
事	1.1/1/23		5.2/29/15	隱括足○矯時	2.1/8/28
公封書○聞	1.1/1/24	○疾篤稱	1.6/4/21	皆○疾辭	2.1/9/2
貞○文章得用鬼薪	1.1/1/24	○爲至德在己	1.6/4/26	翔區外○舒翼	2.1/9/2
屢○救正	1.1/1/24	典章○定	1.6/5/3	○建寧二年正月乙亥卒	2.1/9/3
又○高（弟）〔第〕補		將○勸善彰惡	1.7/5/9	○圖不朽之事	2.1/9/4
侍御史	1.1/1/25	自王公○降	1.7/5/10	僉○爲先民既殁	2.1/9/4
繫燉煌正處○聞	1.1/1/28	秦○世言謚而黜其事	1.7/5/10	武王配○太姬	2.2/9/14
稱○奉使副指	1.1/1/28	漢興○來	1.7/5/11	遂○國氏焉	2.2/9/15
人○爲美談	1.1/2/1	加陳留府君○益州之謚	1.7/5/12	足○孕育群生	2.2/9/17
公開倉廩○貸救其命	1.1/2/2	故夏后氏正○人統	1.7/5/15	足○包覆無方	2.2/9/17
主者○舊典宜先請	1.1/2/2	教○忠德	1.7/5/15	足○威暴矯邪	2.2/9/18
後不○爲常	1.1/2/3	臣事君○忠	1.7/5/16	足○陶冶世心	2.2/9/18
竟○不先請免官	1.1/2/7	小大之獄必○情	1.7/5/17	是○邦之子弟	2.2/9/19
公○其見侮辨直	1.1/2/8	察○情也	1.7/5/23	迫○刑戮	2.2/9/20
○遇赦令	1.1/2/9	忠○爲實	1.7/5/28	無顯諫○彰直	2.2/9/21
○故事齋祠	1.1/2/9	文○彰之	1.7/5/28	義則進之○達道	2.2/9/21
○舜命約公	1.1/2/9	屢○忤違	1.7/6/2	否則退之○光操	2.2/9/22
後○病去	1.1/2/11	貼○深患	1.7/6/2	○所執不協所屬	2.2/9/25
○懷逆謀	1.1/2/12	死生之○	1.7/6/2	○就禁錮	2.2/9/26
○公長于襁帶	1.1/2/12	猶可○稱	1.7/6/3	許令○下至于國人	2.2/10/1
公皆○自克遜位	1.1/2/14	按古之○子配謚者	1.7/6/4	不徼許○干時	2.3/10/17
○朝廷在藩國時鄰近舊		故○公配	1.7/6/6	不遷怒○臨下	2.3/10/17
恩	1.1/2/15	是○邾子許男稱公○葬	1.7/6/11	政○禮成	2.3/10/18
在郡受取數億○上	1.1/2/15	○例言之	1.7/6/11	錫○嘉謚曰	2.3/10/26
○謝兆民	1.1/2/16	○臣子之辭言之	1.7/6/12	三公遣令史祭○中牢	2.3/11/2
○充帑藏	1.1/2/17	微子啓○帝乙元子	1.8/6/20	哀○送（○）〔之〕	2.3/11/4
乃○丕貤	1.1/2/21	○奉成湯之祀	1.8/6/20	○爲遠近鮮能及之	2.3/11/5
其○大鴻臚橋玄爲司空	1.2/3/3	○紹服祖禰之遺風	1.8/6/23	○成斯銘	2.3/11/6
再拜稽首○讓	1.2/3/4	所○啓前惡而覺後疑者	1.8/6/24	○襃功遂德	2.4/11/12
○對揚天子丕顯休命	1.2/3/5	○察天象	1.8/6/25	是○作謚封墓	2.4/11/12
其○司空橋玄爲司徒	1.3/3/12	遂○疾辭	1.8/6/26	○訓四方	2.4/11/20
公拜稽首○讓	1.3/3/13	○齊百僚	1.8/6/27	體仁足○長人	2.5/11/27
○役帝事	1.3/3/14	○黜其位	1.8/6/28	嘉德足○合禮	2.5/11/27
越其所○率夫百辟	1.3/3/14	清一○考其素	1.8/7/3	援天心○立鈞	2.5/11/28
○和天衷	1.3/3/15	正直○醇其德	1.8/7/3	贊幽明○撲時	2.5/11/28
祗○疾告表	1.3/3/17	靡○尙之	1.8/7/4	是○實繁于華	2.5/12/1
其○光祿大夫玄爲太尉	1.4/3/21	○知其先之德	1.8/7/8	初○父任拜郎中	2.5/12/1
可○生	1.4/3/22	位○益州	1.9/7/21	遂○病辭	2.5/12/2
可○死	1.4/3/22	左右或○爲神	1.10/8/3	○明可否	2.5/12/2
○盡爲臣之節	1.4/3/23	○休厥神	1.10/8/6	曾未足○喻其高、究其	
公○吏士頻年在外	1.5/4/3	或絃歌○詠太一	1.10/8/6	深也	2.5/12/11
○補困憊	1.5/4/4	或談思○歷丹田	1.10/8/7	○旌休美	2.5/12/14
○昭公文武之勛焉	1.5/4/8	皇帝遣使者奉犧牲○致		于○消搖	2.5/12/17
當世是○服重器	1.6/4/16	祀	1.10/8/10	○受范邑	2.7/13/14

遂○爲氏	2.7/13/14	○慰永懷	3.3/17/20	○盡孝友之道	4.1/22/11
○處士舉孝廉	2.7/13/20	華夏○清	3.3/17/23	是○周覽六經	4.1/22/12
俄而冠帶士咸○群黨見		○佐天子	3.3/17/24	寬裕足○容衆	4.1/22/15
嫉時政	2.7/13/24	○爲《尙書》帝王之政		和柔足○安物	4.1/22/15
○爲卜筮之術	2.7/13/25	要、有國之大本也	3.4/18/3	剛毅足○威暴	4.1/22/15
○受薄償	2.7/13/26	是○三葉相承	3.4/18/4	體仁足○勸俗	4.1/22/15
是則君之所○立節明行	2.7/13/28	蓋○韜騰餘蹤	3.4/18/5	○援立之功	4.1/22/17
亦其所○後時失途也	2.7/13/28	○初潛山澤	3.4/18/5	復○特進	4.1/22/18
休少○好學	2.8/14/11	後生賴○發祛蒙蔽、文		○定策元功	4.1/22/22
○先神意	2.8/14/13	其材素者	3.4/18/5	自漢興○來	4.1/22/24,7.3/37/16
○協禮中	2.8/14/15	群公○溫故知新	3.4/18/6	贈○太傅安樂鄉侯印綬	4.1/22/26
顯○儒譽	2.8/14/16	乃○越騎校尉援侍華光		考○德行純懿	4.2/23/10
○永壽二年夏五月乙未		之內	3.4/18/7	揚惠風○養貞	4.2/23/13
卒	2.8/14/19	○納大誨	3.4/18/7	激清流○盪邪	4.2/23/14
僉○爲仲尼既歿	2.8/14/21	僉○爲匡弼之功	3.4/18/11	是○君子勤禮	4.2/23/14
○讓○仁	2.8/14/24	皇祖考○懿德	3.5/18/22	王府○充	4.2/23/16
謐○玄文	2.8/14/24	乃自宰臣○從王事立功	3.5/18/24	○紹宗緒	4.2/23/17
末葉○支子	3.1/15/14	群公○舊德碩儒	3.5/18/26	爰○休息	4.2/23/19
公之丕考○忠蹇亮弼輔		帝○機密寮栗	3.5/18/27	又○特進	4.2/23/21
孝安	3.1/15/16	○釐其采	3.5/18/27	○二千石居官	4.2/23/22
○歐陽《尙書》、《京		○熙庶績	3.5/18/28	委○閫外之事	4.2/23/23
氏易》誨授	3.1/15/17	神人○和	3.5/19/1	○新國家	4.2/23/23
條表○聞	3.1/15/22	○親百姓	3.5/19/3	袞闕○補	4.2/23/23
○驃騎將軍官屬及司空		帝躬○祗敬	3.5/19/4	曷○尙茲	4.2/23/28
法駕	3.2/16/10	執書○泣	3.5/19/9	蹈明德○保身	4.2/24/1
與公卿尙書三臺○下	3.2/16/10	謐○文烈	3.5/19/9	作傅○訓	4.2/24/6
公卿尙書三臺○下	3.2/16/11	○祚其庸	3.5/19/14	然而約之○禮	4.3/24/16
○罹艱禍	3.2/16/12	○國氏焉	3.6/19/20,4.5/25/23	守之○恭	4.3/24/16
遠涉道里○修經術	3.2/16/13	○建于茲	3.6/19/22	寬之○納衆	4.3/24/16
特○其靜則眞一審固	3.2/16/13	○《魯詩》教授	3.6/19/24	○允帝命	4.3/24/18
而公處○恭遜	3.2/16/17	是○德行儒林	3.6/19/25	是○頻繁機極	4.3/24/18
行○固愼	3.2/16/17	拔茅○彙	3.6/19/27	唯帝命公○二郡	4.3/24/21
而公脫然○爲行首	3.2/16/18	加○清敏廣深	3.6/19/28	導人○德	4.3/24/21
及其所○匡輔本朝	3.2/16/18	聖朝○藩國貴冑	3.6/20/1	帥物○己	4.3/24/21
○順公之雅	3.2/16/22	或○繼絕襲位	3.6/20/1	敦○忠肅	4.3/24/21
自○功不副賞	3.2/16/22	示○桑諶之威	3.6/20/3	屬○知恥	4.3/24/21
中興○來	3.2/16/25	靡○加焉	3.6/20/4	嚴○爲威	4.3/24/23
吾何德○堪諸	3.2/16/25	○賢能特選拜刺史荊州	3.7/20/15	寬○爲福而已哉	4.3/24/23
○贊銘之	3.2/16/26	因滄浪○爲隍	3.7/20/21	升隆○順	4.3/25/3
風雨○時	3.2/17/2	即春葉○爲塘	3.7/20/21	○祐其庸	4.4/25/17
○承奉尊	3.2/17/3	○田○漁	3.7/20/23	于○烝嘗	4.4/25/19
○慰顯魂	3.2/17/4	○增威重	3.7/21/7	父○主簿嘗詣太守	4.5/25/24
咸○盛德	3.3/17/9	委○東南	3.7/21/7	○立臣節	4.5/25/24
文○典籍	3.3/17/11	○安荒裔	3.7/21/9	○爲美談	4.5/25/25,9.10/51/19
○病辭	3.3/17/12	蓋○千計	3.7/21/12	繼室○夫人	4.5/25/26
公○群公之舉	3.3/17/13	○爲申伯甫侯之翼周室	3.7/21/23	導○義方	4.5/26/1
又○光祿大夫受命司徒	3.3/17/15	○紀洪勳	3.7/22/3	亞○爲言	4.5/26/8

夫〇匹夫顏氏之子	7.4/40/17	臣得〇學問	7.5/43/15
即祚〇來　7.4/40/20, 7.4/41/22		問〇變異	7.5/43/16
又〇非其月令尊宿	7.4/40/26	欲〇除凶致吉	7.5/43/19
〇杜漸防萌	7.4/40/29	〇臣爲戒	7.5/43/20
臣聞見符致蝗〇象其事	7.4/40/31	得〇盡節王室	7.5/43/23
〇贍國用	7.4/41/2	臣愚〇凡宂	7.5/43/24
臣愚〇爲平城門、向陽		使貿恨〇衰老白首	7.5/43/25
之門	7.4/41/5	〇快言事	7.5/43/25
黜之〇尊上整下	7.4/41/8	趨〇飲章	7.5/43/26
〇邑博學深奧	7.4/41/14	〇爲鄉黨敘孔子威儀	8.1/44/5
〇經術分別臬囊封上	7.4/41/15	是〇德著圖籍	8.1/44/6
豈可〇顧患避害	7.4/41/17	加〇洪流爲災	8.1/44/8
〇當責讓	7.4/41/18	是〇尙官損服	8.1/44/11
因〇感覺	7.4/41/18	〇紓鬱滯	8.1/44/13
假使大運〇移	7.4/41/19	〇展孝子承歡之敬	8.1/44/13
臣敢不盡情〇對	7.4/41/21	〇順漢氏三百之期	8.1/44/14
續〇永樂門史霍玉依阻		〇奉其祀	8.1/44/17
城社	7.4/41/23	〇紹三王之後	8.1/44/18
深惟趙、霍〇爲至戒	7.4/41/26	不〇爲政	8.1/44/18
所〇令安之也	7.4/42/1	徒〇百姓爲憂	8.1/44/19
〇（主）〔玉〕氣勢	7.4/42/2	不〇天下爲樂	8.1/44/20
無〇正遠	7.4/42/5	故自昏墊〇迄康乂	8.1/44/20
無〇示四方	7.4/42/6	糴入千石〇至數十	8.1/44/20
不得但〇州郡無課而已	7.4/42/7	〇爲遺誅	8.1/44/21
當〇見災之故	7.4/42/8	徒〇正身率內	8.1/44/25
〇解《易傳》所載小人		加之〇德	8.1/44/27
在位之咎	7.4/42/8	嚼棗肉〇哺之	8.2/45/5
〇盡其情	7.4/42/11	目應〇淚	8.2/45/6
是時宰相待〇禮	7.4/42/12	〇叔未葬	8.2/45/7
〇（貴治賤）〔賤妨貴〕		舅本〇田作爲事	8.2/45/9
	7.4/42/14	美義因政〇出	8.2/45/12
厲〇顚沛	7.4/42/16	且烏〇反哺	8.2/45/13
當專一精意〇思變	7.4/42/17	羔〇跪乳	8.2/45/14
〇示憂懼	7.4/42/18	猶〇孝寵	8.2/45/14
不可求〇虛名	7.4/42/19	臣聞唐虞〇師師咸熙	8.3/45/20
但當察其眞僞〇加黜陟	7.4/42/19	周文〇濟濟爲寧	8.3/45/20
近者每〇辟召不愼	7.4/42/20	〇辭徵召之寵	8.3/45/24
試之〇文	7.4/42/20	自是〇來	8.3/45/25
而竝〇書疏小文一介之		悅〇亡死	8.3/45/27
技	7.4/42/20	〇廣振鷥西雝之美	8.3/45/28
群公尙先意承旨〇悅	7.4/42/21	臣〇頑愚	8.3/45/28
〇荅天望	7.4/43/1	明將軍之〇申甫之德	8.4/46/3
〇導嘉應	7.4/43/2	兗豫〇清	8.4/46/4
〇身率人	7.4/43/2	王室〇寧	8.4/46/5
問臣〇大鴻臚劉郃前爲		無〇或加　8.4/46/6, 13.1/69/5	
濟陰太守	7.5/43/9	〇次大義略舉	8.4/46/9
宜〇臣對	7.5/43/14	而節之〇禮度	8.4/46/10
不〇常制爲限、長幼爲			
拘	8.4/46/14		
非所〇彰瓊瑋之高價	8.4/46/14		
函牛之鼎〇烹雞	8.4/46/15		
更〇屬缺招延	8.4/46/18		
夫若〇年齒爲嫌	8.4/46/19		
而宣王〇興	9.1/46/27		
而中宗〇昭	9.1/46/27		
〇靖亂整殘	9.1/47/1		
浸〇不振	9.1/47/3		
〇清季朝	9.1/47/4		
非所〇襃功賞勳也	9.1/47/10		
責〇相業之成	9.1/47/12		
〇寤聖聽	9.2/47/22		
加〇新來入朝	9.2/47/23		
〇舊典入錄機密事	9.2/47/24		
將謂臣何足〇任	9.2/47/27		
無顏〇居	9.2/47/27		
無心〇宵	9.2/47/27		
〇守刻漏	9.2/47/28		
臣猥〇頑闇	9.3/48/3		
臣猥〇愚闇	9.3/48/7		
〇受酒禮嘉幣之賜	9.3/48/8		
無〇加此	9.3/48/11		
臣當〇頑蒙	9.3/48/14		
必〇忝辱煩污	9.3/48/15		
〇命繼之	9.3/48/15		
各〇后配	9.4/48/19		
〇服中土	9.4/48/20		
擁兵聚衆〇圖叛逆	9.4/48/22		
推皇天之命〇已行之事	9.4/48/22		
于是乃〇三月丁亥來自			
雒	9.4/48/23		
賴祖宗之靈〇獲有廖	9.4/48/24		
〇爲漢承亡秦滅學之後	9.6/49/8		
孝元皇帝皆〇功德茂盛	9.6/49/9		
自此〇下	9.6/49/14		
〇求厥中	9.6/49/16		
故〇元帝爲考廟	9.6/49/19		
〇七廟言之	9.6/49/20		
〇宗廟言之	9.6/49/20		
孝明〇下	9.6/49/22		
〇遵先典	9.6/49/23		
〇章天休	9.7/49/31		
臣〇相國兵討逆賊故河			
內太守王臣等	9.8/50/8		
使參〇亡爲存	9.8/50/10		

衍〇存爲亡	9.8/50/10	所〇教諸侯之孝也	10.1/53/9	皆〇日行爲本	10.2/56/4
〇一月俸贖罪	9.8/50/11	故《孝經》合〇爲一義		〇爲但逐惡而已	10.2/56/4
常〇汗墨	9.9/50/24		10.1/53/12	故多春難〇助陽	10.2/56/6
猥與公卿〇下	9.9/50/25	而稱鎬京之詩〇明之	10.1/53/12	秋難〇達陰	10.2/56/6
佐命高祖〇受爵賞	9.9/50/26	八闥〇象八卦	10.1/53/15	〇應行三月政也	10.2/56/9
國（之）〔〇〕永存	9.9/51/4	九室〇象九州	10.1/53/15	但〇爲時味之宜	10.2/56/17
是〇戰攻之事	9.9/51/5	十二宮〇應十二辰	10.1/53/15	說所食獨不〇五行	10.2/56/18
〇受爵土	9.9/51/6	〇四戶八牖乘九室之數		其餘虎〇下非食也	10.2/56/20
臣是〇宵寢晨興	9.9/51/9	也	10.1/53/16	故未羊可〇爲春食也	10.2/56/21
〇德受命	9.10/51/15	〇應三統	10.1/53/18	故酉雞可〇爲夏食也	10.2/56/21
不足勗勵〇躋高蹤	9.10/51/16	四周〇水	10.1/53/18	無足〇配土德者	10.2/56/23
〇詩人斯亡之戒	9.10/51/16	所〇順陰陽、奉四時、		故〇牛爲季夏食也	10.2/56/23
何〇居之	9.10/51/18	效氣物、行王政也	10.1/53/20	故〇犬爲秋食也	10.2/56/24
〇距上旨	9.10/51/19	所〇示承祖、考神明	10.1/53/21	而《禮》不〇馬爲牲	10.2/56/24
頓首敢固〇請息	9.10/51/20	故〇明堂冠月令〇名其		故〇其類而食豸也	10.2/56/24
所〇宗祀其祖、〇配上		篇	10.1/53/21	不〇爲章句	10.2/56/27
帝者也	10.1/51/27	蓋〇裁成大業	10.1/53/22	聊〇應（問）〔閒〕	10.2/56/27
而主〇明堂也	10.1/51/30	受《月令》〇歸而藏諸		遂〇爲「更」	10.2/56/31
〇明制度	10.1/52/1	廟中	10.1/54/2	今皆〇爲「更」矣	10.2/56/31
〇明聖王建清廟、明堂		所〇臻乎大順	10.1/54/6	立字法者不〇形聲	10.2/57/1
之義	10.1/52/6	淮南王安亦取〇爲（弟）		何得〇爲字	10.2/57/1
故昭令德〇示子孫	10.1/52/7	〔第〕四篇	10.1/54/7	〇「嫂」「瘦」推之	10.2/57/1
是〇清廟茅屋	10.1/52/7	〇爲《月令》體大經同		是〇不得言妻云也	10.2/57/2
文物〇紀之	10.1/52/8		10.2/54/13	群生〇遂	11.1/57/12
聲明〇發之	10.1/52/8	無〇示後	10.2/54/20	〇親父故	11.2/57/18
〇臨照百官	10.1/52/8	可假〇爲本	10.2/54/21	時〇尙書召拜郎中	11.2/57/18
所〇明大教也	10.1/52/9	參〇群書	10.2/54/22	〇效絲髮之功	11.2/57/20
〇周清廟論之	10.1/52/9	蓋所〇探賾辨物	10.2/54/24	遂〇轉徙	11.2/57/24
周公踐天子位〇治天下		苟便學者〇爲可覽	10.2/54/24	常〇爲《漢書》十志下	
	10.1/52/12	子說《月令》多類〇		盡王莽	11.2/57/27
成王〇周公爲有勳勞于		《周官》《左氏》	10.2/54/27	而（止）世祖〇來	11.2/57/27
天下	10.1/52/13	是〇用之	10.2/54/31	略〇所有舊事與臣	11.2/57/28
〇天子禮樂	10.1/52/13	宜〇當時所施行度密近		其難者皆〇付臣	11.2/57/30
所〇廣魯于天下也	10.1/52/14	者	10.2/55/2	〇籌算爲本	11.2/57/31
皆所〇昭文王、周公之		《三統》〇疏闊廢弛	10.2/55/2	猶〇結心	11.2/58/3
德	10.1/52/15	〇驚蟄爲孟春中	10.2/55/5	竟乃因縣道具〇狀聞	11.2/58/4
〇示子孫也	10.1/52/15	〇其合	10.2/55/7	加〇惶怖愁恐	11.2/58/10
師氏教〇三德守王門	10.1/52/22	《令》不〇曆節言	10.2/55/10	參〇璽書	11.2/58/11
保氏教〇六藝守王闈	10.1/52/23	不〇節言	10.2/55/11	〇補綴遺闕	11.2/58/11
所〇教諸侯之德也	10.1/53/2	〇圭璧更皮幣	10.2/55/13	稽首再拜〇聞	11.2/58/13
即所〇顯行國禮之處也	10.1/53/2	是月獻羔〇太牢祀高禖		白馬令李雲〇直言死	11.3/58/18
明堂者、所〇明天氣、			10.2/55/14	鴻臚陳君〇救雲抵罪	11.3/58/18
統萬物	10.1/53/3	宗廟之祭〇中月	10.2/55/14	璜〇余能鼓琴	11.3/58/19
〇茅蓋屋	10.1/53/5	禱祈〇幣代牲也	10.2/55/15	聊弘慮〇存古兮	11.3/58/23
〇訊馘告	10.1/53/7	此故〇爲問甚正	10.2/55/17	路丘墟〇盤桓	11.3/58/26
即王制所謂〇訊馘告者		《令》〇中秋「築城郭」		陷夫人〇大名	11.3/58/27
也	10.1/53/9		10.2/55/28	登長阪〇淩高兮	11.3/58/27

迴峭峻○降阻兮	11.3/58/28	結交○信	12.3/63/20	之言	13.1/69/27
崗岑紆○連屬兮	11.3/59/1	英風固○揚于四海矣	12.3/63/21	或○德顯	13.1/69/29
迫嵯峨○乖邪兮	11.3/59/1	仗沖靜○臨民	12.3/63/22	或○言揚	13.1/69/29
廓巖壑○崢嶸	11.3/59/1	施仁義○接物	12.3/63/22	曾不○忠信見賞	13.1/69/29
行遊目○南望兮	11.3/59/2	由是撫亂○治	12.3/63/22	○責三司	13.1/69/30
尋脩軌○增舉兮	11.3/59/4	綏擾○靜	12.3/63/23	臣愚○爲宜擢文右職	13.1/69/31
山風泊○颷涌兮	11.3/59/4	錫○車服	12.3/63/23	○勸忠譽	13.1/69/31
我馬虺隤○玄黃	11.3/59/5	世○仁義爲質	12.5/64/3	夫司隸校尉、諸州刺史	
浮清波○橫厲	11.3/59/7	○孝烝烝	12.8/64/22	所○督察姦枉、分別	
神幽隱○潛翳	11.3/59/8	泰階○平	12.8/64/23	白黑者也	13.1/70/1
玄雲黯○凝結兮	11.3/59/10	人○有終	12.8/64/23	聊○游意	13.1/70/12
率陵阿○登降兮	11.3/59/11	守○罔極	12.9/65/3	非○爲教化、取士之本	
佇淹留○候霽兮	11.3/59/11	是○神明屢應	12.10/65/8		13.1/70/12
宵不寐○極晨	11.3/59/12	命南重○司曆	12.10/65/12	孔子○爲致遠則泥	13.1/70/17
思逶迤○東運	11.3/59/13	是○《易》嘉積善有餘		皆當○惠利爲績	13.1/70/19
貴寵扇○彌熾兮	11.3/59/14	慶	12.12/65/22	○斁眞僞	13.1/70/22
無亮采○匡世兮	11.3/59/18	重○明德	12.12/65/23	伏見前一切○宣陵孝子	
甘衡門○寧神兮	11.3/59/18	是○靈祇	12.12/65/24	爲太子舍人	13.1/70/24
復邦族○自綏	11.3/59/19	兔擾馴○昭其仁	12.12/65/24	難○勝言	13.1/70/28
艱○阻兮	11.3/59/19	木連理○象其義	12.12/65/24	○暫歸見漏	13.1/70/29
是○陳賦	11.4/59/28	洮之○莊	12.12/65/26	或○人自代	13.1/70/29
勢○凌雲	11.6/60/12	○爲己華	12.12/65/28	宜遣歸田里○明詐僞	13.1/70/30
設疑○自通	11.8/61/3	原罪○心	12.13/66/4	是○承秦	13.2/71/3
作《釋誨》○戒厲云爾	11.8/61/4	察獄○情	12.13/66/4	今光、晃各○庚申爲非	13.2/71/5
故○仁守位	11.8/61/5	惟○作頌	12.13/66/5	太史令張壽王挾甲寅元	
○財聚人	11.8/61/5	樂○忘食	12.18/66/30	○非漢曆	13.2/71/7
是○有云	11.8/61/10	澡○春雪	12.19/67/5	卒○疏闊	13.2/71/8
○合時宜	11.8/61/18	酒○成禮	12.20/67/10	及用四分○來	13.2/71/9
○忘其危	11.8/61/19	弗愁○淫	12.20/67/10	術家○算追而求之	13.2/71/11
道不可○傾也	11.8/61/23	○享嘉賓	12.21/67/15	《元命苞》、《乾鑿度》	
守之○平	11.8/61/27	○防其禍	12.24/67/28	皆○爲開闢至獲麟二	
鳴玉○步	11.8/61/30	○祈福祥	12.25/68/3	百七十六萬歲	13.2/71/15
不足○喻其便	11.8/62/1	無○自存	12.29/68/24	推此○上	13.2/71/17
不足○況其易	11.8/62/1	何○自溫	12.29/68/24	而光晃○爲開闢至獲麟	
曾不鑒禍○知畏懼	11.8/62/6	何○藏身	12.29/68/25	二百七十五萬九千八	
今子責匹夫○清宇宙	11.8/62/8	所○教人也	13.1/69/6	百八十六歲	13.2/71/18
庸可○水旱而累堯湯乎	11.8/62/9	則鬼神○著	13.1/69/7	光晃○爲乙丑朔	13.2/71/21
是○君子推微達著	11.8/62/10	天子○四立及季夏之節		須○弦望晦朔	13.2/71/21
舒之足○光四表	11.8/62/14	迎五帝于郊	13.1/69/15	而光晃曆○《考靈曜》	
靜○俟命	11.8/62/17	所○導致神氣	13.1/69/15	二十八宿度數	13.2/71/22
○其夢陟狀上聞天子	12.1/62/31	而有司數○蕃國疏喪	13.1/69/16	○今渾天圖儀檢天文亦	
君況我聖主○洪澤之福	12.1/63/1	所○竭心親奉	13.1/69/18	不合于《考靈曜》	13.2/71/23
○事一人	12.2/63/9	○致肅祗者也	13.1/69/19	更造望儀○追天度	13.2/71/24
是○功隆名顯	12.2/63/10	而近者○來	13.1/69/19	可○易奪甘石、窮服諸	
無○加也	12.2/63/12	○贊大典	13.1/69/20	術者	13.2/71/24
○靖土宇	12.2/63/15	陛下親政○來	13.1/69/26	而曆○爲牽牛中星	13.2/71/27
事親○孝	12.3/63/20	○解《易傳》政悖德隱		而○折獄斷大刑	13.2/71/27

○遵于堯	13.2/71/28	愁悲	14.6/76/8	大夫○下有同姓官別者	
○順孔聖	13.2/71/28	撫長笛○攄憤兮	14.6/76/9	言姓	15.1/82/5
深引《河洛圖讖》○為		愴然淚○隱惻	14.7/76/13	公卿使謁者將大夫○下	
符驗	13.2/71/29	性精亟○慓悍	14.8/76/18	至吏民尚書左丞奏聞	
而光晃○為固意造妄說		體遄迅○騁步	14.8/76/18	報可	15.1/82/5
	13.2/71/30	削文竹○為管	14.8/76/18	駁議曰某官某甲議○為	
戒○蠻夷猾夏、寇賊姦		形調博○直端	14.8/76/19	如是	15.1/82/7
宄	13.2/72/1	染玄墨○定色	14.8/76/19	諸營校尉將大夫○下亦	
而光晃○為陰陽不和	13.2/72/2	于是歌人恍惚○失曲	14.11/77/7	為朝臣	15.1/82/11
君子○朋友講習而正人	13.3/72/9	哀人寒耳○惆悵	14.11/77/7	常○春分朝日于東門之	
是○古之交者	13.3/72/9	輡馬蹀足○哀鳴	14.11/77/7	外	15.1/82/23
其義敦○正	13.3/72/9	因嬉戲○肆業	14.14/77/27	能○善道改更己也	15.1/82/27
其誓信○固	13.3/72/9	託歡娛○講事	14.14/77/27	○其禮過厚故也	15.1/82/29
自此○降	13.3/72/11	通二門○征行兮	14.16/78/8	夏○十三月為正	15.1/83/3
彌○陵遲	13.3/72/11	因本心○誕節兮	14.16/78/9	故○為正也	15.1/83/4
是○搢紳患其然	13.3/72/11	形猗猗○豔茂兮	14.16/78/9		15.1/83/6, 15.1/83/9
是○君子慎人所○交己		將蕃熾○悠長	14.16/78/10	殷○十二月為正	15.1/83/6
	13.3/72/13	嗟夭折○摧傷	14.16/78/10	周○十一月為正	15.1/83/9
審己所○交人	13.3/72/13	秋風肅○晨興	14.17/78/15	閏月者、所○補小月之	
原其所○來	13.3/72/14	聲嘶嗌○沮敗	14.17/78/15	減日	15.1/83/14
則知其所○去	13.3/72/14	體枯燥○冰凝	14.17/78/15	○正歲數	15.1/83/14
見其所○始	13.3/72/14	貽我○文	14.20/79/3	三夫人、帝嚳有四妃○	
則觀其所○終	13.3/72/14	賦誦○歸	14.20/79/3	象后妃四星	15.1/83/21
然則○交誨也	13.3/72/21	自○德兼三皇	15.1/79/15	九嬪、夏后氏增○三三	
故告之○拒人	13.3/72/21	故并○為號	15.1/79/15	而九	15.1/83/22
故訓之○容眾	13.3/72/21	○天下為家	15.1/79/26	異姓婦女○恩澤封者曰	
交游○方	13.3/72/22	天子獨○為稱	15.1/80/2	君	15.1/83/28
會友○文	13.3/72/22	執兵陳于陛側○戒不虞	15.1/80/5	大夫○下廟之別名	15.1/84/6
周廟金人緘口○慎	13.4/73/3	天子○天下為家	15.1/80/13	府史○下未有爵命	15.1/84/9
亦所○勸導人主	13.4/73/3	不○京師宮室為常處	15.1/80/13	必于此社授○政	15.1/84/18
○示子孫	13.4/73/9	則當乘車輿○行天下	15.1/80/14	古者天子亦取亡國之社	
近世○來	13.4/73/9	故群臣託乘輿○言之	15.1/80/14	○分諸侯	15.1/84/22
自城○西	13.6/73/19	連舉朝廷○言之也	15.1/80/18	使為社○自儆戒	15.1/84/22
○齒則長	13.7/73/24	天子璽○玉螭虎紐	15.1/80/23	大夫○下成群立社曰置	
○德則賢	13.7/73/24	秦○前	15.1/80/25	社	15.1/84/25
是○甚致飾焉	13.11/74/12	民皆○金玉為印	15.1/80/25	百姓○上則共一社	15.1/84/25
洪流淼○玄清	14.1/74/22	然則秦○來天子獨○印		大夫○下自立三祀之別	
遇萬山○左迴兮	14.1/74/24	稱璽	15.1/80/26	名	15.1/85/6
滄潭湲○安流	14.1/74/25	又獨○玉	15.1/80/26	屬山氏之子柱及后稷能	
蛟龍集○嬉遊	14.1/74/25	臣民被其德澤○僥倖	15.1/80/28	殖百穀○利天下	15.1/85/21
陽侯沛○奔鶩	14.1/74/27	○命諸侯王三公	15.1/81/8	故祠此三神○報其功也	
願乘流○上下	14.1/74/28	亦○策書誄諡其行而賜			15.1/85/21
事深微○玄妙	14.2/75/3	之	15.1/81/9	帝顓頊之世舉○為土正	
晝騁情○舒愛	14.3/75/13	三公○罪免	15.1/81/9		15.1/85/24
夜託夢○交靈	14.3/75/13	而隸書○尺	15.1/81/10	堯祠○為社	15.1/85/24
心窮忽○鬱伊	14.6/76/8	下言稽首○聞	15.1/81/28	各○其野所宜之木○名	
（曉求）〔嗟懷〕煩○		文少○五行	15.1/82/4	其社及其野	15.1/85/25

帝顓頊之世舉○爲田正		故周武○木德繼之	15.1/89/22	而漢天子自○皇帝爲稱
	15.1/85/26	故高祖○火德繼之	15.1/89/22	15.1/92/15
○稷五穀之長也	15.1/85/27	高帝○甲午歲即位	15.1/90/2	故○王號加之　15.1/92/16
因○稷名其神也	15.1/85/27	○乙未爲元	15.1/90/3	○肺腑宿衛親公主子孫
露之者、必受霜露○達		秦漢○來	15.1/90/5	奉墳墓　15.1/92/19
天地之氣	15.1/85/28	孝元王皇后○太皇太后		公卿○下陳洛陽都亭前
蒙○熊皮	15.1/86/10	攝政	15.1/90/7	街上　15.1/92/22
常○歲竟十二月從百隸		孫○係祖	15.1/90/14	舊儀三公○下月朝　15.1/92/26
及童兒	15.1/86/10	十世○光	15.1/90/17	常○六月朔、十月朔旦
而時儺○索宮中	15.1/86/10	十一○興	15.1/90/17	朝　15.1/92/26
旦射之○赤丸	15.1/86/11	古學○爲人君之居	15.1/90/20	後又○盛暑省六月朝　15.1/92/27
五穀播灑之○除疫殃	15.1/86/11	終則前制廟○象朝	15.1/90/20	故今獨○爲正月、十月
儴牙虎神荼、鬱壘○執		後制寢○象寢	15.1/90/20	朔朝也　15.1/92/27
之	15.1/86/12	廟○藏主	15.1/90/21	鼓○動衆　15.1/93/3
執○葦索食虎	15.1/86/14	高帝○下	15.1/90/24	鐘○止衆　15.1/93/3
常○先臘之夜逐除之也		丞相匡衡、御史大夫貢		中興○來希用之　15.1/93/8
	15.1/86/14	禹乃○經義處正	15.1/90/25	侍中、中常侍、侍御史
乃畫荼壘并懸葦索于門		其餘惠景○下皆毀	15.1/90/27	、主者郎令史皆執注
戶○禦凶也	15.1/86/14	乃合高祖○下至平帝爲		○督整諸軍車騎　15.1/93/11
青帝○未臘卯祖	15.1/86/19	一廟	15.1/90/28	直事尚書一人從令○下
赤帝○（戌）〔戍〕臘		遂常奉祀光武november天下○		皆先行　15.1/93/12
午祖	15.1/86/19	再受命復漢祚	15.1/91/1	又有戎立車○征伐　15.1/93/15
白帝○丑臘卯祖	15.1/86/19	皆○未踰年而崩	15.1/91/5	○從　15.1/93/17
黑帝○辰臘子祖	15.1/86/20	皆○晦望、二十四氣伏		黃屋者、蓋○黃爲裏也
黃帝○辰臘未祖	15.1/86/20	、社臘及四時日上飯　15.1/91/5		15.1/93/21
○死勤事則祀	15.1/87/1	天子○正月五日畢供後		左纛者、○犛牛尾爲之
○勞定國則祀	15.1/87/1	上原陵	15.1/91/7	15.1/93/23
所○尊鬼神也	15.1/87/11	○次周徧	15.1/91/7	亞飛翰○緹油	15.1/93/27
言能酌先祖之道○養天		○次上陵也	15.1/91/11	○前皆皮虎皮爲之也　15.1/94/5
下之所歌也	15.1/88/9	○元帝爲禰廟	15.1/91/14	金根箱輪皆○金鏤正黃　15.1/94/7
立功業○化民	15.1/88/16	○陵寢爲廟者三	15.1/91/18	○作龍虎鳥龜形　15.1/94/8
○節觀者	15.1/89/1	成、哀、平三帝○非光		上但○青鎌爲蓋　15.1/94/8
所○風化天下也	15.1/89/5	武所後	15.1/91/25	皆○三十升漆布爲殼　15.1/94/10
王者必作四夷之樂○定		太子○罪廢	15.1/91/28	皆有收○持竿　15.1/94/12
天下之歡心	15.1/89/14	置章陵○奉祠之而已	15.1/92/3	古皆○布　15.1/94/13
○管樂爲之聲	15.1/89/14	安帝○和帝兄子從清河		中古○絲　15.1/94/13
言虙犧氏始○木德王天		王子即尊號	15.1/92/3	千石、六百石○下至小
下也	15.1/89/17	桓帝○蠡吾侯子即尊位　15.1/92/6		吏冠一梁　15.1/94/23
神農氏○火德繼之	15.1/89/18	○五色土爲壇	15.1/92/10	其武官太尉○下及侍中
黃帝○土德繼之	15.1/89/18	受天子之社土○所封之		常侍皆冠惠文冠　15.1/94/27
少昊氏○金德繼之	15.1/89/19	方色	15.1/92/10	○其君冠賜謁者　15.1/95/14
顓頊氏○水德繼之	15.1/89/19	苴○白茅授之	15.1/92/11	千石、六百石○下一梁
帝嚳氏○木德繼之	15.1/89/20	各○其所封方之色	15.1/92/11	15.1/95/17
帝堯氏○火德繼之	15.1/89/20	歸國○立社	15.1/92/11	○纚裹鐵柱卷　15.1/95/19
故帝舜氏○土德繼之	15.1/89/21	漢興○皇子封爲王者得		○獬豸爲名　15.1/95/20
故夏禹氏○金德繼之	15.1/89/21	茅土	15.1/92/12	南冠、○如夏姬　15.1/95/21
故殷湯氏○水德繼之	15.1/89/21	各○其戶數租入爲限	15.1/92/12	○其君冠賜御史　15.1/95/22

○其君冠賜侍中	15.1/95/24	可謂至切○	7.4/41/21	**乂** yì　　　　　　8
竹裏○纏	15.1/95/24	無益於德○	7.4/43/1	
高祖冠、○竹皮爲之	15.1/95/27	然恐陛下不復聞至言○	7.5/43/23	保○帝家　1.2/3/7,3.5/18/29
建華冠、○鐵爲柱卷貫	15.1/96/3	符瑞由此而至○	10.1/54/7	保○四疆　3.7/20/22
今○銅爲珠	15.1/96/3	紛紛久○	10.2/54/16	方內○安　5.1/28/22
前圖○爲此制是也	15.1/96/4	此說自欺極○	10.2/55/16	瞻仰俊○　5.5/32/7
方山冠、○五采縠爲之	15.1/96/7	有所滯礙不得通○	10.2/56/11	故自昏墊以迄康○　8.1/44/20
○入項籍營	15.1/96/16	蓋亦思之○	10.2/56/19	迄用康○　8.3/45/25
		今皆以爲「更」○	10.2/56/31	兆民康○　9.5/49/4
矣 yǐ　　　　　64		其已久○	11.8/61/8	
		英風固以揚于四海○	12.3/63/21	**刂** yì　　　　　　1
而爲之屈辱者多○	1.1/1/22	無射于人斯○	12.4/63/29	
赫○橋父	1.6/4/27	哀○泣血	12.5/64/6	病其末而○其本　13.3/72/24
孝既至○	1.7/5/13	玄化洽○	12.13/66/4	
奉上忠○	1.7/5/20	皇○大角	12.15/66/15	**亦** yì　　　　　69
謀誨忠○	1.7/5/21	庶可塞○	13.1/70/7	
撫下忠○	1.7/5/23	蓋亦遠○	13.2/71/28	公○克紹厥猷　1.2/3/6
相三君○	1.7/5/27	可謂正○	13.2/72/1	○用齊斧　1.6/5/1
民苟利○	1.7/5/29	貧賤則無棄舊之賓○	13.3/72/13	○無閒焉　1.7/5/13
于身危○	1.7/6/2	怨其遠○	13.3/72/19	孤○與焉　1.7/5/29
能下問○	1.7/6/3	咎其稀○	13.3/72/19	而謚法○曰宜矣　1.7/6/4
而謚法亦曰宜○	1.7/6/4	使交可廢則棄其愆○	13.3/72/25	柔○不茹　1.9/7/18
若稱子則降等多○	1.7/6/13	欣欣焉樂在其中○	13.8/73/28	○賴之于見述也　2.1/9/5
聞其儳舊○	1.10/7/26	惑○	13.11/74/13	○圖容加謚　2.4/11/17
色斯舉○	2.2/9/25	辭之輯○	14.18/78/21	蓋○多矣　2.5/12/4
君之誨○	2.2/10/9	失之遠○	15.1/81/22	○爲謀奏盡其忠直　2.7/13/20
民胥效○	2.2/10/9	三月一時已足肥○	15.1/84/1	○其所以後時失途也　2.7/13/28
赫○陳君	2.3/11/2			不○泰乎　3.2/16/18
休○清聲	2.3/11/3	**迤** yǐ　　　　　2		○不敢宜　3.2/16/19
嗟我懷○	2.4/11/22			大○不敢不戒　3.5/18/23
蓋亦多○	2.5/12/4	思逶○以東運	11.3/59/13	○總其熊羆之士　3.5/18/28
可睹于斯○	2.5/12/11	吳制迤○四重	15.1/96/10	○惟三禮六樂　3.5/18/30
邈○先生　2.6/13/6,12.5/64/7				康○由孝廉宰牧二城　4.5/26/2
有烈節○	2.7/13/15	**倚** yǐ　　　　　2		○降于漢　4.5/26/19
其邇于宛尙○	2.8/14/10			○割肝而絕腸　4.6/27/7
正直疾枉清儉該備者○	3.1/15/26	意徙○而左傾	14.3/75/13	○困悴而傷懷　4.7/27/24
公孫同倫莫能齊焉者○	3.2/16/15	徙○庭階	14.5/76/3	斯社之所相也　5.3/30/16
于時春秋高○	4.2/23/25			人○有言　6.6/35/20
休○耀光	4.5/26/20	**螘** yǐ　　　　　1		○卒誅　7.4/39/27
赫○炎光	5.1/29/1			○臣輸寫肝膽出命之秋　7.4/41/16
社祀之建尙○	5.3/30/8	豈與蟲○之虜	7.3/38/10	左右近臣○宜戮力從化　7.4/43/2
惟其傷○	5.5/32/9			帝后謚禮○宜同　8.1/44/28
邈○遺孫	6.2/33/17	**蟻** yǐ　　　　　2		○宜超然　8.4/46/14
嗟其傷○	6.3/34/2			○不敢毀　9.6/49/19
嗟其哀○	6.6/35/26	非臣螻○愚怯所能堪副　7.4/41/16		○七宿之象也　10.1/53/17
由來尙○	7.3/37/13	況臣螻○無功德　9.10/51/17		淮南王安○取以爲（弟）
臣曰「可○」	7.3/38/21			〔第〕四篇　　10.1/54/7

慶	12.12/65/22	加陳留府君以〇州之謚	1.7/5/12	**異 yì**		55

慶　　　　　　12.12/65/22
再三〇衣　　　12.23/67/23
《〇》稱安貞　　13.1/69/10
以解《〇傳》政悖德隱
　之言　　　　13.1/69/27
旋復變〇　　　13.1/70/6
可以〇奪甘石、窮服諸
　術者　　　　13.2/71/24
漢三〇元　　　13.2/72/3
至于改朔〇元　13.2/72/4
非群臣議者所能變〇　13.2/72/5
不爲窮達〇節　13.7/73/24
〇使馳騁　　　14.13/77/22

佾 yì　　　4

天子八〇　　　15.1/89/5
公之樂《六〇》　15.1/89/5
侯之樂《四〇》　15.1/89/6
《八〇》樂五行舞人服
　之　　　　　15.1/96/7

奕 yì　　　13

載德〇世　　　2.4/11/20
〇葉載德　　　3.6/19/22
新廟〇〇　　　4.4/25/19
〇世載德　　5.2/30/1,5.4/30/25
顧景赧〇　　　6.6/35/27
伏見幽州（〇）〔突〕
　騎　　　　　7.2/36/16
〇〇四牡　　　11.1/57/11
當代博〇　　　13.1/70/12
寢廟〇〇　　　15.1/90/22

疫 yì　　　5

豫設水旱〇癘　10.2/55/15
〇神　　　　　15.1/86/8
生而亡去爲〔〇〕鬼　15.1/86/8
歐〇鬼也　　　15.1/86/11
五穀播灑之以除〇殃　15.1/86/11

益 yì　　　25

漢〇州刺史南陽朱公叔卒　1.7/5/8
〇州府君貫綜典術　1.7/5/12

加陳留府君以〇州之謚　1.7/5/12
〇州府君自始至沒身　1.7/5/19
財貨不〇　　　1.7/5/25
今使權調者中郎楊貴贈
　穆〇州刺史印綬　1.8/7/6
文忠公〇州太守朱君名
　穆字公叔　　1.9/7/12
位以〇州　　　1.9/7/21
彌遠〇曜　　　2.6/13/9
終其〇貞　　　2.9/15/8
〇固其守　　　3.1/15/25
然處豐〇約　　3.4/18/10
交揚〇州　　　3.7/21/1
嗟既逝之〇遠　4.6/27/14
意智〇生　　　7.3/37/24
無〇于德矣　　7.4/43/1
非復發糾姦伏、補〇國
　家者也　　　7.5/43/22
哽咽〇甚　　　8.2/45/5
其族〇章　　　8.2/45/15
陛下當〇隆委任　9.1/47/11
震懼〇甚　　　9.9/51/1
《易》正月之卦曰「〇」
　　　　　　10.1/53/23
迷損〇之數　　11.8/62/4
伏見幽州刺史楊憙、〇
　州刺史龐芝、涼州刺
　史劉虔　　　13.1/70/1
三命滋〇恭而莫侮　13.4/73/7

悒 yì　　　1

邑誠竊悁〇　　8.4/46/16

挹 yì　　　2

允恭〇損　　　8.1/44/23
〇之若江湖　　12.5/64/4

貤 yì　　　1

乃以丕〇　　　1.1/2/21

翊 yì　　　1

〇明其政　　　3.5/19/2

異 yì　　　55

高明卓〇　　　1.6/4/14
〇國之人稱之皆然　1.7/6/11
嘉〇畫像郡國　2.4/11/18
聞道睹〇　　　2.9/15/7
于〇群公　　3.5/19/14,4.4/25/17
不見〇物　　　5.4/30/25
允公族之殊〇　6.3/33/25
然而時有同〇　7.3/37/13
而所見常〇　　7.3/37/16
所以別（內外）〔外內〕
　、〇殊俗也　7.3/38/8
朝廷以災〇憂懼　7.4/39/3
問臣邑災〇之意　7.4/39/7
與綏和時相似而有〇　7.4/39/27
此誠大〇　　　7.4/40/14
〇于凡屋　　　7.4/41/6
深悼變〇　　　7.4/41/15
伏思諸〇各應　7.4/41/17
反有〇輩　　　7.4/42/6
喜戚〇方　　　7.4/42/17
特蒙褒〇　　　7.5/43/15
問以變〇　　　7.5/43/16
拯救怪〇　　　7.5/43/18
每有災〇　　　7.5/43/19
博問掾史孝行卓〇者　8.2/45/3
是後精美〇味　8.2/45/6
殊〇祖宗不可參竝之義　9.6/49/23
特見褒〇　　　9.9/50/24
〇名而同事　　10.1/52/5
每月〇禮　　　10.1/53/20
〇文而同體　　10.2/54/29
行季春令爲不致災〇　10.2/56/14
臣邑被受陛下寵〇大恩
　　　　　　11.2/57/17
小阜寧其〇形　11.3/58/28
他鄉各〇縣　　11.5/60/4
〇體同勢　　　11.7/60/23
是故天地示〇　12.24/67/29
臣聞天降災〇　13.1/69/5
顯此諸〇　　　13.1/69/9
輒興〇議　　　13.1/69/18
庶苔風霆災妖之〇　13.1/69/22
又因災〇　　　13.1/69/25
頻年災〇　　　13.1/69/26
與今史官甘石舊文錯〇

	13.2/71/23	夫九河盈○	11.8/62/8	○方之訓	6.5/35/2
唯此爲○者也	15.1/81/10	化○區宇	12.4/63/31	○惠優渥	6.6/35/15
若臺閣有所正處而獨執		恬淡清○	14.12/77/13	受茲○方	6.6/35/16
○意者曰駁議	15.1/82/7			臣懅懅發謦言、幹非○	7.2/37/4
下言臣愚戇議○	15.1/82/7	**裔 yì**	**13**	《春秋》之○	7.4/42/14
不言議○	15.1/82/8			慕○重譯	8.1/44/22
○姓婦女以恩澤封者曰		劉彼○土	1.6/5/1	前太守文穆召署孝○童	8.2/45/6
君	15.1/83/28	俾後○永用享祀	1.8/7/7	如禮識○之士	8.2/45/10
大同小○	15.1/86/22	其○呂望佐周克殷	2.6/12/23	美○因政以出	8.2/45/12
凡祭號牲物○于人者	15.1/87/11	俾來世昆○	2.9/15/5	出處抱○	8.3/45/23
徹侯、群臣○姓有功封		○胄無緒	3.1/15/15	見本知○	8.4/46/8
者稱曰徹侯	15.1/88/21	以安荒○	3.7/21/9	以次大○略舉	8.4/46/9
四方災○	15.1/91/9	俾諸昆○	4.5/26/17	○勇憤發	9.1/47/5
群臣○姓有功封者	15.1/92/16	清烈光于來○	5.2/29/21	太僕王舜、中壘校尉劉	
功德優盛朝廷所○者	15.1/92/17	下榮昆○	9.3/48/13	歆據經傳○	9.6/49/11
		臣子遺苗○	9.9/50/27	殊異祖宗不可參竝之○	9.6/49/23
逸 yì	**20**	爰及苗○	9.9/51/4	聖姿碩○	9.7/49/29
		問甯越之○胄兮	11.3/58/24	起養老敬長之○	10.1/51/31
人○馬畜	1.5/4/4	引職貢乎荒○	11.3/59/9	事之大、○之深也	10.1/52/3
總角而○群	1.6/4/14			以明聖王建清廟、明堂	
莫○斯聽	1.6/5/3	**義 yì**	**75**	之○	10.1/52/6
澹然自○	2.3/10/19			故《孝經》合以爲一○	
世之雄材、優○之徒	2.5/12/4	睹○斯居	1.1/1/18		10.1/53/12
君不勝其○	2.7/13/23	歷端首則○可行	1.6/4/16	凡此皆明堂太室、辟廱	
支胄散○	2.8/14/10	況乃忠兼三○	1.7/6/3	太學事通文合之○也	
莫非瓌才○秀	3.3/17/19	《春秋》之正○也	1.7/6/11		10.1/53/12
極遺○于九皋	3.6/19/27	相國東萊王章字伯○	1.10/8/10	明不敢泄瀆之○	10.1/53/21
愎戾優順○惰	4.3/24/17	○則進之以達道	2.2/9/21	文○所說	10.1/53/30
周愼○于博（士）〔陸〕		懿鍾鼎之碩○	2.4/11/19	不與世章句傅文造○	10.2/54/30
	4.3/24/20	疑○錯繆	2.8/14/13	○二士之俠墳	11.3/59/11
○才淑姿	6.3/33/22	不爲○疚	2.8/14/17	○有取兮	11.3/59/21
童子無驕○之尤	6.5/34/26	不○富貴	2.9/15/3	去俗歸○	11.4/59/25
宮中無地○竄	7.4/41/22	不爲○絀	3.1/15/25	行○達道	11.8/61/5
天授○才	8.4/46/7	翚其精○	3.4/18/4	休息乎仁○之淵藪	11.8/62/13
卓○不群	8.4/46/13	父○、母慈、兄友、弟		施仁○以接物	12.3/63/22
同歡同喜○豫	9.7/49/31	恭、子孝	3.5/19/3	世以仁○爲質	12.5/64/3
忿子帶之淫○兮	11.3/59/6	齊桓遷邢封衛之○也	3.7/21/9	木連理以象其○	12.12/65/24
崇英○偉	11.8/61/11	下陳輔世忠○之方	3.7/21/16	于○已弘	13.1/70/15
夫夫有○群之才	11.8/62/1	故吏濟陰池喜感公之○	4.1/22/28	通經釋○	13.1/70/16
		導以○方	4.5/26/1	○無所依	13.1/70/27
溢 yì	**8**	九鼎之○	4.5/26/2	文備○著	13.2/72/5
		茲事體通而○同	4.5/26/13	其○敦以正	13.3/72/9
儉節○于監司	2.2/9/23	○方以導其性	4.7/27/19	有○則合	13.3/72/17
河洛盛○	7.4/40/21	○不即命	5.1/28/20	無○則離	13.3/72/17
河流滿○	7.4/40/22	褒述之○	5.1/28/27	則可同號之○也	15.1/80/1
常滿不○	7.4/43/3	展○省方	5.1/29/3	此其○也	15.1/80/2
故遂衍○	9.6/49/15	覩文感○	6.5/34/20	尊王之○也	15.1/80/10

別陰陽之○也	15.1/82/24	○氣精了	5.4/31/9	次曰千○、叔韓	4.6/26/29
與三老同○也	15.1/83/1	齋者、所以致齊不敢渙		蓋有○兆之心	5.2/29/17
○亦如上	15.1/89/1	散其○	7.1/36/8		
丞相匡衡、御史大夫貢		○智益生	7.3/37/24	**毅** yì	2
禹乃以經○處正	15.1/90/25	問臣邕災異之○	7.4/39/7		
依高帝尊父爲太上皇之		○者陛下（閣）〔樞〕		剛○彊固	2.2/9/18
○	15.1/92/4	機之內、衽席之上	7.4/39/16	剛○足以威暴	4.1/22/15
殘○損善曰紂	15.1/96/25	聖○低回	7.4/39/17		
布德執○曰穆	15.1/96/26	臣竊以○推之	7.4/40/14	**誼** yì	1
仁○說民曰元	15.1/96/26	正○請行	7.4/41/9		
執○揚善曰懷	15.1/97/3	疏賤妄乃得姿○	7.4/41/24	至行美○	13.7/73/23
		聖○勤勤	7.4/42/6		
詣 yì	14	當專一精○以思變	7.4/42/17	**熠** yì	1
		群公尚先○承旨以悅	7.4/42/21		
不○公車	5.4/31/5	章句不能遂其○	8.4/46/9	耀○祖禰	9.9/50/29
病不○公車	5.5/31/24	辭○激切	9.1/47/6		
○金商門	7.4/39/1	不○錄符銀青	9.3/48/6	**憶** yì	1
召○金商門	7.5/43/16	不○卒遷	9.3/48/11		
○朝堂上賀	9.8/50/8	誠不○痼	9.9/50/25	下有長相○	11.5/60/6
○闕拜章	9.9/50/28	皆用○傅	10.2/54/14		
謹奉章○闕	9.10/51/20	不○西夷相與合謀	11.2/58/5	**懌** yì	1
受詔○東觀著作	11.2/57/18	○無爲於持盈	11.8/62/2		
唯赦令、贖令召三公○		聊以游○	13.1/70/12	莫不熙怡悅○	1.1/2/23
朝堂受制書	15.1/81/14	非史官私○	13.2/71/29		
稱稽首上書謝恩、陳事		而光晃以爲固○造妄說		**曀** yì	2
○闕通者也	15.1/81/26		13.2/71/30		
○尙書通者也	15.1/82/4	○徙倚而左傾	14.3/75/13	陰○○而不陽	11.3/59/6
其明旦三老○闕謝	15.1/82/29	因卑達尊之○也	15.1/80/6		
一○太后	15.1/90/10	若臺閣有所正處而獨執		**翳** yì	5
一○少帝	15.1/90/10	異○者曰駁議	15.1/82/7		
		其合于上○者	15.1/82/8	其先出自伯○	4.5/25/23
肄 yì	1	皆古寢之○也	15.1/90/24	于時○藏	6.6/35/25
				神幽隱以潛○	11.3/59/8
因嬉戲以○業	14.14/77/27	**嗌** yì	1	龜鳳山○	11.8/62/16
				昔伯○綜聲于鳥語	11.8/62/18
意 yì	38	聲嘶○以沮敗	14.17/78/15		
				翼 yì	29
思忠文之○	1.7/5/14	**億** yì	10		
野欽率遺○	1.9/7/15			○○惟恭	1.1/1/7,1.9/7/19
紀順奉雅○	2.2/10/7	在郡受取數○以上	1.1/2/15		4.1/23/1
以先神○	2.8/14/13	萬○其盛	1.6/5/4	○我哲聖	1.6/5/2
推尋雅○	4.1/22/29	壽○齡	1.10/8/16	翔區外以舒○	2.1/9/2
遵奉遺○	4.5/26/9	丕昭○年	2.8/14/25	考○佐世祖匡復郊廟	2.8/14/11
紹述雅○	4.6/27/4	傳○年	3.1/16/3	○至神	3.1/16/3
繼存○于不遺	4.6/27/12	○兆不窮	3.2/17/3	丞相○宜	3.3/17/9
依存○以奉亡兮	4.7/28/6	胡不○年	3.7/22/3	公則○之	3.5/19/7
養色甯○	5.4/30/26	千○斯年	4.5/26/21	以爲申伯甫侯之○周室	3.7/21/23

粵○日己卯	4.5/26/14	徵拜○郎	1.6/4/19	橫生他○	10.2/54/16
○日斯瘳	4.7/28/4	拜○郎	1.6/4/20	遂與群儒竝拜○郎	11.2/57/18
○戴更始	5.1/28/20	門人陳季珪等○所譔	1.7/5/8	遂與○郎張華等分受之	
雖元凱○虞	5.2/29/18	陳留蔡邕○日	1.7/5/8		11.2/57/30
貽此燕○	6.2/33/17	始與諸儒考禮定○	1.7/5/12	不可獨○	11.2/58/1
扶○政事	6.5/34/25	謹覽陳生之○	1.7/5/14	誠當博覽眾○	13.1/69/13
○此清淑	6.6/35/14	○而不罪	1.7/5/23	輒興異○	13.1/69/18
小心○○	7.1/36/10	事通○合	1.7/5/28	○遣八使	13.1/70/4
元功○德（者）與共天		本○日忠文子	1.7/6/4	未詳斯○	13.1/70/4
下〔者〕爵土	9.9/51/3	乃還○郎	1.8/6/28	多召拜○郎郎中	13.1/70/20
功薄蟬○	9.9/51/7	復徵拜○郎	1.8/7/3	參○正處	13.2/71/11
萬象○之	10.1/52/2	博總群○	4.1/22/12	宣誦之○	13.2/72/4
延頸脅○	11.6/60/12	推本○銘	4.5/26/17	非群臣○者所能變易	13.2/72/5
若神龍采鱗○將舉	14.4/75/17	寧舉茂才葉令、京令爲		四曰駁○	15.1/81/24
振○修形容	14.19/78/25	○郎	4.6/27/1	公卿百官會○	15.1/82/6
○善傳聖曰堯	15.1/96/24	季以高（弟）〔第〕爲		若臺閣有所正處而獨執	
		侍御史諫○大夫侍中		異意者曰駁○	15.1/82/7
斁 yì	1	虎賁中郎將陳留太守	4.6/27/2	駁○曰某官某甲○以爲	
		○郎夫人趙氏	4.7/27/18	如是	15.1/82/7
不○不渝	11.8/62/17	○郎早世	4.7/27/19	下言臣愚戇○異	15.1/82/7
		以○郎出爲濟陰太守	4.7/27/20	其非駁○	15.1/82/8
繹 yì	4	還諫○大夫	5.4/31/4	不言○異	15.1/82/8
		召拜○郎	5.4/31/5	文報曰某官某甲○可	15.1/82/8
卜還于○	1.7/5/29	後以高等拜侍御史還諫			
尋○度數	11.2/58/2	○大夫	5.5/31/23	**譯** yì	1
絡○遷延	11.6/60/14	○郎臣蔡邕	7.1/36/8		
○賓尸之所歌也	15.1/88/9	官以○爲名	7.2/36/15	慕義重○	8.1/44/22
		甫建○當出師與有并力	7.3/37/10		
藝 yì	12	召公卿百官會○	7.3/37/12	**懿** yì	27
		○郎蔡邕以爲書戒狝夏	7.3/37/12		
經○傳記	1.6/4/15	以此時興○橫發	7.3/38/1	以昭光○	1.1/1/14
尋綜六○	1.8/6/23	朝○有嫌	7.3/38/13	魯之季文子、孟○子	1.7/6/5
弘此文○	2.6/13/6	又○動兵	7.3/38/17	實有○德	2.1/8/25
織入○文	2.9/15/1	○不足采　7.3/38/22,9.6/49/25		純○淑靈	2.1/9/6
懷文○之才	3.6/19/23	召光祿大夫楊賜、諫○		○乎其純	2.1/9/8
文○丕光	5.4/31/14	大夫馬日磾、郎張		世篤○德	2.2/9/15
多才多○	6.6/35/12	華、蔡邕、太史令單		反于端○者	2.2/9/24
尙儉約崇經○	7.4/42/13	颺	7.4/38/26	○鍾鼎之碩義	2.4/11/19
經○乖舛	8.1/44/14	相引見論○	7.4/42/12	玄○清朗	2.5/11/27
才○言行	8.4/46/13	○郎冀土臣邕	7.5/43/9	天授○度	2.7/14/3
保氏教以六○守王闈	10.1/52/23	圖○邌滌	9.1/47/4	○德是丕	2.8/14/22
爲學○之範閑	11.6/60/16	《白虎》奏○	9.3/48/9	讚○德	3.1/16/3
		左中郎將臣邕	9.6/49/8	式昭○聲	3.3/17/25
議 yì	64	時中正大臣夏侯勝猶執		皇祖考以○德	3.5/18/22
		○欲出世宗	9.6/49/10	○鑠孔純	4.1/22/30
徵拜○郎司徒長史	1.1/2/11	○猶不定	9.6/49/11	考以德行純○	4.2/23/10
故轉拜○郎	1.1/2/13	上從其○	9.6/49/11	好是○德	4.4/25/13

公受純○之資		5.2/29/9
○鑠之美		5.2/29/17
猗歟○德		5.4/31/13
允迪○德		6.2/33/16
哀子○達、仁達銜恤哀		
痛		6.5/34/19
○等追想定省		6.5/35/1
鍾厥純○		11.1/57/11
嘉文德之弘○		11.6/60/16
惟○惟醇		12.12/65/25
溫柔聖善曰○		15.1/96/26

驛 yì　　1

盡遣○使　3.7/21/1

因 yīn　　39

得○吉凶	2.7/13/25
于是○好友朋	2.8/14/20
○氏焉	3.1/15/15
公乃○是行退居盧	3.3/17/12
○滄浪以爲隍	3.7/20/21
韜○母之仁	4.5/25/26
○爲尊諱	5.1/28/18
○高卑之宜	6.1/32/18
僉以爲○其所利之事者	6.1/32/24
其設不戰之計、守禦之	
○者	7.3/37/17
孝武皇帝○文景之蓄	7.3/37/17
○以感覺	7.4/41/18
當○其言居位十數年	7.4/42/12
○臺問具臣恨狀	7.5/43/14
是後轉○帝號	8.1/44/27
伏惟陛下體○心之德	8.2/45/10
美義○政以出	8.2/45/12
未得○緣有事	9.3/48/11
春秋○魯取之姦賂	10.1/52/5
○天時	10.1/53/19
今章句○于高禖之事	10.2/55/16
竟乃○縣道具以狀聞	11.2/58/4
謹○臨戎長霍圉封上	11.2/58/12
道無○而獲入	11.3/59/17
○于鳥跡	11.6/60/10
○樹碑爲銘曰	12.1/63/1
不○故服	12.23/67/24
又○災異	13.1/69/25
所○寢息	13.1/70/5
故○錫國	14.5/75/28
○嬉戲以肄業	14.14/77/27
○本心以誕節兮	14.16/78/9
○而不改也	15.1/79/16
漢○而不改也	15.1/80/3
○卑達尊之意也	15.1/80/6
光武○而不改	15.1/82/10
○以稷名其神也	15.1/85/27
漢○而不改	15.1/90/23
後嗣○承	15.1/91/14

音 yīn　　20

聞公聲○	1.1/2/23
式昭德○	1.2/3/6
其○甚哀	1.10/8/2
而德○猶存者	2.1/9/4
俾後世之歌詠德○者	2.2/10/8
德○孔昭	2.5/12/18
八○克諧	3.5/19/1
用揚德○	4.1/22/29
○儀永闕	4.3/25/7
徽○暢于神明	4.6/26/27
思齊徽○	6.6/35/13
此先帝所以發德○也	7.3/38/18
德○墾誠	7.4/41/15
葛盧辨○于鳴牛	11.8/62/18
德○邈成	12.14/66/10
○亮帝側	12.18/66/31
爾乃清聲發兮五○舉	14.12/77/13
復長鳴而揚○	14.17/78/16
貽我德○	14.18/78/20
雖曰翰○	15.1/87/8

殷 yīn　　34

有○之胄	1.8/6/20
其裔呂望佐周克○	2.6/12/23
惟○于民	3.2/16/24
○襄傷悼	3.6/20/5
懷○恤以摧傷	4.6/27/6
○斯勤斯	4.7/28/1
○勤不已	7.4/41/18
臣輒核問掾史邑子○盛	
宿彥等	8.2/45/7
嗣帝○勤	9.6/49/14

○人曰重屋	10.1/51/27
武王伐○	10.1/53/7
○人無文	10.1/53/30
感憂心之○○	11.3/59/12
昔佐○姬	12.1/63/2
憂心○○	12.29/68/23
黃帝、顓頊、夏、○、	
周、魯凡六家	13.2/71/5
光晃所據則○曆元也	13.2/71/6
○湯有（甘誓）〔日新〕	
之勒	13.4/73/1
夏、○、周稱王	15.1/79/14
○以十二月爲正	15.1/83/6
○人又增三九二十七	15.1/83/23
○曰清祀	15.1/86/17
○曰序	15.1/88/27
○曰《大濩》	15.1/89/4
故○湯氏以水德繼之	15.1/89/21
湯爲○商氏	15.1/89/25
五年而稱○祭	15.1/90/27
○祭則及諸毀廟	15.1/90/27
非○祭則祖宗而已	15.1/90/27
五年而再○祭	15.1/91/25
○曰尋	15.1/94/10
○黑而微白	15.1/94/11

陰 yīn　　50

書于碑○	1.1/1/13
高祖、祖父皆豫章太守	
潁○令	2.6/12/24
推步○陽	2.6/12/28
弘農華○人	3.1/15/14,3.3/17/8
○陽不忒	3.3/17/15
惟天○騭下民	3.5/19/2
遷屯漢○	3.7/20/21
遷濟○太守	4.1/22/14,4.2/23/13
故吏濟○池喜感公之義	4.1/22/28
以議郎出爲濟○太守	4.7/27/20
守于濟○	4.7/28/3
○德之陽報	6.2/33/15
后妃○脅主	7.4/39/13
群○太隆	7.4/40/4
況乃○陽易體	7.4/40/14
○勝則月蝕	7.4/40/21
抑○尊陽	7.4/40/22
是○陽爭明	7.4/40/27

問臣以大鴻臚劉郃前爲
　濟○太守　7.5/43/9
又別○陽　10.1/52/22
○陽九六之變也　10.1/53/14
所以順○陽、奉四時、
　效氣物、行王政也　10.1/53/20
○陽生物之候　10.1/53/29
○陽和　10.1/54/6
書有○陽升降　10.2/54/20
春行少○　10.2/56/6
冬行太○　10.2/56/6
○陽皆使不干其類　10.2/56/6
秋難以達○　10.2/56/6
降虎牢之曲○兮　11.3/58/26
○嚖嚖而不陽　11.3/59/6
窘○雨兮　11.3/59/20
蓁賓統則微○萌　11.8/61/24
○陽代興　11.8/61/24
井無景則日○食　11.8/62/10
○氣憤盛　13.1/69/10
而光晃以爲○陽不和　13.2/72/2
演西土之○精　14.1/74/23
覽○陽之綱紀　14.2/75/4
畫乾坤之○陽　14.8/76/19
獨潛類乎大○　14.17/78/16
別○陽之義也　15.1/82/24
言○氣大勝　15.1/83/6
面北向○　15.1/84/23
門秋爲少○　15.1/85/8
冬爲太○　15.1/85/9
〔夏至○氣始〕起　15.1/93/1
夏至○氣起　15.1/93/3

媼 yīn　2

婚○帝室　6.5/34/22
婚○協而莫違　14.2/75/6

湮 yīn　1

○滅土灰　11.2/58/6

絪 yīn　1

氣○縕　3.1/16/4

禋 yīn　2

馨明○　1.10/8/18
敬恭○祀　4.2/23/20

駰 yīn　1

及揚雄、班固、崔○之
　徒　11.8/61/3

吟 yīn　1

梁甫悲○　14.12/77/15

垠 yín　2

耀無○　1.10/8/18
顧大河于北○兮　11.3/59/3

寅 yín　10

光和七年夏五月甲○　1.1/1/11
同○協恭　1.3/3/14
光和七年五月甲○薨　1.6/4/22
夙夜惟○　4.3/24/18
四月壬○　6.3/34/1
○虎非可食者　10.2/56/23
甲○爲是　13.2/71/5
太史令張壽王挾甲○元
　以非漢曆　13.2/71/7
上言當用命曆序甲○元
　13.2/71/10
元和二年二月甲○制書
　日　13.2/71/25

淫 yín　8

○衍東夷　1.5/3/28
夫豈○刑　1.7/5/22
遘○雨之經時　11.3/58/22
忿子帶之○逸兮　11.3/59/6
女冶容而○　11.8/61/20
狂○振蕩　11.8/62/3
弗愆以○　12.20/67/10
無有○朋　13.3/72/9

禋 yīn　2

馨明○　1.10/8/18
敬恭○祀　4.2/23/20

銀 yín　4

○艾貂蟬　4.5/26/3
先祖○艾封侯　5.1/28/25
不意錄符○青　9.3/48/6
命服○青　9.3/48/12

闛 yín　4

則○○焉罔不釋也　3.4/18/8
○○如也　3.7/21/12

引 yǐn　27

悉○衆災　1.1/2/14
乃○其責　1.3/3/16
不割高而○長　2.2/9/21
不樂○美　3.2/16/22
○情致喻　3.4/18/8
不仁○頸　3.7/20/16
○公爲尚書令　4.2/23/22
輿服察御郃○　5.5/32/3
○入崇德殿署門內　7.4/39/1
群臣早○退　7.4/42/8
相○見論議　7.4/42/12
浮輕之人不○在朝廷　7.4/42/13
（○）〔列〕在六逆　7.4/42/15
勿（普）〔替〕之　9.5/49/4
○職貢乎荒裔　11.3/59/9
○譬比偶　11.4/59/28
溫溫然弘裕虛○　12.3/63/20
朱雀道○　12.26/68/9
援○幽隱　13.1/69/25
其高者頗○經訓風喻之
　言　13.1/70/13
深○《河洛圖讖》以爲
　符驗　13.2/71/29
○漾灃而東征　14.1/74/23
曲○興兮繁絲撫　14.12/77/13
大駕、則公卿奉○大將
　軍參乘太僕御　15.1/93/6
唯河南尹執金吾洛陽令
　奉○侍中參乘奉車郎
　御屬車三十六乘　15.1/93/9
編羽毛○繫橦旁　15.1/94/3
○上殿　15.1/95/6

尹 yǐn	28
特進潁陽侯梁不疑爲河	
南○	1.1/1/21
遷河南○少府大鴻臚司	
徒司空	1.1/2/13
遷河南○少府大鴻臚	1.6/4/20
○尉清宸	1.6/5/3
呼樵孺子○禿謂曰	1.10/8/4
關民慕○喜之風	1.10/8/11
河南○种府君臨郡	2.3/11/5
庶○知恤	3.3/17/14
常歷宮○	3.6/19/22
越○三卿	4.4/25/14
曾祖父延城大○	4.5/25/24
小臣河南○鞏瑋	5.1/28/25
歷世卿○	5.1/28/26
徵河南○	5.2/29/14
京兆○樊君諱陵	6.1/32/23
故京兆○張敞有罪逃命	7.2/36/27
及營護故河南○羊陟、	
侍御史胡母班	7.5/43/10
僕射允、故司隸校尉河	
南○某、尚書張熹	9.2/47/25
閹○	10.2/55/20
閹○者、內官也	10.2/55/21
閹○之職也	10.2/55/21
閭里門非閹○所主	10.2/55/21
還○轚轂	11.2/57/20
乃○京邑	12.4/63/31
於顯哲○	12.9/65/1
脯日○祭	15.1/87/11
京兆○侍祠衣冠車服	15.1/91/26
唯河南○執金吾洛陽令	
奉引侍中參乘奉車郎	
御屬車三十六乘	15.1/93/9

飲 yǐn	6
趨以○章	7.5/43/26
偃鼠○河	9.9/51/10
從學宴○	13.8/73/28
○馬長城	14.12/77/16
凡衣服加于身、○食入	
于口、妃妾接于寢	15.1/81/4
縱吏民宴○	15.1/93/2

隱 yǐn	21
○括足以矯時	2.1/8/28
遂○丘山	2.3/10/20
冶藏無○	2.6/12/27
遂○竄山中	2.7/13/17
乃遂○身高藪	2.9/15/2
父○約蟄瘁	3.2/16/12
授我無○	3.4/18/16
勤恤民○	5.2/29/12
勤恤人○	6.1/32/23
惻○仁恕	6.2/33/11
○括及乎無方	6.5/34/25
神幽○以潛騫	11.3/59/8
隆○天之高	11.8/61/25
政悖德○	13.1/69/9
援引幽○	13.1/69/25
以解《易傳》政悖德○	
之言	13.1/69/27
惻○思慕	13.1/70/26
愴然淚以○惻	14.7/76/13
中○四企	14.13/77/21
章帝宋貴人曰敬○后	15.1/91/19
違拂不成曰○	15.1/96/24

印 yìn	22
解○綬去	1.1/1/22
詔書○綬	1.6/4/19
今使權謁者中郎楊貢贈	
穆益州刺史○綬	1.8/7/6
賜公驃騎將軍臨晉侯○	
綬	3.5/19/9
贈以太傅安樂鄉侯○綬	4.1/22/26
屢上○綬	5.4/31/6
詔使謁者劉悝齎○綬	5.4/31/7
詔使謁者劉悝即授○綬	5.5/31/24
下○綬符策	9.9/50/17
上所假高陽侯○綬符策	9.9/50/28
兩○雙紱	9.10/51/17
連衡者六○磊落	11.8/61/19
○曰「璽」	15.1/79/11
璽者、○也	15.1/80/23
○者、信也	15.1/80/23
此諸侯大夫○稱璽者也	
	15.1/80/25
民皆以金玉爲○	15.1/80/25

然則秦以來天子獨以○	
稱璽	15.1/80/26
凡制書有○使符下	15.1/81/14
尚書令○重封	15.1/81/14
司徒○封露布下州郡	15.1/81/15
貴人緺綟金○	15.1/83/18

胤 yìn	14
○汝祖蹤	1.9/7/19
紹○不繼	1.10/8/1
其先出自帝○	2.6/12/22
苗○不嗣	2.8/14/19
俾○祖考	3.3/17/22
垂統末○	3.4/18/17
太尉公之○子	3.5/18/22
○其祖武	3.5/19/13
蓋倉頡之精○	3.6/19/20
垂乎來○	4.3/25/3
夫人有○	6.6/35/14
堂堂其○	6.6/35/16
爵高蘭諸國○子	8.1/44/17
昭○休序	12.4/63/30

憖 yìn	2
天不○遺一老	2.3/10/27
不○是遺	4.4/25/18

英 yīng	16
體○妙之高姿	2.6/12/24
惟世之○	2.9/15/2
○才是列	3.1/15/23
招命○俊	3.7/20/20
殲我○士	5.4/31/17
凋殞華○	6.3/34/2
允女之○	6.6/35/12
納其○慮	7.4/42/11
衣不粲○	8.1/44/11
博選清○	8.4/46/5
崇○逸偉	11.8/61/11
○風發乎天受	12.3/63/20
○風固以揚于四海矣	12.3/63/21
可謂生民之○者已	12.5/64/5
（凝育）〔挺青〕擘之	
綠○	14.16/78/9

帝嚳曰《五○》	15.1/89/3	○鼎之足	5.2/30/1	迎 yíng	10

嬰 yīng 5

恩及○兒	2.6/12/26
用○胥靡	3.1/15/20
雖老萊子○兒其服	4.2/23/27
莫能○討	8.3/45/24
且晏○辭邶殿之邑	9.10/51/18

膺 yīng 14

○受純性	1.6/4/14
○踐七命	1.6/5/2
先生誕○天夷	2.1/8/26
君○皇靈之清和	2.2/9/16
○期運之數	2.3/10/15
君○期誕生	3.7/20/14
○期挺（生）〔真〕	3.7/21/27
○期命世	4.1/22/30
誕○繁祉	4.5/26/1
○茲祉祿	6.6/35/14
叩○增歎	9.9/51/9
抱○從容	11.8/61/31
○帝休命	12.9/65/1
繁纓在馬○前	15.1/93/25

應 yīng 53

驗○著焉	1.8/6/25
感精瑞之○	1.10/8/5
○大道	1.10/8/14
遂不○其命	2.2/9/29
君○坤乾之淳靈	2.5/11/26
○期作度	2.5/12/16
○天淑靈	2.6/13/6
○時輒去	2.7/13/26
○台階	3.1/16/4
○祚于天	3.2/17/2
不得已而○之	3.3/17/11
○位特進	3.3/17/17
雲龍感○	3.6/20/8
公○天淑靈	4.1/22/10
○期運	4.3/25/8
○期誕生	4.4/25/13
思○慕化	4.5/26/17
○期潛見	5.1/29/2

不任○命	5.4/31/6
不任○召	5.5/31/24
○氣淑靈	6.4/34/11
夫人生○靈和	6.5/34/22
不○選用	7.2/36/23
若○之不精	7.4/40/16
伏思諸異各○	7.4/41/17
以導嘉○	7.4/43/2
郡國咸上瑞○	8.1/44/22
目○以淚	8.2/45/6
○對甚詳	8.2/45/8
○秉國之權	8.4/46/3
生○期運	9.1/47/1
陛下○期中興	9.2/47/17
○運變通	9.4/48/23
惟主及几筵○改而已	9.6/49/24
伏惟陛下○天淑靈	9.7/49/29
○順天人	9.9/51/7
十二宮以○十二辰	10.1/53/15
以○三統	10.1/53/18
○一歲二十四氣也	10.1/53/18
以○行三月政也	10.2/56/9
每○一月也	10.2/56/14
聊以○（問）〔閏〕	10.2/56/27
則黃鍾○	11.8/61/23
○神靈之符	11.8/62/14
求獲苔○	12.1/62/30
誕○正德	12.2/63/14
○運立言	12.5/64/3
是以神明屢○	12.10/65/8
○龍蟠蟄	12.22/67/19
爽○孔加	12.26/68/7
不相○當	13.2/71/20
陳象○矩	14.15/78/3

纓 yīng 7

垂紫○	1.10/8/17
于時○綏之徒、紳佩之士	2.1/8/29
繁○重轂副牽	15.1/93/19
繁○在馬膺前	15.1/93/25
組○如其綬之色	15.1/94/17
組○各視其綬之色	15.1/94/18
其○與組各如其綬之色	15.1/94/26

○棺舊土	4.7/27/25
來○者三十四人	5.5/32/1
○氣東郊	7.1/36/5
○氣五郊	13.1/69/8
天子以四立及季夏之節○五帝于郊	13.1/69/15
使者安車輈輪送○而至其家	15.1/82/28
送○五日	15.1/93/1
非○氣	15.1/93/2
故但送不○	15.1/93/2
○氣五郊舞者所冠	15.1/95/2

盈 yíng 20

德○乎譽	2.5/12/1
夫水○而流	2.6/13/1
驕○僭差	3.6/20/1
陟降○虧	4.1/23/4
在○思（中）〔沖〕	4.3/25/2
元女金○	4.6/27/5
既富且○	6.1/33/5
角犀豐○	6.4/34/7，6.5/34/23
喜不驕○	6.4/34/13
鴻漸○階	11.8/61/27
累珪璧不爲之○	11.8/61/28
意無爲于持○	11.8/62/2
闇謙○之效	11.8/62/4
夫九河○溢	11.8/62/8
消息○沖	11.8/62/11
〔領戶不○四千〕	12.9/64/29
○而不沖	12.20/67/10
雜神寶其充○兮	14.1/74/26
充庭○階	14.5/76/1

塋 yíng 3

葬于先○	3.7/21/23
葬于洛陽○	4.1/22/28
進睹墳○	4.3/25/6

楹 yíng 3

國之○棟	9.1/47/1
聖主垂拱乎兩○	11.8/61/26

作席几○杖之銘　　13.4/73/2

熒 yíng　　4

臣竊見○惑變色　　7.4/40/25
臣聞○惑示變　　7.4/40/25
○惑主禮　　7.4/40/28
而○惑爲之退舍　　7.4/40/29

瑩 yíng　　1

而氣如○　　6.4/34/11

縈 yíng　　3

微墨○而靡係　　4.3/24/22
路丘墟以盤○　　11.3/58/26
旋襄陽而南○　　14.1/74/24

嬴 yíng　　5

字曰烈○　　4.5/25/23
卜葬○博　　4.5/26/11
昔在○代　　4.5/26/18
自○及漢　　5.3/30/18
是爲○長　　7.4/40/27

營 yíng　　30

出將邊○　　1.1/1/10
連在○郡　　1.5/4/2
請且息州○橫發之役　　1.5/4/4
與世無○　　2.9/15/7,11.8/61/8
遂○窀穸之事　　4.5/26/14
經○河朔　　5.1/28/20
我壤既○　　6.1/33/4
夫人○克家道　　6.5/34/25
不敢○辦　　7.2/36/25
經○西羌　　7.3/37/25
令諸〔○〕甲士循行塞
　垣　　7.3/38/20
征○怖悸　　7.4/39/8
及○護故河南尹羊陟、
　侍御史胡母班　　7.5/43/10
臣征○怖悸　　7.5/43/11
寐息屏○　　9.2/47/27
征○累息　　9.3/48/5

慘結屏○　　9.3/48/12
臣邕怔○慚怖　　9.8/50/12
怔○喜懼　　9.9/50/20
日月俱起于天廟○室五
　度　　10.1/53/24
日在○室　　10.1/53/25
定、○室也　　10.2/55/29
即○室也　　10.2/56/1
美伯禹之所○　　11.3/59/3
東作是○　　12.14/66/9
○私之禍　　13.1/70/7
戒書、戒敕刺史太守及
　三邊○官　　15.1/81/21
諸○校尉將大夫以下亦
　爲朝臣　　15.1/82/11
以入項籍○　　15.1/96/16

贏 yíng　　1

簿書有進入之○　　1.5/4/5

影 yǐng　　2

從之如○響　　4.1/22/16
形○不見　　6.6/35/25

穎 yǐng　　9

特進○陽侯梁不疑爲河
　南尹　　1.1/1/21
或言○川　　1.10/7/26
○川許人也　　2.2/9/14,2.3/10/15
○川陳君命世絕倫　　2.3/10/23
故太丘長○川許陳寔　　2.4/11/13
高祖、祖父皆豫章太守
　○陰令　　2.6/12/24
屬扶風魯宙、○川敦歷
　等　　4.3/24/13
故吏○川太守張溫等　　5.2/29/20

潁 yǐng　　1

頡若黍稷之垂○　　11.6/60/11

瀴 yǐng　　1

黜封○陶王　　1.1/2/12

媵 yìng　　1

加于小○　　8.1/44/7

邕 yōng　　43

陳留蔡○議曰　　1.7/5/8
知我者其蔡○　　2.9/15/5
議郎臣蔡○　　7.1/36/8
臣○敏愚憨死罪　　7.1/36/11
臣○頓首死罪　　7.2/36/16
　7.4/41/17,9.3/48/5,9.3/48/13
　　9.8/50/12,9.9/50/26
議郎蔡○以爲書戒猾夏　7.3/37/12
臣○愚憨　　7.3/38/22,7.4/43/3
臣○頓首　　7.3/38/22
召光祿大夫楊賜、諫議
　大夫馬日磾、議郎張
　華、蔡○、太史令單
　颺　　7.4/38/26
日磾、華○、颺西面　　7.4/39/3
臣○言　　7.4/39/7
問臣○災異之意　　7.4/39/7
臣○頓首頓首　　7.4/39/8
　8.3/45/30,9.2/47/20
　　9.6/49/25
以○博學深奧　　7.4/41/14
臣○伏惟陛下聖德允明　7.4/41/15
議郎冀土臣○　　7.5/43/9
臣○死罪　　7.5/43/12,7.5/43/28
及○　　7.5/43/13
○誠竊悁悒　　8.4/46/16
○寢疾羸　　8.4/46/20
臣○等頓首頓首　　9.1/47/12
遂用臣○充備機密　　9.2/47/19
臣○草萊小臣　　9.2/47/23
臣尚書○免冠頓首死罪　9.3/48/3
左中郎將臣○議　　9.6/49/8
臣○奉賀錄　　9.8/50/9
臣○怔營慚怖　　9.8/50/12
（詔制）〔制詔〕左中
　郎將蔡○　　9.9/50/17
今封○陳留雍丘高陽鄉
　侯　　9.9/50/17
朔方髡鉗徙臣○　　11.2/57/17
臣○被受陛下寵異大恩
　　11.2/57/17

方之于○	13.7/73/24
○薄祜早喪二親	13.10/74/7

庸 yōng 11

祗厥勳○	1.1/1/7
德務中○	2.3/10/18
以祚其○	3.5/19/14
若時徵○	3.6/20/9
不有其○	3.7/21/17
帝休其○	4.2/24/5
以祐其○	4.4/25/17
○力不供	6.1/32/21
非臣（容）〔○〕體所 當服佩	9.9/50/31
○可以水旱而累堯湯乎	11.8/62/9
先嗇、司嗇、農、郵表 畷、貓虎、坊、水○ 、昆蟲	15.1/86/25

雍 yōng 15

黎民時○	1.1/1/7
昭孝于辟○	3.5/19/3
越用熙○	4.1/23/2
二氣變○	4.1/23/3
共惟時○	4.2/24/6
蒸蒸○○	5.4/30/26
今封邕陳留○丘高陽鄉 侯	9.9/50/17
○渠驂乘	11.8/61/22
躋之乎○熙	11.8/61/26
峨峨○宮	12.4/63/30
鸑鳴○○	12.26/68/8
《○》、一章十六句	15.1/88/2
天子曰辟○	15.1/88/27

墉 yōng 1

即春葉以爲○	3.7/20/21

甕 yōng 1

○遏不通曰幽	15.1/97/3

擁 yōng 2

○兵聚衆以圖叛逆	9.4/48/22
○華蓋	11.8/62/15

雖 yōng 1

雖振鷺之集西○	8.4/46/6

雝 yōng 8

廣開○泮	3.7/21/11
以廣振鷺西○之美	8.3/45/28
則曰辟○	10.1/52/5
皆在明堂辟○之內	10.1/53/3
外水名曰辟○	10.1/53/6
太室辟○之中	10.1/53/8
凡此皆明堂太室、辟○ 太學事通文合之義也	10.1/53/12
養老辟○	13.1/69/16

饔 yōng 1

○人徹羞	8.1/44/11

顒 yóng 2

○○卬卬	9.7/50/3

永 yǒng 57

都慎厥身脩思○	1.3/3/14
○昭芳烈	1.6/4/27
俾後裔○用享祀	1.8/7/7
○載寶藏	1.9/7/22
泊于○和元年十有二月	1.10/8/2
○懷哀悼	2.1/9/4
降年不○	2.1/9/9
搢紳○悼	2.6/13/9
以○壽二年夏五月乙未 卒	2.8/14/19
懷而○思	2.8/14/21
〔○〕有諷誦于先生之 德	2.9/15/6
孤彪銜恤○思	3.2/16/26
以慰○懷	3.3/17/20

○世豐年	3.5/19/1, 4.2/23/20
○世慕思	3.5/19/15
賦壽不○	3.6/20/4
○興六年夏卒	3.6/20/5
○遺令勳	3.6/20/10
○漢元年十一月到官	3.7/20/16
○康之初	4.1/22/22
音儀○闕	4.3/25/7
用○蕃變	4.5/26/20
○初二年	4.6/26/26
追慕○思	4.6/27/5
悲母氏之不○兮	4.6/27/6
字曰○姜	4.7/27/18
闕焉○廢	4.7/27/24
羨除點而○堙	4.7/28/7
○平之世	5.3/30/12
○世不忘	5.3/30/20
追痛不○	5.4/31/12
無不○懷	5.4/31/12
哀哉○傷	5.4/31/17
忉怛○慕	5.5/32/2
降生不○	6.3/34/1
當受○福	6.4/34/13
顧○褱于不朽兮	6.4/34/15
寢疾不○	6.5/34/27
以○春秋	6.5/35/3
宜登○年	6.6/35/20
庶無○傷	6.6/35/27
○久之策也	7.3/37/17
介損○安	7.4/41/2
續以○樂門史霍玉依阻 城社	7.4/41/23
○元之世	8.1/44/21
○守民庶	9.5/49/4
○守皇極	9.7/50/3
其寧惟○	9.7/50/3
國（之）〔以〕○存	9.9/51/4
終其○懷	11.3/59/20
〔○初元年〕	12.9/64/28
徭役○息	12.9/65/2
○離歡欣	12.29/68/25
年祝、求○眞也	15.1/87/15
○安七年	15.1/94/7
漢興至孝明帝○平二年	15.1/94/15

勇 yǒng	8	亦○齊斧	1.6/5/1	帝載○康	5.3/30/19
		皆○配號	1.7/5/10	帝○悼（世）〔止〕	5.4/31/16
○決不回	1.1/2/22	號與天子諸侯咸○優賢		貨殖財○	6.1/32/17
（育）〔烏〕、賁之○		禮同	1.7/6/15	揆程經○	6.1/32/25
勢	3.7/20/19	○媚天子	1.8/6/23	損○節財以贍疏族	6.2/33/11
義○憤發	9.1/47/5	○拜宛陵令	1.8/6/26	○懷多福	6.2/33/17
在齊辨○	11.4/59/26	○陷于非辜	1.8/7/2	是○登隮	6.6/35/17
武夫奮○	11.8/61/17	肆其孤○作茲寶鼎	1.8/7/7	不應選○	7.2/36/23
非一○所抗	11.8/62/8	俾後裔永○享祀	1.8/7/7	卒獲其○	7.2/36/29
佚非明○于赴流	11.8/62/20	○慰其孤罔極之懷	1.9/7/17	○三臣之法	7.2/37/3
好○致力曰莊	15.1/97/2	仍○明夷	1.9/7/18	若諸州刺史器○可換者	7.2/37/3
		○刊彝器	1.9/7/21	○尚書行賄	7.3/37/10
涌 yǒng	2	○祛其蔽	2.1/9/1	詔書遂○爲〔將〕	7.3/37/10
		人○昭明	2.2/9/23	○度饒衍	7.3/37/18
山風泊以颷○兮	11.3/59/4	其爲道也、○行舍藏	2.3/10/16	給財○筆硯爲對	7.4/39/5
洪濤○而沸騰	14.1/74/28	○過乎儉	2.3/10/26	○敷錫厥庶民	7.4/40/5
		○受禁錮	2.7/13/24	以贍國○	7.4/41/2
詠 yǒng	5	○行思忠	2.7/14/4	帝○不羞	7.4/41/10
		彪之○文	2.9/15/2	○彰于下	7.4/41/11
或絃歌以○太一	1.10/8/6	○嬰胥靡	3.1/15/20	任○責成	7.4/42/11
俾後世之歌○德音者	2.2/10/8	帝載○和	3.3/17/22	郤不爲○致怨之狀	7.5/43/11
詩人○功	3.7/21/24	迄○有成	3.4/18/8	便○疑怪	7.5/43/19
○都人而思歸	11.3/59/19	○罔有擇言失行	3.5/18/24	麥飯寒水閒○之	8.2/45/5
○新詩之悲歌	14.7/76/13	不有○舜	3.5/18/25	但○麥飯寒水	8.2/45/9
		○對揚天子	3.5/19/7	建○皇極	8.2/45/11
蛹 yǒng	1	○授爵賜	3.5/19/8	猶○賢臣爲寶	8.3/45/20
		帝載○熙	3.5/19/15	迄○康乂	8.3/45/25
繭中○兮蠶蟵須	11.4/59/30	幽滯○濟	3.6/19/27	誠宜試○	8.3/45/28
		其國○靖	3.6/20/3	冀荊○次	8.4/46/4
踊 yǒng	3	贊之者○力少	3.7/21/14	大器之于小○	8.4/46/16
		故禁不○刑	4.1/22/15	展其力○	8.4/46/18
側身○躍	7.4/43/1	勸不○賞	4.1/22/15	遂○臣邑充備機密	9.2/47/19
臣等〔不勝〕○躍亮藻	9.7/50/1	○揚德音	4.1/22/29	敢○潔牲	9.4/48/25
○躍草萊	11.8/62/16	越○熙雝	4.1/23/2	○告還來	9.4/48/26
		帝○嘉之	4.2/23/13	不○周禮	9.6/49/8
踴 yǒng	1	○首謀定策	4.2/23/18	訖無雞犬鳴吠之○	9.9/50/24
		○能七登三事	4.2/23/29	非臣力○勤勞有所當受	9.9/50/30
戎士○躍	1.5/4/6	○補〔贊〕前臣之所闕	4.3/24/19	資非哲人藩屏之○	9.10/51/14
		凡所辟○	4.3/25/4	王○享于帝、吉	10.1/53/23
用 yòng	155	○慰哀思	4.3/25/8	利○禦寇	10.1/53/27
		致能迄○有成	4.5/26/1	自是告朔遂闕而徒○其	
貞以文章得○鬼薪	1.1/1/24	○遺舊居	4.5/26/6	羊	10.1/54/4
遂○免官	1.1/2/13	瞻仰以知禮之○	4.5/26/18	稽而○之	10.1/54/6
○總是群后	1.2/3/7	○永蕃釁	4.5/26/20	皆○意傅	10.2/54/14
而經○省息	1.5/4/5	○免咎悔	4.7/27/20,4.7/28/2	是以○之	10.2/54/31
是○鑢石假象	1.5/4/7	疾○歡瘀	4.7/28/3	既○古文	10.2/55/1
○免其任	1.6/4/18	○敢作頌	5.1/28/27	于曆數不○《三統》	10.2/55/1

○四分	10.2/55/1
《月令》所○	10.2/55/1
故不○也	10.2/55/3
既不○《三統》	10.2/55/5
獨○之何	10.2/55/6
故○之	10.2/55/7
不○犧牲	10.2/55/13
今曰「祈不○犧牲」	10.2/55/13
安得不○犧牲	10.2/55/14
○犧牲者	10.2/55/15
是○之助生養	10.2/55/15
郎中劉洪密于○算	11.2/58/1
厥○既行	11.7/60/21
且○之則行	11.8/62/7
利○遭泰	11.8/62/11
〔民○匱乏〕	12.9/64/30
是○祚之	12.12/65/26
黔首○寧	12.13/66/5
囹圄○清	12.14/66/11
白虎○生	12.16/66/20
文王○平	12.17/66/25
京輦○清	12.17/66/25
酒徵酒○	12.18/66/31
華蓋就○	12.21/67/15
賢爲聖者○	12.24/67/31
若器○優美	13.1/70/20
曆○顓頊	13.2/71/3
元○乙卯	13.2/71/3
曆○太初	13.2/71/4
元○丁丑	13.2/71/4
元○庚申	13.2/71/5
黃帝始○太初丁丑之元	13.2/71/7
及○四分以來	13.2/71/9
上言當○命曆序甲寅元	13.2/71/10
實宜○之	13.2/71/25
史官○太初鄧平術	13.2/71/26
○望平和	13.2/71/28
是始○四分曆	13.2/71/29
元和二年乃○庚申	13.2/72/2
而光晃言秦所○代周之元	13.2/72/3
光晃區區信○所學	13.2/72/3
不○	13.2/72/4
○櫛	13.11/74/16
據險○智	14.14/77/28
春夏○事	14.15/78/3
群臣莫敢○也	15.1/80/26
文多○編兩行	15.1/82/4
○命賞于祖	15.1/84/18
不○命戮于社	15.1/84/18
大官送○	15.1/91/6
四時宗廟○牲十八太牢	15.1/91/11
故○十八太牢也	15.1/91/23
中興以來希○之	15.1/93/8
他不常○	15.1/93/8
小駕、祠宗廟○之	15.1/93/10
今者不○	15.1/96/10

攸 yōu　10

五典○通	1.1/1/6
示有○尊	1.7/6/3
彝倫○敘	2.3/11/1
罔不○該	3.5/18/24
亶○序	4.3/25/9
民斯○望	4.4/25/18
戎醜○行	5.3/30/9
疾彼○遂	6.6/35/13
追劉定之○儀兮	11.3/59/3
三事○寧	12.17/66/25

幽 yōu　23

○厲之穢	1.7/5/9
崇壯○溶	2.1/9/7
既多○否	2.2/10/10
贊○明以揆時	2.5/11/28
○暗（麾不）昭爛	2.8/14/14
潛晦○閉	3.3/17/11
○滯用濟	3.6/19/27
窮山○谷	3.7/20/25
綜精靈之○情	4.5/26/12
潛○室之黮漠	4.6/27/12
○情淪于后坤兮	4.7/28/9
潛淪大○	6.5/35/3
伏見○州（奕）〔突〕騎	7.2/36/16
三府選○、冀二州刺史	7.2/36/21
請徵○州諸郡兵出塞擊之	7.3/37/8
宜○情而屬詞	11.3/58/23
神○隱以潛翳	11.3/59/8
光六○	12.11/65/16
援引○隱	13.1/69/25
伏見○州刺史楊憙、益州刺史龐芝、涼州刺史劉虔	13.1/70/1
贊○冥于明神	14.8/76/21
睹鴻梧于○阻	14.9/76/27
壅遏不通曰○	15.1/97/3

悠 yōu　7

眇○○而不追	4.6/27/14
○○蒸黎	5.5/32/8
遨○○之未央	11.3/59/4
將蕃熾以○長	14.16/78/10

憂 yōu　27

于是玄有汲黯○民之心	1.1/2/3
爲國○念	1.5/4/1
○慍悄悄	3.2/16/23
遭太夫人○篤	4.6/27/3
○心怛以激切	4.6/27/7
嗟母氏之○患	4.6/27/8
心傷頷以自○	4.6/27/10
敘我○痛	4.7/27/26
母○	5.2/29/14
遭叔父○	5.4/31/3
桓帝時遭叔父○	5.5/31/22
○悸怛惕	7.2/36/16
豈非可○之難	7.2/36/21
將爲○念	7.2/37/2
且○萬人饑餓	7.3/38/16
朝廷以災異○懼	7.4/39/3
○懼自危	7.4/42/16
夫○樂不竝	7.4/42/17
以示○懼	7.4/42/18
徒以百姓爲○	8.1/44/19
○心灼炟	9.10/51/14
故遂于○怖之中	10.2/54/21
○怖焦灼	11.2/57/26
感○心之殷殷	11.3/59/12
○褒感兮	12.1/63/3
○心殷殷	12.29/68/23
邪枉者○悸失色	13.1/70/4

優 yōu	21	○其模範	2.2/9/19

○老之稱也	1.7/6/14
號與天子諸侯咸用○賢	
禮同	1.7/6/15
世之雄材、○逸之徒	2.5/12/4
○哉游哉	2.5/12/17
仍禮○請	2.8/14/16
禮接○隆	3.7/21/15
賜命○備	3.7/21/25
愯戾○順逸惰	4.3/24/17
義惠○渥	6.6/35/15
其富已○	7.4/42/8
○劣是委	7.4/42/11
○游訪求	7.4/42/11
高下○劣	8.1/44/27
人人有○贍之智	11.8/62/1
東方要幸于談○	11.8/62/20
故抱璞而○遊	11.8/62/21
學○文麗、至通也	12.7/64/16
有類俳○	13.1/70/14
其事○大	13.1/70/16
若器用○美	13.1/70/20
功德○盛朝廷所異者	15.1/92/17

尤 yóu	12
執事無放散之○	1.5/4/5
○篤《易》《尚書》	2.7/13/17
（○）〔允〕執丕貞	3.3/17/23
童子無驕逸之○	6.5/34/26
○宜揀選	7.2/36/29
嚴○申其要	7.3/38/21
是以明主○務焉	7.4/39/20
光祿勳偉璋所在○貪濁	7.4/42/5
略舉其○者也	10.2/56/15
必慎厥○	11.8/62/7
蚩○辟兵	12.26/68/9
其效○多	13.1/70/2

由 yóu	34
揚之○人	1.6/4/26
竟○厥矩	1.6/5/1
牽○舊章	1.7/5/12, 7.4/41/9
○此悟	1.10/8/17
紹巢○之絕軌	2.1/9/2

○是搢紳歸高	2.5/12/5
乃○宰府	3.4/18/6
彝倫所○順序	3.5/19/2
康亦○孝廉宰牧二城	4.5/26/2
○是被疾	4.6/27/3
原疾病之所○	4.6/27/9
陳平○此社宰	5.3/30/12
行○己作	5.4/31/12
尋原祚之所○而至于此	6.2/33/15
○斯夫人	6.6/35/26
○來尙矣	7.3/37/13
○是為亂	7.4/40/12
既不盡○本朝	7.4/42/6
○此言之	8.3/45/21
○此觀之	9.1/46/27
政教之所○生	10.1/52/2
變化之所○來	10.1/52/2
○東方歲始也	10.1/52/26
符瑞○此而至矣	10.1/54/7
○日行也	10.2/56/5
初○宰府	11.2/57/17
遂○端右	11.2/57/19
無○上達	11.2/57/25
嗜欲息兮無○生	11.8/62/23
○是撫亂以治	12.3/63/22
今則○古	12.17/66/26
所○升堂也	15.1/80/5

油 yóu	1
亞飛輪以緹○	15.1/93/27

斿 yóu	1
前驅有九○雲罕闒戟皮	
軒鸞旗	15.1/94/3

郵 yóu	1
先嗇、司嗇、農、○表	
畷、貓虎、坊、水庸	
、昆蟲	15.1/86/25

猶 yóu	51
而○有三焉	1.7/5/15

○復宗事趙叟	1.7/6/3
○可以稱	1.7/6/3
今曰公○可	1.7/6/13
臺臺焉雖商偃○病諸	1.8/6/24
○百川之歸巨海	2.1/8/30
而德音○存者	2.1/9/4
○草木優于翔風	2.2/9/24
超邈其○	2.2/10/11
然○私存衡門講誨之樂	2.5/12/3
然○學而不厭	2.6/12/28
○發憤于目所不睹	2.8/14/14
周公其○病諸	3.2/16/17
○不敢載	3.2/16/22
○不克成	6.1/32/21
品物○在	6.5/35/4
○匪寧息	6.6/35/18
○日孜孜	6.6/35/20
而○有悔	7.3/37/22
○十餘年	7.3/37/25
○不能絕	7.3/38/6
○為大漢之羞	7.3/38/15
尙○棄之	7.3/38/19
遺業○在	7.3/38/21
○不自專	8.1/44/18
○以孝寵	8.2/45/14
○用賢臣為寶	8.3/45/20
其○面牆	9.2/47/24
時中正大臣夏侯勝○執	
議欲出世宗	9.6/49/10
議○不定	9.6/49/11
○美三讓	9.9/50/28
○謂之小	9.9/51/4
○且蹦蹻	9.10/51/17
○周宗祀文王于清廟明	
堂也	10.1/52/10
○周之清廟也	10.1/52/15
○朝于廟	10.1/54/4
○以結心	11.2/58/3
○紛掌其多違	11.3/59/18
譬○鍾山之玉	11.8/61/27
○忌慎動作	12.24/67/28
○為疏廢	13.1/69/9
而○廣求得失	13.1/69/25
亦○古術之不能下通于	
今也	13.2/71/12
且○遇水遭旱	13.2/72/1
○若幼童	13.10/74/7

心○首面也	13.11/74/12	穆穆其○	6.6/35/14	在憲臺則○盡規之忠	1.6/4/24
○可	13.11/74/14	視帝○	10.1/52/21	領州郡則○虎胗之威	1.6/4/24
乘、○載也	15.1/80/13	帝○顯丕	11.8/61/25	魂而○靈	1.6/5/4,1.8/7/7
輿、○車也	15.1/80/13				4.6/27/4
○言今雖在京師、行所		**輶** yóu	**1**	然後○之	1.7/5/11
至耳	15.1/80/16			而猶○三焉	1.7/5/15
○古之禘袷也	15.1/90/27	其○如羽	14.15/78/3	果○蹎覆不測之禍	1.7/5/21
				將○利也	1.7/5/22
游 yóu	**12**	**友** yǒu	**19**	實○年數	1.7/5/25
				示○收尊	1.7/6/3
○集帝學	2.1/8/29	孝○溫恭	2.1/8/26	○一于此	1.7/6/3
優哉○哉	2.5/12/17	乃有二三○生	2.2/10/4	○王叔劉氏之比	1.7/6/12
○集太學	2.7/13/17	○于兄弟	2.6/12/25	則○郟許稱公之文	1.7/6/12
○心典謨	2.8/14/12	孝○是備	2.6/13/6	周○仲山甫伯陽嘉父	1.7/6/13
于時○情	2.9/15/7	知人審○	2.7/13/18	宋○正考父	1.7/6/14
思高○夏	3.4/18/5	篤信交○	2.8/14/18	魯○尼父	1.7/6/14
泥（潦）〔埿〕浮○	6.1/32/27	于是因好○朋	2.8/14/20	○殷之冑	1.8/6/20
優○訪求	7.4/42/11	父義、母慈、兄○、弟		享年六十○四	1.8/7/4
聊以○意	13.1/70/12	恭、子孝	3.5/19/3	不敢○違	1.9/7/15
惡朋黨而絕交○者有之		以盡孝○之道	4.1/22/11	泊于永和元年十○二月	1.10/8/2
	13.3/72/12	實以孝○爲名	6.2/33/9	上○哭聲	1.10/8/2
交○以方	13.3/72/22	篤○兄弟	6.3/33/24	○祭祀之處	1.10/8/3
朝夕○談	13.8/73/28	張仲孝○	8.2/45/13	其後○人著絳冠大衣	1.10/8/4
		揖儒墨而與爲○	11.8/62/13	信而○徵	1.10/8/6
遊 yóu	**13**	其接○也	12.6/64/12	必○銘表昭示後世	1.10/8/11
		世載孝○	12.12/65/23	俾志道者○所覽焉	1.10/8/12
于是從○弟子陳留、申		君子以朋○講習而正人	13.3/72/9	其先出自○周	2.1/8/25
屠蟠等悲悼傷懷	2.6/13/5	蓋朋○之道	13.3/72/17	王季之穆○號叔者	2.1/8/25
尋想○靈	6.6/35/22	會○以文	13.3/72/22	實○懿德	2.1/8/25
閒不○戲	8.4/46/8	○之罪也	13.3/72/23	又舉○道	2.1/9/2
行○目以南望兮	11.3/59/2			享年四十○三	2.1/9/3
若鴻鵠群○	11.6/60/14	**有** yǒu	**450**	其先出自○虞氏	2.2/9/14
故抱璞而優○	11.8/62/21			中葉當周之盛德○嬀滿	
蛟龍集以嬉○	14.1/74/25	幼○弘姿	1.1/1/18	者	2.2/9/14
于是○目騁觀	14.1/74/26	所部二千石受取○驗	1.1/1/19	先生○四德者	2.2/9/18
蹈通崖而往○	14.9/76/27	時○椒房貴戚之託	1.1/1/20	郡政○錯	2.2/9/23
月備法駕○衣冠	15.1/90/24	于是玄○汲黯憂民之心	1.1/2/3	○分于命	2.2/9/26
龍○衣冠	15.1/90/25	民○父（字）〔子〕俱行	1.1/2/7	十○八年	2.2/9/28
諸侯王冠遠○冠	15.1/94/22	蕃縣○帝舜廟	1.1/2/9	七十○懸車之禮	2.2/9/28
遠○冠、諸侯王所服	15.1/95/11	戶曹史張機○懲罰	1.1/2/9	春秋八十○三	2.2/9/30
		未○若茲者也	1.1/2/25		2.4/11/16
猷 yóu	**7**	官○餘資	1.5/4/5	固上世之所罕○	2.2/10/3
		簿書○進入之贏	1.5/4/5	乃○二三友生	2.2/10/4
公亦克紹厥○	1.2/3/6	守○山岳之固	1.5/4/6	行于○國	2.2/10/4
潛心大○	2.5/12/16	攻○必克之勢	1.5/4/6	宜○銘表墳墓	2.2/10/7
巍巍聖○	3.4/18/15	誕○奇表	1.6/4/14	化行○謐	2.3/10/18
方叔克壯其○	4.2/23/27	○百折而不撓	1.6/4/15	年八十○三	2.3/10/24

守中〇令	2.3/11/3	公	3.5/18/22
其昭〇實	2.4/11/13	用罔〇擇言失行	3.5/18/24
先生〇二子	2.4/11/17	不〇用聲	3.5/18/25
季方、元方皆命世希〇	2.4/11/17	遵〇虞于上庠	3.5/19/4
〇馥其芳	2.4/11/20	景命〇傾	3.5/19/8
休〇烈光	2.4/11/21	天鑒〇漢	3.5/19/12
舊〇憲章	2.4/11/21		4.4/25/13,12.4/63/29
處者〇表	2.5/12/12	下民〇康哉之歌	3.7/21/1
〇該百行	2.5/12/12	群后〇歸功之緒	3.7/21/1
〇龐醇	2.5/12/14	其郡縣長吏〇缺	3.7/21/8
〇否聖	2.5/12/15	不〇其庸	3.7/21/17
姓〇姜氏	2.6/12/23	命世希〇者已	3.7/21/17
〇棠棣之華、蕚韡之度	2.6/12/25	年六十〇七	3.7/21/19
〇上德之素	2.6/12/26	未〇若公者焉	4.1/22/25
〇名物定事之能	2.6/12/28	率禮〇加	4.1/22/27
年七十〇七	2.6/13/4	罔〇不綜	4.2/23/11
〇燁其譽	2.6/13/7	嘉（丕）〔庶〕績于九	
〇煥其聲	2.6/13/7	〇	4.2/23/29
〇士會者爲晉大夫	2.7/13/13	而〇加焉	4.2/24/2
〇烈節矣	2.7/13/15	〇邈其蹤	4.2/24/5
其〇備禮招延	2.7/13/19	維漢二十〇一世	4.3/24/12
年七十〇四 　2.7/13/28,3.1/15/24		歷載三十〇餘	4.3/24/24
太尉張公、兗州劉君、		致能迄用〇成	4.5/26/1
陳留太守淳于君、外		夫人居京師六十〇餘載	4.5/26/4
黃令劉君僉〇休命	2.7/14/1	上〇帝室龍光之休	4.5/26/5
綽〇餘裕者已	2.8/14/17	下〇堂宇斤斤之祚	4.5/26/5
〇惠云載	2.8/14/24	年十〇五　4.6/26/26,6.3/34/1	
伊漢二十〇一世	2.9/14/29	光寵〇祭	4.6/26/28
處士〇圀典	2.9/14/29	祭服〇琦	4.6/26/28
若〇初而無終	2.9/15/4	尙魂魄之〇依	4.6/27/12
年七十〇五	2.9/15/4	允〇令德	4.7/27/18
〔永〕〇諷誦于先生之		而國家方〇滎陽寇賊	4.7/27/21
德	2.9/15/6	顯〇剖符之寄	4.7/27/23
術〇玄妙	2.9/15/7	或〇神誥靈表之文	4.7/27/26
〇恆實難	2.9/15/8	濟陽〇武帝行過宮	5.1/28/15
善否〇章	3.1/15/23	時〇赤光	5.1/28/16
寵錫〇加	3.1/15/24	歲〇嘉禾	5.1/28/17
迄〇成	3.1/16/4	姦臣王莽媮〇神器十〇	
屢獲〇年	3.2/17/2	八年	5.1/28/18
姬姓之國〇楊侯者	3.3/17/8	享國三十〇六年	5.1/28/22
咸〇勖烈	3.3/17/10	先民〇言	5.1/28/24
以爲《尙書》帝王之政		爲國〇賞	5.2/29/17
要、〇國之大本也	3.4/18/3	蓋〇億兆之心	5.2/29/17
迄用〇成	3.4/18/8	七十〇六	5.2/29/19
兼而〇之	3.4/18/10	昔在聖帝〇五行之官	5.3/30/8
〇始〇卒者已	3.4/18/10	故自〇國至于黎庶	5.3/30/10
漢〇國師司空文烈侯楊		春秋時〇子華爲秦相	5.3/30/11
往烈〇常	5.3/30/14		
雖〇積善餘慶	5.3/30/15		
〔君〕幼〇嘉表	5.4/30/25		
殁〇餘哀	5.4/31/11		
令聞〇彰	5.4/31/13		
〇勞其顇	5.5/32/7		
〇生之本	6.1/32/16		
然而地〇堎堁	6.1/32/17		
川〇墊下	6.1/32/17		
自古〇焉	6.1/32/19		
苟〇可以惠斯人者	6.1/32/23		
我〇長流	6.1/33/2		
我〇溝澮	6.1/33/2		
乃〇（樊）〔惠〕君	6.1/33/3		
夙〇奇節	6.3/33/24		
生〇嘉表	6.4/34/7		
實〇令儀	6.4/34/11		
實〇偉表	6.5/34/23		
春秋六十〇三	6.5/34/27		
清和〇鑠	6.6/35/10		
于何不〇	6.6/35/12		
夫人〇胤	6.6/35/14		
人亦〇言	6.6/35/20		
無時〇陽	6.6/35/25		
古皆〇喪	6.6/35/26		
榮烈〇章	6.6/35/26		
無〇不宜	7.1/36/11		
四方〇事	7.2/36/17		
卒〇他方之急	7.2/36/20		
十一州〇禁	7.2/36/22		
少素〇威名之士	7.2/36/22		
宣帝時患冀州〇盜賊	7.2/36/27		
故京兆尹張敞〇罪逃命	7.2/36/27		
漢〇衛霍閭顔瀚海竇憲			
燕然之事	7.3/37/13		
然而時〇同異	7.3/37/13		
勢〇可否	7.3/37/13		
故謀〇成敗	7.3/37/14		
未〇不悔者也	7.3/37/21		
而猶〇悔	7.3/37/22		
日月〇之	7.3/38/5		
朝議〇嫌	7.3/38/13		
〇征無戰	7.3/38/14		
〇一不備而歸者	7.3/38/15		
其寵弊〇不可勝言者	7.3/38/18		
〇黑氣墮溫德殿東庭中	7.4/39/10		
五色〇體	7.4/39/11		

○兵革之事	7.4/39/14	今者受爵十○一人	9.1/47/9	降神○周	11.1/57/9
獨○以色見進	7.4/39/16	臣流離藏竄十○二年	9.2/47/17	○則○類	11.1/57/10
若群臣○所毀譽	7.4/39/17	田千秋○神明感動	9.2/47/22	其文○蔚	11.1/57/12
○白衣入德陽殿門	7.4/39/22	故○一日九遷	9.2/47/22	但愚心○所不竟	11.2/57/26
則○下謀上之病	7.4/39/24	未得因緣○事	9.3/48/11	（雖）〔唯〕○紀傳	11.2/57/27
與綏和時相似而○異	7.4/39/27	劉焉撫寧○方	9.3/48/13	略以所○舊事與臣	11.2/57/28
○人走入宮	7.4/40/3	國享十○一世	9.4/48/19	往往頗○差舛	11.2/57/31
皇建其○極	7.4/40/5	自古○之	9.4/48/23	當○增損	11.2/58/1
時即○雖禍	7.4/40/9	賴祖宗之靈以獲○瘳	9.4/48/24	適○頭緒	11.2/58/2
尙○索家不榮之名	7.4/40/14	無○方限	9.6/49/15	余○行于京洛兮	11.3/58/22
是將○其事	7.4/40/15	不知國家舊○宗儀	9.6/49/16	懷少弭而○欣	11.3/59/13
○過未嘗不知	7.4/40/17	一人○慶	9.7/50/3	義○取兮	11.3/59/21
則○休慶之色	7.4/40/26	非臣力用勤勞○所當受	9.9/50/30	形貌○部	11.4/59/26
皆○失政	7.4/40/27	大○陷堅破敵、斬將搴		唯○晏子	11.4/59/26
三○德言	7.4/40/29	旗之功	9.9/51/5	中○尺素書	11.5/60/5
言天下何私家之○	7.4/41/3	小○鹹截首級、履傷涉		上○加餐食	11.5/60/5
勿○依違顧忌	7.4/41/14	血之難	9.9/51/5	下○長相憶	11.5/60/6
豈○遣告哉	7.4/41/19	憲法○誣枉之劾	9.10/51/19	體○六篆	11.6/60/10
故數十年無○日蝕	7.4/41/20	故雖○五名	10.1/51/30	體象○度	11.7/60/21
復云○程夫人者	7.4/41/26	夫德、儉而○度	10.1/52/8	靡○常制	11.7/60/22
如誠○之	7.4/42/4	升降○數	10.1/52/8	○劵世公子誨于華顛胡	
當○所懲	7.4/42/5	成王以周公爲○勳勞于		老曰	11.8/61/4
豈宜○此	7.4/42/6	天下	10.1/52/13	然則○位斯貴	11.8/61/5
反○異輩	7.4/42/6	故《周官》○門閭之學		○財斯富	11.8/61/5
○山甫之姿	7.4/42/9		10.1/52/22	故伊摯○負鼎之衒	11.8/61/6
○僮仆者不道	7.4/42/12	乃命○司行事	10.1/52/25	甯子○清商之歌	11.8/61/6
上○漏言之戒	7.4/43/4	令祀百辟卿士之○德于		百里○豢牛之事	11.8/61/6
下○失身之禍	7.4/43/4	民者	10.1/52/29	是以○云	11.8/61/10
臣父子誠○怨恨	7.5/43/14	執○罪	10.1/53/6	○羲皇之洪寧	11.8/61/15
每○災異	7.5/43/19	各○所依	10.1/53/13	亦○緝熙	11.8/61/16
臣年四十○六	7.5/43/22	○其象	10.1/53/22	故當其○事也	11.8/61/29
死○餘榮	7.5/43/23	聖帝明君世○紹襲	10.1/53/22	綽○餘裕	11.8/61/30
允○休烈	8.1/44/7	內○獫狁敵衝之虞	10.2/54/18	夫夫○逸群之才	11.8/62/1
家○采薇之思	8.1/44/9	外○寇虜鋒鏑之艱	10.2/54/18	人人○優贍之智	11.8/62/1
何○伐檀	8.1/44/15	亦自○所覺悟	10.2/54/19	收之則莫能知其所○	11.8/62/14
國土或○斷絕	8.1/44/17	而訖未○注記著于文字		○神馬之使在道	12.1/62/31
○始○卒	8.1/44/24	也	10.2/54/19	彬○過人者四	12.7/64/16
高陽○莘	8.1/44/25	書○陰陽升降	10.2/54/20	人以○終	12.8/64/23
未○如大行皇后勤精勞		其官人皆○明文	10.2/54/30	〔口○十七萬〕	12.9/64/28
思	8.1/44/25	如廟○桃梗	10.2/55/16	是以《易》嘉積善○餘	
謚法○功安居曰熹	8.1/44/28	似書○轉誤	10.2/55/17	慶	12.12/65/22
方外○事	8.3/45/26	六種別○驕	10.2/55/25	亦其○焉	12.12/65/23
每○餘貲	8.3/45/27	國乃○恐	10.2/56/10	園○甘棠	12.12/65/27
固○所不宜也	8.4/46/16	○所滯礙不得通矣	10.2/56/11	墳○擾兔	12.12/65/27
臣某等聞周○流豗之亂	9.1/46/27	雖○此說	10.2/56/25	干○先功	12.12/65/29
漢○昌邑之難	9.1/46/27	（亦）〔示〕○說而已		○辜小罪	12.13/66/4
靡○子遺	9.1/47/7		10.2/56/27	○西產之惠	12.17/66/24

示○其形	12.22/67/19	殷湯○（甘誓）〔日新〕		東北○鬼門	15.1/86/13
屢委○司	13.1/69/8	之勒	13.4/73/1	《昊天○成命》、一章	
雖○解除	13.1/69/9	冕鼎○丕顯之銘	13.4/73/2	七句	15.1/87/21
政○苛暴	13.1/69/11	十○八章	13.4/73/2	《瞽》、一章十三句	15.1/88/1
而○司數以蕃國疏喪	13.1/69/16	仲山甫○補袞闕	13.4/73/4	《客》、一章十三句	15.1/88/3
未嘗○廢	13.1/69/17	《周禮·司勳》「凡○		大封于廟、賜○德之所	
所謂宮中○卒	13.1/69/21	大功者銘之太常」	13.4/73/4	歌也	15.1/88/11
是故先帝雖○聖明之資		○宋大夫正考父	13.4/73/7	徹侯、群臣異姓○功封	
	13.1/69/24	家祖居常言客○三當死	13.9/74/3	者稱曰徹侯	15.1/88/21
重賢良方正、敦樸○道		懋遷○無	14.1/74/27	朝侯、諸侯○功德者	15.1/88/22
之選	13.1/69/25	威儀○序	14.2/75/6	帝舜爲○虞氏	15.1/89/25
各○奉公疾姦之心	13.1/70/2	伊余○行	14.18/78/20	前○朝	15.1/90/20
或○蒙罪襄瑕	13.1/70/3	庭陬○若榴	14.19/78/25	後○寢	15.1/90/20
又○賢良文學之選	13.1/70/10	王○天下	15.1/79/20	寢○衣冠几杖	15.1/90/21
未○其能	13.1/70/12	天子必○近臣	15.1/80/5	○起居衣冠象生之備	15.1/90/23
○類俳優	13.1/70/14	禁中者、門戶○禁	15.1/80/20	凡與先帝先后○瓜葛者	15.1/91/8
雖○可觀	13.1/70/17	民爵○級數	15.1/81/2	皆○副倅	15.1/91/12
如○釁故	13.1/70/20	君子無幸而○不幸	15.1/81/2	群臣異姓○功封者	15.1/92/16
豈○伏罪懼考	13.1/70/21	小人○幸而無不幸	15.1/81/3	○大駕、○小駕、○法	
先帝舊典未嘗○此	13.1/70/21	凡制書○印使符下	15.1/81/14	駕	15.1/93/6
至○姦軌之人	13.1/70/27	○三品	15.1/81/17	百官○其儀注	15.1/93/8
東郡○盜人妻者	13.1/70/27	群臣○所奏請	15.1/81/17	○五色	15.1/93/14
豈○但取丘墓凶醜之人			15.1/81/18	又○戎立車以征伐	15.1/93/15
	13.1/70/30	下○制曰	15.1/81/18	又○躢豬車	15.1/93/16
百○二歲	13.2/71/4	被敕文曰○詔敕某官	15.1/81/21	（慢）〔幔〕輪○畫	15.1/93/16
各自○元	13.2/71/6	凡群臣上書于天子者○		○三孔	15.1/93/24
各家術皆當○效于其當		四名	15.1/81/24	重轂者、轂外復○一轂	
時	13.2/71/6	其中○所請若罪法劾案			15.1/93/27
○六家紛錯	13.2/71/7	公府	15.1/81/28	前驅○九斿雲罕闟戟皮	
而○效于前者也	13.2/71/9	大夫以下○同姓官別者		軒鸞旗	15.1/94/3
故○古今之術	13.2/71/12	言姓	15.1/82/5	後○金鉦黃鉞黃門鼓車	15.1/94/4
遠○驗于《圖》《書》		其○疑事	15.1/82/6	皆○收以持柷	15.1/94/12
	13.2/71/24	若臺閣○所正處而獨執		周禮、天子冕前後垂延	
近○效于三光	13.2/71/24	異意者曰駁議	15.1/82/7	朱綠藻○十二旒	15.1/94/14
無○淫朋	13.3/72/9	示○所尊	15.1/82/23	公侯大夫各○差別	15.1/94/15
《伐木》○鳥鳴之刺	13.3/72/10	公侯○夫人、○世婦、		詔○司采《尚書·皋陶	
《谷風》○棄予之怨	13.3/72/10	○妻、○妾	15.1/83/18	篇》及《周官》《禮	
疾淺薄而襄攜貳者○之		三夫人、帝嚳○四妃以		記》定而制焉	15.1/94/15
	13.3/72/12	象后妃四星	15.1/83/21	皆○前無後	15.1/94/18
惡朋黨而絕交游者○之		府史以下未○爵命	15.1/84/9	車駕出後○巧士冠	15.1/95/3
	13.3/72/12	○禱焉	15.1/84/11	元帝額○壯髮	15.1/95/7
○義則合	13.3/72/17	古者○命將行師	15.1/84/17	《左氏傳》○南冠而縶	
信○可歸之德	13.3/72/18	帝顓頊○三子	15.1/86/8	者	15.1/95/21
而二子各○聞乎夫子	13.3/72/20	儌牙虎神荼、鬱壘二神		辟土○德曰襄	15.1/96/27
孤○《羔羊》之節	13.3/72/26	海中○度朔之山	15.1/86/12		
若黃帝○巾几之法	13.4/73/1	上○桃木蟠屈三千里卑			
孔甲○盤盂之誡	13.4/73/1	枝	15.1/86/12		

酉 yǒu　　　3

丑牛、未羊、戌犬、○
　雞、亥豕而已　　10.2/56/19
故○雞可以爲夏食也　10.2/56/21
竟己○、戊子及丁卯都
　六十九歲　　　　13.2/71/16

牖 yǒu　　　4

古陽武之戶○鄉也　　5.3/30/11
七十二○　　　　　10.1/53/16
以四戶八○乘九室之數
　也　　　　　　　10.1/53/16
設主于○下也　　　15.1/85/13

又 yòu　　　64

○以高（弟）〔第〕補
　侍御史　　　　　　1.1/1/25
○值饉荒　　　　　　1.1/2/1
○曰　　　　　　　　1.7/5/16
　1.7/5/16,1.7/5/18,3.2/16/25
　　　　7.4/39/13,10.1/52/12
　　　10.1/52/28,10.2/56/30
《經》○曰　　　　　1.7/6/7
○禮緣臣子咸欲尊其君
　父　　　　　　　　1.7/6/10
○舉有道　　　　　　2.1/9/2
○委之而旋　　　　　2.5/12/3
○家拜犍爲太守、太中
　大夫　　　　　　　2.6/13/3
○精群緯　　　　　　2.8/14/12
○以光祿大夫受命司徒　3.3/17/15
○采《二南》之業　　3.6/19/23
○遷安南將軍　　　　3.7/21/2
○求遺書　　　　　　3.7/21/14
○拜太尉　4.1/22/18,4.1/22/19
○授太傅　　　　　　4.1/22/22
○拜太常　4.2/23/20,4.2/23/21
○以特進　　　　　　4.2/23/21
攝○以長兮　　　　　4.7/28/7
○班之于兆民　　　　5.3/30/10
祠室○寬　　　　　　7.1/36/10
○未必審得其人　　　7.2/37/2
○不弱于西羌　　　　7.3/37/26
○議動兵　　　　　　7.3/38/17

兩常侍○諭旨　　　　7.4/39/3
○以非其月令尊宿　　7.4/40/26
○失道而見　　　　　7.4/40/27
○特詔問　　　　　　7.4/41/13
○前詔書實核　　　　7.4/42/1
○託河內郡吏李奇爲州
　書佐　　　　　　　7.5/43/10
卓○上書　　　　　　9.1/47/10
今○總就一堂　　　　9.6/49/23
○別陰陽　　　　　10.1/52/22
○春夏學干戈　　　10.1/52/27
而《記》家記之○略　10.2/54/14
○不知《月令》徵驗布
　在諸經　　　　　10.2/54/15
所識者○恐謬誤　　11.2/58/10
○起顯明苑于城西　11.3/58/17
○將祫于南庭　　12.11/65/17
○元和故事　　　　13.1/69/19
○因災異　　　　　13.1/69/25
○令三公謠言奏事　13.1/70/4
○有賢良文學之選　13.1/70/10
○無祿仕之實　　　13.1/70/26
○前至得拜　　　　13.1/70/28
是○新元效于今者也　13.2/71/10
○獨以玉　　　　　15.1/80/26
○三老　　　　　　15.1/82/27
○五更或爲叟　　　15.1/82/29
殷人○增三九二十七　15.1/83/23
○九九爲八十一　　15.1/83/23
○未定迭毀之禮　　15.1/90/25
後○以盛暑省六月朝　15.1/92/27
春秋上陵令○省于小駕
　　　　　　　　　15.1/93/11
○有戎立車以征伐　15.1/93/15
○有躑豬車　　　　15.1/93/16

幼 yòu　　　21

○有弘姿　　　　　　1.1/1/18
在乎○弱　　　　　　2.7/13/15
于時聖○將入學　　　3.4/18/6
老○哀號　　　　　　3.7/21/20
雖○賤降等　　　　　4.2/23/26
弘惟○沖　　　　　　4.2/24/6
傅聖德于○沖　　　　4.3/25/2
檢誨○孤　　　　　　4.7/27/19
〔君〕○有嘉表　　　5.4/30/25

○而克才　　　　　　6.4/34/7
○從師氏　　　　　　6.5/34/23
孝殤○沖　　　　　　8.1/44/8
不以常制爲限、長○爲
　拘　　　　　　　　8.4/46/14
誕在○齡　　　　　　9.7/49/29
顯教○誨稚之學　　10.1/51/31
成王○弱　　　　　10.1/52/12
予○讀《記》　　　10.2/54/13
猶若○童　　　　　13.10/74/7
平帝○　　　　　　15.1/90/7
安帝○　　　　　　15.1/90/7
沖帝、質帝、桓帝皆○　15.1/90/8

右 yòu　　　23

左○天子　　　　　　1.1/1/7
左○或以爲神　　　　1.10/8/3
出補○扶風　　　　　3.1/15/19
在帝左○　　　　　　3.5/18/25
左○六世　　　　　　4.4/25/15
○社稷　　5.3/30/9,15.1/84/1
爲○丞相　　　　　　5.3/30/12
恪處左○　　　　　　5.4/31/16
左○周室　　　　　　6.2/33/9
夫人、○扶風平陵人也　6.5/34/21
左○近臣亦宜戮力從化　7.4/43/2
侯在左○　　　　　　8.2/45/13
○衛尉杜衍在朝堂而稱
　不在　　　　　　　9.8/50/9
遂由端○　　　　　11.2/57/19
狼暉取○于禽囚　　11.8/62/20
臣愚以爲宜擢文○職　13.1/69/31
左○獻公　　　　　13.4/73/7
○手徘徊　　　　　14.12/77/14
西曰○　　　　　　15.1/84/1
○詩三十一章　　　15.1/88/12
○九棘、公侯伯子男位
　也　　　　　　　15.1/89/8
○白虎　　　　　　15.1/94/1

佑 yòu　　　1

赤泉（侯）（佐）〔○〕
　高　　　　　　　　3.3/17/8

宥 yòu	3
及文書赦○	2.3/10/20
雖見原○	9.8/50/13
罪人赦○	12.14/66/10

祐 yòu	4
○邦國	1.10/8/18
以○其庸	4.4/25/17
殘餘非天所○	7.4/40/2
天隆其○	11.8/61/31

誘 yòu	10
善○能教	2.1/9/8
善○善導	2.3/10/16
恂恂善○	2.6/13/7
其教人善○	3.4/18/7
其○人也	4.3/24/17
○戲朝廷	7.3/37/27
○臣使言	7.5/43/17
舅偃○勸	8.2/45/5
天○其衷	11.2/57/29
天所○也	11.8/62/18

迂 yū	1
將謂之○	11.8/62/17

紆 yū	2
佩○金紫	2.3/10/22
崗岑○以連屬兮	11.3/59/1

于 yú	609
以太中大夫薨○京師	1.1/1/11
葬○某所	1.1/1/12
文德銘○三鼎	1.1/1/13
武功勒○征鉞	1.1/1/13
書○碑陰	1.1/1/13
帝葬○橋山	1.1/1/16
列名○儒林	1.1/1/17
致之○理	1.1/1/20
○是始形	1.1/1/21
○是玄有汲黯憂民之心	1.1/2/3

公達○事情	1.1/2/4
死○冀市	1.1/2/11
以公長○襜帶	1.1/2/12
檢○靜息	1.1/2/12
明作速○發機	1.1/2/22
不啻○利欲	1.1/2/24
初公爲舍○舊里	1.1/2/25
至○即世	1.1/2/26
○斯爲著	1.1/2/26
延公○玉堂前廷	1.2/3/3
毗○天子	1.2/3/5
鑒○法	1.2/3/6
鼎○誠	1.2/3/6, 1.2/3/7
遷○司徒	1.2/3/8
延公登○玉堂前廷	1.3/3/12
媚○天子	1.3/3/14
○時侍從陞階	1.4/3/23
勤○奔命	1.5/4/3
○是儲廩豐饒	1.5/4/4
羌戎授首○西疆	1.5/4/6
百固冰散○東鄰	1.5/4/7
至○初紳	1.6/4/14
彰○遠邇者已	1.6/4/25
○是故吏司徒博陵崔烈	1.6/4/26
允牧○涼	1.6/5/1
至○列國大夫	1.7/5/10
傳○無窮	1.7/5/10
卜遷○繹	1.7/5/29
利○民不利○君	1.7/5/29
○是遷而遂卒	1.7/5/30
○身危矣	1.7/6/2
有一○此	1.7/6/3
○古志不悖	1.7/6/4
至○王室之卿大夫	1.7/6/5
可○公父之中	1.7/6/16
後自沛遷○南陽之宛	1.8/6/21
遂大○宋	1.8/6/21
守○臨淮	1.8/6/22
潛○郎中	1.8/6/28
登○東觀	1.8/6/28
○是冀州凶荒	1.8/6/28
用陷○非辜	1.8/7/2
卒○官	1.8/7/5
卒○京師	1.9/7/12
其五月丙申葬○宛邑北	
萬歲亭之陽	1.9/7/13
無不○寢	1.9/7/14

爾其無拘○俗	1.9/7/14
乃作祠堂○邑中南舊陽	
里	1.9/7/15
夷○平壤	1.9/7/16
○是依德像	1.9/7/16
不知興○何代	1.10/7/26
洎○永和元年十有二月	1.10/8/2
○是好道之儔	1.10/8/6
○時纓緌之徒、紳佩之	
士	2.1/8/29
亦賴之○見述也	2.1/9/5
○是建碑表墓	2.1/9/5
蓋○當世	2.2/9/22
清風暢○所漸	2.2/9/23
儉節溢○監司	2.2/9/23
反○端懿者	2.2/9/24
猶草木偃○翔風	2.2/9/24
百卉之挺○春陽也	2.2/9/25
有分○命	2.2/9/26
許令以下至○國人	2.2/10/1
脩行○己	2.2/10/3
得斯○人	2.2/10/3
行○有國	2.2/10/4
法施○民	2.2/10/4
○鄉黨則恂恂焉、斌斌	
焉	2.3/10/16
慚○文仲竊位之負	2.3/10/24
重○公相之位也	2.3/10/24
○時靡憲	2.3/10/28
爰集○棘	2.3/11/8
興○《周禮》	2.4/11/13
光明配○日月	2.4/11/14
神化著○民物	2.4/11/14
形表圖○丹青	2.4/11/15
率禮不越○時	2.4/11/18
淪○無內	2.5/11/28
是以實繁○華	2.5/12/1
可睹○斯矣	2.5/12/11
○以消搖	2.5/12/17
百夷能禮○神	2.6/12/22
爰封○呂	2.6/12/23
友○兄弟	2.6/12/25
不隕穫○貧賤	2.6/13/3
不充詘○富貴	2.6/13/3
○是從遊弟子陳留、申	
屠蟠等悲悼傷懷	2.6/13/5
乃建碑○墓	2.6/13/5

來家○成安	2.7/13/14	建侯○蔡	3.6/19/20	畢整	4.3/24/13
困○屢空	2.7/13/25	迄○平襄	3.6/19/21	周慎逸○博（士）〔陸〕	
乃竆卦〔○〕梁宋之域	2.7/13/26	昭侯徙○州來	3.6/19/21		4.3/24/20
故不牽○位	2.7/13/27	氏家○圈	3.6/19/22	士相勉○公朝	4.3/24/22
故特立○時	2.7/13/28	以建○茲	3.6/19/22	民勸行○私家	4.3/24/22
太尉張公、兗州劉君、		極遺逸○九皐	3.6/19/27	通水泉○潤下	4.3/25/1
陳留太守淳○君、外		揚明德○側陋	3.6/19/27	蕃后土○稼穡	4.3/25/1
黃令劉君僉有休命	2.7/14/1	日（諫○）〔陳王〕庭	3.6/19/28	訓五品○群黎	4.3/25/1
著○耆舊	2.7/14/2	正○阿保	3.6/20/1	參人物○區域	4.3/25/1
其遷○宛尙矣	2.8/14/10	遷○紫宮	3.6/20/4	耀三辰○渾元	4.3/25/1
○時相逐	2.8/14/11	○是爲邦	3.7/20/25	協大中○皇極	4.3/25/2
猶發憤○目所不睹	2.8/14/14	○時諸州	3.7/21/4	傅聖德○幼沖	4.3/25/2
其○鄉黨細行	2.8/14/17	至○滄海	3.7/21/4	率旦奭○舊職	4.3/25/2
○是因好友朋	2.8/14/20	○是古典舊籍必集州閭	3.7/21/14	建封域○南土	4.3/25/3
潔耿介○丘園	2.9/15/4	至○鄉里	3.7/21/21	踐殊號○特進	4.3/25/3
〔永〕有諷誦○先生之		葬○先塋	3.7/21/23	至○薨斃	4.3/25/6
德	2.9/15/6	○是故臣懼淪休伐	3.7/21/23	不愆○禮	4.3/25/6
○時游情	2.9/15/7	列○《大雅》	3.7/21/24	刊之○碑	4.3/25/8
食邑○楊	3.1/15/15	集○北軍	3.7/22/1	納○機密	4.4/25/14
然知權過○寵	3.1/15/22	閜○帝心	4.1/22/14	守○三邦	4.4/25/14
敷聞○下	3.1/16/2	冠○庶事	4.1/22/14	○以燾嘗	4.4/25/19
昭升○上	3.1/16/2	遺愛結○人心	4.1/22/16	別封○黃	4.5/25/23
○是門人學徒	3.1/16/2	旋○舊土	4.1/22/19	都尉君娶○故豫州刺史	4.5/25/25
公之祖納忠○前朝	3.2/16/12	和人事○宗伯	4.1/22/23	二孤童紀未齓育○夫人	4.5/25/26
貽○帝躬	3.2/16/19	理水土○下台	4.1/22/23	○我夫人	4.5/26/3
形○容色	3.2/16/23	訓五品○司徒	4.1/22/24	自都尉仕○京師	4.5/26/3
惟殷○民	3.2/16/24	耀三辰○上階	4.1/22/24	采柔桑○蠶宮	4.5/26/4
應祚○天	3.2/17/2	薨○位	4.1/22/25，4.2/24/2	手三盆○繭館者	4.5/26/5
光○前朝	3.3/17/9	葬○洛陽塋	4.1/22/28	建寧二年薨○太傅府	4.5/26/8
閑○伐柯	3.3/17/10	宜宜○此	4.1/22/29	公之季子陳留太守碩卒	
進授《尙書》○禁中	3.3/17/13	賦政○外	4.1/23/1，4.2/24/5	○洛陽左池里舍	4.5/26/8
假○天人	3.3/17/17	列○諸侯	4.2/23/9	昔帝舜殂○蒼梧	4.5/26/10
長○知見	3.3/17/18	取忠廈○不言	4.2/23/14	殯○虞郊	4.5/26/10
愧○前人	3.3/17/19	消姦宄○爪牙	4.2/23/14	二妃薨○江湘	4.5/26/10
○鼎斯寧	3.3/17/23	鞠推息○官曹	4.2/23/14	不即兆○九疑	4.5/26/10
○時聖幼將入學	3.4/18/6	刑戮廢○朝市	4.2/23/15	○是公乃爲辭昭告先考	4.5/26/13
○是門生大將軍何進等	3.4/18/10	餘貨委○路衢	4.2/23/15	葬我夫人黃氏及陳留太	
譔錄所審言○碑	3.4/18/13	餘種樓○畎畝	4.2/23/15	守碩○此高原	4.5/26/15
在○其躬	3.5/18/24	加○群公	4.2/23/18	○時濟陽故吏舊民、中	
納○侍中	3.5/18/25	遷○舊都	4.2/23/21	常侍句陽○廧等二十	
○憲之中	3.5/18/30	○時春秋高矣	4.2/23/25	三人	4.5/26/17
昭孝○辟雍	3.5/19/3	公旦納○（台）〔白〕		致○近祖	4.5/26/19
遵有虞○上庠	3.5/19/4	屋	4.2/23/27	亦降○漢	4.5/26/19
帝欲宣力○四方	3.5/19/7	亮皇極○六世	4.2/23/29	至德脩○幾微	4.6/26/27
封侯○臨晉	3.5/19/8	嘉（丕）〔庶〕績○九		徽音暢○神明	4.6/26/27
命○左中郞將郭儀作策	3.5/19/9	有	4.2/23/29	祔○太夫人	4.6/27/4
○異群公	3.5/19/14，4.4/25/17	○是掾太原王允、雁門		窆窊○茲地	4.6/27/4

尋脩念○在昔	4.6/27/9	其後自河內遷○茲土	6.2/33/10	也	7.4/42/14
爾乃順旨○冥冥	4.6/27/12	是以豐○天爵	6.2/33/13	至○宰府孝廉顛倒	7.4/42/22
繼存意○不遺	4.6/27/12	薄○人位	6.2/33/13	無益○德矣	7.4/43/1
爰祔靈○皇姑	4.6/27/12	尋原祚之所由而至○此	6.2/33/15	列○目前	7.5/43/15
中平四年薨○京師	4.7/27/23	乃○是立祠堂	6.2/33/15	○是尙書陳忠上言	8.1/44/5
偪○國典	4.7/27/23	流○罔極	6.2/33/17	名垂○後	8.1/44/6
作哀讚書之○碑	4.7/27/27	旌○墓表	6.3/34/2	加○小媵	8.1/44/7
守○濟陰	4.7/28/3	顧永襄○不朽兮	6.4/34/15	昭○帷幄	8.1/44/7
逼王職○憲典兮	4.7/28/5	乃託辭○斯銘	6.4/34/15	不圖○策	8.1/44/18
安宅兆○舊邦	4.7/28/6	采石○南山	6.5/34/20	聖誠著○禁闥	8.1/44/20
幽情淪○后坤兮	4.7/28/9	朝春（政）〔正〕○王		而德教被○萬國	8.1/44/20
長○凡禾	5.1/28/18	室	6.5/34/27	至○明帝	8.1/44/27
○是群公諸將據河、洛		躬桑繭○靈宮	6.5/34/27	其至行發○自然	8.2/45/9
之文	5.1/28/20	○母斯勤	6.6/35/11	神紀騁○無方	8.2/45/11
延○無窮	5.1/28/24	○何不有	6.6/35/12	淑暢洽○群生	8.2/45/11
神宮實始○此	5.1/28/25	○其令母	6.6/35/16	命○夷官	8.2/45/13
巡○四岳	5.1/29/3	○是孝子長叫	6.6/35/22	實始○此	8.2/45/13
升（○中）〔中○〕皇	5.1/29/3	薄言○歸	6.6/35/23	思李牧○前代	8.3/45/22
家○茲土	5.2/29/9	千里○咎	6.6/35/24	舉張敞○亡命	8.3/45/22
昭登○上	5.2/29/17	○時翳藏	6.6/35/25	況在○當時	8.3/45/22
宣聞○下	5.2/29/18	尙書左丞馮方毆殺指揮		使讓生○先代	8.4/46/12
名莫隆○不朽	5.2/29/20	使○尙書西祠	7.1/36/5	大器之○小用	8.4/46/16
德莫盛○萬世	5.2/29/21	未嘗不辨○二州也	7.2/36/17	列○王府	8.4/46/18
銘勒顯○鐘鼎	5.2/29/21	使匈奴中郎將南單○以		是故申伯、山甫列○	
清烈光○來裔	5.2/29/21	下	7.3/37/11	《大雅》	9.1/47/1
○是受脈	5.3/30/10	過○匈奴	7.3/37/25	蕭曹、邴魏載○史籍	9.1/47/2
○是祈農	5.3/30/10	又不弱○西羌	7.3/37/26	況○論者	9.2/47/26
又班之○兆民	5.3/30/10	必迫○害	7.3/37/27	降榮○悴	9.2/47/28
故自有國至○黎庶	5.3/30/10	民人流移○四方	7.3/38/1	退顯○進	9.2/47/28
○是司監	5.3/30/15	○是何者爲甚	7.3/38/7	雖父母之○子孫	9.3/48/11
○我兆民	5.3/30/18	虹著○天而降施○庭	7.4/39/11	敢昭告○皇祖高皇帝	9.4/48/19
別封○胡	5.4/30/24	至昭○宮殿	7.4/39/13	都○長安	9.4/48/19
孝○二親	5.4/30/26	（態）主惑○毀譽	7.4/39/14	○是乃以三月丁亥來自	
驕吝不萌○內	5.4/31/2	惟時厥庶民○汝極	7.4/40/5	雒	9.4/48/23
喜慍不形○外	5.4/31/2	未至○頭	7.4/40/15	越三月丁巳至○長安	9.4/48/24
匪懈○位	5.4/31/5	脩五事○聖躬	7.4/40/22	○爾嗣曾孫皇帝	9.5/49/3
○是遐邇搢紳	5.4/31/11	致畿甸○供御	7.4/40/22	使爾受祿○天	9.5/49/3
○是陳留主簿高吉蔡軫		異○凡屋	7.4/41/6	不止○七	9.6/49/9
等	5.5/32/1	用彰○下	7.4/41/11	元帝○今朝九世	9.6/49/19
傳○萬代	5.5/32/9	天○大漢	7.4/41/18	受祿○天	9.7/50/2
○是乎出	6.1/32/16	至○今者	7.4/41/20	人君之位莫正○此焉	10.1/51/29
○是乎在	6.1/32/17	災眚之發不○他所	7.4/41/20	朝諸侯、選造士○其中	
申○政府	6.1/32/24	生則賞富侔○帑藏	7.4/41/23		10.1/51/31
遂取財○豪富	6.1/32/26	且侍御○百里之內而知		取郜大鼎○宋	10.1/52/6
借力○黎元	6.1/32/26	外事	7.4/42/1	戊申納○太廟	10.1/52/6
會之○新渠	6.1/32/27	不干○目	7.4/42/13	百官○是乎戒懼而不敢	
洒之○畎畝	6.1/32/27	不獨得之○迫沒之三公		易紀律	10.1/52/8

魯禘祀周公○太廟明堂	10.1/52/9	
猶周宗祀文王○清廟明		
堂也	10.1/52/10	
王齊禘○清廟明堂也	10.1/52/10	
宗祀文王○明堂	10.1/52/11	
朝諸侯○明堂	10.1/52/12	
成王以周公爲有勳勞○		
天下	10.1/52/13	
命魯公世禘祀周公○		
太廟	10.1/52/13	
所以廣魯○天下也	10.1/52/14	
歌○魯太廟	10.1/52/14	
釋奠○先老	10.1/52/26	
言教學始○養老	10.1/52/26	
皆習○東序	10.1/52/27	
皆小樂正詔之○東序	10.1/52/27	
令祀百辟卿士之有德○		
民者	10.1/52/29	
禮、士大夫學○聖人善		
人	10.1/53/1	
祭○明堂	10.1/53/1	
祭○太學	10.1/53/1	
祀先賢○西學	10.1/53/2	
明堂上通○天	10.1/53/4	
〔反〕釋奠○學	10.1/53/6	
薦俘馘○京太室	10.1/53/7	
通○神明	10.1/53/10	
光○四海	10.1/53/10	
二十八柱列○四方	10.1/53/17	
王用享○帝、吉	10.1/53/23	
祈穀○上帝	10.1/53/24	
日月俱起○天廟營室五		
度	10.1/53/24	
凡此皆合○大曆唐政	10.1/53/29	
古者諸侯朝正○天子	10.1/54/2	
天子藏之○明堂	10.1/54/2	
諸侯怠○禮	10.1/54/3	
猶朝○廟	10.1/54/4	
余被○章	10.2/54/18	
而訖未有注記著○文字		
也	10.2/54/19	
同○朽腐	10.2/54/20	
其要者莫大○《月令》		
	10.2/54/21	
故遂○憂怖之中	10.2/54/21	
○曆數不用《三統》	10.2/55/1	
傳之○世	10.2/55/2	

而《令》文見○五月	10.2/55/9	
曆○大雪、小雪、大寒		
、小寒	10.2/55/10	
今章句因○高禖之事	10.2/55/16	
莫正○《周官》	10.2/55/24	
○經傳爲非其時□	10.2/55/28	
作○楚宮	10.2/55/29	
不合○經傳也	10.2/56/1	
取之○《月令》而已	10.2/56/5	
獨不難取之○是也	10.2/56/7	
不分別施之○三月	10.2/56/10	
不合之○五行	10.2/56/18	
不合○《易》卦所爲之		
禽	10.2/56/26	
迫○吏手	11.2/57/25	
郎中劉洪密○用算	11.2/58/1	
而徐璜左悺等五侯擅貴		
○其處	11.3/58/17	
又起顯明苑○城西	11.3/58/17	
余有行○京洛兮	11.3/58/22	
久余宿○大梁兮	11.3/58/23	
弔紀信○滎陽	11.3/58/26	
顧大河○北垠兮	11.3/59/3	
唁襄王○壇坎	11.3/59/6	
通渠源○京城兮	11.3/59/8	
窮變巧○臺榭兮	11.3/59/15	
清嘉穀○禽獸兮	11.3/59/16	
弘寬裕○便辟兮	11.3/59/16	
常俗生○積習	11.3/59/17	
因○鳥跡	11.6/60/10	
摛華豔○紈素	11.6/60/16	
有務世公子誨○華顛胡		
老曰	11.8/61/4	
連光芒○白日	11.8/61/10	
屬炎氣○景雲	11.8/61/10	
不墜○地	11.8/61/11	
榮家宗○此時	11.8/61/12	
○斯已降	11.8/61/16	
○是智者騁詐	11.8/61/17	
群僚恭己○職司	11.8/61/26	
不給○務	11.8/61/30	
童子不問疑○老成	11.8/62/2	
瞳矇不稽謀○先生	11.8/62/2	
心恬澹○守高	11.8/62/2	
意無爲○持盈	11.8/62/2	
騁驚駘○脩路	11.8/62/4	
納玄策○聖德	11.8/62/15	

宣太平○中區	11.8/62/15	
昔伯翳綜聲○鳥語	11.8/62/18	
葛盧辨音○鳴牛	11.8/62/18	
董父受氏○豢龍	11.8/62/19	
奚仲供德○衡軶	11.8/62/19	
倕氏興政○巧工	11.8/62/19	
造父登御○驊騮	11.8/62/19	
非子享土○善圉	11.8/62/19	
狼暉取右○禽囚	11.8/62/20	
弓父畢精○筋角	11.8/62/20	
佽非明勇○赴流	11.8/62/20	
壽王創基○格五	11.8/62/20	
東方要幸○談優	11.8/62/20	
上官效力○執蓋	11.8/62/21	
弘羊據相○運籌	11.8/62/21	
僕不能參述○若人	11.8/62/21	
○是公子仰首降階	11.8/62/22	
不出○口	12.2/63/8	
不萌○心	12.2/63/8	
至○積世	12.2/63/11	
明潔鮮○白珪	12.3/63/19	
視鑒出○自然	12.3/63/19	
則行侔○曾閔	12.3/63/20	
則契明○黄石	12.3/63/20	
英風固以揚○四海矣	12.3/63/21	
恩惠著○萬里	12.3/63/22	
誠信暢○殊俗	12.3/63/22	
無射○人斯矣	12.4/63/29	
實行形○州里	12.5/64/3	
○是鄉黨乃相與登山伐		
石而勒銘曰	12.5/64/6	
明○知人	12.6/64/12	
峻極○天	12.8/64/21	
逮○虞舜	12.8/64/22	
既禘祖○西都	12.11/65/16	
又將祫○南庭	12.11/65/17	
至○成王	12.12/65/21	
曁○予考	12.12/65/23	
於昭○今	12.12/65/27	
欽○刑濫	12.13/66/4	
繞○垣坰	12.16/66/20	
具（干）〔○〕堯庭	12.17/66/26	
天子以四立及季夏之節		
迎五帝○郊	13.1/69/15	
至○它祀	13.1/69/17	
莫重○祭	13.1/69/18	
危言極諫不絶○朝	13.1/69/25	

○是名臣輩出	13.1/70/11	睹鴻梧○幽阻	14.9/76/27	祀文王○明堂之所歌也	
○盛化門差次錄（弟）		○是歌人恍惚以失曲	14.11/77/7		15.1/87/22
〔第〕	13.1/70/14	○是繁絃既抑	14.12/77/15	諸侯助祭遣之○廟之所	
○義已弘	13.1/70/15	○是列象	14.13/77/21	歌也	15.1/87/24
昔孝宣會諸儒○石渠	13.1/70/16	○靈宇之前庭	14.16/78/8	春夏祈穀○上帝之所歌	
章帝集學士○白虎	13.1/70/16	執兵陳○陛側以戒不虞	15.1/80/5	也	15.1/87/25
他元雖不明○圖讖	13.2/71/6	乘輿出○律	15.1/80/12	諸侯始見○武王廟之所	
各家術皆當有效○其當		故託之○乘輿	15.1/80/13	歌也	15.1/88/3
時	13.2/71/6	凡衣服加○身、飲食入		朝○廟之所歌也	15.1/88/5
而有效○前者也	13.2/71/9	○口、妃妾接○寢	15.1/81/4	成王謀政○廟之所歌也	15.1/88/6
密○太初	13.2/71/9	不書○策	15.1/81/7	大封○廟、賜有德之所	
是又新元效○今者也	13.2/71/10	其諸侯王三公之薨○位		歌也	15.1/88/11
取合○當時而已	13.2/71/12	者	15.1/81/8	明白○德	15.1/88/15
今之不能上通○古	13.2/71/12	凡群臣上書○天子者有		○惠帝、兄弟也	15.1/90/13
亦猶古術之不能下通○		四名	15.1/81/24	○昭帝爲兄	15.1/90/14
今也	13.2/71/12	其合○上意者	15.1/82/8	○父子之次	15.1/90/15
以今渾天圖儀檢天文亦		地下之衆者莫過○水	15.1/82/16	○成帝爲兄弟	15.1/90/15
不合《考靈曜》	13.2/71/23	地上之衆者莫過○人	15.1/82/16	爲○哀帝爲諸父	15.1/90/15
遠有驗○《圖》《書》		常以春分朝日○東門之		○平帝爲父祖	15.1/90/16
	13.2/71/24	外	15.1/82/23	上至元帝○光武爲父	15.1/90/16
近有效○三光	13.2/71/24	秋夕朝月○西門之外	15.1/82/24	至秦始皇出寢起居○墓	
○氣已迕	13.2/71/28	適成○天地人也	15.1/82/26	側	15.1/90/23
以遵○堯	13.2/71/28	訓○五品也	15.1/82/26	藏十一帝主○其中	15.1/90/28
至○改朔易元	13.2/72/4	天子獨拜○屏	15.1/82/29	元帝○光武爲禰	15.1/90/28
則躬自厚而薄責○人	13.3/72/19	四時祭○寢也	15.1/84/9	藏主○世祖廟	15.1/91/2
子夏之門人問交○子張		薦考妣○適寢之所	15.1/84/14	是後遵承藏主○世祖廟	15.1/91/2
	13.3/72/20	必○此社授以政	15.1/84/18	不列○宗廟	15.1/91/5
至○仲尼之正教	13.3/72/22	用命賞○祖	15.1/84/18	遂○親陵各賜計吏而遣	
咨○太師	13.4/73/2	不用命戮○社	15.1/84/18	之	15.1/91/10
勗○令德者也	13.4/73/3	祀之○門	15.1/85/8	屬弟○元帝爲子	15.1/91/13
封○齊	13.4/73/3	北面設主○門左樞	15.1/85/8	故列○祖宗	15.1/91/14
其功銘○昆吾之冶	13.4/73/4	祀之○戶	15.1/85/9	故高廟四時祠○東廟	15.1/91/26
獲寶鼎○美陽	13.4/73/4	南面設主○門內之西行	15.1/85/9	不敢加尊號○祖父也	15.1/92/1
晉、魏頴獲杜回○輔氏	13.4/73/8	祀之○行	15.1/85/10	亦不敢加尊號○父祖也	15.1/92/1
銘功○景鐘	13.4/73/8	北面設主○拔上	15.1/85/10	帝偪○順烈梁后父大將	
莫不朽○金石故也	13.4/73/9	祀之○竈	15.1/85/11	軍梁冀未得尊其父而	
咸銘之○碑	13.4/73/10	先（帝）〔席〕○門奧		崩	15.1/92/5
幾○毀滅	13.7/73/23	西東	15.1/85/11	出祠天○甘泉備之	15.1/93/7
方之○邑	13.7/73/24	設主○竈陘也	15.1/85/12	太僕奉駕上鹵簿○尚書	
明珠胎○靈蚌兮	14.1/74/25	設主○牖下也	15.1/85/13		15.1/93/10
○是遊目騁觀	14.1/74/26	○是命方相氏黃金四目	15.1/86/9	春秋上陵令又省○小駕	
余心悅○淑麗	14.3/75/12	乃畫荼壘并懸葦索○門			15.1/93/11
產○卑微	14.5/75/23	戶以禦凶	15.1/86/14	繫白玉珠○其端	15.1/94/17
隔○河維	14.5/76/4	法施○民則祀	15.1/87/1		
○季冬之狡兔	14.8/76/18	凡祭號牲物異○人者	15.1/87/11	**余 yú**	**9**
綜人事○晦昧兮	14.8/76/21	告太平○文王之所歌也			
贊幽冥○明神	14.8/76/21		15.1/87/19	○被于章	10.2/54/18

則○死而不朽也	10.2/54/25	
璜以○能鼓琴	11.3/58/19	
白朝廷敕陳留太守〔發〕		
遣○到偃師	11.3/58/19	
○有行于京洛兮	11.3/58/22	
久○宿于大梁兮	11.3/58/23	
○心悅于淑麗	14.3/75/12	
伊○有行	14.18/78/20	
非○所希	14.20/79/3	

於 yú 　　　　21

○休先生	2.1/9/6
○熙文考	2.2/10/8
○皇先生	2.3/11/7,2.4/11/19
○顯貞節	2.7/14/3
○戲	3.1/16/3
○惟楊公	3.2/16/28
○皇文父	3.4/18/15
○赫我君	3.6/20/8
○皇上德	4.1/22/30
○肅文恭	4.4/25/13
俾屏○皇	4.4/25/18
○穆夫人	4.5/26/18
○蕆下國	5.5/32/7
○惟我考	6.2/33/16
○惟仲原	6.4/34/11
○穆母氏	6.5/35/1
○赫崔君	6.6/35/14
○顯哲尹	12.9/65/1
○昭于今	12.12/65/27
○穆誕成	12.17/66/26

孟 yú 　　　　1

孔甲有盤○之誡	13.4/73/1

臾 yú 　　　　1

須○忽然不見	1.10/8/5

俞 yú 　　　　3

○往哉	1.2/3/4,1.3/3/13
○哉	5.2/29/15

禹 yú 　　　　1

祖父番○令	4.5/25/24

娛 yú 　　　　2

享宴○樂	2.5/12/10
託歡○以講事	14.14/77/27

舁 yú 　　　　1

○柩在茲兮	4.7/28/8

魚 yú 　　　　13

史○之勁直	1.1/1/20
貫○之次	8.1/44/7
○龍不作	8.1/44/11
遺我雙鯉○	11.5/60/5
呼兒烹鯉○	11.5/60/5
融風動而○上冰	11.8/61/23
盡忠則史○之直也	12.2/63/9
燔乾○	13.8/73/28
豈○鼈之足收	14.1/74/26
夏薦麥○	15.1/84/14
粟○曰商祭	15.1/87/11
鮮○曰脡祭	15.1/87/11
季多薦○、春獻鮪之所	
歌也	15.1/88/2

隅 yú 　　　　2

靜其方○	1.8/7/1
其一者居人宮室樞○處	15.1/86/9

渝 yú 　　　　1

不黷不○	11.8/62/17

婾 yú 　　　　1

姦臣王莽○有神器十有	
八年	5.1/28/18

愚 yú 　　　　24

賢○臧否	1.7/5/9

臣邑敏○戇死罪	7.1/36/11
臣○賤小才	7.2/36/15
○以爲三互之禁	7.2/36/24
臣○以爲宜止攻伐之計	7.3/38/19
臣邑○戇	7.3/38/22,7.4/43/3
心慮○暗	7.4/39/7
臣○以爲平城門、向陽	
之門	7.4/41/5
非臣螻蟻○怯所能堪副	7.4/41/16
臣○戇	7.5/43/17,9.6/49/25
臣○以凡宂	7.5/43/24
臣以頑○	8.3/45/28
非臣○蔽不才所當盜竊	9.2/47/20
思謀○淺	9.2/47/23
臣猥以○闇	9.3/48/7
但○心有所不竟	11.2/57/26
披瀝○情	11.2/58/11
（祇）〔祇〕見其○	11.8/62/16
臣○以爲宜擢文右職	13.1/69/31
○者謂之醜	13.11/74/13
	13.11/74/14
下言臣○戇議異	15.1/82/7

虞 yú 　　　　22

其先出自有○氏	2.2/9/14
遵有○于上庠	3.5/19/4
紹述○龍	4.1/23/1
匹○龍而納言	4.3/24/20
殯于○郊	4.5/26/10
是以○稱嬀汭	5.1/28/24
雖元凱翼○	5.2/29/18
○延爲太尉、司徒封公	5.3/30/12
秦一漢三而○氏世焉	5.3/30/15
爰我○宗	5.3/30/19
○帝二妃	8.1/44/24
臣聞唐○以師師咸熙	8.3/45/20
在唐○則元凱之比	8.4/46/12
唐○之朝	9.9/50/27
唐○眇其既遠兮	11.3/59/17
唐○之至時	11.8/61/15
逮于○舜	12.8/64/22
幸脫○人機	14.19/78/26
執兵陳于陛側以戒不○	15.1/80/5
唐○曰載	15.1/83/11
唐○曰士官	15.1/89/11
帝舜爲有○氏	15.1/89/25

逾 yú	1
霖雨○月	11.3/58/17

漁 yú	2
以田以○	3.7/20/23
○陽太守	5.2/29/13

窬 yú	1
通○瀆	6.1/32/27

餘 yú	44
歲○拜尙書令	1.1/2/14
官有○資	1.5/4/5
韓元長等五百○人	2.3/11/4
如此者十○年	2.5/12/8
蓋千○人	2.6/13/1
綽有○裕者已	2.8/14/17
其時所免州牧郡守五十　○人	3.1/15/23
蓋以韜騰○蹤	3.4/18/5
○貨委于路衢	4.2/23/15
○種樓于畎畝	4.2/23/15
歷載三十有○	4.3/24/24
其○登堂閣	4.3/25/4
夫人居京師六十有○載	4.5/26/4
前後奉斯禮者三十○載	4.6/26/28
月○所疾暴盛	4.7/27/22
道德○慶	5.1/28/23
瑋以商箕○烈	5.1/28/26
雖有積善○慶	5.3/30/15
歿有○哀	5.4/31/11
先考積善之○慶	6.2/33/15
篤垂○慶	6.2/33/17
三十○發	7.3/37/8
猶十○年	7.3/37/25
自春以來三十○發	7.3/38/5
長十○丈	7.4/39/11
殘○非天所祐	7.4/40/2
死有○榮	7.5/43/23
罷出宮妾免遣宗室沒入　者六百○人	8.1/44/13
釐正憲法六千○事	8.1/44/14
每有○賞	8.3/45/27
累葉相繼六十○載	9.1/47/2
其○虎以下非食也	10.2/56/20
其○皆妾	10.2/57/2
積累思惟二十○年	11.2/57/29
其○厓幺	11.4/59/26
綽有○裕	11.8/61/30
○官委貴	11.8/61/31
是以《易》嘉積善有○　慶	12.12/65/22
分陝○慶	12.17/66/24
○慶伊何	12.17/66/24
○皆枉撓	13.1/70/2
聽政○日	13.1/70/12
近者歲○	13.5/73/14
其○惠景以下皆毀	15.1/90/27

踰 yú	12
蓋○三千	3.1/15/17
○年然後獲聽	4.7/27/25
未之或○	5.2/29/19
○月不定	7.2/36/21
乃欲越幕○（域）〔城〕	7.3/38/10
陵尊○制	7.4/39/16
死則丘墓○越園陵	7.4/41/23
爲官者○時不覺	7.4/42/2
不敢○越	13.1/70/25
年○三十	13.10/74/7
皆以未○年而崩	15.1/91/5
少帝未○年而崩	15.1/91/18

輿 yú	15
○服寮御部引	5.5/32/3
廂○之卒	7.3/38/15
卓聞乖○已趨河津	9.1/47/7
升○下輦	9.9/50/23
盛○服而東巡	12.10/65/12
君既升○	12.26/68/8
車馬、衣服、器械百物　曰「乘○」	15.1/79/10
乘○出于律	15.1/80/12
律曰「敢盜乘○、服御　物	15.1/80/12
故託之于乘○	15.1/80/13
○、猶車也	15.1/80/13
則當乘車○以行天下	15.1/80/14
故群臣託乘○以言之	15.1/80/14
乘○到	15.1/92/22
凡乘○車皆羽蓋金華瓜	15.1/93/19

歟 yú	3
猗○將軍	3.7/21/27
猗○懿德	5.4/31/13
猗○焦君	12.18/66/30

予 yǔ	17
無廢○誡	1.9/7/14
棄○而邁	2.4/11/21
帝曰○聞	3.6/19/26
愍○小子	4.7/28/1
昔○考之即世兮	4.7/28/6
○末小子遭家不造	9.4/48/21
○幼讀《記》	10.2/54/13
故○略之	10.2/56/26
○誰悼哉	11.8/62/6
○之辜也	11.8/62/16
練○心兮浸太清	11.8/62/22
暨于○考	12.12/65/23
惟○小子	12.12/65/28
庶士○鉏	12.15/66/16
《谷風》有棄○之怨	13.3/72/10
吹○床帷	14.5/76/3
《閔○小子》、一章十　一句	15.1/88/5

羽 yǔ	11
揮○旗	1.10/8/15
將○林騎	3.2/16/9
故○林郎將李參遷城門　校尉	9.8/50/9
而署名○林左監	9.8/50/9
秋冬學○籥	10.1/52/27
動若翡翠奮其○	14.4/75/18
韻宮商兮動徵○	14.12/77/13
其輷如○	14.15/78/3
凡乘輿車皆○蓋金華瓜	15.1/93/19
編○毛引繫橦旁	15.1/94/3

○毛無後戶	15.1/94/8	也	15.1/87/16	惟天子○二等之爵	1.7/5/11

宇 yǔ　19

				始○諸儒考禮定議	1.7/5/12
旋統京○	1.6/5/2	**禹 yǔ　4**		孤亦○焉	1.7/5/29
不起棟○	1.9/7/15			仲尼○之	1.7/6/1
修祠○	1.10/8/17	美伯○之所營	11.3/59/3	其尊○諸侯竝	1.7/6/6
闡德之○	2.4/11/19	故夏○氏以金德繼之	15.1/89/21	其禮○同盟諸侯敵體故也	1.7/6/8
聲塞○宙	3.1/16/1	夏○爲夏后氏	15.1/89/25	號○天子諸侯咸用優賢	
德被○宙	3.3/17/23	丞相匡衡、御史大夫貢		禮同	1.7/6/15
澤漫綿○	3.5/19/13	○乃以經義處正	15.1/90/25	乃相○推先生之德	2.1/9/4
充天○	4.3/25/9			莫○方軌	2.2/10/11
靖綏土○	4.4/25/15	**圄 yǔ　2**		府丞○比縣會葬	2.3/11/4
下有堂○斤斤之祚	4.5/26/5			如君之至者○	2.5/12/13
似崇臺重○	11.7/60/25	囹○用清	12.14/66/11	乃相○建碑勒銘	2.5/12/14
清○宙之埃塵	11.8/61/9	周曰圄○	15.1/89/12	在皇唐蓋○四岳共棻	2.6/12/22
今子責匹夫以清○宙	11.8/62/8			○從事荷負徒行	2.7/13/23
盤旋乎周孔之庭○	11.8/62/13	**圍 yǔ　4**		臭味相○	2.8/14/19
踔○宙而遺俗兮	11.8/62/23			○世無營	2.9/15/7,11.8/61/8
以靖土○	12.2/63/15	衛大夫孔○謚曰文子	1.7/5/30	○之同蘭芳	3.1/15/21
清一○宙	12.3/63/23	氏家于○	3.6/19/22	相○刊石樹碑	3.1/16/3
化溢區○	12.4/63/31	謹因臨戎長霍○封上	11.2/58/12	○公卿尚書三臺以下	3.2/16/10
于靈○之前庭	14.16/78/8	非子享土于善○	11.8/62/19	而皋陶不○焉	3.2/16/24
				○祿終始	4.1/22/25
		語 yǔ　12		○時消息	4.1/23/4

雨 yǔ　21

				○參機密	4.2/23/24
風○以時	3.2/17/2	言○造次必以經綸	5.4/31/1	○福祿乎終始	4.2/24/1
別風淮○	3.3/17/10	言○所及	6.4/34/8	相○欽慕《崧高》《蒸	
風○不時	7.4/40/20	凡祭養老乞言合○之禮		民》之作	4.2/24/3
貌失則○	7.4/40/21		10.1/52/27	日○月○	4.2/24/7
○水爲二月節	10.2/55/5	嘖嘖怒○	11.4/59/27	參○嘗禱	4.3/25/6
中春「始○水」	10.2/55/6	誠如所○	11.4/59/28	相○累次德行	4.3/25/7
則○水、二月也	10.2/55/7	昔伯翳綜聲于鳥○	11.8/62/18	○帝剖符	4.7/28/3
則風○不時	10.2/56/9	下則連偶俗○	13.1/70/13	○神合契	5.2/29/11
霖○逾月	11.3/58/17	亦妄虛無造欺○之怨	13.2/72/4	相○歡曰	5.2/29/20
遭淫○之經時	11.3/58/22	古○曰	15.1/92/23,15.1/92/26	乃○樹碑作頌	5.3/30/16
○濛濛而漸唐	11.3/59/5	故○曰	15.1/95/8	其先○楚同姓	5.4/30/24
集零○之溱溱	11.3/59/10	《國○》曰	15.1/95/21	習○性成	5.4/30/26
窖陰○兮	11.3/59/20			○衆共之	5.4/31/2
開三府請○	12.1/62/31	**與 yǔ　128**		○丞相荅	5.4/31/9
即降甘○	12.1/63/1			相○嘆述君德	5.4/31/12
時風嘉○	12.8/64/21	相○述公之行	1.1/1/12	乃相○衰絰	5.5/32/2
風伯○師	12.26/68/8	廷尉郭貞私○公書	1.1/1/23	蓋三綱之序○竝育	5.5/32/4
十指如○	14.10/77/3	車師後部阿羅多、卑君		相○謳談壇畔	6.1/33/1
○師神、畢星也	15.1/85/19	相○爭國	1.1/1/27	相○追慕先君	6.4/34/10
能興○	15.1/85/20	推○其孤	1.1/2/26	○體俱生	6.4/34/11
瑞祝、逆時○、寧風旱		清儉仁○之效	1.1/2/26	○人麋爭	6.4/34/12
		○閭公之昌言者	1.4/3/23	莫之○二	6.6/35/14
		衆庶是○	1.6/5/2	甫建議當出師○有并力	7.3/37/10

○育晏三道竝出	7.3/37/11	揖儒墨而○為友	11.8/62/13	其緌○組各如其綬之色	
豈○蟲蟻之虜	7.3/38/10	使者○郡縣戶曹掾吏登			15.1/94/26
○蠻夷之不討	7.3/38/16	山升祠	12.1/62/31	愛民好○曰惠	15.1/96/25
○中黃門桓賢晤言	7.4/39/22	直亮是○	12.2/63/14		
○綏和時相似而有異	7.4/39/27	明哲○聖合契	12.5/64/4	**龥** yǔ	1
○桓賢言	7.4/40/1	于是鄉黨乃相○登山伐			
論者疑太尉張顥○交貫		石而勒銘曰	12.5/64/6	辭隆從○、絜操也	12.7/64/16
為玉所進	7.4/42/4	惟女○士	12.27/68/14		
○郃參驗	7.5/43/14	太白○月相迫	13.1/69/11	**玉** yù	31
○在行列	9.3/48/8	○下同疾	13.1/70/3		
臣謹案禮制〔天子〕七		莫○大焉	13.1/70/30	延公于○堂前廷	1.2/3/3
廟、三昭、三穆、○		○奏記譜注	13.2/71/20	延公登于○堂前廷	1.3/3/12
太祖七	9.6/49/17	乙丑之○癸亥	13.2/71/21	如○之素	2.7/14/3
猥○公卿以下	9.9/50/25	可○眾共別者	13.2/71/21	韞櫝美○	2.8/14/21
元功翼德（者）○共天		○今史官甘石舊文錯異		如○之固	3.4/18/15
下〔者〕爵土	9.9/51/3		13.2/71/23	行在○石之閒	3.6/19/25
○神明通	9.10/51/20	無乃未若擇其正而黜其		韞○衡門	3.6/20/8
○《易傳》同	10.1/52/18	邪○	13.3/72/24	○藻在晃	4.1/23/3
知掌教國子○《易傳》		○其彼農皆黍	13.3/72/24	光潤○顏	6.4/34/7
保傅	10.1/52/24	○稷竝為粢盛也	13.3/72/25	續以永樂門史霍○依阻	
明堂太室○諸侯泮宮	10.1/53/8	○其不獲已而矯時也	13.3/72/26	城社	7.4/41/23
官號職司○《周官》合	10.1/54/1	○江湘乎通靈	14.1/74/24	以（主）〔○〕氣勢	7.4/42/2
不宜○《記》書雜錄竝		功無○儔	14.13/77/23	如○（渚）〔者〕	7.4/42/3
行	10.2/54/13	皋陶○帝舜言曰「朕言		論者疑太尉張顥與交貫	
《周官》《左傳》皆實		惠可底行」	15.1/80/1	為○所進	7.4/42/4
○《禮記》通等而不		群臣○天子言	15.1/80/6	譬猶鍾山之○	11.8/61/27
為徵驗	10.2/54/15	及群臣士庶相○言曰殿		鳴○以步	11.8/61/30
○危殆競	10.2/54/23	下、閣下、〔足下〕		○潤外鮮	12.19/67/5
《月令》《周官》竝		、〔侍者〕、執事之		似翠○之清明	14.16/78/10
為時王政令之記	10.2/54/28	屬皆此類也	15.1/80/7	天子璽以○螭虎紐	15.1/80/23
不○世章句傳文造義	10.2/54/30	璽書追而○之	15.1/80/24	民皆以金○為印	15.1/80/25
其字○「更」相似	10.2/56/30	○三老同義也	15.1/83/1	又獨以○	15.1/80/26
莫○為二	11.1/57/12	天子三昭三穆○太祖之		皇后赤綬○璽	15.1/83/18
遂○群儒竝拜議郎	11.2/57/18	廟七	15.1/84/2	幣號、○曰嘉○	15.1/87/6
略以所有舊事○臣	11.2/57/28	諸侯二昭二穆○太祖之		○曰嘉○	15.1/87/12
遂○議郎張華等分受之		廟五	15.1/84/3	如○華形	15.1/93/24
	11.2/57/30	大夫一昭一穆○太祖之		禮朱干○	15.1/94/12
○共參思圖牒	11.2/58/2	廟三	15.1/84/6	繫白○珠于其端	15.1/94/17
不意西夷相○合謀	11.2/58/5	○上士同	15.1/84/9	朱綠九旒青○珠	15.1/94/18
藆茇薽○臺薗兮	11.3/59/2	取○新物相宜而已	15.1/84/15	卿大夫七旒黑○珠	15.1/94/18
總伊灅○澗瀨	11.3/59/8	自○天地絕也	15.1/84/23	佩○佩	15.1/94/19
濟西谿而容○兮	11.3/59/9	○民族居	15.1/84/25		
無儔○兮	11.3/59/21	神荼○鬱壘二神居其門		**聿** yù	8
○人相距	11.4/59/27		15.1/86/13		
難○竝侶	11.4/59/28	不得上○父齊	15.1/90/14	胥及○勤	3.5/18/22
可○處否	11.8/62/11	凡○先帝先后有瓜葛者	15.1/91/8	○懷多福	4.2/23/20, 7.1/36/11
安能○之齊軌	11.8/62/12	王○大夫盡弁	15.1/94/13	其慶○彰	5.3/30/18

百行○脩　6.5/35/2
天心○得　9.1/47/8
威儀○脩　12.4/63/31
○脩厥德　12.10/65/11

育 yù　21

足以孕○群生　2.2/9/17
先生盤桓○德　2.6/13/3
（○）〔鳥〕、賈之勇
　勢　3.7/20/19
二孤童紀未亂○于夫人　4.5/25/26
撫○二孤　4.5/26/1
母氏鞠○　4.7/28/1
誕○靈姿　5.1/29/1
憲天心以教○　5.2/29/16
蓋三綱之序與竝○　5.5/32/4
故護烏桓校尉夏○出征
　鮮卑　7.2/36/18
護烏桓校尉○上言　7.3/37/8
甫建議當出師與○并力　7.3/37/10
與○晏三道竝出　7.3/37/11
今○晏以三年之期　7.3/37/25
○晏策慮　7.3/37/26
○曰　7.3/38/5
案○一戰　7.3/38/13
中常侍○陽侯曹節、冠
　軍侯王甫　7.4/39/2
誕○二后　11.1/57/9
鱗甲○其萬類兮　14.1/74/25
（凝○）〔挺青〕纂之
　綠英　14.16/78/9

郁 yù　2

○○乎文哉　2.3/10/28

浴 yù　1

沐○恩澤　11.2/57/19

域 yù　16

揮鞭而定西○之事　1.1/2/1
舊兆○之南　1.9/7/13
鎮表靈○　1.9/7/16
初建斯○　1.10/8/1

遂定兆○　2.2/10/7
乃竆卦〔于〕梁宋之○　2.7/13/26
澤充區○　3.4/18/9
心樓清虛之○　3.6/19/25
光充區○　4.1/23/5
參人物于區○　4.3/25/1
建封○于南土　4.3/25/3
同穴此（城）〔○〕　4.7/27/25
逝彼兆○　6.6/35/25
乃欲越幕踰（○）〔城〕
　　7.3/38/10
〔出〕自外○　11.4/59/25
不照斯○　12.18/67/1

御 yù　54

爲侍○史　1.1/1/10
補侍○史　1.1/1/23,9.2/47/18
又以高（弟）〔第〕補
　侍○史　1.1/1/25
明集○衆　1.5/4/2
舉高（弟）〔第〕侍○
　史　1.6/4/17
作侍○史　1.8/6/27
大將軍三公使○屬往弔
　祠　2.2/10/1
拜侍○史　3.1/15/18,5.4/31/4
妾不變○　3.1/15/26
皇帝遣中謁者陳遂、侍
　○史馬助持節送柩　3.2/16/9
自侍○史侍中已往　3.2/16/16
其祿逮作○史　3.5/18/25
遣○史中丞鍾繇即拜鎮
　南將軍　3.7/21/5
季以高（弟）〔第〕爲
　侍○史諫議大夫侍中
　虎賁中郎將陳留太守　4.6/27/2
後以高等拜侍○史遷諫
　議大夫　5.5/31/23
輿服寮○部引　5.5/32/3
斷嬰○　7.4/40/17
致畿甸于供○　7.4/40/22
且侍○于百里之內而知
　外事　7.4/42/1
及管護故河南尹羊陟、
　侍○史胡母班　7.5/43/10
○輦在殿　8.1/44/23

養士○衆　8.3/45/27
轉治書○史　9.2/47/18
進○幘結　9.7/49/31
侍○史劾臣不敬　9.8/50/10
○臣之長策　9.9/51/9
《左氏傳》晉程鄭爲乘
　馬○　10.2/55/25
八十一○妻　10.2/56/29
○妾　10.2/56/30
○妾、位最下也　10.2/57/2
瞀○之族　11.8/61/31
造父登○于驊騮　11.8/62/19
馬爲○者良　12.24/67/31
阿傳○堅　14.2/75/7
所進曰「○」　15.1/79/11
律曰「敢盜乘輿、服○
　物　15.1/80/12
非侍○者不得入　15.1/80/20
○者、進也　15.1/81/4
皆曰○　15.1/81/5
送○史臺　15.1/82/1
八十一○女　15.1/83/23
丞相匡衡、○史大夫貢
　禹乃以經義處正　15.1/90/25
向○座北面　15.1/92/25
○坐則起　15.1/92/26
大駕、則公卿奉引大將
　軍參乘太僕　15.1/93/6
唯河南尹執金吾洛陽令
　奉引侍中參乘奉車郎
　○屬車三十六乘　15.1/93/9
侍中、中常侍、侍○史
　、主者郎令史皆執注
　以督整諸軍車騎　15.1/93/11
尚書○史乘之　15.1/94/5
建金根、耕根諸○車　15.1/94/7
○史冠法冠　15.1/95/1
今○史廷尉監平服之　15.1/95/19
以其君冠賜○史　15.1/95/22

欲 yù　34

不吝於利○　1.1/2/24
又禮緣臣子咸○尊其君
　父　1.7/6/10
○特表　2.3/10/21
懼微言之○絕　2.6/13/5

帝○宜力于四方	3.5/19/7	**喻 yù** 　　7
○共扶送	3.7/21/21	
○報之德	3.7/22/3	曾未足以○其高、究其
○留此焉	4.5/26/6	深也　　2.5/12/11
沈靜寡○	6.2/33/13	引情致○　　3.4/18/8
而○以動	7.3/37/22	責臣○旨　　7.5/43/16
乃○張設近期	7.3/37/27	不足以○其便　11.8/62/1
乃○越幕踰（域）〔城〕		欲○匡兮　　12.1/63/3
	7.3/38/10	其高者頗引經訓風○之
威化不行則○伐之	7.3/38/15	言　　13.1/70/13
雌雞○化爲雄	7.4/40/8	象類多○　　14.8/76/21
○使陛下豁然大寤	7.4/41/21	
○清流蕩濁	7.4/42/7	**棫 yù** 　　1
區區○荅上問	7.5/43/17	
○以除凶致吉	7.5/43/19	攢○樸而雜榛楛兮　11.3/59/1
言事者○陷臣父子	7.5/43/21	
時中正大臣夏侯勝猶執		**愈 yù** 　　1
議○出世宗	9.6/49/10	
各○褒崇至親而已	9.6/49/15	力俀起若○　　4.7/27/22
○就六廟	9.6/49/17	
臣初○須刑	11.2/58/4	**預 yù** 　　1
臣○刪定者一	11.2/58/8	
臣○著者三	11.2/58/8	○知所言者當必怨臣　7.5/43/18
○豐其屋	11.8/61/21	
嗜○息兮無由生	11.8/62/23	**遇 yù** 　　7
○喻匡兮	12.1/63/3	
豈不是○	12.12/65/28	以○赦令　　1.1/2/9
凡樹社者、○令萬民加		幸○贖令　　1.1/2/17
蕭敬也	15.1/85/25	君○險而建略　3.7/20/20
○皆使先帝魂神具聞之		○目能識　　6.3/33/23
	15.1/91/10	雖周成○風　13.1/69/5
身○寧	15.1/93/1	且猶○水遭旱　13.2/72/1
志○靜	15.1/93/1	○萬山以左迴兮　14.1/74/24
不○使人見	15.1/95/7	
		毓 yù 　　1
裕 yù 　　10		
		○子孕孫　　3.7/21/25
和樂寬○	1.1/2/22	
廣大寬○	2.2/9/17	**獄 yù** 　　8
寬○弘博	2.5/11/28	
綽乎其○	2.6/13/8	小大之○必以情　1.7/5/17
綽有餘○者已	2.8/14/17	折○蔽罪　　3.5/18/30
寬○足以容衆	4.1/22/15	乃下○死　　7.4/39/26
公寬○仁愛	4.2/23/10	洛陽詔○　　11.2/57/23
弘寬○于便辟兮	11.3/59/16	察○以情　　12.13/66/4
綽有餘○	11.8/61/30	而以折○斷大刑　13.2/71/27
溫溫然弘○虛引	12.3/63/20	四代○之別名　15.1/89/11

漢曰○	15.1/89/12
慾 yù 　　1	
民之治情斂○	2.2/9/24
禦 yù 　　14	
扞○三垂	1.5/4/3
不憚彊○	1.6/4/24
雖則彊○	1.7/5/22
疾彼彊○	1.9/7/18
（彊）〔強〕○不能奪	
其守	2.5/12/8
黜惡不畏彊○	2.7/13/22
守○之備	7.2/36/19
其設不戰之計、守○之	
因者	7.3/37/17
申明門戶守○之令	7.4/40/28
若時共○	7.4/41/10
利用○寇	10.1/53/27
當彊○	12.2/63/10
乃畫荼壘并懸葦索于門	
戶以○凶也	15.1/86/14
能○大災則祀	15.1/87/1
諭 yù 　　3	
使人曉○	2.3/10/21
兩常侍又○旨	7.4/39/3
詔書褒○	7.5/43/16
豫 yù 　　13	
遠近○震	1.6/4/25
五辟○州	2.3/10/17
○州刺史典	2.4/11/12
高祖、祖父皆○章太守	
潁陰令	2.6/12/24
遷○州兗州刺史	3.1/15/18
都尉君娶于故○州刺史	4.5/25/25
農民熙怡悅○	6.1/33/1
不敢戲○	7.4/42/19
遭疾不○	8.1/44/23
兗○以清	8.4/46/4
同歡同喜逸○	9.7/49/31
○設水旱疫癘	10.2/55/15

天○正月己巳朔且立春		○勒斯銘	3.6/20/6
	10.1/53/24	、成帝、哀帝、平帝		○得驍雄	3.7/20/20
光和○年	10.2/54/18	、王莽、聖公、光武		○尙天機	4.1/23/1
顧念○初中	11.2/57/23	、明帝、章帝、和帝		○以休息	4.2/23/19
○首寬則望舒眺	11.8/62/10	、殤帝、安帝、順帝		○在初服	4.4/25/13
國失○傅	12.5/64/5	、沖帝、質帝、桓帝		○曁稺孫	4.5/26/2
〔永初○年〕	12.9/64/28	、靈帝	15.1/89/26	○初來嫁	4.6/26/26
○正令午	12.25/68/3	以乙未爲○	15.1/90/3	○祔靈于皇姑	4.6/27/12
孝○皇帝策書曰	13.1/69/18	孝○王皇后以太皇太后		○耀其輝	5.1/29/1
又○和故事	13.1/69/19	攝政	15.1/90/7	○整其師	5.1/29/2
○用乙卯	13.2/71/3	上至○帝于光武爲父	15.1/90/16	○茲初基	5.1/29/4
○用丁丑	13.2/71/4	故上繼○帝而爲九世	15.1/90/16	○曁邦人	5.3/30/15
○用庚申	13.2/71/5	○帝時	15.1/90/25	○我虞宗	5.3/30/19
各自有○	13.2/71/6	○帝于光武爲禰	15.1/90/28	○曁門人	5.4/31/12
光晃所據則殷曆○也	13.2/71/6	高帝、文帝、武帝、宣		○自登朝	5.4/31/15
他○雖不明于圖讖	13.2/71/6	帝、○帝也	15.1/91/12	○綏我惠	5.5/32/7
黃帝始用太初丁丑之○	13.2/71/7	孝○功薄當毀	15.1/91/13	○以資始	6.6/35/11
太史令張壽王挾甲寅○		屬弟于○帝爲子	15.1/91/13	○立聖哲	9.1/47/8
以非漢曆	13.2/71/7	以○帝爲禰廟	15.1/91/14	○及苗裔	9.9/51/4
是則雖非圖讖之○	13.2/71/9	光武繼孝○	15.1/92/1	○結蹤而迴軌兮	11.3/59/19
是又新○效于今者也	13.2/71/10	祖父河間敬王曰孝○皇	15.1/92/8	○在弱冠	12.3/63/21
延光○年中	13.2/71/10	祖母夏妃曰孝○后	15.1/92/8	○曁先生	12.5/64/3
上言當用命曆序甲寅○		○帝額有壯髮	15.1/95/7	○納忠式	12.9/65/1
	13.2/71/10	仁義說民曰○	15.1/96/26	○制雅器	14.12/77/12
《○命苞》、《乾鑿度》				○戾茲邦	14.18/78/20
皆以爲開闢至獲麟二		**沅 yuán**	**1**		
百七十六萬歲	13.2/71/15			**原 yuán**	**24**
漢○年歲在乙未	13.2/71/16	○湘之閒	3.7/20/23		
則上違《乾鑿度》、				太○界休人也	2.1/8/25
《○命苞》	13.2/71/19	**垣 yuán**	**4**	于是掾太○王允、雁門	
○和二年二月甲寅制書				畢整	4.3/24/13
曰	13.2/71/25	漢起塞○	7.3/38/8	葬我夫人黃氏及陳留太	
庚申○之詔也	13.2/71/29	令諸〔營〕甲士循行塞		守碩于此高○	4.5/26/15
姦臣盜賊皆○之咎	13.2/72/2	○	7.3/38/20	○疾病之所由	4.6/27/9
○和二年乃用庚申	13.2/72/2	遠則門○	7.4/41/20	姬美周○	5.1/28/24
而光晃言秦所用代周之		繞于○坰	12.16/66/20	尋○祚之所由而至于此	6.2/33/15
○	13.2/72/3			字仲○	6.4/34/7
漢三易○	13.2/72/3	**爰 yuán**	**35**	於惟仲○	6.4/34/11
至于改朔易○	13.2/72/4			被○	7.3/37/9
○和詔書	13.2/72/5	○將度遼	1.6/5/1	李牧開其○	7.3/38/20
孝○皇后父大司馬陽平		○牧冀州	1.7/5/21	改興政之○	7.4/40/17
侯名禁	15.1/80/20	○勒茲銘	2.1/9/9	度越平○	8.1/44/10
牲號、牛曰一○大武	15.1/87/5	○集于棘	2.3/11/8	立百行之根○	8.2/45/14
牛曰一○大武	15.1/87/8	○在上世	2.5/12/12	雖見○宥	9.8/50/13
高帝、惠帝、呂后攝政		○封于呂	2.6/12/23	其時鮮卑連犯雲中五○	11.2/58/5
、文帝、景帝、武帝		○自南陽	2.7/13/14	指揮不可勝○	11.6/60/14
、昭帝、宣帝、○帝		○銘之贊	3.3/17/24	不可勝○	11.7/60/26
		○董武事	3.5/18/25		

○罪以心	12.13/66/4	死則丘墓踰越○陵	7.4/41/23	**遠** yuǎn 58
則衆災之○	13.1/70/7	〔○陵薔衛〕	12.9/64/29	
○其所以來	13.3/72/14	欽崇○邑	12.9/65/1	柔○能邇 1.5/4/1
考鑒初之○本	14.2/75/4	○有甘棠	12.12/65/27	○近豫震 1.6/4/25
屈○曰「朕皇考」	15.1/80/2	而○陵皆自起寢廟	15.1/91/3	彰于○邇者已 1.6/4/25
天子以正月五日畢供後		○令食監典省其親陵所		自○來集 1.10/8/6
上○陵	15.1/91/7	宮人	15.1/91/6	○近會葬 2.3/11/5
時備大駕上○陵	15.1/93/8	宣帝但起○陵長承奉守	15.1/92/1	以爲○近鮮能及之 2.3/11/5
				童冠自○方而集者 2.6/13/1
袁 yuán 3		**源** yuán 7		洪聲○布 2.6/13/2
				彌○益曜 2.6/13/9
大將軍何公、司徒○公		罔不尋其端○	3.4/18/4	四方學者自○而至 3.1/15/17
前後招辟	2.3/10/21	通渠○于京城兮	11.3/59/8	○涉道里以修經術 3.2/16/13
曰○滿來	6.3/33/22	曩者洪○辟而四隩集	11.8/61/28	莫不自○竝至 3.6/19/24
司徒○公夫人馬氏薨	6.5/34/19	玄玄焉測之則無○	12.5/64/5	自○若歸 3.7/20/25
		今將患其流而塞其○	13.3/72/23	不○過也 3.7/21/8
湲 yuán 1		登○自乎嶓冢	14.1/74/22	交州殊○ 3.7/21/8
		嘉清○之體勢兮	14.1/74/24	○本離質 3.7/21/13
澆澶○以安流	14.1/74/25			○圖長慮 4.5/26/6
		緣 yuán 10		不○遷徙 4.5/26/11
援 yuán 10				嗟既逝之益○ 4.6/27/14
		又禮○臣子咸欲尊其君		○近鱗集 5.5/32/1
○天心以立鈞	2.5/11/28	父	1.7/6/10	聰○通敏 6.3/33/22
抽○表達	3.1/15/21	○雅則	1.9/7/16	所拓廣○ 7.3/37/22
乃以越騎校尉○侍華光		何○聞之	7.4/42/1	不○復 7.4/40/18
之內	3.4/18/7	情辭何○復達	7.5/43/27	○則門垣 7.4/41/20
以○立之功	4.1/22/17	未得因○有事	9.3/48/11	無以正○ 7.4/42/5
○立孝桓	4.2/23/17	○增崖而結螢	11.3/59/2	○閒親 7.4/42/15
○立聖嗣	4.4/25/16	似冰露○絲	11.6/60/12	其○者六年 7.5/43/12
曾不可乎○（留）〔招〕		○象而至	13.1/69/6	傳謀○暨 8.1/44/18
	4.6/27/11	情何○生	13.1/70/26	纂成伐柯不○之則 8.4/46/7
○琴而歌	11.8/62/22	若披雲○漢見織女	14.4/75/17	巴土長○ 9.3/48/13
○引幽隱	13.1/69/25			柔○功著 9.3/48/14
南○三州	14.1/74/26	**園** yuán 4		博衍深○ 10.1/53/30
				所圖廣○ 11.2/58/5
圓 yuán 5		取其四面周水○如璧	10.1/52/4	勤諸侯之○戍兮 11.3/58/26
		上○下方	10.1/53/6	前車覆而未○兮 11.3/59/15
不方不○	11.6/60/13	屋○屋徑二百一十六尺		唐虞眇其既○兮 11.3/59/17
順傾轉○	11.8/62/1		10.1/53/13	綿綿思○道 11.5/60/3
○和正直	14.8/76/22	○蓋方載	10.1/53/15	○道不可思 11.5/60/3
前○後方	15.1/94/16			客從○方來 11.5/60/4
術士冠、前○	15.1/96/10	**轅** yuán 3		○而望之 11.6/60/14,11.7/60/25
				所從來○ 13.1/69/12
園 yuán 9		○馬蹋足以哀鳴	14.11/77/7	孔子以爲致○則泥 13.1/70/17
		黃帝爲軒○氏	15.1/89/24	去聖久○ 13.2/71/3
潔耿介于丘○	2.9/15/4	皆一○	15.1/94/7	○有驗于《圖》《書》
賜東○祕器	4.1/22/27			13.2/71/24

蓋亦○矣	13.2/71/28	郡遣丞○	2.8/14/20	5.2/29/15
不病人之○己也	13.3/72/18	于是○太原王允、雁門		○在先民　1.2/3/5
怨其○矣	13.3/72/19	畢整	4.3/24/13	民咸○休哉　1.2/3/7
夫○怨稀咎之機	13.3/72/20	○諱玄	6.2/33/9	乃制詔○　1.3/3/12,1.4/3/21
其既○也	14.4/75/17	○天姿恭恪	6.2/33/10	天子○　1.3/3/14
我思○逝	14.5/76/2	署致○史	6.2/33/13	○　1.3/3/16,1.7/5/16,2.6/13/6
○近皆璽封	15.1/81/14	○孫翻以（貞）〔頑〕		2.7/14/2,3.5/18/22,5.1/28/15
失之○矣	15.1/81/22	固之質	6.2/33/13	5.3/30/8,7.3/38/14,7.4/40/13
策祝、○罪病也	15.1/87/16	博問○史孝行卓異者	8.2/45/3	10.2/54/28,10.2/55/1
諸侯王冠○遊冠	15.1/94/22	臣門下○申屠豐稱	8.2/45/3	10.2/55/6,10.2/55/9
○遊冠、諸侯王所服	15.1/95/11	臣輒核問○史邑子殷盛		10.2/55/14,10.2/55/21
聲聞宣○日昭	15.1/96/25	宿彥等	8.2/45/7	10.2/55/24,10.2/56/5
去禮○眾日煬	15.1/97/4	使者與郡縣戶曹○吏登		10.2/56/11,10.2/56/19
		山升祠	12.1/62/31	10.2/56/30,13.3/72/12
怨 yuàn	14			公拜稽首○　1.4/3/22
		瑗 yuàn	1	銘○　1.5/4/8,3.2/16/28
沒齒無○	1.1/2/7			3.5/19/12,3.6/20/8
為上招○	1.1/2/16	蘧○保生	11.8/61/22	12.4/63/29
神罔時○	4.5/26/12			遂作頌○　1.6/4/27
忿不○懟	6.4/34/12	**愿 yuàn**	1	云宜○忠文子　1.7/5/8
無使盡忠之吏受○姦讎	7.4/43/5			陳留蔡邕議○　1.7/5/8
郤不為用致○之狀	7.5/43/11	使為愨○	8.3/45/27	孔子○　1.7/5/15
臣父子誠有○恨	7.5/43/14			15.1/94/13,15.1/94/20
預知所言者當必○臣	7.5/43/18	**願 yuàn**	14	又○　1.7/5/16
反名仇○奉公	7.5/43/22			1.7/5/16,1.7/5/18,3.2/16/25
○豈在明	11.8/62/7	去者○還	1.1/2/23	7.4/39/13,10.1/52/12
爭訟○恨	13.1/70/29	○見神宮	5.1/28/27	10.1/52/28,10.2/56/30
《谷風》有棄予之○	13.3/72/10	○承清化	5.5/32/2	《春秋左氏傳》○　1.7/5/17
○其遠矣	13.3/72/19	○陛下少翦禁忌	7.2/37/2	15.1/80/24
夫遠○稀咎之機	13.3/72/20	臣○陛下強納忠言	7.4/43/1	上思利人○忠　1.7/5/18
		○寢臣表	7.4/43/5	君子○　1.7/5/26
苑 yuàn	1	臣不勝○會	8.2/45/15	而謚○文子　1.7/5/27
		○明將軍回謀守慮	8.4/46/17	《春秋外傳》○　1.7/5/27
又起顯明○于城西	11.3/58/17	臣等不勝大○	9.1/47/12	史○　1.7/5/29
		○乞還詔命	9.3/48/7	謚○文公　1.7/5/30
媛 yuàn	3	不勝大○大乞	9.9/51/10	衛大夫孔圉謚○文子　1.7/5/30
		○下東觀	11.2/58/11	而謚法亦○宜矣　1.7/6/4
家邦之○	4.5/26/18	○乘流以上下	14.1/74/28	本議○忠文子　1.7/6/4
在淑○作合孝明	6.5/34/22	順祝、○豐年也	15.1/87/15	《春秋》○　1.7/6/6
夫何姝妖之○女	14.3/75/12			《公羊傳》○　1.7/6/6
		曰 yuē	561	《經》又○　1.7/6/6
掾 yuàn	14			《左傳》○　1.7/6/7,15.1/96/4
		公○　1.1/2/2,1.7/5/29		咸得○公　1.7/6/10
遂辟司徒○	2.1/9/2	3.2/16/24		今○公猶可　1.7/6/13
遣官屬○吏前後赴會	2.3/11/3	詔報○	1.1/2/3	《春秋》○孔父　1.7/6/14
重部大○	2.3/11/6	乃詔○	1.2/3/3	子○伯某父　1.7/6/14
郡署五官○功曹	2.8/14/16	帝○　1.2/3/4,1.3/3/13		考○先生　1.8/6/22

詔○	1.8/7/5	相與歎○	5.2/29/20	北○玄堂	10.1/51/28
其孤野受顧命○	1.9/7/13	故○社者、土地之主也	5.3/30/9	中央○太室	10.1/51/28
乃申詞○	1.9/7/17	乃作辭○	5.4/31/13	其正中皆○太廟	10.1/51/30
帝○休哉	1.9/7/19,4.1/23/2	一○食	6.1/32/16	則○清廟	10.1/52/3
傳承先人○王氏墓	1.10/8/1	一○農	6.1/32/16	則○太廟	10.1/52/3
呼樵孺子尹禿謂○	1.10/8/4	其歌○	6.1/33/2	則○太室	10.1/52/4
其詞○	2.1/9/6,2.5/12/14	辭○	6.2/33/16,6.4/34/11	則○明堂	10.1/52/4,10.1/53/11
	4.2/24/4,11.4/59/28	○袁滿來	6.3/33/22	則○太學	10.1/52/4,10.1/53/11
君○	2.2/9/28	故陳留太守胡君子○根	6.4/34/7	則○辟雍	10.1/52/5
告謚○文範先生	2.2/10/1	乃申辭○	6.5/35/1	《禮記・檀弓》○	10.1/52/10
咸○	2.2/10/4	乃作誄○	6.6/35/10	《孝經》○	10.1/52/11
乃作銘○	2.2/10/8,2.3/11/6	故主父偃○	7.3/37/21		10.1/53/10
先生○	2.3/10/22	育○	7.3/38/5	《禮記・明堂位》○	10.1/52/11
皆舉首○	2.3/10/23	臣○「可矣」	7.3/38/21	太廟、天子○明堂	10.1/52/11
錫以嘉謚○	2.3/10/26	詔問○	7.4/39/10,7.4/39/22	《易傳・太初篇》○	10.1/52/15
謚○文範先生	2.3/10/28		7.4/40/8,7.4/40/20,7.4/40/31	《禮記・保傳篇》○	10.1/52/17
《傳》○	2.3/10/28	《易》○	7.4/39/12,7.4/40/18	魏文侯《孝經傳》○	10.1/52/19
	8.4/46/15,10.1/52/7		7.4/41/3,10.1/51/28	《禮記・古（大）〔文〕	
《書》○	2.3/11/1,7.4/39/20		10.1/53/27,15.1/89/17	明堂之禮》○	10.1/52/19
	9.7/50/2,10.1/53/28	潛潭巴○	7.4/39/13,7.4/40/3	《爾雅》○	10.1/52/21
太守南陽曹府君命官作			7.4/41/7	《文王世子篇》○	10.1/52/24
誄○	2.3/11/2	演孔圖○	7.4/39/14	《令》○	10.1/52/29,10.1/53/26
詞○	2.4/11/19,4.1/22/29	合（讖）〔誠〕圖○	7.4/39/15		10.1/53/27,10.2/55/24
	5.2/30/1	《易傳》○	7.4/39/19,7.4/40/13	《禮記・太學志》○	10.1/53/1
臨殉顧命○	2.9/15/5		7.4/40/31,7.4/41/6,7.4/41/8	《禮記・昭穆篇》○	10.1/53/2
其辭○	2.9/15/6	故其《傳》○	7.4/39/24	《月令》記○	10.1/53/3
乃申頌○	3.4/18/15	招前殿署王業等○	7.4/39/25	《禮記・盛德篇》○	10.1/53/5
帝○文烈	3.5/19/13	《經》○	7.4/40/5,10.1/52/6	外水名○辟雍	10.1/53/6
帝○予聞	3.6/19/26		10.1/54/3	《王制》○	10.1/53/6
乃作頌○	3.7/21/27	其《傳》○	7.4/40/9	《樂記》○	10.1/53/7
賜謚○文恭	4.1/22/28	《河圖祕徵篇》○	7.4/41/1	《禮記》○	10.1/53/9
其先自嬀姓建國南土○		《洪範傳》○	7.4/41/10	《月令篇名》○	10.1/53/19
胡子	4.2/23/9		13.1/69/9	《易》正月之卦○「益」	
謚○文恭	4.2/24/2	謚法有功安居○熹	8.1/44/28		10.1/53/23
帝○文恭	4.4/25/16	孝文○太宗	9.6/49/9	其《經》○	10.1/53/23
字○烈嬴	4.5/25/23	孝武○世宗	9.6/49/10	《孟春令》○	10.1/53/23
僉○	4.5/26/10,5.1/28/21	孝宣○中宗	9.6/49/10	《顓頊曆（衡）〔術〕》	
及申頌○	4.5/26/18	《詩》○	9.7/50/3	○	10.1/53/24
字○顯章	4.6/26/25		10.2/55/28,15.1/94/12	《堯典》○	10.1/53/25
長○整、伯齊	4.6/26/29	故○	9.9/51/3	《仲春令》○	10.1/53/28
次○千億、叔韡	4.6/26/29	誰○不宜	9.9/51/7	《戴禮・夏小正傳》	
次○寧、稚威	4.6/26/29	夏后氏○世室	10.1/51/27	（○）	10.1/53/29
次○碩、季叡	4.6/26/29	殷人○重屋	10.1/51/27	仲尼○	10.1/54/5
頌○	4.6/27/6	周人○明堂	10.1/51/28	改名○《時則》	10.1/54/8
字○永姜	4.7/27/18	東○青陽	10.1/51/28	問者○	10.2/54/13
敢○亮闇	4.7/27/26	南○明堂	10.1/51/28		10.2/54/27,10.2/55/1
長○	5.1/28/17	西○總章	10.1/51/28		10.2/55/5,10.2/55/9

	10.2/55/13, 10.2/55/20	所居○「禁中」	15.1/79/10	二○奏	15.1/81/24
	10.2/55/24, 10.2/55/28	後○「省中」	15.1/79/11	三○表	15.1/81/24
	10.2/56/4, 10.2/56/9	印○「璽」	15.1/79/11	四○駁議	15.1/81/24
孟春《月令》○	10.2/55/6	所至○「幸」	15.1/79/11	左方下坿○某官臣某甲	
今○「祈不用犧牲」	10.2/55/13	所進○「御」	15.1/79/11	上	15.1/82/3
乃造說○	10.2/55/16	其命令一○「策書」	15.1/79/11	章○報聞	15.1/82/5
中冬《令》○	10.2/55/20	二○「制書」	15.1/79/12	若臺閣有所正處而獨執	
今○謹門閭	10.2/55/20	三○「詔書」	15.1/79/12	異意者○駁議	15.1/82/7
宮中之門○闈	10.2/55/21	四○「戒書」	15.1/79/12	駁議○某官某甲議以爲	
今○六騩	10.2/55/24	堯○朕	15.1/80/1	如是	15.1/82/7
故《傳》○	10.2/55/29	皋陶與帝舜言○「朕言		文報○某官某甲議可	15.1/82/8
命之○逆	10.2/56/13	惠可底行」	15.1/80/1	○稽首	15.1/82/10
但命之○逆也	10.2/56/14	屈原○「朕皇考」	15.1/80/2	朝臣○稽首頓首	15.1/82/11
問〔者○〕	10.2/56/17	及群臣士庶相與言○殿		非朝臣○稽首再拜	15.1/82/11
《記》○	10.2/56/29, 15.1/96/3	下、閣下、〔足下〕		公卿、侍中、尙書衣帛	
子獨○五叟	10.2/56/29	、〔侍者〕、執事之		而朝○朝臣	15.1/82/11
《周禮》○	10.2/56/29	屬皆此類也	15.1/80/7	天子○兆民	15.1/82/14
○胡○黃	11.1/57/9	律○「敢盜乘輿、服御		諸侯○萬民	15.1/82/14
亂○	11.3/59/19	物	15.1/80/12	百乘之家○百姓	15.1/82/14
有務世公子誨于華顚胡		天子自謂○行在所	15.1/80/16	天子所都○京師	15.1/82/16
老○	11.8/61/4	在京師○奏長安宮	15.1/80/17	故○京師也	15.1/82/17
蓋聞聖人之大寶○位	11.8/61/5	在泰山則○奏奉高宮	15.1/80/17	一○命	15.1/82/21
胡老懵然而笑○	11.8/61/13	或○朝廷	15.1/80/17	二○令	15.1/82/21
公子謖爾斂袂而興○	11.8/61/14	親近侍從官稱○大家	15.1/80/18	三○政	15.1/82/21
胡老○	11.8/61/15	稱○天家	15.1/80/18	唐虞○載	15.1/83/11
歌○	11.8/62/22	故○禁中	15.1/80/20	故○載也	15.1/83/11
手書要○	12.1/63/1	故○省中	15.1/80/21	夏○歲	15.1/83/11
因樹碑爲銘○	12.1/63/1	《月令》○	15.1/80/23	一○稔也	15.1/83/11
于是鄕黨乃相與登山伐			15.1/90/21	商○祀	15.1/83/12
石而勒銘○	12.5/64/6	衛宏○	15.1/80/25	周○年	15.1/83/12
○若稽古	12.10/65/11	故○幸也	15.1/81/1	天子之（紀）〔妃〕○	
乃爲頌○	12.12/65/25	王仲任○	15.1/81/2	后	15.1/83/16
孝元皇帝策書○	13.1/69/18	《春秋傳》○	15.1/81/3	諸侯之妃○夫人	15.1/83/16
昔劉向奏○	13.1/70/5	皆○御	15.1/81/5	大夫○孺人	15.1/83/17
元和二年二月甲寅制書		親愛者皆○幸	15.1/81/5	士○婦人	15.1/83/17
○	13.2/71/25	《禮》○	15.1/81/7	庶人○妻	15.1/83/17
聞之前訓○	13.3/72/9	稱皇帝○	15.1/81/8	帝之女○公主	15.1/83/27
穀梁赤○	13.3/72/23	其文○制詔	15.1/81/12	帝之姊妹○長公主	15.1/83/27
○「天子令德	13.4/72/30	其文○	15.1/81/17	異姓婦女以恩澤封者○	
漢天子正號○「皇帝」	15.1/79/9	下有制○	15.1/81/18	君	15.1/83/28
自稱○「朕」	15.1/79/9	天子荅之○「可」	15.1/81/18	東○左	15.1/83/30
臣民稱之○「陛下」	15.1/79/9	若下某官云云亦○詔書		西○右	15.1/84/1
其言○「制詔」	15.1/79/9		15.1/81/18	○考廟、〔王考廟〕、	
史官記事○「上」	15.1/79/10	則荅○「已奏」	15.1/81/19	皇考廟、顯考廟、祖	
車馬、衣服、器械百物		亦○詔	15.1/81/19	考廟	15.1/84/3
○「乘輿」	15.1/79/10	被敕文○有詔敕某官	15.1/81/21	○考廟、王考廟、皇考	
所在○「行在所」	15.1/79/10	一○章	15.1/81/24	廟	15.1/84/4

自立二祀○門○行	15.1/84/7	鮮魚○脡祭	15.1/87/11	孝明○顯宗	15.1/91/3
下士、一廟○考廟	15.1/84/8	水○清滌	15.1/87/11	孝章○肅宗	15.1/91/3
所謂祖稱○廟者也	15.1/84/8	酒○清酌	15.1/87/12	孝和○穆宗	15.1/91/4
去壇○鬼	15.1/84/12	黍○薌合	15.1/87/12	孝安○恭宗	15.1/91/4
天子之宗社○泰社	15.1/84/17	梁○香萁	15.1/87/12	孝順○敬宗	15.1/91/4
天子之社○王社	15.1/84/17	稻○嘉疏	15.1/87/12	孝桓○威宗	15.1/91/4
一○帝社	15.1/84/17	鹽○鹹鹾	15.1/87/12	章帝宋貴人○敬隱后	15.1/91/19
《尙書》○	15.1/84/18	玉○嘉玉	15.1/87/12	章帝梁貴人○恭懷后	15.1/91/20
諸侯爲百姓立社○國社		幣○量幣	15.1/87/12	安帝張貴人○恭敏后	15.1/91/20
	15.1/84/20	漢改○河南守	15.1/88/18	上尊號○太上皇	15.1/91/27
諸侯之社○侯社	15.1/84/20	武帝會○太守	15.1/88/18	其父○史皇孫	15.1/91/28
大夫以下成群立社○置		改○正	15.1/88/19	祖父○衛太子	15.1/91/28
社	15.1/84/25	諸侯王、皇子封爲王者		世祖父南頓君○皇考	15.1/92/2
○司命、○中霤、○國		稱○諸侯王	15.1/88/21	祖鉅鹿都尉○皇祖	15.1/92/2
行、○國門、○泰厲		徹侯、群臣異姓有功封		曾祖鬱林太守○皇曾祖	15.1/92/2
、○戶、○竈	15.1/85/1	者稱○徹侯	15.1/88/21	高祖舂陵節侯○皇高祖	15.1/92/2
○司命、○中霤、○國		避武帝諱改○通侯	15.1/88/22	追諡父清河王○孝德皇	15.1/92/4
門、○國行、○公厲	15.1/85/4	或○列侯也	15.1/88/22	追尊父螽吾先侯○孝崇	
○族厲、○門、○行	15.1/85/6	夏○校	15.1/88/27	皇	15.1/92/6
明星神、一○靈星	15.1/85/20	殷○序	15.1/88/27	母匡太夫人○孝崇后	15.1/92/6
舊說○	15.1/85/20	周○庠	15.1/88/27	祖父河間孝王○孝穆皇	15.1/92/6
一○龍星	15.1/85/20	天子○辟雍	15.1/88/27	祖母妃○孝穆后	15.1/92/7
一○掌人百果	15.1/86/5	諸侯○頖宮	15.1/89/1	追尊父解犢侯○孝仁皇	15.1/92/7
夏○嘉平	15.1/86/17	黃帝○《雲門》	15.1/89/3	母董夫人○孝仁后	15.1/92/8
殷○清祀	15.1/86/17	顓頊○《六莖》	15.1/89/3	祖父河間敬王○孝元皇	15.1/92/8
周○大蜡	15.1/86/17	帝嚳○《五英》	15.1/89/3	祖母夏妃○孝元后	15.1/92/8
漢○臘	15.1/86/17	堯○《咸池》	15.1/89/3	後避武帝諱改○通侯	15.1/92/17
祝○	15.1/86/23	舜○《大韶》	15.1/89/4	法律家皆○列侯	15.1/92/17
若○皇天上帝也	15.1/87/4	一○《大招》	15.1/89/4	古語○ 15.1/92/23,15.1/92/26	
鬼號、若○皇祖伯某	15.1/87/4	夏○《大夏》	15.1/89/4	太常贊○	15.1/92/25
祇號若○后土地祇也	15.1/87/5	殷○《大濩》	15.1/89/4	名○甘泉鹵簿	15.1/93/8
牲號、牛○一元大武	15.1/87/5	周○《大武》	15.1/89/4	法駕、上所乘○金根車	
羊○柔毛之屬也	15.1/87/5	唐虞○士官	15.1/89/11		15.1/93/14
齊號、黍○薌合	15.1/87/5	《史記》○皋陶爲理	15.1/89/11	俗人名之○五帝車	15.1/93/15
梁○香萁之屬也	15.1/87/6	《尙書》○皋陶作士	15.1/89/11	綠車名○皇孫車	15.1/93/16
幣號、玉○嘉玉	15.1/87/6	夏○均臺	15.1/89/11	俗人名之○雞翹車	15.1/94/3
幣○量幣之屬也	15.1/87/6	周○囹圄	15.1/89/12	周○爵弁	15.1/94/10
牛○一元大武	15.1/87/8	漢○獄	15.1/89/12	殷○尋	15.1/94/10
豕○剛鬣	15.1/87/8	東方○軼	15.1/89/15	夏○收	15.1/94/10
豚○腯肥	15.1/87/8	南方○任	15.1/89/15	《周書》○	15.1/94/13
羊○柔毛	15.1/87/8	西方○侏離	15.1/89/15	主贊○	15.1/95/6
雞○翰音	15.1/87/8	北方○禁	15.1/89/15	其上兩書○	15.1/95/7
犬○羹獻	15.1/87/9	帝嫡妃○皇后	15.1/90/5	故語○	15.1/95/8
雉○疏趾	15.1/87/9	帝母○皇太后	15.1/90/5	一○側注	15.1/95/12
兔○明視	15.1/87/9	帝祖母○太皇太后	15.1/90/5	太傅胡公說○	15.1/95/13
脯○尹祭	15.1/87/11	故《河圖》○赤	15.1/90/16	15.1/95/21,15.1/95/23	
槀魚○商祭	15.1/87/11	《頌》○	15.1/90/22	一○柱後惠文冠	15.1/95/19

Column 1

《國語》○	15.1/95/21
武冠或○繁冠	15.1/95/22
齊冠或○長冠	15.1/95/24
違拂不成○隱	15.1/96/24
靖民則法○黃	15.1/96/24
翼善傳聖○堯	15.1/96/24
仁聖盛明○舜	15.1/96/24
殘人多壘○桀	15.1/96/24
殘義損善○紂	15.1/96/25
慈惠愛親○孝	15.1/96/25
愛民好與○惠	15.1/96/25
聖善同文○宣	15.1/96/25
聲聞宣遠○昭	15.1/96/25
克定禍亂○武	15.1/96/26
聰明睿智○獻	15.1/96/26
溫柔聖善○懿	15.1/96/26
布德執義○穆	15.1/96/26
仁義說民○元	15.1/96/26
安仁立政○神	15.1/96/27
布綱治紀○平	15.1/96/27
亂而不損○靈	15.1/96/27
保民耆艾○明	15.1/96/27
辟土有德○襄	15.1/96/27
貞心大度○匡	15.1/96/27
大慮慈民○定	15.1/96/28
知過能改○恭	15.1/96/28
不生其國○聲	15.1/96/28
一德不懈○簡	15.1/96/28
夙興夜寐○敬	15.1/96/28
清白自守○貞	15.1/97/1
柔德好眾○靖	15.1/97/1
安樂治民○康	15.1/97/1
小心畏忌○僖	15.1/97/1
中身早折○悼	15.1/97/1
慈仁和民○順	15.1/97/2
好勇致力○莊	15.1/97/2
恭人短折○哀	15.1/97/2
在國逢難○愍	15.1/97/2
名實過爽○繆	15.1/97/2
壅遏不通○幽	15.1/97/3
暴虐無親○厲	15.1/97/3
致志大圖○景	15.1/97/3
辟土兼國○桓	15.1/97/3
經緯天地○文	15.1/97/3
執義揚善○懷	15.1/97/3
短折不成○殤	15.1/97/4
去禮遠眾○煬	15.1/97/4

Column 2

怠政外交○攜	15.1/97/4
治典不敷○祈	15.1/97/4

約 yuē　　15

以舜命○公	1.1/2/9
喪事唯○	2.3/10/25
儉○違時	2.4/11/15
安靜守○	2.6/12/26
處○不戚	2.8/14/23
父隱○蠻瘠	3.2/16/12
要言○戒忠儉而已	3.2/16/26
然處豐益○	3.4/18/10
崎嶇儉○之中	4.1/22/11
然而○之以禮	4.3/24/16
尚儉○崇經藝	7.4/42/13
聖朝既自○屬	7.4/43/2
崇○尚省	9.6/49/24
非所謂理○而達也	10.2/54/23
儉嗇則季文之○也	12.2/63/8

月 yuè　　181

光和七年夏五○甲寅	1.1/1/11
九○乙卯	1.1/1/12
在職旬○	1.1/1/25
（如前）〔數○〕遜位	1.1/2/18
維建寧三年秋八○丁丑	1.2/3/3
越若來二○丁丑	1.2/3/7
維建寧四年三○丁丑	1.3/3/12
越十○庚午記此	1.3/3/17
維光和元年冬十二○丁巳	1.4/3/21
光和七年五○甲寅薨	1.6/4/22
漢皇二十一世延熹六年夏四○乙巳	1.8/7/4
粵四○丁巳	1.9/7/12
其五○丙申葬于宛邑北萬歲亭之陽	1.9/7/13
泊于永和元年十有二○	1.10/8/2
延熹八年秋八○	1.10/8/10
以建寧二年正○乙亥卒	2.1/9/3
中平三年〔秋〕八○丙子卒	2.2/9/30
中平三年八○丙子	2.3/10/24
維中平五年春三○癸未	2.4/11/12
光明配于日○	2.4/11/14

Column 3

十二○	2.5/12/10
齊光日○	2.5/12/12
熹平二年四○辛巳卒	2.6/13/4
中平二年四○卒	2.7/13/28
以永壽二年夏五○乙未卒	2.8/14/19
建寧二年六○卒	2.9/15/5
延熹八年五○丙戌薨	3.1/15/24
三年九○甲申	3.2/16/11
四年九○戊申	3.2/16/11
參光日○	3.5/19/15
永漢元年十一○到官	3.7/20/16
建安十三年八○遘疾隕薨	3.7/21/19
其下望之如日○	4.1/22/16
建寧五年三○壬戌	4.1/22/25
四○丁卯	4.1/22/28
日○重光	4.2/23/17
日與○與	4.2/24/7
建寧五年春三○	4.3/24/12
越若來四○辛卯	4.3/24/12
是○辛卯	4.5/26/8
十○既望	4.5/26/14
其閏○	4.6/27/4
日○忽以將暮	4.6/27/9
○餘所疾暴盛	4.7/27/22
建平元年十二○甲子夜	5.1/28/16
乃以建武元年六○乙未	5.1/28/21
其年七○	5.4/31/6
其（明）〔○〕二十一日	5.4/31/8
建寧元年七○	5.5/31/24
某○日遭疾而卒	6.2/33/13
四○壬寅	6.3/34/1
其十一○葬	6.5/34/19
日○代序	6.6/35/26
○日	7.1/36/5
踰○不定	7.2/36/21
竊見日○拘忌	7.2/37/2
無拘時○三互	7.2/37/4
日○有之	7.3/38/5
光和元年七○十日	7.4/38/26
今○十日詔	7.4/39/7
去○二十九日	7.4/39/10
五○三日	7.4/39/22
孝成綏和二年八○	7.4/39/24
頻歲○蝕地動	7.4/40/20

陰勝則○蝕	7.4/40/21	又不知《○令》徵驗布		舜叶時○正日	13.2/71/30
又以非其○令尊宿	7.4/40/26	在諸經	10.2/54/15	面若明○	14.4/75/18
今○十三日	7.5/43/9	其要者莫大于《○令》		明○昭昭	14.5/76/2
今年七○	7.5/43/16		10.2/54/21	《○令》曰	15.1/80/23
兼包日○	8.1/44/7	子說《○令》多類以			15.1/90/21
今○七日	9.1/47/10	《周官》《左氏》	10.2/54/27	起年○日	15.1/81/8
三○之中	9.2/47/19	《○令》爲無說乎	10.2/54/28	象日○	15.1/82/19
今○丁丑	9.3/48/5	《○令》與《周官》竝		日○躔次千里	15.1/82/19
于是乃以三○丁亥來自		爲時王政令之記	10.2/54/28	姊事○	15.1/82/23
雒	9.4/48/23	《○令》甲子、沈子所		秋夕朝○于西門之外	15.1/82/24
越三○丁巳至于長安	9.4/48/24	謂似《春秋》也	10.2/54/29	夏以十三○爲正	15.1/83/3
八○酬報	9.6/49/20	《○令》所用	10.2/55/1	殷以十二○爲正	15.1/83/6
令○吉日	9.7/49/30	雨水爲二○節	10.2/55/5	周以十一○爲正	15.1/83/9
今○十八日	9.8/50/8	孟春《○令》曰	10.2/55/6	閏○者、所以補小○之	
以一○俸贖罪	9.8/50/11	在正○也	10.2/55/6	減日	15.1/83/14
仲夏之○	10.1/52/29	則雨水、二○也	10.2/55/7	象十二○	15.1/83/24
《○令》記曰	10.1/53/3	而《令》文見于五○	10.2/55/9	帝牲牢三○	15.1/83/30
《○令篇名》曰	10.1/53/19	是○獻羔以太牢祀高禖		在外牢一○	15.1/83/30
每○異禮	10.1/53/20		10.2/55/14	在中牢一○	15.1/83/30
故謂之○令	10.1/53/20	宗廟之祭以中○	10.2/55/14	在明牢一○	15.1/84/1
各從時○藏之明堂	10.1/53/21	著《○令》者	10.2/55/15	三○一時已足肥矣	15.1/84/1
故以明堂冠○令以名其		九○十○之交	10.2/55/29	徙之三○	15.1/84/1
篇	10.1/53/21	今文在前一○	10.2/56/1	皆○祭之 15.1/84/3, 15.1/84/4	
《易》正○之卦曰「益」		取之于《○令》而已	10.2/56/5	季夏之○土氣始盛	15.1/85/12
	10.1/53/23	以應行三○政也	10.2/56/9	常以歲竟十二○從百隸	
天元正○己巳朔旦立春		不分別施之于三○	10.2/56/10	及童兒	15.1/86/10
	10.1/53/24	每應一○也	10.2/56/14	故十二○歲竟	15.1/86/14
日○俱起于天廟營室五		《○令》服食器械之制		○備法駕遊衣冠	15.1/90/24
度	10.1/53/24		10.2/56/18	天子以正○五日畢供後	
《○令》	10.1/53/25	今年七○九日	11.2/58/4	上原陵	15.1/91/7
孟春之○	10.1/53/25	一○之中	11.2/58/5	正○上丁祠南郊	15.1/91/10
曆象日○星辰	10.1/53/26	霖雨逾○	11.3/58/17	正○朝賀	15.1/92/25
司天日○星辰之行	10.1/53/26	侯王肅則○側匿	11.8/62/10	舊儀三公以下○朝	15.1/92/26
歲二○	10.1/53/28	厥中○之六辰	12.10/65/12	常以六○朔、十○朔旦	
則夏之○令也	10.1/53/30	建日○之旒旌	12.11/65/17	朝	15.1/92/26
而《○令》（弟）〔第〕		今歲淑○	12.26/68/7	後又以盛暑省六○朝	15.1/92/27
五十三	10.1/54/1	六○徂暑	12.29/68/24	故今獨以爲正○、十○	
受《○令》以歸而藏諸		去六○二十八日	13.1/69/11	朔朝也	15.1/92/27
廟中	10.1/54/2	太白與○相迫	13.1/69/11	正○歲首	15.1/93/2
每○告朔朝廟	10.1/54/2	明堂○令	13.1/69/15	日○星辰	15.1/94/26
閏○不告朔	10.1/54/4	三○不祭者	13.1/69/21	天地五郊、明堂○令舞	
取《○令》爲紀號	10.1/54/7	日○爲勞	13.1/70/19	者服之	15.1/96/4
或云《○令》呂不韋作	10.1/54/8	今曆正○癸亥朔	13.2/71/20		
子何爲著《○令說》也		元和二年二○甲寅制書		**岳 yuè**	**10**
	10.2/54/13	曰	13.2/71/25		
以爲《○令》體大經同		昔堯命羲和曆象日○星		守有山○之固	1.5/4/6
	10.2/54/13	辰	13.2/71/30	稟○瀆之精	2.3/10/27

在皇唐蓋與四〇共葉	2.6/12/22
公惟〇靈	3.1/16/3
四〇稱名	3.6/19/25
山〇降靈	4.4/25/13
巡于四〇	5.1/29/3
地建五〇	5.2/30/1
巖巖山〇	11.1/57/9
仰之若華〇	12.5/64/5

悅 yuè 12

莫不熙怡〇懌	1.1/2/23
禮樂是〇	2.1/9/7
人〇其化	4.3/24/21
敦《詩》《書》而〇禮樂	5.2/29/10
眾〇其良	5.4/31/14
農民熙怡〇豫	6.1/33/1
群公尙先意承旨以〇	7.4/42/21
〇以亡死	8.3/45/27
誠無安甯甘〇之情	9.9/50/30
故皇天不〇	13.1/69/9
眾庶解〇	13.1/69/31
余心〇于淑麗	14.3/75/12

越 yuè 31

〇若來二月丁丑	1.2/3/7
〇其所以率夫百辟	1.3/3/14
〇十月庚午記此	1.3/3/17
茲可謂超〇眾庶	1.6/4/25
率禮不〇于時	2.4/11/18
礛〇前賢	3.2/17/2
〇騎校尉	3.3/17/13
乃以〇騎校尉援侍華光之內	3.4/18/7
〇用熙雍	4.1/23/2
率禮不〇	4.2/23/26
〇若來四月辛卯	4.3/24/12
〇尹三卿	4.4/25/14
〇不可尙	5.1/28/25
〇齠齓在闉	6.3/33/23
武帝患東〇數反	7.2/36/26
當〇境取能	7.2/37/1
南伐〇	7.3/37/18
乃欲〇幕踰（域）〔城〕	7.3/38/10

昔淮南王安諫伐〇	7.3/38/13
使〇人蒙死徼幸	7.3/38/14
雖得〇王之首	7.3/38/15
死則丘墓踰〇園陵	7.4/41/23
度〇平原	8.1/44/10
〇職瞽言	8.3/45/29
上解國家播〇之危	9.1/47/7
〇三月丁巳至于長安	9.4/48/24
對〇省闥	9.9/50/24
問甯〇之裔冑兮	11.3/58/24
不敢踰〇	13.1/70/25
周公〇裳	14.12/77/15
賜食皁帛〇巾刀珮帶	15.1/81/1

粵 yuè 4

〇四月丁巳	1.9/7/12
〇暨我公	3.3/17/22
〇登上公	4.2/24/5
〇翼日己卯	4.5/26/14

鉞 yuè 6

武功勒于征〇	1.1/1/13
始受旄〇鉦鼓之任	1.5/4/3
作茲征〇軍鼓	1.5/4/8
秉茲黄〇	1.5/4/8
奮鈇〇而竝出	7.3/37/20
後有金鉦黄〇黄門鼓車	15.1/94/4

樂 yuè 61

以禮〇為業	1.1/1/17
和〇寬裕	1.1/2/22
思〇模則	1.1/2/23
禮〇是悅	2.1/9/7
昔者先生甚〇茲土	2.2/10/7
〇天知命	2.3/10/19,11.8/62/12
然猶私存衡門講誨之〇	2.5/12/3
享宴娛〇	2.5/12/10
不〇假借	2.7/13/23
不〇引美	3.2/16/22
亦惟三禮六〇	3.5/18/30
不改其〇	3.6/19/25
潛〇教思	3.6/20/8
南陽太守〇鄉亭侯旻思等言	3.7/21/21

封安〇鄉侯	4.1/22/17,4.2/23/18
贈以太傅安〇鄉侯印綬	4.1/22/26
太傅安〇鄉侯胡公薨	4.3/24/12
天〇其和	4.3/24/22
為邑安〇	4.4/25/17
生太傅安〇鄉侯廣及卷令康而卒	4.5/25/25
〇〇其所自生	5.1/28/24
敦《詩》《書》而悅禮〇	5.2/29/10
太傅安〇侯之子也	5.4/30/24
太傅安〇鄉侯之子也	5.5/31/22
續以永〇門史霍玉依阻城社	7.4/41/23
夫憂〇不竝	7.4/42/17
黄門闕〇	8.1/44/11
不以天下為〇	8.1/44/20
臣問〇為吏否	8.2/45/8
制禮作〇	10.1/52/12
以天子禮〇	10.1/52/13
凡大合〇	10.1/52/25
皆小〇正詔之于東序	10.1/52/27
《〇記》曰	10.1/53/7
安貧〇賤	11.8/61/8
齊人歸〇	11.8/61/22
禮〇備舉	12.4/63/30
〇以忘食	12.18/66/30
長〇無疆	12.26/68/10
鐘鼎、禮〇之器	13.4/73/9
安貧〇潛	13.7/73/23
欣欣焉〇在其中矣	13.8/73/28
作〇	15.1/81/1
始作〇合諸〇而奏之所歌也	15.1/88/1
奏大武周武所定一代之〇之所歌也	15.1/88/4
皆天子之禮〇也	15.1/88/12
五帝三代〇之別名	15.1/89/3
公之〇《六佾》	15.1/89/5
侯之〇《四佾》	15.1/89/6
四夷〇之別名	15.1/89/14
王者必作四夷之〇以定天下之歡心	15.1/89/14
以管〇為之聲	15.1/89/14
立〇安王子	15.1/92/5
〇祠天地五郊	15.1/94/14
大〇郊社祝舞者冠建華	15.1/95/2

《八佾》〇五行舞人服		如前章〇〇	9.9/51/10	上下同〇	12.29/68/24
之	15.1/96/7	《詩·魯頌》〇	10.1/53/7	祁祁〇聚	14.2/75/7
安〇治民曰康	15.1/97/1	或〇《月令》呂不韋作	10.1/54/8	若披〇緣漢見織女	14.4/75/17
		或〇《淮南》	10.1/54/8	如〇如龍	14.18/78/20

閱 yuè　1

主〇領諸鬼	15.1/86/13

嶽 yuè　7

如〇之嵩	1.1/1/5
峨峨崇〇	2.3/11/7
遂登東〇	2.8/14/15
如〇之喬	3.4/18/16
盜發東〇	8.3/45/24
稟氣山〇	9.1/47/1
巡狩祀四〇、河海之所	
歌也	15.1/88/11

躍 yuè　6

戎士踴〇	1.5/4/6
淵〇昆溢	5.1/28/19
側身踊〇	7.4/43/1
臣等〔不勝〕踊〇忭藻	9.7/50/1
龍〇鳥震	11.6/60/12
踊〇草萊	11.8/62/16

籥 yuè　3

抱關執〇	9.2/47/28
乞閒宂抱關執〇	9.3/48/6
秋冬學羽〇	10.1/52/27

云 yún　29

〇不得讎	1.1/2/10
〇宜曰忠文子	1.7/5/8
〇	2.3/10/21,7.2/36/22
	8.2/45/7
有惠〇載	2.8/14/24
人之〇亡	5.2/30/3
不〇我彊	5.4/31/15
謂之樊惠渠〇爾	6.1/33/2
《詩》〇　7.1/36/10,7.4/42/18
	10.1/53/11,15.1/90/22
復〇有程夫人者	7.4/41/26

曆〇	10.2/55/9
是以不得言妻〇也	10.2/57/2
豈〇苟兮	11.3/59/21
作《釋誨》以戒厲〇爾	11.8/61/4
是以有〇	11.8/61/10
匪〇來復	12.5/64/6
〇當滿足	13.2/71/19
若下某官〇〇亦曰昭書	
	15.1/81/18
順帝母故〇姓李	15.1/91/27

芸 yún　1

夏扈氏農正、趣民〇除	15.1/86/4

雲 yún　33

翔〇霄	1.10/8/15
譽諸〇霄	2.5/12/17
字史〇	2.7/13/13
〇物不顯	2.8/14/13
譽諸浮〇	2.9/15/3
生徒〇集	3.6/19/24
度蹸〇蹤	3.6/19/26
〇龍感應	3.6/20/8
赴弔〇集	5.4/31/11
字得〇	6.1/32/23
來入〇龍門	7.4/40/1
〇消席卷	8.4/46/5
其時鮮卑連犯〇中五原	11.2/58/5
白馬令李〇以直言死	11.3/58/18
鴻臚陳君以救〇抵罪	11.3/58/18
〇鬱術而四塞兮	11.3/59/5
玄〇黯以凝結兮	11.3/59/10
候風〇之體勢兮	11.3/59/12
勢以淩〇	11.6/60/12
鬱若〇布	11.7/60/22
層〇冠山	11.7/60/25
屬炎氣于景〇	11.8/61/10
霧散〇披	11.8/61/18
天尋興〇	12.1/63/1
忽若浮〇	12.5/64/8
興播連〇	12.8/64/21

黃帝曰《〇門》	15.1/89/3
前驅有九斿〇罕罼戟皮	
軒鸞旗	15.1/94/3
漢〇翹冠	15.1/94/14

允 yǔn　39

〇世之表儀也已	1.1/2/26
公〇迪厥德	1.3/3/13
三事之緐〇備	1.3/3/16
〇牧于涼	1.6/5/1
顯〇其勳蹟	1.8/6/23
乃無不〇	1.8/7/4
〇迪聖矩	1.9/7/18
〇得其門	2.1/9/8
台階〇寧	2.2/9/23
高明〇實	2.4/11/20
〇丁其正	2.5/12/15
〇迪德譽	2.7/14/3
（尤）〔〇〕執丕貞	3.3/17/23
〇執國憲	3.5/18/25
君雅操明〇	3.6/19/22
〇顯使臣	3.7/22/1
忠亮惟〇	4.1/22/14
〇釐其職	4.2/23/12
于是擢太原王〇、雁門	
畢整	4.3/24/13
以〇帝命	4.3/24/18
〇不可替	4.5/26/13
〇有令德	4.7/27/18
踐祚〇宜	5.1/28/21
百僚僉〇	5.2/29/14
禁戎〇理	5.4/31/16
〇恭博敏	6.2/33/11
〇迪懿德	6.2/33/16
〇公族之殊異	6.3/33/25
〇女之英	6.6/35/12
終然〇藏	6.6/35/17
臣邑伏惟陛下聖德〇明	7.4/41/15
〇有休烈	8.1/44/7
〇求厥中	8.1/44/19
〇恭挹損	8.1/44/23
僕射〇、故司隸校尉河	

南尹某、尙書張熹	9.2/47/25
○茲漢室	11.1/57/9
顯○厥德	12.4/63/30
孝敬○敘	12.4/63/30
大孝○光	12.9/65/1

狁 yǔn　　　　3

周宣王命南仲吉甫攘狁	
○、威蠻荊	7.3/37/12
內有狁○敵衝之釁	10.2/54/18
獫○攘而吉甫宴	11.8/61/29

隕 yǔn　　　　6

不○穫于貧賤	2.6/13/3
嗟乎○殉	2.6/13/8
建安十三年八月遘疾○	
薨	3.7/21/19
曁叔季之○終	4.6/27/10
嚴考○歿	4.7/28/1
懼顛蹶○墜	10.2/54/20

殞 yǔn　　　　2

凋○華英	6.3/34/2
宗○憲師	6.6/35/9

孕 yùn　　　　2

足以○育羣生	2.2/9/17
毓子○孫	3.7/21/25

慍 yùn　　　　4

憂○悄悄	3.2/16/23
喜○不形于外	5.4/31/2
昔孝文○匈奴之生事	8.3/45/21
○叔氏之啓商	11.3/58/25

運 yùn　　　　24

獨念○際存亡之要	1.8/6/25
膺期○之數	2.3/10/15
繼命世之期○	2.5/11/26
茫茫大○	3.5/19/4
璇璣○周	3.5/19/4

齊光竝○	4.2/24/7
應期○	4.3/25/8
轉○糧饟	7.3/37/27
假使大○以移	7.4/41/19
消無妄之○者也	8.1/44/26
當中興之○	8.2/45/11
○籌帷幄	8.4/46/4
生應期○	9.1/47/1
應○變通	9.4/48/23
思逶迤以東○	11.3/59/13
○極則化	11.8/61/24
若乃丁千載之○	11.8/62/14
弘羊據相于○籌	11.8/62/21
曆○蒼兮	12.1/63/3
應○立言	12.5/64/3
是時聖上○天官之法駕	
	12.11/65/17
太蔟○陽	12.25/68/3
導財○貨	14.1/74/27
雖期○之固然	14.17/78/15

縕 yùn　　　　2

氣絪○	3.1/16/4
蘊若蟲蛇之梦○	11.6/60/11

韻 yùn　　　　2

○宮商兮動徵羽	14.12/77/13
雅○乃揚	14.12/77/15

韞 yùn　　　　3

○櫝美玉	2.8/14/21
○玉衡門	3.6/20/8
○櫝六經	11.8/61/8

蘊 yùn　　　　2

○若蟲蛇之梦緼	11.6/60/11
○作者之莫刊	11.6/60/17

雜 zá　　　　6

孝廉○揉	7.4/42/20
不宜與《記》書○錄竝	
行	10.2/54/13

攢櫭樸而○榛楛兮	11.3/59/1
虛僞○穢	13.1/70/28
○候清臺	13.2/71/8
○神寶其充盈兮	14.1/74/26

災 zāi　　　　29

悉引咎○	1.1/2/14
○眚作見	1.3/3/16
○眚仍發	2.5/12/6
攘○興化	3.2/17/2
夙罹凶○	6.4/34/8
朝廷以○異憂懼	7.4/39/3
問臣邑○異之意	7.4/39/7
即爲患○	7.4/40/16
○眚屢見	7.4/40/20
天降○厥咎	7.4/41/1
聞○恐懼	7.4/41/13
○眚之發不于他所	7.4/41/20
當以見○之故	7.4/42/8
畏○責躬念	7.4/42/17
每有○異	7.5/43/19
加以洪流爲○	8.1/44/8
行季春令爲不致○異	10.2/56/14
潦污滯而爲○	11.3/58/22
盪四海之殘○	11.8/61/25
○變橫起	12.24/67/29
臣聞天降○異	13.1/69/5
庶荅風霆○妖之異	13.1/69/22
又因○異	13.1/69/25
頻年○異	13.1/69/26
則咎○之原	13.1/70/7
適禍賊之○人兮	14.16/78/10
能禦大○則祀	15.1/87/1
化祝、弭○兵也	15.1/87/16
四方○異	15.1/91/9

哉 zāi　　　　40

俞往○	1.2/3/4, 1.3/3/13
民咸曰休○	1.2/3/7
嗚呼哀○	1.8/7/7, 2.8/14/25
	3.6/20/5, 6.5/35/3, 6.6/35/9
	6.6/35/21, 6.6/35/23
	6.6/35/27
帝曰休○	1.9/7/19, 4.1/23/2
郁郁乎文○	2.3/10/28

優○游○	2.5/12/17	獲執戟出○相邑	6.2/33/14	**在 zài**	201
邈○伊超	3.4/18/15	自公歷據王官至○相	6.5/34/25		
時惟休○	3.5/19/2,3.5/19/3	（○冢）〔冢辛〕喪儀	6.6/35/23	子孫之○不十二姓者	1.1/1/16
	3.5/19/5	夫○相大臣	7.4/42/10	○職旬月	1.1/1/25
下民有康○之歌	3.7/21/1	是時○相待以禮	7.4/42/12	以朝廷○藩國時鄰近舊	
寬以爲福而已○	4.3/24/23	○府孝廉	7.4/42/19	恩	1.1/2/15
厥迹邈○	5.1/28/25	至于○府孝廉顛倒	7.4/42/22	○郡受取數億以上	1.1/2/15
俞○	5.2/29/15	委政冢○	9.2/47/24	罪除惡○	1.1/2/17
嗟○明哲	5.4/31/13	長歷○府	9.9/50/21	竝○仕次	1.1/2/24
哀○永傷	5.4/31/17	復階（朝謁）〔○朝〕	9.9/50/22	○百里者	1.1/2/25
校往來之數○	7.3/38/10	初由○府	11.2/57/17	曰○先民	1.2/3/5
況避不遜之辱○	7.3/38/17	○賜所不能言	11.7/60/26	勖○方策	1.2/3/7
復使陛下不聞至戒○	7.4/41/17	德弘者建○相而裂土	11.8/61/11	悉心○公	1.4/3/23
豈有遺告○	7.4/41/19	臣自在○府及備朱衣	13.1/69/8	昔○涼州	1.5/4/1
（○）〔裁〕取典計教				及○上谷漢陽	1.5/4/2
者一人綴之	7.4/42/2	**再 zài**	25	連○營郡	1.5/4/2
豈不負盡忠之吏○	7.5/43/19			公以吏士頻年○外	1.5/4/3
是非講論而已○	8.4/46/13	○拜稽首以讓	1.2/3/4	公之○位	1.5/4/9
超○邈乎	11.1/57/12	○拜博士高（弟）〔第〕		瓌琦○前	1.6/4/16
予誰悼○	11.8/62/6		1.8/6/27	○憲臺則有盡規之忠	1.6/4/24
何光芒之敢揚○	11.8/62/9	○辟大將軍	2.3/10/18	以爲至德○己	1.6/4/26
豈我童蒙孤稚所克任○		太尉司徒○辟	2.5/12/5	○憲彈枉	1.6/5/1
	12.12/65/25	命公○作少府	3.5/18/27	遺愛○民	1.6/5/3
惜○朝廷	12.18/67/1	命公○作光祿	3.5/18/28	昔○聖人之制謚也	1.7/5/9
豈南郊卑而它祀尊○	13.1/69/18	○作特進	4.2/24/6	其○帝室	1.7/5/19
豈謂皇居之曠、臣妾之		廣歷五卿七公○封之祿	4.5/26/1	其○部臣	1.7/5/20
衆○	13.1/69/22	○以中牢祠	4.5/26/16	位○牧伯	1.7/5/25
		惟漢○受命	5.1/28/15	府君所○	1.7/6/1
栽 zāi	3		12.11/65/16	夙夜○公	1.9/7/20
		事不○舉	6.3/33/23	○乎其傳	2.2/9/30
水昏正而○水	10.2/55/29	○省三省	7.2/37/4	孤嗣紀衛恤○疚	2.2/10/3
○設板	10.2/56/1	必至○三	7.3/38/2	每○衰職	2.3/10/23
○木而始築也	10.2/56/1	○拜受詔書	7.4/39/4	元方○喪毀瘁	2.4/11/17
		頓首○拜上書皇帝陛下	7.5/43/9	欽慕○人	2.4/11/21
宰 zǎi	25	稽首○拜	9.7/50/1	爰○上世	2.5/12/12
		稽首○拜上書皇帝陛下		○皇唐蓋與四岳共葉	2.6/12/22
○庀家器	1.7/5/26		11.2/57/17	其○周室	2.7/13/13
○聞喜半歲	2.3/10/18	稽首○拜以聞	11.2/58/13	○乎幼弱	2.7/13/15
○三城	2.4/11/14	○三易衣	12.23/67/23	介操所○	2.7/13/18
三葉○相	3.2/17/2	非朝臣曰稽首○拜	15.1/82/11	其○鄉黨也	2.7/13/18
繼迹○司	3.3/17/9	五年○閏	15.1/83/14	文不○茲	2.8/14/21
乃由○府	3.4/18/6	遂常奉祀光武舉天下以		○位七載	3.1/15/24
乃自○臣以從事立功	3.5/18/24	○受命復漢祚	15.1/91/1	自○弱冠布衣之中	3.2/16/14
三據冢○	4.1/22/23	五年而○殷祭	15.1/91/25	昔○三后成功	3.2/16/24
康亦由孝廉○牧二城	4.5/26/2	主家庖人臣偃昧死○拜		其○漢室	3.3/17/8
陳平由此社○	5.3/30/12	謁	15.1/95/6	三業○服	3.3/17/22
僉以○相繼踵	5.3/30/15			○棟伊隆	3.3/17/23

六〇九卿三事	3.4/18/9	御輦〇殿	8.1/44/23	有神馬之使〇道	12.1/62/31
〇于其躬	3.5/18/24	常〇柩旁	8.2/45/6	〇世孤特	12.2/63/10
洎〇辟舉	3.5/18/24	侯〇左右	8.2/45/13	明明〇公	12.2/63/14
〇帝左右	3.5/18/25	況〇于當時	8.3/45/22	爰〇弱冠	12.3/63/21
勖〇王府	3.5/19/12	濟濟之〇周庭	8.4/46/6	〇漢迪哲	12.10/65/11
昔〇申呂	3.5/19/14	〇唐虞則元凱之比	8.4/46/12	務〇寬平	12.14/66/10
行〇玉石之間	3.6/19/25	久（佐）〔〇〕煎熬臡		公〇百里	12.17/66/24
〇位十旬	3.7/20/15	戴之間	8.4/46/17	今人務〇奢嚴	12.23/67/23
及志〇州里者	3.7/21/22	福〇弄臣	9.1/47/3	〇洛之浹	12.27/68/14
玉藻〇冕	4.1/23/3	乞〇他署	9.2/47/28	臣自〇宰府及備朱衣	13.1/69/8
繼親〇堂	4.2/23/25	與〇行列	9.3/48/8	夫權不〇上	13.1/69/10
〇盈思（中）〔沖〕	4.3/25/2	孝元皇帝世〇（弟）		而今〇任	13.1/70/20
列〇喪位	4.3/25/6	〔第〕八	9.6/49/18	亡〇孝中	13.1/70/28
爰〇初服	4.4/25/13	光武皇帝世〇（弟）		課〇下（弟）〔第〕	13.2/71/8
昔〇嬴代	4.5/26/18	〔第〕九	9.6/49/18	漢元年歲〇乙未	13.2/71/16
尋脩念于〇昔	4.6/27/9	親〇三昭	9.6/49/21	則歲〇庚申	13.2/71/17
我〇齠年	4.7/28/1	親〇三穆	9.6/49/22	則不〇庚申	13.2/71/17
舁柩〇茲兮	4.7/28/8	誕〇幼齡	9.7/49/29	中使獲麟不得〇哀公十	
曆數〇帝	5.1/28/21	右衛尉杜欽〇朝堂而稱		四年	13.2/71/19
來〇濟陽	5.1/28/26	不〇	9.8/50/9	及冬至日所〇	13.2/71/22
昔〇聖帝有五行之官	5.3/30/8	錄咎〇臣不詳省案	9.8/50/10	日〇斗二十二度	13.2/71/27
初以公〇司徒	5.4/31/3	除〇匹庶	9.9/50/27	咸〇乎躬	13.3/72/20
弅弅〇疚	5.5/32/3	恐史官錄書臣等〇功臣		欣欣焉樂〇其中矣	13.8/73/28
于是乎〇	6.1/32/17	之列	9.9/51/8	其〇近也	14.4/75/17
李冰〇蜀	6.1/32/19	竝〇鑾帶	9.10/51/17	〇此賤微	14.5/75/27
副〇三府司農	6.1/32/25	太學〇中央	10.1/52/16	所〇曰「行〇所」	15.1/79/10
越齟齬〇闕	6.3/33/23	大司成論說〇東序	10.1/52/28	〇位七十載	15.1/80/1
〇淑媛作合孝明	6.5/34/22	然則詔學皆〇東序	10.1/52/28	故呼〇陛下者而告之	15.1/80/6
品物猶〇	6.5/35/4	皆〇明堂辟廱之內	10.1/53/3	上者、尊位所〇也	15.1/80/9
〇子斯敏	6.6/35/11	〇泮獻馘	10.1/53/8	天子自謂曰行〇所	15.1/80/16
昔〇共姜	6.6/35/19	日〇營室	10.1/53/25	猶言今雖〇京師、行所	
不〇齋潔之處	7.1/36/9	又不知《月令》徵驗布		至耳	15.1/80/16
故吏〇家	7.2/37/3	〇諸經	10.2/54/15	〇京師曰奏長安宮	15.1/80/17
遺業猶〇	7.3/38/21	〇正月也	10.2/55/6	〇泰山則曰奏奉高宮	15.1/80/17
小人〇位	7.4/41/7	今文〇前一月	10.2/56/1	唯當時所〇	15.1/80/17
小人〇顯位者	7.4/41/8	〇誰後也	10.2/56/12	魯襄公〇楚	15.1/80/24
退食〇公	7.4/41/14, 7.4/41/16	職〇候望	11.2/57/25	〇外牢一月	15.1/83/30
近〇署寺	7.4/41/21	臣自〇布衣	11.2/57/27	〇中牢一月	15.1/83/30
傾邪〇官	7.4/42/5	不〇其位	11.2/57/29	〇明牢一月	15.1/84/1
光祿勳偉璋所〇尤貪濁	7.4/42/5	且臣所〇孤危	11.2/58/6	宗廟、社稷皆〇庫門之	
以解《易傳》所載小人		遂〇中國	11.4/59/25	內、雉門之外	15.1/84/2
〇位之咎	7.4/42/8	〇齊辨勇	11.4/59/26	〇廟門外之西	15.1/85/10
浮輕之人不引〇朝廷	7.4/42/13	夢見〇我旁	11.5/60/3	〇廟門外之東	15.1/85/11
（引）〔列〕〇六逆	7.4/42/15	忽覺〇他鄉	11.5/60/3	雷神〇室	15.1/85/12
不知死命所〇	7.5/43/11	若飛龍〇天	11.7/60/25	其象〇天	15.1/85/19
位〇上列	7.5/43/21	怨豈〇明	11.8/62/7		15.1/85/19, 15.1/85/20
密勿〇勤	8.1/44/23	故〇賤而不恥	11.8/62/12	位〇壬地	15.1/85/22

位○未地 15.1/85/25
俱○未位 15.1/85/27
群臣○其後 15.1/89/8
群吏○其後 15.1/89/9
州長衆庶○其後 15.1/89/9
文帝、弟雖○三 15.1/90/13
光武雖○十二 15.1/90/15
成雖○九 15.1/90/17
哀雖○十 15.1/90/18
平雖○十一 15.1/90/18
而父○ 15.1/91/27
位○三公下 15.1/92/17
○京者亦隨時見會 15.1/92/19
○車則下 15.1/92/23
○長安時 15.1/93/7
公卿不○鹵簿中 15.1/93/9
○最後左騑馬騣上 15.1/93/23
○馬騣前 15.1/93/24
○騣後 15.1/93/24
繁纓○馬膺前 15.1/93/25
其次○漢禮 15.1/96/22
○國逢難曰愍 15.1/97/2

載 zài 54

而銘○休功 1.8/7/7
銘功○德 1.9/7/16
永○寶藏 1.9/7/22
歷○彌年 1.10/8/1
○鶴軿 1.10/8/15
○德奕世 2.4/11/20
不可詳○ 2.7/13/22
休聲○路 2.7/14/5
有惠云○ 2.8/14/24
乃爲銘○書休美 2.9/15/5
在位七○ 3.1/15/24
含容覆○ 3.2/16/14
猶不敢○ 3.2/16/22
帝○用和 3.3/17/22
先志○言 3.5/18/24
帝○用熙 3.5/19/15
奕葉○德 3.6/19/22
功○王府 3.7/21/25
歷○三十 4.1/22/24
覆○博大 4.2/23/10
歷○三十有餘 4.3/24/24
蓋不可勝○ 4.3/25/5
夫人居京師六十有餘○ 4.5/26/4
前後奉斯禮者三十餘○ 4.6/26/28
○矜○憐 4.7/28/1
匡復帝○ 5.1/29/3
○德不泯 5.2/29/21
奕世○德 5.2/30/1,5.4/30/25
帝○用康 5.3/30/19
以解《易傳》所○小人
在位之咎 7.4/42/8
昔書契所○ 8.1/44/24
蕭曹、邴魏○于史籍 9.1/47/2
纍葉相繼六十餘○ 9.1/47/2
歷年二百一十○ 9.4/48/20
歷年一百六十五○ 9.4/48/21
圜蓋方○ 10.1/53/15
則蓑笠竝○ 11.8/61/29
若乃丁千○之運 11.8/62/14
世○孝友 12.12/65/23
○璞靈山 12.19/67/5
桓思皇后祖○之時 13.1/70/27
披厚土而○形 14.1/74/22
曠千○而特生 14.3/75/12
在位七十○ 15.1/80/1
乘、猶○也 15.1/80/13
唐虞曰○ 15.1/83/11
○、歲也 15.1/83/11
言一歲莫不覆○ 15.1/83/11
故曰○也 15.1/83/11
《○見》、一章十四句 15.1/88/3
《○芟》、一章三十一
句 15.1/88/7
車皆大夫○鑾旗者 15.1/94/3

暫 zàn 1

以○歸見漏 13.1/70/29

贊 zàn 10

○幽明以揆時 2.5/11/28
以○銘之 3.2/16/26
爰銘爰○ 3.3/17/24
○理闕文 3.6/19/26
○之者用力少 3.7/21/14
○事上帝 4.1/23/4
○桑蠶宮 4.6/26/28
○幽冥于明神 14.8/76/21
太常○曰 15.1/92/25
主○曰 15.1/95/6

讚 zàn 4

○懿德 3.1/16/3
作哀○書之于碑 4.7/27/27
取圖寫○ 7.4/42/16
○虙皇之洪勳 14.8/76/19

臧 zāng 4

賢愚○否 1.7/5/9
鮮克知○ 3.5/18/27
○否無章 13.1/70/21
鄭子○好聚鷸冠 15.1/96/4

臟 zāng 3

公糾發○罪 1.1/1/19
臨淄令賂之○多 1.1/2/6
○罪明審 1.1/2/11

葬 zàng 26

○于某所 1.1/1/12
帝○于橋山 1.1/1/16
○劉文公 1.7/6/6
是以邾子許男稱公以○ 1.7/6/11
其五月丙申○于宛邑北
萬歲亭之陽 1.9/7/13
會○誄行 2.2/10/1
留○所卒 2.3/10/25
府丞與比縣會○ 2.3/11/4
遠近會○ 2.3/11/5
大會而○之 2.8/14/19
○我文烈侯 3.2/16/10
轉移歸○ 3.7/21/20
乃疏上請歸本縣○ 3.7/21/22
○于先塋 3.7/21/23
○于洛陽塋 4.1/22/28
○我君文恭侯 4.3/24/13
卜○贏博 4.5/26/11
○我夫人黃氏及陳留太
守碩于此高原 4.5/26/15
且送○ 4.5/26/16
〔且〕送○ 5.4/31/10

其十一月○　6.5/34/19
以叔末○　8.2/45/7
遂○九疑　12.8/64/23
○北陵　15.1/91/19,15.1/91/20
○西陵　15.1/91/20

遭 zāo　28

會○黨事　2.3/10/19
○疾而終　2.3/10/25
○權變貴盛　3.1/15/19
○難而發權　3.7/20/20
○家不造　4.1/22/11,8.1/44/7
○國不造　4.2/23/17,4.4/25/16
夫○時而制　4.5/26/11
○厲氣同時夭折　4.6/27/1
○太夫人憂篤　4.6/27/3
○元子之弱夭　4.6/27/9
○叔父憂　5.4/31/3
是年○疾　5.4/31/6
桓帝時○叔父憂　5.5/31/22
某月日○疾而卒　6.2/33/13
○疾而卒　6.3/34/2
○疾夭逝　6.4/34/9
○疾夭豫　8.1/44/23
國○姦臣孼妾　9.1/47/2
○王莽之亂　9.4/48/20
予末小子○家不造　9.4/48/21
後○王莽之亂　9.6/49/12
利用○泰　11.8/62/11
獨○斯勤　12.29/68/23
宣王○旱　13.1/69/5
且猶遇水○旱　13.2/72/1
唯○大喪　15.1/93/9

早 zǎo　11

季方盛年○亡　2.4/11/17
皆○即世　4.6/27/2
議郎○世　4.7/27/19
好問○識　6.4/34/8
○達窈窕　6.5/34/23
群臣○引退　7.4/42/8
○統洪業　9.4/48/21
○智夙就　9.7/49/30
夙智○成、岐嶷也　12.7/64/16
邕薄祜○喪二親　13.10/74/7

中身○折曰悼　15.1/97/1

棗 zǎo　1

嚼○肉以哺之　8.2/45/5

澡 zǎo　1

○以春雪　12.19/67/5

藻 zǎo　4

○芬葩列　2.9/15/1
玉○在冕　4.1/23/3
臣等〔不勝〕踊躍鳧○　9.7/50/1
周禮、天子冕前後垂延
　朱綠○有十二旒　15.1/94/14

皁 zào　3

以經術分別○囊封上　7.4/41/15
賜食○帛越巾刀珮帶　15.1/81/1
得○囊盛　15.1/82/6

造 zào　19

乃○靈廟　1.10/8/6
天授弘○　2.2/10/8
○膝危辭　3.2/16/18
賦政○次　3.7/20/17
遭家不○　4.1/22/11,8.1/44/7
遭國不○　4.2/23/17,4.4/25/16
言語○次必以經綸　5.4/31/1
予末小子遭家不○　9.4/48/21
朝諸侯、選○士于其中
　10.1/51/31
不與世章句傳文○義　10.2/54/30
乃○說曰　10.2/55/16
○父登御于驪騮　11.8/62/19
更○望儀以追天度　13.2/71/24
而光晃以為固意○妄說
　13.2/71/30
亦妄虛無○欺語之愆　13.2/72/4
受精靈之○化　14.2/75/3
漢將軍樊噲○次所冠　15.1/96/16

燥 zào　2

不為○溼輕重　13.7/73/24
體枯○以冰凝　14.17/78/15

躁 zào　2

動而不○　4.3/24/14
體○心煩　11.8/62/4

竈 zào　5

曰司命、曰中霤、曰國
　行、曰國門、曰泰厲
　、曰戶、曰○　15.1/85/1
○夏為太陽　15.1/85/11
祀之于○　15.1/85/11
祀○之禮　15.1/85/11
設主于○陘也　15.1/85/12

則 zé　240

咨度禮○　1.1/1/13,2.2/10/4
至○無事　1.1/1/27
思樂模○　1.1/2/23
德○昭之　1.3/3/15
違○塞之　1.3/3/15
歷端首○義可行　1.6/4/16
在憲臺○有盡規之忠　1.6/4/24
領州郡○有虎胗之威　1.6/4/24
不忘遺○　1.7/5/13
禮○宜之　1.7/5/13
然○忠也者、人德之至
　也　1.7/5/15
三者人之○　1.7/5/18
雖○彊禦　1.7/5/22
然○文、忠之彰也　1.7/5/28
○府君　1.7/6/11
○有邠許稱公之文　1.7/6/12
若稱子○降等多矣　1.7/6/13
今○易之　1.9/7/14
緣雅○　1.9/7/16
○具斯丘　1.10/8/1
明○登其墓察焉　1.10/8/3
是○是效　2.1/9/10
義○進之以達道　2.2/9/21
否○退之以光操　2.2/9/22

于鄉黨○恂恂焉、誾誾 焉	2.3/10/16		7.4/40/23, 7.4/40/29, 7.4/41/3	○余死而不朽也	10.2/54/25
範爲士○	2.3/11/1		7.4/41/10	○枝葉必相從也	10.2/54/28
然○識幾知命	2.5/12/10	臣聞陽微○地震	7.4/40/21	○雨水、二月也	10.2/55/7
靡○靡效	2.6/13/9	陰勝○月蝕	7.4/40/21	然○小暑當去大暑十五 日	10.2/55/11
君○其後也	2.7/13/15	恩亂○風	7.4/40/21	○風雨不時	10.2/56/9
過○弼之	2.7/13/21	貌失○雨	7.4/40/21	○草木枯	10.2/56/12
闕○補之	2.7/13/21	視闇○疾癘流行	7.4/40/21	○胎夭多傷	10.2/56/13
是○君之所以立節明行	2.7/13/28	簡宗廟○水不潤下	7.4/40/22	然○麥爲木	10.2/56/25
居○玩其辭	2.8/14/12	○有休慶之色	7.4/40/26	有○有類	11.1/57/10
動○察其變	2.8/14/12	帝貪○政暴	7.4/41/1	○善戒惡	11.3/59/21
字叔○者	2.9/14/29	吏酷○誅深	7.4/41/1	生○象父	11.4/59/26
特以其靜○眞一審固	3.2/16/13	神○不怒	7.4/41/10	醉○揚聲	11.4/59/27
動○不違○度	3.2/16/14	○危可爲安	7.4/41/19	作○制文	11.6/60/10
○恂恂焉罔不伸也	3.4/18/8	遠○門垣	7.4/41/20	然○有位斯貴	11.8/61/5
○誾誾焉罔不釋也	3.4/18/8	生○賞富侔于帑藏	7.4/41/23	○聖哲之通趣	11.8/61/7
稽諸典○	3.4/18/11	死○丘墓踰越園陵	7.4/41/23	○黃鍾應	11.8/61/23
○史臣志其詳	3.4/18/12	陞階增○堂高	7.4/42/15	蓐賓統○微陰萌	11.8/61/24
○是門人二三小子	3.4/18/12	輔位重○上尊	7.4/42/15	運極○化	11.8/61/24
公○翼之	3.5/19/7	○上方巧技之作	7.4/42/17	○蓑笠竝載	11.8/61/29
公○弼之	3.5/19/7	○生之年也	7.5/43/27	○舒紳緩佩	11.8/61/30
喪我師○	3.6/20/6	伏惟大行皇后規乾○坤	8.1/44/6	且用之○行	11.8/62/7
超無窮而垂○	4.1/22/16	○漢室之干城	8.3/45/28	舍之○藏	11.8/62/8
保身遺○	4.1/23/4	○皇家之腹心	8.3/45/28	井無景○日陰食	11.8/62/10
取言時計功之○	4.2/24/3	纂成伐柯不遠之○	8.4/46/7	元首寬○望舒眺	11.8/62/10
功成○退	4.3/25/2	在唐虞○元凱之比	8.4/46/12	侯王肅○月側匿	11.8/62/10
稽度乾○	5.1/29/1	當仲尼○顏冉之亞	8.4/46/12	時行○行	11.8/62/11
外○折衝	5.2/30/2	多汁○淡而不可食	8.4/46/15	時止○止	11.8/62/11
內○大麓	5.2/30/2	少汁○焦而不可熟	8.4/46/15	收之○莫能知其所有	11.8/62/14
孝思維○	5.4/31/14	○顏淵不得冠德行之首	8.4/46/19	治身○伯夷之潔也	12.2/63/8
行惟模○	6.2/33/17	○臣之心厭抱釋	9.2/47/28	儉嗇○季文之約也	12.2/63/8
雖○童穉	6.3/34/1	○親盡	9.6/49/20	盡忠○史魚之直也	12.2/63/9
受誨○成	6.4/34/12	○非所宗	9.6/49/20	剛平○山甫之勵也	12.2/63/9
後生仰○	6.5/34/24	稽制禮之舊○	9.6/49/24	剛○不吐	12.2/63/14
雖○崇盛	6.6/35/17	○曰清廟	10.1/52/3	柔○不茹	12.2/63/15
○役之不可驅使	7.2/36/20	○曰太廟	10.1/52/3	○行侔于曾閔	12.3/63/20
自爲寇虜○誅之	7.2/36/21	○曰太室	10.1/52/4	○契明于黃石	12.3/63/20
○二部蠢蠢	7.2/37/2	○曰明堂	10.1/52/4, 10.1/53/11	玄玄焉測之○無源	12.5/64/5
上○先帝	7.2/37/3	○曰太學	10.1/52/4, 10.1/53/11	汪汪焉酌之○不竭	12.5/64/5
其外○介之夷狄	7.3/38/9	○曰辟雍	10.1/52/5	○天經	12.11/65/16
其內○任之良吏	7.3/38/9	○顯之太廟	10.1/52/5	今○由古	12.17/66/26
威化不行○欲伐之	7.3/38/15	然○師氏居東門、南門	10.1/52/23	將何法○	12.18/67/1
狐疑避難○守爲長	7.3/38/16	○遂養老	10.1/52/25	過○荒沈	12.20/67/10
○所謂天投蜺者也	7.4/39/12	然○詔學皆在東序	10.1/52/28	○人主恆恐懼而修政	12.24/67/29
○其所救也	7.4/39/19	日夜分○同度量	10.1/53/28	○自裒多福	13.1/69/7
○有下謀上之病	7.4/39/24	○夏之月令也	10.1/53/30	○鬼神以著	13.1/69/7
○其救也	7.4/40/4, 7.4/40/17	改名曰《時○》	10.1/54/8	○當靜反動	13.1/69/10

○雹傷物	13.1/69/11	在泰山○日奏奉高宮	15.1/80/17	則躬自厚而薄○于人	13.3/72/19
○虎狼食人	13.1/69/11	然○秦以來天子獨以印			
○蝗蟲損稼	13.1/69/11	稱璽	15.1/80/26	**賊 zé**	12
齋○不入側室之門	13.1/69/20	然○人主必愼所幸也	15.1/81/4		
○衆災之原	13.1/70/7	近臣○言官具言姓名	15.1/81/13	○發江淮	1.8/6/26
下○連偶俗語	13.1/70/13	○荅曰「已奏」	15.1/81/19	○臣專政	3.7/20/18
孔子以爲致遠○泥	13.1/70/17	百姓以上○共一社	15.1/84/25	而國家方有滎陽寇○	4.7/27/21
光晃所據○殷曆元也	13.2/71/6	使人望見○加畏敬也	15.1/85/29	寇○輩起	7.2/36/20
是○雖非圖讖之元	13.2/71/9	法施于民○祀	15.1/87/1	宣帝時患冀州有盜○	7.2/36/27
○歲在庚申	13.2/71/17	以死勤事○祀	15.1/87/1	（乃）〔及〕盜○群起	7.3/37/19
○不在庚申	13.2/71/17	以勞定國○祀	15.1/87/1	方今郡縣盜○	7.3/38/5
○上違《乾鑿度》、		能禦大災○祀	15.1/87/1	○寧邊垂	8.1/44/21
《元命苞》	13.2/71/19	能扞大患○祀	15.1/87/1	臣以相國兵討逆○故河	
○四分數之立春也	13.2/71/27	后攝政○后臨前殿朝群		內太守王臣等	9.8/50/8
富貴○人爭趨之	13.3/72/12	臣	15.1/90/9	戒以蠻夷猾夏、寇○姦	
貧賤○人爭去之	13.3/72/13	終○前制廟以象朝	15.1/90/20	宄	13.2/72/1
富貴○無暴集之客	13.3/72/13	殷祭○及諸毀廟	15.1/90/27	姦臣盜○皆元之咎	13.2/72/2
貧賤○無棄舊之賓矣	13.3/72/13	非殷祭○祖宗而已	15.1/90/27	適禍○之災人兮	14.16/78/10
○知其所以去	13.3/72/14	○西廟惠帝、景、昭皆			
○觀其所以終	13.3/72/14	別祠	15.1/91/25	**嘖 zé**	1
有義○合	13.3/72/17	在車○下	15.1/92/23		
無義○離	13.3/72/17	御坐○起	15.1/92/26	嘈○怒語	11.4/59/27
善○久要不忘平生之言		鼓鳴○起	15.1/93/4		
	13.3/72/17	鐘鳴○息也	15.1/93/4	**幘 zé**	7
惡○忠告善誨之	13.3/72/17	大駕、○公卿奉引大將			
否○止	13.3/72/18	軍參乘太僕御	15.1/93/6	進御○結	9.7/49/31
○躬自厚而薄責于人	13.3/72/19	○省諸副車	15.1/93/10	○者、古之卑賤執事不	
然○以交誨也	13.3/72/21	郊天地、祠宗廟、祀明		冠者之所服也	15.1/95/5
○汎愛衆而親仁	13.3/72/22	堂○冠之	15.1/94/19	偓傅青構綠○	15.1/95/5
使交可廢○黍其惌矣	13.3/72/25	祠宗廟○長冠袀玄	15.1/94/27	執事者皆赤○	15.1/95/7
○刺薄者博而洽	13.3/72/25	靖民○法曰黃	15.1/96/24	始進○服之	15.1/95/8
以齒○長	13.7/73/24			如今半○而已	15.1/95/8
以德○賢	13.7/73/24	**責 zé**	14	○施屋	15.1/95/9
陸○對坐	13.10/74/7				
食○比豆	13.10/74/7	奉辭○罪	1.1/1/28	**澤 zé**	16
○塵垢穢之	13.11/74/12	乃引其○	1.3/3/16		
○邪惡入之	13.11/74/13	以當○讓	7.4/41/18	以初潛山○	3.4/18/5
○思其心之潔也	13.11/74/14	任用○成	7.4/42/11	○充區域	3.4/18/9
○思其心之和也	13.11/74/15	畏災○躬念	7.4/42/17	○漫綿宇	3.5/19/13
○思其心之鮮也	13.11/74/15	切○三公	7.4/42/20	○洽后土	4.1/23/3
○思其心之潤也	13.11/74/15	○臣喻旨	7.5/43/16	○被華夏	4.2/24/7
○思其心之理也	13.11/74/16	不堪之○	8.3/45/29	○洪淳	4.3/25/8
○思其心之正也	13.11/74/16	○以相業之成	9.1/47/12	恩○竝周	6.5/35/2
○思其心之整也	13.11/74/16	不○臣過	11.2/57/26	流恩布○	8.1/44/24
○可同號之義也	15.1/80/1	今子○匹夫以淸宇宙	11.8/62/8	陷恩○之科	9.9/51/8
當言帝○依違但言上	15.1/80/9	以○三司	13.1/69/30	沐浴恩○	11.2/57/19
○當乘車輿以行天下	15.1/80/14	褒○之科	13.1/70/19	君況我聖主以洪○之福	12.1/63/1

九隩之林○	12.5/64/4	**增** zēng	20	**詐** zhà	3
○髮	13.11/74/15				
肌理光○	14.14/77/28	申○戶邑	3.4/18/9	于是智者騁○	11.8/61/17
臣民被其德○以儌倖	15.1/80/28	以○威重	3.7/21/7	變○乖詭	11.8/61/18
異姓婦女以恩○封者曰		○修前業	4.2/23/15	宜遣歸田里以明○僞	13.1/70/30
君	15.1/83/28	伏几筵而○悲	4.6/27/13		
		○感氣絕	4.7/27/23	**蜡** zhà	3
擇 zé	5	孤情怛兮○哀	4.7/28/7		
		至止○悲	6.6/35/10	周曰大○	15.1/86/17
○一處焉	1.7/6/16	陛階○則堂高	7.4/42/15	天子大○八神之別名	15.1/86/22
用罔有○言失行	3.5/18/24	糾○舊科之罰	8.1/44/16	○之言索也	15.1/86/22
膳不過○	8.1/44/11	叩膺○歎	9.9/51/9		
乃○元日	10.1/53/23	當有○損	11.2/58/1	**摘** zhāi	1
無乃未若○其正而黜其		迄管邑而○歎兮	11.3/58/25		
邪與	13.3/72/24	緣○崖而結蓘	11.3/59/2	刊○沈祕	3.6/19/23
		尋脩軌以○舉兮	11.3/59/4		
隤 zé	1	眺瀕隈而○感	11.3/59/6	**齋** zhāi	13
		慕騏驥而○驅	11.8/62/4		
蓋所以探○辨物	10.2/54/24	○崇丕顯	12.12/65/26	以故事○祠	1.1/2/9
		九嬪、夏后氏○以三三		帝以機密○栗	3.5/18/27
蠈 zéi	1	而九	15.1/83/22	立春當○	7.1/36/5
		殷人又○三九二十七	15.1/83/23	可○不	7.1/36/6
蟊○不臻	3.2/17/2	○之百百二十人也	15.1/83/24	○者、所以致齊不敢渙	
				散其意	7.1/36/8
曾 zēng	20	**憎** zēng	2	不在○潔之處	7.1/36/9
				元和詔禮無免○	7.1/36/9
○無順媚一言之求	1.1/2/24	○疾臣者隨流埋沒	9.2/47/17	可○無疑	7.1/36/10
大鴻臚之○孫	1.6/4/13	○肸之不臣	11.3/58/24	夫○以恭奉明祀	7.1/36/11
○未足以喻其高、究其				吉旦○宿	9.4/48/25
深也	2.5/12/11	**贈** zèng	7	竊見南郊○戒	13.1/69/17
○祖父延城大尹	4.5/25/24			○則不入側室之門	13.1/69/20
○不可乎援（留）〔招〕		朝廷所〔以〕弔○	1.1/1/12	自今○制	13.1/69/22
	4.6/27/11	今使權謁者中郎楊賣○			
○祖父江夏太守	5.2/29/9	穆益州刺史印綬	1.8/7/6	**宅** zhái	5
○不百齡	5.2/30/3	○之服章	1.9/7/21		
延弟○孫放字子仲	5.3/30/13	○以太傅安樂鄉侯印綬	4.1/22/26	故知至德之○兆、眞人	
○閔顏萊	5.4/30/26	○策遂賜諡	4.2/24/2	之先祖也	1.10/8/7
○不東邁	5.5/32/9	○穀三千斛	5.4/31/11,5.5/31/25	然後卜定○兆	4.5/26/14
○祖中水侯	6.5/34/21			安○兆于舊邦	4.7/28/6
○不我聞	6.5/35/4			○我柏林	12.12/65/27
嗣○孫皇帝某	9.4/48/19	**札** zhá	3	土反其○	15.1/86/23
于爾嗣○孫皇帝	9.5/49/3				
○不能拔萃出群	11.8/61/9	季○以之	4.5/26/12	**瘵** zhài	1
○不鑒禍以知畏懼	11.8/62/6	○荒爲害	8.1/44/8		
則行侔于○閔	12.3/63/20	季○知其不危	8.3/45/20	其疾病瘒○者	1.10/8/7
○不以忠信見賞	13.1/69/29				
○祖鬱林太守曰皇○祖	15.1/92/2				

占 zhān	4
俯仰○候	2.6/12/28
必考其○	2.8/14/13
○不虛言	7.4/39/16
○其郡穀價	15.1/91/9

旃 zhān	3
舉大略而論○	11.6/60/17
	11.7/60/27
建日月之○旌	12.11/65/17

邅 zhān	1
塗屯○其蹇連兮	11.3/58/22

瞻 zhān	16
莫不同情○仰	2.2/9/19
靡○靡聞	2.4/11/21
君仰○天象	2.5/12/7
○彼榮寵	2.5/12/17
是○是聽	2.9/15/8
○仰洙泗	3.4/18/11
○仰以知禮之用	4.5/26/18
仰○二親	4.7/27/26
○仰俊乂	5.5/32/7
靡所○逮	5.5/32/9
靡所○依	6.6/35/9
國家○仗	7.2/36/17
○不畏威	7.3/38/6
下乖群生○仰之望	9.1/47/11
○仰此事	11.8/62/4
南○井柳	14.5/76/3

展 zhǎn	8
○義省方	5.1/29/3
以○孝子承歡之敬	8.1/44/13
○其力用	8.4/46/18
○轉不相見	11.5/60/4
使褒忠之臣○其狂直	13.1/69/26
○轉倒頹	14.5/76/1
○箐無山	15.1/95/11
不○箐無山	15.1/95/12

斬 zhǎn	4
屠○桀黠	8.3/45/25
○獲首級	9.8/50/8
大有陷堅破敵、○將搴	
旗之功	9.9/51/5
知不得○絕	10.2/56/14

嶄 zhǎn	1
○嵓崔嵯	11.7/60/24

戰 zhàn	13
○○兢兢	1.3/3/13, 11.8/62/7
自○國及漢	2.8/14/10
其設不○之計、守禦之	
因者	7.3/37/17
夫務○勝	7.3/37/21
習兵善○	7.3/37/25
案育一○	7.3/38/13
有征無○	7.3/38/14
臣不勝○悼怵惕	9.9/50/28
是以○攻之事	9.9/51/5
○士講銳	11.8/61/17

章 zhāng	103
貞以文○得用鬼薪	1.1/1/24
未到而○謗先入	1.1/2/13
爲受罰者所○	1.6/4/20
典○以定	1.6/5/3
率由舊○	1.7/5/12, 7.4/41/9
文○具存	1.7/5/20, 7.3/38/21
贈之服○	1.9/7/21
相國東萊王○字伯義	1.10/8/10
含○直方	2.2/9/21
舊有憲○	2.4/11/21
高祖、祖父皆豫○太守	
潁陰令	2.6/12/24
善否有○	3.1/15/23
○凡十上	3.2/16/23
冠帶○服	3.7/20/24
改定五經○句	3.7/21/13
乃還譚其舊○	4.3/24/19
光寵克○	4.4/25/17
夫人編縣舊族○氏之長	

女也	4.6/26/25
字曰顯○	4.6/26/25
遣（吏）〔生〕奉○	
（報謝）	5.4/31/8
斐然成○	6.1/33/2
誕生孝○	6.5/34/22
榮烈有○	6.6/35/26
趨以飲○	7.5/43/26
其族益○	8.2/45/15
○句不能遂其意	8.4/46/9
衆傳篇○	8.4/46/10
一○自聞	9.3/48/5
《尚書》○句	9.3/48/9
孝○皇帝至孝燾燾	9.6/49/13
遵先帝舊○	9.6/49/17
孝○皇帝、孝桓皇帝	9.6/49/21
以○天休	9.7/49/31
詣闕拜○	9.9/50/28
如前○云云	9.9/51/10
謹奉○詣闕	9.10/51/20
西曰總○	10.1/51/28
及前儒特爲○句者	10.2/54/14
余被于○	10.2/54/18
不與世○句傳文造義	10.2/54/30
今○句因于高禖之事	10.2/55/16
不以爲○句	10.2/56/27
竅職龍○	11.1/57/11
一旦被○	11.2/57/21
致○闕庭	11.2/57/26
并書○左	11.2/58/9
○聞之後	11.2/58/12
昭示采○	12.9/65/2
憲○丕烈	12.10/65/11
平○賞罰	13.1/70/7
觀省篇○	13.1/70/12
○帝集學士于白虎	13.1/70/16
臧否無○	13.1/70/21
孝○皇帝改從四分	13.2/71/4
十有八○	13.4/73/2
《鹿鳴》三○	14.12/77/15
一曰○	15.1/81/24
○者、需頭	15.1/81/26
○曰報聞	15.1/82/5
凡○表皆啓封	15.1/82/6
《清廟》、一○八句	15.1/87/18
《維天之命》、一○八	
句	15.1/87/19

外廣二十四〇	10.1/53/18	式〇德音	1.2/3/6	臣謹案禮制〔天子〕七	
不滿百〇	15.1/81/7	德則〇之	1.3/3/15	廟、三〇、三穆、與	
天子社稷土壇方廣五〇		以〇公文武之勛焉	1.5/4/8	太祖七	9.6/49/17
	15.1/84/26	永〇芳烈	1.6/4/27	比惠、景、〇、成、哀	
		〇令德	1.8/7/2	、平帝	9.6/49/21

仗 zhàng　3

		宣〇遺光	1.9/7/21	親在三〇	9.6/49/21
國家瞻〇	7.2/36/17	必有銘表〇示後世	1.10/8/11	〇令德宗祀之禮	10.1/51/30
〇節舉麾	8.3/45/26	〇篤孝	1.10/8/16	君人者將〇德塞違	10.1/52/7
〇沖靜以臨民	12.3/63/22	〇銘景行	2.1/9/5	故〇令德以示子孫	10.1/52/7
		人用〇明	2.2/9/23	〇其儉也	10.1/52/7

杖 zhàng　4

		其〇有實	2.4/11/13	皆所以〇文王、周公之	
		式〇其勤	2.4/11/22	德	10.1/52/15
〇竹策立冢前	1.10/8/4	德音孔〇	2.5/12/18	《禮記·〇穆篇》曰	10.1/53/2
旁無几〇	4.2/23/25	〇其功行	2.7/14/2	〇而明之	10.1/54/6
作席几楹〇之銘	13.4/73/2	幽暗（靡不）〇爛	2.8/14/14	〇明國體	11.2/58/11
寢有衣冠几〇	15.1/90/21	凡其親〇朋徒	2.8/14/19	而忘〇晢之害	11.8/61/14
		至〇億年	2.8/14/25	〇胤休序	12.4/63/30

帳 zhàng　1

		〇升于上	3.1/16/2	〇示采章	12.9/65/2
		情旨〇顯	3.2/16/23	兔擾馴以〇其仁	12.12/65/24
幬〇空陳	6.5/35/3	式〇懿聲	3.3/17/25	於〇于今	12.12/65/27
		匪師不〇	3.4/18/15	式〇德聲	12.13/66/5

障 zhàng　1

		〇孝于辟雍	3.5/19/3	夫〇事上帝	13.1/69/7
		〇銘景烈	3.5/19/10	〇德紀功	13.4/73/9
況以〇塞之外	7.3/38/19	昔叔度文王之〇	3.6/19/20	明月〇〇	14.5/76/2
		〇侯徙于州來	3.6/19/21	若下某官云云亦曰〇書	
		式〇其德	3.6/20/6		15.1/81/18

招 zhāo　14

		〇示來世	3.7/22/3	天子三〇三穆與太祖之	
		〇顯行迹	4.1/22/28	廟七	15.1/84/2
爲上〇怨	1.1/2/16	大孝〇備	4.1/22/30	諸侯二〇二穆與太祖之	
幾行其〇	2.1/9/9	〇敷五教	4.2/23/16	廟五	15.1/84/3
大將軍何公、司徒袁公		于是公乃爲辭〇告先考	4.5/26/13	大夫一〇一穆與太祖之	
前後〇辟	2.3/10/21	惜〇明之景輝	4.6/27/13	廟三	15.1/84/6
其有備禮〇延	2.7/13/19	〇示好惡	4.7/28/2	高帝、惠帝、呂后攝政	
州郡禮〇	2.9/15/3,3.2/16/15	〇登于上	5.2/29/17	、文帝、景帝、武帝	
	6.2/33/12	名〇圖錄	5.2/30/1	、〇帝、宣帝、元帝	
〇命英俊	3.7/20/20	式〇續恩	5.5/32/7	、成帝、哀帝、平帝	
曾不可乎援（留）〔〇〕		〇事上帝	7.1/36/10	、王莽、聖公、光武	
	4.6/27/11	至〇于宮殿	7.4/39/13	、明帝、章帝、和帝	
以〇衆變	7.4/39/17	〇于帷幄	8.1/44/7	、殤帝、安帝、順帝	
〇前殿署王業等曰	7.4/39/25	〇驗已著	8.2/45/12	、沖帝、質帝、桓帝	
〇致禍患	7.5/43/24	使未美〇顯本朝	8.2/45/15	、靈帝	15.1/89/26
更以屬缺〇延	8.4/46/18	〇大知之絕足也	8.4/46/15	宣帝弟次〇帝	15.1/90/14
一曰《大〇》	15.1/89/4	而中宗以〇	9.1/46/27	于〇帝爲兄	15.1/90/14
		光榮〇顯	9.2/47/19	列〇穆	15.1/90/21

昭 zhāo　80

		〇發上心	9.2/47/22	則西廟惠帝、景、〇皆	
		敢〇告于皇祖高皇帝	9.4/48/19	別祠	15.1/91/25
以〇光懿	1.1/1/14	不列〇穆	9.6/49/9	孝宣繼孝〇帝	15.1/91/28

聲聞宣遠曰○	15.1/96/25	以清季○	9.1/47/4	歌也	15.1/87/18
		加以新來入○	9.2/47/23	○于廟之所歌也	15.1/88/5
朝 zhāo	**101**	聖○幸循舊職	9.3/48/15	○侯、諸侯有功德者	15.1/88/22
		今聖〔○〕遵古復禮	9.6/49/15	天子特命爲○侯	15.1/88/22
○廷所〔以〕弔贈	1.1/1/12	元帝于今○九世	9.6/49/19	○士卿○之法	15.1/89/8
以○廷在藩國時鄰近舊		詣○堂上賀	9.8/50/8	后攝政則后臨前殿○群	
恩	1.1/2/15	右衛尉杜衍在○堂而稱		臣	15.1/90/9
當肆市○	1.1/2/16	不在	9.8/50/9	前有○	15.1/90/20
○廷許之	1.5/4/4	復階（○謁）〔宰○〕	9.9/50/22	終則前制廟以象○	15.1/90/20
○廷閔焉	1.8/7/6	唐虞之○	9.9/50/27	及諸侯王、大夫郡國計	
其立○事上也	2.2/9/20	今者聖○遷都	9.9/51/7	吏、匈奴○者西國侍	
爲○碩德	3.1/15/22	非本○之德政	9.9/51/8	子皆會	15.1/91/8
○廷惜焉	3.1/15/24	○諸侯、選造士于其中		功德優盛○廷所異者	15.1/92/17
故能匡○盡直	3.1/16/1		10.1/51/31	其次○侯	15.1/92/18
公之祖納忠于前○	3.2/16/12	○諸侯于明堂	10.1/52/12	但侍祠無○位	15.1/92/18
及其所以匡輔本○	3.2/16/18	古者諸侯○正于天子	10.1/54/2	謂之猥○侯也	15.1/92/19
光于前○	3.3/17/9	每月告朔○廟	10.1/54/2	正月○賀	15.1/92/25
升諸帝○者	3.3/17/18	魯文公廢告朔而○	10.1/54/3	舊儀三公以下月○	15.1/92/26
聖○以藩國貴貴	3.6/20/1	猶○于廟	10.1/54/4	常以六月朔、十月朔旦	
聖○欽亮	3.7/21/5	誠知聖○	11.2/57/26	○	15.1/92/26
○夕講誨	3.7/21/12	白○廷敕陳留太守〔發〕		後又以盛暑省六月○	15.1/92/27
刑戮廢于○市	4.2/23/15	遣余到偃師	11.3/58/19	故今獨以爲正月、十月	
○夕定省	4.2/23/25	疾子○之爲害	11.3/59/10	朔○也	15.1/92/27
機密聖○	4.3/24/18	或談崇○而錫瑞珪	11.8/61/18	天子、公卿、特進○侯	
士相勉于公○	4.3/24/22	惜哉○廷	12.18/67/1	祀天地明堂皆冠平冕	
及廣兄弟式敘漢○	4.5/26/4	或一○之晏	12.23/67/23		15.1/94/23
其乘輅執贄○皇后	4.5/26/4	危言極諫不絕于○	13.1/69/25		
○春路寢	4.6/26/28	頃者立○之士	13.1/69/29	**爪 zhǎo**	**2**
加○服拖紳	5.4/31/7	足令海內測度○政	13.1/70/6		
爰自登○	5.4/31/15	○夕游談	13.8/73/28	處○牙而威以布	1.6/4/17
○春（政）〔正〕于王		心一○不思善	13.11/74/12	消姦宄于○牙	4.2/23/14
室	6.5/34/27	覬○宗之形兆	14.1/74/28		
○不守夕	7.2/36/20	輝似○日	14.4/75/18	**召 zhào**	**24**
時○廷大臣多以爲不便	7.3/37/11	或曰○廷	15.1/80/17		
東并○鮮	7.3/37/18	連舉○廷以言之也	15.1/80/18	委辭○貢	2.1/9/9
誘戲○廷	7.3/37/27	唯赦令、贖令召三公詣		郡縣請○	2.7/13/19
而本○必爲之旰食	7.3/38/11	○堂受制書	15.1/81/14	開府辟○	3.7/21/6
○議有嫌	7.3/38/13	○臣曰稽首頓首	15.1/82/11	雖周、○授分陝之任	3.7/21/7
○廷以災異憂懼	7.4/39/3	非○臣曰稽首再拜	15.1/82/11	○伯聽訟	3.7/22/2
○廷焦心	7.4/41/13	公卿、侍中、尚書衣帛		周○輔姬	5.2/29/19
所戒（成）〔誠〕不○		而○曰臣	15.1/82/11	○拜議郎	5.4/31/5
可知	7.4/42/3	諸營校尉將大夫以下亦		被尚書○	5.4/31/6
既不盡由本○	7.4/42/6	爲○臣	15.1/82/11	不任應○	5.5/31/24
浮輕之人不引在○廷	7.4/42/13	常以春分○日于東門之		詔○尚書問	7.1/36/5
聖○既自約厲	7.4/43/2	外	15.1/82/23	上使使就家○張敏爲冀	
終○反側	8.1/44/19	秋夕○月于西門之外	15.1/82/24	州刺史	7.2/36/27
使未美昭顯本○	8.2/45/15	諸侯○見宗祀文王之所		○公卿百官會議	7.3/37/12

○光祿大夫楊賜、諫議		詔 zhào	68	
大夫馬日磾、議郎張				臣稽首受○	9.9/50/20
華、蔡邕、太史令單		以○書考司隸校尉趙祁		中讀符策誥戒之○	9.9/50/31
颺	7.4/38/26	事	1.1/1/23	皆小樂正○之于東序	10.1/52/27
○金商門	7.4/39/7	○報日	1.1/2/3	然則○學皆在東序	10.1/52/28
近者每以辟○不愼	7.4/42/20	乃○日	1.2/3/3	學者○焉	10.1/52/29
臣被尚書○	7.5/43/9	乃制○日 1.3/3/12,1.4/3/21		受○詣東觀著作	11.2/57/18
○詣金商門	7.5/43/16	○書印綬	1.6/4/19	洛陽○獄	11.2/57/23
前太守文穆○署孝義童	8.2/45/6	被○書爲將作大匠	1.6/4/20	○書馳救一等	11.2/57/24
臣即○來見	8.2/45/7	○日	1.8/7/5	本奏○書所當依據	11.2/58/9
以辭徵○之寵	8.3/45/24	制○尚書朱穆	1.8/7/5	臣每受○	13.1/70/14
時以尚書○拜郎中	11.2/57/18	錫○孔傷	1.9/7/21	庚申元之○也	13.2/71/29
多○拜議郎郎中	13.1/70/20	○策之文	3.4/18/12	元和○書	13.2/72/5
唯赦令、贖令○三公詣		○五官中郎將任崇奉冊	4.1/22/26	其言曰「制○」	15.1/79/9
朝堂受制書	15.1/81/14	○拜尚書	5.2/29/15	三曰「○書」	15.1/79/12
○見董偃	15.1/95/5	○封都亭侯、太僕、太		其文曰制○	15.1/81/12
		常、司空	5.3/30/14	○書者、○誥也	15.1/81/17
兆 zhào	25	○書聽許	5.4/31/6	是爲○書	15.1/81/17
		○使謁者劉悝齎印綬	5.4/31/7	亦曰○	15.1/81/19
以謝○民	1.1/2/16	使者致○	5.4/31/7	被敕文曰有○敕某官	15.1/81/21
舊○域之南	1.9/7/13	○使〔謁〕者王謙〔弔〕		○不言制	15.1/90/6
故知至德之宅○、眞人			5.4/31/10	孝明臨崩遺○遵儉毋起	
之先祖也	1.10/8/7	王人既○	5.4/31/17	寢廟	15.1/91/2
遂定○域	2.2/10/7	○使謁者劉悝即授印綬	5.5/31/24	○有司采《尚書・皋陶	
億○不窮	3.2/17/3	○出遣使者王謙以中牢		篇》及《周官》《禮	
不即○于九疑	4.5/26/10	具祠	5.5/31/25	記》定而制焉	15.1/94/15
然後卜定宅○	4.5/26/14	○召尚書問	7.1/36/5		
安宅○于舊邦	4.7/28/6	元和○禮無免齋	7.1/36/9	照 zhào	6
蓋有億○之心	5.2/29/17	○書治嚴	7.2/36/24		
又班之于○民	5.3/30/10	拜故待○會稽朱買臣	7.2/36/26	以臨○百官	10.1/52/8
于我○民	5.3/30/18	○書遂用爲〔將〕	7.3/37/10	不○斯域	12.18/67/1
京○尹樊君諱陵	6.1/32/23	○書尺一	7.4/38/26	故覽○拭面	13.11/74/14
從皇祖乎靈○兮	6.4/34/14	受○書各一通	7.4/39/3	車服○路	14.2/75/7
逝彼○域	6.6/35/25	再拜受○書	7.4/39/4	采色燎○	14.4/75/18
故京○尹張敞有罪逃命	7.2/36/27	今月十日○	7.4/39/7	無所不○	15.1/79/30
萬國○民	8.4/46/5	○問日 7.4/39/10,7.4/39/22			
下救○民塗炭之禍	9.1/47/8	7.4/40/8,7.4/40/20,7.4/40/31		肇 zhào	1
○民康乂	9.5/49/4	○問「星辰錯謬」	7.4/40/25		
○民賴之	9.7/50/3	○問	7.4/41/5	寔人倫之○始	14.2/75/4
○氓蒙福	12.9/65/3	又特○問	7.4/41/13		
○民其觀	12.17/66/24	又前○書實核	7.4/42/1	趙 zhào	9
神龜吉○	12.26/68/7	○書褒諭	7.5/43/16		
覬朝宗之形○	14.1/74/28	願乞還○命	9.3/48/7	以詔書考司隸校尉○祁	
天子曰○民	15.1/82/14	○書前後	9.3/48/9	事	1.1/1/23
京○尹侍祠衣冠車服	15.1/91/26	丙辰○書	9.8/50/11	猶復宗事○叟	1.7/6/3
		（○制）〔制○〕左中		議郎夫人○氏	4.7/27/18
		郎將蔡邕	9.9/50/17	而乳母○嬈貴重赫赫	7.4/41/22
				深惟○、霍以爲至戒	7.4/41/26

長水校尉○玄、屯騎校		配彼○彥	6.6/35/27	彰于遠邇○已	1.6/4/25
尉蓋升	7.4/42/7	爰立聖○	9.1/47/8	是後覽之○	1.7/5/13
○武靈王效胡服	15.1/95/23	資非○人藩屛之用	9.10/51/14	然則忠也、人德之至	
秦滅○	15.1/95/24	則聖○之通趣	11.8/61/7	也	1.7/5/15
○武靈王好服之	15.1/96/10	聖○潛形	11.8/61/21	三○人之則	1.7/5/18
		明○泊焉	11.8/62/3	出自一心疑不我聽○	1.7/5/20
折 zhé	14	明○與聖合契	12.5/64/4	概謂之精麗	1.7/5/26
		於顯○尹	12.9/65/1	按古之以子配謚○	1.7/6/4
公不○節	1.1/1/22	在漢迪○	12.10/65/11	劉卷○何	1.7/6/7
有百○而不撓	1.6/4/15	○人降鑒	12.22/67/19	所以啓前惑而覺後疑○	1.8/6/24
○獄蔽罪	3.5/18/30			貞良○封植	1.8/7/2
遭厲氣同時夭○	4.6/27/1	**晢** zhé	1	殘戾○芟夷	1.8/7/2
外則○衝	5.2/30/2			今使權謁○中郎楊貢贈	
○湍流	6.1/32/26	而忘昭○之害	11.8/61/14	穆益州刺史印綬	1.8/7/6
迅風○樹	7.4/40/20			古○不崇墳	1.9/7/13
或規旋矩○	11.7/60/23	**輒** zhé	10	王孫子喬○、蓋上世之	
厥風發屋○木	13.1/69/9			眞人也	1.10/7/26
而以○獄斷大刑	13.2/71/27	若不虔恪○顚踣	1.10/8/7	坿居○往聞而怪之	1.10/8/2
嗟夭○以摧傷	14.16/78/10	應時○去	2.7/13/26	其疾病危療○	1.10/8/7
中身早○曰悼	15.1/97/1	○別上聞	3.7/21/9	皇帝遣使○奉犧牲以致	
恭人短○曰哀	15.1/97/2	○辭疾	5.5/31/23	祀	1.10/8/10
短○不成曰殤	15.1/97/4	○令百官上封事	7.5/43/19	俾志道○有所覽焉	1.10/8/12
		臣○核問掾史邑子殷盛		王季之穆有虢叔○	2.1/8/25
哲 zhé	32	宿彥等	8.2/45/7	聆嘉聲而響和○	2.1/8/30
		○流汗墨	8.3/45/29	而德音猶存○	2.1/9/4
克明克○	1.1/1/5	○立一廟	9.6/49/8	中葉當周之盛德有嬀滿	
翼我○聖	1.6/5/2	（○）〔謹〕先顚踣	11.2/58/7	○	2.2/9/14
聰叡明○	2.1/8/26	○興異議	13.1/69/18	先生有四德○	2.2/9/18
受明○之上姿	2.2/9/16			反于端懿○	2.2/9/24
前○之所不過也	2.2/10/3	**蟄** zhé	4	昔○先生甚樂茲土	2.2/10/7
梁崩○萎	2.3/10/27			俾後世之歌詠德音○	2.2/10/8
含聖○之淸和	2.4/11/13	父隱約○瘁	3.2/16/12	死而不朽○也	2.3/11/6
自貽○命	2.5/12/15	以驚○爲孟春中	10.2/55/5	來○曷聞	2.3/11/7
誕茲明○	2.7/14/3	○蟲始震	10.2/55/6	從命而顚覆○	2.5/12/4
天啓○心	2.8/14/22	應龍蟠○	12.22/67/19	如此○十餘年	2.5/12/8
仁○生	3.1/16/4			處○有表	2.5/12/12
故能明○	3.2/16/28	**者** zhě	416	作○七人焉	2.5/12/12
公體資明○	3.3/17/18			如君之至○與	2.5/12/13
天敏明○	3.6/20/8	子孫之在不十二姓○	1.1/1/16	及其學而知之○	2.6/12/27
既明且○	4.1/23/4	而爲之屈辱○多矣	1.1/1/22	童冠自遠方而集○	2.6/13/1
凡聖○之遺教	4.2/23/11	主○以舊典宜先請	1.1/2/2	有士會○爲晉大夫	2.7/13/13
聰明叡○	4.2/24/4	來○忘歸	1.1/2/23	虛己迓之	2.7/13/19
降生我○	5.2/30/1	去○願還	1.1/2/23	好事○覺之	2.7/13/26
嗟哉明○	5.4/31/13	在百里○	1.1/2/25	綽有餘裕○已	2.8/14/17
明○君子	6.1/32/18	未有若茲○也	1.1/2/25	字叔則○	2.9/14/29
及筭求匹明○	6.5/34/24	與聞公之昌言○	1.4/3/23	知我○其蔡邕	2.9/15/5
時惟○母	6.6/35/10	爲受罰○所章	1.6/4/20	四方學○自遠而至	3.1/15/17

正直疾枉清儉該備○矣	3.1/15/26	僉以爲因其所利之事○	6.1/32/24	公	7.4/42/11
若茲巍巍○乎	3.1/16/2	不可已○也	6.1/32/24	有僮仆○不道	7.4/42/12
皇帝遣中謁○陳遂、侍		其先張仲○	6.2/33/9	近○每以辟召不愼	7.4/42/20
御史馬助持節送柩	3.2/16/9	自然之素○已	6.2/33/12	其遠○六年	7.5/43/12
公孫同倫莫能齊焉○矣	3.2/16/15	論○嘉之	6.2/33/12	近○三歲	7.5/43/12
論○不見	3.2/16/19	（傳）〔傅〕○太勤	6.4/34/12	預知所言○當必怨臣	7.5/43/18
得人臣之上儀○已	3.2/16/20	近○不旋	6.5/35/5	而言○不蒙延納之福	7.5/43/20
克稱斯位○	3.2/16/25	仁○壽長	6.6/35/20	誰敢復爲陛下盡忠○乎	7.5/43/20
姬姓之國有楊侯○	3.3/17/8	齋○、所以致齊不敢渙		言事○欲陷臣父子	7.5/43/21
如公之至○乎	3.3/17/18	散其意	7.1/36/8	非復發糾姦伏、補益國	
升諸帝朝○	3.3/17/18	頃○已來	7.2/36/17	家○也	7.5/43/22
後生賴以發袪蒙蔽、文		士馬死傷○萬數	7.2/36/18	今○橫見逮及	7.5/43/24
其材素○	3.4/18/5	今○刺史數旬不選	7.2/36/24	龐出宮妾免遣宗室沒入	
有始有卒○已	3.4/18/10	禁之薄○	7.2/36/24	○六百餘人	8.1/44/13
學○所集	3.7/21/12	若諸州刺史器用可換○	7.2/37/3	消無妄之運○也	8.1/44/26
贊之○用力少	3.7/21/14	其設不戰之計、守禦之		博問橼史孝行卓異○	8.2/45/3
而探微知機○多	3.7/21/14	因○	7.3/37/17	家無典學	8.2/45/9
寫還新○	3.7/21/14	未有不悔○也	7.3/37/21	受○不能荅其問	8.4/46/9
命世希有○已	3.7/21/17	出○莫察	7.3/37/24	今○受爵十有一人	9.1/47/9
仁○（壽）宜享（胡考）		弱○伏尸	7.3/38/2	臣等謹案《漢書》高祖	
〔鮐耇〕	3.7/21/19	彊○作寇	7.3/38/2	受命如卓	9.1/47/11
及志在州里○	3.7/21/22	昔○高祖乃忍平城之恥	7.3/38/7	憎疾臣○隨流埋沒	9.2/47/17
賴而生○	3.7/21/25	于是何○爲甚	7.3/38/7	況于論○	9.2/47/26
未有若公○焉	4.1/22/25	專勝○未必克	7.3/38/12	臣○何人	9.9/50/28
中謁○董訢弔祠護喪	4.1/22/27	挾疑○未必敢	7.3/38/12	元功翼德（○）與共天	
遂至大位○	4.3/25/4	有一不備而歸○	7.3/38/15	下〔○〕爵土	9.9/51/3
輔世樹功流化○	4.3/25/5	何○爲大	7.3/38/16	今○聖朝遷都	9.9/51/7
手三盆于蠶館○	4.5/26/5	其罷弊有不可勝言○	7.3/38/18	明堂○、天子太廟	10.1/51/27
天子使中常侍謁○李納		未嘗爲民居○乎	7.3/38/19	所以宗祀其祖、以配上	
弔	4.5/26/15	則所謂天投虹○也	7.4/39/12	帝○也	10.1/51/27
前後奉斯禮○三十餘載	4.6/26/28	不見尾足○	7.4/39/12	離也○、明也	10.1/51/29
言仁○其壽長	4.6/27/8	蜺○、斗之精氣也	7.4/39/14	生○乘其能而至	10.1/52/1
使卜○王長卜之	5.1/28/17	意○陛下（關）〔樞〕		死○論其功而祭	10.1/52/1
帝○之上儀	5.1/28/23	機之內、衽席之上	7.4/39/16	君人○將昭德塞違	10.1/52/7
故曰社○、土地之主也	5.3/30/9	所從出門之正○也	7.4/41/6	太學○、中學明堂之位	
溫恭淑愼○也	5.4/31/3	小人在顯位○	7.4/41/8	也	10.1/52/19
詔使謁○劉悝齎印綬	5.4/31/7	至于今○	7.4/41/20	學○詔焉	10.1/52/29
君聞使○至	5.4/31/7	今○道路紛紛	7.4/41/25	令祀百辟卿士之有德于	
使○致詔	5.4/31/7	復云有程夫人○	7.4/41/26	民○	10.1/52/29
詔使〔謁〕○王謙〔弔〕		爲官○踰時不覺	7.4/42/2	其無位○	10.1/53/1
	5.4/31/10	（哉）〔裁〕取典計教		明堂○、所以明天氣、	
詔使謁○劉悝即授印綬	5.5/31/24	○一人綴之	7.4/42/2	統萬物	10.1/53/3
詔出遣使○王謙以中牢		如玉（渚）〔○〕	7.4/42/3	言王○動作法天地	10.1/53/4
具祠	5.5/31/25	論○疑太尉張顥與交貫		即王制所謂以訊馘告○	
來迎○三十四人	5.5/32/1	爲玉所進	7.4/42/4	也	10.1/53/9
觀○嘆息	5.5/32/4	近○不治	7.4/42/5	言行孝○	10.1/53/11
苟有可以惠斯人○	6.1/32/23	三事○但道先帝策護三		行悌○	10.1/53/11

四鄉五色○	10.1/53/18	從○如懸	11.6/60/13	君子固當志其大○	13.1/70/17
王○之大禮也	10.1/53/19	衡○如編	11.6/60/13	及其還○	13.1/70/20
古○諸侯朝正于天子	10.1/54/2	秒○邪趣	11.6/60/13	東郡有盜人妻○	13.1/70/27
庶明王復興君人○	10.1/54/5	蘊作○之莫刊	11.6/60/17	而有效于前○也	13.2/71/9
問○曰	10.2/54/13	德弘○建宰相而裂土	11.8/61/11	是又新元效于今○也	13.2/71/10
	10.2/54/27, 10.2/55/1	才羨○荷榮祿而蒙賜	11.8/61/11	謁○宣誦	13.2/71/10
	10.2/55/5, 10.2/55/9	而忽蹉跌之敗○已	11.8/61/14	可與衆共別○	13.2/71/21
	10.2/55/13, 10.2/55/20	于是智○騁詐	11.8/61/17	可得而見○	13.2/71/22
	10.2/55/24, 10.2/55/28	辯○馳說	11.8/61/17	可以易奪甘石、窮服諸	
	10.2/56/4, 10.2/56/9	連衡○六印磊落	11.8/61/19	術○	13.2/71/24
及前儒特爲章句○	10.2/54/14	合縱○駢組陸離	11.8/61/19	謬之甚○	13.2/71/30
過被學○聞家就而考之		矗○洪源辟而四隩集	11.8/61/28	往○壽王之術	13.2/72/4
	10.2/54/19	夸○死權	11.8/62/3	非群臣議○所能變易	13.2/72/5
其要○莫大于《月令》		不知我○	11.8/62/16	是以古之交○	13.3/72/9
	10.2/54/21	使○與郡縣戶曹掾吏登		而論○諄諄如也	13.3/72/11
苟便學○以爲可覽	10.2/54/24	山升祠	12.1/62/31	疾淺薄而襃攜貳○有之	
彊說生名○同	10.2/54/31	可謂生民之英○已	12.5/64/5		13.3/72/12
求曉學○	10.2/55/2	彬有過人○四	12.7/64/16	惡朋黨而絕交游○有之	
宜以當時所施行度密近		修仁履德○	12.12/65/23		13.3/72/12
○	10.2/55/2	少○是懷	12.17/66/24	彼貞士○	13.3/72/14
祈○、求之祭也	10.2/55/14	老○是安	12.17/66/25	則刺薄○博而洽	13.3/72/25
著《月令》○	10.2/55/15	道爲知○設	12.24/67/31	斷交○貞而孤	13.3/72/26
用犧牲○	10.2/55/15	馬爲御○良	12.24/67/31	所謂天子令德○也	13.4/73/1
更○刻木代牲	10.2/55/16	賢爲聖○用	12.24/67/31	曷于令德○也	13.4/73/3
閭尹○、內官也	10.2/55/21	辨爲知○通	12.24/67/31	《周禮・司勳》「凡有	
本官職○	10.2/55/24	風○、天之號令	13.1/69/6	大功○銘之太常」	13.4/73/4
無言七○	10.2/55/26	從其安○	13.1/69/13	所謂諸侯言時計功○也	13.4/73/5
昏正○、昏中也	10.2/56/1	皆帝○之大業	13.1/69/16	所謂大夫稱伐○也	13.4/73/8
說○見其三句	10.2/56/11	以致肅祗○也	13.1/69/19	物不朽○	13.4/73/9
略舉其尤○也	10.2/56/15	而近○以來	13.1/69/19	昔此徙○	13.5/73/14
問〔○曰〕	10.2/56/17	禮、妻妾產○	13.1/69/20	近○歲餘	13.5/73/14
皆順五行○也	10.2/56/18	三月不祭○	13.1/69/21	今○一行而犯其兩	13.9/74/3
五時所食○	10.2/56/19	頃○立朝之士	13.1/69/29	愚○謂之醜	13.11/74/13
土、五行之尊○	10.2/56/22	夫司隸校尉、諸州刺史			13.11/74/14
牛、五畜之大○	10.2/56/22	所以督察姦枉、分別		賢○謂之惡	13.11/74/14
無足以配土德○	10.2/56/23	白黑○也	13.1/70/1		13.11/74/14
寅虎非可食○	10.2/56/23	是時奉公○欣然得志	13.1/70/4	舞○亂節而忘形	14.11/77/7
書○轉誤	10.2/56/31	邪枉○憂悸失色	13.1/70/4	王○至尊	15.1/79/18
立字法○不以形聲	10.2/57/1	夫執狐疑之計○	13.1/70/5	皇○、煌也	15.1/79/30
妻○、齊也	10.2/57/2	養不斷之慮○	13.1/70/5	帝○、諦也	15.1/79/30
無續志○	11.2/57/28	臣聞古○取士	13.1/70/10	古○尊卑共之	15.1/80/1
其難○皆以付臣	11.2/57/30	夫書畫辭賦、才之小○			15.1/80/23
臣欲刪定○一	11.2/58/8		13.1/70/11	陛下○、陛階也	15.1/80/5
所當接續○四	11.2/58/8	作○鼎沸	13.1/70/13	謂之陛下○	15.1/80/5
臣欲著○三	11.2/58/8	其高○頗引經訓風喻之		故呼在陛下○而告之	15.1/80/6
所識○又恐謬誤	11.2/58/10	言	13.1/70/13	及群臣士庶相與言曰殿	
不得其命○甚衆	11.3/58/18	其未及○	13.1/70/14	下、閣下、〔足下〕	

、〔侍○〕、執事之			古○天子親袓割牲	15.1/82/28	以陵寢爲廟○三　　15.1/91/18
屬皆此類也	15.1/80/7		使○安車輭輪送迎而至		追號爲后○三　　　15.1/91/19
上○、尊位所在也	15.1/80/9		其家	15.1/82/28	皇子封爲王○　　　15.1/92/10
謂天子所服食○也	15.1/80/12		閏月○、所以補小月之		15.1/92/15
亦依違尊○所都	15.1/80/17		減日	15.1/83/14	漢興以皇子封爲王○得
禁中○、門戶有禁	15.1/80/20		其一明○爲正妃	15.1/83/21	茅土　　　　　　15.1/92/12
非侍御○不得入	15.1/80/20		三○爲次妃也	15.1/83/21	封爲侯○　　　　　15.1/92/16
後遂無言之○	15.1/80/21		王○子女封邑之差	15.1/83/27	群臣異姓有功封○　15.1/92/16
璽○、印也	15.1/80/23		異姓婦女以恩澤封○曰		功德優盛朝廷所異○15.1/92/17
印○、信也	15.1/80/23		君	15.1/83/28	在京○亦隨時見會　15.1/92/19
此諸侯大夫印稱璽○也			所謂祖稱曰廟○也	15.1/84/8	臘○、歲終大祭　　15.1/93/2
	15.1/80/25		壇謂築土而無屋○也	15.1/84/12	侍中、中常侍、侍御史
幸○、宜幸也	15.1/80/28		古○有命將行師	15.1/84/17	、主○郎令史皆執注
御○、進也	15.1/81/4		古○天子亦取亡國之社		以督整諸軍車騎　15.1/93/11
親愛○皆曰幸	15.1/81/5		以分諸侯	15.1/84/22	黃屋○、蓋以黃爲裏也
策○、簡也	15.1/81/7		凡樹社○、欲令萬民加			15.1/93/21
短○半之	15.1/81/7		肅敬也	15.1/85/25	左纛○、以氂牛尾爲之
其諸侯王三公之薨于位			露之○、必受霜露以達			15.1/93/23
○	15.1/81/8		天地之氣	15.1/85/28	金鑱○、馬冠也　　15.1/93/23
唯此爲異○也	15.1/81/10		樹之○、尊而表之	15.1/85/28	方釳○　　　　　　15.1/93/24
制書、帝○制度之命也			先農神、先農○蓋神農		如索裙○是也　　　15.1/93/25
	15.1/81/12		之神	15.1/86/1	重轂○、轂外復有一轂
詔書○、詔誥也	15.1/81/17		其一○居江水	15.1/86/8		15.1/93/27
凡群臣上書于天子○有			其一○居若水	15.1/86/8	車皆大夫載鸞旗○　15.1/94/3
四名	15.1/81/24		其一○居人宮室樞隅處 15.1/86/9		古○諸侯貳車九乘　15.1/94/4
章○、需頭	15.1/81/26		凡祭號牲物異于人○	15.1/87/11	舞○服之　　　　　15.1/94/14
稱稽首上書謝恩、陳事			三公○、天子之相	15.1/88/14	三公及諸侯之祠○　15.1/94/18
詣闕通○也	15.1/81/26		侯○、候也	15.1/88/14	謁○冠高山冠　　　15.1/95/1
奏○、亦需頭	15.1/81/28		伯○、白也	15.1/88/15	執事○皮弁服　　　15.1/95/1
送謁○臺也	15.1/82/1		子○、滋也	15.1/88/15	大樂郊社祝舞○冠建華15.1/95/2
表○、不需頭	15.1/82/3		男○、任也	15.1/88/16	迎氣五郊舞○所冠　15.1/95/2
詣尚書通○也	15.1/82/4		守○、秦置也	15.1/88/18	幘○、古之卑賤執事不
大夫以下有同姓官別○			諸侯王、皇子封爲王○		冠○之所服也　　15.1/95/5
言姓	15.1/82/5		稱曰諸侯王	15.1/88/21	執事○皆赤幘　　　15.1/95/7
公卿使謁○將大夫以下			徹侯、群臣異姓有功封		知皆不冠○之所服也　15.1/95/7
至吏民尚書左丞奏聞			○稱曰徹侯	15.1/88/21	冠進賢○宜長耳　　15.1/95/9
報可	15.1/82/5		朝侯、諸侯有功德○	15.1/88/22	冠惠文○宜短耳　　15.1/95/9
若臺閣有所正處而獨執			王○耕耤田之別名	15.1/88/25	今謁○服之　　　　15.1/95/13
異意○曰駮議	15.1/82/7		以節觀○	15.1/89/1	以其君冠賜謁○　　15.1/95/14
其合于上意○	15.1/82/8		八○、象八風	15.1/89/5	《左氏傳》有南冠而縶
王○臨撫之別名	15.1/82/14		王○必作四夷之樂以定		○　　　　　　　15.1/95/21
地下之衆○莫過于水	15.1/82/16		天下之歡心	15.1/89/14	知天文○服之　　　15.1/96/3
地上之衆○莫過于人	15.1/82/16		震○、木也	15.1/89/17	天地五郊、明堂月令舞
天子父事三老○	15.1/82/26		凡與先帝先后有瓜葛○	15.1/91/8	○服之　　　　　15.1/96/4
兄事五更○	15.1/82/26		及諸侯王、大夫郡國計		今○不用　　　　　15.1/96/10
更○、長也	15.1/82/26		吏、匈奴朝○西國侍		卻非冠、宮門僕射○服
皆取首妻男女完具○	15.1/82/27		子皆會	15.1/91/8	之　　　　　　　15.1/96/14

古〇天子冠所加〇	15.1/96/21	**真** zhēn	15	**箴** zhēn	1

珍 zhēn　3

袤寶懷〇	2.3/11/7	王孫子喬者、蓋上世之		古人所〇	12.20/67/10
惟邦之〇	2.8/14/24	〇人也	1.10/7/26		
協符瑞之〇	5.1/28/21	故知至德之宅兆、〇人		**臻** zhēn	5

貞 zhēn　33

		之先祖也	1.10/8/7	蟊蝥不〇	3.2/17/2
公稟性〇純	1.1/1/18	天〇淑性	2.9/14/29	〇乎漢	5.4/30/25
廷尉郭〇私與公書	1.1/1/23	特以其静則〇一審固	3.2/16/13	所以〇乎大順	10.1/54/6
〇以文章得用鬼薪	1.1/1/24	本道根〇	3.2/17/1	炎赫來〇	12.29/68/24
終始爲〇	1.6/5/3	玄覽孔〇	3.6/20/8	既〇門屛	14.2/75/7
是〇儉之稱文也	1.7/5/28	膺期挺（生）〔〇〕	3.7/21/27		
〇良者封植	1.8/7/2	但當察其〇僞以加黜陟	7.4/42/19	**鍼** zhēn	1
好是〇屬	1.9/7/18	脩業思〇	11.8/62/17		
秉純〇	1.10/8/14	審辨〇僞	12.6/64/12	或櫛比〇列	11.7/60/22
〇固足以幹事	2.1/8/28	體其德〇	12.19/67/5		
恭順〇屬	2.2/9/21	外若玄〇	12.21/67/15	**枕** zhěn	1
〇屬精粹	2.5/11/27	以覈〇僞	13.1/70/22		
〇節先生	2.7/14/2	味道守〇	13.7/73/24	理被〇	15.1/91/6
於顯〇節	2.7/14/3	年祝、求永〇也	15.1/87/15		
終其益〇	2.9/15/8			**朕** zhěn	1
料閒〇實	3.1/15/21	**楨** zhēn	2		
（尤）〔允〕執丕〇	3.3/17/23			領州郡則有虎〇之威	1.6/4/24
履性〇固	4.1/22/10	作邦〇	3.1/16/4		
揚惠風以養〇	4.2/23/13	社稷之〇固也	8.3/45/21	**軫** zhěn	4
柔惠且〇	4.4/25/13				
可謂仁粹淑〇	6.2/33/12	**斟** zhēn	1	于是陳留主簿高吉蔡〇	
掾孫翻以（〇）〔禎〕				等	5.5/32/1
固之質	6.2/33/13	乃〇酌群言	11.8/61/4	念污〇之不呈	6.4/34/15
假〇石以書焉	6.5/34/20			未央宮輅〇中	7.4/40/10
使〇雅各得其所	7.4/39/18	**溱** zhēn	2	升輿下〇	9.9/50/23
〇夢至言	9.2/47/22				
雖《易》之〇屬	12.2/63/12	集零雨之〇〇	11.3/59/10	**陣** zhèn	1
〇操屬乎寒松	12.3/63/19				
厥德孔〇	12.5/64/7	**榛** zhēn	1	奐若星〇	11.7/60/21
蓍卦利〇	12.26/68/7				
《易》稱安〇	13.1/69/10	攢栿樸而雜〇楛兮	11.3/59/1	**振** zhèn	13
彼〇士者	13.3/72/14				
斷交者〇而孤	13.3/72/26	**甄** zhēn	1	威靈〇耀	1.5/4/9
〇心大度曰匡	15.1/96/27			名〇華夏	2.5/12/18
清白自守曰〇	15.1/97/1	〇述景行	2.6/13/6	名〇當世	2.6/13/2
				〇驚渤碣	8.1/44/9
		禎 zhēn	2	以廣〇驚西羆之美	8.3/45/28
				雖〇驚之集西雝	8.4/46/6
		上邽令皇甫〇	1.1/2/10	浸以不〇	9.1/47/3
		我賴其〇	3.7/22/3	揚波〇擊	11.6/60/11
				〇驚充庭	11.8/61/27

狂淫○蕩	11.8/62/3		
卒壞覆而不○	12.28/68/18		
○翼修形容	14.19/78/25		
《○鷩》、一章八句	15.1/87/25		

朕 zhèn　　10

○嘉君功	1.1/1/6, 3.5/19/13
	4.4/25/17
○嘉乃功	1.9/7/19
○聞古先聖王先天而天	
不違	13.2/71/26
自稱曰「○」	15.1/79/9
○、我也	15.1/80/1
堯曰○	15.1/80/1
皐陶與帝舜言曰「○言	
惠可底行」	15.1/80/1
屈原曰「○皇考」	15.1/80/2

震 zhèn　　16

○驚隴漢	1.1/1/26
遠近豫○	1.6/4/25
威不能○	2.8/14/23
帝乃○慟	3.5/19/8
莫不○肅	3.7/20/16
○驚帝師	4.7/27/21
百司○肅	5.2/29/12
臣聞陽微則地○	7.4/40/21
○驚京師	8.4/46/3
○驚王師	9.4/48/22
○懼益甚	9.9/51/1
蟄蟲始○	10.2/55/6
龍躍鳥○	11.6/60/12
且夫地將○而樞星直	11.8/62/9
帝出乎○	15.1/89/17
○者、木也	15.1/89/17

鎮 zhèn　　5

○表靈域	1.9/7/16
遣御史中丞鍾繇即拜○	
南將軍	3.7/21/5
邦家之○	4.2/24/7
封○書符	12.24/67/28
兼裳累○	14.5/76/1

爭 zhēng　　12

車師後部阿羅多、卑君	
相與○國	1.1/1/27
○訟化讓	2.2/9/20
○之不從	2.2/9/23
齊晉交○	3.6/19/21
豪雄虎○	3.7/20/18
與人靡○	6.4/34/12
不顧○臣七人之貴	7.2/37/1
是陰陽○明	7.4/40/27
○訟怨恨	13.1/70/29
○訟是非	13.2/71/7
富貴則人○趨之	13.3/72/12
貧賤則人○去之	13.3/72/13

怔 zhēng　　2

臣邑○營慚怖	9.8/50/12
○營喜懼	9.9/50/20

征 zhēng　　19

武功勒于○鉞	1.1/1/13
作茲○鉞軍鼓	1.5/4/8
烈祖楊喜佐命○伐	3.1/15/15
將○將邁	4.7/28/4
故護烏桓校尉夏育出○	
鮮卑	7.2/36/18
○討之作	7.3/37/13
西○大宛	7.3/37/18
有○無戰	7.3/38/14
○營怖悸	7.4/39/8
臣○營怖悸	7.5/43/11
○營累息	9.3/48/5
命將○服	9.4/48/22
天子出○	10.1/53/6
翩翩獨○	11.3/59/21
孔子斯○	11.8/61/22
眇翩翩而獨○	11.8/62/24
引漾灃而東○	14.1/74/23
通二門以○行兮	14.16/78/8
又有戎立車以○伐	15.1/93/15

猋 zhēng　　13

四時○嘗	2.2/10/2

夫○○至孝	4.2/23/28
于以○嘗	4.4/25/19
○畀祖靈	6.1/33/5
奉○嘗之祠	6.2/33/14
孝章皇帝至孝○○	9.6/49/13
天之○人	11.1/57/10
以孝○○	12.8/64/22
承祀○嘗	12.9/65/2
○嘗秋冬之所歌也	15.1/88/1

婧 zhēng　　2

陟蔥山之嶕（嶢）〔○〕	
	11.3/58/27
廓巖堅以○嶸	11.3/59/1

鉦 zhēng　　3

始受旄鉞○鼓之任	1.5/4/3
○車介士	3.2/16/10
後有金○黃鉞黃門鼓車	15.1/94/4

蒸 zhēng　　4

相與欽慕《崧高》《○	
民》之作	4.2/24/3
○○雍雍	5.4/30/26
悠悠○黎	5.5/32/8

徵 zhēng　　41

○拜上谷太守	1.1/2/7
○拜議郎司徒長史	1.1/2/11
自將作大匠○	1.1/2/13
○度遼將軍	1.1/2/13
凡庶○不若	1.3/3/16
○拜度遼將軍	1.5/4/2
○拜議郎	1.6/4/19
即○拜度遼將軍	1.6/4/20
復○拜議郎	1.8/7/3
○拜尚書	1.8/7/3
信而有○	1.10/8/6
○士陳君	2.3/10/27
○辟交至	2.4/11/16
策命公車特○	2.5/12/6
公車特○	2.6/13/2, 3.3/17/12
博士○舉至孝	2.9/15/3

○入勸講	3.1/15/18	則思其心之○也	13.11/74/16	上稽典訓之○	8.1/44/29	
○拜博士	3.6/19/26	侍中、中常侍、侍御史		時中○大臣夏侯勝猶執		
若時○庸	3.6/20/9	、主者郎令史皆執注		議欲出世宗	9.6/49/10	
子授○拜五官中郎將	3.7/21/22	以督○諸軍車騎	15.1/93/11	○數世之所闕	9.6/49/24	
○拜大司農	4.1/22/17			少竊方○	9.9/50/21	
○拜太中大夫、尙書令		**正 zhèng**	**111**	昔之范○不亡禮讓	9.10/51/15	
、太僕、太常、司徒	4.1/22/19			人君之位莫○于此焉	10.1/51/29	
五○來備	4.1/23/3	屢以救○	1.1/1/24	其○中皆曰太廟	10.1/51/30	
○拜太中大夫	4.2/23/22	繫燉煌○處以聞	1.1/1/28	取其○室之貌	10.1/52/3	
○河南尹	5.2/29/14	遂○其罪	1.1/2/7	皆小樂○詔之于東序	10.1/52/27	
○拜將作大匠、大司農		故夏后氏○以人統	1.7/5/15	《易》○月之卦曰「益」		
、大鴻臚、大僕射	5.2/29/16	○身危行	1.7/5/19		10.1/53/23	
請○幽州諸郡兵出塞擊		《春秋》之○義也	1.7/6/11	天元○月己巳朔且立春		
之	7.3/37/8	宋有○考父	1.7/6/14		10.1/53/24	
《河圖祕○篇》曰	7.4/41/1	○直以醇其德	1.8/7/3	《戴禮・夏小○傳》		
休○誕漫	8.2/45/12	直道○辭	2.1/8/28	（曰）	10.1/53/29	
以辭○召之寵	8.3/45/24	以建寧二年○月乙亥卒	2.1/9/3	古者諸侯朝○于天子	10.1/54/2	
又不知《月令》○驗布		○身體化	2.2/9/18	在○月也	10.2/55/6	
在諸經	10.2/54/15	舉賢良方○	2.2/9/28、5.4/31/5	此故以爲問甚○	10.2/55/17	
《周官》《左傳》皆實			5.5/31/23	莫○于《周官》	10.2/55/24	
與《禮記》通等而不		資始既○	2.3/11/3	水昏○而栽水	10.2/55/29	
爲○驗	10.2/54/15	察賢良方○	2.5/12/5	昏○者、昏中也	10.2/56/1	
堯乃授○	12.8/64/22	允丁其○	2.5/12/15	哀○路之日滋	11.3/59/17	
休○乃降	12.10/65/8	九舉賢良方○	2.6/13/2	滌穢濁兮存○靈	11.8/62/23	
休○惟光	12.12/65/27	君受天○性	2.7/13/15	誕應○德	12.2/63/14	
厥○伊何	12.12/65/27	○直疾枉清儉該備者矣	3.1/15/26	君受天地之○氣	12.3/63/19	
酒○酒用	12.18/66/31	○席傳道	3.4/18/16	元○令午	12.25/68/3	
韻宮商兮動○羽	14.12/77/13	好是○直	3.6/19/28	重賢良方○、敦樸有道		
動角揚○	14.15/78/3	○于阿保	3.6/20/1	之選	13.1/69/25	
其○爲九卿	15.1/81/13	〔命〕內○機衡	4.2/23/12	莫圖○辭	13.1/69/30	
		聖主革○	4.2/23/22	孝武皇帝始改○朔	13.2/71/4	
拯 zhěng	**2**	車○馬閑	4.2/23/23	參議○處	13.2/71/11	
		○考父俯而循牆	4.2/23/27	今曆○月癸亥朔	13.2/71/20	
○微言之未絕	2.1/8/29	惡直醜○	5.2/29/13	舜叶時月○日	13.2/71/30	
○救怪異	7.5/43/18	○身履道	6.2/33/11	可謂○矣	13.2/72/1	
		朝春（政）〔○〕于王		君子以朋友講習而○人	13.3/72/9	
整 zhěng	**10**	室	6.5/34/27	其義敦以○	13.3/72/9	
		而后○位	7.4/40/11	至于仲尼之○教	13.3/72/22	
廷尉河南吳○等	1.6/4/26	明君○上下	7.4/40/22	無乃未若擇其○而黜其		
弘綱既○	4.2/23/23	太白○晝而見	7.4/40/25	邪與	13.3/72/24	
于是揔太原王允、雁門		所從出門之○者也	7.4/41/6	有宋大夫○考父	13.4/73/7	
畢○	4.3/24/13	○意請行	7.4/41/9	則思其心之○也	13.11/74/16	
長曰○、伯齊	4.6/26/29	無以○遠	7.4/42/5	圓和○直	14.8/76/22	
爰○其師	5.1/29/2	扶○黜邪	7.4/42/7	漢天子○號曰「皇帝」	15.1/79/9	
○威權	7.4/39/19	躅○憲法六千餘事	8.1/44/14	天子、○號之別名	15.1/79/28	
黜之以尊上○下	7.4/41/8	徒以○身率內	8.1/44/25	若臺閣有所○處而獨執		
以靖亂○殘	9.1/47/1	○三元之衡	8.1/44/26	異意者曰駁議	15.1/82/7	

九卿○履	15.1/82/28
三代建○之別名	15.1/83/3
夏以十三月爲○	15.1/83/3
故以爲○也	15.1/83/4
	15.1/83/6, 15.1/83/9
殷以十二月爲○	15.1/83/6
周以十一月爲○	15.1/83/9
以○歲數	15.1/83/14
其一明者爲○妃	15.1/83/21
周人上法帝譽○妃	15.1/83/23
五方○神之別名	15.1/85/15
帝顓頊之世舉以爲土○	
	15.1/85/24
帝顓頊之世舉以爲田○	
	15.1/85/26
春扈氏農○、趣民耕種	15.1/86/4
夏扈氏農○、趣民芸除	15.1/86/4
秋扈氏農○、趣民收斂	15.1/86/4
冬扈氏農○、趣民蓋藏	15.1/86/4
棘扈氏農○、常謂茅氏	15.1/86/5
行扈氏農○、晝爲民驅	
鳥	15.1/86/5
宵扈氏農○、夜爲民驅	
獸	15.1/86/6
桑扈氏農○、趣民養蠶	15.1/86/6
老扈氏農○、趣民收麥	15.1/86/6
改曰○	15.1/88/19
丞相匡衡、御史大夫貢	
禹乃以經義處○	15.1/90/25
天子以○月五日畢供後	
上原陵	15.1/91/7
○月上丁祠南郊	15.1/91/10
○月朝賀	15.1/92/25
故今獨以爲○月、十月	
朔朝也	15.1/92/27
○月歲首	15.1/93/2
金根箱輪皆以金鏄○黃	15.1/94/7

政 zhèng　82

弱冠從○	1.1/1/19
熙帝之○	1.6/5/3
雖嚴威猛○	2.2/9/20
郡○有錯	2.2/9/23
○以禮成	2.3/10/18
○之大經	2.4/11/12
君遂不從州郡之○	2.7/13/21

俄而冠帶士咸以群黨見	
嫉時○	2.7/13/24
疾是苛○	3.1/15/25
以爲《尚書》帝王之○	
要、有國之大本也	3.4/18/3
王○之紘綱	3.4/18/4
○事之實	3.4/18/11
翊明其○	3.5/19/2
賦○造次	3.7/20/17
賊臣專○	3.7/20/18
其爲○也	4.1/22/14, 4.3/24/21
賦○于外	4.1/23/1, 4.2/24/5
據賦○	4.3/25/4
○成功簡	5.2/29/12
○雖未宣	5.5/32/8
《洪範》「八○」	6.1/32/16
悉心○事	6.1/32/23
申于○府	6.1/32/24
扶翼○事	6.5/34/25
朝春（○）〔正〕于王	
室	6.5/34/27
吏調○密	7.3/38/6
特旨密問○事所變改施	
行	7.4/39/4
（○）〔故〕變不虛生	7.4/39/15
后攝○	7.4/40/12
婦人專○	7.4/40/13
改興○之原	7.4/40/17
皆有失○	7.4/40/27
治兵○	7.4/40/28
帝貪則○暴	7.4/41/1
指陳○要所先後	7.4/41/14
皆婦人干○之所致也	7.4/41/22
改○息譴	7.5/43/20
不以爲○	8.1/44/18
○不惠和	8.1/44/18
美義因○以出	8.2/45/12
委○冢宰	9.2/47/24
不閑○職	9.3/48/14
○參文宣	9.6/49/13
○事多舛	9.6/49/14
非本朝之○德	9.9/51/8
○教之所由生	10.1/52/2
所以順陰陽、奉四時、	
效氣物、行王○也	10.1/53/20
凡此皆合于大曆唐○	10.1/53/29
令無逆○	10.1/54/6

《月令》與《周官》竝	
爲時王○令之記	10.2/54/28
以應行三月○也	10.2/56/9
倕氏興○于巧工	11.8/62/19
○不嚴而事治	12.4/63/28
大顯爲○	12.13/66/3
則人主恆恐懼而修○	12.24/67/29
○悖德隱	13.1/69/9
○有苛暴	13.1/69/11
內知己○	13.1/69/24
陛下親○以來	13.1/69/26
以解《易傳》○悖德隱	
之言	13.1/69/27
博開○路	13.1/69/31
今始聞善○	13.1/70/6
足令海內測度朝○	13.1/70/6
匡國理○	13.1/70/11
聽○餘日	13.1/70/12
三曰○	15.1/82/21
必于此社授以○	15.1/84/18
成王即○	15.1/87/20
將始即○	15.1/88/5
成王謀○于廟之所歌也	15.1/88/6
高帝、惠帝、呂后攝○	
、文帝、景帝、武帝	
、昭帝、宣帝、元帝	
、成帝、哀帝、平帝	
、王莽、聖公、光武	
、明帝、章帝、和帝	
、殤帝、安帝、順帝	
、沖帝、質帝、桓帝	
、靈帝	15.1/89/26
后代而攝○	15.1/90/6
太后攝○	15.1/90/6
孝元王皇后以太皇太后	
攝○	15.1/90/7
和熹鄧皇后攝○	15.1/90/7
順烈梁后攝○	15.1/90/8
桓思竇后攝○	15.1/90/9
后攝○則后臨前殿朝群	
臣	15.1/90/9
安仁立○曰神	15.1/96/27
怠○外交曰攜	15.1/97/4

鄭 zhèng　4

○國行秦	6.1/32/19

《左氏傳》晉程○爲乘		始受旄鉞鉦鼓○任	1.5/4/3	文以彰○	1.7/5/28
馬御	10.2/55/25	請且息州營橫發○役	1.5/4/4	是貞儉○稱文也	1.7/5/28
感昔○季	14.5/75/27	朝廷許○	1.5/4/4	是危身利民○稱文也	1.7/5/30
○子臧好聚鷸冠	15.1/96/4	執事無放散○尤	1.5/4/5	仲尼與○	1.7/6/1
		簿書有進入○贏	1.5/4/5	是勤學好問○稱文也	1.7/6/1
證 zhèng	**1**	守有山岳○固	1.5/4/6	死生以○	1.7/6/2
		攻有必克○勢	1.5/4/6	按古○以子配諡者	1.7/6/4
父以主簿嘗○太守	4.5/25/24	陳○東階	1.5/4/8	魯○季文子、孟懿子	1.7/6/5
		以昭公文武○勛焉	1.5/4/8	衛○孫文子、公叔文子	1.7/6/5
之 zhī	**1658**	如火○烈	1.5/4/9	皆諸侯○臣也	1.7/6/5
		公○在位	1.5/4/9	至于王室○卿大夫	1.7/6/5
如淵○浚	1.1/1/5	大鴻臚○曾孫	1.6/4/13	故雖侯伯子男○臣	1.7/6/10
如嶽○嵩	1.1/1/5	廣川相○孫	1.6/4/13	異國○人稱○皆然	1.7/6/11
如前傳○儀	1.1/1/12,4.2/24/2	東萊太守○元子也	1.6/4/13	《春秋》○正義也	1.7/6/11
相與述公○行	1.1/1/12	臨大節而不可奪○風	1.6/4/15	以例言○	1.7/6/11
事○實錄	1.1/1/13	在憲臺則有盡規○忠	1.6/4/24	有王叔劉氏○比	1.7/6/12
橋氏○先	1.1/1/16	領州郡則有虎胺○威	1.6/4/24	以臣子○辭言○	1.7/6/12
子孫○在不十二姓者	1.1/1/16	揚○由人	1.6/4/26	則有邾許鄭公○文	1.7/6/12
致○于理	1.1/1/20	熙帝○政	1.6/5/3	優老○稱也	1.7/6/14
時有椒房貴戚○託	1.1/1/20	昔在聖人○制諡也	1.7/5/9	配諡○稱也	1.7/6/14
公不爲○動	1.1/1/20	雖文武○美	1.7/5/9	亡○稱也	1.7/6/15
史魚○勁直	1.1/1/20	幽厲○穢	1.7/5/9	順乎門人臣子所稱○宜	1.7/6/15
山甫○不阿	1.1/1/20	惟天子與二等○爵	1.7/5/11	可于公父○中	1.7/6/16
而爲○屈辱者多矣	1.1/1/22	然後有○	1.7/5/11	有殷○胄	1.8/6/20
非接使銜命○儀	1.1/1/23	莫○或修	1.7/5/12	以奉成湯○祀	1.8/6/20
將軍嘉○	1.1/1/25	加陳留府君以益州○諡	1.7/5/12	後自沛遷于南陽○宛	1.8/6/21
揮鞭而定西域○事	1.1/2/1	是後覽○者	1.7/5/13	肅宗○世	1.8/6/22
廉訖乃上○	1.1/2/2	禮則宜○	1.7/5/13	以紹服祖禰○遺風	1.8/6/23
于是玄有汲黯憂民○心	1.1/2/3	謹覽陳生○議	1.7/5/14	獨念運際存亡○要	1.8/6/25
臨淄令賂○贓多	1.1/2/6	思忠文○意	1.7/5/14	而貪婪○徒	1.8/7/1
曉○不止	1.1/2/8	參○群學	1.7/5/14	乘○爲虐	1.8/7/1
其子殺○而捕得	1.1/2/8	稽○諡法	1.7/5/14	靡以尚○	1.8/7/4
沒入財賂非法○物	1.1/2/17	然則忠也者、人德○至		以知其先○德	1.8/7/8
自九列○後	1.1/2/21	也	1.7/5/15	其五月丙申葬于宛邑北	
曾無順媚一言○求	1.1/2/24	奉上○忠也	1.7/5/16	萬歲亭○陽	1.9/7/13
身殉○日	1.1/2/24	謀謗○忠也	1.7/5/17	舊兆域○南	1.9/7/13
清儉仁與○效	1.1/2/26	小大○獄必以情	1.7/5/17	今則易○	1.9/7/14
允世○表儀也已	1.1/2/26	情、「忠○屬也	1.7/5/18	用慰其孤罔極○懷	1.9/7/17
德則昭○	1.3/3/15	撫下○忠也	1.7/5/18	贈○服章	1.9/7/21
違則塞○	1.3/3/15	三者人○則	1.7/5/18	王孫子喬者、蓋上世○	
股肱○事既充	1.3/3/15	謇謇○諫	1.7/5/20	眞人也	1.10/7/26
三事○緝允備	1.3/3/16	果有顚覆不測○禍	1.7/5/21	莫○能紀	1.10/8/2
是惟臣○職	1.3/3/16	概謂○精麗者	1.7/5/26	當朣○夜	1.10/8/2
臣聞○	1.4/3/22	無衣帛○妾	1.7/5/26	坿居者往聞而怪○	1.10/8/2
以盡爲臣○節	1.4/3/23	無食粟○馬	1.7/5/26	有祭祀○處	1.10/8/3
與聞公○昌言者	1.4/3/23	忠、文○實也	1.7/5/27	時令太山萬熙稽古老○	
孝桓○季年	1.5/3/28	然則文、忠○彰也	1.7/5/28	言	1.10/8/5

感精瑞○應	1.10/8/5	俾後世○歌詠德音者	2.2/10/8	莫○肯就	2.6/13/3
于是好道○儔	1.10/8/6	知丘封○存斯也	2.2/10/8	生民○傑也	2.6/13/4
故知至德○宅兆、眞人		君○誨矣	2.2/10/9	懼微言○欲絕	2.6/13/5
○先祖也	1.10/8/7	德○休明	2.2/10/10	感絕倫○盛事	2.6/13/5
祗懼○敬肅如也	1.10/8/10	含元精○和	2.3/10/15	陶唐氏○後也	2.7/13/13
是以賴鄉仰伯陽○蹤	1.10/8/11	膺期運○數	2.3/10/15	漢文景○際	2.7/13/14
關民慕尹喜○風	1.10/8/11	使夫少長咸安懷○	2.3/10/16	時人未○或知	2.7/13/15
王季○穆有虢叔者	2.1/8/25	群僚賀○	2.3/10/23	虛己迁○者	2.7/13/19
或謂○郭	2.1/8/26	慚于文仲竊位○負	2.3/10/24	君遂不從州郡○政	2.7/13/21
（收）〔救〕文武○將		重于公相○位也	2.3/10/24	過則弼○	2.7/13/21
墜	2.1/8/29	稟岳瀆○精	2.3/10/27	闕則補○	2.7/13/21
拯微言○未絕	2.1/8/29	苞靈曜○純	2.3/10/27	通清夷○路	2.7/13/21
于時縲紲○徒、紳佩○		哀以送（以）〔○〕	2.3/11/4	塞邪枉○門	2.7/13/22
士	2.1/8/29	以爲遠近鮮能及○	2.3/11/5	以爲卜筮○術	2.7/13/25
猶百川○歸巨海	2.1/8/30	政○大經	2.4/11/12	乃屬卦〔于〕梁宋○域	2.7/13/26
鱗介○宗龜龍也	2.1/8/30	含聖哲○清和	2.4/11/13	好事者覺○	2.7/13/26
莫○能致	2.1/9/1	盡人才○上美	2.4/11/14	是則君○所以立節明行	2.7/13/28
群公休○	2.1/9/1	欽盛德○休明	2.4/11/18	如淵○清	2.7/14/3
將蹈洪崖○遐迹	2.1/9/2	懿鍾鼎○碩義	2.4/11/19	如玉○素	2.7/14/3
紹巢由○絕軌	2.1/9/2	闡德○宇	2.4/11/19	溷○不濁	2.7/14/3
凡我四方同好○人	2.1/9/3	探道○綱	2.4/11/19	涅○不污	2.7/14/4
乃相與推先生○德	2.1/9/4	群生○望	2.4/11/20	遺名○故	2.7/14/5
以圖不朽○事	2.1/9/4	陳留太守○孫	2.5/11/26	大會而葬○	2.8/14/19
亦賴○于見述也	2.1/9/5	光祿勳○子也	2.5/11/26	鼎俎○禮	2.8/14/19
受○自天	2.1/9/6	君應坤乾○淳靈	2.5/11/26	喪莫賈○	2.8/14/21
中葉當周○盛德有嬀滿		繼命世○期運	2.5/11/26	惟邦○珍	2.8/14/24
者	2.2/9/14	總六經○要	2.5/11/27	如春○榮	2.9/15/1
而封諸太昊○墟	2.2/9/15	括河、洛○機	2.5/11/27	惟世○英	2.9/15/2
春秋○末	2.2/9/15	乃俯而就○	2.5/12/2	彪○用文	2.9/15/2
君膺皇靈○清和	2.2/9/16	然猶私存衡門講誨○樂	2.5/12/3	莫○能起也	2.9/15/3
受明哲○上姿	2.2/9/16	又委○而旋	2.5/12/3	慕七人○遺風	2.9/15/4
憑先民○遐迹	2.2/9/16	世○雄材、優逸○徒	2.5/12/4	〔永〕有諷誦于先生○	
秉玄妙○淑行	2.2/9/16	擾攘○際	2.5/12/6	德	2.9/15/6
是以邦○子弟	2.2/9/19	如君○至者與	2.5/12/13	民○齊敏	2.9/15/6
未若先生潛導○速也	2.2/9/20	亶所謂天民○秀也	2.5/12/13	其君蓋周武王○穆	3.1/15/14
常幹州郡腹心○任	2.2/9/21	天賜○性	2.5/12/14	晉唐叔○后也	3.1/15/14
義則進○以達道	2.2/9/21	如星○布	2.5/12/15	公○丕考以忠蹇亮弼輔	
否則退○以光操	2.2/9/22	如山○固	2.5/12/16	孝安	3.1/15/16
爭○不從	2.2/9/23	先生既蹈先世○純德	2.6/12/24	浹辰○間	3.1/15/20
民○治情斂慾	2.2/9/24	體英妙○高姿	2.6/12/24	與○同蘭芳	3.1/15/21
百卉○挺于春陽也	2.2/9/25	有棠棣○華、萼韡○度	2.6/12/25	可謂立身無過○地	3.1/15/26
道○行廢	2.2/9/25	有上德○素	2.6/12/26	會如小祥○禮	3.2/16/11
七十有懸車○禮	2.2/9/28	恬蕩○固	2.6/12/26	公○祖納忠于前朝	3.2/16/12
具實錄○記	2.2/9/30	邑中化○	2.6/12/27	惟儉○尙	3.2/16/12
固上世○所罕有	2.2/10/3	及其學而知○者	2.6/12/27	自在弱冠布衣○中	3.2/16/14
前哲○所不過也	2.2/10/3	有名物定事○能	2.6/12/28	莫○能屈	3.2/16/15
鄉人○祠	2.2/10/5	獨見先睹○效	2.6/12/28	夫驕吝○釁	3.2/16/17

誠爲達事君○體	3.2/16/19	昔叔度文王○昭	3.6/19/20	生而知○	4.1/22/12
得人臣○上儀者已	3.2/16/20	履孝弟○性	3.6/19/22	其下望○如日月	4.1/22/16
以順公○雅	3.2/16/22	懷文藝○才	3.6/19/23	從○如影響	4.1/22/16
蓋吝○也	3.2/16/24	既討三五○術	3.6/19/23	以援立○功	4.1/22/17
以贊銘○	3.2/16/26	又采《二南》○業	3.6/19/23	永康○初	4.1/22/22
爲國○師	3.2/17/1	心棲清虛○域	3.6/19/25	諒闇○際	4.1/22/23
如山○堅	3.2/17/3	行在玉石○間	3.6/19/25	賜絲帛含斂○備	4.1/22/27
姬姓○國有楊侯者	3.3/17/8	規誨○策	3.6/19/28	故吏濟陰池喜感公○義	4.1/22/28
不苔州郡○命	3.3/17/11	乃從經術○方	3.6/20/3	率慕黃鳥○哀	4.1/22/28
不得已而應○	3.3/17/11	示以柴諶○威	3.6/20/3	凡聖哲○遺教	4.2/23/11
公以群公○舉	3.3/17/13	雖安國○輔梁孝	3.6/20/3	文武○未墜	4.2/23/11
股肱耳目○任	3.3/17/16	仲舒○相江都	3.6/20/4	帝用嘉○	4.2/23/13
如公○至者乎	3.3/17/18	慕唐叔○野棠	3.7/20/17	實掌金穀○淵藪	4.2/23/16
以爲《尙書》帝王○政		思王旉○驅策	3.7/20/17	戶邑○數	4.2/23/18
要、有國○大本也	3.4/18/3	雖孔、翟○聖賢	3.7/20/19	委以閫外○事	4.2/23/23
五代○微言	3.4/18/4	（育）〔鳥〕、賁○勇		窮生人○光寵	4.2/24/1
王政○紈綱	3.4/18/4	勢	3.7/20/19	享黃耇○遐紀	4.2/24/1
懔乎其見聖人○情旨也	3.4/18/5	備要塞○處	3.7/20/22	相與欽慕《崧高》《蒸	
乃以越騎校尉援侍華光		戍八方○邊	3.7/20/22	民》○作	4.2/24/3
○內	3.4/18/7	江湖○中	3.7/20/23	取言時計功○則	4.2/24/3
人臣○極位	3.4/18/9	無劫掠○寇	3.7/20/23	邦家○鎮	4.2/24/7
兼而有○	3.4/18/10	沅湘○間	3.7/20/23	僉謂公○德也	4.3/24/14
公喪○禮	3.4/18/11	無攘竊○民	3.7/20/23	總天地○中和	4.3/24/15
僉以爲匡弼○功	3.4/18/11	下民有康哉○歌	3.7/21/1	覽生民○上操	4.3/24/15
政事○實	3.4/18/11	群后有歸功○緒	3.7/21/1	睹皋陶○閫閾	4.3/24/15
詔策○文	3.4/18/12	謂○伯父	3.7/21/6	探孔子○房奧	4.3/24/16
若夫道術○美	3.4/18/12	雖周、召授分陝○任	3.7/21/7	然而約○以禮	4.3/24/16
授○方策	3.4/18/12	皆來請○	3.7/21/8	守○以恭	4.3/24/16
如玉○固	3.4/18/15	齊桓遷邢封衛○義也	3.7/21/9	寬○以納衆	4.3/24/16
如嶽○喬	3.4/18/16	受學○徒	3.7/21/12	用補〔贄〕前臣○所闕	4.3/24/19
鑽○斯堅	3.4/18/16	雖洙泗○間	3.7/21/12	刊○于碑	4.3/25/8
仰○彌高	3.4/18/16	方○蔑如也	3.7/21/13	保公○謨	4.4/25/16
承帝○問	3.4/18/16	贊○者用力少	3.7/21/14	夫人江陵黃氏○季女	4.5/25/23
公惟司徒○孫	3.5/18/22	言不及軍旅○事	3.7/21/15	漢南○士	4.5/25/24
太尉公○胤子	3.5/18/22	辭不逮官曹○文	3.7/21/15	即黃君○姊	4.5/25/25
敷典誥○精旨	3.5/18/26	上論《三墳》、《八索》		夫人懷聖善○姿	4.5/25/26
達聖王○聰叡	3.5/18/27	○典	3.7/21/16	韜因母○仁	4.5/25/26
亦總其熊羆○士	3.5/18/28	下陳輔世忠義○方	3.7/21/16	廣歷五卿七公再封○祿	4.5/26/1
不二心○臣	3.5/18/29	具送靈柩○資	3.7/21/22	九鼎○義	4.5/26/2
惟刑○恤	3.5/18/29	以爲申伯甫侯○翼周室	3.7/21/23	上有帝室龍光○休	4.5/26/5
于憲○中	3.5/18/30	受輅車、乘馬、玄袞、		下有堂宇斤斤○祚	4.5/26/5
國○元幹	3.5/18/30	赤舄○賜	3.7/21/24	康寧○時	4.5/26/8
公惟戢○	3.5/19/2	將軍○來	3.7/22/1	公○季子陳留太守碩卒	
公則翼○	3.5/19/7	欲報○德	3.7/22/3	于洛陽左池里舍	4.5/26/8
公則弼○	3.5/19/7	交阯都尉○元子也	4.1/22/10	魂氣所○	4.5/26/11
蓋倉頡○精胤	3.6/19/20	崎嶇儉約○中	4.1/22/11	帝舜以○	4.5/26/12
姬稷○末胄也	3.6/19/20	以盡孝友○道	4.1/22/11	季札以○	4.5/26/12

鑒帝籍○高論	4.5/26/12	即位鄗縣○陽	5.1/28/21	洒○于畎畝	6.1/32/27
綜精靈○幽情	4.5/26/12	五成○陌	5.1/28/22	粳黍稼穡○所入	6.1/33/1
稽先人○遐迹	4.5/26/13	禪梁父、皇代○遐迹	5.1/28/23	謂○樊惠渠云爾	6.1/33/2
順母氏○所寧	4.5/26/13	帝者○上儀	5.1/28/23	莫或遏○	6.1/33/2
遂營窀穸○事	4.5/26/14	褒述○義	5.1/28/27	莫或達○	6.1/33/3
舉封樹○禮	4.5/26/14	二漢○微	5.1/29/1	自然○素者已	6.2/33/12
雒陽東界關亭○阿	4.5/26/15	保○無疆	5.1/29/4	論者嘉○	6.2/33/12
瞻仰以知禮○用	4.5/26/18	蓋秦將李信○後	5.2/29/8	掾孫翻以（貞）〔頑〕	
家邦○媛	4.5/26/18	孝武大將軍廣○胄也	5.2/29/8	固○質	6.2/33/13
夫人編縣舊族章氏○長		公受純懿○資	5.2/29/9	受過庭○訓	6.2/33/14
女也	4.6/26/25	萃忠清○節	5.2/29/10	得大夫○祿	6.2/33/14
體季蘭○姿	4.6/26/26	群公薦○	5.2/29/15	奉烝嘗○祠	6.2/33/14
蹈思齊○迹	4.6/26/26	蓋有億兆○心	5.2/29/17	尋原祚○所由而至于此	6.2/33/15
故能參任姒○功	4.6/26/27	懿鑠○美	5.2/29/17	先考積善○餘慶	6.2/33/15
兼生人○榮	4.6/26/28	丕顯○化	5.2/29/17	陰德○陽報	6.2/33/15
夫人○存也	4.6/27/3	未○或逾	5.2/29/19	太尉公○孫	6.3/33/22
其實寧○	4.6/27/5	應鼎○足	5.2/30/1	司徒公○子	6.3/33/22
悲母氏○不永兮	4.6/27/6	人○云亡	5.2/30/3	雖冠帶○中士	6.3/33/25
惟子道○無窮兮	4.6/27/6	社祀○建尙矣	5.3/30/8	允公族○殊異	6.3/33/25
惜間誨○未央	4.6/27/6	昔在聖帝有五行○官	5.3/30/8	國家○輔佐	6.3/33/25
昔先聖○遺辭	4.6/27/7	故曰社者、土地○主也	5.3/30/9	雖成人○德	6.4/34/8
嗟母氏○憂患	4.6/27/8	又班○于兆民	5.3/30/10	感福祿○親愛	6.4/34/9
失延年○報祜	4.6/27/8	春秋○中	5.3/30/10	憐國城○乖離	6.4/34/9
原疾病○所由	4.6/27/9	命○供祠	5.3/30/10	明○○性	6.4/34/11
遭元子○弱夭	4.6/27/9	古陽武○戶牖鄉也	5.3/30/11	惜繁華○方曄兮	6.4/34/13
暨叔季○隕終	4.6/27/10	永平○世	5.3/30/12	嗟童孺○夭逝兮	6.4/34/14
尙魂魄○有依	4.6/27/12	首策誅○	5.3/30/13	傷慈母○肝情	6.4/34/14
潛幽室○黯漠	4.6/27/12	終身○致	5.3/30/16	庶神魄○斯寧	6.4/34/14
惜昭明○景輝	4.6/27/13	亦斯社○所相也	5.3/30/16	念污軫○不呈	6.4/34/15
嗟既逝○益遠	4.6/27/14	交阯都尉○孫	5.4/30/24	乃撰錄母氏○德履	6.5/34/20
襲先公○爵	4.7/27/20		5.5/31/22	示公○門人	6.5/34/20
顯有剖符○寄	4.7/27/23	太傅安樂侯○子也	5.4/30/24	諮○群儒	6.5/34/20
慎終○事	4.7/27/24	加○行己忠儉	5.4/31/2	四禮○教	6.5/34/23
追惟考君存時○命	4.7/27/25	與衆共○	5.4/31/2	德象○儀	6.5/34/24
或有神詰靈表○文	4.7/27/26	如鴻○翔	5.4/31/15	童子無驕逸○尤	6.5/34/26
作哀讚書○于碑	4.7/27/27	太傅安樂鄉侯○子也	5.5/31/22	婦妾無舍力○怨	6.5/34/26
匪惟驕○	4.7/28/2	逢天○戚	5.5/32/2	故能窮生人○光寵	6.5/34/26
昔予考○即世兮	4.7/28/6	蓋三綱○序與竝育	5.5/32/4	獲福祿○豐報	6.5/34/26
不知魂景○所存	4.7/28/8	古○遺愛	5.5/32/8	義方○訓	6.5/35/2
悼孤衷○不遂兮	4.7/28/8	有生○本	6.1/32/16	如川○流	6.5/35/2
開宮後殿居○	5.1/28/16	漑灌○便	6.1/32/17	允女○英	6.6/35/12
使卜者王長卜○	5.1/28/17	因高卑○宜	6.1/32/18	莫○與二	6.6/35/14
破前隊○衆	5.1/28/19	驅自行○勢	6.1/32/18	底○方穀	6.6/35/14
珍二公○師	5.1/28/19	牧人○吏	6.1/32/21	惟世○良	6.6/35/16
于是群公諸將據河、洛		遂諮○郡吏	6.1/32/24	納○軌度	6.6/35/17
○文	5.1/28/20	僉以爲因其所利○事者	6.1/32/24	惟德○極	6.6/35/19
協符瑞○珍	5.1/28/21	會○于新渠	6.1/32/27	陪臣○母	6.6/35/19

上帝〇祠	7.1/36/8	苟無蠻國內侮〇患	7.3/38/9	臣竊以意推〇	7.4/40/14
不在齋潔〇處	7.1/36/9	豈與蟲螳〇虜	7.3/38/10	人君〇象	7.4/40/15
生民〇本	7.2/36/19	校往來〇數哉	7.3/38/10	而聖主知〇	7.4/40/15
守禦〇備	7.2/36/19	破〇不可殄盡	7.3/38/11	而遂不成〇象也	7.4/40/16
卒有他方〇急	7.2/36/20	而本朝必爲〇盰食	7.3/38/11	若應〇不精	7.4/40/16
則役〇不可驅使	7.2/36/20	四海必爲〇焦枯	7.3/38/11	動作〇容	7.4/40/17
自爲寇虜則誅〇	7.2/36/21	夫煎盡府帑〇蓄	7.3/38/12	改興政〇原	7.4/40/17
豈非可憂〇難	7.2/36/21	以恣輕事〇人	7.3/38/12	夫以匹夫顏氏〇子	7.4/40/17
二州〇中	7.2/36/22	天子〇兵	7.3/38/14	知〇未嘗復行	7.4/40/18
少素有威名〇士	7.2/36/22	廝輿〇卒	7.3/38/15	則有休慶〇色	7.4/40/26
愚以爲三互〇禁	7.2/36/24	雖得越王〇首	7.3/38/15	審察中外〇言	7.4/40/28
禁〇薄者	7.2/36/24	猶爲大漢〇羞	7.3/38/15	申明門戶守禦〇令	7.4/40/28
得救時〇便也	7.2/36/28	威化不行則欲伐〇	7.3/38/15	而熒惑爲〇退舍	7.4/40/29
此先帝不誤已然〇事	7.2/36/29	與蠻夷〇不討	7.3/38/16	息不急〇作	7.4/41/2
三公明知二州〇要	7.2/36/29	宗廟〇祭	7.3/38/17	省賦役〇費	7.4/41/2
而乃持畏避自遂〇嫌	7.2/37/1	況避不遜〇辱哉	7.3/38/17	言天下何私家〇有	7.4/41/3
不顧爭臣七人〇貴	7.2/37/1	凶年隨〇	7.3/38/18	臣愚以爲平城門、向陽	
苟避輕微〇科禁	7.2/37/1	尚猶棄〇	7.3/38/19	〇門	7.4/41/5
用三臣〇法	7.2/37/3	況以障塞〇外	7.3/38/19	所從出門〇正者也	7.4/41/6
請徵幽州諸郡兵出塞擊		臣愚以爲宜止攻伐〇計	7.3/38/19	國家〇本兵也	7.4/41/6
〇	7.3/37/8	若乃守邊〇術	7.3/38/20	黜〇以尊上整下	7.4/41/8
漢有衛霍閻顏瀚海竇憲		保塞〇論	7.3/38/20	去暴悖〇愆	7.4/41/9
燕然〇事	7.3/37/13	循二子〇策	7.3/38/21	抑諸侯〇彊	7.4/41/9
征討〇作	7.3/37/13	守先帝〇規	7.3/38/21	陵主〇漸	7.4/41/9
而未聞鮮卑〇事	7.3/37/16	問臣邑災異〇意	7.4/39/7	棄法〇咎	7.4/41/9
其設不戰〇計、守禦〇		蜺〇比無德	7.4/39/12	亦臣輸寫肝膽出命〇秋	7.4/41/16
因者	7.3/37/17	有兵革〇事	7.4/39/14	皆亡國〇怪也	7.4/41/17
皆社稷〇臣	7.3/37/17	蜺者，斗〇精氣也	7.4/39/14	赤帝〇精	7.4/41/18
永久〇策也	7.3/37/17	意者陛下（關）〔樞〕		春秋魯定、哀公〇時	7.4/41/19
孝武皇帝因文景〇蓄	7.3/37/17	機〇內、衽席〇上	7.4/39/16	災眚〇發不于他所	7.4/41/20
乃興鹽鐵酤榷〇利	7.3/37/19	臣或爲〇	7.4/39/20	皆婦人干政〇所致也	7.4/41/22
設告緡重稅〇令	7.3/37/19	謂〇凶害	7.4/39/20	藏晦惑〇罪	7.4/41/24
繡衣直指〇使	7.3/37/20	皇〇不極	7.4/39/24	且侍御于百里〇內而知	
況無彼時、地利、人財		則有下謀上〇病	7.4/39/24	外事	7.4/42/1
〇備	7.3/37/22	解帷組佩〇	7.4/39/25	何緣聞〇	7.4/42/1
今育晏以三年〇期	7.3/37/25	臣竊思〇	7.4/39/27	所以令安〇也	7.4/42/1
諸夏〇內	7.3/38/2	將狂狡〇人	7.4/40/2	（哉）〔裁〕取典計教	
邊垂〇患	7.3/38/2	爲王氏〇禍	7.4/40/2	者一人綴〇	7.4/42/2
手足〇蚧搔也	7.3/38/2	夫誠仰見上帝〇厚德也	7.4/40/3	如誠有〇	7.4/42/4
中國〇困	7.3/38/2	建大中〇道	7.4/40/4	九列〇中	7.4/42/5
胸背〇癕疽也	7.3/38/3	舉賢良而寵祿〇	7.4/40/4	當以見災〇故	7.4/42/8
日月有〇	7.3/38/5	皆貌〇失也	7.4/40/9	以解《易傳》所載小人	
冠帶〇圻	7.3/38/5	貌〇不恭	7.4/40/9	在位〇咎	7.4/42/8
昔者高祖乃忍平城〇恥	7.3/38/7	王氏〇寵始盛	7.4/40/12	國〇老成	7.4/42/9
呂后甘棄慢書〇咎	7.3/38/7	牝雞〇晨	7.4/40/13	有山甫〇姿	7.4/42/9
其外則介〇夷狄	7.3/38/9	惟家〇索	7.4/40/13	君〇四體	7.4/42/11
其內則任〇良吏	7.3/38/9	尚有索家不榮〇名	7.4/40/14	當此〇際	7.4/42/13

浮輕○人不引在朝廷	7.4/42/13	賞○所及	8.1/44/19	定嫌審○分	8.4/46/11
淺短○書	7.4/42/13	永元○世	8.1/44/21	莫○能奪	8.4/46/12
不獨得○于迫沒○三公也	7.4/42/14	篤繼國○祚	8.1/44/26	在唐虞則元凱○比	8.4/46/12
《春秋》○義	7.4/42/14	正三元○衡	8.1/44/26	當仲尼則顏冉○亞	8.4/46/12
非典衡○道	7.4/42/16	康百六○會	8.1/44/26	豈徒世俗○凡偶兼渾	8.4/46/13
則上方巧技○作	7.4/42/17	消無妄○運者也	8.1/44/26	非所以彰環瑋○高價	8.4/46/14
洪都篇賦○文	7.4/42/18	始建光烈○稱	8.1/44/27	昭大知○絕足也	8.4/46/15
畏天○怒	7.4/42/18	加○以德	8.1/44/27	函牛○鼎以烹雞	8.4/46/15
士○高選	7.4/42/19	違禮大行受大名、小行受小名○制	8.1/44/28	大器○于小用	8.4/46/16
試○以文	7.4/42/20	上稽典訓○正	8.1/44/29	怪此寶鼎未受犧牛大羹○和	8.4/46/16
而竝以書疏小文一介○技	7.4/42/20	下協先帝○稱	8.1/44/29	久（佐）〔在〕煎熬爨戴○間	8.4/46/17
莫○敢言	7.4/42/21	嚼棗肉○哺	8.2/45/5	就讓疾病當親察○	8.4/46/17
下開託屬○門	7.4/42/22	麥飯寒水開用○	8.2/45/5	躋○宗伯	8.4/46/18
忍而絕○	7.4/43/1	雖成人○年	8.2/45/10	納○機密	8.4/46/18
群公○福	7.4/43/3	如禮議義○士	8.2/45/10	則顏淵不得冠德行○首	8.4/46/19
諸侯陵主○戒	7.4/43/3	伏惟陛下體因心○德	8.2/45/10	子奇不得紀治阿○功	8.4/46/19
上有漏言○戒	7.4/43/4	當中興○運	8.2/45/11	臣某等聞周有流彘○亂	9.1/46/27
下有失身○禍	7.4/43/4	太平○萌	8.2/45/12	漢有昌邑○難	9.1/46/27
無使盡忠○吏受怨姦讎	7.4/43/5	周宣○興	8.2/45/13	由此觀○	9.1/46/27
郤不爲用致怨○狀	7.5/43/11	禽鳥○微	8.2/45/14	國○楨棟	9.1/47/1
皆非結恨○本	7.5/43/13	況未稟純粹○精爽	8.2/45/14	太尉鄾侯卓起自東土封畿○外	9.1/47/5
爲陛下圖康寧○計而已	7.5/43/18	立百行○根原	8.2/45/14	漏刻○間	9.1/47/7
豈不負盡忠○吏哉	7.5/43/19	區區○楚	8.3/45/20	上解國家播越○危	9.1/47/7
而言者不蒙延納○福	7.5/43/20	由此言○	8.3/45/21	下救兆民塗炭○禍	9.1/47/8
反陷破亡○禍	7.5/43/20	國家○元龜	8.3/45/21	近臣幸臣一人○封	9.1/47/9
陛下仁篤○心	7.5/43/26	社稷○楨固也	8.3/45/21	上違聖主寵嘉○至	9.1/47/10
思○未至耳	7.5/43/26	昔孝文慍匈奴○生事	8.3/45/21	下乖群生瞻仰○望	9.1/47/11
臣死○日	7.5/43/27	孝宣忿姦邪○不散	8.3/45/22	責以相業○成	9.1/47/12
則生○年也	7.5/43/27	藏器林藪○中	8.3/45/24	陛下天地○大德	9.2/47/18
貫魚○次	8.1/44/7	以辭徵召○寵	8.3/45/24	三月○中	9.2/47/19
中饋○敘	8.1/44/7	先帝嘉○	8.3/45/24	臣聞世宗○時	9.2/47/22
三元○厄	8.1/44/8	青兗○郊	8.3/45/25	則臣○心厭抱釋	9.2/47/28
家有采薇○思	8.1/44/9	則漢室○干城	8.3/45/28	以受酒禮嘉幣○賜	9.3/48/8
人懷殿屎○聲	8.1/44/9	則皇家○腹心	8.3/45/28	雖父母○于子孫	9.3/48/11
求人○瘼	8.1/44/10	以廣振鷺西雝○美	8.3/45/28	以命繼○	9.3/48/15
垂疇咨○問	8.1/44/10	不堪○責	8.3/45/29	遭王莽○亂	9.4/48/20
遵六事○求	8.1/44/10	明將軍以申甫○德	8.4/46/3	推皇天○命以已行○事	9.4/48/22
以展孝子承歡○敬	8.1/44/13	當中興○隆	8.4/46/3	自古有○	9.4/48/23
以順漢氏三百○期	8.1/44/14	建上將○任	8.4/46/3	賴祖宗○靈以獲有瘳	9.4/48/24
遵忠孝○紀	8.1/44/16	應秉國○權	8.4/46/3	勿（普）〔替〕引○	9.5/49/4
啟大臣喪親○哀	8.1/44/16	歸近○變	8.4/46/4	以爲漢承亡秦滅學○後	9.6/49/8
紏增舊科○罰	8.1/44/16	雖振鷺○集西雝	8.4/46/6	宗廟○制	9.6/49/8,15.1/90/20
進退錮○十年	8.1/44/16	濟濟○在周庭	8.4/46/6	後遭王莽○亂	9.6/49/12
以紹三王○後	8.1/44/18	纂成伐柯不遠○則	8.4/46/7	得禮○宜	9.6/49/14
刑○所加	8.1/44/19	而節○以禮度	8.4/46/10		
		（據）〔處〕狐疑○論	8.4/46/11		

莫能執夏侯○直	9.6/49/15	憲法有誣枉○効	9.10/51/19	東序、東○堂也	10.1/52/28
尊而奉○	9.6/49/19	疑确○誠	9.10/51/19	仲夏○月	10.1/52/29
以七廟言○	9.6/49/20	僵沒○日	9.10/51/20	令祀百辟卿士○有德于	
以宗廟言○	9.6/49/20	南方○卦也	10.1/51/29	民者	10.1/52/29
穆宗、敬宗、恭宗○號	9.6/49/22	人君○位莫正于此焉	10.1/51/29	所以教諸侯○德也	10.1/53/2
殊異祖宗不可參竝○義	9.6/49/23	謹承天順時○令	10.1/51/30	即所以顯行國禮○處也	10.1/53/2
正數世○所闕	9.6/49/24	昭令德宗祀○禮	10.1/51/30	太學、明堂○東序也	10.1/53/3
爲無窮○常典	9.6/49/24	明前功百辟○勞	10.1/51/31	皆在明堂辟雍○內	10.1/53/3
稽制禮○舊則	9.6/49/24	起養老敬長○義	10.1/51/31	太室辟雍○中	10.1/53/8
合神明○歡心	9.6/49/25	顯教幼誨穉○學	10.1/51/31	所以教諸侯○孝也	10.1/53/9
兆民賴○	9.7/50/3	故爲大教○宮	10.1/52/1	孝悌○（道）〔至〕	10.1/53/10
陛下天地○德	9.8/50/11	居其所而眾星拱○	10.1/52/2	而稱鎬京○詩以明○	10.1/53/12
	11.2/57/21	萬象翼○	10.1/52/2	凡此皆明堂太室、辟雍	
不惟石慶數馬○誤	9.8/50/12	政教○所由生	10.1/52/2	太學事通文合○義也	
簡忽校讎不謹○愆	9.8/50/12	變化○所由來	10.1/52/2		10.1/53/12
群臣○中	9.9/50/24	事○大、義○深也	10.1/52/3	其制度○數	10.1/53/13
訖無雞犬鳴吠○用	9.9/50/24	取其宗祀○貌	10.1/52/3	坤○策也	10.1/53/13
唐虞○朝	9.9/50/27	取其正室○貌	10.1/52/3	乾○策也	10.1/53/14
誠無安甯甘悅○情	9.9/50/30	取其四門○學	10.1/52/4	陰陽九六○變也	10.1/53/14
退省金龜紫綬○飾	9.9/50/31	春秋因魯取宋○姦賂	10.1/52/5	六九○道也	10.1/53/15
中讀符策詰戒○詔	9.9/50/31	則顯○太廟	10.1/52/5	以四戶八牖乘九室○數	
國（○）〔以〕永存	9.9/51/4	以明聖王建清廟、明堂		也	10.1/53/16
猶謂○小	9.9/51/4	○義	10.1/52/6	黃鍾九九○實也	10.1/53/17
是以戰攻○事	9.9/51/5	文物以紀○	10.1/52/8	亦七宿○象也	10.1/53/17
大有陷堅破敵、斬將搴		聲明以發○	10.1/52/8	王者○大禮也	10.1/53/19
旗○功	9.9/51/5	以周清廟論○	10.1/52/9	故謂○月令	10.1/53/20
小有馘截首級、履傷涉		取周清廟○歌	10.1/52/14	各從時月藏○明堂	10.1/53/21
血○難	9.9/51/5	明魯○太廟	10.1/52/14	明不敢泄瀆○義	10.1/53/21
奔走○役	9.9/51/7	猶周○清廟也	10.1/52/15	非一代○事也	10.1/53/22
恐史官錄書臣等在功臣		皆所以昭文王、周公○		《易》正月○卦曰「益」	
○列	9.9/51/8	德	10.1/52/15		10.1/53/23
陷恩澤○科	9.9/51/8	天子○所自學也	10.1/52/16	孟春○月	10.1/53/25
非本朝○德政	9.9/51/8	太學者、中學明堂○位		司天日月星辰○行	10.1/53/26
御臣○長策	9.9/51/9	也	10.1/52/19	陰陽生物○候	10.1/53/29
小人○情	9.9/51/10	《禮記・古（大）〔文〕		王事○次	10.1/53/30
資非哲人藩屏○用	9.10/51/14	明堂○禮》曰	10.1/52/19	則夏○月令也	10.1/53/30
器非殿邦佐君○才	9.10/51/14	覩五國○事	10.1/52/21	宜周公○所著也	10.1/53/30
臣聞稷契○儔	9.10/51/15	宮中○門謂○闈	10.1/52/21	天子藏○于明堂	10.1/54/2
昔○范正不亡禮讓	9.10/51/15	王居明堂○禮	10.1/52/21	出而行○	10.1/54/3
其下化○	9.10/51/16		10.1/52/24	仲尼譏○	10.1/54/3
以詩人斯亡○戒	9.10/51/16	故《周官》有門闈○學		子貢非廢其令而請去○	10.1/54/4
君國○誨	9.10/51/17		10.1/52/22	昭而明○	10.1/54/6
何以居○	9.10/51/18	始○養也	10.1/52/26	稽而用○	10.1/54/6
且晏嬰辭邶殿○邑	9.10/51/18	遂設三老五叟○席位	10.1/52/26	故偏見○徒	10.1/54/8
張良辭三萬○戶	9.10/51/18	凡祭養老乞言合語○禮		而《記》家記○又略	10.2/54/14
書籍紀○	9.10/51/18		10.1/52/27	內有猰犿敵衝○釁	10.2/54/18
夫人君無弄戲○言	9.10/51/19	皆小樂正詔○于東序	10.1/52/27	外有寇虜鋒鏑○艱	10.2/54/18

遺不滅○令蹤	11.8/61/12	予○辜也	11.8/62/16	有西產○惠	12.17/66/24
夫獨未○思邪	11.8/61/13	將謂○迂	11.8/62/17	契稷○佐	12.17/66/25
若公子所謂覿曖昧○利		百歲○後	11.8/62/17	衡門○下	12.18/66/30
	11.8/61/13	有神馬○使在道	12.1/62/31	泌○洋洋	12.18/66/30
而忘昭晢○害	11.8/61/14	明覺而思○	12.1/62/31	或一朝○晏	12.23/67/23
專必成○功	11.8/61/14	君況我聖主以洪澤○福	12.1/63/1	在洛○浹	12.27/68/14
而忽蹉跌○敗者已	11.8/61/14	惟君○質體清良兮	12.1/63/2	天○生我	12.29/68/23
有羲皇○洪寧	11.8/61/15	治身則伯夷○潔也	12.2/63/8	六極○尼	12.29/68/23
唐虞○至時	11.8/61/15	儉嗇則季文○約也	12.2/63/8	殆刑誅繁多○所生也	13.1/69/6
三代○隆	11.8/61/16	盡忠則史魚○直也	12.2/63/9	風者、天○號令	13.1/69/6
勤而撫○	11.8/61/16	剛平則山甫○勵也	12.2/63/9	國○大事	13.1/69/7
且我聞○日南至	11.8/61/23	不獲愷悌寬厚○譽	12.2/63/11	兵事惡○	13.1/69/12
今大漢紹陶唐○洪烈	11.8/61/25	雖《易》○貞厲	12.2/63/12	今○出師	13.1/69/12
盪四海○殘災	11.8/61/25	《詩》○《羔羊》	12.2/63/12	天子以四立及季夏○節	
隆隱天○高	11.8/61/25	君資天地○正氣	12.3/63/19	迎五帝于郊	13.1/69/15
拆絚地○基	11.8/61/25	含太極○純精	12.3/63/19	皆帝者○大業	13.1/69/16
檢六合○群品	11.8/61/26	信荊山○良寶、靈川○		禮○至敬	13.1/69/18
躋○乎雍熙	11.8/61/26	明珠也	12.3/63/21	忘禮敬○大	13.1/69/20
守○以平	11.8/61/27	廓天步○艱難	12.3/63/23	任禁忌○書	13.1/69/20
譬猶鍾山○玉	11.8/61/27	寧陵夷○屯否	12.3/63/24	齋則不入側室○門	13.1/69/20
泗濱○石	11.8/61/28	爲萬里○場圃	12.5/64/4	無廢祭○文也	13.1/69/21
累珪璧不爲○盈	11.8/61/28	九隩○林澤	12.5/64/4	謂士庶人數堵○室	13.1/69/21
采浮磬不爲○索	11.8/61/28	挹○若江湖	12.5/64/4	豈謂皇居○曠、臣妾○	
瞀御○族	11.8/61/31	仰○若華岳	12.5/64/5	衆哉	13.1/69/22
夫夫有逸群○才	11.8/62/1	玄玄焉測○則無源	12.5/64/5	庶荅風霆災妖○異	13.1/69/22
人人有優瞻○智	11.8/62/1	汪汪焉酌○則不竭	12.5/64/5	臣聞國○將興	13.1/69/24
闇謙盈○效	11.8/62/4	可謂生民○英者已	12.5/64/5	是故先帝雖有聖明○資	
迷損益○數	11.8/62/4	觀國○賓	12.5/64/7		13.1/69/24
卑俯乎外戚○門	11.8/62/5	〔粢盛○供〕	12.9/64/29	重賢良方正、敦樸有道	
乞助乎近貴○譽	11.8/62/5	不勝狂簡○情	12.10/65/8	○選	13.1/69/25
下獲熏胥○辜	11.8/62/5	厥中月○六辰	12.10/65/12	而未聞特舉博選○旨	13.1/69/26
高受滅家○誅	11.8/62/5	備天官○列衛	12.10/65/12	使褻忠○臣展其狂直	13.1/69/26
踽而躇○	11.8/62/7	是時聖上運天官○法駕		以解《易傳》政悖德隱	
且用○則行	11.8/62/7		12.11/65/17	○言	13.1/69/27
舍○則藏	11.8/62/8	建日月○旂旌	12.11/65/17	夫求賢○道未必一塗	13.1/69/29
懼煙炎○毀熠	11.8/62/9	夫豈后德熙隆漸浸○所		頃者立朝○士	13.1/69/29
何光芒○敢揚哉	11.8/62/9	通也	12.12/65/21	恆被謗訕○誅	13.1/69/30
安能與○齊軌	11.8/62/12	《詩》稱子孫保○	12.12/65/22	各有奉公疾姦○心	13.1/70/2
方將騁馳乎典籍○崇塗		降○休瑞	12.12/65/24	夫執狐疑○計者	13.1/70/5
	11.8/62/13	斯乃祖禰○遺靈、盛德		開群枉○門	13.1/70/5
休息乎仁義○淵藪	11.8/62/13	○所暨也	12.12/65/24	養不斷○慮者	13.1/70/5
盤旋乎周孔○庭宇	11.8/62/13	涖○以莊	12.12/65/26	來讒邪○口	13.1/70/5
舒○足以光四表	11.8/62/14	是用祚○	12.12/65/26	使吏知奉公○福	13.1/70/7
收○則莫能知其所有	11.8/62/14	析薪○業	12.12/65/28	營私○禍	13.1/70/7
若乃丁千載○運	11.8/62/14	示○憲方	12.13/66/3	則衆災○原	13.1/70/7
應神靈○符	11.8/62/14	農桑○業	12.14/66/9	孝武○世	13.1/70/10
己○圖也	11.8/62/15	爲國○經	12.14/66/9	又有賢良文學○選	13.1/70/10

漢〇得人	13.1/70/11	是以古〇交者	13.3/72/9	方〇于邑	13.7/73/24
夫書畫辭賦、才〇小者		《伐木》有鳥鳴〇刺	13.3/72/10	叔父親〇	13.10/74/7
	13.1/70/11	《谷風》有棄予〇怨	13.3/72/10	則塵垢穢〇	13.11/74/12
陛下即位〇初	13.1/70/12	疾淺薄而褻攜貳者有〇		則邪惡入〇	13.11/74/13
非以爲教化、取士〇本			13.3/72/12	夫面〇不飾	13.11/74/13
	13.1/70/12	惡朋黨而絕交游者有〇		愚者謂〇醜	13.11/74/13
其高者頗引經訓風喻〇			13.3/72/12		13.11/74/14
言	13.1/70/13	富貴則人爭趨〇	13.3/72/12	心〇不修	13.11/74/13
既加〇恩	13.1/70/15	貧賤則人爭去〇	13.3/72/13	賢者謂〇惡	13.11/74/14
文武〇道	13.1/70/16	富貴則無暴集〇客	13.3/72/13		13.11/74/14
所宜從〇	13.1/70/17	貧賤則無棄舊〇賓矣	13.3/72/13	則思其心〇潔也	13.11/74/14
褒責〇科	13.1/70/19	蓋朋友〇道	13.3/72/17	則思其心〇和也	13.11/74/15
不宜處〇冗散	13.1/70/20	善則久要不忘平生〇言		則思其心〇鮮也	13.11/74/15
雖繼體〇君	13.1/70/24		13.3/72/17	則思其心〇潤也	13.11/74/15
受恩〇重	13.1/70/25	惡則忠告善誨〇	13.3/72/17	則思其心〇理也	13.11/74/16
既無幸私〇恩	13.1/70/26	故君子不爲可棄〇行	13.3/72/18	則思其心〇正也	13.11/74/16
又無祿仕〇實	13.1/70/26	不患人〇遺己也	13.3/72/18	則思其心〇整也	13.11/74/16
至有姦軌〇人	13.1/70/27	信有可歸〇德	13.3/72/18	夫何大川〇浩浩兮	14.1/74/22
桓思皇后祖載〇時	13.1/70/27	不病人〇遠己也	13.3/72/18	納陽谷〇所吐兮	14.1/74/23
豈有但取丘墓凶醜〇人		夫遠怨稀咎〇機	13.3/72/20	兼漢沔〇殊名	14.1/74/23
	13.1/70/30	莫〇致也	13.3/72/20	總畎澮〇群液兮	14.1/74/23
行〇百八十九歲	13.2/71/4	子夏〇門人問交于子張		演西土〇陰精	14.1/74/23
黃帝始用太初丁丑〇元	13.2/71/7		13.3/72/20	切大別〇東山兮	14.1/74/24
是則雖非圖讖〇元	13.2/71/9	故告〇以拒人	13.3/72/21	嘉清源〇體勢兮	14.1/74/24
考〇行度	13.2/71/9	故訓〇以容衆	13.3/72/21	豈魚龜〇足收	14.1/74/26
且三光〇行	13.2/71/11	各從其行而矯〇	13.3/72/21	覷朝宗〇形兆	14.1/74/28
術家以算追而求〇	13.2/71/11	至于仲尼〇正教	13.3/72/22	瞰洞庭〇交會	14.1/74/28
故有古今〇術	13.2/71/12	友〇罪也	13.3/72/23	惟情性〇至好	14.2/75/3
今〇不能上通于古	13.2/71/12	夫黍亦神農〇嘉穀	13.3/72/24	受精靈〇造化	14.2/75/3
亦猶古術〇不能下通于		括二論而言〇	13.3/72/25	固神明〇所使	14.2/75/3
今也	13.2/71/12	孤有《羔羊》〇節	13.3/72/26	實人倫〇肇始	14.2/75/4
及命曆序積獲麟至漢起		《春秋》〇論銘也	13.4/72/30	考邃初〇原本	14.2/75/4
庚子部〇二十三歲	13.2/71/15	銘〇楷矢	13.4/72/30	覽陰陽〇綱紀	14.2/75/4
乙丑〇與癸亥	13.2/71/21	若黃帝有巾几〇法	13.4/73/1	唯休和〇盛代	14.2/75/5
實宜用〇	13.2/71/25	孔甲有盤盂〇誡	13.4/73/1	播欣欣〇繁祉	14.2/75/6
冬至〇日	13.2/71/26	殷湯有（甘誓）〔日新〕		夫何姝妖〇媛女	14.3/75/12
則四分數〇立春也	13.2/71/27	〇勒	13.4/73/1	際〇無主	14.4/75/18
奉天〇文	13.2/71/28	晁鼎有丕顯〇銘	13.4/73/2	《關雎》〇潔	14.5/75/26
庚申元〇詔也	13.2/71/29	作席几楹杖〇銘	13.4/73/2	世〇鮮希	14.5/75/27
謬〇甚者	13.2/71/30	其功銘于昆吾〇冶	13.4/73/4	夫何矇昧〇瞽兮	14.6/76/8
姦臣盜賊皆元〇咎	13.2/72/2	誠百辟〇功	13.4/73/4	何此聲〇悲痛	14.7/76/13
而光晃言秦所用代周〇		《周禮·司勳》「凡有		類離鶹〇孤鳴	14.7/76/13
元	13.2/72/3	大功者銘〇太常」	13.4/73/4	起嫠婦〇哀泣	14.7/76/13
亦妄虛無造欺語〇惢	13.2/72/4	衛孔悝〇祖	13.4/73/7	詠新詩〇悲歌	14.7/76/13
往者壽王〇術	13.2/72/4	衛國賴〇	13.4/73/8	惟其翰〇所生	14.8/76/18
宣誦〇議	13.2/72/4	鐘鼎、禮樂〇器	13.4/73/9	于季冬〇狡兔	14.8/76/18
聞〇前訓曰	13.3/72/9	咸銘〇于碑	13.4/73/10	加漆絲〇纏束	14.8/76/19

畫乾坤○陰陽	14.8/76/19	尊王○義也	15.1/80/10	減日	15.1/83/14
讚虞皇○洪勳	14.8/76/19	不敢渫瀆言○	15.1/80/12	天子諸侯后妃夫人○別	
敘五帝○休德	14.8/76/20	故託○于乘輿	15.1/80/13	名	15.1/83/16
揚蕩蕩○明文	14.8/76/20	故群臣託乘輿以言○	15.1/80/14	天子○(紀)〔妃〕曰	
紀三王○功伐兮	14.8/76/20	或謂○車駕	15.1/80/14	后	15.1/83/16
表八百○肆覲	14.8/76/20	連舉朝廷以言○也	15.1/80/18	后○言後也	15.1/83/16
圖茲梧○所宜	14.9/76/28	當時避○	15.1/80/21	諸侯○妃曰夫人	15.1/83/16
信雅琴○麗樸	14.9/76/28	後遂無言○者	15.1/80/21	夫○言扶也	15.1/83/17
施公輸○剞劂	14.9/76/28	璽書追而與○	15.1/80/24	孺○言屬也	15.1/83/17
揆神農○初制	14.9/76/29	或賜田租○半	15.1/81/2	婦○言服也	15.1/83/17
盡聲變○奧妙	14.9/76/29	是故謂○幸	15.1/81/2	妻○言齊也	15.1/83/18
抒心志○鬱滯	14.9/76/29	皆非其所當得而得○	15.1/81/2	天子后立六宮○別名	15.1/83/21
層山○陂	14.12/77/11	民○多幸	15.1/81/3	增○合百二十人也	15.1/83/24
考○詩人	14.12/77/12	國○不幸也	15.1/81/3	王者子女封邑○差	15.1/83/27
協○鍾律	14.12/77/13	言民○得所不當得	15.1/81/3	帝○女曰公主	15.1/83/27
樹退方○嘉木兮	14.16/78/8	故謂○幸	15.1/81/4	帝○姊妹曰長公主	15.1/83/27
于靈宇○前庭	14.16/78/8	短者半○	15.1/81/7	天子諸侯宗廟○別名	15.1/83/30
(疑育)〔挺青〕蘗○		其諸侯王三公○薨于位		徙○三月	15.1/84/1
綠英	14.16/78/9	者	15.1/81/8	宗廟、社稷皆在庫門○	
似翠玉○清明	14.16/78/10	亦以策書誄諡其行而賜		內、雉門○外	15.1/84/2
何根莖○豐美兮	14.16/78/10	○	15.1/81/9	天子三昭三穆與太祖○	
適禍賊○災人兮	14.16/78/10	如諸侯○策	15.1/81/9	廟七	15.1/84/2
雖期運○固然	14.17/78/15	制書、帝者制度○命也		皆月祭○	15.1/84/3,15.1/84/4
要明年○中夏	14.17/78/16		15.1/81/12	諸侯二昭二穆與太祖○	
辭○輯矣	14.18/78/21	三公赦令、贖令○屬是		廟五	15.1/84/3
臣民稱○曰「陛下」	15.1/79/9	也	15.1/81/12	大夫以下廟○別名	15.1/84/6
功德宜○	15.1/79/16	刺史太守相劾奏申下		大夫一昭一穆與太祖○	
四號○別名	15.1/79/18	(上)〔土〕遷書文		廟三	15.1/84/6
王、畿內○所稱	15.1/79/20	亦如○	15.1/81/12	考廟、王考廟、四時祭	
天王、諸夏○所稱	15.1/79/22	尚書令奏○	15.1/81/18	○也	15.1/84/6
天下○所歸往	15.1/79/22	天子荅○曰「可」	15.1/81/18	亦四時祭○而已	15.1/84/7
天子、夷狄○所稱	15.1/79/24	失○遠矣	15.1/81/22	王考無廟而祭○	15.1/84/8
天家、百官小吏○所稱		王者臨撫○別名	15.1/82/14	四時祭○而已	15.1/84/11
	15.1/79/26	百乘○家曰百姓	15.1/82/14	祭○	15.1/84/11
天子、正號○別名	15.1/79/28	地下○衆者莫過于水	15.1/82/16	薦考妣于適寢○所	15.1/84/14
皇帝、至尊○稱	15.1/79/30	地上○衆者莫過于人	15.1/82/16	天子○宗社曰泰社	15.1/84/17
古者尊卑共○	15.1/80/1	京師、天子○畿內千里		天子○社曰王社	15.1/84/17
	15.1/80/23		15.1/82/19	諸侯○社曰侯社	15.1/84/20
則可同號○義也	15.1/80/1	天子命令○別名	15.1/82/21	亡國○社	15.1/84/22
謂○陛下者	15.1/80/5	常以春分朝日于東門○		古者天子亦取亡國○社	
故呼在陛下者而告○	15.1/80/6	外	15.1/82/23	以分諸侯	15.1/84/22
因卑達尊○意也	15.1/80/6	訓人民事君○道也	15.1/82/23	屋○掩其上使不通天	15.1/84/22
上書亦如○	15.1/80/6	秋夕朝月于西門○外	15.1/82/24	今○里社是也	15.1/84/25
及群臣士庶相與言曰殿		別陰陽○義也	15.1/82/24	諸侯半○	15.1/84/26
下、閣下、〔足下〕		三代建正○別名	15.1/83/3	天子爲群姓立七祀○別	
、〔侍者〕、執事○		三代年歲○別名	15.1/83/11	名	15.1/85/1
屬皆此類也	15.1/80/7	閏月者、所以補小月○		諸侯爲國立五祀○別名	15.1/85/4

大夫以下自立三祀○別名	15.1/85/6	其惡害○鬼	15.1/86/13	奏大武周武所定一代○樂○所歌也	15.1/88/4
五祀○別名	15.1/85/8,15.1/87/1	常以先臘○夜逐除○也	15.1/86/14	成王除武王○喪	15.1/88/5
祀○于門	15.1/85/8	四代稱臘○別名	15.1/86/17	朝于廟○所歌也	15.1/88/5
祀門○禮	15.1/85/8	五帝臘祖○別名	15.1/86/19	成王謀政于廟○所歌也	15.1/88/6
祀○于戶	15.1/85/9	天子大蜡八神○別名	15.1/86/22	《敬○》、一章十二句	15.1/88/6
祀戶○禮	15.1/85/9	蜡○言索也	15.1/86/22	群臣進戒嗣王○所歌也	15.1/88/6
南面設主于門內○西行	15.1/85/9	祭日索此八神而祭○也	15.1/86/22	嗣王求忠臣助己○所歌也	15.1/88/7
祀○于行	15.1/85/10	六號○別名	15.1/87/4	春耤田祈社稷○所歌也	15.1/88/8
在廟門外○西	15.1/85/10	羊曰柔毛○屬也	15.1/87/5	秋報社稷○所歌也	15.1/88/8
祀○于竈	15.1/85/11	梁曰香萁○屬也	15.1/87/6	繹賓尸○所歌也	15.1/88/9
祀竈○禮	15.1/85/11	幣曰量幣○屬也	15.1/87/6	言能酌先祖○道以養天下○所歌也	15.1/88/9
在廟門外○東	15.1/85/11	凡祭宗廟禮牲○別名	15.1/87/8	師祭講武類禡○所歌也	15.1/88/10
季夏○月土氣始盛	15.1/85/12	太祝掌六祝○辭	15.1/87/15	大封于廟、賜有德○所歌也	15.1/88/11
五方正神○別名	15.1/85/15	宗廟所歌詩○別名	15.1/87/18	巡狩祀四嶽、河海○所歌也	15.1/88/11
東方○神	15.1/85/15	諸侯朝見宗祀文王○所歌也	15.1/87/18	皆天子○禮樂也	15.1/88/12
南方○神	15.1/85/15	《維天○命》、一章八句	15.1/87/19	五等爵○別名	15.1/88/14
西方○神	15.1/85/16	告太平于文王○所歌也	15.1/87/19	三公者、天子○相	15.1/88/14
北方○神	15.1/85/16	奏象武○所歌也	15.1/87/19	奉天王○恩德	15.1/88/16
中央○神	15.1/85/16	諸侯助祭○所歌也	15.1/87/20	諸侯大小○差	15.1/88/21
六神○別名	15.1/85/19	祝先王公○所歌也	15.1/87/21	王者耕耤田○別名	15.1/88/25
厲山氏○子柱及后稷能殖百穀以利天下	15.1/85/21	郊祀天地○所歌也	15.1/87/21	三代學校○別名	15.1/88/27
社神蓋共工氏○子句龍也	15.1/85/24	祀文王于明堂○所歌也	15.1/87/22	五帝三代樂○別名	15.1/89/3
帝顓頊○世舉以為土正	15.1/85/24	巡守告祭柴望○所歌也	15.1/87/22	公○樂《六佾》	15.1/89/5
各以其野所宜○木以名其社及其野	15.1/85/25	祀武王○所歌也	15.1/87/23	侯○樂《四佾》	15.1/89/6
稷神、蓋厲山氏○子柱也	15.1/85/26	祀后稷配天○所歌也	15.1/87/23	朝士卿朝○法	15.1/89/8
帝顓頊○世舉以為田正	15.1/85/26	諸侯助祭遣○于廟所歌也	15.1/87/24	三槐、三公○位也	15.1/89/9
以稷五穀○長也	15.1/85/27	春夏祈穀于上帝○所歌也	15.1/87/25	四代獄○別名	15.1/89/11
露○者、必受霜露以達天地○氣	15.1/85/28	二王○後來助祭○所歌也	15.1/87/25	四夷樂○別名	15.1/89/14
樹○者、尊而表○	15.1/85/28	烝嘗秋冬○所歌也	15.1/88/1	王者必作四夷○樂以定天下○歡心	15.1/89/14
先農神、先農者蓋神農○神	15.1/86/1	始作樂合諸樂而奏○所歌也	15.1/88/1	祭神明和而歌○	15.1/89/14
至少昊○世	15.1/86/1	季多薦魚、春獻鮪○所歌也	15.1/88/2	以管樂為○聲	15.1/89/14
置九農○官如左	15.1/86/1	禘太祖○所歌也	15.1/88/3	神農氏以火德○	15.1/89/18
且射○以赤丸	15.1/86/11	諸侯始見于武王廟○所歌也	15.1/88/3	黃帝以土德繼○	15.1/89/18
五穀播灑○以除疫殃	15.1/86/11	微子來見祖廟○所歌也	15.1/88/4	少昊氏以金德繼○	15.1/89/19
儋牙虎神荼、鬱壘以執○	15.1/86/12			顓頊氏以水德繼○	15.1/89/19
儋牙虎神荼、鬱壘二神海中有度朔○山	15.1/86/12			帝嚳氏以木德繼○	15.1/89/20
				帝堯氏以火德繼○	15.1/89/20
				故帝舜氏以土德繼○	15.1/89/21
				故夏禹氏以金德繼○	15.1/89/21
				故殷湯氏以水德繼○	15.1/89/21

故周武以木德繼○	15.1/89/22		15.1/93/23	監門衞士服○	15.1/96/19
故高祖以火德繼○	15.1/89/22	俗人名○曰雞翹車	15.1/94/3		
其衆號皆如帝○稱	15.1/90/5	尙書御史乘○	15.1/94/5	**支 zhī**	**2**
史皇孫○子	15.1/90/14	以前皆皮軒虎皮爲○也	15.1/94/5		
于父子○次	15.1/90/15	如爵頭○色	15.1/94/11	○胄散逸	2.8/14/10
皆不可爲○後	15.1/90/16	舞者服○	15.1/94/14	末葉以○子	3.1/15/14
古學以爲人君○居	15.1/90/20	組纓如其綬○色	15.1/94/17		
象生○具	15.1/90/21	三公及諸侯○祠者	15.1/94/18	**汁 zhī**	**3**
總謂○宮	15.1/90/21	組纓各視其綬○色	15.1/94/18		
公侯○宮	15.1/90/22	郊天地、祠宗廟、祀明		多○則淡而不可食	8.4/46/15
有起居衣冠象生○備	15.1/90/23	堂則冠○	15.1/94/19	少○則焦而不可熟	8.4/46/15
皆古寢○意也	15.1/90/24	服周○冕	15.1/94/20	黎錫○器	9.3/48/10
又未定迭毀○禮	15.1/90/25	謂○平天冠	15.1/94/20		
毀先帝親盡○廟	15.1/90/26	其纓與組各如其綬○色		**枝 zhī**	**6**
猶古○禘袷也	15.1/90/27		15.1/94/26		
皆如孝明○禮	15.1/91/3	幘者、古○卑賤執事不		○流葉布	5.2/29/8
欲皆使先帝魂神具聞○		冠者○所服也	15.1/95/5	不過一○	9.9/51/9
	15.1/91/10	上爲○起	15.1/95/6	則○葉必相從也	10.2/54/28
遂于親陵各賜計吏而遣		知皆不冠者○所服也	15.1/95/7	乃弁伐其孫○	14.9/76/28
○	15.1/91/10	始進幘服○	15.1/95/8	涼風扇其○	14.12/77/12
高祖廟、世祖廟謂○五		漢服受○秦	15.1/95/11	上有桃木蟠屈三千里卑	
供	15.1/91/11	今謁者服○	15.1/95/13	○	15.1/86/12
如太常祠行陵廟○禮	15.1/91/26	進賢冠、文官服○	15.1/95/16		
置章陵以奉祠○而已	15.1/92/3	秦制執法服○	15.1/95/19	**知 zhī**	**86**
依高帝尊父爲太上皇○		今御史廷尉監平服○	15.1/95/19		
義	15.1/92/4	謂○獬豸冠	15.1/95/20	民○勸懼	1.1/2/6
受天子○社土以所封○		是知南冠蓋楚○冠	15.1/95/21	以○其先之德	1.8/7/8
方色	15.1/92/10	今謂○大冠	15.1/95/22	不○興于何代	1.10/7/26
苴以白茅授○	15.1/92/11	武官服○	15.1/95/22	故○至德之宅兆、眞人	
各以其所封方○色	15.1/92/11	坿貂蟬鼠尾飾○	15.1/95/23	之先祖也	1.10/8/7
故謂○受茅土	15.1/92/11	始施貂蟬○飾	15.1/95/23	○丘封之存斯也	2.2/10/8
故以王號加○	15.1/92/16	高祖冠、以竹皮爲○	15.1/95/27	樂天○命 2.3/10/19,11.8/62/12	
謂○諸侯	15.1/92/16	謂○劉氏冠	15.1/95/27	巖藪○名	2.3/10/26
謂○徹侯	15.1/92/16	謂○鵲尾冠	15.1/95/27	然則識幾○命	2.5/12/10
謂○猥朝侯也	15.1/92/19	知天文者服○	15.1/96/3	及其學而○之者	2.6/12/27
此○謂也	15.1/92/26	天地五郊、明堂月令舞		時人未之或○	2.7/13/15
車駕次（弟）〔第〕謂		者服○	15.1/96/4	親戚莫○其謀	2.7/13/16
○鹵簿	15.1/93/6	方山冠、以五采縠爲○	15.1/96/7	○人審友	2.7/13/18
出祠天于甘泉備○	15.1/93/7	《八佾》樂五行舞人服		○我者其蔡邕	2.9/15/5
中興以來希用○	15.1/93/8	○	15.1/96/7	然○權過于寵	3.1/15/22
乃施○法駕	15.1/93/9	衣冠各從其行○色	15.1/96/7	庶尹○恤	3.3/17/14
小駕、祠宗廟用○	15.1/93/10	趙武靈王好服○	15.1/96/10	長于○見	3.3/17/18
俗人名○曰五帝車	15.1/93/15	從官服○	15.1/96/12	群公以溫故○新	3.4/18/6
親耕耤田乘○	15.1/93/16	卻非冠、宮門僕射者服		鮮克○臧	3.5/18/27
田獵乘○	15.1/93/16	○	15.1/96/14	○機達要	3.6/19/23
天子孫乘○	15.1/93/17	司馬殿門大護衞士服○		當世○名	3.7/20/24
左纛者、以犛牛尾爲○			15.1/96/16	而探微○機者多	3.7/21/14

生而〇之	4.1/22/12
研道〇機	4.2/23/10
小人〇恥	4.2/23/14
其〇其能	4.3/24/18
厲以〇恥	4.3/24/21
瞻仰以〇禮之用	4.5/26/18
〇我如此	4.7/27/24
不〇魂景之所存	4.7/28/8
不〇名彰	6.2/33/12
具始〇終	6.3/33/24
覿物〇名	6.4/34/12
不〇所裁	6.5/35/1
不〇其辜	6.6/35/22
三公明〇二州之要	7.2/36/29
未〇誰是	7.4/39/17
不〇姓名	7.4/39/23
病狂不自〇入宮	7.4/39/26
不〇其名	7.4/40/3
而聖主〇之	7.4/40/15
有過未嘗不〇	7.4/40/17
〇之未嘗復行	7.4/40/18
且侍御之百里之內而〇 　外事	7.4/42/1
所戒（成）〔誡〕不朝 　可〇	7.4/42/3
不〇死命所在	7.5/43/11
預〇所言者當必怨臣	7.5/43/18
季札〇其不危	8.3/45/20
見本〇義	8.4/46/8
昭大〇之絶足也	8.4/46/15
臣當自〇	9.2/47/26
不〇所措	9.3/48/5
〇納言任重	9.3/48/5
不〇國家舊有宗儀	9.6/49/16
不〇所自投處	9.8/50/12
〇掌教國子與《易傳》 　保傅	10.1/52/24
又不〇《月令》徵驗布 　在諸經	10.2/54/15
〇當爲闈也	10.2/55/22
故〇六騄	10.2/55/25
〇當爲六也	10.2/55/26
〇不得斬絶	10.2/56/14
〇「更」爲「叟」也	10.2/57/1
誠〇聖朝	11.2/57/26
〇臣頗識其門戶	11.2/57/28
不〇所濟	11.2/58/6

郡縣咸悄悄不〇所守	11.2/58/6
枯桑〇天風	11.5/60/4
海水〇天寒	11.5/60/4
輔弼賢〇	11.8/61/11
曾不鑒禍以〇畏懼	11.8/62/6
履霜〇冰	11.8/62/11
踐露〇暑	11.8/62/11
收之則莫能〇其所有	11.8/62/14
不〇我者	11.8/62/16
明于〇人	12.6/64/12
道爲〇者設	12.24/67/31
辨爲〇者通	12.24/67/31
內〇己政	13.1/69/24
使吏〇奉公之福	13.1/70/7
不〇從秦來	13.2/72/3
則〇其所以去	13.3/72/14
咸〇飾其面	13.11/74/13
〇皆不冠者之所服也	15.1/95/7
是〇南冠蓋楚之冠	15.1/95/21
〇天文者服之	15.1/96/3
〇過能改日恭	15.1/96/28

芝 zhī　　2

伏見幽州刺史楊憙、益 　州刺史龐〇、涼州刺 　史劉度	13.1/70/1
一名〇車	15.1/93/15

脂 zhī　　1

傳〇	13.11/74/15

衹 zhī　　16

〇厥勳庸	1.1/1/7
〇以疾告表	1.3/3/17
〇懼之甚肅如也	1.10/8/10
〇事三靈	3.3/17/24
公〇服弘業	3.5/18/23
帝躬以〇敬	3.5/19/4
〇祠宗祖	4.1/23/4
〇慎其屬	4.5/26/9
〇服其訓	5.4/31/14
无〇悔	7.4/40/18
非臣才量所能〇奉	9.9/51/1
（〇）〔衹〕見其愚	11.8/62/16

是以靈〇	12.12/65/24
密勿〇畏	13.1/69/5
祖宗所〇奉也	13.1/69/16
以致齋〇者也	13.1/69/19

織 zhī　　3

〇女投杼	3.7/21/20
〇室絶伎	8.1/44/12
若披雲緣漢見〇女	14.4/75/17

拓 zhí　　1

所〇廣遠	7.3/37/22

直 zhí　　29

史魚之勁〇	1.1/1/20
公以其見侮辨〇	1.1/2/8
〇道而往	1.6/4/18
公性質〇	1.6/4/24
矯枉董〇	1.8/6/27
正〇以醇其德	1.8/7/3
〇道正辭	2.1/8/28
含章〇方	2.2/9/21
無顯諫以彰〇	2.2/9/21
亦爲謀奏盡其忠〇	2.7/13/20
正〇疾枉清儉該備者矣	3.1/15/26
故能匡朝盡〇	3.1/16/1
好是正〇	3.6/19/28
非弘〇碩儒	3.6/20/2
惡〇醜正	5.2/29/13
繡衣〇指之使	7.3/37/20
聰達方〇	7.4/42/9
襲悃愊剛〇	7.4/42/10
屢舉方〇	8.1/44/15
莫能執夏侯之〇	9.6/49/15
白馬令李雲以〇言死	11.3/58/18
或砥繩平〇	11.7/60/23
且夫地將震而樞星〇	11.8/62/9
盡忠則史魚之〇也	12.2/63/9
〇亮是與	12.2/63/14
使裦忠之臣展其狂〇	13.1/69/26
形調博以〇端	14.8/76/19
圓和正〇	14.8/76/22
〇事尚書一人從令以下 　皆先行	15.1/93/12

值 zhí　　　　5

又〇鐘荒	1.1/2/1
時〇凶荒	1.7/5/21
公生〇歉襦	3.2/16/12
連〇盛時	9.3/48/3
星宿〇貧	12.29/68/23

執 zhí　　　　42

〇事無放散之尤	1.5/4/5
以所〇不協所屬	2.2/9/25
手〇勤役	3.2/16/13
（尤）〔允〕〇丕貞	3.3/17/23
允〇國憲	3.5/18/25
〇書以泣	3.5/19/9
其乘輅〇贊朝皇后	4.5/26/4
各〇其職	5.5/32/3
獲〇戟出宰相邑	6.2/33/14
以逆〇事	7.3/38/14
〇事祕館	7.5/43/15
〇心所見	8.3/45/29
禍至〇辱	9.1/47/5
抱關〇籥	9.2/47/28
乞閒冗抱關〇籥	9.3/48/6
時中正大臣夏侯勝猶〇	
議欲出世宗	9.6/49/10
莫能〇夏侯之直	9.6/49/15
〇鞭跨馬	9.9/50/23
〇有罪	10.1/53/6
仲尼設〇鞭之言	11.8/61/6
上官效力于〇蓋	11.8/62/21
女〇伊筐	12.14/66/10
男〇其耕	12.14/66/10
〇轡忽而不顧	12.28/68/18
訊諸〇事	13.1/69/5
夫〇狐疑之計者	13.1/70/5
〇兵陳于陛側以戒不虞	15.1/80/5
及群臣士庶相與言曰殿	
下、閤下、〔足下〕	
、〔侍者〕、〇事之	
屬皆此類也	15.1/80/7
若臺閣有所正處而獨〇	
異意者曰駁議	15.1/82/7
〇醬而饋	15.1/82/28
〇戈揚楯	15.1/86/10
儋牙虎神荼、鬱壘以〇	

之	15.1/86/12
〇以葦索食虎	15.1/86/14
《〇競》、一章十四句	
	15.1/87/23
唯河南尹〇金吾洛陽令	
奉引侍中參乘奉車郎	
御屬車三十六乘	15.1/93/9
侍中、中常侍、侍御史	
、主者郎令史皆〇注	
以督整諸軍車騎	15.1/93/11
〇事者皮弁服	15.1/95/1
幘者、古之卑賤〇事不	
冠者之所服也	15.1/95/5
〇事者皆赤幘	15.1/95/7
秦制〇法服之	15.1/95/19
布德〇義曰穆	15.1/96/26
〇義揚善曰懷	15.1/97/3

埴 zhí　　　　1

泥（潦）〔〇〕浮游	6.1/32/27

殖 zhí　　　　4

貨〇財用	6.1/32/17
厲山氏之子柱及后稷能	
〇百穀以利天下	15.1/85/21
柱能〇百穀	15.1/85/26
周棄亦播〇百穀	15.1/85/26

植 zhí　　　　3

貞良者封〇	1.8/7/2
嘉穀不〇	6.1/32/20
封〇遺苗	8.1/44/17

摭 zhí　　　　2

匪惟〇華	2.1/9/7
及經典群書所宜捃〇	11.2/58/9

縶 zhí　　　　1

《左氏傳》有南冠而〇	
者	15.1/95/21

職 zhí　　　　34

在〇旬月	1.1/1/25
病不就〇	1.1/2/19
是惟臣之〇	1.3/3/16
〇據納言	1.7/5/25
每在衰〇	2.3/10/23
允釐其〇	4.2/23/12
牽旦爽于舊〇	4.3/25/2
逼王〇于憲典兮	4.7/28/5
各執其〇	5.5/32/3
《周禮》「九〇」	6.1/32/16
茂師其〇	6.6/35/18
以〇建名	7.2/36/15
〇以郎爲貴	7.2/36/15
任〇相〇	7.2/37/3
閒〇長吏	7.4/42/22
自臣〇耳	7.5/43/24
越〇瞽言	8.3/45/29
〇不狃練	9.2/47/23
不閑〇政	9.3/48/14
聖朝幸循舊〇	9.3/48/15
臣僕〇分宜然	9.9/51/7
祀神受〇	10.1/53/19
官號〇司與《周官》合	10.1/54/1
官名、百〇皆《周官》	
解	10.2/54/29
閻尹之〇也	10.2/55/21
本官〇者	10.2/55/24
衰〇龍章	11.1/57/11
〇在候望	11.2/57/25
引〇貢乎荒裔	11.3/59/9
群僚恭己于〇司	11.8/61/26
將受衰〇	12.18/66/31
臣愚以爲宜擢文右〇	13.1/69/31
不能稱〇	13.1/70/3
〇典理人	13.1/70/19

止 zhǐ　　　　17

曉之不〇	1.1/2/8
容〇法度	2.2/9/29
廢乃斯〇	2.2/10/10
帝用悼（世）〔〇〕	5.4/31/16
多稼茂〇	6.1/33/4
至〇增悲	6.6/35/10
淑愼其〇	6.6/35/11

不可擒○	7.2/36/21	唯赦令、贖令召三公詣			10.1/52/12
陵尊踰○	7.4/39/16	朝堂受○書	15.1/81/14	先○律曆	11.2/57/31
違禮大行受大名、小行		下有○日	15.1/81/18	○身則伯夷之潔也	12.2/63/8
受小名之○	8.1/44/28	無尙書令奏○字	15.1/81/19	由是撫亂以○	12.3/63/22
不以常○爲限、長幼爲		夏○也	15.1/83/22	政不嚴而事○	12.4/63/28
拘	8.4/46/14	○無常牲	15.1/84/14	○曆明時	13.2/72/1
○弄主權	9.1/47/2	詔不言○	15.1/90/6	通理○性	14.12/77/13
宗廟之○	9.6/49/8,15.1/90/20	終則前○廟以象朝	15.1/90/20	布綱○紀曰平	15.1/96/27
臣謹案禮○〔天子〕七		後○寢以象寢	15.1/90/20	安樂○民曰康	15.1/97/1
廟、三昭、三穆、與		漢○	15.1/92/15,15.1/95/17	○典不敷曰祈	15.1/97/4
太祖七	9.6/49/17	詔有司采《尙書·皋陶			
孝明遵○	9.6/49/19	篇》及《周官》《禮		**峙** zhi	**2**
稽○禮之舊則	9.6/49/24	記》定而○焉	15.1/94/15		
（詔○）〔○詔〕左中		秦○	15.1/95/12	超天衢而高○	2.1/9/3
郎將蔡邕	9.9/50/17	秦○執法服之	15.1/95/19	儲○不施	8.1/44/12
以明○度	10.1/52/1	楚○	15.1/95/27		
○禮作樂	10.1/52/12	形○似縷簏	15.1/96/3	**致** zhi	**42**
《王○》曰	10.1/53/6	前圖以爲此○是也	15.1/96/4		
即王○所謂以訊馘告者		吳○邐迤四重	15.1/96/10	○之于理	1.1/1/20
也	10.1/53/9			兩名一○	1.7/5/28
其○度之數	10.1/53/13	**治** zhi	**31**	皇帝遣使者奉犧牲以○	
○人事	10.1/53/19			祀	1.10/8/10
天文曆數事物○度	10.2/54/21	○兵示威	1.5/4/5	莫之能○	2.1/9/1
至及國家律令○度	10.2/54/22	民之○情斂慾	2.2/9/24	懸車○仕	2.4/11/15
《月令》服食器械之○		不○產業	2.7/13/25	○思無形	2.9/15/1
	10.2/56/18	道○民情	2.7/13/25	窮達一○	3.1/16/2
作則○文	11.6/60/10	○家師導	3.2/16/12	引情○喻	3.4/18/8
靡有常○	11.7/60/22	洋洋乎若德宣○	4.3/24/23	○命休神	4.1/22/19
○器象物	12.22/67/19	其致○也	4.3/24/24	○位就（弟）〔第〕	4.2/23/18
前後○書	13.1/69/19	○孟氏《易》、歐陽		消搖○位	4.2/23/21
自今齋○	13.1/69/22	《尙書》、韓氏《詩》		居喪○哀	4.2/23/26
五年○書	13.1/70/3		5.4/30/26	其○治也	4.3/24/24
臣聞孝文皇帝○喪服三		信臣○穰	6.1/32/19	○能迄用有成	4.5/26/1
十六日	13.1/70/24	○信斯順	6.2/33/16	○于近祖	4.5/26/19
皆屈情從○	13.1/70/25	供○婦業	6.5/34/24	竭歡○敬	4.6/26/27
元和二年二月甲寅○書		詔書○嚴	7.2/36/24	天人○誅	5.1/28/19
曰	13.2/71/25	皆還○其國	7.2/36/28	告老○仕	5.2/29/19
揆神農之初○	14.9/76/29	○兵政	7.4/40/28	終身之○	5.3/30/16
爰○雅器	14.12/77/12	雖房獨○畏慎	7.4/41/24	使者○詔	5.4/31/7
裁帛○扇	14.15/78/3	誠當窮○	7.4/42/1	署○掾史	6.2/33/13
其言曰「○詔」	15.1/79/9	近者不○	7.4/42/5	齋者、所以○齊不敢渙	
二曰「○書」	15.1/79/12	以（貴○賤）〔賤妨貴〕		散其意	7.1/36/8
其○長二尺	15.1/81/7		7.4/42/14	○畿甸于供御	7.4/40/22
○書、帝者○度之命也		子奇不得紀○阿之功	8.4/46/19	臣聞見符○蝗以象其事	7.4/40/31
	15.1/81/12	轉○書御史	9.2/47/18	皆婦人干政之所○也	7.4/41/22
其文曰○詔	15.1/81/12	鄉明而○	10.1/51/29	部不爲用○怨之狀	7.5/43/11
凡○書有印使符下	15.1/81/14	周公踐天子位以○天下		欲以除凶○吉	7.5/43/19

是爲〇帝	15.1/92/5	里	1.9/7/15	徵拜太〇大夫、尙書令	
		〇葉當周之盛德有嬀滿		、太僕、太常、司徒	4.1/22/19
稺 zhì	**5**	者	2.2/9/14	詔五官〇郎將任崇奉冊	4.1/22/26
		〇平三年〔秋〕八月丙		拜室家子弟一人郎〇	4.1/22/26
養〇惟愛	2.7/13/19	子卒	2.2/9/30	〇謁者董訒弔祠護喪	4.1/22/27
爰曁〇孫	4.5/26/2	德務〇庸	2.3/10/18	徵拜太〇大夫	4.2/23/22
次曰寧、〇威	4.6/26/29	〇平三年八月丙子	2.3/10/24	總天地之〇和	4.3/24/15
雖則童〇	6.3/34/1	三公遣令史祭以〇牢	2.3/11/2	協大〇于皇極	4.3/25/2
顯教幼誨〇之學	10.1/51/31	守〇有令	2.3/11/3	在盈思（〇）〔沖〕	4.3/25/2
		維〇平五年春三月癸未	2.4/11/12	故司徒〇山祝括	4.3/25/4
贄 zhì	**2**	初以父任拜郎〇	2.5/12/1	喜〇興	4.3/25/8
		邑〇化之	2.6/12/27	天子使〇常侍謁者李納	
其乘輅執〇朝皇后	4.5/26/4	又家拜犍爲太守、太〇		弔	4.5/26/15
爲〇國卿	8.2/45/14	大夫	2.6/13/3	再以〇牢祠	4.5/26/16
		遂隱竄山〇	2.7/13/17	于時濟陽故吏舊民、〇	
櫛 zhì	**2**	除郎〇萊蕪長	2.7/13/20	常侍句陽于肅等二十	
		故事服闋後還郎〇	2.7/13/21	三人	4.5/26/17
或〇比鱗列	11.7/60/22	九族〇表	2.7/13/24	季以高（弟）〔第〕爲	
用〇	13.11/74/16	〇平二年四月卒	2.7/13/28	侍御史諫議大夫侍〇	
		漢祚〇移	2.8/14/11	虎賁〇郎將陳留太守	4.6/27/2
騺 zhì	**1**	以協禮〇	2.8/14/15	契闊〇讛	4.6/27/4,6.6/35/13
		左〇郎將〔尙書〕	3.1/15/19	〇禁以閑其情	4.7/27/19
惟天陰〇下民	3.5/19/2	非黃〇純白	3.1/16/1	少辟侍〇	4.7/27/20
		皇帝遣〇謁者陳遂、侍		〇平四年薨于京師	4.7/27/23
躓 zhì	**1**	御史馬助持節送柩	3.2/16/9	室〇皆明	5.1/28/17
		自在弱冠布衣之〇	3.2/16/14	王室〇微	5.1/28/18
果有〇覆不測之禍	1.7/5/21	自侍御史侍〇已往	3.2/16/16	升（于〇）〔〇于〕皇	5.1/29/3
		〇興以來	3.2/16/25	除郎〇光祿茂才	5.2/29/11
中 zhōng	**226**	拜侍〇	3.3/17/13	春秋之〇	5.3/30/10
		進授《尙書》于禁〇	3.3/17/13	除郎〇	5.4/31/3
敷教〇夏	1.1/1/6	納于侍〇	3.5/18/25	遷侍〇虎賁〇郎將	5.4/31/5
以太〇大夫薨于京師	1.1/1/11	于憲之〇	3.5/18/30	以侍〇養疾	5.4/31/6
祖侍〇廣川相	1.1/1/17	命于左〇郎將郭儀作策	3.5/19/9	以〇牢具祠	5.4/31/10
除郎〇洛陽左尉	1.1/1/21	遷河閒〇尉、琅邪（王）		順帝時爲郎〇	5.5/31/22
	1.6/4/17	傅	3.6/20/2	詔出遣使者王謙以〇牢	
歷河南太守太〇大夫	1.1/2/15	黃〇通理	3.7/20/14	具祠	5.5/31/25
而升遷爲侍〇	1.1/2/18	遷北軍〇候	3.7/20/15	動〇規矩	6.2/33/11
拜太〇大夫	1.1/2/19,3.1/15/18	江湖之〇	3.7/20/23	雖冠帶之〇士	6.3/33/25
復爲少府太〇大夫	1.6/4/22	遣御史〇丞鍾繇即拜鎭		曾祖〇水侯	6.5/34/21
而忠行乎其〇	1.7/5/18	南將軍	3.7/21/5	〇水侯弟伏波將軍女	6.5/34/21
可于公父之〇	1.7/6/16	置長史司馬從事〇郎	3.7/21/6	畢力〇讛	6.5/34/24
除郎〇尙書侍郎	1.8/6/24	上復遣左〇郎將祝耽授		聰明達乎〇外	6.6/35/15
	4.2/23/11	節	3.7/21/6	（推）〔敷〕恩〇外	6.6/35/15
潛于郎〇	1.8/6/28	子授徵拜五官〇郎將	3.7/21/22	二州之〇	7.2/36/22
今使權謁者〇郎楊賁贈		崎嶇儉約之〇	4.1/22/11	起徒〇爲內史	7.2/36/26
穆益州刺史印綬	1.8/7/6	除郎〇尙書侍郎、尙書		以差厥〇	7.2/37/4
乃作祠堂于邑〇南舊陽		左丞、尙書僕射	4.1/22/13	通謀〇常侍王甫求爲將	7.3/37/10

破鮮卑○郎將	7.3/37/11		10.1/51/31	○使獲麟不得在哀公十	
使匈奴○郎將南單于以		太學在○央	10.1/52/16	四年	13.2/71/19
下	7.3/37/11	太學者、○學明堂之位		而曆以爲牽牛○星	13.2/71/27
不得○休	7.3/37/27	也	10.1/52/19	欣欣焉樂在其○矣	13.8/73/28
○國之困	7.3/38/2	日○出南門	10.1/52/20	○饋裁割	14.5/75/26
南辟幃○爲都座	7.4/39/1	宮○之門謂之闈	10.1/52/21	○隱四企	14.13/77/21
○常侍育陽侯曹節、冠		太室辟雝之○	10.1/53/8	要明年之○夏	14.17/78/16
軍侯王甫	7.4/39/2	受《月令》以歸而藏諸		所居曰「禁○」	15.1/79/10
有黑氣墮溫德殿東庭○	7.4/39/10	廟○	10.1/54/2	後曰「省○」	15.1/79/11
與○黃門桓賢晤言	7.4/39/22	故遂于憂怖之○	10.2/54/21	禁○者、門戶有禁	15.1/80/20
建大○之道	7.4/40/4	以驚蟄爲孟春○	10.2/55/5	故曰禁	15.1/80/20
南宮侍○寺	7.4/40/8	○春「始雨水」	10.2/55/6	故曰省	15.1/80/21
未央宮輅軨○	7.4/40/10	○春《令》	10.2/55/13	其○有所請若罪法劾案	
審察○外之言	7.4/40/28	宗廟之祭以○月	10.2/55/14	公府	15.1/81/28
宮○無地逸竄	7.4/41/22	○冬《令》曰	10.2/55/20	公卿、侍○、尙書衣帛	
九列之○	7.4/42/5	出入宮○	10.2/55/21	而朝曰朝臣	15.1/82/11
○外悚慄	7.4/42/14	宮○之門曰闈	10.2/55/21	律○大蔟	15.1/83/3
故○傷部	7.5/43/14	《令》以○秋「築城郭」		律○大呂	15.1/83/6
○饋之敍	8.1/44/7		10.2/55/28	律○黃鍾	15.1/83/9
國祚○絕	8.1/44/8	定之方○	10.2/55/28	在○牢一月	15.1/83/30
允求厥○	8.1/44/19	西南方○	10.2/55/29	曰司命、曰○霤、曰國	
當○興之運	8.2/45/11	昏正者、昏○也	10.2/56/1	行、曰國門、曰泰厲	
藏器林藪之○	8.3/45/24	○夏也	10.2/56/10	、曰戶、曰竈	15.1/85/1
當○興之隆	8.4/46/3	「瘦」字○從「叟」	10.2/56/31	曰司命、曰○霤、曰國	
而○宗以昭	9.1/46/27	時以尙書召拜郎○	11.2/57/18	門、曰國行、曰公厲	15.1/85/4
陛下應期○興	9.2/47/17	旬日之○	11.2/57/20	○霤	15.1/85/12
三月之○	9.2/47/19	顧念元初○	11.2/57/23	其祀○霤	15.1/85/12
侍○魯旭	9.2/47/25	郎○劉洪密于用算	11.2/58/1	祀○霤	15.1/85/13
以服○土	9.4/48/20	○道廢絕	11.2/58/3	○央之神	15.1/85/16
左○郎將臣邑議	9.6/49/8	其時鮮卑連犯雲○五原	11.2/58/5	而時儺以索宮○	15.1/86/10
孝宣曰○宗	9.6/49/10	一月之○	11.2/58/5	儋牙虎神荼、鬱壘二神	
時○正大臣夏侯勝猶執		歷○牟之舊城兮	11.3/58/24	海○有度朔之山	15.1/86/12
議欲出世宗	9.6/49/10	遂在○國	11.4/59/25	孝宣爲○宗	15.1/90/26
太僕王舜、○壘校尉劉		繭兮蛹兮蠶蠕須	11.4/59/30	光武○興	15.1/90/28
歆據經傳義	9.6/49/11	○有尺素書	11.5/60/5	藏十一帝主于其○	15.1/90/28
光武皇帝受命○興	9.6/49/12	宣太平于○區	11.8/62/15	宣帝爲○宗	15.1/91/13
以求厥○	9.6/49/16	○述世宗	12.10/65/7	○興以來希用之	15.1/93/8
丁期○興	9.7/49/29	厥○月之六辰	12.10/65/12	公卿不在鹵簿○	15.1/93/9
（詔制）〔制詔〕左○		洒道○央	12.26/68/8	唯河南尹執金吾洛陽令	
郎將蔡邕	9.9/50/17	句陳居○	12.26/68/9	奉引侍○參乘奉車郎	
還備侍○	9.9/50/23	所謂宮○有卒	13.1/69/21	御屬車三十六乘	15.1/93/9
○外所疑	9.9/50/24	共處其○耳	13.1/69/21	侍○、○常侍、侍御史	
群臣之○	9.9/50/24	郎○張文前獨盡狂言	13.1/69/30	、主者郎令史皆執注	
○讀符策誥戒之詔	9.9/50/31	多召拜議郎郎○	13.1/70/20	以督整諸軍車騎	15.1/93/11
○央曰太室	10.1/51/28	通容其○	13.1/70/27	插翟尾其○	15.1/93/24
其正○皆曰太廟	10.1/51/30	亡在孝○	13.1/70/28	○古以絲	15.1/94/13
朝諸侯、選造士于其○		延光元年○	13.2/71/10	其武官太尉以下及侍○	

黄○九九之實也	10.1/53/17	**仲** zhòng	31	芟除煩○	3.7/21/13
○厥純懿	11.1/57/11			日月○光	4.2/23/17
則黄○應	11.8/61/23	○尼與之	1.7/6/1	乃世○光	5.3/30/19
譬猶○山之玉	11.8/61/27	周有○山甫伯陽嘉父	1.7/6/13	設告緡○稅之令	7.3/37/19
協之○律	14.12/77/13	字○弓	2.2/9/14,2.3/10/15	而乳母趙嬈貴○赫赫	7.4/41/22
助黄○宣氣而萬物生	15.1/83/6		2.4/11/13	輔位○則上尊	7.4/42/15
律中黄○	15.1/83/9	慚于文○竊位之負	2.3/10/24	慕義○譯	8.1/44/22
		僉以爲○尼既殁	2.8/14/21	輔佐○臣	9.1/47/1
鐘 zhōng	6	昔○尼嘗垂三戒而公克		知納言任○	9.3/48/5
		焉	3.1/16/1	前後○疊	9.3/48/11
銘勒顯于○鼎	5.2/29/21	字○明	3.6/19/20	古人考據（慎）〔順〕	
若○虞設張	11.7/60/24	○舒之相江都	3.6/20/4	○	9.6/49/11
銘功于景○	13.4/73/8	○尼嘉焉	4.5/26/12	前功輕○不侔	9.9/50/27
○鼎、禮樂之器	13.4/73/9	伯○各未加冠	4.6/27/1	○功輕賞	9.9/51/4
○以止衆	15.1/93/3	延弟曾孫放字子○	5.3/30/13	如此其○也	9.9/51/6
○鳴則息也	15.1/93/4	其先張○者	6.2/33/9	殷人曰○屋	10.1/51/27
		字○原	6.4/34/7	罹○罪	10.2/54/18
冢 zhǒng	7	於惟○原	6.4/34/11	當服○刑	11.2/57/24
		○尼是紀	6.6/35/19	似崇臺○宇	11.7/60/25
杖竹策立○前	1.10/8/4	周宣王命南○吉甫攘獫		沈精○淵	11.8/61/8
存墓○	1.10/8/16	狁、威蠻荆	7.3/37/12	命南○以司曆	12.10/65/12
三據○宰	4.1/22/23	張○孝友	8.2/45/13	○以明德	12.12/65/23
（宰○）〔○辛〕喪儀	6.6/35/23	當○尼則顏冉之亞	8.4/46/12	莫○于祭	13.1/69/18
委政○宰	9.2/47/24	○夏之月	10.1/52/29	○賢良方正、敦樸有道	
登源自乎嶓○	14.1/74/22	《○春令》曰	10.1/53/28	之選	13.1/69/25
		○尼譏之	10.1/54/3	受恩之○	13.1/70/25
種 zhǒng	7	○尼曰	10.1/54/5	不爲燥溼輕○	13.7/73/24
		○尼設執鞭之言	11.8/61/6	尙書令印○封	15.1/81/14
餘○樓于畎畝	4.2/23/15	奚○供德于衡軸	11.8/62/19	繁纓○轂副牽	15.1/93/19
鮮卑○衆新盛	7.3/37/23	至于○尼之正教	13.3/72/22	○轂者、轂外復有一轂	
鮮卑○衆	7.3/37/26	○山甫有補衮闕	13.4/73/4		15.1/93/27
《周官》、天子馬六○		○尼思歸	14.12/77/15	吳制邐迤四○	15.1/96/10
	10.2/55/25	王○任曰	15.1/81/2		
六○別有驂	10.2/55/25	董○舒、武帝時人	15.1/95/6	**衆** zhòng	48
戎狄別○	11.4/59/25				
春扈氏農正、趣民耕○	15.1/86/4	**重** zhòng	39	悉引○災	1.1/2/14
				雖○子群孫	1.1/2/24
踵 zhǒng	7	當世是以服○器	1.6/4/16	明集御○	1.5/4/2
		宮牆○仞	2.1/9/7	爲○傑雄	1.6/4/14
名臣繼○	2.8/14/10	先生存獲○稱	2.2/10/2	茲可謂超越○庶	1.6/4/25
○遐武	4.3/25/9	○于公相之位也	2.3/10/24	○庶是與	1.6/5/2
文武繼○	5.2/29/9	○部大掾	2.3/11/6	而○莫外	3.5/19/1
僉以宰相繼○	5.3/30/15	○淵百尺	2.5/12/11	寬裕足以容○	4.1/22/15
慕化企○	11.4/59/25	任鼎○	3.1/15/21	寬之以納○	4.3/24/16
言陽氣○黄泉而出	15.1/83/9	體尊名○	3.2/16/16	破前隊之○	5.1/28/19
是後○前	15.1/91/3	惟漢○臣	3.2/16/25	與○共之	5.4/31/2
		以增威○	3.7/21/7	○悅其良	5.4/31/14

輈 zhōu　　　　　　　　1

奚仲供德于衡○　11.8/62/19

軸 zhóu　　　　　　　　1

繫○頭　15.1/94/1

宙 zhòu　　　　　　　　7

聲塞宇○　3.1/16/1
德被宇○　3.3/17/23
屬扶風魯○、潁川敦歷
　等　4.3/24/13
清字○之埃塵　11.8/61/9
今子責匹夫以清字○　11.8/62/8
踔宇○而遺俗兮　11.8/62/23
清一宇○　12.3/63/23

紂 zhòu　　　　　　　　3

昔武王伐○　7.4/40/12
讖武伐○　12.1/63/2
殘義損善曰○　15.1/96/25

胄 zhòu　　　　　　　　7

有殷之○　1.8/6/20
支○散逸　2.8/14/10
裔○無緒　3.1/15/15
姬稷之末○也　3.6/19/20
聖朝以藩國貴○　3.6/20/1
孝武大將軍廣之○也　5.2/29/8
問甯越之裔○兮　11.3/58/24

晝 zhòu　　　　　　　　7

太白正○而見　7.4/40/25
太白當○而見　7.4/40/27
○入南學　10.1/52/16
○夜密勿　10.2/54/22
○騁情以舒愛　14.3/75/13
行屬氏農正、○爲民驅
　鳥　15.1/86/5
○漏盡　15.1/93/4

籀 zhòu　　　　　　　　1

○誦拱手而韜翰　11.6/60/15

朱 zhū　　　　　　　　16

漢益州刺史南陽○公叔卒　1.7/5/8
忠文○公名穆　1.8/6/20
至元子啓生公子○　1.8/6/21
制詔尙書○穆　1.8/7/5
文忠公益州太守○君名
　穆字公叔　1.9/7/12
時惟○父　1.9/7/17
拜故待詔會稽○買臣　7.2/36/26
忽○亥之篡軍　11.3/58/24
○雀道引　12.26/68/9
臣自在宰府及備○衣　13.1/69/8
動揚○脣　14.5/75/25
玄衣○裳　15.1/86/10
禮○干玉　15.1/94/12
周禮、天子冕前後垂延
　○綠藻有十二旒　15.1/94/14
○綠裏而玄上　15.1/94/16
○綠九旒青玉珠　15.1/94/18

侏 zhū　　　　　　　　4

○離不貢　8.1/44/13
○儒短人　11.4/59/25
名之○儒　11.4/59/26
西方曰○離　15.1/89/15

洙 zhū　　　　　　　　2

瞻仰○泗　3.4/18/11
雖○泗之間　3.7/21/12

邾 zhū　　　　　　　　3

○子蘧蒢　1.7/5/29
是以○子許男稱公以葬　1.7/6/11
則有○許稱公之文　1.7/6/12

珠 zhū　　　　　　　　10

○藏外耀　3.6/20/9
信荆山之良寶、靈川之

明○也　12.3/63/21
明○胎于靈蚌兮　14.1/74/25
○出蚌泥　14.5/75/23
繫白玉○于其端　15.1/94/17
朱綠九旒青玉○　15.1/94/18
卿大夫七旒黑玉○　15.1/94/18
大○九枚　15.1/96/3
今以銅爲○　15.1/96/3
○冕、爵弁收、通天冠
　、進賢冠、長冠、緇
　布冠、委貌冠、皮弁
　、惠文冠　15.1/96/21

誅 zhū　　　　　　　　18

梁州叛羌逼迫兵○　1.5/3/28
○斃貪暴　1.7/5/22
及秋而梁氏○滅　2.5/12/10
幸臣○斃　4.2/23/22
天人致○　5.1/28/19
首策○之　5.3/30/13
自爲寇虜則○之　7.2/36/21
亦卒○　7.4/39/27
亡不伏○　7.4/40/3
吏酷則○深　7.4/41/1
以爲遺○　8.1/44/21
天兵致○　8.4/46/4
伏受罪○　9.9/50/29
是時梁冀新○　11.3/58/17
高受滅家之○　11.8/62/5
殄刑○繁多之所生也　13.1/69/6
恆被謗訕之○　13.1/69/30
自當極其刑○　13.1/70/21

豬 zhū　　　　　　　　1

又有蹋○車　15.1/93/16

諸 zhū　　　　　　　　114

○郡饑饉　1.1/2/1
始與○儒考禮定議　1.7/5/12
皆○侯之臣也　1.7/6/5
其尊與○侯竝　1.7/6/6
其禮與同盟○侯敵體故也　1.7/6/8
號與天子○侯咸用優賢
　禮同　1.7/6/15

周武王封○宋	1.8/6/20	推求○奏	11.2/58/11
臺臺焉雖商偃其猶病○	1.8/6/24	勤○侯之遠戍兮	11.3/58/26
而封○太昊之墟	2.2/9/15	取○天紀	11.8/62/11
況我過○	2.2/9/29	同體○舊	12.9/65/3
譬○雲霄	2.5/12/17	獲○西狩	12.15/66/16
使○儒參案典禮	2.7/14/1	訊○執事	13.1/69/5
譬○浮雲	2.9/15/3	顯此○異	13.1/69/9
周公其猶病○	3.2/16/17	夫司隸校尉、○州刺史	
吾何德以堪○	3.2/16/25	所以督察姦枉、分別	
升○帝朝者	3.3/17/18	白黑者也	13.1/70/1
稽○典則	3.4/18/11	必使○侯歲貢	13.1/70/10
于時○州	3.7/21/4	而○生競利	13.1/70/13
乃令○儒	3.7/21/13	昔孝宣會○儒于石渠	13.1/70/16
列于○侯	4.2/23/9	可以易奪甘石、窮服○	
銘○琬琰	4.2/24/4	術者	13.2/71/24
俾○昆裔	4.5/26/17	求○己而不求○人	13.3/72/19
于是群公○將據河、洛		○侯言時計功	13.4/72/30
之文	5.1/28/20	所謂○侯言時計功者也	13.4/73/5
若○州刺史器用可換者	7.2/37/3	天王、○夏之所稱	15.1/79/22
鮮卑仍犯○郡	7.3/37/8	此○侯大夫印稱璽者也	
請徵幽州○郡兵出塞擊			15.1/80/25
之	7.3/37/8	以命○侯王三公	15.1/81/8
○夏之內	7.3/38/2	其○侯王三公之薨于位	
令○〔管〕甲士循行塞		者	15.1/81/8
垣	7.3/38/20	如○侯之策	15.1/81/9
昔宋景公、小國○侯	7.4/40/29	公卿校尉○將不言姓	15.1/82/4
○侯彊陵主	7.4/41/7	○營校尉將大夫以下亦	
抑○侯之彊	7.4/41/9	爲朝臣	15.1/82/11
伏思○異各應	7.4/41/17	○侯曰萬民	15.1/82/14
○侯陵主之戒	7.4/43/3	天子○侯后妃夫人之別	
爵高蘭○國亂子	8.1/44/17	名	15.1/83/16
初覽○經	8.4/46/8	○侯之妃曰夫人	15.1/83/16
圍盧○物	9.3/48/10	○侯一取九女	15.1/83/24
朝○侯、選造士于其中		儀比○侯	15.1/83/27
	10.1/51/31	儀比○侯王	15.1/83/27
朝○侯于明堂	10.1/52/12	天子○侯宗廟之別名	15.1/83/30
所以教○侯之德也	10.1/53/2	○侯二昭二穆與太祖之	
明堂太室與○侯泮宮	10.1/53/8	廟五	15.1/84/3
所以教○侯之孝也	10.1/53/9	○侯爲百姓立社曰國社	
古者○侯朝正于天子	10.1/54/2		15.1/84/20
受《月令》以歸而藏○		○侯之社曰侯社	15.1/84/20
廟中	10.1/54/2	古者天子亦取亡國之社	
○侯怠于禮	10.1/54/3	以分○侯	15.1/84/22
又不知《月令》徵驗布		○侯半之	15.1/84/26
在○經	10.2/54/15	○侯社稷皆少牢	15.1/84/28
參○曆象	10.2/55/2	○侯爲國立五祀之別名	15.1/85/4
（謹）〔科〕條○志	11.2/58/8	主閱領○鬼	15.1/86/13

○侯朝見宗祀文王之所			
歌也	15.1/87/18		
○侯助祭之所歌也	15.1/87/20		
○侯助祭遣之于之廟之所			
歌也	15.1/87/24		
始作樂合○樂而奏之所			
歌也	15.1/88/1		
○侯始見于武王廟之所			
歌也	15.1/88/3		
○侯大小之差	15.1/88/21		
○侯王、皇子封爲王者			
稱曰○侯王	15.1/88/21		
朝侯、○侯有功德者	15.1/88/22		
位次○卿	15.1/88/23		
卿○侯九推	15.1/88/25		
○侯曰頖宮	15.1/89/1		
爲于哀帝爲○父	15.1/90/15		
殷祭則及○毀廟	15.1/90/27		
今洛陽○陵	15.1/91/5		
四姓小侯○侯家婦	15.1/91/8		
及○侯王、大夫郡國計			
吏、匈奴朝者西國侍			
子皆會	15.1/91/8		
其實古○侯也	15.1/92/15		
周末○侯或稱王	15.1/92/15		
總名○侯王子弟	15.1/92/16		
謂之○侯	15.1/92/16		
則省○副車	15.1/93/10		
侍中、中常侍、侍御史			
、主者郎令史皆執注			
以督整○軍車騎	15.1/93/11		
古者○侯貳車九乘	15.1/94/4		
建金根、耕根○御車	15.1/94/7		
三公及○侯之祠者	15.1/94/18		
○侯王冠遠遊冠	15.1/94/22		
○侯卿七	15.1/94/26		
遠遊冠、○侯王所服	15.1/95/11		

竹 zhú　　　　4

杖○策立冢前	1.10/8/4
削文○以爲管	14.8/76/18
○裹以纚	15.1/95/24
高祖冠、以○皮爲之	15.1/95/27

逐 zhú	6	惟○及几筵應改而已	9.6/49/24	**佇 zhù**	2
		而○以明堂也	10.1/51/30		
于時相○	2.8/14/11	○宮室	10.2/55/21	○淹留以候霱兮	11.3/59/11
以爲但○惡而已	10.2/56/4	閭里門非閭尹所○	10.2/55/21	聊○思而詳觀	11.7/60/27
○放邊野	11.2/58/2	夫豈傲○而背國乎	11.8/61/23		
懷伊呂而黜○兮	11.3/59/16	聖○垂拱乎兩楹	11.8/61/26	**助 zhù**	12
清風○暑	14.15/78/3	○豐其祿	11.8/61/31		
常以先臘之夜○除之也		君況我聖○以洪澤之福	12.1/63/1	皇帝遣中謁者陳遂、侍	
	15.1/86/14	則人○恆恐懼而修政	12.24/67/29	御史馬○持節送柩	3.2/16/9
		亦所以勸導人○	13.4/73/3	是用之○生養	10.2/55/15
燭 zhú	1	情罔寫而無○	14.3/75/13	故多春難以○陽	10.2/56/6
		眹之無○	14.4/75/18	無所扶○	10.2/56/7
燈○既滅	6.6/35/25	然則人○必愼所幸也	15.1/81/4	乞○乎近貴之譽	11.8/62/5
		帝之女曰公○	15.1/83/27	○黃鍾宣氣而萬物生	15.1/83/6
主 zhǔ	65	帝之姊妹曰長公○	15.1/83/27	諸侯○祭之所歌也	15.1/87/20
		比長公○	15.1/83/28	諸侯○祭遣之于廟之所	
○者以舊典宜先請	1.1/2/2	北面設○于門左樞	15.1/85/8	歌也	15.1/87/24
帝祚無○	4.2/23/17	南面設○于門內之西行	15.1/85/9	二王之後來○祭之所歌	
聖○革正	4.2/23/22	北面設○于拔上	15.1/85/10	也	15.1/87/25
父以○薄嘗證太守	4.5/25/24	設○于竈陘也	15.1/85/12	嗣王求忠臣○己之所歌	
故曰社者、土地之○也	5.3/30/9	設○于牖下也	15.1/85/13	也	15.1/88/7
于是陳留○薄高吉蔡軫		○閱領諸鬼	15.1/86/13	相、○也	15.1/88/14
等	5.5/32/1	廟以藏○	15.1/90/21	○理天下	15.1/88/14
切切喪○	6.6/35/24	藏十一帝○于其中	15.1/90/28		
對相部○	7.2/36/25	藏○于世祖廟	15.1/91/2	**杼 zhù**	1
故○父傴曰	7.3/37/21	是後遷承藏○于世祖廟	15.1/91/2		
爲其謀○	7.3/37/24	西廟五○	15.1/91/12	織女投○	3.7/21/20
明○不行	7.3/38/13	東廟七○	15.1/91/16		
后妃陰脅○	7.4/39/13	兩廟十二○、三少帝、		**注 zhù**	8
（態）惑于毀譽	7.4/39/14	三后	15.1/91/23		
是以明○尤務焉	7.4/39/20	藏○長安	15.1/91/26	而訖未有○記著于文字	
○不榮	7.4/40/13	以肺腑宿衛親公○子孫		也	10.2/54/19
而聖○知之	7.4/40/15	奉墳墓	15.1/92/19	不得傳○而爲之說	10.2/56/11
人○當精明其德	7.4/40/26	侍中、中常侍、侍御史		請太師田○	11.2/57/31
熒惑○禮	7.4/40/28	、○者郎令史皆執注		與奏記譜○	13.2/71/20
太白○兵	7.4/40/28	以督整諸軍車騎	15.1/93/11	百官有其儀○	15.1/93/8
諸侯彊陵○	7.4/41/7	孝武帝幸館陶公○家	15.1/95/5	侍中、中常侍、侍御史	
陵○之漸	7.4/41/9	○贊曰	15.1/95/6	、主者郎令史皆執○	
以（○）〔玉〕氣勢	7.4/42/2	○家庖人臣優昧死再拜		以督整諸軍車騎	15.1/93/11
竝宜爲謀○	7.4/42/10	謁	15.1/95/6	長○地	15.1/94/1
諸侯陵○之戒	7.4/43/3			一曰側○	15.1/95/12
建立聖○	8.1/44/10	**渚 zhǔ**	1		
請作○頌	8.1/44/22			**柱 zhù**	12
制弄○權	9.1/47/2	如玉（○）〔者〕	7.4/42/3		
上違聖○寵嘉之至	9.1/47/10			周○下史	2.8/14/9
聖○賢臣	9.6/49/16			樹○累石	6.1/32/26
可出元帝○	9.6/49/20			昔一○泥故法棄	7.4/41/8

已變○泥　7.4/41/9
二十八○列于四方　10.1/53/17
木門閭兮梁上○　11.4/59/30
厲山氏之子○及后稷能
　殖百穀以利天下　15.1/85/21
稷神、蓋厲山氏之子○
　也　15.1/85/26
○能殖百穀　15.1/85/26
一曰○後惠文冠　15.1/95/19
以纚裹鐵○卷　15.1/95/19
建華冠、以鐵爲○卷貫　15.1/96/3

祝 zhù　16

上復遣左中郎將○耽授
　節　3.7/21/6
故司徒中山○括　4.3/25/4
高皇帝使工○承致多福
　無疆　9.5/49/3
若夫太昊蓐收句芒○融
　之屬　10.2/54/30
其神○融　15.1/85/15
○曰　15.1/86/23
太○掌六○之辭　15.1/87/15
順○、願豐年也　15.1/87/15
年○、求永眞也　15.1/87/15
告○、祈福祥也　15.1/87/15
化○、弭災兵也　15.1/87/16
瑞○、逆時雨、寧風旱
　也　15.1/87/16
策○、遠罪病也　15.1/87/16
○先王公之所歌也　15.1/87/21
大樂郊社○舞者冠建華　15.1/95/2

著 zhù　36

于斯爲○　1.1/2/26
罔不○其股肱　1.2/3/5
驗應○焉　1.8/6/25
其後有人○絳冠大衣　1.10/8/4
神化○于民物　2.4/11/14
是故德行外○　2.6/13/1
作誄○諡　2.7/14/2
○于耇舊　2.7/14/2
○茂實　3.2/16/15
建名○忠　3.2/17/1
忠謹○烈　3.6/19/28

○斯碑石　4.5/26/17
鐫○堅珉　4.6/27/6
世爲○姓　5.2/29/9
不飾行○　6.2/33/12
虹○于天而降施于庭　7.4/39/11
文學所○　7.5/43/15
是以德○圖籍　8.1/44/6
聖誠○于禁闈　8.1/44/20
昭驗已○　8.2/45/12
忠亮闡○　8.3/45/23
柔遠功○　9.3/48/14
○作東觀　9.9/50/21
宜周公之所○也　10.1/53/30
秦相呂不韋○書　10.1/54/7
子何爲○《月令說》也　10.2/54/13
而訖未有注記○于文字
　也　10.2/54/19
○《月令》者　10.2/55/15
受詔詣東觀○作　11.2/57/18
得備○作郎　11.2/57/30
臣欲○者三　11.2/58/8
是以君子推微達○　11.8/62/10
恩惠○于萬里　12.3/63/22
降拜屏○　12.4/63/30
則鬼神以○　13.1/69/7
文備義○　13.2/72/5

藷 zhù　1

鷫鴇軒○　12.28/68/18

築 zhù　6

○室講誨　2.2/10/7
秦○長城　7.3/38/8
《令》以中秋「○城郭」
　　10.2/55/28
栽木而始○也　10.2/56/1
壇謂○土起堂　15.1/84/12
墠謂○土而無屋者也　15.1/84/12

鑄 zhù　1

備器○鼎　1.9/7/16

專 zhuān　9

非此遺孤所得○也　2.2/10/5
○國作威　2.5/12/3
賊臣○政　3.7/20/18
○勝必克　7.3/37/26
○勝者未必克　7.3/38/12
婦人○政　7.4/40/13
當○一精意以思變　7.4/42/17
猶不自○　8.1/44/18
○必成之功　11.8/61/14

顓 zhuān　11

《○頊曆（衡）〔術〕》
　日　10.1/53/24
曆用○頊　13.2/71/3
黃帝、○頊、夏、殷、
　周、魯凡六家　13.2/71/5
其帝○頊　15.1/85/16
帝○頊之世舉以爲土正
　　15.1/85/24
帝○頊之世舉以爲田正
　　15.1/85/26
帝○頊有三子　15.1/86/8
○頊曰《六莖》　15.1/89/3
○頊氏以水德繼之　15.1/89/19
故○頊氏殁　15.1/89/20
○頊爲高陽氏　15.1/89/24

轉 zhuǎn　14

故○拜議郎　1.1/2/13
○移歸葬　3.7/21/20
○運糧饟　7.3/37/27
是後○因帝號　8.1/44/27
○治書御史　9.2/47/18
似書有○誤　10.2/55/17
反令每行一時○三句　10.2/56/9
書者○誤　10.2/56/31
遂以○徙　11.2/57/24
展○不相見　11.5/60/4
順傾○圓　11.8/62/1
反求遷○　13.1/70/21
○差少一百一十四歲　13.2/71/19
展○倒頹　14.5/76/1

撰 zhuàn	3
○舉功勳	4.3/25/7
乃○錄母氏之德履	6.5/34/20
皆當○錄	11.2/57/30

篆 zhuàn	3
體有六○	11.6/60/10
何草○之足算	11.7/60/26
兩編下垺○書	15.1/81/8

譔 zhuàn	1
○錄所審言于碑	3.4/18/13

莊 zhuāng	5
喜不亂○	6.6/35/17
涖之以○	12.12/65/26
○叔隨難漢陽	13.4/73/7
楚○晉妃	14.5/75/27
好勇致力曰○	15.1/97/2

壯 zhuàng	7
威○虓虎	1.1/1/5
崇○幽潛	2.1/9/7
老而彌○	2.2/9/29
方叔克○其猷	4.2/23/27
體勢強○	6.1/32/26
○田橫之奉首兮	11.3/59/11
元帝額有○髮	15.1/95/7

狀 zhuàng	13
謹別○上	7.4/39/8
形○似龍似虹蜺	7.4/39/11
郤不爲用致怨之○	7.5/43/11
因臺問具臣恨○	7.5/43/14
謹陳○	8.2/45/15, 9.1/47/12
表貢行○	8.4/46/18
群匿情○	9.1/47/6
無○取罪	9.9/50/21
非臣無○所敢復望	11.2/57/22
竟乃因縣道具以○聞	11.2/58/4
以其夢陟○上聞天子	12.1/62/31

其○如婦人縷簏	15.1/95/2

戇 zhuàng	6
臣邑敏愚○死罪	7.1/36/11
臣邑愚○	7.3/38/22, 7.4/43/3
臣愚○	7.5/43/17, 9.6/49/25
下言臣愚○議異	15.1/82/7

追 zhuī	26
○歎功德	2.3/11/5
○蹤先緒	2.5/12/16
○稽先典	4.5/26/20
○慕永思	4.6/27/5
眇悠悠而不○	4.6/27/14
○惟考君存時之命	4.7/27/25
○惟桑梓	5.1/28/27
○痛不永	5.4/31/12
相與○慕先君	6.4/34/10
懿等○想定省	6.5/35/1
○崇世祖功臣	8.1/44/17
（進）〔○〕闡前勳	8.3/45/26
○劉定之攸儀兮	11.3/59/3
○念先侯	12.1/63/3
○往孝敬	13.1/69/16
宜○定八使	13.1/70/6
本縣○捕	13.1/70/28
術家以算○而求之	13.2/71/11
更造望儀以○天度	13.2/71/24
莫能雙○	14.5/75/26
爾思來○	14.5/76/2
璽書○而與之	15.1/80/24
○號爲后者三	15.1/91/19
○號父清河王曰孝德皇	15.1/92/4
○尊父蠡吾侯曰孝崇皇	15.1/92/6
○尊父解犢侯曰孝仁皇	15.1/92/7

惴 zhuì	2
○○其惶	6.6/35/21

畷 zhuì	1
先嗇、司嗇、農、郵表○、貓虎、坊、水庸	

、昆蟲	15.1/86/25

綴 zhuì	4
○輯所履	3.2/16/26
（哉）〔裁〕取典計教者一人○之	7.4/42/2
以補○遺闕	11.2/58/11
博六經而○百氏兮	14.8/76/20

墜 zhuì	7
（收）〔救〕文武之將○	2.1/8/29
文武之未○	4.2/23/11
不敢失○	4.5/26/9
景命顛○	5.5/32/7
不○家訓	8.4/46/8
懼顛蹶隕○	10.2/54/20
不○于地	11.8/61/11

贅 zhuì	1
用補〔○〕前臣之所闕	4.3/24/19

屯 zhūn	6
還○漢陰	3.7/20/21
○守衝要以堅牢不動爲務	7.3/38/20
長水校尉趙玄、○騎校尉蓋升	7.4/42/7
○陳破壞	9.8/50/8
塗○邅其騫連兮	11.3/58/22
寧陵夷之○否	12.3/63/24

窀 zhūn	3
遂營○穸之事	4.5/26/14
○穸于茲地	4.6/27/4
冥冥○穸	6.6/35/25

諄 zhūn	2
而論者○○如也	13.3/72/11

卓 zhuō	14
高明○異	1.6/4/14
○時挺生	2.9/15/6
○爾超倫	3.2/16/28
所立○爾	3.6/19/26
字元○	5.2/29/8
博問像史孝行○異者	8.2/45/3
○逸不群	8.4/46/13
太尉郗侯○起自東土封	
畿之外	9.1/47/5
承持○勢	9.1/47/6
○聞乖輿已趨河津	9.1/47/7
○又上書	9.1/47/10
臣等謹案《漢書》高祖	
受命如○者	9.1/47/11
太尉郗侯○	9.2/47/18
○躒多姿	14.5/75/25

灼 zhuó	3
憂心○烜	9.10/51/14
憂怖焦○	11.2/57/26
榮華○爍	14.13/77/21

酌 zhuó	6
乃斟○群言	11.8/61/4
汪汪焉○之則不竭	12.5/64/5
○麥醴	13.8/73/28
酒曰清○	15.1/87/12
《○》、一章九句	15.1/88/9
言能○先祖之道以養天	
下之所歌也	15.1/88/9

啄 zhuó	2
冠戴勝兮○木兒	11.4/59/29
○碎琬琰	12.28/68/18

琢 zhuó	2
不宜復聽納小吏、雕○	
大臣	7.4/42/16
遂雕○而成器	14.9/76/29

濁 zhuó	6
涸之不○	2.7/14/3
渾其若○	2.9/15/7
（激）〔汰〕垢○以揚	
清	5.2/29/17
光祿勳偉璋所在尤貪○	7.4/42/5
欲清流蕩○	7.4/42/7
滌穢○兮存正靈	11.8/62/23

擢 zhuó	6
進聖○偉	3.6/19/27
○授劇州	7.2/36/28
連見拔○	7.5/43/21
顯○孝子	8.1/44/15
臣愚以為宜○文右職	13.1/69/31
亦復隨輩皆見拜○	13.1/70/15

濯 zhuó	2
收拾洗○	9.2/47/18
被浣○而羅布	11.3/59/2

孜 zī	2
猶日○○	6.6/35/20

咨 zī	12
○度禮則	1.1/1/13,2.2/10/4
○訪其驗	1.10/8/6
文王○焉	2.1/8/26
莫不○嗟	2.3/10/26
曷所○詢	2.4/11/22
○痛罔極	3.6/20/5
乃俾元孫顯○度群儒	4.5/26/9
海內○嗟	5.2/29/20
千里于○	6.6/35/24
垂疇○之問	8.1/44/10
○于太師	13.4/73/2

姿 zī	15
幼有弘○	1.1/1/18
○度廣大	2.1/8/27
受明哲之上○	2.2/9/16

體英妙之高○	2.6/12/24
夫人懷聖善之○	4.5/25/26
體季蘭之○	4.6/26/26
誕育靈○	5.1/29/1
掾天○恪恪	6.2/33/10
逸才淑○	6.3/33/22
共敘赫○	6.6/35/10
疏賤妄乃得○意	7.4/41/24
有山甫之○	7.4/42/9
聖○碩義	9.7/49/29
奇○譎誕	11.7/60/25
卓躒多○	14.5/75/25

茲 zī	52
未有若○者也	1.1/2/25
作○征鉞軍鼓	1.5/4/8
秉○黃鉞	1.5/4/8
○可謂超越眾庶	1.6/4/25
敦○五服	1.6/5/2
肆其孤用作○寶鼎	1.8/7/7
設○方石	1.9/7/16
降○（殘）〔篤〕殃	1.9/7/20
爰勒○銘	2.1/9/9
昔者先生甚樂○土	2.2/10/7
誕○明德	2.5/12/15
誕○明哲	2.7/14/3
文不在○	2.8/14/21
吁○先生	2.8/14/22
偉德若○	2.9/15/2
若○巍巍者乎	3.1/16/2
受○介福	3.2/16/28,3.3/17/23
	4.5/26/3
誨○一人	3.4/18/17
建○土封	3.5/19/13
以建于○	3.6/19/22
保○舊門	4.1/22/30
受○介祜	4.1/23/3
曷以尚○	4.2/23/28
○事體通而義同	4.5/26/13
度○洛濱	4.5/26/20
窀穸于○地	4.6/27/4
舁柩在○兮	4.7/28/8
爰○初基	5.1/29/4
家于○土	5.2/29/9
錫○土疆	5.3/30/19
賴○頌聲	5.4/31/13

遷○虐痾　5.4/31/16
其後自河內遷于○土　6.2/33/10
膺○祉祿　6.6/35/14
受○義方　6.6/35/16
矧○夫人　6.6/35/19
陛下享○吉福　9.7/50/2
允○漢室　11.1/57/9
總○四德　12.2/63/9
媚○天子　12.2/63/15
賜○世輔　12.4/63/29
戾○小黃　12.13/66/3
勸○稽民　12.14/66/9
喪○舊德　12.18/67/1
恨○學士　12.18/67/1
尙鑒○器　12.20/67/10
歎○窈窕　14.5/75/23
圖○梧之所宜　14.9/76/28
設○矢石　14.14/77/27
爰戾○邦　14.18/78/20

淄 zī　2

臨○令賂之贓多　1.1/2/6
東綏○沂　3.7/20/21

貲 zī　2

生則○富侔于帑藏　7.4/41/23
每有餘○　8.3/45/27

粢 zī　3

明○醴酒　9.4/48/26
〔○盛之供〕　12.9/64/29
與稷竝爲○盛也　13.3/72/25

資 zī　12

官有餘○　1.5/4/5
兼○九德　2.3/10/15
○始既正　2.3/11/3
廣大○乎天地　2.4/11/14
○賄屢空　3.2/16/13
公體○明哲　3.3/17/18
具送靈柩之○　3.7/21/22
公受純懿之○　5.2/29/9
爰以○始　6.6/35/11

○非哲人藩屏之用　9.10/51/14
君○天地之正氣　12.3/63/19
是故先帝雖有聖明之○
　　　　　　　　　13.1/69/24

緇 zī　2

涅而不○　2.2/10/10
珠冕、爵弁收、通天冠
　、進賢冠、長冠、○
　布冠、委貌冠、皮弁
　、惠文冠　15.1/96/21

諮 zī　3

聖上詢○師錫　2.5/12/6
遂○之郡吏　6.1/32/24
○之群儒　6.5/34/20

子 zǐ　315

左右天○　1.1/1/7
○孫之在不十二姓者　1.1/1/16
視民如保赤○　1.1/2/6
民有父（字）〔○〕俱行　1.1/2/7
其○殺之而捕得　1.1/2/8
雖衆○群孫　1.1/2/24
以對揚天○丕顯休命　1.2/3/5
毗于天○　1.2/3/5
媚于天○　1.3/3/14
天○曰　1.3/3/14
高句驪嗣○伯固　1.5/3/28
東萊太守之元○也　1.6/4/13
云宜口忠文○　1.7/5/8
惟天○與二等之爵　1.7/5/11
今○纂襲前業　1.7/5/13
孔○曰　1.7/5/15
　　15.1/94/13,15.1/94/20
君○曰　1.7/5/26
而諡曰文○　1.7/5/27
邾○蘧蒢　1.7/5/29
衛大夫孔圉諡曰文○　1.7/5/30
○貢疑焉　1.7/6/1
本議曰忠文○　1.7/6/4
按古之以○配諡者　1.7/6/4
魯之季文○、孟懿○　1.7/6/5
衛之孫文○、公叔文○　1.7/6/5

天○大夫也　1.7/6/7
王○虎卒　1.7/6/7
此皆天○大夫得稱　1.7/6/8
又禮緣臣○咸欲尊其君
　父　1.7/6/10
故雖侯伯○男之臣　1.7/6/10
是以邾○許男稱公以葬　1.7/6/11
以臣○之辭言之　1.7/6/12
若稱○則降等多矣　1.7/6/13
○曰伯某父　1.7/6/14
號與天○諸侯咸用優賢
　禮同　1.7/6/15
順乎門人臣○所稱之宜　1.7/6/15
使不得稱○而已　1.7/6/16
微○啓以帝乙元○　1.8/6/20
至元○啓生公○朱　1.8/6/21
用媚天○　1.8/6/23
天○痛悼　1.8/7/5
○○孫孫　1.9/7/21,3.2/17/3
　4.4/25/19,5.1/29/4,9.5/49/4
王孫○喬者、蓋上世之
　眞人也　1.10/7/26
呼樵孺○尹禿謂曰　1.10/8/4
我王○喬也　1.10/8/4
呼孺○　1.10/8/17
是以邦之弟　2.2/9/19
中平三年〔秋〕八月丙
　○卒　2.2/9/30
中平三年八月丙○　2.3/10/24
先生有二○　2.4/11/17
光祿勳之○也　2.5/11/26
于是從遊弟○陳留、申
　屠蟠等悲悼傷懷　2.6/13/5
生惠及延二○　2.7/13/14
字○材　2.8/14/9
末葉以支○　3.1/15/14
嗣○緩冕相承　3.1/15/16
以佐天○　3.3/17/24
則是門人二三小○　3.4/18/12
小○困蒙　3.4/18/15
太尉公之胤○　3.5/18/22
父義、母慈、兄友、弟
　恭、○孝　3.5/19/3
用對揚天○　3.5/19/7
天○大闡其勳　3.5/19/8
凡百君○　3.6/20/5
吏民○弟　3.7/21/11

父勉其○	3.7/21/21	男○王襃衣小冠	7.4/39/25	《月令》甲○、沈○所	
○授徵拜五官中郎將	3.7/21/22	商○冀、冀○不疑等	7.4/40/1	謂似《春秋》也	10.2/54/29
毓○孕孫	3.7/21/25	天○驚	7.4/40/4	《周官》、天○馬六種	
交阯都尉之元○也	4.1/22/10	王莽以后兄○爲大司馬	7.4/40/12		10.2/55/25
天○悼惜	4.1/22/26	夫以匹夫顏氏之○	7.4/40/17	○說三難	10.2/56/4
拜室家○弟一人郎中	4.1/22/26	兩○受封	7.4/41/23	○獨曰五叟	10.2/56/29
其先自媯姓建國南土曰		臣父○誠有怨恨	7.5/43/14	父○一門	11.2/57/20
胡○	4.2/23/9	言事者欲陷臣父○	7.5/43/21	父○家屬	11.2/57/21
是以君○勤禮	4.2/23/14	以爲鄉黨敘孔○威儀	8.1/44/5	妻○进竄	11.2/58/9
不違○道	4.2/23/25	以展孝○承歡之敬	8.1/44/13	侈申○之美城	11.3/58/27
雖老萊○嬰兒其服	4.2/23/27	顯擢孝○	8.1/44/15	愍五○之歌聲	11.3/59/4
天○悼痛	4.2/24/2	爵高蘭諸國胤○	8.1/44/17	忿○帶之淫逸兮	11.3/59/6
探孔○之房奧	4.3/24/16	垂念臣○	8.1/44/23	疾○朝之爲害	11.3/59/10
公之季○陳留太守碩卒		孝○平丘程未	8.2/45/3	唯有晏○	11.4/59/26
于洛陽左池里舍	4.5/26/8	臣輒核問掾史邑○殷盛		有務世公○誨于華顚胡	
延陵季○	4.5/26/11	宿彥等	8.2/45/7	老曰	11.8/61/4
長○道終	4.5/26/11	衛多君○	8.3/45/20	甯○有清商之歌	11.8/61/6
天○使中常侍謁者李納		○奇不得紀治阿之功	8.4/46/19	夫○生清穆之世	11.8/61/7
弔	4.5/26/15	及蓮香瓠之唾壺	9.3/48/10	小○惑焉	11.8/61/10
○孫以仁	4.5/26/20	雖父母之于○孫	9.3/48/11	若公○所謂覩曖昧之利	
惟○道之無窮兮	4.6/27/6	予末小○遭家不造	9.4/48/21		11.8/61/13
遭元○之弱夭	4.6/27/9	臣謹案禮制〔天○〕七		公○謖爾斂袂而興曰	11.8/61/14
愍予小○	4.7/28/1	廟、三昭、三穆、與		孔○斯征	11.8/61/22
○孫忽以替遺	4.7/28/5	太祖七	9.6/49/17	夫世臣（閟）〔門〕○	
建平元年十二月甲○夜	5.1/28/16	明堂者、天○太廟	10.1/51/27		11.8/61/30
而共工○句龍爲后土	5.3/30/8	故昭令德以示○孫	10.1/52/7	童○不問疑于老成	11.8/62/2
春秋時有○華爲秦相	5.3/30/11	太廟、天○曰明堂	10.1/52/11	今○責匹夫以清宇宙	11.8/62/8
延弟曾孫放字○仲	5.3/30/13	周公踐天○位以治天下		是以君○推微達著	11.8/62/10
毗天○而維四方	5.3/30/14		10.1/52/12	非○享土于善圃	11.8/62/19
太傅安樂侯之○也	5.4/30/24	以天○禮樂	10.1/52/13	于是公○仰首降階	11.8/62/22
天○憫悼	5.4/31/10	以示○孫也	10.1/52/15	以其夢陟狀上聞天○	12.1/62/31
太傅安樂鄉侯之○也	5.5/31/22	天○旦入東學	10.1/52/16	媚茲天○	12.2/63/15
明哲君○	6.1/32/18	天○之所自學也	10.1/52/16	穆穆天○	12.4/63/30
司徒公之○	6.3/33/22	見九侯及門○	10.1/52/20	《詩》稱○孫保之	12.12/65/22
故陳留太守胡君○曰根	6.4/34/7	知掌教國○與《易傳》		賢人君○	12.12/65/22
哀○懿達、仁達銜恤哀		保傅	10.1/52/24	惟予小○	12.12/65/28
痛	6.5/34/19	《文王世○篇》曰	10.1/52/24	天○聖躬	13.1/69/7
童○無驕逸之尤	6.5/34/26	天○至	10.1/52/25	天○以四立及季夏之節	
俾我小○	6.5/35/2	天○出征	10.1/53/6	迎五帝于郊	13.1/69/15
哀哀孝○	6.6/35/9	天○發號施令	10.1/53/19	臣○曠然	13.1/69/31
在○斯敏	6.6/35/11	古者諸侯朝正于天○	10.1/54/2	孔○以爲致遠則泥	13.1/70/17
同其婦○	6.6/35/18	天○藏之于明堂	10.1/54/2	君○固當志其大者	13.1/70/17
慘怛孝○	6.6/35/21	○貢非廢其命而請去之	10.1/54/4	伏見前一切以宣陵孝○	
于是孝○長叫	6.6/35/22	○何爲著《月令說》也		爲太○舍人	13.1/70/24
天○之兵	7.3/38/14		10.2/54/13	父○至親	13.1/70/25
循二○之策	7.3/38/21	○說《月令》多類以		太○官屬	13.1/70/29
天○外苦兵威	7.4/39/15	《周官》《左氏》	10.2/54/27	及命曆序積獲麟至漢起	

庚○部之二十三歲	13.2/71/15	天○獨拜于屏	15.1/82/29	史皇孫之○	15.1/90/14
竟己酉、戊及丁卯部		天○諸侯后妃夫人之別		于父之次	15.1/90/15
六十九歲	13.2/71/16	名	15.1/83/16	天○以正月五日畢供後	
君○以朋友講習而正人	13.3/72/9	天○之（紀）〔妃〕曰		上原陵	15.1/91/7
是以君○慎人所以交己		后	15.1/83/16	及諸侯王、大夫郡國計	
	13.3/72/13	天○后立六宮之別名	15.1/83/21	吏、匈奴朝者西國侍	
故君○不爲可棄之行	13.3/72/18	春秋天○一取十二	15.1/83/22	○皆會	15.1/91/8
○夏之門人問交于○張		天○一取十二女	15.1/83/24	屬弟于元帝爲○	15.1/91/13
	13.3/72/20	王者○女封邑之差	15.1/83/27	非天○也	15.1/91/28
而二○各有聞乎夫○	13.3/72/20	天○諸侯宗廟之別名	15.1/83/30	祖父曰衛太○	15.1/91/28
曰「天○令德	13.4/72/30	天○三昭三穆與太祖之		太○以罪廢	15.1/91/28
所謂天○令德者也	13.4/73/1	廟七	15.1/84/2	無○弟	15.1/92/3
以示○孫	13.4/73/9	天○之宗社曰泰社	15.1/84/17	安帝以和帝兄○從清河	
君○博文	14.18/78/20	天○所爲群姓立社也	15.1/84/17	王○即尊號	15.1/92/3
得親君○庭	14.19/78/26	天○之社曰王社	15.1/84/17	沖帝無○弟	15.1/92/4
漢天○正號曰「皇帝」	15.1/79/9	古者天○亦取亡國之社		立樂安王○	15.1/92/5
上古天○庖犧氏、神農		以分諸侯	15.1/84/22	桓帝以蠡吾侯○即尊位	15.1/92/6
氏稱皇	15.1/79/14	天○社稷土壇方廣五丈		無○	15.1/92/7
天○、夷狄之所稱	15.1/79/24		15.1/84/26	天○大社	15.1/92/10
故稱天○	15.1/79/24	天○社稷皆太牢	15.1/84/28	皇○封爲王者	15.1/92/10
天○無外	15.1/79/26	天○爲群姓立七祀之別			15.1/92/15
天○、正號之別名	15.1/79/28	名	15.1/85/1	受天○之社土以所封之	
天○獨以爲稱	15.1/80/2	厲山氏之○柱及后稷能		方色	15.1/92/10
天○必有近臣	15.1/80/5	殖百穀以利天下	15.1/85/21	漢興以皇○封爲王者得	
群臣與天○言	15.1/80/6	社神蓋共工氏之○句龍		茅土	15.1/92/12
不敢指斥天○	15.1/80/6	也	15.1/85/24	而漢天○自以皇帝爲稱	
謂天○所服食者也	15.1/80/12	稷神、蓋厲山氏之○柱			15.1/92/15
天○至尊	15.1/80/12	也	15.1/85/26	總名諸侯王○弟	15.1/92/16
天○以天下爲家	15.1/80/13	帝顓頊有三○	15.1/86/8	以肺腑宿衛親公主○孫	
天○自謂曰行在所	15.1/80/16	黑帝以辰臘○祖	15.1/86/20	奉墳墓	15.1/92/19
天○璽以玉螭虎紐	15.1/80/23	天○大蜡八神之別名	15.1/86/22	天○下車	15.1/92/22
季武○使公冶問	15.1/80/24	微○來見祖廟之所歌也	15.1/88/4	天○出	15.1/93/6
然則秦以來天○獨以印		《閔予小○》、一章十		天○孫乘之	15.1/93/17
稱璽	15.1/80/26	一句	15.1/88/5	周禮、天○冕前後垂延	
〔天○〕車駕所至	15.1/80/28	皆天○之禮樂也	15.1/88/12	朱綠藻有十二旒	15.1/94/14
君○無幸而有不幸	15.1/81/2	三公者、天○之相	15.1/88/14	天○冠通天冠	15.1/94/22
天○荅之曰「可」	15.1/81/18	○者、滋也	15.1/88/15	天○、公卿、特進朝侯	
凡群臣上書于天○者有		諸侯王、皇○封爲王者		祀天地明堂皆冠平冕	
四名	15.1/81/24	稱曰諸侯王	15.1/88/21		15.1/94/23
天○曰兆民	15.1/82/14	天○特命爲朝侯	15.1/88/22	天○十二旒	15.1/94/26
天○所都曰京師	15.1/82/16	天○三推	15.1/88/25	通天冠、天○常服	15.1/95/11
京師、天○之畿內千里		天○曰辟雍	15.1/88/27	鄭○臧好聚鷸冠	15.1/96/4
	15.1/82/19	天○八佾	15.1/89/5	古者天○冠所加者	15.1/96/21
天○命令之別名	15.1/82/21	右九棘、公侯伯○男位			
天○父事天	15.1/82/23		15.1/89/8	**姊 zǐ**	**5**
天○父事三老者	15.1/82/26	從高祖乙未至今壬○歲	15.1/90/2		
古者天○親祖割牲	15.1/82/28	文帝即高祖○	15.1/90/13	即黃君之○	4.5/25/25

則躬○厚而薄責于人	13.3/72/19	
○甘罪戾	13.5/73/15	
○城以西	13.6/73/19	
登源○乎嶓冢	14.1/74/22	
○稱曰「朕」	15.1/79/9	
○以德兼三皇	15.1/79/15	
天子○謂曰行在所	15.1/80/16	
○立二祀曰門行	15.1/84/7	
使爲社以○儆戒	15.1/84/22	
○與天地絕也	15.1/84/23	
大夫以下○立三祀之別		
名	15.1/85/6	
而園陵皆○起寢廟	15.1/91/3	
而漢天子○以皇帝爲稱		
	15.1/92/15	
清白○守曰貞	15.1/97/1	

字 zì　　　47

○公祖	1.1/1/10, 1.6/4/13	
民有父（○）〔子〕俱行	1.1/2/7	
○公叔	1.8/6/20	
文忠公益州太守朱君名		
穆○公叔	1.9/7/12	
相國東萊王章○伯義	1.10/8/10	
○林宗	2.1/8/25	
○仲弓	2.2/9/14, 2.3/10/15	
	2.4/11/13	
○巨勝	2.5/11/26	
○伯淮	2.6/12/22	
○史雲	2.7/13/13	
○子材	2.8/14/9	
後配未○	2.8/14/18	
○叔則者	2.9/14/29	
○叔節	3.1/15/14	
○伯獻	3.3/17/8, 3.4/18/3	
○仲明	3.6/19/20	
○景升	3.7/20/14	
○伯始	4.1/22/10, 4.2/23/9	
○曰烈嬴	4.5/25/23	
○曰顯章	4.6/26/25	
○曰永姜	4.7/27/18	
○元卓	5.2/29/8	
延弟曾孫放○子仲	5.3/30/13	
○季叡	5.4/30/24, 5.5/31/22	
○得雲	6.1/32/23	
○伯雅	6.2/33/9	

○仲原	6.4/34/7	
○文禮	8.4/46/7	
禮經素○	9.3/48/9	
而訖未有注記著于文○		
也	10.2/54/19	
○誤也	10.2/56/30	
其○與「更」相似	10.2/56/30	
「嫂」○「女」旁「叟」		
	10.2/56/31	
「瘦」○中從「叟」	10.2/56/31	
立○法者不以形聲	10.2/57/1	
何得以爲○	10.2/57/1	
○畫之始	11.6/60/10	
思○體之俯仰	11.6/60/17	
○玄成	12.1/62/30	
名○芳兮	12.1/63/3	
無尚書令奏制○	15.1/81/19	

恣 zì　　　2

以○輕事之人	7.3/38/12	
罵詈○口	11.4/59/27	

𢦏 zì　　　1

久（佐）〔在〕煎熬爵		
○之間	8.4/46/17	

宗 zōng　　　93

內爲○榦	1.6/4/27	
猶復○事趙叟	1.7/6/3	
蕭○之世	1.8/6/22	
字林○	2.1/8/25	
鱗介之○龜龍也	2.1/8/30	
祀典所○	2.2/10/5	
舜命秩○	2.6/12/23	
和人事于○伯	4.1/22/23	
祇祠○祖	4.1/23/4	
以紹○緒	4.2/23/17	
威○晏駕	4.2/23/24	
左○廟	5.3/30/9, 15.1/83/30	
爰我虞○	5.3/30/19	
○殞憲師	6.6/35/9	
夫世○神武	7.3/37/21	
○廟之祭	7.3/38/17	
簡○廟則水不潤下	7.4/40/22	

罷出宮妾免遣○室沒入		
者六百餘人	8.1/44/13	
道爲儒○	8.3/45/23	
躋之○伯	8.4/46/18	
而中○以昭	9.1/46/27	
臣聞世○之時	9.2/47/22	
○廟墮壞	9.4/48/20	
賴祖○之靈以獲有瘳	9.4/48/24	
○廟之制	9.6/49/8, 15.1/90/20	
孝文曰太○	9.6/49/9	
孝武曰世○	9.6/49/10	
孝宣曰中○	9.6/49/10	
時中正大臣夏侯勝猶執		
議欲出世○	9.6/49/10	
廟稱顯○	9.6/49/13	
廟稱肅○	9.6/49/14	
不知國家舊有○儀	9.6/49/16	
黜損所○	9.6/49/17	
以○廟言之	9.6/49/20	
則非所○	9.6/49/20	
穆○、敬○、恭○之號	9.6/49/22	
殊異祖○不可參竝之義	9.6/49/23	
參美顯○	9.7/49/30	
非臣小族陋○器量褊狹		
所能堪勝	9.9/50/29	
所以○祀其祖、以配上		
帝者也	10.1/51/27	
昭令德○祀之禮	10.1/51/30	
取其○祀之貌	10.1/52/3	
猶周○祀文王于清廟明		
堂也	10.1/52/10	
○祀文王于明堂	10.1/52/11	
○廟之祭以中月	10.2/55/14	
其祀之○伯	10.2/55/17	
榮冢○于此時	11.8/61/12	
竊見巡狩岱○	12.10/65/7	
○祀明堂	12.10/65/7	
中遜世○	12.10/65/7	
謹上《岱○頌》一篇	12.10/65/8	
郊高○	12.11/65/16	
○廟致敬	13.1/69/7	
祖○所祗奉也	13.1/69/16	
覬朝○之形兆	14.1/74/28	
天子諸侯○廟之別名	15.1/83/30	
○廟、社稷皆在庫門之		
內、雉門之外	15.1/84/2	
天子之○社曰泰社	15.1/84/17	

凡祭○廟禮牲之別名 15.1/87/8
○廟所歌詩之別名 15.1/87/18
諸侯朝見○祀文王之所歌也 15.1/87/18
孝文爲太○ 15.1/90/26
孝武爲世○ 15.1/90/26
孝宣爲中○ 15.1/90/26
祖○廟皆世世奉祠 15.1/90/26
非殷祭則祖○而已 15.1/90/27
故雖非○而不毀也 15.1/91/1
孝明曰顯○ 15.1/91/3
孝章曰肅○ 15.1/91/3
孝和曰穆○ 15.1/91/4
孝安曰恭○ 15.1/91/4
孝順曰敬○ 15.1/91/4
孝桓曰威○ 15.1/91/4
不列于○廟 15.1/91/5
四時○廟用牲十八太牢 15.1/91/11
文帝爲太○ 15.1/91/12
武帝爲世○ 15.1/91/13
宣帝爲中○ 15.1/91/13
故列于祖○ 15.1/91/14
明帝爲顯○ 15.1/91/16
章帝爲肅○ 15.1/91/17
和帝爲穆○ 15.1/91/17
安帝爲恭○ 15.1/91/17
順帝爲敬○ 15.1/91/17
桓帝爲威○ 15.1/91/17
小駕、祠○廟用之 15.1/93/10
郊天地、祠○廟、祀明堂則冠之 15.1/94/19
祠○廟則長冠袀玄 15.1/94/27
漢祀○廟大享 15.1/96/7

綜 zōng 16

益州府君貫○典術 1.7/5/12
尋○六藝 1.8/6/23
探○群緯 2.1/8/28
既○七經 2.8/14/12
經緯是○ 2.8/14/22
○物通靈 2.9/15/6
所特貫○ 3.4/18/12
○彼前疑 3.6/20/9
罔有不○ 4.2/23/11
○精靈之幽情 4.5/26/12
博○古文 5.4/31/1
○衆變 7.4/39/8
無術不○ 8.4/46/10
○析無形 11.8/61/8
昔伯翳○聲于鳥語 11.8/62/18
○人事于晻昧兮 14.8/76/21

鍐 zōng 3

金○方釳 15.1/93/19
金○者、馬冠也 15.1/93/23
金○形如緹 15.1/93/27

蹤 zōng 10

胤汝祖○ 1.9/7/19
無人○ 1.10/8/3
是以賴鄉仰伯陽之○ 1.10/8/11
追○先緒 2.5/12/16
蓋以韜騰餘○ 3.4/18/5
度躡雲○ 3.6/19/26
有邈其○ 4.2/24/5
不足勗勵以躡高○ 9.10/51/16
爰結○而迴軌兮 11.3/59/19
遺不滅之令○ 11.8/61/12

騣 zōng 3

在最後左騑馬○上 15.1/93/23
在馬○前 15.1/93/24
在○後 15.1/93/24

總 zǒng 22

用○是群后 1.2/3/7
○角而逸群 1.6/4/14
○脩百行 2.3/10/15
○六經之要 2.5/11/27
罔不○也 2.5/12/1
深○曆部 2.9/15/1
亦○其熊羆之士 3.5/18/28
博○群議 4.1/22/12
聽納○己 4.2/23/18
○天地之中和 4.3/24/15
○角入學 5.4/30/26
○合戶數千不當一 9.1/47/9
○連州縣 9.4/48/22
今又○就一堂 9.6/49/23
西曰○章 10.1/51/28
今○合爲一事 10.2/56/10
○伊瀍與澗瀨 11.3/59/8
○茲四德 12.2/63/9
○齊禁旅 12.4/63/31
○畎澮之群液兮 14.1/74/23
○謂之宮 15.1/90/21
○名諸侯王子弟 15.1/92/16

縱 zòng 6

天綱○ 11.8/61/16
合○者駢組陸離 11.8/61/19
固天○德 12.5/64/3
綱網弛○ 13.1/70/3
○橫接髮 14.5/75/24
○吏民宴飲 15.1/93/2

陬 zōu 1

庭○有若榴 14.19/78/25

騶 zōu 6

六○習訓 4.2/23/23
七○咸駕 10.2/55/24
今曰六○ 10.2/55/24
六種別有○ 10.2/55/25
故知六○ 10.2/55/25
六○屬焉 10.2/55/26

走 zǒu 5

有人○入宮 7.4/40/3
奔○之役 9.9/51/7
趨○陛下 11.2/57/19
○將從夫孤焉 13.3/72/26
○獸率舞 14.12/77/16

奏 zòu 27

亦爲謀○盡其忠直 2.7/13/20
府舉入○ 9.3/48/4
《白虎》○議 9.3/48/9
錯○謬錄不可行 9.8/50/10
本○詔書所當依據 11.2/58/9

推求諸〇 11.2/58/11
又令三公謠言〇事 13.1/70/4
昔劉向〇曰 13.1/70/5
連見劾〇 13.2/71/8
與〇記譜注 13.2/71/20
所〇事處皆爲宮 15.1/80/16
在京師曰〇長安宮 15.1/80/17
在泰山則曰〇奉高宮 15.1/80/17
刺史太守相劾〇申下（上）〔土〕遷書文亦如之 15.1/81/12
群臣有所〇請 15.1/81/17
15.1/81/18
尚書令〇之 15.1/81/18
無尚書令〇制字 15.1/81/19
則荅曰「已〇」 15.1/81/19
二曰〇 15.1/81/24
〇者、亦需頭 15.1/81/28
公卿使謁者將大夫以下至吏民尚書左丞〇聞報可 15.1/82/5
表文報已〇如書 15.1/82/6
〇象武之所歌也 15.1/87/19
始作樂合諸樂而〇之所歌也 15.1/88/1
〇大武周武所定一代之樂之所歌也 15.1/88/4
群臣〇事上書皆爲兩通 15.1/90/9

租 zū 2

或賜田〇之半 15.1/81/2
各以其戶數〇入爲限 15.1/92/12

足 zú 38

貞固〇以幹事 2.1/8/28
隱括〇以矯時 2.1/8/28
投〇而襲其軌 2.2/9/16
〇以孕育群生 2.2/9/17
〇以包覆無方 2.2/9/17
〇以威暴矯邪 2.2/9/18
〇以陶冶世心 2.2/9/18
體仁〇以長人 2.5/11/27
嘉德〇以合禮 2.5/11/27
曾未〇以喻其高、究其深也 2.5/12/11
寬裕〇以容眾 4.1/22/15
和柔〇以安物 4.1/22/15
剛毅〇以威暴 4.1/22/15
體仁〇以勸俗 4.1/22/15
應鼎之〇 5.2/30/1
何〇爲嫌 7.2/36/25
一冬春〇以埽滅 7.3/37/9
手〇之蚧搔也 7.3/38/2
議不〇采 7.3/38/22,9.6/49/25
不〇以荅聖問 7.4/39/7
不見尾〇者 7.4/39/12
其貴已〇 7.4/42/8
昭大知之絕〇也 8.4/46/15
將謂臣何〇以任 9.2/47/27
求〇而已 9.9/51/10
不〇舄勵以躡高蹤 9.10/51/16
無〇以配土德者 10.2/56/23
何草篆之〇算 11.7/60/26
不〇以喻其便 11.8/62/1
不〇以況其易 11.8/62/1
舒之〇以光四表 11.8/62/14
〇令海內測度朝政 13.1/70/6
云當滿〇 13.2/71/19
豈魚龜之〇收 14.1/74/26
轅馬蹀〇以哀鳴 14.11/77/7
及群臣士庶相與言曰殿下、閣下、〔〇下〕、〔侍者〕、執事之屬皆此類也 15.1/80/7
三月一時已〇肥矣 15.1/84/1

卒 zú 44

弟〇 1.1/2/25
漢益州刺史南陽朱公叔〇 1.7/5/8
昔魯季孫行父〇 1.7/5/26
于是遷而遂〇 1.7/5/30
劉卷〇 1.7/6/6
王子虎〇 1.7/6/7
王叔文公〇 1.7/6/7
及其〇也 1.7/6/10
〇于官 1.8/7/5
不幸而〇 1.8/7/6
〇于京師 1.9/7/12
以建寧二年正月乙亥〇 2.1/9/3
中平三年〔秋〕八月丙子〇 2.2/9/30
留葬所〇 2.3/10/25
而〇不降身 2.5/12/5
君〇 2.5/12/10
熹平二年四月辛巳〇 2.6/13/4
中平二年四月〇 2.7/13/28
以永壽二年夏五月乙未〇 2.8/14/19
建寧二年六月〇 2.9/15/5
有始有〇者已 3.4/18/10
永興六年夏〇 3.6/20/5
闇將命〇 3.7/20/22
自各發〇 3.7/21/22
生太傅安樂鄉侯廣及卷令康而〇 4.5/25/25
公之季子陳留太守碩〇于洛陽左池里舍 4.5/26/8
奄忽而〇 5.4/31/9
二十一日〇 5.5/31/25
某月日遭疾而〇 6.2/33/13
遭疾而〇 6.3/34/2
故濟北相夫人〇 6.6/35/9
〇有他方之急 7.2/36/20
〇獲其用 7.2/36/29
將〇良猛 7.3/37/22
廝輿之〇 7.3/38/15
褒故公車〇 7.4/39/26
亦〇誅 7.4/39/27
誹謗〇至 7.5/43/19
有始有〇 8.1/44/24
不意〇遷 9.3/48/11
〇壞覆而不振 12.28/68/18
及吏〇小污 13.1/69/17
所謂宮中有〇 13.1/69/21
〇以疏闊 13.2/71/8

族 zú 15

九〇中表 2.7/13/24
敦睦九〇 2.8/14/18
公〇分遷 3.6/19/21
夫人編縣舊〇章氏之長女也 4.6/26/25
損用節財以贍疏〇 6.2/33/11
允公〇之殊異 6.3/33/25
世爲名〇 6.5/34/22
施浹疏〇 6.6/35/15
其〇益章 8.2/45/15

非臣小○陋宗器量褊狹	
所能堪勝	9.9/50/29
復邦○以自綏	11.3/59/19
瞀御之○	11.8/61/31
二○崇飾	14.2/75/6
與民○居	15.1/84/25
曰○屬、曰門、曰行	15.1/85/6

阻 zǔ　　　　　　　　　7

險○艱難	3.2/16/13
傾○邈其彌遲	4.6/27/13
續以永樂門史霍玉依○	
城社	7.4/41/23
迴峭峻以降○兮	11.3/58/28
路○敗而無軌兮	11.3/59/10
艱以○兮	11.3/59/19
睹鴻梧于幽○	14.9/76/27

俎 zǔ　　　　　　　　　2

鼎○之禮	2.8/14/19
設○豆	3.7/21/11

祖 zǔ　　　　　　　　　116

字公○	1.1/1/10,1.6/4/13
高○諱仁	1.1/1/17
○侍中廣川相	1.1/1/17
烈○尚書令	1.8/6/21
以紹服○禰之遺風	1.8/6/23
胤汝○蹤	1.9/7/19
故知至德之宅兆、眞人	
之先○也	1.10/8/7
其如○禰	2.2/10/2
高○、父皆豫章太守	
潁陰令	2.6/12/24
其○李伯陽	2.8/14/9
考翼佐世○匡復郊廟	2.8/14/11
烈○楊喜佐命征伐	3.1/15/15
公之○納忠于前朝	3.2/16/12
○司徒	3.3/17/9
俾胤○考	3.3/17/22
皇○考以懿德	3.5/18/22
胤其○武	3.5/19/13
祗祠宗○	4.1/23/4
高○父汝南太守	4.5/25/23

曾○父延城大尹	4.5/25/24
○父番禺令	4.5/25/24
致于近○	4.5/26/19
踐繼先○	4.7/28/3
世○光武皇帝	5.1/28/15
先○銀艾封侯	5.1/28/25
曾○父江夏太守	5.2/29/9
糸界○靈	6.1/33/5
封二○墓側	6.4/34/10
從皇○乎靈兆兮	6.4/34/14
曾○中水侯	6.5/34/21
○將作大匠	6.5/34/21
昔者高○乃忍平城之恥	7.3/38/7
交饗○廟	8.1/44/13
追崇世○功臣	8.1/44/17
時○父叔病殁	8.2/45/4
臣等謹案《漢書》高○	
受命如卓者	9.1/47/11
上耀○先	9.3/48/12
敢昭告于皇○高皇帝	9.4/48/19
世○復帝祚	9.4/48/20
賴○宗之靈以獲有廖	9.4/48/22
廟稱世○	9.6/49/12
臣謹案禮制〔天子〕七	
廟、三昭、三穆、與	
太○七	9.6/49/17
殊異○宗不可參如之義	9.6/49/23
臣十四世○肥如侯	9.9/50/26
佐命高○以受爵賞	9.9/50/26
耀熠○禰	9.9/50/29
臣聞高○受命	9.9/51/3
所以宗祀其○、以配上	
帝者也	10.1/51/27
所以示承○、考神明	10.1/53/21
而（止）世○以來	11.2/57/27
過漢○之所陋兮	11.3/58/26
受終文○	12.8/64/22
既禘○于西都	12.11/65/16
昔我烈○	12.12/65/23
斯乃○禰之遺靈、盛德	
之所既也	12.12/65/24
穆穆我○	12.12/65/25
○宗所祗奉也	13.1/69/16
桓思皇后○載之時	13.1/70/27
衛孔悝之○	13.4/73/7
家○居常言客有三當死	13.9/74/3
漢高○受命	15.1/79/15

天子三昭三穆與太○之	
廟七	15.1/84/2
曰考廟、〔王考廟〕、	
皇考廟、顯考廟、○	
考廟	15.1/84/3
諸侯二昭二穆與太○之	
廟五	15.1/84/3
大夫一昭一穆與太○之	
廟三	15.1/84/6
所謂○稱曰廟者也	15.1/84/8
用命賞于○	15.1/84/18
五帝臘○之別名	15.1/86/19
青帝以未臘卯○	15.1/86/19
赤帝以（戍）〔戌〕臘	
午○	15.1/86/19
白帝以丑臘卯○	15.1/86/19
黑帝以辰臘子○	15.1/86/20
黃帝以辰臘未○	15.1/86/20
鬼號、若曰皇○伯某	15.1/87/4
禘太○之所歌也	15.1/88/3
微子來見○廟之所歌也	15.1/88/4
言能酌先○之道以養天	
下之所歌也	15.1/88/9
世○都（河）〔洛〕陽	
	15.1/88/19
故高○以火德繼之	15.1/89/22
高○爲漢	15.1/89/26
從高○乙未至今壬子歲	15.1/90/2
帝○母曰太皇太后	15.1/90/5
文帝即高○子	15.1/90/13
孫○以係○	15.1/90/14
于平帝爲父○	15.1/90/16
高帝爲太○	15.1/90/26
○宗廟皆世世奉祠	15.1/90/26
非殷祭則○宗而已	15.1/90/27
乃合高○以下至平帝爲	
一廟	15.1/90/28
更起廟稱世○	15.1/91/2
藏主于世○廟	15.1/91/2
是後遵承藏主于世○廟	15.1/91/2
高○廟、世○廟謂之五	
供	15.1/91/11
高帝爲高○	15.1/91/12
故列于○宗	15.1/91/14
光武爲世○	15.1/91/16
安帝○母也	15.1/91/19
高○得天下	15.1/91/27

○父曰衛太子	15.1/91/28
不敢加尊號于○父也	15.1/92/1
亦不敢加尊號于父○也	15.1/92/1
世○父南頓君曰皇考	15.1/92/2
○鉅鹿都尉曰皇○	15.1/92/2
曾○鬱林太守曰皇曾○	15.1/92/2
高○舂陵節侯曰皇高○	15.1/92/2
○父河間孝王曰孝穆皇	15.1/92/6
○母妃曰孝穆后	15.1/92/7
○父河間敬王曰孝元皇	15.1/92/8
○母夏妃曰孝元后	15.1/92/8
高○冠、以竹皮爲之	15.1/95/27

組 zǔ　　　　6

解幘○佩之	7.4/39/25
纂○不經	8.1/44/12
合縱者駢○陸離	11.8/61/19
○纓如其綬之色	15.1/94/17
○纓各視其綬之色	15.1/94/18
其纓與○各如其綬之色	
	15.1/94/26

鑽 zuān　　　　1

○之斯堅	3.4/18/16

纂 zuǎn　　　　4

今子㣏○襲前業	1.7/5/13
○業前史	1.8/6/28
○組不經	8.1/44/12
○成伐柯不遠之則	8.4/46/7

最 zuì　　　　5

御妾、位○下也	10.2/57/2
充王府而納○	11.3/59/9
差其殿○	13.1/70/7
在○後左騑馬駿上	15.1/93/23
○後一車懸豹尾	15.1/94/5

罪 zuì　　　　55

公糾發贓○	1.1/1/19
奉辭責○	1.1/1/28
遂正其○	1.1/2/7

贓○明審	1.1/2/11
○除惡在	1.1/2/17
議而不○	1.7/5/23
君罹其○	2.7/13/24
折獄蔽○	3.5/18/30
○成惡熟	5.1/28/19
死○對	7.1/36/8
臣邑敏愚戇死○	7.1/36/11
臣邑頓首死○	7.2/36/16
7.4/41/17,9.3/48/5,9.3/48/13
	9.8/50/12,9.9/50/26
故京兆尹張敞有○逃命	7.2/36/27
皆以○受戮	7.4/40/2
藏晦惑之○	7.4/41/24
臣邑死○	7.5/43/12,7.5/43/28
謙虛爲○	8.3/45/22
○當死	8.3/45/29
死○死○	9.1/47/13
	9.2/47/20,15.1/82/3
臣尙書邑免冠頓首死○	9.3/48/3
以一月俸贖○	9.8/50/11
無狀取○	9.9/50/21
伏受○誅	9.9/50/29
執有○	10.1/53/6
罹重○	10.2/54/18
得就平○	11.2/57/21
非臣○惡所當復蒙	11.2/57/22
臣初決○	11.2/57/23
會臣被○	11.2/58/2
觸冒死○	11.2/58/11
臣頓首死○	11.2/58/13
鴻臚陳君以救雲抵○	11.3/58/18
原○以心	12.13/66/4
有辜小○	12.13/66/4
○人赦宥	12.14/66/10
或有寃○襄瑕	13.1/70/3
豈有伏○懼考	13.1/70/21
友之○也	13.3/72/23
自甘○戾	13.5/73/15
三公以○免	15.1/81/9
其免若得○無姓	15.1/81/14
其中有所請若○法効案	
公府	15.1/81/28
策祝、遠○病也	15.1/87/16
太子以○廢	15.1/91/28

醉 zuì　　　　2

○則揚聲	11.4/59/27
德將無○	12.20/67/10

尊 zūn　　　　46

示有攸○	1.7/6/3
其○與諸侯竝	1.7/6/6
又禮緣臣子咸欲○其君	
父	1.7/6/10
體○名重	3.2/16/16
以承奉○	3.2/17/3
思王○之驅策	3.7/20/17
禮從謙○	4.2/23/26
○而彌恭	4.2/23/26
近侍顯○	4.5/26/3
因爲○諱	5.1/28/18
○不舍力	6.6/35/18
陵○踰制	7.4/39/16
抑陰○陽	7.4/40/22
又以非其月令○宿	7.4/40/26
黜之以○上整下	7.4/41/8
輔位重則上○	7.4/42/15
○崇廟稱	9.6/49/9
○而奉之	9.6/49/19
取其○崇	10.1/52/4
尙貴而○爵	10.1/52/18
土、五行之○者	10.2/56/22
○卑煙驚	12.27/68/14
豈南郊卑而它祀○哉	13.1/69/18
王者至○	15.1/79/18
皇帝、至○之稱	15.1/79/30
古者○卑共之	15.1/80/1
	15.1/80/23
因卑達○之意也	15.1/80/6
上者、○位所在也	15.1/80/9
不敢渫瀆言○號	15.1/80/9
○王之義也	15.1/80/10
天子至○	15.1/80/12
亦依違○者所都	15.1/80/17
示有所○	15.1/82/23
樹之者、○而表之	15.1/85/28
神號、○其名更爲美稱	15.1/87/4
所以○鬼神也	15.1/87/11
上○號曰太上皇	15.1/91/27
不敢加○號于祖父也	15.1/92/1

亦不敢加〇號于父祖也	15.1/92/1	《春秋〇氏傳》曰	1.7/5/17	上	15.1/82/3
安帝以和帝兄子從清河			15.1/80/24	公卿使謁者將大夫以下	
王子即〇號	15.1/92/3	《〇傳》曰　1.7/6/7,15.1/96/4		至吏民尚書〇丞奏聞	
依高帝〇父爲太上皇之		〇右或以爲神	1.10/8/3	報可	15.1/82/5
義	15.1/92/4	〇中郎將〔尚書〕	3.1/15/19	東曰〇	15.1/83/30
帝偪于順烈梁后父大將		在帝〇右	3.5/18/25	北面設主于門〇樞	15.1/85/8
軍梁冀未得〇其父而		命于〇中郎將郭儀作策	3.5/19/9	置九農之官如〇	15.1/86/1
崩	15.1/92/5	上復遣〇中郎將祝耽授		〇九棘、孤卿大夫位也	15.1/89/8
桓帝以蠡吾侯子即〇位	15.1/92/6	節	3.7/21/6	黃屋〇纛	15.1/93/19
追〇父蠡吾先侯曰孝崇		除郎中尚書侍郎、尚書		〇纛者、以犛牛尾爲之	
皇	15.1/92/6	〇丞、尚書僕射	4.1/22/13		15.1/93/23
追〇父解犢侯曰孝仁皇	15.1/92/7	〇丞	4.2/23/12	在最後〇騑馬駿上	15.1/93/23
		〇右六世	4.4/25/15	〇畫蒼龍	15.1/94/1
遵 zūn	**19**	公之季子陳留太守碩卒		《〇氏傳》有南冠而縶	
		于洛陽〇池里舍	4.5/26/8	者	15.1/95/21
匪禮不〇	2.8/14/23	〇宗廟　5.3/30/9,15.1/83/30			
動〇禮度	3.1/15/25	恪處〇右	5.4/31/16	**佐 zuǒ**	**18**
陳〇、桓典、蘭臺令史		〇右周室	6.2/33/9		
十人	3.2/16/9	尚書〇丞馮方毆殺指揮		其裔呂望〇周克殷	2.6/12/23
〇有虞于上庠	3.5/19/4	使于尚書西祠	7.1/36/5	考翼〇世祖匡復郊廟	2.8/14/11
〇奉遺意	4.5/26/9	〇右近臣亦宜戮力從化	7.4/43/2	烈祖楊喜〇命征伐	3.1/15/15
嗣後〇業	7.3/38/9	侯在〇右	8.2/45/13	赤泉（侯）（〇）〔佑〕	
〇六事之求	8.1/44/10	〇中郎將臣邕議	9.6/49/8	高	3.3/17/8
〇忠孝之紀	8.1/44/16	而署名羽林〇監	9.8/50/9	并參儲〇	3.3/17/19
導〇和風	9.3/48/14	（詔制）〔制詔〕〇中		以〇天子	3.3/17/24
今聖〔朝〕古復禮	9.6/49/15	郎將蔡邕	9.9/50/17	匡〇周宣	3.5/19/14
孝明〇制	9.6/49/19	《周官》《〇傳》皆實		參〇七德	3.6/20/10
以〇先典	9.6/49/23	與《禮記》通等而不		遂〇高帝	5.3/30/12
通〇太和	9.7/50/2	爲徵驗	10.2/54/15	國家之輔〇	6.3/33/25
塗潦溺而難〇	11.3/59/10	子說《月令》多類以		又託河內郡史李奇爲州	
〇奉光武	12.10/65/7	《周官》《〇氏》	10.2/54/27	書〇	7.5/43/10
以〇于堯	13.2/71/28	假無《周官》《〇氏傳》		久（〇）〔在〕煎熬爨	
後嗣〇承	15.1/91/1		10.2/54/27	戴之間	8.4/46/17
孝明臨崩遺詔〇儉毋起		《〇傳》脩其世系	10.2/54/30	輔〇重臣	9.1/47/1
寢廟	15.1/91/2	《〇氏傳》晉程鄭爲乘		〇命高祖以受爵賞	9.9/50/26
是後〇承藏主于世祖廟	15.1/91/2	馬御	10.2/55/25	器非殿邦〇君之才	9.10/51/14
		輸作〇校	11.2/57/24	乃惟〇隸	11.7/60/21
僔 zǔn	**2**	并書章〇	11.2/58/9	昔〇殷姬	12.1/63/2
		而徐璜〇惛等五侯擅貴		契稷之〇	12.17/66/25
〇〇如也	2.8/14/15	于其處	11.3/58/17		
		謹條宜所施行七事表〇		**坐 zuò**	**9**
左 zuǒ	**51**		13.1/69/13		
		〇右獻公	13.4/73/7	孝景時梁人韓安國〇事	
〇右天子	1.1/1/7	遇萬山以〇迴兮	14.1/74/24	被刑	7.2/36/26
除郎中洛陽〇尉	1.1/1/21	意徙倚而〇傾	14.3/75/13	起就〇	7.4/39/4
	1.6/4/17	〇手抑揚	14.12/77/14	免質并〇	7.5/43/27
盜起匈奴〇部	1.5/3/28	〇方下坩曰某官臣某甲		故尚書郎張俊〇漏泄事	

	11.2/57/23	命公再○少府	3.5/18/27	惟辟○福	7.4/39/20
私居移○	12.23/67/23	天地○險	3.5/18/28	動○之容	7.4/40/17
陸則對○	13.10/74/7	命公再○光祿	3.5/18/28	大○不時	7.4/40/31
○起低昂	14.5/75/25	命公○廷尉	3.5/18/29	息不急之○	7.4/41/2
皇帝○	15.1/92/25	命公○太常	3.5/18/30	六沴○見	7.4/41/10
御○則起	15.1/92/26	命公○司空	3.5/19/1	凶可○吉	7.4/41/19
		命公○司徒而敬敷五教	3.5/19/2	則上方巧技之○	7.4/42/17
作 zuò	**130**	命公○三老	3.5/19/3	厥初○合	8.1/44/7
		命公○太尉	3.5/19/4	猾夏○寇	8.1/44/9
○憲萬邦	1.1/1/8	命于左中郎將郭儀○策	3.5/19/9	魚龍不○	8.1/44/11
興兵○亂	1.1/1/27	世○三事	3.5/19/12	請○主頌	8.1/44/22
自將○大匠徵	1.1/2/13	嵩山○頌	3.5/19/14	舅本以田○爲事	8.2/45/9
明○速于發機	1.1/2/22	乃○頌曰	3.7/21/27	妖寇○孼	8.4/46/3
旁○穆穆	1.2/3/4	遂○司徒遷太尉	4.1/22/17	兵起亂○	9.1/47/4
災眚○見	1.3/3/16	乃樹石○頌	4.1/22/29	昔周德缺而斯干○	9.4/48/23
○茲征鉞軍鼓	1.5/4/8	入○司農	4.2/23/16	不復改○	9.6/49/24
被詔書爲將○大匠	1.6/4/20	遂○司徒	4.2/23/16	著○東觀	9.9/50/21
遂○頌曰	1.6/4/27	進○太尉	4.2/23/17	○戒末嗣	9.9/51/8
命世○師	1.7/6/3	相與欽慕《崧高》《蒸		制禮○樂	10.1/52/12
○侍御史	1.8/6/27	民》之○	4.2/24/3	言王者動○法天地	10.1/53/4
錫命○牧	1.8/7/1	進○卿士	4.2/24/5	或云《月令》呂不韋○	10.1/54/8
無俾比而○慝	1.8/7/2	再○特進	4.2/24/6	○于楚宮	10.2/55/29
雖龍○納言	1.8/7/4	○傅以訓	4.2/24/6	配天○輔	11.1/57/9
肆其孤用○茲寶鼎	1.8/7/7	五○卿士	4.3/24/23	代○心膂	11.1/57/10
乃○祠堂于邑中南舊陽		○漢輔	4.3/25/8	受詔詣東觀著○	11.2/57/18
里	1.9/7/15	○〔此〕〔漢〕元輔	4.4/25/15	輸○左校	11.2/57/24
乃○銘曰	2.2/10/8,2.3/11/6	或○虎臣	4.5/26/3	得備著○郎	11.2/57/30
示世○教	2.2/10/9	既○母儀	4.5/26/19	○則制文	11.6/60/10
見幾而○	2.3/10/19	○哀讀書之于碑	4.7/27/27	蘊○者之莫刊	11.6/60/17
太守南陽曹府君命官○		用敢○頌	5.1/28/27	○《釋誨》以戒厲云爾	11.8/61/4
誄曰	2.3/11/2	黃孽○慝	5.1/29/1	式○漢輔	12.2/63/14
爲士○程	2.3/11/3	徵拜將○大匠、大司農		〔羌戎○虐〕	12.9/64/28
刊石○銘	2.3/11/4	、大鴻臚、大僕射	5.2/29/16	惟以○頌	12.13/66/5
是以○謚封墓	2.4/11/12	申德○頌	5.2/30/3	東○是營	12.14/66/9
專國○威	2.5/12/3	外戚梁冀乘寵○亂	5.3/30/13	猶忌慎動○	12.24/67/28
○者七人焉	2.5/12/12	乃與樹碑○頌	5.3/30/16	玄武○侶	12.26/68/9
應期○度	2.5/12/16	行由己○	5.4/31/12	○者鼎沸	13.1/70/13
○誄著謚	2.7/14/2	乃○辭曰	5.4/31/13	○席几楹杖之銘	13.4/73/2
配黔○鄰	2.8/14/24	見機而○	5.4/31/15	呂尚○周太師	13.4/73/3
○邦楨	3.1/16/4	遂樹碑○銘	5.5/32/4	宜○夫人	14.5/75/27
列○司空	3.3/17/14	○人父母	6.1/33/3	○樂	15.1/81/1
三○六卿	3.3/17/17	祖將○大匠	6.5/34/21	神農○耒耜	15.1/86/1
萬邦○程	3.3/17/24	在淑媛○合孝明	6.5/34/22	昆蟲毋○	15.1/86/23
遂○帝臣	3.4/18/6	乃○誄曰	6.6/35/10	《天○》、一章七句	15.1/87/20
萬邦○順	3.4/18/17	征討之○	7.3/37/13	始○樂合諸樂而奏之所	
文武○式	3.4/18/17	彊者○寇	7.3/38/2	歌也	15.1/88/1
其祿逮○御史	3.5/18/25	惟辟○威	7.4/39/20	《尚書》曰皋陶○士	15.1/89/11

王者必○四夷之樂以定
　　天下之歡心　　　　15.1/89/14
以○龍虎鳥龜形　　　　15.1/94/8

阼 zuò　　　　　　　　　1

武王踐○　　　　　　　13.4/73/2

祚 zuò　　　　　　　　27

靜躬祈福即獲○　　　　1.10/8/7
漢○中移　　　　　　　2.8/14/11
應○于天　　　　　　　3.2/17/2
履○孔成　　　　　　　3.3/17/23
以○其庸　　　　　　　3.5/19/14
周○微缺　　　　　　　3.6/19/21
登○王臣　　　　　　　3.6/20/9
帝○無主　　　　　　　4.2/23/17
榮○統業　　　　　　　4.3/25/3
仍世短○　　　　　　　4.4/25/16
下有堂宇斤斤之○　　　4.5/26/5
天○明德　　4.5/26/19,6.6/35/14
福○流衍　　　　　　　4.5/26/19
哀平短○　　　　　　　5.1/28/18
踐○允宜　　　　　　　5.1/28/21
神人協○　　　　　　　5.3/30/19
不獲延○　　　　　　　5.5/32/2
尋原○之所由而至于此　6.2/33/15
即○以來　　7.4/40/20,7.4/41/22
國○中絕　　　　　　　8.1/44/8
篤繼國之○　　　　　　8.1/44/26
龍飛踐○　　　　　　　9.2/47/17
世祖復帝○　　　　　　9.4/48/20
是用○之　　　　　　　12.12/65/26
遂常奉祀光武舉天下以
　　再受命復漢○　　　15.1/91/1

座 zuò　　　　　　　　　5

帝○己北面　　　　　　3.4/18/7
南辟幃中爲都○　　　　7.4/39/1
從東省出就都○東面　　7.4/39/2
陛西除下先帝神○　　　15.1/91/9
向御○北面　　　　　　15.1/92/25

鑿 zuò　　　　　　　　　3

斂○頭兮斷柯斧　　　　11.4/59/30
《元命苞》、《乾○度》
　　皆以爲開闢至獲麟二
　　百七十六萬歲　　　13.2/71/15
則上違《乾○度》、
　　《元命苞》　　　　13.2/71/19

替 （音未詳）　　　　　1

○御之族　　　　　　　11.8/61/31

蹤 （音未詳）　　　　　1

盤跚○蹀　　　　　　　14.5/75/25

附　　　　錄

全書用字頻數表

全書總字數　=　58,615
單字字數　　=　3,414

之	1658	言	169	諸	114	史	87	封	70	還	60	流	52	尊	46
以	1034	夫	168	百	112	聖	87	堂	70	休	59	軍	52	蓋	46
不	840	世	162	正	111	知	86	從	70	侍	59	茲	52	內	45
其	642	書	162	守	110	清	86	然	70	陳	59	數	52	伯	45
于	609	命	160	冠	110	九	85	立	69	萬	59	左	51	克	45
日	561	二	158	惟	109	尚	84	亦	69	風	58	備	51	弟	45
也	556	五	156	門	108	今	83	東	69	敢	58	猶	51	初	45
而	519	用	155	非	107	出	83	祀	69	經	58	嘉	51	金	45
為	457	乃	153	日	105	和	83	哀	69	遠	58	辭	51	特	45
有	450	四	153	位	105	家	83	車	68	外	57	玄	50	情	45
者	416	生	153	官	104	土	82	來	68	永	57	石	50	華	45
所	363	禮	150	氏	103	州	82	詔	68	始	57	即	50	身	44
帝	342	兮	146	章	103	我	82	既	67	府	57	法	50	卒	44
人	334	至	146	受	101	政	82	問	67	度	57	表	50	定	44
天	332	侯	146	朝	101	小	81	入	66	徒	57	宜	50	馬	44
子	315	令	145	群	101	已	81	安	66	進	57	陰	50	寧	44
臣	310	孝	141	武	100	后	81	師	66	古	56	實	50	餘	44
公	300	國	140	陽	100	拜	81	尉	66	常	56	親	50	邑	43
大	280	自	135	六	99	遂	81	斯	66	遺	56	卿	49	陛	43
三	272	如	134	乎	99	謂	81	舉	66	顯	56	宮	49	策	43
無	255	君	134	功	98	南	80	主	65	水	55	祭	49	極	43
則	240	可	132	見	98	昭	80	又	64	同	55	象	49	盡	43
德	240	後	132	當	97	學	80	平	64	室	55	順	49	精	43
太	235	皆	132	漢	97	七	79	矣	64	秋	55	歲	49	交	42
一	228	廟	131	司	96	成	79	或	64	異	55	歌	49	任	42
中	226	作	130	此	96	考	78	復	64	傳	55	體	49	京	42
明	217	皇	129	相	96	父	77	議	64	罪	55	仁	48	易	42
事	214	先	128	長	95	忠	77	山	63	舊	55	西	48	威	42
十	211	與	128	能	95	夏	76	何	63	合	54	河	48	致	42
下	203	方	126	稱	95	士	75	制	63	死	54	孫	48	執	42
是	203	光	126	及	94	莫	75	疾	63	御	54	眾	48	陵	42
文	201	高	122	思	94	義	75	辟	63	載	54	句	47	昔	41
在	201	將	122	宗	93	八	74	地	62	興	54	字	47	惠	41
王	198	神	121	道	93	宜	74	典	62	加	53	取	47	節	41
行	197	民	118	焉	92	服	74	奉	62	別	53	居	47	誠	41
故	191	名	118	未	91	春	74	建	61	氣	53	銘	47	榮	41
時	184	周	117	前	91	首	73	郡	61	黃	53	化	46	徵	41
上	182	元	116	若	91	通	73	樂	61	應	53	多	46	機	41
月	181	心	116	聞	91	靈	71	雖	61	吏	52	降	46	凡	40
年	173	祖	116	得	90	使	70	郎	60	社	52	食	46	少	40

字	數	字	數	字	數	字	數	字	數	字	數	字	數	字	數
申	40	密	36	過	32	爾	29	信	26	愚	24	總	22	履	20
里	40	勝	36	爵	32	誨	29	保	26	慎	24	豐	22	質	20
哉	40	等	36	聲	32	歷	29	訓	26	運	24	殞	22	衡	20
祠	40	著	36	懷	32	翼	29	追	26	鼎	24	升	21	鮮	20
起	40	賢	36	玉	31	尹	28	率	26	稷	24	幼	21	離	20
貴	40	繼	36	示	31	且	28	會	26	憲	24	育	21	聽	20
微	40	色	35	仲	31	罔	28	葬	26	篤	24	享	21	竊	20
號	40	爰	35	存	31	虎	28	達	26	選	24	於	21	久	19
農	40	盛	35	姓	31	施	28	疑	26	濟	24	雨	21	凶	19
屬	40	龍	35	幸	31	美	28	蒙	26	冬	23	姦	21	友	19
允	39	代	34	治	31	崇	28	說	26	右	23	星	21	比	19
各	39	北	34	城	31	張	28	窮	26	弘	23	洛	21	火	19
因	39	必	34	洪	31	授	28	論	26	序	23	效	21	目	19
老	39	由	34	校	31	望	28	臨	26	具	23	海	21	刑	19
季	39	次	34	參	31	理	28	麾	26	夜	23	毀	21	危	19
重	39	衣	34	終	31	設	28	類	26	幽	23	碑	21	宇	19
齊	39	告	34	都	31	傅	28	觀	26	面	23	嗚	21	含	19
寵	39	形	34	厥	31	就	28	寸	25	俾	23	誕	21	征	19
足	38	物	34	越	31	景	28	丕	25	容	23	請	21	彼	19
乘	38	殷	34	祿	31	察	28	布	25	庭	23	養	21	牲	19
恭	38	梁	34	圖	31	遭	28	兆	25	純	23	儒	21	救	19
納	38	欲	34	駕	31	難	28	再	25	豈	23	優	21	脩	19
庶	38	揚	34	曆	31	引	27	邑	25	連	23	彌	21	造	19
教	38	廣	34	謚	31	伊	27	性	25	感	23	隱	21	虛	19
處	38	職	34	亡	30	好	27	胡	25	殿	23	雞	21	頌	19
博	38	失	33	己	30	改	27	宰	25	路	23	覽	21	僕	19
善	38	兵	33	木	30	良	27	益	25	慕	23	田	20	對	19
意	38	戒	33	白	30	刺	27	退	25	潛	23	收	20	禍	19
賜	38	承	33	孤	30	叔	27	期	25	衛	23	但	20	儉	19
孔	37	近	33	延	30	咸	27	傷	25	靜	23	甫	20	篇	19
本	37	貞	33	術	30	奏	27	愛	25	伐	22	依	20	賤	19
母	37	息	33	被	30	柔	27	輔	25	印	22	委	20	魯	19
列	37	記	33	喪	30	恩	27	勳	25	式	22	念	20	樹	19
垂	37	登	33	獨	30	祚	27	諱	25	邦	22	盈	20	遵	19
省	37	絕	33	營	30	秦	27	顧	25	昊	22	郊	20	還	19
發	37	雲	33	獲	30	鄉	27	女	24	空	22	音	20	識	19
勤	37	禁	33	竝	30	集	27	才	24	深	22	配	20	懼	19
寢	37	福	33	力	29	頓	27	召	24	肅	22	推	20	迹	19
儀	37	稽	33	云	29	憂	27	廷	24	雅	22	第	20	川	18
穆	37	歸	33	分	29	器	27	卑	24	塞	22	曾	20	丘	18
謀	37	變	33	戶	29	藏	27	往	24	虞	22	逸	20	充	18
千	36	伏	32	利	29	闕	27	兼	24	詩	22	階	20	甲	18
去	36	哲	32	災	29	懿	27	原	24	赫	22	嗣	20	共	18
求	36	留	32	直	29	仰	26	病	24	屬	22	遺	20	匡	18
固	36	除	32	紀	29	夷	26	悼	24	毅	22	劉	20	妃	18
烈	36	敬	32	桓	29	志	26	惡	24	錄	22	縣	20	佐	18
動	36	業	32	違	29	更	26	亂	24			增	20	志	18

牢	18	漏	17	蔑	16	卓	14	吉	13	獻	13	資	12	傾	11
辰	18	熙	17	瞻	16	招	14	并	13	覺	13	碩	12	塗	11
邪	18	輕	17	權	16	律	14	否	13	巍	13	語	12	項	11
兩	18	審	17	末	15	怨	14	扶	13	譽	13	戮	12	舞	11
某	18	廢	17	丞	15	胤	14	供	13	驚	13	潔	12	魂	11
要	18	據	17	旨	15	弱	14	協	13	驗	13	範	12	慶	11
計	18	疆	17	似	15	恐	14	咎	13	燊	13	積	12	慮	11
修	18	耀	17	私	15	荒	14	昆	13	乙	12	諫	12	敷	11
朔	18	丁	16	赤	15	躬	14	林	13	口	12	頭	12	潤	11
託	18	弔	16	妻	15	送	14	枉	13	介	12	聰	12	壇	11
崩	18	牛	16	姿	15	鬼	14	狀	13	切	12	斷	12	謙	11
淑	18	戎	16	約	15	唯	14	秉	13	尤	12	覆	12	顯	11
符	18	朱	16	述	15	徙	14	亮	13	手	12	邈	12	騎	11
勞	18	耳	16	唐	15	威	14	俗	13	他	12	顏	12	關	11
尋	18	姜	16	眞	15	旋	14	奕	13	尼	12	藝	12	驅	11
廉	18	況	16	乾	15	略	14	祈	13	朽	12	黨	12	鬱	11
補	18	舍	16	冕	15	責	14	苟	13	江	12	露	12	僉	11
誅	18	洋	16	勒	15	鳥	14	飛	13	羊	12	踰	12	暢	11
墓	18	畏	16	商	15	堯	14	倫	13	助	12	褒	12	几	10
臺	18	英	16	寇	15	報	14	害	13	呂	12	巧	11	乞	10
彊	18	剛	16	康	15	悲	14	振	13	忌	12	早	11	丑	10
賴	18	祝	16	敏	15	敦	14	索	13	沖	12	羽	11	夭	10
錫	18	祗	16	族	15	智	14	草	13	角	12	李	11	仕	10
謹	18	素	16	淵	15	超	14	優	13	爭	12	忽	11	旦	10
籍	18	財	16	莽	15	閒	14	側	13	咨	12	阿	11	妙	10
讓	18	逆	16	陶	15	雄	14	帶	13	屏	12	亭	11	役	10
予	17	假	16	盜	15	損	14	疏	13	柱	12	便	11	攸	10
反	17	域	16	結	15	滅	14	規	13	茂	12	厚	11	男	10
尺	17	婦	16	慈	15	詣	14	魚	13	匪	12	契	11	巡	10
止	17	畢	16	新	15	飾	14	痛	13	悅	12	泉	11	岳	10
甘	17	累	16	雍	15	鼓	14	量	13	晉	12	洽	11	庚	10
免	17	喜	16	屢	15	彰	14	勢	13	晏	12	甚	11	拔	10
每	17	短	16	維	15	端	14	楚	13	根	12	冥	11	抱	10
呼	17	舜	16	寬	15	賞	14	綏	13	辱	12	射	11	芳	10
牧	17	隆	16	冀	15	奮	14	裔	13	副	12	差	11	迎	10
采	17	溫	16	熹	15	禦	14	解	13	務	12	晃	11	恤	10
青	17	葉	16	謁	15	隨	14	遊	13	宿	12	泰	11	指	10
屋	17	退	16	繁	15	續	14	墳	13	敘	12	浮	11	括	10
軌	17	嘗	16	輿	15	膺	14	撫	13	紹	12	破	11	昧	10
區	17	壽	16	鴻	15	避	14	賦	13	智	12	庸	11	樞	10
患	17	綜	16	邊	15	黜	14	趣	13	許	12	紳	11	茅	10
棄	17	綏	16	嚴	15	轉	14	戰	13	欽	12	訪	11	迫	10
統	17	震	16	勿	14	願	14	豫	13	游	12	逝	11	俯	10
富	17	導	16	兄	14	攝	14	蹈	13	舒	12	部	11	候	10
童	17	操	16	刊	14	苔	14	齋	13	視	12	寒	11	姬	10
開	17	澤	16	折	14	撜	14	臟	13	辜	12	惑	11	旁	10
嗟	17	薄	16	沒	14	干	13	勸	13	賊	12	散	11	朕	10

案	10	璽	10	翔	9	胑	8	醜	8	祕	7	壞	7	虔	6
桑	10	贊	10	詞	9	勇	8	騁	8	級	7	繫	7	酌	6
消	10	顥	10	圍	9	恨	8	彝	8	軒	7	藩	7	骨	6
珠	10	寶	10	楊	9	持	8	曜	8	酒	7	贈	7	偉	6
紛	10	懸	10	稟	9	祉	8	簡	8	堅	7	競	7	惜	6
耕	10	犧	10	置	9	虐	8	護	8	基	7	顥	7	晨	6
貢	10	歡	10	署	9	赴	8	驕	8	悠	7	纓	7	淺	6
寅	10	巖	10	詳	9	展	8	麟	8	晝	7	搢	7	產	6
扈	10	陟	10	僚	9	浸	8	乂	8	淮	7	幘	7	組	6
接	10	襄	10	暨	9	涉	8	恂	8	速	7	禘	7	赦	6
啓	10	犬	9	滯	9	皐	8	蚖	8	郭	7	匹	6	逐	6
曹	10	包	9	綠	9	矩	8	蘿	8	野	7	壬	6	雪	6
移	10	卯	9	趙	9	荊	8	閒	8	勛	7	屯	6	鹵	6
竟	10	汝	9	慎	9	僞	8	丈	7	喻	7	毛	6	割	6
幾	10	余	9	暴	9	崔	8	工	7	媚	7	亥	6	揆	6
援	10	吾	9	歎	9	敕	8	巳	7	惻	7	戌	6	揮	6
暑	10	坐	9	蔽	9	涼	8	仍	7	賀	7	冶	6	替	6
絲	10	宋	9	橫	9	淫	8	半	7	逮	7	妖	6	棘	6
萊	10	尾	9	錯	9	祥	8	台	7	嫌	7	岐	6	湯	6
閑	10	抑	9	險	9	陷	8	央	7	源	7	希	6	滋	6
間	10	肝	9	簿	9	堪	8	犯	7	煩	7	沈	6	焦	6
黍	10	刻	9	麗	9	循	8	冰	7	獻	7	狄	6	程	6
鳴	10	卷	9	臚	9	裁	8	向	7	遇	7	狂	6	紫	6
奧	10	坤	9	釋	9	黑	8	曲	7	厭	7	谷	6	萌	6
睹	10	孟	9	襲	9	怨	8	污	7	夢	7	豕	6	貽	6
裕	10	屈	9	鑒	9	溢	8	壯	7	種	7	兒	6	須	6
滿	10	怪	9	穎	9	煌	8	投	7	竭	7	卦	6	飲	6
漸	10	戾	9	叡	9	瑞	8	攻	7	管	7	奇	6	愍	6
綱	10	拘	9	饋	9	董	8	旱	7	墜	7	奔	6	照	6
緒	10	欣	9	卜	8	靖	8	芒	7	寫	7	帛	6	瘁	6
誘	10	品	9	弓	8	頑	8	辛	7	播	7	怡	6	督	6
貌	10	怒	9	丹	8	幣	8	迄	7	樞	7	昌	6	禽	6
輒	10	衍	9	奴	8	獄	8	到	7	殤	7	枝	6	虜	6
遷	10	叟	9	皮	8	蒼	8	宙	7	畿	7	股	6	該	6
億	10	衰	9	匈	8	賓	8	糾	7	誰	7	客	6	陝	6
緣	10	討	9	回	8	遜	8	阻	7	醇	7	狩	6	馳	6
踐	10	專	9	聿	8	蔡	8	冒	7	黎	7	畎	6	慘	6
髮	10	悉	9	困	8	談	8	胄	7	墨	7	胥	6	摧	6
整	10	條	9	乖	8	輩	8	枯	7	橋	7	苦	6	監	6
龜	10	袞	9	佩	8	齒	8	苗	7	踵	7	虹	6	誤	6
講	10	貫	9	宛	8	凝	8	負	7	雕	7	限	6	際	6
鍾	10	貪	9	怖	8	蕃	8	部	7	獄	7	俱	6	雌	6
闈	10	貧	9	怛	8	辨	8	冢	7	戲	7	宴	6	領	6
隸	10	弼	9	放	8	遲	8	剖	7	斂	7	峨	6	慰	6
鷹	10	掌	9	朋	8	矯	8	席	7	艱	7	悌	6	樊	6
蟲	10	殘	9	注	8	謝	8	恥	7	瀆	7	涕	6	編	6
蹤	10	晝	9	羌	8	戳	8	殊	7			缺	6	蝗	6

適	6	巾	5	旅	5	愿	5	稈	5	格	4	慍	4	瞽	4
濁	6	互	5	珪	5	盤	5	午	4	桃	4	愷	4	竇	4
激	6	巴	5	畝	5	稼	5	戈	4	浩	4	戢	4	謨	4
築	6	牙	5	畜	5	罷	5	斗	4	烏	4	搖	4	謬	4
羂	6	丙	5	夷	5	輪	5	占	4	班	4	煙	4	雙	4
融	6	巨	5	婉	5	魄	5	劣	4	祐	4	煥	4	鞭	4
擢	6	弁	5	崖	5	儔	5	匠	4	羔	4	碎	4	魏	4
檢	6	矢	5	探	5	嬴	5	弛	4	茹	4	筮	4	懲	4
縱	6	妄	5	敗	5	擇	5	池	4	迴	4	粵	4	曘	4
趨	6	宅	5	旌	5	樸	5	竹	4	偶	4	舅	4	繹	4
邁	6	旬	5	淪	5	臻	5	血	4	圊	4	奪	4	贏	4
闊	6	艾	5	猛	5	蕩	5	吳	4	婚	4	構	4	鐘	4
壘	6	低	5	絨	5	輯	5	弄	4	屠	4	榦	4	纂	4
璧	6	吝	5	莊	5	輸	5	杖	4	帷	4	熊	4	藻	4
穡	6	忍	5	彪	5	遼	5	步	4	強	4	焚	4	贍	4
穢	6	材	5	貨	5	錮	5	汪	4	悴	4	綽	4	饑	4
邇	6	杜	5	閉	5	頻	5	決	4	惕	4	綴	4	蘭	4
鼇	6	走	5	鹿	5	嬰	5	牡	4	悻	4	臧	4	蠹	4
雜	6	劾	5	最	5	孺	5	罕	4	斬	4	蒸	4	躋	4
霤	6	味	5	惶	5	戴	5	防	4	晦	4	裳	4	鑣	4
禱	6	姊	5	渠	5	擊	5	亞	4	晜	4	豪	4	闥	4
藪	6	披	5	測	5	繆	5	份	4	爽	4	銀	4	讀	4
壞	6	昏	5	渾	5	翳	5	侏	4	牽	4	閣	4	驚	4
譬	6	析	5	給	5	虧	5	兔	4	絃	4	頗	4	蠻	4
鐘	6	泣	5	詠	5	襄	5	姑	4	細	4	撓	4	躡	4
續	6	泥	5	貢	5	霜	5	帑	4	聊	4	敵	4	聲	4
躍	6	波	5	閔	5	蟬	5	忝	4	莖	4	暮	4	讚	4
鐵	6	泯	5	圓	5	蟠	5	忿	4	荷	4	模	4	尢	4
贖	6	炎	5	幹	5	鎮	5	板	4	茶	4	潦	4	阰	4
纖	6	狐	5	猾	5	曠	5	穸	4	訟	4	牖	4	徂	4
矗	6	祁	5	肆	5	獸	5	肥	4	頃	4	緯	4	奇	4
讖	6	俊	5	腹	5	矇	5	肯	4	麻	4	翩	4	耆	4
侔	6	侮	5	落	5	羅	5	亟	4	喬	4	課	4	祜	4
猗	6	彥	5	競	5	擾	5	俟	4	敞	4	輦	4	埽	4
旒	6	待	5	窘	5	齡	5	兗	4	普	4	鄰	4	慮	4
甯	6	恪	5	幕	5	鶴	5	卻	4	棠	4	鄭	4	寔	4
覃	6	洞	5	徹	5	鱗	5	叛	4	棟	4	閭	4	斌	4
誅	6	疫	5	旗	5	鹽	5	垣	4	殖	4	滄	4	軫	4
鉞	6	科	5	演	5	珍	5	急	4	湘	4	翰	4	歆	4
閭	6	迪	5	筵	5	悝	5	恆	4	湖	4	蕭	4	瑋	4
蘵	6	革	5	算	5	裒	5	曷	4	湍	4	錢	4	粲	4
褊	6	值	5	粹	5	懍	5	禹	4	猥	4	霍	4	輅	4
譽	6	座	5	罰	5	墠	5	香	4	琴	4	墾	4	部	4
驕	6	悟	5	聚	5	嬖	5	倉	4	貂	4	斃	4	聞	4
戀	6	悔	5	誦	5	蠲	5	庫	4	距	4	牆	4	圉	4
坿	6	悖	5	詰	5	竇	5	悄	4	閔	4	鞠	4	鄉	4
夕	5	挺	5	衛	5	觀	5	朗	4	飯	4	擾	4	閽	4

駮	4	侵	3	淳	3	遏	3	熾	3	鑿	3	辟	3	妹	2
蟄	4	俞	3	液	3	鉅	3	燕	3	鸞	3	刀	2	屆	2
蹇	4	勉	3	烽	3	僥	3	璞	3	杞	3	子	2	岱	2
闌	4	勁	3	窊	3	匯	3	篡	3	犰	3	井	2	庖	2
韡	4	姜	3	絀	3	嘆	3	縈	3	阜	3	仇	2	怔	2
軞	4	宥	3	羞	3	塵	3	羲	3	豸	3	支	2	拂	2
孼	4	怠	3	粗	3	境	3	膳	3	泮	3	斤	2	拒	2
尸	3	恬	3	脫	3	廓	3	諮	3	歲	3	毋	2	果	2
仗	3	按	3	陸	3	慚	3	諭	3	咷	3	爪	2	氓	2
伣	3	拱	3	傑	3	漆	3	館	3	佗	3	乏	2	泄	2
冉	3	柯	3	凱	3	漫	3	黔	3	郴	3	孕	2	沮	2
市	3	殊	3	創	3	滌	3	儲	3	尋	3	它	2	狎	2
戉	3	珍	3	喘	3	網	3	嬪	3	旂	3	弗	2	芝	2
札	3	癸	3	單	3	綢	3	徽	3	祛	3	斥	2	返	2
汁	3	眇	3	奠	3	綿	3	盨	3	桃	3	瓜	2	阜	2
疋	3	研	3	媛	3	綸	3	瞰	3	袷	3	瓦	2	陂	2
吐	3	祇	3	寐	3	翠	3	膽	3	嫣	3	禾	2	促	2
寺	3	紂	3	彭	3	腐	3	薪	3	燊	3	穴	2	侶	2
戍	3	背	3	棺	3	膏	3	謗	3	其	3	企	2	俄	2
汗	3	苛	3	樓	3	蝕	3	轅	3	煒	3	吁	2	係	2
牝	3	苞	3	植	3	誠	3	閡	3	斝	3	圭	2	俎	2
肉	3	迭	3	欺	3	鄙	3	韓	3	鉦	3	夸	2	咽	2
肌	3	陋	3	稀	3	需	3	斂	3	耤	3	托	2	垠	2
刪	3	宵	3	筆	3	鳳	3	殯	3	蠟	3	汎	2	垢	2
吹	3	徑	3	絳	3	價	3	癘	3	踊	3	米	2	峙	2
完	3	徐	3	萃	3	墮	3	織	3	蕀	3	舌	2	帥	2
岑	3	恕	3	罩	3	寮	3	藐	3	踣	3	舛	2	庠	2
抗	3	扇	3	詐	3	撰	3	軀	3	閭	3	佇	2	弭	2
沛	3	栗	3	雁	3	潭	3	馥	3	廉	3	伸	2	徇	2
灼	3	柴	3	齒	3	熟	3	龐	3	徼	3	劫	2	恍	2
究	3	狼	3	堅	3	瘦	3	繭	3	憏	3	劬	2	拯	2
酉	3	砥	3	想	3	確	3	譏	3	獬	3	吸	2	柢	2
乳	3	窈	3	愁	3	篆	3	鏤	3	隩	3	均	2	殆	2
底	3	笑	3	愴	3	練	3	韜	3	碑	3	夾	2	毒	2
房	3	耆	3	愧	3	緝	3	鶩	3	鏒	3	姒	2	毗	2
抵	3	耽	3	暗	3	衝	3	籌	3	齔	3	孜	2	洶	2
斧	3	袁	3	楹	3	褊	3	觸	3	韞	3	宏	2	洎	2
昂	3	訊	3	溝	3	調	3	飄	3	駿	3	巫	2	狡	2
松	3	訖	3	涇	3	輝	3	饒	3	韶	3	忪	2	界	2
歿	3	停	3	滄	3	鄧	3	馨	3	驂	3	技	2	眉	2
泌	3	巢	3	睦	3	鋒	3	騰	3	夔	3	汰	2	矜	2
沸	3	彬	3	稔	3	霆	3	臕	3	裹	3	沃	2	紆	2
泗	3	斛	3	羨	3	頡	3	黯	3	憓	3	秀	2	耄	2
泊	3	晚	3	葦	3	懍	3	囊	3	宄	3	禿	2	胎	2
疢	3	梧	3	葛	3	懈	3	籲	3	頹	3	系	2	范	2
芨	3	械	3	試	3	擅	3	鑠	3	瓛	3	豆	2	迤	2
芬	3			賂	3	曉	3	衢	3	際	3	迅	2	郁	2
				曉	3										

韋	2	掩	2	嵯	2	蓄	2	勵	2	灌	2	痾	2	翾	2
傲	2	敞	2	慄	2	裹	2	戀	2	蠱	2	箛	2	蕭	2
倖	2	晤	2	楨	2	誣	2	檀	2	讜	2	詡	2	繚	2
借	2	梗	2	楷	2	誓	2	櫛	2	響	2	傅	2	蓬	2
倚	2	殺	2	溥	2	銅	2	濱	2	驃	2	摛	2	飆	2
倒	2	淡	2	溺	2	雒	2	濛	2	彎	2	殯	2	鱗	2
凋	2	淹	2	滑	2	僵	2	濤	2	饕	2	榮	2	靁	2
哺	2	淚	2	煎	2	劇	2	濯	2	鬢	2	禋	2	纏	2
圃	2	淄	2	瑟	2	墟	2	變	2	鼇	2	祿	2	蠹	2
圉	2	烹	2	盟	2	爽	2	燥	2	鑾	2	祺	2	碁	2
娛	2	眷	2	聘	2	嬉	2	禪	2	豔	2	綬	2	剗	2
屑	2	眺	2	蕚	2	層	2	穗	2	印	2	蓐	2	徧	2
峻	2	笠	2	葩	2	彈	2	糠	2	扞	2	類	2	尼	2
恣	2	豚	2	葭	2	影	2	縷	2	忒	2	髣	2	粃	2
悍	2	逢	2	詭	2	憐	2	螻	2	汭	2	儕	2	嫺	2
挾	2	雀	2	詢	2	憎	2	謐	2	泜	2	憭	2	氍	2
捕	2	喉	2	豪	2	歐	2	谿	2	刜	2	罋	2	紃	2
捐	2	幃	2	賄	2	毅	2	賻	2	囷	2	潁	2	曖	2
核	2	惴	2	賞	2	璋	2	蹉	2	迋	2	璇	2	了	1
桀	2	戟	2	跡	2	稻	2	點	2	迁	2	縞	2	丸	1
浪	2	扉	2	跪	2	緹	2	獵	2	俀	2	蹋	2	刃	1
涌	2	握	2	逼	2	膝	2	翹	2	洒	2	蹴	2	亢	1
浹	2	捐	2	遁	2	膚	2	邃	2	洙	2	邅	2	仆	1
涅	2	款	2	酬	2	蓮	2	鎬	2	籾	2	噭	2	刈	1
疲	2	渥	2	鉤	2	薆	2	闍	2	挹	2	噲	2	付	1
租	2	渭	2	隔	2	蓬	2	颷	2	栖	2	愁	2	冊	1
秩	2	溉	2	雉	2	諄	2	鯉	2	衻	2	暗	2	卉	1
紐	2	犀	2	零	2	醉	2	檀	2	笄	2	澮	2	叩	1
脅	2	琢	2	馴	2	霄	2	繩	2	紘	2	燁	2	叫	1
胸	2	皓	2	髡	2	鞏	2	羹	2	紆	2	燔	2	囚	1
般	2	稅	2	鼠	2	餓	2	藥	2	衾	2	獜	2	扑	1
茫	2	筋	2	像	2	擁	2	蟻	2	偪	2	瘳	2	互	1
蚌	2	粟	2	嗷	2	擒	2	鏑	2	倕	2	縠	2	仿	1
迷	2	蓁	2	墊	2	曄	2	隴	2	崝	2	縕	2	全	1
酒	2	菽	2	寡	2	濃	2	霧	2	歘	2	蹀	2	奸	1
逃	2	萎	2	弊	2	燎	2	韻	2	淩	2	閭	2	旭	1
陜	2	貳	2	態	2	燉	2	礪	2	鈖	2	巇	2	曳	1
匿	2	買	2	慢	2	璜	2	寶	2	幀	2	簁	2	朴	1
啄	2	跋	2	截	2	璣	2	藹	2	柴	2	縿	2	灰	1
奢	2	鈞	2	撫	2	盧	2	蘇	2	渫	2	蠕	2	牟	1
娶	2	隅	2	漁	2	磐	2	蘊	2	琬	2	禠	2	耒	1
婁	2	飪	2	碧	2	諦	2	躁	2	琰	2	攄	2	舟	1
寄	2	傲	2	禎	2	諧	2	體	2	覘	2	噭	2	艮	1
悵	2	嗜	2	箕	2	頸	2	闐	2	鄢	2	贅	2	佛	1
惆	2	嫁	2	緇	2	餐	2	鹹	2	倞	2	顚	2	佑	1
惚	2	嫂	2	翟	2	骸	2	儷	2	摰	2	騑	2	兌	1
措	2	嵩	2	臍	2	默	2	攜	2	溱	2	羆	2	判	1

卵	1	昕	1	突	1	衽	1	蛇	1	腓	1	漂	1
吞	1	枕	1	紅	1	許	1	祖	1	菲	1	瑰	1
呈	1	杏	1	苑	1	訕	1	袖	1	蛟	1	甄	1
吭	1	杵	1	屼	1	豹	1	趾	1	街	1	睿	1
吠	1	枚	1	陌	1	迸	1	逞	1	裂	1	碣	1
吟	1	籽	1	韭	1	陣	1	途	1	費	1	縮	1
坊	1	杪	1	倦	1	陘	1	陪	1	貶	1	綺	1
坎	1	油	1	倖	1	健	1	陬	1	貸	1	翡	1
圻	1	玩	1	俳	1	偏	1	唾	1	跎	1	肇	1
妨	1	孟	1	冤	1	倏	1	圍	1	跚	1	蒿	1
孚	1	肺	1	凍	1	匐	1	場	1	跌	1	蓑	1
局	1	臾	1	剝	1	曼	1	壺	1	軸	1	蜿	1
床	1	芽	1	唁	1	堵	1	徨	1	逶	1	蜜	1
彤	1	芸	1	哭	1	婁	1	悶	1	遞	1	製	1
彷	1	苰	1	哽	1	孰	1	惰	1	郵	1	誚	1
快	1	邶	1	唏	1	崎	1	愎	1	鈔	1	踽	1
忸	1	俠	1	埋	1	崛	1	掣	1	鈍	1	遙	1
抒	1	俘	1	埃	1	崤	1	揀	1	鈇	1	酷	1
束	1	削	1	奚	1	崧	1	揉	1	隊	1	閨	1
沙	1	勃	1	娩	1	崗	1	插	1	隍	1	閥	1
沅	1	匍	1	宸	1	帳	1	揣	1	堤	1	閣	1
沐	1	奐	1	峭	1	彫	1	換	1	項	1	隙	1
汲	1	屍	1	恙	1	徘	1	斐	1	馮	1	障	1
沔	1	巷	1	悚	1	掠	1	棗	1	傔	1	韶	1
沂	1	徊	1	挫	1	控	1	椅	1	催	1	劍	1
甸	1	恢	1	料	1	捷	1	棣	1	嗥	1	翪	1
迂	1	恃	1	桐	1	排	1	椒	1	嫉	1	嘻	1
邢	1	恫	1	涇	1	晞	1	椎	1	彙	1	噓	1
阪	1	拭	1	浚	1	梓	1	殼	1	愈	1	嘶	1
阬	1	拾	1	浴	1	梅	1	渡	1	搜	1	墀	1
例	1	染	1	狹	1	混	1	湊	1	搔	1	嫵	1
侈	1	柏	1	珮	1	凄	1	減	1	搆	1	嬈	1
函	1	柳	1	畔	1	渚	1	渤	1	斟	1	廚	1
卹	1	枰	1	疽	1	琅	1	湮	1	暇	1	廝	1
奄	1	段	1	盍	1	瓠	1	渝	1	楷	1	慧	1
姒	1	洲	1	眩	1	疵	1	渙	1	概	1	慾	1
弦	1	津	1	粉	1	痊	1	湲	1	毓	1	憫	1
弧	1	洗	1	紡	1	笛	1	琛	1	煬	1	憚	1
弩	1	洩	1	翅	1	答	1	琦	1	煖	1	摯	1
佛	1	炳	1	耿	1	粒	1	番	1	牒	1	暫	1
怯	1	炭	1	脂	1	粗	1	硯	1	瑕	1	槤	1
怵	1	狠	1	臭	1	聆	1	窖	1	睢	1	毆	1
怩	1	盆	1	茸	1	脯	1	筐	1	稚	1	潤	1
拓	1	看	1	荀	1	脣	1	絡	1	粳	1	熬	1
抽	1	盼	1	蚩	1	脈	1	経	1	肄	1	熱	1
拖	1	砂	1	袂	1	舂	1	翕	1	腸	1	螢	1
拆	1	禺	1	腑	1	莘	1	腑	1	腦	1	瘠	1

字	頻	字	頻	字	頻	字	頻	字	頻	字	頻	字	頻	字	頻
瘟	1	膩	1	轄	1	麒	1	枘	1	涩	1	瑗	1	酖	1
磊	1	艘	1	顙	1	麓	1	沂	1	玡	1	啜	1	虦	1
箱	1	燕	1	鮪	1	麴	1	沴	1	絢	1	綆	1	賫	1
篋	1	諷	1	橐	1	嗻	1	界	1	翊	1	絺	1	踔	1
篳	1	諶	1	簞	1	槻	1	胩	1	脡	1	綎	1	隕	1
緘	1	貓	1	糧	1	礫	1	邴	1	脢	1	綹	1	駘	1
緩	1	踴	1	繞	1	繽	1	邵	1	茵	1	腽	1	懍	1
罵	1	輻	1	繡	1	蘆	1	阽	1	荸	1	牽	1	攐	1
耨	1	轆	1	翻	1	蟣	1	阼	1	衕	1	軿	1	橦	1
蔚	1	辦	1	觀	1	譯	1	姝	1	跂	1	軷	1	歔	1
蔬	1	鄴	1	贅	1	贏	1	斿	1	迪	1	逍	1	殫	1
褐	1	鋸	1	蹬	1	騷	1	枭	1	逡	1	鉏	1	滋	1
褾	1	錦	1	蹟	1	曧	1	殂	1	婾	1	隗	1	熘	1
誼	1	霖	1	醫	1	殲	1	忿	1	麂	1	睢	1	瓺	1
諒	1	霓	1	醬	1	爛	1	玜	1	怒	1	頠	1	療	1
諂	1	頽	1	闤	1	纏	1	种	1	愊	1	兌	1	癀	1
誹	1	頤	1	額	1	蟲	1	紉	1	晻	1	僬	1	瘵	1
豎	1	駭	1	題	1	辯	1	胗	1	棫	1	煆	1	磋	1
豬	1	駢	1	鼇	1	饗	1	苴	1	梦	1	塿	1	箟	1
踏	1	髻	1	麵	1	灑	1	邦	1	靁	1	嫠	1	蓀	1
輟	1	償	1	魍	1	疊	1	倅	1	淼	1	婁	1	蟶	1
銷	1	嶸	1	鵠	1	躓	1	剞	1	硧	1	屧	1	轀	1
鋪	1	懇	1	點	1	鑄	1	囹	1	稱	1	扅	1	駟	1
銳	1	儒	1	璽	1	祷	1	埨	1	絪	1	惎	1	鮎	1
閱	1	曙	1	盧	1	曉	1	悒	1	絮	1	愵	1	搗	1
餒	1	曖	1	瀨	1	纔	1	悄	1	载	1	禀	1	斀	1
駑	1	歜	1	瀚	1	蠱	1	悧	1	舄	1	熏	1	暉	1
麈	1	濘	1	瀝	1	邋	1	捐	1	炎	1	宭	1	縶	1
噎	1	濫	1	瀕	1	驛	1	旄	1	詘	1	綾	1	奠	1
墾	1	濬	1	爍	1	讒	1	浣	1	冒	1	慕	1	蠟	1
甕	1	濩	1	匱	1	釀	1	洪	1	輇	1	翥	1	孟	1
憑	1	濮	1	瓊	1	驥	1	烜	1	酤	1	蒹	1	諼	1
懍	1	燧	1	礙	1	謹	1	瓴	1	鈌	1	著	1	睿	1
憶	1	燭	1	穫	1	鑽	1	昧	1	隈	1	蔡	1	蹐	1
樵	1	環	1	簫	1	驪	1	穼	1	僂	1	蜓	1	遵	1
澡	1	瞳	1	襟	1	庀	1	異	1	嗌	1	韎	1	鍼	1
澧	1	禧	1	譜	1	切	1	烪	1	埲	1	儆	1	鍠	1
澶	1	窿	1	證	1	伎	1	蚧	1	塍	1	嶢	1	闠	1
燉	1	糜	1	譚	1	阤	1	袀	1	寖	1	嶓	1	隮	1
燈	1	黂	1	譙	1	忏	1	肔	1	寔	1	廡	1	韡	1
瓢	1	縹	1	蹶	1	伏	1	邸	1	嵬	1	憪	1	錫	1
盥	1	臂	1	轔	1	坰	1	哓	1	徭	1	歐	1	雑	1
穎	1	薇	1	鏡	1	坻	1	埴	1	楯	1	氂	1	慭	1
縑	1	螢	1	鶉	1	宓	1	悎	1	涵	1	熠	1	瀍	1
縛	1	謠	1	鵲	1	吻	1	晡	1	泄	1	禡	1	續	1
緝	1	豁	1					晢	1	健	1	窳	1	謳	1
翩	1	蹋	1					淖	1			緡	1	磧	1
								旻	1			緦	1		

鏄	1	鷁	1				
闍	1	鷦	1				
闉	1	鷺	1				
雦	1	齶	1				
鞀	1	饢	1				
韃	1	鶼	1				
騏	1	鰌	1				
鵗	1	珉	1				
壚	1	虜	1				
嬈	1	凵	1				
豎	1	洰	1				
叕	1	棗	1				
覦	1	尩	1				
譔	1	犇	1				
罄	1	髯	1				
頯	1	恭	1				
颮	1	幺	1				
蘖	1	无	1				
翺	1	傲	1				
蟳	1	鳩	1				
閑	1	蔥	1				
饎	1	輭	1				
騮	1	鷗	1				
騺	1	絚	1				
鷙	1	蘴	1				
儺	1	叶	1				
懽	1	褠	1				
犩	1	瞷	1				
纊	1	嘯	1				
礜	1	崗	1				
鸚	1	茈	1				
鶻	1	壜	1				
鶺	1	測	1				
齌	1	尪	1				
攢	1	瞀	1				
瘦	1	裒	1				
穫	1	夓	1				
糴	1	鞨	1				
覯	1	蹴	1				
躔	1						
躒	1						
躏	1						
饔	1						
驊	1						
鸄	1						
玃	1						
鶏	1						

The ICS Ancient Chinese Texts Concordance Series

Philosophical works No.36

先秦兩漢古籍逐字索引叢刊子部第三十六種

忠經逐字索引

A CONCORDANCE TO THE ZHONGJING

目　次

凡　例

一．《忠經》正文：

1．本《逐字索引》所附正文據《漢魏叢書》所收明程榮校本。由於底本殘闕，今據別本加以校改。校改只供讀者參考，故不論在「正文」或在「逐字索引」，均加上校改符號，以便恢復底本原來面貌。

2．（　）表示刪字；〔　〕表示增字。除用以表示增刪字外，凡誤字之改正，例如a字改正爲b字，亦以（a）〔b〕方式表示。

例如：萬國以忠貞戴一人〔矣〕 6/8/5

表示《漢魏叢書》本脫「矣」字。讀者翻檢《增字、刪字、誤字改正說明表》，即知增字之依據爲《津逮祕書》本頁五上。

例如：以嚴配社稷於無（彊）〔疆〕者也 2/3/17

表示《漢魏叢書》本作「彊」，乃誤字，今改正爲「疆」。讀者翻檢《增字、刪字、誤字改正說明表》，即知改字之依據爲《津逮祕書》本頁二下。

3．本《逐字索引》據別本對校原底本，或改正底本原文，或只標注異文。有關此等文獻之版本名稱，以及本《逐字索引》標注其出處之方法，均列《徵引書目》中。

4．本《逐字索引》所收之字一律劃一用正體，以昭和四十九年大修館書店發行之《大漢和辭典》，及一九八六至一九九零年湖北辭書出版社、四川辭書出版社出版之《漢語大字典》所收之正體爲準，遇有異體或譌體，一律代以正體。

例如：何往不可也 1/1/17

《四部叢刊》本原作「何徃不可也」，據《大漢和辭典》，「往」、「徃」乃異體字，音義無別，今代以正體「往」字。爲便讀者了解底本原貌，凡異體之改正，均列《通用字表》中。

5．異文校勘主要參考《津逮祕書》本所收明崇禎申虞山毛氏汲古閣刻本（一九六六年臺北藝文印書館影印本）。

    5.1.異文紀錄欄

        a．凡正文文字右上方標有數碼者，表示當頁下端有注文。

        例如：忠也者、一其心之謂矣[1] 1/1/20

            當頁注 1 注出「矣」字有異文「也」。

        b．數碼前加 、，表示範圍。

        例如：此乃、守常、[1]之臣也 4/5/1

            當頁注 1 注出「背負」爲「守常」二字之異文。

    5.2.讀者欲知異文詳細情況，可參看《津逮祕書》本。凡據別本紀錄之異文，於標注異文後，均列明出處，包括書名、篇名、頁次，有關所據文獻之版本名稱，及標注其出處之方法，請參《徵引書目》。

二．逐字索引編排：

1．以單字爲綱，旁列該字在全文出現之頻數（書末另附《全書用字頻數表》〔附錄〕，按頻數次序列出全書單字），下按原文先後列明該字出現之全部例句，句中遇該字則代以「○」號。

2．全部《逐字索引》按漢語拼音排列；一字多音者，只於最常用讀音下，列出全部例句，異讀請參《漢語拼音檢字表》。

3．每一例句後加上編號 a/b/c 表明於原文中位置，例如 1/2/3，「1」表示原文的篇章次、「2」表示頁次、「3」表示行次。

三．檢字表：

備有《漢語拼音檢字表》、《筆畫檢字表》兩種：

1．漢語拼音據《辭源》修訂本（一九七九年至一九八三年北京商務印書館）及《漢語大字典》。一字多音者，按不同讀音在音序中分別列出；例如「說」字有 shuō, shuì, yuè, tuō 四讀，分列四處。聲母、韻母相同之字，按陰平、陽平、

　　　上、去四聲先後排列。讀音未詳者，一律置於表末。

2．《逐字索引》中某字所出現之頁數，在《漢語拼音檢字表》中所列該字任一讀音　下皆可檢得。

3．筆畫數目、部首歸類均據《康熙字典》。畫數相同之字，其先後次序依部首排列。

4．另附《威妥碼 – 漢語拼音對照表》，以方便使用威妥碼拼音之讀者。

Guide to the use of the Concordance

1. Text

1.1 The text printed with the concordance is based on the *Hanwei congshu* (*HWCS*) edition. As the *HWCS* edition is marred by serious corruptions, other editions have been used for collation purposes. As emendations of the text have been incorporated for the reference of the reader, care has been taken to have them clearly marked as such, both in the case of the full text as well as in the concordance, so that the original text can be recovered by ignoring the emendations.

1.2 Round brackets signify deletions while square brackets signify additions. This device is also used for emendations. An emendation of character a to character b is indicated by (a) [b], e.g.,

萬國以忠貞戴一人〔矣〕 6/8/5

The character 矣 missing in the *HWCS* edition, is added on the authority of the *Jindaimishu* edition (p.5a).

以嚴配社稷於無（彊）〔疆〕者也 2/3/17

The character 彊 in the *HWCS* edition has been emended to 疆 on the authority of *Jindaimishu* edition (p.2b).

A list of all additions, deletions and emendations is appended on p.16 where the authority for each is given.

1.3 Where the text has been emended on the authority of other editions, such emendations are either incorporated into the text or entered as footnotes. For explanations, the reader is referred to the Bibliography on p.15.

1.4 For all concordanced characters only the standard form is used. Variant or incorrect forms have been replaced by the standard forms as given in Morohashi Tetsuji's *Dai Kan-Wa jiten*, (Tokyo: Taishūkan shōten, 1974), and the *Hanyu da zidian* (Hubei cishu chubanshe and Sichuan cishu chubanshe 1986-1990), e.g.,

何往不可也 1/1/17

The *HWCS* edition has 徃 which, being a variant form, has been replaced by the standard form 往 as given in the *Dai Kan-Wa jiten*. A list of all variant forms that have been in this way replaced is appended on p.15.

1.5　The textual notes are mainly based on *Jindaimishu* edition (Taipei *Yiwen yinshuguan*, 1966).

1.5.1.a　A figure on the upper right hand corner of a character indicates that a collation note is to be found at the bottom of the page, e.g.,

忠也者、一其心之謂矣[1] 1/1/20

the superscript [1] refers to note 1 at the bottom of the page.

1.5.1.b　A range marker ˙ ˙ is added to the figure superscribed to indicate the total number of characters affected, e.g.,

此乃˙守常˙[1]之臣也 4/5/1

The range marker indicates that note 1 covers the two characters 守常.

1.5.2　For further information on variant readings given in the collation notes the reader is referred to *Jindaimishu* edition, and for further information on references to sources the reader is referred to Bibliography on p.15.

2. Concordance

2.1　In the entries the concordanced character is replaced by the ○ sign. The entries are arranged according to the order of appearance in the text. The frequency of appearance of the character concerned in the whole text is shown, and a list of all the concordanced characters in frequency order is appended. (Appendix)

2.2 The entries are listed according to Hanyupinyin. In the body of the concordance only the most common pronunciation of a character is listed under which all occurrences of the character are located.

2.3 Figures in three columns show the chapter, page and line in which the first character in the text cited appears, e.g., 1/2/3,

      1 denotes the chapter.
      2 denotes the page.
      3 denotes the line.

3. Index

A Stroke Index and an Index arranged according to Hanyupinyin are included.

3.1 The pronunciation given in the *Ciyuan* (The Commercial Press, Beijing, 1979-1983) and the *Hanyu da zidian* is used. Where a character has two or more pronunciations, it can be found under any of these in the Index. For example: 說 which has four pronunciations: shuō, shuì, yuè, tuō is to be found under any one of these four entries. Characters with the same pronunciation but different tones are listed according to tone order. Characters of which the pronunciation is unknown are relegated to the end of the Index.

3.2 In the body of the Concordance only the most common pronunciation of a character is listed, but in the Index all alternative pronunciations of the character are given.

3.3 In the stroke Index, characters with the same number of strokes appear under the radicals in the same order as given in the *Kangxi zidian*.

3.4 A correspondence table between the Hanyupinyin and the Wade-Giles systems is also provided.

漢 語 拼 音 檢 字 表

dài		**diào**		**ér**		**fēn**		**gǎi**	
大（dà）	28	調（tiáo）	51	而	30	分	31	改	32
代	29					匪（fěi）	31		
戴	29	**dòng**		**ěr**				**gài**	
		動	30	耳	31	**fèn**		蓋	32
dān				爾	31	分（fēn）	31		
堪（kān）	39	**dú**		邇	31			**gān**	
		獨	30			**fēng**		干	32
dàn				**èr**		風	31	奸（jiān）	36
憚	29	**dǔ**		二	31				
		篤	30			**fèng**		**gǎn**	
dāng				**fá**		奉	31	扞（hàn）	34
當	29	**dù**		伐	31	風（fēng）	31	敢	32
		土（tǔ）	51	罰	31			感	32
dàng		度	30			**fōu**			
當（dāng）	29			**fǎ**		不（bù）	26	**gàn**	
		duān		法	31			幹	32
dǎo		端	30			**fǒu**			
道（dào）	29			**fān**		不（bù）	26	**gāo**	
導	29	**duàn**		反（fǎn）	31			咎（jiù）	38
		斷	30			**fū**			
dào				**fán**		夫	31	**gào**	
敦（dūn）	30	**duī**		凡	31	不（bù）	26	告	32
道	29	敦（dūn）	30	煩	31	鈇	32		
						敷	32	**gē**	
dé		**duì**		**fǎn**				格（gé）	32
陟（zhì）	66	敦（dūn）	30	反	31	**fú**		歌	32
得	29					夫（fū）	31		
德	29	**dūn**		**fàn**		伏	32	**gé**	
		敦	30	反（fǎn）	31	服	32	格	32
děng				犯	31	浮	32		
等	29	**dùn**				福	32	**gě**	
		敦（dūn）	30	**fāng**				合（hé）	34
dī				方	31	**fǔ**		蓋（gài）	32
隄	29	**duō**				父（fù）	32		
		多	30	**fáng**		甫	32	**gè**	
dí				方（fāng）	31	撫	32	各	32
條（tiáo）	51	**duó**		防	31				
		度（dù）	30			**fù**		**gōng**	
dì				**fēi**		父	32	工	32
地	29	**è**		非	31	伏（fú）	32	公	33
弟	30	惡	30	匪（fěi）	31	服（fú）	32	功	33
帝	30					報（bào）	25	共（gòng）	33
		ēn		**fěi**		富	32	攻	33
diāo		恩	30	非（fēi）	31	復	32	肱	33
敦（dūn）	30			匪	31	賦	32	供	33
						覆	32	躬	33

恭	33	guì		hé		huáng		濟	36
		貴	34	合	34	皇	35	繼	36
gǒng				何	34				
共(gòng)	33	gǔn		和	34	huí		jiā	
拱	33	袞	34	洽(qià)	44	回	35	加	36
				害(hài)	34			家	36
gòng		guō		荷	35	huì		嘉	36
共	33	過(guò)	34	蓋(gài)	32	惠	35		
供(gōng)	33					賄	35	jià	
貢	33	guó		hè		壞(huài)	35	稼	36
		國	34	何(hé)	34				
gǒu				和(hé)	34	hūn		jiān	
苟	33	guǒ		荷(hé)	35	昏	35	奸	36
		果	34					咸(xián)	54
gū				hēng		huò		兼	36
家(jiā)	36	guò		亨	35	惑	35	間	36
		過	34			禍	35	漸(jiàn)	37
gǔ				hóng		獲	35	監	36
古	33	hǎi		弘	35				
股	33	海	34	降(jiàng)	37	jī		jiǎn	
苦(kǔ)	40			洪	35	居(jū)	38	儉	37
骨	33	hài				其(qí)	43	簡	37
穀	33	害	34	hóu		迹	36		
		蓋(gài)	32	侯	35	資(zī)	67	jiàn	
gù						激	36	見	37
告(gào)	32	hán		hòu		饑	36	建	37
固	33	寒	34	后	35			間(jiān)	36
故	33	幹(gàn)	32	後	35	jí		監(jiān)	36
顧	33			厚	35	及	36	漸	37
		hàn				疾	36	賤	37
guān		扞	34	hū		極	36	諫	37
官	33	感(gǎn)	32	乎	35	蹐	36	濫(làn)	40
觀	34			武(wǔ)	53	藉(jiè)	37	薦	37
		háng		惡(è)	30				
guàn		行(xíng)	55			jǐ		jiāng	
觀(guān)	34			huà		己	36	將	37
		hàng		化	35	給	36	彊(qiáng)	44
guāng		行(xíng)	55			濟(jì)	36	疆	37
光	34			huái					
		hǎo		懷	35	jǐ		jiàng	
guǎng		好	34			吉	36	降	37
廣	34			huài		其(qí)	43	將(jiāng)	37
		hào		壞	35	近(jìn)	37	彊(qiáng)	44
guī		好(hǎo)	34			既	36	疆(jiāng)	37
規	34			huàn		寄	36		
歸	34	hē		患	35	資(zī)	67	jiāo	
		何(hé)	34			稷	36	教(jiào)	37

澆	37	**jiǔ**		**kān**		皇(huáng)	35	茘	41
		久	38	堪	39			厲	41
jiǎo						**kuī**			
糾(jiū)	38	**jiù**		**kāng**		規(guī)	34	**lián**	
		咎	38	康	39			令(lìng)	41
jiào		就	38	慷	39	**kuì**			
教	37					匱	40	**liáng**	
		jū		**kàng**		歸(guī)	34	良	41
jie		且(qiě)	44	抗	39				
家(jiā)	36	居	38	康(kāng)	39	**kǔn**		**liǎng**	
		俱	38			閫	40	良(liáng)	41
jiē				**kǎo**					
皆	37	**jú**		考	39	**lài**		**liáo**	
		告(gào)	32			厲(lì)	41	勞(láo)	40
jié		跼	38	**kē**		賴	40		
節	37			荷(hé)	35			**liè**	
竭	37	**jǔ**				**lǎn**		劣	41
		去(qù)	45	**kě**		濫(làn)	40		
jiè		舉	38	可	39			**lín**	
戒	37					**làn**		林	41
藉	37	**jù**		**kè**		濫	40	臨	41
		足(zú)	67	可(kě)	39				
jǐn		俱(jū)	38	克	40	**láo**		**lǐn**	
盡(jìn)	37	懼	38	刻	40	勞	40	稟(bǐng)	26
謹	37			恪	40				
		juàn				**lào**		**lìn**	
jìn		養	38	**kōng**		勞(láo)	40	臨(lín)	41
近	37			空	40	樂(yuè)	61		
晉	37	**juē**						**líng**	
進	37	祖(zǔ)	67	**kǒng**		**lè**		令(lìng)	41
盡	37			孔	40	樂(yuè)	61		
薦(jiàn)	37	**jué**		空(kōng)	40			**lìng**	
		厥	38			**lèi**		令	41
jīng		爵	38	**kòng**		類	40		
旌	38	闕(què)	45	空(kōng)	40			**liú**	
靖(jìng)	38					**lí**		流	41
兢	38	**jūn**		**kǔ**		黎	40	游(yóu)	59
精	38	君	38	苦	40			旒	41
		均	39			**lǐ**			
jìng		軍	39	**kuān**		理	40	**liù**	
敬	38			寬	40	禮	40	六	41
靖	38	**kǎi**							
靜	38	豈(qǐ)	44	**kuāng**		**lì**		**lù**	
		凱	39	皇(huáng)	35	力	40	六(liù)	41
jiū		慨	39			立	40	祿	41
糾	38			**kuàng**		吏	40		
赳	38			況	40	利	40		

lǚ		**mí**		**mǔ**		**nuó**		**pò**	
履	41	迷	41	母	42	難(nán)	42	破	43
		彌	41						
lǜ				**mù**		**pàn**		**qī**	
率(shuài)	49	**mǐ**		木	42	反(fǎn)	31	欺	43
		弭	41	目	42	畔	43		
luàn		彌(mí)	41	莫(mò)	42			**qí**	
亂	41			睦	42	**páng**		其	43
		mì		慕	42	方(fāng)	31		
lún		密	41					**qǐ**	
倫	41			**nà**		**pèi**		豈	44
		miǎn		內(nèi)	43	配	43		
luǒ		勉	42	納	42			**qì**	
果(guǒ)	34					**pēng**		氣	44
		miào		**nǎi**		亨(hēng)	35	棄	44
luò		廟	42	乃	42				
格(gé)	32					**pěng**		**qià**	
樂(yuè)	61	**miè**		**nài**		奉(fèng)	31	洽	44
		滅	42	能(néng)	43				
mán						**pī**		**qiān**	
蠻	41	**mín**		**nán**		丕	43	允(yǔn)	61
		民	42	難	42	被(bèi)	25	遷	44
mǎn									
滿	41	**mǐn**		**nàn**		**pí**		**qián**	
		昏(hūn)	35	難(nán)	42	罷(bà)	25	漸(jiàn)	37
máng								潛	44
茫	41	**míng**		**nèi**		**pǐ**			
		名	42	內	43	匹	43	**qiāng**	
máo		明	42					將(jiāng)	37
毛	41			**néng**		**pì**		慶(qìng)	45
		mìng		而(ér)	30	匹(pǐ)	43		
měi		命	42	能	43	僻	43	**qiáng**	
美	41							彊	44
		miù		**nǐ**		**piān**			
mèi		謬	42	疑(yí)	57	偏	43	**qiǎng**	
昧	41							彊(qiáng)	44
		mó		**nì**		**pián**			
mén		莫(mò)	42	逆	43	平(píng)	43	**qiě**	
門	41	無(wú)	53					且	44
				níng		**piàn**			
mèn		**mò**		寧	43	辨(biàn)	25	**qīn**	
滿(mǎn)	41	百(bǎi)	25	疑(yí)	57			親	44
		莫	42			**piē**			
méng		默	42	**nìng**		蔽(bì)	25	**qín**	
蒙	41			佞	43			勤	44
		móu		寧(níng)	43	**píng**			
		謀	42			平	43		

qìn		qún		ruò		身	47	shì	
親（qīn）	44	群	45	若	46	信（xìn）	54	士	48
						深	47	示	48
qīng		rán		sāi				式	48
清	44	然	45	思（sī）	50	shén		舍（shè）	47
慶（qìng）	45					神	47	事	48
		rǎng		sān				是	49
qíng		讓（ràng）	45	三	46	shěn		視	49
情	45					審	47	勢	49
		ràng		sè				澤（zé）	63
qìng		讓	45	色	46	shèn		識（shí）	48
慶	45			穡	46	慎	47		
		rě						shǒu	
qióng		若（ruò）	46	shà		shēng		守	49
窮	45			舍（shè）	47	生	47	首	49
		rén		廈	46	勝（shèng）	48		
qiú		人	45			聲	47	shòu	
求	45	仁	46	shān				壽	49
道	45	任（rèn）	46	山	47	shéng			
						繩	48	shū	
qū		rèn		shàn				叔	49
去（qù）	45	任	46	善	47	shěng		書	49
曲	45					省（xǐng）	55	殊	49
取（qǔ）	45	rì		shāng				淑	49
驅	45	日	46	傷	47	shèng			
						盛（chéng）	28	shù	
qú		róng		shǎng		勝	48	術	49
懼（jù）	38	戎	46	上（shàng）	47	聖	48	庶	49
衢	45	容	46	賞	47				
		頌（sòng）	50			shī		shuài	
qǔ		榮	46	shàng		尸	48	帥	49
曲（qū）	45			上	47	失	48	率	49
取	45	ròu		賞（shǎng）	47	施	48		
		肉	46			師	48	shuí	
qù				shào		詩	48	誰	49
去	45	rú		召（zhào）	63				
		如	46			shí		shùn	
quàn				shě		食	48	順	49
勸	45	rǔ		舍（shè）	47	時	48	舜	49
		辱	46			實	48		
quē				shè		識	48	sī	
缺	45	rù		社	47			私	49
闕（què）	45	入	46	舍	47	shǐ		思	50
				設	47	始	48	斯	50
què		ruì				使	48		
爵（jué）	38	芮	46	shēn		施（shī）	48	sǐ	
闕	45	瑞	46	申	47			死	50

sì			tān			tú			wěi			xì		
四		50	貪		50	徒		51	委		52	氣(qì)		44
似		50							僞		52			
食(shí)		48	tàn			tǔ						xià		
思(sī)		50	貪(tān)		50	土		51	wèi			下		53
									未		52	廈(shà)		46
sǒng			tè			tuán			位		52			
從(cóng)		28	忒		50	敦(dūn)		30	畏		52	xiān		
									謂		52	先		54
sòng			tí			tuí						鮮		54
頌		50	折(zhé)		63	弟(dì)		30	wén					
									文		52	xián		
sú			tǐ			tún			聞		52	咸		54
俗		50	體		50	敦(dūn)		30				銜		54
									wěn			賢		54
sù			tì			wài			昧(mèi)		41			
素		50	弟(dì)		30	外		51				xiǎn		
			悌		50				wèn			省(xǐng)		55
suī			錫(xī)		53	wàn			文(wén)		52	鮮(xiān)		54
雖		50				萬		51	聞(wén)		52			
			tiān									xiàn		
suí			天		50	wáng			wǒ			見(jiàn)		37
隨		50				王		51	果(guǒ)		34	陷		54
			tiāo									鮮(xiān)		54
suì			條(tiáo)		51	wǎng			wū			獻		54
術(shù)		49				王(wáng)		51	於(yú)		60			
			tiáo			方(fāng)		31	惡(è)		30	xiáng		
sūn			條		51	往		51				降(jiàng)		37
孫		50	脩(xiū)		55				wú			祥		54
			調		51	wàng			吾		52			
suō						王(wáng)		51	無		53	xiǎng		
獻(xiàn)		54	tīng			忘		51				亨(hēng)		35
			聽		51	往(wǎng)		51	wǔ					
suǒ									武		53	xiāo		
所		50	tōng			wēi			務(wù)		53	消		54
			通		51	危		51						
tà						委(wěi)		52	wù			xiǎo		
達(dá)		28	tóng			畏(wèi)		52	勿		53	小		54
			同		51	威		51	物		53			
tái			重(zhòng)		67				務		53	xiào		
能(néng)		43				wéi			惡(è)		30	孝		54
			tǒng			爲		51				效		54
tài			統		51	僞(wěi)		52	xī					
大(dà)		28				惟		52	昔		53	xié		
太		50	tǒu			違		52	息		53	邪		54
能(néng)		43	斜		51				錫		53			
泰		50												

xiè		xuān		yāo		易	58	繇(yáo)	56
懈	54	宣	55	夭	56	食(shí)	48	**yǒu**	
xīn		**xuán**		要	56	施(shī)	48	又(yòu)	60
心	54	懸	55			益	58	有	59
欣	54			**yáo**		異	58	脩(xiū)	55
親(qīn)	44	**xùn**		猶(yóu)	59	溢	58	**yòu**	
		徇	55	繇	56	意	58	又	60
xìn		訓	55			義	58	有(yǒu)	59
信	54	孫(sūn)	50	**yǎo**		毅	59		
		遜	55	要(yāo)	56	澤(zé)	63	**yú**	
xīng						議	59	于	60
興	54	**yā**		**yào**				吾(wú)	52
		雅(yǎ)	55	要(yāo)	56	**yīn**		邪(xié)	54
xíng				樂(yuè)	61	因	59	於	60
刑	55	**yá**				音	59	虞	60
行	55	涯	55	**yé**		陰	59	與(yǔ)	60
形	55			邪(xié)	54				
		yǎ				**yìn**		**yǔ**	
xǐng		雅	55	**yě**		陰(yīn)	59	雨	60
省	55			也	56			與	60
		yà				**yīng**			
xìng		御(yù)	61	**yī**		膺	59	**yù**	
行(xíng)	55			一	57	應	59	聿	60
興(xīng)	54	**yān**		衣	57			雨(yǔ)	60
		身(shēn)	47	伊	57	**yìng**		御	61
xiōng		焉	56	依	57	應(yīng)	59	欲	61
凶	55			意(yì)	58	繩(shéng)	48	域	60
		yán						愈	61
xiū		言	56	**yí**		**yǒng**		與(yǔ)	60
休	55	顏	56	夷	57	永	59	禦	61
脩	55	嚴	56	宜	57	勇	59		
				施(shī)	48	詠	59	**yuán**	
xū		**yǎn**		焉(yān)	56			元	61
于(yú)	60	偃	56	貽	57	**yòng**		爰	61
虛	55			疑	57	用	59		
		yāng		儀	57			**yuǎn**	
xú		殃	56			**yōu**		遠	61
邪(xié)	54			**yǐ**		攸	59		
		yáng		已	57	憂	59	**yuàn**	
xǔ		洋	56	以	57	繇(yáo)	56	怨	61
休(xiū)	55	揚	56	矣	58	優	59		
		陽	56	依(yī)	57			**yuē**	
xù						**yóu**		曰	61
序	55	**yǎng**		**yì**		由	59		
恤	55	養(juàn)	38	失(shī)	48	猶	59		
		養	56	衣(yī)	57	游	59		
				亦	58	猷	59		

yuè		zhǎng		zhí		zhǔ		zú	
月	61	長(cháng)	27	直	65	主	67	足	67
悅	61			執	65			卒	67
鉞	61	zhàng		殖	65	zhù			
樂	61	長(cháng)	27	職	65	除(chú)	28	zǔ	
						庶(shù)	49	作(zuò)	68
yún		zhāo		zhǐ		著	67	祖	67
云	61	昭	63	止	65				
均(jūn)	39	著(zhù)	67	視(shì)	49	zhuàn		zuì	
				徵(zhēng)	63	傳(chuán)	28	罪	67
yǔn		zhào							
允	61	召	63	zhì		zhuāng		zūn	
		兆	63	至	65	莊	67	尊	68
yùn				志	66				
均(jūn)	39	zhé		知(zhī)	65	zhūn		zǔn	
怨(yuàn)	61	折	63	制	66	淳(chún)	28	尊(zūn)	68
運	61			致	66				
		zhě		陟	66	zhuó		zuō	
zāi		者	63	質	66	著(zhù)	67	作(zuò)	68
哉	61			職(zhí)	65				
		zhēn		識(shí)	48	zī		zuó	
zǎi		珍	63			次(cì)	28	作(zuò)	68
宰	61	貞	63	zhōng		資	67		
載(zài)	62			中	66	諮	67	zuò	
		zhèn		忠	66			作	68
zài		陳(chén)	27	終	67	zǐ		祚	68
在	61			眾(zhòng)	67	子	67		
載	62	zhēng							
		正(zhèng)	63	zhǒng		zì			
zàn		爭	63	冢	67	自	67		
贊	62	征	63			事(shì)	48		
		政(zhèng)	63	zhòng					
zé		徵	63	中(zhōng)	66	zōng			
則	62			重	67	宗	67		
澤	63	zhěng		眾	67	從(cóng)	28		
		承(chéng)	27						
zēng				zhōu		zǒng			
增	63	zhèng		周	67	從(cóng)	28		
		正	63	調(tiáo)	51				
zhà		政	63			zòng			
作(zuò)	68	爭(zhēng)	63	zhòu		從(cóng)	28		
詐	63	靜(jìng)	38	繇(yáo)	56				
						zōu			
zhāng		zhī		zhū		諏	67		
章	63	之	64	諸	67				
彰	63	知	65			zū			
		衹	65			諸(zhū)	67		

威 妥 碼 － 漢 語 拼 音 對 照 表

A

Wade-Giles	Pinyin
a	a
ai	ai
an	an
ang	ang
ao	ao

C

Wade-Giles	Pinyin
cha	zha
ch'a	cha
chai	zhai
ch'ai	chai
chan	zhan
ch'an	chan
chang	zhang
ch'ang	chang
chao	zhao
ch'ao	chao
che	zhe
ch'e	che
chei	zhei
chen	zhen
ch'en	chen
cheng	zheng
ch'eng	cheng
chi	ji
ch'i	qi
chia	jia
ch'ia	qia
chiang	jiang
ch'iang	qiang
chiao	jiao
ch'iao	qiao
chieh	jie
ch'ieh	qie
chien	jian
ch'ien	qian
chih	zhi
ch'ih	chi
chin	jin
ch'in	qin
ching	jing
ch'ing	qing
chiu	jiu
ch'iu	qiu
chiung	jiong
ch'iung	qiong
cho	zhuo
ch'o	chuo
chou	zhou
ch'ou	chou
chu	zhu
ch'u	chu
chua	zhua
ch'ua	chua
chuai	zhuai
ch'uai	chuai
chuan	zhuan
ch'uan	chuan
chuang	zhuang
ch'uang	chuang
chui	zhui
ch'ui	chui
chun	zhun
ch'un	chun
chung	zhong
ch'ung	chong
chü	ju
ch'ü	qu
chüan	juan
ch'üan	quan
chüeh	jue
ch'üeh	que
chün	jun
ch'ün	qun

E

Wade-Giles	Pinyin
e	e
eh	ê
ei	ei
en	en
eng	eng
erh	er

F

Wade-Giles	Pinyin
fa	fa
fan	fan
fang	fang
fei	fei
fen	fen
feng	feng
fo	fo
fou	fou
fu	fu

H

Wade-Giles	Pinyin
ha	ha
hai	hai
han	han
hang	hang
hao	hao
he	he
hei	hei
hen	hen
heng	heng
ho	he
hou	hou
hsi	xi
hsia	xia
hsiang	xiang
hsiao	xiao
hsieh	xie
hsien	xian
hsin	xin
hsing	xing
hsiu	xiu
hsiung	xiong
hsü	xu
hsüan	xuan
hsüeh	xue
hsün	xun
hu	hu
hua	hua
huai	huai
huan	huan
huang	huang
hui	hui
hun	hun
hung	hong
huo	huo

J

Wade-Giles	Pinyin
jan	ran
jang	rang
jao	rao
je	re
jen	ren
jeng	reng
jih	ri
jo	ruo
jou	rou
ju	ru
juan	ruan
jui	rui
jun	run
jung	rong

K

Wade-Giles	Pinyin
ka	ga
k'a	ka
kai	gai
k'ai	kai
kan	gan
k'an	kan
kang	gang
k'ang	kang
kao	gao
k'ao	kao
ke	ge
k'e	ke
kei	gei
ken	gen
k'en	ken
keng	geng
k'eng	keng
ko	ge
k'o	ke
kou	gou
k'ou	kou
ku	gu
k'u	ku
kua	gua
k'ua	kua
kuai	guai
k'uai	kuai
kuan	guan
k'uan	kuan
kuang	guang
k'uang	kuang
kuei	gui
k'uei	kui
kun	gun
k'un	kun
kung	gong
k'ung	kong
kuo	guo
k'uo	kuo

L

Wade-Giles	Pinyin
la	la
lai	lai
lan	lan
lang	lang
lao	lao
le	le
lei	lei
leng	leng
li	li
lia	lia
liang	liang
liao	liao
lieh	lie
lien	lian
lin	lin
ling	ling
liu	liu
lo	le
lou	lou
lu	lu
luan	luan

lun	lun	nu	nu	sai	sai	t'e	te	tsung	zong
lung	long	nuan	nuan	san	san	teng	deng	ts'ung	cong
luo	luo	nung	nong	sang	sang	t'eng	teng	tu	du
lü	lü	nü	nü	sao	sao	ti	di	t'u	tu
lüeh	lüe	nüeh	nüe	se	se	t'i	ti	tuan	duan
				sen	sen	tiao	diao	t'uan	tuan
M		**O**		seng	seng	t'iao	tiao	tui	dui
ma	ma	o	o	sha	sha	tieh	die	t'ui	tui
mai	mai	ou	ou	shai	shai	t'ieh	tie	tun	dun
man	man			shan	shan	tien	dian	t'un	tun
mang	mang	**P**		shang	shang	t'ien	tian	tung	dong
mao	mao	pa	ba	shao	shao	ting	ding	t'ung	tong
me	me	p'a	pa	she	she	t'ing	ting	tzu	zi
mei	mei	pai	bai	shei	shei	tiu	diu	tz'u	ci
men	men	p'ai	pai	shen	shen	to	duo		
meng	meng	pan	ban	sheng	sheng	t'o	tuo	**W**	
mi	mi	p'an	pan	shih	shi	tou	dou	wa	wa
miao	miao	pang	bang	shou	shou	t'ou	tou	wai	wai
mieh	mie	p'ang	pang	shu	shu	tsa	za	wan	wan
mien	mian	pao	bao	shua	shua	ts'a	ca	wang	wang
min	min	p'ao	pao	shuai	shuai	tsai	zai	wei	wei
ming	ming	pei	bei	shuan	shuan	ts'ai	cai	wen	wen
miu	miu	p'ei	pei	shuang	shuang	tsan	zan	weng	weng
mo	mo	pen	ben	shui	shui	ts'an	can	wo	wo
mou	mou	p'en	pen	shun	shun	tsang	zang	wu	wu
mu	mu	peng	beng	shuo	shuo	ts'ang	cang		
		p'eng	peng	so	suo	tsao	zao	**Y**	
N		pi	bi	sou	sou	ts'ao	cao	ya	ya
na	na	p'i	pi	ssu	si	tse	ze	yang	yang
nai	nai	piao	biao	su	su	ts'e	ce	yao	yao
nan	nan	p'iao	piao	suan	suan	tsei	zei	yeh	ye
nang	nang	pieh	bie	sui	sui	tsen	zen	yen	yan
nao	nao	p'ieh	pie	sun	sun	ts'en	cen	yi	yi
ne	ne	pien	bian	sung	song	tseng	zeng	yin	yin
nei	nei	p'ien	pian			ts'eng	ceng	ying	ying
nen	nen	pin	bin	**T**		tso	zuo	yo	yo
neng	neng	p'in	pin	ta	da	ts'o	cuo	yu	you
ni	ni	ping	bing	t'a	ta	tsou	zou	yung	yong
niang	niang	p'ing	ping	tai	dai	ts'ou	cou	yü	yu
niao	niao	po	bo	t'ai	tai	tsu	zu	yüan	yuan
nieh	nie	p'o	po	tan	dan	ts'u	cu	yüeh	yue
nien	nian	p'ou	pou	t'an	tan	tsuan	zuan	yün	yun
nin	nin	pu	bu	tang	dang	ts'uan	cuan		
ning	ning	p'u	pu	t'ang	tang	tsui	zui		
niu	niu			tao	dao	ts'ui	cui		
no	nuo	**S**		t'ao	tao	tsun	zun		
nou	nou	sa	sa	te	de	ts'un	cun		

筆　畫　檢　字　表

一畫
一 一 57

二畫
丿 乃 42
二 二 31
人 人 45
入 入 46
力 力 40
又 又 60

三畫
一 下 53
　 三 46
　 上 47
丿 久 38
乙 也 56
二 于 60
几 凡 31
土 土 51
士 士 48
大 大 28
子 子 67
小 小 54
尸 尸 48
山 山 47
工 工 32
己 己 57
　 已 36
　 己 36
干 干 32
手 才 27

四畫
一 不 26
丨 中 66
丿 之 64
二 云 61
人 仁 46
儿 允 61
　 元 61
入 內 43
八 公 33

六 41
凵 凶 55
刀 分 31
勹 勿 53
匕 化 35
匚 匹 43
又 反 31
　 及 36
大 夭 56
　 天 50
　 夫 31
　 太 50
子 孔 40
心 心 54
文 文 52
方 方 31
日 日 46
曰 曰 61
月 月 61
木 木 42
止 止 65
毛 毛 41
父 父 32
玉 王 51

五畫
一 丕 43
　 且 44
、 主 67
丿 乎 35
人 令 41
　 代 29
　 以 57
凵 出 28
力 加 36
　 功 33
厶 去 45
口 可 39
　 召 63
　 古 33
囗 四 50
夕 外 51

大 失 48
巾 布 27
干 平 43
弓 弘 35
心 必 25
木 未 52
　 本 25
止 正 63
母 母 42
氏 民 42
水 永 59
犬 犯 31
生 生 47
用 用 59
田 由 59
　 申 47
目 目 42
示 示 48
立 立 40

六畫
一 亦 58
人 伐 31
　 伏 32
　 休 55
　 任 46
　 伊 57
儿 光 34
　 兆 63
　 先 54
八 共 33
刀 刑 55
力 劣 41
卩 危 51
口 后 35
　 吏 40
　 各 32
　 吉 36
　 名 42
　 合 34
　 同 51
囗 回 35

囗 因 59
土 地 29
　 在 61
夕 多 30
大 夷 57
女 如 46
　 好 34
　 奸 36
宀 安 25
　 守 49
弋 式 48
戈 戎 46
　 成 27
手 扦 34
曰 曲 45
月 有 59
止 此 28
歹 死 50
白 百 25
老 考 39
而 而 30
耳 耳 31
聿 聿 60
肉 肉 46
臣 臣 27
自 自 67
至 至 65
色 色 46
行 行 55
衣 衣 57

七畫
一 亨 35
人 位 52
　 作 68
　 佟 43
　 似 50
　 何 34
儿 克 40
刀 別 26
　 利 40
十 卒 67

口 告 32
　 君 38
　 吾 52
土 均 39
子 孝 54
广 序 55
弓 弟 30
彡 形 55
心 忘 51
　 忒 50
　 志 66
戈 戒 37
手 折 63
　 抗 39
攴 改 32
　 攻 33
攵 攸 59
水 求 45
　 沉 27
用 甫 32
矢 矣 58
禾 私 49
艮 良 41
見 見 37
言 言 56
足 足 67
身 身 47
邑 邦 25
　 邪 54
阜 防 31

八畫
一 並 26
丨 事 48
人 供 33
　 依 57
　 使 48
　 侈 28
八 其 43
刀 制 66
　 刻 40

又 取 45
　 叔 49
口 命 42
　 周 67
　 和 34
　 咎 38
囗 固 33
土 垂 28
大 奉 31
女 始 48
　 委 52
宀 宜 57
　 宗 67
　 官 33
尸 居 38
彳 往 51
　 征 63
心 忠 66
戶 所 50
手 承 27
攴 政 63
方 於 60
日 明 42
　 昔 53
　 易 58
　 昏 35
月 服 32
木 林 41
　 果 34
欠 欣 54
止 武 53
水 法 31
　 況 40
爪 爭 63
牛 物 53
目 直 65
矢 知 65
示 社 47
禾 秉 26
穴 空 40
糸 糾 38
肉 股 33

肉 肱 33
舌 舍 47
艸 芮 46
辵 近 37
長 長 27
門 門 41
雨 雨 60
非 非 31

九畫
人 保 25
　 侯 35
　 俗 50
　 信 54
刀 則 62
力 勇 59
　 勉 42
厂 厚 35
口 哉 61
　 咸 54
土 城 28
女 威 51
宀 宣 55
巾 帥 49
　 帝 30
广 度 30
廴 建 37
弓 弭 41
彳 後 35
心 怨 61
　 思 50
　 恤 55
　 恪 40
手 拱 33
攴 故 33
方 施 48
无 既 36
日 是 49
　 昧 41
　 昭 63
歹 殃 56
水 洽 44

部	字	頁	部	字	頁	部	字	頁	部	字	頁	部	字	頁	部	字	頁	部	字	頁
	洪	35	日	時	48		執	65	**十二畫**				陽	56		達	28		儀	57
	洋	56		晉	37	宀	密	41	人	備	25	佳	雅	55	酉	酬	28	厂	厲	41
火	爲	51	曰	書	49		寄	36	几	凱	39	頁	順	49	金	鉞	61	土	增	63
爪	爱	61	木	格	32	寸	將	37	力	勝	48				青	靖	38	宀	審	47
犬	狗	55	歹	殊	49	山	崇	28		勞	40	**十三畫**			頁	頌	50		寬	40
玉	珍	63	气	氣	44	巾	常	27	十	博	26	乙	亂	41	食	養	38	尸	履	41
田	畏	52	水	消	54	广	庶	49	厂	厥	38	人	傷	47	馬	馳	28	广	廣	34
白	皆	37		泰	50		康	39	口	善	47		傳	28					廟	42
	皇	35		流	41	彳	從	28	土	報	25	力	勤	44	**十四畫**			彳	徵	63
目	省	55		海	34		御	61		堪	39		勢	49	儿	競	38		徹	27
羊	美	41		浮	32		得	29	宀	富	32	干	幹	32	匸	匱	40		德	29
老	者	63	田	畔	43	心	患	35		寒	34	广	廈	46	口	嘉	36	心	慶	45
至	致	66	疒	疾	36		情	45	寸	尊	68	心	愈	61	士	壽	49		憚	29
艸	若	46	皿	益	58		惟	52	尢	就	38		愛	25	宀	實	48		慕	42
	苦	40	石	破	43	攴	教	37	彳	復	32		意	58		察	27		憂	59
	苟	33	示	祇	65		敗	25	心	惑	35		慎	47		寧	43	手	撫	32
襾	要	56		祖	67	方	旋	38		惠	35		感	32	彡	彰	63		播	26
貝	貞	63		祚	68	木	條	51		惡	30	攴	敬	38	心	慨	39	攴	敷	32
走	赳	38		神	47	欠	欲	61	手	揚	56	方	旒	41		慷	39	木	樂	61
車	軍	39	糸	糾	51	水	淳	28	攴	敦	30	木	極	36	木	榮	46	殳	毅	59
里	重	67		納	42		清	44		敢	32	水	滅	42	欠	歌	32	水	潛	44
阜	降	37		素	50		淑	49	斤	斯	50		溢	58	水	滿	41		澆	37
音	音	59	缶	缺	45		深	47	木	棄	44	火	煩	31		漸	37	禾	稼	36
風	風	31	肉	能	43		涯	55	欠	欺	43	犬	獻	59	爻	爾	31		稷	36
食	食	48	艸	茫	41	火	焉	56	歹	殘	27	玉	瑞	46	疋	疑	57		穀	33
首	首	49	衣	被	25	玄	率	49		殖	65	田	當	29	皿	監	36	穴	窮	45
			言	訓	55	玉	理	40	水	游	59	目	睦	42		盡	37	网	罹	25
十　畫			豆	豈	44	目	眾	67	火	然	45	示	祿	41	示	禍	35	言	誰	49
人	俱	38	貝	貢	33	示	祥	54		無	53	禾	稟	26		福	32		調	51
	倫	41	身	躬	33	立	章	63	犬	猶	59	竹	節	37	禾	稱	27		諏	67
八	兼	36	辰	辱	46	糸	終	67	田	異	58	网	罪	67	立	竭	37	貝	賢	54
宀	冢	67	辵	迹	36	肉	脩	55	皿	盛	28	羊	群	45		端	30		質	66
匚	匿	31		迷	41	艸	莫	42	竹	等	29		義	58	米	精	38		賦	32
子	孫	50		逆	43		荷	35	糸	給	36	耳	聖	48	网	罰	31		賞	47
宀	害	34	酉	配	43		莊	67		統	51	艸	萬	51	耳	聞	52		賤	37
	宰	61	阜	陝	66	虍	處	28	舛	舜	49		著	67	臼	與	60	辵	遷	44
	家	36		除	28	行	術	49	虍	虛	55	虍	虞	60	艸	蒙	41	門	閭	40
	容	46	骨	骨	33	衣	袞	34	衣	補	26	言	誠	28		蒞	41	食	養	56
巾	師	48				見	規	34	見	視	49		詩	48		蓋	32	黍	黎	40
彳	徒	51	**十一畫**			言	設	47	言	詐	63	貝	資	67	足	踴	38			
心	息	53	人	偓	56	貝	貪	50		詠	59		賄	35	辵	遠	61	**十六畫**		
	悅	61		偽	52	辵	通	51	貝	貴	34	車	載	62		遜	55	寸	導	29
	恭	33		偏	43	阜	陳	27		貽	57	辵	違	52	金	銜	54	弓	彊	44
	悌	50	力	務	53		陷	54	辵	進	37		道	45				心	懈	54
	恥	28		動	30		陰	59	金	鈇	32		運	61	**十五畫**			水	澤	63
	恩	30	囗	國	34				門	間	36		道	29	人	儉	37		激	36
攴	效	54	土	域	60				阜	隄	29		過	34		僻	43	犬	獨	30

通 用 字 表

編號	本索引用字	原底本用字	章/頁/行	內文
1	往	徍	1/1/17	何往不可也
2	效	効	1/1/31 9/12/3	其效如此 君子效能也
3	潜	潛	3/4/7 7/8/11	在乎沉謀潜運 德化潜運
4	職	軄	4/5/9	職思其憂
5	稟	禀	8/9/24	戎夷稟命
6	讎	讐	9/11/33	善雖讎必薦
7	珍	珎	12/15/25 12/15/27 12/15/27	賤珍則人去貪 貪由有珍 珍去貪息
8	恥	耻	13/16/31	恥躬不能爲臣
9	贊	賛	13/17/7	臣下有贊詠之義也
10	規	規	17/22/13	猷者、國之規

徵 引 書 目

編號	書名	標注出處方法	版本
1	津逮祕書本	頁數	明崇禎申虞山毛氏汲古閣刻本

增字、刪字、誤字改正說明表

編號	原句 / 位置（章/頁/行）	校改依據
1	以嚴配社稷於無（彊）〔疆〕者也 2/3/17	津逮祕書本頁二下
2	〔守宰愛人〕 5/7/19	津逮祕書本頁四下
3	順化供（饗）〔養〕 6/8/1	津逮祕書本頁五上
4	萬國以忠貞戴一人〔矣〕 6/8/5	津逮祕書本頁五上
5	不久則人心復〔澆〕 7/8/31	津逮祕書本頁五下
6	刑不謹則（知）〔濫〕 7/9/7	津逮祕書本頁五下
7	何〔有〕不理之人乎 7/9/9	津逮祕書本頁五下
8	堪其扞〔禦〕 8/11/3	津逮祕書本頁六下
9	以（饗）〔養〕其親 10/13/7	津逮祕書本頁七下
10	得盡其（饗）〔養〕 10/13/9	津逮祕書本頁七下
11	廣爲〔國〕章第十一 11/13/19	津逮祕書本頁七下
12	則有缺於忠道〔矣〕 13/17/11	津逮祕書本頁九上
13	（斜）〔糾〕過正德 15/19/7	津逮祕書本頁十上

正　文

1 天地神明章第一

昔在至理，上下一德，以徵天休，忠之道也。

鄭玄註：忠之爲道，乃合於天。至理之時，君臣同德，則休氣應也。

天之所覆，地之所載，人之所履，莫大乎忠。

鄭玄註：覆載之間，人倫之要，履之則吉，違之則凶，無有大於忠者。

忠者、中也，至公無私。

鄭玄註：不正其心，而私於事，則與忠反也。

天無私，四時行。地無私，萬物生。人無私，大亨貞。

鄭玄註：四時廣運，天不私德。萬物亨生，地不私力。人能至公，不私諸己，何往不可也？

忠也者、一其心之謂矣[1]。

鄭玄註：一則爲忠，二則爲僻。

爲國之本，何莫由忠！

鄭玄註：未有舍忠，而成於務。

忠能固君臣、安社稷、感天地、動神明，而況於人乎？

鄭玄註：君臣固，其義深也。社稷安，其祚長也。天地感，其誠達也。神明動，其應彰也。忠之爲用，其效如此。言人之易從也。

---

1. 也《津逮祕書》本頁一下

夫忠興於身，著於家，成於國，其行一焉。

鄭玄註：身及[1]國家，雖有殊名，其爲忠也，則無異行。

是故一於其身，忠之始也。一於其家，忠之中也。一於其國，忠之終也。

鄭玄註：道行自漸，忠之大焉。

身一則百祿至。

鄭玄註：立身履[2]一，富貴之本。

家一則六[3]親和。

鄭玄註：御家不二，自然篤睦。

國一則萬人理。

鄭玄註：天下合心，無不從化。

《書》云：「惟精惟一，允執厥中。」

鄭玄註：精一守中，忠之義也。

2 聖君章第二

惟君以聖德監於萬邦。

鄭玄註：聖君在上，垂監於下。萬邦在下，觀行於上。

自下至上，各有尊也。故王者上事於天，下事於地，中事於宗廟，以臨於人。

---

1. 乃《津逮祕書》本頁一下   2. 復《津逮祕書》本頁一下
3.《津逮祕書》本頁二上無「六」字。

鄭玄註：王者至重，猶有所尊，況其下乎？

則人化之，天下盡忠以奉上也。

鄭玄註：上行下化，理之自然。文王敬遜、虞芮遜畔是也。

是以兢兢戒慎，日增其明。

鄭玄註：日增一日，德益明也。

祿賢官能，式敷大化。惠澤長久，黎民咸懷。

鄭玄註：非懷不可以居祿，非化不可以懷人。任賢陳化，君之要也。

故得皇猷丕丕，行於四方，揚於後代，以保社稷，以光祖考。

鄭玄註：君聖臣賢，化行名播。以光祖考，以嚴配社稷於無（彊）〔疆〕者也。

蓋聖君之忠也。

鄭玄註：忠之為道，無所不通也。

《詩》云：「昭事上帝，聿懷多福。」

鄭玄註：君以明德事天，天以多福與人君也。

3 冢臣章第三

為臣事君，忠之本也。本立而後化成。

鄭玄註：雖有周、孔之才，必以忠為本也。

冢臣於君，可謂一體。下行而上信，故能成其忠。

鄭玄註：股肱動於下，元首隨[1]於上，以其義同，其心不異[2]。

夫忠者，豈惟奉君忘身，狥國忘家，正色直辭，臨難死節已矣。

鄭玄註：此皆忠之常道，固所常[3]行，未盡冢宰之事。

在乎沉謀潛運，正國安人。

鄭玄註：至忠無迹，誠在沉潛。

任賢以爲理，端委而自化。

鄭玄註：官各得人，何事之有？

尊其君有天地之大，日月之明，陰陽之和，四時之信。

鄭玄註：蓋之如天，容之如地，昭之如日月，調之如陰陽，不言而信如四時。若是，君體用盡矣。

聖德洋溢，頌聲作焉。

鄭玄註：樂之[4]於中，和之[5]於外。

《書》云：「元首明哉！股肱良哉！庶事康哉！」

鄭玄註：君明則臣良，臣良則事康。

4 百工章第四

有國之建，百工惟才。守位謹常，非忠之道。

---

1. 運《津逮祕書》本頁三上　　2. 同《津逮祕書》本頁三上
3. 當《津逮祕書》本頁三上　　4. 生《津逮祕書》本頁三上
5. 暢《津逮祕書》本頁三上

鄭玄註：此乃守常[1]之臣也。

故君子之事上也，入則獻其謀。

鄭玄註：公家之利，知無不言。

出則行其政。

鄭玄註：既在其位，職思其憂。

居則思其道。

鄭玄註：益國之道。

動則有儀。

鄭玄註：百事之儀。

秉職不回，言事無憚，苟利社稷，則不顧其身。

鄭玄註：愛己曲從，則為尸素。

上下用成，故昭君德，蓋百工之忠也。

鄭玄註：君任工能，工奉君政。政成於下，德歸於上。

《詩》云[2]：「靖共爾位，好是正直。」

鄭玄註：恭可以成正，直可以獻忠[3]。

1. 背負《津逮祕書》本頁三下　　2. 曰《津逮祕書》本頁三下
3. 公《津逮祕書》本頁三下

5 守宰章第五

在官惟明，蒞¹事惟平，立身惟清。

鄭玄註：官不明則事多欺，事不平則怨難弭，身不清則何以教民？

清則無欲，平則不曲，明能正俗。三者備矣，然後可以理人。

鄭玄註：獨清則謹己而已，不建於事。獨明則雖察於務，奸賄難任。獨平則徒均²於物，昧獨³無堪。夫理人者、必三備而後可也。

君子盡其忠能以行其政令，而不理者，未之聞也。

鄭玄註：既才且忠，以臨其人，政之理也，固其必然。

夫人莫不欲安，君子順而安之。

鄭玄註：用其情而處之。

莫不欲富，君子教而富之。

鄭玄註：因其利而勸之。

篤之以仁義，以固其心。

鄭玄註：知仁與義，則皆就之⁴。

導之以禮樂，以和其氣。

鄭玄註：君子愛人，小人易使。

---

1. 莅《津逮祕書》本頁四上
2. 公《津逮祕書》本頁四上
3. 濁《津逮祕書》本頁四上
4. 善《津逮祕書》本頁四下

宣君德以弘大其化。

鄭玄註：稱君德以布德，敦君化以行化。

明國法以至於無刑。

鄭玄註：章條申而不犯，‣刑雖設而當也‣[1]。

視君之人，如觀乎子。

鄭玄註：寒者衣之，饑[2]者食之。

則人愛之，如愛其親。

鄭玄註：民懷其恩，有同骨肉。

蓋守宰之忠也。《詩》云：「豈弟君子，民之父母。」

鄭玄註：父母愛子，情莫過焉。〔守宰愛人〕，官莫謹焉，人誰非子？

6 兆人章第六

天地泰寧，君之德也。

鄭玄註：天地設位，秉御有君。非君泰寧，人必跼蹐。

君德昭明，則陰陽風雨以和，人賴之而生也。

鄭玄註：四氣[3]和順，百穀用成，是以為休徵。故人之生，賴成於君也。

是故祗承君之法度，行孝悌於其家，服勤稼穡以供王賦，此兆人之忠也。

---

1. 囹圄設而常空《津逮祕書》本頁四下　　2. 飢《津逮祕書》本頁四下
3. 時《津逮祕書》本頁四下

鄭玄註：順化供（養）〔養〕，勤勞奉國，是則爲忠。

《書》云：「一人元良，萬邦以貞。」

鄭玄註：一人以大善撫萬國，萬國以忠貞戴一人〔矣〕。

7 政理章第七

夫化之以德，理之上也，則人日遷善而不知。

鄭玄註：德化潛運，以心則不知所由，而民從善也。

施之以政，理之中也，則人不得不爲善。

鄭玄註：政施有術，昭見於人。人勉而行，欲罷不可。

懲之以刑，理之下也，則人畏而不敢爲非也。

鄭玄註：刑臨以威，知懼無犯。既劣於政，彌蒙[1]於德。

刑則在省而中。

鄭玄註：舜流四凶，足清萬國。

政則在簡[2]而能。

鄭玄註：簡[3]則易從，能則人服。

德則在博而久。

鄭玄註：不博則有不及，不久則人心復〔澆〕。

---

1. 違《津逮祕書》本頁五下   2. 間《津逮祕書》本頁五下
3. 間《津逮祕書》本頁五下

德者、爲理之本也。任政非德，則薄。任刑非德，則殘。

鄭玄註：兼德則厚，加德則寬。

故君子務於德，脩於政，謹於刑。

鄭玄註：刑不謹則（知）〔濫〕，▸政不脩舉◂[1]，德不務而[2]人不懷也。

固其忠，以明其信，行之匪懈，何〔有〕不理之人乎？

鄭玄註：忠信故己，恪勤脩官，官脩政明，而人自理。故無不能理之吏，無不可理之人。

《詩》云：「敷政優優，百祿是遒。」

鄭玄註：政其人理，祿其宜哉！

8 武備章第八

王者立武，以威四方，安萬人也。

鄭玄註：武德主寧靜，非形[3]於征伐也。

淳德布洽，戎夷稟命，統軍之帥。

鄭玄註：命不可辱，帥不可失，國之大寄，非易其人。

仁以懷之。

鄭玄註：撫其疾苦，使之咸懷。

---

1. 政不修則紊《津逮祕書》本頁五下　　　2. 則《津逮祕書》本頁五下
3. 利《津逮祕書》本頁六上

義以厲之。

鄭玄註：示其慷慨，使其激勸。

禮以訓之。

鄭玄註：明其節制，使之有序。

信以行之。

鄭玄註：審其遠近，使之▸必行◂[1]。

賞以勸之。

鄭玄註：懸其爵賞，使之慕功。

刑以嚴之。

鄭玄註：威其鈇鉞，使之懼罪。

行此六者，謂之有利。

鄭玄註：六者並用，闕則失之。故晉將用師，子犯曰「未知信」之類是也。

故得師盡其心，竭其力，致其命。

鄭玄註：士卒從教，故師得利。

是以攻之則克，守之則固，武備之道也。

鄭玄註：武可以備而不用，不可以用而不備也。

---

1. 有序《津逮祕書》本頁六上

《詩》云：「赳赳武夫，公侯干城。」

鄭玄註：有其武才，堪其扞〔禦〕。

9 觀風章第九

惟臣以天子之命，出於四方以觀風，聽不可以不聰，視不可以不明。

鄭玄註：使臣之行，如君耳目，不聰不明，不勝其任。

聰則審於事，明則辨於理。

鄭玄註：不聰則惑其所聞，不明則蔽其所見。

理辨則忠，事審則分。

鄭玄註：理不辨則其斷偏，事不審則其信惑。

君子去其私，正其色。

鄭玄註：私去則情滅，色正則邪遠。

不害理以傷物。

鄭玄註：求罪為公，則成刻浮。

不憚勢以舉任。

鄭玄註：舉必以才，不必以勢。

惟善是與，惟惡是除。

鄭玄註：善雖讎必薦，惡雖親必去。

以之而陟則有成。

鄭玄註：君子效能也。

以之而出則無怨。

鄭玄註：小人伏罪也。

夫如是，則天下敬職，萬邦以寧。

鄭玄註：官務脩政，人始獲安。

《詩》云：「載馳載驅，周爰諮諏。」

鄭玄註：勤勞不寧，善斯勸矣。

10 保孝行章第十

夫惟孝者，必貴於忠。

鄭玄註：若思孝而忘忠，猶求福而棄天。

忠苟不行，所率猶非其[1]道。

鄭玄註：忠不居心，動皆[2]邪僻。

是以忠不及之，而失其守。

鄭玄註：自貽伊罰，求安可乎？

匪惟危身，辱及[3]親也。

---

1. 《津逮祕書》本頁七上無「其」字。   2. 則《津逮祕書》本頁七上
3. 其《津逮祕書》本頁七上

鄭玄註：既失於忠，又失於孝。

故君子行其孝，必先以忠。竭其忠，則福祿至矣。

鄭玄註：忠則得福，祿則榮親。

故得盡愛敬之心，以（養）〔養〕其親，施及於人。

鄭玄註：守忠之道，眾善攸歸，身安親樂，得盡其（養）〔養〕。

此之謂保孝行也。

鄭玄註：以忠之故，得保於孝。

《詩》云：「孝子不匱，永錫爾類。」

鄭玄註：考叔行孝，施於莊公。君子善之，此之謂也。

11 廣為〔國〕章第十一

明主之爲國也，任於正，去於邪。

鄭玄註：任正則君子道長，去邪則小人道消。

邪則不忠，忠則必正。

鄭玄註：忠則不邪，正則必忠。

有正然後用其能。

鄭玄註：能而無正則邪，正而有能則忠。

是故師保道德，股肱賢良。

鄭玄註：周爲保，召爲師，元爲股，凱爲肱。

內睦以文，外威以武。

鄭玄註：教莫若文，威莫若武。

被服禮樂，隄防政刑。

鄭玄註：禮樂、德之則，不可違躬。政刑、禮之要，不可破壞。

故得大化興行，蠻夷率服。

鄭玄註：化行文備[1]，夷服武偃。

人臣和悅，邦國平康。

鄭玄註：禮樂善而政刑清也。

此君能任臣，下忠上信之所致也。

鄭玄註：臣在忠於君，君在委於臣。

《詩》云[2]：「濟濟多士，文王以寧。」

鄭玄註：成廈、非一木之才，爲國、資庶臣之力。

12 廣至理章第十二

古者聖人以天下之耳目爲視聽。

鄭玄註：用天下之視聽，則無不見聞也。

---

1. 被 《津逮祕書》本頁八上　　2. 曰 《津逮祕書》本頁八上

天下之心爲心。

鄭玄註：順物之情，不任己欲。

端旒而自化，居成而不有，斯可謂致理也已矣。

鄭玄註：默化元運，其理如此。

王者思於至理，其遠乎哉？

鄭玄註：道無遠近，弘之則是。

無爲而天下自清。

鄭玄註：有事則煩。

不疑而天下自信。

鄭玄註：不疑於物，物亦信焉。

不私而天下自公。

鄭玄註：不私於物，物亦公焉。

賤珍則人去貪。

鄭玄註：貪由有珍，珍去貪息。

徹侈則人從儉。

鄭玄註：儉消於侈，侈除儉生。

用實則人不僞。

鄭玄註：見實知僞之惡。

崇讓則人不爭。

鄭玄註：見遜知爭之失。

故得人心和平，天下淳質。

鄭玄註：化行心易，咸服其淳。

樂其生，保其壽。

鄭玄註：氣得天和，咸無夭折。

優游聖德，以爲自然之至也。

鄭玄註：聖德無涯，與天地等[1]。

《詩》云：「不識不知，順帝之則。」

鄭玄註：雖迷帝德，不違其則。

13 揚聖章第十三

君德聖明，忠臣以榮。

鄭玄註：欣己獲奉斯君。

君德不足，忠臣以辱。

鄭玄註：恥躬不能爲臣。

不足則補之，聖明則揚之，古之道也。

鄭玄註：補袞之闕，揚君之休。古之忠臣，則皆然也。

是以虞有德，咎繇歌之。文王之道，周公頌之。宣王中興，吉甫詠之。

5

鄭玄註：君上行仁覆之道也，臣下有贊詠之義也。

故君子臣於盛明之時，必揚之。盛德流滿天下，傳於後代，其[1]忠矣夫。

10

鄭玄註：若君有盛德而臣不揚，使久遠不[2]聞，則有缺[3]於忠道〔矣〕。

14 辨忠章第十四

大哉，忠之為用也。

15

鄭玄註：用忠以教，大莫加焉。

施之於邇，則可以保家邦。

20

鄭玄註：以有閫域。

施之於遠，則可以極天地。

鄭玄註：以無空窮。

25

故明王為國，必先辨忠。

鄭玄註：為國藉之[4]，忠者臣節，不先辨忠，國將安寄？

30

君子之言，忠而不佞。小人之言，佞而似忠而非，聞之者鮮不惑矣。

1. 《津逮祕書》本頁九上無「其」字。　　2. 無《津逮祕書》本頁九上
3. 闕《津逮祕書》本頁九上　　　4. 臣《津逮祕書》本頁九下

鄭玄註：忠言逆志，必求諸道。佞言順[1]志，必求諸非道。

夫忠而能仁，則國德彰。

鄭玄註：爲君撫愛。

忠而能知，則國政舉。忠而能勇，則國難清。

鄭玄註：爲君謀忠，爲君果毅。

故雖有其能，必由忠而成也。

鄭玄註：忠[2]而有能，則有功。

仁而不忠，則私其恩。

鄭玄註：仁愈多而恩愈深。

知而不忠，則文[3]其詐。

鄭玄註：知愈多而詐愈密。

勇而不忠，則易其亂。

鄭玄註：勇愈多而易其亂。

是雖有其能，以不忠而敗也。

鄭玄註：能而無忠，則爲敗。

此三[4]者不可不辨也。《書》云：「旌別淑慝[5]。」其是謂乎！

---

1. 遜《津逮祕書》本頁九下   2. 思《津逮祕書》本頁九下
3. 丈《津逮祕書》本頁九下   4. 二《津逮祕書》本頁十上
5. 慝《津逮祕書》本頁十上

鄭玄註：善惡既別，任使不謬。

15　忠諫章第十五

忠臣之事君也，莫先於諫。

鄭玄註：（斜）〔糾〕過正德，惟能諫之。

下能言之，上能聽之，則王道光矣。

鄭玄註：上能聽，下不能言，則虛其聽。下能言，而上不能聽，則虛其言。言聽俱能，則君臣諫合，則其道光明也。

諫於未形者，上也。

鄭玄註：先事而止，君違不聞。

諫於已彰者，次也。

鄭玄註：出未[1]及施，改之非後。

諫於既行者，下也。

鄭玄註：行而能改，雖下猶愈。

違而不諫，則非忠臣。

鄭玄註：從君所昏，是乃罪也。

夫諫始於順辭，中於抗議，終於死節，以成君休，以寧社稷。

鄭玄註：順辭不從，犯顏抗議；抗議不從，則繼之以死[2]。其能使君改過為美，

---

1. 必《津逮祕書》本頁十上　　　　2. 《津逮祕書》本頁十下作「不從則繼之以死」。

社稷之安固也。

《書》云：「木從繩則正，后從諫則聖。」

鄭玄註：繩直可以正木，▸臣忠◂[1]可以正主也。

16 證應章第十六

惟天監人，善惡必應。

鄭玄註：爲善則吉，爲惡則凶。

善莫大於作忠。

鄭玄註：百行大善，無忠皆忘[2]。

惡莫大於不忠。

鄭玄註：大惡之惡，爲逆者殃。

忠則福祿至焉，不忠則刑罰加焉。

鄭玄註：忠則言[3]播聞，未有不祿。不忠則不忠彰兆，未有不刑。

君子守道，所以長守其休。小人不常，所以自陷其咎。

鄭玄註：天意本休，君子知而順之。天意無咎，小人求而取之。

休咎之徵也，不亦明哉！

鄭玄註：天監孔明，勿謂茫昧。

---

1. 忠臣《津逮祕書》本頁十下　2. 妄《津逮祕書》本頁十下
3. 忠《津逮祕書》本頁十下

《書》云：「作善降之百祥，作不[1]善降之百殃。」

鄭玄註：禍福無門，惟人自召。

17 報國章第十七

為人臣者官於君。

鄭玄註：臣之官祿，君實錫之。

先後光慶，皆君之德。

鄭玄註：光格祖考，慶垂子孫。

不思報國，豈忠也哉？

鄭玄註：忠則必報，不報非忠。

君子有無祿而益君，無有祿而已者也。

鄭玄註：君臨天下，誰不為臣？食土之毛，皆銜君德。昏衢[2]迷於日月[3]，君子之懷帝恩，故偃息山林，有能審國。況荷君祿位而無聞焉？

報國之道有四：一曰貢賢。

鄭玄註：進得[4]其才，君可端拱。

二曰獻猷。

鄭玄註：納當其善，君可依行。

---

1. 百《津逮祕書》本頁十一上　　2. 黎氓《津逮祕書》本頁十一下
3. 用《津逮祕書》本頁十一下　　4. 德《津逮祕書》本頁十一下

三曰立功。

鄭玄註：‣功吾其膺，君可無患‣1。

四曰興利。

鄭玄註：殖致其厚，君可與足。

賢者、國之幹。

鄭玄註：幹可以立。

猷者、國之規。

鄭玄註：規可以執。

功者、國之將。

鄭玄註：將可以禦2。

利者、國之用。

鄭玄註：用可以給。

是皆報國之道，惟其能而行之。

鄭玄註：各以其能而報於國，道斯廣矣。

《詩》云：「無言不酬，無德不報。」況忠臣之於國乎！

鄭玄註：凡人之間，一言一德猶必報。君臣之義，‣重恩重焉‣3，如何忘也。

---

1. 功著其庸，君可無恩《津逮祕書》本頁十一下　　　2. 奪《津逮祕書》本頁十一下
3. 恩莫重焉《津逮祕書》本頁十一下

18 盡忠章第十八

天下盡忠，淳化行也。

鄭玄註：忠有所未盡，則淳化不行。

君子盡忠，則盡其心。小人盡忠，則盡其力。

鄭玄註：君子可以盡謀，小人可以效命。

盡力者則止其身，盡心者則洪於遠。

鄭玄註：止身則匹夫之事，洪遠則萬物之利。

故明王之理也，務在任賢。賢臣盡忠，則君德廣矣。

鄭玄註：聖無獨理，道無常師。古之明王，必求賢明，無不脩德。賢臣則無不盡忠，忠則爲君闡揚，君德由廣大之也[1]。

政教以之而美。

鄭玄註：君上立教，臣下所敷。

禮樂以之而興。

鄭玄註：君上制作，臣下所行。

刑罰以之而清。

鄭玄註：君上恤刑[2]，臣下所化。

仁惠以之而布。

---

1. 君德申廣大也 《津逮祕書》本頁十二上   2. 行 《津逮祕書》本頁十二上

鄭玄註：君德既備，人懷始康。

四海之內有太平音[1]。

鄭玄註：樂至而歌，自然之理也。

嘉祥既成，告于上下。

鄭玄註：君臣之始於政能，著於群瑞。故其成功可以告于[2]神明也。

是故播於《雅》《頌》，傳於無窮。

鄭玄註：德施於人，務格於神。而後行於樂，樂行則可極之有哉[3]。

1. 焉《津逮祕書》本頁十二上　　2.《津逮祕書》本頁十二下無「于」字。
3. 樂行則何極之有《津逮祕書》本頁十二下

逐字索引

愛 ài 　　　　　　8

○己曲從	4/5/21
君子○人	5/6/30
則人○之	5/7/13
如○其親	5/7/13
父母○子	5/7/19
〔守宰○人〕	5/7/19
故得盡○敬之心	10/13/7
爲君撫○	14/18/5

安 ān 　　　　　11

忠能固君臣、○社稷、 感天地、動神明	1/1/28
社稷○	1/1/30
正國○人	3/4/7
夫人莫不欲○	5/6/16
君子順而○之	5/6/16
○萬人也	8/9/20
人始獲○	9/12/11
求○可乎	10/12/29
身○親樂	10/13/9
國將○寄	14/17/29
社稷之○固也	15/20/1

罷 bà 　　　　　　1

欲○不可	7/8/15

百 bǎi 　　　　　9

身一則○祿至	1/2/9
○工惟才	4/4/30
○事之儀	4/5/17
蓋○工之忠也	4/5/23
○穀用成	6/7/29
○祿是道	7/9/14
○行大善	16/20/15
作善降之○祥	16/21/1
作不善降之○殃	16/21/1

敗 bài 　　　　　2

以不忠而○也	14/18/27
則爲○	14/18/29

邦 bāng 　　　　6

惟君以聖德監於萬○	2/2/27
萬○在下	2/2/29
萬○以貞	6/8/3
萬○以寧	9/12/9
○國平康	11/14/15
則可以保家○	14/17/19

保 bǎo 　　　　　7

以○社稷	2/3/15
此之謂○孝行也	10/13/11
得○於孝	10/13/13
是故師○道德	11/13/33
周爲○	11/14/1
○其壽	12/16/11
則可以○家邦	14/17/19

報 bào 　　　　　8

不思○國	17/21/15
忠則必○	17/21/17
不○非忠	17/21/17
○國之道有四	17/21/24
是皆○國之道	17/22/25
各以其能而○於國	17/22/27
無德不○	17/22/29
一言一德猶必○	17/22/31

被 bèi 　　　　　1

○服禮樂	11/14/7

備 bèi 　　　　　7

三者○矣	5/6/7
夫理人者、必三○而後 可也	5/6/10
武○之道也	8/10/29
武可以○而不用	8/10/31
不可以用而不○也	8/10/31
化行文○	11/14/13
君德既○	18/24/1

本 běn 　　　　　7

爲國之○	1/1/24
富貴之○	1/2/11
忠之○也	3/3/29
○立而後化成	3/3/29
必以忠爲○也	3/3/31
德者、爲理之○也	7/9/1
天意○休	16/20/27

必 bì 　　　　　22

○以忠爲本也	3/3/31
夫理人者、○三備而後 可也	5/6/10
固其○然	5/6/14
人○蹈蹄	6/7/25
使之○行	8/10/11
舉○以才	9/11/29
不○以勢	9/11/29
善雖讎○薦	9/11/33
惡雖親○去	9/11/33
○貴於忠	10/12/19
○先以忠	10/13/3
忠則○正	11/13/25
正則○忠	11/13/27
○揚之	13/17/9
○先辨忠	14/17/27
○求諸道	14/18/1
○求諸非道	14/18/1
○由忠而成也	14/18/11
善惡○應	16/20/9
忠則○報	17/21/17
一言一德猶○報	17/22/31
○求賢明	18/23/17

蔽 bì 　　　　　1

不明則○其所見	9/11/13

辨 biàn 　　　　6

明則○於理	9/11/11
理○則忠	9/11/15
理不○則其斷偏	9/11/17
必先○忠	14/17/27
不先○忠	14/17/29

此三者不可不○也	14/18/31	御家○二	1/2/15	勤勞○寧	9/12/15
		無○從化	1/2/19	忠苟○行	10/12/23
別 bié	**2**	非懷○可以居祿	2/3/13	忠○居心	10/12/25
		非化○可以懷人	2/3/13	是以忠○及之	10/12/27
旌○淑忒	14/18/31	無所○通也	2/3/21	孝子○匱	10/13/15
善惡既○	14/19/1	其心○異	3/4/1	邪則○忠	11/13/25
		○言而信如四時	3/4/17	忠則○邪	11/13/27
秉 bǐng	**2**	知無○言	4/5/5	○可違躬	11/14/9
		秉職○回	4/5/19	○可破壞	11/14/9
○職不回	4/5/19	則○顧其身	4/5/19	則無○見聞也	12/14/31
○御有君	6/7/25	官○明則事多欺	5/6/5	○任己欲	12/15/3
		事○平則怨難弭	5/6/5	居成而○有	12/15/5
稟 bǐng	**1**	身○清則何以教民	5/6/5	○疑而天下自信	12/15/17
		平則○曲	5/6/7	○疑於物	12/15/19
戎夷○命	8/9/24	○建於事	5/6/9	○私而天下自公	12/15/21
		而○理者	5/6/12	○私於物	12/15/23
並 bìng	**1**	夫人莫○欲安	5/6/16	用實則人○僞	12/15/33
		莫○欲富	5/6/20	崇讓則人○爭	12/16/3
六者○用	8/10/23	章條申而○犯	5/7/7	○識○知	12/16/19
		則人日遷善而○知	7/8/9	○違其則	12/16/21
播 bō	**3**	以心則○知所由	7/8/11	君德○足	13/16/29
		則人○得爲善	7/8/13	恥躬○能爲臣	13/16/31
化行名○	2/3/17	欲罷○可	7/8/15	○足則補之	13/17/1
忠則言○聞	16/20/23	則人畏而○敢爲非也	7/8/17	若君有盛德而臣○揚	13/17/11
是故○於《雅》《頌》	18/24/11	○博則有○及	7/8/31	使久遠○聞	13/17/11
		○久則人心復〔澆〕	7/8/31	○先辨忠	14/17/29
博 bó	**2**	刑○謹則（知）〔濫〕	7/9/7	忠而○佞	14/17/31
		政○脩舉	7/9/7	聞之者鮮○惑矣	14/17/31
德則在○而久	7/8/29	德○務而人○懷也	7/9/7	仁而○忠	14/18/15
不○則有不及	7/8/31	何〔有〕○理之人乎	7/9/9	知而○忠	14/18/19
		故無○能理之吏	7/9/11	勇而○忠	14/18/23
薄 bó	**1**	無○可理之人	7/9/11	以○忠而敗也	14/18/27
		命○可辱	8/9/26	此三者○可○辨也	14/18/31
則○	7/9/1	帥○可失	8/9/26	任使○謬	14/19/1
		武可以備而○用	8/10/31	下○能言	15/19/11
補 bǔ	**2**	○可以用而○備也	8/10/31	而上○能聽	15/19/11
		聽○可以○聰	9/11/7	君違○聞	15/19/16
不足則○之	13/17/1	視○可以○明	9/11/7	違而○諫	15/19/26
○袞之闕	13/17/3	○聰○明	9/11/9	順辭○從	15/19/32
		○勝其任	9/11/9	抗議○從	15/19/32
不 bù	**118**	○聰則惑其所聞	9/11/13	惡莫大於○忠	16/20/17
		○明則蔽其所見	9/11/13	○忠則刑罰加焉	16/20/21
○正其心	1/1/13	理○辨則其斷偏	9/11/17	未有○祿	16/20/23
天○私德	1/1/17	事○審則其信惑	9/11/17	○忠則○忠彰兆	16/20/23
地○私力	1/1/17	○害理以傷物	9/11/23	未有○刑	16/20/23
○私諸己	1/1/17	○憚勢以舉任	9/11/27	小人○常	16/20/25
何往○可也	1/1/17	○必以勢	9/11/29	○亦明哉	16/20/29

作○善降之百殃	16/21/1
○思報國	17/21/15
○報非忠	17/21/17
誰○爲臣	17/21/21
無言○酬	17/22/29
無德○報	17/22/29
則淳化○行	18/23/5
無○脩德	18/23/17
賢臣則無○盡忠	18/23/17

布 bù　3

稱君德以○德	5/7/3
淳德○洽	8/9/24
仁惠以之而○	18/23/32

才 cái　7

雖有周、孔之○	3/3/31
百工惟○	4/4/30
既○且忠	5/6/14
有其武○	8/11/3
舉必以○	9/11/29
成廈、非一木之○	11/14/25
進得其○	17/21/26

殘 cán　1

則○	7/9/1

察 chá　1

獨明則雖○於務	5/6/9

闡 chǎn　1

忠則爲君○揚	18/23/18

長 cháng　4

其祚○也	1/1/30
惠澤○久	2/3/11
任正則君子道○	11/13/23
所以○守其休	16/20/25

常 cháng　6

此皆忠之○道	3/4/5
固所○行	3/4/5
守位謹○	4/4/30
此乃守○之臣也	4/5/1
小人不○	16/20/25
道無○師	18/23/17

徹 chè　1

○侈則人從儉	12/15/29

臣 chén　39

君○同德	1/1/5
忠能固君○、安社稷、	
感天地、動神明	1/1/28
君○固	1/1/30
君聖○賢	2/3/17
爲○事君	3/3/29
冢○於君	3/3/33
君明則○良	3/4/26
○良則事康	3/4/26
此乃守常之○也	4/5/1
惟○以天子之命	9/11/7
使○之行	9/11/9
人○和悅	11/14/15
此君能任○	11/14/19
○在忠於君	11/14/21
君在委於○	11/14/21
爲國、資庶○之力	11/14/25
忠○以榮	13/16/25
忠○以辱	13/16/29
恥躬不能爲○	13/16/31
古之忠○	13/17/3
○下有贊詠之義也	13/17/7
故君子○於盛明之時	13/17/9
若君有盛德而○不揚	13/17/11
忠者○節	14/17/29
忠○之事君也	15/19/5
則君○諫合	15/19/12
則非忠○	15/19/26
○忠可以正主也	15/20/5
爲人○者官於君	17/21/7
○之官祿	17/21/9
誰不爲○	17/21/21

況忠○之於國乎	17/22/29
君○之義	17/22/31
賢○盡忠	18/23/15
賢○則無不盡忠	18/23/17
○下所敷	18/23/22
○下所行	18/23/26
○下所化	18/23/30
君○之始於政能	18/24/9

沉 chén　2

在乎○謀潛運	3/4/7
誠在○潛	3/4/9

陳 chén　1

任賢○化	2/3/13

稱 chēng　1

○君德以布德	5/7/3

成 chéng　17

而○於務	1/1/26
○於國	1/2/1
本立而後化○	3/3/29
故能○其忠	3/3/33
上下用○	4/5/23
政○於下	4/5/25
恭可以○正	4/5/29
百穀用○	6/7/29
賴○於君也	6/7/29
則○刻浮	9/11/25
以之而陟則有○	9/12/1
○廈、非一木之才	11/14/25
居○而不有	12/15/5
必由忠而○也	14/18/11
以○君休	15/19/30
嘉祥既○	18/24/7
故其○功可以告于神明也	18/24/9

承 chéng　1

是故祗○君之法度	6/7/31

城 chéng	1
公侯干〇	8/11/1

盛 chéng	3
故君子臣於〇明之時	13/17/9
〇德流滿天下	13/17/9
若君有〇德而臣不揚	13/17/11

誠 chéng	2
其〇達也	1/1/30
〇在沉潛	3/4/9

懲 chéng	1
〇之以刑	7/8/17

馳 chí	1
載〇載驅	9/12/13

侈 chǐ	3
徹〇則人從儉	12/15/29
儉消於〇	12/15/31
〇除儉生	12/15/31

恥 chǐ	1
〇躬不能為臣	13/16/31

崇 chóng	1
〇讓則人不爭	12/16/3

酬 chóu	1
無言不〇	17/22/29

讎 chóu	1
善雖〇必薦	9/11/33

出 chū	4
〇則行其政	4/5/7
〇於四方以觀風	9/11/7
以之而〇則無怨	9/12/5
〇未及施	15/19/20

除 chú	2
惟惡是〇	9/11/31
侈〇儉生	12/15/31

處 chǔ	1
用其情而〇之	5/6/18

傳 chuán	2
〇於後代	13/17/9
〇於無窮	18/24/11

垂 chuí	2
〇監於下	2/2/29
慶〇子孫	17/21/13

淳 chún	5
〇德布洽	8/9/24
天下〇實	12/16/7
咸服其〇	12/16/9
〇化行也	18/23/3
則〇化不行	18/23/5

辭 cí	3
正色直〇	3/4/3
夫諫始於順〇	15/19/30
順〇不從	15/19/32

此 cǐ	10
其效如〇	1/1/31
〇皆忠之常道	3/4/5
〇乃守常之臣也	4/5/1
〇兆人之忠也	6/7/31
行〇六者	8/10/21
〇之謂保孝行也	10/13/11
〇之謂也	10/13/17
〇君能任臣	11/14/19
其理如〇	12/15/7
〇三者不可不辨也	14/18/31

次 cì	1
〇也	15/19/18

聰 cōng	4
聽不可以不〇	9/11/7
不〇不明	9/11/9
〇則審於事	9/11/11
不〇則惑其所聞	9/11/13

從 cóng	12
言人之易〇也	1/1/31
無不〇化	1/2/19
愛己曲〇	4/5/21
而民〇善也	7/8/11
簡則易〇	7/8/27
士卒〇教	8/10/27
徹侈則人〇儉	12/15/29
〇君所昏	15/19/28
順辭不〇	15/19/32
抗議不〇	15/19/32
木〇繩則正	15/20/3
后〇諫則聖	15/20/3

達 dá	1
其誠〇也	1/1/30

大 dà	17
莫〇乎忠	1/1/7
無有〇於忠者	1/1/9
〇亨貞	1/1/15
忠之〇焉	1/2/7
式敷〇化	2/3/11
尊其君有天地之〇	3/4/15
宣君德以弘〇其化	5/7/1
一人以〇善撫萬國	6/8/5
國之〇寄	8/9/26

故得○化興行	11/14/11	○無遠近	12/15/11	○化潛運	7/8/11
○哉	14/17/15	古之○也	13/17/1	彌蒙於	7/8/19
○莫加焉	14/17/17	文王之○	13/17/5	○則在博而久	7/8/29
善莫○於作忠	16/20/13	君上行仁覆之○也	13/17/7	○者、爲理之本也	7/9/1
百行○善	16/20/15	則有缺於忠○〔矣〕	13/17/11	任政非○	7/9/1
惡莫○於不忠	16/20/17	必求諸○	14/18/1	任刑非○	7/9/1
○惡之惡	16/20/19	必求諸非○	14/18/1	兼○則厚	7/9/3
君德由廣○之也	18/23/18	則王○光矣	15/19/9	加○則寬	7/9/3
		則其○光明也	15/19/12	故君子務於○	7/9/5

代 dài 2

		君子守○	16/20/25	○不務而人不懷也	7/9/7
揚於後○	2/3/15	報國之○有四	17/21/24	武○主寧靜	8/9/22
傳於後○	13/17/9	是皆報國之○	17/22/25	淳○布洽	8/9/24
		○斯廣矣	17/22/27	是故師保道○	11/13/33
		○無常師	18/23/17	禮樂、○之則	11/14/9

戴 dài 1

				優游聖○	12/16/15
萬國以忠貞○一人〔矣〕	6/8/5	**得 dé** 13		聖○無涯	12/16/17
				雖迷帝○	12/16/21

憚 dàn	2	故○皇猷丕丕	2/3/15	君○聖明	13/16/25
		官各○人	3/4/13	君○不足	13/16/29
言事無○	4/5/19	則人不○不爲善	7/8/13	是以虞有○	13/17/5
不○勢以舉任	9/11/27	故○師盡其心	8/10/25	盛○流滿天下	13/17/9
		故師○利	8/10/27	若君有盛○而臣不揚	13/17/11
		忠則○福	10/13/5	則國○彰	14/18/3
當 dāng	2	故○盡愛敬之心	10/13/7	（科）〔糾〕過正○	15/19/7
		○盡其（養）〔養〕	10/13/9	皆君之○	17/21/11
刑雖設而○也	5/7/7	○保於孝	10/13/13	皆銜君○	17/21/21
納○其善	17/21/30	故○大化興行	11/14/11	無○不報	17/22/29
		故○人心和平	12/16/7	一言一○猶必報	17/22/31
		氣○天和	12/16/13	則君○廣矣	18/23/15
導 dǎo	1	進○其才	17/21/26	無不脩○	18/23/17
				君○由廣大之也	18/23/18
○之以禮樂	5/6/28	**德 dé** 48		君○既備	18/24/1
				○施於人	18/24/13

道 dào	28	上下一○	1/1/3		
		君臣同○	1/1/5	**等 děng**	1
忠之○也	1/1/3	天不私○	1/1/17		
忠之爲○	1/1/5,2/3/21	惟君以聖○監於萬邦	2/2/27	與天地○	12/16/17
○行自漸	1/2/7	○益明也	2/3/9		
此皆忠之常○	3/4/5	君以明○事天	2/3/25	**隄 dī**	1
非忠之○	4/4/30	聖○洋溢	3/4/20		
居則思其○	4/5/11	故昭君○	4/5/23	○防政刑	11/14/7
益國之○	4/5/13	○歸於上	4/5/25		
武備之○也	8/10/29	宣君○以弘大其化	5/7/1	**地 dì**	12
所率猶非其○	10/12/23	稱君○以布○	5/7/3		
守忠之○	10/13/9	君之○也	6/7/23	○之所載	1/1/7
任正則君子○長	11/13/23	君○昭明	6/7/27	○無私	1/1/15
去邪則小人○消	11/13/23	夫化之以○	7/8/9	○不私力	1/1/17
是故師保○德	11/13/33				

可也	5/6/10	**甫 fǔ**	1	**干 gān**	1
○人莫不欲安	5/6/16				
○化之以德	7/8/9	吉○詠之	13/17/5	公侯○城	8/11/1
赳赳武○	8/11/1				
○如是	9/12/9	**撫 fǔ**	3	**敢 gǎn**	1
○惟孝者	10/12/19				
其忠矣○	13/17/9	一人以大善○萬國	6/8/5	則人畏而不○爲非也	7/8/17
○忠而能仁	14/18/3	○其疾苦	8/9/30		
○諫始於順辭	15/19/30	爲君○愛	14/18/5	**感 gǎn**	2
止身則匹○之事	18/23/13				
		父 fù	2	忠能固君臣、安社稷、	
鈇 fū	1			○天地、動神明	1/1/28
		民之○母	5/7/17	天地○	1/1/30
威其○鉞	8/10/19	○母愛子	5/7/19		
				幹 gàn	2
敷 fū	3	**復 fù**	1		
				賢者、國之○	17/22/9
式○大化	2/3/11	不久則人心○〔澆〕	7/8/31	○可以立	17/22/11
○政優優	7/9/14				
臣下所○	18/23/22	**富 fù**	3	**告 gào**	2
伏 fú	1	○貴之本	1/2/11	○于上下	18/24/7
		莫不欲○	5/6/20	故其成功可以○于神明也	18/24/9
小人○罪也	9/12/7	君子教而○之	5/6/20		
				歌 gē	2
服 fú	6	**賦 fù**	1		
				咎繇○之	13/17/5
○勤稼穡以供王賦	6/7/31	服勤稼穡以供王○	6/7/31	樂至而○	18/24/5
能則人○	7/8/27				
被○禮樂	11/14/7	**覆 fù**	3	**格 gé**	2
蠻夷率○	11/14/11				
夷○武偃	11/14/13	天之所○	1/1/7	光○祖考	17/21/13
咸○其淳	12/16/9	○載之間	1/1/9	務○於神	18/24/13
		君上行仁○之道也	13/17/7		
浮 fú	1			**各 gè**	3
		改 gǎi	3		
則成刻○	9/11/25			○有尊也	2/2/31
		○之非後	15/19/20	官○得人	3/4/13
福 fú	7	行而能○	15/19/24	○以其能而報於國	17/22/27
		其能使君○過爲美	15/19/32		
聿懷多○	2/3/23			**工 gōng**	4
天以多○與人君也	2/3/25	**蓋 gài**	4		
猶求○而棄天	10/12/21			百○惟才	4/4/30
則○祿至矣	10/13/3	○聖君之忠也	2/3/19	蓋百○之忠也	4/5/23
忠則得○	10/13/5	○之如天	3/4/17	君任○能	4/5/25
忠則○祿至焉	16/20/21	○百工之忠也	4/5/23	○奉君政	4/5/25
禍○無門	16/21/3	○守宰之忠也	5/7/17		

公 gōng	9
至○無私	1/1/11
人能至○	1/1/17
○家之利	4/5/5
○侯干城	8/11/1
求罪爲○	9/11/25
施於莊○	10/13/17
不私而天下自○	12/15/21
物亦○焉	12/15/23
周○頌之	13/17/5

功 gōng	6
使之慕○	8/10/15
則有○	14/18/13
三曰立○	17/22/1
○吾其膺	17/22/3
○者、國之將	17/22/17
故其成○可以告于神明也	18/24/9

攻 gōng	1
是以○之則克	8/10/29

供 gōng	2
服勤稼穡以○王賦	6/7/31
順化○（養）〔養〕	6/8/1

肱 gōng	4
股○動於下	3/4/1
股○良哉	3/4/24
股○賢良	11/13/33
凱爲○	11/14/1

躬 gōng	2
不可違○	11/14/9
恥○不能爲臣	13/16/31

恭 gōng	1
○可以成正	4/5/29

拱 gǒng	1
君可端○	17/21/26

共 gòng	1
靖○爾位	4/5/27

貢 gòng	1
一曰○賢	17/21/24

苟 gǒu	2
○利社稷	4/5/19
忠○不行	10/12/23

古 gǔ	4
○者聖人以天下之耳目 爲視聽	12/14/29
○之道也	13/17/1
○之忠臣	13/17/3
○之明王	18/23/17

股 gǔ	4
○肱動於下	3/4/1、
○肱良哉	3/4/24
○肱賢良	11/13/33
元爲○	11/14/1

骨 gǔ	1
有同○肉	5/7/15

穀 gǔ	1
百○用成	6/7/29

固 gù	8
忠能○君臣、安社稷、 感天地、動神明	1/1/28
君臣○	1/1/30
○所常行	3/4/5
○其必然	5/6/14

以○其心	5/6/24
○其忠	7/9/9
守之則○	8/10/29
社稷之安○也	15/20/1

故 gù	27
是○一於其身	1/2/5
○王者上事於天	2/2/31
○得皇猷丕丕	2/3/15
○能成其忠	3/3/33
○君子之事上也	4/5/3
○昭君德	4/5/23
○人之生	6/7/29
是○祗承君之法度	6/7/31
○君子務於德	7/9/5
忠信○己	7/9/11
○無不能理之吏	7/9/11
○晉將用師	8/10/23
○得師盡其心	8/10/25
○師得利	8/10/27
○君子行其孝	10/13/3
○得盡愛敬之心	10/13/7
以忠之○	10/13/13
是○師保道德	11/13/33
○得大化興行	11/14/11
○得人心和平	12/16/7
○君子臣於盛明之時	13/17/9
○明王爲國	14/17/27
○雖有其能	14/18/11
○偃息山林	17/21/22
○明王之理也	18/23/15
○其成功可以告于神明也	18/24/9
是○播於《雅》《頌》	18/24/11

顧 gù	1
則不○其身	4/5/19

官 guān	10
祿賢○能	2/3/11
○各得人	3/4/13
在○惟明	5/6/3
○不明則事多欺	5/6/5
○莫謹焉	5/7/19
恪勤脩○	7/9/11

○脩政明	7/9/11	國 guó	34	海 hǎi	1	
○務脩政	9/12/11	爲○之本	1/1/24	四○之內有太平音	18/24/3	
爲人臣者○於君	17/21/7	成於○	1/2/1			
臣之○祿	17/21/9	身及○家	1/2/3	害 hài	1	
		一於其○	1/2/5			
觀 guān	3	○一則萬人理	1/2/17	不○理以傷物	9/11/23	
		狗○忘家	3/4/3			
○行於上	2/2/29	正○安人	3/4/7	寒 hán	1	
如○乎子	5/7/9	有○之建	4/4/30			
出於四方以○風	9/11/7	益○之道	4/5/13	○者衣之	5/7/11	
		明○法以至於無刑	5/7/5			
光 guāng	6	勤勞奉○	6/8/1	扞 hàn	1	
		一人以大善撫萬○	6/8/5			
以○祖考	2/3/15, 2/3/17	萬○以忠貞戴一人〔矣〕	6/8/5	堪其○〔禦〕	8/11/3	
則王道○矣	15/19/9	足清萬○	7/8/23			
則其道○明也	15/19/12	○之大寄	8/9/26	好 hǎo	1	
先後○慶	17/21/11	明主之爲○也	11/13/21			
○格祖考	17/21/13	邦○平康	11/14/15	○是正直	4/5/27	
		爲○、資庶臣之力	11/14/25			
廣 guǎng	4	故明王爲○	14/17/27	合 hé	3	
		爲○藉之	14/17/29			
四時○運	1/1/17	○將安寄	14/17/29	乃○於天	1/1/5	
道斯○矣	17/22/27	則○德彰	14/18/3	天下○心	1/2/19	
則君德○矣	18/23/15	則○政舉	14/18/7	則君臣諫○	15/19/12	
君德由○大之也	18/23/18	則○難清	14/18/7			
		不思報○	17/21/15	何 hé	6	
規 guī	2	有能審○	17/21/22			
		報○之道有四	17/21/24	○往不可也	1/1/17	
猷者、國之○	17/22/13	賢者、○之幹	17/22/9	○莫由忠	1/1/24	
○可以執	17/22/15	猷者、○之規	17/22/13	○事之有	3/4/13	
		功者、○之將	17/22/17	身不清則○以教民	5/6/5	
歸 guī	2	利者、○之用	17/22/21	○〔有〕不理之人乎	7/9/9	
		是皆報○之道	17/22/25	如○忘也	17/22/31	
德○於上	4/5/25	各以其能而報於○	17/22/27			
衆善攸○	10/13/9	況忠臣之於○乎	17/22/29	和 hé	9	
貴 guì	2	果 guǒ	1	家一則六親○	1/2/13	
				陰陽之○	3/4/15	
富○之本	1/2/11	爲君○毅	14/18/9	○之於外	3/4/22	
必○於忠	10/12/19			以○其氣	5/6/28	
		過 guò	3	則陰陽風雨以○	6/7/27	
袞 gǔn	1			四氣○順	6/7/29	
		情莫○焉	5/7/19	人臣○悅	11/14/15	
補○之闕	13/17/3	（糾）〔糾〕○正德	15/19/7	故得人心○平	12/16/7	
		其能使君改○爲美	15/19/32	氣得天○	12/16/13	

荷 hé 　1

況○君祿位而無聞焉	17/21/22

亨 hēng 　2

大○貞	1/1/15
萬物○生	1/1/17

弘 hóng 　2

宣君德以○大其化	5/7/1
○之則是	12/15/11

洪 hóng 　2

盡心者則○於遠	18/23/11
○遠則萬物之利	18/23/13

侯 hóu 　1

公○干城	8/11/1

后 hòu 　1

○從諫則聖	15/20/3

後 hòu 　9

揚於○代	2/3/15
本立而○化成	3/3/29
然○可以理人	5/6/7
夫理人者、必三備而○ 可也	5/6/10
有正然○用其能	11/13/29
傳於○代	13/17/9
改之非○	15/19/20
先○光慶	17/21/11
而○行於樂	18/24/13

厚 hòu 　2

兼德則○	7/9/3
殖致其○	17/22/7

乎 hū 　10

莫大○忠	1/1/7
而況於人○	1/1/28
況其下○	2/3/1
在○沉謀潛運	3/4/7
如觀○子	5/7/9
何〔有〕不理之人○	7/9/9
求安可○	10/12/29
其遠○哉	12/15/9
其是謂○	14/18/31
況忠臣之於國○	17/22/29

化 huà 　23

無不從○	1/2/19
則人○之	2/3/3
上行下○	2/3/5
式敷大○	2/3/11
非○不可以懷人	2/3/13
任賢陳○	2/3/13
○行名播	2/3/17
本立而後○成	3/3/29
端委而自○	3/4/11
宣君德以弘大其○	5/7/1
敦君○以行○	5/7/3
順○供（養）〔養〕	6/8/1
夫○之以德	7/8/9
德○潛運	7/8/11
故得大○興行	11/14/11
○行文備	11/14/13
端旒而自○	12/15/5
默○元運	12/15/7
○行心易	12/16/9
淳○行也	18/23/3
則淳○不行	18/23/5
臣下所○	18/23/30

懷 huái 　10

黎民咸○	2/3/11
非○不可以居祿	2/3/13
非化不可以○人	2/3/13
聿○多福	2/3/23
民○其恩	5/7/15
德不務而人不○也	7/9/7
仁以○之	8/9/28

使之咸○	8/9/30
君子之○帝恩	17/21/21
人○始康	18/24/1

壞 huài 　1

不可破○	11/14/9

患 huàn 　1

君可無○	17/22/3

皇 huáng 　1

故得○猷丕丕	2/3/15

回 huí 　1

秉職不○	4/5/19

惠 huì 　2

○澤長久	2/3/11
仁○以之而布	18/23/32

賄 huì 　1

奸○難任	5/6/9

昏 hūn 　2

從君所○	15/19/28
○衢迷於日月	17/21/21

惑 huò 　3

不聽則○其所聞	9/11/13
事不審則其信○	9/11/17
聞之者鮮不○矣	14/17/31

禍 huò 　1

○福無門	16/21/3

獲 huò 　2

人始○安	9/12/11

欣己○奉斯君	13/16/27	**給** jǐ	1	**加** jiā	3
		用可以○	17/22/23	○德則寬	7/9/3
迹 jī	1			大莫○焉	14/17/17
至忠無○	3/4/9	**吉** jí	3	不忠則刑罰○焉	16/20/21
		履之則○	1/1/9		
激 jī	1	○甫詠之	13/17/5	**家** jiā	9
使其○勸	8/10/3	爲善則○	16/20/11	著於○	1/2/1
				身及國○	1/2/3
饑 jī	1	**既** jì	8	一於其○	1/2/5
○者食之	5/7/11	○在其位	4/5/9	○一則六親和	1/2/13
		○才且忠	5/6/14	御○不二	1/2/15
及 jí	6	○劣於政	7/8/19	狥國忘○	3/4/3
身○國家	1/2/3	○失於忠	10/13/1	公○之利	4/5/5
不博則有不○	7/8/31	善惡○別	14/19/1	行孝悌於其○	6/7/31
是以忠不○之	10/12/27	諫於○行者	15/19/22	則可以保○邦	14/17/19
辱○親也	10/12/31	君德○備	18/24/1		
施○於人	10/13/7	嘉祥○成	18/24/7	**嘉** jiā	1
出未○施	15/19/20			○祥既成	18/24/7
		寄 jì	2		
疾 jí	1	國之大○	8/9/26	**稼** jià	1
撫其○苦	8/9/30	國將安○	14/17/29	服勤○穡以供王賦	6/7/31
極 jí	2	**稷** jì	7	**奸** jiān	1
則可以○天地	14/17/23	忠能固君臣、安社○、		○賄難任	5/6/9
樂行則可之有哉	18/24/13	感天地、動神明	1/1/28		
		社○安	1/1/30	**兼** jiān	1
蹐 jí	1	以保社○	2/3/15	○德則厚	7/9/3
人必跼○	6/7/25	以嚴配社○於無（彊）			
		〔彊〕者也	2/3/17	**間** jiān	2
己 jǐ	6	苟利社○	4/5/19	覆載之○	1/1/9
不私諸○	1/1/17	以寧社○	15/19/30	凡人之○	17/22/31
愛○曲從	4/5/21	社○之安固也	15/20/1		
獨清則謹○而已	5/6/9			**監** jiān	4
忠信故○	7/9/11	**濟** jì	2	惟君以聖德○於萬邦	2/2/27
不任○欲	12/15/3	○○多士	11/14/23	垂○於下	2/2/29
欣○獲奉斯君	13/16/27			惟天○人	16/20/9
		繼 jì	1	天○孔明	16/20/31
		則○之以死	15/19/32		

儉 jiǎn	3	將 jiāng	4	終於死〇	15/19/30
徹侈則人從〇	12/15/29	故晉〇用師	8/10/23	竭 jié	2
〇消於侈	12/15/31	國〇安寄	14/17/29	〇其力	8/10/25
侈除〇生	12/15/31	功者、國之〇	17/22/17	〇其忠	10/13/3
		〇可以禦	17/22/19		
簡 jiǎn	2			戒 jiè	1
政則在〇而能	7/8/25	疆 jiāng	1	是以兢兢〇慎	2/3/7
〇則易從	7/8/27	以嚴配社稷於無（疆）			
		〔〇〕者也	2/3/17	藉 jiè	1
見 jiàn	5			爲國〇之	14/17/29
昭〇於人	7/8/15	降 jiàng	2		
不明則蔽其所〇	9/11/13	作善〇之百祥	16/21/1	謹 jǐn	5
則無不〇聞也	12/14/31	作不善〇之百殃	16/21/1	守位〇常	4/4/30
〇實知僞之惡	12/16/1			獨清則〇己而已	5/6/9
〇遜知爭之失	12/16/5	澆 jiāo	1	官莫〇焉	5/7/19
		不久則人心復〔〇〕	7/8/31	〇於刑	7/9/5
建 jiàn	2			刑不〇則（知）〔濫〕	7/9/7
有國之〇	4/4/30	教 jiào	7		
不〇於事	5/6/9	身不清則何以〇民	5/6/5	近 jìn	2
		君子〇而富之	5/6/20	審其遠〇	8/10/11
漸 jiàn	1	士卒從〇	8/10/27	道無遠〇	12/15/11
道行自〇	1/2/7	〇莫若文	11/14/5		
		用忠以〇	14/17/17	晉 jìn	1
賤 jiàn	1	政〇以之而美	18/23/20	故〇將用師	8/10/23
〇珍則人去貪	12/15/25	君上立〇	18/23/22		
				進 jìn	1
諫 jiàn	9	皆 jiē	8	〇得其才	17/21/26
莫先於〇	15/19/5	此〇忠之常道	3/4/5		
惟能〇之	15/19/7	則〇就之	5/6/26	盡 jìn	18
則君臣〇合	15/19/12	動〇邪僻	10/12/25	天下〇忠以奉上也	2/3/3
〇於未形者	15/19/14	則〇然也	13/17/3	未〇家宰之事	3/4/5
〇於已彰者	15/19/18	無忠〇忘	16/20/15	君體用〇矣	3/4/18
〇於既行者	15/19/22	〇君之德	17/21/11	君子〇其忠能以行其政令	5/6/12
違而不〇	15/19/26	〇銜君德	17/21/21	故得師〇其心	8/10/25
夫〇始於順辭	15/19/30	是〇報國之道	17/22/25	故得〇愛敬之心	10/13/7
后從〇則聖	15/20/3			得〇其（養）〔養〕	10/13/9
		節 jié	4	天下〇忠	18/23/3
薦 jiàn	1	臨難死〇已矣	3/4/3	忠有所未〇	18/23/5
善雖讎必〇	9/11/33	明其〇制	8/10/7		
		忠者臣〇	14/17/29		

秉御有○	6/7/25	○子盡忠	18/23/7	○議不從	15/19/32
非○泰寧	6/7/25	○子可以盡謀	18/23/9		
○德昭明	6/7/27	則○德廣矣	18/23/15	**考 kǎo**	**4**
賴成於○也	6/7/29	忠則爲○闡揚	18/23/18		
是故祗承○之法度	6/7/31	○德由廣大之也	18/23/18	以光祖○	2/3/15,2/3/17
故○子務於德	7/9/5	○上立教	18/23/22	○叔行孝	10/13/17
如○耳目	9/11/9	○上制作	18/23/26	光格祖○	17/21/13
○子去其私	9/11/19	○上恤刑	18/23/30		
○子效能也	9/12/3	○德既備	18/24/1	**可 kě**	**37**
故○子行其孝	10/13/3	○臣之始於政能	18/24/9		
○子善之	10/13/17			何往不○也	1/1/17
任正則○子道長	11/13/23	**均 jūn**	**1**	非懷不○以居祿	2/3/13
此○能任臣	11/14/19			非化不○以懷人	2/3/13
臣在忠於○	11/14/21	獨平則徒○於物	5/6/9	○謂一體	3/3/33
○在委於臣	11/14/21			恭○以成正	4/5/29
○德聖明	13/16/25	**軍 jūn**	**1**	直○以獻忠	4/5/29
欣己獲奉斯○	13/16/27			然後○以理人	5/6/7
○德不足	13/16/29	統○之帥	8/9/24	夫理人者，必三備而後	
揚○之休	13/17/3			○也	5/6/10
○上行仁覆之道也	13/17/7	**凱 kǎi**	**1**	欲罷不○	7/8/15
故○子臣於盛明之時	13/17/9			無不○理之人	7/9/11
君○有盛德而臣不揚	13/17/11	○爲肱	11/14/1	命不○辱	8/9/26
○子之言	14/17/31			帥不○失	8/9/26
爲○撫愛	14/18/5	**慨 kǎi**	**1**	武○以備而不用	8/10/31
爲○謀忠	14/18/9			不○以用而不備也	8/10/31
爲○果毅	14/18/9	示其慷○	8/10/3	聽不○以不聽	9/11/7
忠臣之事○也	15/19/5			視不○以不明	9/11/7
則○臣諫合	15/19/12	**堪 kān**	**2**	求安○乎	10/12/29
○違不聞	15/19/16			不○違躬	11/14/9
從○所昏	15/19/28	昧獨無○	5/6/10	不○破壞	11/14/9
以成○休	15/19/30	○其扞〔禦〕	8/11/3	斯○謂致理也已矣	12/15/5
其能使○改過爲美	15/19/32			則○以保家邦	14/17/19
○子守道	16/20/25	**康 kāng**	**4**	則○以極天地	14/17/23
○子知而順之	16/20/27			此三者不○不辨也	14/18/31
爲人臣者官於○	17/21/7	庶事○哉	3/4/24	繩直○以正木	15/20/5
○實錫之	17/21/9	臣良則事○	3/4/26	臣忠○以正主也	15/20/5
皆○之德	17/21/11	邦國平○	11/14/15	君○端拱	17/21/26
○子有無祿而益○	17/21/19	人懷始○	18/24/1	君○依行	17/21/30
○臨天下	17/21/21			君○無患	17/22/3
皆衛○德	17/21/21	**慷 kāng**	**1**	君○與足	17/22/7
○子之懷帝恩	17/21/21			幹○以立	17/22/11
況荷○祿位而無聞焉	17/21/22	示其○慨	8/10/3	規○以執	17/22/15
○可端拱	17/21/26			將○以禦	17/22/19
○可依行	17/21/30	**抗 kàng**	**3**	用○以給	17/22/23
○可無患	17/22/3			君子○以盡謀	18/23/9
○可與足	17/22/7	中於○議	15/19/30	小人○以效命	18/23/9
○臣之義	17/22/31	犯顏○議	15/19/32	故其成功○以告于神明也	18/24/9

樂行則○極之有哉	18/24/13	**賴 lài**	2	○不辨則其斷偏	9/11/17	

克 kè 1

是以攻之則○　8/10/29

刻 kè 1

則成○浮　9/11/25

恪 kè 1

○勤脩官　7/9/11

空 kōng 1

以無○窮　14/17/25

孔 kǒng 2

雖有周、○之才　3/3/31
天監○明　16/20/31

苦 kǔ 1

撫其疾○　8/9/30

寬 kuān 1

加德則○　7/9/3

況 kuàng 4

而○於人乎　1/1/28
○其下乎　2/3/1
○荷君祿位而無聞焉　17/21/22
○忠臣之於國乎　17/22/29

匱 kuì 1

孝子不○　10/13/15

閫 kǔn 1

以有○域　14/17/21

賴 lài 2

人○之而生也　6/7/27
○成於君也　6/7/29

濫 làn 1

刑不謹則（知）〔○〕　7/9/7

勞 láo 2

勤○奉國　6/8/1
勤○不寧　9/12/15

類 lèi 2

子犯曰「未知信」之○
　是也　8/10/23
永錫爾○　10/13/15

黎 lí 1

○民咸懷　2/3/11

理 lǐ 28

昔在至○　1/1/3
至○之時　1/1/5
國一則萬人○　1/2/17
○之自然　2/3/5
任賢以爲○　3/4/11
然後可以○人　5/6/7
夫○人者、必三備而後
　可也　5/6/10
而不○者　5/6/12
政之○也　5/6/14
○之上也　7/8/9
○之中也　7/8/13
○之下也　7/8/17
德者、爲○之本也　7/9/1
何〔有〕不○之人乎　7/9/9
而人自○　7/9/11
故無不能○之吏　7/9/11
無不可○之人　7/9/11
政其人○　7/9/16
明則辨於○　9/11/11
○辨則忠　9/11/15

○不辨則其斷偏　9/11/17
不害○以傷物　9/11/23
斯可謂致○也已矣　12/15/5
其○如此　12/15/7
王者思於至○　12/15/9
故明王之○也　18/23/15
聖無獨○　18/23/17
自然之○也　18/24/5

禮 lǐ 7

導之以○樂　5/6/28
○以訓之　8/10/5
被服○樂　11/14/7
○樂、德之則　11/14/9
政刑、○之要　11/14/9
○樂善而政刑清也　11/14/17
○樂以之而興　18/23/24

力 lì 5

地不私○　1/1/17
竭其○　8/10/25
爲國、資庶臣之○　11/14/25
則盡其○　18/23/7
盡○者則止其身　18/23/11

立 lì 7

○身履一　1/2/11
本○而後化成　3/3/29
○身惟清　5/6/3
王者○武　8/9/20
三曰○功　17/22/1
幹可以○　17/22/11
君上○教　18/23/22

吏 lì 1

故無不能理之○　7/9/11

利 lì 8

公家之○　4/5/5
苟○社稷　4/5/19
因其○而勸之　5/6/22
謂之有○　8/10/21

故師得○	8/10/27	旒 liú	1	滿 mǎn	1
四曰興○	17/22/5				
○者、國之用	17/22/21	端○而自化	12/15/5	盛德流○天下	13/17/9
洪遠則萬物之○	18/23/13				
		六 liù	3	茫 máng	1
蒞 lì	1				
		家一則○親和	1/2/13	勿謂○昧	16/20/31
○事惟平	5/6/3	行此○者	8/10/21		
		○者並用	8/10/23	毛 máo	1
厲 lì	1				
		祿 lù	13	食土之○	17/21/21
義以○之	8/10/1				
		身一則百○至	1/2/9	美 měi	2
良 liáng	5	○賢官能	2/3/11		
		非懷不可以居○	2/3/13	其能使君改過爲○	15/19/32
股肱○哉	3/4/24	百○是道	7/9/14	政教以之而○	18/23/20
君明則臣○	3/4/26	○其宜哉	7/9/16		
臣○則事康	3/4/26	則福○至矣	10/13/3	昧 mèi	2
一人元○	6/8/3	○則榮親	10/13/5		
股肱賢○	11/13/33	忠則福○至焉	16/20/21	○獨無堪	5/6/10
		未有不○	16/20/23	勿謂茫○	16/20/31
劣 liè	1	臣之官○	17/21/9		
		君子有無○而益君	17/21/19	門 mén	1
既○於政	7/8/19	無有○而已者也	17/21/19		
		況荷君○位而無聞焉	17/21/22	禍福無○	16/21/3
林 lín	1				
		履 lǚ	3	蒙 méng	1
故偃息山○	17/21/22				
		人之所○	1/1/7	彌○於德	7/8/19
臨 lín	5	○之則吉	1/1/9		
		立身○一	1/2/11	迷 mí	2
以○於人	2/2/31				
○難死節已矣	3/4/3	亂 luàn	2	雖○帝德	12/16/21
以○其人	5/6/14			昏衢○於日月	17/21/21
刑○以威	7/8/19	則易其○	14/18/23		
君○天下	17/21/21	勇愈多而易其○	14/18/25	彌 mí	1
令 lìng	1	倫 lún	1	○蒙於德	7/8/19
君子盡其忠能以行其政○	5/6/12	人○之要	1/1/9	弭 mǐ	1
流 liú	2	蠻 mán	1	事不平則怨難○	5/6/5
舜○四凶	7/8/23	○夷率服	11/14/11	密 mì	1
盛德○滿天下	13/17/9				
				知愈多而詐愈○	14/18/21

勉 miǎn	1
人○而行	7/8/15

廟 miào	1
中事於宗○	2/2/31

滅 miè	1
私去則情○	9/11/21

民 mín	5
黎○咸懷	2/3/11
身不清則何以教○	5/6/5
○懷其恩	5/7/15
○之父母	5/7/17
而○從善也	7/8/11

名 míng	2
雖有殊○	1/2/3
化行○播	2/3/17

明 míng	33
忠能固君臣、安社稷、	
感天地、動神○	1/1/28
神○動	1/1/30
日增其○	2/3/7
德益○也	2/3/9
君以○德事天	2/3/25
日月之○	3/4/15
元首○哉	3/4/24
君○則臣良	3/4/26
在官惟○	5/6/3
官不○則事多欺	5/6/5
○能正俗	5/6/7
獨○則雖察於務	5/6/9
○國法以至於無刑	5/7/5
君德昭○	6/7/27
以○其信	7/9/9
官脩政○	7/9/11
○其節制	8/10/7
視不可以不○	9/11/7
不聽不○	9/11/9

○則辨於理	9/11/11
不○則蔽其所見	9/11/13
○主之爲國也	11/13/21
君德聖○	13/16/25
聖○則揚之	13/17/1
故君子臣於盛○之時	13/17/9
故○王爲國	14/17/27
則其道光○也	15/19/12
不亦○哉	16/20/29
天監孔○	16/20/31
故○王之理也	18/23/15
古之○王	18/23/17
必求賢○	18/23/17
故其成功可以告于神○也	18/24/9

命 mìng	5
戎夷稟○	8/9/24
○不可辱	8/9/26
致其○	8/10/25
惟臣以天子之○	9/11/7
小人可以效○	18/23/9

謬 miù	1
任使不○	14/19/1

莫 mò	12
○大乎忠	1/1/7
何○由忠	1/1/24
夫人○不欲安	5/6/16
○不欲富	5/6/20
情○過焉	5/7/19
官○謹焉	5/7/19
教○若文	11/14/5
威○若武	11/14/5
大○加焉	14/17/17
○先於諫	15/19/5
善○大於作忠	16/20/13
惡○大於不忠	16/20/17

默 mò	1
○化元運	12/15/7

謀 móu	4
在乎沉○潛運	3/4/7
入則獻其○	4/5/3
爲君○忠	14/18/9
君子可以盡○	18/23/9

母 mǔ	2
民之父○	5/7/17
父○愛子	5/7/19

木 mù	3
成廈、非一○之才	11/14/25
○從繩則正	15/20/3
繩直可以正○	15/20/5

目 mù	2
如君耳○	9/11/9
古者聖人以天下之耳○	
爲視聽	12/14/29

睦 mù	2
自然篤○	1/2/15
內○以文	11/14/3

慕 mù	1
使之○功	8/10/15

納 nà	1
○當其善	17/21/30

乃 nǎi	3
○合於天	1/1/5
此○守常之臣也	4/5/1
是○罪也	15/19/28

難 nán	4
臨○死節已矣	3/4/3
事不平則怨○弭	5/6/5

奸賄○任	5/6/9	君臣之始於政○	18/24/9	**偏 piān**	1
則國○清	14/18/7				
		逆 nì	2	理不辨則其斷○	9/11/17
內 nèi	2				
		忠言○志	14/18/1	**平 píng**	7
○睦以文	11/14/3	爲○者殃	16/20/19		
四海之○有太平音	18/24/3			蒞事惟○	5/6/3
		寧 níng	7	事不○則怨難弭	5/6/5
能 néng	37			○則不曲	5/6/7
		天地泰○	6/7/23	獨○則徒均於物	5/6/9
人○至公	1/1/17	非君泰○	6/7/25	邦國○康	11/14/15
忠○固君臣、安社稷、		武德主○靜	8/9/22	故得人心和○	12/16/7
感天地、動神明	1/1/28	萬邦以○	9/12/9	四海之內有太○音	18/24/3
祿賢官○	2/3/11	勤勞不○	9/12/15		
故○成其忠	3/3/33	文王以○	11/14/23	**破 pò**	1
君任工○	4/5/25	以○社稷	15/19/30		
明○正俗	5/6/7			不可○壞	11/14/9
君子盡其忠○以行其政令	5/6/12	**佞 nìng**	3		
政則在簡而○	7/8/25			**欺 qī**	1
○則人服	7/8/27	忠而不○	14/17/31		
故無不○理之吏	7/9/11	○而似忠而非	14/17/31	官不明則事多○	5/6/5
君子效○也	9/12/3	○言順志	14/18/1		
有正然後用其○	11/13/29			**其 qí**	97
○而無正則邪	11/13/31	**畔 pàn**	1		
正而有○則忠	11/13/31			不正○心	1/1/13
此君○任臣	11/14/19	文王敬遜、虞芮遜○是也	2/3/5	忠也者、一○心之謂矣	1/1/20
恥躬不○爲臣	13/16/31			○義深也	1/1/30
夫忠而○仁	14/18/3	**配 pèi**	1	○祚長也	1/1/30
忠而○知	14/18/7			○誠達也	1/1/30
忠而○勇	14/18/7	以嚴○社稷於無（彊）		○應彰也	1/1/30
故雖有其○	14/18/11	〔彊〕者也	2/3/17	○效如此	1/1/31
忠而有○	14/18/13			○行一焉	1/2/1
是雖有其○	14/18/27	**丕 pī**	2	○爲忠也	1/2/3
○而無忠	14/18/29			是故一於○身	1/2/5
惟○諫之	15/19/7	故得皇猷○○	2/3/15	一於○家	1/2/5
下○言之	15/19/9			一於○國	1/2/5
上○聽之	15/19/9	**匹 pǐ**	1	況○下乎	2/3/1
上○聽	15/19/11			日增○明	2/3/7
下不○言	15/19/11	止身則○夫之事	18/23/13	故能成○忠	3/3/33
下○言	15/19/11			以○義同	3/4/1
而上不○聽	15/19/11	**僻 pì**	2	○心不異	3/4/1
言聽俱○	15/19/11			尊○君有天地之大	3/4/15
行而○改	15/19/24	二則爲○	1/1/22	入則獻○謀	4/5/3
其○使君改過爲美	15/19/32	動皆邪○	10/12/25	出則行○政	4/5/7
有○審國	17/21/22			既在○位	4/5/9
惟其○而行之	17/22/25			職思○憂	4/5/9
各以其○而報於國	17/22/27			居則思○道	4/5/11

情 qíng	4
用其○而處之	5/6/18
○莫過焉	5/7/19
私去則○滅	9/11/21
順物之○	12/15/3

慶 qìng	2
先後光○	17/21/11
○垂子孫	17/21/13

窮 qióng	2
以無空○	14/17/25
傳於無○	18/24/11

求 qiú	7
○罪爲公	9/11/25
猶○福而棄天	10/12/21
○安可乎	10/12/29
必○諸道	14/18/1
必○諸非道	14/18/1
小人○而取之	16/20/27
必○賢明	18/23/17

逎 qiú	1
百祿是○	7/9/14

曲 qū	2
愛己○從	4/5/21
平則不○	5/6/7

驅 qū	1
載馳載○	9/12/13

衢 qú	1
昏○迷於日月	17/21/21

取 qǔ	1
小人求而○之	16/20/27

去 qù	7
君子○其私	9/11/19
私○則情滅	9/11/21
惡雖親必○	9/11/33
○於邪	11/13/21
○邪則小人道消	11/13/23
賤珍則人○貪	12/15/25
珍○貪息	12/15/27

勸 quàn	4
因其利而○之	5/6/22
使其激○	8/10/3
賞以○之	8/10/13
善斯○矣	9/12/15

缺 quē	1
則有○於忠道〔矣〕	13/17/11

闕 què	2
○則失之	8/10/23
補袞之○	13/17/3

群 qún	1
著於○瑞	18/24/9

然 rán	8
自○篤睦	1/2/15
理之自○	2/3/5
○後可以理人	5/6/7
固其必○	5/6/14
有正○後用其能	11/13/29
以爲自○之至也	12/16/15
則皆○也	13/17/3
自○之理也	18/24/5

讓 ràng	1
崇○則人不爭	12/16/3

人 rén	66
○之所履	1/1/7
○倫之要	1/1/9
○無私	1/1/15
○能至公	1/1/17
而況於○乎	1/1/28
言○之易從也	1/1/31
國一則萬○理	1/2/17
以臨於○	2/2/31
則○化之	2/3/3
非化不可以懷○	2/3/13
天以多福與○君也	2/3/25
正國安○	3/4/7
官各得○	3/4/13
然後可以理○	5/6/7
夫理○者、必三備而後	
可也	5/6/10
以臨其○	5/6/14
夫○莫不欲安	5/6/16
君子愛○	5/6/30
小○易使	5/6/30
視君之○	5/7/9
則○愛之	5/7/13
〔守宰愛○〕	5/7/19
○誰非子	5/7/19
○必跼蹐	6/7/25
○賴之而生也	6/7/27
故○之生	6/7/29
此兆○之忠也	6/7/31
一○元良	6/8/3
一○以大善撫萬國	6/8/5
萬國以忠貞戴一○〔矣〕	6/8/5
則○日遷善而不知	7/8/9
則○不得不爲善	7/8/13
昭見於○	7/8/15
○勉而行	7/8/15
則○畏而不敢爲非也	7/8/17
能則○服	7/8/27
不久則○心復〔澆〕	7/8/31
德不務而○不懷也	7/9/7
何〔有〕不理之○乎	7/9/9
而○自理	7/9/11
無不可理之○	7/9/11
政其○理	7/9/16
安萬○也	8/9/20
非易其○	8/9/26

小○伏罪也	9/12/7	此君能○臣	11/14/19	**辱 rǔ**		3
○始獲安	9/12/11	不○己欲	12/15/3			
施及於○	10/13/7	○使不謬	14/19/1	命不可○		8/9/26
去邪則小○道消	11/13/23	務在○賢	18/23/15	○及親也		10/12/31
○臣和悅	11/14/15			忠臣以○		13/16/29
古者聖○以天下之耳目		**日 rì**	7			
爲視聽	12/14/29			**入 rù**		1
賤珍則○去貪	12/15/25	○增其明	2/3/7			
徹侈則○從儉	12/15/29	○增一○	2/3/9	○則獻其謀		4/5/3
用實則○不僞	12/15/33	○月之明	3/4/15			
崇讓則○不爭	12/16/3	昭之如○月	3/4/17	**芮 ruì**		1
故得○心和平	12/16/7	則人○遷善而不知	7/8/9			
小○之言	14/17/31	昏衢迷於○月	17/21/21	文王敬遜、虞○遜畔是也		2/3/5
惟天監○	16/20/9					
小○不常	16/20/25	**戎 róng**	1	**瑞 ruì**		1
小○求而取之	16/20/27					
惟○自召	16/21/3	○夷稟命	8/9/24	著於群○		18/24/9
爲○臣者官於君	17/21/7					
凡○之間	17/22/31	**容 róng**	1	**若 ruò**		5
小○盡忠	18/23/7					
小○可以效命	18/23/9	○之如地	3/4/17	○是		3/4/17
○懷始康	18/24/1			○思孝而忘忠		10/12/21
德施於○	18/24/13	**榮 róng**	2	教莫○文		11/14/5
				威莫○武		11/14/5
仁 rén	8	祿則○親	10/13/5	○君有盛德而臣不揚		13/17/11
		忠臣以○	13/16/25			
篤之以○義	5/6/24			**三 sān**		4
知○與義	5/6/26	**肉 ròu**	1			
○以懷之	8/9/28			○者備矣		5/6/7
君上行○覆之道也	13/17/7	有同骨○	5/7/15	夫理人者、必○備而後		
夫忠而能○	14/18/3			可也		5/6/10
○而不忠	14/18/15	**如 rú**	12	此○者不可不辨也		14/18/31
○愈多而恩愈深	14/18/17			○曰立功		17/22/1
○惠以之而布	18/23/32	其效○此	1/1/31			
		蓋之○天	3/4/17	**色 sè**		3
任 rèn	14	容之○地	3/4/17			
		昭之○日月	3/4/17	正○直辭		3/4/3
○賢陳化	2/3/13	調之○陰陽	3/4/17	正其○		9/11/19
○賢以爲理	3/4/11	不言而信○四時	3/4/17	○正則邪遠		9/11/21
君○工能	4/5/25	○觀乎子	5/7/9			
奸賄難○	5/6/9	○愛其親	5/7/13	**穡 sè**		1
○政非德	7/9/1	○君耳目	9/11/9			
○刑非德	7/9/1	夫○是	9/12/9	服勤稼○以供王賦		6/7/31
不勝其○	9/11/9	其理○此	12/15/7			
不憚勢以舉○	9/11/27	○何忘也	17/22/31	**廈 shà**		1
○於正	11/13/21					
○正則君子道長	11/13/23			成○、非一木之才		11/14/25

山 shān	1
故偃息〇林	17/21/22

善 shàn	18
一人以大〇撫萬國	6/8/5
則人日遷〇而不知	7/8/9
而民從〇也	7/8/11
則人不得不爲〇	7/8/13
惟〇是與	9/11/31
〇雖讎必薦	9/11/33
〇斯勸矣	9/12/15
衆〇攸歸	10/13/9
君子〇之	10/13/17
禮樂〇而政刑清也	11/14/17
〇惡既別	14/19/1
〇惡必應	16/20/9
爲〇則吉	16/20/11
〇莫大於作忠	16/20/13
百行大〇	16/20/15
作〇降之百祥	16/21/1
作不〇降之百殃	16/21/1
納當其〇	17/21/30

傷 shāng	1
不害理以〇物	9/11/23

賞 shǎng	2
〇以勸之	8/10/13
懸其爵〇	8/10/15

上 shàng	24
〇下一德	1/1/3
聖君在〇	2/2/29
觀行於〇	2/2/29
自下至〇	2/2/31
故王者〇事於天	2/2/31
天下盡忠以奉〇也	2/3/3
〇行下化	2/3/5
昭事〇帝	2/3/23
下行而〇信	3/3/33
元首隨於〇	3/4/1
故君子之事〇也	4/5/3

〇下用成	4/5/23
德歸於〇	4/5/25
理之〇也	7/8/9
下忠〇信之所致也	11/14/19
君〇行仁覆之道也	13/17/7
〇能聽之	15/19/9
〇能聽	15/19/11
而〇不能聽	15/19/11
〇也	15/19/14
君〇立教	18/23/22
君〇制作	18/23/26
君〇恤刑	18/23/30
告于〇下	18/24/7

舍 shè	1
未有〇忠	1/1/26

社 shè	7
忠能固君臣、安〇稷、	
感天地、動神明	1/1/28
〇稷安	1/1/30
以保〇稷	2/3/15
以嚴配〇稷於無（彊）	
〔彊〕者也	2/3/17
苟利〇稷	4/5/19
以寧〇稷	15/19/30
〇稷之安固也	15/20/1

設 shè	2
刑雖〇而當也	5/7/7
天地〇位	6/7/25

申 shēn	1
章條〇而不犯	5/7/7

身 shēn	13
夫忠興於〇	1/2/1
〇及國家	1/2/3
是故一於其〇	1/2/5
〇一則百祿至	1/2/9
立〇履一	1/2/11
豈惟奉君忘〇	3/4/3

則不顧其〇	4/5/19
立〇惟清	5/6/3
〇不清則何以教民	5/6/5
匪惟危〇	10/12/31
〇安親樂	10/13/9
盡力者則止其〇	18/23/11
止〇則匹夫之事	18/23/13

深 shēn	2
其義〇也	1/1/30
仁愈多而恩愈〇	14/18/17

神 shén	4
忠能固君臣、安社稷、	
感天地、動〇明	1/1/28
〇明動	1/1/30
故其成功可以告于〇明也	18/24/9
務格於〇	18/24/13

審 shěn	5
〇其遠近	8/10/11
聽則〇於事	9/11/11
事〇則分	9/11/15
事不〇則其信惑	9/11/17
有能〇國	17/21/22

慎 shèn	1
是以兢兢戒〇	2/3/7

生 shēng	6
萬物〇	1/1/15
萬物亨〇	1/1/17
人賴之而〇也	6/7/27
故人之〇	6/7/29
侈除儉〇	12/15/31
樂其〇	12/16/11

聲 shēng	1
頌〇作焉	3/4/20

繩 shéng	**2**	德〇於人	18/24/13
木從〇則正	15/20/3	**師 shī**	**6**
〇直可以正木	15/20/5		
		故晉將用〇	8/10/23
勝 shèng	**1**	故得〇盡其心	8/10/25
		故〇得利	8/10/27
不〇其任	9/11/9	是故〇保道德	11/13/33
		召爲〇	11/14/1
聖 shèng	**12**	道無常〇	18/23/17
惟君以〇德監於萬邦	2/2/27	**詩 shī**	**10**
〇君在上	2/2/29		
君〇臣賢	2/3/17	《〇》云　2/3/23, 4/5/27, 5/7/17
蓋〇君之忠也	2/3/19	7/9/14, 8/11/1, 9/12/13
〇德洋溢	3/4/20	10/13/15, 11/14/23, 12/16/19
古者〇人以天下之耳目		17/22/29
爲視聽	12/14/29		
優游〇德	12/16/15	**食 shí**	**2**
〇德無涯	12/16/17		
君德〇明	13/16/25	饑者〇之	5/7/11
〇明則揚之	13/17/1	〇土之毛	17/21/21
后從諫則〇	15/20/3		
〇無獨理	18/23/17	**時 shí**	**6**
尸 shī	**1**	至理之〇	1/1/5
		四〇行	1/1/15
則爲〇素	4/5/21	四〇廣運	1/1/17
		四〇之信	3/4/15
失 shī	**6**	不言而信如四〇	3/4/17
		故君子臣於盛明之〇	13/17/9
帥不可〇	8/9/26		
闕則〇之	8/10/23	**實 shí**	**3**
而〇其守	10/12/27		
既〇於忠	10/13/1	用〇則人不僞	12/15/33
又〇於孝	10/13/1	見〇知僞之惡	12/16/1
見遜知爭之〇	12/16/5	君〇錫之	17/21/9
施 shī	**8**	**識 shí**	**1**
〇之以政	7/8/13	不〇不知	12/16/19
政〇有術	7/8/15		
〇及於人	10/13/7	**使 shǐ**	**11**
〇於莊公	10/13/17		
〇之於邇	14/17/19	小人易〇	5/6/30
〇之於遠	14/17/23	〇之咸懷	8/9/30
出未及〇	15/19/20	〇其激勸	8/10/3

〇之有序	8/10/7
〇之必行	8/10/11
〇之慕功	8/10/15
〇之懼罪	8/10/19
〇臣之行	9/11/9
〇久遠不聞	13/17/11
任〇不謬	14/19/1
其能〇君改過爲美	15/19/32

始 shǐ	**5**
忠之〇也	1/2/5
人〇獲安	9/12/11
夫諫〇於順辭	15/19/30
人懷〇康	18/24/1
君臣之〇於政能	18/24/9

士 shì	**2**
〇卒從教	8/10/27
濟濟多〇	11/14/23

示 shì	**1**
〇其慷慨	8/10/3

式 shì	**1**
〇敷大化	2/3/11

事 shì	**25**
而私於〇	1/1/13
故王者上〇於天	2/2/31
下〇於地	2/2/31
中〇於宗廟	2/2/31
昭〇上帝	2/3/23
君以明德〇天	2/3/25
爲臣〇君	3/3/29
未盡冢宰之〇	3/4/5
何〇之有	3/4/13
庶〇康哉	3/4/24
臣良則〇康	3/4/26
故君子之〇上也	4/5/3
百〇之儀	4/5/17
言〇無憚	4/5/19
蒞〇惟平	5/6/3

官不明則○多欺	5/6/5	**勢** shì	2	**庶** shù	2

官不明則○多欺　5/6/5
○不平則怨難弭　5/6/5
不建於○　5/6/9
聰則審於○　9/11/11
○審則分　9/11/15
○不審則其信惑　9/11/17
有○則煩　12/15/15
忠臣之○君也　15/19/5
先○而止　15/19/16
止身則匹夫之○　18/23/13

是 shì　23

○故一於其身　1/2/5
文王敬遜、虞芮遜畔○也　2/3/5
○以兢兢戒慎　2/3/7
若○　3/4/17
好○正直　4/5/27
○以爲休徵　6/7/29
○故祗承君之法度　6/7/31
○則爲忠　6/8/1
百祿○道　7/9/14
子犯曰「未知信」之類
　○也　8/10/23
○以攻之則克　8/10/29
惟善○與　9/11/31
惟惡○除　9/11/31
夫如○　9/12/9
○以忠不及之　10/12/27
○故師保道德　11/13/33
弘之則○　12/15/11
○以虞有德　13/17/5
○雖有其能　14/18/27
其○謂乎　14/18/31
○乃罪也　15/19/28
○皆報國之道　17/22/25
○故播於《雅》《頌》　18/24/11

視 shì　4

○君之人　5/7/9
○不可以不明　9/11/7
古者聖人以天下之耳目
　爲○聽　12/14/29
用天下之○聽　12/14/31

勢 shì　2

不憚○以舉任　9/11/27
不必以○　9/11/29

守 shǒu　10

精一○中　1/2/23
○位謹常　4/4/30
此乃○常之臣也　4/5/1
蓋○宰之忠也　5/7/17
〔○宰愛人〕　5/7/19
○之則固　8/10/29
而失其○　10/12/27
○忠之道　10/13/9
君子○道　16/20/25
所以長○其休　16/20/25

首 shǒu　2

元○隨於上　3/4/1
元○明哉　3/4/24

壽 shòu　1

保其○　12/16/11

叔 shū　1

考○行孝　10/13/17

書 shū　6

《○》云　1/2/21,3/4/24,6/8/3
　14/18/31,15/20/3,16/21/1

殊 shū　1

雖有○名　1/2/3

淑 shū　1

旄別○忒　14/18/31

術 shù　1

政施有○　7/8/15

庶 shù　2

○事康哉　3/4/24
爲國、資○臣之力　11/14/25

帥 shuài　2

統軍之○　8/9/24
○不可失　8/9/26

率 shuài　2

所○猶非其道　10/12/23
蠻夷○服　11/14/11

誰 shuí　2

人○非子　5/7/19
○不爲臣　17/21/21

舜 shùn　1

○流四凶　7/8/23

順 shùn　9

君子○而安之　5/6/16
四氣和○　6/7/29
○化供（養）〔養〕　6/8/1
○物之情　12/15/3
○帝之則　12/16/19
佞言○志　14/18/1
夫諫始於○辭　15/19/30
○辭不從　15/19/32
君子知而○之　16/20/27

私 sī　13

至公無○　1/1/11
而○於事　1/1/13
天無○　1/1/15
地無○　1/1/15
人無○　1/1/15
天不○德　1/1/17
地不○力　1/1/17
不○諸己　1/1/17
君子去其○　9/11/19

○去則情滅	9/11/21	頌 sòng	3	下忠上信之○致也	11/14/19
不○而天下自公	12/15/21			從君○昏	15/19/28
不○於物	12/15/23	○聲作焉	3/4/20	○以長守其休	16/20/25
則○其恩	14/18/15	周公○之	13/17/5	○以自陷其咎	16/20/25
		是故播於《雅》《○》	18/24/11	忠有○未盡	18/23/5
思 sī	5			臣下○敷	18/23/22
		俗 sú	1	臣下○行	18/23/26
職○其憂	4/5/9			臣下○化	18/23/30
居則○其道	4/5/11	明能正○	5/6/7		
若○孝而忘忠	10/12/21			太 tài	1
王者○於至理	12/15/9	素 sù	1		
不○報國	17/21/15			四海之內有○平音	18/24/3
		則爲尸○	4/5/21		
斯 sī	4			泰 tài	2
		雖 suī	10		
善○勸矣	9/12/15			天地○寧	6/7/23
○可謂致理也已矣	12/15/5	○有殊名	1/2/3	非君○寧	6/7/25
欣己獲奉○君	13/16/27	○有周、孔之才	3/3/31		
道○廣矣	17/22/27	獨明則○察於務	5/6/9	貪 tān	3
		刑○設而當也	5/7/7		
死 sǐ	3	善○讎必薦	9/11/33	賤珍則人去○	12/15/25
		惡○親必去	9/11/33	○由有珍	12/15/27
臨難○節已矣	3/4/3	○迷帝德	12/16/21	珍去○息	12/15/27
終於○節	15/19/30	故○有其能	14/18/11		
則繼之以○	15/19/32	是○有其能	14/18/27	忒 tè	1
		○下猶愈	15/19/24		
四 sì	12			旌別淑○	14/18/31
		隨 suí	1		
○時行	1/1/15			體 tǐ	2
○時廣運	1/1/17	元首○於上	3/4/1		
行於○方	2/3/15			可謂一○	3/3/33
○時之信	3/4/15	孫 sūn	1	君○用盡矣	3/4/18
不言而信如○時	3/4/17				
○氣和順	6/7/29	慶垂子○	17/21/13	悌 tì	1
舜流○凶	7/8/23				
以威○方	8/9/20	所 suǒ	18	行孝○於其家	6/7/31
出於○方以觀風	9/11/7				
報國之道有○	17/21/24	天之○覆	1/1/7	天 tiān	36
○曰興利	17/22/5	地之○載	1/1/7		
○海之內有太平音	18/24/3	人之○履	1/1/7	以徵○休	1/1/3
		猶有○尊	2/3/1	乃合於○	1/1/5
似 sì	1	無○不通也	2/3/21	○之所覆	1/1/7
		固○常行	3/4/5	○無私	1/1/15
佞而○忠而非	14/17/31	以心則不知○由	7/8/11	○不私德	1/1/17
		不聰則惑其○聞	9/11/13	忠能固君臣、安社稷、	
		不明則蔽其○見	9/11/13	感○地、動神明	1/1/28
		○率猶非其道	10/12/23	○地感	1/1/30

○下合心	1/2/19	則虛其○	15/19/11	○邦以寧	9/12/9
故王者上事於○	2/2/31	而上不能○	15/19/11	洪遠則○物之利	18/23/13
○下盡忠以奉上也	2/3/3	言○俱能	15/19/11		
君以明德事○	2/3/25			**王 wáng**	**13**
○以多福與人君也	2/3/25	**通 tōng**	**1**		
尊其君有○地之大	3/4/15			故○者上事於天	2/2/31
蓋之如○	3/4/17	無所不○也	2/3/21	○者至重	2/3/1
○地泰寧	6/7/23			文○敬遜、虞芮遜畔是也	2/3/5
○地設位	6/7/25	**同 tóng**	**3**	服勤稼穡以供○賦	6/7/31
惟臣以○子之命	9/11/7			○者立武	8/9/20
則○下敬職	9/12/9	君臣○德	1/1/5	文○以寧	11/14/23
猶求福而棄○	10/12/21	以其義○	3/4/1	○者思於至理	12/15/9
古者聖人以○下之耳目		有○骨肉	5/7/15	文○之道	13/17/5
爲視聽	12/14/29			宣○中興	13/17/5
用○下之視聽	12/14/31	**統 tǒng**	**1**	故明○爲國	14/17/27
○下之心爲心	12/15/1			則○道光矣	15/19/9
無爲而○下自清	12/15/13	○軍之帥	8/9/24	故明○之理也	18/23/15
不疑而○下自信	12/15/17			古之明○	18/23/17
不私而○下自公	12/15/21	**䄻 tǒu**	**1**		
○下淳質	12/16/7			**往 wǎng**	**1**
氣得○和	12/16/13	（○）〔糾〕過正德	15/19/7		
與○地等	12/16/17			何○不可也	1/1/17
盛德流滿○下	13/17/9	**徒 tú**	**1**		
則可以極○地	14/17/23			**忘 wàng**	**5**
惟○監人	16/20/9	獨平則○均於物	5/6/9		
○意本休	16/20/27			豈惟奉君○身	3/4/3
○意無咎	16/20/27	**土 tǔ**	**1**	狗國○家	3/4/3
○監孔明	16/20/31			若思孝而○忠	10/12/21
君臨○下	17/21/21	食○之毛	17/21/21	無忠皆○	16/20/15
○下盡忠	18/23/3			如何○也	17/22/31
		外 wài	**2**		
條 tiáo	**1**			**危 wēi**	**1**
		和之於○	3/4/22		
章○申而不犯	5/7/7	○威以武	11/14/3	匪惟○身	10/12/31
調 tiáo	**1**	**萬 wàn**	**12**	**威 wēi**	**5**
○之如陰陽	3/4/17	○物生	1/1/15	刑臨以○	7/8/19
		○物亨生	1/1/17	以○四方	8/9/20
聽 tīng	**8**	國一則○人理	1/2/17	○其鈇鉞	8/10/19
		惟君以聖德監於○邦	2/2/27	外○以武	11/14/3
○不可以不聽	9/11/7	○邦在下	2/2/29	○莫若武	11/14/5
古者聖人以天下之耳目		○邦以貞	6/8/3		
爲視○	12/14/29	一人以大善撫○國	6/8/5	**為 wéi**	**42**
用天下之視○	12/14/31	○國以忠貞戴一人〔矣〕	6/8/5		
上能○之	15/19/9	足清○國	7/8/23	忠之○道	1/1/5, 2/3/21
上能○	15/19/11	安○人也	8/9/20	一則○忠	1/1/22

無 wú	41	武 wǔ	9	錫 xī	2
○有大於忠者	1/1/9	王者立○	8/9/20	永○爾類	10/13/15
至公○私	1/1/11	○德主寧靜	8/9/22	君實○之	17/21/9
天○私	1/1/15	○備之道也	8/10/29		
地○私	1/1/15	○可以備而不用	8/10/31	下 xià	36
人○私	1/1/15	赳赳○夫	8/11/1		
則○異行	1/2/3	有其○才	8/11/3	上○一德	1/1/3
○不從化	1/2/19	外威以○	11/14/3	天○合心	1/2/19
以嚴配社稷於○（彊）		威莫若○	11/14/5	垂監於○	2/2/29
〔彊〕者也	2/3/17	夷服○偃	11/14/13	萬邦在○	2/2/29
○所不通也	2/3/21			自○至上	2/2/31
至忠○迹	3/4/9	勿 wù	1	○事於地	2/2/31
知○不言	4/5/5			況其○乎	2/3/1
言事○憚	4/5/19	○謂茫昧	16/20/31	天○盡忠以奉上也	2/3/3
清則○欲	5/6/7			上行○化	2/3/5
昧獨○堪	5/6/10	物 wù	10	○行而上信	3/3/33
明國法以至於○刑	5/7/5			股肱動於○	3/4/1
知懼○犯	7/8/19	萬○生	1/1/15	上○用成	4/5/23
故○不能理之吏	7/9/11	萬○亨生	1/1/17	政成於○	4/5/25
○不可理之人	7/9/11	獨平則徒均於○	5/6/9	理之○也	7/8/17
以之而出則○怨	9/12/5	不害理以傷○	9/11/23	則天○敬職	9/12/9
能而○正則邪	11/13/31	順○之情	12/15/3	○忠上信之所致也	11/14/19
則○不見聞也	12/14/31	不疑於○	12/15/19	古者聖人以天○之耳目	
道○遠近	12/15/11	○亦信焉	12/15/19	爲視聽	12/14/29
○爲而天下自清	12/15/13	不私於○	12/15/23	用天○之視聽	12/14/31
咸○夭折	12/16/13	○亦公焉	12/15/23	天○之心爲心	12/15/1
聖德○涯	12/16/17	洪遠則萬○之利	18/23/13	無爲而天○自清	12/15/13
以○空窮	14/17/25			不疑而天○自信	12/15/17
能而○忠	14/18/29	務 wù	7	不私而天○自公	12/15/21
○忠皆忘	16/20/15			天○淳買	12/16/7
天意○咎	16/20/27	而成於○	1/1/26	臣○有贊詠之義也	13/17/7
禍福○門	16/21/3	獨明則雖察於○	5/6/9	盛德流滿天○	13/17/9
君子有○祿而益君	17/21/19	故君子○於德	7/9/5	○能言之	15/19/9
○有祿而已者也	17/21/19	德不○而人不懷也	7/9/7	○不能言	15/19/11
況荷君祿位而○聞焉	17/21/22	官○脩政	9/12/11	○能言	15/19/11
君可○患	17/22/3	○在任賢	18/23/15	○也	15/19/22
○言不酬	17/22/29	○格於神	18/24/13	雖○猶愈	15/19/24
○德不報	17/22/29			君臨天○	17/21/21
聖○獨理	18/23/17	昔 xī	1	天○盡忠	18/23/3
道○常師	18/23/17			臣○所敷	18/23/22
○不脩德	18/23/17	○在至理	1/1/3	臣○所行	18/23/26
賢臣則○不盡忠	18/23/17			臣○所化	18/23/30
傳於○窮	18/24/11	息 xī	2	告于上○	18/24/7
		珍去貪○	12/15/27		
		故偃○山林	17/21/22		

先 xiān	6
必○以忠	10/13/3
必○辨忠	14/17/27
不○辨忠	14/17/29
莫○於諫	15/19/5
○事而止	15/19/16
○後光慶	17/21/11
鮮 xiān	1
聞之者○不惑矣	14/17/31
咸 xián	4
黎民○懷	2/3/11
使之○懷	8/9/30
○服其淳	12/16/9
○無夭折	12/16/13
衛 xián	1
皆○君德	17/21/21
賢 xián	11
祿○官能	2/3/11
任○陳化	2/3/13
君聖臣○	2/3/17
任○以爲理	3/4/11
股肱○良	11/13/33
一曰貢○	17/21/24
○者、國之幹	17/22/9
務在任○	18/23/15
○臣盡忠	18/23/15
必求○明	18/23/17
○臣則無不盡忠	18/23/17
陷 xiàn	1
所以自○其咎	16/20/25
獻 xiàn	3
入則○其謀	4/5/3
直可以○忠	4/5/29
二曰○猷	17/21/28

祥 xiáng	2
作善降之百○	16/21/1
嘉○既成	18/24/7
消 xiāo	2
去邪則小人道○	11/13/23
儉○於侈	12/15/31
小 xiǎo	8
○人易使	5/6/30
○人伏罪也	9/12/7
去邪則○人道消	11/13/23
○人之言	14/17/31
○人不常	16/20/25
○人求而取之	16/20/27
○人盡忠	18/23/7
○人可以效命	18/23/9
孝 xiào	9
行○悌於其家	6/7/31
夫惟○者	10/12/19
若思○而忘忠	10/12/21
又失於○	10/13/1
故君子行其○	10/13/3
此之謂保○行也	10/13/11
得保於○	10/13/13
○子不匱	10/13/15
考叔行○	10/13/17
效 xiào	3
其○如此	1/1/31
君子○能也	9/12/3
小人可以○命	18/23/9
邪 xié	7
色正則○遠	9/11/21
動皆○僻	10/12/25
去於○	11/13/21
去○則小人道消	11/13/23
○則不忠	11/13/25
忠則不○	11/13/27

能而無正則○	11/13/31
懈 xiè	1
行之匪○	7/9/9
心 xīn	16
不正其○	1/1/13
忠也者、一其○之謂矣	1/1/20
天下合○	1/2/19
其○不異	3/4/1
以固其○	5/6/24
以○則不知所由	7/8/11
不久則人○復〔澆〕	7/8/31
故得師盡其○	8/10/25
忠不居○	10/12/25
故得盡愛敬之○	10/13/7
天下之○爲○	12/15/1
故得人○和平	12/16/7
化行○易	12/16/9
則盡其○	18/23/7
盡○者則洪於遠	18/23/11
欣 xīn	1
○己獲奉斯君	13/16/27
信 xìn	11
下行而上○	3/3/33
四時之○	3/4/15
不言而○如四時	3/4/17
以明其○	7/9/9
忠○故己	7/9/11
○以行之	8/10/9
子犯曰「未知○」之類　是也	8/10/23
事不審則其○惑	9/11/17
下忠上○之所致也	11/14/19
不疑而天下自○	12/15/17
物亦○焉	12/15/19
興 xīng	5
夫忠○於身	1/2/1
故得大化○行	11/14/11

宣王中〇	13/17/5	此之謂保孝〇也	10/13/11	恪勤〇官	7/9/11
四曰〇利	17/22/5	考叔〇孝	10/13/17	官〇政明	7/9/11
禮樂以之而〇	18/23/24	故得大化興〇	11/14/11	官務〇政	9/12/11
		化〇文備	11/14/13	無不〇德	18/23/17
刑 xíng	16	化〇心易	12/16/9		
		君上〇仁覆之道也	13/17/7	**虛** xū	2
明國法以至於無〇	5/7/5	諫於既〇者	15/19/22		
〇雖設而當也	5/7/7	〇而能改	15/19/24	則〇其聽	15/19/11
懲之以〇	7/8/17	百〇大善	16/20/15	則〇其言	15/19/11
〇臨以威	7/8/19	君可依〇	17/21/30		
〇則在省而中	7/8/21	惟其能而〇之	17/22/25	**序** xù	1
任〇非德	7/9/1	淳化〇也	18/23/3		
謹於〇	7/9/5	則淳化不〇	18/23/5	使之有〇	8/10/7
〇不謹則（知）〔濫〕	7/9/7	臣下所〇	18/23/26		
〇以嚴之	8/10/17	而後〇於樂	18/24/13	**恤** xù	1
隄防政〇	11/14/7	樂〇則可極之有哉	18/24/13		
政〇、禮之要	11/14/9			君上〇刑	18/23/30
禮樂善而政〇清也	11/14/17	**形** xíng	2		
不忠則〇罰加焉	16/20/21			**宣** xuān	2
未有不〇	16/20/23	非〇於征伐也	8/9/22		
〇罰以之而清	18/23/28	諫於未〇者	15/19/14	〇君德以弘大其化	5/7/1
君上恤〇	18/23/30			〇王中興	13/17/5
		省 xǐng	1		
行 xíng	38			**懸** xuán	1
		刑則在〇而中	7/8/21		
四時〇	1/1/15			〇其爵賞	8/10/15
其〇一焉	1/2/1	**凶** xiōng	3		
則無異〇	1/2/3			**狗** xùn	1
道〇自漸	1/2/7	違之則〇	1/1/9		
觀〇於上	2/2/29	舜流四〇	7/8/23	〇國忘家	3/4/3
上〇下化	2/3/5	爲惡則〇	16/20/11		
〇於四方	2/3/15			**訓** xùn	1
化〇名播	2/3/17	**休** xiū	8		
下〇而上信	3/3/33			禮以〇之	8/10/5
固所常〇	3/4/5	以徵天〇	1/1/3		
出則〇其政	4/5/7	則〇氣應也	1/1/5	**遜** xùn	3
君子盡其忠能以〇其政令	5/6/12	是以爲〇徵	6/7/29		
敦君化以〇化	5/7/3	揚君之〇	13/17/3	文王敬〇、虞芮〇畔是也	2/3/5
〇孝悌於其家	6/7/31	以成君〇	15/19/30	見〇知爭之失	12/16/5
人勉而〇	7/8/15	所以長守其〇	16/20/25		
〇之匪懈	7/9/9	天意本〇	16/20/27	**涯** yá	1
信以〇之	8/10/9	〇咎之徵也	16/20/29		
使之必〇	8/10/11			聖德無〇	12/16/17
〇此六者	8/10/21	**脩** xiū	6		
使臣之〇	9/11/9			**雅** yǎ	1
忠苟不〇	10/12/23	〇於政	7/9/5		
故君子〇其孝	10/13/3	政不〇舉	7/9/7	是故播於《〇》《頌》	18/24/11

焉 yān	12	故○息山林	17/21/22	也 yě	87
其行一○	1/2/1			忠之道○	1/1/3
忠之大○	1/2/7	殃 yāng	2	則休氣應○	1/1/5
頌聲作○	3/4/20	為逆者○	16/20/19	忠者、中○	1/1/11
情莫過○	5/7/19	作不善降之百○	16/21/1	則與忠反○	1/1/13
官莫謹○	5/7/19			何往不可○	1/1/17
物亦信○	12/15/19	洋 yáng	1	忠○者、一其心之謂矣	1/1/20
物亦公○	12/15/23	聖德○溢	3/4/20	其義深○	1/1/30
大莫加○	14/17/17			其祚長○	1/1/30
忠則福祿至○	16/20/21	揚 yáng	6	其誠達○	1/1/30
不忠則刑罰加○	16/20/21			其應彰○	1/1/30
況荷君祿位而無聞○	17/21/22	○於後代	2/3/15	言人之易從○	1/1/31
重恩重○	17/22/31	聖明則○之	13/17/1	其為忠○	1/2/3
		○君之休	13/17/3	忠之始○	1/2/5
言 yán	16	必○之	13/17/9	忠之中○	1/2/5
		若君有盛德而臣不○	13/17/11	忠之終○	1/2/5
○人之易從也	1/1/31	忠則為君聞○	18/23/18	忠之義○	1/2/23
不○而信如四時	3/4/17			各有尊○	2/2/31
知無不○	4/5/5	陽 yáng	3	天下盡忠以奉上○	2/3/3
○事無憚	4/5/19			文王敬遜、虞芮遜畔是○	2/3/5
君子之○	14/17/31	陰○之和	3/4/15	德益明○	2/3/9
小人之○	14/17/31	調之如陰○	3/4/17	君之要○	2/3/13
忠○逆志	14/18/1	則陰○風雨以和	6/7/27	以嚴配社稷於無（彊）	
佞○順志	14/18/1			〔彊〕者○	2/3/17
下能○之	15/19/9	養 yǎng	3	蓋聖君之忠○	2/3/19
下不能○	15/19/11			無所不通○	2/3/21
下能○	15/19/11	順化供（養）〔○〕	6/8/1	天以多福與人君○	2/3/25
則虛其○	15/19/11	以（養）〔○〕其親	10/13/7	忠之本○	3/3/29
○聽俱能	15/19/11	得盡其（養）〔○〕	10/13/9	必以忠為本○	3/3/31
忠則○播聞	16/20/23			此乃守常之臣○	4/5/1
無○不酬	17/22/29	夭 yāo	1	故君子之事上○	4/5/3
一○一德猶必報	17/22/31	咸無○折	12/16/13	蓋百工之忠○	4/5/23
				夫理人者、必三備而後	
顏 yán	1	要 yāo	3	可○	5/6/10
		人倫之○	1/1/9	未之聞○	5/6/12
犯○抗議	15/19/32	君之○也	2/3/13	政之理○	5/6/14
		政刑、禮之○	11/14/9	刑雖設而當○	5/7/7
嚴 yán	2			蓋守宰之忠○	5/7/17
		繇 yáo	1	君之德○	6/7/23
以○配社稷於無（彊）		咎○歌之	13/17/5	人賴之而生○	6/7/27
〔彊〕者也	2/3/17			賴成於君○	6/7/29
刑以○之	8/10/17			此兆人之忠○	6/7/31
				理之上○	7/8/9
偃 yǎn	2			而民從善○	7/8/11
				理之中○	7/8/13
夷服武○	11/14/13			理之下○	7/8/17

則人畏而不敢爲非○	7/8/17	**一 yī**	22	**貽 yí**	1
德者、爲理之本○	7/9/1				
德不務而人不懷○	7/9/7	上下○德	1/1/3	自○伊罰	10/12/29
安萬人○	8/9/20	忠也者、○其心之謂矣	1/1/20		
非形於征伐○	8/9/22	○則爲忠	1/1/22	**疑 yí**	2
子犯曰「未知信」之類		其行○焉	1/2/1		
是○	8/10/23	是故○於其身	1/2/5	不○而天下自信	12/15/17
武備之道○	8/10/29	○於其家	1/2/5	不○於物	12/15/19
不可以用而不備○	8/10/31	○於其國	1/2/5		
君子效能○	9/12/3	身○則百祿至	1/2/9	**儀 yí**	2
小人伏罪○	9/12/7	立身履○	1/2/11		
辱及親○	10/12/31	家○則六親和	1/2/13	動則有○	4/5/15
此之謂保孝行○	10/13/11	國○則萬人理	1/2/17	百事之○	4/5/17
此之謂○	10/13/17	惟精惟○	1/2/21		
明主之爲國○	11/13/21	精○守中	1/2/23	**已 yǐ**	5
禮樂善而政刑清○	11/14/17	日增○日	2/3/9		
下忠上信之所致○	11/14/19	可謂○體	3/3/33	臨難死節○矣	3/4/3
則無不見聞○	12/14/31	○人元良	6/8/3	獨清則謹己而○	5/6/9
斯可謂致理○已矣	12/15/5	○人以大善撫萬國	6/8/5	斯可謂致理也○矣	12/15/5
以爲自然之至○	12/16/15	萬國以忠貞戴○人〔矣〕	6/8/5	諫於○彰者	15/19/18
古之道○	13/17/1	成廈、非○木之才	11/14/25	無有祿而○者也	17/21/19
則皆然○	13/17/3	○曰貢賢	17/21/24		
君上行仁覆之道○	13/17/7	○言○德猶必報	17/22/31	**以 yǐ**	100
臣下有贊詠之義○	13/17/7				
忠之爲用○	14/17/15	**衣 yī**	1	○徵天休	1/1/3
必由忠而成○	14/18/11			惟君○聖德監於萬邦	2/2/27
以不忠而敗○	14/18/27	寒者○之	5/7/11	○臨於人	2/2/31
此三者不可不辨○	14/18/31			天下盡忠○奉上也	2/3/3
忠臣之事君○	15/19/5	**伊 yī**	1	是○兢兢戒慎	2/3/7
則其道光明○	15/19/12			非懷不可○居祿	2/3/13
上○	15/19/14	自貽○罰	10/12/29	非化不可○懷人	2/3/13
次○	15/19/18			○保社稷	2/3/15
下○	15/19/22	**依 yī**	1	○光祖考	2/3/15, 2/3/17
是乃罪○	15/19/28			○嚴配社稷於無（疆）	
社稷之安固○	15/20/1	君可○行	17/21/30	〔疆〕者也	2/3/17
臣忠可以正主○	15/20/5			君○明德事天	2/3/25
休咎之徵○	16/20/29	**夷 yí**	3	天○多福與人君也	2/3/25
豈忠○哉	17/21/15			必○忠爲本也	3/3/31
無有祿而已者○	17/21/19	戎○稟命	8/9/24	○其義同	3/4/1
如何忘○	17/22/31	蠻○率服	11/14/11	任賢○爲理	3/4/11
淳化行○	18/23/3	○服武偃	11/14/13	恭可○成正	4/5/29
故明王之理○	18/23/15			直可○獻忠	4/5/29
君德由廣大之○	18/23/18	**宜 yí**	1	身不清則何○教民	5/6/5
自然之理○	18/24/5			然後可○理人	5/6/7
故其成功可以告于神明○	18/24/9	祿其○哉	7/9/16	君子盡其忠能○行其政令	5/6/12
				○臨其人	5/6/14
				篤之○仁義	5/6/24

天〇無咎		16/20/27
毅 yì		**1**
爲君果〇		14/18/9
議 yì		**3**
中於抗〇		15/19/30
犯顏抗〇		15/19/32
抗〇不從		15/19/32
因 yīn		**1**
〇其利而勸之		5/6/22
音 yīn		**1**
四海之內有太平〇		18/24/3
陰 yīn		**3**
〇陽之和		3/4/15
調之如〇陽		3/4/17
則〇陽風雨以和		6/7/27
應 yīng		**3**
則休氣〇也		1/1/5
其〇彰也		1/1/30
善惡必〇		16/20/9
鷹 yīng		**1**
功吾其〇		17/22/3
永 yǒng		**1**
〇錫爾類		10/13/15
勇 yǒng		**3**
忠而能〇		14/18/7
〇而不忠		14/18/23
〇愈多而易其亂		14/18/25

詠 yǒng		**2**
吉甫〇之		13/17/5
臣下有贊〇之義也		13/17/7
用 yòng		**16**
忠之爲〇		1/1/31
君體〇盡矣		3/4/18
上下〇成		4/5/23
〇其情而處之		5/6/18
百穀〇成		6/7/29
六者並〇		8/10/23
故晉將〇師		8/10/23
武可以備而不〇		8/10/31
不可以〇而不備也		8/10/31
有正然後〇其能		11/13/29
〇天下之視聽		12/14/31
〇實則人不僞		12/15/33
忠之爲〇也		14/17/15
〇忠以教		14/17/17
利者、國之〇		17/22/21
〇可以給		17/22/23
攸 yōu		**1**
衆善〇歸		10/13/9
憂 yōu		**1**
職思其〇		4/5/9
優 yōu		**3**
敷政〇〇		7/9/14
〇游聖德		12/16/15
由 yóu		**5**
何莫〇忠		1/1/24
以心則不知所〇		7/8/11
貪〇有珍		12/15/27
必〇忠而成也		14/18/11
君德〇廣大之也		18/23/18

游 yóu		**1**
優〇聖德		12/16/15
猶 yóu		**5**
〇有所尊		2/3/1
〇求福而棄天		10/12/21
所率〇非其道		10/12/23
雖下〇愈		15/19/24
一言一德〇必報		17/22/31
猷 yóu		**3**
故得皇〇丕丕		2/3/15
二曰獻〇		17/21/28
〇者、國之規		17/22/13
有 yǒu		**42**
無〇大於忠者		1/1/9
未〇舍忠		1/1/26
雖〇殊名		1/2/3
各〇尊也		2/2/31
猶〇所尊		2/3/1
雖〇周、孔之才		3/3/31
何事之〇		3/4/13
尊其君〇天地之大		3/4/15
〇國之建		4/4/30
動則〇儀		4/5/15
〇同骨肉		5/7/15
秉御〇君		6/7/25
政施〇術		7/8/15
不博則〇不及		7/8/31
何〔〇〕不理之人乎		7/9/9
使之〇序		8/10/7
謂之〇利		8/10/21
〇其武才		8/11/3
以之而陟則〇成		9/12/1
〇正然後用其能		11/13/29
正而〇能則忠		11/13/31
居成而不〇		12/15/5
〇事則煩		12/15/15
貪由〇珍		12/15/27
是以虞〇德		13/17/5
臣下〇贊詠之義也		13/17/7
若君〇盛德而臣不揚		13/17/11

則○缺於忠道〔矣〕	13/17/11	以嚴配社稷○無（彊）		諫○既行者	15/19/22
以○閫域	14/17/21	〔彊〕者也	2/3/17	夫諫始○順辭	15/19/30
故雖○其能	14/18/11	冢臣○君	3/3/33	中○抗議	15/19/30
忠而○能	14/18/13	股肱動○下	3/4/1	終○死節	15/19/30
則○功	14/18/13	元首隨○上	3/4/1	善莫大○作忠	16/20/13
是雖○其能	14/18/27	樂之○中	3/4/22	惡莫大○不忠	16/20/17
未○不祿	16/20/23	和之○外	3/4/22	爲人臣者官○君	17/21/7
未○不刑	16/20/23	政成○下	4/5/25	昏衢迷○日月	17/21/21
君子○無祿而益君	17/21/19	德歸○上	4/5/25	各以其能而報○國	17/22/27
無○祿而已者也	17/21/19	不建○事	5/6/9	況忠臣之○國乎	17/22/29
○能審國	17/21/22	獨明則雖察○務	5/6/9	盡心者則洪○遠	18/23/11
報國之道○四	17/21/24	獨平則徒均○物	5/6/9	君臣之始○政能	18/24/9
忠○所未盡	18/23/5	明國法以至○無刑	5/7/5	著○群瑞	18/24/9
四海之內○太平音	18/24/3	賴成○君也	6/7/29	是故播○《雅》《頌》	18/24/11
樂行則可極之○哉	18/24/13	行孝悌○其家	6/7/31	傳○無窮	18/24/11
		昭見○人	7/8/15	德施○人	18/24/13
又 yòu	1	既劣○政	7/8/19	務格○神	18/24/13
		彌蒙○德	7/8/19	而後行○樂	18/24/13
○失於孝	10/13/1	故君子務○德	7/9/5		
		脩○政	7/9/5	**虞 yú**	2
于 yú	2	謹○刑	7/9/5		
		非形○征伐也	8/9/22	文王敬遜、○芮遜畔是也	2/3/5
告○上下	18/24/7	出○四方以觀風	9/11/7	是以○有德	13/17/5
故其成功可以告○神明也	18/24/9	聰則審○事	9/11/11		
		明則辨○理	9/11/11	**雨 yǔ**	1
於 yú	84	必貴○忠	10/12/19		
		既失○忠	10/13/1	則陰陽風○以和	6/7/27
乃合○天	1/1/5	又失○孝	10/13/1		
無有大○忠者	1/1/9	施及○人	10/13/7	**與 yǔ**	6
而私○事	1/1/13	得保○孝	10/13/13		
而成○務	1/1/26	施○莊公	10/13/17	則○忠反也	1/1/13
而況○人乎	1/1/28	任○正	11/13/21	天以多福○人君也	2/3/25
夫忠興○身	1/2/1	去○邪	11/13/21	知仁○義	5/6/26
著○家	1/2/1	臣在忠○君	11/14/21	惟善是○	9/11/31
成○國	1/2/1	君在委○臣	11/14/21	○天地等	12/16/17
是故一○其身	1/2/5	王者思○至理	12/15/9	君可○足	17/22/7
一○其家	1/2/5	不疑○物	12/15/19		
一○其國	1/2/5	不私○物	12/15/23	**聿 yù**	1
惟君以聖德監○萬邦	2/2/27	儉消○侈	12/15/31		
垂監○下	2/2/29	故君子臣○盛明之時	13/17/9	○懷多福	2/3/23
觀行○上	2/2/29	傳○後代	13/17/9		
故王者上事○天	2/2/31	則有缺○忠道〔矣〕	13/17/11	**域 yù**	1
下事○地	2/2/31	施之○邇	14/17/19		
中事○宗廟	2/2/31	施之○遠	14/17/23	以有閫○	14/17/21
以臨○人	2/2/31	莫先○諫	15/19/5		
行○四方	2/3/15	諫○未形者	15/19/14		
揚○後代	2/3/15	諫○已彰者	15/19/18		

欲 yù	5
清則無○	5/6/7
夫人莫不○安	5/6/16
莫不○富	5/6/20
○罷不可	7/8/15
不任己○	12/15/3

御 yù	2
○家不二	1/2/15
秉○有君	6/7/25

愈 yù	6
仁○多而恩○深	14/18/17
知○多而詐○密	14/18/21
勇○多而易其亂	14/18/25
雖下猶○	15/19/24

禦 yù	2
堪其扞〔○〕	8/11/3
將可以○	17/22/19

元 yuán	5
○首隨於上	3/4/1
○首明哉	3/4/24
一人○良	6/8/3
○爲股	11/14/1
默化○運	12/15/7

爰 yuán	1
周○諮諏	9/12/13

遠 yuǎn	8
審其○近	8/10/11
色正則邪○	9/11/21
其○乎哉	12/15/9
道無○近	12/15/11
使久○不聞	13/17/11
施之於○	14/17/23
盡心者則洪於○	18/23/11
洪○則萬物之利	18/23/13

怨 yuàn	2
事不平則○難弭	5/6/5
以之而出則無○	9/12/5

曰 yuē	5
子犯○「未知信」之類	
是也	8/10/23
一○貢賢	17/21/24
二○獻猷	17/21/28
三○立功	17/22/1
四○興利	17/22/5

月 yuè	3
日○之明	3/4/15
昭之如日○	3/4/17
昏衢迷於日○	17/21/21

悅 yuè	1
人臣和○	11/14/15

鉞 yuè	1
威其鈇○	8/10/19

樂 yuè	11
○之於中	3/4/22
導之以禮○	5/6/28
身安親○	10/13/9
被服禮○	11/14/7
禮○、德之則	11/14/9
禮○善而政刑清也	11/14/17
○其生	12/16/11
禮○以之而興	18/23/24
○至而歌	18/24/5
而後行於○	18/24/13
○行則可極之有哉	18/24/13

云 yún	16
《書》○	1/2/21,3/4/24,6/8/3
	14/18/31,15/20/3,16/21/1
《詩》○	2/3/23,4/5/27,5/7/17

	7/9/14,8/11/1,9/12/13
	10/13/15,11/14/23,12/16/19
	17/22/29

允 yǔn	1
○執厥中	1/2/21

運 yùn	4
四時廣○	1/1/17
在乎沉謀潛○	3/4/7
德化潛○	7/8/11
默化元○	12/15/7

哉 zāi	9
元首明○	3/4/24
股肱良○	3/4/24
庶事康○	3/4/24
祿其宜○	7/9/16
其遠乎○	12/15/9
大○	14/17/15
不亦明○	16/20/29
豈忠也○	17/21/15
樂行則可極之有○	18/24/13

宰 zǎi	3
未盡冢○之事	3/4/5
蓋守○之忠也	5/7/17
〔守○愛人〕	5/7/19

在 zài	13
昔○至理	1/1/3
聖君○上	2/2/29
萬邦○下	2/2/29
○乎沉謀潛運	3/4/7
誠○沉潛	3/4/9
既○其位	4/5/9
○官惟明	5/6/3
刑則○省而中	7/8/21
政則○簡而能	7/8/25
德則○博而久	7/8/29
臣○忠於君	11/14/21
君○委於臣	11/14/21

務○任賢	18/23/15	○人不得不爲善	7/8/13	徹侈○人從儉	12/15/29
		○人畏而不敢爲非也	7/8/17	用實○人不僞	12/15/33
載 zài	**4**	刑○在省而中	7/8/21	崇讓○人不爭	12/16/3
		政○在簡而能	7/8/25	順帝之○	12/16/19
地之所○	1/1/7	簡○易從	7/8/27	不違其○	12/16/21
覆○之間	1/1/9	能○人服	7/8/27	不足○補之	13/17/1
○馳○驅	9/12/13	德○在博而久	7/8/29	聖明○揚之	13/17/1
		不博○有不及	7/8/31	○皆然也	13/17/3
贊 zàn	**1**	不久○人心復〔澆〕	7/8/31	○有缺於忠道〔矣〕	13/17/11
		○薄	7/9/1	○可以保家邦	14/17/19
臣下有○詠之義也	13/17/7	○殘	7/9/1	○可以極天地	14/17/23
		兼德○厚	7/9/3	○國德彰	14/18/3
則 zé	**126**	加德○寬	7/9/3	○國政舉	14/18/7
		刑不謹○（知）〔濫〕	7/9/7	○國難清	14/18/7
○休氣應也	1/1/5	闕○失之	8/10/23	○有功	14/18/13
履之○吉	1/1/9	是以攻之○克	8/10/29	○私其恩	14/18/15
違之○凶	1/1/9	守之○固	8/10/29	○文其詐	14/18/19
○與忠反也	1/1/13	聽○審於事	9/11/11	○易其亂	14/18/23
一○爲忠	1/1/22	明○辨於理	9/11/11	○爲敗	14/18/29
二○爲僻	1/1/22	不聽○惑其所聞	9/11/13	○王道光矣	15/19/9
○無異行	1/2/3	不明○蔽其所見	9/11/13	○虛其聽	15/19/11
身一○百祿至	1/2/9	理辨○忠	9/11/15	○虛其言	15/19/11
家一○六親和	1/2/13	事審○分	9/11/15	○君臣諫合	15/19/12
國一○萬人理	1/2/17	理不辨○其斷偏	9/11/17	○其道光明也	15/19/12
○人化之	2/3/3	事不審○其信惑	9/11/17	○非忠臣	15/19/26
君明○臣良	3/4/26	私去○情滅	9/11/21	○繼之以死	15/19/32
臣良○事康	3/4/26	色正○邪遠	9/11/21	木從繩○正	15/20/3
入○獻其謀	4/5/3	○成刻浮	9/11/25	后從諫○聖	15/20/3
出○行其政	4/5/7	以之而陟○有成	9/12/1	爲善○吉	16/20/11
居○思其道	4/5/11	以之而出○無怨	9/12/5	爲惡○凶	16/20/11
動○有儀	4/5/15	○天下敬職	9/12/9	忠○福祿至焉	16/20/21
○不顧其身	4/5/19	○福祿至矣	10/13/3	不忠○刑罰加焉	16/20/21
○爲尸素	4/5/21	忠○得福	10/13/5	忠○言播聞	16/20/23
官不明○事多欺	5/6/5	祿○榮親	10/13/5	不忠○不忠彰兆	16/20/23
事不平○怨難弭	5/6/5	任正○君子道長	11/13/23	忠○必報	17/21/17
身不清○何以教民	5/6/5	去邪○小人道消	11/13/23	○淳化不行	18/23/5
清○無欲	5/6/7	邪○不忠	11/13/25	○盡其心	18/23/7
平○不曲	5/6/7	忠○必正	11/13/25	○盡其力	18/23/7
獨清○謹己而已	5/6/9	忠○不邪	11/13/27	盡力者○止其身	18/23/11
獨明○雖察於務	5/6/9	正○必忠	11/13/27	盡心者○洪於遠	18/23/11
獨平○徒均於物	5/6/9	能而無正○邪	11/13/31	止身○匹夫之事	18/23/13
○皆就之	5/6/26	正而有能○忠	11/13/31	洪遠○萬物之利	18/23/13
○人愛之	5/7/13	禮樂、德之○	11/14/9	○君德廣矣	18/23/15
○陰陽風雨以和	6/7/27	○無不見聞也	12/14/31	賢臣○無不盡忠	18/23/17
是○爲忠	6/8/1	弘之○是	12/15/11	忠○爲君闡揚	18/23/18
○人日遷善而不知	7/8/9	有事○煩	12/15/15	樂行○可極之有哉	18/24/13
以心○不知所由	7/8/11	賤珍○人去貪	12/15/25		

澤 zé	1
惠〇長久	2/3/11

增 zēng	2
日〇其明	2/3/7
日〇一日	2/3/9

詐 zhà	2
則文其〇	14/18/19
知愈多而〇愈密	14/18/21

章 zhāng	1
〇條申而不犯	5/7/7

彰 zhāng	4
其應〇也	1/1/30
則國德〇	14/18/3
諫於已〇者	15/19/18
不忠則不忠〇兆	16/20/23

昭 zhāo	5
〇事上帝	2/3/23
〇之如日月	3/4/17
故〇君德	4/5/23
君德〇明	6/7/27
〇見於人	7/8/15

召 zhào	2
〇爲師	11/14/1
惟人自〇	16/21/3

兆 zhào	2
此〇人之忠也	6/7/31
不忠則不忠彰〇	16/20/23

折 zhé	1
咸無夭〇	12/16/13

者 zhě	34
無有大於忠〇	1/1/9
忠〇、中也	1/1/11
忠也〇、一其心之謂矣	1/1/20
故王〇上事於天	2/2/31
王〇至重	2/3/1
以嚴配社稷於無（彊）	
〔彊〕〇也	2/3/17
夫忠〇	3/4/3
三〇備矣	5/6/7
夫理人〇、必三備而後	
可也	5/6/10
而不理〇	5/6/12
寒〇衣之	5/7/11
饑〇食之	5/7/11
德〇、爲理之本也	7/9/1
王〇立武	8/9/20
行此六〇	8/10/21
六〇並用	8/10/23
夫惟孝〇	10/12/19
古〇聖人以天下之耳目	
爲視聽	12/14/29
王〇思於至理	12/15/9
忠〇臣節	14/17/29
聞之〇鮮不惑矣	14/17/31
此三〇不可不辨也	14/18/31
諫於未形〇	15/19/14
諫於已彰〇	15/19/18
諫於既行〇	15/19/22
爲逆〇殃	16/20/19
爲人臣〇官於君	17/21/7
無有祿而已〇也	17/21/19
賢〇、國之幹	17/22/9
猷〇、國之規	17/22/13
功〇、國之將	17/22/17
利〇、國之用	17/22/21
盡力〇則止其身	18/23/11
盡心〇則洪於遠	18/23/11

珍 zhēn	3
賤〇則人去貪	12/15/25
貪由有〇	12/15/27
〇去貪息	12/15/27

貞 zhēn	3
大亨〇	1/1/15
萬邦以〇	6/8/3
萬國以忠〇戴一人〔矣〕	6/8/5

征 zhēng	1
非形於〇伐也	8/9/22

爭 zhēng	2
崇讓則人不〇	12/16/3
見遜知〇之失	12/16/5

徵 zhēng	3
以〇天休	1/1/3
是以爲休〇	6/7/29
休咎之〇也	16/20/29

正 zhèng	19
不〇其心	1/1/13
〇色直辭	3/4/3
〇國安人	3/4/7
好是〇直	4/5/27
恭可以成〇	4/5/29
明能〇俗	5/6/7
〇其色	9/11/19
色〇則邪遠	9/11/21
任於〇	11/13/21
任〇則君子道長	11/13/23
忠則必〇	11/13/25
〇則必忠	11/13/27
有〇然後用其能	11/13/29
能而無〇則邪	11/13/31
〇而有能則忠	11/13/31
（斜）〔糾〕過〇德	15/19/7
木從繩則〇	15/20/3
繩直可以〇木	15/20/5
臣忠可以〇主也	15/20/5

政 zhèng	22
出則行其〇	4/5/7
工奉君〇	4/5/25

○成於下	4/5/25	忠○本也	3/3/29	懲○以刑	7/8/17
君子盡其忠能以行其○令	5/6/12	雖有周、孔○才	3/3/31	理○下也	7/8/17
○之理也	5/6/14	此皆忠○常道	3/4/5	德者、爲理○本也	7/9/1
施之以○	7/8/13	未盡冢宰○事	3/4/5	行○匪懈	7/9/9
○施有術	7/8/15	何事○有	3/4/13	何〔有〕不理○人乎	7/9/9
既劣於○	7/8/19	尊其君有天地○大	3/4/15	故無不能理○吏	7/9/11
○則在簡而能	7/8/25	日月○明	3/4/15	無不可理○人	7/9/11
任○非德	7/9/1	陰陽○和	3/4/15	統軍○帥	8/9/24
脩於○	7/9/5	四時○信	3/4/15	國○大寄	8/9/26
○不脩舉	7/9/7	蓋○如天	3/4/17	仁以懷○	8/9/28
官脩○明	7/9/11	容○如地	3/4/17	使○咸懷	8/9/30
敷○優優	7/9/14	昭○如日月	3/4/17	義以厲○	8/10/1
○其人理	7/9/16	調○如陰陽	3/4/17	禮以訓○	8/10/5
官務脩○	9/12/11	樂○於中	3/4/22	使○有序	8/10/7
隄防○刑	11/14/7	和○於外	3/4/22	信以行○	8/10/9
○刑、禮之要	11/14/9	有國○建	4/4/30	使○必行	8/10/11
禮樂善而○刑清也	11/14/17	非忠○道	4/4/30	賞以勸○	8/10/13
則國○舉	14/18/7	此乃守常○臣也	4/5/1	使○慕功	8/10/15
○教以之而美	18/23/20	故君子○事上也	4/5/3	刑以嚴○	8/10/17
君臣之始於○能	18/24/9	公家○利	4/5/5	使○懼罪	8/10/19
		益國○道	4/5/13	謂○有利	8/10/21
之 zhī	186	百事○儀	4/5/17	闕則失○	8/10/23
		蓋百工○忠也	4/5/23	子犯曰「未知信」○類	
忠○道也	1/1/3	未○聞也	5/6/12	是也	8/10/23
忠○爲道	1/1/5,2/3/21	政○理也	5/6/14	是以攻○則克	8/10/29
至理○時	1/1/5	君子順而安○	5/6/16	守○則固	8/10/29
天○所覆	1/1/7	用其情而處○	5/6/18	武備○道也	8/10/29
地○所載	1/1/7	君子教而富○	5/6/20	惟臣以天子○命	9/11/7
人○所履	1/1/7	因其利而勸○	5/6/22	使臣○行	9/11/9
覆載○間	1/1/9	篤○以仁義	5/6/24	以○陟則有成	9/12/1
人倫○要	1/1/9	則皆就○	5/6/26	以○而出則無怨	9/12/5
履○則吉	1/1/9	導○以禮樂	5/6/28	是以忠不及○	10/12/27
違○則凶	1/1/9	視君○人	5/7/9	故得盡愛敬○心	10/13/7
忠也者、一其心○謂矣	1/1/20	寒者衣○	5/7/11	守忠○道	10/13/9
爲國○本	1/1/24	饑者食○	5/7/11	此○謂保孝行也	10/13/11
忠○爲用	1/1/31	則人愛○	5/7/13	以忠○故	10/13/13
言人○易從也	1/1/31	蓋守宰○忠也	5/7/17	君子善○	10/13/17
忠○始也	1/2/5	民○父母	5/7/17	此○謂也	10/13/17
忠○中也	1/2/5	君○德也	6/7/23	明主○爲國也	11/13/21
忠○終也	1/2/5	人賴○而生也	6/7/27	禮樂、德○則	11/14/9
忠○大焉	1/2/7	故人○生	6/7/29	政刑、禮○要	11/14/9
富貴○本	1/2/11	是故祗承君○法度	6/7/31	下忠上信○所致也	11/14/19
忠○義也	1/2/23	此兆人○忠也	6/7/31	成廈、非一木○才	11/14/25
則人化○	2/3/3	夫化○以德	7/8/9	爲國、資庶臣○力	11/14/25
理○自然	2/3/5	理○上也	7/8/9	古者聖人以天下○耳目	
君○要也	2/3/13	施○以政	7/8/13	爲視聽	12/14/29
蓋聖君○忠也	2/3/19	理○中也	7/8/13	用天下○視聽	12/14/31

天下○心爲心	12/15/1	賢者、國○幹	17/22/9	**直 zhí**	4
順物○情	12/15/3	猷者、國○規	17/22/13		
弘○則是	12/15/11	功者、國○將	17/22/17	正色○辭	3/4/3
見實知僞○惡	12/16/1	利者、國○用	17/22/21	好是正○	4/5/27
見遜知爭○失	12/16/5	是皆報國○道	17/22/25	○可以獻忠	4/5/29
以爲自然○至也	12/16/15	惟其能而行○	17/22/25	繩○可以正木	15/20/5
順帝○則	12/16/19	況忠臣○於國乎	17/22/29		
不足則補○	13/17/1	凡人○間	17/22/31	**執 zhí**	2
聖明則揚○	13/17/1	君臣○義	17/22/31		
古○道也	13/17/1	止身則匹夫○事	18/23/13	允○厥中	1/2/21
補衮○闕	13/17/3	洪遠則萬物○利	18/23/13	規可以○	17/22/15
揚君○休	13/17/3	故明王○理也	18/23/15		
古○忠臣	13/17/3	古○明王	18/23/17	**殖 zhí**	1
咎繇歌○	13/17/5	君德由廣大○也	18/23/18		
文王○道	13/17/5	政教以○而美	18/23/20	○致其厚	17/22/7
周公頌○	13/17/5	禮樂以○而興	18/23/24		
吉甫詠○	13/17/5	刑罰以○而清	18/23/28	**職 zhí**	3
君上行仁覆○道也	13/17/7	仁惠以○而布	18/23/32		
臣下有贊詠○義也	13/17/7	四海○內有太平音	18/24/3	○思其憂	4/5/9
故君子臣於盛明○時	13/17/9	自然○理也	18/24/5	秉○不回	4/5/19
必揚○	13/17/9	君臣○始於政能	18/24/9	則天下敬○	9/12/9
忠○爲用也	14/17/15	樂行則可極○有哉	18/24/13		
施○於邇	14/17/19			**止 zhǐ**	3
施○於遠	14/17/23				
爲國藉○	14/17/29	**知 zhī**	14	先事而○	15/19/16
君子○言	14/17/31			盡力者則○其身	18/23/11
小人○言	14/17/31	○無不言	4/5/5	○身則匹夫之事	18/23/13
聞○者鮮不惑矣	14/17/31	○仁與義	5/6/26		
忠臣○事君也	15/19/5	則人日遷善而不○	7/8/9	**至 zhì**	14
惟能諫○	15/19/7	以心則不○所由	7/8/11		
下能言○	15/19/9	○懼無犯	7/8/19	昔在○理	1/1/3
上能聽○	15/19/9	刑不謹則（○）〔濫〕	7/9/7	○理之時	1/1/5
改○非後	15/19/20	子犯曰「未○信」之類		○公無私	1/1/11
則繼○以死	15/19/32	是也	8/10/23	人能○公	1/1/17
社稷○安固也	15/20/1	見實○僞之惡	12/16/1	身一則百祿○	1/2/9
大惡○惡	16/20/19	見遜○爭之失	12/16/5	自下○上	2/2/31
君子知而順○	16/20/27	不識不○	12/16/19	王者○重	2/3/1
小人求而取○	16/20/27	忠而能○	14/18/7	○忠無迹	3/4/9
休咎○徵也	16/20/29	○而不忠	14/18/19	明國法以○於無刑	5/7/5
作善降○百祥	16/21/1	○愈多而詐愈密	14/18/21	則福祿○矣	10/13/3
作不善降○百殃	16/21/1	君子○而順之	16/20/27	王者思於○理	12/15/9
臣○官祿	17/21/9			以爲自然之○也	12/16/15
君實錫○	17/21/9	**祇 zhī**	1	忠則福祿○焉	16/20/21
皆君○德	17/21/11			樂○而歌	18/24/5
食土○毛	17/21/21	是故○承君之法度	6/7/31		
君子○懷帝恩	17/21/21				
報國○道有四	17/21/24				

志 zhì	2	一則爲○	1/1/22	正則必○	11/13/27
忠言逆○	14/18/1	何莫由○	1/1/24	正而有能則○	11/13/31
佞言順○	14/18/1	未有舍○	1/1/26	下○上信之所致也	11/14/19
		○能固君臣、安社稷、		臣在○於君	11/14/21
制 zhì	2	感天地、動神明	1/1/28	○臣以榮	13/16/25
		○之爲用	1/1/31	○臣以辱	13/16/29
明其節○	8/10/7	夫○興於身	1/2/1	古之○臣	13/17/3
君上○作	18/23/26	其爲○也	1/2/3	其○矣夫	13/17/9
		○之始也	1/2/5	則有缺於○道〔矣〕	13/17/11
致 zhì	4	○之中也	1/2/5	○之爲用也	14/17/15
		○之終也	1/2/5	用○以教	14/17/17
○其命	8/10/25	○之大焉	1/2/7	必先辨○	14/17/27
下忠上信之所○也	11/14/19	○之義也	1/2/23	○者臣節	14/17/29
斯可謂○理也已矣	12/15/5	天下盡○以奉上也	2/3/3	不先辨○	14/17/29
殖○其厚	17/22/7	蓋聖君之○也	2/3/19	○而不佞	14/17/31
		○之本也	3/3/29	佞而似○而非	14/17/31
阤 zhì	1	必以○爲本也	3/3/31	○言逆志	14/18/1
		故能成其○	3/3/33	夫○而能仁	14/18/3
以之而○則有成	9/12/1	夫○者	3/4/3	○而能知	14/18/7
		此皆○之常道	3/4/5	○而能勇	14/18/7
質 zhì	1	至○無迹	3/4/9	爲君謀○	14/18/9
		非○之道	4/4/30	必由○而成也	14/18/11
天下淳○	12/16/7	蓋百工之○也	4/5/23	○而有能	14/18/13
		直可以獻○	4/5/29	仁而不○	14/18/15
中 zhōng	10	君子盡其○能以行其政令	5/6/12	知而不○	14/18/19
		既才且○	5/6/14	勇而不○	14/18/23
忠者、○也	1/1/11	蓋守宰之○也	5/7/17	以不○而敗也	14/18/27
忠之○也	1/2/5	此兆人之○也	6/7/31	能而無○	14/18/29
允執厥○	1/2/21	是則爲○	6/8/1	○臣之事君也	15/19/5
精一守○	1/2/23	萬國以○貞戴一人〔矣〕	6/8/5	則非○臣	15/19/26
○事於宗廟	2/2/31	固其○	7/9/9	臣○可以正主也	15/20/5
樂之於○	3/4/22	○信故己	7/9/11	善莫大於作○	16/20/13
理之○也	7/8/13	理辨則○	9/11/15	無○皆忘	16/20/15
刑則在省而○	7/8/21	必貴於○	10/12/19	惡莫大於不○	16/20/17
宣王○興	13/17/5	若思孝而忘○	10/12/21	○則福祿至焉	16/20/21
○於抗議	15/19/30	○苟不行	10/12/23	不○則刑罰加焉	16/20/21
		○不居心	10/12/25	○則言播聞	16/20/23
忠 zhōng	104	是以○不及之	10/12/27	不○則不○彰兆	16/20/23
		既失於○	10/13/1	豈○也哉	17/21/15
○之道也	1/1/3	必先以○	10/13/3	○則必報	17/21/17
○之爲道	1/1/5,2/3/21	竭其○	10/13/3	不報非○	17/21/17
莫大乎○	1/1/7	○則得福	10/13/5	況○臣之於國乎	17/22/29
無有大於○者	1/1/9	守○之道	10/13/9	天下盡○	18/23/3
○者、中也	1/1/11	以○之故	10/13/13	○有所未盡	18/23/5
則與○反也	1/1/13	邪則不○	11/13/25	君子盡○	18/23/7
○也者、一其心之謂矣	1/1/20	○則必正	11/13/25	小人盡○	18/23/7
		○則不邪	11/13/27	賢臣盡○	18/23/15

賢臣則無不盡○	18/23/17	**莊 zhuāng**	1	
○則爲君闡揚	18/23/18			
		施於○公	10/13/17	
終 zhōng	2			
		資 zī	1	
忠之○也	1/2/5			
○於死節	15/19/30	爲國、○庶臣之力	11/14/25	
冢 zhǒng	2	**諮 zī**	1	
○臣於君	3/3/33	周爰○諏	9/12/13	
未盡○宰之事	3/4/5			
		子 zǐ	27	
重 zhòng	3			
		故君○之事上也	4/5/3	
王者至○	2/3/1	君○盡其忠能以行其政令	5/6/12	
○恩○焉	17/22/31	君○順而安之	5/6/16	
		君○教而富之	5/6/20	
眾 zhòng	1	君○愛人	5/6/30	
		如觀乎○	5/7/9	
○善攸歸	10/13/9	豈弟君○	5/7/17	
		父母愛○	5/7/19	
周 zhōu	4	人誰非○	5/7/19	
		故君○務於德	7/9/5	
雖有○、孔之才	3/3/31	○犯曰「未知信」之類		
○爰諮諏	9/12/13	是也	8/10/23	
○爲保	11/14/1	惟臣以天○之命	9/11/7	
○公頌之	13/17/5	君○去其私	9/11/19	
		君○效能也	9/12/3	
諸 zhū	3	故君○行其孝	10/13/3	
		孝○不匱	10/13/15	
不私○己	1/1/17	君○善之	10/13/17	
必求○道	14/18/1	任正則君○道長	11/13/23	
必求○非道	14/18/1	故君○臣於盛明之時	13/17/9	
		君○之言	14/17/31	
主 zhǔ	3	君○守道	16/20/25	
		君○知而順之	16/20/27	
武德○寧靜	8/9/22	慶垂○孫	17/21/13	
明○之爲國也	11/13/21	君○有無祿而益君	17/21/19	
臣忠可以正○也	15/20/5	君○之懷帝恩	17/21/21	
		君○盡忠	18/23/7	
著 zhù	2	君○可以盡謀	18/23/9	
○於家	1/2/1	**自 zì**	15	
○於群瑞	18/24/9			
		道行○漸	1/2/7	
		○然篤睦	1/2/15	

○下至上	2/2/31
理之○然	2/3/5
端委而○化	3/4/11
而人○理	7/9/11
○貽伊罰	10/12/29
端旒而○化	12/15/5
無爲而天下○清	12/15/13
不疑而天下○信	12/15/17
不私而天下○公	12/15/21
以爲○然之至也	12/16/15
所以○陷其咎	16/20/25
惟人○召	16/21/3
○然之理也	18/24/5
宗 zōng	1
中事於○廟	2/2/31
諏 zōu	1
周爰諮○	9/12/13
足 zú	4
○清萬國	7/8/23
君德不○	13/16/29
不○則補之	13/17/1
君可與○	17/22/7
卒 zú	1
士○從教	8/10/27
祖 zǔ	3
以光○考	2/3/15, 2/3/17
光格○考	17/21/13
罪 zuì	4
使之懼○	8/10/19
求○爲公	9/11/25
小人伏○也	9/12/7
是乃○也	15/19/28

尊 zūn	3
各有○也	2/2/31
猶有所○	2/3/1
○其君有天地之大	3/4/15

作 zuò	5
頌聲○焉	3/4/20
善莫大於○忠	16/20/13
○善降之百祥	16/21/1
○不善降之百殃	16/21/1
君上制○	18/23/26

祚 zuò	1
其○長也	1/1/30

附　　　　　　錄

全書用字頻數表

全書總字數 ＝ 4,036
單字字數　＝　667

字	數	字	數	字	數	字	數	字	數	字	數	字	數	字	數
之	186	成	17	雖	10	邪	7	良	5	神	4	抗	3	職	3
則	126	非	17	懷	10	易	7	見	5	將	4	改	3	覆	3
不	118	惟	17	公	9	社	7	命	5	康	4	侈	3	辭	3
忠	104	云	16	未	9	保	7	奉	5	情	4	勇	3	獻	3
以	100	心	16	百	9	務	7	始	5	斯	4	珍	3	議	3
其	97	用	16	孝	9	教	7	威	5	視	4	要	3	觀	3
君	88	刑	16	和	9	備	7	思	5	勤	4	貞	3	養	3
也	87	言	16	武	9	寧	7	昭	5	節	4	重	3	于	2
於	84	自	15	哉	9	福	7	若	5	罪	4	宰	3	士	2
而	75	任	14	後	9	稷	7	恩	5	載	4	效	3	內	2
人	66	至	14	家	9	親	7	動	5	運	4	益	3	孔	2
德	48	矣	14	清	9	禮	7	欲	5	彰	4	祖	3	父	2
有	42	知	14	惡	9	己	6	淳	5	監	4	豈	3	丕	2
爲	42	王	13	順	9	及	6	猶	5	蓋	4	辱	3	代	2
無	41	在	13	諫	9	功	6	違	5	廣	4	盛	3	召	2
臣	39	私	13	小	8	失	6	審	5	謀	4	貪	3	外	2
行	38	身	13	仁	8	生	6	獨	5	聽	4	陰	3	弘	2
可	37	得	13	休	8	光	6	興	5	舉	4	富	3	母	2
能	37	祿	13	利	8	先	6	臨	5	難	4	尊	3	目	2
下	36	夫	12	固	8	何	6	謹	5	勸	4	惑	3	兆	2
天	36	四	12	施	8	邦	6	三	4	乃	3	陽	3	名	2
者	34	地	12	既	8	服	6	久	4	二	3	敬	3	曲	2
國	34	如	12	皆	8	師	6	工	4	六	3	獻	3	耳	2
明	33	從	12	報	8	時	6	出	4	凶	3	過	3	亨	2
理	28	焉	12	然	8	書	6	古	4	方	3	頌	3	別	2
道	28	莫	12	愛	8	常	6	犯	4	月	3	實	3	告	2
子	27	萬	12	義	8	惰	6	考	4	木	3	端	3	形	2
故	27	聖	12	聞	8	揚	6	足	4	止	3	罰	3	志	2
事	25	安	11	遠	8	愈	6	周	4	主	3	遜	3	沉	2
上	24	使	11	謂	8	與	6	咎	4	加	3	儉	3	供	2
化	23	信	11	聽	8	辨	6	居	4	布	3	履	3	制	2
是	23	樂	11	才	7	力	5	況	4	亦	3	徵	3	委	2
一	22	賢	11	文	7	已	5	直	4	吉	3	播	3	昏	2
必	22	中	10	日	7	元	5	肱	4	同	3	撫	3	法	2
政	22	乎	10	去	7	曰	5	股	4	各	3	敷	3	爭	2
正	19	守	10	平	7	民	5	長	4	合	3	潛	3	秉	2
所	18	此	10	本	7	由	5	咸	4	夷	3	諸	3	近	2
善	18	官	10	立	7	位	5	帝	4	死	3	養	3	厚	2
盡	18	物	10	多	7	作	5	致	4	色	3	優	3	垂	2
大	17	詩	10	求	7	忘	5	氣	4	佞	3	應	3	宣	2

帥	2	間	2	山	1	刻	1	晉	1	敢	1	毅	1	衝	1
建	2	亂	2	干	1	卒	1	殊	1	欺	1	澆	1	讓	1
怨	2	傳	2	允	1	取	1	海	1	殘	1	稼	1	蠻	1
眛	2	勢	2	分	1	叔	1	浮	1	殖	1	毅	1	扞	1
殃	2	幹	2	勿	1	宗	1	畔	1	游	1	蔽	1	忒	1
洪	2	意	2	匹	1	宜	1	疾	1	等	1	調	1	芮	1
流	2	感	2	反	1	往	1	破	1	給	1	賦	1	斛	1
美	2	極	2	太	1	征	1	祗	1	舜	1	賤	1	陟	1
苟	2	當	2	夭	1	承	1	祚	1	貽	1	質	1	旒	1
赳	2	睦	2	毛	1	昔	1	素	1	進	1	遷	1	道	1
降	2	虞	2	且	1	果	1	納	1	鈇	1	黎	1	鉞	1
風	2	補	2	令	1	林	1	缺	1	隉	1	導	1	諏	1
食	2	誠	2	永	1	欣	1	茫	1	雅	1	彊	1	闔	1
首	2	兢	2	申	1	空	1	訓	1	傷	1	懈	1	緜	1
冢	2	榮	2	示	1	糾	1	貢	1	廈	1	澤	1	躋	1
匪	2	歌	2	伊	1	舍	1	配	1	慎	1	激	1	讎	1
息	2	爾	2	伐	1	門	1	骨	1	溢	1	諮	1	迹	1
格	2	疑	2	伏	1	雨	1	偏	1	滅	1	隨	1	狗	1
泰	2	竭	2	共	1	侯	1	域	1	煩	1	靜	1		
消	2	精	2	劣	1	俗	1	密	1	瑞	1	默	1		
躬	2	儀	2	危	1	勉	1	崇	1	稟	1	彌	1		
逆	2	僻	2	吏	1	城	1	患	1	群	1	戴	1		
迷	2	增	2	后	1	度	1	旌	1	資	1	濫	1		
除	2	慶	2	因	1	弨	1	棄	1	賄	1	爵	1		
僞	2	憚	2	回	1	恪	1	條	1	達	1	聲	1		
偃	2	窮	2	奸	1	恤	1	涯	1	酬	1	膺	1		
執	2	誰	2	好	1	拱	1	淑	1	靖	1	薄	1		
寄	2	賞	2	式	1	洋	1	眾	1	馳	1	鮮	1		
庶	2	禦	2	戎	1	洽	1	統	1	匱	1	斷	1		
御	2	篤	2	次	1	爰	1	莊	1	嘉	1	穡	1		
敗	2	賴	2	聿	1	畏	1	荷	1	壽	1	藉	1		
深	2	錫	2	肉	1	皇	1	處	1	察	1	薦	1		
率	2	濟	2	衣	1	省	1	術	1	徹	1	謬	1		
異	2	獲	2	似	1	苦	1	衰	1	懍	1	邇	1		
祥	2	歸	2	克	1	軍	1	被	1	滿	1	顏	1		
終	2	簡	2	吾	1	音	1	通	1	漸	1	壞	1		
規	2	闋	2	均	1	俱	1	陳	1	禍	1	懲	1		
設	2	繩	2	序	1	倫	1	陷	1	稱	1	疆	1		
勞	2	類	2	弟	1	兼	1	章	1	蒙	1	識	1		
博	2	嚴	2	戒	1	孫	1	凱	1	菹	1	贊	1		
堪	2	懼	2	折	1	害	1	勝	1	踣	1	懸	1		
惠	2	體	2	攻	1	容	1	厥	1	衛	1	繼	1		
著	2	入	1	攸	1	徒	1	寒	1	屬	1	闈	1		
虛	2	又	1	甫	1	恥	1	就	1	寬	1	饑	1		
詠	2	凡	1	防	1	恭	1	復	1	廟	1	顧	1		
詐	2	土	1	並	1	悌	1	慨	1	慕	1	驅	1		
貴	2	尸	1	依	1	悅	1	敦	1	憂	1				

代理商 聯合出版
電話 02-25868596

NT: 2480.

ISBN 962 07 4334 2

9 789620 743344